NARRATIVA

TRE60

Julia Navarro

NAUFRAGHI DEL DESTINO

Romanzo

TRADUZIONE DI
DANIELA RUGGIU

tre60

Tre60 è un marchio di
TEA - Tascabili degli Editori Associati S.r.l., Milano
Gruppo editoriale Mauri Spagnol
www.tre60libri.it

Titolo originale
Tú no matarás

Prima edizione Narrativa Tre60 maggio 2022

NAUFRAGHI DEL DESTINO

Alla mia famiglia,
specialmente ai miei nonni, Jerónimo e Teresa,
e a mia madre. In memoriam.
E a tutti i miei amici.

Se ti metti in viaggio per Itaca
augurati che sia lunga la via,
piena di conoscenze e d'avventure.
Non temere Lestrigoni e Ciclopi
o Posidone incollerito:
nulla di questo troverai per via
se tieni alto il pensiero, se un'emozione
eletta ti tocca l'anima e il corpo.
Non incontrerai Lestrigoni e Ciclopi,
e neppure il feroce Posidone,
se non li porti dentro, in cuore,
se non è il cuore ad alzarteli davanti

COSTANTINO KAVAFIS, Itaca*

*Costantino Kavafis, *Le poesie*, traduzione e cura di Nicola Crocetti, Einaudi, 2015.

LIBRO I

1

Madrid, maggio 1941

Il suono delle campane soffocava le voci che arrivavano dalla boscaglia. La sua la riconobbe. Sì, ne era certo. Era la voce dell'americano. Con chi era? Senz'altro con una donna: lì, a quell'ora, dopo qualche momento di festa… proprio come in altre occasioni aveva fatto lui quando, in cerca d'intimità, si era riparato sotto gli alberi per accarezzare qualche ragazza. Stavolta no. Stavolta voleva stare da solo per vomitare. Aveva bevuto troppo. Faticava a camminare e il vino gli risaliva dallo stomaco alla bocca.

Si appoggiò a un albero. La nausea era fortissima per riuscire a stare in piedi e si lasciò cadere. Sentì l'americano parlare con voce più alta del normale e gli parve di vedere qualcuno che si nascondeva tra gli alberi vicini.

Gli girava la testa. Diede di stomaco e gli sembrò di stare meglio, perciò si rimise in piedi e si avvicinò con cautela. Non voleva essere indiscreto.

«Chi c'è lì?» chiese.

«Fernando?» rispose una voce.

Il tono incalzante lo mise in allarme. Si avvicinò barcollando e accese un fiammifero, sottraendo alle ombre quell'angolo buio.

L'americano teneva tra le braccia il corpo di Catalina. Con una mano le sosteneva la testa e con l'altra tirava la gonna, cercando di coprirle le gambe nude.

Lei stava dicendo qualcosa, ma Fernando non riusciva a capire le sue parole. Si appoggiò al tronco di un albero e osservò attentamente la scena. Sì, l'americano teneva tra le braccia Catalina; accanto a loro, per terra, c'erano le calze…

«Che cosa le hai fatto?» chiese Fernando allarmato.

«Niente…»

Si accovacciò e accese un altro fiammifero, illuminando il volto della ragazza. Un livido le sfigurava lo zigomo sinistro, la camicetta era strappata e la gonna sporca di fango.

«Dio Santo! Ma che cosa le hai fatto?»

«Niente, non preoccuparti, credo stia bene…» rispose l'americano mentre le accarezzava il volto.

Catalina aprì gli occhi e li richiuse. Sulle sue labbra Fernando scorse un sorriso misto a una smorfia di dolore. Non ci stava capendo niente o... forse sì; cominciò a schiarirsi le idee ricordando che aveva bevuto molto proprio a causa di Catalina.

Erano andati insieme alla Pradera de San Isidro, dove avevano incontrato gli amici del quartiere. Antoñito compiva gli anni e li aveva invitati a festeggiare, deciso ad approfittare di quel soffio di primavera che i primi di maggio avevano portato con sé. Il padre di Antoñito, don Antonio, era dedito al contrabbando. Durante la guerra nel suo negozio di alimentari si riusciva a trovare da mangiare. A guerra finita, si vantava di essere in buoni rapporti con i vincitori, e infatti Antoñito aveva promesso agli amici che per festeggiare i suoi ventiquattro anni avrebbe portato qualche bottiglia di vino. Come si era procurato le salsicce? E il vino? Non che fosse buono, ma aiutava a divertirsi e a dimenticare la guerra. Nessun ragazzo del quartiere aveva osato rifiutare l'invito. Non c'era famiglia che non fosse indebitata con don Antonio, salvo quella di Pablo Gómez. Suo padre, Pedro Gómez, era un funzionario del Ministero delle Finanze. Antoñito e Pablo dicevano di essere amici, ma in realtà gareggiavano per qualunque cosa, soprattutto per Catalina.

Fernando pensò che avrebbe fatto meglio a starsene a casa; non aveva il diritto di divertirsi mentre suo padre era in carcere, ma non se l'era sentita di dire a Catalina che non l'avrebbe accompagnata. Voleva stare con lei e, in più, aveva paura che qualcun altro gliela portasse via. Sapeva che Pablo e Antoñito erano in agguato.

Qualcuno le aveva offerto un bicchiere di vino; lì per lì si era rifiutata di bere, ma era una bella serata, difficile non lasciarsi andare. Fernando l'aveva vista mandare giù due o tre bicchieri e trasformarsi in un'altra persona. Prima aveva ballato con lui, gli si era incollata addosso, poi però aveva ballato anche con altri, con la stessa intimità.

Soprattutto con l'americano. Sì. In realtà, Catalina lo aveva supplicato di accompagnarla alla Pradera perché le piaceva l'americano. Glielo aveva detto qualche tempo prima. E adesso era lì, distesa sull'erba, sbronza, senza calze, con la gonna sollevata che lasciava allo scoperto le cosce mentre l'americano cercava di rimetterla in piedi.

«Aiutami», gli chiese il ragazzo.

«A fare cosa? Lasciami in pace...»

Sentì la voce di Catalina. Parlava con difficoltà, o almeno così gli parve. «Marvin... non lasciarmi sola... mi fa malissimo...» sussurrò lei.

«Non preoccuparti, non ti lascio sola... però devi fare uno sforzo e tirarti su... Ti riporterò a casa... Fernando, perché non vuoi aiutarmi?»

Non voleva aiutarlo, certo che no. In realtà, anche lui faticava a muoversi. Fu invaso dalla rabbia. Come avevano potuto? L'aveva sempre considerata una ragazza seria, prima di quella sera Catalina non aveva mai permesso a nessuno di prendersi certe libertà; sapeva mettere i ragazzi al loro posto, lo aveva fatto anche con lui, benché si conoscessero da quando erano bambini.

E invece era lì, mezza nuda fra le braccia dell'americano. Che cosa fosse successo tra loro due era chiaro. Avvertì una fitta nel petto e una gran voglia di piangere.

Marvin riuscì a farla mettere in piedi. Sostenendola dalla vita, la teneva su e cercava di farla camminare.

Fernando li guardò, immobile. Aveva di nuovo la nausea. Che andassero via. Ormai non poteva farci nulla.

«Fernando! Fernando! Non mi senti? Fermati...»

Erano passati diversi giorni dalla serata alla Pradera. Da allora non l'aveva più vista, in realtà l'aveva evitata. Non aveva visto nemmeno Marvin, ma questo era normale. L'americano viveva a casa di Eulogio, ma lo si vedeva di rado. Era riapparso qualche mese prima e il suo amico gli aveva aperto la porta di casa. Eulogio aveva spiegato a Fernando che aveva conosciuto Marvin nel Fronte, dove entrambi erano stati feriti. Eulogio aveva lasciato il Fronte prima della fine della guerra perché era stato ferito gravemente proprio mentre aiutava l'americano. Nella battaglia del Jarama aveva quasi perso una gamba ed era rimasto invalido. Una volta tornato a casa, la madre gli aveva rivelato che il padre era morto sul fronte di Aragona.

Quando Marvin si presentò a casa sua, non dovette ricordargli che si erano conosciuti in quel freddo mese di febbraio del 1937, nel corso di una battaglia disperata quale fu quella del Jarama. Eulogio lo accolse e si rifiutò di accettare in cambio anche solo pochi spiccioli. Marvin diceva di essere un poeta. Era arrivato a Madrid nella primavera del 1936 per seguire le orme di Cervantes, ma dopo lo scoppio della guerra aveva deciso di restare, convinto che nel dolore avrebbe trovato una fonte d'ispirazione; alla fine, si era ritrovato a fare da traduttore per alcuni giornalisti statunitensi che coprivano i combattimenti. Durante i giorni trascorsi insieme nel Fronte era sbocciata la loro amicizia. Poi era accaduto tutto il resto, ma Eulogio non avrebbe mai pensato che Marvin potesse tornare; e invece eccolo lì, pronto a riprendere in mano il suo *Quaderno della Guerra civile spagnola*.

«È uno scrittore, un poeta», spiegava Eulogio agli amici del quartiere. «È stato nel Fronte all'inizio della guerra, faceva il traduttore, non il soldato, ma durante la battaglia del Jarama anche lui è rimasto ferito e se n'è andato», affermava dandosi una certa importanza, ma senza raccontare che era stato proprio lui a salvare la vita dell'americano.

Nessuno aveva capito per quale ragione Marvin fosse tornato e, soprattutto, come mai le autorità franchiste non si preoccupassero del fatto che era stato dalla parte dei repubblicani. A Franco doveva importare molto poco che l'americano girovagasse per le strade di Madrid, quelle strade ormai erano sue e non gli sfuggiva niente di quanto vi accadeva.

Fernando era immerso in quei pensieri mentre Catalina lo osservava. In simili circostanze, aveva l'abitudine di lasciarlo tranquillo. Sin da quando erano bambini, era abituata a rispettare i suoi silenzi finché l'espressione sul volto non le indicava che il suo amico era tornato alla realtà. Sì, stava pensando a Eulogio e all'americano, e si era dimenticato della presenza di lei.

«Ho saputo che hai chiesto nuovamente l'indulto per tuo padre. Credi che stavolta glielo concederanno?» chiese con interesse.

Fernando scrollò le spalle. Proprio quella mattina aveva dato altri soldi all'avvocato, don Alberto García; si diceva che fosse immanicato con il Governo e riuscisse a ottenere gli indulti. Sino a quel momento, però, aveva solo sottratto loro il poco che possedevano. Sua madre aveva ormai venduto tutto ciò che avevano di valore, tranne i libri. Non ci era riuscita. Dopo la famiglia, i libri che riempivano le pareti di casa erano quanto suo marito amava di più al mondo. Suo marito, Lorenzo Garzo, era un filologo, un noto traduttore e anche il direttore della Editorial Clásica.

Il sogno di Fernando era seguire le sue orme e lavorare nella stessa casa editrice. Sin da bambino amava osservare con attenzione tutto ciò che lui faceva; al ritorno da scuola, dopo aver svolto i compiti che gli erano stati assegnati, accettava di buon grado di dedicare due ore a studiare l'inglese con il padre. «Se vuoi diventare traduttore, devi padroneggiare la lingua, e le lingue si imparano meglio quando si è ancora bambini», gli diceva.

E Fernando ci metteva tutto il suo impegno con l'idea che un bel giorno sarebbe entrato dalla porta della Editorial Clásica e lo avrebbero trattato con lo stesso rispetto e la stessa considerazione che avevano verso suo padre. Non c'era mestiere più bello che immergersi in quei mari fatti di parole.

Ancora una volta, Fernando si era perso nei suoi pensieri. Catalina aspettava paziente, abituata com'era alle "fughe" dell'amico.

«Mia madre ha appena finito un lavoro all'uncinetto, magari potreste venderlo. Dillo a tua madre, basta che non lo sappia mio padre, lo sai com'è fatto.»

Eccome se lo sapeva. Quella di don Ernesto, il padre di Catalina, era una famiglia di proprietari terrieri e, sino allo scoppio della guerra, le terre di Huesca avevano garantito loro dei bei profitti. Non che fossero ricchi, altre famiglie lo erano ben di più, ma sino al 1936 avevano vissuto agiatamente. Don Ernesto era un uomo schivo, cattolico e monarchico, e fin dall'inizio aveva appoggiato i nazionalisti.

Don Ernesto non era andato al fronte perché aveva problemi di vista e, inoltre, poco dopo lo scoppio della guerra aveva contratto una malattia al fegato che lo aveva costretto a letto. Così, era rimasto a Madrid in attesa che la sorte scegliesse la Repubblica o Franco, pregando che a vincere fosse quest'ultimo, come di fatto accadde; nel quartiere, nessuno si stupì che fosse andato ad applaudire l'ingresso delle truppe di Franco nella capitale.

«Glielo dirò», rispose Fernando tornando alla realtà.

«Fernando... quanto all'altra notte...»

«Non voglio sapere niente.»

«Sono innamorata di Marvin, mi sposerò con lui.»
«Te l'ha chiesto?»
«No, non ancora... ma si sposerà con me, non credi?»
«Io credo che nessuno possa volere una ragazza facile come moglie.»
Catalina gli diede uno schiaffo con sguardo rabbioso, poi scoppiò a piangere.
«Come puoi dirmi questo? Non sono una ragazza facile, lo sai bene.»
«Ah, no? Be', secondo me solo le ragazze facili si fanno fare qualunque cosa dal primo che capita. Ti ho visto, Catalina, la camicetta era strappata, la gonna... ti si vedevano le cosce e Marvin aveva le mani tra le tue gambe...»
«Io... Be', non ci crederai, ma non ricordo molto...»
«Ma dai! Se vuoi ti rinfresco la memoria, hai ballato con tutti, soprattutto con Pablo e Antoñito. Poi Pablo è diventato pesante e mi hai chiesto di togliertelo di dosso, ma non appena sono andato a prendere un bicchiere di vino, hai pensato bene di sparire con Marvin, dopo averlo inseguito tutta la notte.»
Catalina rimase in silenzio in cerca di una risposta, più per sé che per Fernando.
«Ti ho già detto che non ricordo molto di quello che è successo... Sia Antoñito sia Pablo insistevano perché ballassi con loro o perché ci appartassimo al buio. Io mi sono rifiutata... e loro sono diventati così pesanti... Meno male che, qualunque cosa sia successa, è successa con Marvin.»
«Allora te ne freghi di quello che hai fatto! Dovresti vergognarti!»
«Non parlarmi così, non te lo permetto!»
«Altrimenti cosa fai? Vai a dirlo a tuo padre? Se lo viene a sapere, te le darà di santa ragione.»
«Lui vuole che mi fidanzi con Antoñito, dice che è l'unico nel quartiere ad avere un futuro», rispose lei, rabbuiandosi.
«Be', non credo che Antoñito vorrà più saperne di te se ti ha visto pomiciare con Marvin.»
«Che mi abbia visto o meno per me fa lo stesso: Antoñito mi fa schifo, è un depravato. E poi, ti ho già detto che voglio sposarmi con Marvin. Spero che mi porti lontano da qui. Mi piacerebbe vivere in America. Hai mai letto qualche sua poesia?»
«Non mi interessano.»
La risposta di Fernando la sconcertò. Sapeva che il suo amico amava leggere, in nessun'altra casa c'erano così tanti libri come nella sua. Don Lorenzo dirigeva una casa editrice e Catalina non aveva dimenticato quanto era solito ripetere ai bambini del quartiere: «Se non leggete, non capirete la vita e non saprete chi siete». Lei non aveva mai compreso cosa volesse dire, ma non importava. La guerra aveva interrotto i suoi studi, e quelli degli altri bambini e ragazzi, ma sua madre aveva stabilito che continuasse a seguire

"lezioni da signorina". Così, aveva cominciato a familiarizzare con la tastiera del pianoforte grazie alle interminabili sessioni a casa di sua zia Petra.

«Magari un giorno quello che stai imparando ti tornerà utile», le diceva la zia, sapendo che sua nipote non aveva un vero talento per la musica. Tuttavia, quelle lezioni erano uno svago per entrambe. Catalina poteva uscire di casa senza destare le preoccupazioni di suo padre e sua zia ne approfittava per parlare delle cose di famiglia. Era rimasta vedova subito dopo lo scoppio della guerra e benché suo marito, che era un funzionario, avesse un po' di soldi da parte, la guerra aveva decurtato il suo patrimonio. Donna Petra non faceva che lamentarsi del fatto che suo marito, benché non ce ne fosse bisogno, avesse deciso di unirsi alle truppe dei nazionalisti per poi perdere la vita sul fronte di Aragona. Ma era una donna risoluta e, adesso che la guerra era finita, in quella Madrid affamata lei si guadagnava da vivere dando lezioni di piano e di francese nel collegio delle suore Teresine; le sue allieve erano le figlie stupidotte di contrabbandieri e altri svergognati che volevano darsi un'apparenza rispettabile facendosi vanto dell'educazione che offrivano alle loro creature, mentre gli altri madrileni non avevano di che vivere.

Catalina sorrise. Anche lei si stava perdendo nei propri pensieri. Era il bello di stare in compagnia di Fernando: se non ne avevano voglia, non erano tenuti a parlare. Potevano stare l'una accanto all'altro in silenzio, senza sprecare inutili parole. Fernando si astraeva molto spesso, delle volte si dimenticava persino di avere la sua amica accanto, ma per lei non era un problema, non si offendeva di certo. Nessuno era più leale di quel ragazzo sgarbato.

Stettero in silenzio per un bel pezzo poi Catalina si stufò e con qualche colpo di tosse lo riportò alla realtà.

«Quando avrai novità sull'indulto?» insistette.

Fernando si strinse nelle spalle. Non aveva una risposta. L'avvocato aveva chiesto di pazientare.

«Se ti va, ti accompagno a trovare tuo padre in carcere. Ricordati di passare da casa a prendere il lavoro all'uncinetto di mia madre.»

«Non credo che tuo padre ti permetterà di venire con me, non vuole nemmeno che tu e tua madre abbiate ancora rapporti con noi.»

«Lo sai com'è fatto... non vi vuole male, è solo convinto che tuo padre si sia messo dalla parte sbagliata.»

«E anche tu la pensi così?» chiese Fernando con voce tesa.

«Io non so proprio cosa pensare, Fernando. Ho avuto una paura folle durante la guerra, nel quartiere quasi tutti temevano l'arrivo dei nazionalisti, a parte noi e qualcun altro... Ma anche se non sono una rossa come voi, di certo non mi piacciono i franchisti come don Antonio Sánchez e don Pedro Gómez, e ancora meno i loro figli. Marvin stava con la Repubblica, e lui capisce più cose di me, perciò...»

«Credevo che pensassi con la tua testa! Cosa te ne importa di quello che pensa Marvin?» rispose furioso.

«Ovvio che me ne importa, lui ha più elementi di giudizio, vede le cose in modo più chiaro di noi. Dovresti essere felice del fatto che Marvin appoggiasse la Repubblica. L'altra notte mi ha detto che la vittoria di Franco è una catastrofe per la Spagna.»

«Lasciami in pace, Catalina, non ti reggo più.»

Fernando le diede le spalle e s'incamminò verso plaza de España, diretto alla tipografia. Con il suo lavoro guadagnava pochi spiccioli, del tutto insufficienti al mantenimento suo e della madre. Aveva perso tutto. I risparmi di suo padre erano sfumati insieme alla Repubblica, ma avevano ancora la casa. Don Antonio, il contrabbandiere, aveva detto a sua madre che un amico era disposto a comprarla. Tanto valeva regalargliela, però, considerato quanto aveva offerto loro.

E poi, dove sarebbero andati? Sua madre sarebbe morta di crepacuore se avesse dovuto lasciare quella casa. L'aveva ereditata dai suoi genitori e ci viveva da sempre. Fernando sarebbe stato disposto a rubare piuttosto che tirar fuori sua madre da quelle mura, che rappresentavano la sua unica certezza.

Lui lavorava a più non posso. Di mattina in qualunque cantiere ci fosse bisogno di manodopera per trasportare sacchi e sbrigare i lavori più duri. Di pomeriggio in tipografia; di notte invece dedicava qualche ora allo studio. Voleva diventare come suo padre, ma non era certo di riuscirci. Sapeva che i figli dei rossi non avevano grandi opportunità.

Incontrò Eulogio, che trascinava la gamba invalida. «Dove vai così di fretta?» gli chiese.

«C'è molto da fare in tipografia», rispose Fernando, che non aveva molta voglia di parlare.

«Hai la faccia di uno che fugge...» aggiunse Eulogio, scrutandogli il volto.

«Che stupidaggine! Da chi starei fuggendo? Non si può sfuggire ai franchisti, sono dappertutto», replicò, di pessimo umore.

«E lo dici a me?»

Fernando non rispose. Eulogio aveva ragione. Al ritorno dalla guerra, il suo amico aveva dovuto mettere da parte il sogno di diventare un grande pittore per cercarsi un lavoro che gli desse da mangiare. Così, di giorno dipingeva e di notte lavorava come guardiano nel magazzino di don Antonio, il contrabbandiere. L'uomo lo aveva assunto perché gli faceva pena, così gli aveva detto, perché lo conosceva da una vita, in quel quartiere, e lo aveva fatto per quanto sapesse che aveva lottato con i repubblicani, cosa della quale approfittava dandogli solo pochi spiccioli per la sussistenza. Eulogio stringeva i denti e tratteneva la rabbia, un giorno o l'altro sarebbe andato sui monti per unirsi agli ultimi combattenti della resistenza, continuava a ripetterselo benché sua madre gli avesse chiesto di accettare la sconfitta: «Abbiamo perso la guerra, ma visto che siamo sopravvissuti, che siamo ancora vivi, dobbiamo tenere duro. E dobbiamo essere contenti del fatto che don Antonio non ti abbia denunciato come rosso». Accettò il lavoro. Lo fece per non aggiungere altro dolore al dolore di sua madre. Allo stesso modo, accettò di vendere a don Antonio l'appartamento nel quale avevano vissuto sino ad allora e di trasferirsi in una mansarda. Eulogio si consolava pensando che quell'appartamento non era poi così brutto, c'era di peggio. Il soffitto non era bassissimo, c'erano tre stanze, oltre alla cucina, e dalle finestre vedevano i muri del Convento de la Encarnación. Per loro era sufficiente.

«Ci sono molti svergognati in giro... Don Antonio si sta impossessando di tutto il quartiere: compra le case per due soldi e le rivende molto meglio. Sta' attento, sta puntando anche la tua. Hai visto cos'è successo con la nostra», proseguì Eulogio.

«Ti avevo detto di tenere duro», gli ricordò Fernando.

«E lasciare che mia madre morisse di fame? Mi sa che lo devo pure ringraziare perché mi fa lavorare in magazzino come guardiano notturno. Vedessi tutto quello che c'è... Non so da dove tiri fuori tutta quella roba, fatto sta che ogni giorno arriva un camion carico. Si sta ricoprendo d'oro.»

«Sua moglie ci ha presi tutti per i fondelli. Diceva di non sapere dove fosse suo marito, invece lo sapeva eccome: essendo falangista, poteva essere solo al fronte, a sparare. Dicono che quando arrivava nei paesi, si divertiva a partecipare alle fucilazioni degli antifascisti.»

«Sì, sua moglie è stato molto furba. È riuscita a tenere il negozio di alimentari e ha cominciato a fare prestiti a chiunque, facendoci firmare dei pagherò. E quando arrivavano quelli dei comitati operai, spergiurava di non sapere niente del marito. Ha ingannato tutti facendo la moglie abbandonata e ripudiando il marito. Quando è tornato, però, l'ha accolto a braccia aperte.»

«Si erano messi d'accordo. Lui l'ha istruita per bene, le avrà detto che l'unico modo per non perdere il negozio era raccontare di essere stata abbandonata. E gli abitanti del quartiere si sono comportati benissimo, perché a quelli dei comitati operai avrebbero potuto dire che era il negozio di un falangista.»

«Certo, ma nessuno l'ha fatto, Fernando. Forse perché, nonostante tutto, li conosciamo da sempre. Devo aggiungere però che al mio povero padre non sono mai piaciuti.»

«C'era da aspettarselo, infatti... gentaglia.»

«Be', in ogni caso don Antonio adesso è il mio capo, lo sai, sono il guardiano del suo magazzino.»

«Un guardiano coi fiocchi!»

«Come vuoi che mi guadagni da vivere?» rispose, offeso dal commento dell'amico.

Eulogio aveva ventotto anni, tre più di Fernando, ma erano sempre stati in ottimi rapporti. Erano persino andati al fronte insieme, nei primi giorni della guerra, quando le truppe dei nazionalisti combattevano per conquistare la capitale. Quella volta Fernando aveva discusso con suo padre perché era andato al fronte senza dirgli niente.

Lorenzo Garzo riteneva che, in quanto repubblicano, fosse suo dovere lottare per difendere i valori della Repubblica. Fernando lo aveva imitato, e senza dirgli niente, si era unito a Eulogio e ad altri amici che spontaneamente avevano deciso di dare una mano ai miliziani che lottavano per fermare l'avanzata verso Madrid delle truppe nazionaliste. Ricordava solo il caos e la confusione. Per la prima volta in vita sua aveva preso in mano un'arma. Ma il nemico non era vicino, non sapeva se gli spari fossero andati a vuoto o avessero centrato il bersaglio.

Quando suo padre lo venne a sapere, lo rimproverò e gli negò il permesso di tornare al fronte. «Fernando, non uccidere», gli aveva detto e, poiché lui aveva insistito, il padre, serissimo, gli aveva puntato il dito contro ripetendo: «Non uccidere, figlio mio, tu non uccidere. Perché nessun uomo è più lo stesso dopo aver tolto la vita a un altro uomo». Fernando dovette piegarsi alla volontà paterna accettando di partecipare alla guerra come membro dell'organizzazione «Cultura popolare». Rischiava la vita portando nelle trincee giornali e libri, collaborando nel rifornimento di biblioteche e ospedali e alimentando la propaganda del Fronte popolare.

A Lorenzo Garzo piacevano i quadri di Eulogio, di cui ammirava il talento artistico. Fernando aveva fatto proprie le opinioni del padre; inoltre, nell'amico pittore aveva trovato un confidente, con lui poteva lamentarsi senza il timore di essere denunciato. Da dove erano saltati fuori tutti quei franchisti? Lui aveva sempre pensato che a Madrid quasi tutti fossero repubblicani e che la città avesse resistito sino alla fine proprio per questo. Adesso invece c'erano franchisti dappertutto e qualsiasi affermazione potesse essere interpretata come una critica al regime aveva conseguenze immediate. Il timore più grande, in quei giorni, era venire denunciati all'autorità per essere stati dalla parte della Repubblica. Il generale Mola aveva detto il vero quando aveva parlato della minaccia di una «quinta colonna».

«Perché non cerchi di vendere qualcuno dei tuoi quadri? chiese Fernando.

«Questa gente non capisce niente di arte», rispose l'amico.

«Quale gente?»

«Be', i vincitori, quelli che adesso comandano. Marvin mi ha promesso di portare qualche quadro a Parigi quando andrà via. Se non fosse per mia madre, me ne andrei anch'io... Lì capiscono Picasso, Braque, Miró; li venerano e comprano i loro quadri.»

«Marvin se ne va?»

«Be', non subito, probabilmente entro un mese. Dice che da quando è qui fatica a concentrarsi. Mamma mi ha detto che passa le notti a scrivere, lo sente scagliare maledizioni e strappare i fogli. La situazione non è di ispirazione.»

«Ma che genere di poeta è?»

«Non lo so... a Parigi però hanno inserito alcune sue poesie in due antologie di giovani poeti e adesso sta scrivendo un *Quaderno della Guerra civile spagnola.*»

«Non mi piace il tuo amico», confessò Fernando.

«Quello che non ti piace è che Catalina è cotta di lui. Sei geloso, Fernando, si vede lontano un miglio. Ma non è colpa di Marvin se le ragazze se lo contendono, men che meno nel caso di Catalina. Non preoccuparti, però, non appena andrà via lei tornerà da te, tra i suoi amici sei l'unico che merita. Anche Pablo Gómez è pazzo di lei. Quante arie si dà, Pablito, perché suo padre lavora al ministero. Eppure Catalina neanche lo vede. Al posto tuo non mi preoccuperei proprio perché...» Eulogio si zittì di colpo.

«Perché?»

«Niente, niente. In ogni caso, Marvin è un bel ragazzo e non si vanta mai di niente, ma è uno di buona famiglia, è evidente. Guarda come si veste...»

La brutale sincerità di Ernesto gli fece male, ma Fernando sapeva che non aveva voluto offenderlo. Semplicemente, era incapace di qualunque doppiezza e dunque anche di misurare le parole. «Credi che l'americano piaccia a tutte le ragazze?» chiese ansioso.

«Non te ne sei accorto? Lo trovano... non lo so... diverso. Lui parla di cose astratte: la bellezza, la sofferenza, l'amicizia, l'impegno... e chissà cos'altro! E non lo fa per irretirle. E poi, con quell'aria da uomo tormentato, risveglia nelle donne il desiderio irrefrenabile di tirarlo fuori dal suo inferno interiore. Devi riconoscere che è un bel ragazzo. Quanti spagnoli conosci biondi e con gli occhi azzurri? Ed è pure alto. Le ragazze di qui sono stufe di vederci, Fernando. La tua Catalina è presa da lui esattamente come tutte le altre.»

«Non è la "mia" Catalina. Siamo amici sin da bambini, lo sai.»

«Sì, però tu non la vedi come una sorella. Sei innamorato di lei sin da quando eravate piccoli. Me lo ricordo bene, eri un nanerottolo e pendevi già dalle sue labbra. Se cadeva, correvi ad aiutarla, le portavi i libri andando a scuola. Ragazzo, non lo puoi negare, sei cotto di lei come una pera. Qui nel quartiere abbiamo sempre dato per scontato che tu e Catalina finirete per sposarvi. E poi, qui non c'è nessuno migliore di te, anche se suo padre insiste perché sposi Antoñito. Credo che preferirebbe farsi suora piuttosto che sposarsi con il figlio del contrabbandiere. Razza di svergognato, tale padre tale figlio; adesso Antoñito sta aiutando don Antonio nel negozio. Non li sopporto... per di più con quei baffi ridicoli. Eppure, come vedi, devo anche essergli grato perché mi danno lavoro invece di denunciarmi ai falangisti.»

«Si approfittano di te», replicò Fernando.

«Ovvio, ma anch'io cerco di approfittarmi di loro. Quando posso, frego qualcosa. Oggi ho preso un po' di farina e delle lenticchie, e anche qualche sigaretta», rispose Eulogio con grande soddisfazione, mentre offriva a Fernando una sigaretta, che lui rifiutò.

Si era trattenuto troppo a lungo, rischiava di arrivare tardi in tipografia. Nel congedarsi, si diedero appuntamento per quella sera nella mansarda di Eulogio, dove avrebbero fumato la sigaretta promessa.

Arrivò con qualche minuto di ritardo. Gli piaceva lavorare in tipografia. Era quanto di più somigliante ci fosse al mondo dell'editoria ed era molto meglio che trasportare mattoni o manovrare carrucole, come faceva al mattino. Aveva le mani screpolate e un forte dolore alla schiena, ma non si lamentava. Non voleva dare altro dolore a sua madre, quello che stavano soffrendo al pensiero di quale sorte sarebbe toccata a suo padre era più che sufficiente.

La notte, quando tornò a casa, trovò Marvin sul portone. L'americano gli tese la mano e lui non poté rifiutarsi. «La notte scorsa te ne sei andato quando invece avevo bisogno che mi dessi una mano con Catalina.»

«Senti, lasciami in pace, sono affari vostri», ribatté irritato.

Marvin lo guardò e, ignorando il suo malumore, gli offrì una sigaretta. Fernando si chiese se accettarla o meno, era americana. La accettò.

«Come va la faccenda di tuo padre?» s'interessò Marvin.

«Niente di nuovo.»

«Stanno giustiziando tantissima gente, spero che tuo padre si salvi.»

Fernando gettò la sigaretta a terra e la schiacciò con la scarpa. Non tollerava che si mettesse in dubbio il destino di suo padre. «Non lo fucileranno», esclamò arrabbiato.

«È difficile vivere qui... Questo Paese non è più quello che era. Ricordo i primi mesi di guerra. Era tutto diverso.»

«Perché sei venuto in Spagna?» chiese Fernando con curiosità.

«La Spagna è la terra di Don Chisciotte e Lope de Vega, di Santa Teresa, di Góngora, Jorge Manrique... E poi, non volevo perdermi quello che sta succedendo qui. Credo che le mie poesie migliori risalgano a quei giorni...»

«Mandavi le tue poesie a qualche giornale?»

«No, ho lavorato come traduttore e sì, ho inviato anche qualche articolo, ma non appena avevo un momento libero scrivevo per me. Poi...»

«Poi cosa?»

«Qualche volta sono andato al fronte... non era nei miei programmi. Un amico però mi ha chiesto di fare da traduttore per alcuni giornalisti americani. Non puoi immaginare quello che è successo sul Jarama... i nazionalisti attaccavano da tutte le parti, un tipo mi ha messo in mano un fucile e mi ha detto: "Spara, qui non abbiamo bisogno di spettatori". Ma non ce l'ho fatta. Sarebbe stata una contraddizione, un poeta non spara. Eulogio mi ha detto che anche tu sei stato al fronte, che portavate giornali e libri per i combattenti... che hai fatto parte di "Cultura popolare". Ho conosciuto altri miliziani che durante la guerra lottavano nel "Fronte culturale"...»

«Tu però non sei rimasto lì per tutta la durata della guerra», disse Fernando con tono di rimprovero cambiando argomento, non voleva parlare di sé.

«No, infatti. Mi hanno ferito proprio quel giorno... Eulogio mi ha salvato e... ho dovuto prendere una decisione: stare lì voleva dire uccidere e dimenticarmi della poesia, di fatto trasformarmi in un altro uomo; in realtà, ero già diventato come non volevo essere. Ho trovato questa scusa, Fernando, il fatto che mi avessero ferito, e me ne sono andato.»

«Perché sei tornato?»

«Perché devo concludere il mio *Quaderno della Guerra civile spagnola*. Continuavo a dirmi che se fossi tornato avrei ritrovato l'ispirazione e sarei riuscito a perdonarmi per essermene andato.»

«Ce l'hai fatta?»

«Non del tutto. Infatti, ho deciso di andare via di nuovo.»

«Per sempre?»

«Chi lo sa... non lo so. Ma sento di dover tornare in Francia. È l'unica cosa che so.»

«Ma dove? I nazisti l'hanno occupata. Perché non torni a casa tua?»

«A New York? No, non ho niente da fare lì. Tutto ciò che di importante succede nel mondo avviene in Europa, perlomeno adesso, e io non voglio perdermelo. Parigi è la capitale del mondo, Fernando. Dovresti andarci.»

Fernando rise amaramente. Andare a Parigi! Gli venne una gran voglia di dargli dello stupido. Come poteva pensare che lui potesse andare a Parigi? Non poteva nemmeno sognarselo un viaggio del genere. Aveva un unico desiderio, far uscire suo padre dal carcere e guadagnare abbastanza per mantenere sua madre. Fra l'altro, quando suo padre fosse uscito di prigione non avrebbe più potuto lavorare come editore. I nazionalisti non avrebbero affidato le loro pubblicazioni ai repubblicani.

«Sì, magari un giorno ci andrò a Parigi», rispose tanto per dire qualcosa.

«Nonostante i nazisti, io credo proprio che cercherò di andarci», disse Marvin, più a se stesso che in risposta a Fernando.

«Be', voi americani non siete in guerra con loro.»

«Ma lo saremo, ne sono certo», replicò Marvin.

Si salutarono. Fernando non aveva voglia di continuare quella conversazione e poi sua madre Isabel lo aspettava per cena. Un brodo di osso privo di sapore e un pugno di riso.

«Ho pensato che dovrei trovarmi un lavoro», gli disse la mamma.

«Lavorare? Tu? No, non ce n'è bisogno. Riusciremo ad andare avanti.»

«Mi hanno detto che la famiglia di un farmacista ha bisogno di una persona che dia una mano in casa», proseguì lei come se non lo avesse sentito.

«No! Togliti quest'idea dalla testa, non andrai a pulire la casa di nessuno. E poi, chi è il farmacista che può permettersi di pagare qualcuno che gli pulisca la casa?»

«A quanto pare può. Ha cinque figli e sua moglie non riesce a stare loro dietro. Ha bisogno di qualcuno che la aiuti. Posso farlo, Fernando. Andrò per qualche ora, quei soldi ci faranno comodo.»

«No, mamma, no. Assolutamente no, non permetterò che ti umili in questo modo.»

«Umiliarmi? Credi che lavorare voglia dire umiliarsi? Non c'è niente di umiliante nel pulire, stirare, cucinare. È quello che so fare», rispose sua madre con una smorfia che voleva essere un sorriso.

«Non c'è niente di male, certo, ma lo fai già a casa, e quando papà tornerà avrà bisogno di averti qui. Credi che sopporterebbe di sapere che lavori per un franchista? Sta soffrendo già abbastanza, questo gli farebbe ancora più male. E poi, chi ti ha parlato di questo lavoro?»

«Don Bernardo.»

«Il prete! Che si preoccupi degli affari suoi e ci lasci in pace.»

«È un brav'uomo, si preoccupa di tutti i suoi fedeli e... Be', è un po' che mi chiede perché non vai più in chiesa.»

«Digli la verità: che non sopporto la bandiera nazionale sull'altare, e nemmeno quella gente che gli si inchina davanti, e ancora meno che durante la messa si preghi per Franco. In più, i preti sono tutti fascisti.»

«Ma cosa dici! Non è vero, c'è di tutto, come dappertutto.»

«Conosci molti preti che hanno appoggiato la Repubblica?»

«Sii prudente, Fernando! Non fare il bambino, i nazionalisti hanno vinto, dobbiamo accettarlo.»

«Non penso proprio. Starò zitto solo finché non tornerà papà.»

«E dopo, cosa pensi di fare? Vuoi mettere a repentaglio la tua vita per criticare Franco? È questo che vuoi fare? Pensi che ne valga la pena? Tuo padre non te lo permetterà.»

«Mio padre si è giocato la vita per la Repubblica, non s'inginocchierà davanti ai fascisti.»

«Tuo padre manterrà sempre la dignità, ma non potrà fare niente, niente, nemmeno se lo volesse.»

Rimasero in silenzio. Fernando non voleva discutere con sua madre, ma sapeva quanto fosse testarda, era difficile convincerla a rifiutare il lavoro in casa del farmacista.

«Mi cercherò un altro lavoro», propose a Isabel.

«Non se ne parla nemmeno! Devi fare l'editore e il traduttore, come tuo padre e tuo nonno. O vuoi rendergli la vita ancora più amara? Per nulla al mondo devi smettere di provarci, così vorrebbe tuo padre.»

«Ma allora non vuoi capire! Apri gli occhi, mamma. Durante la guerra ho fatto parte di "Cultura popolare", sono stato un miliziano della cultura nel Fronte, non mi permetteranno di pubblicare libri, non mi permetteranno di essere niente più di quello che sono, operaio al mattino e linotipista di pomeriggio. Questo farò, nient'altro.»

«Quando tuo padre tornerà sistemeremo tutto, vedrai che troveremo il modo di farti diventare editore. Forse don Bernardo ci aiuterà. Lui può appoggiarci, dire alle autorità che siamo persone perbene. Lo vedi, ci sta già aiutando.»

«A fare cosa? A raccomandarti come sguattera?»

«Senti, Fernando, tutti i lavori sono dignitosi e poi non dovrò star fuori casa tutto il giorno, ma solo sino all'ora di pranzo. Uscirò alle sette e per le tre sarò di ritorno. Non te ne accorgerai nemmeno. Ma non chiedermi di starmene con le mani in mano mentre tu ti ammazzi di lavoro... Sei sempre più magro... Non posso vederti così, figlio mio... E poi, non abbiamo più niente da vendere. Quello che guadagniamo servirà anche a pagare l'avvocato... Dai, basta discutere.»

Dovette arrendersi. Sua madre continuava a vederlo come un bambino da proteggere. Sentì rabbia e dolore. Rabbia per non essere capace di mantenere la famiglia. E anche odio, un odio profondo per i franchisti che avevano incarcerato suo padre e avevano rovinato le loro vite. Sua madre non si lamentava mai, lui invece non riusciva a smettere di farlo, gli avevano rubato il futuro. «Quando devi cominciare?» le chiese, arreso.

«Domani. Comincio a lavorare domani. Andrà tutto bene.»

«Sono nazionalisti», rispose Fernando con ripugnanza.

«Chi non lo è, adesso? Credi che ci sia qualcuno disposto a dire quel che pensa? Quell'epoca è finita, Fernando, adeguati. Le cose che ti insegnava tuo padre... be', non che tu le debba dimenticare, ma dovrai tenerle per te.»

«Ti accompagnerò. Così sapranno che non sei sola.»

Sua madre sorrise commossa mentre gli prendeva la mano e la stringeva un po' a sé. «Dai, va' a fumare una sigaretta con Eulogio prima che cominci a lavorare.»

«No, oggi non ci vado. Ah, Catalina mi ha detto che sua madre ha fatto dei lavori all'uncinetto e vuole darceli per venderli. Magari don Antonio è interessato a comprarli.»

«Ci faranno comodo, ma... non chiamarlo "don Antonio", non quando siamo soli. Quell'uomo non merita nessun titolo, e non perché prima fosse solo un negoziante.»

«E allora perché? Perché non ha studiato?»

«Oltre a questo, perché è uno svergognato come tutti quelli che vivono di contrabbando. È diventato ricco rovinando gli altri. Se solo potesse, ci sbatterebbe fuori da questa casa.»

Si presero una tregua attraverso la lettura: Fernando s'immerse nel *Viaggio del Parnaso*, di Miguel de Cervantes, e Isabel nella poesia.

«Cosa leggi, mamma?»

«*È ghiaccio ardente ed è gelido fuoco, è ferita che duole e non si sente, è un sognato bene, un mal presente, è un breve riposo molto stanco*. Sai di chi è?» chiese lei sorridendo.

«No...»

«Di Francisco de Quevedo. È una poesia che mi piace particolarmente, s'intitola *Definizione dell'amore*.»

«Che romantica sei, mamma.»

Di notte a Madrid faceva più fresco. La tosse persistente di sua madre gli impediva di prendere sonno, pensò che doveva procurare una coperta per l'inverno, almeno per lei. Ma era solo un sogno. Non avevano soldi. E ormai avevano ben poco da vendere, giusto le reti dei letti, due poltrone, le sedie e il tavolo della sala da pranzo. Sua madre aveva detto che potevano anche dormire per terra, ma se si trattava di mangiare dovevano farlo come gli esseri umani. Inoltre, una volta uscito dal carcere, suo padre avrebbe avuto bisogno di un tavolo al quale sedersi a scrivere. Se non fosse riuscito a trovare lavoro in qualche casa editrice, avrebbe potuto guadagnarsi da vivere dando lezioni private. Sì, il tavolo se lo dovevano permettere, non potevano condannarli a morire di stenti, anche se dall'inizio della guerra in realtà avevano patito la fame.

Fernando non riusciva a dimenticare suo padre. «Cosa si prova quando si uccide?» gli aveva chiesto durante una delle sue brevi visite dal fronte.

Lo aveva visto irrigidirsi in volto e stringere i pugni, poi aveva chiuso gli occhi e respirato profondamente, come se avesse bisogno di riempire i polmoni prima di rispondere. «Niente. È la cosa peggiore, non senti niente. Ma tu non uccidere, Fernando, non farlo. Quando uccidi non senti niente, l'inferno viene dopo.»

«Mio Dio, Lorenzo, cosa dici!» esclamò la madre, e lo guardò infuriata.

Poi suo padre era ripartito per il fronte, per tornarne sconfitto.

Quando, nel novembre del 1936, il governo della Repubblica venne trasferito a Valencia, suo padre lo convinse a continuare da lì la sua collaborazione con il «Fronte culturale». Passato un anno, Fernando tornò a Madrid perché la tubercolosi, e non una pallottola, per poco non lo uccise. Si salvò per miracolo. In realtà a rendere possibile il miracolo fu sua madre, che si occupò di lui senza preoccuparsi del rischio di contagiarsi a sua volta.

Nella capitale il trascorrere dei giorni era segnato dal rumore delle bombe e dai rapporti militari secondo i quali l'esercito franchista stava accerchiando Madrid, ma la Repubblica avrebbe resistito. Fernando seguì le notizie steso a letto, senza poter uscire di casa. Poi si sparse la voce che il colonnello Casado stesse negoziando la resa, e arrivò il giorno in cui si ritrovarono le truppe di Franco dentro Madrid.

Da quando la guerra era terminata, Lorenzo Garzo era in carcere, su di lui pesava una condanna a morte. Fernando e sua madre confidavano nella possibilità di ottenere un indulto che lo riportasse a casa.

Fernando faticava a prendere sonno. Nemmeno sua madre dormiva, lo sapeva, ma entrambi restavano in silenzio. Si alzò senza aspettare che facesse giorno. Non c'era sveglia migliore delle campane del Convento de la Encarnación. Sua madre di solito andava a messa lì, oppure nella chiesa di Santiago o, ancora, nella vicina chiesa di San Ginés, dove Quevedo aveva ricevuto il battesimo e Lope de Vega si era sposato. Tra l'altro, ospitava quadri eccezionali, uno di El Greco e altri di Luca Giordano, Francisco Ricci e Alonso Cano.

Attento a non fare rumore, Fernando entrò nella stanza da bagno. L'acqua fredda della doccia lo scosse dal torpore. Pensò al piccolo lusso di avere una casa con bagno che non dovevano condividere con nessuno. Da quando Eulogio si era trasferito nella mansarda si lavava in un catino o nel lavandino del gabinetto. Sì, era una fortuna avere quella piccola stanza da bagno che suo padre si era preoccupato di realizzare quando la guerra non si era ancora affacciata nelle loro vite. Di colpo ebbe un'idea e scoppiò a ridere. Perché non affittare il bagno in cambio di qualche spicciolo? Eulogio gli aveva raccontato che l'americano si era adattato ai disagi della mansarda e li subiva in silenzio, ma che ogni tanto si lamentava di non poter fare una doccia come Dio comanda.

Quando Eulogio fosse rientrato dal turno di guardia nel magazzino di don Antonio, sarebbe andato a dirgli che voleva affittare la doccia all'americana. A Eulogio l'avrebbe concessa gratis, erano amici, ma l'americano sì che poteva pagare, gli americani avevano un sacco di soldi, non riusciva a capire perché Marvin avesse scelto di vivere nella mansarda di Eulogio quando avrebbe potuto alloggiare tranquillamente in una buona pensione.

Non fece colazione perché non c'era niente da mangiare, solo un po' di malto che preferì lasciare a sua madre.

«Fernando, non andartene senza aver fatto colazione», gli intimò Isabel.

«È presto mamma, puoi riposare ancora un po'.»

«Sono le cinque e mezza e mi devo preparare. Non si può arrivare in ritardo il primo giorno di lavoro.»

Fernando si vestì e attese che sua madre fosse pronta per accompagnarla. Quando uscirono in strada, lei gli strinse il braccio. Camminavano veloci. Arrivarono a casa del farmacista prima delle sette.

Ad aprir loro la porta fu una donna con un vestito nero, un grembiule bianco e l'aria superba di chi serve in una casa perbene. «Donna Hortensia la sta aspettando, c'è molto da fare. E lui chi è?» chiese la domestica.

«Mio figlio Fernando.»

«Allora è meglio che vada.»

«Sì... be', figlio mio, va', ci vediamo poi a casa.»

«Voglio salutare donna Hortensia», rispose Fernando, deciso a restare finché non avesse dato l'approvazione ai padroni di casa.

«Ma che pretese hai, ragazzo? Non crederai che donna Hortensia perda il suo tempo per venire a salutarti? Vattene prima che esca e mandi via sia te sia tua madre.»

Un uomo di una certa età si piazzò in mezzo all'atrio. La domestica tossicchiò a disagio, ma Fernando sostenne lo sguardo di lui. «Voi siete...?» chiese l'uomo.

«Fernando Garzo, e lei è mia madre...»

«Sì, e cosa volete?»

«È la stiratrice, don Luis.»

«Ah, sì...! Mia moglie mi ha detto di aver cercato qualcuno per stirare e dare una mano in cucina... Il suo nome qual è?»

«Isabel», rispose imbarazzata la madre di Fernando.

«D'accordo, prego, mia moglie si sta dando da fare in casa già da un po'. E lei, giovanotto, immagino andrà via...»

«Sono venuto ad accompagnare mia madre e a sapere dove andrà a lavorare.»

Don Luis lo squadrò dall'alto in basso. Fernando temette che stesse per cacciarlo, ma don Luis gli diede una pacca sulla spalla e gli indicò la porta. «Con la mia famiglia è in buone mani. Apprezzo molto che si preoccupi di sua madre. Adesso vada, vada a fare quel che deve.»

Fernando andò via dicendosi che forse non era una casa di cattive persone, ma non era ancora arrivato in strada e stava già maledicendo la sua sfortuna. Quell'uomo aveva vinto la guerra e doveva essere un pezzo grosso del regime per permettersi una domestica e persino un'altra donna, sua madre, per cucinare e stirare. Fu invaso dall'odio. Suo padre era in carcere per il solo fatto di essere repubblicano, e sua madre, la sua amata madre, era costretta a servire in quella casa. Sputò in terra. Era il suo modo di scacciare l'amarezza.

Quando arrivò in cantiere, il capomastro lo accolse con uno spintone. «Sei arrivato in ritardo», lo rimproverò.

«Non è vero, Pascual, non sono ancora le otto.»

«E come facciamo a costruire la Spagna se non lavoriamo? Non fare il fannullone, prendi quei sacchi di cemento e portali vicino a Pepe... Di sicuro hai passato la notte sui libri. Guardalo, il signorino che vuol fare l'editore! Sgobbare è l'unica cosa che sai fare, ragazzo. Ringrazia che non ti mettono dentro come hanno fatto con tuo padre.»

Decise di non rispondere. Perché avrebbe dovuto? Pascual era un bruto, leggeva a malapena ed era convinto che a un uomo bastasse essere forte. Aveva combattuto con i nazionalisti e amava vantarsi della gran quantità di rossi che aveva ucciso al fronte, senza contare quelli che aveva mandato a morire. Quando diceva queste cose, alcuni operai stringevano i denti. Non potevano permettersi il lusso di rispondere. Era già tanto che avessero trovato lavoro in quel cantiere, almeno riuscivano a sopravvivere. Era meglio stare zitti. Il silenzio faceva parte del castigo dei perdenti.

«Non farti venire il sangue amaro, giovanotto», mormorò uno di quegli uomini quando Fernando gli portò un sacco di cemento.

Alle due e mezzo andò a casa. Era ansioso di rivedere sua madre e farsi raccontare come fosse andato il primo giorno di lavoro. Affrettò il passo. Inoltre, meditava sull'affare della doccia da proporre a Eulogio.

Trovò sua madre sul portone. Sembrava contenta, anche se il suo volto appariva stanco. «Sembrano brave persone. Donna Hortensia è molto gentile, esigente, certo, ma non devi preoccuparti.»

«E il marito?»

«L'hai visto anche tu, è un farmacista. Ho capito che conosce gente molto importante ed è molto apprezzato.»

«Sembra un nonno.»

«Be', è più grande di sua moglie, di diversi anni. Lei ne ha poco più di trenta e lui... credo ne abbia una quarantina.»

«E i suoi figli?»

«Sono cinque, di tutte le età, ma donna Hortensia porta avanti la casa come fosse una caserma.»

«Ti hanno dato da mangiare?»

«No, ho preparato il pranzo, delle lenticchie e una tortilla di patate.»

«Almeno un uovo avrebbero potuto dartelo.»

«Perché mai?»

«Gentaglia», concluse Fernando.

«Per favore, figlio mio, non parlare così, con tutta questa amarezza», gli chiese la madre.

Quando Fernando andò da Eulogio, l'amico si era appena alzato. Aveva fatto un pisolino, ma era pronto a rimettersi al lavoro davanti a un quadro. Ascoltò con interesse Fernando quando gli propose di far pagare l'americano per l'uso della doccia. «È uscito, ma non appena torna glielo dico. Accetterà di sicuro. Tua madre è d'accordo?»

«Ma certo. Ecco, gli diremo di non sprecare l'acqua.»

«Ovvio, ovvio... Senti, io accetto l'offerta di venire da te a fare la doccia gratis. Mi va benissimo, anche solo una volta alla settimana. Come va con Pascual?»

«Mi fa sgobbare, gli sto antipatico.»

«Be', ingoia il rospo. È il capocantiere e approfitta di voi che lavorate lì, sa che in molti siete stati repubblicani. È una fortuna che vi dia lavoro invece di denunciarvi.»

«Sono stufo di lui, ha sempre la camicia blu perché sia chiaro da che parte sta. Non solo, approfitta del fatto che mio padre è repubblicano e sta in carcere per pagarmi meno di un altro ragazzo che fa il mio stesso lavoro, solo che suo padre è un falangista della prima ora.»

«Te l'ho già detto, ingoia. Non deludermi. Mi è costato molto parlare con don Antonio perché intercedesse con Pascual per farti lavorare. A don Antonio tu non piaci, e io nemmeno. Mi sopporta solo perché sa che io so che è uno svergognato, proprio come il suo amico capocantiere, tutto impegnato a rubare materiale in cantiere per rivenderglielo a basso prezzo. Sai com'è, in giro ce ne sono tanti di disgraziati come noi, disposti a lavorare per pochi spiccioli... Guardati intorno, Fernando, persino i nazionalisti stanno soffrendo la fame.»

«Alcuni più di altri.»

«Chiaro! Ma non credere, la maggioranza se la passa male. I furbi come don Antonio non mancano mai. Ma cosa ci vogliamo fare. Lui ha vinto la guerra.»

«Siamo degli idioti se continuiamo a chiamarlo così. Prima era "Antonio il negoziante", adesso gli abbiamo aggiunto il "don".»

«Se l'è aggiunto da solo e dobbiamo andargli dietro. È lui che ci fa credito per mettere qualcosa in pentola. Sarà anche un bastardo, ma mi ha dato da lavorare, e tu hai trovato lavoro grazie a me, ma indirettamente grazie a lui.»

«Ma se ti ha sbattuto fuori da casa tua. Guarda come vivi!»

«Abbiamo perso, Fernando, accettalo. Te lo spiegherà anche tuo padre, non appena uscirà dal carcere. Don Antonio ha fatto il salto, prima vendeva alimentari, adesso compra e vende di tutto. Furbo com'è, cosa vogliamo farci...»

«Va bene, vado in tipografia. Fammi sapere se l'americano accetta di pagare per farsi la doccia.»

Benché maledicesse la sua sorte, a Fernando piaceva fare il linotipista. Lavorava lì da più di un anno, ma ci aveva messo così tanto impegno a imparare che don Vicente, il severo capo della tipografia, ogni tanto gli dava una pacca sulla spalla. Quanto a don Víctor, il proprietario della tipografia, con lui si era comportato davvero bene, ma il fatto che fosse un uomo di destra restava decisamente irritante.

«Sei portato per questo lavoro», gli disse il suo capo quel pomeriggio.

Vero, aveva una buona mano per la composizione, in qualche occasione aveva osato persino proporre dei suggerimenti per risparmiare carta.

In quella tipografia si stampava di tutto, dai libri al materiale di propaganda del regime. A volte, quando collaborava alla stampa di certi opuscoli in cui si lodavano le eccellenze di Franco, si era chiesto se non stesse tradendo suo padre.

Marvin accettò di pagare per la doccia. Isabel cedette, rassegnata. Qualche spicciolo in più ogni giorno le sarebbe stato di grande aiuto, e poi l'americano sembrava un bravo ragazzo. Dargli le chiavi di casa non era un problema, non solo avevano fiducia in lui ma, se anche avesse voluto, non c'era nulla da rubare.

La casa era ampia, con tre balconi che davano sulla strada: l'ingresso, la sala da pranzo e il soggiorno, che un tempo era stato molto confortevole e adesso invece era vuoto. Due porte scorrevoli sempre aperte davano su una piccola stanza, lo «studio», che dal pavimento al soffitto era ricoperto di mensole con i preziosi libri del capofamiglia. Altre due stanze, oltre a cucina e bagno, completavano l'appartamento.

A volte Isabel immaginava il momento in cui Lorenzo, suo marito, sarebbe tornato a casa. Sicuramente esausto dopo così tanto tempo rinchiuso in carcere e privato di tutto. Gli avrebbe spiegato che aveva dovuto vendere i mobili, ma che era riuscita a tenere almeno il tavolo e la poltrona dello studio. Tutto il resto, l'appendiabiti e il tavolino all'ingresso, la credenza della sala da pranzo, le testate dei letti... non erano più di loro proprietà. Sapeva che Lorenzo l'avrebbe abbracciata e le avrebbe detto di non preoccuparsi, che quei mobili erano solo oggetti, per quanto vi fossero affezionati. Avrebbe lasciato vagare lo sguardo sulle librerie e avrebbe sospirato in silenzio nel vedere che i suoi libri erano ancora lì. Per un uomo come Lorenzo, amante della letteratura, i libri erano un pezzo della sua anima senza i quali non avrebbe capito nemmeno se stesso. Sì, avrebbe accarezzato il dorso dei romanzi di Cervantes, si sarebbe svagato con le poesie di Góngora, avrebbe sorriso davanti ai vecchi volumi di Calderón e tirato un sospiro di sollievo davanti al *Romacero gitano* di Federico García Lorca e ai tantissimi altri libri che avevano contribuito a dare forma alla sua vita e al suo modo di essere. Di certo, avrebbe trattenuto le lacrime quando, sul tavolo del suo studio, avrebbe ritrovato lo stesso libro di poesie che lui aveva lasciato lì, aperto nella stessa pagina, che riportava versi di Gómez Manrique:

Mi separo da voi, donzella,
ma non in libertà;
mi separo con gran lamento
dalla vostra pura bontà.

Mi separo con gran tormento
per questa triste dipartita,
e mi porto tal pensamento
che mi farà corta la vita.

Isabel aspettava trepidante che il suo ritorno diventasse realtà. Sarebbe tornato. Lottava per scacciare l'incubo che andava a trovarla nelle nebbie della notte. Sempre lo stesso. Vedeva suo marito che la salutava, ma non riusciva a sentire le sue parole. Poi un rumore assordante e il corpo inerte di Lorenzo a terra. Morto. A questo punto del sogno si svegliava gridando.

Fernando le si avvicinava e l'abbracciava senza dire niente. Non ce n'era bisogno. I fantasmi facevano visita anche a lui.

Isabel finì di pettinarsi. Si guardò allo specchio e sorrise con tristezza. Sulla chioma castana cominciava a sbucare qualche capello bianco. Inutile illudersi. Con la guerra la sua giovinezza era evaporata. Le rughe attraversavano il suo volto e ne indurivano l'espressione. La pelle delle mani si era indurita e l'estrema magrezza, dovuta alla fame, la privava di qualunque fascino. Tuttavia, era certa che Lorenzo avrebbe continuato ad amarla proprio come lei continuava ad amare con disperazione il corpo macilento e torturato di suo marito, senza badare alla calvizie precoce, agli occhi infossati, alle dita rese storte dall'artrite e dal freddo patito durante la guerra.

Lei continuava a vedere in suo marito il ragazzo serio e impegnato che perdeva la nozione del tempo traducendo Shakespeare, Oscar Wilde, Daniel Defoe o Walter Scott, quello che la guardava meravigliato del fatto che lei, la ragazza che attraeva gli sguardi di tutti i ragazzi del quartiere, avesse notato proprio lui. Isabel viveva con i genitori in un paese di montagna in cui il padre faceva il veterinario e Lorenzo trascorreva tutte le estati in compagnia dei suoi.

Non appena Isabel compì diciotto anni si sposarono. Quel giorno era raggiante, e Lorenzo conservava quella immagine di lei.

«Sei pronta?» le chiese Fernando, riportandola alla realtà.

«Sì, figlio mio, sono pronta. Dai, andiamo.»

Uscirono di casa con passo rapido. Il carcere non era lontano, ma era giorno di visita e di solito arrivavano in anticipo. Le guardie provavano piacere a mettere in difficoltà i familiari dei perdenti.

Anche Fernando si era pettinato con cura. Sapeva che suo padre detestava l'assenza di igiene e che soffriva già di suo per dover vivere in compagnia delle zecche e dei pidocchi che avevano colonizzato la prigione.

Una volta arrivati, ingannarono l'attesa conversando a bassa voce con i familiari degli altri detenuti. Ormai si conoscevano, da mesi si incontravano davanti alle porte di quell'edificio che era stato un convento e adesso era stato convertito nella prigione dei detenuti repubblicani.

Madre e figlio andavano in cerca dei volti di persone conosciute, se non le trovavano voleva dire che il padre, il fratello, lo zio o l'amico incarcerato erano stati fucilati.

A Fernando si strinse lo stomaco quando vide suo padre emaciato e con l'aria assente. Perché non portava gli occhiali? Senza non riusciva a vedere bene. «Papà, dove hai messo gli occhiali?» gli chiese subito dopo averlo salutato.

«Non preoccuparti, figlio mio», rispose l'uomo.

«Lorenzo, te li hanno tolti?» ribadì Isabel.

«Be', in realtà... me li hanno rotti. La guardia all'ingresso mi ha dato una spinta sostenendo che stavo tardando a mettermi in fila. Gli occhiali mi sono caduti e... me li ha calpestati, schiacciati. Mi dispiace.»

Isabel strinse la mano di suo marito trattenendo le lacrime mentre Fernando chiuse i pugni con forza, cercando di controllare la sua ira. «Papà, ti riferisci alla guardia che si chiama Roque, vero? Roque... dicono sia cattivo, che adori maltrattarvi», affermò Fernando con rabbia.

«Dai, cambiamo argomento. Se non altro, ti danno da mangiare?» chiese Isabel tanto per dire qualcosa.

«Al solito. Una cosa che chiamano "brodo" ed è sempre accompagnato da insetti... Abbiamo così tanta fame che mangiamo senza nemmeno guardarli... Ma raccontatemi di voi...»

«Papà, l'avvocato ha promesso che nei prossimi giorni mi dirà qualcosa. Dice che quasi sicuramente otterrà l'indulto. Vedrai, prima di Natale sarai a casa.»

«Quanto a me... Sai, Lorenzo, mi sono messa a lavorare. Bernardo, il prete della parrocchia, mi ha raccomandato alla famiglia di don Luis, che è farmacista, e di sua moglie donna Hortensia, una brava donna. Con cinque figli hanno bisogno di una mano...»

«Sono di destra, papà...» aggiunse Fernando.

Lorenzo abbassò lo sguardo, imbarazzato. Lo addolorava profondamente immaginare Isabel che, spinta dalla necessità, puliva le case altrui. Non perché fare le pulizie non fosse dignitoso, ma il fatto che sua moglie fosse stata costretta a quella scelta era un chiaro segnale del fatto che avevano perso, forse per sempre, la vita di un tempo.

«Ti trattano bene?» chiese a Isabel, accarezzandole la guancia.

«Sì, sì. Non sono cattive persone.»

«Certo che lo sono!» esclamò Fernando.

«Dai, Fernando, non aggiungere altre pene a tua madre. E poi, non tutti coloro che non la pensano come noi sono necessariamente cattivi. Dappertutto c'è brava gente e gente cattiva.»

«Be', quando uscirai di qui, vedrai come si stanno comportando i vincitori e mi dirai la tua», replicò Fernando con amarezza e un tono di voce più alto del dovuto.

«Abbiamo anche affittato la doccia a un americano. Ti abbiamo già parlato di lui, è un poeta e vive nella mansarda di Eulogio. Poveretto, voleva disperatamente potersi fare la doccia e Fernando ha avuto l'idea di farsi dare in cambio qualche spicciolo, ci fa molto comodo», disse Isabel per sviare la conversazione.

«Vedo che vi state arrangiando. Ottimo. Affittare la doccia mi sembra una buona idea», commentò Lorenzo sorridendo.

«Eulogio può fare la doccia gratis», disse Fernando.

Lo misero al corrente delle novità sugli abitanti del quartiere e Lorenzo ascoltò con attenzione, come se fosse davvero interessato alle vicissitudini di don Antonio il contrabbandiere o a quelle della famiglia Vilamar.

«Cosa mi dici del tuo fidanzamento con Catalina?» volle sapere Lorenzo guardando suo figlio.

«Che non è la mia fidanzata», protestò Fernando.

«Lo sai come sono i Vilamar, Lorenzo, puntano in alto e vogliono dare alla figlia un futuro assicurato. A quanto pare don Ernesto vuole imparentarsi con Antonio il contrabbandiere. Suo figlio Antoñito è innamorato pazzo di Catalina», spiegò Isabel a suo marito.

«Be', se questo è puntare in alto...» osservò Lorenzo con ironia.

«Adesso Antonio ha un bel giro di soldi. Continua ad avere il negozio di alimentari, ma dovresti vedere il magazzino che ha comprato per le merci di contrabbando... Quando lo vedrai non lo riconoscerai, per il modo in cui si veste e tutte le arie che si dà.»

«Be', Catalina però ha sempre avuto personalità, non credo che le piaccia Antoñito», affermò Lorenzo.

«Antoñito no, ma...» Fernando si fermò.

«Continua, cosa stavi per dire?» chiese il padre.

«Le piace l'americano. Marvin è un poeta, allo scoppio della guerra ha fatto il traduttore per giornalisti statunitensi, poi se n'è andato. Non so cos'ha, ma piace a tutte le ragazze.»

Il padre sorrise e guardò con tenerezza suo figlio. Nello sguardo di Fernando vide riflesso il dolore e lo stupore davanti al primo fallimento. Sapeva che suo figlio era innamorato di Catalina da quando era bambino.

«Non preoccuparti, le passerà. Sono certo che per Catalina sei molto importante.»

«Sì, come amico», si lamentò Fernando.

«Vedrai che non è così... non scoraggiarti...» lo consolò il padre.

Le guardie annunciarono che era ora di andare via. Isabel diede a suo marito una pagnotta e delle uova sode che aveva acquistato il giorno prima da don Antonio. Il pane lo aveva comprato grazie alle docce di Marvin. «Le uova ti faranno bene, ti daranno energia», affermò Isabel.

«Ma certo, certo. Abbiate cura di voi. Vi voglio bene.»

Finché non uscirono dalla prigione Isabel trattenne le lacrime. Fernando le mise un braccio sulle spalle e cercò di consolarla. «Mamma, otterremo l'indulto, vedrai.»

«Poveretto, è sempre più magro, ormai è pelle e ossa, e questa cosa degli occhiali... Tuo padre non riesce a fare neanche un passo senza. Dio mio, Fernando, dobbiamo tirarlo fuori da qui.»

«E lo faremo, mamma, vedrai. Papà non ha fatto niente di male.»

Isabel non rispose. I vincitori si stavano accanendo contro i vinti. Non rispettavano nessuno, e men che meno i soldati della fazione repubblicana. Le fucilazioni erano all'ordine del giorno, tremava all'idea che qualcuno potesse bussare alla sua porta per annunciarle che avevano fucilato il suo Lorenzo.

2

«Hai detto a Fernandito dei lavori all'uncinetto?» chiese donna Asunción a sua figlia.

«Sì, mamma», rispose Catalina.

«Be', è passato più di un mese da quando te l'ho detto...»

«Verrà.»

«Che non lo sappia tuo padre... non gli piace che manteniamo buoni rapporti con i Garzo, lo sai. Isabel mi fa molta pena. Dev'essere durissimo per lei dover lavorare a casa di quel farmacista. Non so cosa farei se fossi al suo posto. Povera donna!»

«Dobbiamo aiutarli, mamma», le disse Catalina.

«Ma certo, figlia mia, ma senza che tuo padre se ne accorga, lo sai com'è fatto.»

Catalina abbracciò sua madre. Era molto legata a lei. Sapeva di poter contare sulla sua protezione. Donna Asunción viveva per Catalina, era la sua unica figlia, un miracolo del cielo visto che aveva alle spalle diversi aborti.

Si somigliavano non solo fisicamente, ma anche di carattere. Di statura media, capelli castano chiaro, occhi marroni con sfumature verdi, bell'aspetto. Donna Asunción soffriva per i dolori altrui e, se poteva, cercava di attenuarli, ragion per cui finiva col discutere con suo marito. Cercare in don Ernesto un filo di pietà o di empatia verso gli altri era inutile. Era il minore di una famiglia di sei fratelli ed era stato educato con severità. Durante la guerra aveva sofferto in silenzio, non tanto per il problema al fegato, ma perché a causa della malattia non aveva potuto accorrere in aiuto dei nazionalisti. Lo faceva imbestialire il pensiero che buona parte dei suoi vicini fossero repubblicani o, peggio ancora, che alcuni avessero tendenze socialiste. Certe cose le sapeva bene, lui... Ad esempio, Lorenzo Garzo, l'editore. Non gli era mai stato simpatico. Già prima della guerra faticava a salutarlo quando si incontravano per strada e lo infastidiva che Asunción andasse così d'accordo con Isabel. A suo parere, Lorenzo Garzo si trovava dove era giusto che stesse, in carcere. Sperava lo fucilassero. Franco non doveva mostrarsi magnanimo con i nemici, era meglio eliminarli, lasciarli in vita poteva rappresentare un pericolo.

Secondo donna Asunción, poiché avevano vinto, la cosa migliore era dimenticare quanto era successo e tornare alla vita normale. Era un'ingenua, a ben vedere era solo una donna, era noto che le donne sono incapaci di pensare. Fra l'altro, proprio lei aveva poco da dimenticare visto che Petra, la sua unica sorella, era viva, ma aveva perso il marito sul fronte d'Aragona. Suo cognato era morto per la Spagna da patriota. L'avevano persino decorato a titolo postumo.

Lui aveva solo Catalina e a volte pensava fosse stata una benedizione non avere figli maschi, perché i rossi glieli avrebbero uccisi. Ovvio che gli mancava un'altra presenza maschile in casa, qualcuno con cui conversare, che capisse di politica, perché tanto sua moglie quanto sua figlia erano due anime benedette e, perciò, ignoranti.

Don Ernesto era soddisfatto del fatto che Andrés, suo fratello maggiore, fosse rientrato in possesso del podere di famiglia. I miliziani avevano distrutto la casa, confiscato i maiali e le pecore, ma la terra era ancora lì e apparteneva di nuovo alla sua famiglia. Il dramma era che l'uomo che si era occupato dell'amministrazione del podere sino allo scoppio della guerra si era rivelato un anarchico ed era stato uno dei responsabili del saccheggio da parte dei rossi. Era grato a Dio e a Franco per aver ottenuto giustizia. L'uomo era stato fucilato. Certo, non bastava a cancellare le sofferenze che avevano inflitto loro. Avevano ucciso suo padre, sebbene fosse ormai anziano, e suo nipote Andresito, che era solo un bambino. Amparo, sua cognata, aveva perso la testa. Adesso Andrés mandava avanti il podere aiutato da un brav'uomo, un falangista di un paese vicino. Non che don Ernesto amasse particolarmente i falangisti, li trovava troppo bruschi ed era infastidito dalla loro pompa magna, ma un patriota era sempre meglio di un rosso.

Al fronte aveva perso anche due fratelli e un terzo non era uscito vivo dalla *checa* di calle Fomento, dove gli oppositori venivano interrogati, torturati e spesso uccisi dai repubblicani; ed era meglio evitare di pensare a quello che era successo alla sua sorella suora quando un gruppo di miliziani era entrato nel convento in cui osservava la clausura insieme ad altre religiose.

Ma in quel momento la sua più grande preoccupazione era Catalina. Sua moglie la viziava troppo. Asunción era eccessivamente tollerante con la figlia, lo stesso valeva per sua cognata Petra. Le due sorelle erano figlie di buona famiglia, il padre si dedicava al commercio all'ingrosso del tabacco proveniente dalle Canarie. Asunción e Petra avevano studiato in un collegio di suore e imparato tutto ciò che le signorine per bene dovevano sapere. Suo suocero lo aveva coinvolto negli affari di famiglia rendendolo amministratore dell'azienda, ma durante il conflitto era finito in rovina, pover'uomo, ed era morto senza la soddisfazione di vedere i suoi che vincevano la guerra.

Adesso don Ernesto stava cercando di dare nuova prosperità all'azienda del suocero. Alla fine dei conti, chi non fumava? Tuttavia, benché non mancasse di sperare nel futuro, la realtà era un'altra: durante la guerra era caduto in rovina e aveva accumulato una montagna di debiti.

Catalina doveva sposare un buon partito. Sua figlia non era più una bambina, detestava vederla impegnata a far niente. Finita l'estate le avrebbe trovato qualcos'altro da fare, prendeva lezioni di piano dalla zia Petra, ma non era abbastanza. Sua moglie continuava a dire che bisognava fare di Catalina una donna istruita, ma a lui sembrava un'idea stravagante. Per quale ragione un uomo dovrebbe sposarsi una saputella? Che le donne dovessero essere istruite era un'idea dei repubblicani. Grazie a Dio, le cose erano tornate al loro ordine naturale. La cosa importante era che Catalina sposasse un uomo abbiente, che potesse garantirle una vita agiata.

Antoñito era una buona scelta. Il figlio del negoziante era un buon partito. Don Antonio era davvero facoltoso. Dopo la guerra si era dedicato al contrabbando e aveva guadagnato parecchi soldi, adesso persino di più. Commerciava ogni sorta di mercanzia ma, soprattutto, aveva ottimi rapporti con alcuni ministeri grazie al fratello Prudencio, che era stato assistente di un colonnello. Antonio, il negoziante, il falangista che aveva combattuto i rossi ed era tornato a Madrid con le truppe nazionaliste, era diventato don Antonio, e suo figlio maggiore, Antoñito, era un ottimo partito. Non era particolarmente bello, ma nemmeno brutto, quelle brutte erano le due sorelle, Paquita e Mariví, due ragazzine prive di qualunque grazia. Avrebbe potuto darla in sposa anche a Pablo Gómez, il figlio di don Pedro, il funzionario del Ministero delle Finanze che viveva al quinto piano.

Don Ernesto sollevò lo sguardo dai fogli che aveva davanti. La banca gli aveva appena negato un prestito.

Sentì le risate di sua figlia e immaginò stesse parlottando con sua moglie. Beate loro, non avevano niente di cui preoccuparsi.

Suonò la campanella e arrivò subito la domestica. «Di' a mia moglie e a mia figlia di venire qui, nel mio studio», ordinò senza guardarla.

Due minuti dopo, donna Asunción e Catalina si affacciavano alla sua porta. «Cosa c'è, Ernesto?» chiese la moglie.

«Volevo dirvi che don Antonio organizzerà un pranzo in campagna tra qualche giorno. Te lo sto dicendo in anticipo, Asunción.»

«Per me non c'è problema, sappi però che fatico a stare con persone del genere, sono così... Insomma, non sarà bello da dire, ma è evidente da dove vengono.»

«Ma come, non sei tu quella convinta che la cosa importante è che le persone siano buone? A posto così. Don Antonio non sarà di buona famiglia, ma sta dimostrando di avere un grande talento per gli affari. Guardalo, durante la guerra è diventato ricco e lo è sempre di più ogni giorno che passa. Frequenta persone importanti, non capisco perché noi dovremmo ignorarlo.»

«Ernesto, tu prima non l'avresti nemmeno salutato. Prima della guerra non sei mai entrato nemmeno nel suo negozio di alimentari.»

«Perché dovevo entrarci? Le cose di casa sono un problema tuo. Senti,

Asunción, non cercare il pelo nell'uovo, le cose sono cambiate, è nata una nuova classe sociale, quella degli uomini talentuosi capaci di farsi strada.»

«Don Antonio è un rozzo», insistette la donna.

«Be', è logico, non ha ricevuto una grande educazione, ma è un uomo onesto che ha saputo stare dalla parte giusta, non come quei disgraziati dei repubblicani, per non parlare di quella marmaglia di comunisti e anarchici. Dovremmo sempre essere grati a Franco per averci liberato di loro.»

«Tesoro, ma se eri monarchico», gli ricordò donna Asunción.

«Proprio per questo sto con Franco, perché ci ha restituito l'ordine e vedrai che con il tempo restaurerà anche la monarchia.»

«Uh, non lo so, gli uomini non amano rinunciare al potere e io non me lo vedo Franco che, dopo aver vinto la guerra, consegna il Paese a un re», disse Asunción.

«Cosa vorrai saperne tu! Comunque, volevo solo dirvi che accetteremo l'invito di andare a pranzare in campagna. Sarà l'occasione perché Antoñito e Catalina si parlino.»

«Di cosa dovremmo parlare, padre?» chiese Catalina contrariata.

«Siete giovani e avete un grande avvenire davanti, è giusto che vi conosciate poco a poco», rispose don Ernesto.

«Ci conosciamo già, papà, e ti ricordo che quando ero bambina non volevi che io andassi a giocare con Antoñito e con le sue sorelle. Dicevi che non potevo avere le figlie del negoziante come amiche, non erano alla nostra altezza.» Catalina sapeva come irritare suo padre.

«Che stupidaggini stai dicendo, ragazzina! E poi le cose sono cambiate. Don Antonio è un uomo d'affari e suo fratello maggiore, Prudencio, è un soldato coraggioso, frequenta i generali. Catalina, dovresti sapere che la nobiltà si acquisisce attraverso nobili azioni al servizio del re e della patria.»

«Papà, tutti sanno che il fratello di don Antonio lavorava all'Intendenza e che rubava più che poteva.»

«Catalina!» Don Ernesto guardò sua figlia infuriato.

«E don Antonio avrebbe reso dei servizi al re e alla patria? Non lo sapevo, papà. Avevo sempre creduto fosse un contrabbandiere preoccupato solo di arricchirsi. Quanto ad Antoñito, so che ti piacerebbe che lui e io... Scordatelo, mi fa schifo. Piuttosto che fidanzarmi con lui mi faccio suora...» concluse Catalina, incurante dell'irritazione di suo padre.

«È così che educhi questa ragazzina? Io non mi sarei mai permesso di parlare così a mio padre! I figli non hanno opinioni, devono solo obbedire alle persone più grandi di loro, che sanno cosa è giusto fare. Non dirmi un'altra volta che preferisci farti suora perché ti porto personalmente nel convento di mia sorella in Aragona. Vedrai se ci pensa zia Adoración a riportarti sulla retta via.»

«Ma perché dobbiamo litigare! Certo che andremo a pranzare in campagna, Ernesto, e certo che la bambina parlerà con Antoñito e... be', Dio dirà se ha dei piani per loro due», li interruppe donna Asunción, data la piega che aveva preso la conversazione.

«Ah, e non voglio più vederti con Fernando! Quel ragazzo può solo portarci problemi. Suo padre è in carcere perché è un rosso. Non voglio avere niente a che fare con quella gente», affermò don Ernesto indiavolato.

«Ma, Ernesto, i Garzo sono brave persone, il padre di Isabel era veterinario nei monti intorno a Madrid. Quanto a don Lorenzo, pover'uomo, era il direttore della Editorial Clásica, un ottimo editore, sono sicura che non ha fatto niente. Tu stesso hai diversi libri pubblicati da lui. Sono certa che uscirà dal carcere», disse donna Asunción temendo che le sue parole irritassero ancora di più il marito.

«Non ha fatto nulla, eh! Questa sì che è bella! Perciò, combattere nelle truppe rosse per te equivale a non aver fatto nulla.»

«Be', vuol dire che è repubblicano o che lo era, come tante altre persone, e non credo si debbano uccidere tutti i repubblicani, vorrebbe dire far fuori mezzo Paese. Peraltro, finché non è scoppiata la guerra, non c'era niente di male a essere repubblicani», insistette sua moglie.

«Roba da non credere! Cosa devo sentire a casa mia! Ma che tipo di educazione stai dando a nostra figlia! Se ti sente parlare così, crederà che essere repubblicano non costituisca nessun problema. Hanno quasi distrutto la Spagna per consegnarla ai bolscevichi!»

«Ernesto, calmati. Dai, ti faccio portare una tazza di caffè e del pane tostato. Il medico ha detto che devi mangiare bene. Catalina, va' a preparare il vassoio e porta una tazza di caffè per tuo padre.»

Catalina uscì dallo studio borbottando. Era sempre stata una figlia obbediente, ma non aveva nessuna intenzione di amoreggiare con Antoñito. Provava ribrezzo al solo pensiero. Non aveva certo dimenticato il giorno del compleanno di Antoñito, nella Pradera de San Isidro. Be', in realtà la memoria era confusa, ricordava che Antoñito si stringeva a lei mentre ballavano, e lo stesso faceva Pablo Gómez. Quei due le facevano schifo. Non ricordava molto di più, e il solo pensiero le dava il voltastomaco. Meno male che c'era Marvin. Ogni volta che pensava a lui un brivido le attraversava tutto il corpo. Era innamorata di Marvin e suo padre avrebbe dovuto accettarlo. Marvin era educato, la sua famiglia sì che era all'altezza dei Vilamar, in ogni caso per lei faceva lo stesso. Era il suo fidanzato, o perlomeno lei lo considerava tale. Quanto a Fernando, non era certo disposta a rinunciare alla sua amicizia, qualunque cosa potesse dire suo padre. Di colpo, Catalina si fermò sulla soglia della cucina, consapevole del fatto che per la prima volta in vita sua era pronta a disubbidire al padre senza preoccuparsi delle conseguenze.

Intanto, donna Asunción stava cercando di tranquillizzare suo marito. Don Ernesto non godeva di buona salute e i medici insistevano sul fatto che dovesse evitare le preoccupazioni.

Il matrimonio di donna Asunción non era stato appagante, ma non l'avrebbe mai ammesso nemmeno con se stessa e al solo pensiero si faceva il segno della croce. Di sicuro, non era stato per niente facile vivere con un uomo dalla salute delicata, propenso alla malinconia, dal carattere burrascoso. Lei aveva dovuto stemperare la propria allegria e voglia di vivere per non alimentare la diffidenza di suo marito, cui bastava vederla ridere per irritarsi oltre misura. Nonostante tutto, era stato un bravo marito, non le aveva mai fatto mancare niente; non si era mai lamentato né si era mostrato dispiaciuto per il fatto che non avevano avuto altri figli. Si era accontentato di Catalina, alla quale voleva senza dubbio un gran bene.

Don Ernesto tossicchiò per richiamare l'attenzione di sua moglie. «Credimi, Asunción, il fidanzamento della piccola con Antoñito sarà molto conveniente per noi.»

Lei lo guardò piena di curiosità ma non osò fare domande. Sapeva quanto irritassero suo marito.

«Bisogna essere realisti e convincersi che il nuovo regime è la cosa migliore senza girarci troppo intorno. O preferiresti che continuassero a governarci quelli di sinistra? Franco è un uomo perbene e sa che gli spagnoli hanno bisogno di rigore. Vedrai come prospererà la nostra nazione.»

«Certo, ma non capisco perché per te sia così importante che Catalina e Antoñito...»

«Be', perché don Antonio appartiene alla nuova classe sociale che ci governerà. Potremmo far sposare la piccola con qualcuno del nostro status, ma sai bene che molti dei nostri amici non hanno più nulla e ormai salvano solo le apparenze. Con Antoñito non le mancherà niente. Lei saprà renderlo migliore.»

«Se lo dici tu, Ernesto...»

«Lo dico io, sì, Asunción, perciò evitiamo di metterle altri grilli per la testa. Ormai è una donna ed è suo dovere accettare le nostre decisioni. E ci mancherebbe altro!»

«Ma certo, certo, Ernesto», acconsentì donna Asunción poco convinta.

«Ah! Anche se la guerra è finita, dobbiamo continuare a essere prudenti con le spese. La settimana prossima andrò a trovare mio fratello a Huesca. Devo chiedergli in prestito.»

«Un prestito? Ma perché?»

«Ma Santo cielo, Asunción, come puoi essere tanto ingenua! Abbiamo spese e oneri familiari.»

«Sì, Ernesto, hai ragione.»

Catalina spinse la porta dello studio con il piede ed entrò, aveva in mano un vassoio con una tazza di caffè e del pane tostato. Lo sguardo di suo padre si illuminò e con un cenno chiese a madre e figlia di lasciarlo solo. Preferiva gustarsi pane e caffè in solitudine.

Quello che don Ernesto non aveva raccontato a sua moglie era che la loro liquidità era compromessa, così compromessa che non avevano più niente, e che don Antonio non si dedicava solo al contrabbando ma faceva anche l'usuraio, e poiché la banca gli aveva negato il prestito, aveva dovuto rivolgersi proprio a lui; ormai gli doveva una discreta somma. Se suo fratello maggiore non gli avesse prestato una somma congrua, la loro situazione sarebbe diventata davvero complicata.

Alla stessa ora, Marvin stava fissando la parete della minuscola stanza che occupava nella mansarda di Eulogio.

In realtà, non avrebbe dovuto vivere lì. Non aveva ragione di subire le stesse ristrettezze di Eulogio e sua madre. Aveva soldi a sufficienza per affittare una stanza altrove, poteva alloggiare in un hotel o in una pensione. Ma era stato pieno di paure all'idea di tornare in Spagna. Non aveva combattuto con la Brigata Lincoln, ma aveva visto i suoi compatrioti lottare, e fare il traduttore era stato il suo contributo alla causa repubblicana. Probabilmente Franco e i suoi insorti sapevano quali stranieri li avevano appoggiati e quali no. E se lo avessero arrestato? Sul suo coraggio non si faceva illusioni, era ben consapevole di essere un codardo.

Certo, i suoi genitori erano persone troppo importanti perché gli spagnoli avessero l'ardire di arrestarlo. Contava su diverse lettere di raccomandazione, oltre che sulla protezione della sua ambasciata. Franco non si sarebbe scontrato apertamente con gli americani.

In ogni caso, cercare sistemazione a casa di Eulogio era stata una stupidaggine. D'altro canto, aveva voglia di stare vicino al suo amico, lo aveva ammirato così tanto durante la guerra, e poi gli doveva la vita. Si erano piaciuti da subito quando si erano conosciuti al fronte; lui era rimasto colpito non solo dalla bonomia, ma anche dall'allegria che non abbandonava mai l'aspirante pittore. A Marvin sembrava un artista mediocre, ma non glielo aveva detto.

Perché era tornato? Forse perché non riusciva a perdonarsi di non aver combattuto? Durante la guerra, ma soprattutto quando aveva lasciato la Spagna, aveva continuato a ripetersi che non si combatte solo con le armi, che una poesia può sostenere una buona causa quanto tirare una granata, sparare col fucile o attaccare le linee nemiche. Ma in fondo non riusciva a convincersene e questo lo mandava in crisi. Da quando aveva lasciato la Spagna non aveva più scritto niente di degno.

Da New York, la sua famiglia insisteva perché tornasse a casa. Suo padre era in affari nel mondo delle acciaierie ed era rimasto molto deluso dal fatto che il figlio maggiore fosse un poeta. Per fortuna Tommy, il fratello minore, era disposto a realizzare il sogno del genitore, e cioè che gli affari di famiglia restassero in famiglia. Marvin ogni mese riceveva uno stipendio che gli permetteva di vivere nell'agiatezza. Sua madre, che aveva un animo artistico, non avrebbe mai permesso il contrario; peraltro era lei ad aver ereditato l'acciaieria che adesso suo marito dirigeva.

«Vuoi un po' di caffè?» gli propose Piedad, la madre di Eulogio, infilando la testa nella stanza mentre Marvin appariva assorto nella lettura.

«Caffè di quello vero?» chiese con stupore.

«Sì, Eulogio se n'è preso un po' da don Antonio. A quanto pare, ieri in magazzino ne sono arrivati svariati chili e lo sai com'è fatto mio figlio... Fra l'altro, don Antonio gli dà giusto due spiccioli...» La donna cercava di giustificare i piccoli furti di Eulogio.

«Prenderei volentieri una tazza di caffè», rispose Marvin con un sorriso.

«Cosa stai leggendo?» chiese lei.

«Un libro che mi ha prestato Eulogio, credo l'abbia pubblicato il padre di Fernando. Le *Rimas sacras* di Lope de Vega... «*Se della morte rigorosa e fiera, / principio sono l'aridità e il freddo, / il mio duro cuore, il gelo mio / indizi eran che potea temer*», lesse Marvin a voce alta.

Piedad sorrise. E lui pensò che quella donna gli stava simpatica. Era bellissima, ma sembrava non esserne consapevole. Suo marito era morto in guerra e per poco non aveva perso anche il figlio, che al ritorno aveva quasi perso l'uso di una gamba. Lui doveva la vita a Eulogio, era stato Eulogio a caricarselo in spalla quando l'avevano ferito, era stato Eulogio a correre con lui mentre tutt'intorno sparavano, era stato Eulogio a intimare a un medico di lasciar perdere gli altri feriti per operare subito Marvin. E così, per salvare lui, Eulogio era rimasto zoppo, e le gravi ferite che entrambi avevano riportato li avevano tenuti lontani dal fronte durante gli ultimi due anni di guerra.

Piedad non si lamentava mai. Accettava il suo destino senza dare la colpa a nessuno. Le cose erano andate così, era solita ripetere quando Marvin ed Eulogio si lamentavano del trionfo dei franchisti.

Jesús Jiménez, il padre di Eulogio, era stato correttore di bozze in un giornale di Madrid, oltre che traduttore dal francese. Per essere più precisi, faceva qualche ora extra come traduttore nella stessa casa editrice diretta da Lorenzo Garzo, il padre di Fernando.

Era un brav'uomo, timido e impacciato, così lo descriveva Piedad aggiungendo che, nonostante il carattere pacifico, suo marito aveva mantenuto fede agli obblighi verso la Repubblica ed era andato a difenderla sul fronte, dove aveva perso la vita.

Prima della guerra, la famiglia viveva con un certo agio. Quanto alla vocazione di Eulogio, era tale fin da bambino. Passava ore e ore a disegnare. Diventare un grande pittore era il suo sogno, che i genitori avevano alimentato trovando i mezzi perché potesse studiare nella Real Academia de Bellas Artes di San Fernando.

Marvin osservava con curiosità le diverse famiglie che si erano radunate nell'edificio di calle de la Encarnación. Appartenevano tutte alla piccola borghesia. O meglio, vi avevano appartenuto, perché adesso la maggior parte di loro lottava per sopravvivere.

Ripassò l'elenco dei vicini: i Garzo vivevano al primo piano; la famiglia

Jiménez al secondo, finché non si erano trasferiti in una delle mansarde; i García al quinto piano, il capofamiglia era un avvocato… C'erano anche i Gómez; il loro unico figlio, Pablo, era in aperta competizione con Antoñito. Nel palazzo vicino, una casa più signorile, vivevano i Vilamar. Con gran dispiacere di don Ernesto, sua figlia Catalina usciva con i ragazzi suoi coetanei che vivevano nella stessa strada. Donna Asunción, sua madre, era una brava donna, sempre disposta a dare una mano a chi aveva bisogno.

Piedad entrò nella stanza di Marvin con una tazza di caffè e l'appoggiò sul comodino, sul quale spiccavano dei fogli bianchi. «Non sei ispirato?» gli chiese.

Aggrottò la fronte; quella domanda così diretta lo aveva messo a disagio, ma sapeva che non c'erano cattive intenzioni nelle parole della donna. «Magari un po' di caffè mi aiuta», rispose.

«Questo Paese è morto, Marvin, non lo vedi? Non ci si può ispirare ai morti. Qui non troverai quello che cerchi. Hai bisogno di prendere le distanze e… be', non voglio farmi gli affari tuoi, ma credo che dovresti perdonare te stesso. Non hai niente da rimproverarti. Ti ho sentito parlare con Eulogio, so che il pensiero di non essere rimasto al fronte per tutta la durata della guerra ti toglie il sonno. Ma perché avresti dovuto restare? Ti hanno ferito e in più non era la tua guerra, Marvin, e non lo era nemmeno di moltissimi di noi.»

La profondità del commento di quella donna lo sorprese. La considerava una semplice casalinga, preoccupata più di sopravvivere che dei dolori dell'anima. «Ho molte idee, ma quando cerco di scriverle non riesco; delle volte, semplicemente svaniscono.»

«E che idee sono quelle che vorresti trasformare in poesia?»

«La lotta per la libertà, perché è il bene più grande per un essere umano, la sconfitta, la paura, la disperazione…»

La madre di Eulogio ascoltava con interesse. Si era seduta di fronte a lui e lo guardava come se potesse leggergli dentro. «Sono idee belle e preziose, Marvin, qualcosa verrà fuori. Ma non sei tornato in Spagna in cerca d'ispirazione, in realtà vuoi risolvere un problema con te stesso. Stai cercando le ragioni che ti hanno spinto ad andare via e, se proprio te lo devo dire, quello che stai cercando davvero è il perdono.»

«Non esattamente», replicò Marvin, colpito dalla perspicacia della donna.

«A mio parere sì. Per quello che so, sei stato in guerra diversi mesi, hai fatto il traduttore per alcuni giornalisti americani, sei stato ferito e te ne sei andato. Esattamente come hanno fatto tanti altri.»

«Mi sono accontentato di fare il traduttore. Non ho voluto combattere», confessò lui abbassando lo sguardo.

«Per quale ragione avresti dovuto fare diversamente? Non sei venuto a uccidere nessuno. E, ciò nonostante, sei rimasto al fronte, dove hai conosciuto Eulogio…»

«Lui era amico di Pepe, un anarchico che faceva da traduttore per alcuni giornalisti, come me. Eulogio e io ci siamo ritrovati in prima linea, lì mi hanno ferito… Ma a lui è andata peggio, perché per salvare me…»

«Sì, è zoppo ma è vivo, proprio come te. La ferita alla gamba gli ha impedito di tornare a combattere. Mi dispiace che mio figlio sia rimasto zoppo, non dico di no, ma lo preferisco all'alternativa di piangere un altro morto.»

«Capisco», riuscì a dire Marvin, anche se in realtà non era vero.

«Non so se mi capisci davvero, ma fa lo stesso; io sì che ti capisco. Va', Marvin, qui non troverai la risposta capace di scacciare i fantasmi che ti aggrediscono di notte facendoti urlare.»

«Io urlo? Mi dispiace, non voglio disturbare…» rispose a disagio.

«Non disturbi affatto, in realtà mi fai pena», affermò la donna senza pensare che le sue parole potessero umiliarlo.

«Andrò via a breve», assicurò lui.

«Per quello che mi riguarda, puoi restare tutto il tempo che vuoi, ma non credo che qui risolverai i tuoi problemi. Te l'ho già detto.»

«Io vi ringrazio per avermi accettato… Volevo stare con persone di fiducia.»

«Persone di fiducia? Sì, hai avuto fortuna. Mio figlio è un pezzo di pane. Ma di questi tempi bisogna stare attenti, le denunce sono all'ordine del giorno, molte persone vengono portate via perché qualcuno le ha accusate di far parte dei rossi.»

«Ma voi…»

«Sì, mio marito lo era e mio figlio lo è, ecco perché ho dovuto… Be', tutti abbiamo i nostri segreti.»

Marvin abbassò la testa. Non ne era certo, ma aveva sentito delle voci; secondo le malelingue Piedad andava a letto con don Antonio ed era questa la sola ragione per cui il contrabbandiere aveva dato lavoro a Eulogio e teneva a bada i falangisti, facendo in modo che non infastidissero né lui né sua madre.

Alzò la testa e la scrutò. Sembrava persa nei suoi pensieri. Non faticava a capire come mai don Antonio si fosse invaghito di lei. Di media statura, magra, capelli scuri ricci e una pelle luminosa, di porcellana. Gli occhi verdi denotavano cocciutaggine, ma soprattutto stanchezza. Le mani probabilmente una volta erano state morbide, adesso invece erano screpolate, e le unghie rovinate. Ciò nonostante, emanava una sensualità inconsapevole. Quanto a don Antonio, doveva provare piacere a infilarsi nel letto di una donna che non era la sua più come motivo di vanto che per altre ragioni.

Marvin non la giudicava. Era una sopravvissuta che si aggrappava alla vita, ma non per se stessa, bensì per salvare suo figlio. Non era stata sconfitta, semplicemente si era resa conto che non c'era più nessuna battaglia da combattere, almeno non per lei.

La donna lo guardò e sorrise, gettandolo ancora di più nello sconcerto. «Mio marito era correttore di bozze… lavorava in un giornale e traduceva i classici francesi per la Editorial Clásica. Ma non era un correttore qualunque. Vivevamo bene, senza grandi lussi ma bene. Lo amavo, sì. Lo amavo. Aveva occhi solo per me, non era il genere di uomo che cerca altre donne.» Pronunciò queste parole con ribrezzo, sicuramente stava pensando a don Antonio, che invece aveva cercato lei.

«Perché è andato in guerra?» chiese Marvin, a disagio per il tono così personale della conversazione.

«Mi disse che non sarebbe riuscito a guardarsi allo specchio se non avesse fatto qualcosa. Aveva idee socialiste e odiava i fascisti. Ecco perché è andato al fronte e, nonostante le mie proteste, non ha mosso un dito per impedire che ci andasse anche Eulogio.»

«Avrebbe potuto impedirglielo?»

«Non lo so, non ci ha nemmeno provato. E come vedi, lui ha perso la vita e mio figlio quasi una gamba. Adesso m'importa solo che Eulogio lavori e vada avanti. Non so se ha talento come pittore, ma ormai non importa; qui gli artisti non servono a nessuno, perciò per tirare a campare dovrà ingegnarsi. Va bene che dipinga nel tempo libero, ma solo quando non deve lavorare.»

«È un bravo pittore», affermò Marvin senza troppa convinzione.

«A me non piacciono molto i suoi quadri, ma io non ne capisco. Voglio solo che faccia bene il suo lavoro e si guadagni la fiducia di don Antonio; se lo fa, non gli mancherà mai da mangiare.»

«Ma don Antonio è...»

«Uno svergognato, una persona della quale non ci si può fidare. Credi che io non lo sappia? Ma ha bisogno di gente che sappia stare zitta. Eulogio non dirà una sola parola sugli intrallazzi di don Antonio, e il suo silenzio verrà ripagato. So che è indecente quello che dico, ma cos'altro possiamo fare? Al momento non ci resta che sopravvivere.»

«Si può sopravvivere anche senza... Be', ci sono molti modi per farlo...»

«Ah, sì? Dimmene uno. Dimmelo.» La donna parlava con durezza.

Marvin non replicò. Chi era lui per sostenere che la dignità era più importante della fame? Sapeva di gente che mangiava poco e niente, ma non per questo aveva venduto l'anima o il corpo ai vincitori.

«Non giudicarmi, cosa vuoi saperne tu?»

La donna sembrava aver letto nei suoi pensieri. Marvin sentì le guance prendere fuoco. Non voleva offenderla. Non solo perché era la madre del suo amico, ma anche perché chi disprezza se stesso non ha alcun diritto di disprezzare gli altri. «Non giudico nessuno. Le sono molto grato dell'ospitalità.»

«Mio figlio ti considera un amico», affermò lei scrollando le spalle. «Spero non vorrai giudicare anche lui perché lavora da don Antonio.»

«Assolutamente no», rispose.

«Non dire niente a Eulogio dei nostri discorsi. Adesso ti lascio lavorare.

Ah! Mi sono dimenticata di dirti che stamattina, quando eri di sotto, da Fernando, è venuta Catalina. Mi ha detto che vuole parlarti.»

«Catalina?»

«Sì, Catalina Vilamar. La ragazza più bella del quartiere. Siete tutti pazzi di lei, ma a quanto pare le piaci tu, sennò non si sarebbe presentata qui.»

«No... no, io non ho niente a che vedere con lei. L'ho vista qualche volta qui nel quartiere, tutto qui.»

«Tutto qui? Be', io credo che a lei interessi, forse perché sei americano, e sei anche bello. Fernando Garzo è innamorato di lei da quando erano bambini. Antoñito, il figlio di don Antonio, vorrebbe fidanzarsi con lei. Lo stesso vale per Pablo e gli altri ragazzi del quartiere, non riescono a toglierle gli occhi di dosso, perciò non mi spiego come mai tu sia l'unico al quale Catalina non piace. Riconoscerai che è bella, un po' magra, ma chi non lo è dopo la guerra? Persino i Vilamar, che avevano un'ottima posizione, hanno i loro problemi.»

«Catalina è bellissima, sì, ma le assicuro che io... Insomma, non mi interessa. Non so perché è venuta qui né cosa può volere da me.»

«Be', se non lo sai vuol dire che non sei così furbo come sembri. Le piaci. E Fernando mi fa pena, poveretto, è così innamorato... In ogni caso, sono cose da ragazzi. Occupatevene voi. Ecco, stai attento. Don Ernesto, il padre di Catalina, potrebbe imbestialirsi se dovesse sapere che tu e sua figlia...»

Quando Piedad finalmente lo lasciò solo, Marvin respirò sollevato. La conversazione lo aveva turbato. Quella donna gli aveva smosso qualcosa dentro, facendo affiorare l'angoscia che lui cercava di dominare.

Aveva ragione, lui lì non ci faceva niente, e soprattutto non voleva coinvolgimenti di sorta nelle faccende di quella gente. Non gliene importava niente. Il suo unico interesse era il dramma che la guerra aveva rappresentato, il trionfo di Franco e le sue conseguenze per il futuro del Paese. Cosa poteva importargliene del fatto che Fernando fosse innamorato di Catalina? O che la madre di Eulogio si infilasse nel letto di don Antonio, e che il suo amico non se ne fosse reso conto? Erano davvero piccolezze al cospetto delle cose importanti. Quanto a lui... no, lì non aveva trovato la pace, semmai il contrario. La desolazione dei perdenti, l'arroganza dei vincitori, la miseria, la fame, l'odio, la rassegnazione... Tutto questo gli ispirava versi amari. Le poesie che scriveva sgorgavano dal suo stesso dolore perché neanche lui si era mai riconciliato con se stesso, con il fatto di essersene andato dopo essere stato ferito, a pochi mesi dall'inizio della guerra.

Solo lui sapeva di essere un codardo che si rimproverava di trovare ispirazione nel dolore, nell'essere circondato da morti viventi che nulla si aspettavano perché si sapevano perdenti. E naturalmente i vincitori gli erano estranei, come se non fossero di questo mondo.

3

Don Antonio Sánchez stava fumando un sigaro. Era magnifico. Certo, aveva speso parecchio per comprarsi sigari veri.

Aveva appena concluso un affare con un tipo che aveva una fabbrica di tessuti in Catalogna. Avrebbero venduto camicie all'esercito.

Prudencio, il fratello di don Antonio, lavorava all'Intendenza e lo aveva messo in guardia: aveva sentito dire al suo colonnello che i soldati avevano bisogno di camicie invernali. Perciò, si supponeva che l'esercito in breve avrebbe comprato camicie da chi ne disponeva o potesse produrne al dettaglio.

Il signor Soler, il proprietario della fabbrica di tessuti, gli aveva assicurato che era in grado di produrre svariate migliaia di capi nel giro di poche settimane. Non appena fossero state pronte le avrebbe inviate a Madrid, al magazzino di don Antonio, che intanto avrebbe anticipato la sua offerta all'esercito attraverso il fratello Prudencio.

Soler era una persona di fiducia. Forse esagerava un po' quando si vantava della sua fabbrica. Don Antonio l'aveva visitata; quell'uomo aveva solo poche macchine nel locale a piano terra della casa in cui viveva. Ci lavoravano diverse donne e le pagava una miseria. Ma per chi non aveva nulla, avere un lavoro, anche mal retribuito, era comunque un sollievo.

«E adesso che abbiamo firmato il contratto dovremmo mettere qualcosa sotto i denti, non crede, signor Soler? Invito io», propose don Antonio.

Uscirono dal magazzino e raggiunsero a piedi un'osteria vicina a plaza de la Ópera. L'oste conosceva don Antonio perché era lui a vendergli il vino e tutto ciò che serviva nel suo locale.

«Cosa c'è da mangiare oggi, Perico?» chiese il negoziante.

«Lenticchie in umido. Per lei anche due uova fritte. Che ne dice, don Antonio?»

«Bastano anche le lenticchie, purché non ci sia solo l'umido...»

«Per lei ci saranno anche lenticchie. Si fidi di me.»

Accompagnarono il piatto con qualche bicchiere di un vinaccio che don Antonio gli vendeva, e che Perico allungava con acqua.

Prudencio si unì alla loro tavola. «Sono andato a casa tua, tua moglie mi ha detto che eri nel magazzino, e lì mi hanno detto che eri qui», disse per giustificare la sua presenza.

«Be', "la Mari" si sarà irritata; arrivare a casa mia a quest'ora...» lo rimproverò don Antonio.

«Ma va', tua moglie è una santa, mi ha detto che non tornavi a pranzo perché c'era Soler.»

«Ottimo, e cosa ti ha detto il colonello delle camicie?»

«Affare fatto. L'ordine è tuo se gli fai un buon prezzo. Gli ho assicurato che nessuno saprà farle più belle e più economiche di te perché sei un patriota e per te niente è mai abbastanza se serve al glorioso esercito. Non appena diranno di procedere, presenta l'offerta ed è fatta. Ti ho portato una copia del foglio, c'è scritto quante camicie servono e il prezzo da corrispondere.»

Don Antonio strappò il foglio dalle mani di Prudencio e lo lesse attentamente. «Ma questi qua vogliono che le camicie gliele regaliamo, non se ne parla, con un prezzo del genere non farò nessuna offerta.»

«Vediamo, lo faccia leggere anche a me», chiese Soler allarmato.

«Ma quanto sei avido, Antonio, non crederai che l'esercito abbia soldi da buttare», lo rimproverò Prudencio, guardando Soler con la coda dell'occhio.

«Avido? Se vogliono le camicie per i soldati, che le paghino!» Don Antonio era infuriato.

«Su, amico mio, non faccia così... Guadagneremo meno del previsto, non diventeremo milionari, ma almeno una fetta ce la prenderemo, sono un sacco di camicie», affermò Soler, ridandogli il foglio.

«Se vogliono le nostre camicie, che le paghino!» insistette don Antonio.

«Ma cosa dici! Credi che in questo stesso momento non si stiano muovendo anche altre persone per aggiudicarsi la vendita delle camicie all'esercito? So che al Quartier generale stanno arrivando altre offerte, avranno modo di scegliere: se non siamo noi, saranno altri... Fai tu, Antonio, ma non chiedermi una seconda volta di parlare col colonnello per vendergli qualcosa. Lo sai che non gli piacciono gli intrallazzi ma si fida di me, sa che non lo imbroglio e che mi sta solo facendo un favore perché sei mio fratello.»

«Prudencio ha ragione. Guadagneremo meno, ma guadagneremo, quello che conta è che dopo le camicie arriveranno altri ordini», insistette Soler.

«Secondo lei, perciò, con la miseria che ci vogliono dare guadagneremo comunque qualcosa?» chiese Antonio rivolto al socio catalano.

«Ebbene sì, io sono disposto a realizzare le camicie a quel prezzo. E dirò di più, non appena sarò arrivato a Tarrasa, manderò un pacco con alcuni esemplari di diverse misure perché Prudencio li mostri al colonnello; e saranno di qualità eccellente, così il colonnello non avrà dubbi. Le altre, be', non saranno proprio identiche, ma saranno comunque un buon prodotto.»

«Non so, Soler... se si abituano a prezzi del genere sarà difficile che più avanti li alzino», si lamentò don Antonio.

«Bisogna essere comprensivi, la guerra è appena finita, non ci sono soldi e di sicuro non andranno a spenderli in camicie», affermò Soler cercando di convincere il socio. «A proposito, Prudencio, quanto vuole trattenere per sé il colonnello?»

«Niente, Soler, non è un arraffone. Mi avvisa degli acquisti dell'esercito solo perché sa che sono una persona leale e ha fiducia in me. Come dice lui, è meglio fare affari con i patrioti, e siccome Antonio è mio fratello...»

«E lei quanto vuole?»

«Niente di che, Antonio lo sa...»

«Bene, bene, se chiudiamo l'affare ce ne sarà per tutti», concluse Soler.

Finito di pranzare, Antonio e Prudencio si congedarono dal catalano e s'incamminarono verso il magazzino, situato vicino a Puerta de Toledo. All'inizio in silenzio, poi fu Prudencio a distogliere il fratello dai suoi pensieri. «Senti, non credo ci sia niente da fare per don Lorenzo Garzo. Ho chiesto e al tipo non va proprio giù. È più rosso delle granate e poi... al fronte ci è andato da volontario ...»

«Lo fucileranno?»

«Non me lo hanno detto, ma credo di sì. Quelli del carcere di Porlier la vedono male, e quelli delle Comendadoras anche. Ma a te cosa importa? Don Lorenzo non è mai stato nostro amico, non ci vedeva nemmeno, né in negozio, né quando lo incrociavamo per strada.»

«Ma perché è un intellettuale e gli intellettuali passano il tempo a pensare e non si accorgono di niente», replicò Antonio.

«Bene, proprio per questo, che lo fucilino. Chi ha bisogno degli intellettuali? Hanno già danneggiato abbastanza la Spagna alleandosi con i comunisti; e poi quelli là sono quasi tutti sono massoni», insistette Prudencio.

«Me lo ha chiesto Piedad, la madre di Eulogio», disse Antonio a bassa voce.

«Quella donna non fa per te, fratello, ti fa perdere la testa. Non solo ti ha imposto il figlio, vuole anche che salvi Garzo. Non può essere.»

«Eulogio fa bene il suo lavoro e poi è discreto.»

«Però ha combattuto con i repubblicani. Se non fosse per noi... Dai, avrebbero già dovuto fucilarlo.»

«Ma c'è stato giusto qualche mese perché lo hanno subito azzoppato», lo difese Antonio.

«Sì, ma quanti di noi avrà fatto fuori? Non fare il tenero, Antonio. So che ti scopi la madre di Eulogio, ma fa' in modo che quella donna non ti tolga il senno. Tra l'altro, non so come faccia a piacerti, la Mari... stuzzica di più.»

«Senti, non parlare così di mia moglie, non venire a dirmi che *stuzzica*. La Mari è la madre dei miei figli, punto e basta, ha tutto il mio rispetto, per me sta su un piedistallo.»

«L'altra però fa di te quello che vuole.»

«Sta' zitto, disgraziato, cosa vorrai saperne tu di donne.»

«Di questa so che suo marito e suo figlio erano repubblicani e che avendo rapporti con loro tu stai rischiando. Se non fossi così addentro alla Falange... Meno male che i camerati si divertono a sapere che te la scopi, sennò...» insistette Prudencio.

«Hai ragione, fratello, quella donna mi piglia. Ho cominciato ad approfittarmi di lei subito dopo il ritorno dal fronte. Aveva paura che si portassero via suo figlio, com'è successo a tanti altri, per aver combattuto con i rossi. Mi è molto grata di averlo evitato.»

«Be', la sua gratitudine te la sei fatta ripagare per bene, ti sei preso anche casa loro. L'hai pagata due spiccioli e li hai mandati in mansarda; in effetti non sei completamente perso.» Prudencio rise della battuta.

«Gli affari sono affari. Cosa se ne faceva di un appartamento così grande come quello che aveva? In mansarda sta bene. Lei ed Eulogio non hanno bisogno d'altro. Sa che suo figlio è vivo grazie a me. Cosa può volere di più una buona madre? Mi può solo essere grata.»

«Se vuoi continuare ad andare a letto con lei, obbligala ad andare a messa. Mi hanno detto che don Bernardo è abbastanza infastidito dal fatto che spesso non ci va, e che quando va non prende la comunione, non si confessa, niente di niente.»

«Non vorrai mica che confessi al parroco che viene a letto con me? È una donna prudente», la difese di nuovo don Antonio.

«Però attira l'attenzione. Don Bernardo ha capito qualcosa.»

«E tu come fai a sapere tutto, Prudencio?» chiese Antonio, sospettoso.

«Ho un ottimo udito, fratello», rispose Prudencio con una risata.

«Che furbastro!»

«Senti, e di Antoñito e Catalina cosa mi dici? Si sono fidanzati?»

«Mio figlio la corteggia, ma la ragazza non cede. Lo sai che nel quartiere i Vilamar si sono sempre dati delle grandi arie. Don Ernesto però non ha più un soldo, si è rovinato e io gli sto prestando dei soldi; perciò la ragazza dovrà cedere.»

«Quanto hai prestato a suo padre?» chiese Prudencio curioso.

«Diverse migliaia di pesetas, e continua a chiedermene.»

«E tu continui a dargliele, idiota che non sei altro!»

«Ma saremo consuoceri.»

«Si vedrà, Antonio. La ragazzina è viziata, magari non obbedisce a suo padre.»

«Come può non ubbidirgli! Lo farà, Prudencio, o don Ernesto la ammazzerà di botte. E poi, da quando in qua i figli disubbidiscono ai genitori? Catalina è giovanissima, ha molti grilli per la testa, ma farà quello che le dice il padre e sposerà il mio Antoñito. Vedrai, Prudencio.»

«Se lo dici tu, fratello», rispose l'altro poco convinto.

«Sì! Ma parliamo d'altro. Stanotte uscirò con degli amici camerati, ci beviamo qualche bottiglia di vino e poi andiamo in un bordello nella Corredera. Che ne dici?»

«Non posso, Antonio, devo tornare in caserma; l'autista è malato e il colonnello ha bisogno di una persona di fiducia che lo accompagni a una riunione importante. Lo ha chiesto a me, Antonio, non posso dire di no al mio colonnello.»

«Ma certo, come no? Ha fiducia in te e a noi ci va di lusso. Vabbè, niente da fare, perciò, sarà per la prossima volta.»

«Che poi, bisogna vedere che razza di puttane ci sono a Madrid», mormorò Prudencio.

«Fratello, se sei spinto dal bisogno finisce che c'è più offerta che domanda. Molte di quelle che battono sino a poco tempo fa erano donne perbene. A noi comunque non ce ne frega niente, distrarci un po' ci fa solo bene.»

«E la Mari non si arrabbia?»

«Mia moglie? Ma secondo te sa che vado nei bordelli? Ma cosa dici, Prudencio!»

«E Piedad?»

«Non devo darle spiegazioni. Quando voglio qualcosa da lei, le chiedo di venire in negozio, andiamo nel retrobottega e via. Che idea ti sei fatto?»

Prudencio non si era fatto nessuna idea. Ammirava suo fratello Antonio, lo aveva sempre ammirato. Lui era un debole, suo fratello invece era un uomo virile, sano e libertino. Non era strano, perciò, che la Mari non fiatasse, ed era sicuro che Piedad non se la passasse tanto male quando andava a visitarlo nel retrobottega.

Era trascorso un lungo mese dall'ultima volta che Antoñito aveva visto Catalina. Era successo la notte del suo compleanno nella Pradera de San Isidro. Da allora, si erano incrociati qualche volta nel quartiere, ma si erano scambiati a fatica un saluto. Sorrideva al pensiero di quella notte, che lui ricordava benissimo, ma in quel momento lo infastidiva essere lì, davanti alla porta dei Vilamar.

Si aggiustò la giacca e si lisciò i baffi. Suonò il campanello e attese impaziente che aprissero la porta. No, non ci sarebbe andato se non glielo avesse imposto suo padre. Quella mattina gli aveva detto di portare una dozzina di uova e un pollo a casa dei Vilamar.

Donna Asunción aprì la porta e lo guardò sorpresa. Non aspettava visite, men che meno quella di Antoñito.

«Buon pomeriggio, donna Asunción, le porto questo da parte di mio padre», disse consegnandole una cesta coperta con della carta da pacchi.

«Ah! Ma non abbiamo ordinato niente, deve esserci un errore...»

«No, no, signora. Non è un errore, ci sono una dozzina di uova e un pollo, sono un omaggio di mio padre. Sono arrivati oggi, freschissimi, e siccome don Ernesto è di salute delicata, mio padre ha pensato che mangiare pollo e uova gli farà bene.»

Donna Asunción non si decideva a prendere la cesta che Antoñito le porgeva. «È molto gentile da parte di suo padre, ma non so... è un regalo inatteso... Davvero, non so se dobbiamo accettarlo...» replicò imbarazzata.

«Be', io non posso dire a mio padre che lei non ha voluto prendere la cesta, si arrabbierà.» Antoñito non era disposto a farsi rimproverare da suo padre, a farsi dare del buono a nulla.

Catalina fece spuntare la testa dalla porta del corridoio che dava sull'ingresso. «Chi è, mamma?» chiese curiosa.

«È Antoñito, ci ha portato... ci ha portato un regalo da parte di suo padre.»

La porta si aprì del tutto e Catalina si piazzò all'ingresso, davanti ad Antoñito, e lo guardò schifata. «Che sorpresa. Non lo sai che è maleducazione presentarsi a casa di qualcuno senza avvisare prima?» lo rimproverò.

«Non l'ho deciso io, mi ha mandato mio padre. Se disprezzate il suo regalo, glielo dirò e la chiudiamo qui», sbottò con tono di sfida.

«No, no, il punto non è che disprezziamo quello che tuo padre ci manda, gli siamo grati per la sua generosità, solo che... insomma, non siamo abituati a queste cose», riuscì a dire donna Asunción, guardando sua figlia con severità.

«Il punto è che tra noi non c'è un rapporto di amicizia tale da farci accettare regali.» Catalina si era rivolta ad Antoñito senza nascondere minimamente il suo fastidio.

«Be', per quello che ne so io, in questa casa vivete grazie ai prestiti di mio padre, perciò non capisco perché state facendo tutte queste storie», replicò lui sfacciato.

«Ma cosa dici! Guarda, non siamo disposte a tollerare tutta questa insolenza. Portati via quella cesta e non tornare senza preavviso.» Catalina aprì la porta e con un gesto invitò Antoñito ad andare via.

Lui esitò. Per un momento pensò di andarsene con la cesta e di spiegare a suo padre che le Vilamar lo avevano trattato per l'ennesima volta come un essere inferiore. Tuttavia, sapeva che non se la sarebbe presa solo con loro due, ma anche con lui; di sicuro gli avrebbe dato la colpa di quanto era successo, accusandolo di non aver fatto le cose come andavano fatte.

Lasciò la cesta per terra, girò sui tacchi e uscì di casa senza guardare né la madre né la figlia. Affari loro, pensò. Se ne avevano il coraggio, che ci andassero loro in negozio e restituire la cesta a suo padre, e che fosse lui a vedersela con quelle due arpie che credevano di essere chissà chi, quando non erano che due morte di fame. Non vedeva l'ora che suo padre organizzasse il matrimonio con Catalina; a quel punto lo avrebbe saputo lui come spegnerle i bollenti spiriti. Le avrebbe fatto abbassare la cresta e ammettere che i Vilamar erano solo morti di fame e che se non fosse stato per loro sarebbero finiti a chiedere l'elemosina.

«Non lo sopporto», affermò Catalina, rivolta a sua madre, non appena chiuse la porta.

«Non è un cattivo ragazzo, forse un po' goffo. Chiederemo a tuo padre cosa fare della cesta, se dice che dobbiamo tenercela, lo faremo.»

«Ma mamma, scusa, non possiamo accettarla! È un'umiliazione. Preferisco morire di fame piuttosto che accettare l'elemosina di quei bifolchi.»

«Tuo padre... Be', credo che lui sia in affari con don Antonio, perciò non possiamo snobbarlo così.»

Don Ernesto strinse i denti e corrugò la fronte mentre moglie e figlia gli raccontavano la scena appena avvenuta. Come osava, quel negoziante, mandargli una cesta con delle uova e un pollo! Per chi l'aveva preso! Per un momento pensò di chiedere a Catalina di riportare la cesta nel negozio di don Antonio, ma si trattenne. Gli doveva molti soldi, non poteva certo permettersi di irritarlo. Perciò, don Ernesto inspirò profondamente e mise ordine nei pensieri. Il negoziante era un contrabbandiere, un bruto, un meschino falangista cui piaceva mostrare il petto; allo stesso tempo, era un patriota ed era grazie a uomini come lui se la patria non si era disfatta nelle mani dei rossi. Don Antonio era privo di educazione e ignorava perciò le buone maniere. Non lo si poteva incolpare di mancanza di tatto per aver mandato loro una cesta di cibo; in realtà era un gesto d'amicizia, un modo per far sì che Antoñito e Catalina si avvicinassero. Non era il modo migliore, ma non era stata sua intenzione offenderli, semmai il contrario. Inoltre, anche se donna Asunción non ne era a conoscenza, da quando la guerra era finita e don Antonio era rientrato a Madrid con le truppe di Franco e aveva ripreso in mano il negozio di alimentari, loro, i Vilamar, mangiavano grazie al credito che lui faceva loro. Ma c'era dell'altro: se don Ernesto sbarcava il lunario, era proprio grazie al prestito che gli aveva fatto don Antonio, nell'attesa che ripartissero gli affari legati alla vendita di tabacco, eredità di suo suocero.

Donna Asunción era convinta che il marito ogni mese saldasse il conto di quanto compravano nel negozio di alimentari; in realtà il debito aumentava e tutto lasciava pensare che sarebbe andata avanti così. Sarebbero riusciti a saldarlo unicamente il giorno in cui Catalina fosse uscita dalla chiesa al braccio di Antoñito come sua moglie.

«Ma certo che dobbiamo accettare il regalo. In fin dei conti, siamo buoni clienti, è logico che don Antonio abbia un occhio di riguardo per noi», sentenziò don Ernesto.

«Ma, papà...!» protestò Catalina.

«Se lo dici tu, Ernesto... Senti, preparerò una tortilla per stasera e domani il pollo arrosto», accettò donna Asunción, che mai si sarebbe sognata di contrariare suo marito.

L'indomani pomeriggio, Catalina avvolse i due lavori all'uncinetto fatti dalla madre e decise di portarli a casa dei Garzo. Erano passati quasi due mesi e

Fernando non era andato a prenderli. Era ancora arrabbiato con lei. Non ne aveva il motivo, si disse Catalina. Non erano fidanzati, non lo erano mai stati, lei non aveva mai lasciato intendere che potessero esserlo. Lo stimava con sincerità perché si conoscevano da quando erano bambini, Fernando era molto intelligente e l'aveva sempre aiutata a fare i compiti. Non solo, se qualche bambino la infastidiva lui la difendeva. Tutti sapevano che tirare la coda a Catalina voleva dire prendersi un pugno dal suo amico.

Entrò nel portone della casa di Fernando e sorrise alla portinaia, intenta a spazzare. «Vado a casa dei Garzo», le disse.

«Non so se c'è Fernando, ma sua madre sì.»

Salì le scale di corsa sino al primo piano e schiacciò con forza il campanello. Isabel aprì la porta e la invitò a entrare. «Ma dai, Catalina, sono giorni che non ti vedo. Fernando sta per rientrare. Vieni, siediti. Vuoi un bicchier d'acqua?»

«Molte grazie, donna Isabel, sono venuta solo a portarvi questi lavori fatti da mia madre, e anche delle uova.»

«Ah, sì! Fernando mi aveva accennato qualcosa... Grazie mille, Asunción è molto brava con l'uncinetto. Grazie di tutto.»

«Come sta Lorenzo?» chiese con affetto.

«Puoi immaginare... Il carcere delle Comendadoras è sovraffollato e ai detenuti danno poco e niente da mangiare. È così magro... Speriamo solo di ottenere l'indulto, perché non so se resisterà ancora a lungo», si lamentò Isabel.

«Certo che glielo concederanno! Don Lorenzo è bravissimo, lo sappiamo tutti. Non perda la speranza, vedrà che molto presto sarà di nuovo a casa. Io prego tutti i giorni, chiedo alla Vergine di intercedere per lui.»

«Be', speriamo che la Vergine ti ascolti, allora, perché a me da lassù non mi ascolta più nessuno già da un po'...»

Fernando entrò in cucina e trovò sua madre e Catalina intente a conversare. Adorava vederle insieme, erano le donne che amava di più al mondo, in realtà erano le uniche due donne che amava. Ce n'erano forse delle altre?

«Non pensavo di trovarti qui», disse a Catalina mentre si avvicinava a sua madre per darle un bacio.

«Ho portato i lavori all'uncinetto, visto che non sei venuto a prenderli...»

«Sai com'è, io lavoro Catalina, non ho tutto il tempo libero che hai tu.»

Isabel guardò il figlio sorpresa dalla severità del suo tono. Pensò che avessero litigato e ne fu turbata; non era mai successo, nemmeno da bambini.

«Lo so che lavori, Fernando, e... D'accordo, non voglio disturbare, vado via. Salirò a casa di Eulogio, ho delle uova anche per lui e sua madre, e poi voglio parlare con Marvin.»

Davanti alla sincerità di Catalina, Fernando sentì una fitta acuta nello stomaco. Non si rendeva conto di ferirlo?

Di colpo Isabel capì cosa stesse succedendo a suo figlio. «Marvin è una persona molto piacevole, si è adattato bene qui. Lascerà ottimi amici», commentò per togliere importanza alle parole della ragazza.

«Non credo che andrà via, la Spagna gli piace molto», assicurò Catalina.

«Be', ti sbagli. La sua idea è di andare via a breve, forse fra qualche giorno, non ha più niente da fare qui», intervenne Fernando senza nascondere la sua contrarietà.

Catalina lo guardò sconcertata. Perché Fernando le parlava in modo così aspro? «I bravi poeti faticano a trovare ispirazione, ma non credo che Marvin abbia problemi di questo tipo. Io so che la Spagna gli piace e non ha intenzione di andare via, magari prima sì, ma adesso... no, adesso non se ne andrà», affermò con sicurezza.

«Questo è quello che piacerebbe a te, ma l'americano se la svigna, Catalina, vedrai.»

«Farà quello che deve fare, vero o no? Catalina, ringrazia tua madre, è sempre così generosa e attenta», si intromise Isabel per evitare che litigassero.

«Mia madre mi ha detto che le piacerebbe invitarla a prendere una tazza di caffè da noi, quando potrà. Magari vorrà venire a trovarci uno di questi pomeriggi.»

«Ma certo. Dille che, se per lei va bene, farò un salto giovedì prossimo.»

«Andrà bene di sicuro; fra l'altro giovedì non dovrà preoccuparsi di papà, perché lui andrà a Huesca, da suo fratello maggiore, e si tratterrà un paio di giorni. Giovedì è perfetto. Puoi venire anche tu, Fernando, preparerò una torta, che ne dici?»

«Io lavoro, Catalina, non ho tempo di andare in giro a mangiare torte», rispose irritato.

«Be', io la torta la preparerò comunque e ne darò una bella fetta a tua madre, te la porterà lei», insistette Catalina, decisa a ignorare l'atteggiamento di Fernando.

Quando Catalina andò via, Isabel riprese suo figlio. Capiva la sua frustrazione davanti all'indifferenza della ragazza, ma non poteva permettere che sprofondasse nell'amarezza. «Non sei stato molto gentile con lei. Guarda, Fernando, così non otterrai niente. So che sei innamorato di lei, ma è normale che le piaccia l'americano, le passerà, e se non le passerà, cosa possiamo farci? Nessuno ha potere sui sentimenti altrui. Nessuna sarebbe più felice di me se Catalina fosse la tua fidanzata, ma se il suo affetto per te non va in questa direzione, lascia perdere, troverai una donna che saprà apprezzarti per tutto quello che vali. E un giorno riderai ricordando questo amore di gioventù.»

«Lascia perdere, mamma, lascia perdere. Catalina mi è indifferente, mi infastidisce solo che stia dietro all'americano senza rendersi conto che a lui, di lei, non importa niente, si sta mettendo in ridicolo.»

«A me non la racconti, Fernando. Sei innamorato di lei da quando eri bambino. Sei tu che ti rendi ridicolo trattandola così. Se vuoi che ti veda, fai l'indifferente.»

«A me non piacciono i trucchetti, mamma. Se non mi ama, non mi ama. Non me ne importa niente.»

Invece gli importava eccome, al punto che aveva male al petto per l'angoscia di sapere che in quel momento Catalina stava bussando alla porta di Eulogio per vedere Marvin. È una stupida, non conosce misura, pensava Fernando, lottando contro il desiderio di presentarsi a casa dell'amico per interrompere la conversazione, casomai l'americano si trovasse lì.

Fu Piedad, la madre di Eulogio, ad aprire la porta a Catalina. Guardò la ragazza con stupore prima di invitarla a entrare. «Vieni... vieni... che succede? Mio figlio è appena andato al magazzino, lo sai che adesso dev'essere al lavoro alle sette...»

«Scusi il disturbo, donna Piedad, ma volevo vedere Marvin», disse con decisione.

«Marvin? Ma certo, certo, adesso gli dico di uscire. Va' nella saletta, è piccola ma almeno potrai sederti.»

Catalina non si sedette. Rimase in piedi cercando di mettere a freno la sua agitazione.

Marvin entrò nella saletta seguito da Piedad. La visita di Catalina lo lasciò di stucco. «Cosa ci fai qui?» le chiese senza salutarla.

«Sono venuta a trovarti, non ci vediamo dal giorno della festa per il compleanno di Antoñito nella Pradera. Non volevo distrarti, so che stai lavorando molto.» E gli rivolse un sorriso.

A Piedad bastò vedere il modo in cui Catalina guardava Marvin per capire che la ragazzina era innamorata dell'americano, anche se lui sembrava non rendersene conto, o forse non voleva manifestarlo davanti a lei.

«Devo fare delle cose, se vi serve qualcosa... Catalina, ti va un bicchiere d'acqua?»

«No, signora, non voglio niente. Molte grazie.»

«Bene, allora vi lascio chiacchierare...» E uscì dalla piccola sala per andare in una stanza ancora più piccola, dove si accomodò sul letto in attesa che Catalina se ne andasse.

«Sai, Marvin, ho sentito dire che stai per andare via. Io non so se sia vero, ma mi infastidisce sentire queste voci.»

«Be', non andrò via domani, ma sì... sto pensando di tornare in Francia, non so ancora quando, lo sai anche tu che ci sono i tedeschi. L'Europa è in guerra. In ogni caso, non posso rimanere a Madrid per sempre, un giorno o l'altro dovrò andare via», rispose senza capire per quale ragione Catalina fosse lì, né perché volesse conoscere i suoi programmi.

«Mi piacerebbe andare a Parigi, la vita lì deve essere molto diversa da qui...»

«Se vuoi andarci, ti farò da guida, ma non è certo il momento migliore per farlo», disse lui, tanto per dire qualcosa.

«Davvero mi faresti da guida a Parigi?»

«Certo... sarà un piacere. Ti piace il teatro? Possiamo andare a teatro, e potrò portarti nei caffè... I caffè di Parigi sono i più belli del mondo.»

«E la Torre Eiffel? Mi piacerebbe così tanto salire in alto su quella torre», esclamò entusiasta Catalina.

«Non so se si può salire su in alto, ma ti porterò a vederla.»

«Hai una casa a Parigi?» chiese lei.

«Ho un appartamento non molto lontano dalla cattedrale di Notre-Dame.»

«Bello?»

«Io lo trovo bello. Ti piacerà, è comodissimo», affermò Marvin, senza rendersi conto dell'effetto che le sue parole avevano su Catalina.

«Sarà stupendo! Ho una voglia di andarci! I miei genitori non saranno d'accordo, ma dovranno abituarsi all'idea. Sei sicuro che non ti dispiace che venga a Parigi con te? Ci hai pensato bene?» chiese con sguardo serissimo.

Marvin non riusciva a cogliere il senso di quella conversazione. Per lui Catalina era solo una ragazza un po' sciocca, una brava persona, forse un po' troppo civettuola, ma a lui importava davvero poco. Non ci teneva affatto che Catalina andasse a trovarlo a Parigi, ma era troppo educato per non offrirle la sua ospitalità.

«A cosa dovrei pensare? Se un giorno verrai a Parigi, ti darò il benvenuto. Ti piacerà, vedrai.»

Catalina si alzò dalla sedia con un salto e gettò le braccia intorno al collo di Marvin, dandogli un sonoro bacio sulla guancia. Incapace di reagire, lui rimase immobile qualche secondo. Fu Piedad a salvarlo. La donna non aveva potuto evitare di ascoltare la conversazione; le pareti della mansarda erano così sottili che era impossibile ignorare quanto succedeva nella stanza accanto.

«Davvero non vuoi un po' d'acqua?» chiese Piedad irrompendo nella stanza.

Catalina abbassò le braccia e si allontanò di qualche centimetro da Marvin prima di rispondere: «No, donna Piedad, mille grazie... Come vede stiamo parlando, ma forse sarebbe meglio andare a fare una passeggiata per concludere il discorso, non credi, Marvin?»

«È tardissimo... e stavo scrivendo... ma... va bene, ti accompagnerò al portone», accettò lui senza alcun entusiasmo.

Catalina continuò a tempestarlo di domande su Parigi, sui posti che le avrebbe fatto visitare, sul nome dei suoi caffè preferiti, e sugli amici che aveva lì... Marvin rispondeva svogliato, ma lei non se ne rendeva conto. Era felice. Dalle parole dell'americano aveva dedotto che non solo era innamorato di lei, ma era anche ansioso di portarla via con sé.

Più tardi, nella solitudine della sua stanza, Catalina si rese conto che non avevano parlato di matrimonio, ma mise da parte questa preoccupazione. Si sarebbero sposati, certo che sì. Come poteva andare a Parigi con Marvin se non da sposati? Suo padre si sarebbe opposto, ne era certa, ma con l'aiuto di sua madre l'avrebbe convinto. Naturalmente, non era disposta a cedere, si sarebbe sposata con Marvin e sarebbero andati a vivere in Francia. Cominciò ad avvertire un po' di nostalgia al pensiero di sua madre, ma passò subito oltre. Sua madre sarebbe andata a trovarla spesso e anche lei sarebbe tornata a Madrid. Anzi, quel via vai sarebbe stato divertente. Inoltre, Marvin era ricco, lo sapeva, i suoi genitori avevano un'acciaieria negli Stati Uniti, perciò, non appena si fossero sposati, lei avrebbe avuto un sacco di soldi da spendere nei negozi alla moda di Parigi durante le visite di sua madre. Si sarebbero divertite un mondo insieme, non faticava a pregustare la vita che l'aspettava nella capitale dell'eleganza.

Ricordando la notte alla Pradera, le fu inevitabile una sensazione agrodolce. Il ricordo era doloroso e confuso, ma a quanto aveva sentito dire alle donne di una certa età, il contatto carnale, soprattutto la prima volta, non era mai appagante.

Lei aveva avvertito dolore per diversi giorni, ma era sollevata al pensiero di essere stata tra le braccia di Marvin, erano state le sue mani ad accarezzarle il volto e a tirarle giù la gonna per coprire le gambe. Era stato così attento e delicato con lei...

Quel pomeriggio nessuno dei due aveva fatto riferimento a quanto era successo. Lui era un vero cavaliere, e in quanto tale non ne aveva parlato, e lei gliene era grata. Dal suo canto, lei aveva sbagliato a permettergli di spingersi così lontano. Ma era sollevata dal fatto che non solo Marvin non aveva una cattiva opinione di lei, al contrario, era innamorato e deciso a iniziare una vita insieme.

Le sarebbe piaciuto dire a sua madre che stava per sposarsi, ma quella sera, durante la cena, suo padre appariva preoccupato e sua madre inquieta. Catalina aveva imparato che per un annuncio importante è meglio aspettare il momento giusto.

Piedad stava preparando una tortilla di patate quando Marvin rientrò e la raggiunse in cucina.

L'americano si sedette a tavola pronto a onorare la cena. In quella casa si viveva in ristrettezze, come in tutta Madrid e nell'intera Spagna, ma Eulogio di solito riusciva a prendere qualcosa nel magazzino e probabilmente don Antonio vendeva a credito a Piedad, ragion per cui c'era sempre qualcosa da mettere sotto i denti.

Nel quartiere si chiacchierava della relazione tra don Antonio e Piedad, ma Eulogio sembrava ignorare quelle voci.

Alcune mattine, dopo che Eulogio tornava dal magazzino e si metteva a letto a riposare, Piedad si dava una sistemata e usciva senza fare rumore. Al ritorno, accadeva che una delle forcine con cui raccoglieva i capelli fosse fuori posto o che gli abiti apparissero sgualciti e sul suo volto, insieme a un leggero rossore, ci fosse dell'astio.

Di solito cenavano da soli, visto che Eulogio passava buona parte del pomeriggio e della notte a fare la guardia al magazzino di don Antonio. Dopo cena, solitamente Marvin si chiudeva nella sua stanza a scrivere, o a provarci, oppure usciva per incontrare qualcuno degli amici che si era fatto a Madrid. Quella notte, però, era rimasto turbato da Catalina. Lo aveva sconcertato, sopraffatto con la sua personalità. Vedeva in lei una determinazione e una forza che la rendevano inarrestabile.

Eulogio spesso lo prendeva in giro dicendogli che aveva fatto innamorare la ragazza più bella del quartiere, ma Marvin la pensava diversamente: Catalina in realtà era innamorata della vita e quella Spagna era troppo quieta e rigida per una come lei. Quanto a lui, provava una sincera ammirazione per lei, proprio perché Catalina aveva qualcosa di cui lui era privo: una voglia irrefrenabile di godersi la vita.

Piedad e Marvin cenarono in silenzio, ognuno assorto nei propri pensieri. Alla fine, lui si offrì come sempre di lavare i piatti, ma poiché Piedad non concepiva di stare senza far niente, lui si rifugiò nella propria stanza per affrontare l'abisso del foglio bianco, che attendeva solo di essere riempito di parole.

Ci provò per un bel po' ma quella notte, di nuovo, dovette accettare che l'ispirazione lo schivava e, scoraggiato, decise di uscire.

Sul portone incontrò Fernando. «Dove vai?» gli chiese, tanto per dire qualcosa.

«A buttare la spazzatura nel cassonetto all'angolo, e tu?»

«Ho bisogno di prendere aria, fa troppo caldo.»

«Se vuoi ti faccio compagnia», gli propose Fernando. «Solo per poco, però, perché domani mi devo alzare presto», aggiunse.

Sono proprio vecchia, pensò Piedad. Guardandosi allo specchio non vedeva che rughe e una smorfia sulle labbra. Qualche capello bianco cercava di farsi strada nella chioma scura. *Mio marito mi trovava bella, e in effetti anni fa lo ero, perché negarlo, ma adesso...* E si domandava per quale ragione Antonio il contrabbandiere fosse così interessato a lei. Non aveva ancora capito perché quell'uomo avesse voluto a tutti i costi farla diventare la sua amante.

Ricordava ancora il giorno in cui le truppe di Franco avevano occupato Madrid; dopo poco tutti coloro che si erano uniti ai nazionalisti erano tornati nel quartiere. Tra questi Antonio, aveva indosso l'uniforme falangista e si vantava delle imprese belliche.

Durante la sua assenza, sua moglie Mari si era presa in carico il negozio fingendo che il marito l'avesse abbandonata e di non avere niente a che vedere con le questioni politiche. In realtà, al ritorno lo aveva accolto a braccia aperte, felice di potergli cedere nuovamente lo scettro dei loro affari.

I vicini non avevano mai creduto sino in fondo che lei fosse estranea alla fazione dei nazionalisti, qualcuno l'aveva persino denunciata, ma non si poté provare alcunché: all'apparenza, era una donna sola che cercava di crescere le sue figlie mentre il figlio maggiore, Antoñito, se n'era andato, come il padre, a combattere con le truppe franchiste.

Piedad ricordava ancora il pomeriggio in cui, per l'ennesima volta, era andata in negozio per chiedere ad Antonio di farle credito, voleva acquistare delle patate e qualche uovo. Lui l'aveva squadrata dall'alto in basso e con un cenno le aveva indicato di seguirlo nel retrobottega. Lei l'aveva seguito, incuriosita, pensando non volesse mostrare alle altre clienti che le stava facendo credito.

L'aiutante era rimasto in negozio, a servire altre due donne.

«Hanno ucciso tuo marito al fronte, vero?» le chiese Antonio.

«Sì», rispose Piedad con voce ferma.

«Era un rosso, voleva la rovina della Spagna.»

«Mio marito era un uomo onesto, una persona perbene, che ha fatto quello che doveva fare», rispose con coraggio.

«Anche tuo figlio ha combattuto contro di noi, si è meritato di restare zoppo.»

Lei si avvicinò e gli diede uno schiaffo con il palmo della mano aperta. Antonio incassò il colpo con una risata grottesca. «Ma dai, credi ancora di essere chissà chi... Be', te lo dico io cosa devi fare. Comincia a toglierti i vestiti, sai già perché. Se a partire da questo momento non farai quello che voglio io, ti denuncerò. Sì, andrò a dire ai miei camerati di arrestare tuo figlio perché è un comunista. In più è un parassita, un minorato sfaticato. Un imitatore di quel pittore rosso del Guernica, si chiama Picasso, giusto? Per i rossi come voi non c'è posto in questa Spagna. Il tuo Eulogio finirà in galera. All'inizio, per qualche mese, poi finirà alla garrota, o fucilato di prima mattina. Se non vuoi che ti denunci, sai già cosa fare, spogliati...»

Piedad lo guardò con tutto l'odio di cui era capace. Poi gli si avvicinò, a un centimetro di distanza riusciva a sentire l'odore acre del suo sudore, del suo alito gelatinoso. «Va bene, lo farò. Ma tu non solo non denuncerai mio figlio, ma oggi stesso gli darai un lavoro. Eulogio è in grado di fare qualunque cosa.»

Antonio non si aspettava una reazione del genere. La squadrò da sopra a sotto indeciso sul da farsi. «Non puoi dettare nessuna condizione. Se vuoi vedere tuo figlio a casa puoi solo stare al gioco, per me fa lo stesso.»

«Gli darai uno stipendio decente che ci permetta di vivere», insistette lei, ignorando del tutto le sue ultime parole.

«Sei matta! Ma chi ti credi di essere?» rispose alzando la voce.

«Sono anni che vorresti vedermi nuda. Credi che non avessi notato il tuo sguardo viscido tutte le volte che venivo in negozio? Se devo fare la puttana, lo farò per soldi, non per paura. I franchisti come te ci hanno tolto tutto; se vuoi anche dell'altro, paga, Antonio. Adesso.»

«Spogliati», le ripeté avvicinandosi, pronto a strapparle la camicetta con la forza.

Ma Piedad si allontanò, si avvicinò alla porta e gli sorrise.

«Sai, ho pensato che Eulogio può tenerti in ordine i conti e farsi carico del magazzino che hai comprato.»

«È un minorato!» gridò Antonio con disprezzo.

«È un uomo coraggioso, molto più di altri che sanno usare entrambe le gambe. Ti sarà d'aiuto.»

«Non voglio che nessuno ficchi il naso nei miei affari.»

«Vedrai, Antonio...»

«Mandamelo, vedrò cosa fare, e adesso spogliati.»

«Oggi no, Antonio. Prima devi firmare un foglio in cui scriverai che lo assumi e anche quanto lo pagherai. Prima lo farai, prima mi spoglierò. Vuoi che dica a mio figlio di venire qui subito?»

«Maledetta!»

«Gli dirò di passare da te... Ah, un'altra cosa: se dici a mio figlio o a chiunque altro che abbiamo stretto questo patto, ti uccido, giuro. E non perdere tempo a minacciarmi. Vuoi farmi sbattere in prigione? Prego! Questo Paese è già un'immensa prigione, starò solo un po' più stretta. Possono anche fucilarmi, non ho più nessuna voglia di vivere. Anzi, mi fa schifo dover vivere sapendo che al comando ci siete voi. Non ho niente da perdere, Antonio.»

Piedad tornò nel negozio e, davanti allo sguardo attonito dell'aiutante, infilò la mano nel sacco delle patate e se ne mise alcune nella borsa che portava appesa al braccio. Poi si avvicinò alla cassa e prese qualche peperone e vari pomodori. Uscì senza guardare nessuno.

La seconda battaglia la combatté con Eulogio, che si rifiutava di andare dal contrabbandiere per farsi dare un lavoro. «Come posso lavorare per un falangista? Da non credersi, mamma!»

«Guardati intorno e accetta la realtà, hanno vinto la guerra e ormai possiamo solo prenderne atto. Non voglio che tu finisca per strada a chiedere l'elemosina come tanti altri invalidi di guerra. Non abbiamo più niente da vendere Eulogio, abbiamo bisogno di un lavoro. Antonio è disposto a dartene uno, e lui non è peggiore di altri.»

«Possiamo andarcene in Francia. Lì troverò un lavoro, qualunque cosa. Ricominceremo da capo», propose.

«Come facciamo ad andare in Francia? Ci sono i tedeschi. Però, vacci tu se vuoi, io resto qui. Capisco che tu ci voglia provare, io mi accontenterò di saperti vivo. Non chiedo di più, non ho la forza di andare in esilio. Mi dispiace, figlio mio.»

Piedad sostenne lo sguardo del figlio sforzandosi di non piangere. Nei suoi occhi leggeva tutta la sua incapacità di capire, la vergogna. Non riusciva a concepire che sua madre si arrendesse tanto facilmente ai vincitori. Per come la vedeva lui, era meglio scappare in esilio o persino morire di fame piuttosto che lavorare per i fascisti.

Per diversi giorni non si parlarono. Si evitavano a vicenda, ognuno chiuso nel proprio dolore.

Piedad non tornò nel negozio di Antonio, nemmeno ci passò vicino, temeva la vedesse. Poi, un giorno la polizia si presentò a casa chiedendo di Eulogio. Se lo portarono via. Qualcuno lo aveva denunciato. Senza pensarci due volte, Piedad si presentò in negozio. Le dissero che Antonio era nel magazzino. Lo raggiunse di corsa. Non si lasciò impaurire e chiese a un ragazzo che stava trasportando due sacchi di cercare il proprietario. Quando infine lo trovò, Antonio non finse nemmeno di essere sorpreso di vederla lì. In realtà, la stava aspettando.

«Hanno portato Eulogio in commissariato. Qualche bastardo lo ha accusato di essere un comunista.»

Antonio scrollò le spalle con indifferenza e la guardò dall'alto in basso. Il desiderio trasudava da tutti i pori.

«Adesso lo tiri fuori», affermò Piedad fingendo determinazione.

«Io? Cosa vuoi che me ne importi, a me, di te e di tuo figlio? Può marcire là dentro, traditore.»

Piedad si avvicinò alla porta, la chiuse. Poi si sbottonò la camicia e tolse la gonna. Antonio la guardò soddisfatto. Era quello che voleva.

Quando smise di abusare di lei, scoppiò a ridere. Piedad tenne duro, ce la mise tutta per non dare di stomaco.

«Andiamo in commissariato», disse senza guardarlo.

«Non ce n'è bisogno. Mi basta chiamare e lo libereranno.»

Così fece. Piedad lo sentì parlare con qualcuno, una conversazione che le aprì gli occhi. Antonio aveva chiesto a un amico, che a sua volta aveva un amico nella polizia, di arrestare Eulogio ma di non aprire alcun fascicolo finché lui non avesse chiamato. Perciò, chiese che lo rilasciassero affermando che il ragazzo e i suoi familiari si erano spaventati abbastanza e ormai avevano ben chiaro chi comandava.

«No, non preoccuparti, ti assicuro che è inoffensivo. Figlio di un rosso, certo. Ha combattuto dalla parte sbagliata, ma è un minorato, non conta nulla, lo tengo io sotto controllo, volevo solo fargli prendere un bello spavento, casomai si volesse far venire strane idee. Tu liberalo, che poi me ne occupo io.»

Piedad pensò che se avesse avuto un coltello a portata di mano glielo avrebbe affondato nella pancia. L'arresto di suo figlio era stato un tiro mancino, il vile modo con cui il contrabbandiere era riuscito ad averla, a renderla sua schiava. Aveva imparato la lezione, adesso conosceva i modi di quell'uomo e aveva solo due possibilità di scelta: fuggire con suo figlio in Francia o sopportare il peso del corpo di Antonio.

«Passa dal negozio venerdì mattina. La Mari non ci sarà. Hai già capito cosa succede se non vieni, la prossima volta non muoverò un dito per salvare tuo figlio. Fra l'altro, un amico è interessato ad acquistare un appartamento a buon prezzo in questo quartiere. Gli ho parlato del tuo.»

«Il mio non è in vendita», rispose lei, in allarme.

«Sì, invece. Ti darò un po' di soldi, tu e tuo figlio potete andare a vivere in una delle mansarde, mi pare che un paio siano vuote.»

«Non voglio lasciare casa mia», insistette Piedad.

«Non è nei tuoi diritti avere una casa. Perché mai dovremmo essere generosi con i rossi? Se fossi Franco, vi fucilerei tutti. Perciò, vedi, il Caudillo è un uomo di buon cuore.»

«Un cuore nero come il tuo», rispose lei con rabbia.

«Non farti il sangue amaro, Piedad. Goditela finché puoi, sino a quando non mi sarò stufato di te. Questo pomeriggio passa con tuo figlio per il contratto della casa. Chiuderemo la compravendita. Il mio amico vi darà qualche giorno per il trasloco. E adesso vattene, ho da fare.»

Era in grado di ricordare ogni dettaglio della prima volta che Antonio si era preso il suo corpo. Non aveva mai smesso di rimproverarsi di aver fatto quella scelta, ma per suo figlio era disposta a tutto. Quando pensava al marito morto, però, provava vergogna. L'avrebbe perdonata? Può un uomo perdonare una moglie che si concede a un altro uomo?

Sicuramente suo marito avrebbe preferito l'esilio, come aveva proposto Eulogio. Ma lei sentiva di non avere le forze per scappare in un Paese in cui non era certa che sarebbero stati ben accolti. Molti degli spagnoli che erano scappati erano stati confinati nei campi a sud della Francia; non era quello che voleva per suo figlio.

Lasciare la Spagna, pensava, poteva essere persino peggio che rimanere, nonostante adattarsi all'arroganza dei vincitori le costasse ogni giorno di più.

La cosa peggiore era stata dire a suo figlio che dovevano vendere la casa. Eulogio era stato liberato nel primo pomeriggio; quando era arrivato a casa si erano abbracciati, e così erano rimasti per un po'.

Piedad non gli rivelò che Antonio aveva preteso che cedessero l'appartamento, disse che aveva deciso di venderlo per racimolare un po' di soldi.

«Mamma, non possiamo farlo! Non riesco neanche a pensare all'idea di vederti vivere in una mansarda. Lavorerò per il contrabbandiere, ma non andremo via di casa.»

«No, figlio mio, non basta. Dobbiamo essere realisti, a cosa ci serve una casa così grande? Non riusciamo a mantenerla, Eulogio, lo sai. Le spese sono alte. Continueremo comunque a vivere nello stesso palazzo, solo che in mansarda. La portinaia mi ha fatto vedere quella in cui prima viveva Fidel, il musicista, ricordi?»

«Certo che mi ricordo. Poveretto, è stato sfortunatissimo, la bomba che è caduta vicino alla Gran Vía ha ucciso sua moglie e le due figlie. E dopo lui si è ammalato...»

«È la mansarda più grande, ha tre stanze, piccolissime certo, e in più una cucina e una piccola sala, e il gabinetto. Ci arrangeremo.»

«E i libri di papà? In mansarda non ci stanno, ci hai pensato?»

«Per favore, Eulogio! Senti, ci metteremo dentro quello che riusciremo e il resto lo conserveremo nelle scatole, punto.»

«Ma, mamma...»

«Ah! Lavorerai per il contrabbandiere. Se non altro, ti darà uno stipendio. Bisogna smetterla di sognare, figlio mio. Non ti permetteranno di continuare gli studi... So che vuoi dedicarti alla pittura, hai molto talento, ma i tuoi quadri in un Paese come questo non ci fanno niente. Non li capiscono, Eulogio, cosa possiamo farci. Dai, figlio mio, accettiamo le cose come sono; al momento dobbiamo almeno sopravvivere.»

Alla fine, Eulogio accettò. Si era spaventato molto quando lo avevano portato in commissariato. Là dentro nessuno gli aveva detto niente, solo che sapevano che lui era un rosso, che gliela avrebbero fatta vedere loro. Quando lo avevano liberato, non gli avevano dato nessuna spiegazione, né lui l'aveva chiesta; aveva solo un gran desiderio di tornare a casa.

Si era spaventato abbastanza da rendersi conto di avere due sole opzioni: poteva cercare di raggiungere la Francia oppure, se fosse rimasto, avrebbe dovuto adattarsi, come gli chiedeva la madre. Promise a se stesso che avrebbe convinto Piedad, ma nel frattempo avrebbe fatto come i giunchi, si sarebbe piegato, e ogni giorno, in silenzio, avrebbe continuato a maledire i fascisti per avergli rubato l'avvenire.

Nessuno dei due disse niente, ma sia Piedad sia Eulogio sentirono una stretta al cuore il giorno in cui chiusero per l'ultima volta la porta di quella che era stata casa loro per salire tre piani più in alto e sistemarsi in mansarda.

I soldi che il contrabbandiere diede loro bastarono a malapena per sistemarsi in mansarda. Non c'era posto per la scrivania del marito, né per i mobili in cui erano custoditi i libri. Non ci stava nemmeno per il divano. Piedad vendette tutto quello che poté, incurante dei rimproveri di Eulogio. Il giorno in cui si portarono via la scrivania, suo figlio pianse.

Piedad continuava a ripetersi che non aveva scelta, poteva solo accettare la situazione. Antonio aveva vinto la guerra e lei l'aveva persa. Anche lei faceva parte del bottino dei vincitori, perciò doveva ricacciare indietro la nausea e abituarsi all'alito di aglio del contrabbandiere, al sudore amaro che impregnava il suo corpo, ai suoi modi bruschi e soprattutto a essere trattata da lui come una persona senza alcun diritto se non quello di procuragli piacere.

Piedad aveva imparato a gestire il proprio corpo lasciando che la mente fuggisse altrove. Pensava a cose assurde, ai pantaloni di Eulogio che avevano bisogno di un rammendo, alle patate per fare il purè, chissà se ne aveva abbastanza; persino quando Antonio ansimava come un porco, lei riusciva ad astrarsi e lasciava che la sua immaginazione la portasse nei posti che le piacevano: il parco del Retiro, i mandorli in fiore nella valle del Tiétar... Posti in cui era stata con suo marito e suo figlio, posti nei quali era stata felice.

Quando il contrabbandiere smetteva di abusare di lei, Piedad si alzava e si puliva come meglio poteva prima di tornare nella mansarda. Gli incontri avvenivano dove pareva a lui. A volte nel retrobottega, altre volte nel magazzino, persino nell'automobile che Antonio si era appena comprato, e con la quale si esibiva boriosamente nel quartiere.

Per lei faceva lo stesso. Desiderava una sola cosa quando aveva il suo corpo addosso: che finisse prima possibile.

Piedad sapeva che nel quartiere correvano certe voci e pregava solo che non arrivassero alle orecchie di Eulogio. Se lui l'avesse saputo, non le avrebbe perdonato di essersi sottomessa a quell'umiliazione, poco importava che lo avesse fatto per salvarlo. Ma cosa poteva saperne lui di cosa è capace di fare una madre per i propri figli! Finché Antonio si fosse fatto i porci comodi con lei, potevano stare tranquilli, nessuno li avrebbe infastiditi.

A volte, quando saliva le scale e passava davanti alla porta di quella che era stata casa loro, veniva assalita dal panico. Adesso ci viveva un amico di Antonio fedele al regime.

Era una famiglia che attirava l'attenzione nel quartiere perché sembrava non aver bisogno di niente quando gli altri erano privi di tutto. Naturalmente, ai nuovi padroni piaceva darsi delle arie fingendo di avere anche più di quello che avevano; in ogni caso, Piedad li odiava nel profondo per essere diventati i padroni di casa sua, la casa in cui era stata felice con suo marito e dove aveva messo al mondo Eulogio.

Quella notte tardò a prendere sonno. Continuava a pensare di essere finita in una trappola senza via d'uscita.

Catalina si rifiutava di partecipare alla festa campestre organizzata da don Antonio. Si era alzata con lo stomaco sottosopra e continuava ad avere i conati di vomito. E poi, non aveva voglia di tornare alla Pradera de San Isidro.

«Sana o malata, ci verrai», l'avvertì suo padre.

«Ma, Ernesto, la bambina non sta bene… Don Antonio lo capirà, vedrai che non si arrabbierà.»

«Cosa vorrai saperne, Asunción! Non possiamo permetterci di fargli uno sgarbo. Sai che questo è un giorno importante, don Antonio vuole annunciare agli amici il fidanzamento tra Antoñito e Catalina.»

«Il fidanzamento tra Antoñito e Catalina? Ma Dio, Ernesto, stai correndo troppo! Prima di tutto i ragazzi si devono conoscere, poi prenderanno una decisione. È giusto che le nostre famiglie si frequentino per vedere se Antoñito e Catalina si piacciono, ma dobbiamo dargli del tempo. Sembra quasi che non conosca tua figlia: se la prendi con le buone puoi riuscire a ottenere quello che vuoi, ma non si lascerà certo imporre il fidanzato.»

«Tutto per colpa tua, Asunción, l'hai cresciuta male. Mia madre ha avuto sei figli e nessuno di noi si sarebbe mai permesso di contraddire le decisioni di mio padre. Io ho sposato te perché lo ha deciso lui, o forse te ne sei dimenticata?»

Asunción annuì. Come poteva dimenticarlo? Anche lei aveva accettato un matrimonio concordato dai suoi genitori, ma benché non osasse dirlo a suo marito, desiderava che Catalina scegliesse chi sposare. E sua figlia avrebbe saggiamente scelto un uomo perbene, ne era certa. «Lascia che riposi un po', poi vediamo come sta...»

«Assolutamente no! Che si alzi subito e si prepari per andare in campagna, se deve vomitare, vomiterà sotto un albero.»

Sua moglie lo pregò in ogni modo, ma la volontà di don Ernesto era inflessibile. Catalina non poté che alzarsi e vestirsi per accompagnare i genitori.

A don Ernesto non piaceva guidare, in effetti non lo faceva quasi mai, ma la Pradera de San Isidro era raggiungibile solo in macchina o a piedi, e la sua salute era troppo delicata per una camminata così lunga.

Asunción era riuscita a comprare una scatola di cioccolatini da portare ai loro ospiti.

«Faremo una figura ridicola, mamma», disse Catalina.

«Una figura ridicola? Perché?» ribatté la madre sorpresa.

«Portare una scatola di cioccolatini alla Pradera è ridicolo, nemmeno stessimo andando a prendere il tè in una casa signorile... E io non voglio andarci, papà può dire quello che vuole. Ho solo una gran voglia di vomitare.»

«Ieri notte a cena hai mangiato troppo», la rimproverò la madre.

«Per te una minestrina in brodo e un po' di pollo che non sapeva di pollo equivale a mangiare troppo?»

Asunción non rispose, ma Catalina aveva ragione: il pollo non sapeva di pollo. Lo aveva comprato da una donna per strada. In effetti, quei pezzetti di carne non sembravano pollo, ma la donna le aveva spiegato che lei lo tagliava così piccolo perché lo vendeva meglio, e le aveva assicurato che i suoi erano polli di campagna. Strano però che li vendesse a pezzi invece che interi. Asunción aveva mangiato poco e niente, ciò nonostante non aveva passato una bella nottata, anche lei aveva vomitato, ma si sentiva già meglio. Suo marito invece aveva preso solo la minestra, evitando così il malessere provocato da quella carne. «Catalina, non puoi opporti a tuo padre. Guarda, non so quali affari lo leghino a don Antonio, ma devono essere importanti.»

«Papà è in affari con il contrabbandiere? Questa sì che è bella! Quanto siamo caduti in basso!»

«Ragazzina, non permetterti di parlare così! Se tuo padre è in affari con don Antonio vuol dire che così deve essere, non possiamo certo mettere in discussione le loro decisioni, non siamo nessuno. Ahi, Catalina, quanto ti ho educata male! I figli non hanno il diritto di criticare i genitori.»

«Non andrò alla Pradera! Sappilo!» insistette Catalina con rabbia.

E invece ci andò. Suo padre entrò nella stanza e le ordinò di alzarsi, mostrandosi del tutto indifferente davanti alle sue lacrime.

Quando arrivarono alla Pradera, nemmeno don Ernesto riuscì a nascondere l'imbarazzo di ritrovarsi in mezzo a don Antonio e la sua famiglia. C'erano la Mari e le due figlie, Paquita e Mariví, il fratello di don Antonio, Prudencio, con moglie e figli, e diversi altri amici, falangisti e militari, con le rispettive famiglie.

Don Antonio ricevette i Vilamar dando una pacca sulla spalla di don Ernesto che per poco non gli bloccò il respiro, poi gli porse un otre di vino.

«Ne mandi giù un bel sorso e si rimetterà in sesto, e voi donne unitevi alle altre. La Mari ha portato cibo in abbondanza, approfittatene. Ah! Catalina, lì c'è Antoñito, sta giocando a pallone con Pablo, sarà meglio smetterla di perdere tempo, è ora di darsi una mossa», disse, e scoppiò a ridere in modo così sguaiato da richiamare l'attenzione di tutti.

Donna Asunción si avvicinò timidamente a Mari e le porse la scatola di cioccolatini. La donna non si preoccupò di aprirla e men che meno di ringraziare. Mariví e Paquita guardarono con invidia Catalina; benché stesse male era e restava bellissima.

«Antoñito, c'è qui Catalina!» gridò la Mari reclamando la presenza del figlio. «Dai, vieni, non sta aspettando altro che le tue attenzioni.»

Catalina fu sul punto di rispondere che Antoñito poteva continuare a fare quello che voleva, ma sua madre le diede un pizzicotto nel braccio.

Don Ernesto, don Antonio e Prudencio si erano allontanati di qualche passo dal resto del gruppo e parlavano con aria seriosa.

Donna Asunción aveva un aspetto gioviale nonostante la desolazione che provava in quel momento. La Mari e le altre donne parlavano con un tono di voce altissimo, la loro volgarità era evidente. Ebbe bisogno di un po' di tempo per partecipare alla loro conversazione; quelle donne la guardavano con disprezzo, erano a disagio perché sapevano che donna Asunción era molto diversa da loro.

Mariví, la più piccola delle figlie di don Antonio, si avvicinò a Catalina. «L'ultima volta che tu e mio fratello vi siete visti, vi siete strusciati» le disse d'un tratto, facendo arrossire Catalina come un pomodoro.

«Che stupidaggini stai dicendo! Io non mi struscio con nessuno», protestò.

«Vi ho visto io mentre ballavate, eccome se lo hai lasciato avvicinare, non passava nemmeno un filo d'aria tra te e Antoñito... Ma non crederai di piacergli, a mio fratello non piacciono le ragazze facili.»

Catalina alzò la mano, pronta a dare uno schiaffo a Mariví, ma proprio in quel momento arrivò Antoñito. «Bene, siete venuti, si vede che c'è fame in giro», disse, guardandola con disprezzo.

«Fame? Secondo te siamo venuti perché abbiamo fame? Questa poi, cosa mi tocca sentire!» esclamò Catalina irritata.

«Be', guarda tutto il cibo che ha portato mia madre, in casa tua non lo vedrai nemmeno in un anno», intervenne Mariví petulante.

«A me invece sembra... Insomma, non so che idea vi siate fatti, ma vi state sbagliando di grosso se pensate che siamo venuti qua per mangiare. Fortunatamente, a casa mia mangiamo tutti i giorni.»

«Sì, certo, perché mio padre vi fa credito», affermò Mariví.

«Ci fa credito? Ma cosa dici! Sentite, so di non esservi simpatica, e del resto se fosse per me io non sarei qui, perciò lasciatemi in pace e fatevi gli affari vostri», rispose Catalina, che faticava a trattenere la rabbia.

«Andiamo a farci un giro, sennò mio padre si arrabbia», disse Antoñito prendendo sottobraccio Catalina.

Con uno scatto, lei si liberò dalla sua stretta. Stare a contatto con Antoñito le faceva venire la nausea. Si allontanò di qualche passo e cominciò a vomitare.

«Che schifo! Sta vomitando!» gridò Mariví, chiamando a raccolta tutti gli sguardi che subito puntarono su Catalina.

Asunción corse verso la figlia e le mise una mano sulla schiena e un'altra sulla fronte. Quando Catalina ebbe vuotato lo stomaco, la madre tirò fuori un fazzoletto dalla borsa e glielo passò sul viso.

Le donne si avvicinarono curiose e donna Asunción spiegò che la notte prima avevano mangiato del pollo che aveva fatto male a entrambe. «Pollo? Devono essere proprio ricchi se possono permettersi il pollo. Noi non ne mangiamo da prima della guerra, e già allora lo mangiavamo solo a Natale», disse una donna. Poi cominciarono a parlare tutte insieme e donna Asunción ne approfittò per allontanarsi di qualche metro insieme alla figlia.

«Ti senti così male?» chiese preoccupata.

«Te l'ho detto anche prima di uscire, ma papà mi ha costretto a venire, e adesso guarda che figura sto facendo», si lamentò.

«Fa' un piccolo sforzo, figlia mia, fallo per tuo padre... Cerca di rimetterti un po' in sesto e di parlare un momento con Antoñito, poi diremo a papà che dobbiamo andare via perché non stai bene; se non altro però ti mostrerai obbediente nei suoi confronti.»

«Mi stai chiedendo di dimostrare che sono una figlia ubbidiente, come se avessi mai fatto qualcosa di diverso da quello che mi avete ordinato! Voglio andarmene, mamma, non sopporto questa gente, sono tutti così...»

«Sì, lo so, ma dobbiamo fare quello che dice tuo padre. Per favore, figlia mia, parla con Antoñito», la supplicò.

Antoñito le guardava da una certa distanza con aria schifata, Pablo Gómez invece rideva. Le donne si erano sistemate di nuovo intorno alle tovaglie stese sull'erba, sulle quali c'era il cibo. Dopo aver giocato a calcio, gli uomini cominciavano ad avvicinarsi, affamati. Altrettanto fecero don Antonio e Prudencio, affiancati da don Ernesto. Solo la Mari aspettava immobile, contrariata dal fatto che la signorinella avesse vomitato. «Be', se sta male, meglio che non mangi», disse.

«Sì, esatto, credo sia meglio che faccia qualche passo e respiri quest'aria buona... Così lo stomaco si rimette a posto», rispose Asunción tanto per dire qualcosa.

«È meglio se va con Antonio. Figlio mio, vai a farti un giro con questa qui, così lei prende aria e tuo padre sarà felice di vedervi insieme», gli chiese la Mari.

Antoñito si avvicinò alla ragazza e le afferrò nuovamente il braccio, tirandolo per invitarla a camminare.

Catalina cercò di mantenersi eretta, ma sopportare la nausea le costava uno sforzo enorme. Antoñito camminava veloce, come se avesse fretta e non vedesse l'ora di riportare Catalina insieme agli altri. Fu lui a rompere il silenzio. «Vuoi proprio rovinarci la giornata», disse con disprezzo.

«Io? Ma tu non hai mai avuto mal di stomaco? Avrei dovuto rimanermene a casa, ma mio padre ha insistito, non voleva fare uno sgarbo al tuo.»

«Evidentemente gli deve molto», rispose Antoñito con tono arrogante.

«Che cosa stai dicendo? Mio padre dovrebbe qualcosa al tuo... Ma per favore, non dire stupidaggini!» Adesso era Catalina a tirar fuori tutta l'arroganza della signorina di buona famiglia.

«Se non fosse per mio padre non avreste da mangiare, per non parlare dei prestiti in denaro, perciò smettila di darti le arie come se fossi chissà chi. Siete dei morti di fame. Sappi che quando ci sposeremo scoprirai subito come stanno le cose. Non hai mai preso una scopa in mano in vita tua, io invece voglio una moglie capace di occuparsi della casa, non una signorina che sa solo guardarsi allo specchio. Guarda mia madre: noi potremmo permetterci quello che vogliamo, eppure è lei che pulisce la casa, cucina e si occupa delle mie sorelle, di me e di mio padre. È proprio una donna come si deve.»

«Sposarci noi due? Io dovrei sposare uno zoticone come te? Piuttosto mi faccio suora», rispose Catalina con tutto il disprezzo di cui era capace.

«Farai quello che ti verrà ordinato, e se mio padre ha deciso che ci sposeremo, dovrai adeguarti.»

«Ma chi si crede di essere tuo padre!»

«Quella che deve smettere di credere di essere superiore agli altri sei tu. Avete le pezze sul sedere, mio padre vi ha prestato un sacco di soldi e tu fai parte del debito.»

Rimasero in silenzio. Catalina sentì una fitta alla testa mentre le parole di Antonio si facevano spazio e lei cercava di capirne il senso. Non poteva essere vero.

Si voltò, pronta a chiedere spiegazioni a suo padre, ma Antoñito la afferrò di nuovo per il braccio, obbligandola a restare dov'era. «Ci sposeremo, è cosa fatta, comincia a prepararti, dovrai comportarti come una donna perbene, una donna di casa, altrimenti te le suonerò di santa ragione.»

Catalina si tirò indietro e, liberatasi dal braccio di Antoñito, corse via. Sua madre, che per tutto quel tempo non aveva staccato loro gli occhi di dosso, la raggiunse. Catalina non riuscì a dire niente, aveva di nuovo i conati.

Don Ernesto le guardò e, infastidito, si alzò per raggiungerle. «Si può sapere cosa succede?!»

«La bambina sta male, Ernesto, andiamo a casa», rispose Asunción con fermezza.

«Non possiamo andare via!»

«Sì che possiamo. Ci siamo fatti vedere e adesso ce ne andiamo, non c'è ragione che si sentano offesi, è già tanto che siamo venuti... Io... anch'io voglio andare via», mormorò Asunción con sguardo di supplica.

Don Antonio si avvicinò contrariato. Catalina gli stava rovinando la giornata. «Stai vomitando un'altra volta?» chiese in malo modo.

«Mi spiace, don Antonio, dobbiamo andare via, mia figlia non sta bene... credo sia un'intossicazione... Mi sa che il pollo che abbiamo mangiato ieri in realtà non era pollo», spiegò donna Asunción.

«Ma certo che no! Sarà stata carne di lucertola o qualcosa del genere. Un sacco di gente caccia lucertole e poi le vende spacciandole per pollo, non vorrà dirmi che non lo sapeva? Ma in che mondo vive!» E alzò così tanto la voce che tutti gli invitati alzarono lo sguardo.

«Lucertole! No... non è possibile... La donna che me l'ha venduto ha detto che era pollo...» balbettò donna Asunción.

«Sì, certo! Pollo...! E secondo lei il pollo lo vendono a pezzi piccolissimi e irriconoscibili?»

«La venditrice mi ha detto che lo tagliava a pezzi piccoli perché lo vendeva meglio... e io ho comprato pezzi minuscoli...» La imbarazzava dare spiegazioni al contrabbandiere.

«E adesso cosa facciamo? Io pensavo di annunciare il fidanzamento tra Antoñito e Catalina», si lamentò don Antonio.

Fu don Ernesto a prendere in mano la situazione. Con enorme dispiacere, dovette assecondare sua moglie. «Mi rincresce, don Antonio, ma come può vedere anche lei mia figlia non sta bene. Ci sarà un'altra occasione. Catalina ha fatto uno sforzo per venire qui, e lo ha fatto unicamente in segno di rispetto e considerazione verso di lei e la sua famiglia; adesso però dobbiamo andare a casa. Ne riparleremo domani o quando lei vorrà.»

Il contrabbandiere li guardò dall'alto in basso e si voltò mormorando un «Vedremo» che fece sprofondare don Ernesto nella preoccupazione più cupa. Ciò nonostante, prese a braccetto sua moglie da una parte e sua figlia dall'altra e si diresse verso la macchina, che aveva parcheggiato a pochi metri di distanza. Nessuno dei tre disse una parola finché non arrivarono a casa. Asunción accompagnò la figlia a letto e tornò dal marito, che era molto alterato. «Quella ragazzina sarà la nostra rovina!» esclamò lui non appena la vide.

«Dio santo, Ernesto, non puoi rimproverarla per essersi ammalata! Poverina, lo hai visto anche tu come sta, dovremmo chiamare il medico.»

«E cosa gli dirai, che hai fatto la furba comprando lucertole invece che pollo? Finché non avrà vomitato tutta quella porcheria non potrà stare meglio. Dalle dell'acqua di Carabaña, la aiuterà a vuotare lo stomaco.»

«Sì, hai ragione, ma se non migliora chiamerò il medico, non possiamo lasciarla così... E poi... volevo dirti anche un'altra cosa.» Asunción si sfregava nervosamente le mani.

«Che cosa mi devi dire?» chiese suo marito, che non aveva nessuna voglia di ascoltarla.

«Non mi piace quella gente, sono così... così rozzi... E quelle donne... continuavano a lanciarmi frecciatine... Non si sentivano a loro agio con me e io ero a disagio con loro. E Mari, la moglie di don Antonio, è... Be', mi rifiuto di pensare che diventerà la suocera di Catalina. Odia nostra figlia, sapessi come parlava di lei, dandole della signorinella... Mi sono trattenuta e non le ho risposto perché so che ti saresti arrabbiato, ma mi rifiuto di avere di nuovo a che fare con lei.»

«Senti, diventerà la tua consuocera, che ti piaccia oppure no!» rispose don Ernesto, sempre più arrabbiato.

«Non permetterò che la nostra unica figlia sposi quello zoticone. Antoñito è... è uno zotico.»

«Zotico o meno, don Antonio vuole Catalina per suo figlio e io gliela darò, è cosa fatta, Asunción, non insistere.»

Donna Asunción non osò insistere. Non era pronta a contraddire suo marito, si disse che sarebbe tornata sull'argomento in un'altra occasione e avrebbe preso le parti della figlia per evitare che sposasse il figlio del contrabbandiere. Potevano anche essere in stato di grande bisogno, ma non dovevano cadere così in basso.

L'indomani sarebbe andata a far visita a sua sorella. Petra aveva sempre una soluzione per tutto, e poi amava molto Catalina.

Piedad consegnò a Marvin la lettera che era arrivata quella mattina. Il mittente era suo padre, lo informava del fatto che a settembre avrebbe fatto un viaggio in Europa.

> Da quanto tempo non ci vediamo, figlio mio.
>
> Tua madre non me lo perdonerebbe se non passassimo qualche giorno insieme quando andremo in Europa. Te lo dico in anticipo, così quando riceverai questa lettera avrai tutto il tempo per organizzare un viaggio a Londra, anche solo di pochi giorni. Credo che il tuo soggiorno a Madrid non abbia molto senso; il passato è passato. Devi guardare al futuro, mi piacerebbe parlarne con te. Anche se non ho mai compreso la tua passione per la poesia, tua madre e tuo fratello mi hanno convinto del fatto che non dobbiamo osteggiare la tua vocazione. Tuttavia, concorderai con me che si può essere poeti tanto in Europa quanto a New York, e qui ci siamo noi, la tua famiglia. Manchi moltissimo a tua madre, e lo stesso vale per tuo fratello Tommy.

Ho scritto una lettera al nostro ambasciatore a Madrid perché ti procuri i documenti necessari per il nostro incontro a Londra senza inconvenienti di sorta. Ho già prenotato le stanze nell'hotel Mayfair. Ci troverai lì a partire dal 20 settembre.

Tuo padre

Marvin pensò di aver finalmente trovato una scusa valida per andarsene. Inutile nasconderselo. Da settimane stava cercando un pretesto. Ne aveva bisogno per lasciare Madrid.

Era tornato in Spagna per cercare di portare a termine il suo *Quaderno della Guerra civile spagnola*, ma soprattutto per perdonare se stesso e assicurarsi che le persone con cui era stato al fronte continuassero a considerarlo uno di loro e che non gli rimproverassero di essere andato via. Perciò, non appena la guerra civile era finita, aveva chiesto a suo padre di usare la propria influenza per permettergli di tornare in Spagna sotto la protezione dell'ambasciata di Madrid. Suo padre non era d'accordo, ma sua madre, come sempre, lo aveva appoggiato. Se Marvin voleva tornare aveva le sue ragioni, bisognava solo assicurarsi che non gli accadesse niente, e a questo scopo mosse tutti i fili, arrivò persino alla Casa Bianca. Essere proprietario di una grande acciaieria negli Stati Uniti non era cosa da poco.

Sdraiato sul letto, Marvin ebbe un attacco di nostalgia. Non gli sarebbe certo mancata quella mansarda claustrofobica, ma separarsi da Eulogio gli sarebbe costato. Era il migliore amico che avesse mai avuto, il migliore e il più inatteso.

In trincea Eulogio lo aveva visto piangere, tremare di paura, gli aveva salvato la vita correndo in mezzo agli spari, se lo era portato in braccio e non gli aveva mai rinfacciato nulla. Era stato generoso con lui, condividendo tutto quello che aveva, ma soprattutto regalandogli affetto e comprensione. Quante notti avevano trascorso parlando di quello che era successo, quanto gli era stato d'aiuto nel cercare di esorcizzare i fantasmi che continuavano ad abitare il suo sonno, oltre che le sue giornate.

Più di ogni altra cosa, la loro amicizia era stata rafforzata dal fatto che nessuno dei due fosse rimasto lo stesso dopo l'esperienza al fronte. In parte i loro corpi e le loro anime erano rimaste sul campo di battaglia.

Si rammaricò di aver trascorso la giornata vagando da una parte all'altra, a osservare con stupore il modo in cui il nuovo regime stava trasformando la città. Non era il paesaggio urbano a cambiare, ma la gente, che non sembrava più la stessa rispetto a quando era arrivato a Madrid per la prima volta, prima della guerra. Dov'era finita quella gente? Dov'erano i repubblicani, i comunisti, i socialisti, gli anarchici? Si chiese anche dove fossero finiti i sostenitori di Azaña, quei borghesi benintenzionati.

Madrid, a suo parere, aveva paura. La gente rifuggiva qualunque allusione alla politica. Negli occhi di alcuni si rifletteva il terrore, in altri la sconfitta, ma su una cosa erano tutti d'accordo: era meglio non esprimere opinione alcuna, non dire una sola parola che all'orecchio dei vincitori potesse suonare compromettente.

Non passava giorno senza che ci fossero arresti o che qualcuno denunciasse un vicino perché era un rosso; alcune denunce non erano che vendette personali.

Così, Marvin in realtà poteva conversare solo con Eulogio e con qualche amico del suo amico. E anche loro abbassavano la voce e si guardavano intorno inquieti, anche quando le conversazioni avvenivano tra le pareti di casa.

Per strada c'erano due tipi di persone: i vincitori e i sopravvissuti.

Quelli che avevano vinto la guerra avevano la vittoria stampata in faccia. Gli uomini camminavano impettiti, agli occhi di Marvin avevano un'aria di sfida.

Quanto ai perdenti come Eulogio, preferivano confondersi nella folla, non richiamare l'attenzione. Il nuovo regime andava a caccia di coloro che avevano partecipato alla guerra e l'avevano persa. Non provavano nessuna compassione per loro.

Piedad gli aveva detto che Eulogio si era unito ai miliziani subito dopo lo scoppio della guerra, ma poiché era tornato subito, e per giunta zoppo, i vicini di fatto lo avevano ignorato. O almeno questo credeva lei.

Accese una sigaretta e ne aspirò con forza il fumo. Non gli piaceva quel tabacco così aspro, in realtà non era nemmeno tabacco, ma si accontentava, anche se avrebbe preferito procurarsi un po' di tabacco americano di contrabbando. Nonostante tutto, quando avesse lasciato Madrid ne avrebbe sentito la mancanza. Non sapeva perché, forse per quella corrente sotterranea di resistenza che pure riusciva a percepire, e che aveva un effetto benefico sul suo animo depresso.

Dei colpetti sulla porta precedettero l'arrivo di Piedad. «Mi sono dimenticata di darti un'altra lettera. L'ha portata questo pomeriggio Catalina Vilamar.»

Piedad lo guardò con curiosità e cercò di leggere sul suo volto l'effetto che poteva fargli una lettera di Catalina. Marvin però rimase impassibile e allungò la mano con indifferenza, perché era indifferenza ciò che sentiva verso quella ragazza. Anzi, in realtà lo metteva a disagio. Sembrava immune a tutto quello che succedeva attorno a lei, quasi si rifiutasse di partecipare alla desolazione generale. Non che fosse una persona insensibile; Marvin riteneva che, semplicemente, il suo istinto di sopravvivenza fosse più forte del comune. Catalina non era disposta ad arrendersi di fronte alla realtà di quella Spagna sconfitta; nonostante tutto aveva deciso di scommettere sulla vita. Inutile contare su di lei per piangersi addosso.

Aprì la busta e lesse le parole scritte da quella giovane ingenua.

Mio carissimo Marvin,

non so niente di te da più di una settimana e mi sembra un'eternità. Dobbiamo vederci per parlare del viaggio a Parigi. Non ho ancora raccontato ai miei genitori dei nostri progetti. So che mia madre ci capirà e ci darà la sua benedizione, ma mio padre... poveretto, per lui sarà un dispiacere enorme. Lui insiste perché io mi fidanzi con Antoñito, ma gli ho già detto che piuttosto mi faccio suora.

So che sei molto occupato, ma cerca di trovare un momento per parlare con me. Se vuoi, possiamo far finta di incontrarci per caso; tutte le mattine vado alla chiesa di San Ginés per la messa delle nove. Per favore, non farmi aspettare ancora!

Tua Catalina

Doveva incontrarla. Doveva dirle che sarebbe partito per Londra, che non era il momento di andare a Parigi e che una ragazza come lei non poteva intraprendere un viaggio per la Francia. Sembrava ignorare il fatto che l'Europa era in guerra. Magari un giorno le avrebbe davvero fatto da guida per Parigi, ma nulla di più, non poteva certo farsi carico di lei, ed era ovvio che i genitori di Catalina non l'avrebbero permesso. Per quanto lei gli manifestasse così apertamente il suo apprezzamento, non erano che due sconosciuti. Solo qualche mese prima non sapevano niente l'uno dell'altro; e poi, non si erano frequentati al punto da intraprendere un viaggio insieme, poco importava che Catalina sognasse di conoscere Parigi. No, non poteva assolutamente assumersi quella responsabilità. Avrebbe parlato con lei perché non si facesse illusioni. Se la situazione in Europa si fosse ristabilita e Catalina fosse andata a Parigi con i suoi genitori, lui non avrebbe avuto nessun problema a farle da guida, ma era difficile che succedesse, perciò doveva lasciar perdere.

Quando Eulogio arrivò, Marvin era ancora addormentato. Il turno in magazzino terminava alle otto della mattina, e lui tornava a casa a piedi, nonostante il caldo soffocante.

Di solito Eulogio lo svegliava, insieme fumavano una sigaretta e bevevano una tazza di malto preparato da Piedad. A volte riuscivano persino a bersi un caffè, se Eulogio riusciva a rubarne qualche chicco.

Dopo la colazione, Marvin scendeva a casa di Fernando per farsi una bella doccia fredda. Quella mattina, però, sebbene il suo amico sembrasse un po' più stanco del solito, decise che doveva parlargli. «Mio padre a settembre sarà a Londra e vuole vedermi, perciò vado via, lo sai anche tu come sta andando la guerra, i tedeschi stanno vincendo... Non so, mi sa che prima me ne vado, meglio è», spiegò.

«Fai bene, potessi andarmene anch'io!»

«Mi piacerebbe invitarti a Parigi, ma ci sono i tedeschi... Nel mio appartamento ci staremmo entrambi... Magari dopo aver incontrato i miei genitori andrò in Francia...»

«Io non posso andar via, Marvin, per niente al mondo lascerei sola mia madre. Cosa può fare lei senza di me? Ha sofferto già abbastanza per la perdita di mio padre.»

Marvin era sorpreso dal senso di famiglia così radicato negli spagnoli. Lui era andato via di casa a diciassette anni senza pensare all'effetto che potesse fare ai suoi genitori; e se qualche effetto aveva sortito, loro non gliene avevano mai parlato. Faceva parte del modo di vivere degli americani: i figli dovevano cercare la propria strada senza interferenze. Nel suo caso, poteva decidere di rimanere per mettersi un giorno alla guida dell'acciaieria dei genitori, senz'altro a loro sarebbe piaciuto, soprattutto a sua madre, anche se era stata proprio lei a incoraggiarlo, più di chiunque altro, perché coltivasse la poesia. Da piccolo lo spronava a scrivere, gli diceva che le sue poesie erano davvero belle.

Adesso la preoccupazione di sua madre non era legata al fatto di non vederlo, ma alla guerra che stava radendo al suolo l'Europa da quando Hitler aveva preso in mano il potere. «Quell'uomo ha provocato un disastro» era l'opinione che aveva espresso più volte sua mamma nelle lettere che gli scriveva.

Allontanò il pensiero di sua madre e riprese la conversazione con Eulogio. «Bene, quando dovessi deciderti, sai già che la mia casa è anche casa tua.»

«Lo so, amico mio, lo so. Sono contento che te ne vada, sai? Non guardarmi con quella faccia, non voglio che tu vada via, è solo che voglio il meglio per te. Devi fare come me, per quanto male faccia: devi accettare che quanto è successo non può essere cambiato, e che non abbiamo altra scelta se non andare avanti. Pensi che mi faccia piacere dover lavorare per il contrabbandiere? Sapessi quanto lo odio... ma cosa posso farci? Sono andato in guerra, mi hanno fatto a pezzi la gamba, hanno ucciso mio padre... Mi resta solo mia madre; è solo per lei che ho scelto di non giocarmi il tutto per tutto raggiungendo nella sierra quei valorosi che ancora credono valga la pena combattere.

«Abbiamo perso, Marvin, non facciamoci portare via anche quello che ci resta da vivere. Per quanto male possa fare, non possiamo continuare a chiederci in cosa abbiamo sbagliato e perché le cose sono andate come sono andate.»

«Non è così facile, Eulogio, non nel mio caso.»

«E lo dici a me! Guarda, non fosse per mia madre... Dimmi, hai trovato una risposta in questi mesi? O forse non riesci a vedere nella gente la disperazione dei perdenti, lo sforzo che stiamo facendo tutti quanti per continuare a vivere? E non mi riferisco alla fame, non è la cosa peggiore, il peggio è sapere che la Spagna è nelle mani dei fascisti e che ormai non possiamo più farci niente, non possiamo nemmeno più giocarci la vita.»

«Mi stai dicendo che possiamo solo farci trasportare dalla corrente della vita...» disse Marvin con desolazione.

«Sì, poeta, sì, non abbiamo altre opportunità. Per questo te ne devi andare, questo per te è un cimitero. Tu che puoi, vai via. Qui non troverai le risposte ai tuoi tormenti.»

«E dove sono?»

«Nella tua testa, ma è anche possibile che risposte non ce ne siano.»

Piedad portò loro un'altra tazza di malto ma loro non le fecero caso, presi com'erano dai loro discorsi. Entrambi sapevano che si stavano salutando, forse per sempre.

A mezzogiorno uscirono a fare una passeggiata. Dopo tutte quelle chiacchiere, a Eulogio era passato il sonno. S'incamminarono verso la Gran Vía, rinominata di recente Gran Vía del Generalísimo, e da lì verso Puerta de Alcalá. Più tardi, sulla via del ritorno, incontrarono Fernando.

Eulogio gli raccontò che Marvin stava per lasciare Madrid.

«Quando?» chiese lui, sperando avvenisse quanto prima.

«Questo pomeriggio andrò in ambasciata e se non devo compilare troppe cartacce, sarà tra tre o quattro giorni», rispose Marvin, inconsapevole dell'ansia di Fernando.

«Se ti hanno lasciato entrare, non vedo perché non dovrebbero lasciarti uscire», ragionò Eulogio.

«Fra l'altro, sei arrivato in Spagna prima che cominciasse la guerra, non possono sapere che sei stato dalla parte della Repubblica», aggiunse Fernando con ingenuità.

«Taci, quelli sanno tutto! Però non hanno interesse a rovinare i rapporti con gli americani. Soprattutto, non vorranno opporsi a un protetto dell'ambasciatore. Come sai, la famiglia di Marvin è molto importante», intervenne Eulogio.

«Sì, devo ammettere che ho potuto contare sulla protezione dell'ambasciata, sennò...» Marvin non aggiunse altro.

«Sennò, di sicuro non avresti avuto il coraggio di tornare», concluse Fernando senza rendersi conto che le sue parole avevano ferito profondamente Marvin.

«Sarei tornato in ogni caso», si difese l'americano.

«E avresti fatto male, lo sai come si comportano i franchisti con quelli che non la pensano come loro», insistette Fernando.

«Riuscirai a salutare gli amici?» volle sapere Eulogio.

«Sì, almeno alcuni vorrei salutarli. Passerò da casa di Juan e andrò anche da Pedro e sua moglie; Chelo è sempre stata molto gentile con me.»

«Potremmo vederci tutti insieme e bere un bicchiere di vino», suggerì Eulogio.

«Se Marvin vuole andare via tra tre o quattro giorni, non c'è tempo», affermò Fernando. Non vedeva l'ora che l'americano lasciasse Madrid e si allontanasse da Catalina.

«Voglio salutare anche Catalina, ci rimarrebbe male se me ne andassi senza dirle niente.»

«Ci starà malissimo.» Eulogio si pentì di quanto aveva appena detto quando vide comparire sul volto di Fernando una smorfia di dolore.

«No, non credo... so che le piacerebbe conoscere Parigi, ma è solo il sogno di una ragazzina. Ha così tanta voglia di vivere...»

«Sì... senti, vedremo se riuscirai a salutare tutti», disse Eulogio, cercando di cambiare argomento.

Fernando era rimasto in silenzio. Non sapeva che Catalina volesse andare a Parigi. Non glielo aveva mai detto, ma se Marvin lo sapeva, voleva dire che ne avevano parlato. Era inutile illudersi. Catalina era innamorata di Marvin, glielo aveva detto lei stessa. Fra l'altro, lui sapeva cosa era successo tra loro quella notte, nella Pradera de San Isidro. Marvin si era spinto oltre, e Catalina glielo aveva permesso. Non sapeva sino a che punto fossero arrivati e in realtà nemmeno voleva saperlo. Sentì un dolore acuto alla bocca dello stomaco. Gli succedeva tutte le volte in cui pensava che lei non lo amava. «Bene, vado a casa, fa troppo caldo per starsene in strada», disse con tono brusco, e accelerò a tal punto il passo che raggiunse casa così rapidamente da non dar loro il tempo di seguirlo.

«Che gli succede?» chiese Marvin sorpreso.

Eulogio non sapeva se fosse il caso di dirgli la verità. Sapeva che il problema di Fernando era uno solo: era disperato perché Catalina era cotta dell'americano. Alla fine, decise di essere sincero: «Senti, tu non hai nessuna colpa, ma sino a che Catalina non ha conosciuto te, sembrava che lei e Fernando fossero destinati a sposarsi. Da bambini erano inseparabili, nel quartiere fioccavano le battute su di loro.»

«E io cosa c'entro?» chiese Marvin, che non aveva capito dove volesse arrivare Eulogio.

«Tu non hai fatto niente, anzi, credo non ti sia nemmeno accorto di lei, ma lei si è accorta di te, eccome... È evidente che si è innamorata di te, o almeno lei si è convinta così, e Fernando ne soffre. In realtà, non so nemmeno come mai abbia acconsentito che tu faccia la doccia a casa sua. Se non avessero così tanto bisogno di soldi, lui e sua madre...»

Marvin guardava Eulogio attonito, incapace di capire sino in fondo le sue parole. Per lui Catalina era una delle tante persone che aveva conosciuto a Madrid, non provava nessuna attrazione nei suoi confronti e non si era reso conto che lei fosse attratta da lui. Le parole di Eulogio lo avevano messo a disagio. Era l'ultima cosa che voleva, piacere a una donna. Le lotte contro i suoi fantasmi erano già abbastanza pesanti senza doversi preoccupare di schivare una ragazzina, perché questo era Catalina. «Mi dispiace», riuscì a dire.

«Di cosa ti stai dispiacendo? Sono cose che succedono. Fernando non ce l'ha con te, sa che non sei stato tu a muovere il primo passo, sa che è stata Catalina.»

«Il passo? Ma quale passo? No... no... vi state sbagliando. Tra me e Catalina non c'è niente, te lo assicuro.»

«Io ti credo, amico, ma tutti ci siamo accorti di come ti guarda, di come ti cerca. Quella notte alla Pradera non ha fatto altro che girarti intorno, sono tutti convinti che ci sia stato qualcosa tra voi. Guarda, non preoccuparti, Fernando se la farà passare... Fra l'altro, se te ne vai magari lei si dimenticherà di te e ricomincerà a guardare lui, anche se conoscendola... È molto testarda e a casa sua spesso gliele danno vinte... Sai com'è, figlia unica... Questa storia che vuole andare a Parigi...»

«Mi ha detto che le piacerebbe conoscere la città, che ha sempre sognato viaggiare, ma sembra non sapere che la Francia è stata occupata dai tedeschi.» Marvin parlava più a se stesso che a Eulogio.

«Sì, certo che le piacerebbe conoscere Parigi, a chi non piacerebbe? A lei in particolar modo, però, perché tu hai casa lì. Se le dicessi che vai a Sebastopoli, l'interesse per Parigi le passerebbe in un baleno...»

«Parlerò con Fernando, voglio che sappia che Catalina non mi interessa... Lui mi sembra un'ottima persona, come anche sua madre... per non parlare di quanto sta soffrendo per il padre in prigione...»

«Lascia perdere, Marvin. Fra qualche giorno te ne andrai e probabilmente le cose torneranno a posto da sole.»

Isabel, la madre di Fernando, tornò a casa qualche minuto dopo suo figlio. Gli si avvicinò e gli diede un bacio, che lui accolse con indifferenza. Non era in vena di coccole materne. La conversazione con Marvin ed Eulogio lo aveva messo di cattivo umore, si sentiva irrequieto.

«Qualcosa è andata storta sul lavoro?» chiese la madre, notando il fatto che non l'aveva ricambiata con un bacio o un abbraccio, come faceva di solito.

«Come se di solito le cose andassero bene. Qui niente va per il verso giusto, o forse non lo sai?»

«A me non la racconti, sei arrabbiato, lo saprai tu perché...»

Fernando non rispose e andò in bagno a darsi una rinfrescata. Anche il caldo contribuiva a renderlo ancora più irritato.

Dopo poco la madre lo chiamò a mangiare. Patate con paprika. Era il menù più comune a casa loro, erano già una fortuna che in qualche modo potessero consolare lo stomaco. Se suo padre non fosse stato in carcere, si sarebbero sentiti fortunati per il solo fatto di essere sopravvissuti alla guerra e avere qualcosa da mangiare.

Quasi non parlarono. Sua madre preferiva tacere quando lui era di cattivo umore. Una volta finito, Isabel si mise a lavare i piatti e lui si preparò per andare alla tipografia dove don Vicente continuava a insegnargli il mestiere.

A volte Fernando pensava che gli sarebbe dispiaciuto molto se a settembre i nuovi padroni della Spagna non gli avessero permesso di accedere agli studi per il fatto che suo padre era in carcere in quanto repubblicano. Tuttavia, aveva imparato ad apprezzare il suo lavoro e ogni tanto si concedeva di sognare che un giorno avrebbe avuto la propria tipografia.

«Non tornare tardi», le disse sua madre a mo' di congedo.

«Certo che no, lo sai», rispose.

Incontrò Marvin sulle scale. L'americano gli disse che stava andando verso l'ambasciata e gli propose di fare un tratto di strada insieme, ma Fernando si rifiutò. «Ho fretta, Marvin, rischio di arrivare tardi.»

«Già... Be'... in realtà io... voglio dirti una cosa.» Marvin lo afferrò per il braccio obbligandolo a fermarsi. «Voglio dirti una cosa e spero che tu mi creda. So che tu e Catalina... insomma, che tra voi c'è sempre stato un rapporto speciale e che per te lei è importante.»

«E a te che te ne importa del rapporto che ci può essere stato tra me e Catalina? Fatti gli affari tuoi», sbottò irritato.

Ma Marvin non si lasciò spaventare e lo strinse ancora più forte per obbligarlo ad ascoltare. «Non mi faccio mai gli affari degli altri, Fernando, ma a quanto pare Catalina mi ha infilato nei vostri. Voglio solo farti sapere che a me non interessa e che, se anche mi fosse interessata, non mi sarei mai sognato di guardarla sapendo che interessava a un altro.»

«Lasciami in pace, Marvin. Io non voglio parlare di Catalina né con te né con altri. E poi, sei tu che hai una storia con lei, non io.»

«Invece dovrai ascoltarmi perché non voglio avere questioni in sospeso con nessuno. Catalina non mi interessa né, in realtà, io interesso a lei. Credo che sia una sognatrice, una ragazzina con un sacco di grilli per la testa, come dite qui. Se si è fissata con me, è perché io rappresento la novità, ma sono sicuro che non appena andrò via le cose riprenderanno il loro corso. In ogni caso, ti do la mia parola sul fatto che mai, ascoltami bene, mai mi intrometterei tra voi due. Tienilo sempre presente, Fernando.»

Marvin indebolì la stretta sul braccio di Fernando, che si liberò e scese le scale a salti di tre gradini, lasciandolo senza una risposta.

4

«È andato via? Come sarebbe a dire? È impossibile! Non può essersene andato… non può avermi fatto questo», si lamentò Catalina, sul punto di piangere.

«Su, entra e calmati», le disse Eulogio.

Eulogio era rientrato a casa alle nove del mattino, dopo aver lavorato tutta la notte nel magazzino. Era stanco e si era messo subito a letto, ma non aveva fatto in tempo ad addormentarsi perché poco dopo aveva sentito il campanello e sua madre che parlava con qualcuno. Quel qualcuno era Catalina. Si alzò e, con indosso solo i pantaloni, uscì a vedere cosa stesse succedendo.

Piedad le aveva appena detto che Marvin se n'era andato quattro giorni prima e lei sbraitava, incredula, rifiutandosi di accettare la realtà.

Catalina era immobile sulla soglia di casa e Piedad le porse la mano invitandola a entrare. Se continuava a stare lì, l'avrebbe sentita tutto il vicinato. «Siediti, ti darò un bicchiere d'acqua. E tu, Eulogio, mettiti una camicia», ordinò Piedad.

«Ci dev'essere un errore», insistette Catalina mentre si sedeva.

«Ha dovuto andare via prima del previsto. A quanto pare, un membro dell'ambasciata degli Stati Uniti doveva andare in Inghilterra e gli ha proposto di fare il viaggio insieme. Marvin ha accettato, era il modo più sicuro. Gli sarebbe piaciuto salutare tutte le persone che conosce, ma non ha potuto», le spiegò Piedad.

«Ma avrebbe dovuto dirmelo! Non poteva andarsene senza portarmi con sé!» rispose Catalina in un mare di lacrime.

«Ti scriverà, non preoccuparti», le disse Eulogio, che intanto si era vestito.

«Devo andare a Parigi… devi darmi il suo indirizzo… devo andare.» Catalina non sentiva ragioni.

«Parigi è stata occupata dall'esercito tedesco. Per come stanno le cose in questo momento, non è facile viaggiare, e poi chi mai potrebbe accompagnarti in un viaggio del genere? Tuo padre non sta bene di salute, e tua madre… be', non credo che lasci tuo padre da solo per andare via con te. C'è di più: Marvin non è andato a Parigi ma a Londra, dove lo stanno aspettando i suoi genitori», aggiunse Eulogio.

«Non ha lasciato una lettera per me?» chiese Catalina piena di speranza.

«No... non ha lasciato niente. È dovuto andare via in fretta e furia...» intervenne Piedad, commossa dalle lacrime di Catalina.

«Cosa farò adesso...» disse lei.

«Puoi aspettare e smetterla di comportarti come una bambina», rispose Eulogio con severità.

«È che... Be', tu non lo sai, ma Marvin e io... Mi ha promesso che mi avrebbe portato a Parigi, che si sarebbe occupato di me, che lui e io...»

«Sai una cosa? Credo che Marvin ti abbia promesso solo di comportarsi come un bravo anfitrione se un giorno andrai a Parigi. E perché questo succeda, la guerra deve finire. I tedeschi comandano mezza Francia, sono nella capitale. Ma questo lo sai già. Credo che ti sia fatta false illusioni, ma di certo non è stato Marvin ad alimentarle.» Eulogio le parlò senza farsi scrupoli di sorta.

«Figlio mio, non parlare così...» lo interruppe Piedad.

«Mamma, sai quanto siamo uniti Marvin e io, proprio per questo so che a Catalina lo unisce solo un'amicizia, inutile farsi illusioni», rispose Eulogio infastidito.

«Non sai niente! Niente! Marvin e io ci sposeremo, sappilo! Se se n'è andato è perché è stato obbligato a farlo. Magari suo padre gli ha chiesto di andare subito a Londra perché ha qualcosa di importante da dirgli. Sì, è così, è andata proprio così», replicò Catalina convinta.

«Pensala come vuoi, fai tu», rispose Eulogio scrollando le spalle.

Catalina si alzò e si diresse verso la porta seguita da Piedad. «Grazie, è stata molto gentile...»

«Di niente, figlia mia, stai serena, vedrai che tutto si sistemerà», la consolò.

Quando madre e figlio rimasero soli, Piedad rimproverò Eulogio per i suoi modi bruschi. «Che bisogno c'era di essere così duro con lei? È una brava ragazza.»

«Piena di grilli per la testa. Dalle sue parole, sembra che lei e Marvin si siano fidanzati, ma nessuno meglio di me sa che non è così.»

«Magari ha male interpretato la gentilezza di Marvin...» ammise Piedad.

«So di essere stato sgradevole, ma preferisco che capisca di essersi sbagliata.»

«Povero Fernando», si lamentò Piedad.

«Sì, lui è ancora innamorato di Catalina. Magari se la facesse passare, si merita qualcuno che lo ami», concordò Eulogio con una certa rabbia.

Catalina camminava veloce senza preoccuparsi di trattanere le lacrime. Si rifiutava di accettare che Marvin se ne fosse andato senza dirle niente. Lui non solo la amava, ma era un cavaliere, e dopo quello che era successo tra loro nella Pradera de San Isidro non poteva lasciarla. Un altro forse sì, ma lui no.

Si sentì in colpa per non avergli impedito di andare via. In quel momento si rese conto che avrebbe dovuto intuire che ci fosse una ragione dietro il silenzio di Marvin. Si erano incontrati un paio di volte per strada, e un giorno avevano passeggiato insieme per un bel tratto, ma lui non aveva mai accennato alla volontà di andar via così presto. Ricordava che qualche giorno prima Marvin le aveva parlato della lettera di suo padre, ma non le aveva assolutamente accennato all'idea di andar via da solo, senza portarla con sé.

Un conato di vomito la fece bloccare di colpo. Ormai da due settimane aveva la nausea e una sensazione di malessere che di mattina la tratteneva a letto più tempo del solito.

Proprio quel pomeriggio doveva andare dal medico con sua madre. Poco le importava di essere malata, arrivò persino a fantasticare su quell'eventualità, così Marvin non avrebbe potuto fare altro che tornare. Ricacciò indietro il pensiero. No. Non andava bene. Non era degno di lei, anche se doveva ammettere di essere disposta a tutto pur di riaverlo lì.

Per strada incontrò la moglie del contrabbandiere, ma non la salutò. Quella donna la irritava almeno quanto suo figlio. Antoñito si presentava a casa sua tutti i pomeriggi e si tratteneva per un'ora. Sua madre li teneva sott'occhio entrando e uscendo dalla sala.

Lei e Antoñito parlavano a malapena. Lui beveva una tazza di caffè, lo stesso caffè del quale le omaggiava tutte le settimane, poi si scambiavano due parole senza importanza. Nessuno dei due stava bene in compagnia dell'altro, ma negli occhi di Antoñito c'era il chiaro desiderio di far diventare Catalina una sua proprietà. Lei tremava al pensiero di cosa poteva essere capace di fare. Si rivolgeva a lei pieno di risentimento, come se la ritenesse colpevole del fatto di essere nata in una famiglia di un certo tipo, mentre lui continuava a essere il figlio del negoziante. «Dovresti cominciare a prepararti per quando saremo sposati, a casa mia laverai i piatti e cucinerai, come fa mia madre», continuava a ripetere. «A me non piacciono le sfaticate, se pensi che potrai alzarti dal letto dopo le otto, stai sbagliando di grosso.» «Non guardarmi in modo così sfacciato, le donne perbene non guardano gli uomini, abbassano lo sguardo.» «Tu non hai opinioni, di ogni cosa penserai quello che ti dirò io. Ci mancherebbe altro.» E così, giorno dopo giorno, le illustrava come sarebbe stata la sua vita dopo il matrimonio.

In realtà a Catalina importavano ben poco le sue parole, non si sarebbe sposata con lui, sebbene suo padre avesse preso l'impegno di farla diventare la moglie di Antoñito. Aveva acconsentito a quelle visite solo per non contraddire il padre, ma ormai era stufa e un giorno o l'altro lo avrebbe detto chiaro; non aveva nessuna intenzione di sposare il figlio del contrabbandiere.

Quando arrivò a casa se ne andò nella sua stanza e si sdraiò sul letto. Aveva la nausea, non ne poteva più.

I suoi genitori entrarono nella stanza, stupiti dal fatto che non fosse andata a salutarli. «Figlia mia, cos'hai?» le chiese la madre, posandole una mano sulla fronte.

«Questa ragazza ha lo stomaco sottosopra, vediamo se oggi pomeriggio il medico ci sa dire cosa le sta succedendo, se le può dare una medicina. Don Antonio vuole che il matrimonio venga celebrato a fine anno, io gli ho detto che è troppo presto, ma se così deve essere, così sarà», disse don Ernesto.

«Al momento questo è il mio ultimo pensiero, dobbiamo sapere cosa sta succedendo alla piccola, ormai è giù di tono già da qualche mese. Guarda che faccia che ha», aggiunse donna Asunción.

Catalina non si preoccupò di rispondere a nessuno dei due. In realtà, continuavano a dire le stesse cose.

«... Non ha un cattivo aspetto, ha persino messo su qualche chilo», notò don Ernesto.

«Va' a occuparti delle tue cose, Ernesto, con lei rimango io. Metterò a bollire delle erbe che mi ha dato mia sorella Petra.»

Una volta rimaste sole donna Asunción guardò sua figlia; era più preoccupata di quanto avrebbe ammesso.

Di pomeriggio andarono nello studio medico di don Juan Segovia. Asunción lo conosceva da quando erano bambini, i loro genitori erano stati amici. Fosse stato per suo marito avrebbero cambiato medico, don Juan aveva sempre simpatizzato per Azaña e, anche se non si era mai interessato di politica, la guerra lo aveva risparmiato.

Il medico visitò Catalina e le fece svariate domande, infine le chiese di sedersi. «Bene, se non mi sbaglio, e non credo di sbagliarmi, so quello che hai, sei incinta. Ho ragione?»

Donna Asunción cacciò un urlo di protesta e guardò il medico agitatissima. «Ma cosa dici! Per Dio, Juan, come puoi pensare che la bambina è incinta. È solo che qualunque cosa mangi le dà fastidio... E poi, Catalina si sposerà alla fine dell'anno, non so se lo sai, sposerà Antoñito Sánchez.»

«Sì, il figlio del contrabbandiere... qualcosa ho sentito, anche se non riuscivo a crederci. Catalina con quel ragazzo... non lo so... Be', comunque, a quanto pare si sono portati avanti su alcuni aspetti che avrebbero dovuto rimandare a dopo il matrimonio e questo ha avuto delle conseguenze.»

«No, no, no! Che assurdità! Come puoi insinuare che mia figlia...?»

«Vediamo, bambina, ho ragione sì o no?» chiese don Juan a Catalina.

Catalina non reagiva. Le parole del medico e di sua madre risuonavano lontane, come se quei due non fossero lì, così vicini, a guardarla.

«Catalina, Santo cielo, parla!» le ordinò sua madre.

«Lasciala tranquilla, le porterò un bicchiere d'acqua, è normale che sia spaventata.»

Don Juan uscì dallo studio e donna Asunción si mise in piedi davanti a sua figlia. «Non può essere... dimmi di no... tu...»

Catalina continuava a non rispondere e sua madre la scosse per le spalle, con forza, cercando di tirarla fuori dal suo stato di alienazione.

Don Juan ritornò con un bicchiere d'acqua per Catalina. «La cosa migliore è che racconti ai tuoi genitori quello che è successo. Dovresti essere incinta di quasi due mesi. Da quanto tempo non ti viene il ciclo?»

Mamma e figlia arrossirono davanti a una domanda così diretta, ma lui era un medico e, dopo la guerra, la gravidanza di una ragazzina che si era comportata in modo poco consono non lo stupiva di certo. Catalina deglutì la saliva, assorta nei suoi pensieri. Pur rifiutando la possibilità che le era stata suggerita da don Juan, il medico aveva ragione: non aveva le mestruazioni da un paio di mesi.

«Guarda, Catalina, se vuoi che ti aiuti dovrai dirmi la verità. Capisco che non te lo aspettassi, ma quando si fanno certe cose… insomma, può succedere. Tu e Antoñito avreste dovuto aspettare il matrimonio, mancavano solo pochi mesi, ma quel che è fatto è fatto. Se non vuoi sposarti con la pancia troppo grande, dovrete anticipare la cerimonia a settembre, ottobre al massimo. Per fortuna sei magra, se non ti viene una fame sconsiderata, che oggi non è facile assecondare, può darsi che il giorno del matrimonio nemmeno si noterà.»

«Ma, Juan, non dire così! Catalina non… Catalina non… non è… non è…»

«È incinta, Asunción! So che è un enorme dispiacere per te e non voglio pensare a quello che dirà tuo marito, ma sono cose che succedono, sono sempre successe in passato e continueranno a succedere nel futuro. L'unica cosa da farsi è organizzare il matrimonio quanto prima, e il problema è risolto. Della salute di Catalina mi occuperò io.»

«Figlia mia, ti prego, digli che si sta sbagliando!» la supplicò donna Asunción.

Il medico la guardò con compassione e Catalina scoppiò a piangere disperata, perciò fece un cenno a donna Asunción perché non dicesse niente e lasciasse che sua figlia si sfogasse. Dopo un po', quando sembrava che la ragazza avesse esaurito le lacrime, il medico riprese la parola: «La cosa migliore è che racconti tutto ai tuoi genitori. È normale che siano dispiaciuti, ma sei la luce dei loro occhi e sapranno trovare la soluzione migliore per te. Quanto ad Antoñito… è un uomo e pertanto dovrà prendersi le sue responsabilità, facendosi carico della situazione.»

«Non è stato lui», mormorò Catalina.

«Cosa hai detto?» chiese don Juan, certo di non aver capito.

«Non è stato Antoñito.» E Catalina scoppiò di nuovo a piangere.

Donna Asunción ebbe uno svenimento e il medico e Catalina dovettero occuparsi di lei. Mentre la figlia la sorreggeva e le faceva aria, don Juan andò a prendere un altro bicchiere d'acqua.

In brevissimo tempo la situazione si era ribaltata: adesso era donna Asunción a piangere sconsolata, schiacciata dagli eventi.

Don Juan faticò a far sì che madre e figlia si rasserenassero quanto bastava a riprendere in mano la conversazione. «Non spetta a me chiederti con chi hai fatto quello che non avresti dovuto fare, ma prima lo dirai ai tuoi genitori, meglio sarà. Immagino sia un ragazzo che conosci, e che si prenderà le sue responsabilità, o no?» volle sapere il medico.

«Fernando! È stato Fernando!» gridò donna Asunción, come se avesse avuto una rivelazione.

«Fernando Garzo? Il figlio dell'editore?» chiese don Juan.

«No, non è stato lui... è stato... Marvin, si è stato con Marvin.»

Con voce rotta, Catalina raccontò a don Juan chi fosse Marvin, e che si erano fidanzati senza dirlo a nessuno e che una notte nella Pradera de San Isidro era successo quel che era successo; gli disse che lui se n'era andato a Londra senza salutarla, ma anche che non appena avesse saputo quanto era successo sarebbe sicuramente tornato per sposarla.

«Ma tu devi sposare Antoñito, cosa dirà tuo padre?» si lamentò Asunción.

«Quello che conta è che sposi il padre di suo figlio, non ti pare, Asunción? Fra l'altro, dubito che in queste circostanze Antoñito vorrà farsi carico di tutto questo, visto che non riguarda...»

Uscirono dallo studio di don Juan sostenendosi a vicenda, perché entrambe faticavano a camminare. Madre e figlia erano in stato di choc, incredule rispetto a quanto il medico aveva rivelato loro sullo stato di Catalina.

«Ma figlia mia, come hai potuto...?» le chiese donna Asunción in lacrime.

«Mamma, non lo so, è successo la notte del compleanno di Antoñito, quando ci ha invitati alla Pradera... ho bevuto del vino e mi è salito alla testa... non mi sono resa conto di quello che facevo, i ricordi sono confusi... Però posso dire che preferisco sia successo con Marvin. Io lo amo. Antoñito mi fa schifo. Non voglio sposarmi con lui, qualunque cosa possa dire mio padre.»

Donna Asunción strinse il braccio di sua figlia senza avere il coraggio di dirle che sarebbe stato Antoñito a non volersi più sposare con lei.

Sentì un brivido al pensiero di quello che sarebbe successo se l'americano non fosse tornato, se si fosse rifiutato di farsi carico di Catalina e del figlio che aspettavano. Era uno straniero, non avevano modo di esercitare alcuna pressione affinché si prendesse le sue responsabilità. Tremava anche al pensiero della reazione di suo marito; era un brav'uomo messo alle strette dai debiti. Il matrimonio era diventato la soluzione della difficile situazione nella quale si trovavano. «Non so come faremo a dirlo tuo padre. È un tale dispiacere che potrebbe morirne», si lamentò donna Asunción.

«Mi dispiace, mamma, non potrei mai perdonarmi se gli succedesse qualcosa per colpa mia, ma cosa posso farci?» chiese Catalina con angoscia.

«Non lo so, figlia mia, non lo so.»

Madre e figlia camminavano a passo lento, consapevoli che da quel momento le loro vite non sarebbero più state le stesse.

Catalina faticava ad accettare l'idea che sarebbe diventata mamma. Illudendosi che don Juan si fosse sbagliato, ebbe l'ardire di chiedere a sua madre se una donna potesse rimanere incinta per «averlo fatto» una sola volta.

«Sì, figlia mia, sì, ci è toccata questa disgrazia», rispose donna Asunción, attanagliata dalla preoccupazione.

Don Ernesto era nel suo studio e stava conversando con don Antonio. Quando Catalina e donna Asunción entrarono, entrambi le guardarono straniti, era evidente che avevano pianto. Avevano gli occhi rossi e il volto scavato, qualcosa doveva essere successo, non potevano negarlo.

«Vi vedo stanche. Andate a riposare mentre io finisco di parlare con don Antonio», disse don Ernesto.

«Sì... è che fa troppo caldo... a Madrid il caldo è davvero intollerabile», rispose donna Asunción.

«Be', si vede che lo soffrite particolarmente», mormorò don Antonio, sorpreso dal pessimo aspetto delle due donne.

Non appena il contrabbandiere se ne andò, don Ernesto chiamò sua moglie per chiederle come fosse andata la visita medica. Donna Asunción scoppiò a piangere, incapace di dirgli la verità.

«Ma cosa sta succedendo? Asunción, se la bambina ha qualcosa di brutto, dimmelo...» affermò don Ernesto in preda all'angoscia.

Ma sua moglie non riusciva a rispondere, continuava a rifugiarsi in un pianto disperato, così l'uomo chiamò la figlia. Vista la reazione della moglie, ipotizzò che Catalina avesse una malattia mortale.

Non appena riuscirono a tranquillizzare donna Asunción, don Ernesto fece un gesto insolito per uno come lui: si accomodò accanto alla figlia, le afferrò la mano come per infonderle coraggio e, di nuovo, chiese una spiegazione alla moglie.

Donna Asunción guardò sua figlia, indecisa sul da farsi, ma Catalina si decise a parlare, sopraffatta dallo stato in cui versava la madre. Non avrebbe saputo dire da dove avesse tirato fuori le forze ma, senza pensarci due volte, rivelò a suo padre la verità. «Sono incinta, da due mesi secondo don Juan. Il bambino non è di Antoñito, è di Marvin, l'americano.» Lo disse tutto d'un fiato, gli occhi fissi su quelli di suo padre, che subito cambiarono espressione. Dapprima tradirono incredulità, poi dolore e infine ira.

Don Ernesto si piazzò davanti alla figlia e le diede una sberla che la fece vacillare. Catalina indietreggiò, cercando di mantenere l'equilibrio si appoggiò alla parete e, quando vide che suo padre stava alzando di nuovo la mano, si portò le braccia al volto.

«Ernesto, Dio santo! Smettila! Ti supplico, Ernesto!» gridò donna Asunción cercando di mettersi in mezzo tra il marito e la figlia.

Ma l'uomo era mosso da una rabbia tale che spinse via la moglie e diede alla figlia un'altra sberla in pieno volto. «Disgraziata! Sei una nullità! Come hai potuto farci questo! Svergognata! Donnaccia!»

Catalina lo guardava terrorizzata, non lo aveva mai visto così. Colui che era sempre stato così misurato, un cavaliere, incapace di alzare la voce, adesso si era trasformato in un essere irriconoscibile, il volto paonazzo, gli occhi fuori dalle orbite, la saliva che gli colava dagli angoli della bocca a ogni insulto.

Sopportò come poté i colpi inferti da suo padre finché non si piegò e cadde mentre la madre supplicava il marito di smetterla.

Donna Asunción si rannicchiò cercando di proteggere Catalina con il proprio corpo perché don Ernesto la stava prendendo a calci. «Ti strapperò via quel bastardo con le mie mani! Non lo avrai, quanto è vero Iddio non lo farai!» continuò don Ernesto urlando.

Madre e figlia incassarono qualche altro colpo, poi don Ernesto ebbe un giramento di testa e dovette appoggiarsi alla spalliera di una sedia.

In lacrime, donna Asunción cercò di far rimettere Catalina in piedi. «Figlia mia, per favore, alzati… per favore… figlia mia…»

Catalina aveva un occhio così gonfio che vedeva a fatica, ma quando capì che suo padre si stava riavendo fece uno sforzo e si tirò su. Poi, protetta dalle braccia della madre, si lasciò portare nella propria stanza. Una volta dentro, donna Asunción chiuse la porta con il chiavistello e la aiutò a stendersi nel letto.

«Non preoccuparti, mamma», mormorò Catalina, più angosciata dalla desolazione di sua madre che per i dolorosi colpi ricevuti.

«Andremo dal medico a farti visitare, non vorrei che… Povera figlia mia! Cerca di perdonare tuo padre… perdonalo…»

«Perdonarlo? Mai, mi hai sentito, mai!» rispose Catalina con audacia, senza nascondere la rabbia.

«Devi farlo… gli uomini sono così, per loro l'onore è la cosa più importante», la supplicò la donna mentre le passava sulla fronte un fazzoletto intriso di acqua di colonia.

A Catalina sanguinava il naso e, oltre all'occhio gonfio, aveva chiazze rosse su tutto il corpo. A Donna Asunción non era andata meglio, ma non si lamentava; la sua unica preoccupazione era sua figlia. «Restatene qui tranquilla. Vado a prendere dell'acqua e qualcosa da mangiare. Quando esco, chiudi col chiavistello e non aprire finché non torno.»

«Mamma, stai qui con me… papà è capace di qualunque cosa…» rispose Catalina terrorizzata.

«Non ti farà niente… è un brav'uomo… perdonalo, figlia mia, è solo che è rimasto scioccato. Bisogna aspettare che gli passi… Vedrai che tutto si sistemerà, tuo padre ti vuole bene, sei la luce dei suoi occhi…»

Catalina non rispose. Non riusciva a riconoscere suo padre in quella furia umana. Si sarebbe aspettata un rimprovero, una punizione, ma non la violenza che aveva usato contro di loro.

Quando la madre uscì dalla stanza Catalina tirò il chiavistello. Colta da un'improvvisa e profonda paura nei confronti del padre, incollò l'orecchio alla porta, pronta ad andare in soccorso di sua madre se l'avesse sentita urlare.

Non sentì niente e, sfinita, si rimise a letto. Chiuse gli occhi e cercò di non pensare, ma non ci riusciva. Si disse che forse aveva annunciato a suo padre di essere incinta in un modo troppo brusco, avrebbe dovuto dirglielo in un altro modo, avrebbe potuto lasciare che fosse sua madre a spiegarglielo quella sera, quando si fossero ritirati nella loro stanza. Ma ormai non si poteva tornare indietro. La cosa peggiore era il pensiero di dover affrontare di nuovo suo padre.

D'improvviso trasalì. E se non fosse riuscita a mettersi in contatto con Marvin? Non sapeva dove scrivergli. Solo Eulogio conosceva il suo indirizzo e non glielo avrebbe dato se lei non gli avesse svelato perché era così urgente mettersi in contatto con lui. Però, se le avesse detto che aspettava un figlio da Marvin, Eulogio non sarebbe riuscito a mantenere il segreto e prima o poi lo avrebbe saputo tutto il quartiere, un imbarazzo incalcolabile per lei. L'avrebbero criticata alle spalle, facile immaginare quello che avrebbero detto. Solo in quel momento si rese conto della gravità del problema.

Si sdraiò di nuovo, in attesa che tornasse sua madre, e si passò una mano sulla pancia. Non sentiva niente. Possibile che dentro di lei ci fosse il figlio di Marvin? Un figlio, pensò per la prima volta. Avrebbe avuto un figlio che non desiderava. Si pentì immediatamente di quel pensiero. Ovvio che avrebbe voluto dei figli con Marvin, ma dopo il matrimonio, non certo così. E lui? Magari si sarebbe arrabbiato quando avesse saputo che stava per avere un figlio, magari avrebbe pensato che Catalina l'aveva incastrato. No, non poteva pensare una cosa del genere, alla Pradera tutto era successo in modo fortuito, e lui lo sapeva. Peraltro, era stato Marvin a superare il limite, perché lei non era in sé, il vino le era salito alla testa, annullando la sua volontà.

Le faceva male la schiena nel punto in cui suo padre le aveva sferrato un calcio e a causa delle sberle aveva la vista annebbiata. Inoltre, le si muoveva un dente. Nel timore di quanto avrebbe visto, preferì non guardarsi allo specchio.

Dormicchiò qualche istante finché dei tocchi leggeri alla porta non la riportarono alla realtà. Era sua madre, stava sussurrando il suo nome.

Quando aprì la porta, donna Asución entrò con passo rapido. Aveva in mano un vassoio con un bicchiere di latte e del pane.

«Non ho fame», l'avvertì Catalina.

«Devi mangiare, non puoi non farlo, fosse anche solo per lui.» E il suo sguardo si posò sulla pancia della figlia.

«Papà… ti ha detto qualcosa?» chiese timorosa.

«Gli ho preparato una tisana. È nervosissimo, per lui è stato un colpo molto duro.»

«Non ho nessuna colpa di quello che è successo», si difese Catalina.

«Be'… ormai fa lo stesso, quel che è fatto è fatto. Adesso possiamo solo affrontarlo.»

«Ma tu non sei così arrabbiata con me.» Lo sguardo di Catalina era una supplica.

«Arrabbiata? Non lo so nemmeno io come sto, figlia mia... Non mi sono ancora abituata all'idea che tu... ecco, che tu sia incinta. Non ho avuto nemmeno il tempo di pensarci, sono... sono esterrefatta... Non avrei mai pensato che tu... Ti ho insegnato a essere prudente con i ragazzi, e invece è arrivato uno straniero e ti sei lasciata sedurre...»

«Mamma, per favore, aiutami!»

«Certo, è ovvio che lo farò, il problema è che non so come fare, e nemmeno cosa. Non appena tuo padre si sarà tranquillizzato, ne parleremo e prenderemo una decisione. Solo di una cosa sono certa: l'americano deve assumersi le sue responsabilità. Se occorre, glielo dirò personalmente. Prima vi sposate, meglio è. È un peccato che non possiamo organizzare un matrimonio come si deve.»

«Mamma... Marvin se n'è andato. Eulogio mi ha detto che è andato a Londra e io non ho il suo indirizzo. Se non me lo dà Eulogio, non so come trovarlo...»

«Come hai potuto lasciarlo andare senza farti dire dove trovarlo?»

«Se n'è andati senza salutarmi.» E scoppiò a piangere.

«Dio mio, che catastrofe!»

Donna Asunción si sedette sul bordo del letto sfregandosi le mani, il labbro tremante. Catalina cercò rifugio tra le sue braccia e rimasero abbracciate per un po'.

«Dobbiamo trovarlo, ovunque sia, e fare in modo che torni quanto prima», decise donna Asunción.

«Eulogio conosce il suo indirizzo, ma non ci dirà dove vive a Londra finché non gli diremo per quale ragione dobbiamo trovarlo», insistette Catalina.

«Ma cosa gliene importa! Dobbiamo anche dargli delle spiegazioni... Senti, magari può darti una mano Fernando, non è molto amico di Eulogio?»

«Dire a Fernando che sono... che sto aspettando un figlio da Marvin? Non posso, mamma, non posso farlo.»

«Non vedo perché dovresti spiegargli tutto», rispose donna Asunción senza troppa convinzione.

Catalina scoppiò di nuovo a piangere, sconsolata. Cominciava a rendersi conto del fatto che la sua vita aveva smesso di appartenerle.

Sua madre la obbligò a mangiare il pane e il latte, poi la lasciò sola. Anche lei aveva bisogno di fare ordine nei propri pensieri e mentre raggiungeva la sua stanza faticò non poco a trattenere le lacrime.

Il marito era seduto sulla poltrona accanto al balcone, che era aperto. Faceva molto caldo. La tazza con la tisana era appoggiata sul tavolino accanto, donna Asunción tirò un sospiro di sollievo quando vide che era vuota. Si accomodò su una sedia.

«Deve abortire», sussurrò don Ernesto.

Donna Asunción sobbalzò, spaventata da quanto aveva appena sentito. Non osò rispondere, si limitò a guardare il marito con apprensione.

«Non permetterò che sposi quell'americano. È fidanzata con Antoñito e si sposerà con lui, ma prima dovrà liberarsi di quello che ha nella pancia. Cercheremo una persona che risolva il problema. A Madrid c'è sicuramente chi fa queste cose. Naturalmente, nessuno deve venire a sapere che è incinta, e per giunta di un altro.» E pronunciò queste ultime parole come un ammonimento.

«Non si può fare... non possiamo... siamo cattolici... e poi, Catalina non lo permetterà: è innamorata dell'americano, vuole sposarsi con lui... Per Dio, Ernesto, come può venirti in mente una mostruosità del genere?»

Ernesto diede un pugno sul tavolino facendo cadere la tazza, che si ruppe in mille pezzi. «Anche tu sei impazzita come tua figlia? Siamo rovinati, non l'hai ancora capito? Devo un sacco di soldi a don Antonio, senza i suoi soldi non avremmo neanche da mangiare. Don Antonio vuole togliersi lo sfizio di far sposare suo figlio con una signorina, e quella che ha a portata di mano è Catalina.»

«E per te fa lo stesso che tua figlia sposi quel bifolco?!»

«In che mondo vivi, Asunción? La guerra ha mandato in malora gli affari di tuo padre e adesso abbiamo solo debiti. A mio fratello le cose non vanno molto meglio, sta cercando di rendere di nuovo produttive le terre, ma quello che ne sta ricavando gli basta giusto per vivere. Guarda, un'altra soluzione non c'è. Catalina è abituata a non farsi mancare niente, e con Antonio avrà tutto quello di cui ha bisogno.»

«Ma lei non lo ama, le fa orrore...»

«Forse noi due ci amavamo quando ci siamo sposati? I nostri genitori hanno deciso che dovevamo sposarci perché era la cosa migliore per noi ed eccoci qui, cosa c'è che non va? Tu sei stata una moglie esemplare e io un marito fedele, forse si può chiedere di più?»

«Ma non possiamo obbligarla... e poi l'americano potrebbe reclamare suo figlio...»

«Che figlio? Non ci sarà nessun figlio, di questo mi occupo io. La bambina abortirà.»

«Non permetterò che mia figlia commetta un peccato mortale, nel modo più assoluto!» Donna Asunción si mise in piedi e guardò il marito con aria di sfida.

«E non è un peccato mortale commettere atti impuri?»

«Dio santo, cosa stai dicendo? Senti, Ernesto, adesso devi riposare, tutto questo lo affronteremo domani... Siamo nervosi e parliamo a sproposito... Che Dio ci perdoni!»

«Sì, che ci perdoni, certo, ma la bambina abortirà.»

Quando Catalina si alzò, aveva albeggiato da poco. Si lavò velocemente e uscì di casa senza fare rumore, decisa a incontrare Eulogio non appena fosse rientrato dal magazzino. Lungo strada incontrò Fernando, che stava andando al lavoro.

«Cosa ci fai in giro a quest'ora?» chiese sorpreso.

«Devo vedere Eulogio», rispose Catalina d'impulso.

«Così presto? Starà per arrivare, ma che fretta hai di vederlo? Che ti è successo! Hai un occhio livido e anche il braccio... sei caduta?»

Catalina non rispose, si mordicchiò il labbro inferiore sino a farlo sanguinare.

«Senti, sei libera di non dirmi niente, anche io me ne frego degli affari tuoi. Ciao.» Fernando le girò le spalle, di pessimo umore.

«Non andare via... il punto non è che non voglio dirti... è solo che...» E scoppiò a piangere.

Fernando rimase immobile, sorpreso. Non l'aveva mai vista piangere, nemmeno da bambina, quando si sbucciava le ginocchia dopo una caduta. «Che succede?» disse mettendole un braccio sulle spalle.

A quel punto Catalina pianse ancora di più e Fernando si spaventò. «Senti, ti accompagno a casa, non puoi andartene in giro in questo stato. Spiegami che cosa ti sta succedendo, lo sai che puoi sempre contare su di me per qualunque cosa.»

«Per qualunque cosa?» gemette lei.

«Sì, lo sai», ammise lui.

Ma lei non era convinta. Aveva bisogno di sfogarsi con qualcuno e non c'era persona migliore del suo amico d'infanzia, che le era così affezionato; tuttavia provava troppa vergogna all'idea di dirgli che era incinta.

Fernando cominciava a spazientirsi, ma non voleva lasciarla sola, per strada, in quello stato. Se fosse arrivato tardi al lavoro, il capomastro avrebbe potuto licenziarlo. Ciò nonostante, decise che lei gli importava più di chiunque altro al mondo e che se avesse perso il lavoro per aiutarla non se ne sarebbe pentito. L'amava a tal punto da essere disposto a dare la sua vita per lei.

Catalina si lasciò avvolgere dalle sue braccia in cerca di consolazione e il corpo di Fernando reagì, inquieto. «Dai, vieni, sediamoci su una panchina e raccontami tutto.»

Fecero qualche metro per raggiungere plaza de la Encarnación e si accomodarono l'uno accanto all'altra, vicinissimi. Lui afferrò le sue mani e le sorrise. «Qualunque cosa ti sia successa, ti aiuterò a risolverla.»

«Me lo prometti?» chiese lei con una supplica.

«Lo giuro.»

«Sei così buono con me!»

«Dai, raccontami cosa ti succede.»

«È successo che...»

«Su, Catalina, lo sai che se c'è una persona su cui puoi contare, sono io», insistette lui.

«Sono incinta.» Lo disse in un sussurro mentre tirava su le lacrime che le scorrevano lungo le guance.

Fernando lasciò andare le mani di Catalina e nel suo sguardo dovette leggersi tutto il suo dolore, la sua disperazione, la sua indignazione, perché lei si pentì all'istante di avergli fatto quella confidenza. Per qualche secondo rimasero fermi, a guardarsi senza vedersi, disperati, incapaci di trovare consolazione.

Alla fine, Fernando tornò in sé e, lottando contro la rabbia che sentiva dentro, le chiese: «Chi è stato?»

«Lo sai chi è stato... Ricordi quel giorno alla Pradera?»

«Marvin.»

«Sì.»

Fernando diede un pugno alla panchina. Si sbucciò le nocche, ma non sentì alcun dolore. Era così arrabbiato che, se avesse avuto davanti Marvin, l'avrebbe ammazzato di botte. «Come hai potuto...» si lamentò.

«Io... non so cos'è successo... non mi ricordo nemmeno... Mi dispiace, Fernando, mi dispiace...»

Il suo dolore era sincero. Guardò con apprensione l'amico, non sopportava che lui la giudicasse negativamente, e ancora meno che non volesse più saperne di lei. In quell'istante si rese conto di quanto erano uniti. Catalina sapeva che Fernando era innamorato di lei e aveva dato per scontato che, qualunque cosa avesse fatto, avrebbe potuto contare sull'amore totale e generoso che lui le aveva manifestato in tutte le occasioni.

Se ne stette tranquilla accanto a lui mentre Fernando, lo sguardo perso, cercava di controllare le emozioni. «Cosa farai?» chiese con voce stanca, la voce di un vecchio.

«Voglio chiedere a Eulogio l'indirizzo di Marvin. Gli scriverò sia a Londra sia a Parigi, gli racconterò quello che mi è successo e... be', spero che lui si prenda le sue responsabilità, che torni qui per sposarci.»

Su Fernando le parole di Catalina ebbero lo stesso effetto del sale su una ferita aperta. «Sei sicura che tornerà?»

«Sì, non può lasciarmi così...»

«Certo, perciò pensi di dire a Eulogio che sei incinta...»

«Non ho altra scelta, è l'unico che sa dove si trova Marvin. Mi vergogno di dirgli che sono incinta, col rischio che vengano a saperlo tutti, ma cos'altro posso fare?»

«Potrei chiederglielo io.»

«Tu? E credi che te lo darebbe?»

«Eulogio è un mio amico, è l'amico migliore che ho, sono certo che sa mantenere un segreto, ma forse è meglio che sino al ritorno di Marvin tu non dica a nessuno che sei... che sei così...»

Catalina abbassò la testa, imbarazzata. Sapeva che Fernando cercava di proteggerla, e questo la fece sentire ancora più colpevole.

Lui le passò la mano sul volto, guardandola così intensamente che lei abbassò lo sguardo.

«Mio padre mi ha picchiato», confessò con un filo di voce.

«Questi lividi, te li ha fatti lui?»

«Sì, è andato su tutte le furie, ho avuto paura che gli venisse un colpo, non lo avevo mai visto così, urlava... adesso ho paura di lui.»

«Non lascerò che succeda un'altra volta, ci parlerò io», le disse Fernando con convinzione.

«No, no, è meglio se non ti fai vedere a casa, non so di cosa potrebbe essere capace.»

«Nemmeno lui sa di cosa sono capace io se qualcuno ti fa del male», rispose Fernando con grande serietà.

«Mi aiuterai?»

«Non ho altra scelta. Adesso va' a casa, parlerò con Eulogio a mezzogiorno.»

Fernando passò il resto della mattinata pensando a Catalina, poco concentrato su quello che stava facendo. Nel vederlo così distratto, Pascual, il capomastro, lo rimproverò diverse volte e commise l'errore di dargli una spinta, alla quale Fernando rispose con un pugno che lo stese a terra.

Gli altri operai guardarono Fernando con gli occhi sgranati. Come aveva potuto picchiare una persona adulta, che per giunta era il capomastro del cantiere? L'avrebbero licenziato di sicuro; peraltro, la spinta non era stata così forte da meritare un pugno come risposta.

Pascual si alzò, si pulì il sangue dalle labbra e affrontò Fernando. «Sei licenziato, ti denuncerò. I figli dei rossi non meritano compassione. Finirai in carcere come tuo padre, così vi fucileranno tutti e due.»

Un collega bloccò Fernando, che era pronto a rispondere con un altro pugno. «Su, ragazzo, non fare altre stupidaggini, prendi le tue cose e vattene, non complicarti ancora di più la vita.»

Così fece. Se ne andò via senza il minimo pentimento. Il capomastro era una persona cattiva, era scontato che prima o poi si sarebbe preso un bel pugno.

Per un po' vagabondò per la città senza sapere dove andare. Il salario della tipografia non gli bastava per vivere. Per la prima volta, non gli dispiacque che sua madre si fosse messa a lavorare a casa di don Luis. A mezzogiorno, prima di passare da casa, andò nella mansarda di Eulogio. Gli aprì la porta Piedad. «Mio figlio sta ancora dormendo, oggi è rientrato molto stanco. Gli dirò che sei venuto.»

Rientrato a casa, Isabel si rese conto che gli era successo qualcosa, ma non gli chiese niente.

Mangiarono patate con paprika e si spartirono la mela che donna Hortensia, la moglie del farmacista, le aveva regalato.

La madre attese di concludere il frugale pranzo prima di chiedergli cosa avesse.

«Ho dato un pugno a Pascual e mi ha licenziato.»

«Ma, figlio mio, come ti è venuto in mente di picchiare il capomastro! Può avere anche altre conseguenze per noi... Cosa ti ha fatto?»

«Mi ha dato spinta.»

«Va bene, ma è un motivo sufficiente per picchiarlo?»

«Ognuno di noi ha un'idea diversa della propria dignità e io non permetterò a nessuno di alzare le mani contro di me, anche se è il mio capomastro.»

Isabel guardò suo figlio consapevole del fatto che il litigio con il capomastro era stato la conseguenza di qualcos'altro. Suo figlio non era violento, al contrario, perciò quella reazione così smisurata doveva essere stata provocata da qualcosa di più di una spinta. «Cos'altro c'è?» gli chiese.

«Cos'altro cosa? Non so di cosa stai parlando.»

«Di niente.»

«Non mi convince, Fernando. Mi dispiace che non ti confidi con me, ma almeno non mentirmi.»

L'espressione preoccupata di sua madre lo commosse. Non aveva diritto di caricare sulle sue spalle un altro peso. «Non voglio mentirti, mamma, hai ragione, oggi non è stata una bella giornata.»

Isabel rimase in silenzio aspettando che lui continuasse.

«Quello che ti dirò deve restare tra me e te.»

«Sono forse una pettegola?»

«No, decisamente no, ma non riguarda me, bensì un'altra persona.»

Fernando deglutì. Aveva fiducia in sua madre, ma faticava a rivelarle la situazione di Catalina. Isabel si era sempre mostrata molto gentile con lei, ma Fernando aveva l'impressione che non si piacessero sino in fondo. Sicuramente lei sapeva che Catalina non era innamorata di lui. «Catalina è incinta», disse all'improvviso, guardandola, in attesa della sua reazione.

«Chi è il padre?» chiese senza un filo di emozione nella voce.

«Credi che sia stato io?»

«No, so che non sei stato tu.»

La risposta di sua madre lo infastidì. In realtà, lo addolorava l'evidenza del fatto che per Catalina lui fosse rimasto solo il compagno di giochi infantili.

«Marvin. È stato l'americano», rispose.

«L'americano... Certo, non poteva che essere lui», rispose, affatto stupita.

«Sei molto sicura di te, perché non poteva che essere lui? Avrei anche potuto essere io.»

«Tu? Decisamente no. Lei non ti ama come tu vorresti. Catalina è una brava ragazza, ma è anche molto fantasiosa; è logico che sia rimasta colpita dall'americano. Tuttavia, avrebbe dovuto essere più furba ed evitare di fare quello che ha fatto.»

«Suo padre l'ha riempita di botte.»

«Liberaci, o signore, dalla furia dei miti. E sua madre?»

«Sua madre cerca di proteggerla, ma le ha chiesto di scrivere a Marvin raccontandogli quello che è successo affinché torni immediatamente qui da Londra.»

«Non tornerà», affermò Isabel.

«Ma cosa vuoi saperne tu! Sono certo che è andato via senza sapere che Catalina è incinta; non è un mio amico, ma credo sia una persona perbene e so che si prenderà le sue responsabilità.»

«Figlio mio, non dico che l'americano sia una cattiva persona, ma è dentro il suo labirinto. Ci ho parlato di rado e mi baso anche su quello che mi hai raccontato, ma so è tornato in Spagna per cercare di perdonare se stesso e a me sembra che se ne sia andato via senza esserci riuscito. Mi pare incapace di preoccuparsi di qualunque altra cosa che non sia la propria angoscia. Magari mi sbaglio, lo spero per il bene di Catalina.»

«Non sopporto di vederla così sola.»

«Un giorno o l'altro dovrai accettare che Catalina non è per te. Non ti amerà mai come meriti, dell'amore di cui hai bisogno. Ti stima, di questo sono certa, ma non ti vede per l'uomo che sei. Ti ha chiesto aiuto?»

«Sono stato io a offrirmi di chiedere l'indirizzo di Marvin a Eulogio. Se glielo chiedesse lei, dovrebbe anche spiegargli il perché.»

«E con quale scusa glielo chiederai?»

«Non lo so, magari gli dirò che ha lasciato qui dei libri e delle carte e magari si aspetta che glieli spedisca... Che ne so!»

«Sì, è una buona scusa, è credibile.»

«Madre, perché sei così dura?»

«Dura? No, non lo sono affatto, solo che il problema di Catalina è frutto della sua stupidità e della sua disattenzione. Io continuo a piangere, figlio mio, piango per quello che tuo padre sta soffrendo in carcere, perché non so se ce lo restituiranno... Piango per tutte le donne, i figli e i fratelli che, come noi, aspettano che si apra la porta del carcere per poter incontrare anche per pochi minuti i propri cari. Piango anche per quello che Franco e i suoi stanno facendo al nostro Paese. Ma non chiedermi di piangere perché una ragazzina stupida si è lasciata sedurre.»

«Cos'hai contro di lei?»

«È una brava ragazza, ma è egoista e maliziosa. Sa che sei innamorato di lei e che la ami, e ti dà spago solo per tenerti legato a lei. Le fa molto comodo sapere che il tuo affetto è incondizionato, ma non le importa il fatto che tu possa soffrire proprio perché la ami», sentenziò Isabel.

Fernando non rispose. Sapeva che sua madre aveva ragione, ciò nonostante era disposto a continuare a fare da cavaliere errante per Catalina, in cambio di niente.

Eulogio gli scarabocchiò su un foglio l'indirizzo di Marvin a Parigi. «Però non è lì; come ti ho detto è andato a Londra a incontrare i genitori, che sono venuti in Europa con l'intenzione di convincerlo a tornare a New York.

Non so dove alloggi a Londra, ma se vuoi spedirgli quei libri a Parigi... è molto probabile che non arriveranno mai. Fra l'altro, se li ha lasciati qui e se n'è andato senza chiederteli indietro, probabilmente non erano importanti per lui. Però con Marvin non si sa mai... Non sta bene: come tutti i grandi poeti, è una persona instabile.»

Fernando fece un sospiro di sollievo; con quell'indirizzo in tasca aveva tenuto fede all'impegno preso con Catalina. Doveva aiutarla, si disse, anche se questo significava perderla per sempre. In ogni caso, non avrebbe sopportato di vederla soffrire per il fatto di essere incinta e per lo stigma che questo avrebbe comportato.

Di pomeriggio, in tipografia, don Vicente gli chiese cosa lo preoccupasse. «Ti vedo assente, ci sono notizie di tuo padre?»

«Domani abbiamo l'appuntamento con l'avvocato. Speriamo ci dia buone notizie.»

Poi, raccontò a quel buon uomo che lo avevano licenziato dal cantiere e per quale ragione.

«Hai proprio un bel caratteraccio... dare un pugno al tuo capo... Cerca di controllarti, non vorrei prendermi qualche ceffone anch'io se solo ti contraddico», gli rispose con un sorriso.

«Lei non è come Pascual, che è cattivo e anche fascista. Non posso permettere a nessuno di insultare mio padre», replicò Fernando.

«In ogni caso, devi controllarti. I problemi non si risolvono prendendo a pugni la gente. Tuo padre ti avrebbe detto le stesse cose che ti sto dicendo io. E bada anche a quello che dici, persino i muri hanno orecchie... Don Víctor però è una brava persona e, anche se fa parte del gruppo dei vincitori, sai quanto lui stimi tuo padre. Qui pubblicavamo e continuiamo a pubblicare alcuni libri della Editorial Clásica, dove don Lorenzo lavorava prima della guerra.»

«Lo so, don Vicente. Anche mio padre ha molta stima di lei ed è molto grato a don Víctor per avermi dato un lavoro.»

«Te l'ho già detto, don Víctor è una brava persona, di quelle che aiutano tutti senza stare a guardare se sono blu o rossi. E smettila di chiamarmi "don Vicente", anche se sono il responsabile di questa attività, sono solo un tipografo, e ne vado molto fiero.»

«È una forma di rispetto...»

«Lo so che mi rispetti, non ti permetterei di fare altrimenti. Però chiamarmi per nome.»

«D'accordo, don Vicente.»

«Hai sentito quello che ho detto?» Il tipografo rise della faccia stupita di Fernando.

«Sì... sì...»

«Senti, facciamo una cosa: lavorerai qualche ora in più la mattina, e chiederò a don Víctor che ti paghi un po' di più...»

«Crede che acconsentirà?»

«Chiederglielo non ci costa niente. Sai, forse aver lasciato il cantiere alla fine potrebbe anche essere positivo. Non faceva per te; d'altro canto oggi bisogna accontentarsi di qualunque lavoro si trovi senza pretendere che ci debba anche piacere, e anche esserne contenti perché non c'è modo di scegliere.»

«Grazie, don Vicente.»

«Ma è possibile! Vicente, chiamami Vicente, non è così difficile il mio nome.»

L'indomani, quando arrivò in tipografia, don Vicente gli fece cenno di andare nello studio di don Víctor.

Fernando entrò in agitazione. Don Víctor era sempre stato gentile con lui, ma era una figura che incuteva rispetto. Bussò alla porta e aspettò che gli dicesse di entrare.

«Avanti, giovanotto… siediti.»

«Grazie, don Víctor.»

«Don Vicente mi ha detto che lavorare qui qualche ora in più ti farebbe comodo.»

«Sì… mi farebbe molto comodo.»

«Cosa è successo in cantiere?»

«Ecco… ho avuto un problema con il capomastro.»

«Che tipo di problema?» Don Víctor lo osservava con attenzione, sembrava capace di leggere nei suoi pensieri.

«Non voglio mentirle, abbiamo avuto una discussione e io… insomma, gli ho dato un pugno… So che ho sbagliato, ma quell'uomo ha mancato di rispetto a mio padre.»

«Sì… ti capisco. Nemmeno io avrei permesso che si mancasse di rispetto al mio. Ma dare pugni in giro non deve diventare un'abitudine. Tuo padre, Fernando, era un vero cavaliere, un uomo colto e perbene. L'ho sempre stimato, nonostante le differenze politiche tra noi. Tuo padre era un bravo editore, tra i migliori. Ricordo ancora le nostre conversazioni. Gli piaceva portarmi di persona alcuni dei testi che dovevamo stampare. A volte mi diceva: "Víctor, questo trattamelo bene, è molto speciale". I suoi preferiti erano i libri di poesia e di storia.»

«Grazie, don Víctor.» Fernando si sentiva tanto sollevato quanto sorpreso dalla reazione dell'uomo.

«Non ringraziarmi. Questa guerra… insomma, avremmo dovuto evitarla.»

«Lei l'ha vinta», si azzardò a rispondere Fernando.

«Vinta? Sì, una fazione ha vinto sull'altra, e adesso? Riusciremo a guardarci di nuovo in faccia senza provare odio o rancore? Saremo capaci di superare quello che abbiamo fatto? Io… Be', a me non piacevano le sinistre rivoluzionarie, non credo avessero la soluzione per i problemi della Spagna;

anzi, credo che con loro si stessero aggravando. Ecco, di queste cose discutevo con tuo padre. Sono un cattolico, una persona disciplinata, tutto qui. Comunque, non ho ragione di darti delle spiegazioni. Raccontami come sta tuo padre...»

«Soffre, don Víctor. Non si lamenta, ma è sempre più magro. Vive in una cella di pochi metri con altri trenta uomini. Sono appiccicati come in una scatola di sardine. Mangiano da schifo. Ma lui non perde la speranza.»

«Andrò a trovarlo questa settimana. È ancora nel carcere delle Comendadoras?»

«Sì, è lì».

«Allora gli porterò qualche libro, spero gli permettano di leggere. E... be', non ti prometto niente, ma parlerò con alcuni conoscenti per vedere se si può fare qualcosa.»

«Se lei potesse... gliene sarei eternamente grato! Ancora non capisco per quale ragione lo abbiano condannato a morte. La nostra unica speranza è che gli commutino la sentenza.»

«Vedrò cosa posso fare. Adesso parla con Vicente, ti spiegherà il nuovo orario e quello che dovrai fare.»

«Grazie, don Víctor.»

«Di niente, giovanotto.»

Quando uscì dalla tipografia erano le nove passate, ma c'era ancora un po' di luce. Si diresse verso casa con la speranza di incontrare Catalina; in fin dei conti viveva due portoni più avanti del suo, non era un'eventualità così remota. Invece, vide Antoñito accompagnato da sua madre; avevano appena chiuso il negozio di alimentari. Si limitarono a un cenno di saluto. Incrociò anche Piedad e due ragazzi del quartiere che erano stati suoi compagni di classe.

Quel suo andirivieni su e giù per la via di casa finì per richiamare l'attenzione dei portinai che lo conoscevano e ne approfittarono per attaccare bottone. «Cosa c'è? Invece di andare a casa preferisci startene al fresco?» lo interpellò Pepita, una portinaia alquanto pasciuta sebbene anche lei, come molti altri spagnoli, facesse la fame.

«È solo che fa molto caldo e volevo sgranchirmi un po' le gambe...» si giustificò lui.

«Tua madre è rientrata già da un po'.»

«Sì... certo... adesso salgo...»

Doversi giustificare con la portinaia lo infastidiva. Non che fosse una cattiva persona, la conosceva fin da bambino, ma era sempre appostata a sorvegliare i movimenti dei vicini. Nella Madrid repubblicana lei sembrava vicina alla Repubblica, ma con l'arrivo di Franco si adeguò senza problemi al nuovo contesto, sembrando persino più allineata di prima.

Fernando decise di salire a casa. Isabel stava rammendando la sua camicia migliore, quella bianca, che indossava per incontrare l'avvocato, con il quale aveva appuntamento l'indomani.

«Ciao, mamma!»

«Stai meglio?» chiese preoccupata.

«Sì... ho parlato con don Víctor. Don Vicente gli ha chiesto di farmi lavorare anche la mattina; non guadagnerò poi tanto, ma è sempre meglio di niente, almeno finché non troverò qualcos'altro.»

Le raccontò anche che don Víctor si era offerto di intercedere per suo padre. Isabel era speranzosa. «Magari riuscisse a farlo. So che suo cognato è un militare. Tuo padre e don Víctor hanno sempre avuto ottimi rapporti, nonostante le differenze.»

«Non sembra una cattiva persona. Alla fine, mi ha dato lavoro perché don Vicente gli ha spiegato la nostra situazione.»

«Sì, ti ha dato lavoro perché sei figlio di tuo padre. Domani pomeriggio andremo dall'avvocato», gli ricordò.

«Lo so, mamma, e spero che ci dia qualche bella notizia, spero che papà possa tornare presto a casa.»

Suonò il campanello e Fernando andò ad aprire la porta. Era Eulogio, voleva fumarsi una sigaretta con lui prima di andare al magazzino.

Eulogio sapeva che Fernando non poteva permettersi di comprare del tabacco; lui era nella stessa situazione, ma delle volte don Antonio gli regalava delle sigarette e, se non lo faceva, lui gliene rubava qualcuna. «Ti va di fumare?»

«Certo, vieni.»

Chiacchierarono per un po' di tutto e di niente. Poi Eulogio lo salutò e andò a lavorare.

A quell'ora, poco prima di cena, a casa dei Vilamar non regnava la stessa armonia.

Dopo aver trascorso fuori buona parte della giornata, don Ernesto era appena rincasato, ma donna Asunción e sua figlia non avevano idea di dove fosse andato. Quando sentirono le chiavi girare nella serratura, Catalina corse a chiudersi nella propria stanza e Asunción si preparò ad affrontare l'ira del marito.

«Di' alla bambina di venire nel mio studio», le disse senza nemmeno salutarla.

Donna Asunción non osò chiedergli niente e andò a cercare Catalina.

«Non ho voglia di vederlo, e se mi picchia di nuovo?» chiese timorosa.

«Devi andarci o potrebbe finire anche peggio», la supplicò sua madre.

Le due donne, attaccate l'una all'altra, entrarono nello studio di don Ernesto. Era seduto dietro il tavolo di rovere che aveva ereditato da suo padre, che a sua volta lo aveva ereditato dal proprio, e così via per diverse generazioni.

Con un gesto, don Ernesto le invitò a sedersi nelle due sedie davanti al tavolo. Obbedirono senza fiatare.

«Un amico mi ha parlato di una donna che aiuta a disfarsi dei figli bastardi. Vive nella Corredera. Ci andrete domani stesso. Chiede cento pesetas. Eccole.»

«Ernesto, ma è un peccato mortale, così condannerai nostra figlia», si lamentò donna Asunción.

«Della sua anima non m'importa un bel niente. È stata lei a metterla in pericolo, non io. Il vero problema noi lo abbiamo adesso, quanto all'aldilà, sarà quel che sarà.

«Non possiamo affrontare la vergogna e nemmeno le conseguenze della gravidanza. Antoñito non la sposerebbe mai, e quanto a don Antonio... No, non ce lo possiamo permettere.»

«Io non capisco, tu sei cattolico, avresti il coraggio di confessarti con don Bernardo e dirgli che hai obbligato tua figlia ad abortire? Io morirei di vergogna, eppure dovrei farlo. Quanto a Catalina, quando morirà andrà dritta all'inferno.»

«Be', è il suo posto!» gridò don Ernesto dando un pugno sul tavolo. Diventò paonazzo e sulle tempie cominciò a pulsargli una vena, così forte che si portò le mani alla testa.

Donna Asunción tacque spaventata e Catalina, livida, quasi non osava respirare. Quando don Ernesto si riprese dal dolore intenso alla fronte, le guardò con una rabbia tale che si spaventarono ancora di più.

«Se ti vergogni di confessarti con don Bernardo, cercati un altro prete. E se Catalina andrà all'inferno, perché ci andrà, chi se ne importa, è lì che deve stare per scontare quello che ha fatto. Non permetterò che ci mandi in malora. Siamo sopravvissuti alla guerra in questa città circondata dai rossi, con la paura quotidiana che quei disgraziati del Fronte popolare venissero a prenderci per fucilarci, e adesso non sarà questa svergognata a portarci definitivamente alla rovina.»

«Ma, Ernesto...»

«Sta' zitta! Il tuo dovere è obbedire. Domani mattina andrai con lei a casa di quella donna e quando tornerete la faccenda sarà chiusa.»

«Ma non ti rendi conto del pericolo? Molte ragazze muoiono in questo modo...»

«Meglio morta che disonorata», affermò con rabbia don Ernesto.

«Dio santo, Ernesto, ma cosa dici!»

«Smettila di contraddirmi, Asunción, o finisce male.»

Donna Asunción abbassò la testa e lasciò scorrere le lacrime che sino a quel momento aveva trattenuto. Catalina strinse la mano di sua madre, era il suo modo di ringraziarla per averla difesa affrontando suo padre. Ingoiò la saliva, chiuse gli occhi e parlò: «Non andrò all'inferno, qualunque cosa tu ne dica. Ho commesso un peccato mortale, è vero, ma Dio può perdonarmi, mentre sono certa che non mi perdonerebbe mai se uccidessi mio figlio. Picchiami quanto ti pare, padre, ma non andrò a casa di quella donna; porterò avanti la gravidanza, e se Dio vuole sposerò Marvin. Domani, al più tardi, avrò il suo indirizzo e gli scriverò. Sono sicura che mi risponderà perché so che mi ama almeno quanto io amo lui. Ecco, questo farò; se intanto preferisci che me ne vada da qui perché nessuno mi veda, be', me ne andrò.» Parlò tutto d'un fiato, riuscendo a controllare la paura che la attanagliava.

Suo padre si alzò e, prima che lei potesse rendersene conto, ricevette uno schiaffo che la fece cadere. Donna Asunción si abbassò per proteggere la figlia con il proprio corpo e ricevette sulle costole il secondo colpo diretto a Catalina.

«Puttana! Sei una puttana! E osi anche dirmi che non vuoi ubbidire! Se serve, ti ucciderò a bastonate, ma quel bastardo non nascerà! Te lo giuro!»

Questa volta Catalina non pianse. Ingoiò le lacrime e con l'aiuto della madre si mise in piedi. Poi si avvicinò al padre e lo guardò con lo stesso odio con cui lui guardava lei. Anche lei aveva voglia di dargli uno schiaffo, un calcio, di sputargli in faccia, ma si trattenne. Invece, decise di starsene lì tranquilla, disposta a incassare tutti i colpi che lui avesse deciso di darle.

Donna Asunción però si intromise tra i due e afferrò la figlia per il braccio, conducendola verso la porta prima che don Ernesto tornasse a scagliarsi su di lei. «Va' in camera tua, figlia mia, io devo parlare con tuo padre.»

Rimasti soli, don Ernesto si sedette nuovamente dietro il tavolo, e lei sulla sedia. «Ernesto, non ti permetterò di continuare a picchiarla. È nostra figlia, la nostra unica figlia, è sangue del nostro sangue, e continua a esserlo anche se ha commesso un errore. Non è la prima donna cui succede un inconveniente del genere, e non sarà l'ultima», gli disse mentre avvertiva il bruciore nel punto in cui suo marito l'aveva colpita quando aveva cercato di proteggere Catalina con il proprio corpo.

«Un inconveniente? Farsi mettere incinta lo chiami un inconveniente?» gridò suo marito.

«So che Catalina si è comportata male, ma non possiamo aggiungere al suo peccato un peccato ancora più grave. Non permetterò che la condanni all'inferno.»

«Non lo permetterai? *Tu* non lo permetterai? Ma come osi!» Don Ernesto si alzò dalla poltrona gridando, gli occhi iniettati di sangue.

Asunción guardò suo marito temendo che volesse picchiarla di nuovo. Quell'uomo taciturno, malaticcio, semplice, si era trasformato in un'altra persona, faticava a riconoscerlo. «Questo pomeriggio andremo a trovare mia sorella Petra. Le abbiamo raccontato quello che è successo e ci ha proposto una soluzione», rispose a suo marito con voce tremante.

«Come hai osato raccontarlo a tua sorella! Adesso verrà a saperlo il mondo intero», gridò di nuovo lui.

«Sai che Petra è una persona discreta, in più è mia sorella e vuole bene a Catalina come a una figlia, è la sua unica nipote. A volte dall'esterno si riesce a vedere le cose con maggiore chiarezza» si giustificò.

«E quale sarebbe il consiglio di quella furba di tua sorella?» chiese don Ernesto con tono sprezzante.

«Non appena Catalina metterà su qualche chilo, potrà andare a casa sua, se l'americano non sarà ancora tornato. Se invece quel tale Marvin arriverà in tempo, si sposeranno con una cerimonia discreta e finirà lì, non è la prima e non sarà l'ultima donna a sposarsi incinta. Se invece Marvin non tornasse... be', Catalina trascorrerà a casa di Petra il periodo della gravidanza, lì metterà al mondo suo figlio e poi... sarà doloroso, ma Petra lo porterà in un brefotrofio. In questo modo Catalina potrà tornare alla propria vita come se nulla fosse. Dovrà solo posticipare il matrimonio con Antoñito. Possiamo raccontare a don Antonio che abbiamo mandato Catalina fuori città perché non sta bene di salute, o perché mia sorella è malata e se ne deve occupare lei. Vedi tu cosa è preferibile. Se Marvin tornerà, romperemo il fidanzamento, se non tornerà, sarà solo questione di attendere.»

«Sì, e chi la assisterà durante il parto? Non credo che tu o Petra siate in grado di fare le levatrici.»

«Andrò da Juan Segovia, dovrebbe conoscere qualcuno che ci possa aiutare quando arriverà il momento. In fin dei conti è il nostro medico, conosce Catalina da quando era piccola ed è stato lui a capire che è incinta.»

Don Ernesto si fermò a riflettere. Non aveva mai avuto un'alta considerazione di sua moglie, non la riteneva una persona brillante, ma quella volta lei e sua sorella Petra sembravano aver trovato la giusta soluzione. Nemmeno a lui piaceva l'idea di commettere un crimine uccidendo la creatura che doveva nascere. Era un bravo cattolico e sapeva che un giorno Dio gliene avrebbe chiesto conto, ma a quell'evento mancava ancora parecchio tempo. In quel momento il problema era uno solo: convincere don Antonio. Era un bruto, un uomo abituato a sottomettere tutti alla propria volontà, tanto più se gli si doveva dei soldi, e lui gliene doveva molti di più di quanti sarebbe mai riuscito a restituirgli.»

Sua moglie attendeva impaziente, pregando che acconsentisse.

«Di quanti mesi è?» chiese, stavolta senza alzare la voce.

«Quasi tre...»

«Vuol dire che fra pochissimo si vedrà.»

«Sì, da qui a un mese.»

«Siamo in agosto, perciò il bastardo dovrebbe nascere intorno a febbraio.»

«Esatto.»

«Don Antonio non vorrà aspettare così tanto...»

«La tireremo per le lunghe. Nel mentre Catalina può scrivere ad Antoñito, tanto per intrattenerlo.»

«D'accordo. Ma finché non andrà via, non voglio che esca di casa se non per andare a messa. E quando starà a casa di tua sorella Petra, farà lo stesso.»

«Non preoccuparti, anche perché abbiamo pensato di lasciare al brefotrofio un corredo per il bambino e dovremo dedicarci al cucito.»

«Catalina è d'accordo?»

«All'inizio no, ha pianto, si è opposta, ma mia sorella l'ha convinta che è la cosa migliore. Fra l'altro, è una soluzione anche nell'eventualità che l'americano non torni, anche se io spero che lo faccia.»

Suo marito rimase in silenzio mentre con le dita dava dei colpetti sul tavolo. Donna Asunción si raccomandò nuovamente a Dio, temendo che suo marito cambiasse idea.

Ma per quanto offuscato, don Ernesto era un bravo cattolico e la soluzione proposta da sua cognata cominciò a sembrargli più adeguata della propria. «Come ha potuto farci questo?» chiese a sua moglie, adesso con tono più pacato.

«È solo una ragazzina irresponsabile. In realtà non ricorda molto bene cosa sia successo. È stato il giorno del compleanno di Antoñito. E sei stato tu a permetterle di andare con lui e con i ragazzi del quartiere alla Pradera. Se ricordi, io non ero d'accordo.» Con queste parole, donna Asunción stava cercando di riabilitare se stessa.

«E come potevo rifiutarmi?» Don Antonio aveva insistito perché Catalina partecipasse alla festa per il compleanno di suo figlio.»

«Che razza di compleanno! Si festeggia a casa, non sul prato e con diverse bottiglie di vino. Ma del resto, cosa ci si può aspettare da certa gente?» affermò donna Asunción sprezzante.

«Alla Pradera de San Isidro ci si va a trascorrere il pomeriggio della domenica. Ho dato a Catalina il permesso di andarci, mi è sembrato che non ci fosse niente di male.»

«Senti, Ernesto, Catalina è molto ingenua, non è abituata a bere, e a quanto pare Antoñito ha insistito. Puoi immaginare! Eccedono nel bere le ragazze di altri quartieri, ma lei...»

«Don Antonio mi aveva dato la sua parola sul fatto che Antoñito avrebbe badato a lei», si difese don Ernesto.

«Be', non lo ha fatto.»

«Visto che doveva peccare, quella sfacciata poteva farlo con Antoñito», biascicò Ernesto.

«Che Dio ti perdoni! Come puoi dire una simile barbarità?»

«Non so se Dio mi perdonerà, ma sono certo che don Antonio non mi perdonerà neanche una di tutte le pesetas che gli devo.»

«Siamo proprio caduti in basso!» esclamò donna Asunción, e il suo sguardo era una maschera di delusione.

L'indomani, Fernando e Isabel arrivarono allo studio di Alberto García mezz'ora prima dell'ora fissata. Non era una cattiva persona, ma avevano il sospetto che approfittasse della disperazione di coloro che cercavano di tirare fuori i propri familiari del carcere. Ed erano così tanti, i carcerati, che gli affari andavano a gonfie vele. Il più delle volte non si riusciva a ottenere niente, ma le famiglie pagavano, impegnando e vendendo quanto possedevano.

Per l'ennesima volta l'avvocato la tirò per le lunghe. Il caso di Lorenzo Garzo era allo studio, dovevano avere pazienza e speranza. Insistette di nuovo sul fatto che era fondamentale ottenere una lettera del prete della loro parrocchia nella quale si garantiva che don Lorenzo era sempre stato un bravo cattolico.

Fernando abbassò la testa e fu sua madre ad affrontare la situazione. «Mio marito è sempre stato un uomo perbene, amato e rispettato da tutti coloro che l'hanno conosciuto. Un uomo irreprensibile. Di mestiere faceva l'editore. È forse un delitto?» affermò Isabel.

«Non ho alcun dubbio, signora, ma non è me che deve convincere. Nel fascicolo di suo marito continua a mancare la lettera del parroco.»

Isabel sapeva di poter considerare persa quella battaglia. Don Bernardo si era rifiutato di scrivere una lettera nella quale assicurava che Lorenzo Garzo era un brav'uomo di chiesa. In realtà, lo conosceva solo per averlo incrociato ogni tanto nelle vie del quartiere, visto che suo marito in chiesa non c'era mai entrato. Il parroco sospettava che Garzo fosse un massone e lo aveva detto più volte a Isabel, che invece considerava, lei sì, una brava cattolica.

«Se don Bernardo non scriverà la lettera, cosa succederà?» chiese Fernando.

«Le cose si faranno complicate. Abbiamo bisogno che qualcuno della Falange, non solo il parroco, garantisca che tuo padre è un uomo perbene.»

«Ma cosa possono saperne quelli della Falange o della Chiesa di com'è mio padre! Chi sono loro per certificare l'onestà delle persone?»

«Dio mio, Fernando, non arrabbiarti, don Alberto vuole solo aiutarci.» Isabel afferrò la mano del figlio con apprensione, temendo le conseguenze del suo scoppio di rabbia.

«Guarda, ragazzino, in Spagna ci sono molti traditori ed è logico che Franco non si fidi, perciò è necessario dimostrare che tuo padre non è stato tra coloro che hanno mandato in malora questo Paese. Bisogna separare il grano dalla pula.»

«Perciò, se una persona non è falangista o non va in chiesa, è pula?» chiese Fernando con aria di sfida.

L'avvocato lo guardò pigramente da sopra a sotto prima di rispondergli: «Visto che me lo chiedi, oggigiorno la risposta è affermativa».

«Be', si sbaglia», affermò Fernando guardandolo negli occhi.

«Ma guarda tu questo ragazzo! Al posto tuo starei attento a quello che dici, non vorrei che qualcuno ti fraintendesse. Ascolta, sono una persona d'onore e vi sto dicendo come stanno le cose: con queste due lettere magari riesco a salvare tuo padre, senza… solo Dio lo dirà.»

Saldarono la consulenza consegnandogli cento pesetas. Un vero abuso, che li obbligava a risparmiare sino all'ultimo centesimo e a fare la fame più nera.

Se ne andarono in preda allo sconforto, Isabel con le lacrime agli occhi, Fernando con il volto stravolto dalla rabbia.

«Cosa facciamo?» chiese Isabel a suo figlio.

«Ci andrò io a parlare con don Bernardo, visto che a te nemmeno ti ascolta. Che prete malefico, peccato che nessuno lo abbia tolto di mezzo.»

«Ma cosa dici! Don Bernardo ci ha aiutati, è grazie a lui se ho un lavoro a casa di don Luis e donna Hortensia, è stato lui a raccomandarmi e quello che guadagno ci fa molto comodo.»

«Sì, certo, ti ha raccomandato perché tu praticamente sei una santa; papà invece lo vuol vedere fucilato solo perché non è mai entrato in chiesa e sa che era repubblicano. Puoi dire quello che vuoi, ma è un miserabile.»

«Ascoltami, Fernando, ti proibisco di andare da don Bernardo. Andrò io da lui, mi inginocchierò, lo supplicherò. Stavolta dovrà ascoltarmi. Sono disposta a fare qualunque penitenza vorrà chiedermi.»

«Ma se già non fai altro, e io non ho ancora capito il perché. Passi il giorno a recitare rosari, mi sa che fanno parte delle penitenze che ti ha imposto lui per esserti sposata con un repubblicano.»

«Finiscila, Fernando, dici delle cose... È meglio se ci diamo una mossa o non arriveremo in tempo per vedere tuo padre. Dove hai messo il pacchetto?»

Isabel aveva avvolto in un tovagliolo due mele, qualche biscotto e una fetta di tortilla di patate. Sperava solo non glieli confiscassero sulla porta della prigione, soprattutto la tortilla, visto che si era impegnata a farla proprio come piaceva al marito.

Lorenzo Garzo camminava a piccoli passi, come se, nonostante l'estrema magrezza, gli pesassero le gambe. Fernando capì che senza gli occhiali suo padre era come assente.

Cominciarono a parlare tutti e tre assieme, ansiosi di sapere l'uno dell'altro.

«D'accordo, un po' d'ordine, altrimenti non ci capiremo», disse don Lorenzo, alzando la mano per farli tacere.

«Papà, abbiamo appena visto l'avvocato, non ci ha promesso nulla, ma nemmeno ci ha tolto le speranze.»

«Buon segno, figlio mio», rispose don Lorenzo per dare coraggio a Fernando.

«Vedrai che ti faranno uscire... tu non hai fatto niente», affermò Isabel fingendosi convinta.

«Certo, certo... non preoccupatevi andrà tutto bene. E adesso raccontatemi cosa fate e come vanno le cose là fuori.»

Non gli dissero che morivano di fame, sarebbe stato indelicato visto che lui era pelle e ossa. Fernando raccontò a suo padre che lo avevano licenziato dal cantiere e che, grazie alla mediazione di Vicente, don Víctor aveva accettato che lavorasse in tipografia anche di mattina.

«Víctor è un uomo perbene, una bravissima persona, quanto a Vicente... Fernando, impara da lui, può insegnarti davvero tanto. Fare il tipografo è bello, è anche molto meglio di altri mestiere, perché temo che il nostro sogno di farti diventare editore come me...»

«Non parlare così, Lorenzo! Fernando farà l'editore, perché non dovrebbero permettergli di concludere gli studi?» protestò Isabel, pur sapendo che, in ogni caso, non avevano i soldi per farlo.

«Dai, si vedrà, la cosa importante è che Fernando sia un uomo perbene. Le cose avrebbero dovuto andare diversamente, ma come vedete ci possiamo fare ben poco, è meglio essere realisti... che non vuol dire arrendersi, figlio mio.»

«Io non mi arrendo, papà, ho ancora tutti i tuoi libri e continuo a prepararmi.»

«Prenditi cura dei miei libri, Fernando, sono il mio tesoro più grande, dopo di voi.»

«Contaci, papà.»

«Ci conto sì. Come potrei non farlo?»

Isabel insistette perché mangiasse la tortilla, voleva assicurarsi che suo marito si godesse da solo il suo piatto preferito. Lorenzo obbedì alla moglie ma, sebbene fosse affamato, il suo stomaco sembrava rifiutare il cibo.

«Non ti piace?» chiese Isabel delusa.

«Certo che mi piace! È solo che ho lo stomaco chiuso... ultimamente mi fa male.»

«Dovresti farti vedere da un medico», disse sua moglie, come se ci fosse davvero la possibilità.

«Lo farò quando uscirò di qui, non preoccuparti.»

Invece, se ne andarono preoccupati. Le condizioni di don Lorenzo di volta in volta peggioravano.

«Devo fare qualcosa», mormorò Fernando.

«Ovvero? Ci resta un'unica cosa da fare: chiedere a don Bernardo di scrivere la lettera che l'avvocato ci ha chiesto. Andrò subito in parrocchia. Quanto alla dichiarazione di buona condotta della Falange... non saprei, magari don Antonio...»

«Il contrabbandiere? Mamma, non abbiamo mai avuto alcun rapporto con lui, non accetterà.»

«Be', tu conosci Antoñito, siete andati a scuola insieme, magari potresti parlare con lui. Fra l'altro, sembra un bravo ragazzo, non ti ha invitato alla Pradera de San Isidro, alla sua festa di compleanno, insieme agli altri ragazzi del quartiere?»

«Ci sono andato perché mi hai obbligato.»

«Non gli si può fare nessuno sgarbo, Fernando, ci hanno sempre fatto credito...»

«E sono stati anche molto bravi a riscuotere, però.»

«Senti, figlio mio, non è il momento di essere orgogliosi; farò il possibile per tirare fuori tuo padre dal carcere. Se non vuoi parlare con Antoñito, parlerò io con don Antonio.»

«Toglitelo dalla testa! Non voglio che supplichi quel fascista.»

«Fascista o no, può darci la lettera che l'avvocato ha reclamato. E se per ottenerla devo supplicarlo, lo farò. Non credi che la vita di tuo padre valga di più?»

«È la sua dignità che vale ancora di più», replicò Fernando.

«Non abbandonerò tuo padre. Magari potresti parlare con Eulogio, potrebbe aiutarci lui.»

«A fare cosa?»

«Non lavora per don Antonio? Potrebbe intercedere per noi... Non essere così orgoglioso, figlio mio, non ce lo possiamo permettere.»

La madre aveva ragione, avrebbe parlato con Eulogio, il suo amico era sempre prodigo di buoni consigli e sapeva bene di quale pasta fosse fatto don Antonio. Fernando era molto colpito dal disprezzo che provava Eulogio nei confronti del suo capo, e che lo portava a rubare impudentemente nel negozio, senza rimorsi di coscienza.

Salì nella mansarda dell'amico, che tuttavia era già andato a lavorare; decise perciò che sarebbe andato a trovarlo in magazzino dopo cena.

Una volta lì, dovete aspettare che Eulogio finisse di sistemare i sacchi di patate che erano arrivati quel pomeriggio, insieme a diverse casse di vino da tavola e ulteriori sacchi di lenticchie e riso.

Finché non ebbe sistemato la mercanzia, Eulogio non prestò attenzione a Fernando. Solo dopo aver collocato l'ultima cassa lo invitò a sedersi su un sacco pieno di lenticchie.

«Ti va una sigaretta? Da quando sono arrivato non mi sono fermato un minuto. Vedi quelle casse? Don Antonio mi ha chiesto di metterle in ordine perché domani mattina le deve riempire di non so bene cosa per portarle nella caserma in cui lavora suo fratello Prudencio. Sicuramente deve corrompere qualcuno. Abbiamo mandato un'altra cassa di bottiglie di vino anche qualche giorno fa.»

«Certo che è generoso il tuo capo», rispose Fernando.

«Generoso? Manco per niente! Se regala qualcosa è perché si aspetta di ricevere indietro ben di più.»

«Devo chiederti un favore», disse Fernando impaziente.

«Ma certo, di cosa hai bisogno?»

«Dovresti chiedere al tuo capo di firmare una lettera in cui dice che mio padre è una persona perbene. L'avvocato ci ha ribadito che senza una lettera della Falange e un'altra del prete non c'è niente da fare.»

Eulogio rimase in silenzio. Fernando non gli stava chiedendo un favore, ma una chimera. Don Antonio odiava i rossi, e riteneva che il padre di Fernando lo fosse. Inoltre, don Lorenzo non aveva mai degnato di alcuna considerazione il contrabbandiere, era una delle poche persone del quartiere che faticava persino a salutare.

«Quello che mi stai chiedendo non è un favore, ma un miracolo», rispose al suo amico.

«Glielo chiederai?» A Fernando tremava la voce.

«Sì, glielo chiederò, ma dubito che vorrà scrivere la lettera. Sai che don Antonio non ha mai avuto in simpatia tuo padre. Più di una volta l'ho sentito inveire contro di lui. Dice che in carcere "scenderà dal suo piedistallo di intellettuale". È un bruto, Fernando, lo sai.»

«Sì, lo so», concordò suo malgrado.

«E don Bernardo scriverà la lettera?»

«Non lo so, ci parlerà mia madre. Siamo arrivati a casa tardi e non è riuscita a passare in parrocchia; ci andrà domani e spero che, trattandosi di un prete, possa almeno provare compassione.»

«Don Bernardo? Non per scoraggiarti, ma non ne sarei così sicuro. Lo sai che ha perso i due fratelli in guerra, due miliziani sono arrivati in paese e hanno ucciso tutti i fascisti... Sai, è difficile da perdonare», affermò Eulogio.

«Ma è un prete», insistette Fernando.

«Io non perdonerò mai coloro che hanno ucciso mio padre, anche se è successo in guerra. Per me i fascisti sono tutti uguali, perciò non mi è difficile capire che anche per i fascisti noi rossi siamo tutti uguali. Nessuno è disposto a perdonare i debiti di sangue, anche se è un prete.» Eulogio sapeva che le sue parole avrebbero ferito Fernando, ma non voleva dargli false speranze.

«Ci devo provare», rispose l'altro, disperato.

«Farò tutto il possibile. Glielo chiederò domani. Adesso prendi un sacchetto e mettici dentro qualche patata, dei pomodori, delle cipolle, un pugno di lenticchie e di ceci.»

«Ma don Antonio potrebbe accorgersene.»

Eulogio scrollò le spalle. Era disposto a incassare un cazzotto da parte del contrabbandiere pur di aiutare l'amico. Nel sacchetto ci mise anche un pezzo di pancetta.

«Ma se prendo tutte queste cose è sicuro che se ne accorgerà!» protestò Fernando.

«Figurati! Questa è ben poca cosa, io tutti i giorni sgraffigno del cibo.»

«E tua madre non ti dice niente?» chiese Fernando, incuriosito dalla possibile reazione di Piedad.

«Direi di no. Lei sarebbe incapace di rubare, ma non fa commenti, e io non credo che dobbiamo sentirci con la coscienza sporca se rubiamo qualcosa a chi ci ha fottuto la vita. Io ho perso mio padre, il tuo è in carcere. Non gli dobbiamo niente, Fernando.»

«Invece sì, gli dobbiamo la nostra sventura.»

Sulla strada di ritorno a casa, Fernando stava pensando a come far avere l'indirizzo di Marvin a Catalina. Non era riuscito a vederla né quel giorno né il giorno prima e, data l'urgenza, era meglio non attendere oltre. Doveva chiedere aiuto a sua madre, non aveva altra scelta. Lui non poteva presentarsi a casa dei Vilamar, don Ernesto l'avrebbe cacciato in malo modo, sua madre invece poteva andarci con una scusa.

Quando glielo chiese, Isabel guardò preoccupata suo figlio. «Mi stai chiedendo di andare a casa dei Vilamar e di consegnare segretamente questo foglio di carta a Catalina, o di darlo a sua madre se lei non ci fosse.»

«Esatto, è quello che ti sto chiedendo.»

«E cosa c'è scritto su questo foglio?» chiese Isabel con severità.

«Un indirizzo, quello dell'americano.»

«Ma dai! E con quale scusa posso presentarmi a casa loro?»

«Di' che vuoi vedere donna Asunción… che ne so…»

«Ci andrò domani, non appena uscirò dal lavoro. Potrei farlo sul presto, ma don Ernesto si stupirebbe se mi presentassi a casa loro alle otto del mattino chiedendo di sua moglie.»

«Grazie, mamma.»

«Sei molto buono, figlio mio.»

«Io? Perché?» ribatté, incapace di comprendere il significato ultimo dell'affermazione di sua madre.

«Perché vuoi aiutare la ragazza della quale sei innamorato a sposare un altro.»

«Mamma!»

«Fernando, io non ci casco. Sei cotto di Catalina da quando eri bambino. So che per te deve essere stata una delusione, un grande dolore saperla con un altro.»

Fernando abbassò la testa imbarazzato. Sua madre aveva ragione. Gli faceva male l'anima, sempre che l'anima fosse collocata vicino al cuore, ed era un dolore così opprimente da diventare insopportabile. L'anima che di notte gironzola intorno ai sogni ostacolando il riposo.

«Ognuno si innamora di chi vuole, tra me e Catalina non c'è mai stato niente, né lei mi ha mai illuso che potesse esserci qualcosa», rispose facendosi forza.

«Ti ho già detto che è una smorfiosetta e anche se tu sei così tonto da non essertene mai reso conto, lei ti ha sempre dato corda. Non dico che lo abbia fatto con cattive intenzioni, ma tutte le ragazzine smorfiose come lei amano avere una corte di ammiratori.»

«Non parlare così di Catalina» le chiese, addolorato dal giudizio della madre.

«D'accordo, smetto, ma non lo faccio per lei. Lo faccio per te.»

«Non ti commuove la sua situazione?» le chiese, sorpreso dalla durezza delle sue parole.

«Non le auguro niente di male», rispose lei.

«Catalina è buona e si merita il meglio», affermò lui.

Isabel scrollò le spalle ed esitò qualche secondo prima di rispondere. Non voleva rattristare suo figlio più di quanto già fosse. «La conosco da quando era bambina e non ho niente contro di lei. Solo, non mi piace che tu soffra per lei. La sopravvaluti, tutto qui.»

Fernando preferì non rispondere. Gli bastava che il giorno dopo sua madre andasse a casa di Catalina e consegnasse a lei o a sua madre il foglio con l'indirizzo di Marvin.

«E questo da dove lo hai tirato fuori?» chiese Isabel nervosa, indicando il sacchetto da cui sbucavano dei pomodori.

«Me lo ha dato Eulogio. Sei patate, tre pomodori, due cipolle, una testa d'aglio, un po' di lenticchie e di ceci e infine il meglio, un pezzo di pancetta.» Sulle labbra di Fernando si era disegnato un sorriso.

«Mamma mia! Se lo becca don Antonio... non so se dobbiamo accettarlo...» esitò Isabel.

«Ma certo che sì. Eulogio dice che i fascisti ci hanno fottuto la vita e ha ragione. Don Antonio è un fascista, uno dei peggiori, si dedica al contrabbando.»

«Sì, ma noi non siamo come lui, e trovo sbagliato che Eulogio si impossessi di cose che non gli appartengono, anche se si tratta di cibo...»

«Mamma, don Antonio nemmeno si accorgerà che gli manca qualche patata, noi invece facciamo la fame.»

«Però queste cose non sono nostre», insistette Isabel.

«Adesso lo sono. Don Antonio si sta approfittando di tutti noi, vende i suoi prodotti a prezzi che non possiamo pagare pur sapendo che in questo quartiere, come in tutta Madrid, si muore di fame. Senti, pensa che è un regalo di Eulogio e finiamola lì. Sei bravissima a cucinare le patate con la pancetta. Dai, mamma.»

Fernando vuotò il contenuto del sacchetto in cucina. Isabel sembrava indecisa, ma alla fine accettò. «Ti ha dato un bel pezzo di pancetta, ci basterà almeno per due o tre giorni. Adesso è meglio preparare un'insalata, i pomodori sono molto maturi, domani potrebbe essere già guasti.»

Le sarebbe piaciuto mostrare fermezza e rifiutare il regalo di Eulogio, ma pativano la fame da mattina a sera, senza tregua, mentre quel fascista di don Antonio si arricchiva alle spalle dei bisogni altrui. Nonostante questo, la angosciava l'idea che la fame e la miseria potessero toglierle anche solo un briciolo di dignità. Sapeva che suo marito non avrebbe accettato quelle patate, quei pomodori, quella testa d'aglio. Esitò nuovamente, ma Fernando la riportò alla realtà: «Dai, mamma, smetti di pensare, abbiamo fame tutti e due».

Isabel lavò i pomodori con cura. Se non altro, quella notte non sarebbero andati a letto con la pancia vuota.

L'indomani, non appena uscì dal lavoro, Isabel si presentò a casa dei Vilamar per fare quanto gli aveva chiesto il figlio. Data l'ora, si sentiva a disagio; erano appena le due del pomeriggio, era molto probabile che stessero pranzando.

Ad aprire la porta fu Catalina, che la invitò a entrare.

«No, non posso trattenermi, volevo solo sapere come sta tua madre... da giorni non la vedo in chiesa... forse perché andiamo in orari diversi», mormorò per giustificare la propria presenza mentre segretamente metteva nella mano di Catalina il foglio che le aveva dato Fernando.

La ragazza lo strinse con forza mentre abbozzava un sorriso, sicura che contenesse l'agognato indirizzo di Marvin per il quale aveva supplicato il suo amico. «Dai, donna Isabel, entri... vado a chiamare mia madre...»

«No, figliola, non ho tempo... diglielo tu che sono passata...»

«Mio padre non è in casa, ma lo stiamo aspettando per pranzo», disse Catalina, incoraggiando Isabel a entrare.

Donna Asunción raggiunse l'ingresso per vedere con chi stesse parlando sua figlia e anche lei insistette perché Isabel si trattenesse. «Anche solo qualche minuto... Come sta procedendo la richiesta di indulto per tuo marito?»

«L'avvocato è molto cauto, dice che abbiamo bisogno di raccomandazioni scritte. Però non è facile ottenerle, può darsi che don Bernardo ci dia una mano.»

«Noi potremmo aiutarvi in qualche modo?» chiese Catalina, desiderosa di dare una mano.

«Be', non so...» rispose Isabel a disagio.

Donna Asunción guardò preoccupata la figlia. Riteneva che suo marito non fosse nella giusta disposizione d'animo per intercedere a favore di Lorenzo Garzo. Tuttavia, essendo una donna buona, si offrì di provarci. «Senti, Isabel, Ernesto sta tornando a casa, trattieniti se vuoi e spiegagli la situazione, magari lui può fare qualcosa.»

Ma Isabel decise che non voleva rischiare di trovarsi davanti Ernesto Vilamar. Non perché ne avesse paura, ma perché non si era mai sentita a proprio agio con lui, che sicuramente si sarebbe stupito della sua presenza, soprattutto a quell'ora.

Non appena Isabel se ne andò, Catalina corse nella sua stanza e spiegò il foglio di carta. Con grafia curata, Fernando aveva trascritto l'indirizzo che lei tanto desiderava: *Marvin Brian, rue de la Boucherie, 25. Terzo piano. Parigi (V).*

C'era anche un appunto: «Marvin è a Londra e probabilmente non andrà a Parigi».

Catalina raggiunse la madre, che stava preparando un purè di patate. «Ce l'ho! Fernando è riuscito ad averlo!» esclamò entusiasta.

«Che cosa, figlia mia?» chiese la donna, distratta.

«L'indirizzo di Marvin. Gli scriverò subito per dirgli che... Be', immagino che la notizia lo sorprenderà, ma è un cavaliere e non mi lascerà nei guai. E poi, è innamorato di me.»

Donna Asunción guardò sua figlia, sconsolata. Non si contavano i sedicenti cavalieri che avevano abbandonato le loro facili conquiste. Lei non conosceva Marvin, non sapeva se fosse innamorato di sua figlia, come lei stessa sosteneva, oppure no.

«Sì, scrivigli, ma non farti molte illusioni... Può darsi che non voglia sapere niente di tutto questo, o che la lettera nemmeno gli arrivi. I tedeschi hanno occupato Parigi e lui probabilmente preferisce evitare la Francia visto che, a quanto mi hai detto, è di idee liberali...»

Catalina non voleva nemmeno pensare a questa eventualità. Si era convinta che, dopo aver incontrato i genitori a Londra, Marvin sarebbe tornato a Parigi. Era la città che lui amava, le aveva promesso di farle da guida, di portarla dappertutto.

Quando don Ernesto tornò a casa, notò che la figlia era di buonumore, meno in soggezione rispetto ai giorni precedenti, anche se continuava a evitare qualunque contatto con lui. Lo salutava con un cenno della testa ma non gli dava un bacio, come faceva di solito. Non riusciva a perdonargli di averla picchiata, ma era certo che prima o poi la rabbia le sarebbe passata. Quale padre si sarebbe comportato diversamente se la figlia gli avesse detto di aver perso l'onore?

Durante il pranzo le informò che nel pomeriggio avrebbe preso un treno. Doveva parlare con suo fratello.

Quando ritornò, due giorni dopo, a donna Asunción non poté sfuggire la sua afflizione. Negli ultimi mesi, tutte le volte che tornava da Huesca suo marito era depresso.

«Come stava Andrés?» chiese preoccupata.

«Lo sai come sta... Gli hanno rovinato la vita, povero fratello.»

«E Amparito?» domandò, timorosa di conoscere la risposta.

«Come prima, non è mai rinsavita.»

«Magari col tempo...» commentò senza troppa convinzione.

«Sai che non succederà. È completamente matta, e non c'è da stupirsene. Immagina se fosse successo a noi... Quei bastardi si sono presentati nel podere e, non contenti di aver bruciato tutto quello che hanno trovato, hanno ordinato a tutti di radunarsi nel patio. Mio fratello gli ha chiesto di risparmiare almeno i tre contadini che si occupavano dei lavori agricoli, e loro invece li hanno presi in giro, dannazione, li hanno rimproverati perché continuavano a lavorare per i latifondisti, e oltre a questo hanno maltrattato mio fratello e hanno...»

«Taci! So già quello che è successo, non raccontarmelo di nuovo! Non continuare a rivangare! Quel che è stato è stato, non possiamo cambiarlo.»

«Come puoi dire questo!» la rimproverò suo marito.

«La guerra tira fuori il peggio degli uomini, sono stati commessi molti soprusi...» cercò di giustificarsi lei.

«Hanno ucciso mio padre e anche Andresito! Era l'unico figlio di mio fratello. Un soldato ha spinto sua madre e lui lo ha affrontato, ma quello gli ha sparato un colpo in fronte, il piccolino non ha nemmeno potuto provare a difendersi», continuò don Ernesto, riportando alla memoria dei ricordi che gli squarciavano il cuore.

«Per Dio, Ernesto, smettila!» Donna Asunción prese le mani di suo marito e le strinse tra le proprie.

«Sono scoppiati a ridere... Poi hanno detto che li avrebbero fucilati tutti... e a quel punto Amparito ha perso la testa. E tu mi chiedi di dimenticare? Mai! Non li perdonerò mai. Spero che qualcuno dei nostri li abbia mandati all'inferno.»

Non era la prima volta che don Ernesto ricordava quanto era successo nell'azienda agricola di famiglia. Quella volta, però, sembrava ancora più coinvolto, raccontava quella storia come se sua moglie non l'avesse mai sentita.

«Eppure dobbiamo perdonare, Ernesto... Odiare non è da cristiani.»

«I preti possono dire quello che vogliono! Io non perdonerò mai coloro che hanno ucciso mio padre e il mio unico nipote, e rovinato mio fratello!»

«Ernesto, lo sai però che in una guerra... È successo da entrambe le parti... Anche i nostri arrivavano nei paesi e mandavano a morire i rossi. Dobbiamo dimenticare.»

«Dimentica tu, se vuoi. Io spero solo che tutti quei rossi che riempiono le carceri vengano fucilati.»

«Ma non sono tutti assassini... C'è gente che stava dall'altra parte ma non ha mai fatto male a nessuno. Guarda il caso di Lorenzo Garzo. È un brav'uomo», affermò sua moglie con coraggio.

«Un massone! Ecco cos'era. Sei proprio tonta, Asunción, se credi che per risolvere le cose sia sufficiente pregare. Non te ne importa niente del fatto che abbiano ucciso mio padre e mio nipote, te ne infischi anche del fatto che abbiano ucciso il marito di tua sorella? Non credo che a Petra farebbe piacere sentirti parlare così.»

«Il marito di Petra è stato ucciso al fronte e... be', sicuramente anche lui ha ucciso altre persone. Che Dio li perdoni tutti.»

«Ecco, che ci pensi Dio a perdonarli perché, per quello che mi riguarda, io non perdonerò nessuno. Forse ti sei dimenticata della paura che abbiamo provato in tutti questi anni di guerra? Non passava giorno in cui non mi chiedessi quando ci avrebbero portato in qualche cella a torturarci. O forse ti sei dimenticata che uno dei miei fratelli non è uscito vivo dalla *checa* di calle Fomento?»

«Però Dio ci ha protetti», rispose donna Asunción con ostinazione.

«E perché non ha protetto loro? Senti, chiudiamola qui perché finisce male.»

«Dobbiamo perdonarci gli uni con gli altri, altrimenti il rancore ci avvelenerà il sangue.»

«Asunción, non so se sei tonta o cosa, ma non ti permetto di continuare a dire che dobbiamo perdonarci gli uni con gli altri. Io non perdonerò gli assassini di mio padre e di Andresito, e nemmeno quelli che hanno mandato in malora la vita di mio fratello e di sua moglie.»

«Sai che provo grande affetto per Andrés e Amparo e che continuo a pregare per l'anima di tuo padre e di Andresito... e per gli altri tuoi fratelli.»

«Be', continua così», rispose scontroso.

«Proprio un istante fa è venuta Isabel. È così preoccupata per suo marito... Sai che Lorenzo Garzo è una persona perbene e come editore... be', tu stesso elogiavi le sue edizioni dei classici.»

«La gente sembra una cosa e poi è ben altra. Lorenzo Garzo era repubblicano, socialista e massone.»

«Repubblicano e socialista senz'altro, ma massone... Questo non lo sappiamo... Non possiamo lasciarci influenzare dalle chiacchiere della gente. Isabel ci ha raccontato che ha presentato la richiesta di indulto e che l'avvocato sostiene che sarebbe di grande aiuto avere delle lettere di raccomandazione in cui si dice che suo marito era una persona perbene. Magari potresti scrivere una di quelle lettere...»

«Non se ne parla! Ma cosa dici! Non chiederò mai clemenza per un rosso, nel modo più assoluto. Come puoi chiedermi una cosa del genere sapendo quello che hanno fatto alla mia famiglia?»

Davanti alla reazione scomposta di suo marito, donna Asunción si spaventò. Temette che potesse sentirsi male e si rimproverò per essere stata così inopportuna: non avrebbe dovuto chiedergli di intercedere per il marito di Isabel proprio quando era appena tornato dalla visita a suo fratello Andrés. Cercò di rasserenarlo cambiando argomento: «Ho parlato con Catalina...»

«E adesso non nominarmi quella svergognata, l'unica cosa che deve fare è partorire e sposarsi con Antoñito. Don Antonio mi ha fatto sapere che suo figlio chiederà la mano di Catalina in occasione del Natale. Sua moglie sta organizzando ogni cosa perché si sposino in primavera.»

«Ma a Natale non potranno venire a chiedere la mano di Catalina. Sarà di sette mesi.»

«Be', che partorisca prima. Te l'ho detto: Antoñito chiederà la sua mano a Natale.»

Quella sera, mentre don Ernesto si era chiuso nel suo studio per rivedere i libri contabili e Catalina si era seduta accanto al balcone per scucire uno dei suoi vestiti in vista dell'aumento di peso, donna Asunción andò a far visita a don Juan.

Quest'ultimo aveva trascorso la mattinata in ospedale, a seguire pazienti di ogni tipo e condizione, e di pomeriggio riceveva a casa amici e conoscenti che avevano bisogno dei suoi consigli medici.

Non aspettava la visita di donna Asunción e si sorprese quando la vecchia domestica ne annunciò la presenza. «Ma dai, Asunción, che sorpresa!

Non mi aspettavo di rivederti così presto. Catalina sta bene? Ernesto? O sei tu che non stai bene...?»

«Sto come si può stare nelle circostanze che ben conosci. Sono venuta a chiederti aiuto e consiglio.»

«Allora accomodati, vado a chiedere alla domestica che ci porti un po' di caffè.»

Lei lo guardò con gratitudine e non poté evitare un sospiro. Si conoscevano da quando erano bambini, le loro famiglie non di rado si frequentavano. Lei si era anche invaghita di lui, ma non aveva mai osato confessarlo, nemmeno a sua madre. Così, quando i suoi genitori le avevano detto che la famiglia Vilamar aveva suggerito come suo possibile fidanzato il loro figlio Ernesto, Asunción non aveva avuto il coraggio di opporsi.

Ernesto aveva cominciato a farle visita quasi tutti i giorni mentre le due famiglie organizzavano il fidanzamento che sarebbe sfociato nel matrimonio.

Non aveva dimenticato il giorno in cui i suoi genitori e i Vilamar avevano organizzato una merenda per annunciare agli amici più intimi che i loro figli si sarebbero sposati. Aveva partecipato anche Juan, che le aveva fatto gli auguri senza sospettare nemmeno lontanamente che lei fosse innamorata di lui.

Juan Segovia si era sposato con una donna bellissima, Pilar, che aveva sempre manifestato grande affetto verso di lei.

«Sei molto pensierosa», le disse il medico non appena tornò nella saletta in cui riceveva i pazienti. «Adesso che ti vedo meglio, cos'è quel livido sullo zigomo sinistro? Fammelo esaminare...»

«Non è niente, Juan... sono andata a sbattere... Sono stati giorni difficili... Ernesto... Be', puoi immaginare quanto sia stato duro per lui sapere che Catalina è incinta.»

«E ti ha... Dio mio! Ti ha picchiato!»

«No, no, certo che no... però ha cercato di dare uno schiaffo a Catalina e mi sono messa in mezzo...»

«Ernesto è un mio paziente, oltre che tuo marito, ma... Non aggiungo altro perché potrei pentirmene.»

«Mia sorella Petra ha avuto un'idea per aiutare Catalina.»

«Ovvero?»

«Ha suggerito che dia alla luce il bambino e poi lo affidi a un brefotrofio. È la cosa migliore. Ernesto voleva... ecco, voleva che abortisse.»

«Ma quell'uomo è matto! Come può pensare una cosa del genere? Catalina ha sbagliato, ma farla abortire... E non solo perché infrange le leggi di Dio ma... chi dovrebbe aiutarla? Una donna in qualche postaccio? Sai quante donne muoiono nel tentativo di abortire?»

«Ecco perché Petra ha proposto la soluzione di portare il bambino in un brefotrofio.»

«Vediamo un po'... Cosa sta succedendo con il ragazzo che ha messo incinta Catalina?»

«Ti ho già detto che è americano e che ha lasciato la Spagna. Prima viveva a Parigi e adesso… in realtà non sappiamo dov'è, a quanto pare è andato a incontrare i suoi genitori a Londra e poi… Non lo so, Juan, non so se tornerà negli Stati Uniti con i genitori, se tornerà a Parigi o cos'altro farà questo ragazzo. Catalina gli ha scritto una lettera, la imbucherò alle poste non appena andrò via di qui. L'ha indirizzata al recapito di Parigi, ma non è affatto detto che arriverà davvero nelle sue mani.»

«E io cosa dovrei fare?»

In quel momento entrò la domestica con un vassoio e due tazze di caffè, ed entrambi rimasero in silenzio finché la donna non fu uscita.

«Tornando a noi, vorrei chiederti di occuparti di Catalina sino al giorno del parto, di andare a visitarla a casa di mia sorella, di continuare a considerarla una tua paziente come lo è stata sinora, e anche di raccomandarci una brava levatrice o un'altra donna che sappia come mettere al mondo un bambino. E… be', tu conosci molta gente, magari sai di qualche coppia che non può avere figli e che potrebbe prendersi il bambino… Questa sarebbe la cosa migliore. Credo che per Catalina sarebbe meno difficile se sapesse che suo figlio andrà in buone mani.»

Il medico rifletté per qualche secondo. Non poteva dire di no ad Asunción. L'avrebbe aiutata, certo che lo avrebbe fatto. «Sono il medico della tua famiglia e perciò Catalina continuerà a essere mia paziente. Andrò a visitarla a casa di tua sorella Petra. Seguirò la sua gravidanza e troverò una brava ostetrica che possa aiutarla quando arriverà il momento. Ma dimmi, Catalina vuole affidare suo figlio a un brefotrofio?»

«Catalina no, ma Ernesto è inflessibile. La guerra… Abbiamo perso molto, Juan, le cose non sono più come prima. So che Ernesto si arrabbierebbe se sapesse che te l'ho detto, ma… abbiamo seri problemi…»

«E chi non ha problemi dopo essere sopravvissuto alla guerra? Tutti li abbiamo, Asunción.»

«Ernesto continua a dire che le cose non vanno bene… vicende di soldi… deve tener fede a certi impegni. Il negoziante, don Antonio Sánchez, si sta ricoprendo d'oro con il contrabbando… Presta soldi…»

«E da quando in qua i negozianti si occupano di cose del genere?»

«Be', don Antonio adesso è un uomo importante. Ha combattuto al fronte e adesso ha amici nei posti giusti; Ernesto ha dovuto ricorrere a lui per risolvere alcuni problemi e alla fine il rimedio si è rivelato peggiore della malattia. Però ha un figlio, Antoñito, e don Antonio ed Ernesto hanno deciso che sposerà Catalina; ma è ovvio che non lo farà se sa che lei è incinta e partorirà il figlio di un altro.»

«E lei vuole sposarsi?»

«No, però dovrà farlo. Obbedire ai genitori è legge. Lo sai anche tu.»

«Tu hai obbedito ai tuoi o ti sei sposata con Ernesto perché eri innamorata?»

Asunción arrossì. La domanda la colse alla sprovvista, non avrebbe saputo trovare la risposta giusta.

«Ti si sono colorate le guance.» E un sorriso illuminò gli occhi di don Juan.

«È che... be', io ho fatto quello che secondo i miei genitori era la cosa migliore per me.»

«E tu, cosa avresti voluto?»

«Per favore, Juan, basta con queste domande! Mi sono sposata un sacco di tempo fa. Avevo diciassette anni quando hanno chiesto la mia mano e diciotto quando mi hanno fatta sposare...»

Il medico le si avvicinò e le prese la mano, facendo sì che una nuvola rossa colorasse di nuovo il volto di Asunción. «Ricordo, ricordo... sono stato al tuo matrimonio con i miei genitori. Eri bellissima. Forse però avresti potuto aspettare», insistette lui.

«Perché dici questo? Io... io non ho deciso niente... Aspettare... cosa avrei dovuto aspettare?»

«Avresti dovuto aspettare un uomo di cui eri innamorata. Io ho sposato Pilar perché ero innamorato di lei e lei di me, ma devo confessarti che i miei genitori non erano molto d'accordo con questa scelta, avevano pensato a un'altra ragazza per me. Io però non avrei potuto essere felice con nessun'altra donna se non con Pilar.»

«Tu però hai potuto importi sui tuoi genitori, io non sarei stata capace di farlo. Perciò, in questo senso sei stato più bravo di me», confessò Asunción.

«Tu non sei stata felice?»

«Sicuramente sono troppo romantica, così dice Ernesto. Sono stata e sono una brava moglie, e sono riuscita ad abituarmi alla vita matrimoniale, a non desiderare niente di più di quello che ho.»

«Questo non ha nulla a che vedere con la felicità», protestò lui.

«A me è bastato e continuerà a bastare. Mio padre era malato, lo preoccupava l'idea di quello che poteva succedermi quando lui non ci fosse stato più. Voleva vedermi sposata e protetta.»

«Be', tu almeno hai la fortuna di avere ancora Ernesto. In questi ultimi due interminabili anni, io non ho smesso un solo giorno di piangere per la morte di Pilar e di mia figlia. Le ho perse entrambe. La cosa più dolorosa è stata non poter fare nulla per evitarlo. Non puoi immaginare che frustrazione provi un medico quando non può fare niente per salvare la vita delle persone che ama. Maledetta guerra!»

«Maledetta tubercolosi!»

«La guerra, Asunción, la guerra: io ero al fronte e loro qui, a soffrire ogni tipo di privazione, come tutti del resto. Si sono ammalate e quando sono tornato, grazie a un permesso, la malattia era a uno stadio così avanzato che ormai non si poteva fare più nulla. Prima è morta la piccolina, non sai quanto abbiamo sofferto io e Pilar quando abbiamo seppellito nostra figlia. Pilar non ce l'ha fatta e se n'è andata dopo di lei.»

«Grazie a Dio è tutto finito. Le cose non sono facili, ma Ernesto dice che Franco sa quello che fa.»

«Ma cosa vuoi che sappia quel babbeo!»

«Juan! Come osi! Hai combattuto con i nazionalisti!» gli recriminò Asunción.

«Taci, Isabel! Passi per tuo marito... in fondo, non mi stupisce che si sia trasformato in un devoto franchista anche se è sempre stato monarchico, ma tu...»

«Io sono contenta che Franco abbia vinto la guerra. Cosa volevi, la rivoluzione? Io no, Juan, a me quella gente violenta per strada faceva paura... I comunisti, gli anarchici, quelli di Largo Caballero... pieni di odio e pronti a vendicarsi di chiunque non la pensasse come loro.»

«Le cose non sono così semplici, Asunción. La gente era stufa, stufa della corruzione, stufa dei politici incapaci di risolvere i problemi del Paese, stufa di quei pochi che avevano ogni tipo di privilegio mentre tutti altri non avevano neanche da mangiare.»

«Ma tu non sei un rivoluzionario... tu hai lottato contro di loro...»

«No, Asunción, io non sono un rivoluzionario, i rivoluzionari non piacevano neanche a me, non mi piaceva il caos che stavano seminando nel Paese. Io parlo del popolo, della gente che giorno dopo giorno viveva malissimo, e che ancora oggi continua a vivere male.»

«Stai giustificando i rossi!» lo rimproverò Asunción scandalizzata.

«Sto solo dicendo che le cose non succedono per caso. Se la Spagna fosse stata un Paese prospero, con politici capaci di sfamare la propria gente, nessuno avrebbe voluto fare la rivoluzione.»

«Se non eri d'accordo con i nazionalisti, perché hai combattuto dalla loro parte?»

«Ti ho già detto che il Fronte popolare non mi piaceva, e poi la guerra mi ha sorpreso mentre ero nella zona dei nazionalisti. Stavo lavorando come ufficiale medico quando è successo tutto, ricordi? Il mio reggimento fu tra quelli che si ribellarono. Concordo con te, anche a me non sembrava che i rivoluzionari avessero una soluzione per la Spagna. Ma io sarei rimasto fedele alla Repubblica. Sai che ammiravo Azaña.»

«Ernesto dice che Azaña ha una responsabilità enorme in quello che è successo.»

«Tuo marito è...! Be', questa è la sua opinione. Non aprirò una discussione con lui tramite te, mi bastano quelle che facciamo quando viene a farsi visitare.»

«Perciò Franco non ti piace?»

«Non mi piace nessuno, Asunción, nessuno, e Franco meno di tutti. Ma so anche che la soluzione per la Spagna non sta nella rivoluzione, nel farla diventare come la Russia. Se avessero lasciato governare Azaña... Adesso non ci resta che aspettare, vedere cosa accadrà, ma disapprovo il fatto che abbiano messo in carcere tantissima gente, detesto le fucilazioni, la paura che se dici qualcosa contro Franco qualcuno ti denuncerà. Io sono un uomo allineato, un borghese; se avessero vinto i rivoluzionari magari mi avrebbero ucciso proprio per questo, perché sono un signorino borghese, dicevano così prima della guerra. Sai qual è stata la mia più grande paura quando ero al fronte?»

«No.»

«La possibilità che dovessi affrontare mio fratello. Lui ha combattuto a favore della Repubblica, io con i nazionalisti, e non sapevo dove fosse. Mi chiedevo cosa sarebbe successo se un giorno ci fossimo trovati l'uno contro l'altro sul campo di battaglia. Ci saremmo uccisi? Chi sarebbe stato il primo a sparare, io o lui? È stato il mio incubo per tutta la durata della guerra.»

«Mi dispiace che José Mari sia stato ucciso.»

«Sì, l'hanno ucciso mentre combatteva nella battaglia dell'Ebro e ho pianto la sua morte, e i miei hanno pianto la sua morte, ma allo stesso modo altri genitori e altri fratelli avranno pianto la morte degli uomini che ha ucciso lui. In guerra non c'è niente di cui sentirsi orgogliosi. Niente, Asunción, proprio niente.»

«Fatta eccezione per il maggiore, i rossi hanno ucciso tutti i fratelli di Ernesto, e hanno anche assaltato il convento in cui stava sua sorella suora...» insistette Asunción.

«Sì, e cosa credi che facessero i nazionalisti quando arrivavano nei paesi? Si portavano via i rossi, li uccidevano e poi li gettavano in un fosso. La guerra è un'atrocità che fa affiorare il peggio di ogni uomo benché si nasconda dietro l'idea che uccidere è giusto e che se ci si sporca le mani del sangue altrui non c'è da disperarsi.»

«Ma adesso è tutto finito, noi abbiamo vinto la guerra, Juan, anche tu.»

«Io? No, io non ho vinto nessuna guerra, nessuno l'ha vinta, abbiamo perso tutti. Quanto tempo passerà prima che riusciamo a perdonarci a vicenda? Non sarà facile, Asunción, non sarà facile. Non essere ingenua, credi forse che adesso viviamo in pace? Da una guerra civile non si esce impunemente. Ci guardiamo tutti con sfiducia, con apprensione. Magari la persona che incroci per strada, che sia un rosso o un nazionalista, è quella che ha sparato su tuo figlio, tuo fratello o tuo padre. Io sono un medico, eppure ho sparato. Ho ucciso. Magari ho ucciso il marito di una delle donna che vengono in ospedale per essere seguite da me. Solo i malvagi possono sentirsi soddisfatti dopo una guerra. Non c'è niente di cui andare fieri, niente.»

«Avresti preferito che vincessero loro?» Asunción glielo chiese, pur temendo la risposta.

«Avrei preferito che nessuno avesse acceso la miccia che ci ha portato a ucciderci. Ecco cosa avrei preferito. Ma sono una persona contraddittoria ed egoista, e preferisco sapere che la Spagna non diventerà la nuova Russia. Non credo nella rivoluzione, se è questo che ti preoccupa. Ma chiudiamola qui. Hai già abbastanza problemi senza che io debba aggiungerti il peso della politica.»

«Sai che con me puoi parlare.»

«Sono vedovo da due anni, mi sento solo, non ho nessuno. I miei genitori sono morti, mio fratello è morto, mia moglie è morta e mia figlia anche. Insomma, non ho molte ragioni per stare allegro. Tornando al problema di Catalina, non preoccuparti; non mancano certo gli orfani, ma cercherò di capire se c'è una buona famiglia che voglia farsi carico di suo figlio.»

«Grazie, Juan.»

Asunción uscì toccata dalla visita nello studio di Juan Segovia. Quella conversazione l'aveva frastornata.

Per un po' camminò senza meta, non aveva voglia di tornare a casa, benché sapesse che Ernesto si sarebbe irritato se avesse tardato. In quel momento però aveva bisogno di stare da sola, di ricomporsi interiormente per tornare a essere la moglie docile non appena avesse varcato la soglia di casa.

Quando infine tornò, il marito era ancora nello studio, dedito ai calcoli, mentre Catalina era nella sua stanza, dove stava adattando un altro vestito all'avanzare della gravidanza.

«Diventerò molto grassa? Nessuno dei miei vestiti ha stoffa sufficiente per allargarlo.»

«Figlia mia, al momento non è questo il problema; fra l'altro, quando andrai a casa di zia Petra non uscirai e perciò non dovrai preoccuparti di evitare che qualcuno possa vederti; è indifferente il modo in cui ti staranno i vestiti.

«Sono stata a casa di don Juan, mi ha promesso che cercherà una famiglia che si faccia carico della creatura che metterai al mondo.»

«Ma io non voglio dare via mio figlio!»

«Lo so, ti peserà, ma non abbiamo un'altra soluzione. Non puoi avere un figlio da nubile. Rimarresti segnata per sempre e nessuno vorrebbe più sposarsi con te.»

«Ma, mamma, Marvin tornerà, hai imbucato la lettera?»

«Certo che l'ho fatto, ma dobbiamo pensare a cosa fare se non la riceve o semplicemente non vuole tornare o non vuole sapere niente di te.»

«Non parlare così! Te l'ho detto, Marvin mi ama.»

«Bambina mia, gli uomini sono fatti a modo loro, di solito scappano dalle donne che creano loro dei problemi. In molti dopo aver sedotto una donna l'abbandonano e non vogliono saperne delle conseguenze.»

«Mamma!»

«Figlia mia, io prego perché Marvin torni, ma se così non fosse, dovrai affidare ad altri il bambino e sposare Antoñito.»

«Non ci penso nemmeno! Antoñito mi fa schifo, puzza sempre di sudore e il suo fiato... No no, non mi sposerò con lui.»

«Dovrai farlo, Catalina. Senti, non sei più una bambina... ci sono cose che devi sapere, anche se tuo padre non vuole che ti preoccupi per i nostri problemi.»

«Quali problemi, mamma?» chiese Catalina sconcertata.

«La guerra ci ha lasciati in braghe di tela, siamo rovinati, stiamo andando avanti solo grazie a don Antonio... Ha fatto diversi prestiti a tuo padre, ma le cose non stanno andando per il verso giusto e non c'è modo di restituirgli i soldi.»

«Ed è questa la ragione per cui io dovrei sposarmi con suo figlio? Mio padre mi ha forse messo in vendita?»

«Per Dio, ma cosa stai dicendo! Tuo padre crede che sposare Antoñito ti convenga, ha mezzi sufficienti per darti una vita decente, in cui non ti mancherà niente.»

«Be', preferisco fare la fame piuttosto che sposarmi con lui.»

«Senti, Catalina, i figli devono obbedire ai genitori, che sanno molto bene cosa è meglio per loro.»

«Non sarà invece che a mio padre conviene che don Antonio dimentichi i debiti che ha con lui?»

«Ma come osi dire una simile impertinenza! Dobbiamo molto a don Antonio, se non fosse per lui non potremmo neanche mangiare, ed è da persone educate provare gratitudine. Chiudiamo qui questa conversazione. Vado a preparare la cena, vieni ad aiutarmi in cucina. Lo vedi cosa vuol dire essere in rovina; abbiamo dovuto rinunciare alla domestica.»

5

Isabel bussò alla porta della sacrestia. Poiché la messa serale era appena finita, era certa di trovare don Bernardo.

Non c'era molta gente in chiesa, ma il prete continuava a tenere l'orario della messa quotidiana alle sette. La sua voce la invitò a entrare. «Avanti!»

«Buonasera, don Bernardo...»

«Entra, Isabel, cosa ci fai qui a quest'ora?»

«Vorrei parlare con lei.»

«Avresti potuto venire alle cinque e recitare il rosario.»

«A quell'ora non potrei neanche se volessi, padre. Alcuni sabati donna Hortensia e don Luis hanno ospiti a cena e la signora mi chiede di restare per dare una mano.»

«I Ramírez sono brave persone, eccellenti», affermò don Bernardo.

«Sì, è vero. Sono molto grata ai signori Ramírez.»

«So che non deve essere facile per te... Sino a non troppo tempo fa eri tu ad avere una persona di servizio, e adesso...»

«Lavorare non è un problema, glielo assicuro.»

«Bene, lo sai tu, figliola», la incoraggiò con affetto.

«Senta, l'avvocato che si sta occupando del caso di mio marito insiste col dire che abbiamo bisogno di tutte le raccomandazioni possibili affinché la richiesta di indulto vada a buon fine. E... se lei potesse darmi una lettera in cui scrive che il mio Lorenzo è sempre stato una brava persona, degna di fiducia...»

«Sì... ma lo conosco poco, perché qui non ci veniva mai...» si lamentò il parroco.

«Be', lui aveva le sue idee, non era molto religioso...» lo giustificò Isabel.

«No, come poteva del resto, si dice sia un massone», affermò il prete guardandola dritto negli occhi.

«Per Dio, don Bernardo, non presti orecchio a quelle chiacchiere!»

«Io non presto orecchio, figliola, non presto niente, ma a volte quando il fiume mormora...»

«Io... senta, io la supplico di darmi una lettera di raccomandazione e di chiedere possibilmente ad altre persone se possono fare lo stesso...»

«Che tipo di persone, Isabel? Devi già avere in mente a chi vuoi che io chieda il favore.»

«Be', se non è troppo, potrebbe chiedere una lettera a don Antonio? Lui e suo fratello sono sostenitori così convinti del nuovo regime da essere diventati uomini influenti… E anche ai Gómez, don Pedro è funzionario al Ministero delle Finanze e si vanta di avere ottimi relazioni.»

«Perché non glielo chiedi tu?» volle sapere don Bernardo.

«Be', la verità è che non abbiamo mai avuto grande simpatia né per i Gómez né per don Antonio. Non so se acconsentirebbero a darmi una lettera se gliela chiedessi io… Ma a voi, a voi non possono dire di no.»

«Non è facile quello che mi chiedi», affermò il prete.

«Lo so, don Bernardo, ma se voi poteste…»

«Non ti prometto niente, vedrò cosa posso fare.»

Isabel lasciò la sacrestia con un sapore agrodolce in bocca. Sperava che don Bernardo chiedesse la lettera di raccomandazione a don Antonio, ma non era certa che il contrabbandiere avrebbe acconsentito a scriverla. Non nutriva molte speranze neanche sul fatto che don Pedro Gómez fosse disposto ad aiutarla. Quando si incontravano davanti al portone, lui abbassava la testa per evitare di incrociare il suo sguardo.

Quando Isabel se ne andò, don Bernardo lasciò la sacrestia e uscì a fare una passeggiata e a fumarsi una sigaretta. Non poteva abbandonare Isabel, era una brava donna, non si era mai sottratta ai suoi obblighi con la Chiesa sebbene fosse sposata con un massone. Perché lui non aveva dubbi, Lorenzo Garzo, oltre che socialista, era massone. E aiutare un massone gli dava il voltastomaco; ma non fare niente per Isabel avrebbe voluto dire tradire la propria coscienza.

Senza pensarci due volte, si diresse al magazzino nella speranza che Antonio Sánchez non fosse ancora tornato a casa.

Fu fortunato. Lo trovò nel minuscolo studio, intento a rivedere i conti. «Ma dai, don Bernardo! Lei da queste parti. Di cosa ha bisogno?» chiese il negoziante storcendo la bocca in un sorriso e guardando il prete con sospetto.

«Perché dovrei avere bisogno di qualcosa?» rispose il prete infastidito.

«Perché diversamente non sarebbe qui adesso, sono quasi le nove e a quest'ora di solito i preti non se ne vanno in giro.» Il negoziante si divertiva a mettere in imbarazzo don Bernardo.

«Eh, visto che sei così scaltro non perderò altro tempo. Sono venuto a chiederti di scrivere una lettera di raccomandazione per Lorenzo Garzo. Una lettera che possa favorire la concessione dell'indulto.»

«Questa sì che è buona! Perché dovrei firmare una lettera a favore di Garzo? Quell'uomo non è mai stato mio amico. Per quello che ne so, è un massone convinto. Non sono disposto a metterci la faccia per un massone, e nemmeno lei dovrebbe farlo», disse, curioso di vedere la reazione di don Bernardo.

«Antonio, prima di giudicare un'altra persona è meglio guardarsi dentro, e tu non sei esattamente un esempio di buon cristiano. Quand'è stata l'ultima volta che ti sei confessato? L'ultima in cui sei andato a messa? Sono mesi che di te non si vede nemmeno l'ombra. Perciò, evita di giudicare gli altri, come dice il Vangelo, chi è senza colpa scagli la prima pietra», gli recriminò il prete, infastidito dall'atteggiamento del negoziante.

«E invece la scaglio, eccome. Non vado in chiesa? Be', resto comunque una persona perbene, un uomo che ha combattuto dalla parte benedetta da Dio, ecco perché abbiamo vinto.»

«Non mettere Dio in mezzo a queste faccende», rispose don Bernardo a disagio.

«Non vorrà dirmi che Dio non stava dalla parte di Franco! Ma che razza di prete è lei?»

«Appartengo alla razza di preti che si preoccupano dei propri fedeli. Lasciamo in pace di Dio, perché questa faccenda non ha nulla a che vedere con Lui. Si tratta solo di dare una mano a un vicino, di scrivere una lettera in cui semplicemente si dice che Lorenzo Garzo è una persona perbene.»

«Perciò lei mi sta chiedendo di mentire? Non posso dire quello che non so. Io e Garzo ci siamo sempre e solo salutati. Non siamo e nemmeno siamo stati amici.»

Con grande disperazione di don Bernardo, il negoziante si stava dimostrando ottuso. «Ti sto solo chiedendo di scrivere una lettera che per te non ha nulla di compromettente. Antonio, cambia atteggiamento, non mi piace per niente. La guerra ormai è finita e tutta la povera gente che ha perso ne ha già abbastanza.»

«Povera gente? Si vede che lei non è stato al fronte. Figli di puttana!»

«Antonio, non ti permetto di usare questo linguaggio!»

«Le chiedo scusa, don Bernardo, ma io mi infiammo al pensiero del danno che tutta quella gentaglia ha fatto alla Spagna. Si è forse dimenticato di tutti i sacerdoti che sono stati mandati a morte? E dei conventi che sono stati bruciati?»

«Non dico che dimenticare sia facile, ma Isabel è una brava donna e ha paura di perdere suo marito», ammise don Bernardo. «Ho l'obbligo di consolare coloro che soffrono», spiegò, sempre meno convinto dell'efficacia della sua missione presso il negoziante.

«Padre, non posso dire di no a nessuna delle sue richieste. Parlerò con mio fratello e vediamo cosa si può fare», disse mentre pensava che non avrebbe mosso un dito.

A don Bernardo tanto bastò perché se ne andasse via tranquillo. Non era convinto che Antonio si sarebbe mosso a favore di Lorenzo Garzo, ma lui aveva fatto tutto quello che era nelle sue possibilità.

Quanto a don Pedro Gómez, avrebbe parlato con lui quando fosse andato a confessarsi.

6

Londra

In quei giorni gli alberghi di Londra erano al completo. Nel ristorante dell'hotel non c'era un solo tavolo libero, eppure, per quanto il locale fosse pieno, era difficile sentire una voce che ne sovrastasse un'altra. Le conversazioni erano poco più che sussurrate. In ogni caso, avevano chiesto al maître di avere un tavolo d'angolo per poter parlare con una certa intimità. Marvin si guardò intorno distratto. Sua madre non aveva mai smesso di parlare e lui già da un po' non l'ascoltava più. Era totalmente disinteressato ai suoi racconti. Notizie degli amici di New York, dei giorni di vacanza in una spiaggia vicino a Boston, degli inviti che avrebbero ricevuto al ritorno, degli investimenti che avevano fatto nell'acciaieria.

Suo padre stava in silenzio, annoiato dal parlottio della moglie. Marvin sperava fosse lui a interromperne il monologo.

«Bene, tesoro, non credi che spetti a Marvin raccontarci quello che ha fatto in tutto questo tempo? Non lo vediamo da una vita.»

«Hai ragione... da quando lo hanno ferito in Spagna. Che orrore! Non ho mai dimenticato il dolore che abbiamo provato... Meno male che siamo riusciti a portarti a New York... Eppure, non appena ti sei ripreso, sei tornato a Parigi. Figlio mio... io... non voglio nemmeno pensare a quello che è successo in Spagna. Avresti potuto rimetterci la vita e tu, in fin dei conti, che cosa avevi a che fare con quella guerra? Certo, va riconosciuto che le tue poesie migliori parlano proprio di quello.»

«Sì, monsieur Rosent dice che in quei giorni ho scritto le mie poesie più belle.»

«Sì, sì... il tuo editore... Che fortuna che un editore francese ti abbia inserito nella sua antologia di giovani poeti; come sai l'ho regalata a tutti i nostri amici. Siamo molto orgogliosi di te, Marvin, lo sai. Ma, dimmi, perché non hai più pubblicato nient'altro?»

«Ho perso l'ispirazione, mamma. Ecco perché sono tornato in Spagna.»

«È questa la ragione, figlio mio?»

Rose Brian guardò suo figlio e lui non riuscì a sostenerne lo sguardo. La conosceva troppo bene per riuscire a ingannarla. Sua madre era molto intelligente e, anche se lui evitava di parlare di quanto era successo durante la

Guerra civile spagnola, lei sapeva che le ferite del corpo probabilmente si sarebbero cicatrizzate, ma quelle dell'anima no.

«Perciò, non hai più scritto una sola poesia?» chiese suo padre, più per affetto che per reale interesse.

«Giusto qualche verso che valga davvero la pena, papà.»

«Succede quando si subisce un trauma. Non devi preoccuparti. Vedrai che un giorno la poesia tornerà a fluire dentro di te. Ma non cercarla, lascia che sia lei a venirti incontro», affermò sua madre con decisione.

«Mi piacerebbe che tornassi a New York. Ho bisogno di te, Marvin. Ho nuovi progetti», intervenne suo padre, con il desiderio di condurre la conversazione verso aspetti più pratici.

«Sai bene che gli affari non mi interessano, c'è già Tommy che se ne occupa.»

«Tu fratello è molto giovane, non ha ancora concluso gli studi.»

«Però lavora già con te.»

«Be', non esattamente, voglio solo che a poco a poco conosca l'azienda.»

«Papà, io non ho intenzione di tornare a New York, almeno per ora.»

«Ma, figlio mio...»

«Lascia perdere, Paul, Marvin ha il diritto di scegliere la propria strada. Lui non è come te e nemmeno come Tommy.»

«Perché, come siamo?» chiese Paul J. Brian seccato, guardando sua moglie.

«Ecco... magnifici! Ma siete fatti di un acciaio diverso da quello di Marvin. Devi accettare che a nostro figlio non interessano né l'acciaieria né gli affari.»

«E di cosa vivrà?» rispose Paul adirato.

«Finché avrò quello che ho, ovvero un buon numero di azioni dell'acciaieria e un pacchetto di investimenti soddisfacente, non dovrà preoccuparsi di niente di diverso da scrivere. È una grande fortuna avere un figlio poeta», rispose Rose.

«Non credi che dovrebbe guadagnarsi da vivere da solo?»

«Non capisci niente, Paul, perché non ti piace leggere, men che meno la poesia. Ognuno di noi nasce con un talento che gli è proprio, ringrazia Dio del fatto di avere due figli con virtù diverse. Tommy sarà un ottimo uomo d'affari e Marvin un grande poeta. Accettiamoli per quello che sono.»

«Non sopporto queste discussioni. Se continuate così, me ne vado», intervenne Marvin.

«Eccolo qua! Non appena si parla di qualcosa che non ti piace o non ti conviene te la dai a gambe», gli rimproverò il padre.

«Non voglio che tu e mamma litighiate per colpa mia. Però hai sicuramente ragione, devo guadagnarmi da vivere senza che siate costretti a mantenermi. Non è giusto che Tommy studi e lavori mentre io...»

«Mentre tu sei un poeta straordinario», affermò Rose.

«Ma ho pubblicato solo poche poesie...»

«Che sono state elogiate dalla critica sia in Francia sia negli Stati Uniti. Senti, figlio mio, Dio ti ha dato un talento, quello di trasformare le parole in poesia e arrivare all'anima delle persone. Non sprecarlo. Sarebbe un peccato.»

Marvin afferrò la mano della madre e la strinse tra le proprie. Era la roccia solida sulla quale avrebbe sempre potuto adagiarsi. «Grazie, mamma.»

«Non ringraziarmi, Marvin, vorrei solo che venissi a New York per qualche tempo, questo sì, o perlomeno che venissi a trovarci un po' più spesso. Mi manchi e al momento non è facile venire in Europa, con tutto quello che sta succedendo.»

«Sì, nessuno sa cosa succederà qui con questa guerra», intervenne Paul J. Brian cercando di appianare la tensione con il figlio e unendosi alla conversazione, che aveva preso un'altra piega.

«Non c'è altra scelta. Hitler va combattuto. Spero solo che anche il nostro Paese intervenga», lo interruppe Marvin.

«Non sarai comunista?» chiese suo padre allarmato.

Marvin scrollò le spalle. In realtà sapeva quello che non era, ma non quello che era.

«Che stupidaggini dici, Paul! Marvin non è comunista, mi sembra ovvio, ma una persona sana di mente non può appoggiare quell'essere ridicolo di Adolf Hitler. Churchill ha fatto quello che andava fatto. Come prima cosa, bisogna sconfiggere la Germania, e per farlo i sovietici sono necessari. Poi, quando la Germania non rappresenterà più un pericolo, Churchill e Stalin torneranno a essere nemici.»

«Complimenti, ci hai appena dato una bella lezione di strategia politica», rispose Paul, ammirato dalla perspicacia della moglie.

«Ho detto solo ovvietà, mio caro.»

«Marvin però non ha risposto alla mia domanda», insistette Paul J. Brian.

«Non so cosa dirti... Se mi chiedi cosa penso delle condizioni di vita dei lavoratori in Europa o anche negli Stati Uniti, ti dirò qualcosa che sai già, ovvero che le cose non sono facili per loro, che vengono perlopiù sfruttati, che ogni centesimo guadagnato lo ripagano abbondantemente con il loro lavoro, che una minoranza è ricca grazie al lavoro mal remunerato dei suoi operai, che trovo ingiusto il fatto che non abbiano diritti o che tirino a campare in quartieri dimenticati da Dio. I comunisti rivendicano la dignità dei lavoratori; se vuoi conoscere la mia opinione su questo punto, ti dirò che sono d'accordo. Però so come sono, li ho conosciuti in Spagna e "l'uomo nuovo" del quale parlano non l'ho visto da nessuna parte. Ma forse il punto è che la natura dell'essere umano è quella che è; ho visto alcuni di quegli "uomini nuovi" fare cose orribili quanto quelle commesse dagli uomini contro i quali combattevano. Sai, papà? A contare davvero, io credo, non è quello che uno dice ma il modo in cui si comporta. Perciò, non importa che etichetta vorrai mettermi, ma il modo in cui mi comporto con i miei simili.»

Rimasero in silenzio per qualche secondo, poi Rose prese la mano del figlio e la strinse a sé, guardandolo con orgoglio.

«Sii certo del fatto che noi cercheremo di fare il meglio per i nostri operai», gli rispose il padre.

«Il punto non è che tu devi essere un bravo padrone, ma che a loro vengano riconosciuti dei diritti che stanno al di sopra del tipo di padrone al quale devono rispondere. Questa è la questione», sentenziò Marvin.

«Non crederai che i nostri sindacati non si occupino di quanto succede nelle fabbriche...»

«Lo so, papà, lo so, ma a volte penso non sia sufficiente.»

«Nostro figlio non è comunista, Paul, semplicemente non sopporta l'ingiustizia.»

Quella notte Marvin pensò soprattutto a se stesso. Sapeva di essere un privilegiato. Una persona che poteva permettersi il lusso di fantasticare senza preoccuparsi di quanti soldi avesse nel borsellino, perché era sempre pieno. Era sua mamma a preoccuparsi che lo fosse. Ma come sarebbe andata se avesse dovuto lavorare in una fabbrica dalla mattina alla sera? Avrebbe provato compassione per i colleghi o sarebbe entrato in competizione con loro per guadagnare qualche centesimo in più? Avrebbe affrontato i suoi superiori o avrebbe abbassato la testa per conquistarsi la loro fiducia? Avrebbe maledetto le circostanze o si sarebbe adattato? Cosa sarebbe stato capace di fare per sopravvivere? No, in realtà non sapeva che tipo di uomo lui fosse; di sé sapeva solo che provava una angoscia insopportabile per la ferita che aveva segnato il suo corpo e la sua anima nella guerra di Spagna.

Aveva deciso che non sarebbe tornato a New York con i genitori. Sapeva che sua madre ne avrebbe sofferto, che desiderava ardentemente averlo vicino per un po', ma lui non se la sentiva di immergersi nel nulla della vita che lo aspettava a New York. Ancora non aveva capito che tipo di uomo lui fosse, ma se c'era una possibilità di scoprirlo era continuando a stare lì, in quella Europa che si stava dissanguando in una guerra che, se avesse vinto Hitler, avrebbe cambiato la faccia della Terra.

Quando disse loro che pensava di tornare in Francia, il padre si mostrò contrariato; alla mamma si inumidirono gli occhi, ma nessuno dei due si oppose. Sarebbe stato inutile.

«Ma Parigi è stata occupata dai tedeschi», gli ricordò sua madre.

«Sono americano, i tedeschi non hanno niente contro di noi», rispose con fermezza per dissipare gli angoscianti dubbi di sua madre.

«Roosevelt non potrà continuare a guardare dall'altra parte, questa non è solo una guerra tra europei, ci sono in gioco dei valori. Tu stesso poco fa hai detto che gli Stati Uniti dovrebbero entrare in guerra contro la Germania», affermò suo padre.

«Anche nella Guerra civile spagnola c'era in gioco qualcosa di più dei problemi degli spagnoli», replicò.

«Figlio mio, devi dimenticarti la Spagna e tutto quello che è successo lì», lo supplicò sua madre.

«Sai che è impossibile. Non posso, mamma, tu lo sai che non posso.»

«E allora, quando pensi di andare via?» volle sapere suo padre.

«Rimarrò qualche giorno con voi qui a Londra, poi andrò in Svizzera e da lì a Parigi.»

«Potremmo venire con te», suggerì Rose.

«Per me non c'è nessun problema. Potete restare a casa mia, ho una stanza per gli ospiti. Non è molto grande ma vi troverete bene.»

«È una buona idea», accettò Paul.

Parigi sembrava ignorare i tedeschi, che la facevano da padroni. La città era decisa a continuare a vivere.

Paul e Rose Brian si installarono nell'appartamento di Marvin, in rue de la Boucherie. Non era molto grande, tre stanze, una cucina, una sala e un bagno, ma era luminoso e vi si respirava un'atmosfera bohémienne che trovarono molto parigina, proprio come Rose aveva desiderato.

Il portinaio aveva messo da parte la corrispondenza di Marvin e, quando gliela consegnò, lui sussultò nel vedere una lettera con francobolli spagnoli.

Aveva lasciato Madrid più di un mese prima e in quell'arco di tempo non aveva mai smesso di pensare all'assurdità del suo ultimo soggiorno. Eulogio era stato molto generoso nell'aprirgli le porte di casa sua e sua madre, Piedad, aveva fatto l'impossibile perché si sentisse a proprio agio in quella mansarda umidissima e così piccola da non concedere alcuna intimità.

Non appena ebbe aiutato i suoi genitori a sistemarsi nella stanza degli ospiti, si chiuse nella camera che fungeva da studio per leggere la lettera. Non aveva guardato il mittente e si sorprese quando lesse il nome di Catalina Vilamar.

Mio amato Marvin,

so di essere audace a chiamarti così, ma date le circostanze credo di poterlo fare.

Spero che la notizia che devo darti, al di là della sorpresa iniziale, possa renderti felice.

Sono incinta. Quasi al terzo mese. È successo a maggio, il giorno del compleanno di Antoñito, lì nella Pradera de San Isidro. Ricordi quello che è successo? Sono sicura che è stato quel giorno perché io non ho mai avuto altri rapporti con altre persone, perciò può essere accaduto solo allora. So che te ne ricordi ed è per questo che ti scrivo, perché credo che tu debba saperlo. Sei stato così buono con me quella notte! Ho perso la testa perché non sono abituata a bere, ma credo che tu abbia capito che non sono una ragazza facile.

Puoi immaginare il dispiacere dei miei genitori. Non glielo posso rimproverare.

Mi hai detto che ti sarebbe piaciuto tantissimo che io venissi a Parigi, ecco, non voglio costringerti a fare niente o a impegnarti, ma potrei venire? Magari potresti mandare una lettera ai miei genitori dicendo loro che mi aspetti a Parigi, oppure venire a prendermi; fa' quello che ritieni meno gravoso per te. La mia situazione è difficilissima, non posso avere un figlio senza essere sposata. I miei genitori hanno deciso che quando il bambino nascerà lo affideremo a una famiglia oppure al brefotrofio. Se sarò costretta a farlo, mi si spezzerà il cuore. Però ho fiducia in te, so che posso contare sul tuo aiuto, che non mi abbandonerai al mio destino perché sei un uomo buono e onesto.

Mi dispiace di essere diventata un problema, ma se non chiedo aiuto a te, a chi altri potrei chiederlo?

Rimango in attesa di tue notizie; per favore, però, non tardare!

Con enorme affetto,

Catalina

Lesse la lettera due volte. Catalina Vilamar gli stava simpatica, ma non sino al punto di assumersi delle responsabilità nei suoi confronti. L'ultima cosa di cui aveva bisogno era farsi carico dei problemi altrui, gli bastavano i propri. Sapeva che il suo atteggiamento poteva apparire egoista, ma non era nelle condizioni di far fronte al problema di Catalina, che si era comportata come una stupida quella notte alla Pradera de San isidro. Era lei a doversene assumere le conseguenze.

Eulogio gli aveva detto che Catalina si era innamorata di lui e questo aveva fatto sì che Fernando smettesse di frequentarlo. Secondo Eulogio, Fernando era innamorato di Catalina.

Pensò che tutta quella vicenda era solo una stupidata che non lo riguardava in nessun modo. Le avrebbe scritto che al momento non poteva invitarla a Parigi, forse l'avrebbe fatto più avanti. Meglio ancora, non avrebbe risposto alla lettera, come se non l'avesse mai ricevuta. In fin dei conti, non aveva nessun particolare legame con Catalina, non sentiva di avere obblighi verso di lei.

Strappò la lettera. Argomento chiuso.

A Eulogio invece doveva scrivere, eccome. Era il suo amico più vero. Erano insieme al fronte quel giorno fatidico in cui i nazionalisti li avevano circondati. Probabilmente non sarebbe più tornato in Spagna, ma qualunque cosa avesse fatto, era disposto a mantenere viva l'amicizia con Eulogio. Pensò di comprare qualcosa e di spedirgliela, magari dei veri sigari havana.

Avrebbe comprato qualcosa anche per Piedad. La madre di Eulogio si era occupata di lui come avrebbe fatto con suo figlio. Calze, sì, le avrebbe comprato un paio di calze, e anche un fazzoletto e una camicetta. Era certo che le sarebbero piaciute.

Due giorni dopo, mentre i genitori erano andati a trovare alcuni amici, andò a salutare il suo editore in rue des Rosiers, nel quarto arrondissement, nel Marais.

Monsieur Rosent teneva abbassate le persiane della piccola libreria che gestiva e nella quale, sul retro, aveva il proprio studio. Pubblicava i libri di poesia che erano capaci di commuoverlo e i suoi giovani autori accorrevano a lui perché non avevano trovato nessun altro editore che fosse disposto ad assumersi le spese della pubblicazione. L'atteggiamento altruista lo aveva portato a pubblicare alcune raccolte di poesia che avevano riscosso successo, ragion per cui i poeti gli erano rimasti fedeli, rifiutando gli inviti di prestigiose case editrici. La loro fedeltà aveva fatto sì che le collane di Rosent potessero contare su alcuni dei migliori poeti dell'epoca.

Marvin bussò alla porta e attese impaziente finché non sentì i passi tremanti di monsieur Rosent. «Entra, figliolo, entra, sono felice di rivederti.»

«Tutto bene, monsieur Rosent? Non mi aspettavo di trovare le persiane abbassate a quest'ora...»

«Cerco di non farmi notare, ma in verità è una speranza vana perché i tedeschi vigilano con particolare attenzione questa zona della città in cui ci sono tanti ebrei. Il capitano Dannecker è diventato il nostro peggior nemico.»

«Dannecker? Chi è?»

«Un ufficiale delle SS incaricato di risolvere la "questione ebraica" della quale parlano alcuni giornali. Sei arrivato in un brutto momento, Marvin, stanno deportando tutti gli ebrei. Chissà quando toccherà a me.»

«Ma è assurdo, lei è francese!»

«Sì, sono francese, un ebreo francese, ed è questo che conta per loro. Alcuni ebrei hanno già lasciato Parigi dopo l'invasione dei tedeschi, ma dopo l'armistizio molti di loro, fiduciosi, sono tornati nelle loro case. Una decisione sbagliata visto quello che sta succedendo. Molti ebrei sono stati deportati nei campi di Pithiviers e a Beaune-la-Rolande.»

«E lei? Perché non se n'è andato anche lei? Deve farlo quanto prima; se ha bisogno di aiuto, sappia che può contare su di me.»

«Grazie, figliolo. Sinora ho resistito dicendomi che sono troppo vecchio per fuggire, ma adesso so che da un momento all'altro potrebbero arrivare gli uomini del capitano Theodor Dannecker e allora...»

«La porteranno solo Dio sa dove!»

«Sì, esattamente. Ma siediti, ho un po' di quel tè che ti piace. Metto a scaldare l'acqua e te lo preparo.»

Parlarono tutto il pomeriggio. Prima di quello che stava succedendo a Parigi e poi di poesia. Marvin gli consegnò una busta contenente alcune poesie che monsieur Rosent lesse attentamente. «È tutto quello che hai scritto da quando sei andato in Spagna?» gli chiese, fissandolo, non appena ebbe finito di leggerli.

«Non riesco a scrivere, non so scrivere, le parole hanno smesso di fluire, non riesco a trovarle.»

«Queste poesie... non sono all'altezza di quelle che hai scritto, e tu lo sai, vero?»

«Sì... lo so... Come le ho detto, non riesco a scrivere.»

«Devi adattare il tuo dolore, i tuoi sentimenti, le tue idee alle parole senza permettere che il dolore annulli le tue capacità espressive.»

«Magari non sarò mai più capace di scrivere poesie come quelle che lei ha incluso nelle due antologie di giovani poeti.»

«Ah, c'è anche questo aspetto! Accade spesso. Molti scrittori temono di non essere all'altezza di quello che hanno scritto in precedenza e che è stato lodato dalla critica e dai lettori. Non credevo potesse succedere anche a te. Se cominci a preoccuparti di piacere agli altri, fallirai. Devi essere fedele a te stesso, a quello che senti e che vuoi esprimere. Se piace anche agli altri, meglio; ma se non è così, non devi allarmarti. Non lasciare che la vanità del successo ti divori perché falliresti nella cosa più importante, ovvero lasciare che le parole fluiscano cercando il proprio significato le une accanto alle altre.»

«Lei sa che cosa mi è successo in Spagna...»

«Sì, e non credere che io non capisca la tua sofferenza, ma quel dolore dovrebbe renderti un poeta migliore e non paralizzarti per la paura di fallire.»

«Non sono più tornato quello che ero.»

«Non puoi più esserlo, dovrai convivere con le ferite del corpo e dell'anima che ti sei portato con te dalla guerra. Non abbiamo alcun potere sul passato, Marvin, per quello che è successo non esiste la marcia indietro.»

«Sa quanti sogni ha spazzato via? Non potrò più avere una vita come quella di tutti gli altri.»

«E perché la tua vita dovrebbe essere come quella di tutti gli altri? Smetti di compatirti, di lamentarti di quello che non è in tuo potere cambiare. Ami la poesia, e lei può diventare la tua migliore compagna di vita, capace di regalare a noi altri parole che sorvolano l'anima e la riscaldano.»

«Allora...»

«Ricomincia a scrivere e conserva queste poesie.»

«Lo farò.»

«Spero solo di rivederti qui con le tue poesie prima che mi vengano a prendere. Mi piacerebbe molto pubblicare un libro tutto tuo, anche se non so se ne avrò il tempo, perlomeno qui a Parigi. Ho una figlia, Sara, la conosci già. Si è spostata poco prima della scoppio della guerra e si è trasferita ad Alessandria d'Egitto con suo marito. Anche lui è un editore. Ha una libreria e una casa editrice nel centro di Londra, e una succursale ad Alessandria. È mezzo ebreo, di padre britannico e madre ebrea, nata ad Alessandria ma di origine greca. Sara vuole che vada a vivere con loro e che continui a pubblicare libri.»

«Lo farà?» chiese Marvin, preoccupato da quello che sarebbe potuto succedere al suo anziano editore.

«Non lo so. Alcuni amici insistono col dire che dovrei andarmene subito. Hanno già organizzato il viaggio, ma io continuo a rimandare. Cosa potrei fare ad Alessandria?»

«Dicono sia una città bellissima», affermò Marvin.

«Sì, la mia piccola Sara mi assicura che ha una luce unica.»

«Se decide di andarci… be', io potrei accompagnarla.»

«Perché?» chiese Rosent, incuriosito dalla proposta.

«Probabilmente ho bisogno di lasciare l'Europa, di allontanarmi da quello che sta succedendo qui. La guerra si espande a macchia d'olio.»

«L'Egitto è controllato dai britannici, ma dicono che il re Faruk sia un simpatizzante di Hitler», sussurrò Rosent.

«Se anche fosse, credo che ci andrò. Non sono mai stato in Oriente.»

«Marvin, il mondo è in guerra, e la guerra può arrivare anche in Egitto.»

«Posso accompagnarla. Se decide di andare, lo farò.»

Conclusa la visita al suo editore, Marvin uscì a cena con i suoi; non poteva evitarlo e non voleva nemmeno indisporli, soprattutto non voleva aggiungere preoccupazioni a sua madre. Perciò, si godette la cena da Maxim, per quanto lo ripugnasse veder sfilare gli ufficiali tedeschi in compagnia di donne che venivano esibite come trofei.

«Guardali… quanta arroganza», sussurrò suo padre.

«Sono i padroni di Parigi e il loro comportamento non lascia adito a nessun dubbio», rispose sua madre.

«Però quelle ragazze…» Suo padre appariva infastidito.

«Dai, Paul, non fare il puro, ci vuole un coraggio da leoni per affrontare l'esercito vincitore», rispose la donna.

Non appena rientrarono nell'appartamento, Marvin si ritirò nella sua stanza, ansioso di scrivere. La conversazione con monsieur Rosent gli aveva restituito il desiderio di perdersi nella magia delle parole che si trasformavano in poesia.

Scrisse per tutta la notte. Strappò molte pagine, altre le conservò con cura in una cartella, ansioso di tornare alla libreria Rosent per ricevere il nullaosta del vecchio editore.

Nonostante i tedeschi, Parigi continuava a essere la città più bella del mondo sul finire di quell'estate del 1941.

La presenza dei genitori non lo metteva a disagio, ma avvertì un certo sollievo quando se ne andarono. Sua madre continuava a lamentarsi della nefasta presenza dei nazisti. Quanto a suo padre, ogni giorno che passava era sempre più convinto che gli Stati Uniti non potevano più mantenersi neutrali, soprattutto dopo che, il 22 giugno, la Germania aveva invaso l'Unione Sovietica.

Marvin si immerse nelle sue nuove poesie. Scriveva, stracciava quanto aveva scritto, ricominciava e quando si sentiva soddisfatto di un verso lo ripeteva a voce alta per convincersi del potere della sua sonorità. Arrivò a dimenticarsi di monsieur Rosent e anche del fatto che Parigi era una città occupata. Ma la realtà si impose la notte in cui il suo editore si presentò inaspettatamente nel suo appartamento. «Mi dispiace essere venuto senza preavviso, ma non potevo attendere.»

Marvin lo invitò a entrare, preoccupato dal pallore e dal nervosismo dell'anziano signore. «Si sieda, le porto qualcosa da bere...»

«Non abbiamo molto tempo. Devo chiederti un favore. Voglio che mi compri la libreria, che la mia attività editoriale diventi tua. No, non te lo chiedo perché ho bisogno di soldi, ma per salvare quelle quattro pareti che sono state a servizio della poesia.»

«Io... be', non so... non capisco.»

«A noi ebrei stanno confiscando tutti i beni. Io ho già ricevuto una notifica. Non sopporterei che i miei libri finissero nelle mani dei nazisti. Il mio avvocato, monsieur Dufort, ha preparato questo documento, se lo firmi, lo farà registrare davanti al notaio; così il negozio diventa di tua proprietà, come tutti i libri e gli originali che ci sono dentro. Tu sei americano, a te non possono toglierlo. La cifra è simbolica, non devi darmi nulla. Ti chiedo solo di conservare il mio piccolo mondo nel caso in cui, un giorno... Questa guerra finirà e Sara e suo marito magari torneranno. È la mia unica figlia e ama la poesia come la amo io... Tu sei un uomo onesto e so di poter mettere nelle tue mani tutto quello che ho. Salvalo, Marvin, ti supplico...»

Non lesse nemmeno il documento. Lo firmò. Monsieur Rosent sospirò sollevato. «Adesso devi solo rivendicarne la proprietà», gli disse mentre gli porgeva la mano.

«Ma, e lei?»

«Alcuni amici mi nasconderanno. Mi porteranno a Vichy e da lì a Nizza, sempre che sia ancora possibile. Ma tu devi andare in negozio e prendere tutti i manoscritti che ci sono dentro, pronti per essere pubblicati. Pubblicali e se non puoi portali a Sara, lo faranno lei e suo marito. Sono poesie che meritano di vedere la luce.»

«Verrò con lei a Nizza... lì potrà continuare a fare l'editore», rispose Marvin, preoccupato per la situazione.

«Non sono una buona compagnia... un ebreo... No, salva le poesie, salva i libri, salva il negozio... è tutto quello che ti chiedo. In questo foglio c'è scritto l'indirizzo di Sara. Io non pubblicherò più niente. Quanto tempo credi che ci metteranno i nazisti a conquistare il resto della Francia? La Zona libera non è libera. Petain è una marionetta nelle mani di Hitler, anche se molti francesi preferiscono far finta di niente. Quanto a questa città, la mia amata città... lo vedi, sembra quasi che molti parigini ignorino di non essere più liberi; continuano a ridere e a bere come se i nazisti facciamo semplicemente parte del paesaggio. Che delusione!»

«Mi permetta di aiutarla...»

«Lo stai già facendo.»

«Devo darle il dovuto per la libreria. Domani andrò in banca.»

«Sul documento ho indicato una cifra, ma non voglio che tu mi dia neanche un centesimo. In realtà non te la sto vendendo, ti sto solo facendo depositario della mia attività finché Sara non potrà tornare.»

«Ma...»

«So che mi stai facendo un favore enorme e che non ho nessun diritto di chiedertelo, ma ho fiducia in te, sei la mia ultima speranza.»

Monsieur Rosent lo abbracciò e poi se ne andò. Marvin ci mise un po' a reagire. Non sapeva cosa sentire, cosa pensare, cosa fare; infine poté solo piangere.

Quando riuscì a controllare il pianto si mise a scrivere una lettera. Aveva bisogno di condividere con qualcuno la propria angoscia e quello che poteva essere il suo destino, così scrisse a Eulogio. Il destino lo aveva unito per sempre al suo amico spagnolo. Erano stati insieme al fronte, entrambi sapevano bene quali cicatrici attraversassero le loro anime.

7

Madrid

Fernando aspettava impaziente che la messa delle otto finisse. Era domenica e Catalina era uscita la mattina presto per seguire la funzione nella chiesa della Encarnación. A quell'ora non c'erano molti fedeli. Non che la gravidanza si notasse, Catalina continuava a essere magra, ma i suoi genitori volevano evitare che qualche sguardo attento potesse scoprire i primi segnali.

Non la vedeva da giorni. Non le permettevano di uscire di casa e, benché aspettarla all'ingresso della chiesa volesse dire correre il rischio di incrociare anche don Ernesto, visto che era domenica, sapeva di non avere molte altre opportunità.

Catalina aveva fiducia in lui e, benché lo addolorasse saperla incinta di un altro uomo, l'amava troppo per abbandonarla al suo destino.

Quando vide uscire madre e figlia si avvicinò loro con passo deciso. «Come stai? Marvin ti ha fatto avere sue notizie?» chiese, senza dare a donna Asunción il tempo di lamentarsi della sua presenza inattesa.

«È passata solo una settimana da quando gli ho scritto. Ma so che non appena leggerà la lettera verrà da me», rispose Catalina con un sorriso, senza rendersi conto del fatto che con quelle parole stava ferendo Fernando.

«Quando ti trasferirai a casa di tua zia?»

«Mi tratterrò qualche altro giorno ancora a casa mia, ma non appena me ne andrò ricordati che hai promesso di venire a trovarmi...»

«Lo farò.»

«Ma di cosa state parlando!» protestò sua madre.

«Fernando è come un fratello per me, non fosse per lui non sarei neanche riuscita a ottenere l'indirizzo di Marvin. Ti ho già detto che a Fernando racconto tutto e che lui sa come sto.»

«Dio mio, quando lo saprà tuo padre!» esclamò donna Asunción spaventata.

«Mamma, Fernando sa che aspetto un figlio da Marvin, come potevo nasconderglielo? Ho fiducia in lui, so che non mi farà mai del male.»

«Può stare tranquilla, donna Asunción, sa quanto io stimi Catalina, per niente al mondo potrei farle del male. Se sono venuto qui è perché non la vedevo da diversi giorni ed ero preoccupato.»

«Non mi fanno uscire di casa. Mio padre ha paura che qualcuno si renda conto che sono... be', che sono incinta.»

«Potrei parlare un momento da solo con Catalina?» chiese Fernando a donna Asunción.

«No... certo che no... deve tornare a casa con me, altrimenti suo padre se la prenderà con entrambe e io non saprei come giustificarmi.»

«D'accordo, allora facciamo una cosa: tornate dentro la chiesa, io vi verrò dietro, mi siederò accanto a Catalina e così, sottovoce, riusciremo a parlare.»

«Non lo so... in chiesa c'è gente che vi può vedere...»

«E cosa può vedere?»

«Sì, è la cosa migliore, parleremo dentro», convenne Catalina, e senza aspettare la madre si diresse verso la chiesa.

Donna Asunción la seguì protestando e Fernando accelerò il passo.

Si sedettero su un banco delle ultime file, lontani dall'altare, e mentre donna Asunción cominciava a recitare il rosario, Catalina e Fernando si guardarono e trattennero le risate.

«Come ti senti?» volle sapere lui.

«Malissimo, passo le giornate a vomitare, come vedi, ormai la mia faccia è diventata verde.»

«Sei bellissima come sempre», si complimentò con lei.

«Ma va! Però cosa ci posso fare? Ti ho già detto che starò in casa ancora per qualche giorno, a meno che mio padre non decida di mandarmi via prima. Ma conosci già l'indirizzo, appena puoi, vieni a trovarmi.»

«Credi che tua zia Petra me lo permetterà?»

«Cosa vuoi che faccia? Senti, Fernando, io non voglio che nessuno venga a sapere del mio stato ed è per questo che ho accettato di andare a casa di mia zia; ma per te non ho segreti e a mia zia l'ho già spiegato quando sono andata a trovarla, qualche giorno fa.»

«E cosa ti ha detto?»

«Che non avrei dovuto dirtelo, che meno persone lo sanno meglio è, che non puoi venire a trovarmi a casa sua perché se mio padre lo venisse a sapere si arrabbierebbe e sarebbe peggio per me, perché potrebbe spedirmi in un convento... Insomma, niente che non mi aspettassi di sentire.»

«E allora, come potrò venire a trovarti? Non mi lascerà entrare.»

«Vieni e basta.»

«Non fare la bambina, Catalina, le cose non si fanno come dici tu.»

«Non penserai di lasciarmi sola? Non lo sopporterei. Credo che finirei per scappare.»

«Non parlare così!»

«Allora promettimi che verrai a trovarmi.»

«Te lo prometto.»

«Grazie mille, Fernando, e adesso raccontami come vanno le cose per tuo padre.»

«Abbiamo un altro appuntamento con l'avvocato. Ormai non so più cosa pensare, non voglio cedere alla disperazione, soprattutto per mia madre. Non sai quanto stia soffrendo. Stanno fucilando tanta di quella gente...»

«Ma non possono fucilare tuo padre! Non ha fatto niente!»

«Non crederai che tutti coloro che vengono fucilati abbiano fatto qualcosa? No, Catalina, Franco e i suoi fucilano per vendetta. Non gli basta aver vinto la guerra, vogliono farci sapere che sono implacabili, che non ci sarà pietà per chi li ha combattuti. Vogliono fare in modo che la gente si rassegni, che non reagisca.»

«Devi aspettare l'indulto, glielo daranno di certo.»

«Non lo so... non ne sono più così sicuro.»

«Vieni a trovarmi, Fernando, non riuscirei a sopportare di stare da sola.»

Catalina gli prese la mano e la strinse a sé, e lui tremò.

Dopo aver parlato con Fernando, Catalina era preoccupata. Le faceva male vedere che il suo amico soffriva per il padre. Se solo avesse potuto fare qualcosa...

Fernando uscì dalla chiesa prima di lei. Catalina e sua madre si trattennero un altro po'.

Preoccupata per il silenzio nel quale si era rinchiusa sua figlia, donna Asunción le chiese cosa le avesse raccontato Fernando per lasciarla così turbata.

«Ha paura per suo padre, aspettano l'indulto da tanto tempo... se non glielo concedono, non so che cosa ne sarà di Fernando», si lamentò Catalina.

«Pregheremo per loro», disse donna Asunción, convinta nella sua ingenuità che le preghiere potessero fare miracoli.

«Mamma, non possiamo fare qualcosa? Credi che mio padre...? Be', lui conosce tanta gente... magari se si interessasse del padre di Fernando...»

«Non voglio nemmeno pensare a come potrebbe reagire tuo padre se solo osassi chiederglielo... è così arrabbiato con te...» si lamentò sua madre.

«E se glielo chiedi tu? Tu non hai fatto niente di male.»

«Gliel'ho già chiesto e non ha voluto nemmeno ascoltarmi. Non lo so, figlia mia, ultimamente lo irrita qualunque cosa, è difficilissimo parlare con lui...»

«Magari papà potrebbe chiederlo a don Antonio. È un franchista così convinto che sicuramente ha i suoi agganci e può ottenere che concedano l'indulto al padre di Fernando», disse Catalina, convinta che il negoziante potesse fare qualcosa per i Garzo.

«Non so...»

«Per favore... Chiediglielo di nuovo», la supplicò Catalina.

«Che richieste mi fai!» disse donna Asunción, spaventata all'idea di dover insistere con suo marito perché spendesse una buona parola per Lorenzo Garzo.

«Promettimelo!» insistette Catalina.

«Be'... vediamo se riuscirò a trovare il momento giusto.»

Quando Fernando tornò a casa, a sua madre non sfuggì quanto fosse inquieto. Isabel stava spolverando i libri. «Per essere domenica, ti sei alzato prestissimo», disse.

«Sono andato nella chiesa della Encarnación per incontrare Catalina; suo padre non la lascia uscire di casa.»

«Non mi stupisce.»

«Mamma! Puoi provare almeno un po' di compassione per questa situazione?»

«Non voglio discutere, Fernando, abbiamo problemi a sufficienza senza bisogno di aggiungere quelli di Catalina. Domani dobbiamo andare dall'avvocato: credi che ci darà belle notizie? Ho così tanta paura...»

Fernando abbracciò sua madre e rimasero così per un bel po'.

Più tardi salì a casa di Eulogio sperando di riuscire a fare due chiacchiere con lui. Il suo amico riusciva a tranquillizzarlo e davanti a ogni circostanza era sempre ottimista.

Piedad gli aprì la porta e Fernando notò che la donna aveva gli occhi rossi, come se avesse appena smesso di piangere.

«C'è Eulogio? Be', posso tornare dopo...»

Lei non rispose, ma lasciò la porta aperta per farlo entrare, mentre cercava rifugio in cucina.

Fernando rimase immobile per qualche secondo, sconcertato, senza sapere se entrare o andar via; a quel punto fu Eulogio a piazzarsi davanti a lui. Il suo amico sembrava invecchiato all'improvviso, come se in un secondo i suoi ventotto anni fossero diventati cinquanta. Aveva un'espressione tesa e lo sguardo perso, puzzava di sudore, appariva stanco per l'ennesima notte passata insonne, a fare da guardia al magazzino di don Antonio.

«Non voglio disturbare, sono venuto a vedere se vuoi farti una sigaretta con me, ma...»

«Aspetta, mi metto una camicia e ti faccio compagnia.»

«No... non importa... magari dopo...»

Eulogio lo aveva lasciato a parlare da solo ed era andato nella sua stanza; era ricomparso poco dopo e si stava abbottonando la camicia. Uscirono dalla mansarda senza salutare Piedad.

«Andiamo.»

Una volta arrivati al portone, Eulogio tirò fuori del tabacco. Camminarono in silenzio per un bel tratto, l'uno accanto all'altro, aspirando il fumo delle sigarette. Eulogio sembrava perso in se stesso e Fernando non osava rompere il silenzio nel quale era immerso il suo amico.

Quando arrivarono a plaza de Santo Domingo, Eulogio si schiarì la voce prima di cominciare a parlare. «Sono fottuto. Ho dato un pugno a Prudencio, il fratello di don Antonio.»

«A Prudencio? Ma perché?» chiese Fernando meravigliato.

«È un figlio di puttana.»

«Questo lo sappiamo già, don Antonio e suo fratello sono quello che sono.»

«Due miserabili.»

«Sì», ammise Fernando, e poiché intuiva la risposta, non osò insistere sul perché del pugno.

«Te l'hanno detto che mia madre... mia madre se la intende con don Antonio?»

Fernando rimase in silenzio, colpito dalla domanda.

«Perciò te lo hanno raccontato», ne dedusse Eulogio.

«No... no... ma cosa dici! Mi hai lasciato di sasso. Come può venirti in mente di dire una cosa del genere?»

«Dimmi la verità, Fernando... Non sopporto di aver fatto una figura ridicola lavorando per quel fascista, che oltre ad averci lasciato senza casa... Come ha fatto mia madre a intendersela con quel disgraziato?»

«Mi stai dicendo che dai ascolto ai pettegolezzi? Guarda, non so che cosa ti abbia detto Prudencio, ma un personaggio del genere non merita nessun credito.»

«Ieri notte si è presentato in magazzino con una donna, puoi immaginare che tipo di donna. Aveva bevuto, ma non al punto da essere ubriaco. Mi ha detto che aveva appuntamento con degli amici e che voleva portare qualche bottiglia, ma siccome non ne aveva in casa le avrebbe prese in magazzino. Gli ho detto che non poteva portare via niente senza il permesso di don Antonio. Mi ha risposto che le merci che c'erano nel magazzino gli appartenevano, che senza di lui suo fratello non sarebbe stato nessuno e non avrebbe avuto niente. In questo ha ragione, ma gli ho risposto che io ero il responsabile del magazzino e che non poteva prendersi una cassa di vino e una di liquori senza il consenso di don Antonio. È diventato insolente, immagino volesse fare colpo sulla puttana che era con lui, e mi ha risposto che si sarebbe portato via quello che gli pareva perché tutto quello che c'era in quel magazzino era di sua proprietà. La prostituta ha cominciato ad aizzarlo, dicendogli di non farsi umiliare da uno zoppo come me. Al che mi sono inalberato e le ho detto di chiudere la bocca. Lei è andata su tutte le furie e ha chiesto a Prudencio di rimettermi al mio posto, sennò se ne sarebbe andata. Lui mi ha chiesto di chiedere scusa e io sono scoppiato a ridere. "Chiedere scusa a questa qui? Ma va!" Lei ha cominciato a lamentarsi dicendo che non la stavo trattando come una signora, che Prudencio non doveva permetterlo, altrimenti lei non aveva motivo di stare lì. Io mi sono incazzato e le ho detto che lì non c'era nessuna signora. Di colpo però

Prudencio mi si è piazzato davanti e mi ha detto: "Senti, ragazzino, tu di puttane devi saperne parecchio perché più puttana di tua madre non ce n'è in questo quartiere; perciò vedi di non esagerare mancando di rispetto a questa signora e muoviti, portami alla macchina le casse che ti ho chiesto." Gli ho mollato un pugno ed è caduto sopra un sacco di patate. Si è alzato su tutte le furie, pronto a restituirmi il pugno. La puttana si è messa in mezzo tra noi due, in lacrime. Prudencio era rosso di rabbia e mi ha detto... mi ha detto che sono una merda, uno zoppo buono a nulla, e che se suo fratello Antonio non si stesse "trombando" mia madre saremmo morti di fame. Mi ha dato dell'inutile, dell'ingrato, e ha giurato che, visto che mio padre aveva combattuto per la Repubblica e io ero un rosso di merda, mi avrebbe fatto mettere in carcere, perché è lì che devono stare i rossi prima di essere fucilati. Al che ho spostato la puttana da una parte, gli ho mollato un altro pugno e me ne sono andato. Sono stato in giro tutta la notte, senza sapere cosa fare. Avevo paura di chiedere a mia madre, paura della risposta... che mi dicesse la verità.»

Eulogio tirò fuori un'altra sigaretta e l'accese, mentre Fernando cercava di trovare parole che potessero avere un senso in quella circostanza. Anche lui aveva sentito delle voci su Piedad e don Antonio. Non mancavano mai le malelingue pronte a seminare zizzania giudicando il comportamento altrui.

«Lo sai, Fernando? Dimmi la verità... non sopporto l'idea che tutti sapevate di mia madre e don Antonio... tutti meno io... Chissà quanto avete riso di me!»

«Come ti viene mente una cosa del genere! Ridere di te? Chi e perché dovrebbe farlo? Io non sapevo niente, Eulogio, perché non do ascolto ai miserabili; so solo che tua madre è una brava donna che ha sofferto tantissimo per aver perso suo marito, tuo padre, in questa guerra maledetta, e so che si è sacrificata per tirare avanti. Tuo padre era un uomo di lettere, come lo è il mio, e a casa tua non era mai mancato niente, esattamente come nella mia. E adesso tua madre e la mia accettano qualunque lavoro pur di sopravvivere, lo vedi anche tu; la mia pulisce la merda a casa di quei franchisti, e la tua cuce e fa le pulizie in un laboratorio. E don Antonio? Quel miserabile vi ha obbligati a vendere casa vostra, e adesso insiste con noi perché vendiamo la nostra per due soldi, così poi può rivenderla ai suoi amici.»

«Ma tu sapevi, Fernando?»

«Sapere cosa? Ti ho già detto che me ne frego e non ascolto quello che si dice in giro del prossimo, e ancora meno se parlano della gente che amo e rispetto.»

«Fernando, tu lo sapevi e non mi hai detto niente! Hai permesso che facessi una figura ridicola.»

«Per favore, Eulogio, smetti di pensare a quello che dicono o non dicono in giro!»

«L'ho chiesto a mia madre e non ha avuto il coraggio di mentirmi, ma non ha voluto darmi altre spiegazioni. Come ha potuto fare una cosa del genere? Vale così poco la sua dignità?»

«Non giudicare tua madre! Non ne hai nessun diritto. Dai, andiamo a casa, hai un aspetto terribile. Datti una pulita, riposa e non dare a tua madre altri dispiaceri.»

«Non tornerò al magazzino.»

«Lo sai tu quello che devi fare… ma picchiare Prudencio forse non è stata una buona idea.»

«Tu non lo avresti fatto?»

«Sì, se qualcuno avesse mancato di rispetto a mia madre io avrei fatto la stessa cosa», ammise Fernando.

Ritornarono sui loro passi in silenzio. Fernando si domandava cosa fare per alleviare il dolore e la rabbia del suo amico, Eulogio invece era perso e agitato dal dubbio.

Salirono le scale e quando arrivarono all'appartamento di Fernando non ebbero il tempo di salutarsi che Isabel aprì la porta. «Vi ho visto arrivare dal balcone. Entrate tutti e due», intimò loro con serietà.

Eulogio avrebbe voluto scusarsi, non aveva voglia di parlare con nessuno e men che meno con Isabel. Ma la madre di Fernando non gli permise di protestare. «Eulogio, ho visto tua madre e ci siamo trattenute a parlare per un po'.»

Confuso, lui non rispose.

«Sono salita in mansarda a chiederle un pizzico di sale e l'ho trovata in lacrime. Mi ha raccontato quello che è successo e voglio dirti che hai fatto bene a dare un pugno a Prudencio. Se l'è meritato.»

Fernando si stupì dell'affermazione della madre, la sapeva rispettosa e pacifica.

«Però, a giudicare tua madre hai fatto male. Non ne hai il diritto. Tutto quello che lei ha fatto, tutto, buono o cattivo che sia, l'ha fatto sempre con un unico obiettivo: proteggerti.»

«Chiedo scusa, donna Isabel, ma preferirei non parlare di mia madre… Le nostre cose sono nostre e non riguardano nessun altro.»

«Hai ragione, mi sto facendo gli affari vostri, ma se lo faccio è in nome dell'affetto che provo per voi. Sei ancora giovane, Eulogio, anche se hai combattuto in guerra. Tua madre ha sofferto per la perdita di tuo padre al fronte. È rimasta sola, vedova e con un figlio marchiato come rosso. Un figlio che è tornato a casa ferito. Questa maledetta guerra ci ha tolto le nostre vite, le vite che avevamo. Tu volevi fare il pittore, ricordi? Tuo padre era molto orgoglioso di te, era convinto che ce l'avresti fatta. Quel sogno te l'hanno portato via. Quello che tua madre non vuole è che ti portino via la vita. Lo sai, molta gente di questo quartiere era repubblicana come noi e, come noi, adesso sta zitta per paura di perdere non certo quel poco che ci resta, ma la vita; non abbiamo più nient'altro da perdere adesso.»

«Mamma, credo che Eulogio abbia ragione, non dovresti farti gli affari loro», la interruppe Fernando.

«È solo che non sopporto le ingiustizie», si difese arrabbiata Isabel.

«Sì... però, se per lei non è un problema, adesso me ne andrei a casa», riuscì a dire Eulogio.

«Invece sì che è un problema. Devi ascoltare quello che ho da dirti. Molti di coloro che hanno vinto la guerra continuano ad accusare i vicini di essere dei rossi. Tua madre si è vista obbligata a vendere la vostra casa e ad accettare di vivere nella mansarda. Ma c'è di più; il peggio è stato dover accettare il ricatto di quel miserabile di Antonio Sánchez, che ha continuato a minacciarla che ti avrebbero sbattuto in carcere se lei non avesse soddisfatto i suoi desideri, cosa alla quale si è opposta con tutte le sue forze. Purtroppo, non ha potuto evitare che il negoziante, mosso dal suo affanno di vendetta, muovesse i fili delle sue amicizie per farti arrestare, come è successo un giorno. O forse te ne sei dimenticato? Non c'è madre che non sarebbe disposta a tutto pur di salvare il proprio figlio. Non solo, ascolta bene quello che sto per dirti, Eulogio: se per tirare fuori mio marito dal carcere mi chiedessero di andare a letto con Franco in persona, io lo farei.»

«Mamma!» gridò Fernando, scandalizzato dall'affermazione di Isabel.

«Signora... che cosa sta dicendo?» esclamò Eulogio a disagio.

«Sto dicendo le cose come stanno», rispose Isabel senza esitare.

«La dignità vale più della vita, non vale la pena vivere una vita senza dignità», affermò Eulogio alterato.

«Sai una cosa, Eulogio? Tua madre, io, tante altre donne, non siamo che questo: semplicemente donne, esseri umani; ma forse il nostro eroismo, oggi, consiste nel rimanere in vita, anche se per farlo dobbiamo pagare un prezzo altissimo, quello che tu hai chiamato "la nostra dignità". Sì, è stato eroico il leggendario Guzmán el Bueno, che pur di non cedere a un ricatto disonorevole ha scagliato il coltello con il quale i nemici avrebbero ucciso suo figlio davanti a lui. Tuttavia nessuna madre potrebbe mai porgere un coltello per essere usato contro il proprio figlio. Io non lo farei, Eulogio. Preferisco bruciare tra le fiamme dell'Inferno piuttosto che lasciare che succeda qualcosa a Fernando. Non mi sono mai trovata in questa situazione, ma a tua madre è successo, e ha fatto quello che doveva fare. Voi uomini date troppa importanza a certe cose perché siete convinti che i corpi delle donne siano di vostra proprietà.»

«Santo cielo, mamma, basta così!» la supplicò Fernando, esterrefatto dalle sue parole.

Ma Isabel non gli diede ascolto. Stava guardando Eulogio dritto negli occhi, impedendogli di abbassare lo sguardo. «La dignità di tua madre non sta tra le sue gambe, ma nel comportamento onesto di una vita intera; sta nell'amore che ha professato e continua a professare verso tuo padre, nel sacrificio che ha fatto per salvarti. È lì che sta la sua dignità. Un uomo come

Antonio Sánchez non può togliere un solo briciolo di dignità a Piedad. È lui che si dimostra indegno approfittandosi dell'amore di tua madre. Ecco cosa volevo dirti, Eulogio. E adesso, se le mie parole ti hanno fatto riflettere, va' ad abbracciare tua madre.»

Eulogio fece un cenno con la testa e se ne andò, salutando a malapena.

Fernando era arrabbiato con la madre e glielo disse non appena l'amico se ne fu andato. «Mamma, come hai potuto? Non avevi nessun diritto di parlare in quel modo a Eulogio. Lo hai messo davvero a disagio. Ne ha già abbastanza senza che ti ci metta tu con la pretesa che si senta addirittura in colpa. Puoi dire quello che vuoi, ma devi capire che qualunque figlio soffrirebbe nel sapere che sua madre... insomma... che sua madre se la intende con un tipo che non è suo padre.»

«Il padre di Eulogio è morto, perciò, se anche non fosse vittima di un ricatto, Piedad non deve fedeltà a nessuno e della sua vita può fare quello che vuole, persino decidere di avere una relazione con una persona spregevole come Antonio Sánchez.»

«Ci sono altri modi per tirare avanti», protestò Fernando.

«Sì, infatti lei si sta giocando la vista facendo la cucitrice nel laboratorio. Se il problema fosse stato solo mettere qualcosa sotto i denti, Piedad non avrebbe mai accettato di avere a che fare con Antonio; ma lui l'ha minacciata di far arrestare nuovamente Eulogio.»

«È un fascista miserabile!»

«Sì, Fernando, questo è risaputo, e proprio per questo è capacissimo di dare seguito alla sua minaccia. A Piedad la guerra ha già tolto il marito e, come se non bastasse, le ha lasciato un figlio invalido; non si può pretendere che se ne stia con le mani in mano mentre lo rinchiudono in carcere. Tuo padre è in carcere, Fernando, magari potesse uscire... Non abbiamo più niente, abbiamo dovuto vendere persino le testiere dei letti per pagare l'avvocato, eppure ti assicuro, figlio mio, che se qualcuno mi garantisse di potermi restituire mio marito in cambio del mio corpo, accetterei lo scambio senza fiatare.»

«Mamma, non ti riconosco... stai dicendo delle cose...»

«Cosa vuoi saperne tu, Fernando...»

Quando Eulogio entrò della mansarda, sua madre era seduta con lo sguardo perso. Rimase fermo davanti a lei, in preda a una lotta interiore. Le voleva bene, ma allo stesso tempo la odiava. Era commosso dal suo dolore, ma disprezzava il suo comportamento. Avrebbe preferito che non avesse ceduto alle pretese di don Antonio, anche se questo avrebbe significato finire in carcere. Sentì che sua madre aveva acquisito un'altra dimensione, non era più la donna perfetta che lui tanto amava e ammirava. Quella che aveva davanti era una donna che si era arresa. «Domani mi metterò a cercare lavoro, perciò non ti salti in mente di andare a supplicare quel miserabile di don

Antonio», le disse con la voce indurita dal rancore. «Se vuole mettermi in carcere, che lo faccia. Ne avrebbe tutte le ragioni, sono un rosso e odio i fascisti esattamente come loro odiano noi.»

«Farò come dici tu, Eulogio, io... Mi dispiace... ti chiedo scusa... Ho pensato fosse l'unica soluzione perché non ti facessero niente... Ti assicuro che mi sono opposta finché ho potuto, ma lui... lo sai com'è fatto...»

«Sì, lo so come è fatto, immagino che oltre a cercare di mandarmi in galera farà l'impossibile anche per sbatterci fuori da questa topaia.»

«No... non può farlo... questa mansarda è nostra.»

«Sì. Anche l'appartamento era nostro e lui se n'è impossessato a saldo del debito che abbiamo accumulato nel suo negozio. Ci ha costretto a vendere per saldare il debito e con quel poco che ci ha dato abbiamo comprato questa mansarda.»

«È uno svergognato.»

«Giurami che, qualunque cosa succeda, non ti abbasserai mai più, né davanti a lui né davanti a nessun altro. Giuramelo, sennò me ne andrò e non mi rivedrai mai più.»

«Figlio mio, non parlare così! Sei tutta la mia vita... io... io non potrei vivere se non sapessi più niente di te...»

«Giuramelo, mamma.»

«Lo giuro... giuro quello che vuoi, Eulogio.»

«Ti sei comportata come se io fossi un bambino... mi hai protetto senza dirmi da che cosa avevi bisogno di proteggermi... non mi hai permesso di decidere su una cosa che non riguardava solo te.»

«Mi dispiace, Eulogio, mi dispiace molto... per favore, perdonami!»

Piedad si alzò dalla sedia e si avvicinò a suo figlio per prendergli una mano. Eulogio non la allontanò ma neppure la abbracciò, come lei sperava, per ricevere il suo perdono. Sua madre trattenne un singhiozzo. Per qualche secondo rimasero in silenzio.

«Vado a dipingere un po'», le disse, allontanandosi con tranquillità.

Lei annuì.

Catalina chiuse la valigia. Era mezzogiorno e don Ernesto aveva deciso che era ora di portarla a casa della zia. Era ormai di quattro mesi e si sentiva sollevata all'idea di lasciare casa sua. Lo sguardo recriminatorio di suo padre le era insopportabile. Dal giorno in cui lui l'aveva picchiata, si parlavano a malapena.

Sapeva che sua madre soffriva per quella situazione, le aveva chiesto di essere comprensiva nei confronti di suo padre, ma Catalina si rifiutava. Era già abbastanza faticoso mettere freno all'odio che certe volte sentiva verso di lui. Pensò che quella casa le sarebbe mancata, soprattutto la compagnia di sua madre; aveva così tanto bisogno di lei!

Sua zia Petra le aveva preparato una stanza ed era felice di avere la nipote in giro per casa, nonostante le circostanze. Sarebbe rimasta a casa sua sino a che non avesse partorito, sino alla consegna della creatura. Per Catalina non sarebbe stato facile, ma era la soluzione migliore. Sua nipote non era la prima né sarebbe stata l'ultima ragazzina sbadata che fa uno scivolone; la cosa importante era evitare le conseguenze. I brefotrofi esistevano proprio per questo; meglio ancora, sua sorella Asunción le aveva spiegato che Juan Segovia, il medico di famiglia, avrebbe cercato una famiglia perbene che si sarebbe fatta carico del bambino, così avrebbero evitato l'obbrobrio di dover mettere la creatura nella ruota degli esposti. Era disposta a farlo in prima persona, dato l'immenso affetto che provava per suo nipote.

«Hai messo tutto quello di cui hai bisogno?» chiese donna Asunción alla figlia.

«Sì, mamma, ho tutto.»

«Pensaci bene, quando si viaggia si dimentica sempre qualcosa», insistette la madre.

«Ma io non sto andando in viaggio, e se dimentico qualcosa te la chiederò, visto che hai promesso di venire a trovarmi tutti i giorni a casa della zia Petra.»

«Sì, figlia mia, sì, lo farò. Mi dispiace così tanto che tu te ne debba andare...»

«Non preoccuparti», rispose Catalina, abbracciando forte la madre.

«Bene, vado ad avvisare tuo padre, anche se credo che ci stia aspettando in macchina, giù in strada...»

«Mamma...»

«Sì, figlia mia?»

«Promettimi che se Marvin mi scrive mi porterai subito la lettera.»

«Certo che lo farò! Se quel ragazzo venisse e si sposasse con te, per me sarebbe la cosa più bella in assoluto. La cosa migliore per tutti.»

«Non per papà», affermò con rancore.

«Tuo padre ti ama, figlia mia, devi capirlo, per lui è stato molto difficile affrontare questa situazione... Sei la nostra unica figlia e vuole il meglio per te.»

«Come no! Dai, mamma, quello che vuole è che mi sposi con Antoñito per saldare i nostri debiti con suo padre.»

«Non parlare così! Tuo padre vuole una sola cosa, che tu stia bene.»

«Lo sai che ho ragione io.»

«Figlia mia, non giudicare tuo padre; i genitori non vanno giudicati.»

«Non darò via mio figlio, mamma.»

«Catalina, per Dio, non cominciamo! È l'unica soluzione.»

«Non lo farò, mamma; tu mi avresti abbandonata?»

«Ma è una cosa diversa! Tu sei la nostra figlia legittima.»

«E lui è il mio povero bambino, non ha fatto niente di male, perché deve soffrire per quello che ho fatto io? Non è giusto, mamma. Sono io quella che va punita, quella che deve pagare le conseguenze dei suoi atti, e se questo vuol dire restare marchiata o restare zitella, così sia.»

Donna Asunción abbracciò la figlia. Non voleva discutere con lei. Sapeva che Catalina si sarebbe opposta con tutte le sue forze ma, non appena avesse dato alla luce il bambino, glielo avrebbero portato via senza nemmeno permetterle di stringerlo tra le braccia. Questo era stato il consiglio di Juan Segovia, e lui sapeva di cosa parlava, visto che era un medico.

Fernando camminava con passo rapido. Era preoccupato per il suo amico, continuava a chiedersi come si sarebbe sentito se fosse stato al posto suo, e se fosse vero quello che aveva detto sua madre, cioè di essere disposta a fare qualunque cosa pur di tirare fuori suo marito dal carcere. E lui? A cosa era disposto lui pur di salvare suo padre? «Sarei disposto a uccidere per salvare la vita di mio padre», rispose a se stesso senza indugio, e tuttavia arrossiva al pensiero che una donna accettasse di concedere il proprio corpo per la stessa ragione, per salvare qualcuno che amava.

Aveva deciso di parlare con don Víctor per chiedergli di dare lavoro a Eulogio nella tipografia. Il suo capo era un brav'uomo; naturalmente dopo la guerra la sua attività non era più così prospera e probabilmente non poteva permettersi di pagare lo stipendio di un altro apprendista.

Mentre camminava lungo la Gran Vía pensava alle conseguenze devastanti della guerra, ancora evidenti nel volto delle persone. Era così chiaro chi aveva vinto e chi aveva perso. Non che i vincitori nuotassero nell'abbondanza, anche loro soffrivano la fame come tutti gli altri, ma nel loro sguardo c'era uno scintillio di speranza del tutto assente negli occhi degli sconfitti. Lui si trovava tra questi ultimi. Continuava a ricordare il momento in cui suo padre gli aveva chiesto di occuparsi di sua madre mentre lui era al fronte, ma più di tutte gli risuonavano queste parole: «Non uccidere, Fernando, tu non uccidere».

Un altro pensiero costante era cosa avrebbe detto loro l'avvocato quando fossero andati a incontrarlo. Avevano fatto tutto quello don Alberto aveva chiesto loro: sua madre era riuscita a ottenere che don Bernardo scrivesse una lettera nella quale si interessava del destino di suo padre. Il parroco, come era successo altre volte, l'aveva rimproverata: «Che peccato, Isabel, che tu abbia sposato un repubblicano», e sua madre come sempre aveva risposto: «Il mio Lorenzo è un brav'uomo, un marito e un padre esemplare, non ha mai fatto del male a nessuno».

Fernando aveva promesso che se la lettera del parroco fosse servita, come speravano, a far sì che a suo padre concedessero l'indulto, lui l'avrebbe ringraziato andando a messa tutte le domeniche e le feste comandate.

Camminare senza una meta fece sì che si rilassasse. Avrebbe potuto cercare uno dei suoi amici, ma non aveva voglia di parlare con nessuno, e poi gli piaceva stare da solo. Sua madre era andata in chiesa a recitare il rosario.

Nella parrocchia c'erano molte vedove e andare a pregare era un modo di cercare consolazione o forse semplicemente di far scorrere più veloci le ore interminabili di chi non si aspetta più niente. Andare in chiesa era il modo in cui le donne trovavano un momento per se stesse, anche se consisteva nel ripetere meccanicamente il «Kyrie Eleison» mentre erano immerse nei propri pensieri.

Dal canto suo, Fernando voleva che le ore scorressero più veloci.

Piedad uscì di casa sul presto. Camminava con passo veloce perché le piaceva essere puntuale. La proprietaria del laboratorio era una brava donna, una persona semplice, tutti i giorni a mezzogiorno chiedeva alle sue impiegate di recitare l'Angelus.

Prima della guerra Piedad era stata religiosa. Non era una bigotta, ma una credente senz'altro, tuttavia la guerra a poco a poco l'aveva allontanata dalla Chiesa. Non che avesse smesso di credere in Dio, semplicemente lo sentiva indifferente ai suoi problemi, e lei rispondeva con la stessa indifferenza.

D'improvviso sentì una mano che la tratteneva per la spalla. «Fermati, disgraziata!»

La voce di don Antonio la fece sobbalzare ma si voltò, pronta ad affrontarlo. «Arrivo tardi, lasciami», gli disse mentre cercava di liberarsi dalla stretta alla spalla.

«Quel maiale di tuo figlio ha dato un pugno a mio fratello Prudencio e gli ha rotto il naso. Io lo faccio fuori, è un bastardo, un figlio di puttana, un rosso di merda. Come osa mancare di rispetto alla mia famiglia! Siete dei morti di fame, tutto quello che avete lo dovete a me! Ve lo faccio vedere io chi è Antonio Sánchez!»

«Togliti! Lasciami in pace, devo andare a lavorare! Fa' quello che ti pare, il figlio di puttana sei tu, sappiamo che da te possiamo aspettarci qualunque cosa.»

«Svergognata! Come ti permetti? Sei una zoccola! Una zoccola merdosa e inutile!»

«Fa' quello che ti pare, Antonio. È finita. Da me non avrai più niente. Mi sono umiliata accettando di... Non lo farò più. Non ti voglio più vedere.»

«Devi restituirmi tutto quello che mi devi!»

«Restituirti? Io a te non devo niente!»

«Come no, credi forse di aver saldato il debito vendendo il tuo appartamento di merda? Proprio no. Ti abbiamo dato da mangiare durante tutta la guerra. Mi devi tutto!»

Piedad gli diede una spinta e si mise a correre. La gente li guardava ma non osava intervenire. Lui la seguì per qualche metro, riempiendola di insulti: «Zoccola! Donnaccia! Svergognata!»

Don Antonio era pronto a vendicarsi di lei e di Eulogio. L'avrebbe denunciato, avrebbe fatto tutto quello che era in suo potere per farlo mettere in carcere. Si sarebbe inventato un'accusa qualunque. Non aveva combattuto con i rossi? Nessun problema, un rosso resta un rosso, quella gentaglia non si pente mai. Questa volta lo avrebbe fatto mettere in carcere, ma non per fargli prendere uno spavento, bensì per insegnargli, con le buone o con le cattive, che ad Antonio Sánchez e alla sua famiglia non si può mancare di rispetto.

Non gli piaceva l'idea di dover fare a meno di quella donnaccia di Piedad, ma non c'era soluzione. Prudencio pretendeva che lui facesse qualcosa contro Eulogio ed era proprio quello che stava architettando.

Quando Piedad arrivò nel laboratorio, bevve un bicchiere d'acqua. Le mancava il fiato e il cuore le batteva così forte che avrebbe potuto contare ogni singolo battito.

Cucì con maggior determinazione delle altre volte. Aveva bisogno di scaricare la tensione accumulata. Quanto tempo sarebbe passato prima che si portassero via Eulogio? Se lo doveva aspettare, ne era certa. Don Antonio avrebbe fatto in modo di sbatterlo in carcere e questa volta lei non avrebbe potuto salvarlo.

Quando tornò a casa, nel pomeriggio, passò a salutare Isabel. Aveva bisogno di sfogarsi con la sua amica.

Isabel la ascoltò paziente, commossa da quello che le stava succedendo.

«Cosa posso fare?» le chiese Piedad dopo averle raccontato dell'incontro con Antonio Sánchez.

«È una persona cattiva, da lui ci si può aspettare solo il peggio. Quanto mi dispiace, Piedad! Non so cosa dirti... Vuoi che ci parli io con lui? Magari mi dà ascolto...»

«Non pensarci nemmeno! Tuo marito è in carcere, non vorrei che decidesse di fare del male anche a te. No, no, non pensarci nemmeno. Non servirebbe a niente.»

«Qualcuno però dovrà pur fermare quell'uomo. Dobbiamo farci venire in mente qualcosa... E se lo raccontiamo a don Bernardo?»

«Di male in peggio, don Bernardo dirà che sono una peccatrice.»

«Don Bernardo è una brava persona, Piedad. È un prete un po' intransigente, ma non credo sia capace di fare del male a nessuno.»

«Non dico che sia una cattiva persona, ma non credo che possa aiutarmi. Antonio ha molto potere nel quartiere, tutti gli devono qualcosa, e lui si preoccupa di farsi perdonare le assenze alla messa della domenica rabbonendo don Bernardo con piccoli omaggi: qualche uovo, un po' di farina, dei pomodori... E poi, la Mari quando va a in chiesa ha l'abitudine di farsi notare mentre mette dieci pesetas nella cassetta delle offerte... lo sai anche tu.»

«È vero ma, nonostante questo, don Bernardo non fa mancare i suoi rimproveri a don Antonio.»

«Anche questo è vero. Ma non voglio che il prete intervenga... non servirebbe a niente.»

«A noi è stato d'aiuto, ha scritto una lettera in favore di Lorenzo», rispose Isabel.

«È una cosa diversa... Tu sei cattolica, non hai mai smesso di andare a messa neanche durante la guerra, è il minimo che don Bernardo possa fare per voi.»

«Sì, ma Lorenzo... Be', lo sai che Lorenzo in chiesa non ci metteva piede.»

«Nemmeno io, Isabel. E don Bernardo non ha particolari riguardi nei miei confronti. Né mio marito, che Dio lo abbia in gloria, né mio figlio sono mai andati in chiesa. Sai bene che Jesús era ateo, non ne ha mai fatto mistero, e io ho smesso di andare in chiesa. Perciò, il parroco non avrebbe ragione di aiutarci, e io lo capisco.»

«Lasciami provare», insistette Isabel.

«No, ti dico di no perché non otterrai niente e invece potresti ancora aver bisogno di lui per il tuo Lorenzo. Ah! Sono così concentrata sui miei problemi che non ti ho chiesto come sta.»

«Domani andremo dall'avvocato a vedere come va con l'indulto. Quanto a Lorenzo, lo sai com'è: non si lamenta di niente, ma ogni giorno che passa è più magro, in più gli hanno rotto gli occhiali. Devo fare uno sforzo enorme per non scoppiare a piangere quando lo vedo.»

«Non sai quanto mi dispiace», riuscì a dire Piedad.

«Lo so, ma adesso torniamo al tuo problema, qualcosa bisogna pur fare. Fernando mi ha detto che avrebbe parlato con don Víctor, il padrone della tipografia. È un brav'uomo e darà sicuramente lavoro a Eulogio, se può.»

«Non ho dormito tutta la notte al pensiero che forse dovremmo andarcene», continuò Piedad, senza prestare attenzione alle proposte di Isabel.

«Andarvene? Ma dove? Mezza Francia è nelle mani dei tedeschi e nell'altra metà il governo di Pétain non sta trattando bene gli spagnoli che fuggono da qui. Non vorrai finire in un campo di lavoro.»

«Mio figlio è in pericolo, Isabel. Ho paura che Antonio lo faccia mettere dentro.»

«Dio non voglia! Dobbiamo fare qualcosa...»

Nel pomeriggio dello stesso giorno, in tipografia, Fernando parlò con don Vicente. «Eulogio è una persona di fiducia, crede che don Víctor accetterà? Le assicuro che se gli dà un lavoro non lo deluderà.»

«Non so che dirti, ma può darsi che, anche volendo, don Víctor non possa farlo. Lo sai anche tu, qui in tipografia il lavoro non è più quello di una volta. La guerra è finita ma il Paese è in rovina, nessuno ha soldi; più che vivere, stiamo sopravvivendo. Non posso chiedere a don Víctor di assumere un'altra persona. Sai che non c'è abbastanza lavoro per incrementare il personale. Non posso, Fernando, mi dispiace non poter aiutare il tuo amico, ma devi capire.»

Fernando abbassò la testa, non voleva che don Vicente vedesse la sua rabbia, la sua frustrazione. Sapeva che la tipografia non rendeva molto, ma aveva confidato nel fatto che don Vicente potesse avere pietà di Eulogio. «Con il suo permesso, vado alla macchina, ho ancora da fare», disse.

Lo stampatore annuì senza dire una parola, consapevole di aver deluso il suo apprendista.

Terminata la giornata di lavoro, Fernando si diresse verso casa con passo deciso. Voleva vedere Eulogio per dirgli che non era riuscito a trovargli un lavoro; prima però passò da casa per non far preoccupare la madre. La trovò intenta a cucire una delle sue camicie approfittando degli ultimi raggi di luce. «Ciao, mamma, salgo nella mansarda per parlare con Eulogio ma torno subito.»

«Aspetta, figlio mio… Questo pomeriggio ho parlato con Piedad. Don Antonio stamattina l'ha intercettata per strada mentre andava a pulire il laboratorio. Ha messo su un bel teatrino, l'ha anche minacciata. Piedad ha paura che don Antonio faccia arrestare Eulogio. Non so cosa fare per aiutarli. Le ho detto che forse don Bernardo potrebbe darle una mano, ma si è rifiutata di prenderlo in considerazione, dice che non lo farebbe perché Eulogio è ateo.»

«Anche io sono ateo!» rispose Fernando contrariato.

«Dio Santissimo, ma cosa dici! Tu non sei ateo, tu sei stato battezzato, hai fatto la prima comunione e anche la cresima. Perciò smettila di dire le cose che non sono.»

«Mamma, il fatto che tu sia credente non significa che anch'io lo sia. Mi dispiace, ma Dio non l'ho trovato da nessuna parte. Cosa fa Dio per mio padre? Se è onnipotente, se è di infinità bontà, perché permette che un uomo buono come mio padre resti in carcere?»

«Figlio mio, non si possono chiedere spiegazioni a Dio. Non è stato Dio a metterlo in carcere.»

«Però lo ha permesso. Lasciamo in pace Dio, mamma.»

Isabel annuì rassegnata. Era una fervente cattolica e niente poteva incrinare la sua fede benché avesse reclamato l'aiuto di Dio e sino a quel momento avesse ottenuto il silenzio come unica risposta.

«Qualcuno deve fermare don Antonio», borbottò Fernando.

«Noi non abbiamo alcun potere su di lui. Dovrebbe provarci qualcuno verso il quale lui nutre rispetto. Ma quell'uomo non rispetta nessuno», affermò Isabel.

Alla fine, Fernando decise di non andare a casa di Eulogio; dopo le minacce di don Antonio non voleva aggiungere altre cattive notizie. «Non ho voglia di cenare, mi farò un giro qua intorno.»

«Dove vai a quest'ora? Dai, Fernando, resta qui con me…»

«Non starò via tanto, ma ho bisogno di stare un po' da solo, a pensare.»

Senza sapere perché, s'incamminò verso casa di donna Petra, che viveva di fronte al Retiro. Catalina si era trasferita a casa sua da qualche giorno e gli mancava già. Sapeva che non poteva presentarsi in casa, men che meno a quell'ora, ma così si sentiva più vicino a lei.

Quello che non si sarebbe mai aspettato era di imbattersi in tutte e tre.

«Fernando! Fernando! Che bello, cosa ci fai da queste parti?»

La ragazza aveva lasciato il braccio della mamma e gli era corsa incontro davanti allo sguardo meravigliato della zia.

«Dai... non mi sarei mai aspettato di vederti», disse Fernando con sincerità.

«Be', se vieni sino qui non è certo strano che ci incontriamo. Ho dovuto insistere molto per poter uscire, ma è tardi, la sera è difficile incontrare conoscenti, e invece guarda caso sei apparso tu. Ti ho dato l'indirizzo di mia zia. Vedi, zietta, che Fernando è venuto a trovarmi?»

«No... in realtà... Be', avevo voglia di vederti... ma non mi aspettavo che succedesse oggi, te lo giuro.»

«Buonasera, giovanotto», disse Petra squadrandolo dall'alto in basso.

«Donna Petra, donna Asunción... spero di non avervi infastidito, naturalmente non era nelle mie intenzioni... Vi assicuro che non mi aspettavo di incontrarvi.»

«Siamo uscite a prendere un po' di fresco, è evidente che dovremo evitare di farlo...» rispose donna Petra. «Vedi, Catalina, che si rischia sempre di incontrare qualcuno? Meno male che stavolta si tratta di Fernando.»

«Capisco... è stata una giornata afosa, si sa che a Madrid in questo periodo fa sempre caldissimo», commentò Fernando imbarazzato.

«Perché non sali un po' su da noi? Vero che non è un problema, zia? Poi puoi incamminarti con mia madre verso casa, così non ci va da sola, che ne dici?» propose Catalina.

«No... non ce n'è bisogno... io vado via subito... tuo padre mi starà aspettando, forse si è fatto un po' tardi...» si scusò donna Asunción, a disagio.

«Mamma, ma se c'è ancora luce! Hai detto che mio padre ha una riunione importante e finirà tardi, dai, stai con me un altro po'.» Catalina abbracciò e baciò sua madre per convincerla.

«Ecco...» Donna Asunción non sapeva cosa fare.

«La cosa migliore è tornare a casa perché tu, bambina mia, devi riposare. Ormai sono quasi le nove, ma a quest'ora tua mamma non dovrebbe andare in giro da sola», argomentò donna Petra.

«Ma la accompagnerà Fernando. Può salire almeno a bere un bicchiere d'acqua», lo invitò Catalina.

Le due sorelle si arresero davanti all'insistenza della ragazza. Tanto valeva offrire un bicchiere d'acqua a Fernando e poi congedarlo piuttosto che continuare a stare lì, per strada, dove poteva vederle chiunque, dove poteva sempre passare qualche conoscente.

Catalina accompagnò Fernando nella sala e portò subito un vassoio con una bottiglia d'acqua e quattro bicchieri. «Hai un pessimo aspetto, ti è successo qualcosa?» gli chiese preoccupata.

«No... no...»

«Ci sono novità da parte dell'avvocato?»

«Non preoccuparti...»

«E invece sì che mi preoccupo! Dimmi che succede, per Dio, Fernando, hai la faccia di un'anima in pena!»

«Piccola, non essere irriverente», la rimproverò la zia Petra.

«Perché non ci lasciate soli per un po', così possiamo parlare?» chiese loro Catalina, eludendo l'espressione di rimprovero di sua madre e di sua zia.

«Datti una regolata, Catalina!» la rimproverò sua madre.

«Cosa c'è di male se parlo un po' con Fernando?» insistette lei.

«Non mi sembra molto opportuno, viste le circostanze», la interruppe la zia.

«Quali circostanze? Fernando è il mio migliore amico e sa che sono incinta, anzi, mi sta aiutando a trovare Marvin. Non ho segreti per lui.»

«D'accordo, solo cinque minuti. Fra cinque minuti me ne vado. Fernando verrà via con me», acconsentì donna Asunción, guardando sua figlia con severità.

Rimasti soli, Catalina prese la mano di Fernando e la strinse a sé in un gesto pieno di complicità e affetto. «Che ti succede? E non rispondermi che non succede niente perché ti conosco, so che qualcosa ti tormenta il cuore», disse mentre poggiava la mano sul petto di Fernando, provocandogli un brivido.

Lui non si oppose e le raccontò quello che era successo a Eulogio, del pugno dato a Prudencio, delle minacce di don Antonio a Piedad, della paura che in qualunque momento si portassero via il suo amico. «Mia madre dice che qualcuno dovrebbe parlare con don Antonio, qualcuno verso il quale lui nutre rispetto, una persona che abbia una certa autorità. Ma chi?» si lamentò Fernando.

Catalina rimase in silenzio, con lo sguardo perso. Fernando la osservò e sentì che ogni giorno l'amava più di quello precedente.

«Lo chiederò a mia madre», disse all'improvviso Catalina.

«Cosa? Che cosa? Non ti capisco», rispose Fernando, uscendo dal suo isolamento.

«Verso mia madre nutre rispetto. Mia madre è una signora come Dio comanda. Se lei va da don Antonio e gli dice di aver saputo della sua storia con Piedad, minacciandola che se fa qualcosa contro di lei o contro Eulogio ci saranno delle conseguenze...»

«Tu sei matta; e poi, che conseguenze vuoi che abbia per lui il fatto che la gente possa venirlo a sapere? Adora fare la figura del maschio.»

«Non credo che sua moglie lo troverebbe divertente, e i suoi figli nemmeno. Antoñito è devoto a un'unica persona, sua madre, non perdonerebbe mai suo padre se lui le mancasse di rispetto, mettendola in ridicolo davanti a tutto il quartiere. Una cosa è che la gente mormori, altra cosa che si scoprano i giochi.»

«Sei una piccola testa di rapa. Tua madre non può piazzarsi davanti a don Antonio e rimproverarlo per quello che ha fatto con Piedad. Sinceramente, non credo possa servire, in ogni caso non credo che tua madre accetterebbe di fare una cosa del genere. Conosce Piedad solo di vista.»

«La convincerò io», affermò con sicurezza.

«Dai, Catalina, non dire sciocchezze!»

«Adesso ti faccio vedere io. Mamma! Mamma!»

Asunción e Petra accorsero alla chiamata di Catalina. Sul loro volto era dipinta la preoccupazione.

«Mamma, vero che tu la pensi proprio come me su don Antonio?» proruppe Catalina.

«Figlia mia, cosa c'entra?»

«Non ho nessuna intenzione di sposare Antoñito se non mi fai un favore.»

«Catalina, per Dio!» esclamò sua madre con disperazione.

«Questa bambina...!» protestò sua zia.

«Don Antonio è un maiale, lo sapete entrambe. Sta ricattando una donna. Lo fa da molto tempo. Abusa di lei. Sapete già a chi mi sto riferendo.»

«Ma cosa stai dicendo!» protestò donna Petra.

«Sto dicendo che don Antonio da tempo abusa di Piedad. Ha fatto fermare Eulogio e poi l'ha ricattata. Se lei non avesse fatto quello che voleva lui, suo figlio sarebbe finito dritto in carcere. Piedad ha dovuto cedere per salvare suo figlio e don Antonio continua ad approfittarsi di lei tutte le volte che vuole. Eulogio da poco ha avuto un battibecco con Prudencio, il fratello di don Antonio, che è assistente di un colonnello, e il negoziante ha minacciato Piedad.»

«Smettila, Catalina! Basta con queste storie, non ci riguardano in nessun modo», affermò perentoria donna Asunción, guardando scandalizzata sua figlia.

«A me riguardano, mamma. Io non sopporto le ingiustizie e non mi sentirei in pace con me stessa se sapessi che Eulogio è stato arrestato. Tutti sappiamo come si stanno comportando i vincitori.»

«Catalina!» strillò la zia. «Come osi criticare Franco! Tuo zio è morto per difendere la pace e l'ordine. Noi siamo una famiglia perbene.»

«Solo noi siamo persone perbene? Perché mai? Perché abbiamo vinto la guerra? Allora tutti quelli che l'hanno persa sono cattivi? Marvin è contrario a Franco!»

Asunción e Petra guardarono spaventate Catalina. Proprio non riuscivano a capirla. Sapevano che era una ribelle, lo era sempre stata, ma per Petra mettere in dubbio che la cosa migliore per la Spagna fosse che Franco avesse vinto la guerra era davvero troppo. «Fernando, che idee le stai mettendo in testa? Questa cosa di raccontarle certe storie... insomma, storie che non ci riguardano e alle quali non dovremmo prestare orecchio», lo rimproverò donna Petra.

«Mi dispiace, donna Petra, non era mia intenzione causarle un dispiacere... Mi dispiace di essermi aperto con Catalina su un argomento che mi preoccupa, visto che Eulogio è un mio amico. Come lei ben sa, viviamo nello stesso palazzo e lo conosco sin da quando ero bambino», si scusò Fernando.

«Questo non giustifica il fatto che tu venga qui a parlare dei problemi privati dei tuoi vicini, soprattutto considerato che Catalina è... è nello stato in cui è», insistette Petra.

«Sono incinta, ma non per questo smetterò di preoccuparmi per le persone cui voglio bene. E quello che può succedere a Eulogio mi riguarda eccome, ti ricordo che lui e Marvin sono buoni amici. In realtà, Eulogio è il miglior amico che Marvin abbia in Spagna. Si sono conosciuti sul fronte, dove sono stati feriti entrambi, e quando Marvin è tornato a Madrid, dopo la guerra, ha vissuto con Eulogio e sua madre.»

«Senti, Catalina, ti stai mettendo in una situazione difficile», la interruppe donna Asunción, sempre più infastidita dall'atteggiamento della figlia.

«Mamma, voglio che tu faccia qualcosa. Tu che stai sempre a pregare Dio perché ci benedica tutti con la sua bontà potresti dargli una mano facendo qualcosa per Eulogio.»

«Non essere blasfema!» la rimproverò Petra, spaventata dalla sfacciataggine della nipote.

«Blasfema? Che Dio me ne scampi, sono una brava cristiana, non potrei mai bestemmiare. Però, zia, converrai con me sul fatto che non possiamo incaricare il Signore di risolvere i nostri problemi quando possiamo risolverceli da noi o dare una mano a risolvere quelli degli altri.»

Catalina aveva lasciato senza parole sua madre e sua sorella, che la guardavano scandalizzate. Fernando, dal canto suo, sentì di amarla ancora di più per il suo coraggio. «Mi dispiace aver causato questa discussione. È meglio che me ne vada. Tornerò in un'altra occasione.»

Petra fu sul punto di dirgli che non era gradito, ma la nipote glielo impedì. «Non andartene, Fernando, perché se mia madre si rifiuta di parlare con don Antonio lo farò io.»

«Non uscirai da questa casa!» gridò la zia.

«Pensi forse di legarmi? Zia, non voglio crearti problemi, ma ti assicuro che non ti permetterò di rinchiudermi qua dentro», rispose perentoria.

«Che dispiacere, Dio mio! E tutto per colpa di quella donna, che avrebbe fatto meglio a opporsi a don Antonio invece di perdere la dignità», si lamentò donna Asunción.

«Hai una cattiva opinione di Piedad perché per salvare suo figlio è stata capace di... Be', di quello? Allora, mamma, devi avere una pessima opinione anche di me, che ho permesso a Marvin... Be', che sono rimasta incinta.»

«Dio Santo, questa ragazzina è impossibile! Io non so se riuscirò a farmi carico di lei», protestò la zia.

Asunción guardò la sorella terrorizzata. Se Petra non avesse dato rifugio a Catalina, molto probabilmente suo marito avrebbe insistito perché qualche donna la facesse abortire. «Cos'è che vuoi, Catalina?» chiese a sua figlia con il labbro tremante.

«Voglio che tu vada da don Antonio e gli dica quello che sai, che vuole fare del male a Piedad e a Eulogio, e che se osa fare una canagliata del genere ti preoccuperai di far sapere tutto a sua moglie; non solo, digli anche che lo racconterai a don Bernardo, e non sotto il segreto confessionale.»

«Come posso fare una cosa del genere? Assolutamente no!»

«D'accordo, lo farò io. Per me non è un problema affrontare il negoziante. Non ho nessun rispetto nei suoi confronti. Mi fa schifo quanto suo figlio.»

«Ti rendi conto del problema che ci hai creato, Fernando?» lo rimproverò donna Asunción.

«Non sa quanto mi dispiaccia, le giuro che non era nelle mie intenzioni...»

«Può anche darsi, però guarda cosa hai scatenato», commentò donna Petra.

«Mamma, dimmi cosa intendi fare. Io sono disposta ad andare avanti, e ti dirò di più: papà potrà anche darmele di nuovo, ma io dirò ad Antoñito che non mi sposerò con lui perché aspetto un figlio da Marvin.»

Donna Asunción impallidì, poi arrossì, infine fu sul punto di scoppiare a piangere. Da quando Catalina era rimasta incinta era diventata intrattabile. Non era più la bambina con la risposta pronta ma malleabile; il fatto di diventare madre sembrava averle dato una sicurezza nuova.

Donna Petra, dal canto suo, era confusa, non sapeva cos'altro aggiungere e ancora meno cosa fare.

«Catalina, non puoi chiedere a tua madre di parlare con don Antonio. Non servirebbe a niente e metteresti la tua famiglia in una situazione delicata. Ti ho raccontato la vicenda di Eulogio perché avevo bisogno di sfogarmi con qualcuno, ma tua madre e tua zia hanno ragione, non è una cosa che vi riguarda. Ci faremo venire in mente qualcos'altro», disse Fernando con tutta la convinzione di cui era capace.

«Don Antonio è una cattiva persona, lo si può trattare in un solo modo, lo stesso in cui lui tratta gli altri. O lo si minaccia o è capace di qualunque cosa», affermò Catalina, che ormai non era più disposta a fare marcia indietro.

Donna Asunción bevve un sorso d'acqua e si allungò la gonna come se volesse coprirsi ulteriormente le ginocchia, già abbastanza coperte. «Parlerò con don Antonio. Lo farò. E sai perché? Perché non avrei mai creduto che mia figlia potesse arrivare a ricattarmi. Sai bene come reagirebbe tuo padre se tu osassi affrontare don Antonio e, peggio ancora, se dicessi ad Antoñito che... che sei incinta. Saremmo rovinati, figlia mia, e tu non potresti più avere un futuro.»

«Io non ti sto ricattando, mamma», rispose Catalina, spaventata.

«Sì, è quello che hai fatto. Mi stai obbligando a occuparmi di una faccenda che non ci riguarda in nessun modo, a intervenire a favore di Piedad e di suo figlio, che conosciamo solo perché viviamo nello stesso quartiere, ma con i quali non abbiamo nessun rapporto. Pretendi che io affronti un uomo come Antonio Sánchez, che non è certo un cavaliere ed è del tutto privo di educazione, chi lo sa come potrà reagire. Se va a lamentarsi con tuo padre, non voglio nemmeno pensare a quello che potrebbe succedere. Ma preferisco prendermi questa responsabilità piuttosto che lasciarti fare qualche sciocchezza delle tue, perché in quel caso non so di cosa potrebbe essere capace tuo padre.»

Catalina abbracciò la madre, ma donna Asunción non ricambiò l'abbraccio. Si sentiva priva di forze, delusa. Era già abbastanza impegnativo impedire che qualcuno scoprisse lo stato di sua figlia, fare in modo che la gravidanza arrivasse al termine e infine trovare una famiglia che si occupasse del bambino.

«Asunción, non dovresti farlo», osò suggerire donna Petra, sconcertata.

«Conosco mia figlia e so che sarebbe capace di affrontare don Antonio. Adesso me ne vado, Ernesto ormai sarà arrivato a casa e comincerà a irritarsi per il mio ritardo. E tu, Fernando, accompagnami.»

Fernando camminò accanto a donna Asunción in silenzio. Lei non gli rivolse più alcun rimprovero e lui non osò scusarsi per l'ennesima volta. Arrivati alla casa dei Vilamar, si congedò con un cenno della testa e corse verso casa.

Isabel era arrabbiata. Lo aspettava da ore. Non capiva perché suo figlio non condividesse con lei tutte le sue angosce e preferisse andare a parlare con gli amici o fare due passi da solo, chiudendosi in se stesso.

Grazie a suo marito, Asunción sapeva che don Antonio andava in magazzino la mattina presto. Perciò, calcolò che avrebbe potuto incrociarlo nel momento in cui usciva di casa, intorno alle sette. Aveva l'emicrania e il mal di stomaco, dovuti alla paura di dover affrontare il negoziante. Era un villano, sarebbe stato capace di gridare, di dire qualunque sproposito. Ernesto non glielo avrebbe mai perdonato. Per giunta, stava per fare qualcosa che non era da lei. Ma per sua figlia era disposta a tutto. Catalina era quanto di meglio la vita le avesse dato.

«Dove vai così presto?» le chiese Ernesto quando la vide prepararsi per uscire.

«Alla messa delle sette. Oggi ho molto da fare e ho deciso di andare prima in chiesa.»

«E cos'hai da fare per dover andare a messa a quest'ora?»

«Oltre a dovermi occupare della casa e del pranzo, devo dare una mano nel guardaroba della parrocchia. Nel quartiere ci sono molti bisognosi e don Bernardo ha chiesto di regalare alla chiesa tutti gli indumenti che non vengono usati. Dobbiamo capire in che modo possiamo contribuire anche noi. Questo pomeriggio voglio tornare a casa di Petra per aiutare Catalina a sistemare i vestiti che si è portata via e che ormai le stanno stretti.»

«Va bene, va bene, fa' quello che devi. Io rimango qui.»

«Non preoccuparti, non appena uscirò dalla messa verrò dritta a casa.»

«Cerca di non fare tardi.»

Uscì dal portone con passo incerto, temendo che qualcuno potesse vederla girovagare davanti alla casa di don Antonio, ma la fortuna o Dio stavano dalla sua parte e, arrivata all'angolo, se lo trovò davanti.

«Buongiorno, donna Asunción, è uscita di buon mattino.»

«Sto andando alla messa delle sette», rispose lei, cercando le forze per dirgli quello che mentalmente aveva ripassato per tutta la notte.

«Che Dio l'accompagni.»

«Don Antonio, visto che ci siamo incontrati ho qualcosa da dirle...»

«Sì, mi dica.»

«Per noi cristiani, la fedeltà, gli impegni che ci prendiamo con il matrimonio sono sacri. Chi non li rispetta dà un cattivo esempio ai propri figli.»

Don Antonio la guardò irritato: che cosa stava cercando di dirgli quella devota? Sapeva che era una bigotta, ma per quale santa ragione lo stava sottoponendo a quella predica? «Non capisco cosa mi vuole dire, signora...»

«È molto semplice. Con mio grande dispiacere, sono venuta a conoscenza delle voci che circolano nel quartiere e riguardano lei e donna Piedad. Insomma... ha capito a cosa mi sto riferendo... Io non voglio prestare orecchio a queste voci, ma come ben capirà sono preoccupata... Alla fine dei conti, mia figlia e suo figlio... Non l'ho ancora detto a mio marito, prima voglio chiedere un consiglio a don Bernardo.»

«Non dovrebbe proprio ascoltarla la gente del quartiere. È pieno di invidiosi», rispose il negoziante con tono acre.

«Si dice persino che lei sia arrivato a ricattare donna Piedad minacciandola di denunciare Eulogio, e che uno di questi giorni andranno a prenderlo per metterlo in prigione. Che Dio non voglia! Abbiamo già sofferto abbastanza con la guerra. Mi dica che niente di tutto questo è vero... Non riesco più a dormire da quando me l'hanno detto.»

«Signora! Si occupi degli affari suoi e lasci perdere i pettegolezzi su cose che non devono importare né a lei né a nessuno. Ci mancherebbe altro!» rispose il negoziante alzando la voce.

«La famiglia in cui entrerà mia figlia mi importa eccome, se è una famiglia cristiana e perbene dove tutti rispettano le leggi del Signore. È per questo che voglio parlare con don Bernardo di tutto quello che le ho detto, perché bisogna che mi consigli cosa fare, perché quando si sta zitti davanti ai peccati degli altri in qualche modo si diventa complici, non crede? E io non voglio essere complice dei suoi peccati. Lei deve rispetto alla sua signora moglie e ai suoi figli. Posso solo immaginare il loro dispiacere se venissero a sapere che lei non onora come dovrebbe la loro madre. Devo forse rivelare a sua moglie, la signora Maria, quello che ormai è sulla bocca di tutti? O devo tacere per pietà? Non so cosa fare… Quanto a quel ragazzo, Eulogio, è da cristiani fare del male a un povero invalido che non rappresenta un pericolo per nessuno? Don Antonio, non le sarà difficile capire la mia confusione…»

«Ma cosa sta dicendo! Mi sta minacciando?» gridò il negoziante.

«Io!? Dio sia benedetto, niente è più lontano dalle mie intenzioni! Ho solo osato parlarne con lei prima di farlo con don Bernardo. È che quando mi hanno detto che denuncerà il povero Eulogio e che ha minacciato donna Piedad… Ecco, cerchi di capire, io ho bisogno del consiglio di don Bernardo, e magari anche lei potrebbe rivolgersi al nostro parroco per avere un consiglio prima di commettere qualcosa di irrimediabile.»

«Questa sì che è buona! E io dovrei tollerare i suoi ricatti, signora! Siete dei morti di fame, dovete a me tutto quello che vi mettete in bocca!»

«E le siamo davvero grati, Antonio, per la sua generosità. Sono contenta di averla incontrata e le chiedo scusa se mi sono sbagliata. Niente mi renderebbe più felice di sapere che a Eulogio e Piedad non verrà fatto del male.»

«Ma certo che no, per chi mi ha preso? Signora, sappia che io sono un bravo cristiano, l'unica cosa che ho fatto è stata aiutare quella povera famiglia; non dimentichi che non sono esattamente un esempio, il marito di Piedad è morto nella battaglia dell'Ebro combattendo contro Franco. E suo figlio ha fatto appena in tempo a combattere perché è stato ferito durante i primi mesi di guerra. Io li ho aiutati a sopravvivere, li ho aiutati a vendere la loro casa e ho offerto loro un rifugio nella mansarda, ho dato lavoro a Eulogio, anzi, mi preme farle sapere che è un ingrato.»

«Che peso mi sta togliendo di dosso, don Antonio! Allora, Eulogio e donna Piedad non devono temere niente da lei?»

Il negoziante si schiarì la voce, a disagio. Stava giusto andando a incontrare degli amici che quella mattina avrebbero dovuto fermare Eulogio. *Maledetta donna!* si disse. «Non sono solito perseguitare donne e invalidi. La mia Mari mi basta e mi avanza. Che Dio l'accompagni, donna Asunción, ed eviti di occuparsi di faccende che non la riguardano. Spero che tenga a freno la lingua invece di andare a riferire pettegolezzi a don Bernardo.»

«Ora che so che donna Piedad ed Eulogio non hanno niente da temere da lei, e che lei è un marito e un padre devoto, cos'altro potrei desiderare? Adesso le chiedo scusa, o faccio tardi a messa.»

Don Antonio rimase immobile mentre la guardava allontanarsi. *È un'arpia*, si disse, temendo che Catalina potesse aver preso da sua madre e potesse rendere la vita impossibile al suo Antoñito.

Per un istante pensò di fare quanto aveva previsto, vendicarsi di Eulogio e di Piedad; in caso contrario suo fratello Prudencio sarebbe andato su tutte le furie. Se lo avesse fatto, però, donna Asunción avrebbe parlato con don Bernardo e quest'ultimo avrebbe armato uno scandalo di cui sarebbe venuto a conoscenza tutto il quartiere. Quel sacerdote era fatto a modo suo; sembrava disinteressarsi del fatto che lui si dedicasse al contrabbando, ma sulle questioni morali era molto severo. Era un prete, non un uomo, cosa poteva saperne dei bisogni degli uomini? Era certo che lo avrebbe condannato per essersi scopato Piedad. E anche con lei ci sarebbe andato giù pesante. Ma a Piedad sarebbe importato ben poco: le cose di Dio per lei non avevano nessuna importanza.

Quanto alla sua Mari, non glielo avrebbe mai perdonato, sarebbe stata capace di lasciarlo e di tornarsene a casa della madre. Suo figlio Antoñito gli voleva bene, ma era attaccatissimo alla madre e si sarebbe schierato dalla sua parte.

Maledisse più volte donna Asunción mentre s'incamminava verso il Quartier generale dell'esercito, dove si trovava Prudencio.

Suo fratello si stupì di vederlo. Non gli piaceva che si presentasse sul posto di lavoro. Il suo colonnello era un uomo molto suscettibile. «Cosa ci fai qui? Sai che non puoi venire», lo rimproverò.

«Non posso denunciare Eulogio.»

«Come no? Certo che puoi. Senti, non avrai cambiato idea perché sei finito di nuovo fra le sottane di Piedad? Quella tipa è una gran zoccola, ti tiene per le palle, ma stavolta metti da parte le tue voglie e chiudi con quei due.»

«Non posso, cazzo! Donna Asunción mi ha minacciato di raccontare tutto a don Bernardo e alla Mari.»

«Donna Asunción? Ma cosa può saperne lei?»

«Senti, l'ho incontrata mentre andava a messa e mi ha detto che ha sentito dei pettegolezzi: nel quartiere si dice che sto per denunciare Eulogio e che mi faccio Piedad, e donna Asunción dice che, da buona cristiana, si vede obbligata a parlarne con don Bernardo perché la preoccupa il fatto che Catalina possa entrare a far parte di una famiglia dove non si rispettano a menadito le leggi della Chiesa e di Dio. Quella bigotta è una arpia.»

«Be', parla con quel damerino di suo marito e falla richiamare all'ordine, che la smetta di immischiarsi in faccende da uomini.»

«Ma va! Suo marito è un bigotto pure lui, non riuscirebbe a impedire alla moglie di raccontare tutto a don Bernardo. Lo sai anche tu, queste bigotte si sentono in dovere prima di tutto verso i sacerdoti, a loro spifferano tutto. No, Prudencio, né tu né io possiamo organizzare l'arresto di Eulogio, donna Asunción mi rovina con la Mari e con i miei figli. Lo sai anche tu com'è mia moglie: se viene a sapere di Piedad mi cava gli occhi.»

«Be', che strano, lo sa tutto il quartiere, ma alle sue orecchie non è arrivato niente. La Mari fa la finta tonta, come tutte le donne, perché le conviene.»

«Guarda, io non so se fa la finta tonta o davvero non sa niente, ma se lo viene a sapere quello che mi aspetta è peggio di una guerra. E se donna Asunción decide che la sua bambina non può imparentarsi con una famiglia nella quale non siamo tutti dei baciapile, allora la Mari non me lo perdonerà. È lei a volere che Antoñito si sposi con quella smorfiosa di Catalina.»

«Che situazione del cazzo! Qualcosa bisogna fare con Eulogio, non riesco ad accettare che mi abbia fatto del male.»

«Non faremo nulla, almeno finché Antoñito non si sposerà con Catalina. Una soddisfazione però te la posso dare: Eulogio non tornerà a lavorare in magazzino e moriranno di fame... sempre che Piedad non cominci a battere per strada.»

«Il giorno in cui il tuo Antoñito sposerà Catalina, denunci Eulogio e lo fai mettere dentro, poi mi preoccuperò io di farlo fucilare.»

«Ma sino a quel momento, zitto!»

«Quando si sposano?»

«Non abbiamo ancora fissato la data; a quanto pare, donna Petra, la sorella di donna Asunción, non sta bene di salute, e siccome è vedova e non ha figli, Catalina è andata a occuparsi di lei; credo che vadano in campagna per un po'. E poi, bisogna rispettare le regole del fidanzamento, donna Asunción è una puntigliosa, ha detto alla Mari che deve durare almeno due anni. A quanto pare, suo marito ha acconsentito che non superi un anno, ma lo sai come sono i Vilamar, tutta apparenza.»

«Senti, Antonio, due anni sono molti, e uno pure. A Eulogio dobbiamo fargli qualcosa prima», protestò Prudencio.

«Ehi, non ti permetto di sputtanarci il matrimonio, bisogna aspettare. Quando si sposeranno ci occuperemo di Eulogio, ma sino a quel momento, bisogna resistere.»

Quando il negoziante andò via, suo fratello era infuriato. Ma Prudencio poteva protestare quanto voleva, lui non avrebbe mandato in malora la propria famiglia. La Mari era tutta impegnata a fare in modo che Antoñito avesse un matrimonio da favola e la madre di don Ernesto Vilamar era figlia di un marchese, perciò anche Catalina era una aristocratica. La Mari si vedeva già ad accompagnare suo figlio all'altare, tutta elegante. Dannate donne! Era stufo di fare credito ai Vilamar. E poi, Catalina gli sembrava una ragazzina insulsa, troppo magra, e si dava di quelle arie... Suo padre poteva anche essere un nobile, ma lei era una morta di fame.

Isabel aveva fatto un nuovo rammendo all'unica camicia di Fernando. Non appena fosse rincasato dal lavoro, sarebbero andati nello studio dell'avvocato. Aveva messo dentro una busta i soldi che aveva risparmiato su quanto guadagnava a casa di donna Hortensia.

Suo malgrado, doveva riconoscere che erano brave persone. Erano di destra, certo, ma la trattavano bene e donna Hortensia si rivolgeva a lei con rispetto, qualunque cosa le chiedesse di fare era preceduto da un «per favore».

Don Bernardo aveva detto loro che suo marito era in carcere, ma non avevano mai fatto alcun accenno a questo aspetto. Isabel non lo avrebbe sopportato. Voleva parlare di Lorenzo con chi era in grado di condividere i suoi stessi sentimenti, e questo significava che poteva confidarsi solo con altri sconfitti come lei.

Si preparò come meglio poté, raccogliendo i capelli in uno chignon e fermandoli con le forcine. Tirò fuori le uniche calze che le restavano e le indossò con attenzione, temendo che si sfilassero. Poi indossò la gonna nera e la camicetta bianca e mise sulle spalle un maglioncino leggero. Piedad continuava a preoccuparla. Temeva che in qualunque momento don Antonio potesse rendere effettive le sue minacce contro Eulogio; quella povera donna non lo avrebbe sopportato. «Se si portano via mio figlio, uccido Antonio, giuro che lo faccio», le aveva detto. Isabel ebbe un tremito; sapeva che Piedad era così disperata da essere capace di mantenere fede al suo giuramento.

Avvertì una fitta acuta nello stomaco. Lo stesso dolore che accusava tutte le volte che andavano a incontrare l'avvocato.

Finalmente Fernando tornò a casa e si diede una lavata frettolosa. Anche lui era preoccupato.

«Prima di tutto, cerca di essere paziente, non arrabbiarti con don Alberto, non agire d'istinto, quell'uomo fa quello che può», consigliò Isabel a suo figlio mentre camminavano di buon passo.

«Quello che sa fare meglio di tutto è toglierci anche i soldi che non abbiamo», protestò Fernando.

«I soldi non sono importanti, figlio mio, la cosa più importante è che ci restituiscano tuo padre.»

«Proprio di questo mi lamento: è in carcere già da due anni e l'avvocato continua a tirarla per le lunghe, ma non riesce a ottenere l'indulto. Non mi lamento dei soldi, mamma, sarei disposto a dare la mia vita se servisse a far uscire papà di prigione, ma a volte ho la sensazione che ci prendano in giro e che si approfittino della gente come noi.»

«Non parlare così! Don Bernardo dice che il nostro avvocato è un brav'uomo e che possiamo avere fiducia in lui.»

«E tu credi a tutto quello che ti dice il prete!» esclamò Fermando arrabbiato.

«Perché non dovrei credergli? Don Bernardo ci ha mai fatto del male? Ci sta aiutando in tutti i modi.»

«Papà non andava mai a messa.»

«Io invece ci sono sempre andata. Tuo padre non mi ha mai impedito di andare in chiesa. Ha sempre rispettato il fatto che io creda in Dio. La fede nemmeno la guerra me l'ha tolta, e se non credessi in Dio non so come sarei riuscita a sopportare tutto quello che abbiamo passato», rispose Isabel con dolcezza, per evitare lo scontro con il figlio.

Don Alberto si fece attendere. Quando la porta dello studio si aprì, videro uscire una coppia che aveva un'aria stravolta. La donna tratteneva a fatica le lacrime. Isabel prese la mano del figlio, in preda ai brividi.

«Avanti, signora Garzo, venite», li invitò l'avvocato.

L'uomo appariva a disagio. Fernando si domandò se dovesse attribuirlo alla visita precedente, ma ebbe un brutto presentimento.

«Oggi non è una bella giornata... Insomma, prima ve lo dico...»

«Che cosa succede?» chiese Isabel, temendo la risposta.

«Stanno smettendo di concedere indulti... Non mi chieda perché, ma la politica in merito è diventata più rigida... Questo in sé non significa niente... solo che bisognerà aspettare un po' di più... Le cose stanno così... Quanto mi sarebbe piaciuto darvi buone notizie!» si dispiacque.

«Ci sta dicendo che mio padre deve continuare a stare in carcere?» chiese Fernando con voce gelida.

«Sì... per adesso sì... bisogna aspettare... io continuerò a provarci.»

«Dio mio!» esclamò Isabel, e le lacrime inevitabilmente cominciarono a scorrerle lungo il viso.

«Mi dica esattamente come stanno le cose e che cosa dobbiamo aspettarci, sempre che ci sia qualcosa da aspettarsi. Vogliamo la verità, non può continuare a confonderci così.» Fernando aveva alzato la voce.

«Capisco come ti senti, figlio mio, ma...»

«Non sono suo figlio, sono figlio di un uomo buono che si trova in carcere.»

«Senti, Fernando, devi credermi quando dico che sto facendo il possibile. Se fosse per me, tuo padre sarebbe già un uomo libero. So che è un brav'uomo e che non rappresenta un pericolo per nessuno, ma non dipende da me. Se tu e tua madre non siete soddisfatti del mio lavoro... insomma, esistono anche altri avvocati.»

Isabel sussultò. Il tono di voce di don Alberto tradiva tutto il suo rammarico per l'atteggiamento di Fernando. Non potevano permettersi di cercare un altro avvocato, che magari avrebbe preteso anche di più. Guardò suo figlio e capì che stava pensando le stesse cose, ma l'orgoglio gli impediva di fare marcia indietro. «Don Alberto, le siamo molto grati per quello che fa e sappiamo che il caso di mio marito è in ottime mani, ma deve capire la nostra impazienza... Sono passati due anni da quando è finita la guerra... mio figlio sente la mancanza di suo padre e io... lei può ben immaginarlo... Viviamo con il pensiero costante che qualcosa possa andare storto... non passa giorno che non fucilino dei detenuti, le chiedo di capire il nostro dolore», disse Isabel in tono di supplica.

L'avvocato lisciò le maniche della camicia che sbucavano dalla giacca e sistemò il nodo della cravatta. Lo fece in modo meccanico mentre pensava alla risposta da dare a Isabel. «Bene... allora continuerò a fare l'impossibile perché, mi creda, è quello che sto facendo per riuscire a ottenere l'indulto per suo marito.»

«Non sa quanto gliene siamo grati, lei è la nostra unica speranza», affermò Isabel schivando lo sguardo del figlio.

«Quando potrà darci altre notizie?» chiese Fernando, cercando di trattenere la rabbia.

«Non lo so... un paio di settimane... forse di più... Al momento hanno smesso di concedere indulti, questo non vuol dire che non ne concederanno più. Può darsi che, viste le molte richieste, i funzionari siano sommersi dal lavoro», argomentò don Alberto.

«Speriamo sia così», borbottò Fernando.

«Dovete avere fede», raccomandò loro l'avvocato.

«È proprio la fede a sostenerci, don Alberto», rispose Isabel, abbozzando una smorfia che voleva sembrare un sorriso.

«Prendete un appuntamento con la mia segretaria, diciamo da qui a un mese, e vediamo se tra un mese saprò dirvi di più. Naturalmente, se avessi delle novità prima di allora ve le comunicherò subito.»

Nell'anticamera li aspettava la segretaria di don Alberto con la ricevuta pronta. «La cifra di sempre», disse.

Fernando tirò fuori i soldi e glieli diede senza aggiungere una parola. Rimasero in silenzio finché non uscirono in strada; lì Isabel cominciò a singhiozzare. Le tremavano le gambe e si aggrappò al braccio del figlio. «Stavi per mandare don Alberto su tutte le furie», lo rimproverò.

«Mi dispiace, mamma, ma per me è un ipocrita fatto e finito. Non fa che chiedere soldi, ma come vedi in cambio ci dà solo belle parole. Ha una buona rete di relazioni, credo che per papà potrebbe fare qualcosa di più», replicò Fernando.

«Ce lo ha raccomandato don Bernardo, mi dice sempre che siamo in ottime mani.»

«Non lo so, mamma, dubito che sia davvero così, il solo pensiero di quanto stia soffrendo papà mi fa disperare. Da quando gli hanno rotto gli occhiali sembra perso. Domenica andremo a fargli visita.»

Isabel annuì senza smettere di piangere. Entrambi si persero nel proprio dolore e raggiunsero casa senza aggiungere una sola parola.

Pepita disse a Fernando che Eulogio aveva chiesto di lui un paio di volte. «Gli ho spiegato che siete usciti insieme, ben vestiti», aggiunse la portinaia, desiderosa di sapere dove fossero stati.

Solo dopo cena Fernando trovò la forza di salire nella mansarda di Eulogio. Non aveva voglia di parlare, ma nemmeno poteva mostrarsi indifferente davanti all'angoscia dell'amico.

«Entra, entra. Lo trovi nella sua stanza», gli spiegò Piedad mentre apriva la porta.

Eulogio era sdraiato sul letto, a fumare e fissare il soffitto, con la sigaretta appesa alle labbra. «Siete andati dall'avvocato?» chiese a Fernando.

«Sì, ci ha detto che hanno bloccato la concessione degli indulti, perciò mio padre resterà in carcere per chissà quanto tempo ancora. Puoi immaginare come stiamo.»

«Praticamente fottuti, come tutti noi. Che figli di puttana!» gridò Eulogio.
«Senti, smettila di dire parolacce, non è da te», gli disse Fernando.
«Hai ragione... Guarda, ho ricevuto una lettera di Marvin.»
«Dai... sta bene?» chiese Fernando controvoglia.
«Sì, ma mi ha raccontato che a Parigi l'aria si sta facendo irrespirabile, ci sono tedeschi dappertutto. Ciò nonostante, ha comprato una libreria, ma sta pensando di andarsene ad Alessandria.»
«In Egitto? A fare cosa?»
«Spera di poter trovare ispirazione, di scrivere. Mi ha dato l'indirizzo di Alessandria.»
«Bene... bene.» Fernando non sapeva cosa commentare al riguardo, i programmi di Marvin gli erano del tutto indifferenti.
«Ho pensato di andarmene», disse Eulogio all'improvviso.
«Andartene? Ma dove? Non starai pensando ad Alessandria.»
«Non lo so, forse in America. In Francia le cose non vanno bene per noi. Nella Zona libera gli spagnoli vengono arrestati e mandati nei campi di lavoro.»
«Be', se vai in Francia, Marvin ti darà una mano. È il minimo che possa fare per te, lo hai ospitato a casa tua per diversi mesi.»
«Sì, ma a Parigi ci sono i nazisti, non è certo il posto migliore, ecco perché Marvin se ne vuole andare. Quanto alla Zona libera... non è per niente libera. Pétain è un lacchè dei nazisti. Credo che la cosa migliore sia andare in America, che ne so, forse in Argentina. Lì parlano spagnolo e non faticherei a trovare un lavoro.»
«Ma l'America è molto lontana... è più facile arrivare in Francia.»
«Quello che so è che devo andarmene. Don Antonio non si accontenterà di licenziarmi. È uno stronzo e di sicuro vorrà farcela pagare.»
«E tua madre? Pensi di lasciarla qui?» La domanda di Fernando suonava come un rimprovero.
«Sarò sincero: preferisco andarmene da solo. Mi ha sempre detto che è troppo vecchia per ricominciare, che vuole rimanere qui e succeda quel che Dio vorrà.»
«Dio non sembra essere dalla nostra parte ultimamente, sempre che qualche volta lo sia stato, perciò al posto tuo cercherei di convincerla; don Antonio è capace di tutto.»
«Mia madre non se ne vuole andare, Fernando.»
«Ma perché? Non è affatto vecchia. Hai riflettuto su cosa potrebbe succederle se restasse qui? Se don Antonio non può vendicarsi di te, potrebbe prendersela con tua madre. È un uomo senza vergogna.»
«Non capisco come mia madre abbia potuto... Credo che non glielo perdonerò mai...» affermò Eulogio socchiudendo gli occhi nel tentativo di allontanare il turbamento che sentiva al solo pensiero che tra sua madre e il negoziante ci fosse stata una relazione.

«Senti, pensavo di tenermelo per me, ma forse una soluzione c'è... Catalina ha chiesto a sua madre di parlare con don Antonio; in realtà le ha chiesto di minacciarlo di raccontare a don Bernardo quanto è successo tra lui e tua madre...» Fernando arrossì.

«Ma come! Assolutamente no... Chi è Catalina per farsi gli affari nostri! Senti, se è stata una tua idea non te lo perdonerò. Come ti viene in mente di raccontare quello che è successo?»

«Catalina vuole solo aiutarti. Se donna Asunción parlasse con don Antonio, potrebbe riuscire a bloccare le sue mosse.»

«Lascia perdere! Ho detto che deve farsi gli affari suoi! Tu hai grande considerazione di lei, e non è una cattiva ragazza, ma è una testa vuota, una ragazzina capricciosa e mocciosetta, una brava bambina che non sa nulla della vita. E sua madre è una bigotta ben agghindata. I Vilamar ci hanno sempre guardati dall'alto in basso. Chi si crede di essere per parlare con don Antonio! Come hai potuto, Fernando!» Eulogio alzò di nuovo la voce, su tutte le furie.

«Ti ho fatto arrabbiare, scusami... Sono preoccupato per te e l'ho raccontato a Catalina. Pensavo avessi un'opinione migliore di lei, Eulogio.»

«È una bambolina, nient'altro. Solo che quando si tratta di lei tu sragioni, ecco.»

«Sei ingiusto sia con lei sia con me. È vero che Catalina significa molto per me, e anche se fatichi a riconoscerlo è una persona generosa, buona, sempre pronta ad aiutare il prossimo. E nei tuoi confronti prova un affetto sincero. Hai ragione, non avrei dovuto dirle niente, ma lo sarebbe venuto a sapere in ogni caso. Nel quartiere non si parla d'altro. Tutti sanno che don Antonio ti ha licenziato... Vabbè, vado via.» Fernando era addolorato dalla reazione del suo amico.

Eulogio lasciò che se ne andasse senza aggiungere una parola. Era disperato, sentiva che la sua vita aveva preso di nuovo una brutta piega. Prima la guerra gli aveva portato via il padre, poi lui aveva deciso di andare al fronte ed era tornato zoppo. A soli ventotto anni si sentiva vecchio, quasi avesse vissuto diverse vite. Era stato ingiusto con Fernando? No, si rispose di no. Sapeva che le intenzioni del suo amico erano buone, ma trovava umiliante che avesse parlato di lui e di sua madre con Catalina. L'intero quartiere chiacchierava al riguardo. Ne era consapevole. Ma il fatto di esserlo non significava che non ne soffrisse al solo pensiero.

Sua madre praticamente si era chiusa in casa. Usciva solo al mattino presto per non incontrare vicini di sorta. Era una donna orgogliosa, ma provava anche vergogna. Per fortuna, nel laboratorio dove in settimana cuciva e nel fine settimana faceva le pulizie non sapevano niente di quanto era accaduto.

Fu preso da un altro accesso di rabbia al pensiero di come vivevano prima della guerra. Suo padre, correttore di bozze in un giornale, era anche traduttore dal francese per la Editorial Clásica diretta dal padre di Fernando. E trovava anche il tempo di dare lezioni di lettura e scrittura in una casa di un paese vicino. Quanto a sua madre, era stata una sostenitrice di Azaña e provava una sincera ammirazione per colui che era stato il presidente della Repubblica. Dal canto suo, ammirava suo padre, gli sembrava facesse qualcosa di importante. Non vivevano nel lusso, ma avevano tutto ciò di cui avevano bisogno, e il sogno di suo padre era vederlo diventare un grande pittore. Quella dannata guerra, tuttavia, li aveva derubati delle loro vite.

Pensò a quanto era stato stupido nel credersi più furbo di don Antonio quando rubacchiava nel suo magazzino. Quell'uomo non regalava niente, si era ripreso tutto, sino all'ultimo centesimo, approfittando del corpo di sua madre.

Piedad gli aveva raccontato per quale ragione avesse ceduto alle richieste del negoziante. Per tirarlo fuori dal commissariato e perché non lo processassero con chissà quali accuse. Don Antonio l'aveva ricattata con l'unica arma in suo possesso: il figlio.

Uscì dalla stanza e trovò sua madre che metteva le toppe a un maglione. Sembrava invecchiata. Per la prima volta la vedeva sconfitta. Gli sarebbe piaciuto riuscire ad abbracciarla, ma non ce la faceva. Provava un rancore più forte di lui. Forse avrebbe preferito finire in carcere; perlomeno non avrebbe avuto nulla di cui vergognarsi. «Ho deciso. Me ne vado», le annunciò.

«Stai per uscire?» domandò lei.

«No, me ne vado dalla Spagna. Te l'ho già detto. Qui non ci faccio più niente, se non vedere come ridono di me. E poi, don Antonio non è uno che dimentica. Prima o poi mi accuserà di qualcosa e mi farà arrestare.»

«Dove pensi di andare?»

«Potrei andare in America.»

«Ma... l'America è lontanissima...»

«Meglio così. Non penso di tornare. Qui non posso avere una vita.»

«Eulogio... io... credevo che volessi andare più vicino...»

«No. Se me ne vado è per sempre, per dimenticare tutto questo.»

«Vuoi dimenticare anche me?» chiese Piedad, cercando di mascherare il suo dolore.

Eulogio rimase in silenzio, non osava rispondere. Gli sarebbe piaciuto dirle che era proprio di lei che voleva dimenticarsi, ma sapeva che le avrebbe causato un dolore enorme e dopo si sarebbe sentito un miserabile. Non riusciva a perdonarla, ma non voleva certo farle del male. «Qualche giorno fa, quando ti ho detto che pensavo di andarmene, tu mi hai detto di non contare su di te, che non mi avresti accompagnato.»

«Perché non ti sarei di nessun aiuto. Per questo resterò qui. Certo, con la speranza che Franco non duri ancora a lungo e che tu possa tornare, tu e tutti quelli che sono andati via.»

«Don Antonio non ha niente contro di te, perciò suppongo che non ti farà del male», rispose lui, pur sapendo che sua madre avrebbe potuto interpretare le sue parole come un rimprovero.

«Ho già perso tuo padre, se adesso perdo anche te non può succedermi più niente, ecco perché lui non può più farmi del male. Ma... sai una cosa, figlio mio? Non ti chiedo di capirmi, ma di non serbarmi rancore sì, questo sì. Ho fatto quello che ho ritenuto di dover fare, e lo rifarei mille volte piuttosto che vederti in carcere, piuttosto che lasciare che si portino via i migliori anni della tua vita. Una madre è disposta a pagare qualunque prezzo pur di salvare suo figlio.»

«Avrei preferito finire in carcere piuttosto che provare così tanta vergogna, ma ormai quel che è fatto è fatto. Non si può tornare indietro. Appena possibile me ne andrò.»

Piedad abbassò la testa e concentrò tutta la sua attenzione sull'ago. Aveva un nodo in gola. Suo figlio l'aveva giudicata e condannata, il suo verdetto era inappellabile. Si erano persi, l'un l'altro, per sempre. E sentì un odio ancora più profondo verso coloro che li avevano derubati delle loro vite.

Tornato nella sua stanza, Eulogio rilesse la lettera di Marvin. Gli mancava il suo amico. Le loro conversazioni interminabili seguite da lunghi silenzi. Potevano farsi compagnia senza dirsi niente. Quello che avevano vissuto al fronte li aveva uniti per sempre.

Caro amico mio,

scusami se non ti ho scritto prima, sino a qualche giorno fa sono stati qui i miei genitori, ma non è una scusa valida per non farti avere mie notizie. Inoltre, ho dedicato buona parte del mio tempo alla scrittura. Non che sia soddisfatto di quello che sto scrivendo, ma credo che qualche strofa possa meritare di essere conservata.

Ho comprato una libreria. Per ragioni che ti racconterò, monsieur Rosent, il mio editore, mi ha venduto la sua attività. Gli ebrei sono vittime di una persecuzione implacabile da parte delle autorità, e monsieur Rosent è ebreo. Una cosa del genere non era nei miei programmi, ma lo hanno richiesto le circostanze e la guerra ci obbliga a prendere decisioni impreviste.

Sono sempre più pessimista circa l'esito della guerra. Il fatto che la Germania abbia osato invadere l'Unione Sovietica è segnale di forza o di pazzia. Non voglio immaginare un mondo con Hitler al comando, perciò mi chiedo se non dovrei fare qualcosa, ma al solo pensiero di combattere... No, tu sai che non ne sono capace. Perché sono un poeta? No, perché sono un codardo. È l'unica verità.

Ma non voglio continuare a scaricare su di te l'angoscia che mi accompagna.

Amico mio, probabilmente andrò ad Alessandria d'Egitto per qualche tempo. Il viaggio ha a che vedere con l'acquisto della libreria. Da quando si è sposata, Sara Rosent vive lì, è la figlia del mio editore e un giorno la proprietà di suo padre tornerà a lei; io sono soltanto un custode della sua eredità. Non solo, mi affascina l'idea di vivere qualche tempo in un posto così diverso come l'Egitto, dove immagino che gli echi della guerra non siano così sconvolgenti come lo sono qui.

Ti lascio l'indirizzo di Sara Rosent, caso mai avessi bisogno di me. Intanto, ti mando un abbraccio fraterno.

Marvin

Due giorni dopo, donna Asunción fece in modo di incontrare Fernando. Era sempre più difficile sfuggire al controllo del marito, che continuava a chiederle conto dei suoi andirivieni. Catalina aveva insistito perché cercasse Fernando per raccontargli della conversazione con don Antonio, oltre che chiedergli di andare a trovarla. Si annoiava a casa della zia.

Fernando stava facendo ritorno dalla tipografia quando se la trovò davanti. «Buon pomeriggio, donna Asunción. Come sta Catalina?» le chiese, con un leggero inchino.

«Bene... Lei sta bene. Vuole che tu vada a trovarla, ma a mia sorella Petra non piace molto l'idea di vederti a casa sua... È che siamo così preoccupate... se mio marito scoprisse che vai a trovare Catalina non so che cosa potrebbe succedere...»

«Da me non lo verrà a sapere nessuno, men che meno don Ernesto.»

«Mia figlia ti è molto affezionata, Fernando, dice che ha fiducia in te più di quanta ne abbia in chiunque altro al mondo...» gli confessò.

«Anch'io provo lo stesso affetto per lei, ci conosciamo sin da bambini.»

«Sì... be', volevo anche farti sapere che ho parlato con don Antonio. Credo che non darà più fastidio a Eulogio.»

«Bene! Questa sì che è una bella notizia. Ma ne è sicura? Di quell'uomo non ci si può fidare...»

«Lo so... o meglio, non è che lo sappia... è tutto così difficile! Con me ha preso l'impegno di non fare niente contro Piedad ed Eulogio, spero che mantenga la parola... Io... insomma, gli ho detto che avevo intenzione di parlare con don Bernardo perché mi preoccupano i pettegolezzi sulla sua relazione con Piedad. Credo che si sia spaventato. Sa che don Bernardo andrebbe su tutte le furie.»

«È stata molto coraggiosa», azzardò.

«Non è stato facile e se mio marito lo venisse a sapere... non voglio neanche immaginare cosa succederebbe! Comunque, è meglio se non ne parliamo più, la gente è capace di commentare qualunque cosa.»

«Andrò a trovare Catalina, non appena mi sarà possibile. Glielo dica.»

«Ci sono notizie di tuo padre?»

«A quanto pare hanno sospeso la concessione degli indulti... Siamo disperati.»

«Quanto mi dispiace! Se credi che possiamo fare qualcosa...»
«No, non potete. In ogni caso, grazie.»
«Saluta tua madre da parte mia.»
«Lo farò, donna Asunción.»

Gli sarebbe piaciuto raccontare a Eulogio quello che la madre di Catalina gli aveva appena detto, ma da due giorni si stavano evitando. Ognuno dei due era addolorato per l'atteggiamento dell'altro.

Arrivato a casa, raccontò a sua madre la conversazione con donna Asunción.

«È una brava donna, non deve essere stato facile per lei affrontare un uomo così spietato, che ha paura solo di sua moglie e di don Bernardo. Sono le uniche due persone che possono fermarlo. Asunción ha fatto bene a dirgli che ne avrebbe parlato con il prete.»

«Quella povera donna ha paura che don Ernesto venga a sapere di tutti questi maneggi», aggiunse Fernando.

«Uh, non voglio nemmeno pensare alla sua reazione. È un uomo difficile. Inoltre, la situazione dei Vilamar non è così prospera come un tempo e a quanto pare don Antonio gli sta dando una mano», spiegò Isabel.

«Ma dai, mamma, non sapevo che fossi così aggiornata su quello che succede nel quartiere!»

«La gente mormora, e anche parecchio, a volte vieni a sapere persino quello che non vorresti.»

«Sai una cosa? Sono preoccupato per Eulogio. Mi dispiacerebbe se andasse via senza salutarci.»

«Be', sai già cosa devi fare. Sali a parlare con lui.»

«Ma è arrabbiato con me, te l'ho già detto.»

«E allora? Siete amici. Lo siete sempre stati, anche se è un po' più grande di te. Ricordo che quando ha deciso di andare in guerra piangevi perché volevi andare con lui. Guarda, Fernando, fra amici non esiste l'orgoglio. Di sicuro anche lui è dispiaciuto quanto te per il fatto che non vi parlate più.»

«Magari però vado su e mi caccia.»

«Non credo, ma se lo fa, peccato. Gli passerà l'arrabbiatura.»

«Mamma...»

«Non essere orgoglioso! Va', sali a parlarci. Ha bisogno di te. Una domenica di queste mi vedrò con Piedad per una passeggiata; quella povera donna non esce più di casa. Non lo dice, ma si vergogna. Una cosa è che la gente mormori, altra cosa è che quello che c'è stato tra lei e il negoziante sia dato per assodato.»

«Strano che la moglie di don Antonio non sappia niente», commentò Fernando.

«Nessuno oserebbe andare a raccontarglielo. Sai bene che in queste cose l'ultimo ad accorgersi è sempre l'interessato. Eulogio non ha mai sospettato niente di quello che succedeva tra sua madre e don Antonio, e sì che mezzo quartiere ci spettegolava su.»

«Hai ragione... Bene, andrò su in mansarda, vediamo come va.»

«Siete buoni amici, Fernando, vedrai che sistemerete tutto.»

Trovò Eulogio intento a dipingere su un pezzo di cartone. Quasi non fece caso all'arrivo dell'amico, immerso com'era nel disegnare quelli che sembravano dei profili.

Per qualche minuto non si dissero una parola, poi Fernando provò un tale disagio da sentirsi obbligato a parlare. «Ho incontrato donna Asunción e mi ha assicurato che don Antonio non vi darà più fastidio; l'ha minacciato di parlare con don Bernardo.»

«E cosa andrebbe a dire a don Bernardo, che mia madre se la intendeva con don Antonio?» replicò Eulogio con amarezza.

«Senti, credo che tu stia esagerando le cose. Non eri tu quello che parlava di una società libera dove uomini e donne valgono allo stesso modo, dove nessuno può giudicare una donna che decide per sé, liberamente?»

«Non rompere, Fernando! Lasciami in pace!»

«D'accordo, ti lascio in pace. Sei pieno di risentimento. Quello che la guerra non ti ha fatto te lo sei lasciato fare da don Antonio, che non vale un quarto di quello che vali tu e ancora meno di quello che vale tua madre. Fa' quello che vuoi, Eulogio, ma sappi che quel miserabile di don Antonio non muoverà un dito contro di voi. Non che io mi fidi di lui, ma non credo che sia così tonto da permettere che don Bernardo intervenga e sua moglie lo venga a sapere.»

Fernando si voltò, pronto ad andarsene, quando sentì la mano di Eulogio sulla spalla. «Hai ragione, quell'uomo ha riempito di risentimento la mia vita, e la cosa peggiore è che non riesco a perdonare mia madre.»

«Be', non se lo merita. Sono sicuro che la mia avrebbe fatto la stessa cosa per me, e l'ultima cosa che mi verrebbe in mente sarebbe rimproverarglielo. Piedad ti ha dimostrato di volerti così bene da essere disposta a pagare qualunque prezzo per te.»

«Avrei preferito finire in carcere.»

«E a cosa sarebbe servito? Tua madre ha sofferto abbastanza perdendo tuo padre, le manca solo di perdere te.»

«Basta con le prediche.»

«No, non sono venuto a farti la predica, ma solo a dirti che puoi stare tranquillo. Però, vedi tu.»

«Me ne vado in America, qui non mi resta più niente. Franco non lascerà il potere, anche se mia madre continua a dire che non durerà molto.»

«Non lo so cosa succederà... Magari tua madre avesse ragione! Ma visto come vanno le cose... Continuano a sbattere la gente in prigione, continuano a fucilarla, continuano a farci paura per costringerci all'immobilismo», rifletté Fernando.

«Lo vedi, hanno vinto la guerra ma non gli basta», borbottò Eulogio con rabbia.

«Senti, io vado, domattina devo alzarmi presto. Racconta a tua madre quello che mi ha detto donna Asunción, così si tranquillizza.»

Quando Fernando se ne andò Eulogio entrò in cucina, dove Piedad stava schiacciando una patata bollita insaporita con un po' di prezzemolo. Quella era la loro cena.

Piedad ascoltò suo figlio con aria seria e si sentì sollevata quando seppe che don Antonio non poteva più far loro del male. «Donna Asunción è una brava donna», commentò.

«Quanto sei benevola. I Vilamar sono di destra, lo sono sempre stati. Adesso sono diventati più franchisti di Franco. Mi fanno schifo», rispose Eulogio.

«I Vilamar erano monarchici e non mi risulta che abbiano mai fatto del male a nessuno. Prima della guerra, quando disponevano di un certo capitale, donna Asunción aiutava tutti quelli che poteva, e va anche detto che don Ernesto ha sempre trattato tutti con correttezza», argomentò Piedad.

«Ma cosa dici! Cos'altro devono sentire le mie orecchie! Non avrei mai creduto che potessi arrivare a difendere gente come quella. Non eri una sostenitrice di Azaña?»

«Non sto difendendo nessuno, sto solo dicendo che non è brutta gente.»

«Don Ernesto è monarchico e donna Asunción una bigotta... Che te ne pare?»

«E questo le fa diventare cattive persone? Guarda, io credo che la gente vada giudicata per quello che fa.»

«Be', se le cose stanno così, allora dovresti condannarli: sono franchisti! Franchisti! O forse adesso difendi i franchisti?»

«Non sto difendendo i franchisti, sto solo dicendo che i Vilamar sono brave persone.»

«Non ti capisco! Ogni giorno scopro qualcosa di te che mi dà la nausea», sbottò Eulogio, e uscì dalla cucina sbattendo la porta.

Piedad scoppiò a piangere. Si rimproverò di aver discusso con suo figlio a causa dei Vilamar. Eulogio aveva ragione, che importanza avevano per lei? Avrebbe dovuto mordersi la lingua ed evitare qualunque discussione visto che suo figlio aveva i nervi a fior di pelle, ed era tutta colpa sua.

Eulogio era sempre stato ottimista, aveva anche dimostrato grande integrità quando lo avevano ferito al fronte, eppure da quando aveva saputo della storia con il negoziante era cambiato. Era pieno di risentimento e la cosa peggiore era che lei non poteva fare nulla affinché la perdonasse.

Se ne rimase tranquilla in cucina, a piangere. Non aveva il coraggio di entrare nella stanza del figlio e abbracciarlo. Sapeva che l'avrebbe respinta, come stava facendo negli ultimi giorni. Ogni volta che lui si rifiutava di darle un bacio, lei avvertiva una fitta intensa nel petto. Anche se i medici dicevano che il cuore non può fare male, il suo, ne era certa, stava per scoppiare di dolore.

Quella notte Piedad non dormì. Eulogio nemmeno. Tre piani sotto, anche Isabel era sveglia. Non riusciva a smettere di pensare alla sorte di suo marito. Cercava di mostrarsi fiduciosa davanti a Fernando, non voleva certo soffiare sul fuoco della sua angoscia, ma aveva un cattivo presentimento. Sdraiato nel suo letto, Fernando aveva gli occhi chiusi, ma neanche lui dormiva.

Quella domenica, Isabel e Fernando si alzarono di buon mattino. Volevano arrivare presto in carcere per essere i primi della coda formata dai familiari dei detenuti.

Le guardie perquisivano minuziosamente tutti coloro che avevano un familiare o un amico detenuto. Fernando faticava a stare zitto davanti a tutte le umiliazioni che dovevano subire. Sua madre però continuava a ripetergli che una sola parola di troppo poteva determinare che non avrebbero visto il padre, o persino che potessero vendicarsi su di lui.

Benché indossassero abiti che tradivano l'usura del tempo, cercavano di presentarsi ben vestiti perché don Lorenzo era sempre stato un uomo molto curato. «È per rispetto nei confronti degli altri che dobbiamo vestirci adeguatamente», era solito dire a Fernando quando era bambino.

Isabel si era lavata i capelli e li aveva raccolti in uno chignon che aveva fermato con delle forcine. Indossava una camicetta bianca e lisa, e un tailleur blu mare. Le scarpe pulitissime per quanto fossero vecchie. Fernando aveva messo una giacca che era appartenuta a suo padre.

Le famiglie dei detenuti aspettavano impazienti. Poiché Fernando e sua madre arrivavano presto, si trovavano con i più mattinieri. Di solito parlavano con un anziano signore che non mancava mai di incoraggiarli. Don Arturo, si chiamava così, aveva un figlio nel carcere delle Comendadoras, il maggiore, e aveva perso gli altri due durante la guerra. «La tragedia di questa guerra è che il mio secondo figlio lottava con le truppe di Franco e il piccolo, il prediletto, mi è venuto fuori anarchico. Li ho persi entrambi», si lamentava don Arturo trattenendo le lacrime. «Spero solo che il maggiore si salvi, era un sostenitore di Azaña e anche un maestro… ma a quanto pare Franco odia i maestri e io ho paura per lui.»

Quel giorno l'umore delle guardie che stavano alla porta appariva persino peggiore del solito; continuavano a congedare in malo modo alcune delle famiglie in attesa. Quando succedeva, voleva dire che il detenuto era stato trasferito in un altro carcere o, peggio ancora, che era stato fucilato dopo che la richiesta di indulto era stata respinta.

Quando Isabel mostrò i loro documenti al guardiano della prigione, questi cercò in una lista che teneva in mano. «Lorenzo Garzo… qui non c'è. Avanti il prossimo.»

«Come sarebbe a dire che non c'è? Si sta sbagliando, mio marito è qui. Lo sa anche lei, veniamo a trovarlo tutte le settimane. Si deve essere sbagliato», disse Isabel nervosa.

«Le ho detto che nella lista non c'è! Si tolga di mezzo! Mi sta disturbando!» gridò la guardia.

«Senta, mio padre è qui. Lorenzo Garzo, controlli bene», replicò Fernando mentre il sudore cominciava a inumidirgli il corpo.

«Andatevene, cazzo! Qui non c'è.» La guardia spinse Fernando.

Isabel, spaventata, afferrò suo figlio per il braccio temendo che perdesse il controllo. «Mi dica a chi possiamo chiedere», insistette cercando di mantenere la calma.

«E io che ne so! Non c'è, punto e basta. Non sono obbligato a sapere che cosa succede ai delinquenti che rinchiudiamo qui. Andatevene!»

Per qualche secondo Isabel e Fernando credettero di trovarsi nel bel mezzo di un incubo. Non era possibile, si dicevano l'un l'altro, doveva esserci un errore, ma quella guardia disumana non voleva prendersi il disturbo di fare una verifica. Una giovane donna che era in coda si avvicinò loro e con voce sommessa disse: «Sicuramente il vostro familiare è stato fucilato; un mese fa mi hanno detto la stessa cosa quando sono venuta a vedere mio fratello. Spero di non rivivere la stessa scena che avete appena vissuto anche con l'altro fratello che sono venuta a trovare».

«Ma cosa dice!» rispose Isabel esterrefatta.

«Capisco che lei fatichi a crederci... ma mi è successa la stessa cosa. Le dico che quando non ci sono nella lista è perché sono stati fucilati», insistette l'altra.

«Mio padre no... mio padre no...» balbettò Fernando.

«In ogni caso vi scriveranno e qualcosa vi diranno...» disse la donna, mentre era arrivato il suo turno per entrare nel carcere.

Fernando abbracciò sua madre. Entrambi tremavano. Non sapevano cosa fare né cosa pensare, dove andare, a chi chiedere. «Non preoccuparti, mamma, rifaremo la coda. Guarda, ci mettiamo nell'altra fila e magari scopriamo che papà è nella lista dell'altra guardia.»

«Sì... sì, ecco, facciamo così. Deve esserci un errore. Se fosse successo qualcosa... ecco, l'avvocato ce l'avrebbe detto, lui lo saprebbe...»

«Certo, mamma, vedrai che adesso si chiarisce tutto.»

Si misero nuovamente in coda. Attesero impazienti per un'ora, ma alla fine rivissero lo stesso incubo. «Lorenzo Garzo non è qui», disse loro la guardia senza nemmeno guardarli.

«Ci deve essere. Sa, abbiamo fatto richiesta di indulto, siamo stati dall'avvocato proprio questa settimana», rispose Isabel con una certa isteria nella voce.

«Senta, se le dico che non c'è vuol dire che non c'è. Andatevene.»

«Ma ci deve essere!» obiettò Isabel, sul punto di spezzarsi.

«Se continuate a insistere vi dovrò arrestare. State bloccando la coda.» La guardia non aveva modi migliori del suo collega.

«Non è possibile.» Isabel aveva iniziato a piangere.

«Che cosa non è possibile? Se uno è rinchiuso qua dentro è perché ha fatto qualcosa, perciò, dai, smammate!»

Isabel crollò e Fernando fece appena in tempo a tenerla in piedi. La condusse sino all'angolo e la obbligò ad appoggiarsi contro la parete.

«Mamma... per Dio, calmati! A papà non è successo niente. Domani andremo dall'avvocato, ci dirà che cosa è successo e metterà ordine in questa confusione, vedrai...»

«Non hai capito, figlio mio? Non hai sentito cosa ha detto quella donna? Tuo padre è stato... è stato...» Isabel non riuscì a continuare, il pianto impediva alle parole di farsi spazio nella gola.

«Non parlare così! Papà è vivo! Lo so, so che non gli è successo niente!» gridò Fernando.

Camminarono abbracciati, sostenendosi l'un l'altro. Le lacrime scorrevano sul volto di Isabel e l'amarezza si era annidata su quello di Fernando.

Quando arrivarono a casa non mangiarono. Se anche li avessero invitati a un banchetto, non sarebbero riusciti a ingoiare un solo boccone. Passarono il resto della giornata ipotizzando che cosa potesse essere successo. Fernando insisteva col dire che era tutto un errore e Isabel voleva credergli, ma in fondo all'anima sapeva che suo marito era stato ucciso.

Lunedì mattina Isabel si alzò senza forze. Era sfinita. Non aveva dormito tutta la notte e aveva gli occhi rossi per il pianto. Tuttavia, doveva andare a casa dei Ramírez. Don Luis e donna Hortensia si alzavano presto e ci tenevano molto alla puntualità.

Quando arrivò, donna Hortensia stava facendo colazione con una tazza di malto. «Che faccia tirata, Isabel, non si sente bene?» le chiese preoccupata.

Isabel non riuscì a trattenersi e scoppiò a piangere mentre raccontava quello che era successo.

Donna Hortensia rimase in silenzio e la guardò. Da una parte le dispiaceva che il marito di Isabel potesse essere stato fucilato, dall'altra non era strano che fosse accaduto, visto che Lorenzo Garzo era un rosso. La donna si chiese come fosse possibile che persone perbene come i Garzo fossero state dalla parte sbagliata. «Su, dai, non pianga, ne parlerò con mio marito, magari lui riesce a sapere qualcosa. Lo sa, ha buoni amici. Farà le sue verifiche. Mentre parlo con lui, cominci a stirare...»

Isabel si asciugò le lacrime con il dorso della mano mentre raggiungeva la cucina. Donna Hortensia invece andò nella stanza da letto, dove il marito stava finendo di vestirsi. «Luis, so che hai fretta, solo che Isabel è arrivata qui in un mare di lacrime. A quanto pare ieri, quando è andata in carcere a trovare suo marito, le hanno detto che non c'era più... La poveretta sta pensando al peggio... Potresti fare una verifica?»

«Certo che avere la moglie di un rosso in giro per casa...» protestò lui.

«È una brava donna, me l'ha raccomandata don Bernardo e non posso lamentarmi di lei. È una gran lavoratrice, fa il suo dovere, è pulita e discreta. Non ha nessuna colpa di quello che ha fatto suo marito. Perciò, vedi quello che puoi fare», rispose la donna con tono minaccioso.

«Lo farò, ma non ti prometto niente. Non mi piace l'idea di immischiarci nei guai altrui.»

«Da quando in qua chiedere è peccato? Per Dio, Luis! Non credo che cercare di aiutare una povera donna possa comprometterci in qualche modo. Tra l'altro, che ti piaccia oppure no, le famiglie di rossi sono molte, cosa pensi di fare al riguardo? Tutti dobbiamo vivere. La cosa importante è che noi abbiamo vinto la guerra. Bisogna essere misericordiosi.»

«Dici di quelle cose... Va bene, mi informerò, ma nulla di più.»

«Senti, se possiamo fare qualcos'altro...»

«Hortensia, non cercare di coinvolgermi; una cosa è chiedere, altra cosa è immischiarci nelle faccende di quella famiglia.»

«Luis, abbiamo degli obblighi verso i nostri simili. Non passeremo la vita a guardare se uno è rosso o di un altro colore. Per me fa lo stesso, la cosa fondamentale è che siano brave persone.»

«Come sarebbe che per te fa lo stesso? Cosa devono sentire le mie orecchie! Guarda, Hortensia, non parlare così perché finiamo nei guai. I nemici della patria...»

«Ma va', taci! Questi discorsetti con me li puoi evitare. Guarda, Isabel dal mio punto di vista non è nemica di nessuno e, a quanto ne so, suo marito è stimato da tutti. Persino don Bernardo ha scritto una lettera in suo favore chiedendo l'indulto. Lorenzo Garzo era il direttore della Editorial Clásica, abbiamo diversi libri pubblicati da lui; non credo che un editore possa essere pericoloso per nessuno.»

«Un editore che durante la guerra ha combattuto con i rossi», rispose don Luis infuriato.

«E basta con questi colori. Loro si sbagliavano e per questo hanno perso, cos'altro vuoi?»

«Me ne vado, sennò faccio tardi. Su Lorenzo Garzo, ti farò sapere.»

«Se oltre a informarti potessi anche tirarlo fuori dal carcere...»

Ma don Luis era uscito e non la sentì. Sua moglie gli aveva fatto venire un forte mal di testa. Eppure, sapeva che non aveva scelta, doveva interessarsi al destino di Garzo. Hortensia non lo avrebbe lasciato in pace finché non avesse ottenuto una risposta certa.

Quel lunedì le ore trascorrevano con insopportabile lentezza. Fernando aspettava con ansia che il pomeriggio passasse per presentarsi nello studio di don

Alberto García e chiedergli spiegazioni. Gli sembrava impossibile che l'avvocato non fosse informato sul destino di suo padre. D'altro canto, non riusciva a pensare a un'altra spiegazione che non fosse il trasferimento in un'altra prigione.

Don Vicente lo richiamò all'ordine un paio di volte nel vederlo distratto davanti alla macchina da stampa. «Ma che cosa ti succede oggi? Sei rintontito... Su, sta' più attento.»

«Sì... sì... chiedo scusa, sono un po' distratto.»

«Non c'è bisogno di dirlo. Hai dormito male?»

«No, non è questo... Be', anche questo: in realtà non ho chiuso occhio tutta la notte. È che... allora, ieri con mia madre siamo andati in carcare a trovare mio padre e ci hanno detto che non c'era. La guardia non ha voluto darci altre spiegazioni.»

«Sì... ecco, può esserci un errore. Su, lascia perdere quello che stai facendo e va' a informarti. Oggi non è giorno di visita, potrebbe esserti più facile capire cosa è successo.»

«Avevo pensato di andare da don Alberto dopo il lavoro, è l'avvocato che si sta occupando delle pratiche per l'indulto...»

«Puoi fare entrambe le cose, prima vai in carcere e poi da don Alberto. Sono giorni difficili, Fernando. Questa gente vuole eliminare tutti quelli che non la pensano come loro. Ma qualunque cosa sia successa, sei un uomo ormai e devi pensare a tua madre. Lei ha solo te. Sai quanto io abbia stima di tuo padre, è un uomo davvero perbene, una bravissima persona. Quanti pomeriggi abbiamo passato insieme nell'Ateneo...» ricordò il capo della tipografia.

Fernando annuì grato. Don Vicente si era sempre comportato da buon amico della sua famiglia.

Non appena uscì dal lavoro s'incamminò verso l'antico Convento delle Comendadoras, ora riconvertito in carcere.

Non era l'unico edificio religioso che i vincitori avevano trasformato in una prigione per i nemici. Il tenente colonnello di cavalleria Francisco Tonel era incaricato dell'ordine pubblico nella città di Madrid e disponeva di ventuno prigioni distribuite in tutta la città. Diciassette per gli uomini, cinque per le donne. A far tremare di paura gli sconfitti non era tanto il fatto che in quei ventuno edifici venissero ammassati i loro familiari, ma che tutti i giorni molti dei detenuti finivano davanti a uno qualsiasi dei cinque consigli di guerra che potevano decidere della vita o della morte di coloro che erano rimasti fedeli alla Repubblica.

Isabel era solita consolare Fernando dicendogli che erano stati fortunati, il padre si trovava nel Convento delle Comendadoras, che distava solo qualche isolato da casa loro. Se non altro, così lo sentivano vicino.

Fernando si piazzò davanti alle guardie che stazionavano all'ingresso del carcere e chiese informazioni sul destino di suo padre. «Ieri ci hanno detto che non era nella lista, potrebbero averlo trasferito?»

L'uomo lo squadrò da capo a piedi con un misto di commiserazione e superbia. «Se nella lista non c'era, lo avranno giustiziato. La settimana scorsa abbiamo portato molti prigionieri davanti al consiglio di guerra.»

«Avete portato anche mio padre?» chiese Fernando, temendo la risposta.

«Va', entra e chiedi, io non posso darti informazioni di questo tipo; fra l'altro, non so chi sia tuo padre, qui ci sono tremila uomini, come capirai non li conosco e nemmeno mi interessa.»

Un funzionario della prigione lo ascoltò controvoglia. «Non ho motivo di darle spiegazioni. Riceverà sicuramente una lettera in cui le diranno dove si trova suo padre.»

«Cerchi di capirmi, siamo preoccupati, mia madre è disperata... Se fosse così gentile da dirmi solo dove lo hanno portato...»

Fernando uscì dal convento con l'amaro in bocca. Non era riuscito a ottenere nessuna informazione, aveva solo la certezza che suo padre non fosse lì. Con passo rapido raggiunse lo studio di don Alberto García.

L'avvocato fu irritato dal fatto che Fernando si fosse presentato senza preavviso. Era con un cliente e ne aveva un altro in sala d'attesa, perciò gli disse che anche lui doveva aspettare. E Fernando lo fece per due lunghe ore. Quando, infine, l'avvocato gli aprì la porta dello studio, il suo sguardo era dispiaciuto. «Pensavo di avvisarvi... ma ho avuto molto lavoro...»

«Avvisarci?» disse Fernando, sentendo la paura che gli attanagliava la bocca dello stomaco.

«Sì... ecco... è stata una disgrazia... tutto quello che ho fatto non è servito a niente. Mi dispiace.»

«Non capisco...» sussurrò Fernando.

«Il consiglio di guerra ha rifiutato la commutazione della pena e tuo padre... insomma, è stato fucilato», sentenziò don Alberto con voce melliflua, sapendo che avrebbe dovuto affrontare l'esplosione d'ira di Fernando.

«Figli di puttana! Stronzi!» riuscì a dire lui, parole biascicate che gli sfuggivano dalle labbra.

«Calma! Calma, ragazzo! Non usare parole volgari, non solo non restituiranno la vita a tuo padre, ma potrebbero persino giocare a tuo sfavore.»

«Lo hanno ucciso!» E le lacrime cominciarono a sgorgare, trasformandosi ben presto in singhiozzi incontrollabili.

Don Alberto García detestava queste scene di dolore, alle quali assisteva abitualmente. Non gli piaceva occuparsi delle pratiche per l'ottenimento dell'indulto, ma le accettava perché gli garantivano degli ottimi introiti. Lui non ingannava nessuno. Diceva sempre la verità alle famiglie dei detenuti: che avrebbe fatto tutto il possibile, che però aveva pochi margini e, perciò, non poteva garantire il buon esito del suo lavoro. «Senti, Fernando, sapevi che poteva succedere. So come ti senti... non è facile perdere un genitore, ancora ricordo quando è morto mio padre.»

«Il suo è morto in un letto perché era malato, il mio è stato fucilato», rispose Fernando guardandolo con odio.

«Però il risultato è lo stesso, che uno rimane orfano. Alla tua età si ha molto bisogno di un padre... lo so...»

«Cosa ne vuol sapere?» gridò Fernando.

«Ti assicuro che ho fatto tutto quello che era in mio potere.»

«Perché non ci ha avvisati?»

«Pensavo di farlo oggi... Sono venuto a conoscenza della decisione del consiglio di guerra solo sabato pomeriggio e non mi è sembrato il caso di presentarmi a casa tua e dare questo dispiacere a tua madre...»

L'avvocato guardava Fernando con apprensione. Il ragazzo continuava a piangere, il suo volto era una maschera d'odio. Sapeva che non era un cattivo ragazzo ma si sentì a disagio, temeva che potesse diventare violento. Una volta una donna gli aveva dato uno schiaffo quando le aveva comunicato che il suo fidanzato era stato fucilato. Rimase in silenzio, in attesa che Fernando vincesse la battaglia contro le lacrime. Era meglio così, aggiungere altre parole poteva mandarlo in escandescenze.

«Come faccio a dirlo a mia madre?» chiedeva Fernando, in realtà rivolto a se stesso. «Non riuscirà a sopportarlo. Dio mio, che cosa ti abbiamo fatto?»

Don Alberto gli diede un bicchiere d'acqua, la prese da un boccale che si trovava sulla scrivania dello studio, coperto con un panno bianco. Fernando lo accettò.

«Senti, mi dovevate ancora qualche peseta, ma date le circostanze le considero perse... va bene?»

«No, no, signore. Gliele darò. I Garzo non accettano l'elemosina da nessuno.» E tirò fuori dalla tasca dei pantaloni i soldi che aveva preparato in anticipo.

«Non essere orgoglioso... lo faccio di cuore...» affermò don Alberto, pago della propria generosità.

«Noi non abbiamo debiti con nessuno e non accettiamo la carità», rispose con rabbia Fernando.

«Va bene... non insisterò...» L'avvocato mise i soldi nel primo cassetto della scrivania. «Visto che sei qui ti do le carte... È la risoluzione del consiglio di guerra contro l'indulto e la commutazione della pena... Devi andare a questo indirizzo per chiedere il certificato di morte di tuo padre.»

«Vorrà dire il certificato di assassinio di mio padre.»

«Fernando, bada a quello che dici! So che sei un bravo ragazzo e capisco il tuo dolore, ma non voglio nemmeno sentirle certe cose. Non si può mancare di rispetto a un tribunale. La legge va rispettata.»

«Quale legge, don Alberto? Oltre ad aver vinto la guerra, fucileranno anche tutti noi che l'abbiamo persa?»

«Nessuno fucilerà te, perciò smettila di dire stupidaggini. Senti, bevi un po' d'acqua e calmati. Di' a tua madre che sono a sua disposizione se ha bisogno di qualcosa...»

«Di mio padre», rispose Fernando con rabbia.

«Mi dispiace, ragazzo, sai che mi dispiace, per me tutto questo è un boccone amaro. Speravo che potessero commutare la pena... ma non è stato possibile.»

L'avvocato si alzò in piedi per indicare che la visita era finita. Non avevano nient'altro da dirsi. Prolungare quella conversazione non li avrebbe portati da nessuna parte. Porse la mano a Fernando, che esitò prima di porgergli la propria.

Ormai in strada, si asciugò le lacrime con il fazzoletto bianco che sua madre gli metteva accanto ai vestiti tutte le mattine. Era di suo padre. Avevano altri sei fazzoletti, che adesso utilizzava lui.

Non riusciva ad accettare l'idea che suo padre non ci fosse più, che avesse smesso di esistere. Al solo pensiero sentiva un dolore così forte nel petto da temere che il cuore potesse smettere di battere. Sentiva un odio così devastante che spaventò lui per primo. Lo tormentava l'idea di doverlo dire a sua madre. Sarebbe riuscita a sopportarlo? I suoi genitori erano stati molto uniti. Non li aveva mai sentiti discutere. Aveva avuto la fortuna di crescere in una famiglia in cui regnava l'armonia, proprio grazie all'amore profondo su cui si basava la relazione tra i suoi genitori.

Camminò a lungo. Aveva bisogno di tranquillizzarsi prima di dare la notizia a sua madre. Non voleva crollare davanti a lei.

E di colpo nella sua testa si fece strada un'idea terribile: avrebbe ucciso gli assassini di suo padre. Sapeva di non poterli uccidere tutti, ma qualcuno sì. O magari qualche membro del tribunale del consiglio di guerra. Sì, sarebbe stata una bella vendetta contro quei miserabili, finalmente avrebbero capito che i loro crimini non restavano sempre impuniti.

Poteva scegliere anche qualche funzionario della prigione, uno di quegli uomini che avevano maltrattato suo padre togliendogli tutto. O forse... sì, forse sarebbe stato più giusto uccidere uno dei soldati che lo avevano fucilato. Doveva pensarci su, trovare il modo di rendere concreta la sua vendetta. Era disposto a vendicarsi anche a costo della sua stessa vita, anche sapendo che, se fosse morto, sua madre sarebbe rimasta definitivamente sola.

Quando arrivò a casa era ormai buio. Si sorprese di vedere che le luci erano tutte spente; forse sua madre era uscita, a volte andava a recitare il rosario delle sette e si intratteneva qualche minuto a parlare con don Bernardo o con le altre donne che, come lei, cercavano consolazione nella preghiera.

Quando accese la luce sobbalzò. Sua madre era seduta su una sedia accanto alla parete. Pallida e inerte come se fosse morta.

«Per Dio, mamma! Mi fai prendere un colpo, che cosa è successo?»

Lei mosse appena il volto, guardandolo senza vederlo, e lui si spaventò ancora di più. «Cos'hai?»

Di colpo capì. Non c'era bisogno di dirle che suo padre era stato fucilato. Lo sapeva già. Ecco cosa aveva. «Mamma… sai già tutto? Chi te lo ha detto?» chiese timoroso.

Isabel ci mise un po' a ritrovare la voce, ad articolare le parole e lasciarle fluire dalla bocca. «Donna Hortensia», riuscì a mormorare.

«Donna Hortensia?»

«Le avevo chiesto se don Luis poteva interessarsi al caso di tuo padre. Oggi è arrivata la risposta.»

Fernando si avvicinò alla madre e si inginocchiò, appoggiandole la testa sulla gonna. Lei cominciò ad accarezzargli dolcemente la testa. Poi si abbracciarono e lasciarono andare il pianto. Piansero senza lamenti, senza parole, in silenzio, mischiando le loro lacrime, tanto erano vicini l'uno all'altra.

La realtà s'impose e Fernando e Isabel tornarono alla routine dei loro impegni. Madre e figlio non nascondevano la loro disperazione.

Isabel era invecchiata di colpo. Intorno alle labbra erano spuntate delle rughe che avevano disegnato sul suo volto una smorfia amara. Gli occhi sembravano più piccoli e la pelle, prima candida, adesso aveva un colorito da malata.

Piangeva in silenzio. Piangeva mentre andava al lavoro, piangeva di notte quando si infilava nel letto, piangeva mentre era impegnata nelle faccende di casa. Il suo pianto era diventato una compagnia quotidiana, come respirare.

Anche Fernando piangeva, ma cercava di fare in modo che la madre non lo vedesse. Non voleva aggiungerle altre sofferenze.

«Se continuo a vivere, è per te», le confessò Isabel una notte.

«Non dire così… Dobbiamo vivere, mamma, dobbiamo farlo per papà. A lui non sarebbe piaciuto vederci arresi. Solo stando in piedi difenderemo la sua memoria. Dobbiamo vivere, mamma, dobbiamo vivere e… vendicare la sua morte.»

«No, figlio mio, la vendetta rende vili e poi, se anche volessimo, non potremmo vendicarci.»

Isabel cominciò a smettere di andare in chiesa. Aveva perso la fede.

Don Bernardo non tardò a presentarsi a casa sua, una domenica, dopo la messa di mezzogiorno.

Fernando gli aprì la porta e rimase fermo davanti a lui, senza invitarlo a entrare.

«Be', cosa c'è? Non mi fai entrare…? Sono venuto a trovare tua madre, lo so già che tu sei un caso perso…» disse il prete, cercando di contenere la rabbia davanti allo sguardo di sfida di Fernando.

Isabel sentì le voci e accorse immediatamente; guardò il prete senza alcuna emozione, senza alcuna curiosità.

«Che cosa vuole?» gli chiese, ma non lo invitò a entrare.

«Ecco, parlare con te, figliola. Non ti vedo da due settimane. Ho saputo di tuo marito e sai bene quanto mi dispiaccia. Prego per lui affinché Dio lo tenga con sé.»

«Non si disturbi a pregare. Mio marito non ha bisogno di preghiere», rispose Isabel con tono di sfida.

«Cosa dici! Dai, figliola, capisco come ti senti... ma non devi girare le spalle a Dio», protestò don Bernardo, a disagio perché Fernando continuava a impedirgli di entrare.

«È Dio che ha girato le spalle a noi, perciò è finita qui.» Il timbro di voce di Isabel denotava la sua irritazione.

«E non mi fai entrare? Sono venuto a portarti consolazione», insistette il prete.

«Consolazione? Nessuno ci può consolare. Nessuno. O crede che a parole si possa alleviare la sofferenza per aver perso mio marito? Crede che qualcuno possa attenuare il dolore di mio figlio per la perdita di suo padre? Le parole sono di troppo. Ci lasci nel nostro lutto», concluse Isabel.

«Ho l'obbligo di impedire che la tua anima si perda.»

«Dovrebbe preoccuparsi delle anime degli assassini di mio padre, loro sì che hanno bisogno delle sue preghiere», intervenne Fernando. «Ma se Dio esiste, non credo esistano preghiere capaci di salvarli dall'inferno.»

«Sant'Iddio! Come osi dire una tale assurdità! Bada a quello che dici, Fernando, non tentare Dio.» Don Bernardo stava perdendo la pazienza.

«Perché non ci lascia in pace?» La risposta di Fernando suonò come una sfida.

«Isabel...» insistette il prete.

«Ha sentito mio figlio. Non abbiamo bisogno della sua consolazione.» E si voltò, lasciando Fernando di fronte a don Bernardo.

«Se è quello che volete... spero che tua madre recuperi il senno», mormorò il prete.

Don Bernardo si voltò e diede le spalle a Fernando mentre quest'ultimo chiudeva bruscamente la porta.

Poi andò in cucina, dove Isabel stava pelando una patata. La guardava concentrata, come se richiedesse tutta la sua attenzione.

«Non sapevo che avessi smesso di andare in chiesa», disse Fernando.

«Che cosa ci vado a fare? Sai quanto ho pregato Dio, quanto l'ho supplicato perché salvasse la vita di tuo padre? Che ingenua! Se Dio non ha evitato la fucilazione di altre persone, perché mai avrebbe dovuto compiacere me? Lui e io abbiamo chiuso. Ognuno per sé.»

«Sicché hai chiuso con Dio...»

«Non credere che sia facile, Fernando.» Isabel parlava senza guardare il figlio.

«No, lo immagino. Sin da quando ero bambino, non sei mancata neanche un giorno in chiesa, anche se papà non ci andava mai.»

«Tuo padre aveva le sue ragioni, che io ho sempre rispettato, proprio come lui rispettava la mia fede.»

«Papà era così, sempre rispettoso con tutti. Ma sei proprio sicura di non voler andare in chiesa?» chiese Fernando, sapendo che le preghiere per sua madre avevano sempre rappresentato una consolazione.

«Ne sono sicura. E adesso lasciami finire di pelare le patate. Donna Hortensia mi ha dato due uova, preparerò una tortilla. A proposito, hai visto Eulogio?»

«Sì, gli ho detto di papà...»

«Lo so, Piedad mi ha fatto le condoglianze. Sono davvero brave persone, figlio mio. Questo pomeriggio uscirò a fare una passeggiata insieme a Piedad. Quella poveretta sta soffrendo tantissimo. Eulogio non si rende conto di quanto profondamente stia ferendo sua madre. Può anche darsi che lei abbia sbagliato, ma lui non dovrebbe dimenticare che quello che ha fatto lo ha fatto per salvare lui.»

«Mamma, tu avresti... insomma, avresti permesso che don Antonio si spingesse oltre, con te, pur di salvarmi?»

Isabel rimase in silenzio qualche secondo, a riflettere. Più volte si era fatta la stessa domanda e non era riuscita a trovare una risposta definitiva. A volte pensava che per Fernando valesse la pena anche perdere la dignità; altre volte si diceva che dovevano esistere altre vie d'uscita. Ma una cosa le era chiara: lei non avrebbe mai giudicato Piedad. Aveva sempre provato molta simpatia per la famiglia Jiménez. Eulogio era il ritratto di suo padre, Jesús. Diverse volte Lorenzo e Jesús avevano intavolato delle conversazioni lungo le scale per concluderle poi nella casa dell'uno o dell'altro, davanti a una tazza di caffè. Entrambi erano appassionati di politica e Jesús Jiménez amava commentare con suo marito le notizie del giornale.

Lei e Piedad facevano sempre due chiacchiere quando si incontravano, sotto il portone o per le vie del quartiere, ma quella domenica sarebbero uscite insieme per la prima volta. Piedad le aveva chiesto di fare una passeggiata e Fernando aveva insistito con sua madre perché accettasse. «Non puoi rinunciare a uscire. Prendere un po' d'aria ti farà bene», le aveva detto, ma Isabel, cocciuta, usciva unicamente per andare al lavoro. «Papà non vorrebbe che te ne stessi rinchiusa», aveva insistito Fernando. «Non è raccomandabile uscire quando si è in lutto», argomentava Isabel. Ma suo figlio l'aveva convinta che il dolore non è incompatibile con le passeggiate. E se non fosse uscita, avrebbe finito per impazzire. «Non capisco di quale peccato ti macchieresti se uscissi a prendere un po' d'aria. E se le bigotte ti criticano, lasciale fare. Nessuno ci restituirà mio padre.»

Per Piedad era un sollievo che una donna così rispettata come Isabel uscisse a fare una passeggiata con lei. Quanto a Isabel, era una sfida lanciata a tutti gli ipocriti del quartiere uscire con una donna chiacchieratissima per via dei suoi rapporti con il negoziante.

«Mamma, non mi hai risposto», insistette Fernando distogliendola dai suoi pensieri.

«Sì... chi lo sa... bisognerebbe trovarsi nelle stesse circostanze...»

«Be', io non credo che ne saresti stata capace», affermò Fernando.

«Chi lo sa, figlio mio, chi lo sa... Vabbè, tu cosa farai oggi?»

«Andrò a trovare Catalina.»

«Già... come va la gravidanza?»

«Non la vedo da più di venti giorni... da quando abbiamo saputo di papà... Immagino stia bene. A donna Petra non piace che io vada lì, ma Catalina insiste col dire che non devo fare caso a sua zia.»

«Che ragazzina stupida. Non ci si può presentare in una casa in cui non si è graditi», rispose Isabel con severità.

«L'unica paura di donna Petra è che se ne accorga don Ernesto. Lo sai quanto è severo.»

«Che sia a causa di Ernesto o perché a Petra non piace che tu vada a trovare la nipote, in ogni caso devi rispettare la sua volontà» affermò Isabel.

«E invece non lo farò, mamma.»

«Ma Fernando, quando accetterai che Catalina non è per te?»

«Mai.»

«Ma... figlio mio!»

«Mai, mamma, mai. La amo e l'amerò sempre, qualunque cosa succeda, qualunque cosa faccia.»

«Questa ossessione ti impedirà di essere felice.»

«Magari hai ragione tu, ma le cose stanno così. Per me una vita senza Catalina equivarrebbe a una non vita.»

«Sei molto giovane, Fernando, e se io credessi ancora in Dio, gli chiederei di mettere sulla tua strada la donna che meriti. Ma non glielo chiederò perché so che non serve a niente.»

A Madrid era una fredda giornata d'autunno ma alle quattro in punto Piedad suonò il campanello della casa dei Garzo. Aveva una gran voglia di uscire a farsi una passeggiata e non riusciva a immaginare una compagnia migliore di quella di Isabel. Entrambe avevano accumulato una tale riserva di sofferenze da poter stare in silenzio senza sentirsi in obbligo di intessere una qualunque conversazione.

Fernando aprì la porta a Piedad e la invitò a entrare.

«Cosa ne dici se facciamo una passeggiata lungo la Gran Vía? Potremmo arrivare sino al Retiro...» propose Isabel.

«Va benissimo. Ho bisogno di svagarmi un po'», rispose Piedad con un sorriso.

«Mamma, ho risparmiato queste due pesetas... magari potete prendervi un caffè», disse Fernando porgendole le monete.

«Non lo so... noi due sole...» esitò Isabel.

«E cosa c'è di male? Non credo sia un peccato prendersi un caffè», insistette Fernando.

«Meglio risparmiare i soldi, figliolo, con tutto quello di cui abbiamo bisogno...»

«Mamma, questi li ho risparmiati per te. Fallo per me. Per una volta che esci...»

«Non so se dovrei, sono in lutto, forse non dovrei nemmeno uscire per strada.»

«Il lutto lo portiamo dentro. Vestirsi di nero non serve a niente», rispose Fernando.

«Certo che serve, a esprimere il dolore che sentiamo. Non riuscirei a indossare un altro colore», affermò Isabel.

Piedad li ascoltava senza intervenire, provava invidia per l'affetto che si manifestavano a vicenda Isabel e Fernando. Le sarebbe piaciuto che Eulogio mostrasse nei suoi confronti le stesse attenzioni. Subito dopo si rimproverò di aver avuto questo pensiero. Eulogio era stato un figlio devoto e accondiscendente sino a che non era venuto a sapere di don Antonio. No, non poteva rimproverargli niente. Pensò di essersi ben meritata il suo disprezzo.

Fernando uscì insieme a Piedad e a sua madre. Pensava di raggiungere a piedi la casa di donna Petra con la speranza che Catalina non fosse uscita a passeggiare.

Il suo animo era in contrasto con i raggi di sole tiepido che illuminavano quel pomeriggio domenicale. Ricordò quello che diceva sempre suo padre, che Madrid aveva la luce più bella del mondo; era d'accordo.

Quel pomeriggio non voleva solo vedere Catalina. Voleva anche chiederle una cosa. Non gli sarebbe stato facile e probabilmente lei gli avrebbe risposto di no, ma doveva provarci.

Non aveva mai smesso di pensare a un modo per vendicarsi. Nelle ultime due settimane si era avvicinato spesso al carcere delle Comendadoras per capire a che ora facessero uscire i detenuti destinati a essere giustiziati. Di solito li portavano via molto presto, prima che le luci dell'alba svegliassero la città. Li accompagnavano sino al muro del Cimitero dell'Est e lì formavano il plotone di esecuzione. Aveva notato che, in seguito, alcuni soldati lasciavano il posto, altri si intrattenevano a fumare una sigaretta. Pensò che avrebbe potuto avvicinarsi e sparare a bruciapelo a uno di loro, quello più vicino, per poi correre via. Sapeva di non avere alcuna possibilità di sopravvivere, ma non gli importava. Poi il caso gli venne in aiuto. Un giorno, girovagando intorno al carcere, si imbatté in don Arturo, l'uomo anziano che di solito incontravano di domenica mentre aspettavano di vedere i familiari detenuti.

L'uomo si stupì di vedere Fernando. «Ma dai, non avrei mai pensato di trovarti qui... ho saputo di tuo padre. Mi dispiace», gli disse con sincerità.

Fernando gli chiese con interesse del destino di suo figlio e l'anziano uomo a malapena trattenne le lacrime. «Lo hanno fucilato stamattina», gli raccontò con un filo di voce.

«Mi spiace... condoglianze.» Fernando avvertì dentro di sé una rabbia spaventosa.

In quel momento si avvicinarono due uomini che li squadrarono dall'alto in basso con disprezzo. Fernando fu sul punto di affrontarli, ma l'anziano lo tenne per il braccio, invitandolo a rimanere fermo e zitto. Quando gli uomini si furono allontanati a una certa distanza, don Arturo gli spiegò chi fossero. «Non li hai riconosciuti? Il maggiore è una delle guardie del carcere, si chiama Roque, un figlio di puttana come ce ne sono pochi, e l'altro è suo figlio, un soldato di quelli che fucilano i detenuti. Credo che si chiami Saturnino. Di solito va alle Comendadoras con il suo plotone per portarsi via i condannati. Lo vedi, il padre carceriere, il figlio soldato. Non è la prima volta che me li trovo davanti. Il figlio di solito viene a prendere il padre e poi tornano insieme a casa.»

«Sì... il maggiore è un bastardo. A mio padre ha tolto gli occhiali, per poi gettarli a terra e schiacciarli», rispose Fernando.

«Non c'è detenuto che parli bene di lui. Gli piace umiliare il prossimo, si meriterebbe una bella pallottola», biascicò don Arturo.

Fernando rabbrividì e, in quel preciso istante, capì di aver trovato le persone giuste per compiere la propria vendetta. Sentì enorme soddisfazione nell'immaginare il momento in cui avrebbe sparato contro di loro. Contro il padre carceriere e il figlio assassino. Bastava solo aspettare una situazione identica a quella di quel pomeriggio. Li avrebbe seguiti e, non appena si fossero distratti, avrebbe sparato. Sì, avrebbe fatto proprio così. La cosa più facile. Occhio per occhio. C'era un unico problema: aveva bisogno di un'arma. Non conosceva nessuno cui chiederla, ma sapeva che a casa di donna Petra c'era una pistola. Glielo aveva detto Catalina; un giorno aveva aiutato sua zia a fare pulizia nei cassetti del comò e un fagotto costituito da vari strati di tela aveva richiamato la sua attenzione. Stava per aprirlo quando sua zia le aveva gridato di non farlo. «Era la pistola di tuo zio. La conservo qui. Non mi piacciono le armi, ma non voglio disfarmi delle cose che sono appartenute a mio marito», le aveva spiegato. A Catalina quella scoperta era sembrata una novità sufficientemente sostanziosa da dover essere condivisa con Fernando. Gliela aveva raccontata come un grande segreto, ma lui se n'era dimenticato finché non aveva cominciato a ideare il modo per vendicarsi della fucilazione di suo padre.

Si chiese come avrebbe reagito Catalina quando le avesse chiesto la pistola che sua zia conservava così gelosamente.

Quando arrivò al portone della casa in cui viveva donna Petra e vide che la portinaia non c'era si tranquillizzò. Quella ficcanaso che non mancava mai di chiedergli dove andasse, benché lo sapesse, non gli piaceva proprio.

Salì i gradini a due a due. Desiderava ansiosamente vedere la sua amica, condividere con lei il dolore che lo tormentava da quando suo padre era morto. Suonò il campanello un paio di volte e la porta si aprì, disegnando sulla soglia la sagoma di Catalina.

«Era ora! Pensavo che non saresti più tornato», lo rimproverò a mo' di saluto mentre si spostava da un lato per lasciarlo passare.

Donna Petra si piazzò nell'atrio e lo guardò con commiserazione prima di abbracciarlo. «Fernando, ti faccio le mie condoglianze. Mia sorella Asunción mi ha raccontato quello che è successo.»

«Grazie, donna Petra», riuscì a dire, impressionato dall'abbraccio della donna.

«Non è facile accettare la morte di una persona amata. Lo so bene perché sto ancora piangendo quella del mio povero marito che, come sai, è stato ucciso nella battaglia dell'Ebro.»

«Su! Ma cosa c'entra questo... Una cosa è morire in battaglia, un'altra è essere fucilati», la rimproverò Catalina, vedendo che il suo amico aveva storto la bocca.

Fernando non sapeva cosa dire e per un istante pensò di andare via. Il marito di donna Petra era morto in guerra, combattendo con i nazionalisti. Suo padre era stato fucilato nel nome di Franco. Per Fernando c'era una differenza così abissale che gli costò uno sforzo immenso non rispondere male a quella brava donna.

«Senti, entra, preparerò un po' di cioccolata. L'ha portata ieri Asunción. A quanto pare è un regalo di don Antonio», disse donna Petra mentre li accompagnava nel salone.

«Proprio per questo non ne voglio», affermò Catalina.

«Ma cosa te ne importa della provenienza? Devi mangiare, al bambino farà bene», protestò donna Petra.

Non appena rimasero da soli nella sala, Catalina abbracciò Fernando. Gli gettò le braccia al collo e gli si incollò addosso con l'intento di esprimergli tutto il suo affetto. Fernando tremò al contatto dei loro corpi. Riusciva a sentire il calore di lei e anche il ventre gonfio per il figlio che portava dentro.

«Avresti dovuto venire prima! Poveretto, chissà quanto stai soffrendo. E tua madre? Non ho mai smesso di pensare a voi da quando mamma ce l'ha detto. Mi dispiace così tanto... tuo padre era un uomo bravissimo... Immagino che avrai scritto a Marvin per dirglielo. Io l'ho fatto. Odia così tanto i fascisti... questa notizia lo colpirà.»

La sola menzione di Marvin lo scosse nell'animo. Gli faceva male constatare che Marvin era una presenza costante per Catalina. «Non ho niente da raccontargli», rispose arrabbiato.

Catalina tacque davanti al dolore di Fernando. Si rifiutava di accettare che il suo amico fosse innamorato di lei, benché sua madre e sua zia non facessero che ripeterglielo. Lei gli voleva molto bene, ma lo aveva sempre visto come il fratello che non aveva mai avuto. Gli prese la mano e lo invitò a sedersi. «Mi dispiace molto, credimi, mi dispiace. Mi piacerebbe fare qualcosa per aiutarti, qualunque cosa.»

Se solo non avesse avuto bisogno della pistola, se ne sarebbe andato. Ma era l'unica possibilità di portare a compimento la sua vendetta.

Donna Petra era impegnata in cucina nella preparazione della cioccolata, ma Fernando si premurò di abbassare la voce. «Sono venuto proprio per questo, per chiederti una cosa di cui ho bisogno.»

«Tutto quello che vuoi... sempre che lo possa fare...» rispose Catalina incuriosita.

«Ho bisogno di avere la pistola di tuo zio», disse Fernando, con la voce ancora più bassa.

Catalina lo guardò sorpresa, pensando di non aver capito.

«So che quello che ti sto chiedendo può crearti dei problemi, ma se non mi aiuti tu...» sussurrò lui.

«Ma a cosa ti serve una pistola?» le chiese lei con la voce alterata.

«Taci, taci, non vorrei che ti sentisse tua zia.»

«Fernando, mi stai spaventando... Non capisco cosa tu pretenda di...»

«Ucciderò gli assassini di mio padre. Ecco perché ho bisogno di una pistola. Vorrei che tu mi dessi quella di tuo zio. Se non mi aiuti tu... non so cosa farò, ma ti giuro che non mi fermerò finché non sarò riuscito a vendicarmi.»

Catalina rimase zitta, a guardarlo fissamente. Non sapeva cosa pensare, cosa dire, nemmeno cosa sentire. In quel momento sua zia entrò nella sala e posò un vassoio sul tavolino basso. Tre tazze e dei biscotti. «Manca ancora un po' per la cioccolata», disse loro mentre lasciava di nuovo la stanza.

«Se ti do la pistola, mia zia se ne accorgerà», disse Catalina in un sussurro.

«Non vedo perché... io cercherò di restituirtela, ma non posso assicurartelo... Me ne andrò in esilio. In questo Paese non c'è posto per me.»

«Non puoi andartene! Vuoi lasciare sola tua madre? Il desiderio di vendicarti ti sta facendo perdere la testa. Devi rasserenarti, Fernando, o commetterai un errore.»

«Mi darai la pistola?»

«No... non posso... non chiedermi questo... Ti verranno a cercare, capiranno di chi è la pistola e verranno da mia zia... Chissà che cosa potrebbero farci... Per Dio, Fernando, ricomincia a ragionare!»

«Se non mi aiuti, li ucciderò a mani nude», rispose tranquillo.

«Ma chi hai pensato di uccidere? Non sai chi ha fucilato tuo padre... nessuno conosce i nomi dei soldati che sparano», argomentò Catalina sempre più alterata.

«Conosco un tipo... suo padre è una delle guardie delle Comendadoras. E lui è uno dei soldati del plotone di esecuzione. La sera di solito va a prendere suo padre e tornano a casa insieme. Li ucciderò entrambi.» Poi le raccontò nei dettagli quando e come pensava di farlo. Sarebbe successo il sabato successivo. Aveva l'assoluta certezza che di sabato il figlio del carceriere andava a prendere suo padre.

«Eccola... da leccarsi le dita, una cioccolata con vero latte... Te ne darò un po' per portarla a tua madre. Le farà bene una bella tazza di cioccolata calda. È così magra, poverina...» si lamentò donna Petra.

Fernando assaggiò la bevanda. Non ricordava più l'ultima volta in cui ne aveva bevuto una tazza. Sicuramente prima della guerra. Mangiò con gusto anche uno dei biscotti che secondo Petra rendevano più buona la cioccolata. Catalina alla fine cedette e ne bevette due tazze, accompagnate da diversi biscotti. La cioccolata era irresistibile per lei.

«Cerca di fare con calma perché oggi hai mangiato pochissimo... Sai, Fernando? Catalina è intrattabile, come se non bastasse tutto il resto...»

Non appena ebbero finito la cioccolata, donna Petra mise le tazze sul vassoio e le portò in cucina. Avevano chiacchierato di cose senza importanza, perlopiù della gente del quartiere. Rimasti di nuovo soli, Fernando e Catalina si sentirono a disagio. Un disagio che li colse di sorpresa: era la prima volta che succedeva.

«Me ne vado. Stammi bene. Ti auguro buona fortuna con tutto il cuore», le disse Fernando alzandosi in piedi.

«Non pensi di tornare?»

«No. Ti ho già detto quali sono i miei piani. Mi cercheranno per fucilarmi e cercherò di evitarlo, soprattutto per mia madre.»

«Le darai un dispiacere enorme se farai quello che hai in mente!» lo rimproverò Catalina.

«Spero che mantenerrai il segreto», le chiese Fernando.

«Ma certo... lo sai che non spiffero i segreti altrui, e poi non direi mai qualcosa che possa danneggiarti. Vabbè, se ce la fai, dove andrai?»

«Mi piacerebbe andare in Francia... lì ci sono molti spagnoli, anche se dicono che i francesi li trattano male. Però quando è scoppiata la guerra un amico di mio padre se n'è andato a Parigi; diceva che si rifiutava di partecipare a una guerra fratricida.»

«E cosa fa questo amico di tuo padre?» gli chiese.

«Era contabile... ma ignoro cosa faccia adesso per guadagnarsi da vivere.»

«Perciò andrai a Parigi...»

«Può darsi. Vedremo.»

Quando si salutarono c'era tensione. Fernando dovette trattenere le lacrime al pensiero che si vedevano per l'ultima volta. Si chiese come avrebbe potuto sopravvivere all'assenza di Catalina. Non poteva immaginare la sua vita senza di lei, gli faceva male quanto l'idea di separarsi dalla madre.

Camminò lento verso casa. Sapeva che Isabel avrebbe sofferto in modo indicibile quando lui fosse scomparso, ma sarebbe stata ancora peggio se fosse venuta a sapere che lui aveva ucciso due uomini. Perché Fernando non aveva dubbi sul fatto che li avrebbe uccisi, anche a costo della sua stessa vita.

Arrivato a casa, trovò sua madre seduta accanto al balcone con lo sguardo perso.

«Che fai, mamma?» le chiese mentre le dava un bacio.

«Penso... non riesco a smettere di pensare a tuo padre. Non passa un solo minuto senza che non pensi a lui. Non potrò mai perdonare i suoi assassini, mai.» Isabel prese la mano di suo figlio e la strinse con forza.

«Nemmeno io», affermò Fernando.

«Li odio, li odio così intensamente che vorrei ucciderli tutti. Questa è la cosa che mi spaventa di più, sapere che, se potessi, non esiterei un solo istante a restituirgli tutto il male che ci hanno fatto. Mai, Fernando, non li perdonerò mai. La cosa peggiore, figlio mio, è che rimarranno... Piedad è convinta che quando la guerra in Europa sarà finita le potenze straniere ci aiuteranno a liberarci di Franco, ma io non do per scontato che se l'Inghilterra vincerà la guerra poi verrà a liberarci. Quando mai gli inglesi hanno fatto qualcosa per noi? E la Francia? Che vergogna! È stato il governo di sinistra di León Blum a voltarci le spalle... Siamo soli... nessuno verrà a salvarci e questa gentaglia farà del nostro Paese quello che vorrà. Siamo gli sconfitti. Se mi avessero restituito tuo padre sarei stata disposta ad abbassare la testa, ma senza di lui... cos'altro possono farci?»

Rimasero abbracciati a lungo. Fernando era sorpreso dall'intensità dell'odio che provava sua madre. L'aveva sempre vista come una donna serena ed equilibrata, e di colpo la scopriva impetuosa quanto lui. Ricordò che suo padre con lui si spazientiva, gli diceva sempre che prima di parlare o di fare qualunque cosa doveva riflettere, non lasciarsi trasportare dalle emozioni.

Non aveva mai visto suo padre perdere la compostezza, o alzare la voce, nemmeno quando qualcosa lo faceva arrabbiare.

Si chiese se fosse stata la guerra a cambiare sua madre. Ma la risposta gli importava poco. In realtà sapere che lei sentiva lo stesso intenso odio che provava lui gli era di sollievo; forse le sarebbe stato più facile perdonarlo quando avesse saputo che aveva ucciso due uomini.

Il lunedì, quando stava per uscire dal portone di casa, Fernando s'imbatté in Eulogio. «Sono giorni che non ti vedo», gli disse.

«Forse perché non vuoi vedermi. Lo sai dove vivo», rispose fiaccamente il suo amico.

«Hai trovato qualcosa?» gli chiese, pur sapendo che con quella domanda avrebbe inasprito il suo già pessimo umore.

«Nessuno dà lavoro a un invalido come me. Non ho un titolo e nemmeno un mestiere, e per giunta ho dei precedenti in quanto rosso.» La sua risposta era piena di amarezza.

«Dunque, che cosa farai?»

«Te l'ho detto, me ne andrò. La cosa che mi irrita di più è il fatto che dovrò chiedere a mia madre i soldi per il treno.»

«E hai deciso dove andare...?»

«In America. Ho pensato di raggiungere Lisbona e di cercare lavoro su qualche nave diretta in America, a Nord o a Sud mi è indifferente. Mi pagherò il biglietto lavorando. In una nave c'è sempre bisogno di una mano, sono zoppo ma non del tutto invalido.»

«Magari vengo con te», disse Fernando, per pentirsi immediatamente delle sue parole.

«Cosa dici? Vuoi andartene? Per quale ragione? Se te ne vai non so che cosa farà tua madre...»

«Farà come la tua, si lamenterà, piangerà. Ma io ho le mie ragioni per andarmene.»

«Ah, sì? Allora me le dovrai spiegare, le tue ragioni, perché alla fine dei conti un lavoro ce l'hai, siete anche stati più furbi di noi e non avete venduto la casa.»

«Stanotte verrò a trovarti, se hai un po' di tempo usciamo a fare un giro e ti racconto. Senti, non farne parola con nessuno, mia madre non sa niente.»

«Non preoccuparti. Non dirò niente.»

Mentre raggiungeva la tipografia non poté fare a meno di rimproverarsi per essersi aperto con Eulogio. Perché il suo piano andasse in porto era imprescindibile che nessuno sapesse niente. Certo, lo aveva già raccontato a Catalina, ma era certo che lei avrebbe mantenuto il segreto.

Due giorni dopo, Catalina si svegliò in un bagno di sudore e cominciò a vomitare. Aveva avuto un incubo: Fernando moriva. Inoltre, ogni giorno che passava portare avanti la gravidanza era sempre più pesante. La visita di Fernando l'aveva inquietata. In realtà era spaventata. Sapeva che lui sarebbe stato capace di uccidere il carceriere e suo figlio, soprattutto se era vero quanto gli avevano detto, ovvero che quest'ultimo faceva parte del plotone di esecuzione.

Vedendola così sciupata, la zia Petra aveva cercato di metterla sul ridere dicendole che aveva un colorito verde mela, ma in realtà si era preoccupata e, spaventata, aveva chiamato la sorella Asunción, che ormai doveva essere in arrivo.

Catalina aveva discusso con la zia perché non voleva che facesse preoccupare sua madre, ma non ci era riuscita. Donna Petra continuava a ripeterle che per lei era una responsabilità enorme ospitarla a casa sua in quello stato, e che aveva l'obbligo di fare in modo che non le succedesse niente. La inquietavano le occhiaie profonde di sua nipote, non presagivano niente di buono. Ma lei era sua zia, non sua madre, perciò la cosa migliore era che fosse la sorella a farsi carico della situazione.

Donna Asunción si era agitata dopo che sua sorella l'aveva chiamata. Petra non era una che esagerava le cose e se aveva detto che Catalina aveva un pessimo aspetto, voleva dire che le era successo qualcosa.

Finì di disporre sul tavolo le stoviglie e il caffè. Suo marito si era appena messo la cravatta.

Quando Ernesto Vilamar entrò nella sala da pranzo non si accorse di quanto fosse nervosa sua moglie, che inciampò mentre gli serviva una tazza di caffè. «Stai attenta, Asunción...»

«Sì... Ernesto, scusami, non so dove ho la testa... è che la piccola... Petra mi ha chiamata dicendomi che Catalina ha un pessimo aspetto, che si sente male. Appena finita la colazione vado a trovarle. Ecco, chiamerò anche Juan Segovia, mi sembra opportuno che il medico la visiti.»

«Quello che dovrebbe fare è partorire, ormai. Don Antonio mi ha chiesto di nuovo di lei. Ho l'impressione che non abbia creduto sino in fondo che Catalina si sta occupando della zia. Mi ha detto che sua moglie insiste sul fatto che lei e Antoñito debbano conoscersi meglio prima di sposarsi, perché è vero che ufficialmente sono già fidanzati, ma non si sono mai visti due innamorati che nemmeno si scrivono. Questa storia deve finire, Asunción. Sarebbe stato meglio disfarsi di quel bambino, o di qualunque cosa sia.»

«Che Dio ti perdoni, Ernesto! Come puoi dire che avresti preferito che nostra figlia... Guarda, il solo fatto di doverla obbligare a rinunciare al bambino mi pesa già moltissimo sulla coscienza, senza che ti ci metta tu con affermazioni azzardate come quella che hai fatto.»

«Sei proprio una bigotta. Don Bernardo ha il controllo totale sulle sue fedeli. Ma cosa può saperne un prete della vita! È ora che la ragazzina partorisca e smettiamola con le stupidaggini.»

«Be', don Antonio e suo figlio dovranno aspettare.»

«Asunción, bisogna fare qualcosa, don Antonio non aspetterà così tanto. Quella strega di sua moglie continua a pungolarlo...»

«E allora digli la verità, che Catalina ha sbagliato e sta aspettando un bambino. Se Antoñito la ama, la perdonerà.»

«Sei matta! Quale uomo sposerebbe una donna che è rimasta incinta da nubile? Non sai quello che dici. Avresti dovuto educare meglio tua figlia. Tu sempre in chiesa, ma lei...»

«Non hai cuore, Ernesto», si azzardò ad affermare donna Asunción.

«In compenso abbiamo molti debiti, Asunción. Se Catalina non si sposa con Antoñito finiremo a vivere sotto un ponte. È quello che vuoi? Siamo rovinati. Questa dannata guerra ci ha rovinati. Sono stufo di ricordarti che gli affari di tuo padre sono andati in malora durante la guerra. E le fattorie di Huesca... Per quanto mio fratello Andrés ci si impegni, ne ricava giusto il minimo per vivere.»

«E non c'è un altro modo per andare avanti?» chiese, temendo la risposta.

«No.»

«E la mia eredità?»

«La tua eredità? Come credi che siamo sopravvissuti? Non è rimasto più niente della tua eredità.»

«Certo, ma da lì a consegnare nostra figlia a...»

«E per cosa esistono i figli, se non per obbedire ai genitori? Quella ragazzina crede di essere poco meno di una principessa. È ora che faccia i conti con la realtà.»

«Potremmo cercarle un marito che non le stia così antipatico come Antoñito.»

«E da dove dovremmo tirare fuori un gioiello del genere? Antoñito è quello che abbiamo a disposizione e con Antoñito si sposerà.»

«Ma...»

«Non ci sono ma, Asunción. Dobbiamo affrontare la situazione.»

Donna Asunción arrivò a casa di sua sorella e quando vide Catalina si spaventò. Le mise la mano sulla fronte e capì che aveva la febbre. Meno male che aveva chiamato Juan Segovia, pensò, il medico le aveva promesso di passare a visitare la piccola prima di pranzo.

Passarono il resto della mattinata nervose. Catalina aveva la nausea e continuava a dare di stomaco, la madre e la zia erano terrorizzate. Donna Asunción non ricordava di essere stata così male quando era incinta. Quanto a donna Petra, non avendo avuto figli ne sapeva ben poco di gravidanze, ma era chiaro anche a lei che sua nipote aveva qualcosa di grave.

Alle due in punto il medico si presentò a casa loro e donna Petra, in un accesso di gratitudine, lo abbracciò. «Entra, entra, Juan... Catalina sta malissimo... l'abbiamo obbligata a sdraiarsi, ma continua a vomitare, poverina, e dice che le fa male la pancia...»

«Dai, su, stiamo tranquilli, vedrai che non è così grave...»

Dopo averla visitata, il medico capì che la cioccolata le era rimasta sullo stomaco, provocandole un'indigestione, ma constatò anche che il bambino si era spostato. «Non so... magari dovrà anticipare il parto. Dio non voglia, perché a sei mesi...»

«Quasi sette», disse Catalina.

«Sei e mezzo», precisò donna Asunción.

«È pericoloso, molto pericoloso... Chiederò alla levatrice dell'ospedale di venire a visitarti questo pomeriggio. E non muoverti. Neanche un piede fuori dal letto, mi raccomando. Potresti perdere la creatura.»

«Santo cielo! Per Marvin sarebbe una delusione», affermò Catalina.

«Smettila di nominare Marvin!» esclamò sua zia con un timbro isterico nella voce.

«È il padre di mio figlio! Che vi piaccia o no, questo bambino ha un padre ed è Marvin.»

«Figlia mia... non rendere le cose più difficili.» Donna Asunción era sul punto di piangere.

«Catalina, devi accettare che non puoi tenere con te il bambino. O hai scelto di mettere in ridicolo i tuoi genitori e la tua famiglia? Quanto a te, credi che esisterà un uomo che vorrà sposarti?» la rimproverò il medico.

«Marvin sì, so che quando saprà che abbiamo avuto un figlio ne sarà orgoglioso.»

«Non fare la bambina... hai già dato abbastanza dispiaceri ai tuoi genitori. Appena la creatura nascerà la consegneremo a una buona famiglia. La stanno già aspettando. La cresceranno come fosse sangue del loro sangue. Non le mancherà niente e tu potrai sposarti con Antoñito, avrete dei figli... vedrai.»

«Assolutamente no! Non mi sposerò con Antoñito, piuttosto preferisco morire. Mi fa schifo. E non penso di dare via mio figlio. Cerchi un altro bambino per quella famiglia. Il mio non lo avrà.»

Con un gesto, Juan invitò le due donne a non discutere con Catalina. Era una ragazzina priva di senno, ma non aveva alternative, poteva solo ubbidire. Che giocasse quanto voleva a fare la ribelle. Il giorno del parto si sarebbe occupato in prima persona di portare via il bambino. Ma perché discutere con una ragazzina? Certo, era preoccupante vedere la pancia così bassa... temeva potesse addirittura perdere il bambino.

La lasciarono sola nella stanza in penombra, anche se lei aveva chiesto di aprire le finestre e permetterle di vedere la luce del giorno che filtrava tra gli alberi. La zia Petra, però, non la accontentò. Non era disposta a permettere a suo nipote di disobbedire alle raccomandazioni del medico.

«Tornerò questo pomeriggio con la levatrice. Intanto deve stare tranquilla, datele una camomilla, la aiuterà per il mal di stomaco. Non permettetele assolutamente di alzarsi o le conseguenze potrebbero essere molto spiacevoli.»

Frattanto, Catalina aveva preso una decisione. Aveva capito che nemmeno sua madre l'avrebbe appoggiata nella decisione di tenersi suo figlio. Ma lei non era disposta a rinunciarvi. Era suo e di Marvin; Catalina era certa che non l'avrebbe mai perdonata se un giorno fosse venuto a sapere che aveva affidato ad altri un figlio loro. Se lo avesse fatto, avrebbe perso Marvin per sempre. Non aveva altra scelta, doveva andarsene. Non poteva nemmeno aspettare che il bambino nascesse. Doveva andare via quanto prima. Sarebbe scappata, se ne sarebbe andata in Francia, avrebbe cercato rifugio da Marvin. Lui si sarebbe fatto carico di tutto. Al solo pensiero si sentì sollevata.

Era già pomeriggio inoltrato quando il medico tornò in compagnia della levatrice, che visitò Catalina senza troppi riguardi. «Se non osserva il riposo assoluto non so che cosa succederà al bambino...» sentenziò la donna, dando manforte all'opinione di don Juan. Arrivò persino a ipotizzare un parto prematuro.

«Forse dovremmo portarla in ospedale», suggerì donna Asunción, preoccupata per il destino della figlia.

«Aspettiamo qualche giorno, se sta a riposo e non si muove dal letto… Non angosciarti, Asunción, Catalina è forte, andrà tutto bene», cercò di confortarla il medico.

«Il peggio non è che possa perdere il bambino, ma che succeda qualcosa a lei. Che Dio mi perdoni per aver detto quello che ho appena detto», insistette donna Asunción facendosi il segno della croce.

«È molto probabile che partorirà prima del termine», assicurò la levatrice.

«Non perdiamo la calma. Questa ragazza deve fare una sola cosa, riposare; io passerò di nuovo domattina e valuterò se portarla con me in ospedale», concluse il medico.

Lasciarono Catalina nella sua stanza mentre si accomodavano in sala, dove Petra aveva insistito perché prendessero una tazza di caffè.

Piovigginava e don Juan accettò di buon grado l'invito; la levatrice invece si scusò spiegando che quella notte avrebbe dovuto assistere ad almeno due parti e doveva tornare prima possibile in ospedale.

Non appena la donna se ne fu andata, donna Asunción espresse nuovamente la sua preoccupazione per la figlia: «Non voglio nemmeno pensare che le possa succedere qualcosa… per Dio, devi promettermi che non le succederà niente!»

«Dai, su, Asunción… sei troppo preoccupata. Non ti ingannerò dicendo che non corre rischi, ma in questo momento non possiamo fare niente. Aspettiamo almeno un giorno. Abbi fiducia in me.»

«È la mia unica figlia, la amo tantissimo… non potrei vivere senza di lei.» E così dicendo scoppiò a piangere.

«Stai esagerando, Asunción», cercò di consolarla la sorella. «Se Juan dice che Catalina ce la farà, devi avere fiducia in lui.»

«Ha la faccia stravolta, o non ve ne siete accorti?» si lamentò donna Asunción.

«Certo, ha vomitato tantissimo… del resto, a chi verrebbe in mente di bere della cioccolata calda, che è pesantissima, tanto più in gravidanza?» insistette il medico.

«È tutta colpa mia… solo che fatica a mangiare e ho pensato che una tazza di cioccolata potesse farle gola», si scusò donna Petra.

«Capisco, ma nel suo stato…» protestò il medico.

«Ma non può essere una tazza di cioccolata calda a farle anticipare il parto…» Adesso era donna Petra quella prossima alle lacrime.

«Smettiamola, questa conversazione non ci porterà da nessuna parte. Catalina deve rimanere a letto e riposare, è l'unica cosa che possiamo fare al momento. Soprattutto, signore, cercate di rilassarvi perché se trasmettete il vostro nervosismo a Catalina, non potrà che peggiorare. Lei deve stare tranquilla, non deve avere preoccupazioni. A proposito, prima mi hai detto che suo padre non è mai venuto a trovarla… è così, Asunción?»

«Sì, è vero… Ernesto è così arrabbiato… è stato un dispiacere così grande per lui… Chi poteva immaginare che nostra figlia avrebbe… avrebbe fatto una cosa del genere…»

«E cosa se n'è fatto del fidanzamento con Antoñito Sánchez?» volle sapere don Juan.

«Sono ancora fidanzati, ma non so cosa succederà… Ernesto dice che don Antonio sta perdendo la pazienza, che sua moglie continua a chiedere di Catalina, le sembra strano che stia così tanti mesi fuori casa…» spiegò donna Asunción.

«Questo sì che è un problema… Dai, speriamo che vada tutto bene e che Catalina possa sposarsi con Antoñito non appena partorirà il bambino. Tua figlia ha bisogno di una marito», sentenziò il medico.

«È figlia unica…» intervenne donna Petra.

«Sì, però l'avete viziata troppo, ecco perché è così ribelle», affermò Juan Segovia senza lasciarsi convincere dalla zia.

Alla stessa ora Fernando era appena rientrato a casa dal lavoro, aveva dato un bacio alla madre ed era salito nella mansarda in cui viveva Eulogio.

Aveva appena bussato quando sentì il suo amico parlare con voce alterata. Immaginò che stesse discutendo con la madre e fece per andarsene, ma non aveva ancora sceso il primo gradino che la porta si aprì. Sulla soglia comparve Piedad, che si stava asciugando il volto con un angolo del grembiule. Era evidente che aveva appena pianto.

Fernando si sentì a disagio, lo stesso disagio che si rifletteva nel volto di Piedad. «Io… ecco… avevo un appuntamento con Eulogio… ma ci vedremo in un altro momento…»

La voce dell'amico risuonò per le scale e poco dopo apparve anche lui, zoppicante. «Andiamo a fumare una sigaretta da qualche parte, qui mi viene la nausea», disse sbattendo la porta.

«Possiamo parlare domani…» disse Fernando, cercando di sottrarsi a quel momento imbarazzante.

«Prendere un po' d'aria mi farà bene. Non la sopporto più. Credo che me ne andrò stanotte stessa.»

«Tua madre… Insomma… non credo che meriti il dolore che le stai causando», si azzardò ad affermare Fernando mentre raggiungevano il portone.

«È una puttana, merita la stessa sorte di tutte le puttane.»

«Ma cosa dici? Non voglio più sentirti parlare così di tua madre. Sei ingiusto, non hai il diritto di insultarla così. Tua madre è una brava donna.»

«Ah, adesso quelle che si infilano nel letto del primo che capita sono brave donne?»

«Lo sai che non è così… tutto quello che ha fatto, lo ha fatto per te… Forse non ti sei accorto che abbiamo perso la guerra. Tua madre ha perso un marito, tuo padre, e non ha voluto perdere anche te. Quante volte siamo già tornati sullo stesso argomento!»

«Vedi, l'hai detto tu stesso, ne abbiamo già parlato, perciò evitami questi discorsetti da bravo ragazzo.»

«Non voglio farti nessun discorsetto, semplicemente non sopporto il modo in cui la tratti. Non è degno di te.»

«Certo… invece andare a letto con il negoziante è più degno. Smettila, Fernando!»

Camminarono per un bel tratto senza aggiungere una parola. Fernando si sentiva lontanissimo dal suo amico. Non gli piaceva affatto ciò che vedeva in lui. Aveva stima di Eulogio, si conoscevano da sempre, ma tutta quella amarezza era opprimente.

«Mi hai detto che dovevi raccontarmi una cosa», disse Eulogio, ponendo fine ai pensieri di Fernando.

«Non ha importanza.»

«Non hai fiducia in me?» lo sfidò l'amico.

«Senti, mi metti a disagio… Ho stima di tua madre, la rispetto, credo che sia stata molto coraggiosa. Non è facile fare certe cose… soprattutto perché facendole si diventa quello che non si è mai stati. Tua madre ha fatto una cosa che l'ha marchiata, ma rientra tra le conseguenze della nostra dannata guerra, dell'arroganza dei vincitori.»

«Sei un bravo oratore. Peccato che non esistano più i partiti, perché avresti potuto dedicarti alla politica», rispose Eulogio con sarcasmo.

«Senti, non sono in vena di stupidaggini. Tutti abbiamo i nostri problemi, è meglio se me ne torno a casa. Mia madre mi aspetta per cena e poi sono sfinito.»

«Fernando, su, non rompere e dimmi cos'è che mi vuoi raccontare di tanto segreto.»

«Non credo di poter riporre fiducia in te, vista la tua rigidità; se tratti così tua madre, chissà cosa penserai di me…»

«Adesso sì che mi hai rotto! Non hai fiducia in me? Sei un moccioso…»

«Torno a casa, Eulogio.»

Fernando accelerò il passo e si allontanò dall'amico, che riuscì a raggiungerlo benché zoppicasse. «Sì, sono amareggiato… io per primo mi vergogno del modo in cui tratto mia madre… Comportarmi così mi fa male, ma non riesco a fare altrimenti… Ecco perché voglio andarmene. Non posso continuare così… non posso continuare a maltrattarla o a odiare me stesso più di quanto già mi odio.» E mentre diceva queste parole scoppiò a piangere.

Le lacrime di Eulogio sconcertarono Fernando. Non sapeva cosa fare e alla fine lo abbracciò, cercando di tranquillizzarlo. Poco dopo Eulogio smise di piangere e ripresero a camminare in silenzio.

«Ucciderò due degli uomini colpevoli dell'assassinio di mio padre», proruppe Fernando, pentendosi all'istante delle sue parole.

Eulogio si bloccò di colpo, colpito dall'affermazione dell'amico. «Che cosa hai detto?» riuscì a sussurrare.

«Ho detto che ucciderò uno dei carcerieri di mio padre e anche suo figlio, che fa parte del plotone di esecuzione. Lo farò tra un paio di giorni se riesco a procurarmi una pistola, e se non ce la faccio, li ucciderò con un coltello o a mani nude», rispose Fernando impassibile.

«Sei pazzo!» esclamò Eulogio, sempre più sconcertato.

«Sì, sono pazzo. Impazzito di dolore per la morte di mio padre. Il tuo è morto al fronte, in combattimento, il mio invece è stato ucciso con un tiro di fucile. Non avrò pace finché non mi sarò vendicato.»

«Ma quello che vuoi fare è impossibile... ti prenderanno... fucileranno anche te...»

«Lo so. È quasi certo», replicò Fernando con naturalezza, disposto ad assumersi le conseguenze.

«Senti, non dire stupidaggini... capisco le tue ragioni, ma fare una cosa del genere non ti porterà da nessuna parte se non davanti al plotone di esecuzione. Mi rimproveri per il comportamento nei confronti di mia madre e non ti rendi conto di cosa significherebbe per la tua se fucilassero anche te. Tua madre impazzirebbe. E poi, lei è molto cattolica...»

«So che mia madre ne morirebbe. Quando abbiamo saputo che avevano fucilato mio padre ha smesso di andare a messa, ma adesso ha ricominciato», ammise Fernando.

«Non puoi farlo... Tra l'altro, come pensi di procurarti una pistola?»

«Con o senza pistola, li ucciderò», affermò Fernando.

«Ma chi sono questi uomini? Perché proprio loro?» Eulogio era spaventato.

«Te l'ho già detto. Il più vecchio è uno dei carcerieri delle Comendadoras e suo figlio fa parte del plotone di esecuzione dei detenuti. Se potessi uccidere l'intero plotone lo farei, ma dovrò accontentarmi.»

Eulogio era così impressionato dall'atteggiamento e dalla fermezza di Fernando che non seppe cos'altro dire. «Non puoi farlo», mormorò.

«Lo farò», assicurò l'amico senza scomporsi.

«Non puoi! Non essere stupido! Quelli là saranno armati, o credi che si faranno uccidere come conigli?»

«Sono settimane che li osservo. So come e dove farlo. Però devo chiederti una cosa: dimentica quello che ti ho detto.»

«Certo... adesso vado via e me ne dimentico... Ma ti ha dato di volta il cervello? Senti, capisco la tua voglia di vendetta e anche il tuo odio verso quei figli di puttana, ma se c'è qualcuno che deve dimenticare questa follia sei tu.»

«Cambiamo argomento, meglio ancora, torniamocene a casa. Sono stanco. Come ti ho detto, in tipografia ho avuto molto da fare.»

«Fernando, ti sono amico. Anche se siamo diversi, sai che puoi contare su di me», disse Eulogio, arresosi davanti alla consapevolezza che non sarebbe riuscito a far desistere l'amico.

«Mi basta poter contare sul tuo silenzio», affermò Fernando.

«Non conosco nessuno che abbia una pistola... O meglio, don Antonio ne aveva una, la teneva nella scrivania del suo ufficio, in magazzino...»

«Credi che riuscirei a rubarla?»

«Rubarla? No... né tu né io ci riusciremmo. Bisognerebbe forzare il cassetto... E poi adesso a guardia del magazzino c'è un energumeno. Non è molto intelligente ma ha due manacce che se ti tira un pugno ti apre la testa.»

«Se mi spieghi in quale punto del magazzino si trova l'ufficio di don Antonio e in quale cassetto posso trovare la pistola...»

«Senti, no... non è una buona idea... Non so nemmeno perché te l'ho detto.»

«Ti sei offerto di aiutarmi», gli ricordò Fernando.

«Sì, ma non di uccidere qualcuno.»

«Ma tu non ucciderai nessuno. Di quei due mi occuperò io.»

«Sì, ma io devo aiutarti a trovare la pistola... Non avrei dovuto dirtelo...»

«Però me lo hai detto. Ci sono solo due persone che sanno dove trovare una pistola. Uno se tu, l'altra è Catalina.»

«Catalina? Quella ragazza non smette di sorprendermi. È ancora a casa di parenti in non so quale paese? Nel quartiere si chiacchiera... a quanto pare la Mari è molto seccata.»

«Non me ne importa niente di quello che può pensare la moglie del negoziante.»

«Certo... Comunque, perché lei sa dove trovare una pistola?» insistette Eulogio.

«Perché uno dei suoi parenti ne ha una. Ecco perché. Le ho chiesto di prenderla, ma lei non vuole farlo.»

«Ovvio. Nemmeno io ho intenzione di aiutarti. Guarda, una volta tanto Catalina e io siamo d'accordo.»

«Sì, siete amici solo a parole.» Fernando sapeva che le sue parole avrebbero irritato Eulogio.

«Senti, ti sono amico e ci sono in caso di bisogno, ma non voglio permettere che ti rovini la vita. Perché è quello che succederà se insisti con questa follia. E non servirà a niente. Non riuscirai a ucciderli, finirai solo per essere fucilato.»

«Questo è un problema mio, non tuo e di Catalina.»

«Io però ti voglio bene, ci conosciamo da quando eravamo bambini... Non lascerò che ti uccidano così.»

«Avrei dovuto tenere la bocca chiusa. Non avrei dovuto dirlo nemmeno a Catalina.»

«Anche lei sa che vuoi uccidere quei due?»

«Sì, certo, l'ho detto anche a lei.»

«Ci mancava solo questa! Quella lì non manterrà il segreto», sentenziò Eulogio.

Fernando, arrabbiato, si piazzò davanti all'amico, ed Eulogio fece un passo indietro. «Smettila di prendertela con lei! Non te lo permetto! Io e Catalina abbiamo un rapporto di stima e sincerità, mi fido di lei come di me stesso. Non esiterei a mettere la mia vita nelle sue mani. Non mi tradirebbe mai. Hai capito?»

Eulogio fu impressionato dalla reazione di Fernando. Sapeva che era innamorato di Catalina, ma non sino al punto da perdere la testa. Nonostante tutto, non volle contraddirlo. Intuì che, se lo avesse fatto, la loro amicizia sarebbe finita per sempre. «Va bene, va bene... non fare così... So che non è una cattiva ragazza... ecco, se hai fiducia in lei io non ho nient'altro da aggiungere.»

«Appunto, tu non hai niente da dire. Anzi, dimenticati quello che ti ho detto, me la caverò da solo.»

«No, non ti lascerò da solo. Verrò con te. Se riesci a procurarti una pistola... be', ti starò vicino e poi ce ne andremo. Dovrai scappare. Vieni con me a Lisbona, cercheremo una nave che ci porti in America. Lì nessuno ci troverà.»

«Vedremo, Eulogio, vedremo.»

Fernando non aveva più visto Catalina e lei insisteva con la madre e con la zia perché gli facessero sapere che aveva bisogno di parlargli. Donna Asunción e donna Petra, tuttavia, non si erano lasciate convincere. Il medico le aveva avvertite, Catalina rischiava di perdere il bambino. Dovevano essere pronte all'eventualità. Il timore più grande di donna Petra era che potesse succedere quando lei era sola con la nipote, benché Juan Segovia le avesse assicurato che sarebbe arrivato immediatamente per portarla in ospedale.

Sebbene il medico, la madre e la zia parlassero alle sue spalle, Catalina aveva capito che rischi stesse correndo e, benché le costasse, se ne stava a letto cercando di osservare tutte le indicazioni che le aveva dato don Juan. Ma aveva anche preso una decisione: non avrebbe permesso che le togliessero suo figlio e pertanto non aveva altra scelta, doveva fuggire. Se Fernando non avesse maturato l'idea folle di uccidere quei due uomini, gli avrebbe chiesto una mano per scappare subito dopo il parto, ma poiché era certa che il suo amico avrebbe portato avanti il suo piano, la soluzione era una sola: pregarlo di portarla con sé quando fosse scappato, anche se questo significava mettere in pericolo la sua vita e quella di suo figlio.

Per la prima volta si trovava costretta ad affrontare un dilemma le cui soluzioni erano tutte negative. Se avesse atteso di partorire suo figlio, glielo avrebbero tolto subito, senza nemmeno permetterle di abbracciarlo. Se fosse fuggita, ne avrebbe messo a repentaglio la vita, perché la possibilità di perderlo era altissima.

Piangeva sconsolata in cerca di una soluzione, ma le lacrime non la aiutavano a vedere le cose con maggiore chiarezza, anzi, la esasperavano.

Tuttavia, un bel giorno, al risveglio, aveva preso la sua decisione. Sarebbe fuggita con Fernando, benché fosse consapevole di mettere a rischio la sua vita e quella di suo figlio. Se avesse lasciato che glielo portassero via per darlo a degli estranei, Marvin non glielo avrebbe mai perdonato.

Fernando non avrebbe accettato di portarla con sé. C'era un unico modo per convincerlo: consegnargli la pistola che sua zia custodiva così gelosamente. Era il prezzo che doveva pagare. E glielo avrebbe proposto proprio in questi termini. Così, lui avrebbe portato a compimento la sua vendetta e lei avrebbe evitato di farsi portare via il bambino. Questi erano i termini dell'accordo. Doveva dirglielo, ma non sapeva come fare. Fernando l'aveva salutata con l'idea di non rivederla più, perché una volta portata a compimento la sua vendetta sarebbe dovuto scappare. Innervosita dalla consapevolezza del poco tempo a disposizione, Catalina decise che avrebbe aspettato che la zia uscisse di casa per andare nella scuola in cui impartiva lezioni di musica per raggiungere Fernando nella tipografia dove lavorava.

Quella mattina donna Petra entrò nella sua stanza per portarle la colazione. «Alzati, Catalina, io devo andare via. Ti ho preparato un po' del caffè che ha portato tua madre e un bel pezzo di pane. Ti farà bene.»

«Sì, zia… ma non ho molta fame.»

«Però devi mangiare, per il tuo bene e per quello del bambino. Sai che rischi corri se non hai cura di te, perciò mangia. Oggi arriverò un po' più tardi del solito perché quando uscirò da scuola, a mezzogiorno, devo andare a comprare delle cose. Ma non tarderò poi tanto.»

«Non preoccuparti, zia, non mi muoverò dal letto.»

«Brava, non muoverti, appena torno ti aiuto a lavarti.»

Petra baciò la nipote sulla fronte e se ne andò, accompagnata dalla preoccupazione che durante la sua assenza le potesse succedere qualcosa.

Non appena la porta si chiuse, Catalina saltò fuori dal letto. Raggiunse adagio la stanza da bagno stando attenta a non inciampare. Si guardò allo specchio: aveva la faccia smunta e un colorito pallidissimo. Si diede una sistemata veloce. Aveva freddo e indossò due maglioni e delle calze grosse. Riusciva a malapena a chiudere la gonna, benché non fosse ingrassata più di tanto.

Poi, senza esitazioni, andò nella stanza della zia e cercò nel cassetto del comò il fagotto con la pistola. Aprì anche la scatolina che conteneva delle pallottole. Ne tirò fuori alcune con apprensione e le avvolse in un fazzoletto che mise dentro la borsa. Lasciò la scatolina così come l'aveva trovata. Poi tolse l'involucro intorno alla pistola e l'avvolse in una delle sue sottovesti. Prese della carta e creò una specie di palla che coprì con la stoffa che avvolgeva la pistola. La fece scivolare in fondo al cassetto pregando che sua zia non se ne accorgesse. Infine, tornò nella sua stanza e tirò fuori un portamonete nel quale conservava qualche peseta che le aveva dato la madre.

Cercò un vecchio cappello della zia e se lo schiacciò sulla testa per ripararsi dal freddo e cercare di passare inosservata se si fosse imbattuta in qualche conoscente.

Uscì di casa con passo traballante. Aveva un po' di nausea, ma sapeva che quella era una delle poche occasioni per scappare.

L'aria fredda la svegliò, ma camminò incollata al muro per paura di perdere l'equilibrio.

Ci mise parecchio tempo ad arrivare in plaza de España, e da lì camminò altri quindici o venti minuti per raggiungere la tipografia di don Víctor. Erano su per giù le dieci e mezzo, Fernando doveva essere al lavoro.

Il portone di ferro e legno era chiuso, ma si sentiva il trambusto della tipografia. Cercò di spingerlo ma non aveva forze e suonò il campanello. Attese impaziente, con le gambe tremanti.

Un ragazzino di non più di dodici anni socchiuse il portone. Indossava una tuta blu e aveva le mani sporche di inchiostro. «Che cosa vuole?» chiese stranito.

«Cerco Fernando Garzo.»

«Fernando? Sta lavorando, non credo che possa uscire.» Lo sguardo del ragazzino da stranito si era fatto curioso.

«Digli che lo sta aspettando Catalina, che è urgente.»

«La sua fidanzata?» Il ragazzino la guardava divertito.

«No... no... per favore, digli di uscire...»

Il ragazzino chiuse la porta e Catalina rimase ad aspettare con il timore che non avrebbe avvisato Fernando. Non erano trascorsi nemmeno due minuti quando il portone si aprì di nuovo e l'amico le comparve davanti. «Ma cosa ci fai qui! Sei matta! Vuoi rischiare che ti succeda qualcosa?»

«Ho bisogno di parlare con te e visto che non sei più venuto a trovarmi...»

«Sto lavorando, lo sai che... be', ho altro per la testa.»

«Sì, proprio per questo volevo parlare con te.»

«Be', non è il momento giusto.»

La voce di don Vicente li interruppe. «Con chi stai parlando, Fernando?» chiese, infastidito.

«Mi scusi, don Vicente, ma una vicina è venuta a cercarmi ...»

«Be', non si ricevono visite al lavoro.»

«Le chiedo scusa... se non si trattasse di un'emergenza non sarei venuta... è un problema di famiglia...» si scusò lei.

Don Vicente la guardò a lungo e non tardò a riconoscerla. «Lei è... mi sembra di averla vista qualche volta...»

«Sono Catalina Vilamar, vivo nella casa accanto a quella di Fernando...» Anche lei ricordava di aver visto quell'uomo insieme a Lorenzo Garzo.

«Sì, lo so... Ecco, come sai non puoi presentarti qui quanto ti pare.» Don Vicente si rese conto che la ragazza non stava bene.

«Voglio solo parlare un minuto con Fernando, sarò breve. Le assicuro che se non fosse importante non avrei osato presentarmi.»

«Due minuti. Nemmeno uno di più. Se don Víctor se ne accorgesse si arrabbierebbe. I problemi personali non devono essere portati al lavoro», affermò con severità.

«Due minuti, glielo prometto», rispose Catalina.

Non appena don Vicente si fu allontanato, lei consegnò un pacco a Fernando.

«Che cos'è?»

«La pistola. Te la do se mi porti via con te», rispose a bassa voce.

«Ma cosa dici!»

«Non voglio che mi portino via il bambino, perché è quello che hanno intenzione di fare non appena nascerà. Mi ero illusa che, insistendo, alla fine mi avrebbero permesso di tenerlo. Mia madre però dice che mio padre è irremovibile. Non appena avrò il bambino mi obbligherà a tornare a casa e a sposare Antoñito. Per favore, Fernando, aiutami. Devi aiutarmi a tenere il mio bambino e a scappare da Antoñito.» Catalina parlava tra le lacrime.

«Catalina... quello che ho intenzione di fare... No... non puoi venire con me... non so nemmeno dove andrò. Sarebbe molto pericoloso per te... Se mi beccano ti considereranno mia complice, lo sai che cosa succederebbe... Non potrei perdonarmi se ti capitasse qualcosa per colpa mia... Dai, torna a casa, più tardi passo a trovarti.»

«No, Fernando, non me ne andrò finché non mi prometterai di portarmi con te. Ti do la pistola come parte dell'accordo. Tu hai bisogno di una pistola e io di scappare. È uno scambio. Ho fiducia in te e so che se stringiamo un accordo lo rispetterai e riusciremo a scappare», affermò ostentando più sicurezza di quella che provava realmente.

«Ma non si può! Per Dio, Catalina, tornatene a casa!»

«Se non mi aiuti, allora... Va bene, mi arrangerò da sola. Ma non aspetterò di partorire il mio bambino perché poi mi venga tolto. Me ne andrò oggi stesso. Spero solo che se ti chiedono qualcosa tu non dirai niente.»

Catalina fece per andarsene, cercando di trattenere le lacrime. Non era arrabbiata con Fernando. Lo capiva. Se l'avesse portata con sé avrebbe corso un rischio ben maggiore; d'altro canto a lei non restava altro che scappare. Forse la cosa migliore era non tornare a casa della zia. La voce di Fernando la riportò alla realtà. Sentì la sua mano sulla spalla e si fermò.

«Non ti lascerò, non voglio che ti succeda niente... Magari andrà tutto bene...» E la abbracciò con forza.

«Grazie... grazie... grazie di non avermi abbandonato. Ho solo te.»

«Adesso va' a casa e... riporta quello che mi hai portato. Verrò a trovarti stasera all'uscita dal lavoro.»

«Sì... sì... per favore, vieni...»

Don Vicente li guardava dalla finestra e non gli sfuggì un dettaglio. Gli sembrò che Catalina fosse ingrassata e di colpo fu assalito dal dubbio che fosse incinta, ma lo scartò immediatamente. C'era forse la possibilità che lei e Fernando...? Lo considerava un ragazzo perbene.

Gli andò incontro e con un gesto gli chiese di seguirlo nel suo ufficio, una stanzetta dalla quale si vedeva tutto il laboratorio. «Fernando, non so che genere di problemi abbiate tu e quella ragazza, ma sappi che quello che è successo oggi non deve ripetersi.» E attese che lui gli desse una spiegazione.

«Le chiedo scusa, don Vicente, non succederà più. Catalina è una cara amica ma si è messa nei guai, altrimenti non avrebbe osato presentarsi qui.»

«Sì, ma si può sapere che cosa le è successo?»

«Mi dispiace, non amo sbandierare i problemi altrui.»

«La qual cosa ti fa onore», rispose l'uomo, un po' infastidito per non essere riuscito a sapere cosa fosse successo. «Bene, adesso vai a lavorare e che non si ripeta.»

«Le assicuro che non succederà.»

Quel giorno le ore sembravano trascorrere più lente del solito e Fernando chiese a don Vicente il permesso di uscire alle sette invece che alle otto.

«Si può sapere dove devi andare?» gli domandò sospettoso.

Fernando strinse i denti. Non voleva mentirgli, quell'uomo si era sempre comportato bene con lui. «Don Vicente... io... be'... devo fare una cosa per Catalina...» balbettò.

«Ah, per quella ragazza... Senti, mi auguro che non inizi a fare stupidaggini; quando c'è una gonna di mezzo spesso gli uomini cominciano a sragionare. Sei fortunato, don Víctor è appena uscito. Ha l'influenza e se n'è andato prima del solito.»

«Grazie, don Vicente, sarò sempre in debito con lei.»

«Tuo padre era un buon amico, Fernando, e ho il dovere di aiutarti, ma tu vedi di aiutare te stesso.»

Catalina aveva dovuto accelerare il passo per arrivare a casa prima che la zia tornasse. Lo sforzo non solo la affaticò, ma le provocò un forte dolore alla pancia. Si era appena infilata la camicia da notte quando sentì il portone aprirsi. Mise la pistola sotto il materasso perché non aveva il tempo di rimetterla al suo posto.

A donna Petra Catalina parve ancora più pallida; la nipote si sforzò di nascondere il suo malessere, ma la donna si rese conto che le stava succedendo qualcosa. Spaventata, chiamò don Juan e subito dopo la sorella Asunción. Un'ora più tardi, la levatrice stava visitando la ragazza. Don Juan lo aveva ritenuto necessario, secondo lui aveva la pancia troppo bassa.

Sedute in sala, donna Asunción e donna Petra aspettavano nervose. Quando videro comparire il medico e la levatrice si alzarono, inciampando l'una sull'altra.

«Calma, signore! Non voglio vedervi così nervose. Catalina sta bene», affermò don Juan senza troppa convinzione.

«Credo che potrebbe partorire da un momento all'altro», lo corresse la levatrice.

«Allora bisogna portarla in ospedale», esclamò preoccupata donna Asunción.

«Ogni cosa a suo tempo…» Lo sguardo del medico tradì un rimprovero verso la levatrice, che aveva spaventato le due donne.

«Juan, credo che non dovremmo correre rischi, se le si dovessero rompere le acque…» Era evidente che questa eventualità terrorizzava donna Petra.

«Ma, secondo te, se io pensassi che si stanno per rompere le acque me ne starei qui con le mani in mano? Può anche darsi che partorisca in anticipo, ma non credo che la cosa sia imminente, e lei sta meglio a casa che in ospedale. Petra, dovete avere fiducia in me», disse il medico.

«Ma noi abbiamo fiducia in te, certo che sì, faremo come dici tu», concluse donna Asunción, che non volle contrariare il medico.

Donna Petra strinse le labbra. Amava sua sorella e sua nipote, ma continuava a ripetersi che forse si era assunta una responsabilità che non le competeva. Ciò nonostante, non disse niente.

«Catalina deve riposare. Tornerò stasera sul tardi, non appena sarò uscito dall'ospedale, e in base alle sue condizioni prenderò una decisione.»

Nonostante le insistenze della madre e della zia, Catalina si rifiutò di mangiare. Si sentiva così stanca e aveva così tanti dolori che desiderava solo chiudere gli occhi e dormire.

«Asunción, sono così preoccupata…» confessò donna Petra a sua sorella dopo che avevano lasciato Catalina a riposare.

«Anch'io, Petra… ma dobbiamo avere fiducia in Juan, lui ne sa più di noi.»

«Sì, certo, ma ho paura che le succeda qualcosa mentre sono da sola.»

«Ah, sorella mia! Ti sono davvero grata di quello che stai facendo per noi. So che è un peso enorme, ma se non ci aiutassi tu non so cosa faremmo. Ernesto è così preoccupato per la pessima situazione nella quale ci troviamo… L'unica speranza di uscire dal baratro è che Catalina sposi Antoñito.»

«Lei però non lo ama», affermò donna Petra in difesa di sua nipote.

«Credi che a me non si spezzi il cuore al pensiero di consegnare mia figlia a quello zoticone?»

«Ernesto non ha una parte delle terre di Huesca?»

«Ti ho già detto che non valgono più niente. Siamo rovinati, Petra, la guerra ci ha lasciati senza niente.»

«Nostro padre però lo aveva fatto entrare nell'azienda e tuo marito aveva una buona posizione», insistette donna Petra.

«Lo credevo anch'io, ma siccome Ernesto non mi spiega niente, non posso sapere dove sono finiti i soldi, sempre che prima ne avessimo davvero.»

«E la tua dote? Papà è stato molto generoso con noi.»

«Non lo so, sorella cara, a quanto mi ha detto non è rimasto più niente», ammise donna Asunción abbassando gli occhi, imbarazzata.

«Cosa faremo se Catalina si rifiuta di rinunciare al suo bambino?» volle sapere donna Petra, preoccupata dalla ben nota testardaggine di sua nipote.

«Non voglio nemmeno pensarci... Povera piccola, doverla obbligare a una cosa del genere... Mi consola solo sapere che la famiglia alla quale il piccolo verrà affidata ha un'ottima posizione, e sono dei bravi cristiani, Juan me lo ha assicurato. Meno male che abbiamo quasi finito il corredino. Non sopporterei di consegnarlo ad altri privo di tutto.»

«Sì, ha già una mezza dozzina di maglioncini. E guarda, gli sto facendo una copertina a maglia.»

«E io ho portato i pannolini. Mi dirai che sono esagerata, ma ne ho già pronti una ventina. E adesso sto concludendo le camicine a punto croce. Sarà più bello del sole.»

«Sai, Asunción...? Oggi preferirei che tu rimanessi qui, visto come sta Catalina...»

«Ho detto a Ernesto che non tornerò sino all'ora di cena e mi sono portata due camicine per finirle qui.»

Per il resto del pomeriggio le due donne s'intrattennero con il cucito. Ogni tanto entravano nella stanza di Catalina e vederla addormentata le tranquillizzava.

La sera, alle otto in punto, il campanello della porta le fece sobbalzare. «Sarà Juan», disse donna Asunción.

Si sbagliava. Donna Petra rimase sconcertata quando sull'uscio si trovò davanti Fernando. «Di nuovo qui... Catalina non sta bene, non può ricevere visite.» Non lo invitò a entrare e attese che Fernando si voltasse per andare via.

«Voglio solo vederla un momento», disse lui con fermezza.

«Sì, oggi però non è possibile. Non sta bene, credevamo che fosse il medico.»

Le voci di Fernando e Petra arrivarono sino alla stanza di Catalina, che dopo qualche istante comparve nell'ingresso, a piedi nudi e in camicia da notte, mentre sua madre cercava di fermarla. «Fernando! Vieni, vieni. Zia, per favore, lascialo entrare.»

«Ma non è possibile... non stai bene», si lamentò donna Petra.

«Ho dormito e sto molto meglio. Non voglio discutere, lasciatemi parlare con Fernando. Vieni.» E prendendolo per mano lo condusse nella propria stanza.

Donna Asunción e donna Petra li seguirono, seccate dal comportamento di Catalina.

«Devo parlare con Fernando da sola», affermò lei, sfidandole con lo sguardo.

«Non puoi restare da sola con un uomo!» esclamò la zia, scandalizzata.

«Cosa credi che possa succedermi? Fernando per me è come un fratello e in più sono incinta, perciò...»

«Dio santo, cosa non dice questa ragazzina!» Donna Petra si fece il segno della croce, esterrefatta dalle parole della nipote.

«Figlia mia, il tuo stato ci preoccupa già sin troppo, senza che ci metta del tuo per rendere le cose ancora più difficili. Non sta bene che tu resti da sola con un uomo, e per quanto tu possa avere stima di Fernando e considerarlo come un fratello, in realtà non lo è.»

«D'accordo, ce ne andremo a parlare in cucina.» E senza lasciare la mano di Fernando, Catalina lo attirò a sé perché la seguisse.

«Peggiorerai ancora di più! Va' immediatamente a letto» la supplicò la zia, vedendo che la nipote cominciava a tremare di freddo.

«Solo se mi lasciate parlare con Fernando.»

«Non è possibile, figlia mia, devi capirlo.» Ma donna Asunción sapeva di aver perso la battaglia.

«Bene, allora andremo in cucina», insistette Catalina.

Alla fine, le due donne cedettero. L'unica concessione da parte di Catalina fu che collocassero una sedia ai piedi del letto, affinché Fernando si mantenesse a una certa distanza. Ma sulla possibilità di parlare con lui da sola si mostrò inflessibile.

Fernando si sedette sul bordo della sedia senza smettere di guardare Catalina. Ammirava la sua determinazione. La conosceva bene e sapeva che, se decideva di tenere testa a qualcuno, alla fine aveva la meglio.

«Non sto bene… in realtà non dovrei proprio alzarmi dal letto. Don Juan dice che rischio di perdere il bambino.»

«Allora non alzarti più», rispose Fernando con severità.

«Te l'ho già detto stamattina, non ho intenzione di rinunciare a mio figlio. Cosa penserebbe Marvin se sapesse che l'ho dato via? Sono sicura che mi odierebbe. Troverò le forze, Fernando… Dio mi aiuterà, e tu anche. Ho bisogno anche di te. So che correremo dei rischi, che magari non ce la faremo, ma dobbiamo almeno provarci. Ho pensato molto a quello che vuoi fare… Non che io sia d'accordo, ma non ti giudicherò.»

«Allora hai deciso…»

«Sì. Non ho un'altra via d'uscita. O scappo o mi toglieranno mio figlio e mi obbligheranno a sposare Antoñito. Vieni, avvicinati.»

Catalina scese dal letto con attenzione e fece per sollevare il materasso.

«Ma cosa fai!»

«Taci, abbassa la voce o mia madre e mia zia arriveranno subito. Ho nascosto la pistola sotto il materasso. La cosa migliore è che la tenga tu.»

Catalina gliela consegnò e si infilò nuovamente sotto le coperte mentre Fernando pensava a dove nascondere l'arma. Alla fine, la infilò nella tasca dell'impermeabile. «Li ucciderò sabato sera, alle otto in punto. Poi mi vedrò con te e con Eulogio in stazione, cercheremo di salire su qualche treno.»

«Eulogio? Ma l'hai raccontato anche a lui? Fernando, certe cose vanno condivise con il minor numero di persone possibile…»

«Eulogio è un mio amico e non mi tradirà. Vuole andarsene in America e sta cercando di convincermi ad andare con lui.»

«In America… Marvin però è a Parigi… io devo andare a Parigi…» Catalina fu sul punto di piangere.

«Senti, la cosa più importante è scappare. Io sarò ricercato per la morte di quei due uomini, tu invece perché fuggirai da casa di tua zia. Vedremo solo dopo quale sarà la nostra destinazione, non sappiamo nemmeno se riusciremo a scappare.»

«Potremmo salire su un treno diretto in Francia», disse in tono di supplica.

«Non voglio prometterti niente che non sono in grado di mantenere», rispose con sincerità.

«Ma allora…»

«Se vuoi ti restituisco la pistola.»

«No… non è questo… è che non voglio andare in America. Io voglio incontrare Marvin.»

«A quanto mi ha detto Eulogio, Marvin pensava di lasciare la Francia.»

«Non è possibile! A lui piace vivere a Parigi.»

«Dai, su, non fare la bambina. Non ti sei accorta che in Europa imperversa la guerra, una guerra persino peggiore della nostra?»

«Ma gli americani non hanno niente a che vedere con questa guerra.»

Fernando scrollò le spalle. Era stanco. Amava Catalina, ma aveva deciso di uccidere due degli uomini che considerava gli assassini di suo padre e questo sovrastava qualunque altro sentimento. «Non posso dirti dove andare. Posso solo prendermi l'impegno di portarti dove andrò io. Di cercare di tirarti fuori dalla Spagna. Dopo… be', sarai tu a decidere se vorrai seguirmi o andare a cercare Marvin.»

Rimasero in silenzio per qualche minuto senza nemmeno guardarsi. Fernando attendeva che Catalina prendesse una decisione, non sapeva quale sarebbe stata.

«Sì, la cosa più importante è andarmene da qui, poi cercherò Marvin. Eulogio può aiutarmi. Sono amici, potrebbe sapere dov'è.»

«L'hai detto tu stessa, sono amici, forse proprio per questo non vuole dirti niente su Marvin.»

«Gli racconterò che aspetto un bambino e mi aiuterà. Lo capirà anche lui, Marvin ha diritto di sapere che diventerà padre per ricongiungersi a noi quanto prima. Sì, Eulogio non mi negherà il suo aiuto.»

«La sua lealtà prima di tutto è nei confronti di Marvin» disse Fernando, cercando di evitare che Catalina nutrisse false speranze.

«Se è leale nei confronti di Marvin, allora non può che aiutarmi, visto che aspetto un figlio da lui.»

«Parlerò con Eulogio e tornerò mercoledì o giovedì a darti ulteriori dettagli.»

«Credo che dovremmo accompagnarti alle Comendadoras», suggerì Catalina.

«Decisamente no. Non voglio coinvolgere te ed Eulogio in quello che sto per fare. Dovete starmi lontani almeno finché non scapperemo. Se mi prendono, non vedo perché dobbiate condividere la mia sorte. Mi fucileranno.»

«Però dobbiamo stare con te e aiutarti», insistette lei.

«Se vuoi venire con me, dovrai fare quello che dico io. Adesso me ne vado, riposa, perché quello che ci aspetta non sarà facile.»

Don Juan arrivò nell'esatto istante in cui Fernando si congedava da donna Asunción e donna Petra. Le due sorelle entrarono in agitazione per il fatto di dover giustificare la presenza di Fernando, ma il medico non sembrò dargli troppa importanza. «Sembra un bravo ragazzo questo Fernando. Peccato che non sia lui il padre della creatura che aspetta Catalina», disse loro il medico, facendo arrossire la madre e la zia.

Dopo che ebbe visitato Catalina, disse di averla trovata molto meglio, ma le raccomandò nuovamente di non muoversi. Catalina gli promise che sarebbe rimasta a letto sino al giorno del parto e donna Petra sospirò, scoraggiata. Sapeva che la nipote non avrebbe mantenuto la promessa.

Mentre cenava in compagnia della madre, Fernando era distratto. Isabel si sentiva stanca, ma cercava di non darlo a vedere.

«Mamma, non sforzarti di parlare, lo so che non ne hai voglia.»

«Ma certo che ho voglia di parlare con te, soprattutto di ascoltarti, di sapere com'è andata la giornata. Non so, ti vedo strano, preoccupato.»

«No, mamma, non ho niente», rispose lui, cercando di avere un tono convincente.

«Fernando, non mi imbrogli, sono certa che ti passa qualcosa per la testa. Qualunque cosa sia, lo sai che io sarò sempre al tuo fianco.»

«Lo so, mamma, e... sapessi quanto bene ti voglio!»

«E io a te, figlio mio. Adesso siamo rimasti solo noi, l'uno per l'altra. Ma dimmi, che cosa ti preoccupa?»

«Niente, mamma, è solo che... mi sarebbe piaciuto andare in guerra e combattere accanto a papà, uccidere qualche fascista.»

«Non parlare così! Guarda, Fernando, io non li perdono per aver fucilato tuo padre, ma tu non devi dimenticare quello che lui stesso ti ha detto, mai e poi mai lo dovrai dimenticare. Lo ricordi, sì o no? "Non uccidere, tu non uccidere." Non dimenticare mai perché te lo ha detto, figlio mio.»

Si abbracciarono e Fernando fu colpito dall'estrema magrezza di sua madre. Maledisse di nuovo coloro che li avevano condannati a quella vita.

Poco più tardi, Eulogio si presentò a casa loro. Isabel stava leggendo a voce alta. Fernando la ascoltava assorto, mentre spolverava i libri di suo padre.

*«L'occhio che vedi non è / occhio perché tu lo veda; è occhio perché ti vede. Per dialogare, domandate, prima; poi... ascoltate.»**

«Se disturbo...» disse Eulogio quando Fernando gli aprì la porta.

«Ma quando mai... entra, vieni.»

Isabel alzò lo sguardo dal libro e sorrise. «Mio marito amava leggere le poesie a voce alta. Dopo cena di solito ci sedevamo qui, e ognuno di noi tre sceglieva quello che avrebbe letto. Io stasera ho scelto Antonio Machado, i suoi *Provebios y cantares*. A te cosa piacerebbe leggere, Eulogio?»

«Non lo so... in realtà, ho sempre preferito la prosa, ma mio padre amava Sor Juana Inés de la Cruz... Conosceva a memoria diverse poesie, credo che una delle sue preferite fosse quella intitolata *Liras que expresan sentimientos de ausente*, rispose Eulogio.

«Sì, la conosco... Aspetta...» Isabel si alzò e andò a cercare tra gli scaffali finché non trovò una raccolta di Sor Juana Inés de la Cruz. Ne scorse rapidamente le pagine e sorrise soddisfatta. «Eccola, è questa, leggi.»

Fernando obbedì a sua madre e cominciò: «*Amato padrone mio, / ascolta i miei stanchi lamenti / che al vento affido / perché rapido li porti alle tue orecchie, / se non svanisce il triste accento, / come le mie speranze, nel vento. / Ascoltami con gli occhi, / perché le orecchie son così distanti, / e di rabbia assenti / negli echi della mia penna i gemiti; / e giacché non ti giunge la mia voce roca / ascoltami sordo, perché muta mi lamento.*»

Eulogio aveva gli occhi umidi e guardò Fernando, il quale capì che l'amico voleva parlargli in privato.

«Avrei voglia di fare una passeggiata e fumare una sigaretta», propose Fernando.

«Ma è tardissimo», lo interruppe Isabel.

«Mamma, dopo una giornata di lavoro stare all'aria aperta mi tirerà un po' su.»

«Stare all'aria aperta fa bene, ma la notte è fredda e sta per piovere», rispose Isabel, cercando di convincere suo figlio a stare a casa.

Eulogio però sembrava impaziente di parlargli, non potevano farlo davanti a Isabel. Non voleva certo condividere con lei il suo piano. Si sarebbe spaventata e lo avrebbe pregato di desistere, e lui non sarebbe stato capace di opporsi perché l'amava più della sua stessa vita.

«Scusami se mi sono presentato senza preavviso», disse Eulogio una volta che furono in strada.

«Dimmi cosa vuoi, fa freddo», si lamentò Fernando.

«Sono andato in stazione a vedere i treni in partenza sabato notte. Non abbiamo molte alternative, la meta più lontana è Lisbona, perciò prenderemo quello. Naturalmente dovremmo comprare i biglietti, ma non so tu, io sono completamente al verde.»

*Antonio Machado, *Poesie*, a cura di Oreste Macrì, Lerici, 1961.

«Anche io sono al verde, i miei guadagni li passo a mia madre e non penso certo di chiederle dei soldi. Basta e avanza il dispiacere che le darò.»

«Be', allora siamo fottuti. Dovremo salire su un treno in marcia e sperare di non essere beccati dal controllore.»

«Noi possiamo farcela, ma Catalina no. Non riuscirà mai a salire su un treno in marcia. Sarebbe troppo per lei.»

«Catalina? Non dirmi che viene con noi... questo proprio no... Non contare su di me se pensi di farla venire.»

«Invece sì. Lei viene con me.» Fernando guardò Eulogio così intensamente che l'amico non riuscì a sostenere lo sguardo.

«Quella ragazza sarà la tua rovina», rispose arrabbiato.

«Mi ha dato la pistola di suo zio a una condizione: che la porti con me. E puoi stare sicuro che lo farò.»

«Ma perché vuole scappare insieme a te? Non è abituata ad affrontare le difficoltà. Prima andremo a Lisbona e da lì dovremo cercare una nave disposta ad ingaggiarci e diretta in America. Noi possiamo essere accettati come marinai, ma lei...»

«Eulogio, mi devi giurare sulla memoria di tuo padre che non racconterai a nessuno quello che sto per dirti. Se lo fai...»

«Senti, non provare a minacciarmi...»

«Non ti sto minacciando. Ti sto chiedendo di giurare sulla memoria di tuo padre.»

«Cosa devi dirmi di tanto grave da richiedere un giuramento simile?» domandò incuriosito.

«Giuramelo, Eulogio, giuramelo.»

«Come faccio a giurare su mio padre quando non so nemmeno se ne vale la pena?»

«Va bene, allora la finiamo qui. Ognuno per la sua strada, e basta», concluse Fernando.

«Ci mancava solo questa! Senti, stai rendendo le cose sempre più difficili. Giurare su mio padre... non c'è niente di più sacro, per me, della sua memoria. È l'unica cosa che mi resta.»

«Proprio per questo ti sto chiedendo di giurare su di lui. E se non fosse così importante, non te lo chiederei.»

«Non è facile esserti amico», protestò Eulogio.

Fernando non rispose. Capiva la riluttanza dell'amico. Nemmeno lui avrebbe accettato di giurare su suo padre a cuor leggero. Ma non poteva confidargli lo stato di Catalina se lui prima non avesse giurato. Sapeva che Eulogio non nutriva simpatia nei suoi confronti, ma se si fosse fatto sfuggire qualcosa e la gente fosse venuta a sapere che Catalina aspettava un figlio da Marvin... Non voleva nemmeno pensare a quello che avrebbero detto di lei. Doveva proteggerla.

Il giuramento di Eulogio lo riscosse dai suoi pensieri. «Giuro sulla memoria di mio padre che non farò parola di quello che mi dirai. Manterrò il segreto sino alla fine dei miei giorni. Lo giuro.» Pronunciò queste parole con tutta la solennità di cui era capace mentre cominciava a sentire le prime gocce di pioggia sulla testa.

I due amici si guardarono con serietà e Fernando, a bassa voce per paura che qualcuno potesse sentire le sue parole, gli raccontò che Catalina era incinta di quasi sette mesi e che il responsabile era Marvin. Gli spiegò nei dettagli che la famiglia di Catalina voleva farla sposare con Antoñito Sánchez, che l'avevano già obbligata a fidanzarsi con lui e che non appena il bambino fosse nato lo avrebbero affidato a una famiglia senza figli. Gli raccontò dell'angoscia di Catalina, del suo rifiuto all'idea di farsi portare via il bambino, del suo amor proprio, del vincolo che sentiva nei confronti di Marvin e della ferma decisione di andare a cercarlo, ovunque si trovasse. Parlò di lei con dolore e ammirazione, senza nascondergli di esserne innamorato e di quanto atrocemente soffrisse nel sapere che aspettava un figlio da un altro uomo. Catalina si era giocata le sue carte: la pistola in cambio dell'aiuto necessario alla fuga. E lui avrebbe mantenuto gli accordi.

Eulogio lo ascoltò senza interromperlo mentre il suo volto cambiava espressione man mano che l'amico raccontava. Quando Fernando ebbe concluso, ci mise qualche secondo a rispondere: «Non è possibile...»

«Li ho visti io, Eulogio, li ho visti... erano stesi per terra e lui... be', l'aveva spogliata quasi del tutto.»

Eulogio appariva confuso. Nonostante tutto, abbracciò l'amico. «Puoi contare su di me.» Non riuscì a dire nient'altro.

La pioggia sottile si era trasformata in un temporale, ormai erano fradici.

Stabilirono che Eulogio sarebbe andato a prendere Catalina e l'avrebbe portata in stazione. Loro due lo avrebbero atteso lì; se non fosse comparso voleva dire che l'avevano scoperto, forse arrestato o persino ucciso. In ogni caso, non dovevano aspettare oltre. Avrebbero preso il treno per Lisbona. Lì Catalina avrebbe deciso cosa fare, perché Eulogio non avrebbe cambiato i suoi piani; era deciso a imbarcarsi sulla prima nave che lo avesse ingaggiato.

Poiché aveva molto tempo libero, Eulogio si prese l'impegno di sorvegliare il carceriere e suo figlio nei due giorni successivi. Fernando aveva verificato già diverse volte che tutti i giorni alle otto in punto il figlio andava a prendere il padre e poi camminavano insieme sino a casa loro, nella Corredera Baja. Durante il tragitto di solito chiacchieravano spensierati, e infatti non si erano accorti del ragazzo che ogni tanto incrociavano sulla loro strada.

Era mercoledì, mancavano solo tre giorni alla fuga. Fernando era nervoso e faticava a contenere l'angoscia davanti alla madre. Lo tormentava soprattutto la consapevolezza che probabilmente non l'avrebbe più rivista. Le cose avrebbero dovuto andargli fin troppo bene per ipotizzare di riaverla accanto, un giorno. D'altra parte, era preoccupato all'idea che quando avessero scoperto che era stato lui ad assassinare i due uomini, non trovandolo potessero farla pagare a sua madre. A quel punto si diceva che quanto aveva in mente era una follia, che era meglio lasciare le cose come stavano, visto che suo padre non sarebbe tornato in vita. Ma il desiderio di vendetta era più forte e aveva la meglio sul buonsenso.

Anche Eulogio lo innervosiva. Si presentava a casa sua tutte le sere all'ora di cena. Isabel non diceva niente, ma Fernando sapeva che trovava strane quelle visite ripetute. Lui insisteva sul fatto che dovessero definire i dettagli. Ma ormai si erano detti tutto, non restava che agire.

Se lo ritrovò anche davanti al portone della tipografia. «Che cosa ci fai qui?» gli chiese seccato.

«Sono venuto a cercarti perché voglio ripassare i dettagli per sabato.»

«Ma abbiamo già deciso tutto. Senti, lo so che sei nervoso, e questo mi preoccupa. Adesso devo andare a trovare Catalina. Devo comunicarle quello che abbiamo deciso e, soprattutto, chiederle di avere fiducia in te, visto che toccherà a te andarla a prendere.»

«Vengo con te», si offrì Eulogio.

«No, non puoi. Sua zia già fatica a ricevere me, figuriamoci se mi presento con te. Sarebbe la scusa perfetta per impedirmi di vedere Catalina. Tornatene a casa.»

«Ti posso aspettare sotto al portone», insistette Eulogio.

«Ti ho già detto di no. Fra l'altro, potrei anche metterci un po'.»

«Ma non ho niente da fare...»

«Allora riposa, oppure va' in stazione e cerca di capire come facciamo a salire sul treno senza romperci le ossa.»

Donna Petra aprì la porta e, quando se lo trovò davanti, non riuscì a nascondere il fastidio. «Fernando, ti sembra questa l'ora... Sai che Catalina deve riposare.»

«Lo so, donna Petra, ma posso venire a trovarla solo adesso. Capisce la mia preoccupazione...»

«Figliolo, lo so che siete amici sin da bambini ma, date le circostanze, sarò onesta: le tue visite mi sembrano del tutto inopportune.»

«Non sa quanto le sono grato del fatto che mi permetta comunque di vedere Catalina, nonostante le sue remore.»

«Entra, dai, ma solo un minuto. È tardi, dobbiamo ancora cenare e poi recitare il rosario.»

Fernando trovò l'amica sdraiata sul letto, con gli occhi chiusi e di un pallore spaventoso. «Entra, vieni», lo invitò con un filo di voce, facendo uno sforzo enorme.

«Piccola, ho detto a Fernando che può trattenersi solo due minuti. Perciò non mettetevi a chiacchierare», l'avvertì la zia.

«Non parleremo molto, zia, adesso però lasciaci soli», le chiese Catalina.

Donna Petra strinse i denti e, suo malgrado, uscì dalla stanza. Sapeva che, in caso contrario, la nipote si sarebbe alzata e lei temeva che, muovendosi, potesse accadere il peggio.

«Raccontami, Fernando», gli chiese Catalina porgendogli la mano.

«Ti vedo male... io... Senti... credo che dovresti riconsiderare l'idea di venire con noi. Potrebbe succederti qualunque cosa... pensa a tuo figlio...»

«È proprio per lui che lo faccio. Perciò non aggiungere altro, troverò le forze, non vi sarò d'intralcio.»

«Per Dio, Catalina! Non si tratta di esserci d'intralcio ma della tua salute e di quella di tuo figlio. Potresti partorire da un momento all'altro, in quel caso che cosa faremmo? Non abbiamo soldi e non sapremmo come aiutarti. Fra l'altro, come pensi di salire sul treno? Dovremmo salirci mentre è già in marcia e poi nasconderci. Ti rendi conto dei rischi?»

«Va benissimo! Abbiamo preso un accordo, rispettalo!» rispose alterata.

«Non voglio che ti succeda niente», confessò lui.

«Questo dipenderà dalla volontà di Dio», disse lei rassegnata.

«Catalina...»

«Non farmi angosciare ancora di più, te lo chiedo per favore», lo supplicò chiudendo di nuovo gli occhi.

«D'accordo, allora... Eulogio verrà sotto il tuo portone a partire dalle sei. Andrai con lui in stazione. Io vi raggiungerò non appena avrò concluso quello che ho previsto di fare. Riuscirai a fuggire?»

«Ce la farò.»

«Certo, però di pomeriggio tua madre viene sempre a trovarti e tua zia di solito non si muove di casa», le ricordò Fernando.

«Mi farò venire in mente qualcosa. Alle sei sarò davanti al portone. Adesso, apri il primo cassetto del comò.»

«Perché?»

«Prendi il mio portagioie e svuotalo. Non ho tantissime cose, ma se le vendi ne ricaverai abbastanza per comprare tre biglietti. Potrebbe anche avanzare qualcosa per il cibo.»

«Non ci penso proprio», protestò Fernando.

«L'hai detto tu, non posso salire su un treno in marcia. I gioielli che ho portato qui sono quelli cui sono più affezionata. La mia medaglia della prima comunione, l'anello di mia nonna, gli orecchini di perle che mi ha regalato mia madre quando ho compiuto diciassette anni, sono quelli che le aveva regalato sua madre... Ci sono anche quattro anelli d'oro e un bracciale con delle piccole monete d'oro come pendenti, e vari braccialetti d'argento... Ah, c'è anche una croce!»

Fernando la guardò rammaricato. Sapeva che per lei quei gioielli avevano un valore sentimentale e che separarsene era un gran dispiacere. Ma obbedì, consapevole del fatto che non avevano altra scelta.

«Sotto i miei fazzoletti c'è un borsellino. C'è dentro qualche soldo, poca roba, ma potrebbe tornarci utile. E adesso vattene prima che mia zia si innervosisca. Di' a Eulogio che sabato alle sei mi troverà davanti al portone.»

Mentre tornava a casa Fernando giurò a se stesso che avrebbe protetto Catalina sino alla fine, qualunque cosa fosse successa. No, non pensava certo di abbandonarla.

Arrivato a casa, sua madre lo aspettava impaziente. «Hai fatto tardi», disse preoccupata.

«Sono andato a trovare Catalina. Non l'ho trovata per niente bene.»

«Povera ragazza...»

«Ti ho già raccontato che il medico le ha detto di non alzarsi dal letto perché potrebbe anticipare il parto, ma non è ancora entrata nel settimo mese. Dimmi, mamma, che cosa potrebbe succedere?»

Isabel si commosse davanti alla preoccupazione del figlio. Era così leale e così pieno d'amore verso quella ragazza... No, Catalina non si meritava l'amore di Fernando.

Cercò di trovare le parole giuste, non voleva alimentare ulteriormente la sua angoscia. «Molte donne partoriscono al settimo mese e stanno bene. Inoltre, Catalina è in ottime mani. Non devi preoccuparti.»

«Sì... ma se dovesse entrare in travaglio all'improvviso? Potrebbe morire? E al bambino, che cosa potrebbe succedere al bambino?»

«Dai, Fernando, metti da parte questi pensieri... Non voglio dire che se dovesse anticipare il parto le cose saranno facilissime, ma il medico saprà cosa fare. Quanto al bambino, poveretto! Sarà quel che Dio vorrà.»

Eulogio era seduto sul letto e stava leggendo una lettera di Marvin. L'aveva trovata sul tavolo quando era tornato a casa. Sua madre stava lavando i panni e si erano salutati a malapena. Ormai non si parlavano, Piedad era addolorata da quel silenzio, Eulogio invece si sentiva a disagio. Perciò, chiuse la porta della sua stanza, avido di notizie da parte del suo amico americano.

Mio caro Eulogio,

domani mattina parto alla volta di Alessandria e ci tengo a fartelo sapere. Ti avevo già detto che avevo in programma di andare in Egitto, ma non pensavo di farlo così presto. Ti chiederai perché mai abbia deciso così precipitosamente di intraprendere questo viaggio; la ragione è semplice: il mio editore, l'anziano monsieur Rosent, è scomparso, come molti altri ebrei. Non so se si è nascosto o se è stato arrestato. Puoi immaginare l'angoscia e la preoccupazione, mi consola solo sapere che quanto meno è riuscito a salvare il suo negozio vendendolo a me.

Mi sento schiacciato dalla responsabilità che mi sono preso. Ho chiesto al mio professore di letteratura della Sorbona di farsi carico della libreria sino al mio ritorno. Credo di averti già parlato di lui: si chiama Alain Fortier, è stato lui a incoraggiarmi perché portassi le mie poesie a monsieur Rosent.

Monsieur Fortier non può dedicarsi a tempo pieno alla libreria, ma ha accettato di fare tutto quello che potrà; significa che pubblicherà quello che riterrà opportuno, anche poche cose. Nel negozio ha trovato svariate cartelline contenenti manoscritti pronti per essere pubblicati, perciò si metterà in contatto con gli autori per spiegare loro che monsieur Rosent non c'è e che devono decidere cosa vogliono fare dei loro scritti.

Alain Fortier ha grande stima di monsieur Rosent. Uno dei suoi allievi gli darà una mano, si chiama Jean. Credo che riusciranno a cavarsela.

Io però mi sento schiacciato da questa enorme responsabilità, perciò ho preso la decisione di andare ad Alessandria per informare Sara Rosent della situazione.

Nessuno può dire quanto durerà questa guerra e nemmeno come andrà a finire. Magari la Francia finirà col diventare un prolungamento della Germania. L'Inghilterra sta resistendo da sola, ma forse con l'entrata in guerra della Russia le cose potrebbero cambiare. Nemmeno Napoleone è riuscito a piegare i russi.

Come ti ho raccontato nella mia lettera precedente, Sara Rosent vive con il marito ad Alessandria, la città di cui lui è originario e dove la sua famiglia ha una prospera attività in ambito editoriale. Non ti nascondo che, nonostante la guerra, sono tentato dall'idea di passare un po' di tempo ad Alessandria; più di tutto mi piacerebbe andare al Cairo a contemplare una delle grandi meraviglie del mondo, le piramidi. Immagina che spettacolo! Non so se ce la farò, ma ci proverò. Sento che Alessandria sarà un balsamo per il malessere che mi divora ed è diventato cronico.

E adesso, caro amico, voglio farti una proposta; sono certo che la troverai assurda, ma voglio fartela lo stesso. Questo vorrei, che ti unissi a me in questa avventura egiziana, che mi accompagnassi, se fosse possibile, a visitare le piramidi. So che le difficoltà sono tantissime; tedeschi e inglesi stanno portando la guerra sino alle frontiere con l'Egitto e arrivare ad Alessandria non sarà facile, nemmeno io so come farò. Quanto alle spese di viaggio, non preoccuparti, me ne occuperò io. È il minimo che possa fare dopo essere stato accolto così generosamente a casa tua. Magari fosse possibile portare a compimento questa follia.

In calce alla lettera trovi l'indirizzo di Sara Rosent. Scrivimi lì, meglio ancora, spero di incontrarti.

Il tuo eterno amico,

Marvin

Eulogio si sorprese di quanto avesse gradito la proposta di Marvin. All'improvviso Alessandria gli apparve come un regalo inatteso che non poteva rifiutare, anche se la sua meta finale continuava a essere l'America. Marvin poteva aiutarlo. Dopo averlo incontrato ad Alessandria, gli avrebbe chiesto di aiutarlo a raggiungere l'agognato nuovo mondo. Sì, avrebbe fatto così. Quanto a Fernando e Catalina, dovevano decidere dove sarebbero andati una volta raggiunta Lisbona.

Il cielo si era coperto di un grigio così denso che nemmeno un singolo raggio di sole riusciva a penetrarlo.

Isabel era preoccupata per l'evidente malessere di suo figlio. Sapeva che stava succedendo qualcosa e aveva cercato di parlarne con lui, ma Fernando era sfuggente. Soffriva al pensiero che non avesse più fiducia in Lei. Sin da bambino, lui le aveva sempre confidato qualunque preoccupazione o ansia.

Appoggiato al balcone, Fernando aveva uno sguardo distratto. Avvertiva la preoccupazione di sua madre. Era stato tentato di svelarle i suoi piani, ma sapeva che lei gli avrebbe impedito di portarli a termine. Ad addolorarlo più di ogni altra cosa era l'idea di andarsene senza salutarla. Durante la notte le aveva scritto una lettera, l'avrebbe lasciata sul cuscino affinché lei la trovasse l'indomani. S'immaginava sua madre mentre la leggeva, in un mare di lacrime. Si chiese se non stesse commettendo un errore, se davvero valesse la pena infliggerle un dolore del genere. Con ogni probabilità la stava lasciando per sempre, difficilmente sarebbe riuscito a tornare in Spagna, e lei non avrebbe potuto raggiungerlo, anche se quest'ultima possibilità restava aperta.

Di una cosa era certo: non si sarebbe mai pentito di aver ucciso i due uomini che rappresentavano gli assassini di suo padre. La loro famiglia avrebbe sofferto esattamente come soffrivano lui e sua madre. Non era la Bibbia a parlare di occhio per occhio? Ecco, era esattamente quello che pensava di fare. Ciò nonostante, non riusciva a smettere di pensare alle parole di suo padre: «Non uccidere, tu non uccidere». Sì, riusciva ancora a sentire la voce severa di suo padre. Ma gli avrebbe disubbidito, stavolta doveva.

Si chiese che cosa avrebbe architettato Catalina per depistare la zia. Donna Petra non la lasciava sola neanche un minuto e per giunta era sabato, quindi era ancora più difficile che uscisse di casa; quella brava donna era preoccupatissima per lo stato di salute della nipote, sempre più debole. Questo rendeva la fuga ancora più difficile. Ma non si poteva più tornare indietro.

«Io sono pronta...» disse Isabel, distogliendolo dai suoi pensieri.

«Allora andiamo, perché per me si sta facendo tardi», rispose lui.

«Donna Hortensia mi ha detto che questo pomeriggio non avrà bisogno di me, perciò non rientrerò tardi.»

«Be', io quando uscirò dalla tipografia andrò a fare un giro con Eulogio.»

«Con questo tempo? Figlio mio, dicono che pioverà tutto il giorno...» rispose preoccupata.

«Mamma, cerca di capirmi, dopo aver lavorato tutta la settimana, distrarmi un po' mi fa solo bene. Faremo una semplice passeggiata, forse incontreremo altri amici. Magari farò un po' tardi, in caso, non aspettarmi per cena.»

Quell'affermazione stupì Isabel. Non era da lui uscire e ancora meno rincasare tardi. Di solito si limitava a fare una passeggiata con Eulogio, si fumavano insieme una sigaretta, tutto lì. Strinse le labbra per non dire niente. Non poteva rimproverargli che volesse uscire con gli amici, in fin dei conti era un ragazzo e aveva tutto il diritto di distrarsi ogni tanto.

Camminarono insieme come facevano tutte le mattine. A Fernando piaceva accompagnarla per un breve tratto prima di andare in tipografia.

Senza capirne la ragione, Isabel sentì un profondo malessere, come se una mano le stesse rivoltando le viscere. Aveva notato che suo figlio era agitato, perso nei suoi pensieri, aveva il volto contratto e lo sguardo smarrito.

Arrivati all'angolo dove di solito si separavano, Fernando abbracciò sua madre così forte che lei si spaventò. «Ti voglio un bene dell'anima, mamma, lo sai vero?»

«Ma certo, figlio mio... lo so benissimo. Però, non so, Fernando... sento che qualcosa ti preoccupa. Sono giorni che ti vedo molto silenzioso, oggi però in più sei... sei angosciato.»

«Ma cosa dici, mamma! Non ho niente, sicuramente sono un po' stanco, in tipografia non ce la faccio più, anche se sono contento che mi diano tanto lavoro. Ti voglio bene, mamma. Ti voglio bene.»

«Ma Fernando...»

«Dai, su, va', sennò arriviamo tardi tutti e due.»

La abbracciò di nuovo poi la guardò allontanarsi, in preda alla sua stessa angoscia. E mentre Isabel continuava a sentirsi poco bene, Fernando silenziosamente si congedò da lei.

Le ore passarono più lente che mai. Sperava che, con i soldi di Catalina, Eulogio fosse riuscito a comprare un biglietto del treno in terza classe. Lui aveva venduto la medaglia della prima comunione, un paio di anelli e il bracciale d'oro con le monete appese. Conosceva molta gente e non faticò a trovare un compratore che non lo fregasse.

Fernando aveva conservato gli altri gioielli sperando di non essere costretto a venderli, ma continuava a chiedersi in che modo si sarebbero procurati del cibo e che cosa avrebbero fatto una volta raggiunta Lisbona. Se non altro, gli era di consolazione che Catalina potesse viaggiare seduta. Lui ed Eulogio avrebbero cercato di infilarsi in uno dei vagoni merci. Non potevano spendere un solo centesimo in più. Inoltre, trovava poco corretto spendere i soldi di Catalina.

Don Vicente lo richiamò all'ordine un paio di volte. «Sei molto distratto, Fernando, hai la testa altrove e qui si viene per lavorare. Smettila di guardare l'orologio, non fai altro da quando sei arrivato, stamattina.»

Fernando deglutì, preoccupato del fatto che la sua agitazione fosse così evidente. A don Vicente non sfuggiva nulla; era sicuro che, quando avessero iniziato a cercarlo, l'uomo avrebbe detto che quel sabato al lavoro gli era apparso strano.

Catalina era di pessimo umore. Era così nervosa che aveva dormito male. Inoltre, quella mattina la zia Petra era particolarmente pesante, aveva insistito perché facesse colazione quando nel suo stomaco non ci entrava nemmeno un sorso d'acqua.

Come se non bastasse, le aveva annunciato che nel pomeriggio don Juan sarebbe passato a trovarla, ed era certa che anche sua madre avrebbe fatto un salto, come tutti i pomeriggi.

Benché avesse detto a Fernando di non preoccuparsi, in realtà non sapeva come fare per sgattaiolare fuori di casa. Da giorni non faceva che pregare, invocando l'aiuto di Dio e della Vergine.

Don Juan arrivò alle nove in punto. Sembrava di buon umore quella mattina, benché la pioggia avesse tinto il cielo di grigio. «Come stai oggi?»

«Come sempre», rispose lei.

«Speriamo che il bambino resista là dentro almeno sino al settimo mese...» disse il medico mentre la visitava.

«Manca sempre meno. Il 15 dicembre entrerò nel settimo mese», affermò Catalina.

«Io non confido molto nei calcoli che fate voi donne. Devi continuare a stare sdraiata, poi vedremo.»

Lei accettò senza fiatare tutte le raccomandazioni del medico. In altre circostanze si sarebbe ribellata davanti alla sua insistenza sul fatto che dovesse starsene a letto, ma quel giorno qualunque cosa le dicesse le era indifferente.

«Tua zia dice che sei inappetente e non va bene. Non sai che fa male al bambino?»

«Non si vede nemmeno che è incinta, mi sa che invece di ingrassare sta dimagrendo», si lamentò donna Petra.

«Ecco, ecco, allora a questo dobbiamo porre rimedio. Sono tempi di vacche magre, ma una donna incinta deve mangiare.»

Catalina sembrava ascoltare il medico e la zia, ma in realtà non badava a quello che dicevano. Voleva solo una cosa, che la lasciassero sola. Doveva riuscire a infilare in una borsa qualche indumento per sé e per il bambino. Non poteva portarsi via troppe cose, giusto quello che ci stava nella borsa.

Non appena don Juan se ne fu andato, arrivò sua madre. Se ne stupì, di solito arrivava nel pomeriggio.

«Ahi, Petra, devi darmi una mano», disse prima di entrare nella stanza della figlia. «Don Bernardo oggi ha avuto la brillante idea di organizzare una lotteria dopo il rosario delle sei. Ognuno di noi deve portare qualcosa da sorteggiare. Non solo, con i soldi ricavati dalla vendita dei biglietti vorrebbe aiutare i più bisognosi della parrocchia. Dice che c'è molto bisogno. Come se non lo sapessimo! E dice che tutti dobbiamo dare qualcosa.»

«E io che cosa dovrei fare?» le chiese Petra, in allarme.

«Senti, ho pensato che per la lotteria potremmo offrire uno dei completi di tuo marito che hai conservato.»

«Asunción, non lo so... Dovrei rinunciare al completo di mio marito... A suo tempo ho già dato via tutto il suo abbigliamento, mi resta solo il completo che indossava quando ci siamo sposati.»

«Ecco, quello... Che cosa te ne fai, sennò?»

«Be', non so...»

«Io porterò una giacca di Ernesto che ha ancora un bell'aspetto e un paio di cravatte.»

«Sì... tuo marito però è ancora vivo, non è la stessa cosa», protestò donna Petra.

«Per Dio, c'è così tanto bisogno in giro e tu non vuoi rinunciare a un completo di cui non te ne fai niente...»

«Fammici pensare.»

«Mi sono già impegnata con don Bernardo.»

«Ma no, come hai potuto?» Donna Petra si stava alterando.

«Senti, ha chiesto un completo per la lotteria, non sai quanti uomini abbiano bisogno di andare al lavoro vestiti in modo decente.»

«Regalane uno di Ernesto», rispose Petra arrabbiata.

«Lo sai com'è fatto Ernesto, quanto gli costa fare la carità, soprattutto se deve rinunciare alle sue cose. E poi, non si può dire che abbia vestiti da vendere. Abbiamo già dato la giacca e due cravatte.»

«Mamma!» gridò Catalina impaziente, visto che Asunción non era ancora entrata nella sua stanza.

Durante il resto della mattina, dovette assistere alla discussione interminabile tra la madre e la zia a causa del completo.

Donna Asunción si scusò con sua figlia dicendole che, proprio per via della lotteria, nel pomeriggio non sarebbe andata a trovarla, ma le promise che la domenica l'avrebbe trascorsa interamente al suo fianco. E donna Petra mormorò tra i denti quanto detestasse che la lasciassero da sola a occuparsi della malata. Proprio quel pomeriggio, come altre volte di sabato, donna Josefa l'aveva invitata per la merenda. Era una cara amica vedova e viveva al primo piano. Donna Josefa amava organizzare delle partite di carte con due o tre vedove come lei, e donna Petra era una presenza fissa. Da quando Catalina viveva a casa sua, lei non aveva più potuto partecipare a quelle merende, che in passato erano state imperdibili. All'inizio lei stessa organizzava eventi del genere, tuttavia man mano che la gravidanza di sua nipote si era fatta più evidente, aveva preferito non esporla allo sguardo dei vicini.

Catalina cominciò a pregare in silenzio per rendere grazie a Dio e alla Vergine. Avevano ascoltato le sue preghiere. Quel pomeriggio sua madre non sarebbe andata a trovarla e, con un po' di fortuna, avrebbe convinto sua zia ad andare dalla vicina vedova del primo piano per la merenda e una partita a carte.

Fu così che scacciò il malumore, riuscì a bere una tazza del brodo portato da sua madre e anche a mangiare la frittata preparata dalla zia. Continuava a guardare l'orologio, impaziente che le ore passassero. Sua madre andò via intorno alle due e sua zia le si accomodò accanto, in attesa che si addormentasse. Catalina era stanca, ma anche troppo nervosa per dormire, però chiuse gli occhi sperando che la zia la lasciasse da sola.

Non appena donna Petra si convinse che la nipote dormiva, uscì dalla stanza in punta di piedi. Intorno alla cinque, il campanello la fece sobbalzare. Donna Josefa, la vedova del primo piano, reclamava la sua presenza alla partita di carte. La brava donna chiese di Catalina, non l'aveva più vista uscire di casa.

«È a letto con l'influenza», la giustificò donna Petra.

«Certo che questa influenza non le passa mai», commentò la vicina.

«Eh, sì, le passa e se ne prende un'altra... È troppo debole... Catalina non mangia, il modo migliore per prendersi tutti i microbi», la giustificò la zia.

«Ultimamente sembrava un po' più in carne», osservò donna Josefa con una certa malizia.

«Magari! È sottile come uno filo d'erba.»

«D'accordo, ma che cosa le può succedere se la lasci sola per un po'? Ha solo un'influenza, no?» insistette la vedova.

«Eh, non si sa mai... magari ha bisogno di qualcosa», argomentò donna Petra.

«Se fossi a letto con l'influenza vorrei solo essere lasciata in pace.»

Senza pensarci due volte, la vedova si diresse verso la stanza di Catalina, bussò due volte con tocco leggero ed entrò, seguita da donna Petra, che temeva potesse rendersi conto delle reali condizione di sua nipote.

«Carissima ragazza, da quanto tempo non ci vediamo! Caspita, hai davvero un pessimo aspetto, sicura che sia solo influenza?»

«Sì, sì, certo, donna Josefa... Anzi, stia lontana, è anche molto contagiosa», rispose Catalina.

«Be', allora me ne sto qui. Comunque, non lo so, è vero che hai un pessimo aspetto, ma non tale da giustificare che tua zia non possa scendere da me nemmeno per una partitina a carte.»

«Certo che può! Zietta, cosa vuoi che mi succeda se sto un po' da sola? Ho voglia di una sola cosa, starmene a letto, tranquilla e al caldo», affermò Catalina con la voce più dolce di cui era capace.

«No, non mi sembra il caso, potresti aver bisogno di qualunque cosa», replicò donna Petra, sperando che la nipote la appoggiasse.

«Starò molto peggio se non scendi a giocare; sono tre settimane che non ci vai per colpa mia.»

«In effetti non capisco che cosa le stia capitando, tua zia praticamente non esce più di casa… Siete rinchiuse qui tutto il giorno, come farete a non annoiarvi non lo so…» Donna Josefa intuiva che c'era qualcosa che le sfuggiva.

«Be', io sono venuta a farle compagnia, è così sola… Però questo non vuol dire che debba rinunciare alle sue abitudini, perciò, zia, non voglio che per colpa mia tu non vada più da donna Josefa. Se non ci vai, mi sentirò male.»

«Ma Catalina…» si lagnò donna Petra.

«L'hai sentita anche tu tua nipote, scendi insieme a me, così mi aiuti a terminare i preparativi per la merenda. Sono già le cinque e mezzo, le altre signore stanno per arrivare.»

Donna Petra non poteva più dire di no e supplicò Catalina di non muoversi dal letto. «Non tarderò a tornare», le assicurò.

«Per favore, zia, goditi per un po' le tue amiche e vedi di vincere a carte, hai sempre detto di essere brava», aggiunse Catalina, desiderosa che le due donne se ne andassero.

Quando sentì la porta chiudersi si alzò con calma e, inginocchiatasi accanto al comodino, dove c'era una quadretto della Vergine, la pregò di darle la forza di scappare senza ulteriori scossoni.

Alle sei in punto uscì da casa della zia portando con sé solo una piccola borsa. Aveva indossato il cappotto e si era coperta la testa con una sciarpa per proteggersi dalla pioggia e dal freddo. Si sentiva debole, i suoi passi erano incerti, ma era convinta che Dio e la Vergine fossero dalla sua parte, ragion per cui non poteva succederle niente di male. Lo provava il fatto che solo quella mattina non avesse idea di come scappare, visto che doveva evitare sia la madre sia la zia.

Eulogio la aspettava all'angolo. Era bagnato fradicio. Le si avvicinò sollecito e la aiutò, prendendole la borsa. «Riesci a camminare?» le chiese.

«Sì, sì, andiamo piano…»

«Fernando mi ha detto di prendere il tram, non costa molto.»

«Sarà meglio», acconsentì.

Non c'era molta gente sul tram. In pochi si avventuravano a uscire in una sera così fredda e piovosa. Ciò nonostante, rimasero in silenzio; volevano evitare di dire qualunque cosa potesse risultare strana alle orecchie altrui.

Il tram li lasciò vicino alla stazione, che raggiunsero a piedi.

«Il treno non partirà prima delle nove», la informò Eulogio. Ci siederemo su una panchina ad aspettare Fernando. Ecco il tuo biglietto.

«E i vostri?»

«Noi ci infileremo in qualche modo. Fernando non ha voluto spendere niente dei tuoi soldi. E io sono d'accordo con lui.»

«Ma i soldi sono per tutti e tre, in un modo o nell'altro i nostri destini sono legati. Per favore, non lasciatemi in treno da sola», lo supplicò.

«Catalina, non sappiamo che ne sarà di noi quando arriveremo a Lisbona. Tu e Fernando dovrete decidere dove andare… Avrete bisogno di tutti i soldi di cui potete disporre. Non è il caso di spenderli per altri due biglietti.»

«Non voglio stare da sola», protestò lei con un filo di angoscia.

«Cercheremo di venire a trovarti nel vagone. E poi, per te sarà più sicuro… lo sai cosa sta per fare Fernando. Se ci arrestano, almeno tu ne uscirai pulita. Pensa alle possibili conseguenze per te e per il bambino.»

«E tu cosa farai quando arriveremo a Lisbona?» volle sapere, come se la domanda la aiutasse a mantenere sotto controllo l'agitazione.

«Cercherò una nave che mi porti ad Alessandria.»

«Alessandria? Non volevi andare in America? Cosa ci vai a fare in Egitto?»

Eulogio si pentì di averle fatto quella indiscrezione. Non aveva ancora parlato dell'ultima lettera del suo amico americano nemmeno con Fernando. «Marvin è ad Alessandria. Conto di rivederlo e poi di partire per l'America.»

«Marvin è ad Alessandria! Come sarebbe che è ad Alessandria?»

«Ecco, è una storia complicata…»

Catalina lo ascoltò con attenzione, pendeva dalle sue labbra mentre cercava di controllare i battiti del suo cuore, accelerati dalla certezza di sapere dove fosse Marvin e che cosa doveva fare lei. «Anche io andrò ad Alessandria. Devo vederlo, deve sapere che avremo un bambino. Non sai che gioia mi stai dando!» e gli prese la mano, stringendola con affetto.

Non si stupì del silenzio di Eulogio, che si stava maledicendo per aver parlato troppo. Marvin e Fernando non glielo avrebbero perdonato. No, non poteva permettere che Catalina andasse ad Alessandria. Marvin lo avrebbe ripreso per averlo messo in una situazione così delicata. Quanto a Fernando… nemmeno a lui sarebbe piaciuto che Catalina corresse tra le braccia di un altro, anche se quell'altro l'avrebbe rifiutata. Ma non poteva più tornare indietro. Doveva affrontare le conseguenze della sua indiscrezione. Li attendeva la loro sorte, buona o cattiva che fosse.

Non erano ancora le otto. Fernando stava osservando la facciata del convento trasformato in carcere, ma non avvertì nessun movimento. Le porte restavano chiuse.

Strinse il calcio della pistola che teneva nella tasca dell'impermeabile. Il freddo dell'acciaio penetrò nel palmo della mano.

Guardò nuovamente l'orologio, il tempo sembrava passare con eccessiva lentezza, quasi si stesse prendendo gioco della sua inquietudine. Il rumore della pioggia gli impedì di sentire dei passi alle sue spalle, sempre più vicini. Solo quando il ragazzo gli passò accanto si rese conto che era il soldato, il figlio del carceriere, uno degli uomini che aveva sparato contro suo padre togliendogli la vita. Sentì l'odio contorcergli le budella, poi non riuscì a sentire più niente perché in quell'istante il portone del carcere si aprì e uscì un gruppo di uomini che si salutarono di fretta per sottrarsi quanto prima alla pioggia. Il soldato si avvicinò al padre, lo salutò e si avviarono insieme con passo veloce per sfuggire all'acquazzone; erano già bagnati fradici.

Fernando caricò il grilletto e li seguì per qualche passo, il temporale infuriava, tirò fuori la pistola dalla tasca e fischiò. I due uomini si voltarono, ma la pioggia impedì loro di vedere lo sconosciuto che aveva fischiato e di rendersi conto di quanto stava succedendo. Fernando sparò prima sul padre e, quando il figlio fece per reagire, scaricò su di lui il caricatore.

Li aveva uccisi guardandoli in faccia, non lo avrebbe mai fatto di spalle, ecco perché aveva fischiato, voleva richiamare la loro attenzione. Si avvicinò e osservò gli occhi aperti ma inerti dei due uomini. Occhi persi nell'oscurità della notte.

Sentì voci e passi rapidi e, a quel punto, si mise a correre per allontanarsi quanto prima da quel posto. Ebbe l'impressione che lo seguissero, ma non si voltò. Le ombre della notte e la pioggia erano sue alleate. Doveva arrivare in stazione. Non poteva abbandonare Catalina. Pensò a quello che aveva appena fatto, non provava niente. Forse era troppo spaventato, o forse la sua coscienza aveva chiuso i battenti. Aveva una sola preoccupazione: scappare, scappare, scappare...

Catalina ed Eulogio aspettavano impazienti. Mancava ancora qualche minuto alle nove. Eulogio aveva stabilito con Fernando che lo avrebbe aspettato davanti al vagone su cui viaggiava Catalina.

Intuì che si trattasse del suo amico quando vide un uomo fradicio che correva verso di loro. Quando Fernando li raggiunse, Catalina lo abbracciò ma lui le chiese di salire subito sul vagone, promettendole che l'avrebbe raggiunta quanto prima.

«Avevo una paura folle che qualcosa non andasse per il verso giusto...» gli confessò, ancora appesa al suo collo.

«Eccomi qui, adesso puoi smettere di preoccuparti. Sali sul vagone, sei fradicia.»

La aiutò a cercare il suo posto. Nello stesso scompartimento viaggiavano una coppia di una certa età e una donna più giovane, che aveva tra le braccia un bambino di pochi mesi avvolto in una copertina. Li guardarono con curiosità ma si limitarono a salutarli con un cenno del capo.

«Qui starai bene, io tornerò a trovarti tra un po'.»

Il posto a sedere non era che una scomoda panca di legno. Catalina si accomodò accanto alla donna con il bambino. Fernando ed Eulogio corsero verso i vagoni merci, in attesa di potervi saltar su non appena il treno fosse partito. Così fecero. Sdraiati l'uno accanto all'altro vicino a pacchi enormi, ripresero a respirare normalmente. Con voce sommessa, Eulogio chiese: «L'hai fatto?»

«Sì...» fu la sola risposta di Fernando, che spostò lo sguardo e lo rivolse, smarrito, verso il soffitto del vagone.

Caddero di nuovo nel silenzio mentre mettevano ordine nelle emozioni e nei sentimenti. Quando, dopo breve tempo, ripresero a parlarsi, Eulogio informò l'amico della sua indiscrezione: quando aveva detto a Catalina che Marvin si trovava ad Alessandria, lei aveva deciso che avrebbe fatto di tutto per raggiungerlo lì.

«Ma come ti è venuto in mente di dirglielo? Sei impazzito!» lo rimproverò Fernando.

«Marvin si arrabbierà, lo so. E non voleva vederla, ne sono certo», ammise Eulogio. «Perciò, devi convincerla ad andare da qualunque altra parte. Non sarà difficile, è incinta e il mare è pericolosissimo. Ci sono navi tedesche dappertutto, e non fanno differenza tra navi da carico e navi passeggeri quando decidono di affondarle.»

«Non la conosci», affermò Fernando arrabbiato.

«So di aver fatto una gaffe, mi dispiace. Non so nemmeno io perché gliel'ho detto.»

Eulogio gli spiegò quanto sapeva del soggiorno di Marvin ad Alessandria e gli comunicò la decisione di raggiungerlo per poi cercare una nave che lo portasse in America. Era convinto che Marvin lo avrebbe aiutato nell'intento e, soprattutto, gli avrebbe scritto una lettera di raccomandazioni.

«Come se non avessimo problemi a sufficienza, ci mancava solo che Catalina decidesse di andare ad Alessandria. Io pensavo di convincerla ad andare in America insieme a te, e adesso vieni a dirmi che per un po' vuoi stare ad Alessandria», si lamentò Fernando con amarezza.

«Ti ho già chiesto scusa. Senti, sono nervoso. Ho passato un giorno da cani pensando a quello che stavi per fare e al fatto che qualcosa potesse andare storto. Non ho nemmeno salutato mia madre.»

«Da quando in qua te ne preoccupi?» ribatté Fernando, senza mostrare alcun dispiacere per le parole dell'amico.

«È mia madre», rispose molto serio Eulogio.

«L'hai maltrattata senza remore, e adesso vuoi giustificare la tua gaffe con il fatto che non sei riuscito a salutarla... Valla a raccontare a qualcun altro, sei solo un chiacchierone.»

Eulogio si alzò in piedi velocemente, nonostante la gamba zoppa. Fernando fece altrettanto. Si fronteggiarono, studiandosi con lo sguardo, i pugni stretti, i muscoli del corpo tesi.

«La cosa migliore è che, una volta arrivati a Lisbona, ognuno se ne vada per la propria strada. Non è stata una buona idea fuggire insieme», affermò Eulogio con rabbia.

«Sono d'accordo. Faremo così.»

«E Catalina?»

«Non sono affari tuoi», rispose Fernando; poi si voltò e andò a cercare un angolo in cui sedersi, lontano dall'amico.

Eulogio si sdraiò e chiuse gli occhi. Era addolorato per aver discusso con

Fernando, ma non avrebbe fatto marcia indietro. In realtà, avevano interessi diversi. Aveva già fatto sin troppo quando lo aveva aspettato in stazione, ben sapendo da dove arrivasse. Ma davvero aveva ucciso quei due uomini? Gli era difficile pensare che l'amico fosse capace di uccidere a sangue freddo. Ma non si finisce mai di conoscere le persone. La prima a sorprenderlo era stata sua madre, anche se aveva giustificato la sua relazione con il negoziante dicendo che doveva salvare lui. Sua madre gli era sempre sembrata una donna onesta, dai princìpi solidi, incapace di fare cose imbarazzanti, e invece si era consegnata a don Antonio. Il solo pensiero gli dava la nausea.

Il trambusto del treno gli conciliò il sonno. Dormiva male da giorni, tanta era stata la tensione mentre preparava la fuga.

Fernando non riusciva a chiudere gli occhi. Ogni volta che lo faceva, si vedeva davanti i volti dei due uomini ai quali aveva tolto la vita. I loro sguardi dapprima stupiti, poi terrorizzati, quando erano caduti a terra senza vita. Rivisse l'istante in cui il più giovane dei due aveva fatto un passo in avanti e allungato la mano verso il nulla, forse per fermarlo. Gli risuonarono nelle orecchie le parole che era riuscito a pronunciare il più vecchio – «figlio di puttana» – mentre sveniva e andava incontro alla morte.

No, non riusciva a chiudere gli occhi perché quei due gli si presentavano davanti provocandogli un tramestio nelle viscere.

Aveva ucciso. Lo aveva fatto con premeditazione. Quando aveva premuto il grilletto non aveva avuto paura né pietà; poi, mentre correva verso la stazione, non aveva provato alcun rimorso. In quel momento, invece, il senso di colpa era così forte da indurlo a chiedersi se non dovesse scendere dal treno e andare a costituirsi. Doveva farlo? Sì, doveva, era la risposta. Se lo avesse fatto, però, avrebbe condannato sua madre al dolore assoluto. Lo avrebbero processato e fucilato, e lei avrebbe dovuto affrontare anche la morte del figlio, dopo quella del marito. Il che avrebbe significato condannarla a morte, perché senza una ragione per la quale vivere si sarebbe lasciata morire.

Esaminò gli anfratti più nascosti del suo animo cercando un cenno di paura. Sì, ne aveva, paura di essere arrestato, paura di essere torturato, paura di essere ucciso. Eppure, sebbene il senso di colpa cominciasse a togliergli il fiato, si disse che lo avrebbe rifatto.

Gli bastava pensare a suo padre, ai giorni trascorsi in carcere, magrissimo, goffo nei movimenti senza i suoi occhiali, mentre si grattava le punture delle zecche e dei pidocchi cercando di non farsi notare, mentre tossiva sangue, triste ma con la dignità intatta mentre chiedeva a lui e a sua madre di non perderla mai.

Sapeva che il padre non avrebbe approvato la sua vendetta, ma ciò nonostante era stato più forte il desiderio di rispondere al dolore con il dolore, alla rabbia con la rabbia, alla vita con la vita.

No, non avrebbe chiuso gli occhi; magari non avrebbe più dormito per il resto dei suoi giorni se i due uomini che aveva ucciso si fossero accomodati per sempre nella sua mente, chiedendogli indietro le loro vite.

Quanto a Eulogio, sapeva che quando aveva raccontato di Marvin a Catalina non lo aveva fatto per nessuna ragione in particolare, era solo una persona spontanea e incapace di star zitta. Stavolta, però, la sua disinvoltura aveva creato un problema a tutti e tre. Non c'era modo di convincere Catalina a salire su una nave diretta in America. La conosceva bene, sapeva che avrebbe insistito per andare in Egitto, e ci sarebbe riuscita anche a costo di andarci a nuoto.

Lo inquietava l'idea di andare ad Alessandria. Per un momento invidiò Eulogio per la sua spensieratezza. Faceva parte del suo carattere.

Dopo un po' si mise in piedi e cercò di capire come raggiungere il vagone in cui si trovava Catalina. Le aveva promesso che sarebbe andato a trovarla ed era deciso a farlo anche a costo di mettere a repentaglio la propria vita saltando da un vagone all'altro.

Intanto, Catalina si sentiva a disagio per le insistenti domande dei suoi compagni di viaggio. La coppia anziana mascherava la curiosità fingendosi preoccupata del fatto che lei viaggiasse da sola. Quanto alla ragazza con il bambino, divideva le sue attenzioni tra il piccolo e Catalina, alla quale chiese senza pudore per quale ragione viaggiasse da sola in quello stato e se suo marito fosse uno dei due ragazzi che l'avevano accompagnata al posto a sedere. Imbarazzata, Catalina schivava le domande meglio che poteva, ma i suoi interlocutori non volevano arrendersi e, invadenti, tornavano più volte sulle stesse cose.

«Non è prudente viaggiare da soli», insistette la signora anziana.

«Immagino che suo marito sia quel bel ragazzo, non dovrebbe lasciarla sola, qui, alla mercé di chiunque, soprattutto nel suo stato», aggiunse l'uomo.

E andavano avanti così, al punto che Catalina fu tentata di mettersi a gridare; preferì però rispondere che era molto stanca e che avrebbe dormito un po'. In realtà non ci riusciva, aprì gli occhi di colpo quando sentì che la porta del vagone si apriva.

«Fernando! Meno male che sei venuto. Mi farebbe bene muovermi un po', mi si stanno addormentando le gambe, è così scomodo questo posto a sedere...»

Uscirono dallo scompartimento e percorsero l'intero vagone. Fernando aveva paura che arrivasse il controllore; era riuscito a schivarlo ben due volte mentre raggiungeva Catalina. «Non posso trattenermi molto, il controllore sta facendo il giro, ci manca solo che mi becchi senza biglietto.»

«Avresti dovuto comprarli per tutti e tre. È stata un'idiozia non farlo», lo rimproverò lei.

«Ma non ti rendi conto che ti serviranno un sacco di soldi? Non hai capito che potresti entrare in travaglio da un momento all'altro?» la rimproverò lui.

«Hai ragione, ma i biglietti in terza classe non sono molto cari.»

«Non preoccuparti per noi, stiamo bene.»

«I miei compagni di vagone sono insopportabili, continuano a farmi domande, vogliono sapere se sei mio marito.»

«E tu cosa gli hai detto?»

«Niente... cioè, quasi niente.»

«Sì, ma cosa hai risposto?»

«Che sei un mio parente e mi stai accompagnando da mio marito.»

«Dai...»

«Non ho detto una bugia, in realtà, per me sei come un fratello.»

Di colpo, sentì un sapore amaro in bocca. Ogni volta che lei insisteva col dire che lo amava come un fratello, a Fernando si spezzava il cuore. Ma non poteva rimproverarle niente. Nessun essere umano ha potere sui sentimenti e le emozioni altrui. Poteva fare una sola cosa: aspettare, starle accanto sino a che, un giorno, lei lo avesse guardato con altri occhi e fosse riuscita ad amarlo come lui amava lei. «Meno cose dici, meglio è...»

«Mi hanno chiesto anche di Eulogio. Ho detto la stessa cosa, che è un mio parente. Ma sono sorpresi dal fatto che non viaggiamo nello stesso vagone. Spero non dicano niente di strano davanti al controllore.»

«Cerca di dormire un po', così non sarai obbligata a parlare con loro. È la cosa migliore. Hai fame?»

«Non molta... Senti, Fernando, sei... sei riuscito a fare quello che volevi fare?»

«Sì.»

«E stai bene?»

«Sì.»

«D'accordo... Sappi che ho pregato affinché le cose andassero bene. E sappi anche che Dio e la Vergine hanno ascoltato ogni mia richiesta. E... ecco, cosa ne hai fatto della pistola?»

Fernando sobbalzò. L'aveva messa nella tasca dell'impermeabile e poi se n'era dimenticato. Infilò la mano, il calcio gli gelò le dita. «Non preoccuparti, ce l'ho qui.»

«Non sarebbe meglio gettarla via? Se ci arrestano e non trovano la pistola, nessuno potrà accusarti di... di avere a che fare con quei due uomini.»

«Hai ragione. Cercherò di ripulirla dalle impronte e poi la getterò sui binari. Non preoccuparti. Adesso va' nel tuo scompartimento e dormi.»

«E se mi chiedono dove sei?»

«Di' che sono in un altro vagone.»

Ritornò da Eulogio. Il suo respiro era leggero; ne dedusse che era sveglio. Forse dovevano parlare. Avevano discusso perché erano nervosi, attanagliati dall'ansia. Ma chi dei due avrebbe fatto il primo passo? Eulogio aveva sbagliato quando aveva detto a Catalina dove si trovasse Marvin. Se anche fossero riusciti ad arrivare ad Alessandria, era probabile che l'americano non accettasse di assumersi la responsabilità del figlio che Catalina stava per mettere al mondo e a quel punto lei sarebbe caduta nella disperazione. Ma la cosa peggiore era che quel posto in Egitto era per loro totalmente sconosciuto.

«Sta bene?» chiese Eulogio con voce rauca.

«Sì, l'ho appena vista, sta bene. I suoi compagni di scompartimento sono dei pettegoli, la stanno tempestando di domande, ma se la caverà.»

«Mi dispiace di aver litigato con te. Hai ragione, sono un chiacchierone. Dirle dove si trova Marvin era l'ultima cosa che avrei dovuto fare. Ho sbagliato nei suoi confronti ma anche verso di te.»

«Cosa possiamo farci…»

«Marvin non me lo perdonerà mai se Catalina si presenta davanti a lui dicendogli che è incinta.»

«Zitto, non aggiungere altro. Lui ha i suoi problemi e noi i nostri. Ce la faremo. Vado a gettare via la pistola.»

«Non farlo… Se la trovano, troveranno anche noi.»

«Ma se me la trovano addosso, cosa dirò? La pulirò per toglierle le impronte e la getterò via lungo il binario.»

«E se qualcuno ti vede?»

«È notte fonda, piove a dirotto, non credo ci sia nessuno che guarda dal finestrino, e se anche lo facesse non si vede niente.»

«Isabel sarà preoccupata.» L'aveva appena detto e se n'era già pentito.

Fernando sentì una stretta alla gola non appena Eulogio fece il nome di sua madre. A quell'ora doveva aver già trovato la lettera che le aveva lasciato sul cuscino. Sicuramente stava piangendo in preda alla disperazione, si sentì un miserabile.

Cara mamma,

quando leggerai questa lettera sarò lontano, ma sempre, sempre ti porterò nel cuore.

Non posso dirti perché me ne sono andato né dove, ma ti prometto che farò l'impossibile per riuscire a rivederti, un giorno. La vita lontano da te mi sarà insopportabile, ma credimi, non ho avuto altra scelta. Lavorerò duro e riuscirò a farmi strada, non dimenticherò i tuoi insegnamenti e quelli di papà. Cercherò di essere l'uomo che avreste voluto che diventassi, così il giorno in cui ci rivedremo potrai sentirti orgogliosa di me e perdonarmi per il dolore che ti sto dando.

Solo tu, mamma, puoi capirmi e perdonarmi. Questo ti chiedo: di non dimenticarmi mai, di non smettere di amarmi qualunque cosa succeda, e di perdonarmi.

Tuo figlio che ti adora.

Fernando

Isabel non riusciva a smettere di piangere. Aveva letto diverse volte la lettera, cercando di capire il perché di quel congedo. Fernando se n'era andato e non le aveva detto il perché, ma chiedeva il suo perdono. Che cosa aveva fatto o pensava di fare? Tremò al pensiero di quali potessero essere le ragioni della sua fuga. Ma no, preferiva pensare che risiedessero semplicemente nel sogno di suo figlio di farsi una vita migliore fuori dalla Spagna, in un posto in cui potesse respirare la libertà, parlare liberamente a voce alta e non avere paura di essere marchiato come il figlio di un repubblicano, un rosso, un massone.

Sì, Fernando era fuggito in un altro Paese in cerca di lavoro; non faticava a capirlo, ma il suo intuito le diceva che c'era dell'altro, ne era certa. Si chiese se fosse andato via da solo, se avesse confidato a qualcun altro l'intenzione di scappare, si chiese che cosa gli avrebbe riservato il destino; si fece così tante domande da temere che le vene sulla fronte le esplodessero; si gonfiavano sempre di più a ogni lacrima che versava.

Come poteva vivere senza suo figlio? Da dove avrebbe tirato fuori il coraggio per andare avanti?

Quella notte non dormì; si sdraiò nel letto stringendosi al petto la lettera di Fernando, ritornò mentalmente agli ultimi giorni, alle loro ultime conversazioni, al modo in cui l'aveva salutata quella mattina. Cercò di mettere ordine in ogni espressione, ogni parola, ogni sguardo.

Non sapeva che ora fosse, sapeva solo che il mattino stava diventando sera quando, di colpo, qualcuno cominciò a suonare il campanello con insistenza.

Piedad si scusò con Isabel quando lei le aprì la porta. Il suo volto era smagrito, lo sguardo carico di preoccupazione. «Perdonami, non voglio disturbarti, volevo solo chiedere a Fernando se sa dove può essere andato Eulogio. Non è tornato a dormire... Non credo gli sia successo niente, però... ecco, si è portato via un po' di abbigliamento e... Ma, che cosa hai?»

Piedad sobbalzò quando si rese conto che il volto dell'amica era rigato di lacrime.

Isabel con un gesto la invitò a entrare, poi chiuse la porta e la abbracciò.

«Per Dio, Isabel, che succede? Mi stai spaventando... Se è successo qualcosa a Eulogio, dimmelo...»

Ma Isabel non riusciva a trattenere le lacrime e nemmeno a parlare, perciò continuò a stringere forte Piedad finché quest'ultima, impaziente, la supplicò di rispondere alle sue domande.

«Fernando se n'è andato... non so dove...» riuscì a dire tra le lacrime.

«Se n'è andato? Ed Eulogio?» Piedad avvertì di colpo un peso sul petto.

«Non lo so...»

Solo dopo un po' di tempo riuscirono a ritrovare la calma sufficiente per sedersi e cominciare a ipotizzare cosa fosse successo. Intuirono che Fernando ed Eulogio fossero scappati insieme, e questo da una parte le spaventava e dall'altro le confortava; se non altro i loro figli non erano soli.

«Ti ha lasciato qualche lettera?» chiese Isabel, senza svelare nulla di quella di Fernando.

«No. Sai bene che Eulogio era infuriato con me… non mi perdona la storia con Antonio… Se è andato via, la ragione deve essere questa, non riesce a perdonarmi. Da tempo continuava a dirmi che se ne sarebbe andato, ma non avrei mai immaginato che potesse farlo senza nemmeno salutarmi. È ben più strano il caso di Fernando; possibile che non ti abbia detto niente?»

«Ieri, quando siamo usciti per andare al lavoro, mi ha abbracciato molto forte e mi ha detto che mi ama più di qualunque altra persona al mondo… Avrei dovuto capire che si stava congedando da me», disse Isabel, cercando di spiegare a se stessa il comportamento di Fernando.

«Sì, ma voi due siete molto uniti. Andarsene senza dirti niente… Fernando non ha nessuna ragione di fare una cosa del genere», insistette Piedad.

«Smettila di tormentarmi! Anche io continuo a chiedermi la ragione…» E ricominciò a piangere così forte che Piedad temette potesse svenire.

Alla stessa ora, Ernesto Vilamar malediceva in silenzio Catalina, mentre sua moglie piangeva. Petra li aveva chiamati per informarli che Catalina era scomparsa. Era così sconcertata e così spaventata che aveva chiamato anche Juan Segovia, confidando nel fatto che lui avrebbe saputo cosa fare. Il medico era accorso, preoccupato dalla richiesta urgente di donna Petra, e aveva ascoltato non senza sorpresa le sue spiegazioni.

«Catalina mi ha convinto a scendere da Josefa per la partita a carte del sabato, assicurandomi che stava bene. Io non volevo, ma lei ha insistito così tanto… Mi ha detto che aveva voglia di starsene a letto e che non c'era niente di male se io mi fossi distratta per qualche ora. Io ho tardato un po', sono tornata intorno alle nove. La casa era in silenzio, ho pensato che stesse dormendo. Allora sono entrata nella sua stanza. Aveva creato un rigonfiamento con il cuscino per farmi credere che ci fosse il suo corpo. Siccome la stanza era al buio non ci ho badato e sono uscita adagio. Sono tornata un po' più tardi, volevo vedere se si era svegliata e se voleva qualcosa, ma tutto continuava a essere immerso nel silenzio, perciò ho pensato stesse dormendo profondamente e ho preferito lasciarla riposare. Non potete immaginare lo spavento quando, poco fa, sono entrata nella stanza per portarle la colazione, mi sono avvicinata al letto e mi sono resa conto che al posto di quello che pensavo essere il corpo di Catalina in realtà c'era un cuscino. Mio Dio, dove sarà?» E donna Petra ricominciò a piangere, come sua sorella.

«Perciò Catalina deve essere andata via ieri pomeriggio, prima che tu tornassi… Ora, la domanda è: dove può essere andata e chi l'ha aiutata a fuggire? La sua salute è molto delicata… La sua è una gravidanza a rischio… potrebbe perdere il bambino in qualunque momento. E questa non è nemmeno l'ipotesi peggiore; chissà che cosa potrebbe succedere a lei», disse don Juan senza nascondere la preoccupazione.

«Cosa facciamo?» quasi gridò donna Asunción guardando suo marito.

«Appena la troviamo gliele diamo di santa ragione. È una svergognata, una depravata», affermò don Ernesto.

«Dai, su... non parlare così, Ernesto. Capisco la tua disperazione, ma è tua figlia ed è sempre stata una brava ragazza. Un po' superficiale, sì, ma buona», ribatté il medico cercando di riportare un po' di serenità nello sconcerto che aveva stravolto tutti.

«Lei voleva tenersi il bambino... continuava a dire che non era disposta a rinunciare a lui... che avrebbe ritrovato il padre», spiegò donna Petra tra le lacrime.

«La questione è proprio questa: Catalina non accettava di dover affidare ad altri il suo bambino, ecco perché se n'è andata», sentenziò don Juan.

«Noi volevamo unicamente il suo bene», disse donna Asunción senza smettere di piangere.

«È comprensibile che una donna non voglia rinunciare al proprio figlio, molte madri all'ultimo momento ci ripensano, ma riflettiamo...» propose don Juan. «Qualcuno deve pur averla aiutata... Lei faticava a fare anche un solo passo...»

«Sì, da sola sicuramente non poteva andare via», ammise donna Petra.

«Ma chi? Nessuno sa della sua gravidanza», disse don Ernesto, ma gli sguardi spaventati di sua moglie e sua cognata lo misero in allarme.

«Be', è difficile nascondere del tutto queste cose.» Don Juan stava cercando di venire incontro alle due donne.

«Ho paura che mi stiate nascondendo qualcosa. Vediamo, Asunción, chi altri lo sapeva? E non raccontarmi un'altra storiella. Voglio la verità.» Don Ernesto era tesissimo.

Donna Petra cominciò a piangere sconsolata, e questo non fece che agitare di più suo cognato.

«Signore, esigo una spiegazione», insistette don Ernesto.

«Ah! Ernesto, non ho voluto dirti niente per non darti un dispiacere, ma Catalina l'aveva raccontato a Fernando Garzo perché voleva che lui la aiutasse a mettersi in contatto con l'americano. E... be'... Fernando è venuto a trovarla diverse volte...» Donna Asunción chiuse gli occhi, spaventata dall'espressione del marito.

«Non è possibile! Mi hai ingannato! Ma certo! Tale madre tale figlia! Tua figlia ha preso proprio da te... è una svergognata come te...! Hai permesso che quel tipo, quel Fernando Garzo, il figlio di un massone, andasse a trovarla! Come hai potuto comportarti in modo così indegno alle mie spalle?!» gridò don Ernesto.

«Basta, Ernesto! Non voglio sentire altri spropositi, comportati da cavaliere quale sei. Non rivolgerti così ad Asunción, non davanti a me, perché non te lo permetterò.»

Don Ernesto guardò attonito il medico, che si era alzato e gli si era piazzato davanti. «Cos'è che non vuoi permettermi? Asunción è mia moglie e Catalina mia figlia, perciò dirò e farò quello che mi pare, hai capito?» gridò fuori di sé.

«Non mi stupisce che Catalina abbia deciso di scappare, sei diventato un bruto!» rispose don Juan Segovia.

«Questo è il colmo! Come osi!»

«Oso eccome! Hai perso la testa e quello che stai dicendo non è degno di un padre e di un marito», rispose il medico.

«Per favore! Per favore», li supplicò donna Petra, terrorizzata dalla piega che stava prendendo la discussione.

«Sì, adesso ci calmiamo. È fuor di dubbio che Catalina sia fuggita, e sicuramente l'ha fatto con l'aiuto di Fernando Garzo, il che è un sollievo perché è un bravo ragazzo, serio, responsabile, ed è innamorato di lei, perciò non potrebbe essere in mani migliori», affermò il medico.

«Guarda che cosa devo sentire!» Don Ernesto tratteneva a fatica la rabbia.

«Fernando si prenderà cura di lei e immagino che ci manderà un messaggio per farci sapere che sta bene», continuò don Juan.

«Ma non sappiamo se è davvero con lui...» ebbe l'ardire di aggiungere donna Asunción.

«È quello che dobbiamo verificare. Asunción, secondo me dovresti andare a casa dei Garzo; la madre di Fernando saprà dirti qualcosa del figlio», le consigliò don Juan.

«E se non è andata via con lui?» ipotizzò donna Petra.

«Ovvio che è con lui. Per Catalina, Fernando Garzo è come un fratello, me l'ha detto lei stessa», insistette il medico. «E lui è innamoratissimo di lei, farebbe qualunque cosa per aiutarla. Se Catalina volesse, sarebbe disposto persino a sposarla», aggiunse.

Don Ernesto, che aveva in parte recuperato la calma, annuì. Diede a sua moglie il permesso di andare a casa dei Garzo; lui l'avrebbe aspettata a casa insieme a Juan Segovia e a sua cognata. Donna Petra avrebbe preferito tornare a casa sua o andare dai Garzo con la sorella, ma non osò contraddire il cognato, che la considerava responsabile della fuga di Catalina.

Al suono del campanello, Isabel e Piedad sobbalzarono. Per un istante pensarono che potesse trattarsi dei loro figli, ma per Isabel il sogno durò giusto il tempo di andare ad aprire la porta e trovarsi davanti donna Asunción in un mare di lacrime.

«Mi dispiace disturbarti, ma devo chiederti una cosa», esordì Asunción, entrando precipitosamente a casa dell'amica.

«Che succede?» Isabel cercava di tenere a bada le lacrime, sconcertata da quella irruzione.

Anche Piedad le raggiunse all'ingresso, sorpresa da quella visita inattesa. Le tre donne si guardarono per qualche secondo senza sapere cosa dire.

Donna Asunción deglutì domandandosi se fosse il caso di parlare; non aveva calcolato la presenza di Piedad.

«Mia figlia è scomparsa. È andata via ieri sera e crediamo che Fernando possa averla aiutata a scappare», disse tutto d'un fiato senza rivolgersi a nessuno in particolare.

«Catalina se n'è andata?» chiese Isabel stravolta.

«Sì... lei...» Donna Asunción non osò aggiungere nient'altro.

«Anche i nostri figli se ne sono andati», intervenne Piedad, esterrefatta dagli sviluppi della vicenda.

«Se ne sono andati? Ma dove?» volle sapere donna Asunción.

Isabel la invitò a sedersi. Le tre donne rimasero in silenzio, meditando su quali particolari fosse il caso di svelare e quali no. Asunción decise che non valeva la pena continuare a nascondere la verità. «Catalina è incinta. Non so se Fernando te lo ha detto.»

Isabel non rispose, fu Piedad a parlare: «Incinta? Di chi? Per questo se n'è andata? Eulogio mi aveva detto che si stava occupando di sua zia perché non stava bene...»

«Ecco, abbiamo usato questa scusa. Non volevamo che la gente la vedesse ingrassare. Si è trasferita da mia sorella Petra. Volevamo che partorisse il bambino per poi darlo in adozione.»

«Poverina!» esclamò Piedad.

«Poverina? Avere un figlio da nubile e non potersi sposare sarebbe molto peggio. Abbiamo deciso il meglio per lei», si difese donna Asunción.

«E il padre della creatura? Non vuole prendersi la responsabilità di quello che ha fatto?» insistette Piedad.

«Il padre è quell'americano amico di tuo figlio Eulogio; come ben sai se n'è andato e, anche se Catalina gli ha scritto, lui non le ha mai risposto», rispose donna Asunción.

«Marvin! Dio mio!» esclamò Piedad, che non credeva alle sue orecchie.

«Sì, proprio lui, Marvin...» confermò donna Asunción.

«Marvin è un bravo ragazzo, sono certa che se il figlio è suo se ne farà carico», affermò Piedad.

«Per ora non sappiamo niente di lui. Catalina è quasi al settimo mese, continuava a dire che non aveva nessuna intenzione di rinunciare al bambino. Fernando è l'unico che sapeva del suo stato; in effetti, durante tutto questo periodo è andato a trovarla. Probabilmente tu lo sapevi già, Isabel, so quanto sia stretto il rapporto con tuo figlio.» Donna Asunción la guardò piena di speranza.

«Adesso capisco», mormorò Isabel, e il suo volto sembrò rilassarsi.

«Che cosa intendi dire?» chiesero le altre due donne all'unisono.

«Fernando ha aiutato Catalina a scappare, ed Eulogio ha aiutato Fernando. Mio figlio è innamorato di tua figlia da quando erano bambini, farebbe qualunque cosa per lei, anche aiutarla a trovare Marvin.»

«Ma perché Eulogio dovrebbe aiutarli?» domandò donna Asunción.

«Perché lui voleva andare via: qui non ha futuro. La fuga di Catalina e Fernando gli ha permesso di compiere questo passo», affermò Piedad, mentre i pezzi di quel rompicapo cominciavano a incastrarsi.

Di colpo Isabel scoppiò a ridere e a piangere insieme. Era sollevata perché aveva capito le ragioni della fuga di suo figlio. Fernando era un ragazzo romantico, con Catalina si era calato nel ruolo del cavaliere errante. Forse era andato via con lei nella speranza che la ragazza, conquistata dal suo gesto, accettasse addirittura di sposarlo, nell'eventualità in cui Marvin si rifiutasse di farsi carico del bambino. Sì, conoscendo suo figlio era plausibile.

Sapere che se n'era andato in compagnia di Catalina ed Eulogio le toglieva un peso enorme dal cuore. Adesso sapeva di non averlo perso.

Piedad capì immediatamente per quale ragione Isabel sorridesse e anche lei si tranquillizzò. Solo donna Asunción non capiva come mai la disperazione sul volto delle due donne si fosse trasformata in speranza.

«Senti, Asunción, tua figlia è in buone mani. Fernando ed Eulogio si prenderanno cura di lei. Quando Catalina avrà il bambino decideranno il da farsi. La cosa più importante è che nessuno di loro è spacciato, sono tutti e tre insieme e si aiuteranno reciprocamente», affermò Isabel, che sembrava aver vinto il dolore.

«Certo, bisogna vedere cosa decideranno di fare quando Catalina entrerà in travaglio. Ma sono ragazzi svegli, troveranno il modo di affrontare la situazione», aggiunse Piedad.

«Ma dove saranno!» gridò donna Asunción disperata.

«Questo non lo sappiamo... Immagino se ne siano andati il più lontano possibile per non essere trovati», ammise Isabel, avvertendo di nuovo un brivido di dolore.

«Non gli succederà niente», affermò Piedad.

«Ma la mia bambina... non sta bene... Il medico le aveva ordinato di rimanere a letto perché rischiava di perdere il bambino... Potrebbe succedere una disgrazia.» Il suo era un tono di supplica al cospetto delle due donne, che di colpo avevano ripreso coraggio.

«Non le succederà niente. Vedrai... sta' tranquilla», le consiglio Piedad.

«Catalina doveva sposarsi...» continuò donna Asunción, scossa dalle lacrime.

«Con chi? Prima hai detto che Marvin non aveva risposto alle sue lettere», la interruppe Piedad.

«Con Antoñito. È stato mio marito a organizzare il matrimonio. Certo, Antoñito non sapeva niente dello stato di Catalina, in caso contrario avrebbe rotto il fidanzamento... E adesso... non so proprio che cosa gli diremo!»

«Be', che Catalina ha rotto il fidanzamento... che ha deciso di starsene a casa di sua zia... Qualunque cosa», le consigliò Isabel.

«Non lo accetterà! Il negoziante... è un uomo orribile, e noi...»

«Siete indebitati con lui, come una marea di gente», disse Piedad.

«Come fai a saperlo?» Donna Asunción era spaventata.

«Perché Antonio e la Mari fanno in modo di far sapere a tutto il quartiere i nomi dei loro debitori, e nel vostro caso se la sono goduta a sbandierarlo ai quattro venti, perché non si erano nemmeno mai sognati di potersi trovare in una situazione di predominio sulla famiglia Vilamar», spiegò Piedad.

«Perciò lo sanno tutti...»

«Che avete difficoltà economiche, chi non le ha? Non è certo un disonore», la interruppe Isabel.

«Non mi stupisce che Catalina sia scappata... sposarsi con Antoñito è una condanna», lamentò Piedad.

«E adesso che cosa faremo? Per Dio, spero che su Catalina manterrete il massimo riserbo!»

«Ma certo! Ci hai prese per due pettegole?» esclamò Isabel offesa. «Noi non diremo niente, siete voi che dovete trovare una spiegazione per giustificare la scomparsa di Catalina.»

«E della scomparsa dei vostri figli cosa direte?» volle sapere donna Asunción.

«Che hanno deciso di emigrare in cerca di un futuro migliore», rispose Piedad.

«Esatto, proprio così», concordò Isabel.

«E io? Che cosa racconto a Ernesto?» Una domanda inevitabile per Asunción, che temeva la reazione del marito.

«La verità. Che Catalina sta bene, che non le succederà niente perché Fernando ed Eulogio si prenderanno cura di lei, che sono suoi amici da quando erano bambini e le vogliono bene», le consigliò Isabel.

Asunción lasciò l'appartamento desolata, forse un po' più tranquilla grazie alle ultime parole di Isabel: aveva ragione, Eulogio e Fernando si sarebbero presi cura della sua bambina. Ma Ernesto come l'avrebbe presa? Temeva la sua reazione. La principale preoccupazione di suo marito non riguardava tanto il benessere di Catalina, quanto il matrimonio con Antoñito, l'unica soluzione per risolvere i loro problemi economici. E adesso, senza Catalina, che cosa avrebbero fatto? E, soprattutto, come avrebbero potuto giustificare la sua assenza? Non potevano sapere se Catalina sarebbe tornata. Scoppiò di nuovo a piangere, assillata dai problemi che dovevano affrontare.

Ernesto non aveva smesso un secondo di lamentarsi mentre sua moglie si trovava a casa dei Garzo. Juan Segovia aveva trattenuto con enorme fatica l'indignazione davanti alle sue parole, cariche di risentimento. Quanto a Petra, piangeva in continuazione e si soffiava ripetutamente il naso con il fazzoletto. Era troppo spaventata e ogni volta che suo cognato la guardava e le diceva che era grazie alla sua negligenza se si trovavano in quella situazione, ricominciava a piangere più forte di prima.

Quando Asunción tornò a casa, i tre la accerchiarono, ansiosi di sapere che notizie portasse. Raccontò loro che Catalina era scappata con Fernando ed Eulogio, che né Isabel né Piedad sapevano dove potessero essere andati, ma anche che le due donne si erano consolate all'idea che i tre amici fossero insieme, perciò anche loro dovevano tranquillizzarsi perché Catalina era in buone mani.

«Ma tu sei proprio stupida!» gridò don Ernesto.

«Ti prego di moderare il linguaggio, almeno in mia presenza!» gli intimò adirato don Juan.

«Non ti rendi conto del disastro? Che cosa diremo a don Antonio? Dio onnipotente, perché ci fai questo!» esclamò Ernesto, alzando nuovamente la voce senza preoccuparsi del medico.

«Calmati, Ernesto, o ti verrà un colpo», lo supplicò la moglie.

«Certo che mi verrà un colpo! Per colpa tua e di quella inetta di tua sorella; le abbiamo affidato Catalina e se n'è andata a giocare a carte... Ma come ha potuto?»

«Catalina in un modo o nell'altro sarebbe scappata comunque, non si può incolpare nessuno di quello che è successo», lo interruppe Juan Segovia. «O forse il colpevole sei tu, che volevi costringerla a sposare una persona contro la sua volontà», rispose iroso, in difesa di donna Petra.

«Ma certo, il colpevole sono io! Volevo una sola cosa, il benessere di mia figlia, non volevo che la trattassero come una qualunque, una ragazza madre. Quanto ad Antoñito, non c'è miglior partito. Con lui non le sarebbe mancato niente.»

«Vista l'amicizia che ci unisce, non voglio aggiungere una parola di troppo, ma chi, più di tutti, avrebbe tratto beneficio da quel matrimonio? Dai, Ernesto, oltre al benessere di Catalina, il matrimonio con il figlio del negoziante doveva servire a te per risolvere diversi guai», disse il medico, guardandolo con aria di sfida.

«Come osi? Insultarmi a casa mia!»

«No, non ti sto insultando, che Dio me ne scampi, ma non sopporto la tua prepotenza, il fatto che voglia far ricadere sulle spalle degli altri le tue responsabilità e i tuoi problemi. Dovrai cercare una scusa e annullare il matrimonio perché dubito che riusciremo a trovare Catalina.»

«Presenterò denuncia! La faranno tornare con le buone o con le cattive!» esclamò don Ernesto con un atteggiamento di sfida.

«Così tutti verranno a sapere che era incinta e che è scappata perché non voleva dare suo figlio in adozione per sposare Antoñito. È questo che vuoi? Perché è quello cui vai incontro se presenti denuncia.»

«Pretendi che me ne stia con le mani in mano senza cercare mia figlia? Che genere di padre pensi che io sia?» rispose don Ernesto alzando nuovamente la voce.

«Fa' come meglio credi, ma usa la testa, il rischio è che il rimedio sia peggiore della malattia», gli consigliò il medico.

«Juan ha ragione... Se sporgiamo denuncia dovremo anche dire che è scappata perché è incinta e don Antonio verrà a saperlo. Non solo Antoñito non vorrà più sposare nostra figlia, ma in più lei resterà marchiata», argomentò donna Asunción, osando contraddire suo marito.

Ernesto Vilamar si coprì il volto tra le mani e riuscì solo a dire: «Dio mio, che disgrazia! Dio mio, che disgrazia!»

LIBRO II

8

Alessandria d'Egitto, dicembre 1941

Marvin aprì il balcone lasciando che la luce inondasse la stanza. A quell'ora del mattino l'aria era fresca e il sole tiepido, ma erano i primi giorni di dicembre e quelle temperature erano una benedizione.

Chiuse gli occhi respirando l'aria pura e li aprì solo quando una mano si posò sulla sua spalla con una carezza leggera.

Si voltò e sorrise. Si era convinto che provare qualcosa di simile alla felicità non gli sarebbe più stato concesso.

Sentì il corpo di Farida accanto al proprio e non provò fastidio anzi, al contrario, una sensazione di calma. Era successo sin dal primo momento in cui si erano conosciuti.

Doveva così tanto a monsieur Rosent! Non solo perché aveva creduto in lui come poeta, ma anche perché sua figlia Sara gli aveva presentato Farida. Se monsieur Rosent non gli avesse affidato la sua attività per poi trasferirla a Sara, lui non sarebbe mai andato ad Alessandria e non si sarebbero conosciuti.

Wilson&Wilson si trovava nel centro della città. Era una libreria di piccole dimensioni. Le pareti erano interamente ricoperte di mensole che ospitavano autentici tesori.

Il proprietario, Benjamin Wilson, era il marito di Sara.

Wilson viaggiava in tutto il mondo alla ricerca di libri rari, soprattutto di poesia. Edizioni uniche. Comprava, vendeva e, in più, pubblicava.

Ogni volta che andava a Parigi non mancava di andare a trovare monsieur Rosent, che di solito lo stupiva con qualche esemplare unico. Il signor Wilson e Sara non avevano mai manifestato interesse l'uno per l'altro, ma nel corso dell'ultimo viaggio lui le aveva chiesto di sposarla e lei aveva accettato. Era successo prima che i tedeschi occupassero Parigi.

Sara non era più una ragazzina, aveva una quarantina d'anni e non aveva mai espresso il desiderio di sposarsi. Si accontentava di leggere poesie e aiutare suo padre a dirigere quella casa editrice a conduzione familiare alla quale si rivolgevano poeti in erba in cerca di consigli, desiderosi di vedere pubblicate le prime opere. Inoltre, i Rosent vendevano libri dei grandi poeti della storia della letteratura mondiale.

Benjamin Wilson era di origine inglese ma era nato ad Alessandria. Suo nonno aveva ereditato un negozio di compravendita di libri antichi a Londra, ma prima di prendere in mano l'attività aveva viaggiato in Africa e in Oriente scrivendo lunghi articoli di costume per i giornali londinesi e collaborando sporadicamente con il Ministero degli esteri. Aveva sposato una dama della nobiltà di campagna e da lei aveva avuto un unico figlio, Robert, che non seguì le orme del padre e preferì cimentarsi nell'esercito. Robert arrivò ad Alessandria d'Egitto nel 1895 come ufficiale della guarnigione permanente che la Gran Bretagna manteneva in quella piazzaforte e in altre città dell'Egitto, come prevedeva il trattato tra i due Paesi. Lì Robert aveva sposato un'egiziana figlia di una famiglia originaria della Grecia, di Salonicco. Da lei aveva avuto un figlio, Benjamin. Marvin aveva sentito dire che la madre di Benjamin Wilson era ebrea, ma poteva darsi che fossero solo chiacchiere; lui non aveva osato chiederne conferma a Sara.

Benjamin per tutti era il «signor Wilson». Suo padre, Robert Wilson, decise che doveva essere educato in una scuola inglese e perciò, nonostante le proteste della moglie, lo mandò a studiare a Londra sotto la tutela del nonno, che ne approfittò per trasmettergli l'amore per i libri in generale e per la poesia in particolare. Il giovane Wilson imparò tutto ciò che suo nonno riuscì a insegnargli e da grande non poté che dedicarsi a pubblicare, comperare e vendere libri. Suo nonno era un uomo particolare, che amava viaggiare e cercare in prima persona quegli esemplari unici dai quali traeva tantissima soddisfazione e altrettanti profitti. Nonno e nipote erano inseparabili. Seguendo i suoi consigli, Benjamin aveva deciso di servire il suo Paese negli Affari esteri, poi però l'anziano uomo si era ammalato, scompigliando i loro programmi. Quando suo nonno morì, Benjamin Wilson decise di tornare ad Alessandria acconsentendo alla richiesta del padre, che all'epoca era preoccupato per le delicate condizioni di salute di sua moglie.

Tornato a casa, Benjamin prese due decisioni: tenere aperta la libreria londinese e aprire una succursale in Egitto. Rivedere Alessandria gli fece capire quanto gli fossero mancati la luce della sua città e, soprattutto, il miscuglio di persone dalle origini più diverse, che le conferivano una personalità unica.

Marvin aveva avuto tutte queste informazioni da Sara Rosent, non gli occorreva sapere nient'altro. Aveva provato una simpatia immediata nei confronti di Benjamin Wilson e da quando era arrivato ad Alessandria per cercare Sara non c'era stato giorno in cui non fosse andato nella loro libreria, che era un punto di riferimento per gli scrittori. L'aveva conosciuta proprio lì.

«A cosa stai pensando?»

La voce cristallina di Farida lo riportò alla realtà. Si voltò e le sorrise. «Al giorno in cui Sara ci ha presentati, e alla strana coppia che formano lei e il signor Wilson.»

«Strana? Io credo che si completino benissimo e, soprattutto, che siano felici. Conosco Benjamin Wilson da tantissimi anni e ti assicuro che non lo avevo mai visto sorridere.»

«Ho un debito con loro che non potrò mai ripagare.»

Farida lo guardò incuriosita mentre gli prendeva la mano. «Di quale debito stai parlando?»

«Averti conosciuto.»

«È stata una fortuna per entrambi. Ma te l'ho già detto che prima o poi ci saremmo incontrati. Era scritto.»

Farida spesso diceva cose che Marvin trovava sorprendenti. Non rispose, si limitò ad abbracciarla e lei gli restituì l'abbraccio. Lui pensò che, se la felicità esisteva, quell'istante ne era un emblema.

Conoscere Farida lo aveva salvato da se stesso. Lei era più grande di lui, aveva circa quarant'anni. Alta, mora, dalla pelle olivastra, magra, emanava una sicurezza impressionante.

Dopo pochi giorni dal suo arrivo ad Alessandria, Sara lo aveva invitato a un recital di poesia. In realtà, più che un recital era un incontro tra poeti che cercavano di sorprendersi a vicenda. Avevano partecipato anche scrittori di altri generi, per questa ragione c'era Farida.

Non appena i poeti ebbero finito di recitare gli ultimi versi, Sara spostò la conversazione su argomenti un po' spinosi come il Bene e il Male, la coscienza, il dovere…

Intervennero tutti, ma quando fu Farida a prendere la parola calò il silenzio e i presenti la ascoltarono con rispetto, affascinati.

Sara sussurrò all'orecchio di Marvin: «È una filosofa». Più tardi venne a sapere che era autrice di cinque libri sulla sua specialità, e che uno di quei volumi era considerato una vera enciclopedia sui filosofi che avevano vissuto ad Alessandria e sulle loro dottrine.

«In questa città è tradizione discutere di qualunque argomento e farsi domande che non trovano risposta. Dopo la Grecia, ritengo che Alessandria sia il secondo posto al mondo in cui la filosofia occupa un posto speciale», gli aveva spiegato Sara.

Marvin le chiese di presentargli Farida e rimase sconcertato quando quest'ultima gli propose di fare una passeggiata.

Uscirono dalla libreria Wilson&Wilson e vagarono senza meta per le strade della città. Marvin non sapeva nulla di Alessandria, ma lei gli fece da guida: ecco rue de Rosette, la chiesa di San Atanasio, più avanti il Convento di Santa Caterina, la Porta della Luna…

Farida gli chiese dove alloggiasse. Marvin le spiegò che aveva la fortuna di essere ospite di Sara nella loro casa. I Wilson vivevano a Bulkeley, un quartiere residenziale popolato perlopiù da stranieri, principalmente britannici.

La casa di Sara e Benjamin Wilson era tanto grande quanto bella e dalla terrazza si poteva ammirare il mare.

Lei ascoltava, lui parlava, poi d'un tratto si rese conto che stava condividendo con quella sconosciuta i fantasmi che abitavano in lui dopo l'esperienza sul fronte spagnolo. Le raccontò ogni cosa: la paura provata in battaglia, le ferite nel corpo e nell'anima, il modo in cui i versi gli si erano congelati dentro, la convinzione che il futuro non avesse più niente in serbo per lui.

«Vieni con me», gli disse Farida. E lui si lasciò portare sino a casa di lei, in un vecchio edificio della Corniche i cui balconi davano sul mare. L'alba li sorprese a parlare e non avrebbe saputo dire in quale momento si fosse addormentato; sapeva solo che quando si era svegliato Farida gli stava accarezzando la fronte e il suo sorriso gli aveva restituito la vita. Da quel giorno non si erano più separati.

Sara non gli aveva fatto domande quando era tornato a casa sua per portarsi via i bagagli, come se il fatto che andasse a vivere con una donna conosciuta la sera prima fosse la cosa più naturale del mondo. Gli rivelò solo alcune cose su di lei: Farida era una donna ricca. Era stata sposata con un uomo che era morto cinque anni prima e le aveva lasciato in eredità una fortuna. Lei scriveva, pensava e viaggiava ovunque le venisse offerta la possibilità di discutere sui segreti della natura dell'essere umano.

Marvin si stupì quando si rese conto che in realtà non sapeva niente di Farida. Lui le aveva aperto la sua anima, l'aveva svuotata, ma lei non gli aveva mostrato la propria.

Non appena tornò da lei le chiese di raccontargli chi fosse, che cosa volesse, che cosa sentisse, e fu così che la notte li sorprese di nuovo, e poi l'alba e, ancora una volta, quando si fece giorno erano stretti l'uno nelle braccia dell'altra.

Quella mattina era al settimo cielo, come tutte le mattine da quando salutava il nuovo giorno accanto a lei.

Marvin sospirò mentre la guardava dritta negli occhi. «Che cosa faremo oggi?» le domandò, carico di aspettativa.

«Scrivere. Benjamin Wilson insiste perché vuole pubblicare un mio libro. E tu farai la stessa cosa. Osserva il riflesso del sole sulle onde, lascia che l'aria penetri nei tuoi polmoni e che ti accarezzi il cuore. Puoi piangere o ridere, in ogni caso scrivi.»

E così fece. Le obbediva come fa un bambino. Farida aveva scacciato le ombre dalla sua anima e gli aveva restituito il piacere di sentirsi vivo.

9

Lisbona

Le nebbie del mattino erano svanite quando il treno si fermò alla stazione di Lisbona. Fernando ed Eulogio erano saltati giù qualche chilometro prima, preallertando Catalina e raccomandandole di aspettarli senza muoversi.

Eulogio aveva sbattuto un braccio, che appariva gonfio. Si era fatto male anche alla caviglia e faticava a camminare. Quanto a Fernando, era tutto ammaccato, da capo e piedi. Impiegarono più del previsto a raggiungere la stazione. Catalina era tanto preoccupata quanto spaventata; ad agitarla era soprattutto il fatto di attrarre troppi sguardi incuriositi. Un controllore le si era avvicinato chiedendole se si fosse persa e lei gli aveva risposto nervosa che stava aspettando che andassero a prenderla.

Rimase lì finché non vide apparire i due amici zoppicanti. «Ma che cosa vi è successo? Vi siete fatti male! Dobbiamo andare da un medico.»

«Certo, e come lo paghiamo?» rispose Eulogio contrariato.

«Abbiamo ancora un po' di soldi e i gioielli… possiamo venderli.»

«Non è niente di che… non preoccuparti», disse Fernando con il volto contratto dal dolore.

«Non trattatemi come una stupida! Andiamo subito da un medico.» E senza dar loro il tempo di rispondere si avvicinò a uno sportello e sfoderò il suo miglior sorriso per chiedere dove potessero trovarne uno. La somiglianza tra lo spagnolo e il portoghese la aiutò a farsi capire. Ottenuto l'indirizzo, li obbligò a seguirla quasi senza aggiungere una parola.

Il medico era un uomo di una certa età, sordo, e nello studio non c'erano altri pazienti in attesa, perciò li visitò subito. A Eulogio diagnosticò una distorsione della caviglia e una forte contusione al polso; quanto a Fernando, sembrava tutto intero, anche se dolorante a causa della caduta dal treno.

Catalina saldò la visita senza discutere l'onorario e chiese al medico dove potessero trovare un banco dei pegni. L'uomo le diede un indirizzo non lontano dal suo studio, ma prima la mise in guardia perché non si lasciasse fregare. «Lei, ragazzina, lei sì che mi preoccupa… La sua pancia… mi sa tanto che a breve dovrà partorire. È molto pallida, non sta bene? Non c'è neanche bisogno che mi risponda, lo so già che non sta bene.»

Tuttavia, lei non accettò di essere visitata; si appoggiò al braccio di Fernando e lasciarono tutti e tre lo studio medico per andare al banco dei pegni. Lì consegnò i suoi gioielli. In cambio, le diedero una somma appena sufficiente a sopravvivere.

Si sedettero sulla panchina di un viale che si allungava sino al mare e discussero sul da farsi. Catalina fece la sua proposta: «Dobbiamo cercare una nave che ci porti ad Alessandria. Con i soldi che ci hanno dato al banco dei pegni pagheremo i biglietti. Ad Alessandria Marvin ci aiuterà, ne sono certa».

«E dove la troviamo una nave che va ad Alessandria? Non ti sei ancora accorta che c'è una guerra in corso e che i tedeschi affondano tutte le navi in cui si imbattono?» rispose Fernando con un tono un po' brusco.

«Guardate il porto in lontananza, è pieno di navi. Andiamo e chiediamo», insistette Catalina, caparbia.

«E se nessuna nave va ad Alessandria?» obiettò Fernando.

«Per forza deve essercene una che fa quella rotta o che può lasciarci vicino», affermò lei con una sicurezza maggiore di quella reale, sforzandosi di celare non solo quanto fosse stanca ma anche quanto si sentisse debole.

Si avviarono adagio. Né Eulogio né Catalina avrebbero potuto camminare più velocemente. Arrivati in porto attrassero molti sguardi incuriositi. Fernando si chiese se li stessero già cercando e se qualcuno avesse attribuito a lui l'uccisione dei due uomini. Non si sarebbe sentito in salvo finché non ci avesse messo il mare di mezzo.

Non volevano lasciare Catalina da sola, esposta agli sguardi dei marinai, perciò anche lei li accompagnò mentre chiedevano qua e là di qualche nave diretta ad Alessandria. Ma nessuno sapeva rispondere. Stavano per arrendersi, accettando che difficilmente avrebbero potuto arrivarci, quando videro un marinaio che si dirigeva con passo fermo verso una nave da carico di media grandezza che sembrava sul punto di partire. Lo interpellarono.

«Quella nave è la *Esperanza del Mar* e fa rotta verso l'Egitto e verso l'America. Qualche mese fa i tedeschi l'hanno quasi affondata, ma il capitano è un tipo fortunato.»

«Accetta passeggeri?» chiese Catalina impaziente.

«Il capitano non ama trasportare estranei, e ancora meno donne, ma a volte trasporta dei passeggeri», ammise il marinaio.

«Come si chiama il capitano e dove possiamo trovarlo?» domandò Fernando.

«Il capitano Pereira lo chiamano "il Portoghese". È sempre di pessimo umore, ma è un bravissimo marinaio, i suoi uomini lo seguirebbero anche all'inferno. Si fidano di lui. Dicono che è fortunato e che il mare per lui non ha segreti.»

«Bene… e dove possiamo trovare il Portoghese?» insistette Fernando.

«Se non è sulla nave, provate in quella taverna… anche se la signorina non dovrebbe entrarci, soprattutto nel suo stato», consigliò loro il marinaio.

Entrarono nella taverna e gli sguardi rudi degli uomini puntarono tutti su Catalina. Lei non abbassò lo sguardo, non voleva dare l'impressione di avere timore. Fernando le prese la mano e gliela strinse con forza per infonderle coraggio.

Eulogio chiese del Portoghese e il tipo dietro il bancone volle sapere perché. «Questo lo spiegheremo direttamente a lui», rispose.

«Bene, allora cercatevelo...» rispose l'uomo seccato.

Catalina si appoggiò al bancone cercando di trovare le forze per non cadere. Si sentiva stanca, aveva la nausea e da un po' anche delle fitte alla pancia. «Per noi è molto importante riuscire a parlare con il capitano della *Esperanza del Mar*, se fosse così gentile da dirci dove possiamo trovarlo...» insistette lei.

«Il Portoghese non ama gli stranieri.»

«Lo capisco, nemmeno io», rispose lei.

Fernando si rese conto che le tremavano le gambe e le mise un braccio sotto le spalle per tenerla su.

I marinai cominciarono a mostrarsi infastiditi per la presenza dei tre forestieri. Uno di loro si avvicinò. «Via di qui, ragazzi. Fuori!»

«Potrebbe smetterla di gridare? Non ce n'è bisogno. Se vuole che ce ne andiamo, ce ne andremo non appena sapremo dove trovare il Portoghese.» Catalina sosteneva lo sguardo di quel marinaio provato da una vita in lotta contro il mare.

«Che mocciosa!» L'uomo la guardò con disprezzo.

«Mi faccia il favore di rispettare la signorina», lo sfidò Fernando.

«Sennò...?» Il marinaio si stava pregustando il litigio con quel giovane temerario.

«Sennò le do un pugno», affermò Fernando senza un battito di ciglia.

Il marinaio scoppiò a ridere mentre si avventava su di lui, ma Fernando fu più veloce e gli fece lo sgambetto, facendolo cadere a terra e provocando la grassa risata degli altri uomini presenti. Nonostante questo, era ben consapevole del fatto che quel marinaio fosse capace di battersi molto meglio di lui, che al massimo si era azzuffato con gli altri ragazzini del quartiere quando era piccolo. Non temeva per sé ma per Catalina.

«Che razza di uomini siete se non rispettate nemmeno una donna incinta! Una vera banda di codardi!» gridò la ragazza.

Diversi marinai si alzarono, diretti verso di lei e pronti a dargliele di santa ragione. Catalina si piazzò davanti a Fernando ma lui la fece spostare: non aveva nessuna intenzione di evitare lo scontro. Eulogio si mise al suo fianco, pur sapendo che erano spacciati.

«Va bene così!» disse qualcuno in fondo al locale. «Tutti a sedere! O volete mettervi a litigare con una donna?»

I marinai tornarono al loro posto e attesero impazienti.

«Io sono il Portoghese. Voi chi diavolo siete?»

Catalina fu sul punto di correre ad abbracciare l'uomo, che aveva diverse cicatrici sul volto e per l'età poteva essere suo nonno, anche se camminava superbo. Ma il capello grigio, quasi bianco, e le rughe rivelavano tutti gli anni che aveva.

«Grazie, signore, sono felice di conoscerla.» E gli allungò la mano accompagnandola con un sorriso.

«Capitano, la stavamo cercando perché vogliamo andare ad Alessandria», spiegò Fernando.

Il Portoghese scoppiò a ridere e altrettanto fecero i marinai presenti.

«Le sembra strano? Per noi è importantissimo, perciò non rida», lo rimproverò Catalina.

Il vecchio capitano la guardò sorpreso. Quella ragazzina non doveva essere più grande delle sue nipoti e ciò nonostante era molto disinvolta, non sembrava una che si spaventava facilmente. «Se è così importante per voi andare ad Alessandria... benissimo, andateci.»

«Vogliamo andarci sulla *Esperanza del Mar*», rispose lei guardandolo dritto negli occhi senza scomporsi.

«Caspita... avete anche deciso con quale nave volete andarci.»

«Signore, potrei parlare con lei da solo?» gli chiese Catalina, cogliendo di sorpresa non solo il capitano ma anche Fernando.

«Assolutamente no», rifiutò l'uomo.

«Non ti lasceremo da sola», intervenne Eulogio.

«Voglio parlare da sola con il capitano. Sono certa che non correrò nessun pericolo», insistette lei.

Il Portoghese era sconcertato e allo stesso tempo inevitabilmente incuriosito da quanto poteva dirgli quella ragazzina dall'aspetto fragile, ma così sicura di sé come poche persone lo erano. «Per me va bene», affermò guardando Fernando, in attesa della sua approvazione.

«Allora andiamo fuori», propose Catalina.

«Ma se sta piovendo a catinelle!» protestò Eulogio.

«Non puoi uscire. Se vuoi parlare con il capitano, fallo dove possiamo vederti», disse Fernando irritato.

«Spostiamoci in quell'angolo», propose il capitano, indicando un tavolo vuoto.

Catalina lo seguì con passo fermo, consapevole del fatto che i marinai la stavano guardando e stavano facendo battute su di lei che era meglio non sentire.

Il capitano la invitò a sedersi e lei acconsentì, sollevata. Ogni minuto che passava le fitte alla pancia erano sempre più forti; si chiedeva quanto sarebbe riuscita a resistere.

«Che cosa mi deve dire?» le chiese rudemente il capitano.

«Come vede, sono incinta. Il padre di mio figlio si trova ad Alessandria e devo ricongiungermi a lui.»

«Ah... pensavo che il ragazzo, quello così protettivo con lei, fosse suo marito.»

«Fernando? È come un fratello per me.»

«Perciò, suo marito è ad Alessandria...» Il capitano intuì che quella ragazzina fosse nei guai.

«Non sono sposata. Ancora no. Ma mi sposerò non appena metterò piede ad Alessandria. Ecco perché devo arrivare quanto prima. La mia situazione è molto difficile», confessò abbassando la voce.

Il Portoghese rimase in silenzio, sconcertato dalla confessione. Catalina non si fece intimorire e continuò: «Fernando ed Eulogio sono amici sin da bambini. Loro vogliono andare in America, lei sa bene come si vive in Spagna dopo la guerra. Però sono molto generosi e mi aiuteranno affinché possa ricongiungermi con il padre di mio figlio. Io... insomma, i miei genitori volevano obbligarmi a far nascere il bambino per poi darlo in adozione, ma io non potevo accettarlo, piuttosto preferirei morire.»

Intanto, Fernando ed Eulogio, nervosi, guardavano Catalina e si domandavano che cosa stesse raccontando al capitano della *Esperanza del Mar*. Qualunque cosa stesse dicendo, notarono che l'uomo tossicchiava a disagio davanti al racconto della loro amica.

«Mi aiuterà?» chiese Catalina al capitano, guardandolo dritto negli occhi.

Il Portoghese sembrava esitare. La confessione della ragazza lo aveva commosso. Da decenni solcava i mari, sin da quando, ancora bambino, si era arruolato come mozzo per guadagnare un po' di soldi e darli a sua madre. Non aveva mai conosciuto suo padre e aveva sofferto di quella mancanza senza mai lamentarsi. Il mare, il vento, i Paesi che aveva visitato ma soprattutto gli uomini con i quali aveva avuto a che fare, tutti marinai come lui, non lasciavano spazio a nessuna debolezza. Quella ragazzina, invece, non solo lo aveva riportato ai giorni della sua infanzia e all'assenza di quel padre sconosciuto, ma gli ricordava le sue due nipoti, che avevano più o meno la stessa età. Erano le persone cui voleva più bene al mondo, persino più di quanto ne avesse voluto alla vecchia moglie ormai scomparsa e alla loro unica figlia, che gli aveva regalato quelle due bambine.

Catalina non interruppe i suoi pensieri. Sapeva che era meglio non fare pressione sull'uomo che in quel momento stava decidendo del loro destino. Alla fine, lo vide muovere la testa con aria severa. «Siamo in guerra, lo sa? Il mare è pieno di sottomarini tedeschi che non rispettano le navi da carico. Ho già avuto qualche scontro e una volta ho rischiato persino di perderci la nave. Viaggiare per mare non è sicuro e le miglia che ci separano da Alessandria sono davvero tante.»

«Lo so, ma lei pensa che il pericolo mi preoccupi? Non ho altra scelta se non trovare il padre di mio figlio. E poi, quando ho deciso di andare via di casa sapevo già che mi aspettavano molte difficoltà.»

«È scappata?» chiese in allarme.

«Sì, le ho già detto che volevano obbligarmi a dare mio figlio in adozione», rispose con sincerità.

Lui continuava a nutrire mille dubbi, ma non poteva che ammirare la determinazione di quella ragazza. «La mia nave partirà alle sette. Alle quattro bisogna essere tutti a bordo.»

«Quanto ci costerà?» chiese lei, temendo di non avere abbastanza soldi per i biglietti.

Lui disse una cifra che raggelò lo sguardo di Catalina, che pure non si arrese. «Non abbiamo così tanti soldi. Le daremo tutto quello che abbiamo, e in più sulla nave possiamo lavorare facendo tutto quello di cui c'è bisogno. Posso lavare i piatti, cucinare, cucire… E poi Fernando ed Eulogio sono forti.»

Il capitano rise così forte da spaventarla, e Fernando ed Eulogio accorsero al suo fianco, preoccupati. «Che cosa succede?» volle sapere il primo dei due.

«La sua giovane amica vuole ripagare i biglietti cucinando e cucendo… Ecco, non credo che sia nelle condizioni di fare niente, magari però voi due potete dare una mano. Il biglietto va pagato in anticipo.»

Catalina aprì la borsa e tirò fuori il borsellino consegnandogli tutti i soldi che avevano. Il capitano li prese senza nemmeno contarli. «Alle sei toglieremo la passerella», disse, e si voltò senza dar loro il tempo di aggiungere una parola.

Lo videro uscire dalla taverna con aria severa e di pessimo umore. Fernando ed Eulogio non sapevano cosa dire e nemmeno cosa pensare. «Ma che cosa gli hai raccontato?» chiese Eulogio.

«La verità. Gli ho detto la verità. Ci porterà ad Alessandria.»

«Gli hai dato tutti i soldi, non ci resta neanche una peseta», disse Fernando preoccupato.

«Be', possiamo impegnare ancora qualcosa», rispose Catalina mostrando due anelli.

«Non ci daranno molti soldi per quelli», si lamentò Eulogio.

«Ho anche una croce… ce l'ho addosso. Non pensavo di separarmene perché è un regalo di mia nonna Agustina, la madre di mio padre. Mi ha chiesto di tenerla sempre con me, perché questa croce ha già protetto lei… Ma se la impegno è un modo diverso di ottenere la sua protezione.»

«Cosa stai dicendo! D'accordo per i due anelli, ma non voglio che impegni la croce.» Fernando appariva irritato.

«È mia e la impegnerò. Non possiamo rimanere senza soldi, anche se sono pochi.»

«Non abbiamo mangiato niente oggi», ricordò loro Eulogio, al quale la decisione di Catalina non sembrò una cattiva idea.

«Torniamo al monte dei pegni e vediamo quanto ci danno», insistette lei.

Era sopraggiunta la sera, ma mancava ancora un po' di tempo all'imbarco. Fernando era preoccupato per Catalina. Era sfinita e stava soffrendo, lo si leggeva chiaramente sul suo viso. «Stai male?» continuava a chiederle.

Lei negava. Se gli avesse detto che temeva di avere le contrazioni si sarebbero rifiutati di farla salire sulla nave.

Non sapevano che cosa fare sino all'ora dell'imbarco, né dove proteggersi dal vento e dalla pioggia. Dopo aver impegnato i due anelli e la croce, decisero di conservare i soldi per l'arrivo ad Alessandria, dove solo Dio poteva sapere quanto tempo ci avrebbero messo a trovare Marvin. Le poche persone che camminavano in strada sfidando il tempo inclemente li guardavano con stupore e diffidenza.

Tornati al porto, mostrarono i documenti a un guardiano della dogana che quasi li ignorò. Pioveva così intensamente che l'uomo aveva un unico desiderio, starsene al riparo.

Cercarono un posto dove anche loro potessero ripararsi dalla pioggia e, tremanti di freddo, attesero che il tempo passasse.

Catalina cominciò a tossire. Era fradicia e continuava a tremare benché Fernando cercasse di trasmetterle un po' di calore stringendola a sé.

Le ore trascorrevano così lente che ormai erano disperati. Era notte fonda quando Catalina decise di dirigersi verso la nave. «Chiederemo di farci salire, in fin dei conti siamo dei passeggeri.»

«Come no, quello che abbiamo dato al capitano non basta a pagare nemmeno un biglietto!» rispose Eulogio, temendo che li rispedissero indietro se avessero cercato di imbarcarsi prima dell'ora stabilita.

«Be', ci possiamo provare», concordò Fernando, preoccupatissimo per i tremori di Catalina.

La passerella della *Esperanza del Mar* era abbassata e salirono molto lentamente. Un marinaio andò loro incontro.

«Abbiamo comprato i biglietti per andare ad Alessandria e il capitano ci ha detto che dobbiamo essere puntuali perché all'alba ritirerete la passerella», disse Catalina ostentando una sicurezza che non aveva.

«Rimanete qui, nessuno può entrare nella nave senza il permesso del capitano, e lui mi ha ordinato di non permettere a nessuno di salire a bordo prima delle quattro. Vado a sentire il nostromo.»

Due marinai si piazzarono davanti a loro: la sola presenza stava a significare che senza il necessario permesso non potevano entrare.

«Sono le tre e mezzo... manca solo mezz'ora alle quattro...» argomentò Catalina.

Fu inutile. Il marinaio che era andato a chiedere il permesso di farli imbarcare tornò proprio alle quattro. «Seguitemi, vi porterò nella vostra cabina. Dovrete condividerla. Questa non è una nave passeggeri, anche se ogni tanto il capitano ne accetta qualcuno. In questo viaggio non portiamo nessun altro. Nessuno è così folle da giocarsi la vita sapendo che dobbiamo evitare i sottomarini tedeschi.»

Non protestarono quando seppero di dover condividere la cabina. Erano già grati di avere un tetto sulla testa.

La cabina era piccola. Due letti avvitati alla parete, un tavolo, un paio di sedie e un minuscolo armadio costituivano tutto il mobilio.

«Quella è la porta del bagno», disse loro il marinaio.

«E il capitano?» chiese Catalina.

«Sta organizzando la partenza. È di pessimo umore. Al vostro posto, non andrei a cercarlo finché non saremo in alto mare, l'ho sentito parlare con il nostromo, stava dicendo che era stato uno stupido a lasciarsi abbindolare e che la cosa migliore era rispedirvi a casa. Vi porterò un po' di caffè.»

Decisero che Catalina avrebbe occupato un letto e loro si sarebbero arrangiati sull'altro, dormendo a turno.

Catalina entrò in bagno per cambiarsi, era fradicia.

«Mettiti a letto e dormi», le consigliò Fernando.

«Non so se riuscirò a dormire, ma sicuramente riposerò. Mi fa male tutto il corpo, mi sa che mi sono presa un bel raffreddore.»

«A me fanno male il braccio e la caviglia. Abbiamo camminato così tanto che la distorsione si fa sentire.»

«Dai, non lamentiamoci, siamo stati fortunati. La cosa migliore è starcene qui senza disturbare nessuno, prima che il capitano si penta della sua decisione e ci faccia scendere. Dovremmo cercare di riposare», consigliò Fernando.

«Quello che conta è che siamo insieme e che andiamo ad Alessandria.» E per la prima volta in tutto il giorno Catalina sorrise.

Eulogio si addormentò non appena si sdraiò sul letto. Catalina chiuse gli occhi, ma non riusciva a prendere sonno. Le contrazioni erano sempre più forti. Cominciò a tremare di paura. Sapeva che avrebbe potuto entrare in travaglio in qualunque momento.

Fernando si era seduto su una sedia e lì si era addormentato. Catalina lo guardò, grata di averlo accanto. Con lui si sentiva sicura.

La luce cominciò a filtrare dall'occhio di bue. Una mattina grigia e gelida dava loro il buongiorno mentre la nave lasciava gli ormeggi.

Ci misero diverso tempo a uscire dal porto per ritrovarsi nelle acque scure dell'Atlantico, che li accolse agitatissimo.

La nave si muoveva, investita dalle onde che spazzavano la coperta lasciando una scia d'acqua.

Un rumore svegliò Eulogio, Catalina gridò. Fernando era caduto dalla sedia su cui si era addormentato, distrutto dalla stanchezza.

«Ti sei fatto male?» chiese lei preoccupata, tirandosi su dal letto.

«No... no... mi sono addormentato senza accorgermene e sono caduto...»

«Mi sa che ho il mal di mare... la nave continua a muoversi...» disse Eulogio cercando di trattenere i conati.

«Neanche io sto tanto bene... Non ero mai salita su una nave, non avrei mai immaginato che si muovesse così tanto», ammise Catalina.

«La cosa migliore è chiudere gli occhi e cercare di dormire. Uscirò a chiedere che cosa sta succedendo», si offrì Fernando.

Tuttavia, quando raggiunse la coperta fu investito dal vento e un marinaio lo aiutò a rimettersi in piedi gridandogli di tornare immediatamente in cabina e di stare al coperto. Fernando spiegò che stava cercando il Portoghese, ma un altro marinaio gli disse che il capitano era sul ponte di comando e non poteva essere disturbato, meno che mai in un momento come quello, in cui la nave stava affrontando un temporale con onde di sette o otto metri. Stava perciò tornando in cabina quando si imbatté nel marinaio che qualche ora prima li aveva accompagnati lì. Nel vederlo si sentì in parte sollevato. «I miei amici hanno il mal di mare», gli spiegò.

«È normale, ma non si può fare molto, solo mangiare qualcosa. Vada nella sala da pranzo, alla fine di questo corridoio, e chieda qualcosa da portare in cabina.»

«Non credo che riusciranno a mangiare... hanno la nausea.»

«A maggior ragione, devono rimettere a posto lo stomaco. Senta, non posso trattenermi, siamo in emergenza.» E abbassò di molto la voce... «Oltre alle onde, a quanto pare molto vicino a noi potrebbe esserci un sottomarino tedesco.»

«Potrebbe attaccarci?» chiese Fernando in allarme.

«Ma certo! Il loro obiettivo principale è affondare le navi da carico nemiche, più ne affondano meglio è.»

«Ma il capitano saprà cosa fare...»

«Be', il Portoghese è uno dei migliori... Ma non è facile schivare i siluri... Perciò, intanto, cominci a pregare perché quel sottomarino abbia di meglio da fare che mandarci in mezzo ai pesci. E ascolti il mio consiglio, vada nella sala da pranzo.»

Fernando percorreva lo stretto corridoio cercando di mantenere l'equilibrio. Poiché le onde che investivano la nave la facevano barcollare da una parte all'altra, Fernando cadde un paio di volte. Quando arrivò nella sala da pranzo si sentiva instabile e faticò a spingere la porta che gli parve troppo pesante.

Due marinai erano seduti a bere una tazza di caffè. Su un tavolo vide un vassoio con delle fette di pane. Si avvicinò ai due uomini e diede loro il buongiorno.

«Si sieda a bere un po' di caffè. Le farà bene», gli propose il più anziano; aveva un forte accento, che Fernando non fu in grado di riconoscere.

«I miei amici non si sentono bene...» spiegò di nuovo.

«Non si preoccupi, passerà», rispose il marinaio senza dare importanza alle inquietudini del giovane passeggero.

Infastidito dall'indifferenza dell'uomo, Fernando lo fissò, notando con sorpresa le rughe profonde che gli solcavano il volto e una cicatrice che lo attraversava dalla fronte sino al mento. Ipotizzò che avesse una sessantina d'anni e si stupì che, nonostante l'età, viaggiasse su una nave come quella. Anche il capitano doveva avere più o meno la sua età.

«Con voi c'è anche una donna incinta. È sua moglie?»

«Ho sentito dire che i passeggeri sono tre», aggiunse l'altro marinaio.

«Sì, siamo in tre... e... no... non è mia moglie. È... una parente. Non sta molto bene.»

«Di quanti mesi è?» gli domandò il marinaio più anziano, che sembrava avere una certa autorità.

«Adesso, a dicembre, è entrata nel settimo mese.»

«Non dovrebbe viaggiare. È un azzardo», rispose l'uomo con tono severo.

«Il capitano fa come meglio crede e non ha bisogno del tuo parere, Doc», commentò il marinaio più giovane.

«Lei è un medico?» chiese Fernando pieno di speranza.

Il marinaio scoppiò a ridere guardando con sarcasmo il compagno che lui stesso aveva chiamato Doc. «Faccia in modo di non stare male. Se si rompe la gamba sinistra, Doc potrebbe ingessarle la destra», aggiunse, a mo' di battuta.

Doc aprì le mani in un gesto di rassegnazione, sorridendo a sua volta. Conosceva bene il senso dell'umorismo del suo amico.

«Lei è un medico?» insistette Fernando.

«Questo è un segreto che a nessuno di noi è mai stato svelato. Perciò, si accontenti di sapere che Doc è più o meno un medico», replicò il marinaio.

Fernando bevve una tazza di caffè e vi intinse del pane. Sentì immediatamente una sensazione di sollievo nello stomaco.

«I suoi amici dovrebbero mangiare qualcosa», gli consigliò Doc.

«Sì, gli porterò del pane», accettò Fernando.

«Oltre al pane, gli farebbe bene anche un po' di tè», raccomandò Doc.

«Dell'acqua, devono bere acqua», aggiunse il marinaio più giovane, che si chiamava João, mentre lo aiutava a mettere su un vassoio un po' di pane, due tazze, una teiera e una bottiglia d'acqua. «Lasci che la aiuti», si offrì. «Lei non è abituato a camminare con questi dondolii, ci scommetto che il vassoio finirà per terra.»

Mentre andavano verso la cabina il marinaio gli spiegò che la guerra sembrava complicarsi. «Ho sentito dire agli ufficiali che i giapponesi hanno attaccato gli Stati Uniti.»

«Ma non è possibile!» rispose Fernando incredulo.

«Sì, a quanto pare hanno bombardato un porto nel Pacifico. Il capitano è preoccupato.»

Fernando non sapeva cosa dire. Quella guerra, che prima gli era apparsa lontana, di colpo era una realtà nelle loro vite. Pensò che gli spagnoli ne avevano già abbastanza di conflitti e che si trovava su quella nave proprio a causa della maledettissima Guerra civile.

In quel momento Eulogio era in bagno e stava cercando di trattenere il vomito, maledicendo l'ora in cui era salito su quella nave. Catalina invece soffocava le grida di dolore mordendo il lenzuolo che la copriva. Gli spasmi erano continui, ma la cosa peggiore era il liquido che le usciva abbondantissimo da mezzo alle gambe. Non sapeva se fosse entrata in travaglio o stesse per perdere il figlio.

Quando entrarono nella cabina, vennero colpiti dall'odore di sangue e di vomito e il marinaio cercò rapidamente un posto su cui posare il vassoio per poi andarsene.

«Cos'hai?»

«Sto morendo… probabilmente mi sto dissanguando… Mi sento malissimo. Per Dio, aiutami!» lo supplicò.

Quando le si sedette accanto per cercare di tirarla su, Fernando sentì il lenzuolo umido. «Stai perdendo sangue!» gridò spaventato.

«Sì, è successo all'improvviso, ma non riesco a muovermi… non ho le forze…» Catalina cercava faticosamente di trattenere le lacrime.

«Vada a cercare Doc!», esclamò Fernando con tono di supplica, rivolto al marinaio che osservava la scena incuriosito.

«Non credo che Doc sappia come affrontare un parto», replicò João.

«Glielo chiedo per favore, vada a cercarlo!» gridò Fernando, spingendolo.

Eulogio uscì dal bagno poggiandosi alla parete. Non riusciva a stare in piedi. La cabina gli girava tutt'intorno. «Aiutami», chiese al suo amico.

Per un istante Fernando si domandò cosa fare. Eulogio aveva bisogno di aiuto per stendersi, ma allo stesso tempo lui doveva occuparsi di Catalina.

Alla fine, diede priorità all'urgenza più immediata, che era Eulogio, e si concentrò poi su Catalina. La aiutò a tirarsi su, obbligandola a bere un bicchiere d'acqua.

«Non ce la faccio… per favore, non voglio bere niente», gli disse lei.

«Ti farà bene. Non preoccuparti, adesso arriva Doc.»

«Chi è Doc?»

«Credo sia il medico o qualcosa del genere… Vedrai, lui saprà che cosa fare.»

«Sto morendo», disse lei con un filo di voce.

«Ma figurati! Non dirlo neanche per scherzo. È solo che… ecco, magari il bambino ha voglia di nascere o semplicemente i movimenti della nave ti stanno facendo male. Non sai quanto sta piovendo, in più ci sono certe raffiche di vento… È un miracolo che la nave riesca a stare a galla.»

Preferì non dirle niente del sottomarino tedesco che girava intorno. L'avrebbe solo inutilmente angosciata. Guardò Eulogio con la coda dell'occhio, preoccupato per lui, benché sapesse che il suo amico stava solo soffrendo il mal di mare.

Fernando aiutò Catalina a mettere tra le gambe un asciugamano, che subito si macchiò di sangue, e ne cercò un altro, poi prese il lenzuolo di Eulogio.

Non c'era modo di fermare il flusso continuo di quella emorragia. Di colpo Catalina emise un urlo spaventoso. In quello stesso istante un tocco fermo sulla porta annunciò l'arrivo di Doc.

L'uomo spostò il lenzuolo che copriva il corpo di Catalina e sul suo volto si disegnò una smorfia preoccupata. «Io non posso farci niente», disse, e fece per andarsene.

Ma Fernando con un balzo si mise in piedi e lo afferrò per il braccio, trattenendolo con tutta la forza di cui fu capace. «Non so se lei è un medico o cosa, ma se sa qualcosa di medicina deve aiutarla; se non lo fa, morirà.»

«Non so niente di parti, non ne ho neanche mai visto uno. Non so cosa bisogna fare. Però questa donna si sta dissanguando, questo sì che lo so.»

«Faccia qualcosa!» gridò Fernando, stringendogli così forte il braccio che Doc contrasse il volto.

«Non posso fare quello che non so fare.»

Si sentirono due colpi secchi sulla porta. Doc ne approfittò per liberarsi dalla presa di Fernando e l'aprì. Il capitano entrò senza nemmeno salutare, seguito dal marinaio giovane. «Mi hanno detto che questa donna sta morendo.»

Il marinaio aveva informato il capitano di quanto aveva visto nella cabina. Sapeva che se fosse successo qualcosa e lui non glielo avesse detto, Pereira non gli avrebbe più permesso di imbarcarsi sulla sua nave.

«Io non posso fare niente», rispose Doc.

Il capitano osservò la scena per qualche secondo senza muovere un muscolo, nonostante la vista del sangue che Catalina stava perdendo. «Qualcosa dovrai fare, improvvisa», gli ordinò.

«Sai che non posso!»

Il Portoghese lo guardò con tale fierezza che Doc abbassò la vista, arreso. Fernando non osò profferire parola.

Il capitano si rivolse al marinaio. «Va' a prendere lenzuola, asciugamani e dell'acqua calda. Manda anche qualcuno che aiuti a pulire questo porcile, c'è un odore insopportabile. E tu, Doc, va' all'armadietto dell'infermeria e porta forbici, bisturi, tintura di iodio e qualunque altra cosa ti possa servire. Ti aiuterò io.»

Doc uscì immediatamente; era un sollievo poter lasciare quella cabina. Anche il giovane marinaio corse via, pronto a obbedire agli ordini ricevuti.

«Le tolga la camicia da notte», disse il capitano a Fernando.

«Ma...»

«Senta, è inzuppata di sangue, dobbiamo pulirla.»

«Non ha un'altra camicia da notte», affermò Fernando preoccupato.

«Be', le metta una camicia, qualunque cosa, e guardi se in bagno c'è un catino. Lo porti qui pieno di acqua, non importa se è fredda.»

Ripulirono Catalina di buona parte del sangue che copriva il suo corpo e lei, tra le lacrime, sembrò riprendere conoscenza. Quando Doc tornò, seguito dal marinaio, il capitano si fece da parte. «Devi tirarle fuori il bambino. Adesso. Potrebbe essere già morto.»

Nel volto di Doc si disegnò un'ombra di terrore, indietreggiò. Il capitano però lo spinse davanti al corpo di Catalina. «La terremo mentre tu cercherai di tirare fuori la creatura.»

«Non lo so, ti giuro che non riesco a farlo!»

«Lo farai, Doc, sennò ti butto giù dalla nave. Maledizione! In questo momento dovrei essere sul ponte di comando a cercare di evitare che la nave vada a picco. C'è una tormenta in atto e un sottomarino tedesco che ci ronza intorno, non so quale delle due cose sia peggio. Perciò, non farmi perdere tempo.»

«Non avresti dovuto accettare questi tre come passeggeri!» rispose Doc alterato.

«Ovvio che non avrei dovuto farlo! Credi che non lo sappia anche io? Ormai però sono qui e dobbiamo fare il possibile perché non si trasformino in un problema ancora più grosso di quelli che abbiamo.»

In quel momento Eulogio avvertì di nuovo i conati, ma nessuno gli prestò attenzione. Fernando sosteneva Catalina dalle braccia mentre il capitano cercava di pulire il sangue che le sporcava le gambe. Il letto era zuppo, così la camicia, che non riusciva a coprirla per intero.

Doc le si avvicinò con rassegnazione e le aprì le gambe senza troppi riguardi. Le mani gli tremavano e alzò lo sguardo verso il capitano come se si aspettasse che lui cambiasse idea, permettendogli di fuggire dalla cabina. Invece, non poté che arrendersi davanti allo sguardo furioso del Portoghese.

Catalina continuava a urlare. Era come se le mani di Doc le sconquassassero le viscere. Un grido, poi un altro e un altro ancora, finché Pereira non gridò a sua volta: «Taci!»

Fernando si ribellò, arrabbiato, affrontando il capitano. «Non le urli così! Sta soffrendo molto!»

Doc era sempre più spaventato. Le sue mani continuavano a lavorare dentro il corpo di Catalina. Il sudore gli scorreva lungo il volto. E così continuò per un bel po' di tempo mentre, a tratti, un silenzio malaugurante cadeva in cabina. Catalina gridava.

Quanto tempo passò? Per Catalina quei minuti equivalsero a un lunghissimo incubo.

Doc tirò fuori un corpicino coperto di sangue che alla fine gli sfuggì dalle mani, adagiandosi sulle gambe della mamma. Catalina continuava a gridare mentre Fernando cercava di calmarla.

«Potrebbe essere morto», sussurrò Doc guardando il capitano, mentre continuava a frugare nelle viscere di Catalina per tirar fuori la placenta.

La creatura era ancora legata a sua madre con il cordone ombelicale e, mentre Doc tirava fuori la placenta, Pereira lasciò la presa sulle gambe di Catalina per avvicinarsi a quel piccolo grumo insanguinato. Prima tirò fuori dalla giacca un coltello a serramanico e tagliò il cordone, separando il figlio dalla mamma; poi prese la creatura con una delle sue mani enormi mentre con l'altra le dava degli sberloni per rianimarla. Ma quella massa di carne insanguinata non dava segno di vita. Doc era immobile, lo sguardo rivolto verso il capitano, che insisteva nel suo intento.

Fernando di colpo ebbe un sobbalzo. Da qualche secondo Catalina aveva smesso di gridare. «Dio mio, è morta!» esclamò spaventato.

«È svenuta», rispose Doc.

Eulogio era riuscito a mettersi in piedi e ad avvicinarsi barcollante a Fernando. Aveva una nausea così forte da temere di morire, ma sapeva che il suo amico aveva bisogno di lui.

Il capitano diede un altro sculaccione sulle natiche del neonato e, con grande stupore di tutti, questi emise un gemito. Fu così leggero che temettero di non aver sentito bene, ma Pereira insistette con un altro sculaccione e stavolta tutti lo udirono distintamente. «Credo sia una bambina», affermò il capitano guardando il corpicino minuto che aveva in mano.

«Sì, sembrerebbe proprio di sì», concordò Doc.

La bambina emise un nuovo gemito e sembrò muoversi nella mano del capitano. «Bisogna lavarla», affermò Pereira.

Doc prese la bambina con una certa apprensione. Sembrava non sapere cosa fare e fu Fernando ad avvicinargli un asciugamano.

«Sì, dobbiamo pulirla subito e bene», consentì Doc.

Insieme cercarono di ripulire il corpicino dal sangue. Doc si occupò del naso e degli occhi. La bambina mostrava difficoltà respiratorie.

«Non credo che riuscirà a sopravvivere», affermò Doc.

«Ce la farà», rispose il capitano Pereira.

«Come fa a saperlo?» intervenne Eulogio con un filo di voce mentre cercava di tenersi in piedi.

«Ce la farà, anche se il destino di questa bambina e di tutti voi non è un mio problema. Vedete di non darci altre seccature finché non arriviamo ad Alessandria.»

Tuttavia, la durezza delle sue parole fu contraddetta dal gesto impercettibile che fece poco dopo: si avvicinò alla bambina, che Fernando teneva in braccio mentre Doc la puliva, e le passò un dito sulla fronte; poi uscì dalla cabina senza aggiungere una sola parola.

Misero la bambina sul letto, poi Fernando trovò un pannolino e una copertina nella borsa che Catalina aveva messo nell'armadio. La creatura sembrava non avere nemmeno la forza per respirare.

«Che cosa possiamo fare?» chiese guardando Doc.

«Non molto. In ogni caso, non sono la persona più indicata per dirlo. Immagino che la cosa migliore sia darla a sua madre. Dicono che il calore della mamma sia importante per i neonati.»

La bambina continuava a lamentarsi debolmente. Fernando la guardò spaventato; non sapeva come metterle il pannolino e decise perciò di avvolgerla nella copertina. «Può cercare almeno di rianimare Catalina?», chiese a Doc.

«Sta meglio se non riprende conoscenza. Il parto è stato difficile. Ha perso molto sangue. Sta malissimo», diagnosticò senza un filo di emozione.

«Ha deciso di lasciarla morire?» Fernando alzò la voce, sul punto di lasciare la bambina per obbligare Doc a occuparsi di Catalina.

L'uomo si spaventò. Lo scintillio negli occhi di quel ragazzo presagiva una tempesta che non si sentiva in grado di affrontare. Si avvicinò a Catalina e chiese a Eulogio di riempire il catino con acqua pulita e portare altri asciugamani. Il marinaio ne aveva lasciati un po' su una sedia, Eulogio ne prese uno e lo diede a Doc, poi entrò in bagno a prendere l'acqua.

Doc non fece niente di speciale, si limitò a ripulire il corpo di Catalina dal sangue che lo ricopriva per metà. Poi chiese a Eulogio di cercare delle lenzuola e un altro asciugamano.

Insieme spostarono il corpo di Catalina per togliere le lenzuola sporche e sostituirle con quelle pulite. Poi la coprirono e Doc iniziò a darle dei colpetti leggeri sul viso per farla rinvenire. Impregnò un pezzo di cotone con il liquido che aveva in una boccetta e lo passò sotto il naso di Catalina finché lei non sembrò lasciare le ombre nelle quali si era rifugiata. Intanto Fernando continuava a cullare la bambina tra le braccia, spaventato dalla sua fragilità e dal fatto che ogni tanto non emettesse alcun gemito, come se la vita l'avesse abbandonata.

«Metta la bambina accanto alla mamma», gli ordinò Doc.

Nel sentire quel corpicino accanto a sé, Catalina sobbalzò, sorrise e riuscì appena a muovere le labbra per dire: «Bambino mio, ormai sei qui». Poi chiuse di nuovo gli occhi.

«È una bambina... hai avuto una bambina», le mormorò Fernando nelle orecchie.

Catalina sembrò non sentirlo. Dopo un po' aprì gli occhi e lo guardò allarmata. «Una bambina? Non può essere... Io dovevo avere un bambino, sentivo che era un bambino...»

«Sì, hai sempre parlato di un bambino, invece è una bambina», insistette Fernando.

«È molto piccola, non ha forze, non sta molto bene», riuscì a dire Eulogio, trattenendo un nuovo conato.

«La bambina deve mangiare», suggerì Doc.

Ma né Catalina, né Fernando né Eulogio sembravano sapere cosa fare. «Cosa le diamo?» chiese Fernando.

«Be', sua madre può allattarla.» Doc si avviò verso la porta. Era schifato dall'odore di sangue e di vomito e aveva un unico desiderio: lasciare quella cabina.

«Ma è molto debole», protestò Fernando.

«Non è un problema mio», rispose, sollevato all'idea di andarsene.

Fernando aiutò Eulogio a rimettersi a letto. Visto il suo stato, benché si sforzasse non poteva certo essergli di aiuto. Quanto a Catalina, doveva essere svenuta di nuovo, anzi, per un istante temette persino che fosse morta, il suo respiro era impercettibile. La bambina emise un nuovo gemito, tremante di freddo.

Fernando la sistemò nel letto e la coprì. Sperava che il calore emesso dal corpo di Catalina potesse rianimare la creatura. Si spaventò nel notare che il corpicino era gelido e aveva un colorito ancora più pallido. «Eulogio, vado a chiedere aiuto. Temo che stiamo morendo entrambe. Cerca almeno di stare attento che la bambina non cada.»

«Conta su di me», riuscì a dire Eulogio.

Fernando lasciò la cabina deciso a raggiungere il ponte di comando. Il capitano doveva fare qualcosa. Se non altro, doveva obbligare Doc a occuparsi di Catalina e di sua figlia.

Il vento continuava a scuotere la *Esperanza del Mar*, sbatacchiandola senza tregua da una parte all'altra. La coperta era invasa dall'acqua e la pioggia batteva impietosa.

I marinai continuavano a spostarsi da una parte all'altra eseguendo gli ordini degli ufficiali. Nessuno sembrò interessarsi a lui.

Riuscì a raggiungere il ponte di comando e discusse con un marinaio che faceva la guardia sulla porta, ma non se ne andò finché il capitano non si accorse della sua presenza e gli permise di entrare.

«Come stanno?» chiese Pereira.

«Catalina è svenuta di nuovo e la bambina... respira così lentamente...»

«È nata prematura e non sembra molto forte. Di solito, in casi come questo i neonati non ce la fanno e muoiono», ammise il capitano.

«Bisogna fare qualcosa», lo supplicò Fernando.

«Senta, non mi chieda nient'altro. Non avrei dovuto permettere che una donna incinta salisse sulla mia nave. Adesso se ne vada, quel dannato sottomarino nazista ha tutta l'intenzione di spedirci in fondo al mare. Perciò, probabilmente nessuno di noi sopravvivrà. Fra l'altro, abbiamo appena saputo che gli Stati Uniti hanno dichiarato guerra al Giappone; questo significa che entreranno definitivamente in guerra.»

«Ma perché?» volle sapere Fernando.

«Forse non sa che i giapponesi sono alleati dei tedeschi? Questa guerra si estenderà ancora di più...» affermò il capitano mentre cercava di vedere al di là della nebbia e delle onde con il binocolo.

«Le saremo eternamente grati per quello che ha fatto, ma proprio per questo devo chiederle di fare un altro sforzo: ordinare a Doc di aiutarci.» Fernando in quel momento era preoccupato più dello stato in cui versava Catalina che non del fatto che gli Stati Uniti fossero entrati in guerra.

«Doc? Aiutarvi? Ha già fatto abbastanza oggi.»

«Se non fa qualcosa moriranno», affermò Fernando angosciato.

«Non dia la colpa a me di quello che può succedere! Non so chi abbia permesso a quella ragazza di intraprendere questo viaggio, ma chiunque lo abbia fatto è più folle di lei. E folle sono stato anche io per aver ascoltato le sue preghiere quando mi ha chiesto di portarla ad Alessandria.»

«Lei però sembra avere esperienza… ha dato istruzioni a Doc durante il parto.»

«Ho una figlia e due nipoti», mormorò il capitano.

«Allora mi dica che cosa dobbiamo fare adesso... sono disperato», ammise Fernando.

Il capitano imprecò mentre ordinava una manovra. Poi chiese a un marinaio di cercare Doc, ovunque si trovasse. «Gli dirò di venire nella vostra cabina. E la smetta di seccarmi, basta con le richieste!»

«Grazie.»

Fernando lasciò il ponte di comando e tornò dai suoi amici. Catalina aveva ripreso conoscenza. Le diede un bicchiere d'acqua. La bambina continuava a emettere piccoli gemiti intermittenti.

«Deve mangiare qualcosa», mormorò Eulogio.

«Sì, ma cosa?» chiese Fernando.

«Be', Catalina potrebbe darle… Lo sai, le donne quando partoriscono un bambino fanno il latte.»

«Hai ragione...»

Catalina aveva ripreso conoscenza e li ascoltava. Fernando la aiutò ad avvicinare la bambina al seno, ma a quanto pareva la creatura non riusciva ad alimentarsi.

Uscì nuovamente dalla cabina e si imbatté in Doc, che stava arrivando in compagnia di João. «Il capitano ha ordinato di trasferire la madre e la bambina in infermeria», annunciò Doc, irritato.

«La bambina... ha bisogno di mangiare... non so se riuscirà a darle il latte», spiegò Fernando.

«Ci deve provare», disse Doc.

«È solo che... credo di non avere latte» intervenne Catalina.

«A volte ci mette un po'... Faccia in modo che la bambina continui a provarci», le raccomandò Doc.

«E se non ce la facciamo…?» chiese lei, angosciata.

Doc rimase in silenzio, non sapeva cosa rispondere. In realtà non aveva idea di cosa fare in quella circostanza. «Le daremo acqua e zucchero, ma a poco a poco e con molta attenzione», affermò poco convinto.

Incaricarono João, che non tardò a tornare con un bicchiere d'acqua al quale avevano aggiunto qualche cucchiaio di zucchero.

Fernando si sedette accanto a Catalina, che teneva la bambina mentre lui le avvicinava il cucchiaio cercando di far sì che ingoiasse qualche goccia d'acqua.

«Bambina mia… Dammela, Fernando… ci voglio provare io», gli disse Catalina.

«Questa bambina ha freddo», decise il giovane João, parlando come se fosse esperto.

Non c'era da stupirsene. La piccola indossava solo un pannolino, per giunta messo male, sotto la copertina che la copriva. Fernando cercò di nuovo nell'armadio finché non trovò una camicina e un maglioncino, oltre che un vestitino con ricami azzurri. Catalina aveva sempre parlato di suo figlio. In realtà tutti davano per scontato che sarebbe stato maschio, cosa che apparve subito un'assurdità.

Vestirono rapidamente la bambina, spaventati dai suoi tremori.

Doc osservò la scena senza dire niente finché la piccola non cominciò a tossire, sputando l'acqua. «Se avete finito, le porterei in infermeria», disse, guardando Catalina senza la minima simpatia.

Fernando e Doc la misero in piedi, avvolgendola nel lenzuolo che la ricopriva. A fatica riusciva a tenere gli occhi aperti.

«Mettimi il braccio intorno al collo», le suggerì Fernando.

Catalina però non riusciva a sollevare le braccia, perciò Doc la aiutò a posarne uno sulle spalle dell'amico. João prese la piccola in braccio.

Usciti in corridoio, si ritrovarono addosso gli sguardi curiosi dei marinai.

L'infermeria non era particolarmente grande. Sistemarono Catalina su una barella e la bambina al suo fianco. Doc aprì un separé per garantire loro un po' di intimità.

Fernando sorrise. Lì Catalina sarebbe stata meglio; se non altro l'infermeria non odorava di vomito né di sangue. Era un posto pulito.

«Io non posso prendermi cura di lei tutto il giorno», precisò Doc.

«Me ne occuperò io», assicurò Fernando.

«Se c'è bisogno, io posso dare una mano, sempre se il capitano me lo permette», si offrì João.

Il sorriso di Fernando si trasformò in preoccupazione quando vide che Catalina era così pallida da sembrare morta.

«Ha perso molto sangue, ma io non posso farci niente. La sua vita e quella della bambina sono a rischio, soprattutto quella della bambina, se la mamma non riesce ad alimentarla», precisò Doc.

«Qualcosa potrà pur fare», rispose Fernando disperato.

«Le assicuro che non posso, non ho le conoscenze adeguate.»

Tuttavia, le misurò la pressione e chiese a João di portare del brodo dalla cucina. Fernando non osò chiedere altro, preferì lasciarlo fare, fiducioso che quell'uomo così strano non fosse davvero privo delle conoscenze necessarie, come voleva far credere.

Il corpicino della bambina era scosso dai tremori e, come se non bastasse, cominciò a vomitare l'acqua zuccherata che aveva preso poco prima.

Fernando pensò a sua madre. Lei avrebbe saputo cosa fare, per qualche secondo si pentì di essersene andato. Si sentiva solo, abbandonato, e non riusciva a controllare la paura che lo attanagliava nel vedere Catalina e sua figlia più vicine alla morte che alla vita.

In quel momento il capitano entrò nell'infermeria e si piazzò davanti alla branda su cui giacevano madre e figlia. «Hanno un pessimo aspetto», affermò preoccupato.

«Le loro vite sono nelle mani di Dio», constatò João, che si pentì delle sue parole non appena le ebbe pronunciate, e guardò il capitano.

«Sta' zitto tu! E vai immediatamente a fare il tuo lavoro», grugnì Pereira.

«Capitano, questo marinaio... Se lei potesse permettergli di aiutarmi... almeno finché il mio amico Eulogio non si sarà ripreso. Io... non so molto bene che cosa devo fare e João ha spirito d'iniziativa...» propose Fernando.

Il capitano bofonchiò qualcosa di incomprensibile. Poi si avvicinò a Catalina e le prese una mano. Guardò la piccola, che continuava a tremare. «Questa creatura è gelida. Non avrebbe dovuto abbandonare il corpo di sua madre ed è traumatizzata. Mettetele addosso una coperta, e sistemate il corpicino accanto alla madre, ha bisogno del suo calore. Che cosa puoi fare per lei?» domandò a Doc.

«Niente.»

La risposta, così tagliente e perentoria, fece arrabbiare il capitano, che imprecò. «Non venire a dirmi che non puoi fare niente!»

«Ma io non so che cosa si può fare! Non ho mai assistito a un parto, non ho mai curato un neonato. Posso sistemare gambe rotte, amputare braccia, far calare la febbre, alleviare il dolore... Ma non chiedermi quello che non so fare.»

«Doc, devi salvarle», ordinò il capitano.

Pereira uscì dall'infermeria senza aggiungere una parola. Lo aspettavano sul ponte di comando. Il mare era sempre più infuriato e, a causa della pioggia, si riusciva a vedere solo quanto si aveva davanti agli occhi. Quella traversata stava diventando un incubo.

João seguì il capitano, ma tornò poco dopo con una tazza di brodo e l'annuncio di aver avuto il permesso di aiutare Fernando per qualunque necessità.

«Bisogna mantenerle al caldo, possiamo usare altre coperte e dare alla signorina qualche sorso di brodo», disse il marinaio.

Doc fece un cenno a Fernando, voleva parlare con lui lontano dalle orecchie di João e della stessa Catalina. «È probabile che non sopravvivano né la madre né la figlia», lo avvertì.

«Devono vivere», replicò Fernando, angosciato dalla consapevolezza che le parole di Doc sullo stato di Catalina e di sua figlia non erano esagerate.

«Sono debolissime. È difficile che una bambina nata di sette mesi sopravviva, men che meno in queste condizioni.»

«Ma qualcosa si potrà pur fare», insistette Fernando.

«Il capitano mi ha minacciato di buttarmi giù dalla nave se muoiono... ed è capace di farlo», assicurò Doc.

Intanto, il capitano Pereira continuava a impartire ordini agli ufficiali della *Esperanza del Mar*. Sul suo volto affiorava tutta la tensione del momento. Doc entrò nella sala di comando preoccupandosi di non infastidirlo. Continuava a chiedersi per quale ragione Pereira fosse così preoccupato per una ragazza e una bambina che conosceva appena. Forse stava diventando vecchio e sentimentale. Ma scartò quel pensiero. Il Portoghese non era certo un uomo che si commuoveva facilmente. Lo aveva visto affrontare grandi burrasche, delle volte sembrava che l'unica preoccupazione del mare fosse trascinare in fondo agli abissi la *Esperanza del Mar*. Era stato anche testimone della sua capacità di lottare per la vita e scampare la morte con uomini più forti di lui, o imporre la disciplina sui marinai con un solo sguardo.

Per quanto Pereira avesse raggiunto l'età in cui altri capitani decidevano di tornare sulla terraferma, lui sembrava non pensarci neanche lontanamente. Amava dire che sarebbe morto a bordo della sua nave e che la sua tomba sarebbe stata il mare. Perciò Doc continuava a non trovare una risposta per il suo quesito, ovvero perché il suo capitano si preoccupasse così tanto di quella ragazza.

«Capitano, a quanto pare il sottomarino si è allontanato», annunciò l'addetto alle comunicazioni radio.

«Torneranno», sentenziò Pereira.

Quando vide Doc, con un cenno gli chiese di avvicinarsi. «Come stanno?» chiese.

«Male, te l'ho già detto, moriranno.»

«E io ti ho detto che se muoiono ti butto giù dalla nave.»

«Be', allora lo farai di sicuro, perché moriranno! L'infermeria della nave non dispone di tutto il necessario per curare una partoriente e una bambina prematura, ma se anche ci fosse tutto il necessario, non sopravvivrebbero.»

«Ti sbagli, vivranno perché vogliono vivere.»

Doc scrollò le spalle. Sapeva che quando il Portoghese si metteva qualcosa in testa era difficile farlo ragionare. Ricordava ancora il giorno in cui si erano conosciuti, trent'anni prima. Lui stava per essere ucciso durante un litigio tra sbronzi a Hong Kong. Pereira passava lì vicino e si fermò a guardare la scena. Quando vide tre marinai cinesi accerchiare Doc e metterlo a tappeto, si avvicinò e distribuì un po' di calci e pugni costringendo i tre ad allontanarsi. Li affrontò quanto bastava per consentire a Doc di rimettersi in piedi. Furono fortunati, perché due marinai della *Esperanza del Mar* accorsero in loro aiuto inducendo alla fuga gli attaccanti, ormai consapevoli che la buona sorte aveva voltato loro le spalle.

Pereira non chiese a Doc il perché di quella lite, ma lui si sentì obbligato a giustificarsi. Il gioco. Dannato gioco. Non riusciva a saldare un debito e quei tre volevano essere risarciti con la sua morte. Quando si salutarono, non credevano che si sarebbero rivisti. Due giorni dopo, però, si ritrovarono al porto. Un marinaio della *Esperanza del Mar* era steso sul molo, sconquassato dalla nausea. Doc si avvicinò per vedere come stesse. Suggerì di lasciarlo fermo finché non avesse capito cos'era successo, poi lo visitò con attenzione e scoprì che aveva una ferita in testa a causa di una caduta. Poiché aveva perso conoscenza, Doc consigliò di portarlo sulla nave per suturargli la ferita. Li accompagnò a bordo. Pereira gli chiese di salire e di occuparsi del marinaio ferito, se ne era capace. Lo fece. Poi, quando stava per scendere, il capitano gli chiese se fosse un medico o un infermiere. Non rispose. Non rispondeva mai a questa domanda. Tutti gli uomini hanno un segreto. Il Portoghese lo squadrò da capo a piedi e non gli fece di nuovo la stessa domanda. Disse solo che l'infermiere della *Esperanza del Mar* era dovuto sbarcare a Mogadiscio perché si era ammalato di malaria. Aveva bisogno di qualcuno che potesse seguire la sua ciurma e gli chiese se fosse disponibile. Doc scrollò le spalle senza promettere niente e da quel giorno la *Esperanza del Mar* diventò la sua casa.

«Dovresti bere un caffè, sei a terra», disse al capitano per cambiare argomento.

Pereira si limitò a ordinargli di tornare in infermeria.

«Non posso stare lì tutto il tempo. Ho già fatto tutto quello che potevo per loro», protestò Doc.

«Non è una richiesta, è un ordine.»

In quel momento Catalina teneva la figlia in braccio e, sebbene non avesse un briciolo di forza, l'aveva riavvicinata al proprio seno. «Non so se avrò mai abbastanza latte per nutrire mia figlia.» Più che parlare sussurrava, tanto era debole.

«Magari sulla nave hanno del latte in polvere... Le daremo del latte», disse Fernando.

«I neonati non possono bere lo stesso latte che beviamo noi», spiegò João, con grande stupore di Fernando.

«Sai molte cose sui bambini», rispose.

«Naturale, ho otto fratelli. Ho visto cosa faceva mia madre con loro. Lei ha sempre cercato una femmina, ma ha dovuto accontentarsi di nove maschi. Io le davo una mano con i più piccoli.»

La notte li aveva sorpresi, ma non se n'erano nemmeno resi conto. Fernando cominciava a tranquillizzarsi nel vedere che Catalina, per quanto debole e pallida, riusciva a occuparsi di sua figlia, abbracciandola per trasmetterle il suo calore. João aveva portato un'altra tazza di brodo e una porzione di carne affumicata che Catalina mangiò controvoglia, perché obbligata.

«Se non mangia non le verrà il latte», affermò João.

Davanti a questa minaccia, la ragazza si sforzò di trattenere nello stomaco la carne che le aveva offerto.

Fernando, dal canto suo, si rese conto di aver mangiato per l'ultima volta il giorno prima. Non aveva nemmeno avuto il tempo di sentire fame e si era dimenticato completamente di Eulogio. «João, puoi portare qualcosa anche a me? Mi basterebbe un pezzo di pane.»

Il marinaio gli fece l'occhiolino e al suo ritorno gli portò molto più di un pezzo di pane. Un'altra tazza di brodo come quella di Catalina e un po' di formaggio, che furono di conforto per il suo stomaco. «A quanto pare domani non pioverà. Così ho sentito dire», li informò il giovane marinaio.

«Dio lo voglia.»

Fernando chiese a João di vegliare su Catalina mentre lui sarebbe andato in cabina a vedere come stava Eulogio.

Lo trovò sdraiato con gli occhi chiusi. «Stai dormendo?» chiese sottovoce, nel dubbio.

«Almeno riuscissi a dormire. Se potessi, mi butterei giù dalla nave. Non avrei mai creduto di soffrire così tanto il mal di mare. Credo che non mi muoverò da Alessandria, non riesco neanche a immaginare una traversata sino in America», rispose Eulogio, ancora in preda alla nausea.

«Passerà», disse Fernando tanto per dire qualcosa.

«Ho creduto di morire, amico mio. Sapevo che ti dovevi occupare di Catalina, sennò credo che ti avrei chiesto di aiutarmi a farla finita.»

«Non dire stupidaggini. Vuoi che ti porti qualcosa? Forse, se mettessi qualcosa sotto i denti, lo stomaco starebbe meglio.»

«Al solo pensiero mi viene da vomitare.»

«Doc dice che quando si ha il mal di mare bisogna mangiare.»

«Be', io non ce la faccio.»

«Bevi almeno un po' d'acqua... Guarda, puoi bere il bicchiere di acqua zuccherata che João aveva portato per la bambina.»

Davanti all'insistenza dell'amico, Eulogio accettò di bere qualche sorso.

«Rimarrò tutta la notte accanto a Catalina», annunciò Fernando.

«Non preoccuparti per me. Poverina, ho temuto che sarebbe morta. E la piccola... che pena... Mi chiedo che ne sarà di lei.»

«Me ne occupo io.»

«Ma tu non sei il padre della bambina e sai bene che Catalina non si fermerà finché non avrà trovato Marvin. E poi, anche tu dovrai decidere che cosa vuoi fare della tua vita. Continuo a chiedermi se non abbiamo fatto una stupidaggine a imbarcarci per Alessandria d'Egitto.»

«Senti, non è il momento di farsi domande. Non possiamo più tornare indietro. Quando arriveremo ad Alessandria, vedremo il da farsi.»

«Sì, però devi ammettere che abbiamo agito in modo irresponsabile salendo su una nave che ci porterà dove non abbiamo nessun futuro.»

«Questo è tutto da vedere. Dobbiamo accontentarci di risolvere i problemi giorno dopo giorno. E adesso la cosa più importante è che Catalina e la bambina sopravvivano e che tu ti rimetta in sesto quanto prima.»

«Sì, però...»

«Dai, Eulogio, non abbatterti. Quel che è fatto è fatto.»

«Sto pensando a mia madre… Credo che… insomma, forse non sono stato giusto nei suoi confronti...»

«No, non lo sei stato, ma puoi rimediare. Arrivati ad Alessandria puoi scriverle e dirglielo. Sarà di conforto a lei e anche a te.»

«Vedremo», rispose Eulogio.

«Adesso torno da Catalina, hai bisogno di qualcosa?»

«Sì, di scendere dalla nave», ironizzò Eulogio.

«Cerca di riposare, a quanto pare domani la burrasca si placherà.»

«Dio ti ascolti.»

«Non so se Dio abbia orecchie per le mie parole e per le tue, perciò confidiamo nelle previsioni del capitano Pereira», rispose Fernando.

João si era seduto accanto a Catalina. Continuava a vegliare su di loro anche quando madre e figlia sembravano dormire. Con un gesto indicò a Fernando di non parlare, non voleva rischiare di svegliarle.

Fernando gli diede il cambio e passò il resto della notte seduto su una sedia accanto al letto. A un certo punto probabilmente si addormentò e fu la voce flebile di Catalina a svegliarlo. Gli chiese un bicchiere d'acqua, che lui le portò con sollecitudine. Poi lei si rifugiò nuovamente nel sonno, abbracciata al corpicino della figlia.

Più tardi furono i gemiti della bambina a svegliarlo per la seconda volta. Catalina cercò di allattarla e la piccola si tranquillizzò. Le ore della notte trascorsero così.

La mattina dopo la pioggia diede loro una tregua. Il cielo era grigio, ma almeno non pioveva più e fu un sollievo per tutti. Il vento e le onde continuavano a cullare con forza la nave, ma un po' meno della notte appena trascorsa. La previsione del capitano si stava rivelando giusta e l'uomo si presentò in infermeria seguito da João.

Fernando si alzò in piedi cedendogli il posto accanto alla branda di Catalina. Il capitano rimase a guardare madre e figlia a lungo e il suo volto si rilassò. *Ce la faranno, lo so*, mormorò tra sé.

Poi si avvicinò a Fernando e gli chiese di seguirlo, lasciando Catalina e la bambina alle cure di João. «Ecco, devo dichiarare la nascita della bambina. Quando arriveremo ad Alessandria chiederanno un documento che attesti la sua nascita e le sue condizioni, perciò ho bisogno del nome completo della madre e del padre, e anche di quello che avete deciso di mettere alla bambina.»

Fernando esitò. Non sapeva cosa dire rispetto al padre della piccola. Non sapeva neanche che cosa avrebbe detto Catalina al riguardo, ed espresse le sue perplessità al capitano. Lui corrugò la fronte, ma accettò di aspettare sino a che la ragazza non si fosse svegliata. «Ho già annotato tutto sul diario di bordo, perciò dobbiamo adempiere a tutte le formalità, anche perché, fra le altre cose, in questo modo la signorina potrà documentare che la bambina è sua figlia.»

«Le parlerò non appena si sveglierà... Io... ecco, vorrei ringraziarla, le dobbiamo molto. Non so che cosa ne sarebbe stato di noi senza il suo aiuto...»

Il capitano però lo interruppe con un'espressione dura e un tono poco amichevole: «Non avrei mai dovuto permettervi di salire sulla mia nave. Non vedo l'ora che spariate dalla mia vista». E se ne andò.

Fernando non si fece intimorire dalle parole del Portoghese. Intuiva che quel vecchio lupo di mare era una brava persona.

Più tardi, quando spiegò a Catalina quanto Pereira gli aveva chiesto, lei non parve preoccuparsi e, con un filo di voce, gli rispose: «Può emettere un documento dove dice che è mia figlia. Finché non troveremo Marvin non possiamo fare altro. Sistemeremo tutto ad Alessandria, ma sino a quel momento sarà solo figlia mia. Quanto al nome... Sai? Non pensavo che avrei avuto una bambina, avevo deciso che era maschio e che l'avrei chiamato Marvin come suo padre, ma adesso... Non so, forse potrei chiamarla come mia nonna o come la madre di Marvin, credo che si chiami Rose, giusto? Potresti chiederlo a Eulogio. Tu cosa ne pensi?»

«Sei tu che devi decidere il suo nome.»

«Ti ricordi di mia nonna Adela? Era la madre di mia madre.»

«Sì, ha vissuto con voi durante la guerra», ricordò Fernando.

«Adela è un bel nome. Lei mi amava alla follia. Mi manca moltissimo, quando è morta la casa era come vuota. Certo, voglio tantissimo bene anche a mia nonna Agustina, la madre di mio padre.»

«Sono due bei nomi.»

«Ma tu quale dei due preferisci?»

«Non lo so... Non saprei quale scegliere.»

«Sono così stanca...»

«Oggi hai un aspetto molto migliore, ieri... ho pensato al peggio.»

«Ho paura per la mia bambina, è così piccola e così debole.»

«Doc ha detto che devi tenerla al caldo. Non staccarti mai da lei. Non c'è niente di meglio della tua pelle per lei.»

«Hai visto, non mangia tanto...»

«Ieri sembrava aver fame», le ricordò Fernando.

«Be', oggi non più... Guardala, apre gli occhietti e li richiude subito.»

La porta dell'infermeria si aprì ed entrò Doc, seguito da Eulogio. Catalina sorrise, contenta di rivedere il suo amico. «Sono contentissima che tu stia bene! Poverino! Ieri sei stato malissimo», gli disse, felice che lui fosse andato a trovarla.

«Quella che se l'è vista peggio sei tu. Come stai? E la bambina?»

«Io sto meglio e la piccola è bravissima. Non piange nemmeno, solo si lamenta un po'.»

Eulogio si avvicinò alla bambina e la guardò con stupore. «Dorme?»

«Sì, per la maggior parte del tempo sì. Mangia pochissimo e soffre molto il freddo.»

«Ce la farà, vedrai, e un giorno si vanterà di essere nata nel bel mezzo di una burrasca nell'oceano Atlantico.»

S'intrattennero a lungo parlando di cose senza importanza mentre Doc, dall'altra parte del separé, si occupava di un marinaio che era scivolato e si era rotto un braccio. Un altro marinaio aspettava impaziente che gli dessero un farmaco per alleviare i sintomi del raffreddore, poi ne apparvero altri due, contusi per essere caduti sul ponte di coperta scivoloso; mentre infuriava la tormenta.

Doc si rivolgeva ai marinai con un tono molto secco. I loro lamenti di dolore non sembravano commuoverlo. Dedicava loro solo il tempo necessario.

A metà mattina il capitano Pereira tornò e trovò Eulogio e Fernando accanto a Catalina, che si era addormentata di nuovo. Era debolissima e continuava a perdere sangue. Non si lamentava, ma il suo ventre era infuocato.

Il Portoghese la osservò di sbieco, poi si rivolse a Eulogio: «Vedo che si è ripreso».

«Non del tutto, ma sto molto meglio di ieri. Stamattina João è venuto in cabina e mi ha chiesto se avevo bisogno di qualcosa. Anche se gli ho detto di no, mi ha portato una tazza di tè e un pezzo di pane, che mi hanno aiutato a sistemare un po' lo stomaco.»

Pereira non rispose e rivolse nuovamente il suo sguardo a Catalina. Continuava a chiedersi cosa avesse quella ragazzina per commuoverlo così tanto. Forse l'innocenza. Sì, doveva essere questo. Poche volte nella vita si era imbattuto nell'innocenza. In realtà, quella che emanava Catalina era la stessa di sua moglie quando si erano conosciuti, quarant'anni prima. La stessa che aveva ereditato sua figlia e che affiorava negli occhi delle sue nipoti.

Si schiarì la gola quando avvertì lo sguardo di Catalina, che si era appena svegliata e lo guardava a sua volta, abbozzando un sorriso.

«Signorina, devo scrivere un documento in cui dichiaro ufficialmente la nascita di questa bambina, che è già registrata nel diario di bordo. Ho bisogno del suo nome completo, di quello del padre e del nome con il quale verrà battezzata.»

Catalina si fece seria e si schiarì la voce a sua volta mentre fissava i suoi occhi su quelli del capitano. «Mi chiamo Catalina Vilamar Blanco. Il nome di mia figlia è Adela Vilamar. Non posso dirle il cognome del padre perché, come le ho raccontato, lui nemmeno sa di avere una figlia. Spero di trovarlo ad Alessandria; in quel momento lui si assumerà le sue responsabilità nei nostri confronti e riconoscerà la bambina. Sino a quel momento, mia figlia porterà il mio cognome.»

«E se non riesce a trovarlo? Che cosa farà? Le consiglio di dare un cognome qualunque a sua figlia, io lo inserirò nel documento e così la bambina avrà un padre, anche se fittizio. È molto meglio per entrambe.»

«Non mi vergogno di mia figlia. So di non aver fatto le cose per bene... In realtà mi chiedo come sia possibile che... Be', voglio dire che non mi pento di niente. Perciò, niente di quello che farò mi imbarazza. Adela porterà il cognome Vilamar finché non potrà avere quello di suo padre.»

Il capitano annuì in silenzio. Era sorpreso dalla caparbietà e dalla dignità di quella ragazzina, che lui vedeva alla deriva per la mancanza di esperienza su cos'è la vita. Benché, suo malgrado, fosse preoccupato per lei, non voleva lasciarsi coinvolgere più di quanto avesse già fatto. «Benissimo, stilerò il documento della nascita di sua figlia. Lo firmeranno due testimoni, oltre a Doc. Magari vuole che a firmare siano i suoi amici.»

«Sì, voglio che siano Fernando ed Eulogio a testimoniare la nascita di Adela.»

Nel pomeriggio, il mare cominciò a calmarsi anche se il vento continuava ad agitare le onde.

Nei giorni a seguire, Eulogio e Fernando trovarono un po' di tempo per uscire a respirare l'aria pura sul ponte di coperta. Continuavano a essere molto preoccupati per le condizioni di salute di Catalina. Aveva visto la morte molto da vicino ed era così debole che quasi non riusciva a camminare. Quanto alla piccola Adela, dubitavano che riuscisse a sopravvivere. La poverina si muoveva appena, non piangeva nemmeno. Catalina se la teneva attaccata, sotto quattro coperte che la aiutavano a conservare il calore, e cominciava ad allattarla con più facilità. João li aiutava prendendosi cura di loro. Il capitano lo aveva esentato dai suoi obblighi perché desse una mano a Doc nell'infermeria.

I giorni trascorrevano più tranquilli. Il sottomarino tedesco sembrava aver desistito dall'intento di farli affondare.

Il capitano andava spesso a trovare Catalina e la bambina, con grande disappunto di Doc, il quale aveva capito che Pereira non era così duro come lui aveva sempre pensato.

10

Madrid

Don Antonio passeggiava impaziente nel magazzino. Quella mattina aveva litigato con la moglie, dopo averla rimproverata perché stava spendendo più del dovuto nei preparativi per il matrimonio di Antoñito. Per la Mari qualunque cifra era bassa quando si trattava di suo figlio. Si era fissata sull'idea che il marito dovesse entrare in possesso di un appartamento in calle Arenal, che apparteneva a una famiglia in difficoltà. Niente di nuovo rispetto a quanto don Antonio faceva abitualmente. Stava già ordinando i mobili che piacevano ad Antoñito e si era comprata del broccato per farsi cucire il vestito del matrimonio. In quanto testimone, doveva spiccare su tutti. Per le figlie, Paquita e Mariví, aveva acquistato due tagli di velluto, l'uno azzurro e l'altro verde bottiglia.

Non contenta, aveva già ordinato anche gli anelli d'oro massiccio per Catalina e Antoñito e aveva comprato una collana di perle per il fidanzamento. I Vilamar avrebbero finalmente capito che cosa volesse dire imparentarsi con i Sánchez.

Per la stessa ragione, aveva insistito anche perché suo marito si comprasse un tight. Lui si era rifiutato e a quel punto avevano iniziato a litigare, ma don Antonio sapeva fin troppo bene che c'era un unico modo per venirne a capo, ed era accontentarla. Come se non bastasse, don Ernesto l'aveva chiamato la mattina presto per dirgli che dovevano vedersi con urgenza. Proprio quel giorno aspettava un rifornimento assolutamente perfetto in previsione del Natale, quando tutti i prezzi sarebbero saliti.

Don Ernesto arrivò alle undici in punto. L'aspetto distrutto e l'espressione fiacca misero in allerta il negoziante.

«Cosa abbiamo da dirci di così urgente?» chiese a mo' di saluto e in malo modo.

«Possiamo parlare in privato?» rispose don Ernesto mentre dava uno sguardo agli inservienti che si muovevano indaffarati nel magazzino.

«Caspita... dev'essere davvero importante... Be', qui nel magazzino non c'è molto posto, ma in fondo c'è una stanza con un tavolo e un paio di sedie, andiamo lì.»

Non appena si sedettero l'uno di fronte all'altro, don Ernesto abbassò lo sguardo cercando di ritrovare le parole che si era detto e ripetuto tante volte.

«Non ho molto tempo da dedicarle, perciò mi dica che cosa vuole. Se si tratta di soldi, non ci provi nemmeno a chiedermene altri, sono stufo di mantenere tutta la famiglia. Il matrimonio di mio figlio e di sua figlia mi sta già costando un rene.

«A proposito, quando ritorna Catalina? Secondo mia moglie, non è normale che stia così tanto tempo fuori casa.»

«Sono venuto a parlarle proprio di questo», rispose don Ernesto con la voce carica di apprensione.

Don Antonio lo guardò con diffidenza; di colpo pensò che stava per ricevere una brutta notizia e questo peggiorò il suo abituale malanimo. «Bene, mi dica.»

«Il matrimonio tra mia figlia e suo figlio non può essere celebrato. Catalina non vuole sposarsi. Non ama Antoñito e dice che, visto che non lo ama, non si sposerà.»

«Che cosa?! Neanche a parlarne! Il matrimonio si farà, certo che si farà, anche a costo di trascinare sua figlia sino all'altare. Che zoccola!»

«Come si permette di insultare mia figlia?!» Don Ernesto si alzò in piedi, indignato dalle offese nei confronti di Catalina.

«Mi permetto di insultare sua figlia, lei e anche il resto della famiglia! Siete dei morti di fame, se non fosse per me non avreste nemmeno un tetto sotto il quale vivere! Lei lo sa quanti soldi mi deve? Sì, certo che lo sa. Proprio per questo, è meglio che sua figlia vada all'altare senza fiatare; in caso contrario esigerò il saldo immediato del debito, e se non paga finirà in carcere.»

Don Ernesto era ancora in piedi e cominciava a tremargli la mascella. «Non ci sarà nessun matrimonio. Catalina ha deciso così e così sarà. Sono molto dispiaciuto per l'inconveniente che abbiamo causato, ma credo che a suo figlio non importerà più di tanto, non ha mai dimostrato di essere innamorato di Catalina. È la cosa migliore per entrambi.»

Don Antonio diede un pugno sul tavolo, così forte che fece volare le carte che c'erano sopra. Don Ernesto cominciò a temere che la situazione potesse degenerare quando il negoziante gli si piazzò davanti, lo prese per il bavero della giacca e cominciò a scuoterlo. «Morto di fame! Svergognato! Bastardo! Dica a sua figlia che se non si sposa non mi accontenterò di far sbattere in carcere suo padre, ma farò fuori anche lei! Quella zoccola non sposerà nessun altro se non si sposa con il mio Antoñito! Glielo assicuro, quanto è vero che mi chiamo Antonio Sánchez!»

«Non le permetto di continuare a insultarci. Sta offendendo me e mia figlia. Mi faccia la cortesia di comportarsi come un uomo perbene.»

«Perbene? Se sua figlia non viene qui domani stesso, ne pagherete le conseguenze. Esigerò il saldo dei debiti che ha con me. Lo sa già che cosa significa: lei dovrà lasciare la sua casa e suo fratello dovrà abbandonare il podere.

Perderete tutte le terre… finirete in carcere; giuro che se il matrimonio non verrà celebrato lei e suo fratello finirete in carcere. E sua moglie e sua cognata moriranno di fame per strada. Glielo assicuro, quanto è vero che mi chiamo Antonio Sánchez!»

L'indignazione per le minacce e gli insulti ricevuti stava facendo breccia in don Ernesto, che aveva la fronte imperlata di sudore nonostante il freddo che faceva nel magazzino. «Non cadrò così in basso insultandola a mia volta. La invito a rendersi conto e a capire che non posso obbligare mia figlia a sposarsi se non ama Antoñito. Immagino che lei voglia il meglio per suo figlio, di certo non vorrà che si sposi con una donna che non lo ama.»

«Be', se non lo ama, che si arrangi! Lei e la sua famiglia mi siete costati già abbastanza per dover sentire anche queste assurdità!»

«Nella vita i soldi non sono tutto, don Antonio. Faccia pure quello che riterrà più opportuno. Io sono venuto a dirle che non ci sarà nessun matrimonio. Buona giornata.»

Sforzandosi di mantenere la dignità, don Ernesto camminò con passo saldo verso l'uscita del magazzino, cercando di ignorare gli insulti del negoziante.

Una volta uscito in strada respirò e, nonostante la pioggia che limitava molto la visuale, si sentì sollevato di stare all'aria aperta. Sarebbe arrivato a casa fradicio, ma faceva lo stesso. Aveva bisogno di riflettere. Sapeva che le minacce di don Antonio non erano fanfaronate. Il suo timore più grande era che togliessero il podere a suo fratello Andrés. Pensò di chiedere l'intervento di don Bernardo. Sapeva che il prete non avrebbe permesso al negoziante di dare seguito alle sue minacce. Quanto ad Asunción, era certo che avrebbe iniziato subito a pregare; nelle preghiere lei riusciva sempre a trovare consolazione.

A mezzogiorno don Antonio tornò a casa. Doveva raccontare a sua moglie e ai suoi figli della visita di don Ernesto e annunciare loro che non ci sarebbe stato nessun matrimonio.

La Mari stava assaggiando la pasta che aveva messo nella minestra di carne. «Sei arrivato appena in tempo», lo accolse, irritata.

Don Antonio si sedette a tavola accanto ad Antoñito e alle sue figlie, aspettando che la moglie servisse la minestra.

«È calda», si lamentò la figlia piccola.

«Be', arrangiati, soffiaci su e mangia», le rispose la madre.

«Devo dirvi una cosa…» E don Antonio guardò la moglie, temendone la reazione.

«Ah sì? Cioè?» chiese lei con tono incuriosito.

«Catalina Vilamar non vuole sposarsi. Don Ernesto è venuto a dirmelo.» Osservò Antoñito in attesa della sua reazione.

«Non me ne importa niente», affermò lui con indifferenza.

«Di che cosa non te ne importa!» gridò sua madre. «Come osa rifiutarti quella morta di fame! Non lo permetto, assolutamente! Una zoccola del genere non si è mai vista!»

«Catalina non mi piace, è una stupida, una smorfiosa. Se mi sposo con lei finisce che devo prenderla a schiaffi tutti i giorni. Preferisco non sposarla», insistette Antoñito.

«Sei un idiota, figlio mio! Un cretino!» disse sua madre alzando nuovamente la voce.

«Sta' zitta!» gridò don Antonio.

«E che cosa ne faremo del velluto per i vestiti del matrimonio?» chiese Mariví.

Sua madre le diede uno scappellotto grazie al quale scaricò parte della rabbia che sentiva in quel momento.

Mariví strillò, le aveva fatto male.

«Non essere violenta! Non picchiare la bambina!» esclamò arrabbiato don Antonio.

«Lo so io che cosa dobbiamo fare: dobbiamo dire che non mi voglio sposare con lei perché è una zoccola, perché civetta con tutti e io non mi sposo con una qualunque. E visto che ci siamo, voglio dirvi che a me piace Lolita.» Antoñito parlò tutto d'un fiato senza preoccuparsi di indisporre i suoi genitori.

«Chi è Lolita?» volle sapere il padre.

«Non hai visto la sartoria che hanno aperto nella Gran Vía? Dicono che lì si fanno fare i vestiti su misura i ministri del Generalissimo, e Lolita è la figlia del padrone», spiegò Antoñito.

«E tu come fai a conoscerla?» chiese la madre, sorpresa di non sapere chi fosse quella ragazza.

«Me l'ha presentata Pepe Ramírez. Lolita è sua cugina.»

«Il tuo compagno di scuola?» chiese incuriosita Paquita.

«Sì, Pepe, il mio amico Pepe. Un giorno mi ha portato a vedere la sartoria di suo zio, casomai papà e io abbiamo bisogno di un vestito su misura. Lolita lavora lì come cassiera. È una bella ragazza, perbene, l'ho vista un po' di volte, certo, sempre in compagnia di qualcun altro. I suoi genitori sono molto severi.»

«La figlia di un sarto!» La Mari stava per piangere.

«La figlia del padrone di una sartoria, non è la stessa cosa», rispose Antoñito irritato.

«Ma quella ragazza non è nessuno», insistette la madre.

«È quello che deve essere, la ragazza di una famiglia perbene. Suo padre è un patriota convinto che Franco sia la cosa migliore che ci potesse capitare. Lui per primo ha combattuto in guerra. Lolita è onesta, obbediente e sottomessa, non come Catalina. Voglio sposarmi con lei e spero che non vi opporrete. Insisto sul fatto che dobbiamo dire a tutti che sono stato io a non voler più sposare Catalina.» Antoñito guardò suo padre, in trepidante attesa della sua risposta.

Don Antonio stava riflettendo sulle parole di suo figlio. Non era la stessa cosa farlo sposare con la figlia di un sarto o con una Vilamar, ma se la sartoria della quale parlava era quella che anche lui aveva in mente, nuovissima e in pieno centro, allora il padre di Lolita non era un morto di fame. Inoltre, Pepe Ramírez apparteneva a una famiglia facoltosa, avevano tre latterie a Madrid.

«Ti sposerai con Catalina! Con tutti i soldi che ci devono, non avranno altra scelta, dovranno obbligare la figlia a sposarsi con te, altrimenti li faremo sbattere in prigione. Antonio, diglielo tu a tuo figlio», pretese la Mari.

Ma il negoziante continuava a riflettere. Ovvio che avrebbe mandato sul lastrico i Vilamar e avrebbe goduto nel vedere don Ernesto finire in carcere per non aver saldato i suoi debiti; ma se avessero detto che era stato Antoñito a rompere il fidanzamento per sposarsi con quella Lolita, se non altro non ne sarebbero usciti umiliati. Non era quello che aveva immaginato per suo figlio, ma date le circostanze poteva essere una soluzione. «Ernesto Vilamar me la pagherà. Per quanto riguarda questa Lolita... vedremo... Andrò alla sartoria a conoscere il padre. Per adesso, però, niente matrimoni.»

11

Alessandria d'Egitto

Le coste dell'Egitto si disegnavano tra i chiaroscuri del crepuscolo.

Il capitano Pereira si trovava sul ponte di comando con una tazza di caffè in mano. I gabbiani annunciavano che la terra era vicina mentre volavano a pelo sull'acqua in cerca di cibo.

Mancavano poche miglia ad Alessandria. La traversata era stata difficile, non tanto per il mare mosso e la tempesta, bensì a causa del sottomarino che aveva minacciato per molte, interminabili ore la *Esperanza del Mar*, con la consapevolezza che i tedeschi non si facevano alcuno scrupolo ad attaccare le navi mercantili.

I marinai pendevano dagli ordini del capitano. Aspettavano con ansia di attraccare perché pochi porti nel Mediterraneo erano in grado di dispensare così tanti piaceri come quello di Alessandria.

Era mattina presto e Catalina stava cercando di dar da mangiare ad Adela. Si sentiva meglio benché il mal di mare l'avesse accompagnata per quasi tutta la traversata, ma non si faceva illusioni sulla salute della bambina, che era priva di forze; la sua vita restava appesa a un filo.

Catalina pregava giorno e notte chiedendo a Dio di non punirla con la morte di quella creatura che non aveva nessuna colpa. Forse per merito delle sue preghiere o perché non era ancora arrivata la sua ora, fatto sta che Adela era viva, nonostante le difficoltà. Catalina non si era ripresa del tutto dal parto prematuro. Aveva perso molto sangue e faticava a stare in piedi. Aveva sempre un forte mal di testa e una fitta perenne nella pancia.

Doc continuava a seguire scrupolosamente madre e figlia perché non osava contrariare il capitano. Non che avesse qualcosa contro loro due, ma era convinto che la loro presenza su quella nave fosse del tutto fuori luogo.

Nemmeno Eulogio si era ripreso completamente dal mal di mare; preferiva passare il suo tempo sdraiato in cabina piuttosto che in coperta, ma tutti i giorni andava a trovare Catalina nell'infermeria.

Quanto a Fernando, era riuscito a vincere le molte reticenze del capitano, forse perché entrambi amavano giocare a scacchi o forse perché Pereira non amava parlare e Fernando non faticava a stare in silenzio durante i pranzi che condivideva con gli ufficiali della *Esperanza del Mar*.

Se poneva domande, avevano sempre a che fare con il mare. Inoltre, quando non faceva compagnia a Catalina, cercava di aiutare i marinai venendo incontro alle loro richieste. Il capitano lo sapeva, ma non diceva niente.

Quella mattina, allo spuntare del sole, Fernando stava passeggiando sul ponte di coperta quando vide il Portoghese.

«Attraccheremo ad Alessandria oggi stesso», annunciò Pereira.

«Cominciavo a pensare che non saremmo mai arrivati», confessò Fernando, guardando la linea di terra.

«Dove andrete?»

«Dove? Magari lo sapessi. Conosce la nostra situazione. Catalina vuole cercare il padre di sua figlia, ma non sappiamo nemmeno se è ancora ad Alessandria. Se lo troviamo, vedremo che cosa succederà.»

«Crede che vorrà assumersi le sue responsabilità?»

Fernando soppesò la risposta. Non voleva fare delle confidenze su questioni che non lo riguardavano, ma nemmeno dare una risposta poco sincera. «È molto probabile che non sia più in città. Di solito viaggia da un posto all'altro. Sappiamo che doveva andare ad Alessandria per via di un documento che gli è stato dato dal suo editore perché lo consegnasse alla figlia, che è sposata e vive lì. L'editore di Marvin è ebreo e in Francia le cose per loro si sono messe malissimo. Credo che il buon uomo abbia venduto a Marvin la sua libreria e la sua casa editrice per riuscire a salvarle, ma a condizione che la legittima proprietaria torni a essere la figlia. Suppongo perciò che, dopo aver incontrato Sara Rosent e aver tenuto fede al suo compito, se ne sia andato.»

«Sara Rosent? È la figlia dell'editore del suo amico?»

«Ecco, Marvin in realtà non è amico mio, è amico di Eulogio, si sono conosciuti sul fronte, nella guerra di Spagna. Non so niente dei Rosent, se non quello che mi ha raccontato Eulogio stesso, ovvero quello che Marvin ha raccontato a lui.»

«Conosco Sara Rosent», dichiarò il capitano Pereira.

«La conosce? Davvero?» Fernando non sapeva cosa dire, era davvero stupefatto.

«Ad Alessandria tutti conoscono il signor Wilson e sua moglie, che da nubile si chiamava Sara Rosent. Possiedono una delle librerie più importanti della città, ma pubblicano anche libri di poesia, e nel loro negozio organizzano incontri letterari tutte le settimane. Lì si riuniscono poeti e scrittori di tutti i generi per parlare di libri e di altri argomenti. La libreria si chiama Wilson&Wilson ed è accanto a rue Chérif Pasha, vicino a rue de la Rosette. La troverete senza nessun difficoltà. Ma dove alloggerete se non trovate il vostro amico Marvin? Catalina e la figlia hanno bisogno di un posto in cui riposare e rimettersi in salute, e se quell'uomo ha lasciato la città...»

«Continuo a pensare a quello che faremo una volta sbarcati. Catalina ed Eulogio sono ottimisti... Io invece non sono così sicuro che le cose andranno come credono loro.»

«Avete ancora un po' di soldi?» chiese Pereira evitando lo sguardo di Fernando.

«Tutto quello che avevamo lo abbiamo dato a lei, capitano, per pagare i biglietti... So quanto lei sia stato generoso, perché non sarebbero bastati neanche per un biglietto... Gliene siamo davvero grati, saremo sempre in debito.»

Pereira guardò dritto davanti a sé, schivando lo sguardo di Fernando. Non voleva essere ringraziato né elogiato per il suo gesto. «Non si può vivere senza soldi», sentenziò.

«Farò qualunque lavoro pur di guadagnare, conosco l'inglese, me lo ha insegnato mio padre», affermò Fernando.

«Sì...» Pereira appariva dubbioso.

«Non sono un ingenuo. So che sarà difficile. Stiamo per attraccare in una città che ci è del tutto ignota. E la cosa più importante sarà proteggere Catalina e Adela. La bambina è così piccola e debole... Non piange nemmeno.»

Rimasero in silenzio. Il capitano tirò fuori un pacchetto di sigarette e ne offrì una a Fernando. Fumarono in silenzio mentre mettevano ordine nei loro pensieri.

«Dovrebbe essere il tuo amico Eulogio a farsi carico della situazione; ha diversi anni più di voi e, se è stato in guerra, lì sarà diventato un uomo», gli disse Pereira, dandogli del tu per la prima volta. «Chiunque abbia combattuto in una guerra non può tornare a essere bambino.»

«In guerra è stato ferito.»

«Proprio per questo. Forse lui vi può aiutare.»

«Ha già fatto abbastanza per noi.»

«Certo, eppure... Dannazione, non posso abbandonarvi alla vostra sorte una volta che sarete sbarcati! Solo Dio sa quello che potrebbe succedervi.»

«Non deve preoccuparsi.» Fernando lo affermò con una sicurezza che in realtà non aveva.

«Ho un'ottima amica. La signora Kokkalis. Ylena Kokkalis. È greca. Ha una casa grande, con tre stanze che di solito affitta. Ti darò una lettera per lei, se non altro avrete un tetto sopra la testa finché non troverete quel tale, Marvin, o un lavoro che vi permetta di pagare la stanza e magari un biglietto di ritorno per la Spagna.»

«No, in Spagna non ci torneremo. Magari Catalina vorrà farlo, ma Eulogio e io non torneremo.»

«E perché? Non avete nemmeno gli occhi per piangere, te ne sei reso conto? Alessandria non è la città dei balocchi. Lo hai capito o no che c'è una guerra? I tedeschi sono molto vicini e gli alessandrini, così come gli altri egiziani, sono dalla loro parte. Non sopportano gli inglesi. Prima ve ne andrete, meglio è.»

«Eulogio vuole andare in America e io probabilmente andrò con lui, dipenderà da Catalina. Non la lascerò mai, lo farò solo se deciderà di tornare in Spagna. Io non ci penso proprio.»

Il capitano lo osservò incuriosito. Intuiva che dietro la determinazione di Fernando a non tornare nel suo Paese c'era un motivo importante. Non era sorpreso dalla sua lealtà nei confronti di Catalina, perché era evidente quanto ne fosse innamorato. «Perché non ti sposi con lei?»

«Non potrei chiedere di meglio, ma lei non mi ama. Cioè, sì, mi vuol bene, ma come a un fratello. Ci conosciamo da quando eravamo bambini.»

«E tu sei sempre stato innamorato di lei, o sbaglio?»

«Esatto. Magari un bel giorno cambierà idea.»

Pereira non gli disse che difficilmente i sentimenti di tipo fraterno diventano amore. Lo avrebbe scoperto con il passare del tempo. «Bene, a breve saremo ad Alessandria, in tarda serata potrete sbarcare. Ti consiglio di andare direttamente a casa della signora Kokkalis e riposare. Domani potrete andare a cercare il vostro amico.»

Fernando rimase in coperta mentre il capitano tornava sul ponte di comando. Era mattina ormai inoltrata, la temperatura si era fatta più tiepida e il cielo era azzurro, fatta eccezione per qualche nube solitaria.

Gli venne in mente il volto di sua madre e sentì un intenso dolore al petto. Continuava a ripetersi di non essersi pentito di aver ucciso gli uomini che avevano contribuito all'assassinio di suo padre, ma sentiva sulla coscienza il peso di aver abbandonato sua madre. Da quando erano fuggiti da Madrid non aveva dormito bene; il suo sonno era popolato dall'immagine della madre in lacrime e dal volto dei due uomini. Roque e Saturnino Pérez gli facevano visita tutte le notti.

Se alla fine fossero davvero andati in America, avrebbe chiesto a Eulogio di scrivere a Isabel dicendole che stava bene. Lui preferiva evitare perché temeva che lo stessero cercando. E, se era davvero così, temeva che dalla Spagna potessero obbligarlo a tornare con l'accusa di essere un criminale. Non aveva altra scelta che lasciar passare il tempo prima di far avere notizie di sé a sua madre.

Era così immerso nei suoi pensieri che non sentì Catalina avvicinarsi. Camminava con lentezza appoggiata a Eulogio. «A cosa stai pensando?» gli chiese, con Adela stretta al suo corpo.

«Non dovresti portare fuori la bambina, l'aria è troppo fresca», la rimproverò.

«Doc mi ha detto di alzarmi perché stiamo arrivando ad Alessandria e stasera sbarcheremo. Eulogio mi aiuta a tenermi in piedi», rispose Catalina con una smorfia.

«Alla piccola gioverà prendere un po' di aria. Doc ha detto che uscire in coperta era una buona idea», aggiunse Eulogio.

Fernando non era d'accordo, ma non aveva voglia di discutere. Ormai erano lì, se Adela fosse stata male, non c'era più niente da fare.

«Sei preoccupato?» chiese Catalina, intuendo le sue inquietudini.

«Sì, certo che sono preoccupato. Sono successe un sacco di cose da quando abbiamo lasciato Madrid, non abbiamo neanche avuto il tempo di pensarci», rispose Fernando.

«Be', la cosa importante è scendere da questa nave. Credo che in America ci arriverò a nuoto.» Eulogio appariva di buon umore.

«Non abbiamo soldi», gli ricordò Fernando.

«Ma Marvin ci aiuterà», disse Catalina con convinzione.

«Può darsi, prima però dobbiamo trovarlo. Non sappiamo se è ancora ad Alessandria o se è andato via. E se non c'è...»

«Ma ci deve essere! Diglielo, Eulogio, digli che Marvin ci sarà.» Catalina aveva un tono di supplica.

Eulogio non sapeva che cosa rispondere. Fernando aveva ragione, probabilmente Marvin non era più ad Alessandria, e allora che cosa avrebbero fatto? Non avevano soldi, non conoscevano nessuno. Si rese conto che avevano agito in modo precipitoso e incosciente. Catalina e Fernando non avevano nessuna esperienza, ma lui era un uomo e avrebbe dovuto ponderare di più le loro scelte.

«Fernando ha ragione. Abbiamo agito in modo troppo precipitoso quando abbiamo deciso di imbarcarci per Alessandria. Ormai però... vedremo il da farsi», disse Eulogio, a disagio in quella situazione.

«Il capitano Pereira mi darà una lettera di presentazione per un'amica che affitta stanze. Stanotte alloggeremo a casa di questa signora e domani cercheremo Marvin, ma se anche lo trovassimo dovremmo cercarci un lavoro per pagare le stanze e il biglietto per lasciare questa città. Dubito che avremo la stessa fortuna che abbiamo avuto a Lisbona trovando un capitano che ci ha portato sino qui praticamente gratis», spiegò Fernando.

«Sarà difficile trovare lavoro, non parliamo arabo», osservò Eulogio preoccupato.

«In Egitto comandano gli inglesi, anche se ufficialmente c'è un re. Gli egiziani sono sotto la protezione dei britannici dal 1882. Perciò, non si parla solo arabo; non credo sarà difficile farci capire in inglese», rispose Fernando.

«Be', tu lo conosci perché tuo padre traduceva in spagnolo e pubblicava le opere dei grandi scrittori inglesi, ma io me la cavo meglio in francese e Catalina non so se...» Eulogio era sempre più preoccupato.

«Anch'io me la cavo bene in francese, ma mi sforzerò di imparare l'inglese», aggiunse Catalina.

«Alessandria è una città internazionale, con gente che proviene da tutto il mondo, non faticheremo a farci capire.» Fernando non voleva spaventarli.

«E quella signora ci affitterà una stanza pur sapendo che non abbiamo soldi per pagarla?» volle sapere Catalina.

«È un'amica del capitano», concluse Fernando mentre prendeva Adela tra le braccia e s'incamminava verso l'interno della nave. La bambina aveva cominciato a tossire e lui temeva che potesse prendersi un raffreddore.

Catalina lo lasciò fare. Sapeva che la figlia era al sicuro tra le braccia del suo amico.

Le ore passavano con enorme lentezza. Arrivati al porto, dovettero attendere che le autorità salissero sulla nave per ispezionare il carico e parlare con il capitano.

Pereira li informò della presenza dei passeggeri e della nascita inattesa di una bambina.

I funzionari fecero diverse domande a Catalina, Fernando ed Eulogio, e controllarono i loro documenti. Lei raccontò che era andata a cercare il padre di sua figlia, loro che in Spagna appartenevano alla parte sconfitta e stavano fuggendo dal regime fascista di Franco.

Se non fosse stato per il capitano, i funzionari inglesi della dogana non avrebbero permesso loro di sbarcare. Ma Pereira si trattenne per diverso tempo con loro all'interno della propria cabina, e quando uscirono si limitarono a consigliare ai tre di non creare problemi. Fernando non ebbe il coraggio di chiedere al capitano con quali argomenti avesse convinto gli inglesi a lasciarli in pace. Fu Eulogio a sussurrargli nelle orecchie una spiegazione: «Il capitano fa dei favori ai britannici. L'ho sentito dire a un marinaio. A volte porta qui degli uomini di cui nessuno sa niente, altre volte dalla nave scaricano dei pacchi che vengono raccolti dai camion della guarnigione di Alessandria. Pereira è contro i nazisti». Che fosse questa o un'altra la ragione, era evidente che il Portoghese vantava una certa credibilità tra i britannici.

Si congedarono dai marinai che avevano conosciuto durante la navigazione e da Doc, che sembrava sollevato all'idea di non vederli più.

Catalina andò incontro al capitano Pereira e, senza pensarci due volte, gli diede un sonoro bacio sulla guancia. «Grazie, capitano. Non potrò mai ripagarla per quello che ha fatto per me, per mia figlia e per tutti noi. Lei è uno degli uomini più buoni che conosco, in me troverà sempre e per sempre un'amica leale. Spero di avere un giorno l'opportunità di ricambiare la sua generosità. E… ecco, quando troverò Marvin e battezzeremo Adela, mi piacerebbe che lei fosse il suo padrino. Accetterebbe?»

Pereira non sapeva che cosa dire. Catalina gli ricordava così tanto le sue nipoti che era incapace di dirle di no; perciò, benché non ne fosse convinto, accettò. Lei gli diede un altro bacio, felicissima del fatto che fosse lui il padrino di Adela.

La *Esperanza del Mar* sarebbe rimasta nel porto di Alessandria per almeno una settimana; in quell'arco di tempo Catalina sperava di riuscire a sposarsi e anche di battezzare la figlia.

Uscirono dal porto e camminarono per un bel pezzo chiedendosi come potessero raggiungere il quartiere greco dove, accanto alla chiesa di San Saba, c'era la casa dell'amica del capitano. Adela passò dalle braccia di Catalina a quelle di Eulogio e poi a quelle di Fernando. I tre amici la prendevano a turno, mentre la bambina perlopiù dormiva.

L'appartamento di Ylena Kokkalis si trovava in un bell'edificio. La ragazza che aprì loro la porta li guardò con curiosità mentre Fernando le spiegava in un buon inglese che li aveva mandati lì il capitano Pereira, il quale aveva dato loro una lettera per la signora Kokkalis.

La ragazza li invitò a entrare e chiese loro di attendere nell'ampio ingresso.

Ylena Kokkalis risultò essere una donna di media statura, dai capelli castano scuro e la carnagione olivastra. Poco dopo sia Fernando sia Eulogio la definirono «molto bella», sebbene avesse già superato i cinquant'anni.

La donna lesse attentamente la lettera del capitano e, una volta conclusa, la rimise nella busta e li guardò sorridendo. «Bene... il capitano Pereira mi ha chiesto di darvi alloggio a casa mia anche se non avete soldi per l'affitto e mi ha garantito che se non riuscirete a pagarmelo ci penserà lui, perciò non c'è niente da aggiungere. Purtroppo, però, ho solo una stanza libera, le altre due sono occupate. Ci dovrete stare in tre, ha due letti ed è piuttosto grande, perciò posso metterci anche un divano. Di più non posso offrirvi.»

Accettarono immediatamente, pieni di gratitudine per aver trovato un tetto. La ringraziarono in inglese e in francese, e lei rise davanti a quello sfoggio di lingue. «Sembrate alessandrini... Qua tutti parliamo diverse lingue.»

«Di sicuro però nessuno parla spagnolo», rispose Eulogio.

«Ah! Non si sa mai, potreste rimanere sorpresi. Qui c'è gente da tutto il mondo e da quando è iniziata la guerra ce n'è ancora di più. Può anche darsi che incontriate qualche spagnolo.»

Li accompagnò nella stanza, che risultò essere spaziosa e soleggiata. Qualche minuto più tardi apparve la ragazza che li aveva accolti e, con l'aiuto di una donna più anziana, spingeva il divano del quale aveva parlato Ylena.

Fernando decise che avrebbe dormito sul sofà mentre Catalina ed Eulogio avrebbero occupato i letti. Eulogio non era d'accordo, sosteneva di essere il più grande e che, pertanto, il divano spettasse a lui. Fernando però non volle sentire ragioni.

Adela cominciò a farsi sentire con i versetti tipici di quando aveva fame proprio mentre Ylena bussava alla porta della stanza. «Ho dimenticato di dirvi che potete usare il bagno. Però, dovete contribuire a mantenerlo sempre pulito perché è in condivisione con gli altri due ospiti della casa. Mr Sanders vive qui già da cinque anni ed è molto esigente riguardo alle pulizie, come anche monsieur Baudin.»

Ylena Kokkalis consigliò loro di rivolgersi a Dimitra e Ilora, le due domestiche della casa, per qualunque dubbio.

Catalina decise che aveva bisogno di un buon bagno, Dimitra le procurò un asciugamano e diede loro qualche informazione sugli altri ospiti. Così vennero a sapere che Mr Sanders era un colonnello in pensione dell'esercito britannico, oltre che un archeologo. Aveva servito nel Reggimento di Alessandria, era celibe e, poiché in Inghilterra gli erano rimasti solo una sorella felicemente sposata e diversi nipoti, aveva deciso di prolungare il suo soggiorno in Egitto, dove sino allo scoppio della guerra aveva dato sfogo alla sua passione per l'archeologia. Quanto a monsieur Baudin, si dedicava al commercio del cotone e un anno prima era rimasto vedovo; tuttavia, aveva capito che continuare a vivere nella casa che aveva condiviso con la moglie gli causava più problemi che soddisfazioni, e perciò si era trasferito dalla signora Kokkalis, dove lo trattavano benissimo. Monsieur Baudin aveva un figlio sposato, che viveva ad Alessandria e non era riuscito a convincere il padre ad andare a vivere con lui e sua moglie. Baudin andava a trovarli spesso, anche perché gli avevano dato un nipote che era la gioia della sua vita.

Dimitra spiegò a Catalina che la signora Kokkalis era molto severa riguardo agli orari. Detestava che i suoi ospiti non arrivassero puntuali alla colazione, che veniva servita sempre alle sette, o che non avvisassero della loro assenza a pranzo o a cena.

Al di là di questo, lodò la signora per la sua bontà. Di Ylena Kokkalis sapeva solo che era nata ad Alessandria, ma i suoi genitori erano greci. Non si era mai sposata e da ragazza era stata prossima al matrimonio ma il suo fidanzato, che era un marinaio, era morto affogato. Era il nipote del capitano Pereira e si erano conosciuti durante uno degli scali della *Esperanza del Mar* nel porto di Alessandria. Quella che prometteva di essere una storia a lieto fine si concluse in tragedia a causa di un temporale nell'Atlantico, che investì la nave mentre era diretta in Egitto. Non naufragarono, ma l'imbarcazione subì enormi danni; il peggio fu che alcuni marinai vennero spazzati via dall'acqua e dal vento e caddero in mare. Il nipote di Pereira era uno di loro. Il capitano non esitò a lanciarsi in acqua per salvarlo. Poco ci mancò che morissero entrambi. Pereira lottò in mezzo alle onde per mettere in salvo se stesso e il nipote, ma purtroppo quando riuscì a riportarlo a bordo era già morto.

Il Portoghese decise di conservare il cadavere per consegnarlo alla fidanzata. Lei gliene fu molto grata. Se non altro, aveva una tomba su cui piangerlo. Benché avesse avuto altri pretendenti, Ylena non si era mai sposata. Si raccontava che anni dopo avesse intrapreso una relazione con un ricchissimo alessandrino, un uomo molto influente nella corte del re Faruk. Ma nessuno aveva certezze al riguardo.

Il capitano andava a trovarla tutte le volte che attraccava ad Alessandria. Era sempre ben accolto a casa sua e, con il passare degli anni, tra loro si era consolidata una profonda amicizia.

A quanto assicurava Dimitra, quando arrivava il capitano Pereira lo sguardo di Ylena si illuminava.

Catalina raccontò a Fernando e a Eulogio tutti questi dettagli e aspettò che anche loro si facessero un bel bagno prima di presentarsi in sala da pranzo per la cena.

Erano affamati e pieni di curiosità su cosa avrebbero mangiato.

Ylena li presentò agli altri due ospiti senza aggiungere ulteriori spiegazioni su chi fossero. Si sedettero tutti insieme al tavolo in cui la donna greca era capotavola.

A cena mangiarono diversi piatti a base di verdure, un purè di ceci chiamato «hummus» e un pesce dal nome sconosciuto; ogni pietanza parve loro di una squisitezza unica.

Monsieur Baudin apparve molto amichevole ed elogiò Adela, che continuava a dormire tra le braccia di Catalina. Mr Sanders li salutò con educazione, ma non dimostrò alcun interesse nei confronti dei nuovi ospiti e ancora meno verso la bambina, che guardò con diffidenza pensando che una creatura così piccola potesse alterare la tranquillità della casa.

Il francese commentò con Mr Sanders le ultime notizie sulla guerra. Era preoccupato dal fatto che la Germania si fosse insuperbita dichiarando guerra agli Stati Uniti.

«Ma che cosa si aspettava? Dopo che i giapponesi hanno bombardato Pearl Harbor gli Stati Uniti non potevano certo starsene con le mani in mano. E una volta che hanno dichiarato guerra al Giappone, era solo questione di tempo perché i tedeschi accettassero la sfida allineandosi con gli alleati.»

«Magari adesso che anche gli americani sono entrati in guerra, le cose andranno meglio», rifletté monsieur Baudin.

Mr Sanders lo guardò con sufficienza, quasi lo offendesse l'idea del francese che i britannici potessero aver bisogno d'aiuto.

Dopo cena si ritirarono tutti nelle loro stanze. Catalina ed Eulogio nei rispettivi letti e Fernando sul divano; commentarono la cena e soprattutto il sollievo di stare sulla terraferma. Poi, prima di addormentarsi, ognuno di loro si immerse nei propri pensieri.

Adela fu la prima a svegliarsi. Catalina le diede da mangiare, le fece il bagnetto e poi la lasciò sul letto per fare a sua volta un altro bagno.

Erano le cinque e mezzo, la casa era immersa nel silenzio. Sapeva che non poteva trattenersi molto, Dimitra le aveva detto che Mr Sanders occupava il bagno prima delle sei, e alle sei e un quarto serviva a monsieur Baudin per le sue abluzioni.

Non appena ebbe finito svegliò Fernando, mettendogli fretta. «Sono quasi le sei, hai il tempo di andare in bagno prima di Mr Sanders.»

Fernando saltò giù dal letto e cercò di essere velocissimo, ma sobbalzò quando due colpi secchi sulla porta della stanza da bagno annunciarono l'arrivo dell'inglese.

Eulogio dovette aspettare che Mr Sanders e monsieur Baudin usufruissero del servizio e gli restarono solo pochi minuti per non arrivare tardi alla colazione, con Ylena capotavola.

Dopo la colazione ognuno tornò alle proprie occupazioni. Catalina non vedeva l'ora di intraprendere la ricerca di Marvin. La notte prima avevano concordato che Eulogio e Fernando sarebbero andati nella libreria dei Wilson per chiedere di lui a Sara Rosent, mentre lei avrebbe aspettato a casa il loro ritorno. Catalina aveva protestato, avrebbe voluto accompagnarli, ma non era riuscita a convincere i due amici. Poiché non avevano idea di dove si trovasse la libreria, i due amici le spiegarono che volevano evitare ad Adela qualunque imprevisto; quella città era del tutto sconosciuta per loro.

In realtà, Eulogio non voleva che Catalina vedesse Marvin prima che loro due riuscissero a spiegargli quanto era successo. In qualche modo, sentiva di aver tradito il suo amico portando Catalina sino ad Alessandria. Dovevano parlare con Marvin, dargli l'opportunità di prendere una decisione rispetto alla vicenda. E Fernando era d'accordo con lui.

Grazie alle indicazioni della signora Kokkalis non faticarono a trovare la libreria dei Wilson, che non era molto lontana. Un'insegna enorme, che recitava WILSON&WILSON, precedeva una porta di legno e cristallo. In una vetrina allestita con cura erano esposti diversi libri di poesia.

Spinsero la porta e, con grande sorpresa, si trovarono davanti uno spazio più grande di quello che avevano immaginato, ricoperto di librerie dal pavimento al soffitto; c'erano un banco più simile a un tavolo adibito alla consultazione dei libri, delle comode poltrone in fondo alla stanza e una porta socchiusa, che lasciava intravedere tre uomini immersi nella lettura. La sala odorava di cera e di libri. Un odore che Fernando trovò di conforto.

Una donna uscì a riceverli. Alta, magra, sulla quarantina, con i capelli raccolti in una crocchia dalla quale sfuggivano alcuni ciuffi ribelli, gli occhi verdi e indagatori. «Posso aiutarvi?» chiese accennando un sorriso.

Si presentarono e, nervosi, tentarono di spiegare che stavano cercando Sara Rosent ma in realtà volevano trovare Marvin Brian. Eulogio parlava in francese, Fernando in inglese, ed entrambi si interrompevano nel timore che la donna non li capisse.

«Dal vostro accento deduco che siate spagnoli, mi sbaglio?» chiese loro in un castigliano più che accettabile.

«Lei parla spagnolo?» domandò Eulogio sorpreso.

«Be', direi di sì. Se volete possiamo parlare nella vostra lingua, sarà più facile per tutti e tre. Credo di aver capito che state cercando Marvin Brian...»

«Sì, siamo suoi amici. Marvin mi ha scritto per dirmi che veniva ad Alessandria e mi hai invitato a raggiungerlo», disse Eulogio.

La donna li guardò con curiosità, poi li invitò a sedersi sulle poltrone di cuoio verde in fondo alla stanza e offrì loro del caffè su un vassoio d'argento. Non appena tutti ebbero la propria tazza, chiese loro ulteriori spiegazioni.

In quanto amico di Marvin, fu Eulogio a prendere la parola mentre Fernando si limitava ad annuire.

«Bene, Sara Rosent l'avete già trovata, sono io. Quanto a Marvin... non mi ha mai parlato di voi due e nemmeno del fatto che vi aspettava qui ad Alessandria.»

«Però è qui, vero?» chiese Eulogio impaziente.

Sara Rosent non rispose, ma abbozzò un nuovo sorriso. Per non essere scortesi non le chiesero di rispondere, preferirono attendere che fosse lei a riprendere la parola mentre bevevano il caffè, un caffè forte e aromatico che mise in allerta tutti i loro sensi.

Con grande sorpresa, Sara non parlò di Marvin, ma chiese loro dove alloggiassero. Quando glielo dissero, lei affermò di conoscere Ylena Kokkalis e assicurò che ben presto avrebbero avuto sue notizie. Eulogio insistette per avere qualche nuova su Marvin, ma Sara ripeté con fermezza che avrebbero saputo qualcosa di più nel pomeriggio.

Catalina si arrabbiò quando, al loro ritorno, non seppero darle notizie su Marvin, e affermò che sarebbe andata di persona da Sara Rosent. Non appena avesse visto Adela, la donna non avrebbe potuto rifiutarsi di darle delle informazioni. Eulogio le consigliò di pazientare.

Dopo nemmeno due ore un ragazzo arrivò a casa di Ylena e consegnò a Dimitra una busta per Eulogio. Sara Rosent lo invitava a tornare in libreria, ma si rivolgeva unicamente a lui. Nessun accenno a Marvin.

Eulogio mostrò la lettera a Fernando, che scrollò le spalle. L'atteggiamento di Sara gli sembrava strano, ma non fece alcun commento con Catalina; non voleva che si preoccupasse, visto che era già arrabbiata e insisteva con l'idea di andare personalmente alla libreria Wilson&Wilson. Alla fine la fecero ragionare. Fernando le propose di uscire a fare una passeggiata con la bambina.

Quando Eulogio spinse la porta della Wilson&Wilson vide Marvin in fondo alla sala, seduto accanto a Sara su una delle poltrone di cuoio verde. L'americano si alzò di scatto quando lo vide entrare. I due amici si abbracciarono con affetto e allegria.

Con discrezione, Sara li lasciò soli. Sapeva che avevano bisogno di parlare in privato. Si diresse verso il bancone, dove un giovane impiegato stava mettendo in ordine dei libri.

I due cominciarono a parlarsi l'uno sull'altro mentre cercavano di raccontarsi che cosa ne era stato delle loro vite in quegli ultimi mesi, e scoppiarono a ridere per quella conversazione così caotica. Marvin, consapevole del fatto che la presenza del suo amico fosse un fatto straordinario, lo invitò a parlare per primo e a spiegargli ogni cosa.

Eulogio non risparmiò dettagli su quanto era successo: la scoperta della relazione di sua madre con don Antonio, il fatto che il suo orgoglio gli avesse impedito di perdonarla pur sapendo che lei aveva agito in quel modo unicamente per salvargli la vita. Naturalmente, non gli disse che Fernando era arrivato ad Alessandria in fuga dalla Spagna dopo aver ucciso due uomini. Per giustificare la sua presenza, gli disse che non aveva voluto abbandonare Catalina, la quale si era intestardita nel cercare lui, Marvin, per fargli sapere di essere incinta e chiedergli di prendersi le sue responsabilità. E così erano fuggiti tutti e tre. Eulogio si scusò con l'americano, era colpa sua se Catalina aveva scoperto dove trovarlo.

Non risparmiò dettagli neanche sulle vicissitudini della traversata, sulla manifesta bontà del capitano Pereira, sul parto prematuro di Adela e sul fatto che non avevano soldi per pagare il soggiorno ad Alessandria.

Il volto di Marvin passò dallo stupore alla preoccupazione. «Vivo con una donna, si chiama Farida Rahman. È una filosofa. La amo più della mia stessa vita proprio perché mi ha salvato la vita. Farida è tutto il mio mondo, è il mio presente e il mio futuro. Più tardi la conoscerai. Lei sa tutto di quello che mi è successo durante la guerra di Spagna e di come da allora non ho fatto che fuggire da me stesso, incapace di ritrovare la serenità. Mi sta insegnando a sconfiggere i fantasmi che mi abitano e mi ha restituito la speranza.»

«Ma lei... lei...» balbettò Eulogio.

«È una donna alla quale non interessano le stesse cose che interessano a tutte le donne», proseguì Marvin. «Il suo unico desiderio è quello di capire l'essenza dell'essere umano, di indagare l'anima delle persone che incontra nel suo cammino, di arrivare a delle conclusioni per poi confutarle. La amo con tutte le mie forze.»

«Parlerai con Catalina? Le dirai...?»

«Assolutamente no! Catalina non significa niente per me... La conosco appena e non penso certo di farmi carico dei suoi problemi. So che è una brava ragazza, forse un po' ingenua, e non le auguro niente di male, ma non posso fare niente per lei. Come ti è venuto in mente di portarla sino qui?» Marvin non riuscì a evitare di rimproverare l'amico.

«Stupidamente, le ho detto che eri qui. Mi dispiace; forse, se parlassi con lei...»

«Non voglio e nemmeno ho ragione di dare spiegazioni a Catalina. Mi piacerebbe aiutarti a risolvere il problema, ma non saprei come.»

«Però qualcosa dovremo fare con Catalina...»

«La cosa migliore è evitarla. Se la incontrassi per lei sarebbe anche peggio, si sentirebbe umiliata se le dicessi che, semplicemente, la sua vicenda non mi riguarda. È meglio che, a poco a poco, il falso amore che crede di sentire per me passi. Quanto alla bambina... non so che dirti... Ti ho già raccontato che cosa è successo quella notte alla Pradera de San Isidro. Mi dispiace per la piccola, ma non sono disposto a riconoscerla come figlia mia.»

«Dovrò chiedere aiuto a Fernando, perché io non so come muovermi con Catalina.»

Marvin prese l'impegno di aiutarli. Avrebbe dato loro un po' di soldi e, se avessero deciso di restare in Egitto, li avrebbe aiutati a trovare un lavoro; in Europa imperversava la guerra e non c'era un altro luogo sicuro dove andare.

«Io vorrei andare in America, ma adesso che anche l'America è entrata in guerra...» tentennò Eulogio.

«Vuoi andare in America? Be', questo si può fare. Non preoccuparti per la guerra, l'America è molto lontana dall'Europa. La cosa più difficile sarà arrivare... Io tra un mese partirò per New York. Naturalmente Farida verrà con me. Voglio che conosca i miei genitori e mio fratello. In realtà è lei che li vuole conoscere; mi ha assicurato che ne ha bisogno per cercare di completare il puzzle della mia vita. Le mancano dei pezzi. E tu puoi venire con noi, non dovrai preoccuparti di niente. Chiederò a mio padre che ti trovi un lavoro a New York. Certo, dovrai perfezionare il tuo inglese, è molto scadente.

«Perciò, approfittane e vieni con noi. Fernando lo parla abbastanza bene; digli di insegnarti tutto quello che può.»

«Sarà un viaggio pericoloso», argomentò Eulogio.

«Sì, e non sarà facile trovare una nave che ci porti sino lì. Al momento è difficile avventurarsi nell'Atlantico. Ma ce la faremo.»

«E che cosa faremo con Catalina e Fernando?» domandò Eulogio preoccupato.

«Mi dispiace, amico mio, ma non mi sento coinvolto nel loro destino. Sono disposto ad aiutarli senza che lo sappiano, tutto qui. Ovvio che non penso di portarli con noi a New York.»

In quel momento una donna dal passo sicuro entrò nella libreria; Eulogio dedusse che si trattava di Farida. Sara le sorrise e, poiché stava servendo due clienti, le indicò con un gesto le poltrone verdi sulle quali Marvin ed Eulogio erano ancora immersi in una vivace chiacchierata.

Con due ampie falcate lei li raggiunse e li osservò, prima l'uno poi l'altro. Entrambi rimasero a guardarla come bambini in attesa dell'approvazione della maestra. Marvin si alzò e le porse una mano, invitandola a sedersi. «Farida, lui è il mio amico Eulogio. Ti ho raccontato tante cose di lui...»

«Finalmente ti conosco! Sono Farida Rahman», disse, regalandogli il suo sorriso migliore.

Eulogio si alzò a sua volta e le strinse la mano senza smettere di guardarla, affascinato non tanto dalla sua bellezza quanto dalla forte personalità, così evidente. Cercò di nascondere la sorpresa per l'età di Farida. Era molto più grande di Marvin. Calcolò che avesse già compiuto quarant'anni.

Sara si avvicinò e posò sul tavolo un vassoio con del caffè. Poi li lasciò di nuovo soli.

Marvin spiegò a Farida la ragione della presenza di Eulogio e la situazione creata da Catalina. Inoltre, le assicurò con fermezza che non pensava di incontrarla né di darle spiegazione alcuna, non solo perché per lui era un'estranea, ma anche perché sarebbe stato molto meglio per lei, che difficilmente avrebbe capito un atteggiamento così perentorio e ne avrebbe sofferto doppiamente.

Farida ascoltò in silenzio, annuendo mentre serviva il caffè nelle tazze. «Una donna che è venuta a cercarti sino ad Alessandria non si fermerà finché non ti avrà trovato, ovunque sarai. Un giorno o l'altro te la troverai davanti.»

«E allora, che cosa mi consigli di fare?» domandò Marvin preoccupato.

«Niente che tu non voglia fare. Lei non significa niente per te, perciò non hai ragione di farti violenza lasciando allo scoperto la tua anima. Non le devi niente e lei non deve niente a te. Però, sappi che in questo modo diventerai un'ossessione per lei.»

Eulogio ascoltava affascinato il melodioso francese parlato da Farida. Conversarono per un bel po', ragionando su come allontanare Catalina da Marvin.

Quante ore durò il loro incontro? Non si resero conto che stava arrivando la sera finché Sara non si avvicinò. «È tardi, ma se volete potete rimanere. Benjamin mi aspetta, io devo andare, ma Akim si tratterrà ancora un po'», disse guardando il giovane impiegato, tutto assorto nella sistemazione dei libri sulle mensole.

«Io preferisco tornare a casa della signora Kokkalis. Fernando e Catalina saranno preoccupati», disse Eulogio.

«Ah! Che donna straordinaria Ylena Kokkalis. È una buona amica e una grandissima lettrice. È capace di recitare l'*Iliade* a memoria. E le sue opinioni sulla poesia sono sempre azzeccate e originali», commentò Sara.

«Ma davvero? È così seria che non avrei mai immaginato le piacesse la poesia», si sorprese Eulogio.

«Be', è una donna erudita, quasi quanto la nostra cara Farida. Non dimentichi, caro amico, che una donna sola deve imporre rispetto», affermò Sara.

Ormai in strada, Marvin diede a Eulogio qualche banconota. Decisero che l'indomani sarebbe tornato alla Wilson&Wilson insieme a Fernando per assistere alla serata letteraria in programma tutti i giovedì.

Farida si offrì di accompagnarlo sino a casa di Ylena, ma Eulogio preferì tornare a piedi. Aveva bisogno di riflettere su come affrontare Catalina e di parlare da solo con Fernando.

Le prime ombre della notte avvolgevano la città quando Eulogio arrivò a casa di Ylena Kokkalis; Catalina stava allattando Adela mentre Fernando leggeva, sdraiato sul letto.

«Com'è andata?» domandò lei impaziente.

«In nessun modo; sono tornato indietro prima possibile, ma sono rimasto senza tabacco e ho bisogno di fumare», rispose Eulogio facendo un cenno a Fernando, che lo colse al volo.

«Possiamo uscire a fumare mentre Catalina finisce di allattare Adela», propose, pur sapendo che questo la avrebbe messa in allarme.

«Ve ne andate? Ma come, ci manca solo questo! Niente segreti, voglio sapere che cosa sta succedendo», pretese.

«Senti, adesso ho bisogno di fumare; più tardi parleremo di tutto.» Eulogio non le diede nemmeno il tempo di protestare, uscì dalla stanza e aspettò che Fernando gli andasse dietro.

In strada cominciò a cadere una pioggia fine, ma Eulogio camminava così veloce che Fernando non poté che seguirlo. «Non so se uscire a parlare sia stata una buona idea.»

«Lo so, ma non posso raccontarti niente davanti a Catalina.»

E precipitosamente gli spiegò la situazione. Fernando ascoltava con aria preoccupata, sorpreso, tra le altre cose, dalla notizia dell'esistenza di Farida. Il peggio non era che Marvin non volesse vedere Catalina, ma come fare per evitare di ferirla. Arrivarono alla conclusione che non potevano mentirle del tutto. Catalina era intelligente, aveva lasciato tutto per incontrare Marvin e non si sarebbe accontentata di una qualunque scusa. Perciò, decisero di dirle che Marvin era innamorato di un'altra donna.

Eulogio era preoccupato di restare fedele a Marvin, Fernando si chiedeva come evitare di fare del male a Catalina.

Quando tornarono nella loro stanza, Adela dormiva tra le braccia della madre, che la guardava con aria preoccupata. «Sembra faccia fatica a respirare», disse, senza rivolgersi a nessuno dei due in particolare.

«Ma no, sembrava che stesse meglio...» rispose Eulogio.

«È stata molto agitata tutto il pomeriggio», spiegò Fernando.

Adela aprì gli occhi mentre il suo respiro si faceva più faticoso. Sembrava mancarle l'aria.

«Dobbiamo chiamare un medico.» Catalina abbracciava la figlia in preda all'angoscia.

Eulogio uscì in cerca di Dimitra, che trovò nella sala da pranzo, intenta a sparecchiare i resti della cena. Le spiegò che Adela non stava bene e la donna, nervosa, gli chiese di aspettare mentre chiamava la signora.

Accompagnata da Dimitra, Ylena accorse nella stanza dei suoi nuovi ospiti. Non dovette fare domande per rendersi conto della situazione. «La porteremo subito a casa del dottor Naseef. Andiamo, bisogna fare in fretta. Chiederemo a monsieur Baudin che ci porti con la sua macchina», decise Ylena.

Monsieur Baudin aprì la porta della sua stanza avvolto nella vestaglia, ma accettò subito la richiesta di Ylena.

La casa del dottor Naseef si trovava vicino alla chiesa di San Marco.

Adela tremava, sembrava sul punto di soffocare. Catalina mormorava le sue preghiere abbracciata alla figlia. «Faccia in fretta», ordinò Ylena a monsieur Baudin, che era alla guida.

Baudin infilò boulevaard Ramleh e da lì cercò rue Debbane per sbucare in rue de L'Englise Copte, dove si trovava la cattedrale del Patriarcato ortodosso copto. Pochi metri dopo, fermò la macchina e tutti scesero al seguito di Ylena, che camminava veloce verso la casa del medico.

Una donna anziana dalla pelle scura e lo sguardo curioso aprì loro la porta. Quando vide Ylena sorrise e li invitò a entrare mentre lei le spiegava l'urgenza.

Il dottor Naseef accorse immediatamente ed esaminò la bambina con aria preoccupata. Adela tremava ed emetteva piccoli gemiti.

«Ha la polmonite», diagnosticò il medico.

«La polmonite? Ma come è possibile?» chiese Fernando, angosciato dalla sua diagnosi.

«Bisogna portarla in ospedale. Subito», rispose il medico.

Non ci misero molto perché l'Ospedale del Governo era praticamente accanto, appena dopo il consolato britannico.

Seguirono il dottor Naseef lungo un corridoio, sino a una sala dove chiese agli altri di attendere, mentre Ylena e Catalina andavano con lui.

Fernando ed Eulogio non si sedettero nemmeno. Continuavano a percorrere la sala da una parte all'altra, preoccupati. Monsieur Baudin tirò fuori un pacchetto di sigarette e gliene offrì una sperando che li aiutasse a calmarsi.

Passò un'ora prima che Ylena tornasse nella sala, visibilmente alterata. «La bambina sta malissimo... i medici non credono che riuscirà a sopravvivere. È così piccola... e il fatto che sia settimina non aiuta.»

Ylena aprì la borsa e tirò fuori anche lei un pacchetto di sigarette.

«E Catalina?» chiese Fernando.

«Rimarrà con la bambina, invece noi qui non ci facciamo niente», rispose Ylena.

«Io sto qui, non posso lasciarla sola», affermò Fernando.

«Non credo che le permetteranno di stare con loro. Il dottor Naseef ha detto che qui ci può restare solo Catalina. È comprensibile, ci sono altri bambini malati, e con loro ci sono solo le madri. Ci porterà a casa, vero monsieur Baudin? La cosa più sensata è aspettare che arrivi domani.»

«Ma, e se succedesse qualcosa ad Adela...? No, non possiamo lasciare sola Catalina.»

«Faccia come vuole, per me può anche trascorrere in questa sala il resto della notte», rispose Ylena contrariata.

«È proprio quello che farò.»

«Allora vado a dire a Catalina che lei sta qui mentre noi torneremo a casa.»

«Anch'io resto qui», intervenne Eulogio.

Ylena scrollò le spalle. Capiva che i due spagnoli volessero trattenersi, ma lei e monsieur Baudin non avevano più niente da fare lì.

Fernando ed Eulogio si sedettero sulla panchina della sala d'attesa e lì rimasero, in silenzio, ognuno immerso nei propri pensieri. Non avevano parole da sprecare. Non restava che attendere. All'alba furono vinti dal sonno.

Si svegliarono di soprassalto quando una donna accompagnata da un bambino entrò nella sala. Li salutò chinando il capo. Solo un minuto dopo entrarono due donne con tre bambini. E continuò ad arrivare gente finché la sala non si riempì.

«Dovremmo andare a chiedere notizie», propose Eulogio.

Cercarono un'infermiera, alla quale spiegarono perché erano lì e che avevano bisogno di parlare con il dottor Naseef. L'infermiera indicò loro dove potevano trovarlo.

Il medico mostrava chiari segnali della notte insonne. Non si perse in sottigliezze e spiegò loro che, anche se Adela era sopravvissuta a quella notte, non aveva molte speranze di sopravvivere alla polmonite. Riassunse la situazione della piccola, rimproverandoli perché avevano permesso a Catalina di salire su una nave anche se era incinta, per poi affrontare una traversata dell'Atlantico in pieno inverno; era questo ad aver determinato il parto prematuro. Adela non aveva forze a sufficienza per vivere e Catalina, benché si rifiutasse, doveva accettare di sottoporsi a una visita perché durante la notte era svenuta.

Entrambi lo pregarono di permettere loro di vedere Catalina e la bambina; sulle prime il medico respinse la richiesta, poi finì per cedere.

Vedere Adela con un ago infilato nel braccino, grazie al quale le iniettavano i farmaci con cui cercavano di salvarle la vita, li impressionò. Catalina accarezzava il braccio della figlia e le lisciava la testolina, parlandole a bassa voce. Solo dopo un po' si rese conto della loro presenza. «Il dottor Naseef crede che Adela morirà», annunciò loro con il volto scomposto dall'angoscia.

Non seppero che cosa risponderle e si limitarono a guardarla in silenzio.

«Ma si sbaglia. Adela vuole vivere e vivrà. Vivremo entrambe», affermò.

Fernando ed Eulogio si guardarono preoccupati; negli occhi di Catalina c'era un'ombra di follia. «Dovete dire a Marvin di venire qui. Deve sapere che cosa sta succedendo a sua figlia. Lei ha bisogno di lui. Sono certa che Adela starà meglio non appena accanto a lei ci sarà anche suo padre. Perciò, andate a cercarlo.» Il suo tono minaccioso non ammetteva repliche.

Uscirono dall'ospedale confusi sul da farsi. Non sapevano se Marvin fosse disposto ad andare in ospedale. E se lo avesse fatto, ignoravano come avrebbe reagito Catalina.

Camminarono senza sapere con precisione come arrivare a casa di Ylena. Fernando chiese indicazioni, un uomo consigliò loro di prendere il tram. Comprarono il biglietto con i soldi che Marvin aveva dato a Eulogio.

Erano così abbattuti che si dimenticarono persino di informare Ylena delle condizioni in cui avevano lasciato Catalina e Adela. Fu Dimitra a cercarli, informandoli che la signora Kokkalis li aspettava nella sala da pranzo.

Ylena stava parlando con gli altri due ospiti, che si interessarono immediatamente delle ultime notizie.

Dopo aver condiviso una tazza di tè, Ylena raccomandò loro di dormire un po'. Ci sarebbe andata lei, in ospedale, a fare compagnia a Catalina.

Monsieur Baudin si offrì di portarla in macchina affermando che faceva più o meno lo stesso tragitto per raggiungere il suo ufficio.

Eulogio e Fernando decisero di accettare il consiglio di Adela. Erano esausti e con la mente offuscata, non erano in grado di prendere alcuna decisione.

Dimitra li svegliò dopo un paio d'ore con dei colpi secchi alla porta, intimando loro di alzarsi perché lei doveva fare le pulizie. Obbedirono. Per giunta erano affamati.

Ylena era già rientrata dall'ospedale e non poté aggiungere nulla sullo stato di Adela, che continuava a essere critico; inoltre, i medici che avevano visitato Catalina avevano concluso che soffrisse di anemia. Cercò di incoraggiarli assicurando loro che il dottor Naseef era un bravo medico, uno che sapeva quello che faceva; se c'era una persona in grado di salvare Adela, era lui.

Fernando volle tornare in ospedale, dove Catalina insistette perché portassero lì Marvin. Gli amici abbassarono la testa.

Nel pomeriggio, Eulogio ricordò a Fernando che dovevano incontrare Marvin nella libreria del signor Wilson. Gli avrebbero raccontato quanto era successo sperando che gli venisse in mente una qualche soluzione.

Al loro arrivo, Sara stava seguendo dei clienti. Marvin e gli altri invitati alla serata letteraria non erano ancora arrivati. Innervosito dall'attesa, Eulogio preferì uscire a farsi una passeggiata e fumare una sigaretta; Fernando invece rimase a curiosare tra i libri.

Era immerso in alcune vecchie edizioni che prendeva in mano con la massima cura, come se temesse di danneggiare quelle pagine traboccanti di storia e di poesia.

Non si accorse che un uomo lo stava osservando da un pezzo e, quando se lo trovò davanti, sobbalzò.

«Le piace la poesia?» chiese lo sconosciuto.

«Sì... Mi piacciono i libri, tutti i libri, non solo quelli di poesia. Questi esemplari qui sono straordinari. A mio padre sarebbe piaciuto anche solo vederli...»

«Suo padre?»

«Mio padre era un editore... e traduceva libri dall'inglese, si occupava delle edizioni dei classici della letteratura inglese.»

«E lei ha ereditato la sua stessa passione...» commentò l'uomo.

«Sì, sono cresciuto circondato dai libri.»

«Scrive?» volle sapere il suo interlocutore.

«Oh, no! Non ho alcun talento per la scrittura, ma ne ho a sufficienza per sapere se qualcosa merita di essere letto. L'ho imparato da mio padre.»

«E lei di cosa si occupa?»

«Prima della guerra studiavo letteratura, volevo fare l'editore.»

«A quale guerra si riferisce...?»

«A quella di Spagna. Sono spagnolo.»

«Bene… parla un ottimo inglese.»

«È stato mio padre a insegnarmelo. Diceva che ero portato per le lingue, proprio come lui.»

«Ne parla altre, oltre all'inglese?»

«Un po' di francese… e a scuola mi venivano facili anche il latino e il greco classico.»

«E adesso di cosa si occupa?»

Fernando alzò le spalle mentre fissava lo sconosciuto con il quale stava parlando da diverso tempo, con eccessiva confidenza per non sapere chi fosse.

L'uomo era alto, con i capelli chiari, molti ormai bianchi, profondi occhi grigi e un portamento elegante che trasmetteva sicurezza.

«La guerra ha rovinato tutto. Da allora non ho fatto niente che valesse la pena. Non ho potuto continuare gli studi.»

«Già, mi dispiace… Ma non credo di essermi presentato. Sono Benjamin Wilson.» E gli porse la mano, stringendo forte quella di Fernando.

In quel momento Sara si avvicinò ai due, scambiando un sorriso con suo marito. «Vi siete già conosciuti… Fernando Garzo è amico del nostro carissimo Marvin, e anche di Eulogio Jiménez, che è appena uscito a fare una passeggiata in attesa che arrivino gli altri.»

Sara propose loro di bere un caffè o un tè mentre riceveva gli invitati che cominciavano ad arrivare, e li lasciò da soli.

«Che cosa l'ha portata sino ad Alessandria?» chiese il signor Wilson.

«Ho lasciato la Spagna perché… ecco, perché non ho avuto altra scelta. Appartengo a chi ha perso la guerra. Mio padre è stato fucilato. E il figlio di un repubblicano difficilmente ha un futuro. Quanto alla ragione per cui siamo venuti ad Alessandria… è un posto come un altro. Non c'è un solo posto sicuro in Europa da quando i tedeschi hanno iniziato questa guerra. Il mio amico Eulogio vuole andare in America e probabilmente Marvin ci aiuterà a raggiungerla. Ma visto che anche l'America è entrata in guerra, non saprei dire che cosa ne sarà di noi. Con noi c'è anche una cara amica e la sua figlioletta, ci conosciamo sin da bambini…»

Fernando si passò la mano sul volto, come se cercasse di mettere a freno la lingua e in ordine i pensieri. Perché parlava con tanta familiarità con uno sconosciuto? Non sapeva praticamente niente del signor Wilson, eppure era lì con lui, a raccontargli tutta la sua vita.

La porta della libreria si aprì ed entrarono Marvin e Farida. Benjamin Wilson si diresse verso di loro, ricevendoli con grande affetto.

Fernando era stupefatto dalla facilità con la quale il signor Wilson passava da una lingua all'altra. Con lui aveva parlato in inglese, con Sara in francese e adesso stava parlando in arabo con la donna che accompagnava Marvin, e che doveva essere senz'altro Farida, data la descrizione che di lei aveva fatto Eulogio.

Marvin strinse la mano a Fernando e gli presentò la sua accompagnatrice. In quel momento ritornò Eulogio, che si unì alla loro conversazione. Cominciarono ad arrivare altri invitati. Akim, l'impiegato dei Wilson, aveva disposto sedie e tavolini bassi.

Fernando ed Eulogio spiegarono a Marvin quanto era successo nella notte appena trascorsa e gli spiegarono che Catalina insisteva perché portassero Marvin nell'ospedale in cui si trovava, convinta che in quel modo la figlia si sarebbe salvata.

«Per Dio, quest'incubo deve finire! Pensavo di trattenermi qui un altro mese ma, se Farida è d'accordo, ce ne andremo non appena troveremo una nave diretta in America!» esclamò Marvin, infastidito da quanto gli era stato riferito.

«Ti ho già detto che quella ragazza ti seguirà ovunque tu vada», gli ricordò Farida.

«E se parlassi con lei? Se le dicessi...» Ma davanti allo sguardo di Marvin, Eulogio tacque.

«Proprio tu vieni a dirmi che devo parlare con Catalina! Non ti capisco, Eulogio. Come puoi anche solo pensarlo?» gli rimproverò l'americano.

«Mi dispiace, hai ragione. Il punto è che... Catalina ci farà impazzire e... be', qualcosa dovremo pur dirle.»

«La verità è sempre la strada più breve», sentenziò Farida, sostenendo lo sguardo di Marvin.

Lui non riuscì a reggere l'intensità che gli occhi di Farida sprigionavano. Sul volto scomposto si disegnò una smorfia di dolore.

Rimasero in silenzio, come in attesa. Fernando fu il primo a prendere la parola: «Devi capire che non è facile, visto quello che sta capitando a Catalina. Sua figlia sta morendo».

«Mi fate sentire un miserabile», li rimproverò Marvin.

Farida gli prese la mano e la strinse tra le proprie. L'americano sentì una riconfortante ondata di calore. Lei gli faceva sentire che non era solo e che poteva contare sul suo appoggio, qualunque cosa avesse deciso. Questo lo tranquillizzò. «Non ho voglia di dare spiegazioni a Catalina, non ho ragione di farlo. Non assumerò la paternità di sua figlia. Lei ha preso le sue decisioni e io le mie. Perciò, risolvete il problema come meglio potete.» La voce di Marvin aveva recuperato la sua integrità.

«È cieca, ma un giorno vedrà la luce», sentenziò Farida.

Sara con un cenno li invitò ad accomodarsi. Fernando rimase piacevolmente meravigliato dalle discussioni che nascevano tra i presenti, che riguardassero la poesia, la storia o la guerra che stava mettendo l'uno contro l'altro tedeschi e britannici, non solo in Europa ma anche nella vicina Libia.

Un ragazzo lesse delle poesie, alcuni dei presenti le lodarono, altri le criticarono con ironia. E con grande sorpresa di Fernando, Farida prese la parola per buona parte della serata dibattendo con un altro invitato che sosteneva come lo gnosticismo fosse molto caro agli antichi alessandrini. «Non sono d'accordo, era troppo complesso perché la gente comune lo adottasse. Inoltre, a nessuno piace ammettere che l'umanità è il risultato di un errore. E ancora meno che il soffio della vita è stato il risultato della decisione del demiurgo. Un Dio minore avrebbe potuto creare l'umanità?»

Dopo la discussione sullo gnosticismo, passarono all'ortodossia primitiva, Filone... Clemente, le origini...

«Continuiamo a discutere sull'essenza di Dio come si faceva mille anni fa. Farida è unica. È capace di smontare qualunque filosofia che non sia basata sulla più rigorosa razionalità», sussurrò Sara nell'orecchio di Fernando.

Era scesa la notte e gli amici dei Wilson si sarebbero lasciati sorprendere dall'alba se non avessero sentito dei colpi secchi e insistenti sulla porta. Fu Akim ad aprire. Nel locale irruppe un uomo agitatissimo, che intercettò il signor Wilson con lo sguardo.

Quest'ultimo si alzò e fece un cenno a Sara mentre lui raggiungeva una porta situata in fondo alla libreria, seguito dall'uomo che era appena arrivato.

La conversazione rimase vivace per qualche altro minuto, poi fu Farida stessa a suggerire che era troppo tardi per continuare.

Marvin insistette perché Fernando ed Eulogio cenassero con loro, così potevano parlare in tutta tranquillità.

«È troppo tardi. Voglio andare in ospedale a trovare Catalina, non sappiamo come si siano evolute le cose», si scusò Fernando, che si sentiva in colpa per essersi goduto la serata.

Eulogio invece accettò, nella speranza che Marvin potesse risolvere i suoi problemi. Continuava a chiedersi che ne sarebbe stato di loro in quella città, se fossero stati abbandonati alla loro sorte.

Alessandria era una sorpresa, un crogiolo di genti diverse, una moderna Babele che viaggiava a un ritmo per lui incomprensibile. Perciò, convinse Fernando a cenare con Marvin e Farida; più tardi lui stesso lo avrebbe accompagnato in ospedale.

Farida guidava con mano sicura. La pioggia sembrava aver svuotato le strade. Raggiunsero un ristorante sul lungomare. Si concessero un po' di tranquillità mentre ordinavano i piatti.

Marvin chiese loro che cosa intendessero fare, se pensavano di restare ad Alessandria o di imbarcarsi per l'America.

Eulogio non aveva dubbi, voleva andare in America. Era andato ad Alessandria unicamente per rivedere lui, Marvin. Quella città gli appariva estremamente misteriosa.

Quanto a Fernando, spiegò che il suo destino era legato a quello di Catalina; non l'avrebbe mai abbandonata, men che meno con Adela in quelle condizioni. Perciò, sarebbe stata Catalina a decidere se dovevano rimanere lì o andare altrove. Lui l'avrebbe accompagnata dappertutto, ma non in Spagna, se mai avesse scelto di farvi ritorno.

Farida e Marvin li ascoltarono in silenzio mentre soppesavano ogni singolo gesto e ogni parola dei due amici. «Noi andremo in America, ma ci tratterremo ancora qualche tempo ad Alessandria. Sto finendo di scrivere un libro che Benjamin Wilson mi pubblicherà. Ci sto lavorando da due anni», raccontò loro Farida.

«Io ho ripreso a scrivere. Pensavo che non sarei più stato capace di scrivere una poesia, ma grazie a Farida è successo di nuovo. Sara ha letto la prima versione del mio manoscritto e vuole pubblicarlo quanto prima. Per me è stato un sollievo superare il suo sguardo critico», aggiunse Marvin.

«Ma allora, quando ve ne andrete?» volle sapere Fernando.

«Se Catalina non fosse qui, ci tratterremmo ancora a lungo, soprattutto per capire che cosa succederà con l'ingresso degli Stati Uniti in guerra. Catalina però comincia a diventare un problema.» Lo sguardo di Marvin si alterò.

«Che potresti risolvere se ti decidessi ad affrontarla. Che ti piaccia o no, hai una responsabilità nei confronti della bambina», concluse Fernando, inacidito.

Marvin lo guardò sconcertato. Farida gli accarezzò il braccio. «Fernando, io non metto in discussione le tue decisioni, nemmeno la ragione per cui sei qui, e ti chiedo lo stesso rispetto nei miei confronti. Non ho ragione di affrontarla, non le devo niente e lei non deve niente a me», rispose l'americano.

«Quello che è successo alla Pradera de San Isidro...»

Ma Fernando non riuscì a continuare perché Marvin lo interruppe furioso. «Non è affar mio se ha deciso di mettere al mondo una figlia. È stata una sua scelta! Non sarò io a pagarne le conseguenze! Ti sei dimenticato che la conosco appena... Catalina è amica vostra, non mia; per me è solo una ragazzina capricciosa che non sa quello che vuole, meglio starci attenti e non lasciarsi avvolgere nelle reti delle sue fantasie.»

«Non parlare così di lei!» Fernando si alzò in piedi, sfidando Marvin.

Fu Farida a riportare la calma chiedendo loro di riflettere invece che affrontare una discussione che non li avrebbe portati a niente. «L'amore generoso che senti nei confronti di Catalina ti fa onore. La vita è così... Tu, Fernando, hai deciso di unire la tua sorte a quella di una donna che non potrà mai amarti perché sta inseguendo un sogno, e i sogni sono frutto della nostra immaginazione, perciò possiamo adornarli come desideriamo, stirarli all'infinito, perseguirli in eterno. Quanto a Marvin... ha tutto il diritto di non lasciarsi coinvolgere nei sogni di Catalina. È una sua scelta.»

«Allora, che cosa possiamo fare?» domandò Eulogio, preoccupato dalla deriva che stava prendendo la conversazione.

«Te l'ho già detto, puoi venire a New York con noi, sono sicuro che mio padre ti darà lavoro. Noi, nonostante la presenza di Catalina, ci tratterremo ad Alessandria ancora un po'; so che non sarà facile schivarla e per questo conto su di voi. Io vi aiuterò, non permetterò che vi troviate in difficoltà. Farida ha parlato con Ylena Kokkalis per dirle di non preoccuparsi delle spese relative al vostro soggiorno nella sua casa. È il minimo che io possa fare in questa situazione», affermò Marvin.

«Non sei tenuto a farlo», gli rispose Fernando infuriato.

«Ti sbagli, lo sono eccome. Nessuno è stato più generoso di Eulogio nei miei confronti. Se in Spagna sono sopravvissuto, è stato grazie a lui. Mi ha portato via dal fronte sulle sue braccia; era ferito eppure è stato capace di portarmi via, di trascinarmi fuori dalla linea di fuoco. Dopo, lui e sua madre mi hanno accolto a casa loro, condividendo tutto ciò che avevano.»

«Non mi devi niente, amico», sussurrò Eulogio.

«Ti devo la vita. E quanto farò non sarà mai sufficiente a ripagare il mio debito nei tuoi confronti.»

Rimasero in silenzio, come se non ci fosse più niente da aggiungere, poi fu di nuovo Marvin a prendere la parola: «Oggi ho pranzato con i Wilson. Sara è molto generosa, come lo è suo padre, monsieur Rosent. Quanto a Benjamin, cerca sempre di accontentare sua moglie. Ho spiegato loro la vostra situazione per avere consigli e un aiuto concreto».

«E in che modo possono aiutarci?» chiese Eulogio impaziente.

«In realtà ancora non lo so. Ho suggerito a Benjamin che Fernando potrebbe aiutarlo nella redazione dei libri, visto che ha una certa esperienza e conosce molto bene l'inglese... Quanto a te, Eulogio, Farida conosce un uomo, un architetto, che ha un'impresa di costruzioni. Ecco, quest'uomo potrebbe assumerti per un po'», proseguì Marvin.

«Assumermi per fare cosa? Non parlo una parola di arabo.» La voce di Eulogio era carica di amarezza.

«Il mio amico è un uomo di una certa età e ha avuto un incidente in un cantiere; adesso ha bisogno di qualcuno che lo porti da una parte all'altra, una specie di segretario. Quello che aveva si è ammalato e, finché non guarirà, il mio amico ha bisogno di un sostituto», intervenne Farida.

«Non capisco come potrei essergli utile, dovremmo capirci a gesti», insistete Eulogio.

«Siamo ad Alessandria, non dimenticarlo, e abbiamo in dono la conoscenza delle lingue», rispose Farida con un sorriso. «Per farti stare più tranquillo, aggiungerò che Sudi è francese per metà, lo era sua madre. Lui ha viaggiato per la Spagna sulle tracce dell'architettura musulmana e per di più ha vissuto parecchio tempo a Granada. Perciò, potrete comunicare sia in francese sia in spagnolo, non avrai problemi di sorta. Quanto all'arabo... se vuoi puoi cominciare a studiarlo qui, è una tua scelta.» Farida lo guardò in attesa di una risposta.

«A me piacerebbe andarmene subito in America», affermò Eulogio.

«Allora cercheremo una nave che ti ci porti», rispose Marvin.

«Non posso ancora andarmene... non finché la figlia di Catalina rischia la vita, e non prima che Fernando decida che cosa vuole fare. Perciò, accetterò quel lavoro, vediamo se sono in grado di farlo.»

«E tu, Fernando? Ti sembra una buona idea quella di lavorare per i Wilson?» volle sapere Marvin.

«Spero di poter essere di aiuto... Adesso capisco il perché di tutte quelle domande da parte del signor Wilson...» commentò Fernando.

«Benjamin fa sempre mille domande. Ma non ti deve stupire, è l'uomo meglio informato di Alessandria. Qualunque cosa succeda qui, lui ne ha immediata notizia», gli spiegò Farida.

Erano all'incirca le dieci quando finirono di cenare. Farida aveva insistito per accompagnarli in ospedale, ma rifiutarono la sua offerta. Fernando aveva bisogno di camminare e di pensare. Eulogio lo assecondò.

Per un bel tratto, quasi non dissero una parola.

Fu Eulogio a rompere il silenzio: «Che ne dici dei lavori che ci hanno proposto?»

«Dico che c'è da essergliene grati, non è facile trovare lavoro per due spagnoli appena arrivati e privi di qualunque titolo. In più, abbiamo bisogno di soldi, non possiamo dipendere da loro. È vero che a te Marvin deve molto, ma a me e a Catalina non deve un bel niente, perciò entrambi si stanno mostrando molto generosi nei nostri confronti. Quello che non riesco a capire è perché Marvin declini qualunque responsabilità...»

«Catalina insisterà per vederlo», disse Eulogio, preoccupato.

«Sì, la conosci bene, non accetta che le si dica di no. E poi c'è Adela. Vuole un padre per sua figlia.»

«Sì, però... Ecco, non sarà Marvin quel padre, lo hai sentito anche tu; si rifiuta persino di parlarci, con Catalina.»

«Non lo giudico, Eulogio. Ognuno ha le proprie ragioni. Catalina non significa niente per lui, ma quella povera bambina... E poi, Catalina non si arrenderà, insisterà nel volerlo incontrare», affermò Fernando.

Dovettero chiedere un paio di volte dove si trovasse l'ospedale prima di riuscire ad arrivarci.

Salirono le scale ansiosi di vedere Catalina, ma temendo il peggio. Arrivati nella stanza in cui si trovava la bambina, sentirono una voce forte e chiara che riconobbero immediatamente, con enorme sorpresa. Era il capitano Pereira.

Catalina era seduta su una sedia con la figlia in braccio. La stava allattando, anche se la piccola sembrava addormentata. Pereira le guardava entrambe con aria preoccupata. Si strinsero la mano con affetto, poi lei li aggiornò sulla situazione. Adela non demordeva, era sempre più debole, ma Catalina era convinta che sarebbe sopravvissuta. Il Portoghese annuiva come se anche lui ritenesse che non poteva essere altrimenti.

«E Marvin? Quando verrà?» La voce della ragazza tradiva una sfumatura di isteria.

«Non verrà.» Eulogio lo disse con tale risolutezza che Catalina sobbalzò.

«Come non verrà? È impossibile! Gli avete detto che sua figlia è già nata?»

«È fidanzato con un'altra donna, non vuole sapere niente di te.»
Catalina guardò Eulogio dritto negli occhi, incapace di credere alle sue parole. Faticava a capire quello che l'amico le aveva appena detto.
Il capitano Pereira tossicchiò, a disagio.
«Non ti credo», affermò Catalina.
«Be', è così», insistette Eulogio.
«Dimmelo tu, Fernando», disse lei.
«Marvin non verrà. Eulogio ti ha detto la verità, vive con una donna.»
«Vive con una donna? Ma dove? Andrò a parlare con lui. Lei non potrà impedirgli di conoscere Adela e decidere di conseguenza.»
«È impossibile… non vuole vederti; inoltre non pensano di restare ad Alessandria. Hanno intenzione di andare via nei prossimi giorni.» Fernando parlava a bassa voce, come se le parole faticassero a uscire per non ferirla.
Rimasero in silenzio. Sul volto di Catalina cominciò a disegnarsi una maschera di amarezza. In quel momento, parve arrendersi.
Adela cominciò a lamentarsi e lei le accarezzò il visino. «Sapete che Ylena è riuscita a ottenere che l'ospedale ci conceda questa stanza solo per noi due? Qui Adela è tranquilla e non siamo circondate dal pianto di altri bambini o dalle conversazioni delle loro madri.» Poi cominciò a cantare e a cullare la bambina con eccessivo vigore, come se di colpo avesse perso il senno.
I tre uomini si guardarono preoccupati. Pereira uscì dalla stanza per cercare un'infermiera.
Catalina fece una smorfia quando vide entrare la donna, e abbracciò con forza sua figlia.
«Devo visitare la bambina», disse l'infermiera mentre la prendeva dalle braccia della mamma per metterla nella culla.
«Sta meglio con me.» Catalina non voleva dargliela.
«Devo solo visitarla… verificare che non le sia salita la febbre... Continua a respirare con difficoltà. Avviserò il dottor Naseef, oggi è di guardia.»
L'infermiera mise il termometro ad Adela e afferrò il suo minuscolo braccio per prenderle il polso, poi uscì dalla stanza.
Catalina continuò a cullare la bambina, preoccupata dal calore intenso del suo corpicino malato. «Cercherò Marvin, vi giuro che lo troverò. So che si occuperà di Adela e di me. Non potrà rifiutarsi quando mi vedrà», insistette.
Non la contraddissero. Nemmeno il capitano. Si limitarono a guardarsi.
Il dottor Naseef entrò nella stanza senza nascondere la sua irritazione. «Questo non è orario di visite. Dovete rispettare le regole, come fanno tutti gli altri. Perciò, andatevene.»
Ciò detto, cominciò a visitare la bambina; sul suo volto si rifletteva tutta la sua preoccupazione.
Fernando, Eulogio e il capitano aspettarono che il medico uscisse dalla stanza. Non avevano intenzione di andarsene senza conoscere le condizioni di Adela.

Il medico uscì in corridoio e si bloccò di colpo quando li vide. «È un miracolo che abbia resistito così tanto, ma non credo che supererà la notte. La febbre è salita, praticamente non respira. Adesso un'infermiera le farà un'iniezione... In verità, la bambina è nelle mani di Dio.»

«Lei è un medico, non un sacerdote, perciò non affidi alle mani di Dio quello che spetta a lei.» Le parole di Fernando erano piene di rabbia.

Il capitano Pereira gli strinse il braccio, quasi volesse invitarlo a moderare i toni. Capiva la sua disperazione, ma scontrandosi con il medico non avrebbe risolto niente.

«Da molti anni combatto contro la malattia e purtroppo ho perso molte battaglie. Ma le assicuro che alcune volte, nel bel mezzo di combattimenti che sembravano impossibili, di colpo è avvenuto un miracolo. Mi è indifferente che lei ci creda o meno. Sarebbe bello, però, se con questa bambina Dio decidesse di fare un miracolo.»

E se ne andò, lasciando i tre uomini a riflettere sulle sue parole.

«Ylena ha detto che il dottor Naseef e copto ed è molto religioso», commentò Eulogio.

«Quella di Dio è una questione personale», rispose Pereira. «C'è chi ne avverte la presenza... Io però nel corso della mia vita ho avvertito solo la sua assenza... In ogni caso, al dottor Naseef non possiamo rimproverare nulla. Lo conosco, è un bravo medico e anche un brav'uomo. Adela non poteva essere in mani migliori. Se lui non riesce a salvarla, nessun altro lo potrà fare.»

Uscirono dall'ospedale. Fernando ed Eulogio sfiniti dopo una giornata così intensa; Pereira oppresso dalla consapevolezza che Adela stava combattendo contro la morte.

Quella notte nessuno dei tre dormì sonni tranquilli. Il capitano continuava a pensare al giorno non troppo lontano in cui aveva aiutato Doc durante il parto di Adela, e a quello che aveva sentito quando l'aveva presa tra le braccia, inerte, come se fosse morta.

L'indomani, Fernando si alzò presto e tornò in ospedale. Trovò Catalina addormentata accanto alla culla. Si avvicinò adagio, guardò Adela e notò quanto fosse cambiata. Il volto di Catalina era teso, piccole rughe sofferte le si affollavano intorno alle labbra. Lei dovette accorgersi della sua presenza perché aprì gli occhi e, preoccupata, si piegò sulla bambina per verificare che stesse respirando. Sospirò sollevata. «Mi sa che mi sono addormentata», si scusò.

«Non mi stupisce, devi essere stanchissima. Ho una proposta: stanotte vorrei che mi permettessi di farti compagnia, così io mi occupo di Adela mentre tu riposi.»

«E credi che riuscirei a dormire mentre mia figlia lotta per la vita?»

«Almeno non saresti sola, ci sarei anche io con lei.»

«Però tu non sei suo padre, una bambina malata deve stare con i suoi genitori, sono loro che sanno meglio di chiunque altro di che cosa ha bisogno. Se Marvin venisse... Ma non la lascerei sola nemmeno se ci fosse lui.»

Fernando avvertì una fitta nello stomaco davanti a quelle parole. Ma preferì tacere.

L'infermiera entrò nella camera con passo discreto e si stupì di trovare Fernando a quell'ora; era molto presto. Si avvicinò alla bambina e le mise il termometro. Poi passò un asciugamano caldo sul suo corpicino malato. «La febbre è scesa un po'... questo è un buon segno.»

«Continua a vomitare... rifiuta il latte.»

«Il dottore le ha spiegato che non bisogna forzarla. È meglio darle acqua con zucchero e del siero.»

«È così debole…»

«Non deve disperare… Adela ha moltissima voglia di vivere... Non ho mai visto una settimina in grado di sopravvivere a una polmonite, lo vede anche lei, non ha nessuna intenzione di smettere di lottare», la consolò l'infermiera.

«Verrà il dottore?»

«Non è ancora arrivato, ma passerà di sicuro, può starne certa. Prima di lui passerà il medico di guardia.»

Rimasti soli, Catalina rivolse un sorriso a Fernando e gli prese la mano, stringendola a sé con affetto; poi gli si avvicinò e lo abbracciò. Si lasciò avvolgere dalle braccia di Fernando e ne avvertì tutta la forza. «Non so che cosa farei senza di te», gli disse, e lo baciò sulla guancia.

«Non hai bisogno di me, Catalina, sei fortissima, più di quanto tu stessa non immagini.»

«Non lo sono affatto, se tu solo sapessi... Ma non posso arrendermi perché c'è Adela. Dimmi, c'è qualche novità? È vero che Marvin sta per andarsene, come mi avete detto ieri sera?»

«Marvin se ne andrà con la donna con la quale convive, proprio come ti abbiamo detto.»

«Tornerà?»

«Non lo so.»

«Dove andranno?»

«Non so nemmeno questo... probabilmente nel suo Paese. Sai che l'America è entrata in guerra.»

«Maledette guerre! Spero non sia così folle da arruolarsi nell'esercito per andare a combattere.»

«Chi lo sa...»

«E quella donna, chi è?»

«Farida? È una filosofa molto apprezzata qui ad Alessandria. Scrive libri.»

«Ah, sì…? Una filosofa… E la ama?»

«Sì… ma come faccio a rispondere a questa domanda?»

«A chi altri posso farla, se non a te? Fernando, sei sicuro che se ne andranno?»

«Così ci hanno detto.»

«Allora, che cosa faremo?»

«Per adesso, bisogna lavorare. Abbiamo bisogno di soldi. Quando avrò messo via il necessario, se vuoi, ti comprerò un biglietto e potrai tornare in Spagna; magari tuo padre si ammorbidirà non appena conoscerà Adela.»

«E tu, pensi di tornare?»

«Non posso, Catalina, lo sai. Ho ucciso quei due uomini. Magari mi stanno cercando... io non tornerò più.»

«Pensi di restare ad Alessandria?»

«Non lo so... o meglio, so che sarò al tuo fianco e verrò con te ovunque vorrai andare, meno che in Spagna. Per adesso però non abbiamo altra soluzione se non restare ad Alessandria. È stato un azzardo venire sino qui, ma sarebbe ancora più azzardato andarcene adesso che Adela è malata. E poi, la guerra si sta estendendo dappertutto.»

«Hai detto che lavorerai...»

«Sì, il signor Wilson mi assumerà nella sua casa editrice... così riusciremo a mantenerci. Ylena è generosissima, ma non possiamo vivere a casa sua in eterno senza pagare. Anche Eulogio ha trovato lavoro. Farà da assistente a un costruttore; è una persona malata e ha bisogno di qualcuno che lo porti in giro.»

«Perciò, anche Eulogio rimane qui.»

«È un lavoro provvisorio, così non resta senza far niente mentre trova il modo di andarsene. Come sai, ha intrapreso questo viaggio con l'idea di andare in America, e Marvin lo aiuterà.»

«Quanto è strana la vita... Siamo qui tutti e tre, in una città che ci è estranea, alla quale niente ci unisce e dove dovremo imparare a sopravvivere.»

«E ce la faremo.»

«Neanche io voglio tornare in Spagna. Appena Adela starà meglio, andrò a cercare Marvin e se avrà già lasciato Alessandria lo cercherò, ovunque si trovi. Troverò il modo di scoprirlo. E se dovrò andare sino in America, non esiterò.»

«Adesso però non pensarci.»

Sara stava passando il piumino sui libri quando entrò Fernando. Gli disse di andare nello studio del marito, al primo piano dell'edificio. Akim lo accompagnò. Nella libreria c'era una porta che dava su un corridoio e da lì, con grande sorpresa di Fernando, si raggiungeva la piccola casa editrice. C'erano due uomini al lavoro sullo stesso tavolo mentre un altro, più distante, sembrava assorto nella correzione di un manoscritto; in fondo, invece, c'era una parete con la parte superiore in vetro. Dietro quella parete c'era la tipografia. Il macchinario era moderno, non grande ma uno dei migliori sul mercato.

Tre uomini si muovevano indaffarati da una parte all'altra. Una scala situata in un angolo portava sino al primo piano, dove c'era lo studio di Benjamin Wilson.

In realtà era più di uno studio, perché disponeva di due sale, una d'attesa e l'altra per le riunioni. C'era anche una piccola cucina e nell'anticamera una donna di mezza età con i capelli castani raccolti in una crocchia scriveva a macchina.

La donna gli sorrise e si alzò in piedi, sorprendendo Fernando con una forte stretta di mano. «Sono Leyda Zabat, la segretaria del signor Wilson. La sta aspettando. Grazie, Akim, per averlo accompagnato», disse congedando il ragazzo.

Lo studio odorava di cera d'api e tabacco da pipa. I mobili in mogano erano senz'altro inglesi, come anche i quadri raffiguranti scene di caccia. Dietro il tavolo che fungeva da scrivania ne spiccava uno su tutti gli altri. Il ritratto di un uomo di una certa età, innegabilmente somigliante al signor Wilson. Fernando non poté evitare di guardarlo mentre si stringevano la mano.

«Mio nonno», disse Benjamin, guardando anche lui il quadro.

«Vi somigliate molto...»

«Ebbene sì... Ed è una cosa che mi riempie di orgoglio.»

Wilson lo invitò a sedersi mentre lo osservava, completando il giudizio che si era fatto su di lui. Riteneva che Fernando possedesse le qualità necessarie all'incarico che aveva in mente per lui; per contro, tuttavia, non aveva nessuna esperienza. «Il nostro comune amico Marvin le ha spiegato in che cosa consisterebbe il lavoro che dovrebbe fare se trovassimo un accordo?»

«Mi ha detto che dovrei fare l'assistente di redazione.»

«Ritiene di essere preparato per questo lavoro?»

Fernando esitò prima di rispondere: «Posso sicuramente provarci. Come le ho spiegato ieri, mio padre era un editore e ho visto il modo in cui lavorava. Le mentirei, però, se le dicessi che prima di oggi ho già lavorato in questo settore. Quando è finita la guerra ho trovato lavoro in una tipografia. Il proprietario era un conoscente di mio padre. In quella tipografia hanno stampato diversi libri da lui tradotti. Conosco il mestiere del tipografo e quello editoriale, ma non mi spingerei ad affermare di essere un editore.»

Wilson apprezzò la sincerità di Fernando; allo stesso tempo pensò che la sua integrità e la sua sincerità, persino eccessive, facessero di lui un uomo vulnerabile. Senza ombra di dubbio, il padre gli aveva inculcato dei valori che avevano messo radici nel suo animo per sempre. «Il nostro assistente di redazione si è appena sposato e andrà a vivere al Cairo, dove il padre di sua moglie è in affari. Perciò, il posto è vacante. La metterò in prova per un mese, poi deciderò se tenerla con noi. Ecco, le consiglio vivamente di cominciare a studiare l'arabo se pensa di vivere in questa città per qualche tempo. Alessandria è una babele, ma l'arabo è imprescindibile.»

«Lo farò, signor Wilson.»

Lo stipendio era ancora migliore di quanto si sarebbe aspettato, perciò Fernando accettò senza esitare.

Benjamin Wilson lo invitò a mettersi subito al lavoro agli ordini del caporedattore. Si chiamava Athanasios Vryzas ed era un uomo anziano, o così parve a Fernando. Era stato professore di letteratura e amava la poesia sopra ogni cosa. Da molti anni curava le edizioni di Wilson&Wilson ad Alessandria e aveva occhio per la scoperta di nuovi talenti. Poteva contare sulla fiducia di Benjamin Wilson, con il quale di tanto in tanto andava a Londra.

Vryzas accolse Fernando con cordialità e gli propose di partire subito con tre manoscritti che aspettavano solo di essere letti. Si trattava di tre libri di poesie. «Leggili con attenzione e poi consegnami una scheda di lettura su ognuno dei tre. Voglio una relazione sincera, non devi aver paura di dire quello che pensi. In questa casa siamo molto severi nel valutare la qualità.»

Arrivata la sera, Fernando aveva letto i manoscritti e redatto le tre schede che lasciò sul tavolo del signor Vryzas, il quale se n'era andato un po' prima. Rimase sorpreso dalla quantità di persone che visitavano la libreria; c'era chi curiosava tra i volumi, chi voleva convincere l'editore a leggere un originale, ma in molti andavano espressamente a incontrare il signor Wilson, che aveva trascorso l'intera giornata nel suo studio.

Quando uscì dalla Wilson&Wilson il suo stato d'animo era migliorato. Non fosse stato per la nostalgia che provava pensando a sua madre, avrebbe quasi potuto dirsi felice in quella città sorprendente.

Eulogio lo aspettava impaziente a casa della signora Kokkalis. Dimitra ricordò loro che la signora esigeva la puntualità e che li stava già aspettando nella sala da pranzo insieme al colonnello Saunders e a monsieur Baudin.

Lì, vennero a sapere che Ylena e Baudin erano andati a trovare Catalina e che la piccola Adela mostrava un leggero ma evidente miglioramento. Il dottor Naseef, tuttavia, non la riteneva fuori pericolo. Sottolinearono ciò perché nessuno si facesse false illusioni; in ogni caso la piccola era ancora viva per quanto la notte prima il dottore fosse convinto che non sarebbe riuscita a sopravvivere neanche un giorno in più.

Fernando ed Eulogio cenarono con appetito. I due amici avevano un gran desiderio di raccontarsi le novità del giorno e, tuttavia, dopo cena seguirono mister Saunders e monsieur Baudin nella biblioteca di casa, dove quasi tutte le sere fumavano un sigaro degustando un buon porto e, se ne avevano voglia, giocavano anche una partita a scacchi. Ylena abitualmente si tratteneva un po' con i suoi ospiti. Anche a lei piaceva fumare.

Mister Saunders stava illustrando il profilo del poderoso nemico che Erwin Rommel rappresentava per gli alleati. «Bisogna riconoscergli non solo l'ingegno ma anche il talento, creda a me, che ho dedicato la mia vita all'esercito», affermò il colonnello mentre aspirava il sigaro.

«Secondo lei Churchill ha azzeccato la scelta di sostituire il generale Archibald Wavell con il generale Claude Auchinleck?» chiese monsieur Baudin.

«Certo, caro amico. Chi li ha fermati a Tobruch? Fermare Rommel non è stato facile.»

«L'obiettivo di Rommel è l'Egitto», affermò Ylena.

«Stia tranquilla, non gli permetteremo di arrivare, Auchinleck sa quello che fa», replicò il colonnello Sanders.

«I tedeschi hanno molti amici nella corte, si dice persino che il re Faruk simpatizzi per Hitler», osservò monsieur Baudin.

«Non c'è Paese che ami vivere sotto l'ala di un'altra potenza, e i britannici da troppo tempo fanno e disfano a piacimento in Egitto», intervenne di nuovo Ylena.

«Preferirebbe forse l'ala della Germania a quella della Gran Bretagna?» chiese Saunders.

«Io sono alessandrina, ma anche greca. Non dimentichi che i greci arrivarono qui con Alessandro, colui che ha fondato Alessandria... Questa città ha visto passare molti eserciti che hanno cercato di conquistarla... Ma per rispondere alla sua domanda: non mi piacerebbe affatto che la Germania conquistasse l'Egitto. Tremo quando sento i discorsi del Führer alla radio... Quest'uomo sta portando la guerra in tutti gli angoli del mondo e trovo abominevoli le sue idee sulla superiorità della razza ariana. Ma questo lo sa già, altrimenti non alloggerebbe a casa mia.»

Risero mentre Ylena riempiva di nuovo i calici di vino.

«Evidentemente, dei tedeschi bisogna aver paura più che degli italiani...» commentò monsieur Baudin.

«Nessun nemico è piccolo, caro amico mio», affermò il colonnello Sanders. «Ho saputo che ieri, nella battaglia del golfo della Sirte, abbiamo perso l'incrociatore Neptune. Ma non è una notizia ufficiale, perciò vi chiedo di essere discreti.»

Le cose per Eulogio stavano andando meglio del previsto. Sudi Kamel, il costruttore amico di Farida, era un uomo di età avanzata, persino troppo avanzata, secondo Eulogio, per muoversi senza posa da un posto all'altro.

Purtroppo, il costruttore aveva perso l'unico figlio maschio e suo erede. Aveva altre due figlie sposate, i cui mariti ricoprivano ottime posizioni; erano entrambi funzionari di corte del re Faruk, vivevano al Cairo e non erano minimamente interessati ad abbandonare la sfera del potere per dedicarsi a un'attività per la quale non erano preparati. Perciò, Sudi Kamel si sentiva in obbligo di lavorare sino alla fine dei suoi giorni perché, come aveva spiegato a Eulogio, molte famiglie dipendevano dalla prosperità dei suoi affari, e in ogni caso confidava nel fatto che qualcuno dei suoi nipoti, ormai adolescenti, una volta raggiunta l'età adulta potesse sentire interesse per le attività di famiglia.

Eulogio aveva l'incarico di accompagnarlo dappertutto e aiutarlo in caso di necessità. Un lavoro che riusciva a svolgere senza difficoltà, anche perché non era stato difficile capirsi: Sudi, oltre a parlare il francese, conosceva anche lo spagnolo, proprio come gli aveva detto Farida.

Quella notte faceva freddo. Dicembre si faceva sentire anche ad Alessandria. Fernando ricordò che ben presto sarebbe stato Natale ed ebbe un attacco di nostalgia. In realtà, non avevano avuto il tempo di pensare a se stessi da quando erano scappati dalla Spagna. Sopravvivere era diventata la loro occupazione principale e per farlo avevano messo da parte qualunque cosa ricordasse loro la ragione per cui si trovavano lì.

«Domani mi alzerò presto, voglio andare a trovare Catalina prima di andare al lavoro», disse Fernando.

«Verrò con te. Il signor Sudi mi ha chiesto di andare a prenderlo alle dieci, perciò ho tutto il tempo di passare prima in ospedale.»

«Catalina sarà felice di vederti.»

«Io credo abbia voglia di vedere una sola persona, Marvin.»

«Dovrebbe scusarsi con lei», si lamentò Fernando.

«Non possiamo rimproverargli nulla. Catalina non significa niente per lui.»

«Però è il padre di sua figlia e merita una spiegazione, che può essere anche ammettere di non amarla e perciò di non essere disposto a farsi carico della situazione.»

«Fernando, non essere ingiusto con Marvin. Ha le sue ragioni, ha sofferto molto. Meno male che adesso ha Farida. Credo sia l'unica persona capace di salvarlo da se stesso e dai suoi fantasmi.»

«Io mi sento un idiota davanti a Farida. Sa così tante cose... E quando ti guarda sembra capace di leggerti dentro.

«Mi chiedo per quale ragione stia con Marvin, è molto più grande di lui.»

«Tutti abbiamo le nostre ragioni per fare quello che facciamo, anche quando sbagliamo», disse Eulogio, lo sguardo perso nel fumo della sua sigaretta.

Quella sera del 18 dicembre del 1941, mentre i due amici chiacchieravano, un gruppo di marinai italiani appartenenti alla Decima MAS si preparava ad attaccare i britannici proprio nel porto di Alessandria. Quel gruppo di uomini era arrivato a bordo del sottomarino *Sciré*, al comando del marchese Luigi Durand de la Penne, con la missione di far esplodere le navi della flotta britannica attraccate in città. La missione dei marinai italiani a bordo dei tre *maiali*, i siluri a lenta corsa, era quella di collocare delle cariche esplosive sulle corazzate britanniche presenti in porto, la *HMS Valiant* e la *HMS Queen Elisabeth*. L'esplosione era prevista per le sei del mattino.

Ma gli alessandrini non sapevano niente di tutto questo ed erano andati a dormire convinti che l'indomani sarebbe stato un giorno come un altro.

L'esplosione risvegliò l'intera città. Catalina si spaventò e Adela, che aveva forze appena sufficienti per respirare, pianse.

Ylena si svegliò di soprassalto, indossò la vestaglia e quando uscì dalla sua stanza s'imbatté in Mr Sanders, risvegliato anche lui dall'esplosione.

Qualche minuto dopo si unirono monsieur Baudin, Eulogio, Fernando e le due donne di servizio. Ilora, la cuoca, tremava di paura, mentre Dimitra, anche se era molto presto, si offrì di uscire per cercare di capire che cosa fosse successo. Prima, però, il colonnello Sanders chiese a Dimitra carta e matita e spiegò agli altri ospiti che avrebbe preso nota della sequenza delle esplosioni; era certo che la prima fosse avvenuta alle 5.45 di quel 19 dicembre. Monsieur Baudin continuava a chiedersi che cosa fosse accaduto.

Era accaduto questo: qualche ora prima i tre *maiali*, ognuno con due uomini al suo interno, si erano mossi con grande cautela per raggiungere l'ingresso del porto; tuttavia, in un primo momento non erano riusciti a entrarvi a causa delle reti metalliche grazie alle quali i britannici proteggevano le loro navi. La fortuna però si era messa dalla loro parte perché, a un certo punto, la barriera inaspettatamente si era alzata per permettere l'ingresso di alcune imbarcazioni. Una volta dentro, i "siluri umani" italiani avevano cominciato a collocare le loro cariche sugli scafi della *Queen Elizabeth* e di una petroliera norvegese, la *Sagona*. Ma la fortuna è capricciosa, e il piccolo siluro nel quale si trovava il capo della spedizione, Luigi Durand de la Penne, era finito agganciato ai cavi della corazzata *Valiant*. Il marchese dapprima aveva dovuto tirare fuori dal sommergibile la carica, poi l'aveva fissata allo scafo. Quando gli uomini rana, conclusa l'operazione, erano usciti in superficie, erano stati scoperti da una sentinella della *Valiant*.

La città si stava ancora risvegliando quando l'ammiraglio Andrew Cunningham aveva ascoltato, attonito, la notizia della presenza nel porto dei due italiani, in arresto sulla *Valiant*. I suoi uomini lo avevano informato del fatto che i prigionieri si rifiutavano di aggiungere qualunque informazione diversa dal proprio nome e rango.

Solo diverse ore più tardi, grazie alle conoscenze di Ylena e ai contatti del colonnello Sanders tra gli ufficiali dell'ammiraglio Cunningham, vennero a sapere che l'origine della prima esplosione era da addebitarsi al fatto che la petroliera *Sagona* era esplosa; la detonazione aveva investito in pieno il distruttore *Jervis*, ancorato al suo fianco. Poco dopo, una seconda esplosione aveva fatto saltare la *Valiant* e, infine, qualche minuto più tardi fu la *Queen Elizabeth* a subire la stessa sorte.

I britannici catturarono i comandi italiani, ma il danno ormai era fatto; ciò nonostante, poiché il porto non era particolarmente profondo, si riuscì a riportare a galla le navi.

Gli alessandrini vennero a sapere questo e altri dettagli solo molto tempo dopo; l'ammiraglio Cunningham, infatti, si prodigò affinché italiani e tedeschi non avessero informazioni certe sulla catastrofe che aveva causato l'esplosione delle navi, e anche perché la notizia non arrivasse a Londra, dove la gente subiva i bombardamenti della Luftwaffe. Naturalmente, una cosa era non conoscere i dettagli, altra cosa ignorare quanto era accaduto. L'intera città era stata risvegliata dal rumore delle esplosioni e, chi più chi meno, tutti avevano conoscenti che assicuravano di sapere che cosa era successo.

Fernando ed Eulogio si affrettarono a raggiungere l'ospedale di buon mattino. Catalina era preoccupata e continuava a chiedere spiegazioni, ma loro ancora non avevano notizie certe perché né Ylena né il colonnello Sanders erano ancora usciti di casa per confrontarsi con i conoscenti.

Il dottor Naseef entrò nella stanza con il volto contratto dall'incertezza. Nemmeno lui era in grado di rispondere alle domande di Catalina. Aveva sentito le esplosioni, ma non aveva idea della loro origine.

Visitò Adela e nel suo sguardo si rinnovò la preoccupazione.

Quando uscì dalla stanza, Fernando lo seguì. Voleva sapere se la bambina si sarebbe salvata.

«È già un miracolo che sia viva, purtroppo non posso dirle per quanto tempo lo resterà. Non migliora, ma nemmeno peggiora. Sa una cosa? Ho paura per Catalina, è debolissima, deve aver perso tantissimo sangue durante il parto. E poi, mangia pochissimo e trascorre troppe ore da sola nella sua stanza... Le infermiere sono attente, ma tutta questa sofferenza non potrà che segnarla. Se voi riusciste a trovare il padre della bambina... Lei ne ha un gran bisogno.»

Guardò Fernando in attesa di una risposta che non arrivò e non gli restò che andarsene con passo veloce.

Quando tornò nella stanza, Catalina ed Eulogio stavano discutendo.

«Si può sapere qual è il problema?»

Catalina lo guardò infuriata, poi la sua espressione passò dalla rabbia alla disperazione. «Mi avete ingannato! Mi avete portato sino ad Alessandria dicendomi che Marvin era qui! E adesso vi rifiutate di aiutarmi a incontrarlo. Vi interessava solo che vi aiutassi a scappare! Tu avevi bisogno della pistola per uccidere quei due uomini, ed entrambi avevate bisogno dei soldi per fuggire.»

«Ma come puoi parlare così? Lo sai che non è vero!» Per Fernando le parole di Catalina equivalsero a una pugnalata nelle viscere.

«È verissimo invece! Ve ne siete infischiati di quello che poteva succedermi! Guardate mia figlia... è nata in anticipo. E io ho messo la sua vita in pericolo convinta che potessimo trovare suo padre. Mi avete ingannata! Tu volevi solo vendicarti di quello che è successo a tuo padre, e tu fuggire perché ti vergogni di tua madre... Siete due miserabili!» Catalina scoppiò a piangere spaventando Adela, che cominciò ad agitarsi.

«Se sei convinta così... non preoccuparti, ti restituiremo sino all'ultimo centesimo e ti procureremo un biglietto perché tu possa tornare in Spagna. Quanto a Marvin... perché non accetti il fatto che lui non vuole vederti?» La voce di Fernando era carica di rabbia e di dolore.

Eulogio guardava i due amici senza sapere che cosa dire o fare di fronte alla disperazione di Catalina e all'esplosione di rabbia di Fernando, che non si aspettava quella reazione da parte sua.

«Tu non vuoi che io lo incontri, ecco che cosa sta succedendo. Mia madre diceva che sei innamorato di me... Lo diceva tutto il quartiere... Io facevo la finta tonta perché per me sei sempre stato come un fratello, e invece avevano ragione. Ti sei approfittato di me e adesso vuoi impedirmi di incontrare Marvin.»

Fernando aveva accumulato così tanta rabbia e così tanto dolore che uscì dalla stanza sbattendo la porta. Non volle né riuscì a ricacciare indietro le lacrime. Di colpo, sentì il peso di quanto era successo dopo quel pomeriggio, quando aveva ucciso i due uomini responsabili della morte di suo padre. Gli stessi uomini che gli apparivano puntuali tutte le notti.

Non aveva ancora voluto riflettere sul fatto di aver commesso un omicidio. Ogni volta che le facce di quei due penetravano tra le brume dei suoi pensieri cercava di scacciarle immediatamente, ogni energia era destinata a trovare le forze per sopravvivere... La fuga... il treno... la tempesta sulla nave... la nascita di Adela... l'arrivo in una città con la quale non aveva alcun vincolo senza sapere come pagare il tetto sotto il quale vivevano... la malattia della bambina... Di colpo tutto quello che era successo aprì un varco nella sua testa provocandogli un dolore insopportabile. Catalina lo aveva messo davanti al fantasma che abitava dentro di lui, il fantasma dell'assassino.

Eulogio guardò Catalina dall'alto in basso e in quello sguardo le trasmise tutto il suo rancore. «Hai ragione, grazie ai tuoi soldi siamo potuti arrivare sino qui. E grazie alla tua pistola Fernando è riuscito a uccidere due disgraziati. Ci siamo serviti di te? Può darsi, esattamente come tu hai usato noi. Volevi fuggire da Antoñito per non affrontare la vergogna di confessare che eri incinta. Che cosa avrebbe detto lui? E i tuoi amici? Catalina Vilamar incinta! Sei fuggita dalla vergogna e dallo scandalo. Sì, anche per cercare Marvin, ma soprattutto per non essere marchiata dalla gente. Perciò, siamo pari, tu hai aiutato noi e noi abbiamo aiutato te. Su una cosa hai ragione: Fernando ti ama, ma tu non lo meriti. E adesso me ne vado. Quanto a Marvin, non ti ha mai amato né mai ti amerà. È felice con la donna con cui vive, felice come non lo era mai stato. Tu non significhi niente per lui. Aggiungerò solo che se c'è una persona per la quale sono dispiaciuto è Adela. Non si merita una madre così stupida come te.»

Uscì la stanza senza nemmeno guardarla, furente di rabbia. Si disse che non voleva più vederla.

Cercò Fernando, ma non lo trovò. Doveva essere andato al lavoro, la stessa cosa che avrebbe dovuto fare lui. La disperazione lo assalì quando si domandò che cosa ci facesse ad Alessandria. Prese un tram per arrivare in tempo a casa del nuovo capo. Sudi Kamel sembrava un brav'uomo, ma non era di quelli disposti ad accettare che un suo impiegato arrivasse in ritardo.

Athanasios Vryzas salutò con un cenno Fernando e sprofondò nuovamente nella lettura del manoscritto che aveva sotto gli occhi. Sul volto di Fernando era rimasta traccia delle lacrime versate e un tic nel labbro inferiore tradiva l'agitazione del suo animo.

Gli impiegati della Wilson&Wilson stavano parlando dell'esplosione avvenuta all'alba. Tutti sembravano conoscerne la causa, ma in realtà non facevano che diffondere chiacchiere e congetture. Sara cercava di placare gli animi consigliando loro di aspettare la versione delle autorità, ma era difficile che le conversazioni girassero intorno a un argomento diverso dal boato infernale che li aveva svegliati e spaventati.

Fernando sentì dire ad Akim, il braccio destro di Sara in libreria, che molti in città avevano pensato che Rommel avesse sconfitto i britannici, conquistando Alessandria.

Sara rideva mentre ascoltava quella sfilza di congetture. «Rommel non conquisterà Alessandria», affermò decisa.

«Però la Cirenaica se l'è presa...» argomentò Akim.

«Sì, ma Alessandria non è la Cirenaica, che era già nelle mani degli italiani. L'esercito britannico non può permettersi di perdere l'Egitto, vedrai», insistette lei.

«Ma lei lo sa che...» E Akim tacque, spaventato da quanto stava per dire.

«Ahi, Akim! So che cosa volevi dire e non hai detto. Sì, lo so che molti egiziani sono stufi dei britannici e che vedono con simpatia i tedeschi perché pensano che li aiuteranno a recuperare la piena sovranità. Ma se Rommel vincesse la guerra in Oriente, dopo poco tempo avreste di che lamentarvi. Ti assicuro che ci perdereste con un cambio del genere.»

«In realtà noi egiziani vogliamo solo governarci da soli!» esclamò Akim con un certo orgoglio.

«Lo capisco, ti assicuro che lo capisco. Ma il cammino per riuscirci non passa dal cadere nelle braccia dei tedeschi.»

Fernando ascoltava questa e altre conversazioni senza riuscire a provare alcun interesse. Stava soffrendo troppo. A sorpresa, in quel mentre arrivò Benjamin Wilson, che chiese a Vryzas dove avesse messo un manoscritto che non riusciva a trovare.

Il libraio notò lo stato in cui versava Fernando, che cercava di nascondere lo sguardo tra le carte e si era limitato a un saluto formale, senza aggiungere una parola. Ciò nonostante, Benjamin si preoccupò. Così, dedicò parte della mattinata e del pomeriggio a verificare che cosa si nascondesse dietro quello spagnolo che era sbarcato ad Alessandria con un unico scopo: conoscere Marvin Brian.

Per prima cosa, chiese a Marvin un incontro nell'Hotel Cesil, quello preferito dai britannici. Un posto lussuoso dove venivano serviti i migliori Martini di tutta Alessandria. Nella sua sala da ballo venivano celebrate le feste più esclusive della città e nel suo bar si davano appuntamento i personaggi alessandrini più illustri, commercianti armeni, francesi, ebrei e greci accanto a spie di tutte le potenze, signore annoiate ed egiziani di buona famiglia.

Marvin arrivò puntuale, preoccupato dal fatto che Benjamin Wilson avesse insistito per vederlo prima possibile. Quest'ultimo era già seduto in un angolo appartato del bar e, quando Marvin arrivò, gli fece un cenno perché si accomodasse al suo fianco. «Raccontami tutto quello che sai di Fernando Garzo», gli chiese senza preamboli.

Marvin lo fece, rispose a tutte le concise domande di Wilson senza capire per quale ragione potessero interessargli anche i dettagli più insignificanti. In realtà non aveva molto da dire su Fernando, se non che era una persona perbene, figlio di un repubblicano che aveva combattuto in guerra. Wilson però non si considerò soddisfatto delle informazioni che gli aveva dato Marvin, il quale suggerì che fosse Eulogio la persona più indicata a rivelargli nei particolari la vita di Fernando, visto che i due si conoscevano da sempre. Anche i loro genitori erano stati amici e avevano lavorato nella stessa casa editrice.

Così, Wilson dovette attendere sino a metà pomeriggio, quando l'amico costruttore Sudi Kamel non ebbe più bisogno dei servizi di Eulogio, per chiedere allo spagnolo di andare a trovarlo a casa sua.

Eulogio fu sorpreso dall'invito e si presentò temendo che fosse successo qualcosa di grave. Tuttavia, Benjamin Wilson lo accolse con cordialità e per diverso tempo parlarono della Spagna. Quasi senza rendersene conto, Eulogio cominciò a raccontargli non solo la situazione politica del momento, con il generale Franco trasformato in un dittatore, ma anche i dolori della guerra, parlandogli di suo padre, di sua madre, della sua famiglia, dei vicini e ovviamente, di Fernando. Wilson ascoltava senza proferire parola; solo ogni tanto faceva qualche domanda incoraggiandolo a continuare. Eulogio gli aprì la sua anima. Gli raccontò tutto, meno il fatto che sua madre era finita a letto con don Antonio e che Fernando era fuggito perché aveva ucciso due uomini. Non fu necessario essere così espliciti; in ogni caso Benjamin Wilson aveva intuito che in quel racconto c'erano ombre che Eulogio non aveva voluto chiarire, e sapeva che sarebbe toccato a lui cercare il resto della verità.

Quando la notte era ormai scesa su Alessandria, Wilson aveva radunato una buona quantità di informazioni e parlato con amici di amici che erano in grado di fare delle indagini in Spagna per scoprire qualcosa di più su chi fossero Fernando Garzo ed Eulogio Jiménez.

Mentre accadeva tutto questo, Fernando continuava a lavorare finché Athanasios Vryzas non lo aveva invitato a rientrare a casa. «Non ti sei mosso dalla sedia tutto il giorno, non ti sei alzato nemmeno per mangiare. Mi hai preparato le schede di lettura che ti ho chiesto?»

«Eccole.» Fernando gli consegnò dei fogli perfettamente ordinati.

«Stai lavorando bene; ieri mi hai consegnato le schede sui manoscritti di poesia, oggi queste altre due... Mancano solo le schede sui due saggi, quello dedicato al neoplatonismo e quello sui cristiani primitivi di quella giovane scrittrice...»

«Non ho ancora finito di leggerli, spero di farcela per domani.»

«Bene; quanto ai manoscritti di poesia, quale dei tre credi che dovremmo pubblicare...? Domani abbiamo una riunione con il signor Wilson e che sta aspettando il nostro parere.»

«Quello che mi è piaciuto di più è firmato da Omar Basir.»

«Già... hai occhio. Basir scrive in inglese sperando che pubblichiamo le sue poesie, secondo me però perdono la musicalità dell'arabo. È uno dei giovani più promettenti. Bene... per oggi basta così. Va' a riposare.»

Non appena oltrepassò la porta, fu accolto dall'aria fredda di dicembre. Sara era andata via già da un pezzo ed era Akim l'incaricato della chiusura.

Fernando non aveva voglia di tornare a casa di Ylena. Aveva un unico desiderio, perdersi nell'ultimo angolo di mondo.

Camminò per due ore senza meta, poi una pioggia intensa lo riportò alla realtà.

Non aveva appetito e nemmeno voglia di parlare, perciò se ne andò nella stanza che condivideva con Eulogio e Catalina, ma la voce ferma del capitano Pereira lo bloccò di colpo. «Era ora... pensavo che ti fossi perso.» A Pereira bastò un'occhiata per rendersi conto che Fernando stava soffrendo.

Dietro le spalle del capitano comparve Ylena, seguita a sua volta da Dimitra. «L'ora di cena ormai è passata», affermò, con un tono più severo di quello che avrebbe voluto.

«Non si preoccupi, non ho fame. In realtà, preferisco andare a riposare.»

«Subito?» chiese il capitano.

Il Portoghese gli rivolse uno sguardo che indusse Fernando a temere che potesse leggergli nel pensiero. «Il tuo amico Eulogio, anche lui non è tornato a casa molto contento. Che cosa vi succede?» insistette il capitano.

«Se non altro, Eulogio è arrivato in tempo per mangiare qualcosa a cena», intervenne Ylena.

«Ho messo via un po' di stufato e del pudding», aggiunse Dimitra, ignorando lo sguardo gelido di Ylena.

«Grazie mille per l'interesse, ma stanotte preferisco andare a riposare.» Fernando aveva voglia di stare da solo e cominciava a essere infastidito da tutte quelle attenzioni, benché animate da buoni propositi.

Eulogio aprì la porta della stanza richiamato dalla conversazione. «Sei arrivato... cominciavo a preoccuparmi», disse quando vide Fernando.

«Sono rimasto al lavoro sino a tardi, poi ho camminato un po'. Avevo bisogno di prendere aria», rispose in tono di scuse.

«Eulogio ci ha già raccontato che Catalina sta bene e che la piccola Adela non è peggiorata», li interruppe il capitano.

«Ho pensato di parlare con il dottor Naseef per sapere se c'è la possibilità che entrambe siano a casa per Natale. Il capitano cenerà con noi, il che ci rallegra moltissimo. È da tantissimo tempo che non trascorre qui le feste.» La gioia di Ylena sembrava sincera: benché fosse ortodossa, amava organizzare le feste del calendario cristiano per i suoi ospiti.

«Be', non era nelle mie previsioni, ma anche la mia nave è stata colpita dall'esplosione, perciò dovrò trattenermi qui finché non verrà riparata.»

«Natale…» mormorò Fernando.

«Sì, Natale. Ci sono solo due modi per viverlo quando si è da soli, ubriacandosi per non pensarci o combattendo la nostalgia in compagnia di buoni amici. Quest'anno mi tocca la seconda opzione, che a quanto pare sarà anche la vostra», osservò Pereira.

Ylena e il capitano non insistettero con Fernando affinché si unisse a loro per due chiacchiere prima di andare a letto. Il volto contratto parlava da solo; si scambiarono uno sguardo e decisero che era meglio lasciare soli i due spagnoli.

Non appena ebbero chiuso la porta della loro stanza, fu Eulogio a fare delle domande a Fernando. I due amici si trattennero a lungo in confidenze. «Strano che il signor Wilson ti abbia invitato a casa sua...» osservò Fernando.

«Sì, in realtà non ho ancora capito che cosa volesse. Sembrava interessato ai miei racconti sulla Spagna. Quanto a Catalina... so di essere stato un po' duro con lei, ma è stata ingiusta con te e non riuscivo a sopportarlo. Non ti merita, Fernando.»

«Non ti è mai stata simpatica.»

«Non c'entra niente... cominciavo a esserle affezionato. È stata molto coraggiosa durante il viaggio. Ma accusarci di aver approfittato di lei... ecco, questo non posso accettarlo. E tu dovresti togliertela dalla testa. Devi accettare che lei...» Eulogio tacque per non affondare il dito nella piaga.

«Che lei non mi amerà mai. Dillo. Non succede niente. Non mi illudo.»

«Sarà così, però in fondo speri che si dimentichi di Marvin.»

«Non so se ha senso sperare... Però sono certo di amarla, e la amo così tanto che, sebbene mi faccia stare malissimo, non riesco a smettere di amarla. Lo vedi, sono proprio un idiota.»

«Hai sentito Ylena, vuole che Catalina sia qui per Natale ... In realtà, è stato il capitano Pereira a chiederle di parlare con il dottor Naseef.»

Fernando scrollò le spalle. Da quella mattina, non riusciva a smettere di pensare ai due uomini che aveva ucciso. Si chiedeva come avesse fatto a relegare in un angolo della testa quell'omicidio. Aveva bisogno di pensarci, di sprofondare nel ricordo, di sapere se il risveglio della coscienza gli avrebbe portato nuovo dolore.

Si infilò nel letto e chiuse gli occhi, ritornando più volte al momento in cui aveva sparato ai due uomini togliendo loro la vita e vendicandosi del fatto che l'avessero tolta a suo padre. Non riuscì a dormire sino alle prime luci del giorno. Eulogio dovette svegliarlo. «Arriverai tardi. Sbrigati.

Dimitra ha bussato alla porta diverse volte e non l'hai sentita. È preoccupata perché ieri sera non hai cenato e non vuole che tu vada via senza fare colazione.»

24 dicembre 1941. Catalina guardava le nuvole sfumare tra le ombre della notte. Sentì un brivido mentre abbracciava Adela, che dormiva tra le sue braccia.

Il capitano Pereira aveva trascorso con lei buona parte del pomeriggio e Ylena era andata a trovarla la mattina; la donna si era lamentata del fatto che il dottor Naseef non le dimettesse, permettendo loro di trascorrere a casa la vigilia. Il medico era molto rigoroso e non voleva che la bambina uscisse dall'ospedale sebbene a poco a poco stesse migliorando.

Catalina non aveva osato chiedere a Ylena o al capitano di Fernando ed Eulogio, e loro non avevano accennato niente al riguardo.

Non erano più andati a trovarla in ospedale dalla mattina in cui avevano avuto quello scontro verbale. Ma non si era pentita delle sue parole. Le dispiaceva averli fatti soffrire, riconosceva di trovarsi lì per una sua scelta, ma era anche convinta di avere ragione. Forse Eulogio non aveva tutti i torti: era scappata per sottrarsi alla vergogna di presentarsi al cospetto di parenti e amici con una figlia ma senza un padre. E tuttavia, continuava a ripetersi che lei amava Marvin e che non avrebbe desistito dall'intento di trovarlo e metterlo davanti alle sue responsabilità.

Naturalmente, continuava anche a pensare a quanto Eulogio le aveva insistentemente ripetuto, ovvero che Marvin non la amava e che era innamorato di un'altra donna. Non riusciva a crederci. Era certa di significare molto per Marvin ma, anche in caso contrario, a lui non restava altra scelta che assumersi le proprie responsabilità nei confronti di Adela. La bambina non c'entrava con i suoi sentimenti o con quelli di Marvin, aveva tutto il diritto di avere un padre, oltre che una madre. Sì, avrebbero formato una famiglia, e anche se Marvin non l'avesse amata come lei voleva, avrebbe finito per farlo proprio perché c'era Adela. Altri uomini prima e dopo di lui, obbligati dalle circostanze, finivano per diventare bravi padri e buoni mariti. Suo padre aveva ragione: un buon matrimonio non si basava sui sentimenti, ma sulla ragione e sulla convenienza. Certo, sua madre non era così convinta che l'amore fosse solo un di più.

Non ci aveva mai pensato, ma di colpo si rese conto che forse sua madre aveva sentito la mancanza dell'amore. A lei non erano bastate né la ragione né la convivenza. Ma Catalina si disse che, date le circostanze, lei si sarebbe accontentata. Desiderava un'unica cosa: tornare a casa con la piccola Adela e al braccio di Marvin come marito.

Il capitano Pereira le aveva portato dei dolci. Non aveva fame, ma alla fine ne aveva mangiato uno alle mandorle e miele che era risultato tanto squisito quanto appiccicoso.

Pensò ai suoi genitori. Li immaginò mentre cenavano nella casa di famiglia di Huesca insieme allo zio Andrés, a sua moglie, la zia Amparito, e alla nonna Agustina, madre di suo padre. Sicuramente c'era anche la zia Petra. Da quando era rimasta vedova aveva sempre passato il Natale con loro.

Di colpo, sentì nostalgia dei giorni in cui si riunivano tutti insieme intorno al camino, con le due nonne, e organizzavano la cena.

Praticamente non aveva conosciuto i nonni perché erano morti quando lei era bambina, ma le due nonne erano state molto presenti nella sua vita. Soprattutto nonna Adela, che aveva vissuto con loro per molti anni e che era morta solo qualche mese prima della fine della guerra.

Ricordò la rivalità tra le due nonne e il modo in cui la coccolavano cercando di conquistarla.

Aveva dato a sua figlia il nome di Adela proprio in omaggio alla nonna. Di colpo realizzò che la bambina non era stata ancora battezzata e si fece il segno della croce. Se non fosse sopravvissuta, Adela sarebbe finita nel limbo per colpa sua. Come aveva potuto dimenticare l'urgenza del battesimo? Doveva parlare con il dottor Naseef affinché le permettesse di portare la bambina in chiesa per battezzarla o trovasse un sacerdote che andasse in ospedale per darle la benedizione.

Dimitra servì il tacchino con le prugne. Poco prima si erano sperticati in elogi per le melanzane ripiene, presentate come la specialità di Ilora.

Il capitano Pereira aveva portato delle bottiglie di vino, che felicemente svuotò insieme a Mr Sanders e monsieur Baudin. Eulogio fece onore alla cena, Fernando invece non sembrava avere appetito. Continuava a pensare a Catalina, da sola, in ospedale, e si sentiva in colpa perché non aveva fatto niente per evitarlo. Eulogio lo aveva avvertito del fatto che se fosse andato a trovarla lei con ogni probabilità lo avrebbe mandato via in malo modo, tanto era turbata.

Ripensò anche a sua madre. La immaginò sola, sicuramente stava pensando a lui. Si pentiva di essersi congedato con una lettera, di non essersi aperto con lei. Sapeva che avrebbe sofferto tantissimo se le avesse confessato di voler uccidere gli assassini di suo padre. Oltre allo spavento, lo avrebbe disapprovato, ma quel gesto non avrebbe rovinato la relazione che c'era tra loro. Sua madre non lo avrebbe mai tradito. Se avesse potuto scriverle... Ma era consapevole che non doveva farlo. Non sapeva se lo stessero cercando per la morte della guardia e del figlio soldato, ma in caso affermativo una lettera per sua madre sarebbe equivalsa a costituirsi. E questo lei non lo avrebbe proprio sopportato. Vederlo in carcere e poi fucilato sarebbe stato straziante.

Probabilmente si era convinta che fosse fuggito con Catalina, perché immaginava che nel quartiere stessero circolando voci sull'assenza di loro tre.

«Non le piace il tacchino?» chiese Ylena, interrompendo i suoi pensieri.

«Sì... certo che sì... è buonissimo... Sono io che non ho molto appetito», si scusò Fernando.

«Allora ti è successo qualcosa… voi ragazzi avete sempre fame», intervenne il capitano Pereira, guardandolo dritto negli occhi.

«Solo stanchezza... sono successe un sacco di cose…» rispose Fernando.

«È tutto nuovo per noi... Non è facile trovarsi di colpo in una città come questa, e così lontani da casa… Abbiamo avuto fortuna, ma naturalmente adattarci sta richiedendo molta energia», osservò Eulogio, cercando di spostare l'attenzione su di sé.

«Pensate di trattenervi molto tempo ad Alessandria?» chiese Mr Sanders.

«Io voglio andare in America quanto prima, ma non so se sarà possibile adesso che anche gli Stati Uniti sono entrati in guerra. Sto aspettando di sapere cosa deciderà Marvin Brian; intanto devo riconoscere che Sudi Kamel è un capo accettabilissimo. È sorprendente la sua energia, considerando gli anni che ha», commentò Eulogio.

«A proposito, c'è qualche notizia fresca sull'esplosione nel porto?» chiese Ylena guardando Mr Sanders.

L'inglese si mosse sulla sedia, a disagio, e bevve un sorso di vino prima di rispondere alla sua ospite. «Nessuna, che io sappia. Se c'è una persona ben informata ad Alessandria è lei, mia cara signora.»

«Ci sono segreti impossibili da mantenere», disse Pereira. «Io stesso sono stato testimone oculare dell'esplosione, visto che ero sulla mia nave. E anche se le autorità ce la stanno mettendo tutta per imporre la censura sull'accaduto, la verità ormai è sulla bocca di tutti: alcuni uomini rana italiani si sono introdotti nel porto e sono stati arrestati. Propongo un brindisi per il fallimento dei loro piani.» Il capitano alzò il calice di vino.

«E di Rommel che cosa si dice?» chiese monsieur Baudin?

«Continua a muoversi nel deserto come se fosse a casa sua», affermò Ylena tradendo una certa irritazione.

«A quanto dicono, Churchill è preoccupato», osservò monsieur Baudin guardando Mr Sanders.

«Il nostro premier è un uomo intelligente, sa che le qualità del nemico non vanno sottovalutate. Ignorare il fatto che Erwin Rommel sia un bravo militare sarebbe un'assurdità», rispose il colonnello.

«Rommel sarà un bravo militare, ma non si può dire altrettanto del suo capo. Invadere l'Unione Sovietica potrebbe rivelarsi la sua mossa peggiore. Credo anche che l'attacco dei giapponesi a Pearl Harbor che ha provocato l'ingresso degli Stati Uniti in guerra possa essere decisivo per impedire a Hitler di raggiungere i suoi obiettivi», considerò il capitano Pereira.

«Ha ragione, capitano, Hitler ha infilato la mano nel vespaio russo e gli alleati giapponesi hanno fatto la stessa cosa provocando gli americani», concordò Mr Sanders.

La notte si fece più lunga mentre parlavano della guerra. Fernando ed

Eulogio ascoltavano con attenzione quegli uomini, che sembravano possedere la chiave per interpretare quanto stava succedendo. La guerra di Spagna in quel momento apparve loro lontanissima; nel mondo si stavano scatenando ben altre battaglie.

Una settimana dopo, alla vigilia del nuovo anno, la segretaria del signor Wilson chiese a Fernando di raggiungere il capo nel suo studio.

«È successo qualcosa, Leyda?» le chiese sorpreso.

«Non credo... so solo che il signor Wilson vuole vederti.»

Non vedeva Benjamin Wilson da giorni. A quanto aveva sentito, era stato in viaggio fuori dall'Egitto, e non c'era niente di strano, le sue assenze erano frequenti. Sara portava avanti l'attività e la presenza del marito non sembrava necessaria. Gli impiegati la rispettavano perché era una persona equilibrata, ma soprattutto perché i libri per lei non avevano segreti.

Benjamin Wilson sembrava assorto nella lettura di alcune carte quando Leyda aprì la porta dello studio per dirgli che Fernando Garzo era arrivato.

«Grazie, Leyda, digli di entrare.»

Fernando diede una lisciata alla camicia ed entrò con una certa preoccupazione. Con Sara parlava tutti i giorni, ma con Wilson aveva avuto ben poco a che fare.

Si guardarono; Fernando si rese conto che l'uomo lo stava esaminando e non riusciva a spiegarsi il perché.

«Si accomodi», lo invitò Wilson.

Fernando non si era ancora seduto quando l'uomo gli consegnò una cartelletta; conteneva alcuni fogli e gli chiese di leggerli.

Fernando la aprì e il titolo sul primo foglio lo lasciò di stucco.

RISULTATO DELL'INDAGINE SU FERNANDO GARZO,
EULOGIO JIMÉNEZ E CATALINA VILAMAR

Alzò il mento e guardò Wilson con aria di sfida.

«Legga», insistette Wilson, impassibile davanti al suo sguardo.

Quelle carte contenevano informazioni precise su loro tre: chi erano, di chi erano figli, quali erano state le conseguenze della Guerra civile sulle loro famiglie; Catalina veniva indicata come figlia dei vincitori, mentre Eulogio e Fernando erano figli degli sconfitti; c'era anche una copia dei certificati di morte del padre di Fernando e di quello di Eulogio, il primo fucilato in carcere, il secondo morto al fronte; inoltre, veniva segnalata l'accusa verso il padre di Fernando di essere un massone e venivano indicati i lavori che aveva svolto prima della guerra. Fernando sobbalzò quando lesse anche i particolari sulla relazione di Piedad, la madre di Eulogio, con Antonio Sánchez; il fidanzamento di Catalina con Antoñito... e la scomparsa di tutti e tre senza lasciare traccia.

Fernando sollevò il volto, infuriato. Non capiva per quale ragione Benjamin Wilson si fosse intromesso nelle loro vite. «Perché ha svolto questa indagine? Non credo ne abbia alcun diritto.»

«Continui a leggere. C'è qualche ritaglio di giornale che potrebbe interessarle.»

Fernando trovò varie pagine di quotidiani spagnoli con date diverse, che andavano dalla fine di novembre ai primi di dicembre; su ogni pagina era cerchiata una notizia: «Commozione nella capitale per l'assassinio di Roque Pérez, che combatté con valore nella battaglia dell'Ebro, e di suo figlio Saturnino, soldato del plotone di esecuzione...»; «Assassinati due uomini a Madrid»; «Roque Pérez, ex combattente e attualmente guardia carceraria, e suo figlio Saturnino Pérez sono stati assassinati ieri notte a sangue freddo nelle vicinanze del carcere delle Comendadoras. Il figlio era andato a prendere suo padre, come faceva tutte le notti, quando i proiettili assassini hanno tolto loro la vita.»; «La polizia sospetta che l'omicidio di questi due martiri si debba all'azione di un uomo solo»; «Si indaga intorno ai prigionieri del carcere delle Comendadoras»; «Le autorità hanno promesso alla vedova di Roque Pérez che indagheranno senza sosta finché non troveranno chi ha ucciso suo marito e suo figlio».

Mentre leggeva ogni singola pagina di quel dossier, Fernando sentì un sapore acido nella bocca. Una volta finito, chiuse la cartella e la restituì a Benjamin Wilson, che lo guardava con aria indifferente.

«Spero che voglia darmi delle spiegazioni», gli chiese Fernando con una sicurezza solo apparente.

«Qualche giorno fa lei è arrivato al lavoro sconvolto. Ricorda? Faticava a trattenere le lacrime. Mi ha sorpreso. Come sa, l'ho assunta qui per fare un favore a Marvin Brian, che me lo ha chiesto caldamente. Ho il diritto di sapere chi lavora per me. Qualche settimana fa lei è arrivato ad Alessandria su una nave da carico insieme ai suoi amici, in cerca di Marvin. Il solo fatto in sé è già sorprendente. Tre ragazzi si imbarcano a Lisbona e si giocano la vita nell'Atlantico, su una nave che per arrivare sino qui deve evitare i sottomarini tedeschi... Perché? Fuggono solo da Franco o c'è di più, e perché? Magari è stato lei a uccidere quei due uomini.»

«Ah, sì? Come può farmi un'accusa del genere? Sui giornali non c'è scritto il nome dell'assassino.»

«Il mio uomo a Madrid è un ottimo detective. Non ci crederà, ma se una persona sa leggere i giornali, il lavoro di indagine per metà è già fatto. Basta saper unire i fili, analizzare, individuare le piste esistenti, che sono come confuse tra le foglie. Le date sono elementi chiave, e in questo caso coincidono con la vostra fuga. Inoltre, suo padre era rinchiuso nel carcere in cui Roque Pérez faceva da guardia. Quanto al figlio, faceva parte del plotone di esecuzione che lo ha ucciso. Ma può stare tranquillo, la polizia spagnola non ha fatto la mia stessa equazione. Per cominciare, né sua madre né quella di

Eulogio Jiménez hanno denunciato la vostra scomparsa. Quanto a Catalina Vilamar, i suoi genitori sono convinti che sia scappata con voi per evitare il matrimonio combinato con il figlio di quel tale, Antonio Sánchez, al quale devono dei soldi.» Wilson guardò un foglio prima di continuare. «I genitori di Catalina, come anche sua madre e quella del suo amico, ritengono che siate fuggiti per una semplice ragione: nel suo caso, aiutare e proteggere Catalina, della quale lei è innamorato; nel caso di Eulogio, vendicarsi della madre e sfuggire alla vendetta di don Antonio, per il quale il suo amico ha lavorato.»

«Ma lei ci sta accusando di omicidio.»

«Io non accuso nessuno», rispose Benjamin Wilson senza esitare.

«Solo perché siamo fuggiti lo stesso giorno in cui sono morti quei due uomini... È un argomentazione assurda», insistette Fernando.

«Non lo è, e le assicuro che su questo argomento non giocheremo al gatto e al topo.»

«Bene, ha tutto il diritto di pensare come meglio crede. Prenderò le mie cose e me ne andrò via subito», rispose Fernando senza lasciar trasparire nessuna emozione.

«Non può farlo.»

«Ah, no? E perché non posso? Non sono obbligato a lavorare qui se non voglio.»

«Certo che no. Semplicemente, cambierà lavoro.»

«Come? Non capisco.»

«Sì, continuerà a fare l'assistente di redazione, ma le chiederò di svolgere anche altri lavoretti che mi saranno più utili.»

«E se non voglio farlo?»

«Ciò che conta non è tanto quello che lei vuole, ma quello che può o non può fare.»

«Mi sta ricattando?»

Il tono di voce di Fernando a tratti s'induriva; Benjamin Wilson al contrario non sembrava minimamente preoccupato. «Ricatto? Che brutta parola. Le sto chiedendo solo di modificare le condizioni lavorative in una direzione che andrà a favore di entrambi, se lei è davvero il tipo di uomo che io credo sia, nonostante la giovane età.»

«Lei mi ha preso per un assassino e malgrado ciò vuole che lavori per lei... Vuole forse chiedermi di uccidere qualcuno?» domandò Fernando con una certa ironia.

«Ho pensato di darle un incarico perché sono convinto che riuscirà a portarlo a termine con successo. E no, non voglio commissionarle un omicidio. Aborro la violenza non necessaria. Sono un editore e un libraio, non se lo dimentichi.»

«Ma anche qualcos'altro, no?»

«Principalmente questo, diciamo però che faccio affari anche in un altro ambito.»

«Ed è l'ambito nel quale pretenderebbe che lavorassi anch'io... Non so bene che cosa abbia in mente, ma credo che non accetterò.»

«Non deve, Fernando, non le conviene.»

«Ma allora è un ricatto bello e buono, perché lei parte dal presupposto che io abbia qualcosa a che vedere con quei due omicidi.»

«Basta! Le ho già detto che non voglio giocare al gatto e al topo. È semplice, il gatto ha già cacciato il topo. E aggiungerò un altro po' di cose, poi deciderà che cosa fare. Se è una persona intelligente accetterà, perché quanto le sto per confidare implica dei rischi anche per me, e io non corro mai dei rischi gratuiti.»

«Mi sta dicendo che se mi rifiuto si disferà di me?»

«Vuole ascoltarmi o no?»

«No. Preferisco non ascoltare niente se poi, per averla ascoltata, non sarò libero di scegliere.»

«D'accordo, se preferisce così... mi dispiace per lei e per i suoi amici.»

Fernando si alzò dalla sedia pronto ad andarsene. Le parole di Wilson, tuttavia, sembravano celare l'avvertimento che se fosse andato via il suo gesto avrebbe avuto delle conseguenze non sono per lui, ma anche per Catalina ed Eulogio. Si sedette. «La ascolto.»

«Io so tutto di lei, ma senz'altro anche lei sa qualcosa di me. Questa attività fa parte di quanto ho ereditato da mio nonno. Lui mi ha educato e con lui sono rimasto sino al giorno della sua morte.

«Mio nonno era un uomo straordinario, che a sua volta aveva ereditato l'attività da suo padre, mio bisnonno. Oltre che libraio ed editore, aveva viaggiato in Medio Oriente e a Londra era riuscito a farsi un nome raccontando le sue esperienze in vari giornali. Durante i suoi viaggi aveva conosciuto persone molto diverse... Gli Affari esteri non tardarono a chiedergli di collaborare, e lui lo fece in diverse occasioni. Ma la diplomazia britannica non fu la sola a rendersi conto delle qualità di mio nonno. Anche altre istituzioni più discrete attinsero alla sua esperienza e alle sue conoscenze. Mio nonno capì che il suo valore risiedeva soprattutto nelle informazioni di cui disponeva. Informazioni che erano frutto della sua capacità di analisi, della gente che si fidava di lui, delle relazioni che aveva intessuto ovunque fosse andato. Aveva talento nel vedere le cose, nell'ascoltare e tacere. E senza volerlo diventò l'ultima speranza per coloro che cercavano i loro cari una volta scomparsi.

«Si era sempre rifiutato di lavorare per i servizi segreti, teneva troppo alla sua libertà e indipendenza, ma la sua fama di buon conoscitore del Medio Oriente, la fama delle sue ottime relazioni si diffuse tra la buona società britannica. Perciò, banchieri che volevano sapere se i loro interessi fossero in pericolo, uomini d'affari sospettosi, cauti investitori, padri angosciati perché i loro figli avevano deciso di andare in Medio Oriente all'avventura ed erano scomparsi senza lasciare traccia... Tutti accorrevano da mio nonno in cerca di consigli e informazioni. E quelle informazioni valevano soldi.

«Io ho ereditato la sua attività, tutta la sua attività, sono diventato un suo prolungamento, come editore e libraio. Ma Wilson&Wilson era ed è un negozio di compravendita di libri, oltre che di informazioni. Là dove non riescono ad arrivare nemmeno i governi, a volte riusciamo ad arrivarci noi. Vengono qui a chiedermi le cose più disparate, e se non conosco la risposta la cerco. La mia attività si basa sulla fiducia, non lavoro per chiunque. Ho il mio codice etico. Per nessuna cifra al mondo sarei disposto a cedere un'informazione a un tedesco, per quanto insignificante e banale possa essere.»

Benjamin Wilson rimase in silenzio qualche secondo cercando di capire l'effetto delle sue parole su Fernando. Quest'ultimo però lo aveva ascoltato restando immobile, i suoi occhi non tradivano né sorpresa né interesse.

«Come immaginerà, da mio nonno ho ereditato anche l'amicizia e la collaborazione da parte di molte persone in tutto il Medio Oriente. Ma ho ampliato gli affari e ho ottimi collaboratori anche altrove. Le assicuro che le mie fonti in Spagna sono di assoluta fiducia.»

«E io che cosa c'entro con tutta questa storia?» chiese Fernando cercando di mantenere la calma.

«Lei è qui solo da pochi giorni, ma credo che abbia delle qualità.»

«Non voglio diventare la spia di nessuno.»

«Spia? No, la mia attività non ha niente a che vedere con lo spionaggio. Gliel'ho già detto. Quanto alle spie... Alessandria ne è piena, di tutte le nazionalità. Uomini d'affari che non lo sono, donne apparentemente frivole e innocenti... Qui troverà di tutto.»

«Che cosa vuole da me?»

«Una cosa relativamente facile. Voglio che stasera vada al bar dell'hotel Cecil. A proposito, è uno dei posti chiave per coloro che cercano informazioni. La accompagnerà una ragazza che lavora per me. L'unica cosa che deve fare è sedersi al bar e ascoltare.»

«Non capisco...»

«Stasera all'hotel Cecil si incontreranno due uomini, uno è tedesco, l'altro spagnolo, si chiama Pedro López; apparentemente López è un uomo d'affari che simpatizza per i tedeschi, in realtà però è un agente di Franco. È arrivato ad Alessandria non molto tempo fa, poco prima di lei e dei suoi amici. Possiede senz'altro ottime lettere di presentazione. La motivazione ufficiale del suo viaggio è l'acquisto di cotone. Il suo contatto è Erick Brander, il tedesco del quale le ho parlato, che vive da molti anni in Egitto ed è sposato con una alessandrina di nome Halima Altassan, figlia di un funzionario influente. Hanno due figli. Prima di venire ad Alessandria, Brander ha vissuto in Sudamerica. In realtà sua madre è argentina; suo padre si dedicava al commercio della lana. Il giovane Brander ha trascorso l'infanzia in Argentina finché suo padre non ha deciso di tornare in Germania. La famiglia si è stabilita ad Hannover. Più avanti, Brander ha cominciato a viaggiare in Egitto per comprare cotone. Ha deciso di lasciare l'attività familiare per aprirne una tutta sua esportando questa e altre materie prime. Il matrimonio con Halima gli è stato molto utile da questo punto di vista. È proprio il suo matrimonio lo scudo di protezione, nemmeno i britannici osano infastidirlo.»

«Perché mi racconta tutto questo?»

«Immagino si stia chiedendo chi è Brander.»

«Mi è del tutto indifferente», rispose Fernando un po' troppo precipitosamente.

«Non credo proprio, non può non sentire un pizzico di curiosità verso la vita dei due uomini di cui stanotte dovrà ascoltare le conversazioni.»

«L'interesse è tutto suo, non mio.»

«Ha ragione, a me colpisce il fatto che quell'uomo apparentemente sia estraneo alla guerra. Il suo disinteresse è tale da risultare sospettoso.»

«Non andrò in quel bar. Non ne ho motivo, tutto questo non mi riguarda», affermò Fernando mostrandosi perentorio.

«La ragazza che la accompagnerà si chiama Zahra Nadouri. È una donna singolare: è molto intelligente, ma è anche una ballerina di danza del ventre, la migliore. Di solito i suoi spettacoli si tengono un paio di volte alla settimana in un locale frequentato da tutti gli uomini più importanti della città. È un posto rispettabile, i signori ci vanno accompagnati dalle loro signore, non sempre naturalmente.»

«E questa ragazza così straordinaria lavora per lei?» Il tono di voce di Fernando tradiva un certo disprezzo.

«Sì, e ha le sue ragioni. Comunque, quanto le chiedo di fare è semplice.»

«Ma non ho ragione di accettare», insistette Fernando.

«Non direi proprio... Non solo perché conosco i motivi per cui lei è fuggito... ma anche perché il suo soggiorno ad Alessandria potrebbe farsi più difficile... Marvin Brian andrà via appena possibile e il suo amico Eulogio se ne andrà con lui... Quanto a lei e a Catalina... credo che rimarrete qui perché non avete molte alternative. Catalina vuole incontrare Marvin, ma lui non è disposto a farlo e lei preferisce che non lo faccia. D'altro canto, sarebbe un azzardo sottoporre Adela a un altro viaggio per mare. Con ogni probabilità non sopravvivrebbe. Lei ha bisogno di lavorare e io gliene ho dato la possibilità; adesso le propongo degli extra... Tutte cose fattibili. Non solo, lo stipendio è buono.»

Fernando avvertì una fitta nello stomaco. Di colpo, detestava quell'uomo. Sentiva di essere stato ingannato. Wilson lo aveva manipolato sin dall'inizio e adesso lo stava ricattando. E lo faceva, apparentemente, senza nessuno sforzo.

«Non ha molte scelte», gli ricordò il suo capo.

«Si può sempre dire di no», rispose Fernando.

«Certamente. È lei a decidere.» Rimase in silenzio mentre il suo sguardo si faceva sempre più duro, tant'è che Fernando sussultò.

«Perché ha scelto me?»

«Lei parla spagnolo. Ad Alessandria sentirà parlare molte lingue, ma non la sua. Curiosamente, Erick Brander conosce lo spagnolo, è la lingua che usa con Pedro López. Dovrete solo sedervi vicini e ascoltare. Lei parla fluidamente l'inglese e conosce un po' di francese, perciò non le sarà difficile comunicare con Zahra.»

«Devo solo ascoltare?»

«Esattamente. Stare attento e ascoltare, e se succede qualcos'altro... L'informazione non si ottiene solo dalle parole; possiamo sapere molto di una persona anche analizzando i suoi gesti, i suoi sguardi, osservando se è a proprio agio o a disagio... I piccoli dettagli possono rivelare quanto e più di una conversazione. Quanto ai suoi amici... come capirà, non devono sapere niente di tutto questo. Deve trovare una scusa per giustificare la sua uscita serale; potrebbe raccontare che le ho chiesto di fare compagnia a una mia giovane amica.

«Adesso chiamerò mia moglie. Credo abbia qualcosa per lei. Mi aspetti qui.»

Sara non tardò ad arrivare nello studio con una scatola.

Il suo sorriso aperto e pieno di fiducia mise in disarmo il malumore di Fernando. «Benjamin mi ha chiesto di cercare qualcosa per il tuo appuntamento di stanotte. Credo che questa ti tornerà utile.» E tirò fuori dalla scatola una giacca dal taglio elegante.

Dentro c'erano anche una camicia, un paio di pantaloni e un paio di scarpe perfettamente lucidate. «Sì, credo proprio che ti starà bene...» disse Sara mentre lo aiutava a indossare la giacca.

«Domani restituirò tutto», rispose Fernando tanto per dire qualcosa, schiacciato dalla situazione.

«Assolutamente no. Tienitelo, potresti averne di nuovo bisogno. Ad Alessandria vestirsi bene non è mai fuori luogo, soprattutto se si è giovani e si vuole avere successo. Non voglio offenderti, ma mi piacerebbe che venissi a casa mia, appena avrai un po' di tempo... Se me lo permetti, ti darò un po' di vestiti.» Sara guardò Fernando dritto negli occhi.

Lui non si sentì offeso, era difficile che Sara offendesse qualcuno. Era così dolce, così franca e insieme così risoluta da risultare una donna speciale.

Uscirono insieme dallo studio; Leyda dovette rendersi conto del disagio di Fernando, ma si limitò a salutarli con un sorriso.

Eulogio era sdraiato sul letto con un libro in mano. «Dai, oggi sei arrivato presto. Anch'io, Sudi Kamel mi ha liberato prima del previsto. Sai...? Mi rendo conto che il mio lavoro è ridicolo. In realtà, il signor Kamel sta facendo un favore a Farida, perché ha un sacco di personale che potrebbe portarlo in giro. Ci parliamo in francese, ma non gli sono di grande aiuto perché non conosco una parola di arabo. Vedi, sto leggendo questo libro per cercare di imparare qualcosa. Me lo ha dato Farida.»

«Sì… Credo che Marvin ti conosca bene, sa che sei una persona orgogliosa e probabilmente ha pensato che era meglio trovarti un lavoro finché stai qui.»

«Io… ecco, ho deciso che me ne andrò con Marvin e Farida quando partiranno per l'America. Lo sai già. Questo non è il mio posto e ti confesso che, se anche parlassi l'arabo, non mi piacerebbe vivere qui… Tutto mi è estraneo.»

«Be', sei stato tu a proporre di venire ad Alessandria», lo rimproverò Fernando.

«In realtà è stata Catalina a insistere quando ha saputo che Marvin era qui.»

«Siamo finiti in una trappola dalla quale tu puoi scappare, io no», disse Fernando.

«Lo sai che Marvin sarebbe felice di pagarti il biglietto per l'America… in Spagna non ci puoi tornare…» gli ricordò Eulogio.

«E Catalina? Non penserai che la lasci qui? Sai bene che dipende da noi.»

«In realtà dipende da te. Non so come fai a sopportarla, è davvero una ragazza irragionevole.»

«Grazie a lei siamo potuti scappare. Tu avevi le tue ragioni e io le mie; la verità è che lei ci ha aiutati.»

«Per aiutare se stessa», concluse Eulogio.

«Sì, ognuno aveva bisogno dell'altro. Ma adesso è lei la più debole. Ha una figlia malata e un unico scopo, incontrare Marvin. È convinta che quando si vedranno risolverà tutti i problemi.»

«Marvin non vuole sapere niente di lei, lo sai. Quanto a Farida… Catalina per lei non ha nessuna importanza. Un'altra persona al suo posto sarebbe gelosa o infastidita, ma Farida no, è una donna speciale.»

Eulogio guardò con curiosità la scatola che Fernando aveva poggiato sul letto. Aspettò che fosse l'amico a dirgli che cosa conteneva. «Stanotte uscirò. Sara mi ha regalato una giacca e una camicia… Wilson mi ha chiesto di fare da accompagnatore alla giovane figlia di alcuni buoni amici di famiglia.»

«E lo ha chiesto a te?» chiese Eulogio sorpreso.

«In realtà mi ha invitato a bere un bicchiere con lui e con Sara all'hotel Cecil, e non posso rifiutarmi. La ragazza verrà a prendermi per portarmi lì.»

«Non avrei mai detto che i Wilson giocassero a combinare matrimoni», rispose Eulogio ridendo.

«Sara è molto materna… Mi chiede sempre se ho mangiato abbastanza o se mi sento solo. L'appuntamento di stanotte sembra proprio un'imboscata, ma ci devo andare.» Fernando era dispiaciuto di dover mentire al suo amico.

«Allora, spero che sia una bella ragazza e che tu mantenga alto l'onore spagnolo», disse Eulogio continuando a scherzare.

«Non ho nessuna voglia di uscire con lei…»

«Su, Fernando, devi cominciare a pensare a qualcuno di diverso da Catalina. Lei non sarà mai per te. So che le mie parole ti fanno male, ma sono tuo amico e ho l'obbligo di essere sincero.»

Fernando si voltò. In effetti, le parole di Eulogio gli facevano male, ma sapeva che l'amico aveva ragione. Lasciò che tornasse allo studio dell'arabo mentre tirava fuori l'abbigliamento della scatola.

Eulogio lo stava aiutando a fare il nodo della cravatta quando Dimitra bussò alla porta e annunciò, ammirata, che Zahra Nadouri lo stava aspettando in sala.

La domestica e il suo amico lo seguirono interessati. Dimitra non riusciva né voleva tenere a bada la propria curiosità, Eulogio invece aveva una gran voglia di conoscere la ragazza che, a quanto pareva, i Wilson avevano pensato come fidanzata di Fernando.

Al loro arrivo, Ylena Kokkalis stava chiacchierando spensieratamente con la ragazza. Dal tono della conversazione sembravano conoscersi. Fu Ylena stessa a fare le presentazioni. «Fernando, questa è la signorina Nadouri... Zahra, loro sono Fernando ed Eulogio, ho il piacere di ospitarli a casa mia. Dimitra, per favore, fa' in modo che la cena venga servita alla solita ora.»

Eulogio scrutò Zahra minuziosamente, più di quanto avrebbero previsto le regole di buona educazione. Non la trovò particolarmente interessante. Statura media, capelli castano rossicci raccolti in uno chignon, né magra né grassa e, questo sì, con due occhi sorprendenti blu. Era struccata e aveva la pelle color cannella.

Per qualche minuto parlarono del più e del meno, poi Ylena ricordò loro che dovevano andare. Fernando ipotizzò che anche la sua padrona di casa lavorasse per Benjamin Wilson, perché l'arrivo di Zahra non l'aveva sorpresa ed era evidente che si conoscevano.

Una macchina li aspettava davanti al portone. Fernando era a disagio. Non sapeva che cosa dire, ma fu Zahra a prendere le redini della conversazione chiedendogli se Alessandria gli piacesse e che cosa avesse visto sino a quel momento. Fu una conversazione tanto formale quanto priva di sostanza, utile solo a non rimanere in silenzio durante il tragitto verso l'hotel Cecil.

Quando entrarono nel bar, vennero subito accolti da un cameriere che li accompagnò sino a un tavolo discreto. Zahra ordinò due coppe di Champagne. «Si tranquillizzi. Non sarà difficile. Deve solo ascoltare», ricordò a Fernando.

«Chi? Il tavolo accanto a noi è libero.»

«Arriveranno. Deve solo stare tranquillo e chiacchierare con me.»

«E se non arrivano?»

«Se Benjamin ha detto che quei due uomini verranno qui stasera, lo faranno.»

«Lei perché fa questo?»

«Ho le mie ragioni.»

«Sì, immagino...»

«Anche lei avrà le sue, no?»

«Per venire qui ad ascoltare una conversazione? No... Non direi che ho le mie ragioni, semmai sono stato obbligato dalle circostanze.»

«Mi guardi e sorrida, poi prenda la mia mano. Il suo compatriota è arrivato.»

Il cameriere accompagnò un uomo dai capelli brizzolati e l'espressione severa, di bell'aspetto ed elegantissimo. L'uomo li guardò con disinvoltura, ma Fernando intuì che era solo apparenza, in realtà li stava studiando. L'uomo ordinò poi un Martini al cameriere e si accomodò pigramente. Sembrava assolutamente tranquillo.

Dopo un minuto scarso un uomo alto, dai capelli bianchi e il fisico robusto, già avanti negli anni, entrò con passo agile e cominciò a cercare qualcuno con lo sguardo. Non tardò a trovarlo; cercava proprio lo spagnolo. Lo salutò con una stretta di mano, lanciò un'occhiata ai due ragazzi del tavolo accanto e si sedette di fronte all'amico. Guardò attentamente la ragazza, ma la sua espressione non cambiò.

Zahra allungò una mano verso Fernando, che la prese tra le proprie, a disagio. Lei si avvicinò e gli sussurrò qualcosa all'orecchio obbligandolo a sorridere.

«Ho buone notizie, verrà ricevuto a corte», esordì il tedesco rivolto verso lo spagnolo. «Io stesso la accompagnerò al Cairo...»

«Bene, non pensavo riuscisse a farcela in così breve tempo.»

«Come ben sa, la maggioranza degli egiziani non ha alcuna simpatia per i britannici, sono stufi di essere sotto la loro ala. E a corte in molti attendono impazienti gli sviluppi di questa guerra.»

«Che cosa mi dice del maresciallo Rommel? Si racconta che abbia avuto degli scontri con l'alto comando italiano», osservò lo spagnolo.

«È appena arrivato e si lascia già contagiare dai pettegolezzi... Lasci perdere, amico mio; non c'è dubbio sul fatto che Rommel abbia cambiato il corso della guerra in Nord Africa. Senza l'aiuto dei tedeschi, gli italiani sarebbero già finiti in mare», sentenziò Erick Brander.

«Sì, ma non farei troppi distinguo tra tedeschi e italiani...» Pedro López attese la risposta di Brander.

«Certo, l'Italia è alleata della Germania e il Nord Africa era una sua area di influenza, ragion per cui formalmente Rommel deve fare rapporto al maresciallo Graziani. Ma sarà d'accordo con me sul fatto che il talento di Rommel è superiore a quello di qualunque generale italiano», rispose con orgoglio Brander.

«Però, al momento i britannici non sembrano voler retrocedere», insistette Pedro López.

«Questa è una delle cose che snervano Rommel. Sa, la guerra del deserto ha le proprie regole. Per quanto non ci siano che sabbia e roccia, alcuni luoghi sono strategici, ad esempio i passi di Fuka, Halfaya e Sidi Rezegh. Rommel non riesce a capacitarsi di come un anno fa, più o meno in questo periodo, nel dicembre del 1940, il generale britannico O'Connor con due sole divisioni sia stato capace di distruggere la decima armata italiana catturando più di centomila soldati. Ancora più sorprendente è che i britannici non abbiano portato avanti l'offensiva e abbiano invece deciso di ripiegare in Egitto. Ecco perché Rommel e l'Africa Korps sono qui, per impedire che gli alleati vincano la guerra in questa parte del mondo.»

«Perciò tra Rommel e Graziani ci sono alti e bassi», osservò Pedro López.

«Diciamo che il maresciallo prende le sue decisioni. È qui per vincere. Lo prova il successo ottenuto a El-Agheila e poi a Brega.»

«Dicono che il generale Philip Neame non possieda lo stesso talento militare di O'Connor...»

«Be', i britannici sono sorprendenti, O'Connor adesso si sta occupando di Suez. Ma credo che la sua opinione su Neame sia sbagliata, perché non è certo un militare pusillanime. A quanto pare, però, ci sono delle differenze tra i due generali. A mio avviso, il comandante in capo delle forze britanniche, il generale Archibald Wavell, ha sbagliato quando ha mandato O'Connor a Suez.»

«Eh, gli scontri tra generali sono comuni in tutti gli eserciti. Se non sbaglio, il generale Von Paulus ha mandato a Berlino un rapporto poco lusinghiero sul modo in cui Rommel dirige l'Africa Korps, che avrebbe avuto il suo peso nel fallimento dell'operazione per conquistare Tobruch nonostante i precedenti successi», ricordò lo spagnolo.

Erick Brander si mosse a disagio sulla sedia. Pedro López sembrava disporre di informazioni precise su quanto stava succedendo in Africa. Con gli spagnoli non si poteva mai sapere...

«In questo momento Rommel domina sulla Cirenaica. Le ricordo che dopo Tobruch ha fronteggiato un'offensiva di Wavell e sconfitto i carri armati britannici. Lei sa qual è il grande vantaggio di Rommel, oltre al suo coraggio e al suo talento militare? Il fatto che sia informato. Le informazioni, e le intercettazioni radiofoniche, naturalmente. È grazie a questo che non sono riusciti a prenderlo alla sprovvista sul fronte Capuzzo-Sollum.»

«Il che, per il generale Wavell, è stato un gran bel dispiacere, perché il vecchio Churchill non gli ha perdonato quella sconfitta e togliendogli il comando ha reso Rommel più forte», sentenziò lo spagnolo.

«Le assicuro, amico mio, che vinceremo la guerra anche qui. Per quanto riguarda la sua visita a corte... verrà ricevuto entro una settimana. Come le ho anticipato, io stesso la accompagnerò al Cairo. Naturalmente, la visita non avrà carattere ufficiale. Sarà discreta», affermò Brander, guardando dritto negli occhi il suo interlocutore.

«Ma certo, mi sembra la cosa più giusta», concordò López in tutta tranquillità.

«Per quanto riguarda il cotone che è venuto a comprare, ho già negoziato il prezzo con un buon amico. Ancora prima di lasciare il Cairo l'operazione potrà considerarsi chiusa. E adesso la lascio riposare. Ah! Dimenticavo, mia moglie ha insistito perché lei sia dei nostri domani sera, per salutare il nuovo anno. Ci saranno anche degli amici che incontreranno senz'altro il suo interesse.»

«Dica a sua moglie che accetto con piacere.»

«Bene, sa già dove abito; se per lei va bene, la aspettiamo per le otto.»

I due uomini si alzarono in piedi, congedandosi con una nuova stretta di mano. Erick Brander guardò di nuovo Zahra di sottecchi, come se l'avesse riconosciuta. Anche Pedro López guardò la giovane coppia cercando di non darlo a vedere, ma i due non sembrarono risvegliare il suo interesse. Fernando aveva entrambe le mani di Zahra tra le proprie mentre ridevano e si parlavano nell'orecchio come due innamorati. E così rimasero per un bel pezzo, sebbene il tedesco e lo spagnolo se ne fossero andati. Poi, con un sorriso, Zahra gli fece capire che la recita era finita. «Adesso usciremo a braccetto. Dobbiamo continuare a far finta di essere una coppia di innamorati. La macchina ci sta aspettando a due isolati da qui. Camminiamo adagio, come se non avessimo nessuna voglia di separarci.»

Fernando seguì le indicazioni di Zahra senza protestare. Era sfinito. Si era concentrato su quanto si dicevano López e Brander e intanto aveva finto interesse nei confronti di Zahra, che a sua volta gli chiedeva di guardarla e di sorridere.

Quando arrivò a casa di Ylena, trovò Eulogio addormentato e, per non svegliarlo, se ne andò in biblioteca, dove cercò di trascrivere su carta quanto aveva ascoltato.

Ylena lo sorprese a scrivere e non gli chiese niente, ma si sedette accanto a lui. «È andato tutto bene?»

«Sì... certo... è stata una serata molto piacevole.» Si sentì a disagio mentre pronunciava quelle parole tanto per dire qualcosa.

«Lei non lo sa, ma ha avuto l'onore di trascorrere la serata con la donna più desiderata di Alessandria.»

Non seppe che cosa rispondere. In realtà, non aveva notato degli sguardi particolari su Zahra, anzi, gli era parso che fosse passata inosservata. Zahra non era certo una bellezza straordinaria. Ylena parve intuire i suoi pensieri. «Domani è Capodanno, ceneremo qui, verrà anche il capitano Pereira e poi andremo nel locale in cui Zahra si esibisce; sono certa che a quel punto le mie parole acquisiranno un senso.»

«Io... Be', in realtà non ho voglia di andare da nessuna parte domani...»

«La capisco. Si sente solo in questo Paese strano con gente ancora più strana. Ma le consiglio di non respingere l'amicizia. La vita unisce le persone senza chiedere il permesso. Oggi è qui, e mi auguro che il giorno in cui se ne andrà porti via con sé un bel ricordo di me e di questa casa.»

«Le sarò sempre grato di quello che sta facendo per noi. Ci ha accolti senza sapere chi fossimo e nemmeno se saremmo mai stati in grado di pagare il soggiorno», rispose con sincerità.

«Non dico mai di no alle richieste del capitano Pereira. È un mio carissimo amico. E spero che non voglia fargli uno sgarbo rifiutandosi di assistere allo spettacolo di Zahra.»

«Per nulla al mondo gli farei uno sgarbo, è solo che... cerchi di capirmi... è la prima volta che trascorro il Natale fuori da casa mia. Non ho nessuna voglia di festeggiare.»

«Eppure ha molte cose da festeggiare, mio giovane amico. Deve festeggiare il fatto di essere vivo. E anche di essere arrivato in porto sano e salvo, e di aver trovato un posto dove è stato accolto senza chiederle nulla, dove... Credo che riuscirà a guarire tutte le cicatrici del suo animo, per quanto al momento mi sembra sanguinino incessantemente. Deve festeggiare anche la sua giovinezza, gli anni che la aspettano per diventare la persona che vuole essere, per dare una forma al suo destino. Sì, in realtà ha molto da festeggiare ma, mi creda, capisco la sua nostalgia nei confronti delle persone che ama e che non sono qui.»

Ylena gli sorrise con tristezza, come se anche lei di colpo fosse stata assalita da una dolorosa nostalgia.

Poi, dopo avergli posato una mano sulla spalla, uscì dalla biblioteca lasciandolo solo.

Il Portoghese ascoltava con attenzione il dottor Naseef quel mattino del 1941. Era arrivato presto perché voleva pagare le spese del soggiorno di Catalina e Adela, ma soprattutto voleva saperne di più sullo stato di salute della piccola.

Il medico non era solito dare speranze senza fondamento, ma dovette riconoscere che il caso di Adela era straordinario perché non aveva mai visto una bambina prematura sopravvivere a una polmonite. Adela invece ce la stava facendo. Adagio, ma ogni giorno che passava era un giorno conquistato in quella battaglia per la vita. Era arrivato persino a ipotizzare che in breve avrebbero potuto lasciare l'ospedale, a patto che Catalina seguisse con rigore le sue istruzioni.

«Adela vivrà, io non ho dubbi. Una bambina che nasce nel bel mezzo di una tempesta riesce sicuramente ad andare avanti», assicurò Pereira.

Dopo la conversazione con il dottor Naseef andò nella stanza in cui si trovavano madre e figlia. Catalina lo abbracciò, piena di gratitudine, e gli diede un sonoro bacio sulla guancia. Il capitano era diventato per lei quanto di più simile a un padre, benché lui cercasse di recitare la parte del rude marinaio.

Pereira prese Adela tra le braccia e la cullò. La bambina aprì gli occhi e lui ebbe l'impressione che lo avesse riconosciuto. In fin dei conti, l'aveva aiutata a venire al mondo.

«Sta meglio», disse Catalina.

«Sì, il dottor Naseef probabilmente vi permetterà di tornare a casa.»

«A casa?» Catalina fu invasa dalla nostalgia.

«A casa di Ylena. Lei saprà prendersi cura di entrambe.»

«Ylena è molto buona con noi.»

«Catalina, perché non torni in Spagna? È difficile, la guerra diventa ogni giorno più complicata, ma io posso aiutarti.»

«Non posso tornare a casa, capitano. Le ho raccontato come stanno le cose, lo sa che non posso tornare. È impossibile. Non posso permettere che i miei genitori debbano affrontare la vergogna di ammettere che la loro unica figlia ha avuto una bambina senza essere sposata. Loro mi hanno offerto una soluzione e io l'ho rifiutata. Se non torno con un marito, non c'è niente da fare.»

«C'è un uomo che ti ama e che si sposerebbe con te in questo esatto istante.»

«Fernando? Lo so, ma io non amo lui e non potrò mai amarlo come si ama un marito. Posso sposarmi solo con una persona, Marvin. Adela è sua figlia; poco importa che non mi ami, conta di più la responsabilità che ha nei confronti della bambina.»

«Non puoi obbligarlo», insistette Pereira.

«Se potessi farlo lo farei», rispose senza un minimo di esitazione.

«Ma sarebbe una disgrazia per entrambi.»

«Può darsi, magari all'inizio lui potrebbe volermene per essersi dovuto sposare con me, ma sono certa che sarei capace di ottenere il suo amore. E, soprattutto, abbiamo Adela, abbiamo un obbligo verso di lei.»

«Un figlio non basta per tenere insieme un uomo e una donna», osservò il capitano con una certa durezza.

«Invece sì. Quello che importa è il rispetto, il senso del dovere e la considerazione verso l'altro. Mio padre mi ha sempre detto che tutto questo è molto più importante dell'amore.»

«Sei troppo giovane per credere che le cose stiano così. Alla tua età si ha bisogno di altro, non di salvare le apparenze.»

«Capitano, io credo di avere un dovere, quello di dare un padre alla piccola.»

«Marvin Brian non ti ama, è innamorato di un'altra donna. Fernando invece sarebbe un buon padre per Adela e un buon marito per te», affermò Pereira.

«Per me Fernando è come un fratello... non riesco a vederlo in un altro modo...»

«E allora non insisterò. Tra sette giorni, dieci al massimo, me ne andrò. Per fortuna, i danni subiti dalla *Esperanza del Mar* non sono gravi come sembrava. Sai che ho avuto delle avarie a causa dell'attacco italiano nel porto di Alessandria. Insomma, non so quando riusciremo a vederci di nuovo.»

«Ma tornerà, vero? Io... be', mi sono molto affezionata a lei. Mi mancherà tantissimo.»

«Tornerò, sì... Tra qualche mese, però, sempre che la guerra non me lo impedisca.»

«Non dica così! Io... Io non voglio che vada via.» E dagli occhi di Catalina cominciarono a sgorgare le lacrime.

Il capitano la abbracciò, accarezzandole i capelli come fosse una bambina. Non sapeva perché, ma provava un affetto sincero per Catalina, e pensò di nuovo a sua figlia e alle sue nipoti, così lontane.

Non tollerava il pensiero che anche loro potessero trovarsi in una una situazione come quella della giovane spagnola.

Alla stessa ora, Benjamin Wilson leggeva la relazione scritta da Fernando. In realtà, non conteneva nulla che lui non sapesse già, ma il fatto che lo spagnolo fosse stato capace non solo di riassumere con precisione la conversazione tra Erick Brander e Pedro López, ma anche di commentare in modo interessante quanto aveva sentito, avvalorò la decisione di coinvolgere Fernando nella propria attività.

Sapeva che avrebbe opposto resistenza, ma anche che, una volta fatto il primo passo, quelli successivi sarebbero stati più facili.

Sara entrò nello studio e il suo cuore si riempì di gioia. Il legame che li univa era qualcosa più dell'amore che provavano. Avevano gli stessi gusti, si emozionavano per le stesse cose, ma soprattutto non avevano bisogno di riempire il silenzio con parole inutili. Potevano trascorrere insieme ore e ore, a leggere oppure persi nei propri pensieri, senza mai sentirsi a disagio.

Chi li conosceva si era stupito che, essendo ormai persone adulte, avessero deciso di sposarsi. Invece, gli ultimi anni erano stati i più felici della sua vita. Per la prima volta aveva avuto la possibilità di apprezzare che cosa volesse dire non essere solo.

«A quanto pare stai leggendo cose interessanti...» disse Sara a suo marito mentre gli sorrideva.

«Non mi sono sbagliato con quel ragazzo», affermò Wilson.

«Fernando? Ha molte qualità, anche come redattore. È un gran lavoratore, meticoloso, e ha istinto per la poesia. Athanasios è molto soddisfatto di lui», aggiunse Sara.

«Non mi riferivo all'ambito editoriale... La relazione sull'incontro tra Erick Brander e Pedro López è piena di piccoli dettagli che indicano il fatto che è un ottimo osservatore. Credo che potrebbe fare altri lavori... Potrebbe lavorare con Zahra.»

«Non sarà pericoloso? Ricorda che non è preparato in nessun modo...»

«Be', è solo una possibilità. Vedremo.»

«Perciò, sei soddisfatto del lavoro di Fernando. Credo che il suo valore più grande risieda nel fatto che non ha perso del tutto l'innocenza; sarebbe bello che non la perdesse mai. Bene, adesso vado a casa. Voglio essere certa che tutto sia ben organizzato per stasera. A proposito, Marvin e Farida verranno. Credo di aver capito che partiranno prima del previsto. Ci racconteranno.»

«Farida continua a sorprendermi», commentò Wilson.

«È una donna straordinaria. Intelligente, sensibile, audace e in più bellissima. Ma la sua è una bellezza che viene dall'anima, è questo che la rende così speciale», affermò Sara.

«D'accordo, dirò ad Athanasios che deve chiudere lui. Informa gli altri impiegati che possono andare via prima, oggi è l'ultimo giorno dell'anno.»

«Per i cristiani», gli ricordò Sara.

«Sì, hai ragione, ma la città festeggia comunque. Alessandria funziona così.»

«Sai che non ho niente in contrario ai festeggiamenti del nuovo anno cristiano. Inoltre, le feste cristiane mi sono sempre state familiari. Ho sempre vissuto in accordo con il loro calendario. Noi ebrei francesi siamo stati abituati a celebrare le nostre feste all'interno delle case.»

«È un'occasione come un'altra per vedere gli amici. Io non mi tratterò ancora a lungo.»

Benjamin guardò Sara uscire e sospirò. Poi se ne stette tranquillo per un po', lasciando fluire i pensieri, in cerca di una risposta alle sue inquietudini. Dopo poco chiamò la sua segretaria. Leyda Zabat era molto efficiente e meritevole di assoluta fiducia; la sua miglior virtù era la discrezione. Non era mai stata oggetto di critiche o commenti di alcun genere. Tutti la rispettavano, e in più le volevano bene perché era completamente priva di malizia. Pensò che era una fortuna poter contare su brave persone come Leyda.

Prima di andare a casa voleva leggere la scheda che gli aveva passato Athanasios sul giovane poeta Omar Basir. Ciò che era sorprendente in Basir era il dominio dell'inglese, lingua che utilizzava per scrivere i suoi versi, oltre all'arabo. Era comprensibile, suo padre era uno dei commercianti più prosperi della città e aveva fatto studiare il suo primogenito in un collegio londinese esclusivo e poi ad Oxford, dove si era laureato in storia. Il caporedattore aveva lasciato un appunto in cui spiegava che era stato Fernando a leggere le poesie di Basir e a raccomandarne la pubblicazione. Wilson voleva verificare se, come assicurava Sara, Fernando avesse davvero il talento di riconoscere un vero poeta. Dopo aver letto varie poesie di Omar Basir decise che, in effetti, il giovane spagnolo possedeva il dono di scoprire la verità della poesia.

Chiese a Leyda di chiamarlo. Voleva assolutamente dirgli quanto apprezzasse il suo lavoro.

Fernando entrò con aria seria. Era palesemente a disagio, non tanto con Wilson quanto con se stesso.

«Voglio farle i miei complimenti. Lei ha occhio», affermò l'uomo con un mezzo sorriso.

«Prima e ultima volta», lo avvertì Fernando con un tono di voce più duro di quello che il buon senso avrebbe consigliato con il proprio capo.

Benjamin trattenne una risata. Di nuovo, stavano giocando al gatto e al topo. «Mi sta dicendo che non vuole più occuparsi di poesia... Questo sì che è un bel problema...»

«Di poesia? No... non ho detto questo... Credevo si stesse riferendo alla serata di ieri.»

«Non dia mai niente per scontato o finirà nei guai. Ecco, sono d'accordo con lei, Omar Basir è un bravo poeta. Pubblicheremo il suo libro. L'edizione la curerà lei, sotto la supervisione di Athanasios Vryzas, e organizzerete un recital durante il quale Basir potrà leggere i suoi versi.»

«Le chiedo scusa... credevo che...»

«Che mi stessi riferendo al suo rapporto sull'incontro tra Erick Brander e Pedro López.»

«Sì», ammise Fernando a disagio.

«Proprio per questo le ho consigliato di riflettere sempre prima di parlare e, in caso di dubbio, tacere. La lezione è gratuita.»

Fernando sostenne il suo sguardo, nonostante il disagio crescente, e non rispose alla sua ultima affermazione.

Wilson non gli diede tregua e continuò: «È evidente che Pedro López è venuto a fare anche dell'altro, oltre che acquistare cotone. La prova è proprio l'appuntamento con un personaggio importante della corte. Immagino che il generale Franco voglia farsi amici un po' dappertutto e che questo López possa essere un suo agente. Non escludo di mandarla al Cairo».

«Non ci andrò, signor Wilson. Ho lasciato la Spagna, non voglio farmi vedere da nessun inviato di Franco. Ho già corso parecchi rischi ieri notte.»

Wilson rimase in silenzio. Fernando aveva ragione, ma lui continuava ad accarezzare l'idea di riuscire a trarre vantaggio dalla situazione. «Ci torneremo più avanti. Adesso vada via, riposi. Immagino che Ylena starà organizzando una cena speciale per stanotte.

«Ah, tenga, se lo è guadagnato. Per il lavoro di ieri notte.» E gli consegnò una busta chiusa.

31 dicembre 1941

Il capitano Pereira si presentò a casa di Ylena con indosso la sua uniforme migliore. Si era tagliato la barba e profumava di colonia, come poté constatare Dimitra mentre lo accompagnava nella biblioteca. Per il cenone, Ylena indossava un abito lungo blu notte mentre il colonnello Sanders aveva messo lo smoking.

Eulogio e Fernando si stavano chiedendo se dovessero unirsi al gruppo o, al contrario, potessero stare nella loro stanza a riposare. «Non possiamo presentarci con un vestito qualunque», insisteva Eulogio.

«Sì, ma sarebbe scortese nei confronti di Ylena e del capitano non accettare l'invito», argomentò Fernando.

Dimitra bussò alla porta per comunicare loro che la signora era impaziente e che l'arrosto rischiava di rovinarsi.

Le spiegarono il loro dilemma e la ragazza rise della situazione. Chiese loro di aspettare mentre cercava di risolvere il problema dell'abbigliamento.

Qualche minuto più tardi ritornò in compagnia di Ylena. La donna li rimproverò con affetto. «Stiamo in famiglia, potete vestirvi come volete.»

«Signora, come capirà abbiamo lasciato la Spagna in tutta fretta e non ci siamo certo preoccupati di mettere in valigia una camicia bianca», si scusò Eulogio.

«Fernando può usare la camicia e la giacca che gli ha dato Sara Rosent; quanto a lei, Eulogio... credo che la risolveremo con un prestito. Ne parlerò io stessa con il colonnello Sanders... So che ha una valigia piena di vestiti e non sa se disfarsene o tenerli.»

Non ebbero nemmeno il tempo di protestare perché in breve Ylena tornò con un completo che odorava di naftalina e aveva conosciuto tempi migliori, e una camicia bianca ancora in buono stato, che Eulogio dovette accettare.

Quando si presentarono in biblioteca, il capitano Pereira li ricevette sorridente. «Cavalieri, l'attesa è valsa la pena.»

Eulogio si avvicinò a Sanders con l'idea di ringraziarlo per avergli prestato degli abiti, ma l'inglese non gli permise di dire una parola. «Amico mio, la cosa più importante è che finalmente possiamo degustare l'arrosto che ha preparato Ilora, perché se continuiamo a rimandare non sarà più cotto a puntino.»

La cena scaldò loro la pancia e il cuore. Il Portoghese e il colonnello Sanders fecero a gara nel raccontare aneddoti e brindarono anche alla salute di monsieur Baudin, assente quella sera perché stava cenando a casa del figlio Philippe.

Poco prima di mezzanotte, Pereira ricordò loro che aveva prenotato un tavolo in un famoso locale. Non era stato facile trovare posto per quella sera, c'era lo spettacolo di Zahra Nadouri.

Il colonnello Sanders non pensava di partecipare e si scusò dicendo che i locali notturni non gli erano mai piaciuti. Tuttavia, poiché il capitano si mostrò offeso, alla fine cedette.

Le auto si fermavano per permettere ai distinti clienti di scendere davanti al locale. Dentro, uomini in smoking accompagnati da donne avvenenti e sofisticate in abiti di *haute couture* parigina ballavano sulla pista fra risate e coppe di Champagne. Era una vera festa, come se a pochi chilometri da lì non ci fosse nessuna guerra. Fernando fu assalito da un pensiero assurdo: Rommel festeggiava l'arrivo del nuovo anno? E il generale Auchinleck? O forse entrambi, con l'aiuto dei loro Stati maggiori, si stavano dedicando a preparare una nuova battaglia? La guerra sembrava lontanissima quella notte.

Il capitano Pereira era particolarmente vivace e Ylena sorrideva mentre salutava le molte persone che incontravano. Fernando si rese conto che la sua padrona di casa aveva una fitta rete di relazioni.

Il tavolo prenotato non era lontano dalla pista; il capitano si vantò di quanto gli era costato ottenerlo.

Eulogio sussurrò all'orecchio di Fernando che con ogni probabilità Pereira stava esagerando, data la familiarità con cui trattava i camerieri e le espressioni di complicità con alcuni membri dell'orchestra. «È evidente che il nostro capitano è un habitué di questo locale», commentò Eulogio.

Era appena passata la mezzanotte, quando il maestro di cerimonie annunciò tra le urla e gli applausi lo spettacolo della grande Zahra; in quel momento le voci diventarono sussurri.

Le luci si spensero e il palcoscenico rimase al buio; si sentiva solo il respiro agitato di coloro che attendevano quello che sarebbe stato l'evento più interessante della serata.

L'orchestra cominciò a suonare un brano dalle note cariche di erotismo e sensualità. Di colpo, un fascio di luce illuminò il centro della pista mentre la musica diventava più ritmata.

Fu come un'apparizione. Una donna scalza, con indosso dei pantaloni fucsia di voile trasparente e un reggiseno dello stesso colore, con dei pendenti sberluccicanti e lo stomaco e il ventre scoperti, muoveva lentamente le braccia. I lunghi capelli castani dai riflessi rossicci le coprivano le spalle. E quasi che i suoi lenti movimenti avessero un effetto ipnotico, i sussurri si fecero silenzio.

Le mani e i piedi della donna si muovevano allo stesso ritmo e, di colpo, il corpo cominciò a ondeggiare, adagio, da una parte all'altra. Fernando non riusciva a staccare gli occhi da quel ventre color cannella che a poco a poco sembrava acquisire vita propria.

Lo spettacolo durò più di un'ora e, quando il fascio di luce si spense lasciando lo scenario al buio, ci fu un'esplosione di applausi e grida entusiaste.

Zahra era riuscita a creare un'atmosfera magica. Di colpo, tutti parlavano di lei, della sua danza elegante e sensuale, della sua incredibile capacità di lasciare gli spettatori con il fiato sospeso. Alcuni ammiratori cercarono di raggiungerla nel camerino, ma degli energumeni bloccavano loro il passaggio.

«È favolosa!» esclamò Ylena senza smettere di applaudire.

«Straordinaria, farebbe perdere la testa a qualunque uomo», ammise il capitano Pereira.

«Eppure, non ha pretendenti», commentò il colonnello Sanders.

«Be', pretendenti ne ha a decine, semmai li rifiuta. In effetti, però, non ha un fidanzato né mai ne ha avuto uno», aggiunse Ylena.

«Appunto, se non è fidanzata è perché non vuole», affermò Sanders, ancora emozionato dalla danza di Zahra.

«Tu cosa dici, Fernando?» gli chiese il Portoghese.

L'impatto che la danza di Zahra aveva avuto su Fernando lo aveva lasciato senza parole. Faticava a riconoscere nella ballerina di quella notte la ragazza insignificante che aveva accompagnato al Cecil. La Zahra della sera precedente non aveva niente di particolare. La Zahra di quella sera era un sogno dal quale non voleva svegliarsi.

Il capitano chiese dell'altro Champagne e brindarono al futuro. Quella notte nessuno voleva pensare alla realtà, men che meno alla guerra.

Ylena presentò loro alcuni amici accompagnati da donne tanto belle quanto audaci. Una di loro, senza farsi alcuno scrupolo, chiese a Fernando di portarla in pista. Ylena lo incoraggiò ad accettare e chiese a un'altra delle sue amiche di invitare a ballare Eulogio, ma lui si rifiutò, complessato per la gamba zoppia.

Quando rientrarono a casa albeggiava. Il capitano aveva insistito per accompagnarli spiegando loro che, in caso contrario, non si sarebbe sentito tranquillo.

Quella notte lo Champagne conciliò il sonno di tutti. Ciò nonostante, Fernando si svegliò presto. Non riusciva a smettere di pensare a Zahra, a quale ragione potesse aver indotto la donna più desiderata di Alessandria a lavorare per Benjamin Wilson.

Si alzò senza fare rumore per non svegliare Eulogio, che aveva bevuto troppo. Andò in bagno a lavarsi e poi, accompagnato da un'emicrania dovuta all'alcol e alla stanchezza, raggiunse la sala da pranzo sperando di trovare almeno una tazza di caffè.

Poco ci mancò che finisse addosso a Dimitra, che mostrava delle occhiaie enormi. Anche lei aveva festeggiato il nuovo anno. «La signora Kokkalis sta riposando. Quando va a dormire tardi non vuole essere disturbata. Il colonnello Sanders ha fatto colazione già da un pezzo ed è uscito a fare una passeggiata. Vuole una tazza di tè o del caffè?»

Fernando chiese del caffè, sperando di riuscire a scacciare i fumi dell'alcol che ancora gli annebbiavano la testa, ma rifiutò il pudding che Dimitra voleva servirgli con insistenza, convinta che la cosa migliore fosse riempire lo stomaco.

Dopo averne bevuto due tazze decise di andare in ospedale a trovare a Catalina. Nonostante la discussione che avevano avuto, continuava a essere preoccupato per lei e a sentirsi responsabile nei suoi confronti.

In ospedale c'era anche il capitano Pereira, seduto accanto alla culla di Adela. Catalina, in piedi al suo fianco, ascoltava il dottor Naseef.

Fernando si sorprese del fatto che Pereira fosse andato in ospedale così presto, perché anche sul suo volto erano evidenti le tracce della notte insonne.

«Sono contento di vederla qui; sto spiegando a Catalina e al capitano che ho preso la decisione di permettere che Adela vada a casa. Lo avevo anticipato ieri al capitano. Qui ormai non possiamo fare molto di più per lei», disse il dottore, guardando Fernando.

«Ma... lei crede che Adela sia nelle condizioni di lasciare l'ospedale?» volle sapere Fernando, spaventato da quella decisione.

«Le ribadisco quanto ho appena detto: ritengo che con i medicinali che le stiamo somministrando e le cure di sua madre starà meglio a casa che in ospedale. Inoltre, sono preoccupato per Catalina... Guardatela.»

I due uomini fissarono il viso emaciato della ragazza. Di colpo Fernando si rese conto che, al di là dell'estrema magrezza, Catalina si era trasformata anche in volto. Le rughe intorno agli occhi rendevano cupo il suo sguardo, quelle che si erano formate intorno alle labbra le disegnavano una smorfia amara. Faticava a riconoscere in lei l'amica romantica e spensierata. Era a pezzi.

«Dottore, mi assicura che Adela non correrà alcun pericolo?» La voce del capitano Pereira suonò più severa del solito.

«Non è lei che continua a dire che Adela è una sopravvissuta? Speriamo che sia davvero così. Io andrò a trovarla tutti i giorni e per qualsiasi emergenza potrete portarla in ospedale. Sinceramente, credo che entrambe abbiano bisogno della tranquillità che qui non possono avere.»

«Voglio battezzare Adela», sussurrò Catalina.

«Be', questo può attendere», rispose il dottore a disagio.

«No, non può più attendere. Non dormo al pensiero che, se le dovesse succedere qualcosa, Adela andrebbe nel limbo invece che in paradiso. E sarebbe colpa mia. Avrei dovuto battezzarla appena dopo l'arrivo ad Alessandria», insistette.

«Il limbo... Chissà se esiste davvero...» affermò il dottore.

«Certo che esiste! E non intendo permettere che mia figlia finisca lì se... se le dovesse succedere qualcosa.» Il volto di Catalina si irrigidiva sempre di più.

«La battezzeremo, non preoccuparti. Se necessario, cercherò un prete e lo trascinerò sino a casa di Ylena.» La determinazione di Pereira non lasciava dubbi, lo avrebbe fatto davvero.

Il medico uscì dalla stanza. Nella sala d'attesa lo aspettavano altri bambini le cui mamme erano angosciate e a pezzi, esattamente come la paziente spagnola.

Il capitano si mise in piedi e sorrise a Catalina, che appariva confusa. «Bene, piccola mia, la cosa migliore è che tu prenda le tue cose e ce ne andiamo via tutti prima possibile. La mia nave ha bisogno di me. Perciò, voglio portarti a casa di Ylena. E tu, Fernando, che cosa farai?»

«Il signor Wilson mi ha detto che posso prendermi un giorno libero.»

«È il bello di questa città, un giorno è festa per i musulmani, un altro per i cristiani, e persino gli ebrei celebrano lo shabbat. Bene, allora Catalina la accompagniamo noi due. Vado a cercare una macchina. Sarebbe una follia far viaggiare Adela sul tram.»

Catalina e Fernando non si dissero una parola.

Il viavai del mattino e l'aria fresca del mare lo aiutarono a schiarirsi le idee. Fernando temeva il momento in cui, arrivati a casa, il capitano li avrebbe lasciati soli. Catalina gli appariva lontanissima, quasi un'estranea.

Pereira si congedò sulla porta di casa senza aspettare nemmeno che Dimitra aprisse la porta.

La domestica accolse Catalina con allegria e insistette per prendere in braccio Adela. Fernando si chiese se Eulogio si fosse alzato o fosse ancora steso dall'ebbrezza alcolica. Gli fu di sollievo constatare che il suo amico aveva già fatto colazione e si trovava in compagnia di Mr Sanders e monsieur Baudin, che era tornato in mattinata e stava raccontando loro la festa di fine anno in compagnia del figlio Philippe, della nuora e dei nipoti.

Il commerciante francese manifestò tutta la sua soddisfazione per il ritorno di Catalina. Mr Sanders si limitò a una stretta di mano e affermò che era contento del fatto che Adela stesse meglio, Eulogio invece si mostrò schivo e manifestò interesse solo nei confronti della bambina.

Richiamata dal trambusto nella sala da pranzo, apparve Ylena. Abbracciò con affetto Catalina e accarezzò il pallido volto di Adela. «Adesso che sei tornata, posso mostrarti la sorpresa che ti ho preparato. Non l'ho detto nemmeno a Eulogio e a Fernando», commentò la donna.

La sorpresa consisteva nel fatto che aveva allestito una piccola stanza di servizio, trasformandola nella stanza destinata a Catalina e Adela. Qualche giorno prima Dimitra l'aveva pulita a fondo, buttando via tutto ciò che era inutile. Ci stava giusto un letto, incollato alla parete accanto alla finestra. Un armadio e uno specchio un po' sgangherato completavano l'esiguo arredamento. Ylena chiese a Dimitra di andare a prendere il regalo per Adela.

Catalina si commosse. Fu sollevata all'idea di avere la propria intimità con una stanza tutta per loro. Da quando era scappata da Madrid, aveva condiviso prima la cabina e poi la stanza con i suoi compagni di fuga. Non le pesava il fatto di aver disatteso tutte le convenzioni sociali, ma proprio la mancanza di intimità.

«Avevo pensato di destinare questa stanza a Fernando ed Eulogio, ma come vedi è troppo piccola, ci sta solo un letto», si scusò Ylena.

«Ma è perfetta! Gliene sono davvero grata!» esclamò Catalina, ed era sincera.

A quel punto comparve Dimitra, che spingeva una carrozzina. Dentro c'era un pacco con abiti da bambina.

«La carrozzina è usata, ma credo che ti sarà utile. Me l'ha data un'amica, era di sua nipote, come anche i vestiti... Spero non ti offenda.»

Commossa dall'affetto che Ylena le stava dimostrando, Catalina si lasciò scappare una lacrima. «Non so come potrò mai ringraziarla di tutto quello che ha fatto per noi...» riuscì a dire.

«Su, non hai niente di cui ringraziarmi. La cosa importante è che Adela stia bene.»

Catalina rimase nella nuova stanza insieme a Ylena e Dimitra mentre

Fernando ed Eulogio decisero di andare a fare una passeggiata. Entrambi si sentivano a disagio in compagnia di Catalina; l'idea di non dover più condividere la stanza con lei li aveva sollevati.

«Ylena è una donna straordinaria», commentò Eulogio non appena uscirono.

«Sì, proprio così. Credo che Catalina abbia risvegliato il suo istinto materno. Non è sposata e non ha avuto figli...» rispose Fernando.

«Assolutamente. Che storia tragica quella di Ylena e del nipote del capitano. Lei non si è mai sposata, doveva amarlo tantissimo...» disse Eulogio con ammirazione.

«L'hai visto anche tu, il capitano le vuole un bene dell'anima. A volte penso che si senta colpevole per non essere riuscito a salvare il nipote.»

«Deve essere stato molto duro per lui... Quanti anni ha il capitano secondo te?» chiese Eulogio con curiosità.

«Secondo me, più di sessanta.»

«Ylena deve averne poco più di cinquanta... È ancora una donna molto affascinante.»

«Sì, lo è», ammise Fernando.

Camminarono senza meta passando dal Museion, le muraglie arabe e il Caesareum sino ad arrivare al mare, dove la brezza diede un po' di colore al loro volto e l'odore di salsedine li colmò di piacere.

«Pranzerò con Farida e Marvin. Hanno deciso di andarsene. Marvin è convinto che la rotta atlantica diventerà sempre più pericolosa adesso che gli Stati Uniti sono entrati in guerra. I sottomarini e le navi tedesche sono dappertutto. Ieri notte il capitano mi ha detto che navigare è un po' come giocare alla roulette russa. Non credo che Pereira si tratterrà ancora a lungo. La sua nave è stata riparata, non ha più ragione di stare qui.»

Fernando ascoltava Eulogio senza prestargli grande attenzione. Era stanco e non aveva voglia di pensare. Inoltre, era agitato per il ritorno di Catalina.

«Non mi stai ascoltando», lo rimproverò Eulogio.

«Ma sì, ti ascolto invece.»

«Stai pensando a Catalina. Senti, anche io mi sento a disagio con lei dopo il litigio dell'altro giorno; per fortuna, non dobbiamo condividere la stessa stanza.»

«È la cosa migliore per lei e per la bambina.»

«E anche per noi.»

«Non so che cosa deciderà di fare», commentò Fernando preoccupato.

«Ha una sola possibilità, tornare in Spagna», decise Eulogio.

«Lei però vuole incontrare Marvin. Lo sai com'è fatta, sono certo che riuscirà a procurarsi il suo indirizzo.»

«Io invece credo di no, nessuno le dirà dove vive. Ylena è amica di Farida ed è l'unica che potrebbe dirglielo, ma non lo farà.»

«Lo hai visto anche tu di che cosa è capace Catalina», replicò Fernando.

«Devo ammettere che è coraggiosa, ma per arrivare a Marvin non le serve il coraggio. Dobbiamo aiutarla a tornare in Spagna. È la cosa migliore per lei e per sua figlia», insistette Eulogio, che ce la mise tutta per convincere Fernando ad accompagnarlo sino al ristorante dove lo aspettavano Farida e Marvin.

Marvin si sorprese della presenza di Fernando e fu Farida a insistere perché pranzasse insieme a loro.

Per buona parte dell'incontro commentarono la festa di fine anno dei Wilson. Farida raccontò loro che Zahra li aveva raggiunti dopo lo spettacolo ed Eulogio commentò che quella donna aveva qualcosa di speciale. Provò anche ad estorcere a Farida qualche dettaglio sulla vita di Zahra, ma lei si limitò a sorridere e ad ascoltare, senza aggiungere una parola.

Concluso il pranzo, Farida suggerì di prendere un caffè bello forte, visto che erano tutti provati dagli effetti della notte insonne. Mentre il cameriere glielo serviva, Marvin disse loro che quella sera avrebbero cenato con Ylena e con il capitano Pereira, che volevano convincere ad accettarli come passeggeri. «La *Esperanza del Mar* sta per salpare alla volta del Brasile. Da lì troveremo il modo di raggiungere New York», spiegò Marvin guardando Eulogio.

«E se il capitano Pereira non accetta di portarvi?» ipotizzò Fernando.

«Ci saranno altre navi... anche se preferiremmo viaggiare sulla *Esperanza del Mar*. Il capitano Pereira è un marinaio esperto, attraversare l'Atlantico non sarà facile tenuto conto dell'intenso movimento della Marina tedesca, che non fa distinzione tra navi civili e navi da guerra. Ylena ha promesso di fare il possibile per convincerlo. Spero che accetti di portarci con lui», disse Marvin.

«Verrai con noi?» chiese Farida guardando Eulogio dritto negli occhi.

«Sì... naturalmente. Qui non ci faccio niente... Io... be', ti ringrazio di avermi trovato un lavoro, ma so che il signor Kamel ti sta solo facendo un favore», rispose Eulogio, in lieve imbarazzo ma senza distogliere lo sguardo da quello di Farida.

«È vero, mi sta facendo un favore. Ma apprezza il tuo sforzo», rispose lei con sincerità.

«Ha un bel carattere e parla un pessimo francese», osservò Eulogio ridendo.

«Quanto basta per riuscire a capirsi», osservò Farida, ridendo a sua volta.

«Fernando, tu che cosa farai?» volle sapere Marvin.

«Non posso tornare in Spagna, sono un esiliato, non ho più una patria. Tanto vale restarmene qui piuttosto che andare altrove; dipenderà da Catalina. Se lei torna in Spagna, magari potrei unirmi a voi, ma se decide di restare... No, non la abbandonerò al suo destino. Magari, se tu parlassi con lei... se le dicessi almeno che ti prenderai le tue responsabilità con Adela...»

Marvin si alzò in piedi con i pugni stretti e cercò di controllare l'agitazione che cominciava a scuoterlo, prendendo il sopravvento. «Non ho nessun obbligo! Non mi renderò complice dei suoi deliri! Catalina non è niente per me, non ha mai significato niente neanche in passato. La sua ostinazione è infantile. È ora che accetti la realtà.»

«Tu però devi pur prenderti le tue responsabilità! Non puoi voltarle le spalle! Un uomo deve far fronte alle conseguenze delle sue azioni», insistette Fernando con durezza.

«Proprio non lo vuoi capire! Non voglio avere niente a che fare con lei! Ognuno è responsabile delle proprie azioni. Non devo dare nessuna spiegazione né a lei né a te, perché mai dovrei farlo?» Il tono di voce di Marvin era carico di rabbia.

Farida si alzò in piedi e gli prese la mano, avvicinandolo dolcemente a sé e invitandolo a sedersi di nuovo. «Fernando, credo che dovresti smetterla di insistere. È un peccato che tu abbia legato il tuo destino a quello di Catalina, non ti renderà felice, ma è una tua scelta e la rispettiamo.» Farida parlava con dolcezza e insieme con fermezza mentre Marvin, seduto accanto a lei, annuiva.

«Ti verrà a cercare», lo avvertì Fernando senza darsi per vinto.

«E come farà a sapere dove mi trovo? Nessuno glielo dirà. Ma ti assicuro, Fernando, che se me la trovassi davanti e lei decidesse di affrontarmi, non la saluterei nemmeno. Non può impormi né la propria vita né quella di sua figlia.»

Rimasero in silenzio. Farida non aveva mai smesso di accarezzare la mano di Marvin e riuscì così facendo a scacciare la tensione dal suo volto.

«Se decidi di rimanere ad Alessandria, puoi contare su Sara e Benjamin. Con Benjamin Wilson sei in buone mani. Imparerai molto da lui... Sa tirare fuori il meglio da ognuno», disse Farida rivolta a Fernando, cercando di spostare la conversazione su un altro argomento.

Fernando non disse loro che Wilson pretendeva che lui non lavorasse solo come redattore, ma immaginò che Farida lo sapesse già.

«Fra l'altro, paga bene le persone che lavorano per lui», commentò Marvin.

Fernando annuì. Tutto vero. I soldi contenuti nella busta che Benjamin Wilson gli aveva dato dopo l'incontro con Zahara all'hotel Cecil erano molti di più di quanti avrebbe potuto immaginare. Poteva starsene tranquillo finché non avesse riscosso lo stipendio come assistente di redazione.

«Domani andremo a trovarlo, Marvin deve dargli una raccolta di poesie», annunciò Farida. «È pronta per essere pubblicata», aggiunse.

«E non preferisci pubblicarla negli Stati Uniti?» chiese Eulogio.

«Ho un debito enorme nei confronti di monsieur Rosent. Sino a questo momento è stato il mio primo e unico editore; ha creduto in me e mi hai indicato la strada, incoraggiandomi a scrivere. I Rosent saranno sempre i miei editori, ovunque io sia, qualunque cosa accada», affermò Marvin.

«Inoltre, Wilson&Wilson è una casa editrice prestigiosa nel Regno Unito. Le poesie di Marvin arriveranno comunque a New York», aggiunse Farida.

«Benjamin mi ha promesso di pubblicare un'edizione in tre lingue: inglese, francese e arabo. L'edizione francese uscirà con Rosent.» Marvin lo disse con grande soddisfazione.

Calò la sera. Eulogio e Fernando tornarono a casa di Ylena. Eulogio continuava a parlare del viaggio in America. Il suo posto, disse, non era Alessandria. Un giorno si sarebbero rivisti in America; lì lui avrebbe potuto costruirsi un futuro.

Dimitra li informò che la signora Kokkalis era uscita, ma non fu una sorpresa; Marvin aveva già detto loro che avrebbero cenato con Ylena e il capitano. «A Catalina ho portato una scodella di minestra e una fetta di torta nella sua stanza. È molto sciupata e ha bisogno di riposare. Il colonnello Sanders e monsieur Baudin invece sono in sala da pranzo pronti a cenare, perciò non perdete altro tempo.»

Non dissero niente, ma entrambi furono sollevati all'idea di non dover cenare con Catalina. Erano troppo stanchi per sentirsi obbligati a fingere una normalità inesistente.

Durante la cena, monsieur Baudin riportò le ultime voci che circolavano in città. «Pare che alcuni consiglieri del re fatichino sempre di più a dissimulare la loro simpatia per il Reich. A quanto pare, ammirano la fermezza di Hitler. In realtà, amici miei, gli egiziani che simpatizzano per i tedeschi sono sempre di più, vedono i britannici come invasori.»

«Monsieur Baudin, lei continua a dire le stesse cose. Io invece non credo si possa affermare che gli egiziani appoggiano l'Asse», lo stroncò Mr Sanders.

«Mio caro amico, lo sa meglio di me. Solitamente i britannici sono realisti e dubito che il generale Auchinleck e l'ammiraglio Cunningham abbiano sbagliato nell'interpretare gli animi degli egiziani. L'attacco italiano al porto di Alessandria ha fatto sorgere un sentimento di ammirazione verso i marinai italiani che lo hanno portato a termine. Parlano di Luigi Durand de la Penne, il capo della missione, come fosse un eroe.»

Il colonnello Sanders fece una smorfia. Si rifiutava di riconoscere che monsieur Baudin aveva ragione. Lo infastidiva il fatto che il francese gli ricordasse così frequentemente che per molti egiziani i britannici non erano che invasori.

Fernando ed Eulogio finirono di cenare e si ritirarono nella loro stanza, lasciando che Sanders e Baudin giocassero la loro abituale partita a scacchi in biblioteca.

Si era appena fatto giorno, quando i due amici trovarono Catalina nella sala da pranzo; stava facendo colazione. Adela era dentro la carrozzina, sveglia, accanto alla mamma. Dimitra faceva delle moine alla bambina ogni volta che entrava e usciva dalla stanza.

Catalina li salutò con formalità, evitando lo sguardo di entrambi. Fernando le chiese come stesse Adela e lei rispose che aveva trascorso una notte serena. Poi, si concentrarono tutti e tre sul caffè che Dimitra aveva portato loro. Anche il colonnello Sanders e monsieur Baudin si unirono al gruppo.

Finita la colazione, quando ognuno dei presenti era pronto a tornare alle occupazioni quotidiane, Catalina, un po' agitata, chiese a Fernando ed Eulogio di trattenersi lì; voleva parlare con loro. «Mentirei se dicessi che sono dispiaciuta per quello che ho detto l'altro giorno; può anche darsi che sia stata ingiusta con voi due, ma ho detto quello che penso. So che questo ci ha allontanati e che sarà difficile ristabilire la fiducia, soprattutto la vostra nei miei confronti. Io... ecco, non ho nessuno cui rivolgermi. Il capitano Pereira mi ha assicurato che pagherà le mie spese a casa di Ylena, ma naturalmente non posso accettare, dovrò lavorare, anche se sarà complicato perché Adela ha bisogno di me.»

Calò il silenzio. Catalina non sapeva cos'altro aggiungere e Fernando stava cercando il modo di dirle che, nonostante tutto, avrebbe sempre potuto contare su di lui. Ma Eulogio lo anticipò: «Nemmeno io mi pento di quello che ti ho detto. In ogni caso, forse non è stata una bella idea venire sino qui. Tutti, però, avevamo le nostre ragioni per lasciare la Spagna, e visto che ormai siamo qui possiamo fare solo una cosa, lasciare che ognuno decida da sé che cosa gli conviene e quali decisioni prendere di conseguenza. Io me ne vado, non penso di restare ad Alessandria, in questa città non ho futuro.»

«Io cercherò Marvin. Non può continuare a nascondersi. Dovrà sposarsi con me. Non pretendo più che lo faccia per amore, ma per senso del dovere. Portatemi dove posso trovarlo.» Mentre parlava, Catalina guardava indistintamente ora Eulogio ora Fernando.

«Non insistere, Catalina, Marvin non vuole saperne di te. Non ti aiuterò a trovarlo. È un mio amico ed è stato molto chiaro con me riguardo ai suoi sentimenti nei tuoi confronti: non prova niente. E poi, ti abbiamo già detto che vive con una donna della quale è innamorato. Non vuole sapere niente né di te né della bambina. Sappi che io me ne andrò in America con loro», sentenziò Eulogio.

«Mi stai dicendo che Marvin è un miserabile?» Catalina cercava di trattenere la vergogna e la rabbia che stavano prendendo il sopravvento.

«No, Marvin non è affatto un miserabile. Lui ha le sue ragioni e tu le tue. Rispetto la sua decisione di non voler sapere niente di te, e capisco anche il tuo desiderio di vederlo, anche se... Be', dovresti riflettere sul fatto che ognuno è responsabile delle proprie azioni», rispose.

«Riflettere? Secondo te dovrei riflettere sul perché voglio incontrare il padre di mia figlia? Mi stai prendendo in giro?» Il tono di voce di Catalina cominciava a suonare isterico.

«Lo sai che non ti sto prendendo in giro. Mi dispiace, Catalina, io non ti aiuterò. Fernando e io ti abbiamo portata sino qui, forse non avremmo dovuto farlo. Ma è inutile piangere sul latte versato. Io ti consiglio di tornare in Spagna. I tuoi genitori ti vogliono bene e quando vedranno Adela ti perdoneranno. Quanto al matrimonio con Antoñito, ormai è escluso, e questa è una vittoria. È un maiale, esattamente come suo padre.» Le parole di Eulogio erano cariche di dolore.

«E tu, Fernando?» chiese Catalina. «Nemmeno tu mi aiuterai a incontrare Marvin?»

«Eulogio ha detto la verità, Marvin non vuole nemmeno sentire parlare di te», rispose Fernando, e per lui fu come tradirla.

«Ti sto chiedendo di portarmi da Marvin, quello che succederà dopo riguarda solo noi», spiegò Catalina.

«Non posso.»

«Non vuoi! Dillo! Dillo che non vuoi farlo perché non sopporteresti che io me ne andassi via con lui! E così, vero?» Catalina voleva ferire Fernando perché a sua volta si sentiva molto ferita.

«Che tu mi creda o no, giuro che ho cercato di convincerlo a parlare con te. Ti giuro anche che ignoro il suo indirizzo. Credimi, se sapessi dove vive ti porterei da lui in questo preciso istante. Gli ho detto che deve parlare con te, che deve dirti quello che ha da dirti, qualunque cosa sia. Non capisco perché si ostini a non volerti vedere», affermò Fernando con sincerità.

«È quella donna! È lei che glielo impedisce! Ha paura che Marvin la lasci non appena vedrà me e Adela, credete che io non lo sappia? Quella strega non gli permette di incontrarmi», affermò Catalina convinta.

«Marvin è innamorato di lei», insistette Eulogio.

«No, non è vero! Lei lo ha ammaliato. Dio solo sa come... Ci sono donne che ricorrono alla stregoneria per tenersi gli uomini al loro fianco. Sono sicura che è una strega. Io so com'è fatto Marvin, conosco la sua dolcezza, la sua delicatezza, il suo amore per me. Per niente al mondo mi farebbe del male. Ma adesso non sta pensando con la sua testa; quella donna lo sta manipolando.»

Il tono di Catalina era appassionato, era evidente che credeva in quello che diceva. Fernando non si espresse, ma pensò che Catalina poteva avere ragione; se Marvin continuava a rifiutarsi così categoricamente di vederla era perché Farida glielo impediva. In realtà, che cosa sapevano di Farida lui ed Eulogio? Solo che Marvin dipendeva da lei. Forse era solo una sedicente filosofa. Tuttavia, doveva ammettere che qualunque uomo sarebbe rimasto affascinato tanto dalla sua personalità quanto dalla sua particolare bellezza.

«La colpa non è di Farida e nemmeno di Fernando. Marvin prende da solo le sue decisioni. Naturalmente, io non dirò a Fernando dove vive perché so che sarebbe più forte di lui, ti porterebbe a casa sua. Non tradirò Marvin per te.» Eulogio non lasciò adito a dubbi sulla sua posizione.

«Di' la verità, non ti sono mai stata simpatica, vero?» Catalina lo guardava dritto negli occhi.

«Ti considero una bambina viziata cui la vita non ha mai negato niente», rispose Eulogio.

«Ah, è così? Be', ti sbagli! Non sai niente di me! La guerra mi ha tolto il nonno materno e nonna Adela è morta di dolore. A causa della guerra mia zia Amparo, la moglie di zio Andrés, è diventata matta, perché ha visto i miliziani che uccidevano suo figlio Andresito. La guerra mi ha portato via i miei zii. La guerra ha fatto sì che mia zia Adoración del Niño Jesús non sia tornata più la stessa, dopo che alcuni miliziani sono entrati nel convento e... be', lo sai che cosa facevano alle suore. La guerra ha fatto sì che mio padre dovesse scendere a patti con don Antonio e arrivare persino a combinare il mio matrimonio con Antoñito, perché ormai non avevamo neanche da mangiare. Pensi forse che io non sappia che cosa ha significato per mio padre? La guerra ha portato via il marito a mia zia Petra. Perciò, non venirmi a dire che la vita non mi ha mai negato niente, perché ho perduto moltissime persone care. Pensi di essere l'unico ad aver sofferto per la morte di tuo padre? O perché quello svergognato di don Antonio si è approfittato di tua madre e di te, e vi ha anche tolto la casa? O perché ti hanno ferito durante una battaglia?» Il dolore aveva fatto breccia nelle parole di Catalina.

I tre rimasero zitti per un tempo che parve eterno.

«La tua famiglia ha vinto la guerra», riuscì a dire Eulogio, che pure era rimasto impressionato dalle parole di Catalina.

«Ha vinto la guerra? Come fai a dire questo? La guerra forse l'ha vinta Franco, ma abbiamo perso tutti. Tu mi parli con rancore perché credi che io appartenga alla parte dei vincitori, ma non è vero, io non ho potuto scegliere. Mi consideri una stupida, e magari lo sono, ma quello che sta succedendo in Spagna l'ho visto molto bene. Quanto tempo dovrà passare prima che riusciremo a perdonarci gli uni con gli altri?»

Eulogio era meravigliato dalle argomentazioni di Catalina, l'aveva sempre considerato una sempliciotta. In ogni caso, faticava ad ammettere che avesse anche solo un briciolo di ragione. «Senti, ragazzina, quelli della tua parte hanno fatto scoppiare la guerra ribellandosi contro il governo legittimo della Repubblica», replicò.

«Hai ragione, ma i morti fanno male allo stesso modo. A te fa male la morte di tuo padre, a me quella dei miei zii e di mio cugino. Il tuo dolore non è diverso né più grande del mio. I tuoi morti e i miei valgono esattamente lo stesso.»

La veemenza di Catalina impressionò Fernando. Di colpo, si rese conto che dietro l'apparenza infantile si nascondeva una donna che lui non conosceva.

Sentì che doveva rivedere la sua idea su di lei, e anche i sentimenti nei suoi confronti.

Nessuno dei tre aveva energie per continuare quella discussione. Dimitra li interruppe ricordando loro che sarebbero arrivati tardi al lavoro.

Eulogio e Fernando se ne andarono senza nemmeno avere il tempo di congedarsi.

Leyda, la segretaria di Wilson, disse a Fernando che Athanasios Vryzas lo aspettava nello studio di Benjamin Wilson. Lo trovò lì, accanto a Marvin, il cui volto tradiva una certa contrarietà.

Wilson lo invitò a sedersi e gli spiegò molto brevemente che il caporedattore gli aveva consigliato che fosse lui a occuparsi dell'edizione delle poesie di Marvin.

Il libro doveva essere pronto in un paio di mesi al massimo. Vryzas gli ricordò che doveva occuparsi anche dell'edizione inglese delle poesie di Omar Basir. «Parli un inglese eccellente, non avrai difficoltà. Io mi occuperò delle edizioni francese e araba», spiegò l'anziano caporedattore.

Marvin non sembrava molto soddisfatto, ma non protestò. Fernando immaginò lo avesse fatto prima del suo arrivo.

Benjamin Wilson diede per conclusa la riunione e congedò Vryzas e Marvin, ma chiese a Fernando di restare.

Una volta rimasti soli, lo osservò per qualche secondo, come se lo stesse studiando. «Per quanto riguarda il lavoro sui due libri di poesie, non c'è nient'altro da aggiungere. Voglio però affidarle un altro incarico, ben più urgente. Ho bisogno che lei vada a Brega. Be', in realtà non credo ci sia bisogno di arrivare sino lì...»

«Brega? Non so nemmeno dove sia... Perché dovrei andarci?» chiese Fernando diffidente.

«Libia, Cirenaica... è il posto in cui si trova uno dei piazzamenti di Rommel.»

«Che idea assurda! Vuole forse chiedermi di portare i suoi saluti a Rommel?» Fernando era perplesso.

«Senta, non rendiamo le cose difficili... Siamo in guerra, lei è antifascista e ha ottime ragioni per esserlo. Lo sono anch'io. Perciò, non vedo perché non debba collaborare con me facendo qualcosa che possa aiutarci a vincere questa dannata guerra.»

«Io l'ho già persa una guerra», affermò Fernando con solennità.

«Potrebbe non averla persa del tutto se riusciamo a sconfiggere Hitler. Se ci riuscissimo, Franco si troverebbe dalla parte dei perdenti e gli alleati potrebbero decidere che non vogliono permettere a un fascista di continuare a governare un Paese europeo. Se vinciamo la guerra, magari i giorni di Franco sono contati.»

«Sa, signor Wilson? Magari le cose potrebbero davvero andare così, ma dubito che i britannici intendano difendere qualcos'altro, oltre ai loro interessi personali. Niente ci garantisce che sconfiggeranno Hitler e ancora meno che, se lo faranno, decidano poi di far fuori anche Franco.»

«Capisco il suo scetticismo, ha visto già molte cose per la sua giovane età. Mi creda, però, la sconfitta di Hitler è necessaria se vogliamo continuare a sopravvivere e a essere quello che siamo, Paesi civili con valori umani. Non possiamo restare impassibili davanti alla conquista dell'Europa da parte dell'esercito tedesco, che con le sue leggi razziste sta mandando migliaia di persone nei campi di concentramento in base alla razza o all'ideologia. Lei ha perso una guerra, è vero, ma le assicuro che perdere questa sarà molto peggio. Si chieda se suo padre rimarrebbe impassibile davanti a Hitler o se farebbe tutto quello che può per mettere fine alla sua follia.»

Benjamin Wilson rimase in silenzio per dare tempo a Fernando di rispondersi da solo. Era certo del responso.

«E che cosa dovrei fare a Brega?»

«Gliel'ho già detto, oltre a pubblicare libri, Wilson&Wilson aiuta a trovare persone.»

«Sì, inoltre compra e vende informazioni», lo interruppe Fernando.

I due uomini si guardarono con sospetto, ma subito Wilson prese le redini della situazione. «Non ho mai detto una cosa del genere; le ho spiegato che a volte mi chiedono anche informazioni. Se riesco a trovarle, volentieri, ma finisce lì. Mi dispiace deluderla, ma non gioco a fare la spia.»

Fernando scrollò le spalle. Non poteva farci niente, Benjamin Wilson lo metteva in agitazione, non aveva nessuna fiducia in lui. Sentiva di essere solo una pedina che quell'uomo avrebbe voluto muovere a piacimento.

«Tra le truppe italiane che accompagnano Rommel c'è una persona che a volte ha collaborato con i britannici e... con me. Si chiama Domenico Lombardi e lavora per l'Intendenza. Un mese fa mi ha fatto avere un messaggio, mi chiedeva di portarlo via da Brega. Voleva disertare. Ho mandato uno dei miei collaboratori. So solo che lui e Lombardi hanno lasciato Brega, ma avrebbero dovuto essere già qui, ad Alessandria, e invece... L'uomo che ho mandato lì conosce bene il deserto, perciò non capisco che cosa sia potuto succedere. Ho ragione di preoccuparmi. Ho bisogno che lei vada a cercarli.»

«Lei è matto! Non ho nessuna idea di come attraversare il deserto. Non sono preparato per una cosa del genere. Mi sta mandando al macello e lo sa.»

«Ha ragione, è una follia, potrebbero arrestarla o persino ucciderla. Ma ho bisogno che qualcuno vada lì. In realtà il lavoro lo farà Hafid. È beduino e conosce il deserto come le sue tasche. È lui che dovrà trovarli, se sono ancora vivi. Ho fiducia in Hafid.»

«Continuo a sentire che gli egiziani preferiscono i tedeschi agli inglesi», osservò Fernando.

«È vero. Non tutti però. Hafid è beduino, è un figlio del deserto, non appartiene a nessun posto in particolare.»

«E perché lavora per lei?»

«In realtà deve la vita a mio padre... anni fa lo ha salvato. Mio padre era un ufficiale di stanza in Egitto. Una volta, mentre era di pattuglia nel deserto insieme ai suoi uomini, si imbatté in un gruppo di banditi che avevano attaccato un accampamento beduino. Avevano ucciso degli uomini e persino alcune donne. Uno dei banditi aveva cercato di violentare la mamma di Hafid. Mio padre lo uccise con un colpo secco. Il padre di Hafid era stato ferito, come anche Hafid, che all'epoca era appena adolescente. Si salvarono grazie a mio padre. Quell'uomo ha un debito di sangue con me.» Wilson parlava con tranquillità, come se quello che stava raccontando fosse irrefutabile.

«E allora perché dovrei andarci io?»

«Hafid non parla una parola di italiano.»

«Nemmeno io.»

«Lei però non faticherà a capirsi con Lombardi; entrambi parlate una lingua neolatina, non sarà difficile. Al momento, nessuno degli uomini a mia disposizione parla italiano. Ecco perché lo sto chiedendo a lei; ho bisogno di qualcuno che sia in grado di comunicare con Lombardi, se è ancora vivo. L'uomo che è andato a cercarlo è un cugino di Hafid, si chiama Basim ed è anche lui beduino; come immaginerà, i beduini non si perdono nel deserto. Qualcosa deve essere successo.»

«Magari quel beduino ha deciso di tradire Lombardi e di consegnarlo ai tedeschi», rispose Fernando.

«Non credo proprio, le ho già detto che è un cugino di Hafid. Sa che, se facesse una cosa del genere, la pagherebbe con la vita, Hafid lo ucciderebbe.»

«Lei è matto!» insistette Fernando.

«In questa parte del mondo le cose vanno così... È necessario che lei parli con Lombardi, ma soprattutto che lo tiri fuori da lì, come lui mi ha chiesto. Le persone che lavorano per me sanno che non abbandono mai uno dei miei.»

«E per quale ragione una persona che lavora per l'esercito italiano dovrebbe tradire i suoi e lavorare per lei?»

«Ha le sue ragioni.»

«Le voglio conoscere.»

Benjamin Wilson guardò Fernando e capì che non sarebbe riuscito a ottenere niente se non gli avesse detto tutta la verità. «Domenico Lombardi è figlio di un giudice. Suo padre è un socialista, può immaginare quanto il fascismo lo ripugni. Padre e figlio si sono scontrati a causa delle rispettive idee politiche e da un paio d'anni non si parlano. Qualche mese fa il padre di Lombardi è stato incarcerato e questo ha fatto sì che il figlio si ribellasse. Domenico è un militare con un alto senso dell'onore e del dovere, abituato a obbedire, ma prima di tutto è leale verso la propria famiglia, verso suo padre, colui che gli ha inculcato i valori che lo guidano. La carcerazione di suo padre e l'atteggiamento di Rommel verso gli italiani sono stati la goccia che ha fatto traboccare il vaso. A scuotere la sua coscienza è stato anche il disprezzo che Rommel manifesta nei confronti dei militari italiani, e che lo ha portato a non sentire eccessivi rimorsi quando, in alcune occasioni, ha deciso di collaborare. Ma la sua motivazione principale è che suo padre, un uomo integro, è in carcere.»

«E se non lo troviamo?»

«Dovrà cercare di tornare indietro.»

«Mi ha appena detto che rischio seriamente di essere ucciso.»

«Sì, è una eventualità.»

«Quando dovrei partire?»

«Tra un paio di giorni. Il tempo necessario ad Hafid per organizzare tutto. Lui la proteggerà.»

Wilson gli consegnò una cartelletta con i dettagli del viaggio. Fernando diede un'occhiata e sussultò nel constatare che Alessandria e Brega distavano mille chilometri. Stava per protestare, ma si diede per vinto. «Che cosa dirò a Ylena Kokkalis? E ai miei amici?»

«Ai suoi amici può dire che l'ho mandata nella mia succursale del Cairo. Quanto a Ylena... non c'è bisogno che le dica niente, capirà da sé.»

Fernando rimase in silenzio. Aveva la sensazione che ciò che stava vivendo fosse irreale.

«Non si preoccupi per Catalina, Ylena si occuperà di lei, le si è molto affezionata.»

«Il mio amico Eulogio partirà sulla *Esperanza del Mar* insieme a Marvin e Farida. Catalina rimarrà da sola.»

«Sì, andranno via, ma non sulla *Esperanza del Mar*. Il capitano Pereira si rifiuta di portarli con sé, sebbene glielo abbia chiesto Ylena. Il Portoghese accetterà di farlo solo se Marvin parlerà con la sua amica Catalina, ma lui si rifiuta, come ben sa anche lei. Inoltre... può darsi che abbiano altri programmi.»

«Altri programmi?» Fernando non riusciva a capire a che cosa si stesse riferendo Wilson.

Il volto dell'editore si indurì; appoggiò le mani sulla scrivania senza prendersi il disturbo di rispondere alla domanda di Fernando. «Tutti abbiamo degli affetti dei quali rispondere. Avvenimenti inattesi coinvolgono le nostre vite... Il capitano Pereira cerca di proteggere gli interessi di Catalina, io invece ho l'obbligo di preoccuparmi di altre vicende.»

Fernando uscì dallo studio di Wilson senza aver compreso le parole di quell'uomo; aveva la sensazione che lo stesse manipolando a suo piacimento. Non voleva andare a Brega, eppure aveva accettato di farlo, maledizione!

Athanasios Vryzas era immerso nella lettura di un manoscritto, ma quando vide apparire Fernando lasciò quanto stava facendo.

Parlarono a lungo di come organizzare il lavoro e delle date entro le quali andava conclusa la redazione dei due libri. «Il signor Wilson mi ha detto che devi andare nella nostra succursale del Cairo per qualche giorno, ma sono certo che avrai tutto il tempo di portare a termine quanto previsto.»

«Ci proverò», rispose Fernando irritato; non voleva prendere impegni se non era certo di tenervi fede.

«Il signor Wilson è molto rigido sulla scadenza di questo tipo di lavori», lo avvisò Vryzas.

«Certo, io però non posso moltiplicarmi, farò quello che riuscirò a fare, nel migliore dei modi», replicò Fernando; le pretese del capo lo facevano impazzire.

Athanasios Vryzas non insistette. Il suo giovane assistente sembrava fortemente sotto pressione.

Lavorarono tutto il giorno e, quando Vryzas gli propose di uscire a mangiare qualcosa, lui preferì continuare a lavorare. Non aveva fame e, soprattutto, non aveva tempo.

Alle sei, Vryzas gli disse di andare a casa. A quel punto, non protestò.

Quando Dimitra gli aprì la porta, gli disse che la signora Kokkalis lo aspettava nel suo salottino. Fernando non aveva voglia di parlare con nessuno, nemmeno con Ylena, ma non poteva negarsi, in fin dei conti era la sua padrona di casa.

Ylena era seduta dietro la sua scrivania con un libro di racconti. Gli sorrise e gli chiese di sedersi di fronte a lei.

Il salottino era molto accogliente. Oltre alla scrivania c'erano due comode poltrone e un divano in pelle verde scuro, due tavolini bassi con dei vasi di fiori e diversi quadretti con motivi marinareschi. L'odore di pelle e di rose dava alla stanza un'atmosfera calda molto speciale, soprattutto perché fuori aveva iniziato a piovere.

«Immagino sia già al corrente del fatto che il capitano Pereira non porterà Marvin e Farida in America, e dunque nemmeno il suo amico Eulogio. La sua decisione è un inconveniente per tutti… ma il capitano è un uomo tutto d'un pezzo, non cambierà idea. Stasera verrà a salutarci, salperà all'alba.»

Fernando non sapeva che cosa rispondere, e nemmeno che cosa Ylena si aspettasse da lui, perciò scelse di restare in silenzio.

«Capisco la decisione del capitano. Anche io avrei avuto lo stesso atteggiamento, non fosse che... ecco, sono amica di Farida e adesso anche di Marvin. È difficile mettersi dalla parte di tutti contemporaneamente. Tuttavia, poiché non conosco le ragioni di Marvin, rispetto la sua decisione perché è avallata da Farida… Credo che Farida sia dell'idea che Marvin debba parlare con Catalina, ma poiché lui si rifiuta, lei lo protegge. D'altro canto, la tragedia di Catalina mi lascia tutt'altro che indifferente. Mi sono affezionata a lei. Capisco la sua disperazione. Perciò, voglio chiederle: secondo lei che cosa possiamo fare?»

«Cosa…? Lo sa anche lei che non c'è niente da fare. Marvin andrà via in qualunque caso.»

«E Catalina? Accetterebbe di tornare in Spagna? Sarebbe la cosa migliore per lei e per sua figlia...»

«Sì, anch'io la penso così, ma deve chiederlo a lei. Io non lo so.»

«E lei, Fernando? Ha preso una decisione su cosa farà?»

«Mi sento in trappola.» Non appena ebbe pronunciato quelle parole, Fernando si pentì di averle dette.

Lei lo guardò incuriosita e riuscì a scorgere una smorfia amara sul suo volto. «Abbiamo sempre la possibilità di scegliere», affermò.

«No, non è affatto vero», obiettò lui con sicurezza.

«Può anche darsi che a volte fatichiamo a vedere una via d'uscita, ma le assicuro che esiste sempre.»

«Non sono d'accordo.»

«Capisco che in questo momento veda tutto nero... Ha lasciato il suo Paese, avvenimenti inattesi vi fanno sentire in trappola... E poi c'è questa città, Alessandria, a volte anche io sento tutto il suo peso su di me. In realtà, lei non ha nessuna ragione per stare qui.»

«Eccetto Catalina.»

«Ma una volta che Marvin se ne sarà andato, nemmeno Catalina avrà più ragione di restare. Qui ad Alessandria tutto le è estraneo, la lingua, la gente, il modo di vivere, persino la guerra, con Rommel che vuole conquistare la città. Dovreste andarvene.» Ylena lo disse con la convinzione che fosse la scelta migliore per loro.

«Non lascerò Catalina. Non lo farò finché potrò esserle utile in qualche modo. Se deciderà di rimanere qui, io le sarò accanto.»

«Il capitano Pereira mi ha chiesto di prendermi cura di Catalina e lo farò. Ha molta stima di lei.»

«Pagherò io tutte le spese», affermò Fernando.

«Il punto è che dovete decidere che cosa volete fare. Tra non molto Eulogio andrà via con Marvin e Farida. Il signor Wilson ha già trovato posto su un'altra nave, che salperà nel giro di qualche giorno per Marsiglia. Poi, se tutto va bene, andranno negli Stati Uniti.»

«In Francia? Ma se gli Stati Uniti sono entrati in guerra contro la Germania e la Francia è stata occupata...!»

«Credo che Marvin e Farida vogliano andare a Vichy per incontrare monsieur Rosent, che è il padre di Sara nonché l'editore di Marvin. A quanto pare, monsieur Rosent conta sull'aiuto di alcuni amici per lasciare Parigi e raggiungere la Zona libera. Sara lo ha saputo stanotte. Può immaginare la sua preoccupazione.»

«Ma se il governo di Vichy è servo di Hitler!»

«Sì, è vero... ma come le ho detto in questa città tutto si mischia. Sara Rosent voleva andare a Vichy, ma Benjamin ritiene che sarebbe un rischio, visto che è ebrea. Farida e Marvin si sono offerti di cercare monsieur Rosent. Marvin si sente in debito con lui.»

«Il signor Wilson non mi ha detto niente di questa storia», protestò Fernando.

«Per quale ragione avrebbe dovuto dirglielo?»

«Marvin e Farida si metteranno in pericolo, Eulogio ancora di più. No, lui non può andare in Francia. Già da prima della fine della Guerra civile, gli spagnoli che fuggivano in Francia finivano nei campi...»

«Benjamin è un uomo pieno di risorse. Immagino abbia pensato a tutto per evitare che corrano dei rischi.»

«Sono tutti matti!» Fernando alzò la voce, sconvolto da quanto Ylena gli aveva raccontato.

«Siamo in guerra, tutto qui. La guerra è la follia più grande.»

«Parlerò con Eulogio.»

«Sì... lo faccia. Quanto a lei e a Catalina, prendetevi tutto il tempo di cui avrete bisogno per decidere cosa fare. Ah! Stanotte il capitano cenerà con noi. Ho preparato una piccola sorpresa.»

Fernando trovò Eulogio sdraiato sul letto, con una sigaretta in bocca e l'aria seria. Sembrava stanco. «Ho appena parlato con Ylena», gli disse a mo' di saluto.

«Ti avrà già detto che ce ne andiamo in Francia, a Vichy credo.»

«Esatto. Spero che non vorrai assecondare questa follia.»

«E cos'altro posso fare? Dovrei restarmene qui, a fare da assistente a un uomo che non ha bisogno di me?»

«Puoi andartene in Brasile sulla *Esperanza del Mar*. Il capitano non vuole portare Marvin e Farida, ma te ti porterebbe. Glielo chiederò io stesso. Possiamo pagare parte del biglietto con i soldi che mi ha dato Wilson.»

«Sì, in effetti potrei chiederglielo...»

«E allora fallo. È la cosa migliore. Una volta in Brasile deciderai che cosa fare, ma da lì ti costerà meno raggiungere qualunque altro posto.»

«Marvin mi ha raccontato i loro piani e mi ha chiesto di accompagnarlo. Si è offerto di cercare monsieur Rosent, ma... non so, credo che abbia paura.»

«Ovvio, bisogna essere matti per non averne. A nessuno verrebbe in mente di andare in Francia in queste circostanze. Wilson è un manipolatore, una persona senza scrupoli che riesce a far fare agli altri quello che conviene a lui.»

«Marvin mi ha detto che ha paura di quello che può succedere, soprattutto di quello che potrebbe capitare a Farida, che ha deciso di non lasciare che vada via da solo. Probabilmente io gli do una certa sicurezza. Mi ha chiesto di promettergli che porterò via Farida dalla Francia nel caso in cui a lui dovesse succedere qualcosa. Fernando, cerca di capirmi, non posso deludere Marvin», affermò Eulogio con una punta di rassegnazione.

«Deludere? Perciò, rifiutarti di suicidarti equivale a deluderlo? Non so che genere di rischi possano correre lui e Farida, ma tu... I francesi ti arresteranno non appena metterai piede in Francia e ti manderanno in uno di quei campi in cui rinchiudono gli spagnoli, oppure ti rispediranno in Spagna.»

«So che ha bisogno di me. Marvin ha accettato di fare qualcosa per la quale non è pronto. E lo ha fatto per lealtà nei confronti dei Rosent.»

«Nemmeno tu sei pronto ad attraversare mezza Francia per arrivare a Vichy, o forse ti sei illuso che sarà una scampagnata? Per favore, Eulogio, torna alla realtà. Questa dannata città ci ha sconvolto tutti.»

«Mi sono accorto anch'io che stiamo cambiando», ammise Eulogio.

«Sì, ma in peggio, e stiamo anche perdendo il poco senno che ci era rimasto», sentenziò Fernando mentre si sedeva, coprendo il volto con le mani.

Lo fece per reprimere il pianto.

Si sentiva vecchissimo, come se i giorni trascorsi da quando erano scappati si fossero convertiti in anni e anni.

Eulogio gli si sedette accanto, passandogli un braccio sulle spalle. «Non si può tornare indietro, Fernando, noi non possiamo tornare in Spagna. Tu ancora meno di me. L'unica che potrebbe farlo è Catalina. Hai ragione per quanto riguarda Wilson, quell'uomo fa e disfa a suo piacimento... Marvin mi ha raccontato delle cose... le stesse cose che mi hai raccontato tu: che oltre a pubblicare libri, Wilson&Wilson si dedica anche a cercare persone.»

«E a noi che cosa ce ne importa? Non gli dobbiamo niente.»

«Siamo esiliati, non abbiamo niente, non c'è un futuro per noi», rispose Eulogio.

«Tu volevi andare in America proprio in cerca di un futuro», gli ricordò Fernando.

«In realtà, io volevo fuggire da me stesso, dall'enorme vergogna che provavo per la relazione tra mia madre e don Antonio. Ecco da che cosa volevo fuggire, oltre che dalla Spagna di Franco», confessò Eulogio.

I due amici si abbracciarono cercando di non piangere. Si sentivano persi nell'immensità di quella città millenaria che appariva loro così estranea. Non si erano ancora innamorati della vecchia Alessandria.

Dimitra bussò dolcemente alla porta avvisandoli che, da lì a pochi minuti, avrebbero servito la cena.

Catalina era già seduta quando arrivarono nella sala da pranzo; stava parlando con il capitano Pereira. Poiché Fernando ed Eulogio non avevano voglia di partecipare alla conversazione, cercarono di distrarsi ascoltando il dibattito tra monsieur Baudin e Mr Sanders. Gareggiavano a chi ne sapeva di più su quello che stava succedendo nel corso della guerra che si stava combattendo tra le sabbie del deserto. Ylena faceva da arbitro cercando di placare gli animi di entrambi i cavalieri, che discordavano sulla strategia da seguire per frenare l'Africa Korps. Al colonnello piaceva offendere monsieur Baudin ricordandogli che il maresciallo Pétain marcava il passo al suono dei tedeschi.

Non che monsieur Baudin fosse d'accordo con Pétain, ma era infastidito dalla superiorità della quale faceva mostra il colonnello Sanders, sottolineando come fosse l'Inghilterra il Paese che stava cercando di bloccare Adolf Hitler. Dal canto suo, il capitano Pereira pronosticò che la guerra sarebbe stata ancora lunga e difficile da vincere, pur confidando nel fatto che l'intervento degli Stati Uniti potesse cambiare le sorti della contesa.

«E i russi. Non dimenticarti dei russi», osservò Ylena.

«Hai ragione, mia cara Ylena», disse il capitano. «Può darsi che Hitler commetta l'errore di sottovalutarli, ma i russi sono un popolo rassegnato e insieme formidabile, che lotterà, se è necessario, sacrificando sino all'ultimo uomo, ma poi riuscirà a fermare Hitler, vedrete», concordò il capitano Pereira.

«Com'è la vita nella Zona libera?» chiese tutto d'un tratto Eulogio, guardando monsieur Baudin.

«A essere onesti, chiamarla Zona libera è un eufemismo, in questo caso devo proprio dare ragione a Mr Sanders. Da francese mi vergogno delle decisioni di Pétain… Le mie amicizie a Parigi mi assicurano che i tedeschi fanno quello che vogliono in città. Su quello che succede nella zona governata dal maresciallo Pétain… le cose non vanno bene… soprattutto per gli stranieri, a meno che non siano tedeschi o italiani.»

Dopo cena, con grande sorpresa di Fernando ed Eulogio, Ylena annunciò che l'indomani alle sette del mattino avrebbero battezzato Adela. Il capitano Pereira sarebbe stato il padrino e lei la madrina. Così aveva deciso Catalina. «Siete tutti invitati alla cerimonia nella cattedrale di Santa Caterina, sarà breve.»

«Così breve, che non appena avremo battezzato la bambina, salperò per il Brasile», aggiunse Pereira.

«È un caso che fra tutte le chiese delle confessioni più diverse che ci sono ad Alessandria, quella latina sia proprio la chiesa di Santa Caterina, Catalina in spagnolo», disse monsieur Baudin con un sorriso.

«Sarò felice di partecipare», assicurò il colonnello Sanders un po' confuso; l'ultima cosa che si sarebbe aspettato era assistere a un battesimo.

Catalina ringraziò tutti della disponibilità, poi abbracciò emozionata il capitano Pereira. «Quante cose ha fatto per me! Non riuscirò mai a ripagarla!»

«Figuriamoci! Non possiamo non battezzare la bambina e per me è un onore farle da padrino. Il mare mi ha tenuto lontano nel momento in cui sono nate mia figlia e le mie nipoti, perciò è grazie ad Adela che ho saputo come si viene al mondo.»

«Lei l'ha salvata», gli ricordò Catalina con gratitudine.

Non appena il capitano se ne andò, l'inglese e il francese chiesero a Ylena il permesso di andare in biblioteca per giocare la loro partita a scacchi. In quel momento, Fernando fece un cenno a Catalina. Voleva parlarle. Non potevano rimandare ulteriormente la discussione sulle mosse future.

Infastidita, Catalina gli propose di andare nella sua stanza. Preferiva evitare di parlare davanti a Eulogio.

Dopo aver adagiato Adela sul letto, si accomodò su una sedia e invitò Fernando a fare altrettanto.

«Dorme come un angioletto», commentò lui, osservando la piccola.

«Sì, è buonissima. Praticamente è priva di forze.»

«Però ce l'ha fatta. Adela è più forte di quello che sembra», la consolò Fernando.

«Bene, di cosa vuoi parlarmi?» Di colpo Catalina era diventata tesa.

«Eulogio andrà via tra un paio di giorni», le annunciò.

Catalina accolse la notizia come un pugno nello stomaco. Per quanto non andasse d'accordo con lui, la sua presenza era un legame con la Spagna che si era lasciata alle spalle. «Con Marvin… ovviamente.»

«Sì, con Marvin e Farida.»

«Vanno in America?»

Fernando non sapeva se dirle la verità, ma non sapeva mentire e nemmeno voleva farlo. «No, per ora non andranno in America. Credo che andranno in Francia. A quanto pare, quando c'è di mezzo Marvin le cose non vanno mai come previsto», ammise Fernando.

Catalina annuì, lasciando vagare lo sguardo sul soffitto. Sembrava sconfitta. «Perché si rifiuta di vedermi?» chiese a Fernando guardandolo dritto negli occhi.

«Non lo so, però non appena sente il tuo nome si innervosisce a dismisura. La cosa migliore sarebbe che vi parlaste, che ti dicesse come la pensa. Ma lui si rifiuta e io davvero non riesco a capire questa sua ostinazione. Continua a dirsi sicuro di non doverti alcuna spiegazione.»

«Mi ha dato Adela, non può ignorarlo», replicò lei.

Fernando rimase in silenzio qualche secondo, in cerca delle parole che da tempo reprimeva. Non poteva continuare così o l'abisso tra loro sarebbe diventato incolmabile. «Te lo giuro, Catalina, che darei la mia vita perché tu e Marvin… Certo, non ti dico che non mi farebbe male, che non soffrirei, ma non sono così egoista da desiderare che tu e tua figlia finiate in disgrazia. Tra l'altro, da tempo ho capito che non mi amerai mai. Non lo accettavo, lo confesso. Il mio sogno segreto era che un giorno ti svegliassi e mi dicessi di esserti resa conto di amarmi… ma i sogni son solo sogni. Perciò, io e te non potremo mai essere nient'altro che amici. Ecco, quello che posso fare è continuare a offrirti un'amicizia disinteressata. Conta sempre su di me, per qualunque cosa. Visto che non posso essere felice, farò l'impossibile perché lo sia almeno tu.»

Catalina fu sorpresa dalla dichiarazione di Fernando. Non era pronta a sentirsi dire simili parole, pronunciate con una sincerità disarmante. Provò rimorso per averlo ferito qualche giorno prima.

Ingoiò la saliva mentre cercava una risposta alla confessione di Fernando. «Ti ringrazio per quello che mi hai detto... Mi... mi dispiace, magari potessi innamorarmi di te, ma… non posso, Fernando, non posso. Ti voglio bene, questo è sicuro, ti voglio tantissimo bene, sei una persona di famiglia per me e vorrei che lasciassi perdere quello che ti ho detto qualche giorno fa. Non te lo meritavi… Cerca di capirmi… sono nervosa… il parto in mare, la malattia di Adela, l'arrivo in questa strana città, l'ospedale, l'essere lontana dalla Spagna e dai miei genitori… Io… non so che cosa avrei fatto senza di te.»

Catalina si alzò e si mise davanti a lui, allungando le braccia. Fernando si alzò a sua volta e la abbracciò. Per qualche secondo rimasero fusi in un abbraccio consolatore. Poi lei si chinò su Adela; voleva evitare di piangere.

«Torna in Spagna. È la cosa migliore. I tuoi genitori ti accoglieranno senza rimproveri quando vedranno la bambina. Antoñito non vorrà più sposarsi con te, perciò la questione è chiusa. Non devi continuare a fuggire», disse Fernando.

«Anche il capitano Pereira e Ylena mi hanno dato lo stesso consiglio, ma… no, non tornerò. Non tornerò finché non avrò parlato con Marvin, finché lui non avrà riconosciuto sua figlia. Se mi dirà che di noi non vuole saperne, allora… No, in realtà non potrei tornare nemmeno in questo caso, perché i miei genitori si vergognerebbero di me. Ma considero Marvin una persona d'onore. Tu lo conosci, sai quanto è sensibile. Credo sia quella donna a impedirgli di vedermi. So che quando si libererà di lei verrà con noi. Ecco perché è così importante che io lo incontri.»

Fernando non seppe cos'altro aggiungere. L'ostinazione di Catalina lo inquietava. Si chiese come potesse essere così cieca. Ma si diede subito la risposta. Anche lui era stato cieco e sordo quando si era convinto che lei un bel giorno lo avrebbe amato.

«Alessandria non è il posto più indicato per te. Non conosci l'arabo e nemmeno tanto bene l'inglese.»

«Però c'è tanta gente che parla francese… Guarda Ylena, o Mr Sanders, persino Dimitra lo parlicchia. Non dimenticare che sono stata a lungo in ospedale e sono riuscita a farmi capire dalle infermiere… I gesti sono universali. E poi, Ylena mi ha prestato un manuale di inglese e uno di arabo; mi ci sto dedicando, magari riuscirò a farmi capire. Il problema è che dovrò lavorare, anche se… se Marvin va in Francia ci andrò anch'io.»

«Sei matta! È l'ultimo posto in cui andare. Tra l'altro, non ha intenzione di rimanere in Francia, è solo la prima parte del suo viaggio.»

Gli spiegò dell'impegno che aveva a Vichy, frutto della lealtà verso il suo editore.

«Quello che mi racconti conferma la bontà di Marvin. Un uomo che è capace di giocarsi la vita per lealtà nei confronti del suo vecchio editore è un uomo buono. Ho ragione, Fernando… quella donna gli sta impedendo di incontrarmi e di farsi carico di Adela», rispose Catalina.

«Non so più che cosa pensare.»

Non si era ancora fatto giorno quando tutti gli ospiti si ritrovarono intorno al tavolo della colazione. Alle sei e mezzo dovevano incontrare il capitano Pereira davanti alla porta della cattedrale.

Monsieur Baudin Aveva deciso di portarli con la sua macchina. Ylena gli si era seduta accanto mentre sul sedile posteriore, un po' stretti, c'erano Catalina, Fernando ed Eulogio. Mr Sanders si era già incamminato verso la chiesa; non aveva voluto condividere quello spazio così ristretto.

Durante il tragitto, il francese raccontò loro la storia del luogo. A quanto pareva, santa Caterina aveva subìto il martirio proprio lì e gli angeli, mossi a compassione, l'avevano portato sino al Monte Sinai, nel deserto, dove c'era un monastero impressionante che portava il suo nome.

«Ecco, in realtà questa cattedrale è stata costruita grazie a Mehmet Ali», ricordò Ylena. «Nel 1832, fu lui a cedere un pezzo di terra ai cattolici perché potessero costruirvi la chiesa.»

«Chi è Mehmet Ali?» chiese Catalina incuriosita mentre cercava di farsi un po' di spazio tra Fernando ed Eulogio.

«Il fondatore dell'attuale dinastia regnante. Combatté contro i sauditi espugnando l'alto Nilo, il Sudan. Combatté anche contro i greci e conquistò i luoghi santi dell'Islam in Arabia, invase inoltre Siria e Palestina... Insomma, fu un conquistatore e fece di Alessandria la sua capitale. Ma le potenze riuscirono ad arginare le sue conquiste e la sua ambizione. Francia e Inghilterra lo obbligarono ad accontentarsi dell'Egitto», spiegò monsieur Baudin.

«Il colonnello Sanders ama ricordare che fu l'ammiraglio sir Charles Napier a obbligare Mehmet Ali ad accettare di essere unicamente il signore dell'Egitto», aggiunse Ylena.

«E il sultano turco non si oppose alle conquiste di Mehmet Ali?» chiese Eulogio con curiosità.

«All'inizio non ebbe altra soluzione che nominarlo governatore. Mehmet Ali era un sostenitore della politica dei fatti compiuti», fu la risposta di Ylena.

«In realtà, lui aprì le porte di Alessandria e dell'intero Egitto agli stranieri. In questo modo sviluppò il commercio. Bisogna riconoscere che fu anche capace di ammodernare la città. Se oggi Alessandria è quella che è, lo deve a lui», ammise monsieur Baudin.

La cattedrale di Santa Caterina era situata nella piazza che portava il suo nome, e lì trovarono il colonnello Sanders e il capitano Pereira, che passeggiavano impazienti da un capo all'altro.

Si salutarono ed entrarono nel tempio. Catalina non trovò particolarmente bella la chiesa della santa che portava il suo nome, ma non disse niente. Vennero avvolti dall'odore di cera e di incenso.

Si diressero con passo rapido verso la fonte battesimale dove erano attesi da un sacerdote. Ylena fece le presentazioni. «Padre Lucas battezzerà Adela. Lo farà in francese...»

Il sacerdote fece un leggero inchino e chiese ai padrini di spostarsi accanto alla fonte. Ylena prese tra le braccia Adela, che dormiva placidamente.

Qualche minuto più tardi, Adela aveva ricevuto il battesimo e Catalina sorrideva sollevata; sua figlia era finalmente cattolica.

Nella sacrestia adempirono alle pratiche di rigore, poi padre Lucas, gentile ma non troppo prodigo di parole, li congedò.

Ormai sulla porta, Catalina abbracciò il capitano Pereira e scoppiò a piangere. Il Portoghese era pronto a salpare e non sapeva quando sarebbe tornato ad Alessandria. Per Catalina era doloroso separarsi dall'uomo che si era comportato come un padre con lei. Accanto a lui si sentiva protetta, certa che niente potesse succederle.

«Non piangere, devi essere forte per Adela. E ascoltami, torna in Spagna, questa città non fa per te», le raccomandò il capitano.

Lei si limitò ad abbracciarlo ancora più forte. Le dispiaceva non seguire il suo consiglio, e glielo disse, ma era decisa a far sì che Marvin si assumesse le sue responsabilità nei confronti di Adela.

Conclusi i saluti, ognuno prese la propria strada: il capitano si diresse verso il porto dove era atteso dai marinai della *Esperanza del Mar*; monsieur Baudin si offrì di riportare a casa Ylena e Catalina; Eulogio annunciò che sarebbe andato a salutare colui che per un poche settimane era stato il suo capo, Sudi Kamel; Mr Sanders non diede nessuna spiegazione, disse solo che avrebbe preso il tram.

Fernando rimase appartato, nessuno sembrò preoccuparsi di lui. Una volta che tutti furono andati via, entrò nuovamente nella cattedrale e si sedette nell'ultimo banco. Non sapeva per quale ragione lo avesse fatto. Forse quel posto gli dava la possibilità di rimanere da solo con se stesso, senza rumori tutt'intorno.

Lasciò che i pensieri vagassero a piacimento e sorrise all'idea che sua madre si sarebbe sorpresa di vederlo lì, seduto nel banco di una chiesa. Quanto a suo padre... sicuramente non avrebbe detto niente. Suo padre era ateo, quella era un certezza, non entrava mai in chiesa, eppure si era sempre mostrato rispettoso nei confronti della fede di sua madre; di solito la accompagnava sino alla porta della chiesa, fumava una sigaretta e aspettava la fine della messa. Non si era opposto nemmeno al battesimo e alla prima comunione di Fernando. Ma lui, Fernando, da adolescente aveva fatto proprio l'ateismo del padre e non era più entrato in una chiesa... sino a quel giorno. Suo padre non gli aveva mai permesso di esprimersi con disprezzo nei confronti della religione, lo invitava sempre a rispettare le credenze altrui.

L'odore di incenso era intenso, ma non lo disturbava, al contrario, lo trovò gradevole. Le candele dell'altare maggiore erano sempre accese e davano un aspetto magico e solenne al recinto.

Era così immerso nei suoi pensieri da non accorgersi che padre Lucas stava camminando in silenzio lungo la navata, sino a raggiungerlo. Quando gli si accomodò accanto Fernando si sentì a disagio. Si stava godendo quel silenzio e temette che il sacerdote lo riportasse alla realtà. Ma padre Lucas si accontentò di sgranare il suo rosario. Restarono in silenzio finché non fu il sacerdote a parlare: «Può restare quanto vuole, ma sappia che tra qualche minuto comincerà la messa delle otto».

«Stavo per andarmene…» Fernando non sapeva che cosa rispondere.

«Anche a me piace starmene qui quando non c'è nessuno. È il momento del giorno che amo di più. Sentire il silenzio.»

Fernando fu colpito dall'espressione che aveva usato il sacerdote: non si può sentire il silenzio. Padre Lucas abbozzò un sorriso mentre lo osservava. «Sì, il silenzio si può sentire, ce lo possiamo persino godere, altre volte può risultare addirittura inquietante.»

Rimasero nuovamente in silenzio, mentre Fernando cercava di sentirlo, il silenzio, e padre Lucas pregava.

«Me ne vado. Mille grazie, padre.»

«Grazie? Di cosa?»

«Be'… Il battesimo di Adela è stato molto bello», rispose Fernando tanto per dire qualcosa.

«La piccola Adela… spero che Dio si prenda cura di lei. Troppe volte Nostro Signore ci affida alle nostre sole forze. Ylena mi ha raccontato che cosa è successo a Catalina, a lei e al suo amico… Eulogio, giusto? Si chiama così?»

«Sì… Siamo amici da sempre. Siamo nati nello stesso quartiere», rispose Fernando.

«Avete unito i vostri destini per arrivare sino qui.»

«Eulogio va via. Io e Catalina… in realtà ancora non sappiamo che cosa faremo.»

«Lei che cosa vuole fare?» chiese il sacerdote.

«Ecco… In realtà non lo so… la mia vita avrebbe dovuto prendere un'altra piega, ma…» Fernando tacque, chiedendosi per quale ragione si stesse aprendo con quel sacerdote.

«Sì, la maggior parte delle volte i nostri sogni non vanno di pari passo con la realtà», affermò padre Lucas.

«Nessuno sa molto della vita. È un grande mistero e ancora non ci è stato svelato. Cerchiamo spiegazioni, alcuni guardando il cielo, altri dentro se stessi, altri ancora cercano risposte nelle vecchie leggende e tradizioni… Ma chi la conosce davvero la verità?»

«Ma dai... credevo che i preti avessero le idee chiare», disse Fernando.

«Non posso parlare per gli altri, ma solo per me stesso.»

«Però lei crede in Dio», insistette Fernando.

Padre Lucas scrollò le spalle mentre un gruppo di donne entrava nella cattedrale in cerca di un posto a sedere per assistere alla funzione. «Usciamo, a meno che lei non voglia seguire la Santa messa.»

A oriente il sole si mostra sin dalle prime luci del mattino.

Alessandria era sveglia e le campane annunciavano la messa delle otto. Cominciarono a camminare l'uno accanto all'altro.

«Qui prima c'era una chiesa francescana», spiegò padre Lucas. «Adesso Santa Caterina è la sede dei cattolici, qua dietro c'è il palazzo arcivescovile.»

«E quella lì?»

«Ah, quella è la tomba di Sidi El-Metwalli, un santo dell'Islam. In Spagna, come anche in Francia, le cattedrali sono belle. Santa Caterina non può competere.»

«E quell'altra chiesa?» Fernando indicò a sinistra.

«È la chiesa dell'Annunciazione. Greco-ortodossa, è quella che di solito frequenta Ylena Kokkalis. Se vuole vedere un luogo di culto molto bello, le consiglio di visitare la moschea di Attarine, è qui vicino. Prima era la chiesa di San Attanasio, ma nel settimo secolo, quando gli arabi conquistarono la città, fu trasformata in moschea. Ricorda quella di Ibn Tulun al Cairo, la conosce?»

«No, non sono mai stato al Cairo.»

«Già. Non è tempo di fare turismo, ma visto che si trova in Egitto sarebbe imperdonabile non visitare la capitale. A proposito, secondo la leggenda in questa moschea era sepolto Alessandro Magno. C'era un sarcofago che pesava diverse tonnellate e si suppone fosse quello del macedone.»

«E adesso dove si trova questo sarcofago?»

«Ce l'hanno i britannici, se lo sono portati via. Gli archeologi più noti sostengono che quel sarcofago non abbia mai contenuto i resti di Alessandro, bensì quelli del faraone Nectanebo II, che visse nel quarto secolo prima di Cristo.»

«E la sua opinione qual è?»

«Non è questione di fede, ma di scienza.»

«Però Alessandro Magno è stato sepolto ad Alessandria», insistette Fernando.

«Dapprima fu sepolto a Menfi, ma Tolomeo II lo fece portare ad Alessandria… Nel quarto secolo la città subì un terribile terremoto, durante il quale probabilmente venne distrutto il Soma, ovvero il mausoleo del macedone. Può anche darsi che i resti di Alessandro siano stati estratti prima dal sarcofago, perché quando Napoleone arrivò in Egitto ordinò di cercarlo, ma gli archeologi lo trovarono vuoto… Poi gli inglesi se lo portarono via.»

«Ma allora, come si può affermare che il sarcofago è appartenuto ad Alessandro e allo stesso tempo che fosse di un faraone?»

«La teoria dice che Tolomeo utilizzò la tomba del faraone per seppellire Alessandro. Insomma... Ci sono teorie per tutti i gusti; si dice persino che il corpo di Alessandro fu trasportato dai mercanti veneziani sino alla loro città e che oggi si trovi niente meno che in quella che è considerata la tomba di san Marco.»

«Ma la tomba di san Marco si trova nella basilica di Venezia!»

«Esatto.»

«Grazie», affermò Fernando con spontaneità.

«Grazie di cosa?»

«Grazie di avermi raccontato tutto questo. Mio padre mi raccontava sempre le storie del mondo antico. Lui… ecco, traduceva i grandi scrittori britannici. Shakespeare non aveva segreti per lui… Ma sapeva tradurre anche dal greco antico.»

«Perciò suo padre si guadagnava da vivere traducendo. È una bella cosa. Un bel lavoro.»

«Dirigeva una casa editrice, la Editorial Clásica. Ripubblicavano grandi opere… Inoltre, mio padre si occupava della sezione inglese. Parlava correntemente anche il francese e si difendeva in tedesco. E conosceva il latino e il greco antico.»

«E lei lo ammirava più di chiunque altro al mondo.»

«Sì, non c'è stato uomo migliore di mio padre.»

«Congratulazioni. Non tutti abbiamo la fortuna di avere così tanti motivi per ammirare i nostri genitori.»

Fernando rimase sconcertato dall'affermazione di padre Lucas. Di colpo si rese conto che si trovavano davanti alla porta della moschea di Attarine e che il suo accompagnatore stava entrando con passo deciso.

Il sacerdote gli mostrò ogni angolo e si fermò a conversare con l'imam, che era seduto sul pavimento a leggere il Corano.

Quando uscirono in strada, Fernando si congedò con un certo dispiacere da padre Lucas. «Dio mio, quanto è passato velocemente il tempo! Sono le nove passate. Devo andare a lavorare. Rischio di arrivare tardi», si scusò.

«Prenda il tram. E torni quando vuole.»

«Lei è sempre nella cattedrale?»

«Sempre.»

«Tornerò.» Fernando si sorprese della sua stessa affermazione.

Athanasios Vryzas lo salutò distrattamente quando Fernando entrò nella Wilson&Wilson. Sara era seduta al suo fianco e insieme stavano rivedendo un manoscritto. Di fatto lo ignorarono e Fernando si concentrò sul suo lavoro. Si sentiva in pace senza sapere perché. Anzi, sì che lo sapeva. Era la compagnia di padre Lucas ad avergli regalato quella sensazione. Quell'uomo non sembrava un sacerdote. Aveva un modo di parlare molto diverso da quello dei preti che aveva conosciuto, anche se dovette ammettere che l'unico prete con il quale aveva avuto a che fare era stato don Bernardo. Evidentemente, quest'ultimo non somigliava affatto a padre Lucas, anche se dovevano avere più o meno la stessa età, una sessantina d'anni.

Guardò con la coda dell'occhio Sara Rosent e Vryzas. Era normale che collaborassero sulle pubblicazioni in lavorazione.

Sara aveva ereditato dal padre l'amore per la poesia ed era evidente quanto le piacesse scoprire nuovi poeti.

Era in ufficio da meno di un'ora quando Leyda Zabat gli chiese di andare subito nell'ufficio di Wilson.

Fernando provava simpatia per Leyda. Era sempre gentile con tutti e non si vantava mai della sua importanza come braccio destro del capo.

Quando entrò nello studio, Fernando si sorprese di vedere accanto a Wilson un uomo alto, magro e dalla carnagione scura, che aveva parte della testa e del volto coperti con un panno tipicamente beduino. I due stavano guardando una mappa e non badarono a lui; parlavano in arabo, perciò Fernando attese impaziente che si rendessero conto della sua presenza. Quando accadde, sentì lo sguardo del visitatore che lo esaminava apertamente da capo a piedi, mentre Wilson faceva le presentazioni. «Lui è Hafid. Partirete subito per Brega, ma non ci sarà bisogno di arrivare sino lì. Secondo le voci raccolte da Hafid, alcuni beduini hanno trovato due uomini feriti nel deserto. Uno dei due è straniero.

«Riteniamo possa trattarsi di suo cugino Basim e di Domenico Lombardi. Hafid ha preparato ogni cosa.»

«Quando dobbiamo partire?» chiese Fernando, sconcertato dal tono severo e urgente di Benjamin Wilson.

«Gliel'ho detto: subito.»

«Ma subito non posso! Mi aveva parlato di un paio di giorni... Non sono pronto, non ho l'abbigliamento adatto, devo salutare Eulogio, lo sa anche lei che dopodomani partirà con Marvin e Farida... non posso scomparire così...»

«Ho mandato una persona a prendere l'abbigliamento di cui lei ha bisogno a casa di Ylena. La sua amica Catalina l'ha aiutata a metterlo dentro una borsa. Il suo amico Eulogio è stato informato del fatto che lei deve fare un lavoro urgente per me. Insomma, non c'è ragione di posticipare la partenza.»

Benjamin Wilson gli consegnò un portafoglio e gli spiegò che conteneva il denaro sufficiente ad affrontare l'impresa. Poi gli ordinò di seguire le istruzioni di Hafid. «Il suo unico compito è parlare con Lombardi, tranquillizzarlo e ascoltare quanto lui vorrà dirle. Di tutto il resto si occuperà Hafid.»

«Le ho già detto che non parlo italiano», gli ricordò Fernando.

«Fa lo stesso, spagnoli e italiani riescono a capirsi. Ecco perché ho bisogno di lei. Ma di questo abbiamo già parlato, perciò non perdiamo altro tempo.»

«E come faccio a comunicare con Hafid?»

«In inglese», rispose secco Benjamin Wilson.

«Ho la macchina parcheggiata molto vicino», disse Hafid, che intervenne nella conversazione mentre continuava a scrutare Fernando. «Se andiamo via adesso non verremo sorpresi dal buio prima di addentrarci nel deserto.»

Uscirono per strada, Fernando al seguito di Hafid, che aveva accelerato il passo. Il beduino gli indicò la macchina parcheggiata e lo invitò a salire.

Impiegarono parecchio tempo per uscire da Alessandria. Era mezzogiorno e il traffico non permetteva di muoversi rapidamente. Hafid guidava concentrato su quello che aveva davanti. Il suo silenzio cominciò a diventare pesante. Un paio di volte Fernando fu sul punto di chiedergli di fermarsi; non voleva partire; non lo fece, benché sentisse che andare via senza salutare Eulogio equivalesse a un tradimento. Non sapeva se si sarebbero rivisti e la sola idea lo spaventava perché lui, al pari di Catalina, era il suo unico legame con la persona che era stato e con la Spagna che si era lasciato alle spalle. Continuava a dirsi che non aveva alcun obbligo nei confronti di Wilson, che alla peggio sarebbe stato licenziato. Se fosse successo, avrebbe cercato un altro lavoro; era sicuro che in porto fossero sempre in cerca di un paio di braccia.

L'espressione severa di Hafid si distese in un sorriso non appena cominciarono a viaggiare in un terreno arido; ogni forma di vita sembrava scomparsa da entrambi i lati dei binari ferroviari che si perdevano in lontananza.

«Siamo vicini ad Abusir», disse improvvisamente il beduino.

«Non so che cosa ci sia ad Abusir, ma qui non vedo niente, sembra un deserto», rispose Fernando infastidito.

«Nel deserto c'è molto di più di quello che si vede. Da qui ci inoltreremo nel deserto libico.»

«Ed è tutto così?»

«Se lei non è capace di vedere nient'altro, allora sì. Abusir di solito piace molto agli stranieri.»

Fernando lo ascoltava con attenzione. Faticava a immaginare che in quell'angolo inospitale potesse esserci qualcosa di interessante. E gli sembrava miracoloso che qualcuno riuscisse a vivere in quella distesa di terra arida.

«Tra qualche ora dovremmo arrivare a Wadi El-Natrun, dove c'è l'accampamento di mio zio Ismail. Lì custodiranno la macchina sino al nostro ritorno», spiegò Hafid.

«Suo zio? Ma se lasciamo la macchina, come ci muoveremo?»

«Ovviamente in cammello. Non vorrà che ci fermino gli uomini di Rommel?»

«Credevo fossero in Libia.»

«Nel deserto non ci sono frontiere. Inoltre, i tedeschi hanno occhi dappertutto, esattamente come i britannici.»

«Mi dica qual è il suo piano», domandò Fernando.

«Saremo ospiti di mio zio a cena, dormiremo nel suo accampamento. La mattina usciremo con alcuni membri della sua famiglia. Siamo beduini, perciò commerciamo con tutti.»

«Molto conveniente essere amici dei nemici degli amici.»

Hafid rise mentre dava una pacca sulla gamba di Fernando. «Sa montare un cammello? Le piacerà. È il modo migliore per muoversi nel deserto.»

«Ci muoveremo in cammello? Che follia! Non arriveremo mai.»

«Al contrario, è ciò che rende possibile arrivare a destinazione, ma soprattutto tornare. Mio zio le presterà l'abbigliamento adeguato. La sua borsa rimarrà nell'accampamento, quello che ha portato non è molto utile.»

«Ma...»

«Su, non si preoccupi, non succederà niente. Lei non conosce il deserto, si fidi di me. Le ho già detto che qui niente è quello che sembra. Io sono nato in mezzo a queste dune.»

«Come si fa a nascere qui?» chiese Fernando con ingenuità.

«E dove vuole che nascano i beduini? È normale. Le nostre madri ricevano in eredità la saggezza di molte generazioni. Avere figli su queste sabbie non rappresenta un problema per noi. E non avrei voluto nascere in nessun altro posto al mondo. Mia madre mi ha raccontato che sono nato all'alba, quando le ultime stelle scomparivano e il sole cominciava a spandere i suoi raggi di luce. Non c'è posto più bello per nascere e nemmeno per morire. Chiedo ad Allah che mi permetta di finire i miei giorni nello stesso modo in cui sono cominciati.»

Il sole cominciava a scaldare più di quanto Fernando ritenesse possibile, considerato che erano solo i primi giorni di gennaio. «Che cos'è?» chiese indicando quella che sembrava una torre.

«Gliel'ho detto, è Abusir. La città dei faraoni. Dovrebbe visitarla», rispose Hafid con orgoglio.

«Magari in un'altra occasione», disse Fernando senza troppo entusiasmo.

«Qui vicino c'è anche San Menas. Dovrebbe andare anche lì. È una sorta di città, ci sono ancora i resti della chiesa e della fonte sacra. Prima le carovane passavano da lì. È sempre stato un luogo di passaggio per le carovane. C'erano delle acque curative, adesso non è più così», affermò Hafid.

«C'erano acque curative che adesso non ci sono più? Com'è possibile?» chiese Fernando svogliatamente.

«Non lo so.» Hafid scrollò le spalle mentre guardava di sbieco il suo accompagnatore.

«E io non so chi sia San Menas», confessò Fernando.

Risero allegramente. Hafid guidava veloce, senza preoccuparsi di evitare le buche sulla strada. Spiegò che voleva arrivare a Wadi El-Natrun prima che fosse pieno giorno. «Non che la notte sia un problema, ma mi piacerebbe mangiare un buon agnello in compagnia di mio zio Ismail e dei miei cugini. Ormai dovrebbero essere vicini a Deir Abu Bishoi.»

«Di cosa si tratta?» volle sapere Fernando.

«Di un monastero. È antichissimo. Ci vivono monaci che non vogliono sapere niente del mondo. Pregano tutto il giorno.»

«Ah, avranno le loro ragioni», fu la risposta cinica di Fernando.

«Pregare fa bene. È un sollievo per l'anima.»

Fernando pensò che il beduino sembrava una persona genuina, semplice, lineare, ma non poteva fare affidamento sul proprio giudizio. Se Wilson confidava in quell'uomo, era perché Hafid doveva possedere altri valori, che lui non era in grado di percepire. Sì, probabilmente era più complicato di quanto apparisse.

I raggi del sole si erano fatti meno intensi quando arrivarono a Deir Abu Bishoi. Le sue mura si confondevano con il colore della sabbia del deserto. Fernando ne rimase colpito perché era diverso da tutto ciò che aveva visto sino a quel momento, non somigliava in nessun modo ai monasteri spagnoli.

Hafid spense la macchina accanto all'edificio e cominciò a guardarsi intorno impaziente.

«Che cosa guardi?» volle sapere Fernando.

«Mio zio non c'è. Dobbiamo aspettare. Può darsi che stia per arrivare, o magari arriverà domattina. Se non viene, chiederemo ai monaci che ci diano protezione nel loro monastero.»

Rimasero ad aspettare sino a che le ombre della notte non coprirono la sabbia del deserto; a quel punto Hafid si avvicinò in macchina alla parete nord dell'edificio, dove c'era una porta, e scese a bussare. Poco dopo gli aprì un monaco avvolto in un abito nero pieno di macchie.

Fernando pensò che sembrava più morto che vivo, tanto era magro. Hafid gli parlò in arabo e l'uomo li invitò a entrare.

«Dice che sino a domani non potrai visitare la tomba del santo», spiegò a Fernando.

«Santo? Di quale santo?» Fernando era perplesso.

«Gli ho detto che sei cristiano. I cristiani che vengono qui lo fanno per pregare sulla tomba di san Bishoi.»

«Non mi interessa pregare su una tomba», fu la risposta brusca e sincera.

«Se non ti interessa, loro non lo capiranno di sicuro. Ci permetteranno di trascorrere qui la notte solo perché sei cristiano e ho detto loro che hai bisogno di pregare.»

«Che bugiardo!»

«Davvero non vuoi pregare san Bishoi? Saresti il primo cristiano che non è interessato.»

«Ascolta, Hafid, lasciamo in pace i santi e facciamo quello che dobbiamo fare. Non so che cosa ci facciamo in questo monastero, ma sicuramente io non sono venuto sino qui per pregare.»

«Però pregherai, non puoi mancare di rispetto a queste brave persone. Mi hanno promesso che potrai farlo non appena albeggerà. Devi sapere che il corpo del santo è rimasto intatto, come era da vivo.»

Fernando era confuso dall'atteggiamento di Hafid. Come gli era venuto in mente che lui volesse pregare? Non sapeva nemmeno chi fosse san Bishoi. Non sapeva niente di lui.

Il monaco si trattenne a parlare con Hafid per un bel pezzo, poi li accompagnò sino a un angolo del giardino dove le palme si alzavano imponenti e indicò loro una porta, accanto a un altro edificio. Hafid la aprì.

Era una stanza piccola. Su una parete c'era un crocifisso e sull'altra il quadro di un santo, Fernando immaginò si trattasse di san Bishoi. Il mobilio si riduceva a una branda.

Lasciarono le borse e seguirono il monaco sino al refettorio, dove venne offerto loro del pane scuro e del formaggio di capra. Bevvero avidamente anche dell'acqua. Dopo che si furono ristorati, tornarono nella stanza dove avrebbero passato la notte.

Hafid tirò fuori dalla borsa un piccolo tappeto e lo stese sul pavimento di pietra.

«Possiamo condividere la branda... È stretta, ma con un po' di buona volontà ci staremo entrambi», disse Fernando.

Il beduino rise, con grande stupore di Fernando, che fu sul punto di arrabbiarsi. Hafid gli spiegò allora che il tappeto non gli serviva per dormire ma per pregare, che era proprio quello che stava per fare. Solo dopo avrebbero parlato di come organizzarsi per la notte.

Non appena Hafid finì le sue preghiere, decisero che si sarebbero sistemati ognuno a un'estremità della branda. Non fu necessario, tuttavia, perché il monaco apparve poco dopo con una sorta di materasso sporco quanto il suo abito, ma che avrebbe permesso loro di dormire separatamente.

Dopo una breve discussione originata dal fatto che entrambi si fossero offerti di dormire sul materasso, alla fine Hafid impose la propria volontà. «Tu non sei abituato al pavimento, ma per me è normale dormire sulla sabbia del deserto. Riposa, non sappiamo che cosa ci aspetta quando entreremo nel deserto vero.»

E così fecero.

Non si era ancora fatto giorno quando il monaco bussò con forza alla porta, invitandoli ad alzarsi. Fece un cenno a Fernando perché lo seguisse, mentre Hafid gli voltò le spalle per continuare a dormire.

Il monaco camminava con passo rapido e Fernando, ancora addormentato, faticava a stargli dietro. Lo condusse sino a una chiesa illuminata da candele tremolanti. Fernando rabbrividì. Non fu facile adattarsi alle ombre di quel posto. La chiesa, standο a quanto riuscì a vedere, era costituita da un'ampia navata sostenuta da archi; sul pavimento gli parve di scorgere una pila di marmo. Poi c'era il coro, e da lì si accedeva a quelle che sembravano cappelle. Il monaco camminò sulla sinistra e una volta dentro gli indicò un'arca.

A Fernando parve di capire che il monaco avesse detto «san Bishoi». Ne dedusse perciò che nell'arca ci fossero i resti del santo. Non era certo il caso di protestare, perciò imitò quanto faceva il monaco e si inginocchiò di fronte all'arca. Il monaco chiuse gli occhi e mormorò in silenzio una preghiera. Fernando continuava a guardarlo come si guarda qualcosa di inspiegabile. Rimasero così per un bel pezzo, finché l'uomo non aprì gli occhi e si stupì di incrociare lo sguardo di Fernando. Lo tirò da una manica per farlo avvicinare all'arca, quasi spingendolo. Fernando capì che lo stava invitando a toccare l'arca o forse a baciarla. S'inginocchiò controvoglia e depositò un bacio sulla cassa che conservava il corpo di un santo che gli era tanto indifferente quanto sconosciuto. Il monaco parve gradire il suo gesto e lo tirò di nuovo per la manica, invitandolo a muoversi. Lo condusse sino alla stanzetta dove lo aspettava Hafid, che stava rimettendo a posto il tappeto dopo le preghiere mattutine.

Il monaco li accompagnò per la seconda volta al refettorio e offrì loro dell'altro pane e un bicchiere di latte di capra. Dopo aver parlato con Hafid, li accompagnò all'ingresso, dove era parcheggiata la macchina. Lì il monaco si congedò prima di aprire la porta che dava all'esterno.

«È arrivato tuo zio?» chiese Fernando.

«No, andremo a cercarlo. Nel giro di qualche ora lo troveremo.»

«Dai… e come fai a saperlo?»

«Me lo hanno detto.»

«Ah! E quando?»

«Ieri notte.»

«Ieri notte?»

«Sì, me l'ha detto il monaco. Loro sanno tutto quello che succede a Wadi El-Natrun. Mio zio e la sua famiglia sono a otto o dieci ore da qui. Uno di loro sta male.»

«Ah… certo… In realtà non ci ho capito niente», commentò Fernando.

«È facile. Invece di incontrare mio zio qui a San Bishoi, lo incontreremo nel deserto.»

«E come si fa a incontrare qualcuno nel deserto?»

Hafid rise di nuovo, e di gusto. Le domande di Fernando gli sembravano semplici come quelle di un bambino. «Tu ti perdi a casa tua?» gli chiese.

«No, certo che no...» rispose Fernando, sempre più sconcertato.

«Nemmeno io.»

Non appena la macchina partì, sentirono sul volto una brezza tiepida. Hafid gli raccomandò di coprirsi con un panno da beduino.

Rimasero in silenzio per un bel pezzo. Tutto a un tratto, Fernando trasalì; i ricordi lo stavano assediando come fantasmi rimasti in agguato. Di colpo, aveva visto i volti dei due uomini che aveva ucciso. Gli si rivoltò lo stomaco. Roque e Saturnino Pérez erano lì, davanti a lui.

Chiuse gli occhi cercando di scacciare il ricordo, ma i due morti restavano ostinatamente lì, nella sua mente, rifiutandosi di andare via. Fu sul punto di dare di stomaco e probabilmente fece rumore perché Hafid lo guardò e si fermò di colpo. «Che cosa ti è preso?»

«Non lo so… mi sa che mi ha fatto male qualcosa… il latte di capra forse… non sono abituato.»

«Scendi e cerca di vomitare, è la cosa migliore, io mi fumerò una sigaretta.»

Fernando obbedì e si allontanò di qualche passo dalla macchina. Rimettere lo fece stare meglio, ma i volti di Roque e Saturnino Pérez continuavano a perseguitarlo.

Hafid gli avvicinò una borraccia d'acqua. «Bevi poco e adagio, sennò ti fa male.»

«Adesso no.»

Il beduino scosse le spalle, ma non insistette. Tirò ancora dalla sigaretta e aspirò il fumo grigiastro. Poi la gettò sulla sabbia e la schiacciò. Fernando aveva la nausea, ma ancora più forte era la stretta al cuore; quei due uomini si rifiutavano di andarsene.

Hafid gli indicò con un gesto di salire in macchina e partì. Continuarono a stare in silenzio, anche se il beduino ogni tanto gli dava un'occhiata. Dopo un'ora Fernando gli chiese di fermarsi. Aveva di nuovo la nausea e i conati.

Faceva caldo. La camicia era inzuppata di sudore.

«La cosa migliore è resistere un po', dobbiamo arrivare quanto prima all'accampamento di mio zio. Lì ti daranno qualcosa per farti stare meglio.»

«Forse dovremmo tornare ad Alessandria.»

«Impossibile. Dobbiamo portare a termine l'incarico che ci ha dato il signor Wilson. Nell'accampamento di mio zio potrai riposare.»

«Non ho bisogno di riposare... mi sento male...»

Ma Hafid non si lasciò commuovere dalle condizioni di salute di Fernando. L'impegno preso con Wilson era più importante di qualunque malattia potesse tormentare il giovane spagnolo che gli faceva da accompagnatore.

Dovettero fermarsi altre quattro volte perché Fernando vomitasse, maledicendo il latte di capra che gli aveva messo sottosopra lo stomaco. Il deserto appariva monotono. Erano già passate diverse ore e il sole stava scomparendo all'orizzonte quando, di colpo, Hafid si fermò e sorrise. «Stiamo arrivando», affermò contento.

«Dove?» chiese Fernando sconcertato, visto che davanti a loro vedeva solo rocce e sabbia scura.

«L'accampamento di mio zio è molto vicino.»

Aveva ragione. Avanzarono di qualche chilometro ancora e d'improvviso si ritrovarono davanti delle tende nere e un gruppo di bambini che ci giocava davanti.

«È l'accampamento di tuo zio?»

«Sì. Faremo un'ottima cena.»

A Fernando bastò sentire la parola «cena» per avere di nuovo la nausea. Hafid per tutta risposta scoppiò a ridere.

Accelerò e in pochi secondi si fermò davanti alle tende. Dal nulla comparvero degli uomini che gli si avvicinarono.

Hafid saltò fuori dalla macchina e li salutò affettuosamente, poi indicò Fernando. Era evidente che stessero parlando di lui ma, poiché non capiva l'arabo, Fernando non poteva sapere che cosa stesse dicendo. Poi il beduino lo lasciò accanto alla macchina ed entrò in una tenda. Fernando sentiva la sua voce e altre voci che gli rispondevano. Poco dopo Hafid tornò in compagnia di un uomo alto, dalla pelle scura e il portamento imponente, che trasmetteva forza e autorità.

Hafid presentò a Fernando suo zio Ismail.

«Mi ha detto che sta male... le daremo qualcosa perché si rimetta in sesto», disse Ismail in un inglese più che corretto, la qual cosa rasserenò Fernando, che si stava chiedendo come avrebbe fatto per comunicare con quei beduini.

Lo accompagnarono in una tenda, Hafid gli indicò un tappeto e lo invitò a sedersi. «La moglie di mio zio ti porterà un tè. Ti farà bene.»

«Non mi piace il tè, se lo bevo son sicuro che starò male.» Fernando sentiva già il voltastomaco.

«Non è un tè come quello che bevono gli inglesi. Questo ti piacerà, e soprattutto ti guarirà. Fidati di me. Riposa, stasera, se starai meglio, magari riuscirai anche a cenare.»

Rimase seduto dentro la tenda mentre dei bambini giocavano, senza badare a lui. Poco dopo comparve una figura con indosso un abito nero che non lasciava scoperto un solo centimetro di pelle. Si vedeva unicamente il volto abbronzato. Gli occhi della donna brillavano intensamente e le sue mani erano scure quanto il volto. Suppose che avesse una cinquantina d'anni. Poi pensò che l'età di quella donna gli era del tutto indifferente e, in ogni caso, era difficile calcolarla basandosi solo sullo sguardo e le mani.

La donna gli diede una tazza sbrecciata dentro la quale un liquido bollente sprigionava un consolante aroma di menta. Si mise davanti a lui e aspettò che lo bevesse. Disgustato, Fernando cominciò a farlo a piccoli sorsi, lasciandosi sorprendere dal sapore gradevole di quel beverone che non aveva nulla a che fare con il tè.

La donna attendeva paziente che vuotasse la tazza e non si mosse finché non ebbe finito. Bevuta l'ultima goccia, Fernando la vide cercare qualcosa nella tenda e rimase sorpreso quando gli diede un cuscino, indicandogli a gesti di sdraiarsi. Obbedì. Poi la donna disse qualcosa ai due bambini, che lo guardarono incuriositi e uscirono dietro di lei, lasciandolo solo.

Fernando chiuse gli occhi con forza, temendo che i fantasmi degli uomini che aveva ucciso tornassero a trovarlo, e così accadde, ma i loro volti erano ormai sfuocati.

Non avrebbe saputo dire in quale momento cadde addormentato, ma quando si svegliò era ormai notte e l'accampamento era immerso nel silenzio, si sentiva solo il crepitio delle braci.

Stava meglio. La nausea era scomparsa, ma era ancora sudatissimo e quando fece per alzarsi gli girò la testa. Si alzò comunque.

Accanto a lui c'era un uomo. Era Hafid e dormiva placidamente. Altri due uomini dormivano accanto a loro. Uno aprì gli occhi e lo guardò, ma non disse niente, si limitò a osservarlo.

Stando attento a non calpestare le persone sdraiate, Fernando uscì dalla tenda per vedere la notte. L'aria fresca lo confortò.

Cercò di non fare rumore perché tutti nell'accampamento riposavano e cominciò a camminare senza sapere bene perché. Sentiva il bisogno di stirare le gambe.

D'un tratto sobbalzò ed emise un urlo, una mano si era chiusa sulla sua spalla e un'altra gli tappava la bocca. «Non gridi o sveglierà tutti», si sentì dire in inglese.

Era la voce di Ismail; mentre si tranquillizzava, Fernando si domandò da dove fosse sbucato fuori così repentinamente quell'uomo. «Non l'ho vista», riuscì a dire.

«Ma io ho visto lei. Non deve allontanarsi dall'accampamento, non riuscirebbe a tornare.»

«Non volevo allontanarmi», si giustificò Fernando.

«Si sente meglio?»

«Sì, se non altro non ho più la nausea.»

«Mia moglie Nafía conosce i segreti per curare con le erbe. È una delle sue qualità migliori.»

«Ah! Allora... la ringrazi da parte mia.»

«Hafid mi ha detto che vi hanno dato del latte di capra appena munto. Nafía è sicura che sia stato il latte a farle male, dice che non deve berlo più, lei non è abituato.»

«Non ho nessuna intenzione di berlo nuovamente», assicurò Fernando con convinzione.

«Adesso vada a riposare, manca ancora qualche ora prima che albeggi», gli raccomandò Ismail.

Tornarono verso l'accampamento; Ismail indicò a Fernando la tenda, poi raggiunse la propria, lì vicino. Fernando si sorprese quando vide sulla soglia una ragazza che non doveva avere più di sedici o diciassette anni. Il volto era scoperto e i capelli corti e arricciati. La pelle nera come la notte e il corpo slanciato.

Ismail si voltò prima di entrare nella tenda della ragazza; aveva un'espressione dura, poi però parve rilassarsi e sorrise, infine si perse nelle ombre dell'interno.

Fernando si chiese chi fosse la ragazza, ma soprattutto che cosa ci facesse Ismail nella sua tenda. Di sicuro non era sua moglie. Senza accorgersene, inciampò nel corpo di uno degli uomini addormentati, che si tirò su con aria seccata. Ma fu Fernando a spaventarsi sul serio quando nelle mani dell'uomo vide brillare un coltello. Si scusò a gesti, cercando di non calpestare nessun altro, e si distese accanto ad Hafid. Pensò che non sarebbe più riuscito a dormire, ma si sbagliava. Crollò di nuovo in un sonno profondo.

Faticò a svegliarsi. Hafid lo stava scuotendo delicatamente per indurlo ad abbandonare il mondo dei sogni. Quando infine Fernando aprì gli occhi, ci mise qualche secondo a ricordare dove fosse.

«Nafía ti ha portato un altro po' di tè. Dice che ti farà bene», disse il beduino mentre gli indicava la tazza che aveva accanto.

«Grazie... Uff... Ho dormito profondamente, anche se di notte mi sono svegliato...»

«Non appena sarai pronto andremo a parlare con mio zio. Ieri mi ha raccontato un po' di cose su mio cugino Basim e sull'italiano.»

«Spero siano buone notizie», rispose Fernando.

Hafid scosse le spalle e lo lasciò da solo a bere il tè.

Svuotata la tazza, Fernando si domandò se chiedere dell'acqua per darsi una lavata fosse una richiesta ridicola. Decise che valeva la pena correre il rischio, era sudato e puzzolente, con i vestiti incollati addosso.

Uscì dalla tenda e vide che lì vicino un gruppo di ragazze parlottava. Si avvicinò e gli parve di riconoscere la ragazza della notte prima, perciò decise di chiedere a lei un po' d'acqua. La ragazza lo guardò con apprensione mentre le altre ridevano agitate. Nafía le riportò alla realtà. Non riuscì a capire che cosa stesse dicendo, ma sicuramente stava rimproverando la ragazza. Poi fece altrettanto con le altre, infine chiamò Hafid per chiedergli che cosa volesse lo straniero. Fernando spiegò ad Hafid che voleva solo un po' d'acqua per lavarsi. Hafid lo riferì a Nafía e i due si scambiarono qualche battuta agitata. Poi, irritato, Hafid chiese a Fernando di tornare nella tenda, dove Nafía gli avrebbe portato quanto aveva richiesto.

La donna portò un recipiente non molto grande con dell'acqua e un pezzo di tela grigiastra. Glieli consegnò e uscì, lasciandolo solo.

Non erano stati molto generosi, Fernando dovette arrangiarsi con la poca acqua che gli avevano concesso. Se non altro, riuscì a lavarsi la faccia e a darsi una rinfrescata generale. Tirò fuori dalla borsa l'abbigliamento pulito e, con la sensazione di sentirsi decisamente meglio, uscì dalla tenda in cerca di Hafid e Ismail.

A quanto pareva, Nafía lo stava aspettando e con un cenno gli indicò di seguirla. Lo portò sino alla soglia di una tenda; all'interno diversi uomini discutevano.

Ismail gli indicò di sedersi accanto ad Hafid, nel cerchio che gli uomini formavano intorno a lui.

«Mio zio dice che domani dobbiamo tornare ad Alessandria», lo informò Hafid.

«Ad Alessandria? Non dovevamo cercare l'uomo italiano e quel tuo cugino che gli fa da guida?»

«Sono morti», annunciò freddamente Ismail.

«Morti?» Fernando rabbrividì.

«Gli hanno sparato. Quando, nella guarnigione, si sono resi conto che l'italiano era scomparso, hanno mandato una pattuglia a cercarlo. Li hanno trovati, gli hanno intimato di fermarsi e hanno cercato di arrestarli. Sono partiti gli spari e un soldato tedesco ha ucciso l'italiano; anche mio figlio Basim è stato ferito, ma hanno pensato fosse morto e lo hanno abbandonato nel deserto.

«I miei uomini lo hanno trovato un paio di giorni fa, gravemente ferito. Ecco perché non siamo potuti arrivare sino a San Bishoi. È morto prima che lei e mio nipote Hafid arrivaste all'accampamento. Il corpo di Basim è già stato restituito alla terra.»

Il racconto di Ismail era privo di emozione. Non sembrava commosso dalla morte di Basim. Ciò nonostante, Fernando sentì il bisogno di fargli le condoglianze: «Mi dispiace per la morte di suo figlio...»

Ismail annuì con un cenno prima di parlare: «La vita non ci appartiene, è un prestito. Basim sapeva di poter morire e ha accettato il rischio. La mia famiglia ha un debito di sangue con Benjamin Wilson. Onoreremo la memoria di Basim, ma non possiamo fare nient'altro».

«Nafía dice che devi riposare ancora un giorno prima di intraprendere il viaggio di ritorno», intervenne Hafid.

«Sto meglio... per me non c'è problema», rispose Fernando.

«Al posto suo seguirei il consiglio di mia moglie», aggiunse Ismail.

«Ecco... la ringrazio, ma non credo sia necessario», insistette Fernando.

«Rimarremo. È la cosa migliore», concluse Hafid davanti allo sconcerto del suo accompagnatore.

Hafid e Fernando uscirono dalla tenda. Ismail continuò a parlare con i suoi uomini.

«Tuo zio è un uomo molto duro... Non sembra commosso dalla morte del figlio. E tua zia Nafía...»

«Lei ha pianto tutto il giorno e tutta la notte. Ha fatto il possibile per salvarlo. Puoi immaginare il dolore di una madre.»

«Ma... è così... così fredda.»

«Fredda? Non so che cosa tu intenda. Ha pianto insieme alle altre donne, ha lavato e avvolto il corpo di Basim prima di consegnarlo alla terra. Il dolore non abbandonerà mai il suo cuore. Nessuna madre smette di piangere il figlio morto. Dovresti saperlo. E adesso ti mostro l'accampamento, ieri non sei riuscito a vedere niente.»

Fernando si sentiva debole ma non volle contraddire Hafid. Si chiedeva che cosa ci fosse da vedere, oltre alle tende nere che si alzavano sulla sabbia e al recinto nel quale erano rinchiusi alcuni cavalli e dei cammelli.

Camminarono in mezzo alle tende. Hafid salutò diverse persone anziane che fumavano con aria indifferente, sedute davanti alle tende. «Vedi quelle rocce laggiù?» Indicò sulla destra, dove delle rocce e delle palme spelacchiate davano vita a una sorta di apparizione.

«Sì.»

«È un pozzo. Non è il migliore del deserto, ma almeno c'è dell'acqua.»

«E perché il vostro accampamento non lo avete messo lì?»

«Mio zio preferisce proteggere i pozzi, dice che se ci accampiamo troppo vicino finiremo per rovinarli.»

Videro avvicinarsi tre ragazze che trasportavano delle anfore. Fernando riconobbe la ragazza dalla pelle scura che aveva visto la notte prima. «Chi è?» chiese indicandola.

«Si chiama Havira, è il nome che le ha dato mio zio quando l'ha comprata. Significa "la preferita".»

«Comprata? Ma... com'è possibile?» chiese Fernando scandalizzato.

«L'ha comprata un paio di anni fa da alcuni mercanti nel sud del Sudan. È stata un buon affare. Havira è forte, gli darà dei figli e scalderà i giorni della sua vecchiaia rendendoli più belli.»

«Stai dicendo delle cose orribili! Significa che Havira è... è una schiava.»

«Certo che è una schiava, che cosa c'è di male? Mio zio e mio padre non si si sono mai dedicati al commercio di schiavi, per quanto redditizio sia, ma questo non ci impedisce di avere degli schiavi per il nostro uso personale.»

Le spiegazioni di Hafid scandalizzarono Fernando, che guardava con orrore il beduino. «E tua zia... Mi riferisco a Nafía, la moglie di tuo zio Ismail... Lei non dice niente?»

«Che cosa dovrebbe dire? Le donne non hanno voce in capitolo nelle cose degli uomini. Nulla funzionerebbe se ne avessero. Ecco perché voi avete tutti quei problemi, le vostre donne parlano troppo e voi glielo permettete. Nafía è saggia, è stata l'unica moglie di mio zio Ismail e ha trattato bene le sue schiave. Havira non è certo la prima a scaldare il letto di mio zio. Ce ne sono state altre due, che hanno quasi la stessa età di Nafía. Mio zio potrebbe avere altre mogli, ma ha preferito che nessun'altra donna possa trattare Nafía come una pari. Lei è orgogliosa di questo e accetta di buon grado le schiave. Si prende cura di Havira come fosse una figlia.»

«Ma con l'età che ha, potrebbe essere sua nipote», osservò Fernando indignato.

Hafid guardò lo spagnolo senza capire i suoi pregiudizi. In ogni caso, non era la prima volta che un europeo si scandalizzava perché l'Islam permetteva agli uomini di avere più di una moglie. «Mio zio tiene molto ad Havira, perciò evita di guardarla; mio zio potrebbe romperti il collo e il signor Wilson, per quanto dispiaciuto, lo capirebbe.»

Si avvicinarono alle rocce accanto alle quali le tre ragazze, inginocchiate sulla sabbia, raccoglievano dell'acqua che a Fernando sembrò troppo scura e densa per essere potabile.

Né Hafid né Fernando dissero loro una parola. Tornarono all'accampamento.

Fernando si sentiva di nuovo inzuppato di sudore, l'aria calda mista alla sabbia gli bruciava nella gola. Non capiva perché non partissero immediatamente per Alessandria. Non vedeva l'ora di tornare a casa di Ylena e di farsi una doccia come si deve.

Passarono in mezzo alle tende. Hafid parlava ora con una persona ora con un'altra, rideva, dava pacche sulle spalle, si fermava a fumare la sigaretta che gli veniva offerta. Sembrava godersi quei momenti che a Fernando, invece, parvero interminabili. Inoltre, lo spagnolo cominciava a sentire fitte alla bocca dello stomaco e temette che stessero per tornare i conati. Hafid si accorse che non stava bene e gli raccomandò di sedersi all'interno della tenda. Poi andò a cercare Nafía.

La donna lo osservò. I suoi occhi scrutarono il volto di Fernando, si posarono sul petto e sulla pancia, infine sui piedi. Disse qualcosa ad Hafid e uscì dalla tenda lasciandoli soli.

«Ha detto che ti porterà dell'altro tè e che dovresti stare qua dentro a riposare, altrimenti domani non potremo andarcene. Non sei ancora guarito.»

«Come fa a saperlo?»

«Nafía ha lo stesso dono che aveva sua madre e la madre di sua madre, e così via... Le basta guardarci per capire che problema abbiamo, e conosce il potere delle erbe. Al tuo posto le darei ascolto. Su, sdraiati e riposa.»

Fernando avrebbe voluto resistere, non ammettere che la nausea cominciava a dargli il voltastomaco, che una sensazione disgustosa gli faceva girare la testa. Accettò senza protestare la raccomandazione di Nafía e si sdraiò su uno dei tappeti maleodoranti che coprivano il pavimento della tenda. L'odore era intenso e si chiese come avesse fatto a non sentirlo la notte prima.

Il tè che gli portò Nafía lo fece sprofondare di nuovo in un sonno dal quale si risvegliò solo quando il sole cominciava a sfumare all'orizzonte di quel deserto interminabile. Era ancora sudatissimo e aveva una nausea fortissima. Non era il momento adatto per sentire la mancanza di sua madre, ma si sarebbe sentito sicuramente meglio se Isabel gli avesse posato le mani, sempre morbide e fresche, sulla fronte, confortandolo con parole e gesti d'affetto. Le mancava così tanto che avvertì un dolore acuto vicino al cuore.

Da quando aveva lasciato la Spagna, evitava di pensare a sua madre per non lasciarsi trascinare da una malinconia che lo avrebbe portato alla disperazione.

La sapeva preoccupata, in attesa di un postino che le consegnasse una sua lettera.

A sua madre era rimasto solo lui, e lui aveva scelto la vendetta, sapendo che avrebbe significato separarsi da lei. Ma pur trovandosi davanti i volti dei due uomini che aveva ucciso, non si pentiva di quello che aveva fatto, o almeno così pensava, perché non riusciva a smettere di odiare il carceriere e suo figlio, che aveva fatto parte del plotone di esecuzione. Poteva anche darsi che i volti di quegli uomini, come eterni fantasmi, non gli dessero tregua, ma non gli importava; non si sarebbe mai perdonato se avesse lasciato impunito l'omicidio. Perché il tribunale militare che aveva incluso il nome di suo padre nella lista di coloro che dovevano essere fucilati aveva commesso esattamente questo: un omicidio.

Pensò a Nafía, che aveva perso Basim. I suoi occhi neri e profondi erano carichi di dolore. Ismail invece... Provava gli stessi sentimenti per aver perso il figlio? La notte prima era con Havira...

Sentiva la bocca secca e minuscoli granelli di sabbia tra i denti. Doveva bere. Si alzò adagio e uscì, cercando di non barcollare.

Nessuno badò a lui, ma lui notò un gruppo di uomini e di cammelli che non aveva visto in precedenza, e che sembravano aggiungersi all'accampamento.

Hafid, sorto dal nulla, gli diede una pacca sulla spalla. «Sono nostri parenti», disse indicando il nuovo gruppo di beduini.

«Le vostre famiglie sono molto numerose», rispose, tanto per dire qualcosa.

«Sì, Allah benedice le nostre donne dandoci molti figli.»

«Quando potremo andare via?»

«Domani. Starai meglio. Così dice Nafía. Forse passeremo da Deir al Baramus, che magari conosci già come monastero di Baramus.»

«Baramus? Chi è stato?» chiese Fernando, stupito di non aver mai sentito tutti quei nomi.

«Io non sono cristiano, questa domanda dovresti farla ai monaci.»

«E perché dobbiamo andare lì?»

«In realtà, forse è meglio fermarci a Deir es Suriani... Vedremo.»

«E cosa sarebbe Deir es Suriani?» chiese Fernando, stufo delle stringate spiegazione di Hafid.

«Un altro monastero, come Deir al Baramus e quello di San Bishoi. È importante trovare un posto in cui riposare prima di arrivare ad Alessandria.»

Nafía diede a Fernando un altro catino d'acqua per lavarsi, poi lui seguì Hafid, che sembrava contento di incontrare gli uomini della carovana.

Hafid gli spiegò che arrivavano da molto lontano, dall'Arabia profonda, e che portavano merci da vendere. Più tardi fu invitato a sedersi intorno al fuoco e a condividere con quegli uomini dell'agnello speziato, del pane azzimo, delle olive e del formaggio di capra.

Le donne avevano arrostito l'agnello con cura, ma non si sedettero a condividere la cena con gli uomini. Li servivano con sollecitudine e attenzione.

Gli uomini parlavano a voce alta, a volte sembravano discutere, ma bastavano un gesto o una parola di Ismail perché si rasserenassero. Fernando non capiva niente di quanto stavano dicendo, ma ogni tanto Hafid gli faceva da traduttore.

Non si trattenne molto con gli uomini del gruppo. Nafía aveva suggerito che mangiasse solo un po' di pane e prendesse quel beverone che sembrava tè.

Anche se aveva fame, il suo stomaco concordava con Nafía. Se avesse mangiato l'agnello speziato, sicuramente gli sarebbe tornata la nausea.

Non appena bevette il tè avvertì una certa sonnolenza. Si alzò, cercando di non dare nell'occhio, e se ne andò nella tenda che divideva con Hafid e alcuni figli di Ismail.

Dormì di filato finché il suo accompagnatore non lo svegliò, scuotendolo. «Alzati, si sta facendo tardi.»

Quando uscirono dalla tenda il cielo era ancora molto scuro, ma Hafid assicurò che avrebbe albeggiato da lì a poco ed era meglio mettersi in cammino. L'auto faticò un po' a mettersi in moto, anche se l'avevano coperta con un telo enorme per evitare che il deserto la divorasse. Quando, infine, il motore rispose, era già l'alba.

Fernando era affascinato dalla sicurezza con la quale Hafid guidava. Come faceva a sapere dove andare in mezzo a quell'immensa distesa di sabbia e rocce? A lui sembrava tutto uguale, Hafid invece non mostrava esitazioni. Benché fosse una persona gentile, il beduino non era particolarmente propenso alle confidenze e all'inizio si mostrò un po' reticente nel rispondere alle domande di Fernando, ma alla fine si aprì.

Gli raccontò che era sposato e aveva quattro figli; sua moglie però non era beduina bensì alessandrina, e proprio per questo non vivevano nel deserto. A lui mancava la vita nell'accampamento, quel vagare da un posto all'altro, tremando di freddo la notte e convivendo con il sole caldo non appena faceva giorno.

Quando aveva sposato sua moglie aveva ottenuto il permesso poco entusiasta della sua famiglia. I suoi genitori accettarono malvolentieri che sposasse una donna non beduina. Ma lui si era innamorato dello sguardo di miele di quella alessandrina che era poi diventata la madre dei suoi quattro figli, e che molto presto avrebbe messo al mondo il quinto.

Lei, gli spiegò, era una donna intelligente, sapeva che a un figlio del deserto non si può negare di ritrovare le proprie forze tra le dune dorate. Perciò, di tanto in tanto Hafid andava a trovare i suoi portando con sé i due figli più grandi, che si godevano la libertà di vivere tra le sabbie infinite.

Fernando stava meglio, ma lo stomaco continuava a farsi sentire, perciò rifiutò il pane e formaggio che Hafid gli offrì. Non aveva sete, ma il beduino insistette perché bevesse dell'acqua a piccoli sorsi. In questo caso, gli obbedì.

Poco prima che calasse la notte, Hafid gli annunciò che stavano per arrivare a Deir es Suriani.

Un monaco aprì loro la porta e li accompagnò dall'abate, al quale Hafid consegnò un pacchetto che l'uomo accettò con soddisfazione. Fernando si chiese che cosa contenesse; non si era accorto che lo avessero trasportato in macchina. Ma nel deserto cose e persone appaiono e scompaiono, come per magia.

Il monaco li invitò a seguirli sino al refettorio. Su un lungo tavolo di legno trovarono un boccale con acqua e limone, una ciotola contenente delle olive, del formaggio di capra e dei datteri.

Hafid si accomodò, versò due bicchieri d'acqua e ne passò uno a Fernando. «Bevi, ti farà bene.»

Fernando lo fece, quasi senza fiato. Era tanto assetato quanto stanco.

Il monaco chiese qualcosa a Hafid e per qualche minuto parlarono guardando Fernando. Era evidente che l'argomento era lui. «Ti porterà qualcosa che farà bene al tuo stomaco.»

Qualche minuto dopo, il monaco tornò con un piatto contenente una pappetta giallognola. Fernando non sapeva se mangiarla o meno, ma il monaco e Hafid aspettavano con ansia che si decidesse a farlo.

Fernando non aveva idea di cosa fosse, sapeva di grano ma anche di ceci. La mangiò tutta, benché fosse convinto che i suoi problemi di stomaco potevano solo peggiorare.

Di colpo, e con grande sorpresa di Fernando, il prete cominciò a parlare in inglese. Un inglese gutturale e di base, ma sufficiente a farsi capire.

Sameh Basir, così disse di chiamarsi il monaco, si offrì di mostrargli il monastero non appena si fosse fatto giorno. Spiegò che il convento era stato molto importante perché conservava manoscritti che erano autentici tesori, ma che un secolo prima i britannici se li erano portati via.

L'abate spiegò che i monaci avevano mostrato i manoscritti a un diplomatico britannico di nome Curzon, l'onorabile Robert Curzon, e quest'ultimo li aveva convinti a lasciarglieli e se li era portati via.

Benché fosse ormai privo dei suoi tesori, secondo il monaco il monastero meritava comunque di essere visitato.

Perciò, decisero che all'alba avrebbe svegliato Fernando e gli avrebbe mostrato il convento in ogni sua parte. Gli propose anche di assistere alle funzioni religiose, a suo dire davano conforto all'anima.

Più tardi, nella cella che condividevano, Hafid spiegò a Fernando che in quei monasteri c'erano molti penitenti. Uomini che avevano peccato e che cercavano nel deserto il perdono di Dio, facendo dei conventi dei luoghi di ritiro.

Fernando fu sottratto al mondo dei sogni da una mano che scuoteva le sue spalle con energia. Il monaco gli sorrideva mentre lo invitava a mettersi in piedi. Come era già successo a San Bishoi, lui non se la sentì di dire al monaco che era ateo, perciò lo seguì senza alcun entusiasmo, maledicendolo silenziosamente per averlo sottratto al sonno profondo nel quale era immerso.

La chiesa della Vergine lo fece rabbrividire tanto era bello l'affresco dell'Assunzione che ricopriva una delle cupole.

Alcune porte si aprivano sul coro, dove il monaco indicò dei pannelli che sembravano d'avorio e rappresentavano le figure di Cristo, della Vergine e degli apostoli Pietro e Marco.

Poi gli mostrò degli affreschi che rappresentavano la morte della Vergine.

Il monaco gli spiegava entusiasta quanto avevano intorno e gli indicò un altro pannello d'avorio citando il nome di una delle figure rappresentate, Dioscoro, che Fernando non aveva mai sentito nominare.

In un'altra cappella gli mostrò una croce di marmo nero. Poi gli parlò di Efrem, un altro santo che lo spagnolo non conosceva.

Grazie alle spiegazioni del monaco, Fernando giunse alla conclusione che quel monastero era stato costruito dai monaci arrivati dalla Siria, ai quali doveva il suo nome: Deir es Suriani.

Non avevano ancora concluso la visita della chiesa, quando entrò una fila di monaci con delle candele in mano, che si sedettero senza nemmeno guardarli.

A quel punto, l'abate condusse una cerimonia molto simile a una messa, che a Fernando sembrò durare un'eternità. Una volta conclusa, il monaco gli fece cenno di seguirlo e lo accompagnò al refettorio, dove lo aspettava Hafid per la colazione.

I monaci si rivelarono gentili e molto loquaci; alcuni conoscevano singole parole in inglese, ma Fernando riusciva a comunicare solo con il «suo» monaco, Sameh Basir.

Fu lui a raccontargli che Wadi El-Natrun era un rifugio per gli asceti, che erano tanti coloro che vivevano ancora dentro grotte e anfratti; alcuni volevano purificarsi delle loro colpe, altri evitare di cadere in tentazione e restare più vicini a Dio, o almeno questo credette di capire Fernando.

Il monaco insistette per fargli mangiare nuovamente la pappetta della notte prima, e poiché non gli aveva fatto male accettò.

Dopo colazione, partirono per il viaggio di ritorno ad Alessandria.

Eulogio era andato via. Per Fernando la sua assenza fu come un colpo di spada. La colpa era tutta di Benjamin Wilson. Si rimproverò di aver accettato la missione che gli aveva proposto; così facendo non aveva potuto salutare il suo amico.

Dimitra gli disse che gli avevano dato una nuova stanza. Quella che condivideva con Eulogio era più grande e soleggiata della stanzetta in cui Ylena aveva alloggiato Catalina. Adesso che Eulogio non c'era più, la loro anfitriona aveva deciso che madre e figlia dovessero occupare la stanza grande, mentre Fernando si sarebbe adattato a stare in quella di Catalina. A quanto pareva, quest'ultima aveva cercato di opporsi, ma Ylena aveva messo fine alle sue obiezioni dicendo che a casa sua era lei a decidere come andassero distribuite le stanze degli ospiti.

Fernando non solo non protestò, ma assicurò a Dimitra di essere totalmente d'accordo con la decisione di Ylena.

Le poche cose che possedeva erano state perfettamente sistemate nella piccola stanza e sul tavolo c'era una busta chiusa con una lettera di Eulogio.

Caro Fernando,

mi dispiace che non ci siamo potuti salutare, ma a quanto mi dicono il signor Wilson ti ha dato un incarico che non poteva essere posticipato. Spero che tu sia riuscito a portarlo a termine secondo le richieste del tuo capo, così particolare.

Marvin e Farida mi hanno detto che mi sono grati del fatto che io li accompagni. Come ben sai, io me ne voglio andare da Alessandria e questa è la mia occasione per lasciare una città che mi è estranea; sono certo di non volerci vivere. Una sola cosa mi dispiace, il fatto che dobbiamo separarci e prendere strade diverse. Non sai quanto mi piacerebbe che tu venissi con noi, o che io e te avessimo potuto andarcene in America. Ma so che non abbandonerai mai Catalina alla sua sorte. Non voglio amareggiarti, Fernando, ma credo che dovresti accettare una volta per tutte che Catalina non è la donna per te, e lo dico sapendo che l'amore è misterioso e non ha niente a che vedere con la ragione. Lei non ti amerà mai come la ami tu, potrai solo essere il suo scudiero, l'amico leale sul quale può contare in qualsiasi circostanza. Il mio timore, Fernando, è che tu rinunci a vivere la tua vita per aiutarla a vivere la sua, senza ricevere in cambio nient'altro che l'affetto che si prova nei confronti di un parente o di un caro amico.

Né io né te amiamo ricevere consigli, ma permettimi di insistere sul fatto di convincerla a tornare in Spagna, dai suoi genitori. Sarebbe la cosa migliore per lei e per la bambina. Adesso che c'è Adela, Antoñito non vorrà più sapere niente di Catalina, perciò lei non sarà più costretta a sposarlo, anche se dovrà affrontare le conseguenze di aver messo al mondo una figlia senza essere sposata. Non dico che sia facile, però se non altro si è liberata di Antoñito, e benché sia difficile che altri uomini, eccetto te, vogliano sposarsi con lei, non si può mai sapere quali pieghe prenda la vita.

Quanto a te, amico mio, ti raccomando di andare in America quanto prima. Che futuro puoi avere ad Alessandria? Sicuramente Wilson ti paga bene, ma davvero vuoi passare il resto dei tuoi giorni in una città che è così estranea?

A ogni modo, so che avrò tue notizie attraverso Marvin, visto che Sara lo terrà aggiornato sulle tue decisioni.

Quanto al nostro viaggio, è stato organizzato da Wilson e la nostra destinazione, come sai, è la cosiddetta Francia Libera, e vai a sapere come si fa a chiamare «libera» una zona governata dal maresciallo Pétain sotto il controllo della Germania.

Secondo le ultime notizie che Sara Rosent ha di suo padre, lui si trova a Vichy, dove ha sede il governo, ma gli amici che lo hanno aiutato a lasciare Parigi vogliono trasferirlo a Lione o forse ancora più a sud.

Marvin ha una gran voglia di rivedere il suo vecchio editore perché insiste col dire che deve a lui l'essere un poeta. Perciò, poco gli importa correre dei rischi. Quanto a me... come ben sai il mio obiettivo è andare in America, ma a quanto pare non è possibile, almeno per ora.

Sai che non sono una persona paurosa, ma non posso negare di essere preoccupato per quello che potrebbe succedere in Francia, visto che i repubblicani spagnoli di solito finiscono nei campi di detenzione.

Wilson ci ha procurato dei documenti e anche gli indirizzi di diverse persone che, secondo lui, possono aiutarci. Avremo occasione di appurare se è vero.

Amico mio, abbi cura di te e pensa un po' a te stesso prima che agli altri.

Un abbraccio forte,

Eulogio

Fernando si sforzò di trattenere le lacrime, che cominciavano ad annebbiargli la vista. Per la prima volta da quando aveva lasciato la Spagna si sentì davvero solo. Sapeva che nemmeno Catalina poteva colmare il vuoto lasciato dal suo amico.

Si sdraiò sul letto e chiuse gli occhi. E con gli occhi dell'anima o dell'immaginazione vide disegnarsi il volto di Eulogio, poi gli comparve quello di sua madre. La vide esattamente com'era, perbene, buona, capace di guadagnarsi il rispetto di coloro che la conoscevano.

Andò a trovarlo anche suo padre. Strinse gli occhi, temendo gli rivolgesse uno sguardo di rimprovero per essere fuggito, per aver lasciato sola sua madre, ma soprattutto per aver ucciso quei due uomini.

E invece, suo padre non gli rimproverò nulla. Di lui vide solo l'uomo sereno, immerso nei libri, che gli mostrava orgoglioso la nuova edizione di qualche scrittore inglese, poteva essere Shakespeare, Chesterton o Lewis Carroll, dei quali era stato traduttore. Sebbene avesse cercato di evitarlo, non ci riuscì. Gli comparvero anche i volti dei due uomini che aveva ucciso, padre e figlio, Roque e Saturnino Pérez.

Fernando cercò di mettere a tacere i rimorsi, benché avesse tolto loro la vita, era la vita di due assassini e non doveva rimproverarsi niente. Ma per quanto cercasse di uscire vincitore dalla battaglia contro la propria coscienza, non sempre ce la faceva; non poteva dimenticare le semplici lezioni sul Bene e il Male che sua madre gli aveva inculcato sin da bambino, le stesse che don Bernardo aveva rafforzato quando lo aveva preparato, insieme agli altri ragazzi del quartiere, per la prima comunione.

Suo padre non era credente, ma lasciò fare a sua madre, e lei forgiò in lui la rigida consapevolezza secondo la quale la malvagità altrui non va nemmeno contemplata, a contare sono i propri errori, a prescindere dalle offese che una persona può aver ricevuto.

Quando si addormentò aveva davanti a sé lo stupore negli occhi di Roque e Saturnino Pérez quando li aveva uccisi.

Si svegliò di colpo e vide Dimitra accanto al letto. «Uffa, meno male! È un po' che cerco di svegliarla, ma sembrava non mi sentisse. Ho pensato fosse morto.»

Le parole di Dimitra lo mandarono in confusione. Gli sembrava di aver appena chiuso gli occhi, il suo unico desiderio era di continuare a dormire.

«Sono le sette, gli altri ospiti stanno già facendo colazione. Immagino che dovrà andare a lavorare. Il signor Wilson ha chiamato la signora Kokkalis per sapere di lei. Sapeva che è tornato. La signora gli ha spiegato che probabilmente il viaggio è stato molto faticoso, visto che non si è fatto vedere neanche per un saluto, e che dormiva già da diverse ore. Anche la signorina Catalina è entrata un paio di volte per vedere se stesse bene.»

«Quanto ho dormito?» riuscì a chiedere.

«Be', quasi un giorno intero. Forse un po' meno», rispose Dimitra. «Su, vada in bagno e poi a fare colazione. Le farà bene.»

Quando Fernando entrò nella sala da pranzo l'unico rimasto era il colonnello Sanders, che stava bevendo la seconda tazza di tè. L'inglese era più pallido del solito e aveva gli occhi lucidi a causa della febbre.

Il colonnello gli spiegò che un paio di giorni prima aveva preso il raffreddore a causa di un temporale durante una visita ad Abukir.

Fernando tossicchiò a disagio. Non sapeva cosa fosse Abukir. Il colonnello se ne accorse e prontamente rimediò: «Mi stupisce che lei non abbia provato interesse per i gioielli archeologici di Alessandria. Probabilmente anche lei, come tante altre persone, crede che in Egitto non ci sia niente di più importante delle piramidi del Cairo; in realtà l'intero Paese è una gigantesca area archeologica tutta da scoprire.»

Gli spiegò che Abukir non era molto lontana da Alessandria, e in passato sorgeva accanto a un lago, ormai secco. Il posto era stato abitato sin dalla prima antichità. «Lei sa chi erano Paride ed Elena, vero?» chiese, nutrendo poche speranze sul fatto che Fernando li conoscesse.

«Be', sì, certo che lo so!» rispose Fernando, infastidito dalla domanda.

«Erodoto, lo sa chi era Erodoto?» continuò l'inglese.

«Ma certo che sì.» Fernando aveva voglia di andarsene, ma non voleva rinunciare al caffè e alla torta della colazione.

«Allora, se dovesse andare ad Abukir, si avvicini al forte Ramleh, lì c'era un tempio dedicato a Eracle. Una leggenda racconta che Paride ed Elena arrivarono sino lì quando fuggirono da Sparta, e che chiesero protezione ai sacerdoti.» «Ah... questo non lo sapevo», ammise Fernando.

«Bene, a quanto pare i sacerdoti si rifiutarono di dare loro protezione perché erano due adulteri, anche se immagino che la vera ragione risieda nel fatto che non volessero inimicarsi il re di Sparta.»

Rimasero in silenzio, ognuno ad assaporare la propria bevanda. Fu Fernando a riprendere la parola: «E lei che cosa ci faceva lì?»

Il colonnello Sanders trovò la domanda impertinente. In realtà, dal suo punto di vista gli spagnoli avevano modi poco raffinati. «Sono un archeologo, non lo sapeva?»

«Sapevo che era un colonnello, un colonnello in pensione dell'esercito britannico.»

«Ho studiato storia a Oxford e mi sono specializzato in archeologia. Naturalmente, però, ho rispettato l'obbligo familiare di far parte dell'esercito.»

«D'accordo, ma che cosa ci faceva esattamente lì, in quel posto che ha chiamato Abukir?»

«È possibile che alcune leggende abbiano una corrispondenza con la realtà... Ad Abukir, esattamente nel luogo in cui c'era il forte Tewfikieh, è arrivato Canopo. Non credo lei sappia chi era Canopo.»

«In effetti no, non lo so», ammise Fernando accettando il rimprovero.

«Ebbene, Canopo era il timoniere della nave di Menelao, re di Sparta, marito ingannato da sua moglie Elena. Quando la guerra di Troia finì, Menelao intraprese la via di casa e con la nave attraccò vicino ad Abukir, ma il timoniere, Canopo, purtroppo fu morso da un serpente.»

«Un tiro mancino», commentò Fernando tanto per dire qualcosa.

«Mi scusi?» Sanders era irritato dalla scarsa importanza che lo spagnolo attribuiva ai suoi racconti.

«Ho detto che è un tiro mancino sopravvivere a una guerra per finire ucciso dal morso di un serpente», spiegò Fernando.

«Be', grazie a quel morso Canopo è diventato un dio.»

«Non mi sembra una gran consolazione. È la stessa cosa che nel cristianesimo succede con i santi; la maggior parte di loro hanno subìto il martirio e solo dopo sono stati dichiarati santi. A Canopo è successa la stessa cosa, solo che è diventato un dio.»

«Certo che lei dice di quelle cose... Credo proprio che non abbia capito niente.» Mr Sanders non riuscì a nascondere la sua irritazione.

«Invece ho capito tutto... Per favore, non si offenda. Sono stanco e sono stato male... Non le sarà difficile capire come mai in questo momento la storia di quel greco, di Canopo, non mi entusiasmi.»

Il colonnello Sanders strinse i denti e chiuse con forza la bocca mentre respirava profondamente. Poi rispose: «Le ho già detto che si tratta di una leggenda, un'altra dice che Canopo era un dio egiziano. Il faraone Tolomeo Sotère fece costruire un tempio al quale accorrevano genti da tutti gli angoli d'Egitto per onorare Serapis e Isis. Dovrebbe proprio visitare quella zona, gliela raccomando. Posso accompagnarla io stesso, se lo desidera. È una bella gita. E le raccomando anche di leggersi il libro di Edward Morgan Foster su Alessandria. Lì c'è scritto tutto quello che le ho appena raccontato e tutto ciò che è necessario sapere su questa città.»

«Grazie.»

«Se non le interessa il mondo antico, troverà interessante almeno sapere che ad Abukir le truppe di Napoleone affrontarono due battaglie importanti. L'ammiraglio Nelson distrusse la flotta francese.»

«Ah, gli ammiragli inglesi!»

«Avverto una certa ironia nelle sue parole...»

«Non era mia intenzione... A ogni modo, Mr Sanders, devo andare a lavorare. È stato un piacere ascoltarla.»

Quando entrò alla Wilson&Wilson trovò Sara che incartava un libro per una signora, la salutò con un inchino e oltrepassò la soglia che lo portava nella sala della casa editrice, dove Athanasios Vryzas era presissimo dalla lettura di alcuni fogli.

Si salutarono in modo formale e Vryzas gli disse di salire al piano superiore per incontrare il signor Wilson. «Leyda ha chiesto di te e ha lasciato un messaggio da parte del signor Wilson, che vuole vederti subito.»

Il sorriso di Leyda Zabat era fonte di tranquillità per Fernando. Faceva da contrappunto all'apparente rigidità dei rapporti con Benjamin Wilson, che lo ricevete immediatamente.

«Hafid è venuto da me subito dopo averla lasciata a casa della signora Kokkalis.»

«Stavo male, in realtà mi sono ammalato a San Bishoi. Credo sia stato il latte di capra.»

«E così, non siete riusciti a portarmi qui Domenico Lombardi», si lamentò Wilson.

«Ismail, lo zio di Hafid, ci ha assicurato che è morto, ed è morto anche suo figlio Basim.»

«Adesso devo dare la cattiva notizia al padre di Domenico... Purtroppo, però, sono cose che succedono, anche se di solito Wilson&Wilson non dà cattive notizie. Di solito le nostre missioni hanno successo, è la ragione per cui tanti confidano in noi.»

«Lo sapeva già, era difficile che riuscissimo a portarle Lombardi vivo, addirittura che riuscissimo a salvarci noi.»

«Lei si esprime in modo troppo secco e impulsivo... Non le sto rimproverando niente. C'era una possibilità di avere successo e io sono solito tentare la sorte.»

«Bene, allora abbiamo fallito; se non altro però noi siamo vivi.»

«E questo mi fa molto piacere.»

«Non ci credo. Per lei fa lo stesso. Hafid e io siamo stati solo due pedine, se fossimo morti non credo le sarebbe dispiaciuto davvero.»

Benjamin Wilson rise di gusto. Apprezzava l'arroganza di Fernando. In realtà lo trovava molto simile a lui, solo che suo nonno gli aveva insegnato a dominare le emozioni, altrimenti non gli avrebbe affidato la conduzione del negozio. «Ha due libri in lavorazione che la aspettano. Ho promesso a Marvin che avremmo anticipato le scadenze. A marzo il libro deve essere in tutte le librerie di New York e spero che, nonostante la guerra, arrivi anche in quelle di Londra. Quanto alla raccolta di Omar Basir, dobbiamo affrettarci.»

«Farò il mio lavoro. Visto che ha nominato Marvin... sa se sono arrivati in Francia?»

«Non si preoccupi, il suo amico Eulogio sta bene.»

Fernando lavorò tutto il giorno e quando Athanasios Vryzas gli raccomandò di uscire a mangiare, preferì non farlo. Le poesie di Marvin sprigionavano dolore. Erano davvero belle. Si trattava realmente di un grande poeta, era innegabile.

Mentre Vryzas e gli altri impiegati andarono a mangiare, Fernando ne approfittò per fumarsi tranquillamente una sigaretta riflettendo su Marvin. Aveva la sensazione che l'intensità e la bellezza delle sue poesie non trovassero corrispondenza nell'uomo che conosceva. Poi si disse che, in realtà, lo conosceva solo superficialmente, perché non erano mai entrati in intimità. Catalina glielo aveva impedito. Se lei non si fosse fissata con l'americano, forse si sarebbe interessato alle sue poesie. Marvin però era il suo rivale più temuto, e lui non era stato capace di trovare niente di buono in lui. Continuava a stargli poco simpatico, ma era una persona troppo onesta per negare la verità, e ammise perciò che Marvin Brian era un grande poeta.

Quando tornò a casa di Ylena, Dimitra gli disse che Catalina le aveva chiesto di essere avvisata quando lui fosse rientrato. Di mattina non era passato nemmeno a salutarla, benché Dimitra stessa gli avesse assicurato che era nella sua stanza e stava dando da mangiare ad Adela.

Non poteva evitarla, ma nemmeno aveva voglia di parlare con lei. Il suo rapporto con Catalina, costruito sulla disperazione, lo rendeva infinitamente triste.

La trovò nella sua stanza, intenta a cullare tra le braccia la piccola Adela.

Catalina lo invitò a entrare e gli chiese di sedersi accanto a lei. «Dimitra mi ha detto che non stavi bene.»

«Mi sono sentito male dopo aver bevuto del latte di capra, ma ormai mi sono ripreso.»

«Mi fa piacere... Be', sai già che Eulogio è andato via... si è rifiutato di portarmi da Marvin.»

«È Marvin che non vuole sapere niente di te, non dare la colpa a Eulogio», rispose stancamente Fernando.

«Se Marvin non volesse vedermi me lo direbbe... Non so perché, ma siete voi altri ad averci separato... Non capisco perché. Abbiamo una figlia ed è sbagliato che ci impediate quantomeno di chiarirci.»

Non le rispose. Era troppo stanco per iniziare una di quelle discussioni assurde che l'americano era in grado di scatenare. L'atteggiamento di Catalina era irrazionale, proprio come quello di Marvin.

«Voglio che tu sappia che lo seguirò ovunque sarà, che non accetto di sentirmi dire che non vuole vedermi. Per Dio, Fernando, dimmi dove posso trovarlo!»

«Te l'ho già detto, sono andati in Francia, a Vichy credo, per cercare monsieur Rosent, il padre di Sara. I nazisti si sono impossessati delle attività degli ebrei, ma Rosent è stato previdente e, per evitare l'esproprio, ha venduto simbolicamente il suo negozio a Marvin, il quale ha scelto come responsabile della piccola casa editrice colui che era stato il suo professore di Letteratura alla Sorbona. Marvin avrebbe voluto restituire la proprietà a Sara, ma lei preferisce che resti nelle sue mani fintanto che ci sarà la guerra. Quando Sara ha saputo che suo padre è riuscito a lasciare Parigi, ha chiesto a suo marito di fare il possibile per portarlo ad Alessandria. Ma siamo in guerra e non è facile muoversi da una parte all'altra, men che meno se sei ebreo. È stato Marvin a decidere di andare a cercare monsieur Rosent per portarlo qui. Questo è tutto quello che so, nient'altro.»

«Perciò, tornerà.»

«Non so se Marvin tornerà o se se ne andrà altrove una volta che sarà riuscito a portare fuori dalla Francia monsieur Rosent. Ti giuro che non lo so. Non ho potuto nemmeno salutare Eulogio, perciò ignoro il modo in cui pensano di portare fuori dalla Francia il padre di Sara.»

«Allora... credi che io debba aspettare qui il ritorno di Marvin?»

«Non so se tornerà... Non lo so, te lo giuro.»

Adela scoppiò a piangere e Catalina ricominciò a cullarla finché non riuscì a tranquillizzarla. «Sta meglio, il dottor Naseef dice che ormai non è più in pericolo di vita. Il capitano Pereira ha ragione, Adela è una sopravvissuta.»

«In più, ha ereditato la tua determinazione», disse Fernando con sincerità.

«Bene, allora staremo qui per un po'... Ma se Marvin non torna, andrò a cercarlo in Francia.»

«Dai per scontato che io resterò qui?» rispose Fernando infastidito.

«Be'... non lo so... Sì... in realtà credevo che...»

«Che non ti lascerò sola e che fa lo stesso se segui Marvin ovunque lui sia, perché io ti seguirò e ti proteggerò.»

«No... non volevo dire questo.» Catalina era diventata paonazza.

«Però è quello che pensi, e hai ragione. No, non lascerò né te né la bambina.»

Uscì dalla stanza senza dare a Catalina il tempo di rispondere. Si parlarono di nuovo poco dopo, a cena, durante la quale la discussione tra il colonnello Sanders e monsieur Baudin risollevò gli animi dei presenti. L'inglese e il francese discutevano amabilmente per ogni cosa.

12

Nella vita di chiunque, persino in quelle più straordinarie, la routine solitamente si fa strada in silenzio. Sarebbe successo anche nella vita di Fernando se non avesse avuto accanto Benjamin Wilson.

Era tornato dal deserto da meno di una settimana quando Wilson lo chiamò per un nuovo incarico. «Si ricorda di Erick Brander?» gli chiese di punto in bianco.

«Sì... è l'uomo che ha incontrato lo spagnolo... Pedro López...»

«Esatto. Sono entrambi al Cairo. Lei stesso li aveva sentiti dire che López doveva essere ricevuto da alcuni personaggi importanti della corte di Faruk.»

«Mi è del tutto indifferente.»

«Non dovrebbe parlare così. Gli esiti di questa guerra avranno ripercussioni anche in Spagna. Lei è antifascista. Le conviene che a vincere siamo noi britannici e, adesso che sono intervenuti anche gli americani, ci sono maggiori probabilità di battere il mostro tedesco. Hitler è un pericolo per il mondo intero.»

Wilson non perse tempo in chiacchiere e chiese a Fernando di andare al Cairo, dove avrebbe incontrato Zahra Nadouri all'hotel Shepheard. Vi alloggiava anche López, che nello stesso albergo fissava i suoi incontri con Brander. Lui doveva solo accompagnare Zahra. Nient'altro.

Fernando provò a opporsi, ma senza troppa convinzione, e l'unica ragione era lei. Benché fosse innamorato di Catalina, non poteva nascondere a se stesso l'effetto che gli aveva fatto vedere Zahra danzare; qualche notte l'aveva anche sognata. Persino Wilson si stupì di quanto fosse stata blanda la sua resistenza.

Consegnò a Fernando una valigetta, spiegandogli che conteneva degli abiti scelti da Sara. «Dovrà vestirsi in modo adeguato.»

«Grazie, ma non è necessario.»

«Per favore, non ne faccia una questione di dignità. È scappato dalla Spagna con quello che aveva indosso e ad Alessandria non ha avuto nemmeno il tempo di comprarsi un po' di abbigliamento. Quello che troverà dentro la valigia è necessario per svolgere l'incarico. Al suo ritorno, potrà tenersi quegli abiti o buttarli via, è libero di scegliere. Adesso però ne ha bisogno. Vada a casa a prendere qualunque altra cosa le possa tornare utile. La porterà il mio autista, che poi la accompagnerà in stazione. Stanotte dormirà al Cairo.»

Leyda Zabat bussò alla porta ed entrò senza aspettare il permesso, seguita da un uomo alto, vestito come un beduino. L'uomo guardò Wilson, il quale con un cenno lo invitò a parlare.

«Rommel si sta dirigendo a Bengasi», annunciò solennemente il beduino.

Wilson si rivolse a Fernando: «Parta il prima possibile».

Fernando rimase molto colpito dalla sontuosità dell'hotel Shepheard. Ogni angolo era un monumento al lusso, e le donne e gli uomini che si trovavano nella hall vestivano in modo elegante e avevano l'aspetto spensierato tipico delle persone molto ricche.

Il receptionist lo accolse con gentilezza; gli disse che la sua stanza era pronta e che lo avrebbe accompagnato subito, poi aggiunse: «La signorina Nadouri la sta aspettando al bar».

Zahra aveva scelto un tavolo appartato e sembrava immersa nella lettura del giornale. Fernando si fermò qualche istante a guardarla. Non pareva la stessa donna che aveva visto ballare in quel locale. Se quella ballerina era un'esplosione di sensualità, la donna che aveva davanti non era niente di eccezionale. Indossava un abito elegante ma molto semplice, aveva un trucco leggerissimo e i capelli raccolti in uno chignon basso. In realtà, passava inosservata accanto alle donne sedute in compagnia dei loro partner e che sembravano uscite da una rivista di moda parigina.

D'improvviso Zahra spostò lo sguardo dal giornale a lui. Fernando si avvicinò con passo rapido, imbarazzato dal fatto che lo avesse sorpreso a guardarla.

«È arrivato in tempo per la cena», disse lei.

«Sì, certo... Non sono ancora salito nella mia stanza. Alla reception mi hanno detto che mi stava aspettando.»

Rimasero in silenzio, come se non avessero nient'altro da dirsi. Il giorno in cui si erano conosciuti, Fernando si era reso conto che lei parlava solo lo stretto necessario.

«Vada a cambiarsi. Qui la gente si veste in modo formale per la cena. So che è molto presto, ma dopo cena faremo una passeggiata e poi andremo al locale dove mi esibirò.»

«Andremo lì?» chiese lui, stranito.

«Sì, stasera ballerò. È il nostro alibi, giustifica la nostra presenza qui.»

«Il suo alibi... il mio non so qual è.»

«Lei è il mio accompagnatore. Il capriccio di una ballerina famosa. Così non attiriamo l'attenzione.»

«Ah!»

«Non c'è da stupirsi del fatto che mi sia invaghita di uno straniero attraente e ne abbia fatto il mio accompagnatore ufficiale.»

Fernando fece una smorfia; il ruolo che gli era stato assegnato lo metteva a disagio. Wilson si era limitato a dirgli che doveva accompagnare Zahra.

«Non se la prenda a male... In quale altro modo avremmo potuto giustificare la sua presenza qui?»

«Vado a cambiarmi. Non tarderò molto», rispose contrariato.

«La sua stanza è accanto alla mia, sono comunicanti. È la cosa migliore», lo informò lei.

Qualche ora dopo, Zahra appariva distratta mentre Fernando cenava con appetito. Lei quasi non aveva toccato il filetto che aveva nel piatto.

«Non ha fame?» chiese lui.

«Non mangio mai prima di uno spettacolo. In realtà, siamo qui perché dovrebbero arrivare Brander e il suo connazionale Pedro López.»

«Non è un mio connazionale», protestò Fernando.

«È spagnolo come lei.»

«Sì, però è un fascista, e io non ho niente da spartire con i fascisti, ovunque siano nati.»

«Non si può smettere di essere se stessi. Farida Rahman direbbe che ognuno di noi è quello che è in funzione degli altri.»

«Però...! Non sapevo si interessasse di filosofia.»

«Lei non sa niente dei miei interessi. Quanto alla filosofia... mi interessa soprattutto la visione di Farida sull'essere umano.»

«Siete molto amiche?»

«Ci conosciamo bene.»

In quel momento Erick Brander entrò nella sala da pranzo accompagnato da Pedro López. Il maître li fece accomodare a un tavolo accanto a quello di Fernando e Zahra.

I due uomini parvero ignorare la loro presenza e si immersero subito in una conversazione in spagnolo. «Come lei mi aveva anticipato, il ministro è apparso molto diplomatico, ma anche critico sulla presenza dei britannici. Mi ha fatto capire che preferirebbero un'alleanza con la Germania e, a quanto pare, è certo che Rommel vincerà la battaglia del deserto», spiegò López a Brander.

«Il problema del re Faruk e che non può manifestare apertamente la propria simpatia per la Germania. I britannici non esiterebbero a destituirlo.»

«Il mio obiettivo è far sì che l'Egitto firmi trattati con la Spagna e, soprattutto, che si stabiliscano relazioni amichevoli. Il ministro ha a cuore entrambe le cose. È disposto a incontrare degli amici... uomini di assoluta fedeltà del Caudillo, che possono condurre in porto degli accordi commerciali.»

«E lei naturalmente non si dimenticherà di me.»

«Naturalmente no. I diplomatici svolgono i loro incarichi, ma il lavoro effettivo spetta a noi altri. Lei è un ottimo amico della Spagna e sapremo dimostrarle la nostra gratitudine. Ah, l'ho chiesto anche al ministro, ma credo che lei potrebbe farlo meglio: mi piacerebbe avere informazioni sugli esiliati spagnoli in Egitto.»

«Non credo ce ne siano molti», rispose Erick Brander.

«Ma ce ne sono sicuramente, ed è di vitale importanza tenerli sotto controllo. La maggior parte dei nemici della Spagna è emigrata in America, ma non scartiamo l'ipotesi che qualcuno si sia dileguato da queste parti. Riceverà un compenso per ogni spagnolo del quale ci darà notizia.»

I due uomini continuarono a parlare degli affari in comune mentre Zahra e Fernando ascoltavano con attenzione. Zahra aveva allungato il braccio verso Fernando, invitandolo con lo sguardo ad afferrare la sua mano. Sorrideva senza motivo, come se quanto le stava dicendo lui la rendesse felice.

Fernando faticò un po' a calarsi nel ruolo che gli era stato assegnato, lo faceva sentire davvero a disagio.

«Sorrida», sussurrò Zahra mentre gli stringeva la mano. «Più che un ragazzo innamorato, sembra un marito arrabbiato.»

Prima che il tedesco e lo spagnolo finissero di cenare, Zahra e Fernando lasciarono il ristorante e salirono nelle loro stanze. Lei gli disse che voleva riposare un po' prima dello spettacolo.

Il locale si trovava in un vecchio edificio dall'aspetto signorile. Le macchine si fermavano davanti alle porte di legno, poi uomini e donne vestiti in modo formale ed elegante facevano il loro ingresso, pronti a godersi un po' di Champagne, un po' di musica e tutto ciò che la notte poteva offrire loro.

Zahra e Fernando entrarono dalla porta sul retro, dove il proprietario del locale li stava aspettando. Zahra fece le presentazioni.

Il proprietario era un uomo alto, dai capelli scuri e di bell'aspetto, ma non più giovanissimo. L'uomo guardò Fernando con sospetto, Zahra glielo presentò come *mon petit ami*.

Si strinsero la mano e Fernando riuscì a capire il suo nome, Tarek Fazeli.

Poi si diressero nel camerino, dove un grande separé divideva la stanza in due; ad aspettare Zahra c'era una ragazza. Fernando si sedette su una poltrona mentre, dietro il separé, Zahra cominciava la sua trasformazione. Ascoltò la conversazione tra le due donne, ma non capiva niente perché parlavano in arabo.

Era quasi mezzanotte quando bussarono alla porta del camerino, che la ragazza si affrettò ad aprire. Era arrivato il momento di dare il via allo spettacolo.

Il proprietario del locale accompagnò Fernando a un tavolo situato vicino al palcoscenico, dove un cestello del ghiaccio teneva in fresco una bottiglia di Champagne. C'era anche un altro uomo, in rigoroso smoking, che attendeva impaziente. L'uomo quasi non fece caso a lui; Fernando invece lo osservò: capelli biondo scuro, occhi azzurri, portamento elegante. Non gli sfuggì il fatto che vicino a loro ci fossero anche Erick Brander e Pedro López. Brander salutò il proprietario del locale e gli presentò López, al quale spiegò: «Tarek Fazeli rappresenta gli occhi dell'Egitto. Vede tutto, sa tutto». Pedro López guardò Fazeli con curiosità mentre si stringevano la mano. Brander presentò anche l'uomo che era seduto accanto a Fazeli: «Arthur Collins, socio di Fazeli».

Fernando scrutò Collins con interesse. *Quindi, quest'uomo è inglese*, pensò.

La luce si spense e i musicisti dietro le quinte smisero di suonare. Nel corso di un istante che sembrò eterno i sussurri si spensero e nella sala calò il silenzio. Un faro si posò sulla scena. All'inizio non accadde nulla, ma ben presto il fruscio della seta e il tintinnio delle cavigliere misero in guardia gli spettatori. All'improvviso, dentro il fascio di luce comparve una mano, e un piede; poi l'ombra di un corpo femminile che faceva movimenti lenti e, infine, la figura intera di una donna che si muoveva come fosse in trance.

La ballerina, che inizialmente aveva gli occhi chiusi, si muoveva sul palco scena generando una tensione crescente tra gli spettatori. Danzò senza sosta per oltre un'ora mentre nella sala era calato il silenzio più assoluto. Quando smise di ballare si scatenò uno scroscio di grida e applausi, e Fernando non poté che manifestare il proprio entusiasmo, insieme al resto del pubblico.

Il palco rimase in penombra e quando luci tenui illuminarono nuovamente il locale, Zahra era scomparsa.

Fernando fece per alzarsi con l'intenzione di andare a cercarla, ma Arthur Collins glielo impedì. «Stia qui, sarà lei a raggiungerla.»

«Stanotte ci sono molte persone importanti che vogliono salutarla», aggiunse Tarek Fazeli.

Fernando si rimise a sedere. Zahra non gli aveva detto che cosa dovesse fare e lui aveva supposto che, finito lo spettacolo, sarebbero tornati in hotel; ma a quanto pareva Fazeli e Collins la aspettavano.

Quando Zahra comparve nella sala, le fu quasi impossibile camminare. Uomini e donne le andavano incontro, ansiosi di vederla da vicino, di sentire la sua voce.

Tarek Fazeli si fece strada e allontanò i curiosi scortando la ballerina sino al tavolo. Arthur Collins si alzò e le fece un inchino prima di baciarle la mano. Lei nemmeno gli fece caso.

«Sei magnifica, mia cara! Ineguagliabile! Dovresti lasciare Alessandria una volta per tutte e trasferirti al Cairo», disse Fazeli mentre le porgeva un calice di Champagne.

Zahra si avvicinò a Fernando e lo baciò sulle labbra. Lui rimase come paralizzato, non sapeva cosa fare né cosa dire. Lei lo guardò con disappunto.

«Che freddezza, amico mio; la donna più desiderata d'Egitto le dà un bacio e lei nemmeno sorride», disse Tarek Fazeli, osservandoli entrambi.

«Lui è fatto così», affermò Zahra con sdegno.

«Se fossi in lei non sarei così distaccato; qui molti uomini vorrebbero essere al suo posto, io per primo», disse Fazeli sorridendo.

Fernando si sentiva a disagio e capì di aver sbagliato. In quel momento tutti gli occhi erano puntati su di loro. Si era dimenticato di dover recitare la parte di *chevalier servant* di Zahra. L'orchestra aveva già ricominciato a suonare sul palcoscenico quando Fernando prese Zahra per mano e la condusse sulla pista senza aggiungere una parola.

Cominciarono a ballare e Zahra cercò di stringersi a lui. «Ma che tipo di amante è lei?» gli domandò.

«Io... non capisco che cosa voglia dire.»

«Se dobbiamo sembrare due amanti, non può tenermi a distanza, come se avesse paura che le attacchi il morbillo.»

Fernando non riuscì a trattenere una risata e lei rispose ridendo a sua volta.

«Ecco, è solo che non mi aspettavo il suo bacio. Mi ha lasciato di stucco.»

«Certo, e la sua reazione ha lasciato di stucco tutti coloro che ci stavano guardando, inclusi il tedesco e lo spagnolo.»

«Avrebbe dovuto mettermi al corrente dei suoi piani, mi dispiace.»

«Be', si abitui all'idea che in pubblico dobbiamo comportarci come due innamorati. Non è un ruolo così complicato. Spero non le risulti troppo sgradevole.»

«No... no... l'esatto contrario... È solo che, be'... io... Ecco, tutto questo mi coglie alla sprovvista...»

«E allora si cali nel ruolo. Si avvicini, mi stringa a sé e mi baci. Ci stanno guardando tutti.»

«La devo baciare?» chiese esterrefatto.

«Per favore, non renda le cose così difficili! Non è quello che io desidero, è quello che ci si aspetta da noi. Baciarci fa parte del ruolo che dobbiamo recitare.»

«Ha ragione, chiedo scusa...»

La baciò con timidezza, temendo di arrossire, di trasformarsi nello zimbello della serata davanti agli occhi di tutti. A quel punto, Zahra prese in mano la situazione e non gli permise di allontanare le labbra dalla sua bocca; lo trattenne a sé per diversi secondi che a Fernando sembrarono anni.

Ballarono a lungo senza smettere di baciarsi. A Fernando quasi girava la testa. Si sentì sollevato quando lei gli disse che dovevano tornare al tavolo, raccomandandogli di non commettere altri errori. «Si comporti come ci si aspetta da lei.»

Tarek Fazeli li accolse con un sorriso smagliante. Intorno al suo tavolo si erano assiepate diverse coppie. Gli uomini erano ansiosi di avvicinarsi a Zahra, mentre le donne la guardavano con ammirazione e invidia.

«Ce ne andiamo, sono stanca», annunciò Zahra, ignorando il fatto che gli invitati di Fazeli cercassero di catturare la sua attenzione.

Non si dissero una parola finché non arrivarono allo Shepheard. L'usciere aprì la portiera della macchina e fece loro l'inchino. La ballerina gli rivolse un cenno di ringraziamento.

Fernando era nella sua stanza e si stava togliendo il farfallino dello smoking quando vide aprirsi la porta che metteva in comunicazione la sua stanza con quella di Zahra.

Lei aveva indossato una vestaglia di seta rosa ed era a piedi nudi. Lui la guardò imbarazzato.

«Chiami la reception e si faccia portare in camera una bottiglia di Champagne e dei cioccolatini.»

Fernando obbedì mentre lei si sedeva su una poltrona, visibilmente stanca. «Non appena porteranno lo Champagne me ne andrò nella mia stanza. Ma il cameriere deve vedermi qui; lo racconterà a tutto il personale dell'hotel, e domani mattina l'intera città penserà che dormiamo insieme.»

«Ma verrà criticata per questo.»

«È quello che ci si aspetta da una ballerina, che abbia amanti giovani e belli. Non credo che la sua reputazione ne risentirà se crederanno che viene a letto con me», affermò lei contrariata.

«Mi preoccupa solo quello che potranno dire di lei!» protestò Fernando.

«L'unica cosa di cui si deve preoccupare è di fare bene la sua parte.»

«Non se la prenda, per favore... è solo che tutto questo... Insomma, non sono pronto.»

«Vedo, vedo... Credo che Benjamin abbia riposto troppa fiducia in lei.»

«Il signor Wilson? Sì... in realtà non so perché abbia voluto coinvolgermi in tutto questo.»

Il cameriere suonò il campanello e Zahra fece un cenno a Fernando perché andasse ad aprire la porta mentre lei sbottonava la vestaglia lasciando intravedere una camicia da notte trasparente.

Mentre appoggiava il cestello del ghiaccio con lo Champagne, il cameriere guardò con la coda dell'occhio Zahra, che lo ignorò, tutta presa a guardarsi le unghie con aria annoiata in attesa che lasciasse la stanza.

Non appena se ne fu andato, lei si alzò in piedi e abbottonò la vestaglia. «Perfetto, adesso può bere un po' di Champagne o buttarlo via, fa lo stesso. Domani mattina però metteremo un po' in disordine la stanza; i camerieri devono credere che abbiamo trascorso insieme un'appassionata notte d'amore.»

«Ma perché fa tutto questo?» le chiese Fernando, per pentirsi immediatamente di averle fatto una domanda così indiscreta.

«Perché faccio che cosa?» mormorò lei, dandogli le spalle.

«Perché lavora per Wilson... facendo cose strane che mettono a repentaglio la sua reputazione…»

«E lei perché è scappato dalla Spagna ed è venuto in Egitto? So che ha abbandonato la sua famiglia, sua madre... Qui non ha amici, non ha nessuno e ciò nonostante, lo vede... è qui. Immagino abbia ottime ragioni per farlo. Lo stesso vale per me, anche io ho le mie ottime ragioni.»

«Non volevo offenderla e nemmeno essere indiscreto. Mi dispiace.»

Zahra entrò nella sua stanza e chiuse la porta che metteva in comunicazione le due camere. Fernando rimase seduto per un po', cercando di dare un senso a quello che stava succedendo. Ma non trovava risposta alle sue riflessioni.

Si sdraiò sul letto senza nemmeno svestirsi e così si risvegliò l'indomani, quando aprì gli occhi e si ritrovò Zahra davanti.

«Scenderemo a prendere un caffè. Sono già le dieci passate. Non ho voluto svegliarla prima perché dormiva così bene... Mi avvisi non appena sarà pronto.»

Quindici minuti più tardi Fernando uscì dal bagno e trovò Zahra che metteva in disordine la stanza.

«Le avevo detto di vuotare la bottiglia di Champagne... non ne ha bevuto neanche un goccio. Ho lasciato i pantaloni dello smoking sul divano. Il farfallino sta bene dov'è, accanto ai cioccolatini. Ho messo la mia camicia da notte e la mia vestaglia sul suo letto. Crederanno che abbiamo trascorso una notte molto intensa.»

Uscirono per strada e camminarono. Lei doveva sapere dove fossero diretti, ma non glielo disse. La meta si rivelò una caffetteria frequentata all'apparenza solo da stranieri. Il cameriere li accompagnò a un tavolo al centro della stanza, dal quale potevano vedere ed essere visti. Fernando si gustò una bella tazza di caffè forte, che lo aiutò a svegliarsi. Anche Zahra chiese un caffè, ma lo bevve molto lentamente. Poi allungò una mano verso di lui e mormorò: «Non dimentichi che siamo due innamorati».

Fernando strinse la mano di Zahra tra le proprie. Non poteva chiedere niente di meglio che sentire la pelle fresca della ballerina. Era inutile negare l'attrazione che sentiva nei suoi confronti. Davanti a lei si sentiva goffo, piccolo. Allo stesso tempo, rimproverava se stesso per il solo fatto di provare certe emozioni, perché da un lato diceva di essere innamorato di Catalina e che non avrebbe mai amato nessun'altra, dall'altro non poteva fare a meno di chiedersi che cosa sentisse nei confronti di Zahra.

«Mi guardi. È tutto assorto in se stesso», lo rimproverò lei.

«Mi scusi... è solo che...»

«Lo so, è tutto nuovo per lei. Ma non credo sia così difficile tenerci per mano e sorriderci.»

«In effetti non lo è.»

«Bene, adesso le dirò che cosa faremo. Ho in programma altri due spettacoli al Cairo; torneremo ad Alessandria lunedì.»

«Perché Pedro López è così importante?» chiese Fernando, che pure immaginava la risposta.

«Lo spagnolo? Ebbene, in questo momento le potenze vogliono sapere tutto degli altri Paesi. Pedro López è qui per firmare accordi commerciali con l'Egitto. La Spagna è in rovina e ha bisogno di amici.»

«Ha la Germania e l'Italia. Franco, Hitler e Mussolini sono alleati», affermò Fernando.

«La Spagna di Franco sta con l'Asse, su questo non c'è dubbio, ma nessuno può dire che cosa succederà nel futuro.»

«Niente, non succederà niente. La cosa più probabile è che la Germania vinca la guerra, nel qual caso Franco diventerà eterno. E malauguratamente sembra proprio che vincerà», si lamentò lui.

«Non è ancora cominciata l'ultima battaglia, in realtà ce ne sono molte altre da combattere. Né lei né nessun altro può dare per assodato quello che succederà.»

«Per me la Spagna è perduta. Franco sta uccidendo tutti coloro che lo hanno osteggiato.»

«Io non do per persa nessuna battaglia, e se perdo ricomincio a combattere.»

«Facile a dirsi... Lei non sa che cosa vuol dire perdere una guerra; fare parte dei vinti ti trasforma in una nullità.»

Zahra guardò Fernando dritto negli occhi; lui rimase colpito dall'improvvisa durezza del suo sguardo e aspettò che parlasse. «E allora deve lottare affinché le cose cambino, affinché i vincitori di oggi siano i vinti di domani. Non butti via il tempo a lamentarsi. Non serve a niente.»

«Non credo che la Spagna importi a nessuno. Non credo che i britannici, ammesso che riescano a vincere la guerra, decideranno di andare a liberarci da Franco. In ogni caso, io la guerra l'ho già persa, mio padre è stato fucilato perché ha lottato con i repubblicani. Lei non sa che cosa voglia dire. Mia madre e io andavamo a trovarlo in carcere... Se solo sapesse come stava... I detenuti ammassati... Un giorno gli sono caduti gli occhiali e uno dei guardiani glieli ha schiacciati, riducendoli in mille pezzi. Mio padre non riusciva a vedere nulla senza i suoi occhiali, lo hanno condannato a vivere nella nebbia. Per non parlare della paura che provava tutte le mattine, quando aprivano la porta della cella per leggere la lista di coloro che sarebbero stati fucilati quel giorno. Abbiamo chiesto l'indulto, ma glielo hanno negato.»

Tra i due calò di nuovo il silenzio, ma continuavano a tenere le mani intrecciate.

«Nessuno le restituirà suo padre. Può solo accettarlo. Non le resta che lottare per impedire che altri uomini muoiano.» Il tono di voce di Zahra era privo di emozione.

Poi cambiò argomento e gli propose di andare a vedere le piramidi. «Oggi non ho spettacoli in programma. Perciò, abbiamo una giornata intera per fare quello che ci pare.»

«Ma intanto che cosa succede con Erick Brander e Pedro López?» volle sapere Fernando.

«Niente, non succede niente.»

«Ma allora non abbiamo niente da fare qui.»

«Be', io devo fare altri due spettacoli. Gliel'ho già detto. E lei deve restare con me, non dimentichi che è il mio *chevalier servant*.»

«Ma io mi riferisco a Brander e López.»

«A mio parere, non abbiamo troppo di che preoccuparci al riguardo.»

«Vale anche per Brander?»

«È un agente tedesco che i britannici e Wilson tengono costantemente sotto controllo. Brander passa informazioni agli uomini dell'ammiraglio Canaris, che è il capo della Abwehr, il servizio segreto tedesco. Non è l'agente migliore, però ha accesso alle informazioni di coloro che gravitano intorno al palazzo. Il suo biglietto da visita a corte è sua moglie, Halima.»

«Ma allora Erick Brander è importante», insistette Fernando.

«Lo è nella misura in cui attraverso di lui possiamo avere notizie di coloro che dalla corte cospirano a favore dei tedeschi.»

«E López?»

«Gliel'ho già detto, è venuto qui per studiare la situazione, per cercare di stabilire accordi commerciali adesso che la Spagna è devastata. La sua missione è importante per la Spagna, ma non per noi. E adesso, le piacerebbe o no visitare le piramidi? Magari è la sua unica occasione. Stamattina ho chiesto a un amico di venirci a prendere; ci porterà al sito.»

«Sapeva già che saremmo venuti in questa caffetteria?»

«Ma certo.»

Per un momento, Fernando fu sul punto di prendersela. Zahra sembrava manovrarlo a suo piacimento. Aveva ragione lei: lui non era altro che il suo accompagnatore, un ruolo spregevole.

Uscirono per strada e Zahra attese impaziente finché non vide apparire un'auto grigia che si fermò davanti alla caffetteria. Senza esitare, aprì la porta davanti e si accomodò accanto all'autista. Fernando non ebbe altra scelta che sedersi sul sedile posteriore.

Zahra fece le presentazioni. L'uomo al volante si chiamava Musim Sadat ed era un archeologo. Per lo meno, così certificava il suo soggiorno a Oxford, dove aveva avuto il privilegio di studiare.

Fernando provò un po' di invidia quando lo osservò. Musim Sadat era senz'altro un uomo attraente. Capelli neri perfettamente tagliati, baffi, occhi grandi e un'aria distinta proprio di chi non si è mai fatto mancare niente.

Musim parlava un inglese impeccabile; se non fosse stato per i suoi tratti e per la pelle scura, poteva essere scambiato per un britannico. In pochissimo tempo, spiegò a Fernando che considerava l'Inghilterra una seconda patria. Gli anni più felici della sua vita erano trascorsi lì, anche se confessò che all'inizio gli era costato adattarsi. I suoi genitori, tuttavia, avevano deciso che doveva avere l'educazione migliore che la Gran Bretagna potesse offrire. Zahra aggiunse che la famiglia di Musim era dedita al commercio, ma i suoi membri figuravano anche tra le figure preminenti della corte.

Fernando ascoltava in silenzio. Non gli interessava entrare in intimità con quell'egiziano amico di Zahra.

Tuttavia, Musim era un uomo espansivo e prese ben presto le redini della conversazione spiegando nel dettaglio e con orgoglio la storia delle piramidi. «Sono le loro tombe ad aver reso immortali Cheope, Chefren e Micerino. Nel mondo antico, non apparivano come le vedrete adesso, erano ricoperte di calce bianca. Le piramidi appartengono alla IV Dinastia; come vedrete quella di Cheope è alta centoquarantasei metri; a seguire, quella di Chefren supera i centoquarantatré; infine, la più piccola, quella di Micerino, raggiunge solo i cento metri di altezza.» Musim rise come se la sua ultima affermazione fosse una battuta.

«Gli antichi egizi credevano nella vita dopo la morte», aggiunse Zahra.

«Meglio per loro, a mio parere non c'è un bel niente», affermò Fernando perentorio.

«Peggio per te. Vivere con speranza è sempre una consolazione», intervenne Musim.

«Mi stai dicendo che è meglio ingannare la gente raccontando favolette per bambini.» Fernando era irritato.

«I miei antenati potevano contare su una guida per raggiungere l'altra vita. La chiamavano *Libro dei morti*.» Musim sembrava non avere alcuna intenzione di discutere con Fernando.

«Però, che organizzazione! Avevano persino una guida per affrontare l'eternità! La religione è un'arma di dominazione a uso dei potenti. Lo è stata nell'antichità e lo è ancora oggi. Spaventare la gente dicendo che l'anima vaga in eterno è dannoso senza ombra di dubbio», insistette Fernando.

«In realtà, le nostre credenze non sono poi così diverse dalle vostre. Per gli antichi egizi, quando una persona muore lo spirito si divide in due, Ba e Akh. Ba rimane con il defunto mentre Akh deve presentarsi davanti a Osiris per essere giudicato. Anubi, il dio dalla testa di sciacallo, possiede una bilancia sulla quale colloca da una parte l'anima del morto e dall'altra una piuma, simbolo di Maat, la dea della giustizia. Se la bilancia non rimane in equilibrio l'anima riceve una punizione perché vuol dire che quella persona nella vita non è stata buona. Qualcosa del genere succede anche nel cristianesimo, no?» Musim guardava Fernando attraverso lo specchietto retrovisore, in attesa di una risposta.

«Sì, ed è il modo migliore per terrorizzare i vivi, spaventarli con punizioni che li attenderebbero in una immaginaria vita eterna. Guarda caso le regole per essere felici nell'aldilà sono sempre state indicate dai potenti», insistette Fernando.

«Non credi in niente?» volle sapere Musim.

«No, e tu?»

«Guardati intorno, guarda la sabbia del deserto, guarda in alto, l'immensità del cielo, guarda il mare...»

«Mi stai dicendo che il mare, il deserto e il cielo ti fanno credere che Dio esiste. Fantastico! Molto razionale.»

«Ti farò una domanda di quelle che solitamente fa Farida. Per te, Tutto è Niente?» Musim attese la risposta.

Le parole dell'egiziano sconcertarono Fernando e insieme lo irritarono ancora di più. Zahra si rese conto che la gita poteva trasformarsi in un disastro e decise di interromperli: «Lasciamo in pace Dio e godiamoci l'unica delle sette meraviglie del mondo antico che è sopravvissuta al passare del tempo».

Ed eccole lì, orgogliosamente erette sull'arido deserto; al cospetto della loro misteriosa immensità, quelle tre piramidi facevano sentire qualunque essere umano poco meno di un granello di sabbia.

Musim Sadat parcheggiò la macchina a una certa distanza; poi dovettero camminare un bel pezzo prima raggiungere la piramide di Cheope.

Sino a quel momento, Fernando non si era reso conto che Zahra si era vestita per l'occasione. Indossava una gonna pantalone dai toni chiari e degli stivali alti che le permettevano di calpestare con sicurezza la sabbia del deserto. Anche Musim, una volta sceso dalla macchina, esibì una mise da esploratore; l'archeologo indossava abiti comodi, adeguati a quel terreno. Era lui a stonare con il suo completo chiaro e le scarpe che si riempivano di sabbia a ogni passo. Visto che Zahra aveva pianificato la gita, avrebbe dovuto avvisarlo.

Musim era così entusiasta che dedicarono il resto della mattina e il pomeriggio inoltrato ad andare da una piramide all'altra, contemplando la Sfinge e commentando i dettagli di quelle straordinarie costruzioni.

Quando tornarono al Cairo, Musim li invitò a cena. Zahra accettò per entrambi senza esitare.

L'archeologo promise loro che avrebbe mandato una macchina a prenderli all'hotel per le sette e mezzo, così avevano tutto il tempo di riposare.

Zahra e Fernando non proferirono parola finché non raggiunsero le loro stanze. Stavolta fu lui a bussare alla porta. «Immagino che non sia obbligatorio cenare con il tuo amico», disse passando al tu senza accorgersene.

«In realtà, sì. Andremo a casa sua, ci sono sempre persone importanti: ministri, uomini di fiducia del re Faruq... a volte c'è persino il re in persona a casa dei Sadat.»

«Avevi detto che il nostro lavoro era finito» le ricordò Fernando infastidito.

«Il nostro lavoro, caro mio, non terminerà finché non terminerà la guerra. Può anche darsi che non finisca neanche allora. Ti ricordo che il signor Wilson si occupa di rintracciare persone scomparse. Ci sarà sempre qualcuno da ritrovare.»

«Be', al Cairo non dobbiamo cercare nessuno.»

Zahra scrollò le spalle. Il malumore di Fernando sembrava non riguardarla affatto. «Il signor Wilson ha l'abitudine di aiutare le autorità britanniche.»

«Questo lo so già. Me l'ha detto lui stesso.»

«Andremo a casa di Musim. Sarà interessante, vedrai.»

Zahra gli diede le spalle e Fernando tornò nella sua stanza.

Si sdraiò sul letto e chiuse gli occhi ma, di colpo, senza alcun preavviso, fu aggredito dai volti di Roque e Saturnino Pérez. Per qualche secondo mantenne gli occhi chiusi, cercando di sbarazzarsi dell'immagine dei due uomini, ma entrambi lo guardavano dall'aldilà; i loro occhi erano inespressivi, come fossero congelati.

Si alzò, era sudatissimo. Roque e Saturnino Pérez sparivano e apparivano a loro piacimento. Andavano a trovarlo nei momenti più inattesi, ricordandogli che aveva tolto loro la vita. «Figli di puttana! Voi avete ucciso mio padre! Lasciatemi in pace» gridò, con la voce alterata.

Ma non se ne andarono, anzi, rimasero lì, impedendogli di riposare.

A Fernando non era mai piaciuto bere, ma cercò tra le bottiglie e scelse un cognac. Riempì un calice e ne bevve un sorso. Il liquido gli bruciò la gola e poi gli mandò in fiamme le viscere.

Si sdraiò nuovamente sul letto evitando di chiudere gli occhi, come se in quel modo potesse riuscire a salvarsi dall'agguato dei morti.

Continuava a chiedersi come schivare in futuro quei volti spettrali.

Poiché non riusciva a riposare, trascorse il resto del pomeriggio a guardare il soffitto, travolto dalla nostalgia della mamma, della casa a Madrid, delle piccole abitudini che avevano segnato la sua vita sino al giorno in cui aveva deciso di vendicare la morte di suo padre.

Si disse che era arrivato il momento di far avere sue notizie alla madre. Visto che Benjamin Wilson si vantava in continuazione di avere dei collaboratori in Spagna, pensò che poteva chiedergli di incaricare uno di loro di avvicinarsi a casa sua per farle sapere che stava bene. Sì, lo avrebbe chiesto a Wilson.

Come poteva una donna trasformarsi al punto da diventare irriconoscibile? Quella stessa mattina Zahra gli era parsa una ragazzina quasi insignificante; solo l'abbigliamento costoso lasciava intuire che fosse una persona importante. Adesso che l'aveva davanti, gli sembrava impossibile che fosse la stessa persona con la quale aveva visitato le piramidi.

Zahra indossava un abito da sera di seta color smeraldo perfettamente aderente al suo corpo. I capelli castano rossicci erano sciolti ma pettinati con cura e gli occhi blu brillavano in modo speciale, o così parve a lui.

Aveva in mano uno scialle di un verde più intenso di quello del vestito. Capì che lei non si aspettava dei complimenti al riguardo, ma Fernando non sarebbe comunque stato in grado di trovare le parole adatte a dirle quanto la trovasse bella.

La casa di Musim Sadat era fuori città, sulle rive del Nilo. Aveva un proprio imbarcadero e sulle acque del fiume riposava una feluca.

Fernando sentì gli sguardi curiosi degli invitati di Musim. Erano per lo più sguardi invidiosi. Zahra Nadouri era la miglior ballerina dell'Egitto e di tutto il Medio Oriente, e sebbene fosse giovanissima stava diventando una leggenda.

Musim Sadat li accolse con affetto mentre alcuni dei suoi invitati si avvicinavano per essere presentati.

Zahra si comportava come una regina, regalando sorrisi schivi e scambiando qualche parola gentile senza mai dare confidenza a coloro che sembravano ammirarla senza riserve.

Di nuovo, porse la mano a Fernando perché la stringesse tra le proprie. Voleva che tutti sapessero che quel giovane scuro e magro, con il ciuffo ribelle e lo sguardo franco, era l'unico uomo al quale fosse interessata, ed era inutile che altri cercassero di rimpiazzarlo. Le regine scelgono i loro favoriti, e anche il momento in cui se ne disferanno. Per quello straniero, tuttavia, quel giorno non era ancora arrivato.

Di colpo Fernando sussultò. C'era anche Erick Brander, che stava parlando con un gruppo di uomini tra i quali figurava Pedro López. Strinse la mano di Zahra e lei gli sorrise. «Non è strano che ci siano anche loro. Non preoccuparti», sussurrò lei.

«Sapevi che li avremmo trovati qui?»

«Ma certo. Ti ho già detto che Erick Brander ha molti amici a corte.»

Fernando fu infastidito dal fatto che lei non lo avesse informato della presenza del tedesco. «Non credi che avrei dovuto saperlo?»

Zahra non rispose, si limitò a sorridere a uno degli invitati che si era rivolto a lei. L'uomo le baciò la mano in modo solenne e lei gli presentò Fernando qualificandolo come «il mio amico più caro»; poco dopo, altri invitati le si avvicinarono, ansiosi di vederla da vicino e di potersi poi vantare di aver parlato con lei.

Con grande sollievo di Fernando, parlavano tutti inglese e non sembravano avere problemi a usarlo al posto dell'arabo.

Una donna si aprì un varco verso di loro. Era alta, magra, scura, con i capelli lunghissimi che quasi le sfioravano la vita, sebbene li avesse raccolti dietro la nuca. Camminava con passo fermo, senza guardare nessuno, regale, vestita con eleganza. Senza dubbio indossava un abito di *haute couture*. «Zahra, che gioia! Musim mi ha detto che saresti venuta, ma non riuscivo a crederci, ti concedi così di rado...»

La donna allungò le mani verso Zahra e lei le prese tra le proprie; poi si diedero un rapido abbraccio. «Grazie, Kytzia. La festa è favolosa.»

Kytzia sorrise, soddisfatta del complimento, prima di prendere la parola. Intanto, aveva guardato Fernando con la coda dell'occhio. «Lui deve essere il ragazzo del quale mi ha parlato Musim; credo di aver capito che stamattina hanno avuto una conversazione molto animata.»

Fernando baciò la mano della donna, proprio come aveva visto fare all'uomo che qualche minuto prima aveva salutato Zahra.

«Kytzia è la moglie di Musim Sadat» disse Zahra con tono secco.

«C'è un altro spagnolo con noi stasera... Ve lo presenterò, avrete sicuramente molto di cui parlare. È venuto qui con il nostro caro amico herr Brander.»

In quel momento Erick Brander e Pedro López si avvicinarono a loro e Kytzia fece le presentazioni. «Signor López, questo ragazzo che ha il privilegio di accompagnare la ballerina più importante dell'Egitto è spagnolo come lei. E lei, Erick, avrebbe dovuto portare la nostra cara Halima. Da un po' di tempo non abbiamo la fortuna di averla con noi.»

Erick Brander giustificò con una scusa l'assenza di sua moglie, poi guardò con interesse Fernando. «Perciò, lei è spagnolo... Immagino che lei e il signor López non vi conosceste prima...»

«Non ho avuto questo piacere», rispose Pedro López, che non manifestava eccessivo interesse né per Zahra né per Fernando.

«Bene, se volete scusarci, andiamo a salutare degli amici», tagliò corto Zahra, che non voleva iniziare una conversazione con loro.

«Si tratterà molto tempo in Egitto?» chiese López rivolgendosi a Fernando.

Ma fu Zahra a rispondere al suo posto, mentre prendeva il braccio di Fernando come se fosse di sua proprietà. «La mia speranza è che non se ne vada affatto.» Il tono di Zahra era quello di una donna possessiva e innamorata.

Fernando era confuso e non sapeva che cosa dire. In realtà, non sapeva che cosa ci si aspettasse da lui. Perciò, goffamente improvvisò: «La mia intenzione è di rimanere in Egitto, spero per sempre».

«Quant'è romantico! Bene, il romanticismo si addice ai giovani, non credete, signori?» Kytzia parlava sprezzante, cercando di mettere in ridicolo Zahra e Fernando.

«Vogliate scusarci... ci aspettano altri amici», insistette la ballerina mentre tirava Fernando per il braccio, lasciando la padrona di casa con lo spagnolo e il tedesco.

Zahra si diresse verso un gruppo di persone che sembrava conoscere e presentò loro il suo accompagnatore, continuando con la messa in scena della loro relazione.

«A quanto vedo, non ha molta simpatia per la ballerina», disse Pedro López rivolto a Kytzia.

«Decisamente no. È solo una ballerina. È fuori luogo in questa casa», rispose la donna con una certa irritazione.

«È la donna più desiderata d'Egitto e il suo connazionale ha la fortuna di essere il suo prescelto», disse Erick Brander guardando Pedro López.

«Fortuna! Erick, la consideravo una persona a posto! Per lei è fortunato un ragazzo che finisce tra le mani di una ballerina?» protestò Kytzia indignata.

«Ieri sera nel locale mi hanno detto che è il suo ultimo capriccio.» Erick Brander cercò di mitigare il suo apprezzamento nei confronti di Zahra.

«E da quando è diventato il suo capriccio?» volle sapere López.

«Stando a quanto mi hanno detto, stanno insieme da diverso tempo. Lei non ha l'abitudine di esibire i suoi amanti, ma a quanto pare questo ragazzo è speciale. Chissà, magari si è innamorata.»

«È curioso trovare qui uno spagnolo che, per giunta, ha conquistato la ballerina più famosa dell'Egitto...» commentò López.

«Be', è piuttosto bello», replicò Kytzia. «Semmai, non capisco come un giovane con il suo fascino e la sua prestanza possa essersi lasciato ammaliare da una qualunque», aggiunse.

Pedro López ed Erick Brander non risposero. Davanti alla loro anfitriona, avrebbero potuto addurre un'infinità di ragioni sul perché un uomo potesse perdere la testa per una ballerina. Ma sarebbe stata senz'altro una mancanza di cortesia da parte loro, perciò preferirono star zitti.

Non appena Kytzia fu reclamata da altri invitati, López ne approfittò per chiedere al suo amico delle notizie sul ragazzo spagnolo. «È strano...»

«Strano che sia con Zahra? A me sembra solo un uomo fortunato.»

«In effetti... Ma no, dico che mi incuriosisce come e perché è venuto sino qui.»

«Non credo che sarà difficile capirlo. Non si preoccupi.»

«A quel che vedo, la ballerina non sta molto simpatica alla nostra anfitriona», aggiunse Pedro López.

«Ovvio. Tutti sanno che suo marito è innamorato di Zahra e che, se lei non lo avesse respinto, Kytzia oggi non sarebbe la padrona di questa casa.»

«Hai capito, Musim... Credevo fosse interessato solo alle mummie e alle antichità.»

«Be', come vede Zahra Nadouri non è né una cosa né l'altra.»

Pedro López osservò la coppia con curiosità. Nonostante l'opinione di Kytzia, la maggior parte degli invitati desiderava parlare con la ballerina. Lei riceveva i tributi di ammirazione con freddezza e, anche se ogni tanto si intratteneva un po' di più con qualcuno, in generale era tanto distante quanto gentile.

Fernando si annoiava. Si sentiva strano in quella casa e, inoltre, era infastidito dagli sguardi ironici degli uomini che, nel contempo, lo invidiavano perché era il compagno di Zahra.

Lei intratteneva alcune conversazioni in arabo, e questo lo faceva sentire ancora più isolato. Non faceva che chiedersi di che cosa stesse parlando con gli uomini che le si avvicinavano, ansiosi di ottenere il suo consenso.

Di tanto in tanto, lei gli chiedeva di portarle un calice di Champagne o lo invitava a uscire in terrazza a fumarsi una sigaretta; benché l'incarico gli fosse poco gradito, non osava rifiutarsi. Era consapevole del fatto che lei voleva allontanarlo dalla conversazione che stava intrattenendo con alcuni invitati. Tra le altre cose, continuava a sorprendersi della sua capacità di reggere l'alcol.

Entro la fine della festa, Erick Brander aveva verificato chi fosse l'accompagnatore di Zahra. Lo stesso Musim Sadat non si fece problemi a dargli l'informazione. «È un redattore, lavora per Benjamin Wilson», affermò l'archeologo.

«Sì, ma da quando?»

«Questo non lo so, ma so che Wilson ha molta stima di lui, e lo stesso vale per Ylena Kokkalis, che lei conosce... una donna non solo rispettabile ma anche con amicizie importanti vicine al re.»

«Wilson... quell'uomo non mi piace», ammise il tedesco.

«Perché? È solo un editore, le assicuro che è anche uno dei migliori. È una vera fortuna che la casa editrice britannica abbia una succursale ad Alessandria», affermò Musim sorridendo.

«Ma lei è proprio sicuro che Benjamin Wilson si dedichi esclusivamente alla poesia?» volle sapere il tedesco.

«Lei ormai è un alessandrino a tutti gli effetti e sa che la Wilson&Wilson è un'istituzione nella nostra città. Pubblicano e vendono libri, ma la libreria è anche un luogo di incontro e di dibattito tra gli intellettuali. Se fossi in lei, non mi preoccuperei», lo tranquillizzò Musim.

«Quanto al giovane spagnolo, non esiste un altro posto al mondo per lavorare come redattore?» insistette Brander.

«In realtà è un protetto di Pereira, il capitano della *Esperanza del Mar*; avrà sentito parlare di lui.»

«Del Portoghese? Sì, quell'uomo non ha paura di niente e di nessuno. Ma che cosa ha a che vedere lo spagnolo con Pereira?»

«Glielo ho già detto, è un suo protetto, un lontano parente o qualcosa del genere. Lo ha portato qui in uno dei suoi viaggi, ma dopo che lui ha conosciuto Zahra non è più voluto andare via e ha cercato lavoro ad Alessandria per stare vicino a lei.»

«Tutto molto romantico, persino troppo, non le pare?»

«So solo che è un tipo fortunato. Non mi dispiacerebbe essere al posto suo. Riuscire a far innamorare Zahra Nadouri è molto più di un'impresa. È una donna irraggiungibile ai più.» Nel pronunciare queste parole, Musim Sadat si era fatto malinconico.

«E che cosa avrà visto nello spagnolo?» chiese Erick Brander con curiosità.

Musim rise di gusto. Anche a lui sarebbe piaciuto trovare una risposta. Aveva provato a conquistare Zahra e non aveva mai ottenuto niente di più che la sua amicizia. Quella donna non si faceva conquistare con i gioielli o con i soldi. Era lei a scegliere, e aveva scelto il giovane spagnolo. Quelli che continuavano a vederla come un sogno, ed era il suo caso, potevano solo aspettare che si stancasse dello spagnolo per rilanciare, sperando di avere una opportunità.

Erick Brander spiegò a Pedro López quanto gli aveva riportato il loro anfitrione e lo spagnolo sembrò accontentarsi delle sue spiegazioni. Era giunto alla conclusione che il suo giovane compatriota in realtà non destava la minima preoccupazione.

Di ritorno all'hotel, Zahra non disse una parola e Fernando rispettò il suo silenzio. Non parlarono finché non ebbero raggiunto le loro stanze.

«Spero che la serata si sia rivelata utile», disse lui con un certo risentimento.

«Lo è stata, Fernando. Adesso sappiamo con esattezza che cosa ha negoziato Pedro López con alcuni ministri del re Faruk.»

«Ma pensa! Lo sappiamo già... Per quello che mi riguarda, non so un bel niente.»

«Be', io sì, invece, e fa lo stesso.»

«No che non fa lo stesso; te l'ho già detto, e lo dirò anche al signor Wilson, che non penso di continuare a fare la parte dell'accompagnatore stupido», replicò arrabbiato.

Zahra fece spallucce prima di rispondere: «Fa' come ritieni meglio. Buonanotte, Fernando, riposa».

Quattro giorni dopo, Zahra e Fernando tornarono ad Alessandria insieme a Musim Sadat. L'archeologo si era offerto di accompagnarli con la propria macchina; era stato invitato a una riunione con un gruppo di archeologi che lavoravano dove anticamente c'era stato il Faro, considerato una delle sette meraviglie del mondo antico.

Per Musim, era la scusa di cui aveva bisogno per stare ancora un po' vicino a Zahra, e soprattutto per allontanarsi da Kytzia. Se sua moglie non fosse stata la figlia di una famiglia potente l'avrebbe ripudiata. Ma sapeva che non poteva nemmeno pensarci. La famiglia di Kytzia era molto più importante della sua e gli affari dei Sadat ne avrebbero risentito senz'altro. Perciò, non aveva altra scelta che stare accanto alla moglie per il resto dei suoi giorni, benché continuasse a sognare Zahra. Magari, un giorno...

Zahra e Musim lasciarono Fernando a casa di Ylena. Era tardi ormai, erano stanchi.

Dimitra consigliò a Fernando di andare direttamente nella sala da pranzo, dove gli altri ospiti, con Ylena capotavola, stavano già cenando.

Prima di entrare, Fernando sentì la risata di Catalina e ne fu sorpreso. Non la sentiva ridere da una vita.

Ylena lo accolse affabilmente e lo invitò a sedersi mentre mister Saunders e monsieur Baudin gli chiedevano come fosse andata la gita al Cairo. Prima di rispondere, Fernando non poté che notare la presenza del dottor Naseef. Il medico era seduto accanto a Catalina.

«Il nostro caro dottore è passato a visitare Adela e ha accettato di farci compagnia per cena.»

Fernando salutò il medico ed entrambi si studiarono con lo sguardo; lo spagnolo si domandò il perché.

Per un po' la conversazione ruotò intorno ai tesori dell'Egitto, e tra questi alle piramidi, che Fernando aveva avuto il privilegio di vedere da vicino. Il colonnello Sanders, in qualità di archeologo, fece loro una lezione sulle dinastie dei faraoni, spiegando minuziosamente come erano state costruite le meraviglie che dominavano il deserto.

Catalina espresse il desiderio di andare a visitarle, un giorno, e il dottor Naseef si offrì come accompagnatore.

Che cosa era successo durante la sua assenza? O era stato prima, magari durante i molti giorni in cui Adela era stata ricoverata in ospedale? Fernando percepiva una complicità tra Catalina e il medico della quale non si era reso conto sino a quel momento. Possibile che Catalina stesse mettendo da parte la sua ossessione per Marvin? Non appena ne avesse avuto la possibilità, glielo avrebbe chiesto. In fin dei conti aveva il diritto di saperlo, visto che era rimasto lì solo per lei.

Il mattino dopo fu Catalina a svegliarlo, bussando dolcemente alla sua porta. Sorrideva e aveva Adela in braccio. «Volevo vederti prima che uscissi, di solito vai via presto...»

«Entra.»

Fernando si accomodò sul bordo del letto e Catalina in una sedia accanto a lui. «Vado a lavorare! Sono così contenta!»

«A lavorare? Che cosa fai?»

«Darò lezioni di piano... Insegnare a delle bambine non richiede molta preparazione. È stato il dottor Naseef a propormelo... Cioè, gli ho spiegato che ho bisogno di guadagnarmi da vivere e gli ho detto di sfuggita che so suonare il piano. Ieri è venuto a dirmi che una coppia di suoi amici ha due figlie che vorrebbero imparare a suonare. Ha parlato di me con loro e oggi mi porterà a conoscerli. Spero che vada bene; tu cosa ne dici?»

Catalina era nervosa e aveva parlato tutto d'un fiato. Fernando si sentì sollevato nel sapere che le sue risate e la sua allegria, la notte prima, erano dovute alla possibilità di aver trovato un lavoro. Si rimproverò di aver dubitato del dottore, ma non dimenticò il suo sguardo, che gli era sembrato diverso. «Sono contento per te, ma che cosa farai con Adela?»

«Ylena dice che durante le poche ore in cui starò fuori casa se ne può occupare Dimitra. Lo sai, Adela è bravissima, non piange mai. Fernando, io devo fare qualcosa... non posso dipendere dalla carità altrui...»

«Carità? Perché parli così?» rispose lui infastidito.

«Ti devo moltissimo... Lo stesso vale per Eulogio e per il capitano Pereira, per Ylena, il dottore... Ho così tanti debiti...»

«Debiti? A me non devi niente, che ti sia chiaro.»

«Però non puoi mantenermi per il resto della vita. A qualcosa dovranno pur servirmi le lezioni di piano della zia Petra, se penso a quanto mi annoiavo...»

«Bene, perciò darai lezioni a delle bambine; credi che ti basterà per mantenerti?» Il tono di voce di Fernando era passato dallo stupore alla durezza.

«No, certo che no... Ma se non altro, potrò contribuire in qualche modo...»

Catalina si sedette sul bordo del letto e, sebbene tenesse Adela stretta a sé, riuscì ad abbassarsi per cercare di abbracciare Fernando. Lui sentì un brivido e cinse in un abbraccio madre e figlia.

«Mi resti solo tu, Fernando. Magari mi fossi innamorata di te», affermò con tristezza.

Fernando tornò ai doveri quotidiani nella casa editrice senza che Benjamin Wilson mostrasse il benché minimo interesse nell'avere informazioni su quanto era accaduto al Cairo.

Era evidente che Zahra gli aveva già raccontato tutto quello che doveva sapere. In realtà, non avrebbe potuto dargli nessuna spiegazione perché il suo ruolo si era limitato a quello di semplice accompagnatore; ne era ancora infastidito.

Era sorpreso dalla discrezione di Athanasios Vryzas, che non fece il minimo accenno alle sue assenze. Si limitò a fargli pressione perché concludesse l'edizione della raccolta di poesie di Marvin entro marzo e la traduzione delle poesie di Omar Basir più o meno per lo stesso periodo.

Tutte le mattine, quando arrivava al lavoro, la prima persona che incontrava era Sara Rosent, che lo salutava con affetto, manifestando interesse per la sorte di Catalina e di sua figlia. Lui le chiedeva spesso notizie di Marvin e Farida, con la speranza di sapere qualcosa su Eulogio; lo sguardo di Sara diventava triste; gli assicurava che con ogni probabilità stavano bene, aggiungendo però di non avere ancora notizie precise. La parola «preciso» sconcertava Fernando, che tuttavia non osava insistere per avere altre informazioni. Di certo, era preoccupato di quello che poteva essere capitato al suo amico. Non era stato capace di convincerlo a lasciar perdere la Francia e si rimproverava per questo.

Sebbene avesse stabilito una routine, non riusciva a sentirsi a proprio agio in quella situazione. Si sentiva in trappola in quella città cosmopolita che sembrava una Torre di Babele. La sua unica soddisfazione era che lui e Catalina stavano recuperando la fiducia reciproca. Era sorpreso dal fatto che Catalina si fosse rassegnata all'idea di vivere ad Alessandria. Da quando aveva cominciato a dare lezioni di piano sembrava addirittura soddisfatta. Nel giro di pochi giorni il dottor Naseef le aveva trovato altre tre alunne. Non guadagnava molto dando lezioni, ma le era di conforto il fatto di riuscire a dare un contributo per il mantenimento suo e di sua figlia.

Ylena ebbe l'idea di far accordare il vecchio piano abbandonato in un angolo del salone, affinché Catalina potesse dare lì le sue lezioni senza bisogno di uscire di casa.

Non che Fernando fosse in disaccordo con la proposta di Ylena, ma era seccato dal fatto che le vie d'uscita per la ricerca di un futuro in un posto diverso da Alessandria si stessero chiudendo.

Cercava rifugio nel lavoro e spesso si portava a casa le poesie di Omar Basir, che gli stavano dando più problemi di quanto aveva immaginato. Quanto a Zahra, non l'aveva più vista, e anche questo lo seccava. Non poteva negare l'attrazione che sentiva nei suoi confronti, benché continuasse a dirsi di essere innamorato di Catalina.

Aveva l'impressione che anche il dottor Naseef si sentisse attratto da lei. Il medico aveva cominciato a comparire assiduamente casa di Ylena con il pretesto di visitare Adela, ma di fatto trovava sempre il modo di trattenersi a parlare con la mamma.

Catalina sembrava gradire le visite del medico; Fernando aveva notato che, quando lui arrivava, lei andava nella sua stanza a pettinarsi.

Ylena riponeva assoluta fiducia nel dottore e sapeva di poter contare sulla sua amicizia in caso di necessità. Quando Naseef appariva poco prima dell'ora di cena, spiegando di essere appena uscito dall'ospedale e di essere passato a vedere come stesse la sua piccola paziente prima di tornare a casa, Ylena lo invitava a cenare e lui non rifiutava di certo, anzi, accettava senza esitazione.

Una sera, dopo che il dottor Naseef se ne andò, Fernando accompagnò Catalina nella sua stanza, come faceva di solito, per fare due chiacchiere. Adela dormiva nel letto e loro si sedevano l'uno accanto all'altra, parlando a bassa voce per non svegliarla.

«Ti piace il dottor Naseef?» le chiese.

Catalina arrossì e si mosse nervosa sulla sedia, guardandolo dritto negli occhi. «Come fa a venirti in mente una cosa del genere! Sai che sono innamorata di Marvin e che non c'è né ci sarà un altro uomo nella mia vita. Il dottor Naseef si è comportato benissimo con noi, senza il suo aiuto Adela non sarebbe sopravvissuta. Il minimo che io possa fare è essere gentile», rispose seccata.

«Gli sorridi in un modo... È evidente che sei contenta quando viene; quanto a lui... si vede che gli piaci, e non mi sorprende, ogni giorno che passa diventi più bella.»

«Ma cosa dici! Senti, Fernando, smetti di vedere cose che non ci sono e pensa alla mia situazione. Sono una donna, ho una figlia e l'obbligo di darle un padre, quello suo, quello vero.»

«Ma io ti ho chiesto se ti piace, non ho detto che vuoi sposarti con lui.»

«Se mi piace? Che domanda stupida… È un uomo gentile e buono, è attraente... Ma, come ti ho detto, gli sono grata per quello che ha fatto per

Adela e... ecco, è vero che sono felice quando vieni a trovarci... Ha un ottimo senso dell'umorismo.»

«Insomma, ti piace, ma non vuoi ammetterlo», rispose lui contrariato.

«No! Non ho detto che mi piace. Santo cielo, non trarre conclusioni assurde! Fernando, detesto scherzare su argomenti come questo.»

«Io dico quello che vedo», insistette lui.

«Be', ti stai sbagliando. Non farmi stare male. Non c'è niente di più lontano da me che la volontà di interessarmi a un uomo. Continuo a ripetertelo: nella mia vita c'è spazio solo per il padre di mia figlia.»

«Il che non toglie che possa innamorarti di un altro.»

«Senti, hai detto abbastanza stupidaggini! Cercherò di essere ancora più chiara: il dottor Naseef non mi interessa.»

Fernando però non era affatto convinto che l'affermazione così perentoria di Catalina corrispondesse alla realtà. Senza dubbio lei continuava a pensare a Marvin, ma questo non le impediva di sentirsi attratta da Naseef, esattamente come lui era innamorato di lei ma si sentiva attratto da Zahra.

È così complicato l'animo umano.

13

Madrid

I giorni trascorrevano sempre uguali. *Sin troppo*, pensava la madre di Fernando mentre si incamminava verso la chiesa.

Con il freddo o con il caldo, don Bernardo continuava a tenere l'orario del rosario alle cinque in punto del sabato. Fu Isabel a vedere donna Asunción e ad affrettarsi per raggiungerla. «Sono felice di vederti, come sta tuo marito?»

«È ancora ricoverato, sta faticando a rimettersi in salute dopo questa crisi.»

Isabel non disse niente. Sapeva che qualunque parola di consolazione sarebbe stata di troppo, visto che Asunción era consapevole che le condizioni di suo marito erano gravi. «Hai bisogno di una mano?» propose.

«Ti ringrazio. Suo fratello Andrés e la moglie Amparo sono venuti a trovarlo, li conosci.»

«Meglio così, sicuramente a Ernesto fa piacere avere vicino il fratello.»

«Sì, anche se nemmeno Andrés sta bene... Lo sai che cosa gli è successo durante la guerra.»

«Lo so, lo so... Tutti soffriamo molto, Asunción, tutti.»

«Sì, ma quello che è successo ad Andrés… insomma, aver visto uccidere davanti ai suoi occhi suo padre e suo figlio Andresito… No, non riuscirà mai a superare tutto questo.»

«È difficile superare la morte di coloro che ci vengono tolti in modo ingiusto.»

«Scusami, Isabel... Non credere che io voglia sminuire quello che ha significato per te la fucilazione di Lorenzo. Tuo marito è sempre stato un uomo esemplare. Non meritava di morire così.»

«Né lui né tanti altri. E le fucilazioni continuano, Asunción; a quanto pare, quelli che ci comandano non riescono a placare la sete di vendetta contro coloro che hanno difeso la Repubblica.»

«Alcuni la Repubblica, altri il comunismo, Isabel... Ricordati come era messa la Spagna...»

«Stufa, ecco come era messa la Spagna, era stufa di tanta ingiustizia. È per questa ragione che molta gente è diventata comunista e anarchica, per difendersi dai potenti, Asunción. Ma non voglio discutere di quello che è successo, né io né te abbiamo alcun potere sul passato; del presente però possiamo lamentarci e io non perdono coloro che hanno vinto la guerra e non hanno mai smesso di annientare gli oppositori. Queste esecuzioni non sono altro che omicidi.»

«Ma cosa dici! Senti, lo sai quanta stima ho di te, preferisco non sentirti dire certe cose. Tu difendi i tuoi morti e io i miei.»

«Entrambe però dovremmo essere d'accordo sul fatto che non dovrebbero essercene di morti.»

Rimasero in silenzio. Un silenzio colmo di disagio. Si stimavano a vicenda, sì, ma tra loro si sollevava il muro invalicabile della guerra.

Arrivarono in chiesa e si sedettero l'una accanto all'altra per recitare il rosario. Don Bernardo sembrava avere fretta perché finirono molto prima del solito. Come accadeva sempre dopo il rosario, andarono nella sacrestia per congedarsi dal parroco.

«Oggi non ho molto tempo, devo andare a casa di don Fidel Nogués per uno spuntino. Immagino sappiate che Antoñito sposerà Mari Paz, la figlia maggiore di don Fidel. Sapete chi sono i Nogués... Vivono qua vicino, in calle Belén... Don Fidel e don Antonio vogliono che io assista al momento in cui Antoñito chiederà la mano di Mari Paz. E bisogna cominciare a pensare a una data per il matrimonio», le informò don Bernardo tutto soddisfatto.

«Mari Paz? Ma certo che la conosco, la figlia maggiore dei Nogués. Lei e Catalina erano amiche... sono andate insieme dalle Teresiane... Io però avevo sentito dire che Antoñito era innamorato perso di Lolita, la figlia del sarto che ha un negozio nella Gran Vía. Chi l'avrebbe mai detto!» esclamò sorpresa donna Asunción.

«Poverina», riuscì a dire Isabel.

«Ma che cosa dici? Vedrai che matrimonio. Don Fidel è un uomo per bene, anche se è stato sfortunato; in guerra ha riportato una brutta ferita agli occhi. Don Antonio è un uomo ricco e don Fidel un avvocato illustre, anche se quasi non esercita più», rispose seccato don Bernardo.

«Ma è povero», lo interruppe Isabel.

«Proprio per questo è un buon matrimonio per entrambe le famiglie, come lo sarebbe stato se Catalina avesse sposato Antoñito. In questa vita non c'è spazio per le romanticherie infantili, bisogna agire con ragionevolezza, con senno, rispettando le leggi di Dio», disse il prete guardando con severità le due donne.

Donna Asunción si sentiva a disagio, ma don Bernardo non sembrava rendersene conto. Lei, proprio come Isabel, provava compassione verso la figlia dei Nogués, come segretamente ne aveva provata verso Catalina quando suo marito aveva deciso che doveva sposare Antoñito.

«E da quando sono fidanzati?» volle sapere Isabel.

«Si sono fidanzati poco dopo che Catalina è andata via. In effetti Antoñito era innamorato di Lolita, ma chi comanda è don Antonio, e lui ha deciso che doveva sposare Mari Paz. È in brodo di giuggiole e, siccome è un uomo generoso, si farà carico di quasi tutte le spese del matrimonio», rispose borioso don Bernardo.

«I Nogués sono messi così male da dover dare la loro figlia in sposa ad Antoñito?» insistette Isabel.

«Hanno i loro problemi, come tutti. Tieni conto che don Fidel non può lavorare quanto vorrebbe.» Don Bernardo appariva soddisfattissimo del matrimonio che era stato concordato.

«Sono contenta per loro, non resta che augurargli che siano felici», disse donna Asunción tanto per dire qualcosa.

«Che occasione ha perso la tua Catalina... Fra l'altro… quando tornerà a Madrid? È ancora a casa di tua sorella Petra?»

«Sì… sono in campagna…» donna Asunción non era brava a mentire.

«Be', dovrebbe tornare, visto che suo padre sta così male. Ha dei doveri, prima di tutto nei confronti di suo padre.»

«Sì, certo… ma Ernesto preferisce che rimanga lì… Lo sa che non è stato facile rompere il fidanzamento con Antoñito. Don Antonio non ce lo ha mai perdonato. Catalina si sentirebbe a disagio se si ritrovasse davanti Antoñito ogni santo giorno.»

«Catalina meriterebbe una bella punizione. Non sarà facile che Dio la perdoni per quello che ha fatto», rispose don Bernardo.

«Crede che Dio la punirà per aver rotto il fidanzamento con Antoñito? Be', io non credo. Dio ha cose più importanti da fare che occuparsi di una ragazza che non si vuole sposare», replicò Isabel guardando con la coda dell'occhio donna Asunción, che era arrossita.

«E tu credi di sapere di che cosa si occupa Dio?» replicò arrabbiato don Bernardo.

«È che… ecco, credo che mia figlia non si sia comportata bene, ma non credo che per questo Dio la condannerà all'inferno», riuscì a dire donna Asunción.

«Che cosa devono sentire le mie orecchie! Me ne vado, altrimenti arrivo tardi, ma ci rivedremo nel confessionale...»

Don Bernardo se ne andò, infuriato. Come osavano quelle due donne mettere in dubbio il pensiero di Dio? Lui lo conosceva meglio di loro!

Donna Asunción si era innervosita. Non era abituata a contraddire don Bernardo e si rimproverò di averlo fatto, ma quel giudizio così duro su Catalina l'aveva ferita.

Isabel, dal canto suo, era arrabbiata con don Bernardo. Lei nutriva una fede salda ma a volte, che Dio la perdonasse, non poteva fare a meno di chiedersi se don Bernardo fosse davvero un bravo interprete dei disegni divini.

«Sono contenta che Antoñito si sposi. Così don Antonio smetterà di darci fastidio», commentò donna Asunción a bassa voce.

«Don Antonio è una persona cattiva, Asunción, ringrazia Dio se Catalina non si è sposata con suo figlio; è un ragazzo malvagio almeno quanto il padre», affermò Isabel.

«A me non è mai piaciuta l'idea che si sposasse con lui... ma Ernesto aveva deciso che era la cosa migliore per tutti; lo sai che siamo indebitati con don Antonio...»

«Chi non lo è? Tutto il quartiere gli deve dei soldi, e lui se ne approfitta bellamente.»

«Nel nostro caso, avrebbe rinunciato al credito non appena i nostri figli si fossero sposati.»

«Be', devo dire che...» Isabel tacque. Non voleva ferire donna Asunción.

«Lo so... lo so che secondo te abbiamo fatto male a combinare il fidanzamento di nostra figlia, ma che cos'ha altro avremmo potuto fare?»

«Don Antonio vuole comprarsi la rispettabilità. E il suo obiettivo è rimasto lo stesso anche facendo sposare Antoñito con Mari Paz Nogués», rispose Isabel con disprezzo.

«Il povero Nogués è rimasto vedovo poco dopo la nascita di Mari Paz, ma bisogna riconoscere che l'ha educata bene. Non ho mai sentito nessun pettegolezzo su di loro», commentò donna Asunción.

«Adesso però, con questo matrimonio, i pettegolezzi fioriranno. Magari Catalina venisse a sapere che Antoñito si sposa, sono certa che si sentirebbe sollevata», affermò Isabel.

«E Piedad? Come le vanno le cose nel laboratorio?» chiese Asunción per cambiare argomento.

«Lavora tantissime ore, ma con quello che guadagna quantomeno riesce a mangiare.»

«I nostri figli... non avrebbero dovuto andare via, Isabel... Non passa giorno che io non preghi per Catalina chiedendo a Dio che me la restituisca.»

Isabel accompagnò Asunción per un bel pezzo, sino quasi alle porte dell'ospedale, dove si congedarono. Si trattenne qualche secondo ancora a guardare l'amica che entrava a testa bassa, tra le chiacchiere di chi arrivava e chi usciva. *Quanto dolore!* si disse. Quanto dolore nei corpi e nelle anime di coloro che erano sopravvissuti alla guerra. Lasciò che anche il proprio venisse a galla, quel dolore che le faceva venire il groppo in gola e la portava a piangere di disperazione. La solitudine era diventata un peso insopportabile. Non avrebbe mai rimproverato suo figlio, ma la sua assenza l'aveva svuotata a tal punto da domandarsi che senso avesse ormai la propria vita.

14

Vichy

L'appartamento era piccolo, ma non soffocante. Una stanza con un letto di dimensioni medie, un'altra con due letti singoli, uno studio con un tavolo e un divano, il bagno e un'ultima stanza che fungeva da cucina e sala da pranzo.

Monsieur Rosent era malato. Farida temeva per la sua vita, Marvin invece continuava a dire che il suo anziano editore ce l'avrebbe fatta. Eulogio era dello stesso avviso di Farida, ma non voleva angosciare ulteriormente il suo amico. Sopravvivere era già una conquista. Vichy non era un posto sicuro. Dovevano andarsene quanto prima.

Jean Bonner aveva appena visitato il vecchio editore, e aveva insistito affinché bevesse il brodo che aveva preparato Farida.

Medico di professione, Bonner aveva ormai una certa età. Di bell'aspetto, un po' sovrappeso, aveva ancora i capelli neri, senza fili bianchi. Era stato innamorato di Sara, ma non aveva mai osato confessarglielo. Sua moglie Claudine era stata amica intima di Sara sin dai tempi della scuola e tale era rimasta sino al giorno in cui era morta. Non avrebbe mai dimenticato quel giorno, in ospedale, quando Sara aveva stretto tra le proprie mani quelle di Claudine sino all'ultimo respiro.

Claudine aveva chiesto a Sara di prendersi cura del marito e lei ci aveva messo tutto l'impegno possibile per aiutarlo a uscire dall'abisso nel quale era finito dopo la morte della moglie. Poiché non avevano avuto figli, la solitudine gli era diventata così insopportabile da desiderare una sola cosa: morire. Ma Sara, con pazienza e dedizione, lo aveva aiutato a ritrovare il senso della vita, e a un certo punto lui non aveva più potuto negare a se stesso l'attrazione che sentiva per lei. Tuttavia, non aveva osato manifestare i propri sentimenti. Il rischio era che lei non volesse più vederlo. La lealtà di Sara verso Claudine andava al di là della morte.

E quella lealtà, l'amicizia sincera di cui Sara gli aveva fatto dono, lo avevano convinto a correre il rischio di trasferire monsieur Rosent da Parigi alla Zona libera.

Quando i tedeschi avevano sfilato sugli Champs Elysées, lui era fuggito, come molti altri. Aveva una sorella sposata con un medico che lavorava in un ospedale di Vichy. Era stata lei a incoraggiarlo perché andasse a vivere da loro. Guadagnava meno che a Parigi, ma se non altro poteva ancora sperare che quanto era rimasto della Francia non cadesse nelle mani dei tedeschi. Speranza vana, perché era inutile ingannarsi: il governo della Zona libera era una marionetta nelle mani di Hitler.

Ciò nonostante, non era tornato a Parigi. Aveva affittato un appartamento in rue des Nîmes perché, se non altro, non si sarebbe sentito così solo; a Vichy c'erano sua sorella e i suoi quattro figli. «Sono preoccupato. Stamattina la signora del primo piano mi ha chiesto se ho degli invitati. Ho risposto di sì, che è venuta a trovarmi una vecchia amica. La sua curiosità è dovuta al fatto che ha visto Farida entrare e uscire con la borsa della spesa. Le ho detto anche che ci sono due amici di Parigi, che sono qui di passaggio.»

«Ma a cosa si deve tutta questa curiosità da parte della tua vicina?» volle sapere Farida.

«Immagino sia legata al fatto che sino a oggi non aveva mai visto nessuna donna entrare o uscire da casa mia. Io... spero che vorrai scusarmi, ma le ho fatto credere che tu sia un'amica intima... Non mi è venuto in mente nient'altro per mettere a freno la sua curiosità.»

«Hai fatto bene», affermò Farida sorridendo.

«Dobbiamo andarcene il prima possibile, ma monsieur Rosent non è in condizioni di viaggiare», intervenne Marvin.

«Naturalmente no. Sarebbe una follia. Ma dobbiamo essere discreti, o finiremo in un campo di lavoro. Ho paura soprattutto di quello che potrebbe succedere a monsieur Rosent; lo manderebbero in Germania, è lì che deportano gli ebrei. Quanto a noi, vi ho già parlato dell'Organizzazione Todt. Quell'uomo, l'ingegnere nazista Fritz Todt, ha bisogno di manodopera per far funzionare le fabbriche in Germania. E poiché i giovani tedeschi sono sul fronte, impiegano chiunque trovino, con le buone o con le cattive. Alcuni dei miei pazienti sono stati portati in Germania con la forza», spiegò loro Jean Bonner.

«Cercheremo di non farci vedere», rispose Marvin con una nota di angoscia nella voce.

«Spero che le medicine che ho portato possano portare a un miglioramento della polmonite, ma se anche fosse, gli servirà del tempo per rimettersi in sesto, è anziano», si lamentò il medico.

A mezzogiorno Bonner andò via. Era domenica e non doveva andare in ospedale. Quel pomeriggio aveva in programma di vedere un amico del quale si fidava. In realtà, era stato il suo amico a mettersi in contatto con lui. Soffriva di asma e lui lo curava. Avevano un bel rapporto.

Armand Martín era chiamato «lo spagnolo». Sebbene fosse un uomo molto discreto, che non faceva parlare di sé, si diceva fosse di origine spagnola benché fosse cresciuto a Vichy. Bonner ignorava le sue simpatie politiche. Non avevano mai parlato di politica; a quei tempi in Francia l'argomento era un tabù per tutti. Si entrava in confidenze solo con le persone di cui ci si fidava davvero. Si diceva che Armand Martín avesse aiutato molti dei repubblicani che erano fuggiti dalla Spagna alla fine della Guerra civile. Che avesse pagato loro i biglietti per l'America. Ma al di là delle voci, una cosa era certa: Armand Martín possedeva una fortuna considerevole; era il proprietario di una compagnia di trasporti, oltre che un noto collezionista di opere d'arte. Ma il patrimonio di Armand Martín non figurava tra i pensieri di Bonner; piuttosto, aveva paura che qualche vicino andasse in prefettura a riferire che in casa sua c'erano degli estranei. Le delazioni erano frequenti. Non temeva tanto per sé, quanto per monsieur Rosent. Sara confidava nel fatto che fosse in grado di prendersi cura e proteggere suo padre. Se non ci fosse riuscito l'avrebbe delusa, e anche se Bonner sapeva che era una donna sposata e che sarebbe stato difficile rivedersi, continuava a sognarla.

«Non pensi che la preoccupazione di Bonner sia eccessiva?» chiese Marvin, sperando di essere rassicurato.

«Non lo si può biasimare. Ha fatto già abbastanza portando via da Parigi il padre di Sara», rispose Eulogio.

«È molto coraggioso», ammise Farida.

«Arrivare sin qui è stata una follia. Se ci beccano quelli dell'Organizzazione Todt potremmo finire a lavorare in Germania», si lamentò Eulogio.

«Non fare l'uccello del malaugurio!» lo rimproverò Marvin.

«Lo sai che ho ragione. Bonner sta rischiando grosso, e noi anche. Benjamin Wilson sapeva che ci stava mandando nella tana del lupo. In questa partita a scacchi, quell'uomo muove e sacrifica i pedoni senza preoccuparsi minimamente della possibilità di perderli», disse Eulogio.

Marvin lo affrontò. Sapeva che Farida aveva stima di Wilson e che il commento di Eulogio l'avrebbe ferita. «Benjamin Wilson non ci ha obbligati a venire qui. L'ho deciso io e ti ringrazio di esserti unito a noi; sono stato io a chiedertelo, ma io e Farida saremmo venuti in ogni caso. Non sarei un poeta senza il signor Rosent. Il minimo che io possa fare è cercare di aiutarlo. Lui tempo fa ha aiutato me. Proprio come hai fatto tu.»

Il volto dell'americano era il ritratto della sconforto. Eulogio non voleva deluderlo, ma voleva essere sincero e poter condividere apertamente i suoi pensieri. «Marvin, capisco che tu voglia aiutare il signor Rosent, ma saremo in grado di farlo? Nessuno di noi conosce così bene la Francia per muoversi agilmente da un parte all'altra. Il signor Wilson avrebbe potuto cercare persone più esperte di noi in una situazione del genere. Per fortuna Jean Bonner è un uomo buono e sembra sapere quello che sta facendo.»

«Se Benjamin ha scelto noi vuol dire che nessuno poteva fare meglio. Ti assicuro che non è un uomo senza scrupoli, Eulogio, al contrario, è una persona integra», intervenne Farida.

«Non dubito della sua integrità, ma del suo buon senso nel farci venire qui. Ma non voglio che voi dubitiate di me; m'impegnerò al massimo per uscire da questa situazione. E chi se ne importa se mi gioco la vita», disse Eulogio.

«Invece te ne deve importare eccome! Come puoi parlare così? È sciocco. A me importa molto, ma ci sono momenti in cui non si ha altra scelta che affrontare la morte. Marvin ha un debito di gratitudine nei confronti del signor Rosent e per stare bene con se stesso si sente in dovere di aiutarlo», ripose Farida.

«Non voglio farvi arrabbiare», commentò Eulogio, preoccupato che i suoi amici scambiassero i suoi timori per mancanza di lealtà.

Jean Bonner bussò alla porta del bellissimo chalet vicino al parco Napoleon, dove Armand Martín viveva. Gli aprì la porta una donna di mezza età, vestita di nero. Era la governante. Madame Florit gli sorrise gentile e lo invitò a entrare: «Monsieur Martín la sta aspettando nel suo ufficio. Oggi sembra stare un po' meglio», disse, e lo accompagnò in una piccola stanza al piano terra le cui finestre affacciavano su un giardino molto curato.

Armand Martín stava lavorando dietro un enorme tavolo di mogano interamente ricoperto di carte e cartelle.

I due amici si strinsero la mano e monsieur Martín chiese alla governante di portare loro del caffè. Nell'attesa, Armand Martín riempì due bicchieri di cognac. «Nemmeno Napoleone in persona ha mai bevuto un cognac come questo», disse Bonner porgendo il calice.

Dopo averne degustato un sorso, Martín andò dritto al motivo dell'incontro: «Non ti ho chiesto di venire per la mia asma. Come vedi, la mia salute è stabile. Non ti farò nemmeno perdere tempo girando intorno a quello che devo dirti. So che nel tuo appartamento hai degli ospiti speciali e che devi farli trasferire il prima possibile. A Vichy non sono al sicuro.»

Le parole di Armand Martín sorpresero e turbarono Bonner. Non sapeva che cosa rispondere.

«Capisco il tuo stupore, Jean, ma non c'è tempo da perdere.»

«Non so di cosa stai parlando...» disse Bonner.

«Certo che lo sai. Stai nascondendo in casa tua un ebreo francese, monsieur Rosent, un americano di nome Marvin Brian, uno spagnolo di nome Eulogio Jiménez e una cittadina egiziana chiamata Farida Rahman. Tua moglie Claudine era un'amica di Sara, che è la figlia di monsieur Rosent. Adesso lei si chiama Sara Wilson, perché ha sposato un britannico che vive ad Alessandria. Devo aggiungere altro?»

Bonner si fece teso. Non sapeva se ammettere o negare quanto aveva sentito. Era in trappola.

In quel momento entrò madame Florit con un vassoio sul quale c'erano una caffettiera e due tazze.

Servì diligentemente il caffè e uscì subito dopo, lasciandoli soli.

«Mi dispiace averti parlato in modo così aspro, ma se ti ho fatto venire questo pomeriggio è perché la faccenda è urgente. Ho amici, Jean, ne ho un po' dappertutto. Amici che mi devono dei favori, o ai quali li devo io. È stato uno dei miei amici a parlarmi dei tuoi ospiti e della necessità di portarli via da Vichy. È amico mio, ma anche del signor Wilson, il marito della tua amica Sara. Ti aiuterò, Jean. Ti aiuterò. Non puoi affrontare il problema da solo. Come pensi di portarli fuori da Vichy?»

Jean Bonner decise che non aveva scelta, doveva ammettere la verità. «Sara Rosent era la migliore amica di Claudine. Ho un debito di gratitudine nei suoi confronti. Si è presa cura di mia moglie sino alla fine; di fatto, Claudine è morta stringendo tra le sue le mani mie e di Sara.»

«La tua gratitudine ti fa onore. Ritengo però che Wilson avrebbe dovuto essere più paziente e trovare una persona più adatta per salvare il padre di sua moglie. Tu da solo non ce la puoi fare. Wilson è stato precipitoso nel rivolgersi a te, mosso dall'urgenza di salvare suo suocero; sa bene che tutto questo è troppo per te, nonostante la tua buona volontà.»

Jean Bonner non seppe che cosa rispondere. Guardò Armand Martín dritto negli occhi e di colpo vide un uomo diverso da quello che credeva di conoscere. Il suo paziente asmatico con il quale aveva stretto amicizia gli apparì, di colpo, come una persona diversa. La mandibola rifletteva la determinazione di chi non fa mai un passo indietro. I suoi occhi brillavano gelidi, lasciando intendere quanto potesse essere pericoloso scontrarsi con lui. Osservò le sue mani; non si era mai soffermato su quelle mani forti e arrotondate, le mani di un lottatore, di una persona abituata a usare la forza.

«Capisco il tuo sconcerto e anche il fatto che tu possa dubitare di me. Di questi tempi, nessuno sa chi è chi, tanto meno in una città come Vichy. Ma, date le circostanze, devo essere franco con te. Ti aiuterò. Mi assumerò la responsabilità del signor Rosent e dei tuoi amici. Li porteremo fuori da Vichy a bordo di uno dei miei camion. Una delle possibilità è portarli direttamente a Nizza e da lì oltrepassare la frontiera con l'Italia. È una frontiera più porosa. Ma non c'è tempo, perciò domani stesso porteremo i tuoi amici sino a Lione e da lì in Svizzera. La frontiera è vicina. Il viaggio a Lione non sarà agevole, staranno su un camion carico di mobili, ma il tragitto non è particolarmente lungo, tre ore e mezza, quattro, perciò non credo ci saranno troppi inconvenienti.»

«E lì che cosa faranno? Non conoscono nessuno; inoltre, il signor Rosent è molto malato. Polmonite. Non credo abbia le forze per affrontare un viaggio, per quanto corto possa essere. Come medico non lo posso permettere.»

«Be', dovrai farlo. Il dilemma è tra correre il rischio che muoia per strada o che venga deportato in Germania. Credi che sopravvivrebbe in un campo di lavoro? Siamo in guerra, mio caro Jean, le alternative sono poche. La maggior parte delle volte si tratta di scegliere dove e come morire, più che come sopravvivere.»

«Non posso abbandonarli al loro destino a Lione.»

«E non li abbandonerai. Devi avere fiducia in me. Per qualche giorno alloggeranno nella casa di persone di mia fiducia. Poi verranno portati alla frontiera.»

«Chi sono le persone che li accoglieranno a Lione?» volle sapere Bonner.

«Questo non posso dirtelo. Meno cose sai, più al sicuro starai.»

«Non si tratta della mia sicurezza, ma di quella di monsieur Rosent!» protestò Bonner.

«La sicurezza di monsieur Rosent dipende dalla tua. È ebreo, non dimenticarlo. E per i tedeschi oggigiorno essere ebreo è la cosa peggiore che si possa essere.»

«A quanto pare, anche i francesi la pensano così», rispose Bonner acido.

«Sì, è vero, anche per la maggioranza dei francesi, inutile negarlo.»

Tuttavia, Jean Bonner non riusciva a capire per quale ragione Armand Martín corresse dei rischi per aiutare persone che nemmeno conosceva. Non sapeva se chiedergli spiegazioni, e lo fece solo perché voleva essere certo che il padre di Sara fosse in buone mani. «Perché fai questo, Armand?»

Armand Martín riempì nuovamente il calice di cognac. Non che avesse voglia di bere, ma quel gesto lo aiutava a trovare la risposta giusta davanti alle inquietudini del suo amico. «Non ti ingannerò facendomi passare per una brava persona. Non sono peggiore di altri, ma non sono nemmeno un santo. Benjamin Wilson si dedica a rintracciare persone scomparse e in alcune occasioni abbiamo collaborato, con risultati soddisfacenti per entrambi. Lui fa i suoi affari e io i miei.»

«Ti sbagli. Wilson fa l'editore e possiede anche due prestigiose librerie, una a Londra e l'altra ad Alessandria», affermò Bonner con convinzione.

«Assolutamente sì, ma non fa solo questo. Ti ho già detto che cerca persone, e anche informazioni. Ma non accetta incarichi da chiunque, ha un proprio codice etico. Quanto a me... sono quello che vedi, la persona che credi di conoscere, un uomo d'affari nel campo dei trasporti. Ma, proprio come il marito della tua amata Sara, faccio anche dell'altro... E anch'io ho il mio codice etico.»

«E in che cosa consiste il tuo codice, Armand?» osò chiedere Bonner.

«Decido cosa fare dopo aver risposto a tre domande: con chi, perché e a che scopo.»

Rimasero in silenzio: Jean Bonner sconcertato e Armand Martín indifferente davanti allo sconcerto del suo medico e amico.

«Devo parlare con Sara», decise Bonner.

«Al posto tuo, io non la chiamerei. Otterresti solo di farla preoccupare. Lei ha fiducia in suo marito e io in te. È convinta che suo padre sia salvo, non c'è ragione di preoccuparla con certi dettagli.»

«Ma ho bisogno di sapere se...» Bonner tacque di colpo.

«Hai bisogno di sapere se puoi fidarti di me.» Armand aveva espresso a voce alta i dubbi del medico.

«No... non è questo.»

«Ma certo che sì, e lo capisco. Però siamo in guerra, si gioca a tutto o niente. Non posso obbligarti ad avere fiducia in me. Lo devi decidere tu. Ma devi farlo prima di andare via. Ho già preparato il trasferimento di monsieur Rosent e dei tuoi amici. Devi accettare adesso o non ci sarà una seconda opportunità.»

Jean Bonner avvertì un sudore freddo lungo la schiena. Non si era più sentito così indifeso dal giorno in cui era morta sua moglie. Guardò lo spagnolo dritto negli occhi e gli venne il capogiro. «A quanto pare, non ho altra scelta», borbottò.

Armand Martín scrollò le spalle. Capiva i dubbi del suo medico, ma non poteva dedicare altro tempo a vincere le sue reticenze.

«Bene… che cosa prevede il piano?» chiese Bonner.

«Alle otto del mattino un camion si fermerà davanti alla porta di casa tua. Due uomini saliranno sino al tuo appartamento. Monsieur Rosent dovrà sdraiarsi sul tappeto che hai nella sala, avvolgeranno il tappeto intorno al suo corpo e lo porteranno dentro il camion.»

«Tu sei matto!» esclamò Bonner.

«No, non sono matto. So che una notte hai portato monsieur Rosent a casa tua, assicurandoti che nessuno lo vedesse entrare dal portone. Perciò, nessuno sa che a casa tua c'è un ebreo. In realtà, non è esattamente così; io lo so e forse anche qualcun altro. So che hai agito con intelligenza, lasciando che i tuoi vicini vedessero Farida Rahman e pensassero che hai un amante. Quanto all'americano e allo spagnolo... la cosa migliore è che lascino casa tua stanotte stessa. Andranno in uno dei miei garage, lì incontreranno uno dei miei uomini. Domattina dovranno aspettare il ritorno del camion con il tappeto...»

«E Farida?»

«Farida uscirà dopo che avranno portato via monsieur Rosent. Dovrà camminare adagio. Qualcuno le si avvicinerà e la condurrà sino al garage. Da lì viaggeranno per Lione. Hai altri dubbi?»

«Scusami, Armand, ma tutto questo mi sembra fuori luogo... Portare fuori da casa mia un uomo anziano avvolto in un tappeto... È molto malato...», protestò Bonner.

«Sì, lo so, è molto anziano, è molto malato ed è ebreo.»

Il piano di Armand Martín risultò irrealizzabile perché monsieur Rosent peggiorò.

Il camion li lasciò in rue des Trois Maries, nella Lione vecchia, vicino alla cattedrale di Saint-Jean.

Nessuno sembrò badare a loro quando Marvin ed Eulogio scesero dal camion, seguiti dai due trasportatori che portavano monsieur Rosent avvolto nel tappeto. Farida era scesa qualche metro prima di loro e li aspettava davanti al portone.

Salirono le scale e raggiunsero il primo piano, dove una porta si aprì di colpo, lasciando intravedere una figura maschile. «Entrate... entrate... non perdete tempo», disse una voce risoluta.

Farida entrò per prima seguita dai due uomini di Armand Martín, che depositarono il loro carico su un divano. La casa sembrava una grande biblioteca. Non c'era una sola parete che non fosse piena di mensole cariche di libri; c'erano libri anche per terra, ammucchiati sul pavimento di quella che sembrava una sala.

«Ho preparato una stanza per monsieur Rosent. Spero che la trovi comoda. Quanto a voi... ci arrangeremo. Nella stanza degli ospiti possono dormire la signora e... il signor Brian? Quanto a lei... se non è un problema, c'è un divano nella stanza accanto alla cucina... i miei amici dicono che non è particolarmente scomodo...»

«Le siamo grati dell'ospitalità», rispose Farida porgendogli la mano.

«Ah! Non mi sono presentato. Chiedo scusa. Sono Anatole Lombard.»

A Marvin piacque la ferma stretta di mano di quell'uomo. Farida osservò Eulogio; nel suo volto c'era un'ombra di inquietudine.

In realtà, Jean Bonner non aveva spiegato loro chi fosse l'uomo che li avrebbe accolti, e nemmeno per quanto tempo. Si era limitato a spiegare che Benjamin Wilson aveva disposto che andassero a Lione perché da lì sarebbe stato più facile accompagnarli alla frontiera con la Svizzera. Nonostante le cattive condizioni nelle quali versava monsieur Rosent, né Marvin ne Farida misero in discussione tale decisione. Riponevano in Wilson la più totale fiducia.

La casa era in penombra. Le finestre erano chiuse e grosse tende lasciavano filtrare ben poca luce.

Anatole Lombard diede loro il tempo di sistemarsi mentre preparava il caffè. Doveva avere una quarantina d'anni. Vestiva in modo elegante ma informale. Magro, pelle chiara, capelli biondi e mani delicate, quasi femminili; sguardo limpido e modi tranquilli. Farida disse a Marvin ed Eulogio che Anatole era «troppo bello».

Monsieur Rosent sembrava aver perso conoscenza a causa della febbre. Tremava. Farida preparo un'iniezione. Jean Bonner aveva fornito loro tutti i medicinali. Sistemò un panno umido sulla fronte dell'anziano e si sedette al suo fianco.

«Sta molto male?» chiese Anatole Lombard.

«Sì, ha la polmonite e, considerata l'età avanzata, è davvero debole.»

«Ho un amico che lavora in ospedale; gli chiederò di venire il prima possibile.»

Si trattennero per un po' in attesa che l'anziano ricominciasse a respirare in modo più calmo.

Lasciarono la porta della stanza aperta e tornarono nella sala. Marvin ed Eulogio aspettavano preoccupati.

«Credo che il viaggio abbia peggiorato la situazione», affermò Farida.

«Ma vivrà, no? Deve farlo», disse Marvin con un accento disperato nella voce.

«Non lo so, fatica a respirare… Gli ho fatto l'iniezione, come mi ha consigliato Bonner.»

«Sono dispiaciuto per quello che vi sta succedendo», li interruppe Anatole Lombard. «Non è una consolazione, ma le guerre lasciano una scia di vittime ben al di là del fronte. Io devo andare. Immagino vi abbiano detto che sono un professore, insegno in un liceo. I miei alunni mi aspettano, tornerò a metà pomeriggio. Prima non riesco. In cucina c'è del cibo e… ecco, sistematevi come preferite a casa mia. Ma dobbiamo essere prudenti. È meglio che non vi affacciate alle finestre e che cerchiate di passare inosservati. Ho informato i vicini che aspettavo la visita di alcuni amici. Ma di questi tempi non ci si può fidare di nessuno.

«Comunque, credo che vi farà bene riposare. Come ho detto, stasera porterò con me un medico perché dia un'occhiata a monsieur Rosent. E adesso, se volete scusarmi…»

Eulogio si offrì di prendersi cura del vecchio Rosent mentre Farida e Marvin riposavano un po'. Poi fu lei a occuparsene.

Non osarono toccare una sola delle mele collocate ordinatamente nella fruttiera. Anatole aveva detto loro di mangiare, ma Farida riteneva più corretto aspettare il ritorno del loro anfitrione affinché fosse lui a organizzare il tutto. Seguendo i suoi consigli, non uscirono per strada. Era meglio aspettare che Anatole spiegasse loro com'era la situazione a Lione.

Dopo le sette, Anatole tornò in compagnia di un uomo che presentò loro come dottor Girard.

Dopo aver letto con attenzione il rapporto del dottor Bonner che Farida gli aveva dato, il medico entrò nella stanza per visitare meticolosamente monsieur Rosent, che respirava con difficoltà.

Conclusa la visita, lasciò la stanza seguito da Farida e spiegò loro che, a suo parere, il vecchio non sarebbe sopravvissuto. «Ha la febbre e l'ossigeno non riesce ad arrivare ai polmoni. I farmaci che gli state somministrando vanno bene, ma dovreste portarlo in ospedale. In ogni caso, non credo che reggerà a lungo, mi dispiace.»

«Ma deve vivere!» esclamò Marvin sconvolto.

Il dottor Girard si strinse nelle spalle. Farida prese le mani di Marvin tra le proprie. Girard si rese conto che il solo contatto con quella bella donna bastava al giovane americano per calmarsi.

«Pensa che sarebbe pericoloso portarlo in ospedale?» chiese Anatole al dottore.

«Assolutamente sì… Sapete che cosa sta succedendo con gli ebrei… e, stando a quello che mi avete detto, monsieur Rosent è fuggito da Parigi… È senz'altro un rischio... ma lo è anche che non riceva le cure mediche delle quali ha bisogno. Io posso venire a visitarlo tutti i giorni, posso portare altri medicinali e completare la cura che già sta facendo, ma non sarà sufficiente», rispose il dottore.

«Ci sta dicendo che, qualunque cosa faremo, monsieur Rosent morirà?» chiese Eulogio.

Il dottor Girard si strinse di nuovo nelle spalle mentre guardava con curiosità lo spagnolo, che sino a quel momento non aveva notato. «Secondo me, non si può fare molto di più per alleviare le sue sofferenze, ma devo riconoscere che in un ospedale potrebbe ricevere cure più efficaci, e magari anche migliorare... Come medico ho visto di tutto: persone che davamo per spacciate sopravvivere e persone che a nostro avviso sarebbero sopravvissute, al contrario, morire. La vita è nelle mani di Dio, noi siamo solo uomini.»

Le parole del dottore colpirono Eulogio. «Dio non ha niente a che vedere con la polmonite», disse con tono irritato.

«Naturalmente no», rispose il medico con pacatezza.

«Allora…»

Ma Girard non gli permise di continuare. Non era lì per discutere con quell'uomo ma per cercare di aiutare l'anziano Rosent. «Insomma, dovete essere voi a decidere se volete correre il rischio di portarlo in ospedale o se volete tenerlo qui. In ogni caso, io sono a vostra disposizione. Vi assicuro che farò tutto quello che è in mio potere per aiutarvi.»

«A suo avviso, è in grado di viaggiare?» chiese Marvin.

«Viaggiare? No, certo che no. Siete stati già fin troppo temerari a portarlo qui da Vichy. Viaggiare, per dove?» volle sapere il dottor Girard.

Eulogio e Marvin si guardarono, chiedendosi se fosse il caso di rispondere. Fu Anatole a decidere per loro quando, con voce calda, disse: «Per la Svizzera, l'idea è di portarlo in Svizzera. C'è un passo che abbiamo utilizzato con successo un paio di volte. Non è sicuro, ma oggi di sicuro non c'è niente.»

«Io non credo sia in condizioni di essere spostato. Bisognerebbe aspettare almeno qualche giorno. Ovvio che se riusciste a portarlo in Svizzera, lì potrebbe ricevere cure adeguate; ma non sono certo che sopravvivrebbe al trasferimento. Non può camminare e la febbre lo fa delirare. No, decisamente no, farlo alzare dal letto significherebbe condannarlo a morte», affermò il dottore.

«In ogni caso, non possiamo trattenerci troppo a lungo o metteremo in pericolo Anatole», intervenne Farida.

«Oh, non si preoccupi! Io mi considero un combattente, anche se non sono sul fronte. Aiutare monsieur Rosent è il mio modo di combattere. Potete restare tutto il tempo che riterrete necessario», assicurò Anatole.

«Bene, allora non c'è molto altro da aggiungere. Tornerò domani, prima di andare in ospedale. Se dovesse peggiorare… Anatole, non esitare a chiamarmi. Verrò immediatamente.»

Dopo che il dottor Girard se ne fu andato, il professore disse loro che avrebbe preparato la cena. Eulogio si offrì di aiutarlo, ma confessò anche di non aver mai cucinato.

Frida e Marvin si occuparono di monsieur Rosent. L'anziano signore era febbricitante e madido di sudore; Farida lo spogliò e lo lavò, passandogli una spugna inumidita nell'acqua tiepida. Poi cambiò le lenzuola del suo letto mentre Marvin lo teneva tra le braccia, e questo non richiedeva un grande sforzo perché monsieur Rosent si era rimpicciolito come se stesse tornando bambino; era di una magrezza estrema.

Eulogio entrò nella stanza con una tazza di brodo. Sia Bonner sia il dottor Girard avevano insistito sul fatto che dovesse assumere molti liquidi e, benché monsieur Rosent opponesse resistenza, Farida non si arrendeva. Così, a piccoli sorsi gli fece bere il brodo che il rosso d'uovo aveva reso più nutriente.

Si tranquillizzarono dopo aver notato che l'anziano uomo sembrava respirare in modo più rilassato e cominciava a dormire sonni meno agitati.

Intanto, Eulogio si era seduto a tavola seguendo le indicazioni di Anatole, che oltre al brodo aveva cucinato uova strapazzate e una insalata.

Cenarono con appetito. Non mangiavano da diverse ore ed erano stanchi. Anatole cercò di distrarli parlando loro di Lione e del suo lavoro al liceo. Insegnava letteratura francese ed era evidente quanto lo appassionassero l'insegnamento e la sua materia. Eulogio lo ascoltava con attenzione, interessato ai suoi racconti più di Marvin e Farida. Finita la cena, tuttavia, finì anche la pausa. Marvin andò nella stanza in cui riposava monsieur Rosent mentre Eulogio e Farida aiutavano Anatole a portare i piatti in cucina.

Marvin si tranquillizzò nel constatare che Rosent dormiva; il respiro era lento, ma sembrava stesse riposando.

Anatole offrì loro del caffè. Dovevano decidere che cosa volevano fare. «Credo siate troppo stanchi per prendere qualunque decisione. Stanotte fareste meglio a dormire», consigliò loro.

«Jean Bonner ci ha detto che ci avresti dato informazioni sulla via di fuga», disse Marvin.

«In realtà, io non conosco i dettagli. È un aspetto di cui si occupa un amico. Sarà lui a portarvi alla frontiera. Lì vi aspetteranno e cercheranno di farvi entrare in Svizzera. La frontiera non è lontana. Potreste raggiungerla in un'ora e poco più. La vera difficoltà è passarla.»

«Tu non verrai?» domandò Eulogio.

«No, non è questa la mia funzione», rispose Anatole.

«Fai parte di un gruppo?» gli domandò Eulogio, cogliendolo di sopresa.

«In un certo senso...» Ma il professore non aggiunse di più.

«E il dottor Girard?» insistette lo spagnolo.

«Il dottor Girard è cattolico.»

«Questa non è una risposta.»

«Invece sì... qui a Lione lo è. In realtà, in Francia troverai due tipi di persone: quelle che preferiscono ignorare ciò che succede, e sono la maggior parte, e quelle poche che, come me, preferiscono fare qualcosa. Alcune per convinzioni morali, altre per ideologia, altre ancora... Insomma... ognuno ha le sue ragioni. Quelle del dottor Girard sono di natura religiosa», concluse Anatole.

«E le tue ragioni quali sono?» chiese Eulogio, un po' brusco.

«Avevo un amico... un amico molto speciale... Siamo cresciuti insieme. È ebreo. È stato deportato in Germania, non so in quale campo, non so nemmeno se è ancora vivo. Ecco perché combatto contro i tedeschi. Una ragione personalissima. Ma ne ho anche altre, chiaramente.»

«Secondo te, che cosa dovremmo fare?» chiese Marvin.

«Riposare qualche giorno. Monsieur Rosent non è in condizioni di andare da nessuna parte. Mi metterò in contatto con la persona che vi deve portare sino alla frontiera. Immagino non sia un problema ritardare di qualche giorno il vostro trasferimento. Se dovesse dirmi che non è possibile, allora... ecco, dovrete andare. Non è facile far transitare le persone da un Paese a un altro, chi lo fa mette in gioco la propria vita. In effetti, solo di rado si riesce a oltrepassare la frontiera svizzera. Ma immagino lo sappiate già.»

«Certo», affermò Farida.

«Perciò, per stanotte vi propongo di riposare. Domattina vedrò il nostro contatto e non appena saprò qualcosa ve lo dirò. Frattanto, la cosa migliore è non uscire. Magari lo trovate claustrofobico, ma è meglio non attirare l'attenzione.»

Farida e Marvin andarono a letto. Eulogio stava per fare altrettanto, ma vide che Anatole era rimasto in cucina a lavare i piatti della cena e si offrì di aiutarlo. Ci misero un po' a rimettere in ordine la cucina e la sala. Non avevano bisogno di parlare per sentirsi a proprio agio l'uno con l'altro.

A notte fonda, monsieur Rosent cominciò a tossire. Farida corse nella sua stanza. L'anziano uomo si era svegliato e si muoveva con agitazione, come se stesse soffocando. Lei preparò un'altra iniezione mentre Marvin cercava di fargli bere qualche sorso d'acqua.

Anche Eulogio si svegliò e accorse preoccupato. Rimasero accanto a monsieur Rosent per un bel pezzo, finché non prese sonno.

Marvin insistette con Farida ed Eulogio perché andassero a dormire. Era ancora presto, erano solo le cinque del mattino, ma Farida preferì restare lì.

Ormai Eulogio non riusciva più a prendere sonno e venne assalito dal ricordo di sua madre. Si chiese se anche lei stesse pensando a lui. Conosceva la risposta. Sua madre lo amava, qualunque cosa lui avesse fatto e nonostante il dolore che le aveva inflitto. Gli mancava. Gli mancava anche il piccolo spazio di cui disponeva nella mansarda in cui tiravano a campare per colpa di don Antonio. Al solo pensiero di quel miserabile sentì un moto d'odio. Il negoziante si era approfittato di sua madre e lui non era stato capace di difenderla.

Avrebbe dovuto ucciderlo, come Fernando aveva ucciso gli assassini di suo padre. Lui invece era scappato, gli era mancato il coraggio per affrontare la vergogna di sapere che sua madre si era messa nelle mani di quella canaglia per proteggere lui, per placare l'implacabile vendetta dei vincitori.

Chiuse con forza le palpebre sperando di liberarsi dell'immagine di Piedad, ma lei sembrava decisa a restare. Lo guardava con tristezza, ma non da sconfitta. Era quella la differenza tra sua madre e lui. Piedad si era sacrificata lasciandosi maltrattare da don Antonio, ma non l'avevano sconfitta perché il suo onore andava oltre la sua carne.

Cercò di mettere da parte quei pensieri rivolgendoli a Fernando e Catalina. Era un vero peccato che il suo amico s'interstardisse nel professare il proprio amore per quella ragazza. Lei non lo meritava. Soffriva all'idea che Fernando fosse imprigionato dentro una passione inutile.

Ma decise di accantonare anche quei pensieri, così scomodi. Diverse volte Fernando lo aveva rimproverato sostenendo che non riusciva a capirlo perché lui non si era mai innamorato. Per non parlare degli amici del quartiere; lo mettevano di malumore tutte le volte che gli chiedevano perché non si trovasse una fidanzata. Sì, perché non si era mai interessato a una donna? La rabbia e il dolore erano come un peso sullo stomaco e decise di alzarsi. L'insonnia portava con sé fantasmi indesiderati. Si alzò e andò nella sala. Prese un libro a caso da una delle mensole. Quando lo aprì, sorrise. Era stato suo padre a tradurre in spagnolo quel libro, *Lettere filosofiche*, e lui era un adolescente quando gli aveva proposto di leggerlo. In realtà, suo padre non gli aveva mai proibito nessuna lettura.

Grazie a suo padre aveva raggiunto un'ottima conoscenza del francese ed era in grado di leggere i tesori della letteratura che lui traduceva. Rileggere le *Lettere filosofiche* di Voltaire gli conciliò il sonno. E mezzo addormentato lo trovò Anatole quando, appena sveglio, entrò in sala. «Non riesci a dormire?» gli chiese.

«Monsieur Rosent ha passato una brutta notte. Non siamo riusciti a dormire più di tanto. Io mi sono svegliato.»

Anatole guardò incuriosito il libro che Eulogio aveva tra le mani e sorrise. «Ti interessa Voltaire? Riesci a leggere il francese senza problemi?»

«Sì... mio padre era un traduttore. Lavorava in una casa editrice. Traduceva i grandi autori della letteratura francese. Mi ha aiutato molto a migliorare il francese che mi insegnavano a scuola... Non credo di parlarlo male... tu cosa dici?»

«Lo parli correttamente e con un buon accento. Ma una cosa è parlare e un'altra leggere, soprattutto quando si tratta di opere dense come quella di Voltaire. Ti confesso che mi ha sorpreso che voi tre parliate il francese in modo così sciolto. Marvin ha un leggero accento, quello di Farida è ancora meno marcato e tu potresti passare per uno di qui.»

«Marvin è un poeta, ha vissuto a Parigi, e Farida... be', Farida è poliglotta, come quasi tutti gli alessandrini.»

«Bene... ma non raccontarmi altro, meno so di voi, meglio è per tutti.»

«Perché?»

«Perché se mi arrestano non avrò niente da dire.»

«Ieri non hai voluto rivelarci perché fai tutto questo...»

«In realtà ve l'ho detto. Hanno arrestato il mio migliore amico, siamo cresciuti insieme.»

«Anche lui un professore, come te?» volle sapere Eulogio.

«No... Lui non amava particolarmente studiare, ma aveva grandi abilità manuali... Si dedicava alla meccanica.»

«Dove lo hanno portato?»

«Gli ebrei vengono deportati nei campi di lavoro in Germania... o così dicono. Non ho più saputo niente di lui. Ho provato a cercare informazioni attraverso la Croce Rossa, ma non ci sono riuscito.»

«E con noi faranno la stessa cosa se ci arresteranno? Ci manderanno in un campo di lavoro?»

«Monsieur Rosent di sicuro finirebbe lì. È ebreo, come lo è Saúl.»

«Saúl?»

«Il mio amico...»

«Già... E noi tre?»

«Voi verreste arrestati e torturati per conoscere i nominativi del gruppo con il quale collaboro.»

«Ma noi non ne sappiamo niente», replicò Eulogio.

«Conoscete me e il dottor Girard.»

«Ma non diremmo niente.»

Anatole sorrise svogliato. C'era un sorta di innocenza negli occhi di Eulogio. «Ti hanno mai torturato?» gli chiese.

«No...»

«E allora, come puoi affermare che non direste niente? Nessuno di noi sa dire come reagirebbe alle torture. E se uno parla, non lo si può colpevolizzare. Ma basta con le chiacchiere. Si sta facendo tardi. Vado a preparare il caffè. Di solito io non bevo altro a colazione, ma ci sono anche pane e biscotti.»

«Io prenderò un caffè.»

Fecero colazione in silenzio. Una volta finito, Anatole se ne andò dicendo che sarebbe tornato a metà pomeriggio.

Marvin, Farida ed Eulogio trascorsero il resto della giornata preoccupati per lo stato di monsieur Rosent. Gli rimasero sempre accanto e ci furono momenti in cui il suo respiro divenne così debole che temettero fosse morto.

Farida preparò da mangiare e cercò di fargli bere un po' del brodo avanzato dal giorno prima. Tuttavia, monsieur Rosent non riusciva quasi ad aprire la bocca e ancora meno a ingoiare. Dovettero accontentarsi di inumidirgli le labbra con dell'acqua.

Erano passate le sei quando Anatole Lombard rincasò in compagnia del dottor Girard, che apparve ancora più preoccupato del giorno prima. «Se non lo portiamo in un ospedale morirà qui, decidete voi.»

«Se lo facessimo, verremmo arrestati, lo sai», gli ricordò Anatole.

«Sì, lo so, ma così non può andare avanti, ha bisogno di cure continue.»

«Dovrai trovare il modo di aiutarlo qui a casa. Se lo portassimo in ospedale, finirebbe su uno di quei treni che deportano gli ebrei in Germania e noi verremo arrestati.»

«Perciò, si tratta di decidere se monsieur Rosent morirà in questa casa o sul vagone di un treno, sempre che sopravviva a un trasferimento in ospedale.» Le parole di Eulogio suonarono particolarmente aspre e colpirono tutti.

Marvin lo rimproverò. Aveva una stima sincera per Eulogio, ma a volte lo trovava di una durezza irritante. Fu Farida a prendere in mano le redini della situazione. «Dottore, ci accompagnerebbe sino alla frontiera? Anatole dice che non ci vogliono più di due ore. Credo che potremmo correre questo rischio se lei verrà con noi e si occuperà di monsieur Rosent durante il tragitto. In Svizzera potrà ricevere le cure adeguate. Andare all'ospedale di Lione è impensabile, ma non possiamo nemmeno restare ancora a lungo a casa di Anatole.»

Il medico rimase in silenzio mentre rifletteva sulla richiesta di Farida. Accompagnarli avrebbe significato correre un rischio ben maggiore del solito, ma non riusciva a dire di no. Lo avrebbe fatto. Li avrebbe accompagnati sino alla frontiera. Non poteva fare molto di più di quanto già stava facendo per l'anziano editore, ma era comprensibile che la donna e i due ragazzi si sentissero più tranquilli all'idea di contare sulla presenza di un medico. «Per me va bene, sempre che non partiamo di mattina o nel primo pomeriggio. Mi sarebbe molto difficile giustificare la mia assenza in ospedale.»

«Anatole, secondo te quando possiamo andare via?» chiese Farida.

«Domani notte. Come previsto. Le persone che presidiano i passi dicono che il sabato notte è più facile scappare. Perciò, la riposta è domani», rispose Anatole.

«Bene, ce ne andremo domani», concluse Farida.

Anatole annuì mentre Marvin si sfregava le mani preoccupato.

Una volta che il dottor Girard se ne fu andato, Marvin insistette perché gli permettessero di vegliare monsieur Rosent e chiese a Farida di andare a riposare. Lei lo lasciò fare, certa che non avrebbe esitato a chiamarla per qualunque problema.

Eulogio e Anatole rimasero in sala a bere un bicchiere di vino. Il mormorio della loro conversazione arrivò sino alla stanza di Farida e si protrasse sino all'alba.

L'indomani le ore trascorsero veloci, o così parve a Eulogio mentre aiutava Farida a lavare monsieur Rosent. Marvin guardava dalla finestra, impaziente. Nelle ultime ventiquattro ore era stato molto nervoso. Aveva lo stomaco sottosopra e, nonostante le insistenze di Farida, era riuscito solo a bere due tazze di caffè. Lei era tranquilla, come sempre. Marvin ammirava la sua forza interiore, la sua capacità di adattarsi a quanto la vita chiedeva loro. Invece di lamentarsi, cercava sempre di capire quale fosse il modo migliore per affrontare le situazioni. Anteponeva la ragione alle emozioni senza che questo facesse di lei una persona fredda o calcolatrice. Semplicemente, aveva bisogno di analizzare ciò che viveva.

Intanto, Marvin si chiedeva spaventato se sarebbero riusciti a passare la frontiera. Ricordò quanto aveva detto loro Anatole, le possibilità di riuscire ad attraversarla senza problemi erano pari a quelle di essere arrestati. Inoltre, aveva insistito sul fatto che in quel momento non ci si poteva fidare ciecamente di nessuno.

Di colpo, pensò a Fernando. Che ne era stato di lui? Benjamin Wilson era un brav'uomo, ma era impegnato nella guerra contro i tedeschi. Farida glielo aveva detto. In quella lotta, poco gli importava delle pedine che avesse dovuto sacrificare. Marvin si chiese se Fernando fosse una di quelle pedine e provò compassione per lui; benché non fossero amici aveva sempre provato simpatia per quel ragazzo spagnolo.

Quando sentì monsieur Rosent tossire, sobbalzò. Inutile illudersi. Sia Jean Bonner sia il dottor Girard avevano dato loro poche speranze; difficilmente l'anziano editore sarebbe sopravvissuto. Era molto debole. I mesi durante i quali si era nascosto nella cantina umida di alcuni amici nella zona sud di Parigi avevano presentato il conto; la sua salute era ormai compromessa. Eppure, era riuscito a sopravvivere, poi Bonner lo aveva salvato e portato a Vichy, dove lui si era preso cura dell'editore come fosse suo padre. Quelle cure, tuttavia, non erano servite a restituirgli la salute. Era peggiorato, la vita lo stava lasciando.

Sentì una mano sulla spalla. Non ebbe bisogno di voltarsi per sapere che era Farida. «Non credo che vivrà», disse lei a bassa voce.

Lui si voltò a guardarla negli occhi e vi lesse una grande tristezza. «Che cosa possiamo fare?» chiese.

«Gli farò un'iniezione di quelle che ci ha lasciato il dottor Girard, sono più forti di quelle che ci ha dato Jean Bonner. Però, sta morendo. Posso solo fare in modo che se ne vada sereno. Nient'altro.»

«Non riesco ad accettare che sia arrivata la sua fine», replicò Marvin.

«La morte è una condanna che non meritiamo, ma tutti la sappiamo inevitabile, è una battaglia che non vinceremo mai. Possiamo uscire vittoriosi da qualche scaramuccia, ma il risultato della contesa è scritto in anticipo», affermò Farida con voce neutra.

«È una crudeltà. Non serve a nulla lottare così tanto per restare vivi se il risultato è scritto in anticipo. Quale Dio è capace di una vendetta così grande?»

«Siamo materia, Marvin, e questa materia deve trasformarsi in polvere per fondersi con la terra.»

«E Dio dov'è in tutto questo processo?»

«Non è possibile spiegare perché nasciamo, perché viviamo e perché moriamo. Non si può, Marvin. Dobbiamo convivere con questa consapevolezza oppure lasciarci cullare come i bambini, lasciando che le favole plachino il nostro spirito. E ti assicuro che non è una cattiva scelta. A volte abbiamo bisogno dei sogni per affrontare la realtà.»

Alle sei in punto Anatole rincasò. Disse loro che alle otto sarebbe arrivato anche il dottor Girard. «Alle undici Farida e Marvin usciranno di casa e percorreranno rue Saint-Jean cercando di non fare rumore. Una macchina verrà a prenderli. Alla stessa ora un'altra macchina si fermerà per qualche secondo davanti al portone. Il dottor Girard, Eulogio e io porteremo giù monsieur Rosent e cercheremo di sistemarlo nel migliore dei modi. Incontreremo Marvin e Farida in un punto della frontiera. In realtà, dovremo camminare un po' per raggiungere il punto in cui ci aspettano per passare in Svizzera. Non era previsto che vi accompagnassi anch'io, ma visto che avete insistito perché il dottor Girard venga con voi, sono preoccupato per lui, casomai dovesse esserci qualche contrattempo. Perciò, ci sarò anch'io.»

Farida aveva preparato una cena leggera, un'insalata di pasta. Anatole aveva detto che dovevano mangiare qualcosa prima di uscire diretti alla frontiera.

Il dottor Girard arrivò all'ora prevista e sottopose monsieur Rosent a una visita approfondita. Poi aspettarono che la luce del giorno svanisse e cominciasse a calare il fresco della notte.

Anatole continuava a guardare l'orologio. Dovevano rispettare rigorosamente gli orari. Eulogio preparò il caffè e attesero seduti che le lancette dell'orologio avanzassero inesorabili sino alle undici. Mancavano tre minuti quando Farida e Marvin uscirono di casa. Scesero le scale con le scarpe in mano per non fare rumore. Camminarono adagio lungo la strada, incollati al muro, grati del fatto che la luna fosse nascosta e che all'appuntamento con la notte non si fosse presentata nemmeno una stella. Di colpo, sentirono il rumore di una macchina che si fermò accanto a loro. Una donna intimò loro di salire. Le obbedirono.

In quel momento Anatole stava scendendo le scale, aveva in braccio monsieur Rosent. Era leggerissimo, come il corpo di un bambino. Eulogio e il dottor Girard facevano strada. La seconda macchina li aspettava accanto al portone. L'autista chiese loro di muoversi. Ci misero solo due minuti a sistemarsi all'interno dell'abitacolo. Le due ore successive durarono un'eternità.

Arrivarono alla periferia di una cittadina vicino alla frontiera. Marvin e Farida li aspettavano accanto a una donna. Era lei che li avrebbe accompagnati sino al passo, per poi riportare Anatole e il dottor Girard a Lione. Marvin andò subito a prendere in braccio l'anziano editore e cominciarono a camminare in mezzo agli alberi mentre il rumore del motore della macchina si perdeva nel silenzio della notte.

Camminarono un bel pezzo. La donna sembrava conoscere molto bene il percorso, anche se ogni tanto alzava la mano per chiedere loro di fermarsi. A quel punto restavano fermi, in silenzio, mentre lei cercava di interpretare i rumori notturni.

Era giovane, non doveva avere più di trent'anni. Capelli castani, statura media e l'aspetto vigoroso di chi è abituato a sfidare la natura.

Il dottor Girard inciampò un paio di volte, Eulogio e Anatole dovettero aiutarlo a rimettersi in piedi. Farida non sembrava avere problemi a camminare nel buio di quel bosco.

La donna a un certo punto si fermò di colpo, alzando la mano perché si fermassero. Per qualche secondo trattennero il respiro, poi la videro sorridere e, un minuto dopo, si trovarono davanti due uomini che la salutarono a monosillabi. «Possiamo attraversare la frontiera senza problemi», borbottò uno dei due. «Stiamo vigilando la zona da diverse ore. Non fate rumore, però, e non parlate tra voi.»

«Aiutatemi!» esclamò Marvin a bassa voce mentre si accucciava per depositare a terra il corpo di monsieur Rosent.

Subito, il dottor Girard si accucciò a sua volta vicino all'anziano. Gli altri li circondarono, in attesa.

«C'è qualcosa che non va... Ha respirato molto forte... ha detto il nome di sua figlia e poi... sembrava... sembrava...» disse Marvin turbato.

«È morto», affermò il dottor Girard, chiudendo gli occhi di monsieur Rosent.

«No! Non è possibile!» La voce di Marvin emerse nel silenzio della notte, facendo sobbalzare i due uomini che erano andati loro incontro.

«State zitti!» ordinò uno di loro a voce bassa ma con tono perentorio.

Farida abbracciò Marvin. Lui tremava.

«E adesso che cosa facciamo?» chiese la donna che li aveva portati sino lì.

«Continueremo come previsto. Li aiuterete a oltrepassare la frontiera», rispose Anatole.

«E con il morto?» volle sapere uno dei due uomini.

«Lo seppelliremo», affermò Anatole.

«Non qui, però. Bisognerà portarlo in un altro posto. In questa zona di solito fanno delle ispezioni.»

«Lo porteremo a Lione e gli daremo una sepoltura degna», fu la risposta del dottor Girard.

«Impossibile», intervenne Anatole.

«D'accordo, allora lo porteremo nel mio orto», disse la donna. «Lo seppelliremo lì. Ma dobbiamo farlo stanotte stessa.»

«Lasciamo passare qualche ora. Il corpo è ancora caldo», protestò Marvin.

«Senta, siamo in guerra, non abbiamo il tempo di intrattenerci in cerimonie. Lei deve attraversare la frontiera e noi ci occuperemo del cadavere di quest'uomo, ma non ci chieda di giocarci la vita per un morto.» Il tono di voce della donna non ammetteva repliche.

«Andiamo. Grazie, dottor Girard. Grazie, Anatole...»

Farida strinse prima la mano del dottore poi quella di Anatole. Poi afferrò la mano di Marvin.

Le guide si sentirono sollevate. Non erano disposte a perdere un minuto in più. Cominciarono a camminare veloci ma dovettero fermarsi quando sentirono dei mormorii alle loro spalle.

Eulogio era rimasto fermo, come fosse incapace di muoversi. «Io resto qui», annunciò.

«Ma non puoi restare qui!» esclamò Marvin, andandogli accanto.

«E invece è quello che farò. Se non altro, non sarò così lontano dalla Spagna e magari un giorno potrò tornare», rispose Eulogio.

«Non puoi restare qui!» insistette Marvin.

«Certo che posso!»

«Non è un problema, può restare a casa mia tutto il tempo che vorrà», intervenne Anatole.

«Grazie», mormorò Eulogio.

«Va bene così», affermò Farida rivolgendosi a Marvin, che si rifiutava di lasciare lì il suo amico. «Ti prenderai cura di lui?» aggiunse rivolta ad Anatole.

«Lo sai che lo farò», rispose quest'ultimo.

Per qualche secondo Farida e Anatole si guardarono in silenzio. Farida lasciò la mano di Marvin e si avvicinò ad Anatole per abbracciarlo mentre mormorava al suo orecchio: «Eulogio ha sofferto molto per il fatto di non accettarsi per come è... Tu puoi aiutarlo.»

Anatole la abbracciò a sua volta con affetto, rispondendo in un sussurro: «Se non altro, ci proverò».

Ciò detto, nessuno di loro si voltò più indietro. Farida e Marvin si persero nell'oscurità mentre Anatole, il dottor Girard ed Eulogio seguirono la donna sino alla macchina.

Lei guidò per un bel pezzo sino a raggiungere una casa in pietra alla periferia di un paesino. Poi chiese loro di seguirla.

Anatole aveva in braccio il corpo di monsieur Rosent ed Eulogio camminava al suo fianco.

In silenzio, scavarono una fossa in un angolo dell'orto della donna e lì lo seppellirono. Poi lei li invitò a entrare in casa a prendere un caffè. «Ho bisogno di bere qualcosa di caldo prima di riaccompagnarvi.»

E così fecero.

15

Alessandria d'Egitto

Finita la giornata di lavoro, Athanasios Vryzas stava per uscire dalla casa editrice quando si avvicinò a Fernando. «È imperdonabile che un redattore e traduttore di poesia che vive ad Alessandria non conosca il caffè Al Tobariya.»

Fernando fu colpito dalle parole di Vryzas, ma non sapeva che cosa rispondere.

«Kavafis amava scrivere lì. Io non credo che il talento sia contagioso, ma molti scrittori hanno l'abitudine di frequentare il caffè Al Tobariya», affermò Vryzas, stupendolo di nuovo.

«Sì... ecco, in realtà non ho mai avuto l'opportunità di andare in quel caffè, ma cercherò di farlo prossimamente.»

«Conosci le poesie di Kavafis?» gli chiese Vryzas, guardandolo.

«Se anche non lo avessi conosciuto prima, lo avrei fatto una volta arrivato qui. La signora Rosent mi ha regalato uno dei suoi libri e ha insistito perché lo leggessi», rispose Fernando.

«*Se ti metti in viaggio per Itaca / augurati che sia lunga la via, / piena di conoscenze e d'avventure.*

Non temere Lestrigoni e Ciclopi/o Posidone incollerito: / nulla di questo troverai per via/se tieni alto il pensiero, se un'emozione/eletta ti tocca l'anima e il corpo. / Non incontrerai Lestrigoni e Ciclopi, / e neppure il feroce Posidone, / se non li porti dentro, in cuore, / se non è il cuore ad alzarteli davanti...»

Athanasios Vryzas, che sussurrava emozionato quei versi, tacque di colpo.

«È una bellissima poesia», commentò Fernando.

«È più di una poesia... è... In realtà, la vita è un lungo viaggio alla ricerca di Itaca, ma in pochi riescono ad arrivare in porto.» Vryzas parlava con lo sguardo perso.

«Itaca... mio padre mi ha fatto leggere l'*Odissea*...» confessò Fernando.

«Cerca di non perderti per strada, Fernando. Cerca di non farti ingannare dalle sirene. Cerca di non restare intrappolato tra le delicate dita di Circe. Cerca di arrivare in porto. Non rimanere qui», rispose a bassa voce il caporedattore.

Fernando rimase colpito dalle parole di Vryzas, così accorate, ma non riuscì a capire sino in fondo che cosa stesse cercando di dirgli. Riuscì a rispondere solo con quella che gli sembrò una banalità: «Mi piacerebbe molto conoscere il caffè Al Tobariya».

«Sarà un piacere farti da guida e offrirti un buon caffè.»

Camminarono sino alla Corniche. Nonostante l'età, Athanasios Vryzas camminava con passo rapido e sicuro.

Al Tobariya si rivelò un locale accogliente, decorato in stile art déco; c'erano alessandrini che passavano il tempo giocando a backgammon e persone straniere che sembravano impegnate a chiudere affari.

Un cameriere riconobbe Vryzas e gli fece strada in mezzo alla gente, accompagnandolo a un tavolo che stava per essere occupato e chiarendo, senza lasciare spazio a eventuali rimostranze, che quel tavolo era destinato al suo vecchio amico e al suo giovane accompagnatore. Non chiese nemmeno che cosa volessero perché apparve pochi minuti dopo con un vassoio e servì loro due caffè neri e densi come la notte e due bicchieri d'acqua.

Il caporedattore e il suo pupillo attesero qualche minuto prima di parlare. Entrambi sembravano preferire il silenzio.

Fu Vryzas a iniziare la conversazione: «Non devi restare ad Alessandria. Questo non è il tuo posto. Va' a cercare il tuo destino, cerca di arrivare a Itaca».

«Itaca? Secondo lei, dov'è la mia Itaca?»

«Non lo so. Non sono io a poterlo dire, ma so che non è qui.»

«E come fa a saperlo?» insistette Fernando.

«Non so molto su di te, solo quello che ho sentito o mi hanno raccontato i Wilson. Ma lo ritengo sufficiente a spingermi a consigliarti di non buttare via la tua vita. Ti vedo come un naufrago che è arrivato ad Alessandria e, una volta qui, si è visto intrappolato come un pesce in una rete. Tu non volevi venire ad Alessandria, semplicemente ci sei finito. Vattene prima che il passare del tempo trasformi il tuo soggiorno in qualcosa di definitivo.»

«Perché dice questo?»

Vryzas rifletté qualche secondo prima di affermare: «Per compassione».

«Non voglio la sua compassione. Non ne vedo la ragione», rispose Fernando infastidito.

«Perché ti offende la pietà? Non rispondermi… In realtà, di solito rifiutiamo la compassione altrui perché riteniamo ci renda più piccoli. L'orgoglio, la superbia, ci impediscono di accettare la compassione dei nostri simili.»

«Ripeto, non ne ho bisogno.»

«Ti sbagli, amico mio; tutti abbiamo bisogno di essere compatiti. Siamo solo uomini. Ricordi quello che Poseidone disse a Ulisse quando stava per naufragare?»

Fernando non se lo ricordava. Era troppo confuso per ricordare uno qualunque dei passaggi dell'*Odissea*. Guardò Vryzas, impaziente di sentire la risposta.

«"Poseidone, cosa vuoi da me!" gridò Ulisse. "Ti ricordi che gli uomini senza gli dèi non sono niente"», recitò il vecchio caporedattore, fissando i suoi occhi in quelli di Fernando.

«Non capisco dove lei voglia arrivare; sarebbe meglio che mi dicesse le cose senza troppe complicazioni.» Fernando era tanto irritato quanto interessato.

«Il mio figlio minore è morto qualche anno fa. Cancro. È arrivato tardi. Io e mia moglie non avremmo mai immaginato che, data l'età, lei potesse rimanere di nuovo incinta. Il caso invece ha voluto che, dopo cinque anni, arrivasse Andreas. Dio ci ha benedetti con questo miracolo. Come puoi immaginare, lui è diventato quanto di più prezioso avevamo. Sua madre, io, i suoi fratelli, vivevamo tutti per lui. Poi la malattia ha messo radici nelle sue viscere e nel giro di pochi mesi è morto. Non aveva ancora compiuto vent'anni. Non so perché, ma quando ti guardo vedo il mio Andreas. La stessa ansia di vivere e lo stesso sconcerto davanti alla vita. Lui recitava *Itaca*, la poesia di Kavafis, a memoria, e mi diceva che la sua massima aspirazione era raggiungerla. Mia moglie e io tremavamo al pensiero che un giorno potesse intraprendere la propria strada, lasciare Alessandria in cerca della sua Itaca. Purtroppo, non ha potuto realizzare il proprio sogno.»

«Mi dispiace, capisco il suo dolore.» Fernando era impressionato da quanto aveva appena ascoltato. Era capace di sentire quanto fosse profondo il dolore che si era annidato nell'animo di Vryzas.

«Devo molto a Benjamin Wilson. Quando ha saputo che il mio Andreas era malato non ha esitato a mandarlo in Inghilterra perché lo curassero i medici migliori. È stato così generoso che si è fatto carico non solo delle spese di Andreas, ma anche di quelle mie e di mia moglie; riteneva che mio figlio a Londra avesse bisogno di noi. Si è comportato come solo un bravo padre può fare. Il nostro dolore lo aveva mosso a pietà e noi abbiamo accettato la sua compassione.»

Fernando ascoltava con attenzione ma continuava a non capire il senso di quanto Vryzas gli stava dicendo. Ogni minuto che passava si sentiva più confuso. «Sono certo che il signor Wilson e un brav'uomo», disse tanto per dire qualcosa.

«Sì, è un uomo buono e giusto. Tu però devi cercare la tua strada. Se rimanessi qui, rinunceresti a trovare la tua Itaca.»

«E che cosa c'entra il signor Wilson con quello che io posso fare?»

«Il signor Wilson ha un attività prospera. Non si dedica solo a pubblicare e vendere libri, come ben sai. Ma le attività nelle quali ti ha coinvolto, per quanto lodevoli, non fanno che allontanarti dalla tua strada.

«Sappi che il signor Wilson è al corrente del fatto che stiamo affrontando questo discorso.»

«Ma dai...» Man mano che la conversazione andava avanti, lo sconcerto di Fernando era sempre più grande.

«Non potrei mai essere sleale nei suoi confronti, mai. Gli ho detto che tu mi ricordavi il mio Andreas e che, da padre, mi sarebbe dispiaciuto se mio figlio si fosse trovato invischiato in un'esistenza che non era quella che lui desiderava. Ed è esattamente quello che sta succedendo a te. Ha capito la mia preoccupazione ed è stato lui a incoraggiarmi perché ti invitassi qui, nel caffè Al Tobariya. Mi ha anche chiesto di non insistere dopo questa conversazione, di lasciarti agire liberamente.»

Rimasero in silenzio, ognuno dei due assorto nei propri pensieri. Fernando, confuso, stava cercando di capire dove volesse arrivare il discorso di Athanasios Vryzas, mentre quest'ultimo continuava a pensare al figlio che la morte gli aveva portato via.

Nessuno dei due sapeva in che modo riprendere in mano la conversazione, così per un bel pezzo rimasero assorti davanti alle tazze di caffè.

Fu Fernando a rompere il silenzio. «Sento che Alessandria mi assorbe al punto che non so come scappare», confessò a bassa voce.

«Andandotene. Trova un biglietto sulla prima nave che lascia il porto e vattene.»

«Non so bene dove andare. Mi piacerebbe tornare a casa ma… be', l'ho scartato a priori. Non posso tornare in Spagna.»

«Ti va di raccontarmi perché?» gli chiese Vryzas, e nella sua voce non c'era un solo cenno di curiosità bensì la preoccupazione più sincera.

Fernando esitò. Doveva raccontargli di aver ucciso due uomini per vendicare la morte di suo padre? Non dubitava della buona fede di Vryzas, tuttavia… No, non lo avrebbe fatto. Solo Eulogio e Catalina sapevano che aveva commesso quegli omicidi, e sentì che nessun altro doveva saperlo.

Cercò le parole adatte per dare una risposta sincera che, allo stesso tempo, non rivelasse niente. «Immagino sia al corrente della Guerra civile in Spagna. Coloro che si sono ribellati alla Repubblica hanno vinto la guerra, ma non si accontentano di aver trionfato. I vinti, coloro che hanno rispettato la legge, oltre che essere perseguitati e messi in carcere vengono anche uccisi nel nome del nuovo regime. Ha sentito parlare del generale Francisco Franco?»

«Ma certo. Il nuovo uomo forte della Spagna, il militare che ha sconfitto la Repubblica, non è così?»

«Esattamente. La sua ansia di vendetta è criminale. Tutti i giorni i tribunali militari firmano sentenze di morte contro coloro che hanno combattuto dalla parte dei vinti. Mio padre è stato fucilato. Faceva il suo stesso lavoro, ed era anche un traduttore. Il suo errore è stato quello di mantenersi fedele alla legalità della Repubblica e di aver lottato contro i traditori. Le famiglie dei vinti sono marchiate. Franco e i suoi non si fidano di noi. In Spagna non c'è alcun futuro per gente come me.»

«Non hai una famiglia?»

«Ho mia madre.»

«E lei è rimasta in Spagna?»

«Sì.»

«Perché non l'hai portata con te?»

Anche Fernando si era fatto la stessa domanda, ma l'aveva anche soffocate immediatamente. Perché aveva lasciato sua madre a Madrid? La vera risposta era una sola: per portarla con sé avrebbe dovuto confessarle di aver ucciso due uomini. Per sua madre sarebbe stato un dolore immenso. Ma c'era anche un'altra ragione, che lo faceva sentire ancora più miserabile, ed era Catalina. Era arrivato a credere che fuggendo con lei, tenendola sotto la sua protezione, avrebbe fatto sì che lei lo guardasse con altri occhi e scoprisse che poteva amarlo, e tutto questo gli era sembrato impossibile se di mezzo ci fosse stata anche sua madre. Quella ragione gli pesava sull'anima come un peso insopportabile, forse persino più insopportabile dell'assassinio di quei due uomini.

Vryzas non insistette. Gli bastò vedere il dolore che affiorava sul volto del ragazzo per sapere che la risposta era una tortura.

Il cameriere si avvicinò chiedendo se volessero un altro caffè. Vryzas annuì e Fernando lo ringraziò. Voleva continuare a stare lì, nel caffè Al Tobariya, lasciando fluire quella conversazione che gli provocava insieme panico e sollievo.

«Credi in Dio?» osò chiedergli Vryzas.

«In Dio? No, certo che no. Perché dovrei crederci? Mia madre sì, lei va a messa, prega. Ogni santo giorno chiedeva a Dio che gli restituisse suo marito vivo. Se Dio esistesse lo avrebbe fatto. Mio padre era un uomo retto e buono.»

«Perciò, sei arrabbiato con Dio...»

«Be', non posso dire di aver smesso di crederci, perché non me ne sono mai interessato. Nemmeno mio padre era credente, ma questo non lo rendeva peggiore di altri uomini che passavano il tempo a farsi il segno della croce. Lui mi ha insegnato che la bontà, l'onore, la rettitudine, il fare del bene, non hanno nulla a che vedere con la religione.»

«Eppure, ti farebbe un gran bene cercare consolazione. Forse se parlassi con qualche sacerdote, saprebbe come alleggerire il peso che ti porti dentro.»

«Peso? Non porto nessun peso», si difese Fernando.

«Io invece direi di sì... Non sei soddisfatto di te stesso, c'è qualcosa che disturba la tua coscienza... Succede a tutti.»

«Dannata coscienza!»

«Vedi?»

«La religione manipola la nostra coscienza per renderci ostaggio delle sue norme», rispose Fernando alzando la voce.

«Ne sei davvero convinto?»

«Ma sì, certo. Lei no?»

«Che ti piaccia o meno, con o senza la religione, tutti nasciamo con una coscienza. Ogni uomo se la vede con la propria come può.»

Rimasero di nuovo in silenzio mentre il cameriere posava sul tavolo altri due caffè. Attraverso i vetri videro cadere una pioggia tanto intensa quanto inattesa. Sebbene fosse ancora inverno, era stata una bella giornata e niente lasciava pensare che il cielo avesse in serbo un acquazzone.

Nonostante l'ora e la pioggia, la Corniche era piena di gente. Quel posto sembrava attrarre come una calamita gli alessandrini.

«Lei è cattolico?» chiese Fernando incuriosito.

«Ortodosso. Sono greco.»

«Già… Mi sorprende che ad Alessandra ci siano così tante confessioni religiose.»

Vryzas scrollò le spalle e sorrise per la prima volta quella sera. «Fa parte dell'essenza di questa città. Al contrario del Cairo, Alessandria è sempre stata aperta a genti di tutto il mondo che a poco a poco si sono stabilite qui. Oserei dire che le diverse confessioni fanno parte dello status quo, ma è un equilibrio precario. Come sai, le cose non sono sempre andate così. È stato versato sin troppo sangue in nome delle credenze religiose degli uni e degli altri. È scandaloso uccidere in nome di Dio. Il peggiore dei peccati», affermò, e il volto si era fatto di nuovo serio.

Fernando si sentì a disagio per la piega che aveva preso la conversazione e decise di tornare alla casella di partenza, al poeta di *Itaca*. «Sa, non so molto di Kavafis, ma so che in questa città lo considerano uno dei più grandi poeti. Oltre a *Itaca*, mi piace particolarmente un'altra delle sue poesie, *Il dio abbandona Antonio.*»

«Sei una persona sensibile, non faticherai a immergerti nelle poesie di Kavafis.»

Da qualche tempo Fernando si domandava se dovesse chiedere a Vryzas delle informazioni su Zahra. Voleva saperne di più, ma non osava interrogare Ylena e, benché Dimitra di solito fosse una buona fonte di informazioni, non era certo che quello che lui voleva sapere fosse noto anche alla domestica.

Notò che Vryzas aveva guardato l'orologio e capì che, con ogni probabilità, non avrebbe avuto un'altra opportunità come quella. Così, deglutì e disse: «E Zahra? Che ruolo ha Zahra nell'organizzazione del signor Wilson? Continuo a non capire che bisogno ha una donna come lei di immischiarsi negli affari di Wilson.»

Athanasios Vryzas fissò Fernando. Quest'ultimo si sentì a disagio, temeva che il vecchio caporedattore potesse leggergli nell'animo. «Zahra ha molte ragioni per collaborare con il signor Wilson. Ma non lavora per lui, non riceve un compenso.»

«Ma allora… ecco, non riesco a capire perché faccia quello che fa.»

Vryzas rifletté alcuni istanti. Fernando capì che la conversazione lo stava mettendo a disagio.

«Ti sei innamorato di Zahra?» gli chiese in modo diretto.

«No… no… è solo che…» Fernando balbettava, si sentì ridicolo, ma mentire non era mai stato il suo forte.

«Non ho bisogno della tua conferma. Sei affascinato da lei, come succede alla gran parte degli uomini che la conoscono. Zahra emana qualcosa di speciale, di molto sottile, che desta ammirazione e ansia di possesso in quanti le si avvicinano. Tu non fai eccezione. Tra l'altro, essendo giovane è ancora più comprensibile.»

«Non vorrei essere frainteso.» Fernando cercò di difendersi da quello che per Vryzas era evidente.

«Non preoccuparti, capisco quello che ti sta succedendo. Non amo dare consigli e oggi te ne ho già dato uno dicendoti di andare a cercare la tua Itaca. Adesso te ne darò un altro: non innamorarti di Zahra. Lei non apparterrà mai a nessuno. Non può. È l'ultima donna della quale devi innamorarti. E non perché le manchino le qualità, è buona e intelligente, ma è malata, irrimediabilmente malata, di una malattia mortale.»

Fernando si spaventò nel sapere che Zahra era malata. Gli sembrava impossibile. Il suo aspetto diceva esattamente il contrario. Non voleva apparire curioso, ma non poté che chiedere quale male la affliggesse.

«È un male che risiede nella sua anima», rispose Vryzas secco, mentre il suo sguardo si perdeva nella tazza vuota, e visto che non c'era più caffè si concentrò sul bicchiere d'acqua, che ingoiò in un sorso. Si chiese se dovesse aprirsi di più con il giovane spagnolo, se facendolo non avrebbe violato l'intimità altrui. Ma lo sguardo anelante di Fernando gli ricordò di nuovo quello di suo figlio. Sentì che Andreas lo guardava dal passato o forse dall'Eternità. «Farò una cosa che forse non dovrei fare...» E tacque, come se si fosse già pentito.

«Per favore...» Quello di Fernando era un tono di supplica.

Athanasios Vryzas sviò lo sguardo del suo pupillo e si chiese nuovamente se aveva il diritto di raccontare ciò che il giovane tanto desiderava sapere. Si consolò pensando che dirgli la verità era l'unico modo per indurre Fernando a lasciare Alessandria per andare in cerca della sua Itaca. «Yasmin e sua figlia Heba erano state le migliori ballerine di Alessandria. Ballavano per la corte e potevano contare sulla stima e la protezione del re. Per gli alessandrini non è un segreto che il defunto re Fuad fosse un grande ammiratore di Heba. Dicono che il re si infuriò quando seppe che se n'era andata in Germania...»

Vryzas fece una pausa e guardò attraverso i vetri. La pioggia sembrava scemare. Fernando non osava fare domande.

«Come hai avuto modo di vedere, questa è una città cosmopolita, perciò era solo questione di tempo; prima o poi qualcuno avrebbe offerto a Heba un buon contratto per ballare fuori dall'Egitto. A farlo fu Jan Dinter, proprietario di diversi locali in Germania, in particolare di uno famosissimo a Berlino, l'Alba rosa. Dinter le offrì un contratto allettante e la promessa di fare di lei un'artista internazionale.

«Devi immaginare la prima decade del secolo a Berlino, una città che rappresentava un sogno per gli artisti. Perciò, Heba accettò senza remore l'offerta di quell'uomo e si mostrò insensibile alle suppliche della madre, la grande Yasmin, che l'aveva messa in allarme circa la personalità del tedesco. Ma Heba si era innamorata di Dinter. Era un tipo alto, biondo, con gli occhi blu... Chi lo ha conosciuto potrebbe pensare che fossero blu e così scuri come quelli di Zahra... Noi alessandrini fummo dispiaciuti del fatto che Heba se ne fosse andata, soprattutto dopo aver saputo che sua madre non era d'accordo e voleva ritirarsi dalle scene. Heba era poco più che adolescente, ma era un'adolescente bellissima che faceva impazzire quanti la vedevano ballare.

«Yasmin non riuscì a dissuaderla e, per il dolore, se ne andò a vivere nella loro casa in riva al mare. Si trova in una zona famosa, a Bulkeley, molto vicino al casinò di Santo Stefano e alla casa dei Wilson. La stessa casa in cui Yasmin continua a vivere, insieme a Zahra.»

Fernando ascoltava con attenzione il racconto. Cercava di non perdere nessun dettaglio per riuscire a incastrare tutti i pezzi.

Vryzas fece un cenno al cameriere, che accorse immediatamente. Chiese loro se volessero dell'altro caffè, ma entrambi dissero di no. Vryzas chiese di portargli dell'acqua, un bel boccale che lo aiutasse a rinfrescare la bocca; aveva parlato così tanto che era secca. «La giovinezza di Heba non impedì a Jan Dinter di farne la sua amante e di usarla per soddisfare i propri capricci. Era senz'altro un uomo senza scrupoli, abituato a fare quello che voleva senza preoccuparsi delle conseguenze. In parte, mantenne la promessa di fare di Heba una grande artista. Tutte le notti riempiva l'Alba rosa, dove i berlinesi accorrevano entusiasti per vederla ballare la danza del ventre. Heba per loro era così esotica... La sua pelle color cannella, gli occhi neri e brillanti, il suo corpo, che quando iniziava a ballare toglieva il fiato. Le vicissitudini di Heba a Berlino non le conosco, non ho nemmeno il titolo per svelarti quel poco di cui ho notizia; ti dirò però che non tornò più ad Alessandria.»

«Che cosa ha a che vedere tutto questo con Zahra? Non può raccontarmi nient'altro?»

«Ti ho raccontato quanto basta perché tu possa trarre da solo le tue conclusioni e, se ne hai il coraggio, possa chiedere di più a Zahra stessa. In realtà, quello che ti ho raccontato è quello che la gente sa o crede di sapere.»

«Lei però conosce il resto della storia», affermò Fernando.

Vryzas fece spallucce e strinse le labbra.

Fernando aveva capito che l'uomo non avrebbe aggiunto una sola parola al riguardo. Gli aveva aperto una porta sulla vita di Zahra, ma se lui voleva sapere che cosa c'era dietro avrebbe dovuto chiederlo a lei.

Si separarono con una stretta di mano. Vryzas gli sorrise con tristezza e gli consigliò di nuovo di partire in cerca di Itaca.

Dimitra era convinta che Adela la riconoscesse quando lei la prendeva in braccio.

Il dottor Naseef sosteneva che la piccola fosse ancora sottopeso rispetto alla norma, e questo preoccupava non solo la madre ma tutti gli inquilini.

Mentre Catalina dava lezioni di piano nella sala, era Dimitra a occuparsi di Adela. Ylena aveva accettato, dato che la bambina non piangeva e se ne stava tranquilla nella carrozzina. A volte Dimitra si innervosiva per la sua passività, perciò la prendeva in braccio e l'agitava in cerca di un sorriso o anche del pianto, qualunque cosa confermasse che Adela si trovava in questo mondo.

L'alunna di Catalina si sforzava di seguire le sue indicazioni per riuscire a leggere le note dello spartito. Dimitra però sospettava che quella ragazzina, come pure le altre bambine che andavano a lezione da Catalina, lo facessero perché obbligate dai loro genitori.

Suonare il piano era un segno di distinzione e quasi tutte le figlie delle famiglie britanniche che ancora restavano ad Alessandria erano capaci di farlo.

Catalina era una maestra paziente e affettuosa; per di più amava chiacchierare con le sue alunne e questo faceva sì che, benché non fossero grandi amanti della musica, queste accettassero di buon grado di prendere lezioni di piano.

Secondo Dimitra, Catalina doveva fare un sola cosa: sposare il dottor Naseef.

Era evidente che il medico la guardava con occhi innamorati, e il modo in cui gli sorrideva Catalina lasciava intuire che anche a lei non fosse indifferente.

Tuttavia, come aveva avuto modo di verificare personalmente, la spagnola era testarda e l'idea di sposare il padre di sua figlia era diventata una ossessione.

Dimitra le aveva consigliato di dimenticarsi di Marvin, di scegliere una brava persona che fosse in grado di risolvere i suoi problemi. A suo parere, aveva di che scegliere tra il dottor Naseef e Fernando.

Quando andò a prendere Adela, Catalina la trovò tra le braccia della domestica, che le stava facendo delle smorfie sperando di ottenere una qualche reazione.

«Grazie di esserti presa cura di lei. Si è comportata bene?»

«Si comporta così bene che mi annoio», rispose Dimitra con sincerità.

«Meglio così. Mi sa che la mia piccolina sa di doversi comportare bene perché io devo lavorare. Bene, per oggi ho finito. Uscirò un po' con lei. Guarda che sole... e non sembra abbia intenzione di piovere.»

«Non fidarti, siamo ancora in inverno», le raccomandò Dimitra.

Ormai per strada, con Adela nella carrozzina, Catalina si diresse verso la cattedrale. Voleva incontrare padre Lucas. A volte si era confessata con lui, ma quel pomeriggio aveva bisogno più del consiglio di un amico che non di un sacerdote.

In realtà, padre Lucas non somigliava in niente a don Bernardo, il sacerdote della parrocchia del suo quartiere a Madrid. Con lui non avrebbe mai potuto parlare così francamente, non si sarebbe mai spinta a confessargli tutti i suoi peccati, peccati che il comprensivo padre Lucas si rifiutava di definire tali, invitandola a riflettere sulla vera natura del male e a non perdere tempo in sciocchezze.

Sentire un brivido quando vedeva il dottor Naseef non era un peccato, insisteva padre Lucas, era invece una reazione normale in una ragazza; indicava solo che quel medico le piaceva.

Sognare che il dottor Naseef le accarezzava il volto, nemmeno quello era un peccato secondo il sacerdote. E non lo era nemmeno dimenticarsi ogni tanto di recitare le preghiere alla sera.

Durante l'ultima confessione, padre Lucas aveva detto a Catalina di smetterla di presentarsi al confessionale per raccontargli quelle stupidaggini. «Senti, se hai bisogno di mettere ordine nei tuoi sentimenti vieni a trovarmi e parleremo come due buoni amici. Ma non nel confessionale. Si viene al confessionale per chiedere il perdono di Dio e curare la propria anima. Ma quello che tu mi racconti non ha bisogno di alcun perdono.»

Perciò, Catalina aveva deciso di seguire le raccomandazioni di padre Lucas e di andare a cercarlo per fare due chiacchiere. Immaginò che a quell'ora lo avrebbe trovato immerso nella lettura.

Un giovane sacrestano le indicò di andare nel giardino sul retro, e in effetti il sacerdote era lì.

Padre Lucas non stava leggendo, era immobile, assorto, e sul suo volto c'era una smorfia di dolore.

Di questo Catalina si era subito resa conto. Padre Lucas era come tormentato, anche quando sorrideva. «Mi dispiace disturbarla...» si scusò, temendo di essere stata indiscreta.

«Ah, sei tu… Non preoccuparti, ero assorto nei miei pensieri. Non vorrai confessarti di nuovo? Ti sei confessata domenica e oggi è giovedì», affermò sospettoso.

«No... In realtà sono venuta a parlare con lei, visto che a parer suo quello che le racconto non è un peccato», si giustificò Catalina.

«Certo che non è peccato quello che mi riferisci. Ti va se camminiamo? A me sì… potremmo farci una passeggiata», propose lui.

Non riuscì nemmeno a rispondere perché lui era già partito con passo veloce, Catalina si sforzò di stargli dietro mentre spingeva la carrozzina.

Arrivarono in rue Rosette lasciandosi a destra la stazione.

«Bene, di che cosa vuoi parlarmi?» chiese il sacerdote.

«Non so che cosa fare. Qui sto bene, ma ho paura che restare ad Alessandria non abbia alcun senso. Nessuno mi sa dire se Marvin tornerà... Immagino che un giorno lo farà, visto che Farida è alessandrina, ma se non succedesse?»

«Torna in Spagna, te l'ho già detto. I tuoi genitori ti vogliono bene e ti aiuteranno senza ombra di dubbio.»

«Mia madre mi aiuterebbe, e forse anche mia zia Petra, anche se deve essere molto arrabbiata perché sono scappata da casa sua, ma mio padre… No, non voglio che affrontino la vergogna del mio ritorno da nubile con Adela. Lei non può immaginare che cosa direbbero di me se tornassi senza essere sposata. Così, se non altro nessuno guarderà i miei genitori con disprezzo.»

«Hai paura, Catalina. E non puoi vivere con la paura di quello che la gente pensa di te. Avere un figlio non può essere motivo di vergogna.»

«Ma non sono sposata!»

«Be', questo è un inconveniente, ma non significa che tu debba vergognarti di tua figlia.»

«Non mi vergogno affatto, ma ho commesso un peccato», sottolineò lei.

«Un peccato che mi confessi tutte le settimane, anche se continuo a ripeterti che Dio ti ha già perdonato.»

«Crede davvero che Nostro Signore non ne tenga conto?»

«Sono certo di no. Senza dubbio anche lui, come i tuoi genitori, avrebbe preferito che tu avessi trovato un uomo perbene con il quale formare una famiglia, ma Dio non ti manderà certo all'inferno per aver messo al mondo Adela.»

Catalina non era certa della bontà di quanto diceva padre Lucas; non che non volesse credergli, ma sapeva che don Bernardo le avrebbe detto esattamente il contrario, l'avrebbe messa in penitenza per il resto della vita senza darle troppe speranze circa la possibilità che Nostro Signore le perdonasse la sua mancanza.

«Ma allora, che cosa devo fare?»

«Be', visto che hai deciso di non ascoltarmi e di non tornare in Spagna, mi stai rendendo le cose davvero difficili. L'Europa è in guerra e qui vicino, nella Cirenaica, i tedeschi sono in agguato per impadronirsi dell'Egitto. Magari potresti andartene in America.»

Catalina rimase in silenzio. In realtà, era andata a trovare padre Lucas perché voleva chiedergli una cosa. «Perché non mi aiuta a trovare Marvin? A lei diranno sicuramente dove si trova. Io pretendo solo che veda Adela, che mi guardi negli occhi e mi dica se è vero che non vuole sapere niente di noi due. Sono certa che è quella donna, Farida, a impedirgli di incontrarci. Marvin però ha un cuore grande e so che non è da lui scansare le responsabilità che ha nei nostri confronti.»

«Sai che Marvin è in Francia», le ricordò il sacerdote.

«Sì, ma non mi dicono dove. Sono preoccupata perché, adesso che l'America è entrata in guerra, la Francia non è più un posto sicuro per lui. Ho bisogno di sapere se si trova a Parigi… lui aveva un appartamento a Parigi. Pensava di portarmi proprio lì.»

Padre Lucas era commosso dall'ingenuità di Catalina, ma allo stesso tempo era irritato dalla sua testardaggine. Quella ragazza si rifiutava di accettare la realtà, ovvero che l'americano non voleva sapere niente di lei. Non era certo il primo che, dopo aver avuto una relazione con una ragazza, non si faceva carico delle conseguenze. Catalina però non ammetteva le cose come stavano e aveva stabilito che era Farida la responsabile della sua situazione.

Lui non conosceva Marvin ma conosceva Farida, anche se non approfonditamente; l'aveva vista in diverse occasioni e avevano scambiato solo due parole, ma non gli era sembrata una donna malvagia e nemmeno una frivola seduttrice. «Accetta una volta per tutte che Marvin non ti vuole nella sua vita e che, pertanto, devi organizzare la tua senza di lui. Capisco che ti sia difficile tornare dai tuoi genitori, ma non privarti della possibilità di avere la tua vita, o persino di innamorarti e sposarti con un altro uomo. In realtà un po' innamorata lo sei, del dottor Naseef, e non credo di sbagliarmi quando dico che lui è innamorato di te. Sarebbe un buon marito e un buon padre per tua figlia.»

«Che cosa dice! Una cosa è che... che a volte io me lo sogni e...»

«Dai, Catalina, smettila di ingannarti! Naseef ti piace ed è normale che sia così. A me sembra bello, oltre che un brav'uomo. È normale che ti piaccia e che tu piaccia a lui.»

Catalina fu sul punto di mettersi a piangere dalla rabbia. Era andata in cerca di consolazione e aiuto, e padre Lucas, invece, si rifiutava di capirla. «Mi sposerò con Marvin o non mi sposerò. Non ci sarà un altro uomo nella mia vita.»

«Stai condannando te stessa se rifiuti di accettare che c'è già un altro uomo dal quale ti senti attratta», rispose padre Lucas, guardandola fissamente.

«Sì, è un altro peccato che devo aggiungere alla mia lista.»

«Questo non è un peccato! Ma che idea ti sei fatta di Dio!»

«Don Bernardo mi avrebbe detto così.»

«E allora don Bernardo ti ha riempito la testa di paure infondate. Ti assicuro che Dio non è affatto preoccupato del fatto che ti piaccia il dottor Naseef, e anche che non ti condannerà per aver messo al mondo Adela. Te lo posso assicurare.»

Il sacerdote fu sul punto di pronunciare un improperio contro il caro padre Bernardo. Ma per Catalina era la legge, lui l'aveva battezzata, dalle sue mani aveva ricevuto la prima comunione. Era stato anche il suo confessore. Era perfettamente inutile sostenere che, a suo parere, il sacerdote spagnolo conoscesse molto poco Dio. Ma don Lucas non aggiunse altro e quei pensieri lo portarono a domandarsi se non stesse peccando di superbia nel dare per assodato che il Dio che immaginava lui fosse quello vero, opposto al Dio di padre Bernardo.

Accompagnò Catalina sino a casa di Ylena. Non si sorprese quando vide Dimitra farle l'occhiolino con aria complice mentre la informava che il dottor Naseef era in sala e stava aspettando di vedere Adela.

Il tempo correva e quasi non se ne resero conto. Il 1942 era quasi finito, ma ogni mese sembrava identico a quello precedente, salvo il clima.

Fernando ogni tanto incontrava Zahra. Così aveva deciso Wilson, che insisteva perché continuassero a fingersi amanti.

Di solito la accompagnava nel locale dove lei si esibiva, altre volte passeggiavano nella Corniche o si mostravano in pubblico in qualche festa alla quale partecipavano le persone importanti di Alessandria. Difficilmente le loro conversazioni andavano oltre uno scambio di banalità, visto che Zahra evitava tutto ciò che poteva prendere una piega personale. Fernando più volte si era riproposto di dire a Wilson che si rifiutava di continuare a recitare il ruolo umiliante di *chevalier servant*, ma questo avrebbe significato non vedere più Zahra. Dovette scegliere tra l'orgoglio e il bisogno di sentirla così ingannevolmente vicina.

Non capiva per quale ragione Wilson insistesse perché portassero avanti quella farsa, ma era certo che presto o tardi avrebbe trovato la risposta.

Frattanto, continuava a lavorare nella casa editrice e accolse con soddisfazione la notizia che il libro di Marvin aveva avuto grande successo negli Stati Uniti e che, nonostante la guerra, aveva venduto qualche centinaio di esemplari anche in Inghilterra. A New York, non c'era libreria che non esibisse la raccolta di poesie tra le novità di spicco. La critica aveva elogiato come un incantesimo la capacità di Marvin Brian di scuotere l'anima di quanti leggevano i suoi versi.

I giornali si chiedevano dove si trovasse il giovane poeta e quando avrebbero avuto l'opportunità di intervistarlo. Nessuno sapeva dove vivesse e la sua famiglia si celava dietro un discreto silenzio.

Quando Fernando entrò in libreria, quella tiepida mattina di fine novembre, niente avrebbe lasciato pensare che sarebbe stato un giorno diverso dagli altri.

Nella sua vita si era installata una routine soporifera, ma non era stato capace di seguire il consiglio del vecchio Athanasios Vryzas di andar per mare in cerca della sua Itaca.

Si rese conto di colpo che era successo qualcosa quando vide che Sara Rosent lo stava aspettando con impazienza.

La moglie di Wilson gli si avvicinò non appena lo vide varcare la porta e gli disse di salire subito nello studio di Wilson.

Fernando sobbalzò. Possibile che i britannici avessero subìto qualche sconfitta tra le sabbie del deserto e i tedeschi si stessero avvicinando? Scartò immediatamente l'ipotesi perché quell'estate, a più di cento chilometri da Alessandria, i britannici si erano guadagnati un bel vantaggio quando, al comando del generale Auchinleck, avevano fermato i tedeschi a El Alamein. La sconfitta aveva significato un duro rovescio per Rommel. E pochi mesi dopo, a ottobre, il generale Montgomery aveva definitivamente consolidato la posizione a El Alamein.

Tuttavia, la smorfia di dolore sul volto di Sara lo inquietò profondamente.

Si sorprese ancora di più quando, raggiunto lo studio di Benjamin Wilson, vi trovò anche Zahra. Si scambiarono a fatica un saluto. Poi Wilson spiegò loro il motivo della riunione: «Ci sono giunte notizie da Marvin e Farida. Purtroppo, monsieur Rosent è morto.»

«Mi dispiace», riuscì a dire Fernando guardando Sara.

Lei abbassò la testa; non voleva che la vedesse piangere.

«Quando torneranno?» chiese Fernando, senza dissimulare quanto fosse agitato.

«Tornare? Non è così facile. Marvin e Farida sono andati in America. Quanto al suo amico Eulogio... Ebbene, a quanto pare ha deciso di rimanere in Francia.»

«Ma è una follia! Perché non andato via con Marvin? Eulogio voleva andare in America. Mi dica la verità...»

«Posso dirle solo che il suo amico ha deciso di restare a Lione.»

«A Lione? Ma non erano andati a Vichy?»

«Sì, e poi da Vichy a Lione. Da lì sarebbero dovuti scappare passando dalla frontiera svizzera. Monsieur Rosent è morto proprio quando stavano per attraversarla. Marvin e Farida ce l'hanno fatta, Eulogio invece non ha voluto andare con loro. Ma non conosco il perché della sua decisione.»

«Andrò a cercarlo», affermò Fernando determinato.

«Impossibile. Per lo meno, non adesso», affermò Benjamin Wilson.

«Se è riuscito a fare in modo che Eulogio, Marvin e Farida arrivassero in Francia, può riuscirci anche con me», insistette Fernando.

«Mi dispiace, in questo momento è impossibile.»

Zahra era rimasta tranquilla, in silenzio, come se stesse aspettando che Wilson aggiungesse dell'altro.

L'uomo si schiarì la gola prima di riprendere la parola. E Fernando temette che, dopo le buone notizie, arrivassero quelle cattive. «Non è l'unica ragione per la quale volevo parlare con lei. Devo chiederle di accompagnare Zahra a Praga.»

Il libraio aveva un tono di voce neutro, come se andare a Praga fosse semplice quanto uscire a cena all'hotel Cecil.

«A Praga?» riuscì a dire Fernando, mentre cercava di recepire le parole di Wilson.

«Ha mai sentito parlare di Reinhard Heydrich?»

«Sì... certo... è... be', lo hanno ucciso qualche mese fa.»

«Il 27 maggio è stato vittima di un attentato, ma è morto il 4 giugno. Sì, è stato ucciso da un gruppo di soldati cechi.»

«Heydrich era uno degli uomini di fiducia di Henrich Himmler e dello stesso Hitler. Un assassino implacabile», affermò Zahra con lo stesso tono di voce neutro che aveva usato Wilson.

«Ormai però è morto», commentò Fernando.

«Sì, e lo sono anche quei valorosi che lo hanno ucciso. Il governo ceco li ha mandati in esilio e qualcuno li ha traditi. Dopo l'attentato si sono nascosti nella cattedrale dei santi Cirillo e Metodio. Ma, ripeto, qualcuno li ha traditi e sono morti tutti... Come vede...»

«Heydrich è morto, se non altro non potrà continuare a fare del male», insistette Fernando.

«La sua morte si somma a quella di altre duecento vittime che compongono la lunga lista di omicidi in Cecoslovacchia. Hitler ha ordinato di radere al suolo un paese vicino a Praga, Lidice. Gli uomini e tutti i bambini maggiori di quindici anni sono stati fucilati, mentre le donne, centonovantacinque, sono state mandate nel campo di Ravensbrück», continuò Zahra.

Fernando era confuso. Non capiva per quale ragione la ballerina dovesse andare a Praga e ancora meno perché Wilson avesse deciso di coinvolgerlo di nuovo nella sua strana attività.

«Heydrich è stato uno dei capi più sanguinari del nazismo. Come forse saprà, è stata sua moglie, Lina von Osten, a introdurlo nel Partito nazista e a presentargli Himmler», aggiunse Wilson.

«Non capisco che cosa volete», lo interruppe Fernando.

«Ma sì, certo che lo capisce. Deve accompagnare Zahra a Praga. Mi hanno dato un incarico... Un vecchio amico vuole portare fuori da lì sua figlia... sempre che sia ancora viva.»

Calò il silenzio. Wilson e Zahra aspettavano la reazione di Fernando senza mostrare alcuna emozione, mentre la smorfia sul volto di Sara diceva quanto fosse preoccupata.

«È una follia. Non si può andare a Praga. Come facciamo? Che io sappia, siamo in guerra», disse Fernando ironico.

«La ragazza che dovete trovare si chiama Jana Brossler. Qualche mese fa si è introdotta in un gruppo di studenti che cercava di entrare in contatto con la Resistenza; in realtà, il gruppo era già sotto osservazione da parte dei capi della Resistenza di Praga, ma non era stato ancora accettato. Non è il momento adatto per fidarsi. Perciò, questo gruppo di ragazzi non ha avuto niente a che vedere con l'attentato a Heydrich, del quale era all'oscuro. Rudolf Brossler, il padre di Jana, è uno stimato professore di Fisica che adesso vive negli Stati Uniti. Sua moglie è morta quando Jana era una bambina e lui è stato fin troppo permissivo. Jana si è rifiutata di seguirlo nell'esilio. In realtà, la ragazza ha ingannato suo padre. Poco prima che i tedeschi occupassero la Cecoslovacchia, mentre Jana e suo padre erano in aeroporto per prendere un aereo diretto a Parigi, lei è tornata indietro. È una ragazza dal carattere forte.»

«Perciò, noi dovremmo andare a Praga e convincere questa ragazzina dal carattere forte a venire con noi. Lei non si opporrà di certo, e tutti e tre insieme torneremo ad Alessandria come se fossimo di ritorno da una gita, e naturalmente i tedeschi non cercheranno in nessun modo di impedircelo. È così?» Fernando era sempre più ironico.

«Metta da parte l'ironia. Accompagnerà Zahra a Praga, dove siamo riusciti a organizzarle uno spettacolo. I comandi tedeschi hanno la manica larga quando si tratta di fare in modo che i loro ufficiali si godano tanto i piaceri della vita quanto quelli della guerra. Zahra andrà a ballare a Praga. Lei, Fernando, è l'uomo del quale Zahra è innamorata e dal quale non si vuole separare. Deve fare solo questo, accompagnarla. Ha i documenti in regola per non sollevare alcun sospetto nei tedeschi. Le loro spie ad Alessandria avranno ormai inviato qualunque tipo di rapporto su voi due. Perciò, non deve preoccuparsi.»

«Già, non mi devo preoccupare...» Davanti alle parole di Wilson, Fernando tratteneva a fatica l'irritazione.

«Quanto alla sua copertura, non voglio negarlo, la missione è complicata. Ma dovete fare una sola cosa: trovare Jana, suo padre non ha notizie di lei da tre mesi. Studiava nella scuola di una famosa ballerina, Lenka Zmek. Quando troverete Lenka, dovrete usare la frase cifrata: "Mi piacerebbe rilassarmi alle terme". Non appena avrete verificato che sta bene, cercherete di portarla qui e la vostra missione sarà finita», affermò Wilson.

«Un gioco da ragazzi.»

«Partirete per Praga fra tre giorni. Prima andrete in Svizzera e da lì in Cecoslovacchia», rispose Benjamin ignorando l'ennesima battuta ironica di Fernando.

«Lo farò solo se dopo mi aiuta ad andare in Francia per cercare Eulogio.»

«Al vostro ritorno, vedremo che cosa si può fare», disse Wilson senza prendersi alcun impegno.

Nei giorni precedenti la partenza, Fernando fu tentato di presentarsi nell'ufficio di Benjamin Wilson per dirgli che non aveva intenzione di andare a Praga, che si rifiutava di continuare a essere trattato come una marionetta, anche a costo di perdere il lavoro nella casa editrice.

Gli pesava anche la preoccupazione per Catalina, che si era spaventata quando le aveva spiegato che Eulogio aveva deciso di rimanere in Francia e che lui sarebbe dovuto partire per la Cecoslovacchia. Non era stato capace di mentirle. Se lei era riuscita a serbare il suo spaventoso segreto, l'omicidio degli assassini di suo padre, lui non poteva certo nasconderle l'incarico praghese.

Catalina non conosceva la doppiezza, non sapeva cosa fosse l'ipocrisia, ragion per cui senza esitazioni disse a Fernando che era molto preoccupata tanto per se stessa quanto per lui. «Se ti succedesse qualcosa... che fine faremmo Adela e io? Senza di te non saprei che cosa fare. Proprio come succede a te, in questa città comincio a sentirmi in trappola e sento che prima o poi dovremmo uscirne. Ma quando mi interrogo su dove potremmo andare, non mi viene in mente nessuna soluzione sensata. A Madrid non possiamo tornare, né io né te. Non appena tornerai da Praga, andremo insieme in Francia. E poi... be', non appena sarà possibile andrò in America con Adela, a cercare Marvin.»

«Prenderemo una decisione al mio ritorno. Non preoccuparti. Continuerò a occuparmi di te e di Adela. Abbi fiducia in me.»

Non riusciva a smettere di pensare allo sguardo spaventato di Catalina, così diverso da quello di Zahra.

Alloggiarono in un lussuoso ma discreto hotel di Zurigo, dove avevano fatto il primo scalo nel viaggio verso Praga. Le loro stanze erano comunicanti, così potevano continuare la messinscena dei due amanti innamorati.

Erano arrivati all'hotel Baur au Lac la sera prima e solo l'indomani mattina avevano potuto godere della vista sul lago. Dopo la colazione, Zahra aveva proposto di fare una passeggiata. Non la spaventavano né il freddo né la pioggia.

Il *concierge* dell'hotel diede loro un ombrello e uscirono.

«Ti voglio far vedere due chiese», propose Zahra.

«Ben due? Non sapevo che ti interessassero le chiese», rispose lui sorpreso.

«E perché non dovrebbero interessarmi?»

«Be', in realtà... non lo so, non sapevo fossi religiosa, e ancora meno cattolica.»

«Non sono cattolica. Sono musulmana, ma sono stata educata in Germania. Ti mostrerò delle chiese luterane. Meritano di essere visitate, sono il simbolo di Zurigo.»

«Allora non è la prima volta che vieni qui.»

«No, non è la prima volta. Da bambina... ci sono venuta con mia madre, nello stesso hotel. Uscivamo a fare delle passeggiate e a lei piaceva sedersi sui banchi delle chiese. Diceva che circondata dal silenzio e dalla spiritualità riusciva a pensare meglio.»

«Anche lei era musulmana, giusto?»

«Sì, però riusciva a trovare una dimensione spirituale in qualunque luogo fosse dedicato alla preghiera, che fosse una moschea, una chiesa cattolica o luterana, o una sinagoga. Come potrai immaginare, a Zurigo non ci sono moschee, perciò lei andava nelle chiese protestanti, anche a Berlino faceva così.»

La chiesa di Grossmünster non era molto lontana dall'hotel, giusto qualche minuto a piedi. Zahra gli spiegò che era di origine romanica che aveva avuto un ruolo importante durante la Riforma. Fernando fu sorpreso dal suo racconto minuzioso dello scisma tra cristiani. Poi raggiunsero l'altra chiesa, quella di Fraumünster, che, con la sua torre verde, era un altro simbolo della città.

Zahra era immersa nella malinconia, anche se all'apparenza si stava godendo la passeggiata in città.

Fernando si lasciò guidare, anche se il freddo e la pioggia avrebbero consigliato di rifugiarsi in un posto chiuso. Ma lei non sembrava avvertire il cattivo tempo, camminava con passo leggero a braccetto con lui mentre gli mostrava i luoghi che ancora ricordava; era come se avesse nostalgia dell'estate che aveva passato lì insieme a sua madre.

«Questa città sembra essere speciale per te», commentò lui affrettando il passo; ormai il temporale infuriava.

«Lo è. Sono stata molto bene qui, con mia madre è stata una delle poche occasioni in cui siamo rimaste sole, solamente io e lei. Mia madre è stata felice qui, non ha faticato a rimettersi in sesto dopo…»

Tacque. Fernando la guardò con la coda dell'occhio. Sul volto di Zahra era comparsa un'ombra di tristezza. Si rese conto che, se avesse voluto sapere qualcosa di più su di lei, difficilmente le sarebbe apparsa così vulnerabile una seconda volta. «Quanti anni avevi allora?»

«Cinque o sei, credo.»

«E te lo ricordi? Eri piccolissima.»

«Sì, lo ricordo perfettamente perché qui siamo state felici.»

«E tua madre? È morta?»

Sul suo volto, nel suo sguardo, si lessero chiaramente tanto la tensione quanto la rabbia. Fernando non insistette. Rimasero in silenzio e Zahra non parlò per qualche minuto. «Sì, mia madre è morta. Da allora so che cosa è la solitudine.»

«Le madri sono insostituibili, ma immagino ci siano altre persone cui vuoi bene, tua nonna, altri parenti, gli amici...»

«Non puoi capirlo, Fernando. Tua madre è viva?»

«Sì… lei sì, ma mio padre è stato fucilato.»

«Ah… immagino quanto tu stia soffrendo per la sua perdita. Per me non c'è niente di peggio che l'assenza di mia madre. È come se mi avessero strappato via dalla terra, come se non avessi più un tetto... Non credo che tu possa capirmi...»

Fernando si domandava se chiederle di che cosa fosse morta la madre. In fin dei conti, lui le aveva confidato le circostanze in cui era morto suo padre. Fucilato dai vincitori della Guerra civile che aveva distrutto la Spagna.

«Sai perché alloggiamo al Baur au Lac?» gli chiese lei.

«Sei stata lì con tua madre?»

«Sì, ho occupato la stessa stanza di allora. L'ho chiesto espressamente a Benjamin Wilson e lui ce l'ha fatta.»

«Che cosa facevate quell'estate?»

«La mattina presto uscivamo a passeggiare. Facevamo delle escursioni sulle Alpi... Come avrai visto dalla finestra, sono molto vicine. Abbiamo fatto anche una gita sul lago con la barca. Di solito andavamo al caffè Schober a mangiare la torta al cioccolato. Vorrei portarti anche lì... Ma la cosa più bella era avere mia madre tutta per me. Anche se... ecco... aveva dovuto incontrare alcuni amici di Berlino, i quali avevano insistito perché uscisse a cena con loro e poi andassero tutti insieme al Cabaret Voltaire.

«Sai che cos'è il dadaismo?»

«No», ammise Fernando.

«È un movimento artistico nato proprio qui, a Zurigo. Chi l'avrebbe detto... qui la gente è così seria... Sembra preoccuparsi solo dei soldi... Be', in realtà uno dei padri del dadaismo fu un poeta rumeno, Tristan Tzara.»

«Perciò, è un movimento letterario», rispose Fernando con interesse.

«Non solo, al Cabaret Voltaire si riunivano artisti di ogni genere: scrittori, pittori, musicisti, ballerini... Difendevano l'arte libera, senza restrizioni, senza scuole che dettassero i canoni. Mia madre tornò in hotel entusiasta. E anche se io ero piccola, mi raccontò che non aveva mai ballato in modo così libero, lasciandosi trasportare dalla musica senza preoccuparsi di dover piacere al pubblico; semplicemente, aveva ballato quanto e come aveva voluto... Lo fece solo per due o tre notti, ma continuava a ricordarlo, anche se naturalmente non potevamo parlare di questo in presenza di altri. Mi chiese di non raccontarlo a nessuno.»

«Nemmeno a tuo padre?» Fernando sapeva che si stava spingendo oltre confini che lei con ogni probabilità gli avrebbe impedito di varcare.

Zahra esitò prima di rispondere, e lo fece senza espliciti riferimenti al padre. «Io sapevo mantenere i segreti. I nostri segreti.»

La sentì tremare. L'ombrello non era sufficiente a proteggerli dalla pioggia. Anche lui aveva freddo, ma non osava proporle di rifugiarsi da qualche parte perché avrebbe significato interrompere la conversazione. Zahra non amava le confidenze. Fu lei a proporre di mettere fine alla passeggiata. «Potremmo cercare un posto dove bere un buon caffè. Ormai siamo fradici.»

Pranzarono in un piccolo ristorante nella Paradeplatz, vicino alla chiesa di Fraumünster. Al pomeriggio smise di piovere e poterono continuare a passeggiare senza meta. Erano appena le cinque quando la sera diventò notte e Zahra insistette perché andassero a prendere una tazza di cioccolata calda allo Schober. Fernando era stanco e aveva voglia di tornare in hotel, ma non volle contraddirla.

Quel giorno si era sentito vicino a lei come mai prima di allora.

Quando si svegliò, il mattino dopo, trovò un foglietto ripiegato sotto la porta. Zahra lo avvertiva che avrebbe trascorso la mattinata fuori e sarebbe tornata solo dopo pranzo.

Lo infastidì che non glielo avesse detto il giorno prima. La pioggia continuava a battere incessante sulla città, perciò decise di rimanere in hotel. Cercò un posticino in uno dei suoi saloni e si immerse nella lettura di Kavafis sino a dimenticarsi della propria solitudine.

Quando Zahra tornò, non gli diede nessuna spiegazione; disse solo di aver incontrato l'amico di Wilson che si era occupato di organizzare il resto del viaggio. L'indomani sarebbero partiti per Praga. Con tutti i permessi firmati, potevano ormai addentrarsi nel cuore del Terzo Reich. Prima sarebbero andati in Austria, a Vienna, e da lì in treno sino a Praga, ma quella notte lei avrebbe tenuto uno spettacolo durante una festa privata. Lo spettacolo che giustificava il loro soggiorno a Zurigo.

Fernando doveva accompagnarla. Era il suo ruolo. Lei riposò per il resto del pomeriggio. Alle sette, una macchina sarebbe andata a prenderli per portarli in una villa sul lago.

Zahra aveva spiegato a Fernando che di solito non accettava di esibirsi alle feste private, ma aveva dovuto fare un'eccezione: quella sera avrebbe ballato per il compleanno di un commerciante libanese, un uomo ricchissimo dedito al commercio di pietre preziose e sposato con una bellissima donna svizzera.

Benjamin Wilson non aveva trovato un altro modo per giustificare il soggiorno suo e di Fernando in Svizzera e il successivo trasferimento in Cecoslovacchia.

Alle sette in punto, nella hall dell'albergo li aspettava un uomo alto con i capelli grigi, il fisico robusto e gli abiti costosi. Si rivolse a Zahra con un sorriso e la strinse tra le braccia. «Cara, che onore averla qui! Sono Kaspar Meier. E lei è...» chiese guardando Fernando.

«Fernando Garzo», rispose lui senza esitazioni.

«Sì, sì... ecco... mi avevano detto che la grande Zahra sarebbe arrivata in compagnia di un cavaliere spagnolo.»

Zahra afferrò con forza il braccio di Fernando, sapendo che quel commento lo avrebbe messo a disagio.

«Non riuscivo a credere che avesse accettato di esibirsi per la stimatissima famiglia Jabib. I miracoli invece avvengono e quando il suo agente, il signor Chamoun, mi ha chiamato per dirmi che era disposta a viaggiare in Europa, ho ringraziato Dio.»

Zahra lo guardò con indifferenza mentre sollevava il collo del soprabito. Pioveva e faceva freddo. Un'auto nera li aspettava davanti all'ingresso dell'hotel e Kaspar Meier si affrettò ad aprire la portiera.

Mentre si dirigevano verso la villa della famiglia Jabib, Meier riprese la conversazione: «A proposito, carissima, come sta il mio caro amico Zaid Chamoun? Gli devo alcuni dei migliori spettacoli che siano mai stati offerti nel mio locale. Spettacoli di qualità, naturalmente. Chamoun sa che i miei clienti sono persone distinte che non amano la volgarità. Mi permetta di dirle che sono poche le ballerine capaci di infondere così tanta eleganza, oltre che sensualità, alla danza del ventre. Qualche anno fa ho avuto l'immenso piacere di veder ballare al Cairo la grande Yasmin. Era ormai in là con gli anni e tuttavia... ancora tremo al ricordo.»

Fernando aveva ascoltato quell'uomo restando in silenzio. Grazie a lui aveva appena saputo che Zahra aveva un agente, un tale Zaid Chamoun. Lei non gliene aveva mai parlato e lo stesso valeva per Benjamin Wilson. A maggior ragione, si sentì una marionetta nelle loro mani.

Di colpo, Kaspar Meier guardò Fernando e quest'ultimo abbozzò un sorriso. Non aveva ancora capito se Meier fosse uno svergognato o un uomo d'affari.

Tornarono in hotel solo dopo mezzanotte. Kaspar Meier ricordò loro che il mattino presto avrebbero dovuto continuare il loro viaggio sino a Vienna, dove Zahra avrebbe tenuto due spettacoli.

Fernando era nella sua stanza a fumarsi una sigaretta e a guardare le acque nere del lago quando Zahra aprì la porta che metteva in comunicazione le due camere.

Indossava una vestaglia e aveva il volto lucido e pulito dopo essersi struccata. «C'è qualcosa che ti preoccupa? Stasera mi sei sembrato strano.»

«Preoccupato? Dovrei preoccuparmi?»

«Che succede, Fernando? Che cosa ti infastidisce?»

La guardò con rabbia. Era lì per lei, solo per lei, eppure Zahra non lo prendeva in considerazione. La sua presenza faceva solo parte della sua copertura. «Va bene, ti dirò che cosa mi infastidisce. La tua mancanza di fiducia. Non mi lamento della mancanza di fiducia di Benjamin Wilson, ma tu... Mi consideri davvero così poco?»

«Non capisco...»

«Non sapevo nemmeno che avessi un agente, quel tale Zaid Chamoun al quale ha accennato il signor Meier. Credevo fosse stato Wilson a organizzare tutta questa farsa per farci arrivare a Praga.»

Lei si accomodò sul bordo del letto. Sul suo volto si disegnò un velo di amarezza. «A organizzare tutto è stato Benjamin Wilson. Per chi credi che lavori il mio agente? Tutto quello che faccio deve apparire coerente, deve sembrare che io sia quella che fingo di essere, una ballerina egiziana. Ecco perché ho un agente ed ecco perché, quando ha deciso di mandarci a Praga, Wilson ha chiesto a Zaid Chamoun di organizzare le cose di modo che nessuno possa sospettare che il nostro incarico sia mosso da interessi diversi dagli impegni di una famosa ballerina.»

«Hai appena detto che devi fingere di essere una ballerina egiziana. Zahra, chi sei in realtà?»

«Sono una ballerina egiziana che aiuta Benjamin Wilson a rintracciare delle persone. Lo aiuto anche a raccogliere informazioni in certi ambienti.»

«Una spia? È questo che sei?»

«No, non sono una spia. Aiutare la gente a scappare da questa guerra e ascoltare conversazioni che possono essere utili a chi combatte contro i nazisti non mi fa diventare una spia.»

«Allora, perché fai tutto questo?»

«Ho le mie ragioni. Ragioni che non devo necessariamente condividere con te, Fernando. Ti dirò solo che ritengo sia mio dovere aiutare a salvare delle vite.»

«Solo questo?»

«No, c'è di più. C'è una ragione che è tutta mia.»

«Wilson ha le sue ragioni, tu hai le tue... Siete uguali... usate la gente per i vostri comodi.»

«Per i nostri comodi? Come puoi dire questo? Io non prendo un centesimo per quello che faccio! Nemmeno uno! Quanto a Wilson... chiedilo direttamente a lui. Ma non è difficile capire che tutto quello che fa lo fa per contribuire come può in questa dannata guerra.»

«Rintracciare persone scomparse gli reca benefici.»

«Ne sei convinto?» Zahra lo guardò sdegnata.

«Sì, ne sono convinto.»

«Adesso la sua attività va oltre la ricerca di persone scomparse. Prima della guerra di solito a scomparire erano ragazzi che si imbarcavano verso l'Oriente in cerca di avventure e Dio sa cos'altro. Alcuni finivano nei guai, altri diventavano merce da riscatto... Ma non erano solo ragazzi quelli che sparivano, volontariamente o meno. Insomma... i Wilson li cercavano, li trovavano e la maggior parte delle volte li riportavano in Inghilterra. La guerra però ha cambiato tutto, anche l'attività di Wilson. Benjamin ha una rete di agenti che lavora per lui e questa rete è di grande aiuto al momento. Ma non è una rete di spie, stai attento. Inoltre, come ben sai, Benjamin è britannico ma anche ebreo, perché sua madre e un'ebrea alessandrina di origine greca. Lui ha studiato in Inghilterra accanto a suo nonno ed è legato al suo Paese con inossidabile lealtà. Farà tutto quello che può in questa guerra. Se gli chiederanno di fare qualcosa, lo farà senza chiedere niente in cambio.»

«Be', a me sembra che lui e la sua rete agiscano come fanno le spie», insistette Fernando.

«Non capisci niente... Hitler è un mostro, o forse non te ne sei ancora reso conto? Tutti abbiamo l'obbligo di combattere in questa guerra. Alcuni lo fanno sul fronte, armi in mano, mettendo a repentaglio le loro vite. Ma ci sono anche altri modi di combattere. Io lo faccio ballando.»

«Tu lo fai ascoltando e spiando coloro che vengono a vederti ballare!» esclamò Fernando arrabbiato.

«Non capisci niente... e mi dispiace... Sì, mi dispiace per te, per me... Mi dispiace.» Il tono di Zahra era afflitto.

«E perché ti dispiaci?» Quelle ultime parole lo avevano sconcertato.

Lei non rispose. Lo guardò fisso negli occhi mentre si alzava. «Se vuoi tornare ad Alessandria, lo puoi fare. Ne hai il diritto. Benjamin Wilson non ti può obbligare a fare niente, e se anche potesse, non lo farebbe. Mi rendo conto che non hai ancora capito con che tipo di uomo hai a che fare. Buonanotte.»

Fernando non riuscì a dormire. Cercava di capire e fare proprie le spiegazioni di Zahra, ma non ci riusciva. Sentiva di essere stato ingannato.

Pensò che la cosa migliore fosse tornare ad Alessandria e convincere Catalina a tornare in Spagna dai suoi genitori oppure a partire insieme a lui per l'America, per iniziare lì una nuova vita. Eppure, non ci riusciva perché avrebbe significato abbandonare Zahra al suo destino quando invece, era inutile negarlo, la ballerina si stava trasformando in una ossessione grande e profonda come lo era Catalina.

L'indomani mattina la trovò che prendeva il caffè in compagnia di Kaspar Meier. Il viennese riempiva i silenzi con le sue chiacchiere. Per un momento, Fernando fu grato della sua presenza.

Vienna lo lasciò di stucco. Gli sembrò la città più bella del mondo. Certo, eccetto un viaggio a Londra con suo padre quando era adolescente, non era più uscito dalla Spagna sino al giorno in cui, insieme a Catalina ed Eulogio, era fuggito per Lisbona e da lì aveva raggiunto Alessandria.

Quando potevano, Zahra e Fernando si evitavano e, benché Meier avesse prenotato loro delle stanze comunicanti anche all'hotel Wien, la porta rimase chiusa.

Fernando trovò nella propria stanza una bottiglia di Champagne dentro un cestello del ghiaccio; era un omaggio di Kaspar Meier, che dava per assodata la relazione tra lui e Zahra. La notte del suo arrivo, Fernando non esitò a bersi l'intera bottiglia, ottenendone un persistente mal di testa.

I due spettacoli di Zahra si sarebbero tenuti nella Volksoper, un bel teatro inaugurato nel 1898, nel quale i viennesi amavano ascoltare le operette. La sorpresa fu che Zahra non conquistò Vienna. La città si comportava come una gran dama che contemplava con distanza e sdegno tutto ciò che le era estraneo.

Kaspar Meier attribuì l'evidente mancanza di entusiasmo del pubblico alla preoccupazione per la guerra. Diceva di non capire come mai i viennesi si fossero mostrati così distaccati al cospetto dell'arte di Zahra. Ed essendo un uomo entusiasta ed espansivo, assicurò che a Praga tutto sarebbe stato diverso.

I giornali diedero risalto allo spettacolo di Zahra, ma meno di quanto Meier si sarebbe aspettato.

A lei era del tutto indifferente tanto la freddezza del pubblico quanto la preoccupazione di Meier. Fernando, dal canto suo, era perso nel proprio labirinto.

L'ultima notte che passarono a Vienna, Meier li portò a un concerto di valzer. Zahra ascoltava con gli occhi chiusi e un sorriso che ne ammorbidiva i tratti, così spesso tesi. Neanche Fernando fu immune alla musica di Strauss, che conquistava tutti i sensi.

Quando uscirono per strada sull'intera città era calata una coltre di neve. Kaspar Meier rise di gusto mentre faceva una palla e la lanciava a Fernando, che riuscì a schivarla. Zahra imitò Meier e scagliò a sua volta un'altra palla di neve su Fernando, centrandolo in pieno. Lui esitò, ma il sorriso di Zahra fu un invito al contrattacco. Per qualche minuto i tre scatenarono una battaglia di palle di neve sino a che, ormai fradici, dovettero tornare in hotel.

Quella notte Zahra non aprì la porta che separava la sua stanza da quella di Fernando, ma per lo meno gli diede la buonanotte con un sorriso.

«A che ora parte il treno per Praga?» chiese Fernando impaziente, guardando l'orologio della stazione.

Era la terza volta che rivolgeva la stessa domanda a Meier. Ma il viennese sembrava disporre di una pazienza illimitata e non era infastidito dall'insistenza di Fernando. «Tra un'oretta. Nell'attesa prenderemo un caffè e vi metterò al corrente dei nostri programmi a Praga. Sono certo che lì Zahra otterrà un grande trionfo. La città è ancora in lutto per l'assassinio del comandante del Protettorato di Boemia e Moravia, credo che persino lo stesso Hitler gli avesse raccomandato di evitare le macchine decapottabili. Ma Reinhard Heydrich non aveva paura del pericolo, credeva fossero gli altri a dover temere lui, e non ha mai rinunciato all'abitudine di muoversi sulla sua cabriolet.»

«Spero di avere un po' di tempo per visitare la città», rispose Zahra con indifferenza.

«Ma certo, cara. Il suo agente, il mio carissimo amico signor Chamoun, mi ha spiegato per lettera tutto quello che devo fare per rendere il suo soggiorno gradevole», rispose Kaspar Meier.

«Sono molto interessata a visitare la scuola di danza di Lenka Zmek. La considero una delle migliori ballerine d'Europa», commentò Zahra mentre cercava lo sguardo di Fernando.

«Sì, è una grandissima ballerina. Avrebbe dovuto vederla nel *Lago dei cigni* all'opera di Vienna. Il pubblico si è alzato in piedi e l'ha applaudita per quasi un'ora. Ma questo è successo prima che iniziasse la guerra. In realtà, Lenka Zmek ha studiato balletto a Vienna, suo padre era ceco e sua madre austriaca. Noi viennesi la consideriamo nostra, anche se... Be', qualche anno fa si è innamorata di un ceco e ha deciso di trasferirsi a Praga. È stata una decisione sfortunata... A Vienna aveva il mondo ai suoi piedi. Purtroppo, il suo matrimonio non è durato molto, il marito è morto in un incidente automobilistico. E adesso si rifiuta di uscire da Praga. Rifiuta tutti i contratti che le vengono offerti incurante del fatto che potrebbe guadagnare moltissimo. A Praga, dedica anima e corpo alla sua scuola di danza. Sembra il suo unico interesse. Ha rifiutato persino l'invito di ballare a Berlino, contrariando Goebbels in persona. Insomma, i grandi artisti come lei o come Lenka possono permettersi quasi tutto...»

Meier parlava in continuazione, ma Zahra non sembrava ascoltarlo. Rispondeva a monosillabi. Ciò nonostante, Kaspar Meier non si scoraggiava e trovò in Fernando il suo interlocutore. Durante il tragitto per Praga gli raccontò che cosa facesse in qualità di agente, vantandosi dei grandi nomi che era riuscito a portare da ogni latitudine sino alle città più importanti, nel cuore dell'Europa, quel cuore che la guerra stava dissanguando.

A Fernando sarebbe piaciuto parlare con il viennese di come stava andando la guerra e soprattutto di Hitler, che in fondo era austriaco proprio come Meier. Ma sapeva che era meglio evitare qualunque domanda o qualunque conversazione avesse a che fare con la politica. Wilson era stato molto preciso al riguardo. Non bisognava essere particolarmente furbi per capire che Kaspar Meier andava a braccetto con i nazisti, benché non fosse o non sembrasse un fanatico.

Non appena scesero dal treno, videro subito i soldati tedeschi e le pattuglie delle SS che controllavano ogni metro della stazione di Praga. Chiedevano i documenti a tutti coloro che arrivavano o andavano via. La tensione e la paura erano nell'aria.

Tuttavia, Kaspar Meier non sembrava preoccupato. Abbracciò un uomo ancora più alto e voluminoso di lui e lo presentò come Petr Mezlik, il suo socio a Praga.

L'uomo strinse loro la mano con forza e, mentre uscivano dalla stazione, Fernando notò che Mezlik aveva stretto i denti in un gesto di contrarietà quando aveva visto con quale prepotenza e brutalità due SS avevano arrestato un ragazzo che cercava di scappare.

«Ah, i ribelli!» esclamò Meier come se la scena cui avevano assistito non avesse importanza.

Petr Mezlik non rispose e continuò a camminare con passo rapido.

L'hotel Parigi si trovava nel centro della città. Proprio come nel Baur au Lac a Zurigo o nel Wien della capitale austriaca, varcare le sue porte significava entrare in un mondo a parte, dove regnavano incontrastati il lusso e la bellezza.

Zahra disse di essere stanca e si ritirò subito nella sua stanza. Fernando non poté seguirla; Kaspar Meier aveva insistito perché bevesse un bicchiere in compagnia. Lui accettò di buon grado perché era incuriosito dal suo socio, Petr Mezlik, il cui sguardo tradiva una tensione costante, un malessere di fondo.

Mezlik chiese della Becherovka, un'acquavite che il cameriere servì in bicchierini. Meier propose un brindisi al successo di Zahra.

Quando il liquore giallastro gli attraversò la gola, Fernando fu sul punto di strozzarsi. Era freddissimo e il sapore ricordava quello di una medicina agrodolce. Kaspar Meier rise della reazione dello spagnolo. «Se non le piace se lo tenga per sé, è la bevanda nazionale.»

«Ma di cosa diavolo è fatta?» rispose, mentre continuava a tossire.

«Di erbe. L'imperatore l'amava particolarmente...» assicurò Meier.

Petr Mezlik si schiarì la gola prima di prendere la parola. «Dicono che questo liquore sia stato inventato da un medico inglese, ma in realtà è stato un farmacista di Karlovy Vary ad aver fatto buon uso della ricetta. Sa dove si trova Karlovy Vary?»

«In realtà no», ammise Fernando.

«È uno stabilimento termale della Boemia, uno dei più importanti d'Europa. Era frequentato dai rappresentanti delle case reali di tutte le corti, dai politici e in generale da persone importanti. È un pezzo di terra molto speciale, bagnato dai fiumi Teplá e Ohře. Nel XIX secolo Jan Becher, un farmacista di Karlovy Vary, cominciò a elaborare un'acquavite per i dolori e le infezioni dello stomaco. È forte ma le farà bene.»

Fernando sentì che gli aveva scaldato le viscere.

«Ci farà l'abitudine e alla fine le piacerà», gli assicurò Kaspar Meier.

I tre brindarono una seconda volta. Fernando si sorprese del fatto che entrambi i suoi accompagnatori bevessero d'un sorso quel liquore ambrato e che, soprattutto, non sembrava far loro alcun effetto.

Petr Mezlik spiegò nel dettaglio il programma che aveva preparato per Zahra. Fernando ne era al corrente perché Meier a Vienna glielo aveva già esposto, ma Mezlik evidentemente aveva supposto di doverlo spiegare anche al ragazzo che viaggiava con lei e che, a tutti gli effetti, sembrava più di un semplice accompagnatore. «Oggi riposerete. È buio ormai e continuerà a nevicare abbondantemente. Domani, di prima mattina, visiteremo la scuola di danza di Lenka Zmek. Non è stato facile convincerla a ricevere Zahra. Poi avrete un po' di tempo libero per visitare la città. Io verrò con voi. Spero che non nevichi così tanto e che possiamo passeggiare. Di pomeriggio, Zahra potrà riposare sino all'ora dello spettacolo. Si terrà nel teatro Vinohrady, è già tutto esaurito.»

«Sarà un grande onore per lei esibirsi al Vinohrady. È un teatro nuovissimo, è stato inaugurato nel 1907», aggiunse Meier.

Lenka Zmek era una donna che non lasciava indifferenti. L'intensità del suo sguardo era devastante. Sembrava capace di leggere negli angoli più reconditi dell'animo.

Di statura media, capelli biondo scuro e occhi verdi, più che camminare sembrava fluttuare. Tutto in lei era armonia ed eleganza, ma anche forza.

Li accolse svogliata. Petr Mezlik fece le presentazioni. Lenka strinse la mano a Zahra e per qualche secondo le due si valutarono con lo sguardo. Poi la ballerina indicò al gruppo costituito da Zahra, Fernando, Kaspar Meier e lo stesso Mezlik dove potevano sistemarsi e chiarì che dovevano stare in silenzio.

Il gruppo di allievi di Lenka era costituito da una trentina di ragazze e dieci ragazzi. Tutti aspettavano in silenzio che la maestra desse inizio alla lezione, ma nessuno resistette alla tentazione di lanciare un'occhiata curiosa verso gli inattesi visitatori.

La lezione di Lenka durò due ore, durante le quali lei chiese ripetutamente di rifare sino allo stremo gli stessi passi di danza; dovevano raggiungere la perfezione. Lei era lo specchio nel quale gli allievi si guardavano. La maestra eseguiva un passo e loro lo ripetevano finché lei non si considerava soddisfatta.

La sua voce era armoniosa e insieme ferma, e i suoi allievi manifestavano nei suoi confronti un rispetto reverenziale, consapevoli di avere davanti una leggenda del balletto.

Zahra era impressionata dall'eleganza dei movimenti di Lenka. Sembrava irreale. Non aveva mai visto niente del genere.

Passate le due ore, Lenka alzò la mano segnalando agli alunni che avevano quindici minuti di intervallo.

I volti dei suoi giovani allievi erano tesi, avevano bisogno di fare una pausa.

Andarono nel suo ufficio, dove Lenka offrì un caffè ai suoi ospiti ricordando loro che entro pochi minuti avrebbe ripreso la lezione e la visita si sarebbe conclusa.

Zahra si chiedeva come fare per riuscire a parlare da sola con lei. Era assolutamente impossibile farlo davanti a Kaspar Meier e Petr Mezlik.

Bevvero il caffè in fretta e Zahra chiese a Lenka se potesse tornare nella sua scuola di danza in un altro momento. «Ho imparato così tanto, oggi, che sono tentata di abusare della sua cortesia chiedendole di farmi assistere a un'altra delle sue lezioni.»

Lenka Zmek, con aria contrariata e parole poco gentili, disse di aver accettato la sua presenza solo perché lei e Petr Mezlik erano vecchi amici. Zahra insistette e Lenka sfiorò la scortesia quando le rispose che faticava a capire il suo interesse, visto che la danza classica e quella orientale erano agli antipodi.

Ma Zahra non era persona da arrendersi facilmente e le rispose proponendole di andare a vedere il suo spettacolo, quella sera. Lenka rifiutò l'invito dicendosi disinteressata alla danza orientale, soprattutto perché al suo spettacolo avrebbe assistito un pubblico di soldati interessati solo a un po' di divertimento. Tutti sapevano che quella sera buona parte degli ufficiali nazisti dell'esercito che occupava la Cecoslovacchia sarebbero andati a vederla.

Kaspar Meier annuì e aggiunse che, seppure i nazisti stessero ancora piangendo la morte di Heydrich, l'Alto comando aveva deciso che il lutto a Praga era finito e che per loro sarebbe stato un privilegio vedere lo spettacolo di Zahra.

«Quando posso tornare?» insistette la ballerina egiziana.

«Cara, io non credo che lei abbia molto tempo. Stanotte e domani dovrà esibirsi», le ricordò Kaspar Meier, cercando di ammorbidire l'egiziana.

«Il mio spettacolo è la sera, il giorno è fatto di molte ore», rispose.

Per qualche minuto attesero che fosse Lenka a dire quando Zahra poteva tornare. «Domattina farò una lezione per i miei alunni più avanzati; non sono molti, dieci appena. Potrebbe venire a vederli. Cominceremo alle nove in punto.»

«Mille grazie. Ci sarò.»

Usciti dallo studio di Lenka, vennero avvolti dal freddo.

«Se non le dispiace fare una passeggiata, potremmo approfittare del fatto che non sta nevicando per visitare questa parte della città», propose Petr Mezlik.

«Mi sembra tutto bellissimo», affermò Zahra.

«Questo è il quartiere di Malá Strana. Si trova ai piedi del castello. Una città dentro la città.»

Camminarono per un bel pezzo. Dando per scontato che Fernando, in quanto spagnolo, fosse un devoto cattolico, Kaspar Meier fece in modo di entrare in tutte le chiese che trovavano lungo la strada. Fernando non volle contraddirlo e nemmeno chiarire il fatto che non fosse credente.

Meier annunciò loro con entusiasmo che stavano per entrare nella chiesa di Nostra Signora della Vittoria. «Quello che vedrete è incredibile. È una chiesa che ha molto a che vedere con la Spagna.»

Il fatto che Fernando non fosse credente non gli impediva di apprezzare il valore artistico di quanto vedeva. Suo padre gli aveva insegnato non solo a rispettare le credenze altrui, ma anche ad apprezzare l'arte, che fosse religiosa o di altro tipo. Come lui stesso gli aveva spiegato, non era possibile capire la civiltà occidentale senza conoscere l'enorme influenza della Chiesa di Roma. Si chiese se a suo padre sarebbe piaciuta quella gita tra le chiese di Praga.

«Come vi stavo dicendo, qui viene conservata la statua del Gesù bambino di Praga.» La voce di Kaspar Meier riportò Fernando al momento presente. «Ma è meglio che a raccontarvi questa storia sia il nostro amico Petr.»

Mezlik continuò la spiegazione iniziata dal suo socio. «Guardate, questa piccola rappresentazione di Gesù bambino è del secolo sedicesimo ed è arrivata a Praga con la duchessa María Manrique de Lara, un'aristocratica sposata con Vratislav von Pernstein. Questa illustre donna non avrebbe mai potuto immaginare che quanto lei aveva portato con sé avrebbe finito per essere venerato così devotamente qui a Praga.»

Trascorsero il resto della mattina a visitare quella parte della città e Mezlik rivelò loro un gioiello ben custodito: la biblioteca della basilica dell'Assunzione della Vergine Maria. «Questa è la sorpresa che avevo pensato per voi. Kaspar mi ha detto che una delle sue passioni è la lettura e che lei colleziona libri antichi. Da questa biblioteca non potrà portarsene via nemmeno uno, ma può certamente ammirarli.»

Petr Mezlik era particolarmente soddisfatto di essere riuscito a farsi aprire le porte che custodivano gelosamente un tesoro così unico.

«Come vede, mia cara, abbiamo tenuto conto di tutti i suoi gusti; il suo socio, il signor Chamoun, mi ha svelato il suo interesse per le biblioteche. A Vienna non abbiamo avuto molto tempo, ma il signor Mezlik è stato così bravo da prepararle questa gradita sorpresa.»

Zahra lo ringraziò e Fernando non poté che notare il suo entusiasmo durante la visita, provando un certo fastidio per aver scoperto un'altra passione di quella donna. In realtà, non sapeva niente di lei, e fu un'ammissione un po' amara.

Più tardi passarono davanti a un palazzo e Zahra chiese di che cosa si trattasse.

«È il palazzo Petschek», commentò Mezlik, un po' ombroso.

«Apparteneva a un importante banchiere», aggiunse Meier.

«Ben detto, apparteneva a un importante banchiere, ma adesso è la sede della Gestapo», aggiunge Mezlik, e il suo tono rifletteva una rabbia malcelata.

Poco dopo pranzo, Petr Mezlik li invitò a visitare il suo ufficio, dove Zahra doveva firmare alcuni documenti.

L'ufficio si trovava a Celetná, vicino alla Torre dell'orologio astronomico e a pochi passi dall'hotel Parigi, dove Zahra e Fernando alloggiavano.

Dopo pranzo, Zahra disse che aveva bisogno di riposare. Doveva prepararsi per lo spettacolo di quella sera. La neve cadeva di nuovo abbondante e il freddo riusciva a penetrare oltre gli strati dei loro soprabiti.

Zahra aprì la porta che separava la sua stanza da quella di Fernando e lo trovò vicino alla finestra, intento a guardare fuori. Sembrava affascinato dalla neve. «Dobbiamo convincere Lenka Zmek a portarci da Jana Brossler.»

Fernando si era quasi dimenticato della vera ragione per cui si trovavano a Praga; Jana Brossler era sparita dai suoi pensieri.

«Wilson ci ha detto che Jana era una delle allieve di Lenka. È l'unica pista che abbiamo. Ha detto anche che qualcuno l'avrebbe allertata sul fatto che il padre aveva chiesto che la cercassero», insistette Zahra.

«Non sarà facile che quella donna ci riveli qualcosa. Mi ha dato l'impressione che la nostra presenza l'abbia molto infastidita. Non so se ti sei resa conto di quanto fosse contrariata dalla tua insistenza quando le hai chiesto di tornare nella sua scuola.»

«Sì, lo capisco. Lei mi disprezza.»

«Ti disprezza?»

«È una grandissima ballerina.»

«Anche tu.»

«Ma sicuramente è convinta che la mia danza non abbia niente a che vedere con l'arte. Comunque, non me ne importa niente. Il nostro obiettivo è trovare Jana e possibilmente tirarla fuori di qui.»

«Tirarla fuori? La vedo grigia. Ci sono soldati tedeschi da tutte le parti. I nazisti sono i padroni della Cecoslovacchia. Difficilmente riusciremo a portare con noi quella ragazza.»

«Vedremo. Adesso la cosa più importante è fare in modo che Lenka abbia fiducia in noi. Ho pensato che potresti avvicinarti al suo studio e rivelarle perché siamo qui.»

«Immagino ci stiano controllando. Come faccio a giustificare la mia visita a Lenka Zmek?»

«Be', io voglio invitarla al mio spettacolo di stanotte e ho insistito con te perché tu vada a dirglielo.»

«Un argomento debole. Lo hai già fatto stamattina.»

«È l'unica scusa credibile.»

«Secondo me è meglio aspettare domani. Immagino che Meier e Mezlik verranno con noi, ma io cercherò di convincerli che è meglio lasciarti assistere alle lezioni di Lenka mentre noi ci prendiamo un caffè.»

«Hai ragione... Sono troppo impaziente. Questa città è bella, ma si sente il peso dell'oppressione. I soldati e quei tipi delle SS...»

«Quei tipi delle SS stasera verranno al tuo spettacolo. Perciò, comincia ad abituarti all'idea che dovrai salutare i capi e mostrarti gentile.»

«Sarò me stessa. Come ben sai, non intrattengo rapporti con chi viene a vedermi. Non vedo perché dovrei.»

«Vedremo che cosa succederà stasera. Ah, non sapevo che collezionassi libri antichi.» Fernando aveva un tono di rimprovero.

«Non vedo perché dovresti saperlo. Non te l'ho detto», affermò lei sostenendo il suo sguardo.

«Tu e Wilson fate in modo di farmi sentire meno di niente.»

«È un problema tuo, Fernando. Io non so niente di te, e non per questo mi sento offesa.»

La sua risposta lo ferì. Zahra aveva appena indicato i confini del loro rapporto. Non poteva aspettarsi nient'altro da lei. «Non credo che ti farò da accompagnatore in altri viaggi. Mi sento a disagio nel ruolo che Wilson mi ha assegnato.»

«Sì, me l'hai già detto, ma dovrai spiegarlo a lui. Io non decido dove vado e nemmeno con chi. Faccio solo quello che devo fare», rispose lei con freddezza.

Zahra trascorse il resto del pomeriggio nella sua stanza mentre Fernando, sebbene continuasse a nevicare, decise di uscire. Non sopportava la solitudine della sua camera.

Quella notte, Zahra infiammò il pubblico con le sue danze. Gli applausi le impedivano di lasciare la scena. Gli spettatori, per lo più soldati, continuavano ad applaudire con ammirazione.

Vari ufficiali si ammassarono alla porta del suo camerino chiedendo di vederla, incuranti delle ragioni che tanto Kaspar Meier quanto Petr Mezlik adducevano per mandarli via. «Signori, domani ci sarà un ricevimento al quale parteciperà anche la signorina Nadouri; lì potrete parlare con lei. Stasera però deve riposare», spiegò Mezlik, cercando di farsi sentire trale proteste degli ufficiali.

Zahra aveva ripetuto a Kaspar Meier che non era necessario che la accompagnasse nello studio di Lenka Zmek, ma l'austriaco non voleva lasciarla sola in giro per Praga, sebbene fosse accompagnata da Fernando. Anche a detta di Petr Mezlik, era preferibile che non si avventurasse per le vie della città, perciò la accompagnarono entrambi; Zahra però si fece promettere che non sarebbe rimasti con lei e che le avrebbero permesso di godersi la sessione di balletto di Lenka. «Se restate anche voi, lei si sentirà a disagio… È difficile fare lezione davanti a un pubblico indesiderato. Io me ne starò in un angolo e si dimenticheranno di me, ma se ci siamo tutti e quattro non vedrà l'ora che ce ne andiamo.»

Accettarono. Fernando li convinse definitivamente suggerendo che, mentre Zahra si godeva la lezione di balletto, loro potevano andare a bere un caffè da qualche parte.

Ad aprire la porta a Zahra fu Lenka in persona, che con un gesto la invitò a entrare. «Si è alzata presto. Tra qualche minuto arriveranno i miei allievi. Ci prendiamo un caffè?»

«Volevo solo parlare con lei da sola, se mi è permesso. Sono a Praga per questo.»

Lenka la guardò stupita, davanti alle parole dell'egiziana il suo corpo si fece teso. «Che cosa vuole?»

«Trovare Jana Brossler. Sono certa che le abbiano detto che qualcuno si sarebbe messo in contatto con lei.»

Il volto di Lenka acquisì la tonalità del ghiaccio, i suoi occhi svelarono tutta la sua preoccupazione. «Jana Brossler? Non so di che cosa stia parlando; è forse una mia vecchia allieva?»

«A quello che so io, è stata una delle sue alunne predilette. Una ragazza coraggiosa e temeraria, incapace di accettare l'occupazione tedesca, che per questa ragione ha cercato di entrare a far parte della Resistenza.» Zahra più che parlare sussurrava.

«Non so di che cosa lei stia parlando.» Il tono di Lenka era freddo e perentorio.

«Abbiamo poco tempo, signora Zmek. Mi hanno detto che potevo fidarmi di lei. È quello che sto facendo. Il padre di Jana è ricorso a un suo caro amico perché lo aiuti a ritrovare la figlia. Il signor Brossler vuole che la portiamo via di qui. Ed è quello che io vorrei fare, se lei mi dice dove posso trovarla.»

«Anche ammesso che mi stia dicendo la verità, perché dovrei fidarmi di lei? Per me, lei è una ballerina di danze orientali. So anche che i tedeschi hanno molti amici tra gli egiziani.»

«Amici? Sì, immagino che purtroppo abbiano amici dappertutto. Ma io non faccio parte del gruppo. Mi hanno detto che pronunciando una frase dovrei riuscire a convincerla a fidarsi di me. Ieri non sono riuscita a dirgliela, ma adesso posso: "Mi piacerebbe rilassarmi alle terme".»

Le labbra di Lenka lasciarono intravedere un sorriso. «Molto bene, questa è la parola d'ordine.»

«Deve fidarsi di me. Io non ho altra scelta che fidarmi di lei.»

«È difficile fidarsi di chiunque di questi tempi», disse Lenka con un sospiro.

«Lo so, ma non abbiamo altra scelta, dobbiamo farlo. Non le hanno detto che sarei venuta?»

«Mi hanno avvisata, sì, ma non mi hanno detto chi dovessi aspettare.»

«Non so... ho come l'impressione che Petr Mezlik...» Zahra non concluse la frase.

«Signorina Nadouri, il signor Mezlik è un patriota ceco.»

«Non ne dubito... anche se si fatica a crederlo, sapendo che è socio del signor Meier.»

«Ah, le apparenze! Anche lei è stata contattata dal signor Meier, e per questo non dovrei fidarmi di lei? Sì, è un'ottima ragione, ma non è abbastanza. Ci sono molti modi di nascondersi.»

«Allora, il signor Mezlik fa parte della Resistenza?»

Lenka fissò i suoi occhi verdi in quelli di Zahra. Quella domanda le sembrò fuori luogo. «Ignoro i nomi di coloro che fanno parte della Resistenza, sempre che ne resti qualcuno vivo. Essere contro i nazisti non significa fare parte della Resistenza. Comunque... come pensa di portare via Jana?»

«Ho portato dei documenti falsi. Spero possano servire.»

«Non sappiamo se i nazisti la stiano cercando. In realtà, Jana non ha mai fatto parte della Resistenza, benché conoscesse persone che... In sostanza, i nazisti sono impazziti dopo la morte di Heydrich. Hanno ucciso il gruppo che ha organizzato l'attentato contro di lui. È stato liberato solo il traditore, Karel Čurda. Che Dio lo punisca tra le fiamme dell'inferno. Poi Himmler si è vendicato ordinando il massacro di Lidice.»

«Lo so, conosco la storia.»

«Però non sa che portare fuori Jana non sarà facile.»

«Dove si trova?»

«A Karlovy Vary. È una famosa località termale, non molto lontano da Praga.»

«Perché si trova lì?»

«Perché stare qui era un pericolo. Qualcuno potrebbe denunciarla, raccontare che aveva cercato di unirsi alla Resistenza. Di fatto, un suo amico conosceva uno dei ragazzi che ha organizzato l'attentato contro Heydrich. Jana è la mia allieva migliore. Se questa guerra finirà, lei sarà la ballerina più grande di questo dannato secolo. Sono riuscita a portarla a Karlovy Vary, a casa di mia zia Aneta, dove si fa passare per la sua dama di compagnia.»

«Ma così è molto esposta.»

«A volte è più facile nascondere quello che si vede. Mia zia Aneta è una donna molto speciale. È la sorella di mia mamma. È molto intelligente e tutti la temono un po'. È conosciutissima e molto rispettata a Karlovy Vary, dove organizza rinomate serate musicali. Si è sposata quattro volte ed è sopravvissuta a quattro mariti. Non ha figli e io sono la sua unica nipote. Abbiamo una cosa in comune: entrambe vogliamo vedere i tedeschi fuori del nostro Paese, e in più odiamo questi maledetti nazisti.»

«Hitler è folle. Basta ascoltarlo per rendersene conto», affermò Zahra.

«No, non è folle. Non sia troppo buona con lui.»

«Ha ragione, ma adesso mi dica in che modo possiamo portare Jana sino a Praga.»

Lenka si fermò a riflettere. Sembrava in cerca di una soluzione e, a quanto pareva, l'aveva già trovata. «Lei potrebbe venire con me a Karlovy Vary. La inviterò a visitare lo stabilimento termale. Inviterò anche Meier e Mezlik. Andremo a casa di mia zia. E lì ci faremo venire in mente qualcos'altro. Però, può anche darsi che Jana non voglia lasciare il Paese. Deve sapere che non ha voluto accompagnare suo padre quando lui è andato via», spiegò Lenka.

«Lo so, ma adesso la sua vita è in pericolo», le ricordò Zahra.

«Sì... In realtà so che stanno cercando tutti coloro che hanno avuto qualche rapporto con quello che resta della Resistenza. Hanno arrestato e torturato molte persone cercando di estorcere loro delle confessioni inutili, perché i più non avevano niente a che vedere con la Resistenza.»

«Le propongo di venire a vedermi stasera a teatro. Dobbiamo dare l'impressione di provare simpatia l'una per l'altra. So che stanotte hanno organizzato un ricevimento al quale sono tenuta a partecipare. Potrebbe venire anche lei. Così, nessuno si stupirà del fatto che io a mia volta la segua sino a Karlovy Vary.»

«Partecipare a un ricevimento con i nazisti! Assolutamente no!» esclamò Lenka.

«Deve aiutarmi a portare via Jana. Dobbiamo convincere tutti di provare simpatia l'una per l'altra.»

«Verrò a vederla ballare, ma non al ricevimento. Il mio stomaco ha un limite, signorina Naduori.»

«Anche il mio, signora Zmek, ma non quando si tratta di salvare una vita. Prima cerco di salvarla, poi do di stomaco. Sempre in questo ordine.»

«Ci vediamo stasera a teatro. Dica a Petr Mezlik di farmi avere due biglietti.»

«Di Mezlik, quindi, ci si può fidare?»

«Mi fido di lui. Ci conosciamo da molti anni. È stato lui, qualche giorno fa, a dirmi che qualcuno sarebbe venuto a trovarmi, e a comunicarmi la parola d'ordine che lei ha appena detto.»

«Perciò, sapeva che sarei venuta!»

«No, nel modo più assoluto. Le cose non funzionano in modo così semplice. A lui è stato chiesto di dirmi una frase che qualcuno a un certo punto mi avrebbe ripetuto. Ma non sapeva chi lo avrebbe fatto, proprio come io non sapevo chi sarebbe venuto da me e nemmeno per quale ragione.»

«Per questo la mia presenza l'ha infastidita così tanto?»

«Che cosa si aspettava? Io non sapevo che la persona che avrebbe pronunciato la parola d'ordine era lei. Nemmeno Mezlik lo sapeva allora, né deve saperlo ora.»

«Sì... ma lei si fida di Petr Mezlik...»

«Gliel'ho già detto, è un patriota, anche se è socio di Kaspar Meier. E anche questo non è molto appropriato.»

«Ma chi ha informato Mezlik che sarebbe venuto qualcuno per mettersi in contatto con lei?»

«Non lo so, ci sono domande che è meglio non fare. Meno sappiamo gli uni degli altri, meno pericoli corriamo. Ci sono molti modi di far parte della Resistenza, il nostro è uno di quei modi. Cerchiamo di aiutare coloro che si stanno giocando la vita in prima linea.»

«Come Jana.»

«Sì, come avrebbe voluto fare Jana.»

Il gruppo di allievi scelti di Lenka era davvero eccezionale. Veri e propri virtuosi del balletto. Lenka Zmek si dimenticò della presenza di Zahra e non si preoccupò nemmeno di salutarla quando lei andò via. Si erano già dette tutto quello che dovevano dirsi.

Quella sera, a teatro, tra il pubblico si alzò un bisbiglio quando fu chiara la presenza di Lenka Zmek. La ballerina, con indosso un abito nero di velluto lungo sino ai piedi e un fiocco nei capelli, entrò al braccio di un uomo di una certa età che si appoggiava a un bastone.

Erano entrambi elegantissimi e avevano un'aria aristocratica e distante. Camminavano ignorando coloro che avevano attorno.

Piovvero commenti. Per quale ragione Lenka Zmek si era degnata di andare al teatro Vinohrady ad assistere allo spettacolo di una ballerina orientale? Tutti sapevano che Lenka era arrogante e superba, e che riteneva di non avere eguali tra le ballerine di tutto il mondo. Eppure era lì, splendida e orgogliosa al braccio di Pavel Ostry, un'altra gloria nazionale, il miglior direttore d'orchestra della Cecoslovacchia e un mito in tutta Europa.

Ma il pubblico si stupì ancora di più quando vide Lenka e Pavel applaudire la ballerina egiziana.

Durante l'intervallo, alcuni camerieri offrirono dello Champagne agli spettatori. Petr Mezlik si avvicinò a Lenka e Pavel Ostry, insistendo perché partecipassero al ricevimento organizzato in onore di Zahra. La ballerina declinò categoricamente l'invito, ma non lesinò gli elogi verso l'egiziana. Lo fece con la voce ferma e fredda che le era tipica. Molti spettatori la sentirono dire che Zahra Nadouri era una grande professionista.

Concluso lo spettacolo, Zahra andò a salutare Lenka. Il pubblico commentò l'atteggiamento di deferenza della ballerina egiziana nei confronti di quella ceca.

«Stia attenta, c'è anche Ernst Gerke, e a quanto pare parteciperà al ricevimento che Meier ha organizzato per questa sera», sussurrò Lenka.

«Chi è Ernst Gerke?» volle sapere Zahra.

«Il capo della Gestapo a Praga.»

Entrambe interpretarono alla precisione il ruolo che loro stesse si erano scelte. Lenka non andò al ricevimento in onore di Zahra, ma l'indomani a Praga tutti seppero che la grande Lenka Zmek era stata gentile con Zahra Nadouri, che l'aveva persino elogiata. Era una notizia positiva se paragonata ai commenti sull'evolversi della guerra.

Il ricevimento fu un successo. Zahra dovette fare uno sforzo per accogliere gli elogi degli ufficiali tedeschi ansiosi di corteggiarla, per nulla preoccupati dalla presenza di Fernando.

Né a lui né a Zahra passò inavvertito l'entusiasmo di Kaspar Meier per l'arrivo di un uomo che tutti i presenti accorsero a salutare. «Si tratta dell'Obersturmbannführer Ernst Gerke, capo della Gestapo di Praga, l'uomo più potente e temuto della città», spiegò Petr Mezlik.

«È amico di Meier?» chiese Fernando.

«Si conoscono e, a quanto pare, si trovano simpatici. Meier ve lo presenterà senz'altro. In un certo senso, è un grande onore per Zahra che sia venuto a vederla a teatro e ci abbia raggiunti qui al ricevimento. Stanotte, mia cara, ci sono gli ufficiali più importanti dell'esercito tedesco, delle SS e, naturalmente, della Gestapo.»

Il tono di voce cercava di essere neutrale, ma a Fernando sembrò celasse paura e insieme raccapriccio.

Petr Mezlik riuscì ad aggiungere tre date in più di quelle previste per gli spettacoli di Zahra, tale era il successo ottenuto. I giornali pubblicarono la notizia che Zahra era stata invitata da Lenka Zmek a dare una lezione magistrale nella sua scuola di danza.

«Perciò, ci tratterremo qualche giorno in più», commentò Zahra con Fernando.

«A dirla tutta, l'operazione per portare fuori dal Paese Jana è raffazzonata. Credete che i nazisti siano degli ingenui? Sicuramente ci stanno controllando.»

«Magari sì, o magari non danno nessuna importanza al fatto che due ballerine si trovino simpatiche. Ma è un rischio che dobbiamo correre. Il prossimo fine settimana andremo a Karlovy Vary. Kaspar Meier sembra entusiasta all'idea. Anche lui verrà con noi.»

«È evidente che Meier è dalla parte dei nazisti. O forse non ascolti le cose che dice? Che Hitler ha restituito l'orgoglio all'Austria e alla Germania, che l'Europa diventerà il faro del mondo quando Hitler la governerà da nord a sud...»

«Proprio per questo deve venire con noi. Naturalmente, lui è convinto che Lenka mi abbia invitato per vedere lo stabilimento termale e conoscere sua zia, che è un vero personaggio. Meier mi ha spiegato che l'ultimo marito della zia di Lenka era un conte e, perciò, lei è diventata una contessa. E Meier, per il solo fatto di essere ricevuto a casa di una contessa, si sente speciale.»

«Lo hai preso per uno stupido? Be', non lo è. Se è riuscito a fare fortuna, non è certo perché è uno stupido. È una persona ambiziosa e per nulla raffinata, ma dietro la sua apparente semplicità c'è un uomo che si è fatto da solo e sa quello che vuole», replicò Fernando.

«In ogni caso, lui ha deciso di venire e io non posso impedirglielo. Andremo tutti a Karlovy Vary», decretò Zahra.

Zahra era affascinata dalla neve, come lo era dalla sabbia interminabile del deserto o dal mare infinito. Anche se tremava di freddo. Petr Mezlik e Kaspar Meier erano andati a prenderli in hotel di primo mattino. Mezlik era al volante di un'auto nera spruzzata di fiocchi.

Il viennese non aveva mai smesso di parlare da quando avevano lasciato Praga. Fernando cercava di stargli dietro, Zahra invece non lo ascoltava proprio. Finché non ebbero raggiunto Karlovy Vary, lei non prestò loro nessuna attenzione. Gli alberi si facevano largo verso il cielo e i versanti dei monti erano punteggiati di case, dai comignoli fuoriuscivano sbuffi di fumo lunghi e sottili.

Con la faccia appiccicata ai finestrini della macchina, Zahra stava ascoltando le spiegazioni di Kaspar Meier quando, dopo aver indicato loro il fiume Teplá, che scorreva accanto allo Stabilimento Imperiale, ci tenne a precisare che era stato costruito sotto la direzione di due architetti viennesi nel 1895, appena cinquant'anni prima, anni convulsi per l'Europa, con la Grande guerra e la Rivoluzione russa. «I personaggi più importanti d'Europa sono passati da quello stabilimento. Immaginate... Beethoven, Chopin, Liszt, Tolstoj, Goethe, Freud... Anche lo zar di Russia, che aveva l'abitudine di venire qui per un certo periodo, accompagnato dai membri più importanti della corte. Ma non era l'unico ad amare le acque di questo posto; persino Karl Marx ha visitato lo stabilimento. Capisce, mia cara? Lei deve bere quest'acqua prodigiosa. Sono certo che la nostra ammirevole Lenka avrà organizzato ogni cosa per far sì che lei possa godersi un'esperienza del genere.»

Ogni tanto Petr Mezlik incrociava lo sguardo di Zahra attraverso lo specchietto retrovisore. Durante il viaggio era rimasto in silenzio, lasciando che fosse Meier a intrattenere gli ospiti.

Un maggiordomo li aspettava alla porta. La villa era circondata di alberi centenari, così tanti e così frondosi che dalla strada non la si vedeva.

Accorsero subito due domestiche, pronte a occuparsi dei bagagli.

Non appena entrarono in casa, gli ospiti si trovarono davanti Lenka e la zia Aneta. «Benvenuti», disse quest'ultima.

«Avete fatto un buon viaggio?» si interessò Lenka.

La zia Aneta li invitò a seguirla in biblioteca, dove la legna ardeva dentro il camino.

Se Lenka Zmek era una donna di una bellezza singolare, sua zia lo era ben di più. Era difficile calcolare quanti anni avesse. Più alta di Lenka, diritta e magra, i capelli biondi con qualche filo bianco raccolti in uno chignon e due occhi ancora più verdi di quelli della nipote. Tutto in lei irradiava intelligenza, eleganza e autorità. La sua presenza riempiva la stanza.

Il maggiordomo accorse, seguito da una domestica con un vassoio e un servizio da caffè. Parlarono di banalità mentre si studiavano a vicenda, finché la contessa Aneta non si alzò per invitarli a occupare le stanze che aveva fatto preparare per loro. «Andate a riposare. Ci rivedremo all'ora di pranzo.» E uscì dalla stanza lasciandoli in compagnia della nipote.

«Bene, non appena vi sarete sistemati, se volete possiamo fare una passeggiata in città» disse Lenka. «O forse Petr e il signor Meier preferiscono riposare un po'... In fondo, voi conoscete già Karlovy Vary e stamattina fa molto freddo, invece la signorina Nadouri e il signor Garzo magari preferiscono fare una passeggiata.»

«Naturalmente sì», affermò Zahra senza nemmeno preoccuparsi di interpellare Fernando.

«Allora, andate un momento nella vostra stanza per indicare alle domestiche come volete che sistemino il vostro bagaglio, io vi aspetto qui», rispose Lenka.

«Io preferisco riposare. Non è facile guidare in mezzo a una tempesta di neve», si scusò Petr Mezlik.

«Io invece non sono stanco, non mi dispiace venire con voi», affermò Kasper Meier.

Lenka non poteva rifiutare la sua proposta, ma storse le labbra. Le sarebbe piaciuto parlare con Zahra e Fernando senza la presenza di un testimone così scomodo come Meier.

«Se lo desidera, può chiamarmi per nome, invece che signorina Nadouri», intervenne Zahra rivolta a Lenka.

«Anche io preferirei che mi chiamasse per nome», aggiunge Fernando.

«Se preferite così...» Lenka non sembrava molto convinta di quella richiesta che toglieva formalità, ma accettò per non apparire sgarbata. Si era sempre protetta dagli altri mantenendo le distanze dettate dalla buona educazione.

La villa non era lontana dal centro cittadino. Camminare sotto una tempesta di neve non era facile, perciò Zahra prese sottobraccio Fernando. Non aveva dimenticato che dovevano interpretare il ruolo dei giovani amanti.

Lenka mostrò loro il colonnato del Mercato e quello del Mulino, costruiti alla fine del XIX secolo. In entrambi i luoghi c'erano delle fontane dalle quali sgorgava l'acqua miracolosa di Karlovy Vary. Li sorprese tirando fuori dalla propria borsa dei piccoli boccali di porcellana perché li riempissero di acqua calda, un'acqua che, a suo dire, curava quasi tutto.

Fernando e Zahra presero coraggio e bevvero da una delle fontane.

L'espressione di stupore di entrambi fece sorridere Lenka. «Non vi piace? Sono acque solforose, hanno un gusto un po' metallico...»

«E come fate a sapere che sono salutari?» chiese Zahra.

«A Carlo IV, imperatore del Sacro romano impero, piaceva venire a caccia in questi boschi; fu lui a scoprire che in questa zona sgorgava l'acqua calda. Perciò, a partire dal XIV secolo, si veniva qui proprio per bere le acque. Ma è stato David Becher, un medico, colui che nel XVIII secolo ha trasformato Karlovy Vary in un vero stabilimento termale. Insomma, questo posto è molto speciale, apprezzato da persone autorevoli. Oserei dire che è lo stabilimento più importante d'Europa», spiegò Lenka con orgoglio mentre indicava gli edifici barocchi e liberty che affiancavano quelli neoclassici, facendo dell'insieme un vero gioiello.

Dovettero tornare alla villa della contessa perché la neve impediva loro di continuare a camminare e ormai erano tutti bagnati.

Il pranzo fu servito in una sala le cui ampie finestre permettevano di immergere lo sguardo nel bosco coperto di bianco.

La contessa presentò loro una ragazza dall'aspetto delicato. «Jana non è solo la mia dama di compagnia, si occupa anche della mia salute. Senza di lei, non so che cosa ne sarebbe di me.»

Kaspar Meier osservò con attenzione quella ragazzina dai modi eleganti, così timida che teneva gli occhi bassi. «Perciò, questa signorina è la sua infermiera», osservò.

Aneta non rispose, si limitò a sorridere mentre con un cenno invitava Fernando ad accomodarsi alla sua destra. Petr Mezlik invece si sistemò alla sua sinistra.

Parlarono di tutto e di niente, ma principalmente di teatro e di arte. Kaspar Meier continuava a intervenire raccontando dei molti concerti, balletti e compagnie teatrali che a Vienna si contendevano il favore del pubblico. La contessa si interessò della danza di Zahra e ascoltò con attenzione le sue spiegazioni.

«Mi piacerebbe vederla ballare. Non ho mai assistito a uno spettacolo di danza orientale. Ma l'eco del suo successo a Praga è arrivato sino qui.»

«Purtroppo ho lasciato il mio bagaglio in città; proprio come il balletto, anche la mia danza ha bisogno di un abbigliamento speciale.»

La contessa Aneta annunciò che, nonostante il cattivo tempo, quella sera sarebbero andati a teatro. «Il bello di Karlovy Vary è che c'è gente tutto l'anno; viene qui a bere le nostre acque. Il brutto è che non sempre questa gente è della miglior specie. Ma il vantaggio è che il nostro teatro è aperto anche in questa stagione.»

Concluso il pranzo, la contessa propose loro di occupare il tempo giocando a scacchi, leggendo o ascoltando musica. Petr Mezlik propose a Kaspar Meier e a Fernando di bere un bicchiere di cognac e giocare a carte; il viennese accettò immediatamente e Fernando non osò rifiutare. Le signore preferirono andare a prepararsi per la serata a teatro.

Tuttavia, nessuna si rifugiò nella propria stanza; andarono tutte in quella di Aneta. Lì, una volta chiusa la porta, Zahra poté parlare con Jana e spiegarle perché si trovava lì.

Jana Brossler la ascoltò, attenta ed emozionata. Da mesi non parlava più con suo padre e mal sopportava l'angoscia che le suscitava l'incertezza.

Zahra le spiegò che si trovava lì per portarla in Svizzera, dove suo padre la stava aspettando. Poi, insieme sarebbero andati negli Stati Uniti, sempre che la guerra glielo avesse permesso.

«Ma io non posso andarmene. Sono certa che mi stanno cercando. Hanno arrestato diversi miei amici solo perché conoscevano qualche membro della Resistenza.»

«Nessuno ha fatto il tuo nome, sennò non saresti qui», argomentò Zahra.

«Questo non lo sappiamo. Quando sono cominciate le retate, i nazisti sono andati nelle case di molti degli amici di Jana», affermò Lenka.

«Hanno arrestato tutti i suoi amici?» insistette Zahra.

«A quello che sappiamo, alcuni sono stati semplicemente interrogati, ma di altri non abbiamo più saputo niente», intervenne di nuovo Lenka.

«Eri molto coinvolta nella Resistenza? Era molta la gente che sapeva di te?» chiese Zahra.

«In realtà, io... ecco, conoscevo un ragazzo che a sua volta conosceva alcuni componenti della Resistenza, ma non ho mai incontrato nessuno di loro. Avevano paura delle delazioni e non si fidavano di nessuno. Io non conoscevo nemmeno i loro nomi», spiegò Jana.

«Allora non credo che ti stiano cercando», affermò Zahra.

«Questo non lo sappiamo», intervenne di nuovo Lenka.

«A maggior ragione dovresti andartene con tuo padre; è la cosa più sensata, Jana, sempre che riusciamo a farti lasciare il Paese», concluse la contessa Aneta.

«Ma io non posso andarmene... Questo è il mio Paese... Non possiamo fuggire e lasciare che i nazisti prendano il sopravvento.»

«Qui non ci fai niente, Jana. Ormai non puoi fare niente. Non c'è più una Resistenza, è stata messa al tappeto dopo la morte di Heydrich», affermò Zahra.

«Allora bisognerà ricominciare», rispose la ragazza.

«Sì, immagino che qualcuno ci riproverà. Ma in questo momento la tua partecipazione è impossibile, visto che metterebbe a repentaglio anche coloro che stanno cercando di ricostruire la Resistenza. Il solo fatto di conoscere qualcuno che a sua volta è collegato in qualche modo a coloro che sono stati arrestati è sufficiente a metterti in pericolo», le ricordò Lenka.

«Mi permetta di chiederle come pensa di tirare fuori Jana dal Paese. Immagino abbia un piano», volle sapere la contessa, che ormai considerava irreversibile la decisione che la ragazza andasse via.

«Visto che lei ha presentato Jana come la sua dama di compagnia, oltre che la sua infermiera… io potrei fingere di sentirmi male e suggerire che sia Jana a occuparsi di me», spiegò Zahra.

«In che senso?»

«Rimarremo qui per qualche giorno e la notte prima del nostro ritorno a Parigi io mi sentirò male. Lei proporrà che Jana mi accompagni in Svizzera per prendersi cura di me, dando per scontato che poi tornerà indietro. Sono certa che Kaspar Meier riuscirà a sistemare le cose. È l'unica idea che mi è venuta», affermò Zahra senza troppa convinzione.

«Quell'uomo però sostiene i nazisti», intervenne Lenka con preoccupazione.

«Lo so, ma è una persona semplice», sostenne Zahra.

«Non sono d'accordo sul fatto che Meier sia una persona semplice, credo piuttosto che finga di esserlo. Non lo sottovaluti», le raccomandò la contessa.

«Siamo arrivati a Praga in treno e in treno dobbiamo andarcene. Jana sarà la mia infermiera. Ho un passaporto per lei, riporta il suo stesso nome ma il cognome è falso. È un passaporto svizzero. Ho anche un diploma da infermiera rilasciato in Svizzera a nome di Jana.»

«Jana non è un nome svizzero», replicò la zia Aneta.

«No, non lo è. La sua nuova identità è quella di una ragazza nata da genitori svizzeri, ma con la madre di origine ceca. Jana è il nome della nonna. Sarebbe questa la spiegazione.»

«Ma io non voglio andarmene», insistette Jana.

«Cara, la tua presenza qui è ormai del tutto inutile. Ritorna da tuo padre, è la cosa migliore per tutti», decise la contessa.

«Sì, abbiamo già tentato sin troppo la sorte», concordò Lenka.

Il volto di Jana si riempì di lacrime. Non le lasciavano altra scelta che tornare a Praga e affrontare il suo destino, il che poteva significare anche finire in prigione e chissà cos'altro.

«Sa una cosa, Zahra? Mi ha sorpreso quando, a Praga, mi ha spiegato che avete portato con voi un passaporto falso. Non sapevate nemmeno se l'avreste trovata», disse Lenka, guardando Zahra con curiosità.

«Le ho già spiegato qual era il mio incarico. Chi mi ha mandato qui sapeva che lei, Lenka, aveva dato una copertura a Jana. Per questo mi è stato ordinato di mettermi in contatto con lei. Ignoro se questa persona sapesse che Jana vive da sua zia Aneta, non mi è stato detto, ma probabilmente lo sapeva. Le persone con le quali collaboro hanno occhi dappertutto; sono state loro a spiegarmi che l'unico modo di portare via Jana dal Paese era fingermi malata e farla passare come mia infermiera.»

«Ma lei non sapeva che Jana era qui con mia zia», insistette Lenka.

«È stata proprio lei a dirmelo, è meglio non sapere più del necessario, e io sapevo solo lo stretto indispensabile: che dovevo mettermi in contatto con lei e portare con me un passaporto e un diploma da infermiera per Jana.»

«E Fernando Garzo che cosa sa?»

La domanda di Lenka sconcertò Zahra. «In che senso?»

«Sa per quale ragione lei è venuta a Praga?» Una domanda così diretta non poteva che avere una risposta altrettanto diretta.

«Ma certo, Fernando sa tutto. Lui è… è il mio fidanzato. Sa tutto della mia vita. Si prende cura di me e si prenderà cura anche di Jana.»

«Sa che cosa le dico, mia cara? Non ho dubbi sul fatto che sia una persona affidabile, ma dovrebbero fingere un po' meglio; siete troppo distanti e freddi l'uno con l'altra per essere amanti. Le consiglio di metterci un po' più di passione.» Le parole di Aneta fecero arrossire Zahra.

La prima sorpresa che li attendeva a teatro era la volta dipinta da Gustav Klimt; la seconda, l'impressionante telone, dipinto anch'esso da Klimt; la terza, lo spettacolo in programma, niente meno che *Le nozze di Figaro* di Mozart, la stessa opera con la quale il teatro di Karlovy Vary era stato inaugurato nel 1886.

Fu una serata piacevolissima e quando tornarono alla villa si sentivano tutti rinfrancati.

L'indomani, Lenka annunciò loro che sua zia li avrebbe accompagnati in giro per la città. Del cattivo tempo restava solo il freddo; quella mattina i raggi di sole filtravano tra le nuvole e si riflettevano sulle chiome degli alberi.

La contessa li portò a visitare il colonnato del Castello, dove qualche anno prima era stata eretta una statua dedicata allo Spirito delle sorgenti. Visitarono anche la chiesa di Maria Maddalena. Ma la vera sorpresa furono i Bagni imperiali, dove due domestiche di Aneta li aspettavano con tutto il necessario per entrare negli impianti.

Trascorsero così la giornata, ma tornati a casa Aneta chiese alla nipote di accompagnare i suoi ospiti a visitare la chiesa russa dedicata ai santi Pietro e Paolo. «Prima che scoppiasse la guerra molti nobili russi venivano qui per le nostre acque. Vi piacerà.»

Kaspar Meier ne approfittò per maledire l'Armata Rossa, augurandosi che Hitler prima o poi si prendesse la rivincita. Ma i suoi commenti non ne suscitarono di ulteriori. Era un giorno troppo bello per lasciare che Meier lo rovinasse.

Dovettero attendere un altro giorno ancora per far partire il piano che, ingannando Meier, avrebbe permesso loro di portare via Jana dalla Cecoslovacchia.

Fernando scese a fare colazione con aria preoccupata e disse alla contessa, con Meier e Mezlik presenti, che Zahra non si sentiva bene.

Aneta gli chiese se fosse il caso di chiamare un medico, ma secondo Fernando era meglio aspettare che Zahra si alzasse; era rimasta sveglia tutta la notte a causa di forti dolori allo stomaco.

Petr Mezlik espresse la sua preoccupazione e suggerì di tornare immediatamente a Praga, dove un medico l'avrebbe visitata. Meier assecondò la proposta del suo socio. Fernando però chiese loro un po' di pazienza; era meglio aspettare che Zahra si alzasse.

A metà mattina chiese ad Aneta di chiamare un medico; Zahra non riusciva ad alzarsi a causa delle vertigini. Era stata lei stessa a dare un nome al suo disturbo. Lei non aveva mai sofferto di vertigini, ma sua madre sì, e lei ricordava tutti i sintomi e le conseguenze.

Kaspar Meier si offrì di accompagnare Petr a cercare un medico per portarlo a casa di Aneta.

Quello era uno degli aspetti più difficili del piano, perché il medico che avrebbe visitato Zahra non sapeva che la sua malattia celava un'operazione segreta per liberare Jana. Perciò, Zahra avrebbe dovuto fingere, e la sua recitazione avrebbe decretato la possibilità di passare alla seconda fase del piano.

Il dottor Novák visitò minuziosamente Zahra in compagnia di Jana, che recitò la parte dell'infermiera. L'egiziana era pallida, aveva gli occhi chiusi e supplicava che non la spostassero perché la stanza le girava tutt'intorno.

Jana si mostrò all'altezza del suo ruolo e, prima ancora che il medico diagnosticasse le vertigini, fu lei a suggerire quale potesse essere il disturbo che aveva colpito la ballerina, ipotesi che il dottor Novák appoggiò senza esitazione.

Fernando stringeva le mani di Zahra tra le proprie con un'aria così preoccupata da risultare commovente.

Aneta e Lenka aspettavano vicino alla porta, dietro di loro c'erano Meier e Mezlik. Il sagace viennese cercava di non perdersi una sola parola di quanto veniva detto dentro la stanza, visto che il dottor Novák parlava un inglese rudimentale.

Zahra fece finta di avere i conati e Jana le avvicinò diligentemente un piccolo catino mentre le sorreggeva la testa. Dopo un po', Jana lasciò che la testa di Zahra poggiasse di nuovo sul cuscino.

«Dottore, credo ci sia troppa gente in questa stanza. Non va bene, anche per lo stato in cui si trova la signora, dubito che le piaccia essere osservata.» Jana aveva un tono convinto.

«Ha ragione, infermiera. Qua dentro c'è troppa gente, così le togliamo l'aria. La cosa migliore è che lei stia qui con la signora. Le prescriverò delle pastiglie che le faranno passare la nausea, ma quanto alle vertigini... credo non ci sia molto da fare. Possono durare diversi giorni.»

«Ma potrà pur fare qualcosa! Zahra non sta in piedi. Non riesce a camminare da sola», disse Fernando con una punta di angoscia nella voce.

«Purtroppo non esistono misure efficaci contro le vertigini, possiamo provare con qualche farmaco. La cosa migliore è che rimanga a letto con la testa sollevata; la aiuterà a stare meglio.»

Fernando seguì il dottor Novák fuori della stanza e chiuse la porta, lasciando dentro solo Jana.

Si radunarono tutti nella sala, dove il dottore diede loro le ultime indicazioni, in particolare consigliò di far riposare la paziente per qualche giorno.

«Dottore, non possiamo restare qui. La signorina Nadouri ha impegni artistici improrogabili. In ogni caso, lei stessa insiste per tornare a casa», affermò Fernando.

«È impossibile, come può pensare di viaggiare sino in Egitto? Assolutamente no. Anche se è quello che vuole, la signora non riesce a stare in piedi. Dovrà aspettare qualche giorno e, se anche dovesse migliorare, viaggiare non è certo la cosa più opportuna viste le sue condizioni.»

Quando il dottor Novák se ne andò, Aneta chiese ai suoi ospiti che cosa pensassero della situazione. Fernando continuava a dire che dovevano tornare quanto prima ad Alessandria, Mezlik insisteva invece con l'idea di trasferire Zahra in un ospedale di Praga. Kaspar Meier, che temeva di dover rimanere lì a vegliare la malata, suggerì di trasferirla a Vienna, dove sarebbe stata curata dai migliori medici.

Il dottor Novák visitò Zahra l'indomani e disse che il suo stato continuava a essere delicato. Jana e Fernando non si allontanavano dal suo capezzale.

Trascorsi tre giorni, Kaspar Meier faticava a nascondere il nervosismo. Gli affari lo reclamavano a Vienna. Rappresentava anche altri artisti, promuoveva spettacoli e non poteva certo prolungare il suo soggiorno a Karlovy Vary. Perciò, chiese sollecitamente alla loro anfitriona che tutti insieme prendessero un decisione.

Abilmente, Aneta suggerì che la cosa migliore fosse portare Zahra a Vienna, come suggeriva lo stesso Meier.

«Sarà in grado di viaggiare?» chiese lui preoccupato.

«Lo chiederemo al dottor Novák, sta per arrivare. Sarà lui a decidere», stabilì la contessa.

Quando il dottor Novák arrivò, la domestica gli chiese di seguirla nello studio della sua padrona di casa. «Dottore, abbiamo un problema. Lo stato della signorina Nadouri è delicato, d'altro canto né lei né i suoi accompagnatori possono prolungare ulteriormente il loro soggiorno qui. È comprensibile; il signor Meier deve tornare a Vienna e il signor Mezlik ha i suoi impegni a Praga. Quanto a mia nipote Lenka, neanche lei può assentarsi ulteriormente dalla sua scuola di danza. Secondo lei, che cosa dovremmo fare?»

«Signora contessa, è difficile prendere una decisione dato lo stato della signorina Nadouri.»

«Sì, concordo; l'altro giorno però lei ha chiesto alla mia infermiera di non separarsi dal capezzale della malata. Secondo lei, se la mia infermiera la accompagnasse, il viaggio potrebbe essere meno pesante per la signorina Nadouri?» chiese Aneta con voce particolarmente zuccherosa.

Il dottor Novák esitò per qualche istante. Che una persona colpita da vertigini partisse per un viaggio era temerario, ma probabilmente la contessa era stufa e voleva evitare che il soggiorno dei suoi ospiti si protraesse ulteriormente; perciò, era disposta addirittura a rinunciare alle cure della sua dama di compagnia, la quale, dopo il problema presentato dalla ballerina egiziana, si era rivelata anche un'infermiera. La contessa Aneta era una donna importante dalla salute eccellente, il medico non capiva per quale ragione disponesse di un'infermiera a suo esclusivo servizio; tuttavia, considerato che i suoi quattro mariti si erano ammalati lasciandola vedova, era probabile che fosse ansiosa. In ogni caso, lui era dispostissimo a compiacerla.

Prima visitò Zahra. Jana gli disse che continuava ad avere difficoltà a stare in piedi, benché avesse vomitato molto meno. Il dottore la visitò e guardò sorridente la contessa. «Credo che, assistita dalla sua infermiera, la signorina Nadouri potrà viaggiare.»

Quando la contessa Aneta e il dottor Novák entrarono nella biblioteca, Meier e Mezlik stavano parlando animatamente e Fernando li guardava con una sigaretta in bocca.

«Signori, il dottor Novák ha appena visitato la signorina Nadouri... È meglio che glielo dica lei, dottore», suggerì Aneta.

«La signorina Nadouri comincia a stare meglio, anche se le vertigini non spariscono certo da un giorno all'altro. Capisco che voglia tornare in Egitto, cosa che potrà fare sempre e solo se viaggerà accompagnata da una persona qualificata. Un'infermiera. La contessa, con la generosità che la caratterizza, è disposta a fare a meno della signorina Jana per qualche giorno.»

«Che bella notizia!» esclamò Kaspar Meier sorridendo.

«Mi dica, sino a dove l'infermiera accompagnerà la signorina Nadouri?» chiese Mezlik, sorpreso dall'annuncio del dottor Novák.

«Sino a dove sarà necessario. Se la signorina Nadouri ritiene di avere le forze, domani mattina potrete partire per Praga. Da quello che ho capito, da Praga andrete a Vienna e da lì, non so come, in Egitto.» Così si pronunciò la contessa.

«Gliene sono davvero grato! So che Jana non è solo la sua infermiera ma anche la sua dama di compagnia... lei è davvero generosa.» Fernando prese la mano della contessa e la baciò in segno di gratitudine.

«È una soluzione magnifica. L'infermiera potrà occuparsi della signorina e così staremo tutti più tranquilli. Sarebbe troppo rischioso lasciare che viaggi senza cure mediche. Insieme al mio amico Mezlik, mi occuperò personalmente dei documenti per fare in modo che l'infermiera non trovi ostacoli e possa accompagnare la nostra cara Zahra», affermò Meier.

Quella notte, nel corso della cena, tutti apparivano rinfrancati.

«Cara, riuscirà a cavarsela senza la sua infermiera?» volle sapere Meier.

«Dovrò cavarmela. Come sa, Jana non è solo la mia infermiera; mi fa compagnia dopo la solitudine in cui mi ha lasciata la morte del mio quarto marito. Mi sento così sola in questa casa... La mia amata nipote Lenka non viene a trovarmi quanto piacerebbe a me.»

«Zia, lo sai che non posso stare lontana troppo tempo della mia scuola di danza», si scusò Lenka.

«Lo so... lo so... non è un rimprovero. Adesso che resterò da sola, potrei chiedere a tua madre di venire a farmi compagnia...»

Il dottor Novák aveva raccomandato che Zahra viaggiasse in treno e non sull'automobile di Petr Mezlik. La contessa Aneta le aveva messo a disposizione la sedia a rotelle del suo ultimo marito. Così, accompagnarono Zahra al treno, dove Fernando e Kaspar Meier riuscirono a sistemarla nel vagone di prima classe sotto lo sguardo attento di Jana, perfettamente calata nel ruolo di infermiera.

A Praga tornarono a occupare le loro stanze all'hotel Parigi per riposare sino all'indomani, quando sarebbero partiti per Vienna e, da lì, per Zurigo.

Kaspar Meier si preoccupò di ottenere un permesso di viaggio per l'infermiera. Oltre ad avere buoni amici tra gli ufficiali del Protettorato, Meier conosceva Ernst Gerke, il capo della Gestapo, e auspicava che gli dessero immediatamente i documenti necessari. Meier insistette perché Petr Mezlik lo accompagnasse e quest'ultimo non poté rifiutarsi, benché fosse evidente il suo disgusto al pensiero di entrare nell'edificio da cui i tedeschi governavano la Cecoslovacchia.

Il passaporto di Jana era a nome di Jana Flugzentrale, un cognome comune in Svizzera. Lì risultava figlia di genitori svizzeri.

Il passaporto sembrava in ordine; tuttavia, il funzionario che seguì la procedura chiese loro di attendere perché doveva mostrarlo al suo superiore. Ci mise un po' a tornare, e in quel mentre Meier iniziò a irritarsi mentre nello sguardo di Mezlik era apparsa un'ombra di preoccupazione. Alla fine, il funzionario disse loro che il suo superiore li aspettava nel proprio ufficio.

In realtà furono ricevuti da due uomini, uno ceco, che doveva essere il superiore del funzionario, e un altro che nemmeno li salutò, ma non si perse una parola della loro conversazione.

«Dove si trova la ragazza intestataria di questo passaporto?» chiese il funzionario.

Meier diede ogni tipo di spiegazione circa la proprietaria del passaporto e la necessità che accompagnasse Zahra Nadouri, prostrata da giorni a causa delle vertigini. Anche Mezlik rispose alle domande di quell'uomo, che continuava a guardare il passaporto di Jana. Alla fine, consegnò il documento a Meier e li congedò senza aggiungere spiegazioni.

«Che strano, non trova?» disse Kaspar al suo socio non appena furono in strada.

«Strano? Non direi. I tedeschi diffidano di chiunque voglia andare via.»

«Ma l'infermiera... Insomma, quella ragazza non è ceca, è svizzera, il suo passaporto è svizzero e, in più, non è nessuno, non desta nessuna preoccupazione», osservò Meier.

«Amico mio, lei non sa sino a che punto si può spingere la diffidenza tedesca. Qui siamo tutti sospettati, per ogni evenienza», replicò Mezlik irritato.

«Ma voi potete stare tranquilli! La Cecoslovacchia può contare sulla protezione del Führer!» esclamò Meier.

Petr Mezlik non rispose, ma fece una smorfia che stupì il socio viennese, che sino a quel momento aveva dato per scontato che anche Mezlik appoggiasse la causa tedesca.

Fernando aveva insistito con Meier perché il viaggio di ritorno in Egitto, considerate le condizioni di Zahra, procedesse per tappe. Meier aveva preferito disinteressarsi del tutto, visto che a Vienna lo aspettavano diverse incombenze lavorative. In ogni caso, non poteva impedire loro di andare a Vienna e da lì a Zurigo, come aveva deciso Fernando.

Il treno per Vienna era pieno e non trovarono uno scompartimento nel quale potessero stare tutti insieme. Meier trovò posto in uno vicino, mentre Zahra, Fernando e Jana avrebbero viaggiato insieme a un uomo al quale era stato assegnato il loro stesso vagone e il loro stesso scompartimento.

Fernando suggerì la possibilità che l'uomo cedesse il proprio posto a Meier, ma il passeggero si rifiutò di farlo sebbene lo stesso Meier avesse cercato di convincerlo. Biondo, spalle larghe, mani grosse e poco curate, l'uomo appariva fuori luogo in quello scompartimento elegante. Non rivolse loro la parola né loro la rivolsero a lui per tutta la durata del viaggio.

Arrivati a Vienna, Meier li accompagnò nell'hotel in cui avrebbero alloggiato quella notte. Zahra continuava a fingere, sembrava davvero che non riuscisse a stare in piedi e Jana affermò che doveva riposare.

Il mattino dopo, Kaspar Meier andò a trovarli in hotel per spiegare che non potevano prendere il treno di mezzogiorno diretto a Zurigo, ma quello notturno. Consegnò loro i biglietti e si disse a disposizione per qualunque necessità, aggiungendo che sarebbe andato a prenderli alle otto per portarli in stazione.

Non ebbero altra scelta che trascorrere il resto della giornata in hotel, nelle loro stanze. Zahra e Jana rimasero rinchiuse, Fernando invece ne approfittò per fare una lunga passeggiata in città. Vienna era bella e piena di fascino.

Alle otto, Meier li aspettava nell'atrio. Jana spingeva la sedia a rotelle su cui Zahra, con la testa piegata da un lato e gli occhi chiusi, sembrava ignorare quanto le succedeva intorno.

Non siamo abituati a mentire. A non essere noi stessi. Interpretiamo con naturalezza il ruolo che ci è stato assegnato come se, all'apparenza, acquisire una natura diversa non ci costi fatica. Che ne sarà di noi se ci abituiamo a vivere nell'inganno? si chiese Fernando.

Kaspar Meier lo aiutò a portare la sedia a rotelle sul vagone e il controllore li accompagnò nello scompartimento assegnato, situato alla fine del corridoio, di fronte alla porta. Vi trovarono un uomo seduto a leggere il giornale. Fernando sussultò quando si rese conto che era lo stesso uomo incontrato nel tragitto da Praga a Vienna. Il tipo non diede mostra di riconoscere né loro tre, né Meier. Jana guardò Fernando, ma Zahra non mosse un muscolo, benché anche lei avesse riconosciuto quell'uomo biondiccio dalle spalle larghe, con indosso un abito persino più scarso di quello che indossava a Praga. Sul suo sedile c'erano un soprabito nero piegato con cura e un cappello.

Meier si congedò senza trattenersi. Sembrava ansioso di lasciarli.

Jana e Zahra si sedettero vicine mentre Fernando si accomodò accanto all'uomo. Era convinto che la sua presenza nel vagone non fosse casuale. Scambiò uno sguardo fugace con Zahra e capì che lei era altrettanto preoccupata. Gli occhi di Jana scintillavano di paura.

L'uomo fingeva di essere immerso nella lettura del giornale, ma Fernando si era reso conto che il suo vicino di posto non aveva mai voltato pagina e continuava a scrutare Jana con la coda dell'occhio.

Il treno si era lasciato dietro la stazione di Vienna già da un pezzo quando il controllore entrò nello scompartimento. Verificò passaporti e biglietti e lesse uno per uno i nomi di tutti i presenti mentre restituiva loro i documenti. «Vediamo… questo è del signor Garzo; questo della signorina Nadouri, ecco quello della signorina Flugzentrale e infine quello del signor Berger», disse consegnando il passaporto all'omone. «Fra un'ora faremo la prima sosta. Quindici minuti, se volete sgranchirvi le gambe.»

Quando uscì, il controllore scambiò un'occhiata con il signor Berger.

Alla prima fermata, Berger uscì in corridoio e scese sulla banchina. Sembrava aspettasse qualcuno, poi però salì nuovamente sul treno.

Alla seconda fermata, Berger lasciò di nuovo lo scompartimento.

«Devo uscire un momento», disse Fernando, intenzionato a seguire l'uomo.

«Sta' attento. È evidente che ci sta seguendo», mormorò Zahra.

Jana diventò tesa. Era della stessa opinione, ma continuava a ripetersi che era tutto frutto della sua immaginazione. «È lo stesso uomo che era sul treno per Praga», osservò.

«Sì. E io non credo nel caso», disse Fernando mentre usciva dallo scompartimento e chiudeva la porta.

Herr Berger era sceso dal treno e stava parlando con un uomo sulla banchina, un uomo di aspetto simile a lui, che gli stava mostrando un foglio di carta. Fernando li osservò mentre, facendo finta di niente, si accendeva una sigaretta e guardava dal finestrino. Quei due uomini avevano un aspetto cupo; di colpo pensò che dovevano essere poliziotti, sicuramente della Gestapo. Ricordò che Petr Mezlik aveva commentato di sfuggita che ottenere i documenti per Jana non era stato così semplice come Meier si sarebbe aspettato. Fece ritorno nello scompartimento. Non voleva che le due donne si preoccupassero, ma allo stesso tempo si disse che era meglio allertarle.

«Quel tale, Berger, sta parlando con un uomo. Temo che entrambi possano essere della Gestapo», disse loro senza preamboli.

«Lo sono senza ombra di dubbio», confermò Zahra. «Dobbiamo stare attente. Il treno si fermerà nuovamente tra un'ora.»

«Dio mio! Ma che cosa possiamo fare!» esclamò Jana spaventata.

«Probabilmente cercheranno di arrestarci prima di lasciare l'Austria», ne dedusse Fernando.

«Può darsi», concordò Zahra.

«E perché non l'hanno fatto prima?»

«Probabilmente hanno avuto conferma solo ora della tua vera identità. Può darsi che l'uomo che ha visto Fernando, quello che parlava con Berger sulla banchina, gli abbia dato la conferma che aspettava.»

Zahra chiese a Fernando di avvicinarle una piccolo bagaglio a mano. Con grande sorpresa di Jana e Fernando, la valigetta aveva un doppio fondo dal quale Zahra tirò fuori due pistole. «Casomai dovessimo averne bisogno», disse mentre ne consegnava una a Fernando.

«Non vorrai sparare a un uomo della Gestapo», replicò lui.

«Metti via la pistola, ma tienila a portata di mano. Non è detto che dobbiamo usarla, ma non possiamo escluderlo. In ogni caso, non permetteremo che si portino via Jana. Tra l'altro, non si accontenterebbero solo di lei. Come puoi immaginare, interrogherebbero anche noi.»

Alla terza fermata, Berger scese nella banchina e incontrò un altro uomo che, dopo aver scambiato qualche parola con lui, salì a sua volta sul treno. Fernando accese una sigaretta mentre guardava dal finestrino con aria distratta. Il controllore indicò all'uomo che lo seguisse nello scompartimento vicino a quello che occupava Berger.

A ogni fermata, i due uomini scendevano sulla banchina e passeggiavano impazienti, come se aspettassero qualcuno che non arrivava mai.

La notte avanzava ma Fernando, Zahra e Jana non riuscivano a dormire. Erano in allarme, in attesa di qualunque gesto o movimento di Berger. Quest'ultimo continuava a fingere di leggere il giornale, ma ogni tanto chiudeva gli occhi come se dormisse.

Era notte fonda quando Fernando uscì a prendere un po' d'aria nel corridoio; lì incontrò il controllore, il quale gli disse che ormai mancava poco all'arrivo. «Tra quattro ore saremo in Svizzera», spiegò.

Fu dopo la penultima fermata che Berger entrò nello scompartimento e guardò Jana dall'alto in basso. «Deve seguirmi», le disse afferrandola per il braccio.

«Ma cosa dice? Perché la signorina dovrebbe seguirla?» disse Fernando alzandosi in piedi e mettendosi in mezzo tra Jana e Berger.

«Si sposti», gli ordinò Berger, e lo spinse.

Anche Zahra si alzò e si piazzò davanti all'uomo con un sorriso, il che lo sconcertò.

«Si tolga di mezzo!» sbottò.

Ma Zahra gli si avvicinò ancora di più, incollando il proprio corpo a quello dell'uomo. Berger non fece in tempo ad allontanarla; una smorfia di dolore e incredulità si era disegnata sul suo volto mentre cercava di portarsi le mani al petto.

Il rumore dello sparo era stato attutito dalla vicinanza del corpo di Berger e dallo sferragliare del treno. Perché era successo proprio questo: Zahra gli aveva sparato e adesso l'uomo agonizzava tra le braccia di Fernando, sul quale era caduto.

Zahra chiuse con il chiavistello la porta dello scompartimento mentre Fernando e Jana la guardavano senza sapere che cosa dire e ancora meno che cosa fare. Ma lei non si fece spaventare, si sedette accanto al cadavere e gli svuotò le tasche finché non trovo i documenti. «È della Gestapo», disse mostrando loro un distintivo.

«Dio mio!» esclamò Jana, che faticava a tenersi in piedi.

«Dobbiamo buttarlo giù dal finestrino», annunciò Zahra.

«Non possiamo! Troveranno il corpo!» protestò Fernando.

«Sì, certo che lo troveranno, ma ci metteranno qualche ora. È notte e con un po' di fortuna quando succederà noi saremo arrivati in Svizzera. Spogliamolo; forse dovremmo anche colpirgli il volto per rendere più difficile l'identificazione.»

Fernando non riusciva a parlare. Inorridiva davanti alla freddezza con la quale Zahra aveva ucciso l'uomo della Gestapo, e ancora di più davanti alla proposta di sfigurare il volto del cadavere. «Non ti basta averlo ucciso?» disse, guardandola con un misto di repulsione e stupore.

«No, purtroppo non basta se vogliamo uscirne vivi. O loro o noi, Fernando, non c'è scelta», rispose con calma.

«Io non lo farò», assicurò lui.

Lei scrollò le spalle. A quanto sembrava, per lei non era un problema sfigurare il volto del cadavere.

«Non ce n'è bisogno. Buttandolo fuori finirà sicuramente faccia a terra», affermò Fernando con una smorfia di disgusto.

«Hai ragione», concordò Zahra. «Aiutami a spogliarlo. Anche tu, Jana.»

La giovane ballerina era incapace di parlare e di muoversi. Sul suo volto si era annidato il terrore. Ma Zahra la scosse e la obbligò ad aiutarla a spogliare Berger.

«Che cosa facciamo con i vestiti?» chiese Fernando.

«Ovviamente, ce ne disferemo. Ma prima di tutto dobbiamo gettare il cadavere dal finestrino, poi faremo la stessa cosa con i vestiti», ordinò Zahra.

«Ma qualcuno potrebbe vederci!» disse Jana.

«Non ci vedrà nessuno. È notte e comunque lo getteremo non appena entreremo in un tunnel, dove il buio sarà totale.»

«E se alla prossima fermata dovessero esserci altri uomini della Gestapo ad aspettarci?» chiese Fernando.

«Ti dirò che cosa penso sia successo. Berger ci sta seguendo da Praga. Se ricordi, Petr Mezlik ha detto che c'erano stati dei problemi con il permesso di viaggio di Jana. La Gestapo probabilmente ha chiesto a uno dei suoi uomini di seguirci senza perderci mai d'occhio. I nazisti continuano a cercare chiunque avesse un qualche collegamento con i ragazzi che hanno ucciso Heydrich. Berger stava aspettando la conferma della vera identità di Jana, ma ormai manca solo una fermata e saremo in Svizzera, perciò non poteva fare altro che arrestarla. Immagino avesse deciso di farla scendere dal treno alla prossima stazione», concluse Zahra.

«Alla prossima fermata mancano otto minuti. Me l'ha detto il controllore», affermò Fernando.

«Andiamo per ordine. La prima cosa che dobbiamo fare è disfarci del cadavere», insistette Zahra.

Dei colpi alla porta li fecero zittire. Il corpo inerte di Berger occupava il sedile. Fernando lo fece sdraiare e lo coprì con il soprabito per lasciar credere che stesse dormendo. Con un gesto indicò alle due donne di sedersi. I colpi alla porta si fecero più decisi e Fernando aprì.

La figura dell'uomo che era salito poco dopo aver lasciato Vienna, e che senz'altro era un collega di Berger, occupava la porta d'ingresso.

«Che cosa vuole?» chiese Fernando con una sicurezza maggiore di quella che sentiva.

Ma l'omone lo fece spostare, entrò nello scompartimento e guardò Berger, seduto con la testa che ciondolava da un lato e gli occhi aperti che guardavano in faccia la morte. Si voltò e tirò fuori una pistola, ma non riuscì nemmeno a minacciarli. Fernando sparò tre colpi.

«Grazie», disse Zahra guardando Fernando, che batteva i denti.

Gli mise la mano sulla spalla, stringendolo a sé come se con quel gesto potesse riportarlo alla realtà. Fernando non aveva esitato un istante a sparare e uccidere quell'uomo, ma ne era rimasto turbato.

Jana scoppiò in lacrime e Zahra la rimproverò. Non era il momento di piangere, di lasciar affiorare le emozioni. Avevano due cadaveri nello scompartimento e del sangue per terra. Il controllore avrebbe potuto bussare alla porta in qualunque momento. Magari il rumore degli spari era stato più forte dello sferragliare del treno.

«Dobbiamo buttarli giù dal finestrino. Fra poco si farà giorno», osservò Zahra.

Zahra a Fernando spogliarono i due uomini. Lui era turbato da quanto stava facendo. I corpi erano ancora caldi e per un istante temette che potessero alzarsi in piedi.

Intanto, Jana piegava gli abiti di entrambi, come Zahra le aveva ordinato.

Poi, tutti e tre insieme riuscirono a sollevare il cadavere di Berger e approfittarono del buio di un tunnel per gettarlo dal finestrino. Ve lo gettarono a pancia in giù, con la speranza che l'impatto lo trasformasse in un ammasso difficile da identificare.

Rimasero qualche secondo in silenzio per recuperare le forze.

«Aspettiamo un momento prima di gettare anche l'altro», suggerì Fernando.

«Non possiamo, potrebbe arrivare il controllore o chiunque altro», rispose Zahra.

Così, si prepararono a sollevare il corpo di quell'omone. Era ancora più alto e pesante di Berger, ma tutti e tre insieme riuscirono a gettare il cadavere dal finestrino approfittando del buio di un altro tunnel.

Poi, Jana si mise a pulire il pavimento mentre Zahra faceva altrettanto con i sedili. Dovevano assolutamente evitare che una sola goccia di sangue potesse tradirli. Infine, gettarono gli abiti dei due uomini.

Una volta che lo scompartimento fu pulito, Zahra e Fernando si accesero una sigaretta.

«Che cosa facciamo adesso?» chiese Jana con voce tremante. Era spaventata e gli occhi erano pieni di lacrime.

«Aspettiamo. Può darsi che la Gestapo ci stia aspettando all'ultima fermata prima di lasciare l'Austria, perché ormai dovrebbero aver ricevuto la conferma della tua identità, o perché potrebbe essere la loro ultima occasione per arrestarti. Ma finché non ci arriveremo, non lo sapremo», rispose Zahra.

«Ma gli uomini della Gestapo cercheranno Berger e l'altro uomo», disse Jana con voce lamentosa.

«Sì... può darsi. Il controllore dirà loro che Berger si trova in questo vagone e l'altro uomo un po' più avanti. Noi dovremo raccontare che dopo l'ultima fermata non abbiamo più visto Berger. Sosterremo che forse quella cittadina era la sua meta, ma non lo sappiamo con certezza perché Berger non ha parlato con noi», continuò Zahra.

«Non ci crederanno», rispose Jana, sempre più sconsolata.

«Non anticipiamo gli eventi. La cosa più importante è che non ci siano contraddizioni in quello che diciamo; se veniamo interrogati dobbiamo confermare sino alla fine la versione che abbiamo concordato», affermò Fernando.

«Se ci arrestano, ci tortureranno», disse Jana, lasciando sfuggire nuovamente qualche lacrima.

«Su, non arrenderti prima del tempo. Può anche darsi che non succeda niente.»

Dei colpi secchi alla porta li misero in allarme. Fernando aprì, tastando la pistola che aveva infilato nella tasca della giacca.

«La prossima fermata è l'ultima, poi saremo in Svizzera, annunciò il controllore. «In realtà, solo cento metri ci separano dalla frontiera. Sono venuto a portarvi la sedia a rotelle. Vi aiuterò a far scendere la signora», aggiunse guardando Zahra, che aveva chiuso gli occhi per recitare la parte della malata.

Il controllore notò l'assenza di Berger e chiese di lui. Fu Fernando a prendere la parola, con indifferenza: «È uscito dallo scompartimento durante l'ultima sosta e non è più tornato».

«Ah… che strano…. Non l'ho visto nel vagone ristorante.» Il controllore li guardò sconcertato.

Fernando scrollò le spalle per dare a intendere che l'assenza di Berger non era affar loro, gli era del tutto indifferente. «Le siamo molto grati se vorrà aiutarci quando arriveremo a Zurigo. Non è facile maneggiare la sedia a rotelle», affermò.

«Sì… certo… naturalmente… Comunque, vado a dare un'occhiata.»

Il treno si fermò alla frontiera prima di entrare in Svizzera. Sulla banchina c'erano due uomini. L'aspetto sinistro e un'aria da spacconi arroganti li tradiva. Non potevano che appartenere alla Gestapo. Parlarono con il controllore e salirono sul treno. Zahra si calò nuovamente nel ruolo della malata e, con gli occhi rovesciati all'indietro, simulò di voler dare di stomaco mentre Jana le metteva un fazzoletto impregnato di colonia sulle tempie. Chiesero a Fernando di uscire dallo scompartimento e di cercare il controllore per chiedergli di chiamare con urgenza un medico per Zahra. Lui non voleva lasciarle sole, ma la ballerina si mostrò impaziente. «Se quei due uomini vengono qui, non possiamo farci trovare seduti ad aspettarli.»

«E che cosa ci guadagniamo se tu fai la malata? Credi forse che gliene importi qualcosa?» Fernando non voleva andarsene.

«Per favore, cerca un medico, deve essercene qualcuno sul treno.» Il tono di Zahra era una supplica.

Fernando uscì e cominciò nervosamente a bussare alle porte degli altri scompartimenti. Quando gli veniva aperto, chiedeva se ci fosse un medico. Nel vagone successivo, un ometto dall'aspetto timido si alzò assicurando di essere un dottore. Fernando gli spiegò che stava viaggiando con una donna malata e aveva urgente bisogno di assistenza medica.

Accompagnò l'uomo sino al loro scompartimento. Il medico visitò Zahra mentre Jana gli spiegava che la signorina Nadouri qualche giorno prima aveva accusato un attacco acuto di vertigini e quella mattina, al risveglio, le sue condizioni sembravano peggiorate.

«Questo scompartimento puzza… Scusatemi, ma… puzza di sangue.»

«Be', è solo che… Mi dispiace, dottore… mi sono venute le mie cose con un po' d'anticipo… Forse perché ero tesa per il viaggio, o preoccupata per le condizioni della signorina Nadouri. Guardi come sta…» si giustificò Jana.

«Dovreste arieggiare questo posto e mettere la signora sulla sedia a rotelle per portarla fuori, in corridoio, deve prendere aria. Da quanto tempo non mangia?»

«Da un giorno abbondante… Si rifiuta di mangiare e anche di bere.»

«Ah, be', malissimo. Portiamola nel vagone ristorante e facciamole preparare una tisana. Così prenderà anche un po' d'aria.»

Zahra protestò, come se non si sentisse nelle condizioni di farlo, ma il medico insistette perché aprisse gli occhi, lo guardasse e si mettesse quanto più possibile eretta per mitigare le vertigini. Con l'aiuto di Fernando e Jana la fecero sedere sulla sedia a rotelle e andarono verso il vagone ristorante. Fernando sentì delle voci e rimase indietro. Il controllore e altri due uomini correvano verso il loro scompartimento; erano senz'altro della Gestapo. Guardò l'orologio. Mancavano solo due minuti prima che il treno lasciasse la stazione. Corse verso il vagone ristorante mentre un fischio annunciava la ripartenza.

Nel vagone ristorante, il medico aveva ordinato una tisana per Zahra, insistendo perché bevesse prima un po' d'acqua.

La voce del controllore risuonò insieme a quella dei due uomini, che urlavano chiedendo alla gente di fare spazio. Quando il treno partì, i due poliziotti riuscirono a saltare giù appena in tempo. Il controllore entrò nel vagone ristorante e guardò Zahra, Fernando e Jana, con l'aria di chi si sentiva preso in giro. Li avevano cercati negli scompartimenti di prima classe, convinti che si fossero nascosti, senza pensare che invece potevano essere allo scoperto, in mezzo a tutti gli altri passeggeri. Si affacciò dal finestrino agitando le braccia per indicare agli uomini della Gestapo che li aveva trovati, ma la mano di Fernando si strinse intorno al suo braccio. «La signorina non sta bene», gli disse guardandolo dritto negli occhi.

«Sì... ma voi... Vi stanno cercando. Siete dei delinquenti», riuscì a dire il controllore.

«Come osa insultarci! Si sta sbagliando di grosso! Chi ci starebbe cercando? Ma lei sa chi è questa signora?» Fernando indicò Zahra.

«Non so niente... So solo che la polizia vi cerca», insistette l'uomo.

«La polizia! Sicuramente non sta cercando noi. Se non sa chi è questa signora glielo dico io. Niente meno che Zahra Nadouri, la famosa ballerina.»

Fernando tirò fuori un ritaglio di giornale da una tasca della valigetta; era un quotidiano di Praga e la foto occupava mezza pagina. C'era Ernst Gerke, il capo della Gestapo, che si inchinava davanti a Zahra mentre le faceva il baciamano.

Il controllore guardò il ritaglio di giornale e rimase sconcertato. Doveva esserci stato un errore. Era impossibile che il capo della Gestapo di Praga si inchinasse davanti a quella donna rendendole omaggio; doveva essere una persona di assoluta fiducia.

«Non capisco...» riuscì a dire.

«Presenteremo un reclamo formale, lei ha osato darci dei delinquenti», lo avvertì Fernando.

«Vi chiedo scusa, signori... Non era mia intenzione. Cercavano due donne accompagnate da un uomo... E altri due colleghi che viaggiavano sullo stesso treno. Herr Berger occupava il vostro stesso scompartimento...»

Jana con un cenno indicò a Fernando di guardare fuori del finestrino. Un cartello indicava che erano appena entrati in Svizzera. La ragazza non riuscì a trattenere le lacrime.

Una volta scesi dal treno, Fernando cercò un facchino che li aiutasse con i bagagli e Zahra colse l'occasione per mettere in guardia Jana. «Quello che è successo sul treno non dovrai raccontarlo a nessuno. Nemmeno a tuo padre. Dovrai convivere con questo segreto.»

«È stato orribile... quei due uomini...» Jana non sapeva che cosa rispondere.

«Senti, Fernando e io li abbiamo uccisi per salvarti la vita. Presto o tardi la Gestapo ti avrebbe arrestato, ci siamo giocati la pelle per tirarti fuori dalla Cecoslovacchia. Ce lo devi, Jana, ci devi il tuo silenzio.» La voce di Zahra era di una durezza inusitata.

«Io... non so che cosa dire... Vi ringrazio per avermi salvato la vita, ma quei due uomini...» Jana aveva un tono di rimprovero.

«Avresti preferito essere arrestata e torturata?» chiese Zahra con un misto di ironia e amarezza.

«No, certo che no...»

«Se hai rimorsi di coscienza, sei ancora in tempo per prendere il prossimo treno per Praga. Vai dritta al palazzo Petschek e chiedi di Ernst Gerke; sono certa che il capo della Gestapo sarà felicissimo di incontrarti. Naturalmente, quando farai la tua confessione non dimenticarti di dire che ci hai aiutati, che sei nostra complice.» Il tono di Zahra era duro e insieme sereno.

«Per favore... Per favore... non parli così.»

«Hai solo due opzioni, Jana: tornare a Praga o imparare a dominare la tua coscienza. Imparerai, non preoccuparti. È solo questione di tempo, ma se parli, fallo davanti a Gerke o chiudi la bocca per sempre.»

Rudolf Blossler passeggiava inquieto nell'atrio dell'hotel Baur au Lac. Da qualche giorno aspettava impaziente l'arrivo della figlia, ma solo la sera prima lo avevano avvertito che sarebbe giunta quella mattina. Gli avevano detto che avrebbe dovuto aspettarla in hotel, ed eccolo lì, ansioso di rivedere Jana.

D'un tratto vide entrare una donna dall'aspetto stanco e insieme deciso. Accanto a lei c'era Jana e dietro di loro un giovane uomo dall'aria circospetta. Jana corse verso suo padre, lo abbracciò e scoppiò a piangere, sconsolata. Zahra e Fernando aspettarono in silenzio che padre e figlia si calmassero.

Brossler porse la mano prima a Zahra poi a Fernando. «Grazie, molte grazie... Sono in debito con voi per tutto il resto della mia vita. Il mio amico Benjamin Wilson mi aveva assicurato che me l'avreste riportata. Io... non so che cosa dire o fare per mostrarvi quanto vi sono grato...»

«Niente, signor Brossler, non deve dire né fare niente. È una soddisfazione aver vinto questa partita contro la Gestapo. Come vede, Jana sta bene. Credo che la cosa migliore sia partire quanto prima per l'America. In Europa non c'è altro futuro che la guerra», affermò Zahra.

«A volte mi sento un egoista perché non sono qui a combattere», affermò Brossler abbassando gli occhi.

«Ci sono molti modi di combattere, signor Brossler. Magari lei può fare molto anche senza stare in trincea.»

Si trattennero una sola notte in hotel. Zahra aveva voglia di tornare ad Alessandria almeno quanto Fernando. Si congedarono da Jana con affetto e nello sguardo di Zahra la giovane ballerina scorse un ammonimento, o forse una minaccia. Ma aveva già deciso: avrebbe imparato a dominare la propria coscienza. Era sopravvissuta.

16

Alessandria d'Egitto

A gennaio del 1943, i leader delle potenze alleate si riunirono a Casablanca. A fine gennaio, l'Ottava Armata britannica conquistò Tripoli e fu un colpo inatteso per il maresciallo Rommel.

A febbraio, i sovietici uscirono vincitori dalla battaglia di Stalingrado. Una vittoria costata un milione di morti.

La guerra proseguiva il suo corso mentre Adela faceva i primi passi. La piccola parlicchiava in varie lingue: spagnolo, inglese e arabo, oltre che greco, perché Dimitra aveva deciso che doveva parlarle nella sua lingua.

Alla fine di aprile l'aria odorava di primavera ma non produceva alcun effetto sugli animi di Catalina e di Fernando.

Catalina aveva più allieve di quante riuscisse a seguire. La sua vita trascorreva impaziente tra le lezioni di piano, le passeggiate con il dottor Naseef e le confessioni con padre Lucas. Fernando invece, dopo due mesi di pausa, era tornato alla routine dell'attività editoriale, sotto lo sguardo rammaricato di Athanasios Vryzas.

Nella casa editrice erano venuti a sapere che aveva discusso con il signor Wilson, ma non avevano mai scoperto per quale ragione. Leyda Zabat era estremamente discreta e fedele, perciò al riguardo non disse una parola. I colleghi non avevano osato chiedere a Fernando per quale ragione avesse lasciato il lavoro, e non lo fecero nemmeno quando tornò.

Athanasios Vryzas non gli aveva più consigliato di lasciare Alessandria, né lo aveva invitato a bere un altro caffè insieme.

Ma a Vryzas non era sfuggito il fatto che, ovunque fosse stato, Fernando era tornato dal viaggio con l'anima in pena.

Per Fernando non era stato facile tornare alla normalità. Aveva ucciso di nuovo, e se la prima volta lo aveva fatto per vendicare suo padre, in questo caso aveva dovuto proteggere se stesso, consapevole del fatto che i due agenti della Gestapo non si sarebbero accontentati di arrestare Jana, ma avrebbero fermato anche lui e Zahra. Tuttavia, benché fosse certo di questo, non riusciva a mettere a tacere la sua coscienza e gli uomini che aveva ucciso continuavano ad abitare i suoi incubi.

Lo tormentava anche l'idea di essersi lasciato convincere da Wilson a intraprendere un'azione scellerata da tutti i punti di vista; avevano rischiato di rimetterci la vita. Era spaventato anche da quanto aveva scoperto sulla ballerina egiziana. La sua durezza d'animo, lo spirito risoluto con cui affrontava ogni eventualità, persino uccidere.

Gli bruciava ancora il ricordo delle congratulazioni di Wilson per essere riusciti a salvare Jana. Fernando non aveva accettato i suoi complimenti; per tutta risposta gli aveva detto che non avrebbe più collaborato con la casa editrice. «Non lavorerò più qui e in nessuna delle sue altre attività.»

«Capisco che abbiate vissuto momenti complessi. Zahra Nadouri mi ha spiegato che vi siete dovuti disfare di due agenti della Gestapo. Ma siete stati bravi, Fernando. Riposi qualche giorno e poi torni a lavorare. Vryzas le vorrebbe affidare un paio di libri», gli rispose Wilson.

«Forse non ha capito. Non voglio più sapere niente di lei, della sua casa editrice e dei suoi molteplici affari. Sono davvero sorpreso che non le importi di aver messo in pericolo la vita di Zahra, oltre che la mia.»

Benjamin Wilson lo guardò dritto negli occhi. Fu uno sguardo inespressivo. «È stato lei a mettere a repentaglio la sua vita nel momento stesso in cui ha deciso di uccidere i due uomini che hanno contribuito alla morte di suo padre. Questo l'ha trasformata in un reietto, ed è anche la ragione per la quale lei si trova qui», gli rispose con freddezza.

Fernando trasalì davanti alle parole di Benjamin Wilson. Sebbene avesse usato un tono neutrale, lo avevano ferito più di un rimprovero. «Lei non sa niente di me! Come osa accusarmi di un omicidio?» esclamò con voce rotta.

«Io non la sto accusando di niente. A suo tempo, le ho già detto che ho indagato su di lei e che non credo nel caso. È curioso che abbia lasciato Madrid insieme ai suoi amici negli stessi giorni in cui qualcuno ha ucciso una guardia e un soldato che in qualche modo erano legati a suo padre. Il mio uomo a Madrid ha fatto i dovuti collegamenti, ha indagato su voi tre e analizzato le notizie pubblicate sui giornali prima e dopo la vostra partenza.»

«E lei osa muovermi un'accusa del genere solo perché uno dei suoi lacchè ha fatto non so quali collegamenti!» gridò Fernando.

Benjamin Wilson lo guardò con freddezza, impassibile. La rabbia e il dolore di Fernando non alterarono il tono della sua risposta. «Saprà lei quello che ha fatto e perché. Ma se lavora per me è perché ha una coscienza. Non faccia questo errore, Fernando.»

«È lei che sta commettendo un errore. E non si permetta più di nominare mio padre», rispose Fernando trattenendo a fatica la rabbia.

«No, io non sbaglio mai quando scelgo le persone nelle quali riporre la mia fiducia.»

«Fiducia? Fiducia per fare cosa?» chiese Fernando, alzando di nuovo la voce.

«Per contribuire a vincere questa guerra e far sì che Hitler non diventi il padrone del mondo. Per fare questo, ecco.»

«Né lei né io siamo soldati.»

«Ci sono molti fronti di battaglia, e non sono solo nelle trincee europee o tra le sabbie del deserto. Anche una festa al Cairo o la villa di Musim Sabat possono essere fronti di battaglia. Si ricorda quando ha accompagnato Zahra?»

«Certo, da Musim, l'archeologo... Quel viaggio assurdo...»

«È stato utile. Zahra ha fatto un ottimo lavoro.»

«Non dica stupidaggini! Era tutto preoccupato per Pedro López... e invece quel tale voleva solo assicurarsi di comprare del cotone a buon prezzo. E secondo me lo sapeva anche lei, Wilson.»

L'uomo fece spallucce e con un gesto della mano negò quanto Fernando aveva appena affermato. «Non farò le cose semplici perché non lo sono. Ho scelto lei come accompagnatore di Zahra perché in quel momento non avevo nessun altro che potesse farlo, ma anche perché ho pensato che potesse tornarmi utile; avevo bisogno di sapere se lei era in grado di affrontare un certo tipo di incarico. Avevo bisogno di una persona sconosciuta, che potesse passare per un capriccio di Zahra. Qui ad Alessandria ci conosciamo tutti, mi sarebbe stato difficile trovare un altro uomo che potesse recitare la stessa parte. Zahra ha bisogno di un appoggio nelle missioni che porta avanti. Per una donna è più facile muoversi se ha un uomo al suo fianco.»

«Un guardaspalle. Be', se ne cerchi un altro, è un ruolo che non mi piace, come non mi piace fingere di essere il capriccio di una ballerina.»

«È una buona copertura, sia per lei sia per Zahra.»

«Non credo le costerà poi tanto convincere un'altra persona a fare la stessa parte», replicò Fernando alzandosi in piedi, pronto a lasciare l'ufficio.

«Adesso però c'è anche un'altra ragione, ed è che Zahra vuole lavorare con lei.» Benjamin Wilson aveva abbassato la voce.

«Ah, sì? Perché mai?» Fernando era ancora in piedi, ma l'ultima affermazione di Wilson lo aveva indotto a fermarsi.

«Perché sostiene che lei è una persona intelligente, prudente e senza scrupoli. Ha visto in lei le stesse qualità che ho visto io. Ma io potrei aggiungerne un'altra, altrettanto importante. Le dico quale.»

«Quello che lei pensa di me non mi interessa.»

«Glielo dirò comunque. Se non sei un assassino o uno psicopatico, uccidere non è facile; la cosa più difficile è farlo la prima volta. Ma se lo si è fatto una volta, rifarlo sarà più facile, sempre che ce ne sia la ragione oppure siano le circostanze a richiederlo. Io non assumo assassini, persone dal grilletto facile. Non mi fiderei. Preferisco le persone che dopo ogni omicidio provano rimorsi così forti da togliere il sonno. È questa la più grande virtù che ho visto in lei, Fernando.»

«Le sue parole mi ripugnano. La saluto, signor Wilson.»

E lasciò l'ufficio più afflitto di quando era entrato.

Per due mesi Fernando non andò a lavorare alla casa editrice. Catalina insisteva perché le raccontasse che cosa lo amareggiava. Stava male nel vederlo in quelle condizioni, nel notare le profonde occhiaie lasciate dai suoi incubi notturni. Ma Fernando si era chiuso nel silenzio. Non voleva affliggerla. Nemmeno Adela riusciva a tirarlo fuori da quello stato. La piccola lo cercava per giocare, gli sorrideva e si faceva prendere in braccio, reclamando il suo affetto.

Benché fosse estremamente discreta, anche Ylena Kokkalis era preoccupata per lui. Forse perché era al corrente della vera natura degli affari di Wilson e temeva che Fernando avesse avuto qualche disavventura, o forse perché Alessandria era una città dai mille segreti e ogni abitante aveva i propri.

Anche Mr Sanders e monsieur Baudin si erano resi conto che qualcosa doveva averlo reso sfiduciato e triste.

Le sue notti si fecero eterne. Fumava compulsivamente, affacciato alla finestra. Non appena chiudeva gli occhi, continuavano ad apparirgli i volti di Roque e Saturnino Pérez. E a loro si univa l'uomo della Gestapo, solo che il volto di quest'ultimo appariva sfocato; ma ne percepiva l'odore, nei sogni sentiva l'odore acre di quell'uomo, insieme a quello del suo sangue.

A volte, dopo cena, mentre Mr Sanders e monsieur Baudin giocavano la loro partita a scacchi, Fernando si sedeva a fumare in sala e Catalina si accomodava al suo fianco. Leggeva per lui a voce alta, convinta che i libri avessero il potere di curare i dolori dell'anima. Solo una volta osò chiedergli quando sarebbero andati in Francia a cercare Eulogio. Ma lui non seppe risponderle. E non perché non pensasse al suo amico, anzi, lo faceva in continuazione, ma dentro si sentiva morto, morto come gli uomini che aveva ucciso, e questo gli impediva di prendere qualunque altra decisione, se non quella di continuare a respirare.

Fu Zahra a riportarlo alla realtà.

Una mattina si presentò a casa di Ylena. Fu Dimitra ad accoglierla e si stupì quando la donna le chiese di chiamare Fernando.

Quest'ultimo si era alzato da un pezzo e in quel momento si stava occupando di Adela mentre Catalina dava la prima lezione di piano del giorno.

Con Adela in braccio si presentò in biblioteca, dove Dimitra aveva accompagnato Zahra.

«Da che cosa ti stai nascondendo?» gli chiese lei senza nemmeno salutarlo.

Il tono imperativo della domanda lo infastidì ma, quando la vide, Fernando dovette ammettere che provava qualcosa per Zahra, qualcosa di più profondo della sola attrazione fisica. «La prova del fatto che non mi sto nascondendo è che sono qui», rispose svogliato.

«Perché hai lasciato la casa editrice?»

«Perché il tuo amico Benjamin Wilson non mi piace e perché non voglio fare certi lavori che non hanno niente a che vedere con quello editoriale.»

«Ti pesa aver ucciso un agente della Gestapo. Lo capisco. Uccidere non è facile, anche quando la vittima è odiosa come lo era quell'uomo.»

«Mi capisci? Non ne sono sicuro, Zahra. Io e te siamo due persone diverse.»

«Non mi conosci, Fernando. Non sai niente di me, perciò non giudicarmi con leggerezza.»

«Ti ho visto uccidere Berger senza nessuna esitazione.»

«Cos'altro potevo fare? Apparteneva alla Gestapo ed era lì, proprio come il suo collega, quello che hai ucciso tu; se non lo avessimo fatto ci avrebbero arrestati. O loro o noi. Non abbiamo scelta quando si tratta di difendere la nostra vita.»

«Invece una scelta l'avevamo: non avremmo dovuto accettare di fare quello che Wilson ci ha chiesto. Non saremmo dovuti andare a Praga.»

«Ti sei pentito di aver portato via Jana dalla Cecoslovacchia?» Zahra si era alzata in piedi e lo guardava stupefatta.

«Che modo tendenzioso di presentare i problemi. Sono contento che Jana sia in salvo accanto a suo padre, ma ci sono centinaia, migliaia di Jana, donne e uomini la cui vita è in pericolo. Siamo in guerra, non me ne sono dimenticato.»

«Una guerra alla quale non vuoi partecipare; ma la sai una cosa, Fernando? Non si può stare con le mani in mano quando in gioco non c'è solo la libertà dell'Europa ma quella del mondo intero. Hitler è insaziabile e non si fermerà finché non ci renderà tutti delle marionette nelle mani della Germania.»

«Io ho già partecipato a una guerra e l'ho persa.» La voce di Fernando era carica di rabbia.

«E siccome l'hai persa, hai deciso che quello che sta succedendo non ti riguarda. Ti riguarda che Franco abbia nelle sue mani il tuo Paese, mentre ti è indifferente che Hitler, peraltro alleato di Franco, metta le sue mani sul resto del mondo.»

«Se sei venuta a farmi la predica, basta così.» Fernando non aveva voglia di continuare quella conversazione.

«Provo affetto per te, Fernando. Sono qui per questo. Sì, nella Guerra civile spagnola tu fai parte degli sconfitti, non posso certo dire il contrario, ma smettila di leccarti le ferite. Non ci si può dimenticare di quanto si è vissuto o di quello che uno ha fatto, ma bisogna imparare a conviverci. Devi imparare a convivere con i tuoi morti, Fernando, e con coloro ai quali hai tolto la vita. Il nodo centrale è la ragione che ti ha spinto a farlo.»

«Che cosa ti ha raccontato Wilson?» le chiese alterato.

«Hai ucciso una guardia carceraria e suo figlio, un soldato che faceva parte del plotone di esecuzione dei prigionieri politici. L'hai fatto per vendicare tuo padre. Non ti giudico. Lo capisco. Avrei fatto la stessa cosa.»

«È inaudito che Wilson osi muovermi questa accusa! E tu per giunta gli credi!»

L'affermazione di Zahra, tuttavia, lo aveva colpito. Sentì che le sue parole erano sincere. Sì, anche lei avrebbe fatto lo stesso.

All'improvviso Adela, che sino a quel momento se n'era stata tranquilla in braccio, cominciò a farfugliare che voleva giocare. La mise per terra. La bambina si avvicinò alla porta e cercò di uscire. Fernando la lasciò fare, c'era Dimitra lì vicino e fu lei a occuparsi della bambina.

«Andiamo a fare una passeggiata, ti va?» gli propose Zahra.

Fernando accettò. Gli sarebbe piaciuto dirle di andare via, che non voleva più vederla, ma allo stesso tempo aveva paura che le sue parole diventassero realtà.

Uscirono in strada e per un bel pezzo camminarono l'uno accanto all'altra in silenzio, senza nemmeno sfiorarsi. Arrivarono al cafè Pastroudis. Si sedettero accanto a una finestra e chiesero due caffè.

«Credo che andrò via da qui. Non ci faccio niente in questa città», affermò Fernando non appena il cameriere ebbe posato il vassoio con i caffè e due bicchieri d'acqua.

«Ti capisco.»

«Quello che Wilson ti ha raccontato...»

«Lo sai, lui fa affari proprio sapendo. In realtà, ti aveva già detto che cosa sapeva di te. Forse non chiaramente, ma te l'aveva detto. All'inizio non era certo che...»

«Che...?» le chiese temendo la risposta, pronto ad andare via.

«Non era certo delle ragioni che ti hanno obbligato a lasciare la Spagna, oltre ad accompagnare quella ragazza, Catalina. In ogni caso, non ti avrebbe mai assunto senza verificare prima chi fossi realmente.»

«Non sono interessato al tipo di lavoro che vuole farmi fare.»

«Capisco anche questo. In realtà la colpa è mia.»

L'affermazione di Zahra lo sconcertò. La guardò, in attesa di una spiegazione.

«La prima volta, Benjamin Wilson ti ha chiesto di accompagnarmi all'hotel Cecil per tenere sott'occhio lo spagnolo che era appena arrivato e che era in affari con Erick Brander. I britannici continuano a sorvegliarlo con discrezione, perché è sposato con una donna che appartiene a una famiglia vicina alla corte. In realtà, io non faccio quel tipo di lavori, ma qualcuno ha chiesto a Wilson di dare un occhio a Pedro López. E lui ha improvvisato. Non sapendo chi mandare quella sera, lo ha chiesto a me e, visto che tu sei spagnolo, gli è sembrata una buona idea che mi facessi da accompagnatore. Io non conosco la tua lingua, perciò l'idea non era senza fondamento.»

«Quel tale, López, non è nessuno, è solo un emissario del regime di Franco. Nel mio Paese non c'è più niente, la guerra...»

«Lo so. López aveva delle lettere per alcuni ministri e l'incarico di stabilire contatti più personali di quelli che si possono ottenere attraverso la diplomazia. Qui le delegazioni diplomatiche si spiano le une con le altre.»

«Tutto questo a poco a poco l'ho imparato.»

«Ricordi la festa a casa di Musim Sadat?»

«Sì, certo...»

«Era importante che io fossi lì. Non per López, anche se credo che Wilson ti abbia detto così, ma perché quella notte erano presenti dei membri della famiglia reale che dovevano incontrare degli agenti tedeschi. Sarebbe bastato chiedere a Musim di invitarmi, ma avrebbe avuto dei problemi con sua moglie. Kytzia è gelosissima e non si fida di me.»

«Be', non mi stupisce, è abbastanza evidente che suo marito è innamorato di te.»

«Proprio per questo Wilson ha ritenuto utile giustificare la mia presenza al Cairo con uno spettacolo nel cabaret di Fazeli. Da tempo insistevano con il mio agente perché facessi una serata nella capitale.»

«E che bisogno avevi di me?»

Zahra bevve un sorso di caffè mentre cercava le parole giuste. «Musim poteva convincere sua moglie a invitarmi solo dicendole che c'era un uomo nella mia vita e che sarebbe venuto con me alla festa. Benjamin e io avevamo già discusso della necessità di trovare qualcuno che si facesse passare per il mio... be', il mio amante. Solo che era difficile trovare un uomo che accettasse quel ruolo e, in ogni caso, i nomi che sono venuti fuori mi facevano sorgere più dubbi che certezze. Ma la notte al Cecil ho capito che con te mi sarei sentita sicura, che non ti saresti approfittato della situazione. L'ho detto a Benjamin e gli ho chiesto che affidasse a te quel ruolo facendomi da accompagnatore al Cairo.»

«Vi siete presi gioco di me! Mi avete manipolato!» Fernando si stava alzando, pronto ad andarsene e a lasciare lì Zahra, ma lei lo afferrò per il braccio e lo fece sedere.

«Per favore, non fare scenate! Non so perché, ma ho avuto fiducia in te fin da subito.»

«Avevo il diritto di sapere», rispose lui arrabbiato.

«Sì... sì... non voglio sostenere il contrario. Ma siamo in guerra, Fernando, e prima di scoprire tutte le carte bisogna agire con prudenza. È quello che abbiamo fatto. Poi, quando il signor Brossler, il padre di Jana, ha chiesto a Wilson di andare a prendere sua figlia a Praga, lui ha scelto me, senza esitazione, e io non ho esitato a chiedere che fossi tu ad accompagnarmi. Adesso conosci tutta la verità.»

Fernando rimase in silenzio. Avrebbe voluto andarsene, lasciarla lì, non rivederla mai più; a trattenerlo era il fatto che lei gli avesse confessato di averlo voluto al suo fianco.

«Mi dispiace se ti ho fatto soffrire», disse lei.

Fernando non rispose. Aveva bisogno di pensare. Ma Zahra attendeva ansiosa il suo verdetto. E poiché lei lo aveva manipolato a proprio beneficio, lui decise che aveva il diritto di sapere chi fosse in realtà la ballerina. «Avete giocato sporco con me.»

«Mi dispiace che tu la veda così. Non era nostra intenzione.»

«Non si possono manipolare le persone, anche se è per una buona causa. No, non posso fidarmi né di Wilson né di te. Siete capaci di qualunque cosa. Siete convinti che il fine giustifichi i mezzi.»

«Non parlerò per Wilson, quello che sto per dire è il mio pensiero, e per me è così. Bisogna sconfiggere Hitler. Hai ragione, Jana non è che una delle molte persone che devono affrontare l'orrore della guerra, ma io sono contenta di averla strappata dalle grinfie della Gestapo.»

«Anche se per farlo hai dovuto uccidere un uomo...» Fernando la guardò risentito.

«Sì. Anche se per farlo ho dovuto uccidere quel tipo, Berger. Non me ne sono pentita.»

«Devo pensare che dormi sonni tranquilli.»

Per qualche secondo Zahra parve esitare. Guardò la tazza vuota in cerca di una risposta. «Non ho sempre dormito bene la notte», bofonchiò.

«Chi altri hai ucciso, Zahra?»

Il tono di voce di Fernando era freddo e imperioso. Lei lo guardò quasi sdegnata. Poi si morse le labbra. «Ho ucciso mio padre.» E mentre lo diceva, lo sguardo annebbiato si perse nei ricordi.

Fernando non seppe che cosa rispondere. L'affermazione di Zahra lo aveva toccato.

Rimasero in silenzio. Ognuno perso dentro se stesso, in cerca delle parole giuste per un momento come quello. «Immagino ti siano giunte delle voci... Ad Alessandria la gente mormora quello che sa o crede di sapere.»

«No... Ecco, so solo che anche tua nonna era una ballerina.»

«Il ballo è una tradizione per le donne della mia famiglia. Anche mia madre era una ballerina, era giovanissima quando conobbe un impresario, Jan Dinter. Rimase affascinata da quell'uomo. Alto, bello, biondo, seducente, con due occhi di un blu intenso. Durante il suo soggiorno ad Alessandria, Jan Dinter fu oggetto di ammirazione e lodi da parte di diverse donne. A quanto pareva, era difficile restare impassibili al suo cospetto.

«Mia madre cominciava ad avere una certa fama come ballerina. Mia nonna l'aveva formata come si deve. Dinter andò a vederla ballare e le propose di portarla in Svizzera promettendole fama e denaro. Ma non furono queste le ragioni che indussero mia madre ad accettare di andare via con lui; semplicemente se n'era innamorata.

«Mia nonna non si fidava di lui. Aveva capito che Dinter era solo un grandissimo egoista e che mia madre non significava e non avrebbe mai significato niente per quell'uomo. Ma mia madre non volle ascoltare mia nonna e si lasciò sedurre. Perciò, senza dirle niente, scappò in Svizzera con Dinter convinta che, una volta lì, si sarebbero sposati. Aveva immaginato il proprio futuro accanto a quell'uomo che sembrava un semidio.

«Lui la fece alloggiare in un piccolo hotel di Zurigo. Ai tempi la Grande guerra non era ancora cominciata. Ma la Svizzera, come sai, si mantiene sempre neutrale, un rifugio per coloro che non perdono mai le guerre.

«Il padre di Dinter era un tedesco di Büsingen e sua madre una svizzera di Baden, una località attaccata a Zurigo. Così, lui poteva scegliere il meglio dei due mondi. La famiglia della madre di Dinter era dedita agli affari immobiliari mentre suo padre commerciava su entrambi i lati della frontiera. Büsingen era un paese piccolo e bello, un'exclave tedesca in Svizzera. Fu fondata da un capo germanico chiamato Buosingue, che le diede il nome; un tempo apparteneva al Cantone svizzero Schaffhausen, poi entrò a far parte dell'impero austriaco. Un'altra volta ti racconterò la storia; comunque, data la sua posizione geografica, gli abitanti di Büsingen si sentono tanto tedeschi quanto svizzeri; la verità è che si sentono come meglio gli conviene.

«Jan Dinter, sebbene si vantasse di essere un patriota, non combatté nella Grande guerra: in quegli anni fece valere la cittadinanza svizzera. Riteneva fossero altri a dover combattere per la Germania mentre lui continuava a farsi la sua vita. Entrò in società con un lontano parente, Ludger Wimmer, che aveva ereditato una casa ai piedi delle Alpi. Ebbero l'idea di trasformarla in un rifugio, che chiamarono La casa del bosco, dove la gente andava a cenare, a bere e a godersi qualche spettacolo. Dinter si occupava di assumere gli artisti... orchestre, maghi, ma soprattutto ballerine...

«Te lo racconto perché tu sappia chi ha portato mia madre in Svizzera.

«Lei, ingenuamente, aspettava impaziente che lui le chiedesse di sposarla. In realtà, l'aveva ubriacata di parole facendole credere che, non appena avessero lasciato Alessandria, sarebbero stati insieme. Ma i giorni passavano e quella che lei considerava una promessa non si concretizzava mai.

«Per mia madre fu una delusione anche esibirsi in quella casa trasformata in uno strano locale privato. Lì gli uomini non andavano a vederla ballare, andavano a divertirsi con ragazze che avevano il compito di intrattenerli, ragazze che lavoravano per Dinter. Mia madre non era l'unica attrazione. C'erano altri numeri di ballo e le ragazze... ecco, alle ragazze Dinter ordinava che fossero gentili con i clienti.

«All'inizio lui si tenne mia madre solo per sé e lei, nonostante la delusione, si consolava pensando che Dinter fosse innamorato di lei.

«Una notte, però, una delle ragazze rivelò a mia madre che Jan Dinter era sposato e che qualche mese prima era diventato padre di un bambino. Sua moglie si chiamava Anke Ziegler ed era bellissima. I genitori di Anke erano tedeschi, di Monaco, e amici dei genitori di Dinter. Le due famiglie avevano consolidato il loro rapporto quando era iniziata la guerra e i genitori di Anke avevano deciso di rifugiarsi a Zurigo. Lo sai come sono alcuni "patrioti". Ma loro potevano disporre di un certo agio, nonostante la crisi profonda nella quale era immersa la Germania. Credo che il padre di Anke fosse un importante uomo della finanza.

«Quando mia madre chiese a Jan se fosse vero che era sposato, lui non negò, anzi, lo ammise con naturalezza. Mia madre scoppiò a piangere e gli chiese di poter tornare ad Alessandria, ma lui rise di gusto e le disse che doveva guadagnarsi il biglietto di ritorno, oltre che pagare le spese del suo soggiorno in Svizzera. Come avrai capito, all'epoca Dinter ne aveva fatto la sua amante. Lei non me lo ha mai detto, ma credo che in quella occasione la picchiò per la prima volta.

«Pochi giorni dopo la obbligò a trasferirsi in una casa vicino al locale. Era una casa piccolissima, con una sola stanza, ma mia madre si sentiva fortunata rispetto alle altre ragazze che lavoravano per La casa del bosco.

«Se non altro, poteva avere una certa intimità. Tuttavia, essere l'amante di Jan Dinter non le diede alcun privilegio; lui la considerava un capriccio e forse, essendo un vanesio, godeva dell'invidia degli altri uomini, che arrivarono a offrirgli cifre considerevoli per passare una notte con lei. Anche il suo socio, Ludger Wimmer, insisteva perché la condividesse con lui. Ma a Dinter piaceva dire che al momento era di suo uso esclusivo.»

Zahra cercò con lo sguardo il cameriere. Il suo bicchiere d'acqua era vuoto e aveva la bocca secca. O forse aveva bisogno di prendersi una pausa. A Fernando sembrò che mentre le raccontava quella storia invecchiasse. Il suo sguardo aveva perso lo scintillio, le labbra contratte, l'espressione amareggiata, le rughe che di colpo le solcavano la fronte.

Non le fece nessuna domanda. Era commosso da quanto stava ascoltando e temeva che, se avesse detto anche una sola parola, lei avrebbe potuto ritrarsi, smettendo di svelargli quella storia così intima che tanto la addolorava.

Dopo che il cameriere ebbe servito loro altri due caffè e riempito i bicchieri d'acqua, Zahra continuò il suo racconto; ma non lo guardava. Era come se stesse parlando a se stessa. «Finita la guerra, Dinter decise di trasferirsi a Berlino, convinto che la gente avesse bisogno di divertirsi un po' dopo tanta sofferenza. Mia madre lo seguì. All'epoca, io ero già nata, benché Dinter avesse fatto l'impossibile per evitarlo, visto che dal suo punto di vista mia madre era rimasta incinta per legarlo a sé; un giorno la picchiò così forte che lei finì a letto per diverse settimane e fu sul punto di perdermi. Mia madre lo supplicava di permetterle di tornare ad Alessandria, ma lui non voleva, non perché la amasse ma perché la considerava un suo capriccio. Quando nacqui, mia madre mi denunciò all'anagrafe come Mandisa Rahim.»

«Perciò... ti chiami Mandisa.» Fernando era sempre più sconcertato.

«Non più. Però, quello è il nome con il quale mia madre mi ha iscritto all'anagrafe di Zurigo. Sai che cosa significa Mandisa? Dolce.»

«E il cognome?»

«Il padre di mia madre si chiamava Abir Rahim, perciò, poiché mia madre non era sposata, mi aveva iscritto con il proprio cognome. Dinter era sposato e, in ogni caso, non mi avrebbe mai riconosciuta. Io ero solo un fastidio, un inconveniente del quale doveva disfarsi. Se nella puritana Zurigo mia madre aveva avuto successo, Dinter era certo che, non appena la guerra fosse finita, a Berlino sarebbe stata un bel richiamo. Perciò, a conflitto ultimato, Dinter si trasferì con la famiglia in una bella casa in viale Unter den Linden e insieme a Ludger Wimmer aprirono una nuova attività, un nuovo locale chiamato Alba rosa che esiste ancora. Ben presto diventò uno dei preferiti dai berlinesi.

«All'epoca, Jan Dinter aveva avuto un altro figlio dalla sua legittima consorte.

«A Berlino vivevamo in un appartamento molto luminoso sulla Sophienstrasse, molto vicino a un posto chiamato Bäckerei Balze, dove si vendono i pasticcini e le torte migliori... E il pane... ricordo ancora il profumo del pane appena sfornato... Dinter insistette perché mia madre mi affidasse ai servizi sociali. Non voleva assumersi alcuna responsabilità nei miei confronti. Lui aveva i suoi figli e io ero solo una bastarda che si intrometteva nella sua vita.

«Inoltre, minacciò mia madre che ci avrebbe separate se lei fosse mancata un solo giorno dal lavoro.

«Mia madre era disperata. A Berlino non conosceva nessuno, perciò non sapeva a chi affidarmi mentre lavorava. Ma se Dio esiste, ebbe compassione di lei, perché davanti al nostro appartamento viveva una coppia non più giovanissima che si preoccupò della sorte di mia madre. I Levinson erano ebrei. Gedeon era stato professore e sua moglie Betania violinista. Ma, al di là dell'età, gli orrori della guerra li avevano impoveriti, quasi non avevano di che vivere. La signora Levinson si mise d'accordo con mia madre e stabilirono che si sarebbe occupata di me nel pomeriggio e la sera, finché lei non fosse tornata dal locale. Parte dei soldi che Dinter dava a mia madre servivano a pagare frau Betania.

«Mia madre lavorava senza sosta. Era l'attrazione principale del locale. I berlinesi la applaudivano entusiasti. Lei era diversa, non solo per il suo aspetto fisico ma anche perché le danze orientali erano viste come il massimo dell'esotismo. Quando mia madre entrava in scena e ballava la danza del ventre gli spettatori impazzivano. In parecchi offrirono a Dinter enormi quantità di soldi per trascorrere una notte con lei. Ma più era desiderata da altri uomini, più Dinter si ostinava a volerla tutta per sé.

«Dopo qualche tempo, l'interesse di Dinter per la politica si riaccese. Tra i clienti c'erano uomini che si lamentavano delle condizioni imposte alla Germania dopo la guerra. Consideravano un affronto il Trattato di Versailles. Dinter cominciò a partecipare alle riunioni politiche e a fare propria la rabbia di chi riteneva che la Germania fosse stata umiliata. Non gli importava che il locale stesse andando benissimo: l'Alba rosa era strapieno di gente tutte le sere.

«Crebbi nella più totale indifferenza di mio padre. Quando veniva a trovare mia madre, mi spedivano a casa dei Levinson. Non mi potevo muovere da lì finché mia madre non mi chiamava.

«Va detto che non me ne preoccupavo più di tanto. Passavo così tanto tempo con frau Betania e suo marito herr Gedeon che li consideravo i miei nonni. Furono sempre affettuosi e pazienti con me. Herr Gedeon mi insegnò a leggere e a scrivere. Diceva che la guerra li aveva resi poveri, ma lui si sentiva ricco perché era riuscito a conservare i propri libri.

«Passò molto tempo prima che io venissi a sapere che Dinter era mio padre. In realtà, non mi interessava avere un padre, almeno finché non andai a scuola. Lì mi resi conto che quasi tutte le bambine avevano un papà e una mamma, e un giorno osai chiedere a mia madre dove fosse mio padre.

«Lei mi fece accomodare sulle sue ginocchia e cominciò a piangere. Mi raccontò che Jan era mio padre, ma che non gli piacevano molto i bambini, che era meglio non dargli fastidio e, soprattutto, che non dovevo dirlo a nessuno. Ma allora la mia curiosità era enorme, visto che avevo un cognome diverso dal suo.

«Mia madre non seppe darmi risposte soddisfacenti; insisteva col dirmi che dovevo accontentarmi di quello che avevo, Rahim, il cognome di suo padre, mio nonno.

«Così, io ero Mandisa Rahim, e questo mi rese vittima di parecchi scherzi da parte degli altri bambini; continuavano a dirmi che non ero tedesca perché avevo un nome e un cognome strani. Inoltre, nessuno di loro aveva lo stesso cognome della madre, come succedeva a me.

«Herr Gedeon continuava a dirmi che dovevo essere orgogliosa del mio cognome, perché tra i tedeschi era unico. Devo confessarti però che tutto questo mi creava solo una gran confusione. Mio padre mi ignorava e quando mi vedeva mi allontanava con una manata; come se non bastasse, invece di avere il suo cognome, avevo quello di mia madre.

«Dovevo avere nove o dieci anni la prima volta che vidi Dinter picchiare mia madre. Lei non stava bene e quando lui andò a prenderla per portarla al locale, lei lo pregò che la lasciasse riposare almeno quella sera. Lui si mostrò inflessibile e le rimproverò che la stava mantenendo senza ricavarne niente di buono in cambio. Mentiva, ovviamente; era mia madre a riempire tutte le serate dell'Alba rosa con le sue danze.

«La fece alzare dal letto e la trascinò per la stanza ordinandole di vestirsi. Mia madre lo supplicava e lui cominciò a picchiarla. Io mi spaventai e cominciai a gridare: "Lascia mia mamma, lasciala, non sta bene, sei un uomo cattivo". Mi spinse, gettandomi a terra, e persi conoscenza. Non so che cosa accadde dopo. Quando ripresi conoscenza, ero in braccio a Betania mentre Gedeon mi prometteva di raccontarmi tutti i racconti che avessi voluto a patto che smettessi di piangere. Ma io gridavo che volevo andare con mia madre. Quella notte per la prima volta odiai mio padre. Rividi mia madre solo l'indomani pomeriggio; a occuparsi di me erano stati Betania e Gedeon.

«Era rientrata all'alba e si era messa a letto, arresa. Quando la vidi mi spaventai per tutti i lividi che aveva sulle braccia e sulle gambe. Più avanti venni a sapere che quando Dinter la picchiava, oltre a mettere uno strato di trucco sui lividi, li dissimulava anche avvolgendosi intorno lunghe strisce di seta.

«I Levinson parlavano spesso di Dinter. Gedeon non nascondeva l'antipatia che provava per lui; continuava a ripetersi che avrebbe dovuto intervenire quando sentiva le urla di mia madre mentre Jan la picchiava. Ma sua moglie gli consigliava di essere discreto, gli diceva che era troppo anziano per affrontare un uomo più giovane e inoltre, se fossero intervenuti, sarebbe stato peggio per tutti, visto che Jan era diventato un sostenitore di spicco del Partito nazionalsocialista. Herr Gedeon era un socialdemocratico ed era preoccupato e insieme schifato dal fatto che il Partito nazista si stesse rivelando capace di avvelenare con la propria retorica così tanta gente. Era spaventato anche dalla consapevolezza che l'antisemitismo predicato da Adolf Hitler si stava radicando.

«I quotidiani berlinesi si facevano portavoce dei discorsi pronunciati da Hitler. Gli ebrei e i marxisti erano le ossessioni di quell'austriaco capace di infiammare gli animi dei suoi seguaci.

«Jan Dinter non mostrò mai alcun interesse per me. Non mi diede mai un bacio né mi rivolse un gesto affettuoso. Quando arrivava a casa nostra, mi ordinava di sparire e io andavo via immediatamente. Mi chiedevo per quale ragione mio padre fosse così diverso dai padri delle altre bambine. Non che ricevessi molti inviti a casa delle compagne di classe, ma quando partecipavo a qualche festa di compleanno invidiavo l'ambiente caldo e festoso che le animava.

«A metà degli anni Venti, in Germania essere *diverso* cominciava a diventare un problema serio. Varie volte qualche bambina mi chiese se fossi gitana. Il colore della mia pelle diceva chiaramente che non ero una vera tedesca. Come vedi, pur avendo sangue tedesco, il maledetto sangue di Dinter, non ho ereditato quasi nulla da lui.»

«I tuoi occhi sono blu», osservò Fernando, pentendosi all'istante delle sue parole e di aver interrotto il racconto.

Zahra lo guardò sconcertata, poi sorrise. «Sì, a seconda della luce i miei occhi sono blu scuro... ma la mia pelle è scura e lo sono anche i miei capelli.»

«Castani... Hai i capelli castani», disse lui.

«Potrei mai passare per una tedesca?»

Fernando esitò. Non sapeva che cosa rispondere. Zahra gli sembrava bellissima, ma non si era mai soffermato a pensare che la sua bellezza potesse essere questione di razza. «Parli tedesco alla perfezione.»

«Sì, e questo li sconcerta. Ma, come vedi, non rispondo all'ideale ariano. In tutto ciò, va detto che i nazisti non hanno niente contro gli arabi e nemmeno contro gli egiziani. Ci considerano delle razze accettabili.»

«E allora?»

«E allora, io non somigliavo alle bambine della mia scuola. Tutto qui.

Certo, le famiglie delle mie amiche si sentivano sollevate quando scoprivano che non ero né gitana né ebrea. Il fatto che mia madre fosse egiziana era un sollievo. Ma non appena venivano a sapere che mia madre era una ballerina, le porte si chiudevano. Una ballerina orientale che si esibiva mezza nuda in un locale. Pensa quanto doveva risultare scandaloso. Non ero una buona compagnia per quelle bambine. Perciò, erano rare le occasioni in cui giocavo con le mie compagne fuori da scuola. Però, in quelle rare occasioni le invidiavo perché avevano dei padri affettuosi.

«Mia madre non voleva che soffrissi, mi diceva che mio padre era un uomo occupato, che aveva molte preoccupazioni, che non aveva tempo da dedicarmi. E così mi abituai. Sì, mi abituai al fatto che quel padre fosse poco più che un estraneo.

«Ogni tanto, lui veniva nel nostro appartamento in compagnia di altri uomini e di alcune ragazze del locale. Gli piaceva organizzare quelle che lui chiamava le sue *festicciole*, sebbene mia madre lo rimproverasse quando portava gente a casa, visto che c'ero anch'io. Ma lui rideva e le diceva di mandarmi a casa dei Levinson; in fin dei conti pagava Betania proprio per occuparsi di me.

«Un giorno, lui venne a trovare mia madre e io restai nella mia stanza, tranquilla e in silenzio; non volevo andare a casa dei Levinson. Mi piaceva dipingere e stavo facendo un quadro da regalare a mia madre. Li sentii discutere e mi spaventai quando sentii che mia madre piangeva.

«Jan la stava insultando e picchiando. Entrai nella stanza e li trovai nudi: lei era sdraiata a terra e si proteggeva la testa mentre lui, infuriato, le tirava i capelli e la prendeva a calci. "Lascia stare mia madre!" gridai avvicinandomi a lei. Dinter mi spinse e caddi per terra. Stava per darmi un calcio, ma mia madre trovò le forze per farmi da scudo con il proprio corpo. Lui si arrabbiò ancora di più e la prese a calci finché non perse conoscenza. Io stavo immobile, quasi non respiravo sotto il corpo di mia madre. Lui si vestì e se ne andò.

«La coprii con un lenzuolo e andai a cercare Betania Levinson. Mia madre ne ebbe per due settimane. Dinter non si fece vedere, ma mandò una delle ragazze del locale a informarsi su quando sarebbe tornata al lavoro. Era l'unica cosa che gli importasse.

«Da allora, non è passato un solo giorno senza che io lo abbia maledetto, chiedendo a Dio che lo mandasse all'inferno per sempre.»

Il volto di Zahra tradiva così tanta sofferenza e così tanta rabbia che Fernando si spaventò. Quella patina di freddezza, di sicurezza e integrità nascondevano più odio di quanto potesse concepirne. Si chiese se anche lui avesse odiato con la stessa intensità gli assassini di suo padre. E per un istante cercò di riempirsi la testa dei volti sempre più sfumati di Roque e Saturnino Pérez.

«Non fu tutto negativo in quegli anni. Mia madre faceva il possibile per rendermi felice. A volte mi portava a fare merenda al Romanisches Cafè sul Kurfürstendamm, o al Buchwald, a comprare la sua specialità, una torta con marmellata di albicocche ricoperta di cioccolato.

«In quei momenti ero felice. Non avevo bisogno di nessun altro se non di mia madre. Quando ci sedevamo nei caffè io le raccontavo le mie preoccupazioni, le dicevo che le bambine della mia classe erano orgogliose di essere tedesche, ma che io non sapevo che cosa fare per esserne orgogliosa anch'io. Lei ridendo mi diceva che bastava mi guardassi allo specchio per sapere che ero più egiziana che tedesca, e allora mi raccontava le storie dei faraoni, mi parlava dei segreti del deserto, dei bazar, dell'allegria di Alessandria... A poco a poco seminò dentro di me la nostalgia di qualcosa che non conoscevo, la sua nostalgia di un mondo perduto.

«Mi parlava di mia nonna Yasmin descrivendola come una donna buona, oltre che la migliore ballerina di tutto l'Egitto. E le sfuggiva qualche lacrima quando ricordava suo padre, che aveva perso troppo presto, quando era ancora bambina.

«Mia madre era una donna bellissima. Non puoi immaginare quanto. Ricordo ancora la notte in cui mio padre decise di portarla al teatro Nelson, allo spettacolo di una cantante americana, Joséphine Baker. Pensa, in quel momento era l'attrazione di Berlino. Fu lei a introdurre la moda del charleston.

«Mio padre di solito non si faceva vedere in pubblico accanto a mia madre, solo che quella sera sua moglie era fuori Berlino e lui aveva deciso di andarci con lei. Le aveva regalato un vestito di seta color rubino con una scollatura profonda; era così aderente che sembrava una sirena. Mia madre sembrava felice. Due giorni dopo la signora Levinson mi mostrò una foto sul giornale; c'era mia madre circondata da diversi uomini. Io mi sentii molto orgogliosa di lei.

«Fu proprio quella foto a far sì che la moglie di Dinter gli desse un ultimatum. Era sicuramente al corrente delle relazioni di suo marito con le ragazze del locale, ma non dava loro nessun peso; lei aveva un ruolo ben più importante, quello della perfetta casalinga tedesca, colei che gli dava figli sani e forti. Le ragazze non rappresentavano un pericolo, non erano che corpi cui suo marito e altri uomini ricorrevano per spassarsela. Ma quando vide la foto di mia madre... fu troppo per lei e pretese un gesto riparatore.

«Tuttavia, Jan Dinter non voleva rinunciare a mia madre, e men che meno a sua moglie. Il padre di Anke era diventato uno dei finanziatori del Partito nazista, era vicinissimo a Hitler in persona. Così, Dinter stabilì che mia madre dovesse lasciare Berlino per un certo tempo. Tra l'altro, la sua salute era delicata. Il clima gelido di Berlino le aveva compromesso i polmoni; aveva già avuto la polmonite per ben due volte. Così, ci fece tornare a Zurigo. Lì fummo felici. Io avevo mia madre tutta per me, ma soprattutto non c'era la presenza malefica di Dinter in agguato.

«A quanto pareva, però, i clienti dell'Alba rosa continuavano a chiedere di mia madre e Dinter ci fece tornare a Berlino. La notte stessa del nostro arrivo, lui la picchiò e i Levinson dovettero portarla in ospedale.

«Eravamo stanche dal viaggio e lei aveva deciso che sarebbe andata al locale solo l'indomani, ma lui era venuto a casa nostra tutto euforico e si era trattenuto a commentare quanto fosse fortunata la Germania, che poteva contare su un uomo come Adolf Hitler. Dopodiché, aveva ordinato a mia madre di vestirsi per andare all'Alba rosa. Lei gli aveva risposto che eravamo appena arrivate e che quella sera non era nelle condizioni di ballare. Lui però non aveva sentito ragioni. Il suo era un ordine, non era disposto a retrocedere e perciò, come aveva già fatto altre volte, la afferrò per i capelli e cominciò a picchiarla. Mia madre scoppiò a piangere e lui la picchiò ancora più forte. Quando sentii le sue urla, per qualche secondo mi tappai le orecchie; poi uscii dalla mia stanza ed entrai in quella di mia madre. Non appena mi vide, Dinter mi spinse, gettandomi a terra. Mia madre aveva battuto la testa nell'angolo del comodino e aveva perso conoscenza. Dinter non andò a soccorrerla, uscì dalla stanza solo dopo avermi dato un calcio. Quando sentii la porta chiudersi, mi alzai barcollante e andai a cercare i Levinson. La portarono in ospedale. Il medico che la visitò volle sapere che cosa fosse successo, ma lei si rifiutò di denunciare Dinter. Non sarebbe servito a niente.

«Io tremavo tutte le volte che Dinter veniva a casa nostra. Mia madre mi mandava dai Levinson, ma io preferivo chiudermi nella mia stanza perché avevo paura che la picchiasse. Pregavo che lui se ne andasse il prima possibile. Mi mangiavo le unghie e mi strappavo i capelli, smettevo solo quando lo sentivo andare via.

«Avevo paura di lui, sì, ma anche di Ludger Wimmer. Ti ho già detto che a volte venivano entrambi a casa, accompagnati da altri uomini e da alcune ragazze del locale. Mia madre protestava, gli diceva che, visto che non aveva rispetto nei suoi confronti, che almeno ne avesse nei miei; ero pur sempre sua figlia. Ma lui rideva e rispondeva: "Non appena quella puttanella crescerà un po' la porterò a lavorare all'Alba rosa, perciò comincia a insegnarle a ballare".

«Il peggio non erano le sue minacce, ma il fatto che permettesse al suo socio di parlarmi in modo volgare; diverse volte quell'uomo aveva tentato di mettermi le mani addosso davanti all'indifferenza di Dinter. Mia madre interveniva immediatamente, ma mio padre rideva dicendo che ero troppo scontrosa e Ludger voleva solo essere gentile con me.

«Una sera in cui Dinter aveva organizzato una delle sue feste a casa nostra, Ludger entrò nella mia stanza. Io ero a letto, con la testa sotto le coperte per evitare di sentire le risate e le conversazioni volgari. Ludger si sedette sul letto e... di colpo sentii le sue mani che mi sollevavano la camicia da notte e il suo respiro accelerato. Gridai con tutte le mie forze. Mia madre entrò nella stanza e si scagliò su di lui, colpendolo. Ma Ludger la scostò con una manata, gettandola a terra. Subito dopo entrò Dinter e scoppiò a ridere. Mia madre gridava che non avrebbe permesso che mi toccassero, mio padre invece rideva, qualcuno doveva pur deflorare "la puttanella" e non c'era niente di meglio di un uomo vero come Ludger.

«Due ragazze del locale entrarono subito dopo nella stanza e si preoccuparono di me e di mia madre. La aiutarono a rimettersi in piedi e mi coprirono con una vestaglia mentre insultavano i due uomini. Era notte fonda, ma mia madre mi mandò a casa dei Levinson. Quando Gedeon aprì la porta non disse niente, mi fece entrare e chiamò Betania.»

«Mai... non ha mai avuto un gesto d'affetto per te? Alla fine dei conti eri sua figlia», la interruppe Fernando, affranto dal suo racconto.

«Non mi ha mai considerata sua figlia. Io non ero niente per lui, solo un oggetto con il quale ricattare mia madre. Quando lei lo minacciava che sarebbe tornata in Egitto, lui rideva e le rispondeva che non poteva perché lui avrebbe fatto in modo che io venissi trattenuta in Germania. Poteva andarsene, certo, ma senza di me. Diceva che, anche se lui non mi aveva riconosciuto, io ero nata a Zurigo e pertanto ero svizzera, ma grazie a lui avevo la residenza in Germania e le autorità non mi avrebbero permesso di lasciare il Paese. Lui mi avrebbe affidato a un istituto finché non avessi raggiunto la maggiore età. Ecco perché mia madre non è mai scappata. Aveva paura che lui mantenesse fede a quanto diceva e mi separasse da lei.»

Davanti al racconto di Zahra, Fernando avvertì un malessere profondo che culminò in un forte dolore allo stomaco dovuto alla tensione. Stava pensando all'affetto incondizionato dei suoi genitori e faticava a capire come fosse possibile che Dinter non avesse mai avuto un moto d'affetto nei confronti della figlia.

«Non puoi immaginare l'ambiente di Berlino in quegli anni... Io ero una bambina, ma ero consapevole del fatto che l'odio verso gli ebrei aveva preso piede; secondo i tedeschi erano la causa dei problemi della Germania. A marchiarli era l'accusa di avere nelle mani il potere economico e di sfruttare i lavoratori tedeschi. La cosa più terribile fu che i tedeschi condivisero con entusiasmo il disprezzo verso gli ebrei, perseguitandoli, marchiandoli e considerandoli colpevoli di qualunque disgrazia. Gedeon Levinson si lamentava del fatto che lui e Betania fossero troppo vecchi e non avessero i mezzi per andarsene.

«Gedeon parlava dei pogrom, diceva che quanto stavano organizzando era di gran lunga il peggio di quanto avessero vissuto gli ebrei. Betania lo rimproverava ricordandogli che loro erano tedeschi, bravi tedeschi, tedeschi come tutti gli altri, e che non avevano fatto niente di male per dover scappare. Ma Gedeon conosceva benissimo la storia delle persecuzioni subite dal suo popolo, le enumerava una per una, gettando lei e me nell'agitazione e nell'avvilimento.

«Io non volevo che se ne andassero. Oltre a mia madre, avevo solo i

Levinson. Non riuscivo a immaginare la mia vita senza di loro. Così, abbracciavo Gedeon e, in lacrime, gli chiedevo che non se ne andassero e che, se proprio dovevano, ci portassero con loro.

«Di notte, prima di dormire, fantasticavo su come potesse essere la vita in un posto in cui non dovessimo avere a che fare con Jan Dinter. Mi figuravo che la vita senza di lui fosse un autentico paradiso, o poco meno.

«Proprio come gli Ziegler, i genitori di sua moglie, Jan Dinter era convinto che solo Adolf Hitler potesse fare di nuovo della Germania una potenza rispettata dal resto del mondo.

«Era diventato un devoto militante del Partito nazista e l'Alba rosa cominciò a diventare uno dei cabaret preferiti dai gerarchi del partito e, evidentemente, anche da molti dei suoi finanziatori. All'Alba rosa erano sempre ben accolti e Dinter si mostrava generoso con loro.

«Un giorno accadde una cosa terribile...»

Zahra contrasse il volto. Con lo sguardo assente e le mani strette sul grembo, aveva un aspetto che spaventò Fernando. Ci mise qualche secondo a ricomporsi.

«Una notte nel cabaret un ufficiale delle SA si fissò con mia madre e disse a Dinter che voleva incontrarla immediatamente. Sino a quel momento, lui l'aveva considerata una cosa solo sua, ma forse era stanco di lei o forse non osava contrariare un alto ufficiale delle SA; fatto sta che le ordinò di andare in un privé con quell'uomo. Lei si rifiutò e Dinter, come d'abitudine, la picchiò; però dovette moderarsi perché se le avesse fatto troppo male non poteva poi accompagnarla dall'uomo delle SA.

«Mia madre prese una decisione. Gli disse che sarebbe andata con quell'uomo, ma prima doveva ritoccare il trucco per coprire i segni delle botte che lui le aveva appena dato. Dinter accettò. E mia madre ne approfittò per fuggire dalla porta sul retro. Corse finché non trovò un taxi che la portò a casa.

«Io stavo studiando. Quando la sentii arrivare, uscii dalla mia stanza e le chiesi come mai fosse tornata così presto. Vidi l'impronta della mano di Jan Dinter sul suo volto e le braccia segnate dai lividi. "Ti ha picchiata di nuovo! È un criminale! Lo odio", le dissi. Lei cercava sempre di minimizzare le bastonate di Dinter, a volte cercava di tranquillizzarmi dicendomi che i lividi erano dovuti a una caduta. Ma io non ero più una bambina, non poteva più ingannarmi. Avevo quattrodici anni e mia madre era tutto per me.

«La aiutai a curare le ferite e poi insistetti perché andasse a riposare. Mi chiese che le portassi un boccale pieno d'acqua, aveva molta sete. Ero in cucina a scaldarle un bicchiere di latte quando sentii sbattere la porta e, poco dopo, Jan Dinter che urlava. Rimasi lì, tremante. Avevo paura di lui. "Puttana! Come hai osato disobbedirmi! Torna subito al locale, ti ci metto io stesso nel letto con quell'uomo! Sei una nullità! È una fortuna se c'è ancora qualcuno che ti nota! Sei da buttare ormai! Non servi più a niente..."

Gridava così forte che io tremavo sempre di più e, come avevo fatto altre volte, mi tappai le orecchie cercando di non sentire le cose orribili che diceva a mia madre. Di colpo sentii un urlo disumano, sembrava quello di un animale che viene ammazzato. Era mia madre. Non so dirti come ci riuscii... Cercai un coltello affilato; poi andai nella sua stanza; Dinter aveva la cintura in mano. L'aveva colpita dappertutto, non c'era un solo brandello di pelle intatta. Il volto di mia madre era un ammasso di sangue. Era stesa a terra mentre lui la colpiva con la cinta e la prendeva a calci. Nella stanza sembrava fosse passato un uragano. Entrai e gli chiesi di lasciar stare mia madre. Credo di averglielo chiesto, ma non ero in grado di sentire la mia voce. Quando mi vide, si voltò verso di me e mi colpì con la cintura, così forte che caddi per terra. Mia madre con un gemito gli chiese di lasciarmi stare. Allora lui scoppiò a ridere, le ripeté che era una nullità, che io avrei preso il suo posto, che sicuramente l'ufficiale delle SA sarebbe stato ben felice di infilarsi nel letto della figlia invece che in quello della madre.

«Mi trascinai accanto a mia madre. Respirava a fatica. Lui le diede un calcio e io sentii che le aveva rotto qualcosa dentro. Allora... allora, non so come, mi alzai e gli affondai il coltello all'altezza del cuore. Ancora non me lo spiego, ma infilai quel coltello con tutte le mie forze. Lui mi guardò sconcertato. Il sangue cominciò a sgorgare in abbondanza e con una manata mi allontanò da sé... Il coltello però era conficcato così bene che lui cominciò a barcollare. Glielo tolsi. Usò il poco fiato che gli restava per insultarmi, poi cadde in ginocchio... Lo vidi steso a terra, con lo sguardo vacuo. Mi piegai sul corpo di mia madre. Era immobile, lo sguardo perso. Cercai di farla alzare in piedi per metterla a letto, ma non avevo le forze.

«Dinter stava perdendo molto sangue e il mio unico desiderio era che morisse quanto prima. Ci mise un po'. Non chiedermi quanto, non lo so.

«Rimasi accanto a mia madre, coprendo il suo corpo con il mio, dicendole che Dinter non l'avrebbe più maltrattata. Le accarezzavo il volto e cominciai a spaventarmi quando mi accorsi che i suoi occhi non si muovevano. Dovevo chiedere aiuto. Saltai sul corpo di Dinter. Era morto, o almeno così sembrava, e sentii il bisogno di colpirlo; gli diedi un calcio sulla testa con tutta la forza di cui ero capace, ben sapendo che con ogni probabilità non avrebbe sentito niente. Gli sputai. Quanto l'odiavo!

«Andai a casa dei Levinson. Betania gridò di spavento quando mi vide. Il mio volto, le mani, le gambe, i vestiti, tutto era impregnato di sangue. Gedeon mi si avvicinò, mi disse di stare tranquilla, di raccontargli che cosa era successo. Ma io non riuscivo a parlare. Mi voltai per tornare a casa e Betania e Gedeon mi seguirono. Rimasero di sasso quando entrarono nella stanza di mia madre e la videro per terra, circondata di sangue, accanto al corpo di Dinter. Betania mi abbracciò mentre Gedeon andava al telefono per chiamare un'ambulanza.

«Poi... i miei ricordi sono sfumati. So che Betania mi obbligò a togliere i vestiti macchiati di sangue e mi aiutò a lavarmi e vestirmi. Arrivarono l'ambulanza e la polizia...

«Cominciarono a farmi domande, ma le parole se n'erano andate. Ero ammutolita. Non è che non volessi parlare, non ce la facevo. Afferrai la mano di mia madre, non volevo che ci separassero. Sentii il medico spiegare alla polizia che non avevano potuto fare niente perché entrambi i corpi erano ormai due cadaveri. Sorrisi. Dinter era morto. E il mio sorriso si trasformò in una risata. Subito dopo però ebbi un sussulto: avevano parlato di due cadaveri? Voleva dire che mia madre era morta? Mi avvicinai subito a lei; era ancora stesa a terra, ma il corpo era coperto con un lenzuolo. Una poliziotta mi impedì di sollevarlo; allora mi girai e le diedi un morso perché mi lasciasse stare. Mi abbassai, scoprii il corpo di mia madre e cominciai ad accarezzarle il volto. Le avevano chiuso gli occhi, mi dissi che stava dormendo. Due poliziotti mi obbligarono ad alzarmi con la forza. Non ricordo bene che cosa successe poi... Mi portarono da qualche parte per interrogarmi ma, come ti ho detto, avevo perso l'uso della parola. Fui visitata da un medico e poi da uno psichiatra. Loro parlavano, parlavano, ma io non li sentivo. Li vedevo gesticolare, muovere le labbra, ma era come se mi parlassero da molto lontano.

«Ricordo che Ludger Wimmer, il socio di mio padre, era lì, parlava di me. Diceva che mia madre e io eravamo due volgari prostitute, che avevamo cercato di ricattare un cittadino esemplare qual era Jan Dinter. Che lui stesso aveva rifiutato le mie avances, che le avevo fatte anche a Dinter, che ero arrivata a minacciarlo se non avesse dato dei soldi a me e a mia madre. Avrei voluto gridare che erano tutte bugie, ma le parole mi rimasero in gola. Lui mi guardava con la coda dell'occhio ma anche così riuscivo a sentire tutto il suo disprezzo.

«Mi internarono in un ospedale psichiatrico, in attesa di giudizio. Fu un inferno. Ma non te lo descriverò. A che pro? Mi davano dei medicinali che mi causavano delle emicranie insopportabili, ero come uno spettro. Non ti dirò nemmeno che cosa succedeva lì... Una notte si aprì la porta della cella in cui mi tenevano legata… e lo vidi… Sì, era lui, ne sono certa, Ludger Wimmer. Si avvicinò al mio letto ridendo... Il secondino gli chiese di non fare rumore; mi fece una puntura e se ne andò, lasciandomi sola con lui. Non so quanto tempo stette lì... Non ricordo bene che cosa successe... A volte ho gli incubi, probabilmente rivivo quello che è successo allora... ma non sono certa che corrisponda alla realtà... Vedo me stessa tranquilla, incapace di muovermi, mentre Ludger mi tira su la camicia da notte... Sento un dolore acuto e tanta, tantissima paura. Non riesco a parlare, non riesco a gridare, non mi posso muovere, ma vedo le sue mani sempre più vicine... Qualche mese dopo si tenne il processo. Il giorno in cui mi portarono in tribunale mi fecero sedere accanto a un uomo; seppi solo dopo che era il mio avvocato. Lo vidi quell'unica volta. Non era nemmeno venuto a trovarmi nell'ospedale psichiatrico in cui ero stata rinchiusa.

«Betania e Gedeon erano seduti in mezzo al pubblico. Betania piangeva e Gedeon cercava di consolarla. Mi guardavano con tenerezza, soffrivano per me.

«L'avvocato della famiglia di Jan Dinter li chiamò come testimoni. Li aveva minacciati, voleva che deponessero contro di me. Nonostante le pressioni perché mi accusassero di aver ucciso Jan Dinter, non ci riuscirono. I Levinson continuarono a ripetere che mi ero presentata più e più volte a casa loro terrorizzata, cercarono di spiegare che Dinter maltrattava mia madre, ma né l'avvocato di famiglia né il mio avvocato glielo permisero. Sostenevano che non si stava discutendo di quello, si trattava solo di confermare che ero stata io a uccidere Dinter.

«Ludger Wimmer fu il testimone principale. Salì sul banco a ripetere le sue menzogne, anche se ricordo a malapena le sue parole perché le medicine che mi venivano somministrate mi avevano trasformato in un essere senz'anima. Durante il processo confermò la versione che aveva dato alla polizia. Disse che mia madre ricattava mio padre, che era una prostituta e che lo ero anch'io, anche se ero una ragazzina, e diverse volte mi ero offerta a lui senza nessun pudore. Mi accusò di aver ucciso Jan Dinter. Descrisse una scena che non era mai accaduta: mia madre che gli chiedeva dei soldi e io che lo minacciavo. Disse che Dinter aveva cercato di difendersi, che si era scontrato con mia madre, la quale aveva battuto la testa perdendo la vita. A quel punto, io mi ero scagliata su di lui e lo avevo pugnalato. Non servì a niente che i Levinson affermassero il contrario, dicendo che mia madre era stata brutalmente picchiata e che non era certo la prima volta. Il mio avvocato non chiamò a testimoniare i medici accorsi sul posto e nemmeno i funzionari che avevano portato via il cadavere.

«Era tutta una farsa. Ero stata condannata in anticipo. A nessuno importava per quale ragione avessi ucciso Dinter. Durante i tre giorni del processo continuai a sentire su di me lo sguardo di una donna. Anke Ziegler, la moglie di Jan Dinter, si era seduta in prima fila e mi fissava. Nel suo sguardo c'erano ripugnanza e odio. Pensai che stava provando gli stessi sentimenti che io avevo provato nei confronti di suo marito.

«Chiamata a testimoniare, Anke Ziegler affermò senza remore che Jan Dinter era un marito esemplare, che mia madre lo molestava ma lui, essendo un uomo per bene innamorato della sua famiglia, aveva resistito alle vergognose avance di "quella" ballerina egiziana che dava spettacolo all'Alba rosa. Non le chiesero che cosa ci facesse Dinter a casa mia quella notte, né per quale ragione avesse maltrattato mia madre al punto da ucciderla.

«Solo una cosa contava, la morte di Dinter. Il giudice decise che la colpevole ero io e che avrei dovuto trascorrere il resto della mia vita in un ospedale psichiatrico.

«Vidi la desolazione sui volti di Betania e Gedeon. Ormai, però, io non ero più un essere umano. Ero solo un guscio a forma di persona; la mia testa non mi apparteneva più a causa dei farmaci che mi venivano somministrati.

«Mi riportarono nella stessa cella minuscola dove tutte le notti venivo legata alla branda in cui dormivo. La secondina mi spinse dentro, lamentandosi del fatto che era costretta ad avere a che fare con una assassina.

«Ludger Wimmer tornò una seconda volta. La secondina mi aveva legato le mani e, non potendo difendermi, dovetti lasciare che abusasse di me a suo piacimento.

«Passato qualche mese, una notte, poco prima che albeggiasse, una secondina entrò nella mia cella seguita da tre persone. Due uomini e una donna vestita da infermiera. La donna mi sorrise e poi mi iniettò qualcosa nel braccio. Quando mi svegliai non sapevo dove fossi. Vedevo tutto annebbiato. Sentivo solo dei sussurri nelle orecchie poi una mano che mi accarezzava il volto. Il profumo di fiori della persona che mi stava accarezzando mi fu di conforto. Aveva una mano morbida e in lontananza la sentivo sussurrare parole che non capivo, ma che mi tranquillizzavano. Ci misi diverse ore a tornare cosciente. Quando finalmente accadde, non mi resi conto che mi trovavo sul vagone di un treno. Riuscii a capire solo che intorno a me c'erano varie persone. Due uomini e due donne, oltre a Gedeon e Betania. La presenza dei Levinson mi sollevò. Ero terrorizzata dagli sconosciuti!

«Betania si abbassò su di me e, sorridendo, mi disse: "Ormai sei libera, Mandisa, ormai sei libera. Ormai nessuno potrà più farti niente". Accanto a lei c'era Gedeon e sembrava felice. "Piccola, adesso il dottore ti visiterà, fra poco starai bene". Un uomo alto e dal sorriso bonario mi si avvicinò e mi prese le pulsazioni con molta delicatezza. Io lo lasciavo fare. Le medicine mi avevano ridotto a uno stato semivegetativo, non avevo la forza di oppormi a niente.

«Mi rendevo conto di essere su un mezzo in movimento ma solo dopo diverso tempo scoprii che avevo viaggiato in treno da Coblenza sino all'Aja. Ho ricordi molto vaghi di quanto accade in quei giorni, ma ricordo benissimo la voce di Betania.

«"Mandisa, ricordi le belle storie che ti raccontava tua madre? Vedrai che Alessandria ti piacerà. Lì ti riprenderai", mi diceva, benché non capissi le sue parole. Quando il treno si fermò, un uomo mi prese in braccio e io, con le poche forze che mi restavano, cercai di divincolarmi. Ero ancora terrorizzata.

«Non volevo separarmi da Betania e Gedeon, erano le mie uniche certezze, perciò quando Betania si avvicinò per tranquillizzarmi, mi aggrappai con forza al suo collo. Anche l'uomo alto e gentile mi parlava, mentre l'altro uomo mi portava in braccio. Poi venni a sapere che l'uomo gentile era un medico e che era stato lui a decidere che i Levinson venissero con me; li considerava parte integrante della cura che mi avrebbe rimesso in salute.

«All'Aja mi fecero salire su una nave, una nave che tu conosci bene. La *Esperanza del Mar*, la nave del capitano Pereira, il Portoghese. Ma in quel momento non ero consapevole del fatto che mi stessero portando su una nave. Davanti a me continuava a esserci solo nebbia. Ti spiego un po' di cose, così capisci tutto.

«Era stato Gedeon a scrivere a mia nonna per informarla di quello che era successo. Una lettera nella quale non le risparmiò i dettagli. Sperava che lei gli rispondesse, ma mia nonna fece ben di più: venne a cercarmi a Berlino per portarmi con sé ad Alessandria. Ci riuscì grazie a Benjamin Wilson. Sì, mia nonna parlò con Wilson e gli chiese di aiutarla a portarmi via da Berlino. Non era facile. I Levinson non sapevano in quale ospedale psichiatrico fossi stata trasferita dopo il processo, perciò il primo passo fu trovarmi. Tre settimane, Benjamin Wilson ci mise tre settimane a capire dove fossi. Come ti ho detto, ero condannata a morte. Per mesi i medici mi avevano somministrato ogni sorta di farmaco, annullando la mia volontà; la verità è che mi avevano risucchiato l'anima, trasformandomi in un corpo senza pensieri, parole o volontà.

«Nessuno era bravo come Wilson a rintracciare le persone scomparse; lo stesso era valso per suo nonno. Benjamin fa tutto quanto è in suo potere pur di riuscirci. Perciò, quando riuscì a capire dove mi trovassi, organizzò l'operazione per portarmi via e chiese a mia nonna di scegliere un nuovo nome per i documenti, grazie ai quali avrei assunto una nuova identità. Mia nonna scelse il nome di Zahra, che significa fiore, fioritura, scintillio... E il suo stesso cognome, Nadouri. Così mi chiamo oggi; ecco chi sono.

«L'uomo di Wilson in Germania, insieme a un medico e a un infermiere di sua fiducia, organizzarono il mio "sequestro" dall'ospedale. In realtà, mi comprarono. Sì, coloro che lavoravano nell'ospedale psichiatrico non provavano alcun sentimento nei confronti dei malati; eravamo carne, banalissima carne sulla quale fare i propri esperimenti. Così ci trattavano i medici; come puoi immaginare per i secondini e i guardiani valevamo meno di niente. Pagarono qualcuno che lavorava là dentro, ed è così che una notte riuscirono a entrare e a tirarmi fuori da quel posto, che era l'anticamera dell'inferno.

«Mia nonna e i Levinson mi aspettavano in stazione; da lì raggiungemmo l'Aja e poi, a bordo della *Esperanza del Mar*, arrivammo ad Alessandria.

«Devo la vita a mia nonna, a Benjamin e, naturalmente, ai Levinson.

«Come ti ho detto, il medico aveva consigliato che Gedeon e Betania mi stessero vicino; rappresentavano il mio unico riferimento di quando ancora abitavo nel mondo dei vivi. Mia nonna era d'accordo con lui e propose loro di andare ad Alessandria come suoi ospiti.

«Betania mi voleva molto bene, ma all'inizio faticava ad accettare l'idea di lasciare casa sua; Gedeon invece non esitò. Era consapevole del fatto che in Germania non c'era più posto per gli ebrei, e fu così che vennero via con noi.

«Furono loro due ad aiutarmi a rimettere insieme i pezzi per riuscire a ricostruire cosa fosse successo la notte in cui uccisi Dinter e i giorni successivi. Gli devo veramente tanto... Betania e Gedeon, Benjamin e i medici mi hanno ridato la vita.

«Ecco perché sono qui, Fernando. Ecco perché faccio quello che faccio. Devo molto a Benjamin Wilson. Non fraintendermi, però, non credere che mi pesi aver ucciso mio padre. E mi sentirò serena anche il giorno in cui tornerò a Berlino per uccidere Ludger Wimmer. Dovrò aspettare che la guerra finisca, ma lo ucciderò. Lo devo a me stessa.»

Impressionato da quanto aveva ascoltato, Fernando non riusciva a dire niente; qualunque parola sarebbe stata di troppo. Entrambi in silenzio, stavano cercando di ricomporre il proprio spazio interiore. Poi Zahra porse la sua mano a Fernando e lasciarono il caffè. Lui si lasciò guidare. Lo portò a casa sua. Una bella villa davanti al mare. Lo condusse sino alla sua camera da letto e lì lasciarono che fossero i loro corpi a parlare. Le ore passarono senza bisogno di parole. Pelle contro pelle, occhi negli occhi.

Era notte fonda quando Zahra si alzò e gli disse di aspettare. Indossò una vestaglia e dopo qualche istante tornò con un vassoio nel quale aveva messo dei datteri, del formaggio, dell'hummus, della pita e della frutta. Si sedettero sulla terrazza a mangiare, lasciando che lo sguardo si perdesse sulla distesa azzurra del mare, nel timore che le parole potessero separarli.

Chiuso nel suo silenzio, Fernando si domandava se in quella casa ci fosse qualcun altro; sapeva che Zahra viveva con sua nonna.

Di nuovo, trovarono rifugio tra le lenzuola. Era l'alba quando Fernando si svegliò. Zahra non c'era più. Si alzò, in allarme, e si vestì. Uscito dalla stanza, una ragazza gli disse che una macchina lo aspettava per riportarlo a casa. L'edificio era immerso nel silenzio. Non osò chiedere di Zahra. Non era necessario. Ormai aveva capito per quale ragione fosse una donna diversa e, soprattutto, perché non si fosse svegliata accanto a lui. Lei aveva viaggiato nel profondo degli inferi ed era riuscita a riemergere. Lei aveva sconfitto i demoni che la abitavano. Lei, dopo tutta quella sofferenza, non sarebbe più appartenuta a nessuno.

Perciò, si lasciò condurre sino all'ingresso. Lì lo aspettava un austista che aveva già aperto la portiera della macchina. Non ci fu bisogno di dargli l'indirizzo di casa. L'uomo sapeva già dove portarlo.

Quando arrivò a casa di Ylena, la trovò nella sala da pranzo; stava guardando delle carte mentre beveva una tazza di caffè. Lei gli chiese di farle compagnia e Fernando accettò. Lo guardò incuriosita, ma non gli fece domande.

Fernando la osservò. Se si trovava lì, a casa di quella generosa donna greca, era grazie al capitano Pereira. Il destino lo aveva messo sulla sua strada e anche su quella di Zahra.

Quella mattina si presentò alla Wilson&Wilson. Quando entrò nella libreria, Sara Rosent stava passando un piumino sugli scaffali pieni di libri. La donna lo accolse con un sorriso e gli si avvicinò. «Benjamin non verrà stamattina, ma sarà felice di sapere che torni al lavoro. Il nostro caro Vryzas è sommerso. Abbiamo così tanto bisogno di te, Fernando...»

Sara afferrò le sue mani e non ci fu bisogno di parlare. Fernando sentiva un affetto sincero per quella donna. Era stato così sin dalla prima volta in cui l'aveva vista. In lei tutto era equilibrio, serenità e, soprattutto, passione per i libri. Niente la rendeva più felice. Si era sempre mostrata affettuosa con lui. Era certo che Wilson l'aveva assunto anche grazie alle raccomandazioni di Sara, oltre a quelle di Farida.

Sara lo accompagnò sino alla sala in cui Vryzas e gli altri redattori erano immersi nei testi su cui stavano lavorando.

Quando lo vide, Vryzas non riuscì a nascondere la delusione: Fernando era tornato. Il vecchio caporedattore si era illuso che avesse seguito il suo consiglio e che fosse andato in cerca della sua Itaca.

Quel mese di giugno del 1943, la resa delle forze dell'Asse in Nordafrica lasciò di stucco gli egiziani.

Nei caffè di Alessandria si discuteva ancora dei disaccordi fra Rommel e il generale Von Arnim all'interno dell'Alto comando tedesco. Von Arnim all'inizio dell'anno combatteva a ovest mentre Rommel aveva ripiegato a est con quello che restava dell'Afrika Korps. I due militari non trovarono un accordo sulle strategie da adottare; a marzo Rommel combatté la sua ultima battaglia per poi tornare a Berlino. Il suo stato di salute lasciava molto a desiderare.

Il 12 maggio, le forze tedesche vennero definitivamente sconfitte e il generale Von Arnim si arrese al generale britannico Alexander.

Per alcuni il trionfo degli Alleati fu un sollievo, per altri un inconveniente. Ogni alessandrino si era fatto le sue idee.

Fernando continuava a chiedersi quando avrebbe rivisto Zahra. Non si erano più incontrati dopo la notte passata insieme. Lui non osava cercarla, convinto che rischiava di irritarla. Sapeva quanto le fosse costato mettere a nudo corpo e anima. Poteva solo aspettare e, intanto, dedicarsi ai doveri quotidiani.

Rivedere Benjamin Wilson fu strano. Quell'uomo era particolare. Quando vide Fernando seduto al tavolo, immerso nel manoscritto che gli aveva assegnato Vryzas, si avvicinò e gli diede una pacca sulla spalla. Nient'altro. Non una parola, non uno sguardo.

Entrambi lasciarono che il tempo passasse. Benjamin Wilson non gli diede più nessun incarico speciale, permettendogli di dedicarsi alla redazione sotto la supervisione del vecchio Vryzas.

17

Mentre pettinava Adela, Catalina si domandava come abbattere il muro che Fernando aveva eretto. Da mesi, ormai, non si parlavano più con sincerità. Entrambi erano immersi in una quotidianità che garantiva loro di sopravvivere, ma poco di più. Non avevano più discusso dell'eventualità di lasciare Alessandria e, in realtà, Catalina poteva persino dirsi felice; riteneva imbarazzante sentirsi altrimenti, ma sapeva di dover prendere una decisione che avrebbe avuto conseguenze sulla sua vita, anche solo in ragione di sua figlia.

Mancavano pochi giorni alla fine dell'anno, il 1943 per i cristiani, perché da quando viveva ad Alessandria si era abituata a fare proprie le feste significative dell'Islam. Il venerdì era diventato un giorno festivo, visto che era il giorno sacro dei musulmani. Festeggiava anche l'Id al-adha, la festa del sacrificio, che si celebra il decimo giorno del dodicesimo mese del calendario lunare islamico; o il Mawlid, il compleanno del Profeta, e persino il Muharram, l'inizio dell'anno musulmano.

Era inevitabile, vivendo ad Alessandria. D'altro canto, la città si mostrava indifferente alle feste delle altre religioni. E adesso bisognava congedare l'anno cristiano.

Ylena aveva avvisato gli ospiti del fatto che avrebbe chiesto ad alcuni amici di unirsi ai festeggiamenti. Da giorni discuteva con Dimitra sul menù di Capodanno. Ilora, la cuoca, non le aveva granché ascoltate; sapeva che avrebbero lasciato a lei l'ultima parola.

Il dottor Naseef aveva accettato l'invito, altrettanto aveva fatto padre Lucas.

Catalina accantonò i pensieri sul Capodanno per concentrarsi di nuovo su Fernando. Non sopportava di vederlo sempre così malinconico. Nemmeno Adela riusciva più a distrarlo.

Il rapporto di sua figlia con Fernando era molto speciale. La bambina lo trattava come fosse suo padre. Lo amava di un sentimento spontaneo e quando si accorgeva che era rientrato a casa usciva di corsa e gli andava incontro a braccia aperte.

Era un amore ricambiato. In realtà, Adela era l'unica persona alla quale

Fernando prestasse attenzione. D'abitudine, tutte le sere si sedeva accanto al suo letto e le leggeva un racconto aspettando che si addormentasse. Se Fernando tardava, Adela lo aspettava sveglia, attenta al momento in cui sarebbe rientrato.

Durante i giorni festivi, se non faceva freddo, Fernando la portava a passeggiare in riva al mare. Diverse volte, quella che era iniziata come una semplice passeggiata diventava una giornata intera di riposo. All'inizio, quando non tornavano all'ora concordata, Catalina si preoccupava, ma a poco a poco si abituò al fatto che Fernando dimenticasse di guardare l'orologio quando era in compagnia di Adela.

Sentirono la porta d'ingresso e Adela uscì di corsa, a piedi nudi, lasciando sua madre con lo spazzolino in mano.

Fernando la prese in braccio, rimproverandola perché era scalza. Ma lei lo baciò lo stesso.

Catalina uscì dietro di lei. «È come se intuisse che stai per arrivare. Era agitata e non voleva mettersi a letto», disse sorridendo.

Rispettarono il loro rituale notturno. Lui le lesse un racconto e Adela a poco a poco chiuse gli occhi e si addormentò. Poi Fernando andò nella sala da pranzo per cenare insieme a tutti gli altri.

In realtà non prestò attenzione alla conversazione tra Mr Sanders e monsieur Baudin. Stavano parlando delle difficoltà degli Alleati in Italia.

Finita la cena, Catalina chiese a Fernando se potevano fare due chiacchiere. Lui accettò controvoglia, ma la invitò a raggiungerlo nella sua stanza. Sapeva che quando Catalina gli faceva una proposta del genere, era perché non voleva che nessun altro li sentisse.

Lasciò socchiusa la porta della sua stanza, ma Catalina la chiuse.

«Non è meglio assicurarsi di sentire Adela se dovesse svegliarsi?»

«Difficile. Dorme come un sasso. E se si sveglia, scende tranquillamente dal letto ed esce dalla stanza. E poi, lo sai che sa gridare se vuole qualcosa.»

«Bene, che succede?» le chiese.

«Non so da dove cominciare... ma continuo a pensare a quanto sei cambiato... Sei così triste... così assente... Non so che cosa ti è successo durante il viaggio a Praga, ma da quando sei tornato non sei più lo stesso... All'inizio ho pensato che con il passare del tempo ti saresti ripreso, e invece... Non capisco neanche che tipo di rapporto tu abbia con... ecco, con quella ballerina. So solo che non stai bene. Forse non ti fidi più di me? Non credi che io possa aiutarti?»

«Ma cosa dici! Non ho proprio niente», rispose poco convinto.

«Per favore, Fernando, così mi sottovaluti!» esclamò lei arrabbiata.

Fernando la guardò e rivide in lei l'amica di quando erano piccoli, la bambina impaziente e capricciosa, e insieme complice e generosa, quella delle loro avventure infantili, sempre disposta a difenderlo. «Non potrei mai», rispose con sincerità.

«E allora dimmi la verità, abbi fiducia in me.»

«La verità? Io non so quale sia la verità. Mi sento in trappola, Catalina, intrappolato in questa città. Ma la cosa peggiore non è come mi sento, ma che non trovo le forze per andarmene. Mi limito a lasciare che i giorni passino e questo mi rende ancora più disperato.»

«Andiamocene, Fernando! Dobbiamo andarcene da qui! Io sto bene, mi costa ammetterlo; quando non penso ai miei genitori e alla Spagna oserei dire che mi sento felice. Certi giorni non penso proprio... non penso a Marvin... Però mi chiedo se il nostro posto sia questo. Avevi detto che volevi andare in Francia per rivedere Eulogio, o almeno per sapere come sta. Be', andiamoci. Da lì saremo più vicini alla Spagna.»

«Ma è impossibile, ti sei dimenticata della guerra? La Francia è nelle mani dei tedeschi, la Zona libera ormai non esiste più, non è nemmeno più una parodia di quello che è stato. Potrebbero arrestarci, mandarci in un campo di lavoro. E che cosa ne sarebbe di Adela? Non credere che io non pensi a Eulogio. Chiedo spesso sue notizie a Sara, ma la risposta è sempre negativa. Quanto a Marvin... ti ho già raccontato che, dopo aver cercato di salvare monsieur Rosent, si è trattenuto in Svizzera per qualche tempo e poi è andato a New York insieme a Farida; ma non so se sono ancora lì.»

«E allora andiamo a New York. Il signor Wilson può aiutarci.»

«Io non voglio andare a New York; in realtà non so nemmeno se voglio andare da qualche parte.»

«Perché sei innamorato di Zahra?» volle sapere lei.

«Zahra... Non ti nasconderò che Zahra è importante per me, ma non saprei dirti quanto; non so nemmeno se voglio stare qui perché c'è lei... non lo so... Non riesco a mettere ordine nei miei sentimenti. Mi lascio vivere giorno dopo giorno cercando di non pensare.»

«Non puoi continuare così. Non c'è ragione per cui tu debba essere infelice. Non è giusto, Fernando.»

Catalina gli si avvicinò e lo abbracciò con tutta la forza di cui era capace. Lui si lasciò avvolgere nell'abbraccio caldo della donna verso la quale non avrebbe saputo dire cosa provava.

Rimasero così a lungo, in silenzio, ognuno ad ascoltare il respiro dell'altro. Quando sciolsero l'abbraccio, entrambi si sentivano meglio. Era come se il calore dei loro corpi li avesse riportati all'infanzia che si erano lasciati alle spalle.

«Sì, dobbiamo fare qualcosa», insistette Catalina mentre accendeva una sigaretta e la passava a Fernando, per poi accenderne una per sé.

«In Francia non possiamo andarci e a New York non ci voglio andare», insistette lui.

«Quando finirà questa guerra?» chiese lei, sapendo che non c'era risposta.

«Mai. Non lo so, in realtà non lo so. Hai sentito quello che hanno detto il colonnello Sanders e monsieur Baudin riguardo all'avanzata degli Alleati. Ma chissà che cosa succederà.»

«Se non altro, gli inglesi qui hanno sconfitto i tedeschi. Rommel e l'Afrika Korps sembravano invincibili e, invece, lo vedi che cosa è successo.»

«Perché non torni in Spagna?» insistette lui, benché conoscesse già la risposta.

«Mi piacerebbe, credimi. E lo farei se non avessi Adela. Lo sai, però, che non posso tornarci; lì Adela non sarebbe vista di buon occhio: la figlia di una donna nubile, una bambina senza padre... La disprezzerebbero, la farebbero soffrire. Non torno proprio per lei, Fernando, per lei e per i miei genitori. Non voglio che vivano una vergogna di questo tipo. Amo mia figlia più di qualunque altra persona al mondo e non potrei permettere che la guardino male, che la umilino. In Spagna non c'è posto per noi, non adesso almeno. Posso tornare solo da sposata, con Marvin.»

«O con un altro uomo. Potresti sposarti con il dottor Naseef. Lui ti sposerebbe senz'altro. Lo sai che è innamorato di te.»

«Non lo so… o non voglio saperlo. Io non sono innamorata di lui. Sarò sincera con te, devo riconoscere che è un uomo affascinante e che sto bene in sua compagnia. Sono lusingata dal fatto che sia innamorato di me, ma non potrei mai sposarmi con lui.»

«Non ti vuoi sposare nemmeno con me.»

Catalina rimase in silenzio. Fernando vide che si mordeva le labbra mentre accendeva un'altra sigaretta. «Voglio che stanotte non rimangano più questioni in sospeso tra noi. Dobbiamo essere sinceri. Entrambi abbiamo avuto del tempo per guardarci dentro. Sono mesi che penso a te, Fernando, a quello che provo per te. Ti voglio molto bene e lo sai, ma non sono innamorata di te. Potrei innamorarmi? Forse... Lo sai come sono stata educata... Quante volte ci siamo sentiti dire che l'amore è qualcosa che nasce col tempo, che sono più importanti il rispetto, l'affetto, la condivisione di alcuni princìpi... Tu e io ci rispettiamo e proviamo molto più che affetto l'uno per l'altra, ci vogliamo davvero bene, condividiamo dei princìpi, siamo stati educati alla bontà. Ma è sufficiente? Credo che non basti a nessuno dei due. Entrambi abbiamo fame di qualcosa di più. Potremmo essere felici e accontentarci di un rapporto senza sussulti, tenuto in piedi da un affetto solido e sincero. Per me sarebbe la salvezza, ma tu non te lo meriti.»

«Sono innamorato di te da quando eravamo bambini», le ricordò lui.

«Sì, è vero, ma continui ad amarmi allo stesso modo? Io credo di no, Fernando, credo proprio di no. Proprio come Marvin è arrivato nella mia vita, Zahra Nadouri è arrivata nella tua. Magari non vuoi accettarlo, ma sono certa che quella donna ti ha toccato l'anima come Marvin ha toccato la mia. In mezzo, tra me e te, ci sono due persone, Marvin e Zahra. Potremmo essere felici ignorandolo?»

«E allora qual è la soluzione?» chiese Fernando.

«Non mi faccio illusioni, non voglio farmene. Perciò, proprio nel nome di tutto il bene che ci vogliamo, del fatto che teniamo l'uno all'altra, dobbiamo prendere una decisione.»

«Se non ci fosse una guerra in corso, potremmo farlo, ma dove possiamo andare in queste circostanze? Tu non vuoi tornare in Spagna e io non ho un posto dove andare.»

«Se gli Alleati vincono la guerra, non lasceranno che in Spagna rimanga un dittatore come Franco.»

«Non ne sono certo, Catalina, niente affatto... Le potenze hanno i loro interessi. Vedremo chi vincerà e, soprattutto, che cosa resterà dell'Europa una volta che la guerra sarà finita. Sino a quel momento, non possiamo fare altro che aspettare.»

«Io non voglio aspettare! Diventeremo vecchi aspettando!»

«E allora che cosa proponi di fare?»

«Propongo di andarcene, andare via. Tu hai scartato l'idea di andare in Francia, e allora andiamocene in America. Che differenza fa per te un posto o un altro? Sai che devo trovare Marvin e risolvere una volta per tutte la nostra situazione. Voglio che conosca sua figlia, voglio vedere se è capace di rinnegarla. La mia vita dipende da questa conversazione con Marvin. Aiutami.»

«E che cosa faremo a New York? Di che cosa vivremo?»

«Siamo sopravvissuti qui, non vedo perché non potremmo farlo a New York. Tu parli un inglese eccellente, potresti continuare a lavorare come redattore. Wilson può darti referenze. Quanto a me... non so nemmeno più che lingua parlo; ho imparato a cavarmela in arabo e in inglese, conosco anche un po' di greco perché Dimitra ogni tanto mi insegna delle frasi... Farò qualunque cosa. Mi adatto anche a fare le pulizie. Immagino che ovunque la gente cerchi donne di servizio.»

«Santo cielo, Catalina! Non puoi fare la donna delle pulizie, non te lo permetterei!»

«E perché no? È un lavoro dignitoso come tutti gli altri. In realtà, non so fare nient'altro che suonare il piano. Non ho finito gli studi.»

«Hai una buona educazione.»

Catalina rise e lo abbracciò di nuovo, anche se stavolta più che un abbraccio fu una stretta leggera. «È vero, so quando un tavolo è ben apparecchiato, so usare le diverse posate e non mi metto le dita nel naso. Mi siedo con le gambe unite e so come vestirmi nelle diverse occasioni. Posso essere una brava padrona di casa, so conversare e fare in modo che gli invitati si sentano a proprio agio. Riesco persino a parlare con disinvoltura di cose che non conosco. Ah, dimenticavo, so anche cucire. E per te questa è una buona educazione? Per me no, Fernando.»

«Ma questa è una caricatura. Lo sai che una buona educazione significa ben altro.»

«Ah sì? Ovvero...»

«Senti, vali molto di più di quello che hai appena detto.»

«Ti ringrazio delle tue parole. Sei l'unica persona della quale mi importi l'opinione che ha di me. Sai, non so che cosa sarebbe stato di me senza di te. Non so se sarei sopravvissuta. Quando penso a come siamo arrivati sino qui... a quello che abbiamo vissuto sulla nave del capitano Pereira... e poi in questa città. In certi momenti ho creduto di impazzire. Non capivo niente, era tutto così diverso... Soprattutto, non mi piaceva niente di quello che avevo intorno. Invece, lo vedi... sono arrivata ad apprezzare Alessandria. Non dico di aver scoperto l'anima di questa città, ma se non altro non mi sento più così estranea qui.»

All'alba stavano ancora parlando. Fernando si liberò la coscienza. Raccontò a Catalina di come era stato manipolato da Benjamin Wilson e delle ragioni per le quali aveva accompagnato Zahra al Cairo e poi a Praga. Non le nascose nemmeno di aver ucciso di nuovo e del fatto che i morti andavano a fargli visita non appena chiudeva gli occhi.

Lei non si scandalizzò e non lo giudicò. Lo ascoltava con attenzione e, dopo che lui ebbe finito di raccontarle le sue vicissitudini in quei mesi in cui erano rimasti così distanti tra loro, Catalina gli assicurò che lo capiva, gli disse che aveva fatto quello che doveva. Non ci fu un cenno di rimprovero nel suo sguardo e nelle sue parole. E saperla dalla sua parte fu per Fernando di grande conforto.

«A volte non abbiamo altra possibilità che scegliere tra la nostra vita e quella degli altri. Tu hai dovuto uccidere quel nazista. Io avrei fatto lo stesso», affermò Catalina.

Fernando sapeva che non erano parole di consolazione, erano vere.

Quella mattina, quando arrivò al lavoro, tanto Sara quanto il vecchio caporedattore Athanasios Vryzas notarono che qualcosa era cambiato. Non avrebbero saputo dire che cosa: forse la sua bocca aveva un'espressione più morbida o forse lo sguardo era più sereno. Sara e Vryzas pensarono che quel leggero cambiamento fosse dovuto a una donna; poteva essere Zahra, sì, magari aveva passato la notte tra le braccia della ballerina.

Fernando chiese a Leyda Zabat di essere avvisato quando il signor Wilson fosse arrivato, ma la segretaria gli disse che quel giorno non sarebbe andato in libreria. Era al Cairo e sarebbe tornato solo l'ultimo giorno dell'anno; se voleva vederlo, doveva aspettare.

Più tardi, Sara gli disse che voleva parlargli. Lo invitò alla festa di fine anno che si sarebbe tenuta a casa sua e alla quale, gli disse di sfuggita, avrebbe partecipato anche Zahra. Tuttavia, Fernando si scusò e le spiegò che aveva già preso l'impegno di cenare a casa di Ylena con gli altri ospiti, ma la ringraziò dell'invito.

Lei non insistette.

Catalina e Fernando sembravano felici quell'ultima notte del 1943. O così parve a coloro che parteciparono alla cena di Capodanno.

Ylena si sorprese del fatto che Catalina avesse mostrato poca considerazione nei confronti del dottor Naseef, che invece continuava ad avere per lei mille attenzioni. Non le sfuggirono gli sguardi tra Catalina e Fernando e si chiese se quei due ragazzi avessero finalmente scelto la cosa migliore per loro, la più sensata: diventare una coppia.

Anche padre Lucas li osservò, si chiese che cosa fosse cambiato tra loro e provò compassione per lo sguardo triste del dottor Naseef. Il medico cominciava a sentirsi fuori luogo.

Non appena ebbero brindato all'arrivo del 1944, gli invitati cominciarono ad andare via. Passata la mezzanotte, l'indomani tutto sarebbe tornato uguale ad Alessandria.

Catalina andò a verificare se Adela dormisse e poi raggiunse Fernando nella sua stanza. Ylena la vide entrare. Tuttavia, non poteva immaginare che l'unica intimità che Catalina e Fernando si concedevano era fatta di parole. Quella notte Fernando le parlò di nuovo di Zahra, di quello che credeva di sentire per lei, della sua confusione. Non si nascosero niente. Adesso che si erano ritrovati, approfittavano di quelle ore con la consapevolezza che, sebbene vivessero sotto lo stesso tetto da due anni, erano stati molto lontani l'uno dall'altra.

Presero una decisione: non potevano attendere oltre, era ora di scrivere alle loro famiglie a Madrid. Entrambi sapevano che Isabel e donna Asunción stavano soffrendo per loro.

Per un certo tempo, Fernando non rivide più Zahra. Non la cercò, né lei fece in modo di incontrarlo.

Si rividero solo dopo la metà di marzo del 1944, quando lui partecipò a una serata letteraria in libreria. Sara continuava a organizzare dei dibattiti poetici e filosofici alla Wilson&Wilson e Fernando si godeva quelle serate. Ormai parlava l'arabo con scioltezza, era perfettamente in grado di capire le conversazioni, ma erano l'inglese e il francese le lingue predominanti durante gli incontri organizzati da Sara.

In realtà, Sara non sapeva che Zahra sarebbe andata in libreria quella sera di marzo in cui ad Alessandria arrivò la brutta notizia che la Wehrmacht aveva occupato l'Ungheria.

La accolse gioiosamente, rimproverandola con affetto per essere mancata agli incontri precedenti. Lei si scusò ricordandole che sua nonna non stava bene e che, se non doveva lavorare, di fatto non usciva.

Fernando non sapeva che cosa fare, se aspettare che lei con un cenno lo invitasse ad avvicinarsi oppure se farsi avanti per primo. Scelse la seconda opzione e si piazzò davanti a Zahra mentre gli sguardi dei presenti si posavano su di loro. Ad Alessandria in molti erano convinti che fossero stati amanti e che negli ultimi tempi il loro rapporto si fosse raffreddato, perciò rivederli insieme avrebbe riacceso le chiacchiere anche nel corso di serate di altro genere.

Zahra sorrise a Fernando e questo lo tranquillizzò. Sara si allontanò lasciandoli soli.

«Sono contenta di vederti», disse lei con sincerità.

«Non ho voluto disturbarti», si giustificò lui.

«E hai fatto bene. Avevo bisogno di riflettere. Dopo quello che abbiamo vissuto, avevo bisogno di rimettere le cose al proprio posto dentro di me. Non è stato facile. E poi, mia nonna è stata molto male.»

«Mi dispiace.»

«Adesso sta meglio, ma ho temuto per la sua vita. Non so che cosa avrei fatto se lei… se lei fosse morta.»

«Potevi dirmelo, avrei cercato di aiutarti per qualunque cosa, oppure semplicemente ti avrei fatto compagnia.»

«Non mi sono sentita sola. Sara e Benjamin ci sono sempre.»

«Ma dai! Avrebbero potuto dirmelo...» esclamò sorpreso.

«No, non potevano perché io ho chiesto loro di non dirti niente. Preferivo non vederti, Fernando.»

Lui non seppe come interpretare le sue parole. Però gli fecero male.

Athanasios Vryzas si avvicinò per dire loro di sedersi. Il giovane poeta invitato era pronto a leggere le poesie della raccolta che era uscita proprio quel giorno.

Zahra e Fernando si sedettero vicini e, anche se apparentemente sembravano attenti, in realtà non stavano ascoltando. Stavano cercando di intuire che cosa stesse pensando o sentendo l'altro.

Quando il poeta ebbe concluso il recital, Sara aprì il dibattito cui gli invitati parteciparono con entusiasmo, come sempre. Fernando di solito era uno dei primi a prendere la parola, ma quella volta rimase in silenzio.

Era notte quando Sara salutò gli ultimi invitati. Zahra si offrì di accompagnarla in macchina, visto che Benjamin non aveva partecipato alla serata. Lei accettò e per Fernando fu un peccato: desiderava con ansia di poter stare da solo con Zahra.

Quella notte non dormì bene. Zahra aveva abitato i suoi sogni e quando si svegliò, in piena notte, era tutto sudato. Aprì la finestra per lasciare entrare l'aria fresca della primavera.

Era inutile raccontarsela: Zahra lo stava evitando. Gli era sembrato che fosse stata felice di vederlo, quando si erano seduti l'uno accanto all'altra durante la serata di poesia l'aveva persino sentita vicina. Poi, però, quando se n'era andata lo aveva salutato con indifferenza.

Era proprio inutile raccontarsela: di nuovo, doveva accettare di essere un perdente.

L'indomani si presentò al lavoro prima dell'arrivo di Vryzas e degli altri redattori. Leyda Zabat continuava e fargli da tramite con Benjamin Wilson, così le chiese se poteva essere ricevuto. Leyda lo fece passare immediatamente.

Wilson sembrava preoccupato, ma davanti a Fernando mostrò l'abituale gentilezza. Per un po' parlarono del lavoro editoriale e delle ultime voci sull'andamento del conflitto. Quando la conversazione cominciò a languire, Fernando tirò fuori due buste e gliele consegnò.

Benjamin lesse l'indirizzo e attese la spiegazione di Fernando. «Volevo chiederle di farle arrivare a Madrid. La famiglia di Catalina Vilamar e la mia non sanno niente di noi da troppo tempo. Ma noi non vogliamo che sappiano dove ci troviamo, ecco perché mi rivolgo a lei.»

«Farò in modo che arrivino quanto prima.»

Non si dissero altro.

18

Madrid

Faceva caldo. Molto caldo. Quasi quanto a Siviglia. L'uomo tolse il fazzoletto dalla tasca della giacca e se lo passò sul volto per asciugare il sudore. Da tempo viveva a Madrid, ma continuava a pensare alla sua terra. Siviglia era la sua casa, era lì che vivevano i suoi genitori. Tuttavia, la guerra aveva sconvolto le loro vite, e quelle di tutti gli spagnoli, e lui si era adattato a stare nella capitale, dove lavorava. Guardò l'orologio con aria seccata. Era tutta la mattina che camminava da una parte all'altra perché nessuno lo notasse. Calle de la Encarnación era vuota e silenziosa. Solo le campane del Convento de la Encarnación rompevano la monotonia. Camminò verso plaza de la Encarnación e si accomodò davanti alla porta principale del monastero. Da lì poteva vedere la casa dei Vilamar. Aprì l'*ABC* e cominciò a leggiucchiarlo controvoglia. La sua attenzione fu catturata da un quadro della Vergine e dal titolo: *La Beata Vergine del Carmine, patrona della marina spagnola*. Continuò a scorrere le pagine del giornale e lesse una notizia, non perché gli interessasse particolarmente, ma perché gli permetteva di concentrarsi su qualcosa mentre accanto a lui passavano una coppia e i due figli, che lo guardarono incuriositi. «Ieri il Segretario generale del Movimento Nazionale ha chiuso con un discorso interessante il Secondo Consiglio Nazionale dell'Ordine sociale. [...] "Il capitalismo non è un sistema basato sul rispetto del capitale ma la teoria secondo la quale l'unica cosa che produce è il capitale", ha affermato José Luis Arrese.»

Che idiota questo Arrese, pensò l'uomo asciugandosi nuovamente il sudore con il fazzoletto. Continuò a sfogliare il giornale controvoglia finché non arrivò alla sezione internazionale. «Prosegue la lotta durissima in Normandia. Si combatte intensamente intorno a Lessay e Saint-Lo. Nuovi bombardamenti aerei.»

Si immerse nella lettura senza badare al sacerdote che usciva dalla chiesa, e che invece lo guardò incuriosito.

Continuò a sfogliare le pagine e fu colpito da un'altra notizia: «Sono pronte per essere immesse in circolazione le nuove monete metalliche da 1 peseta.» Poi si concentrò sulla locandina di un film in programma in uno dei cinema della Gran Vía: *Margherita Gautier*, con Greta Garbo e Robert Taylor.

E mentre sfogliava il giornale, cercava di intercettare qualunque movimento avvenisse in strada. Alla fine, si diede per vinto. Poiché la signora Vilamar quella mattina non era uscita di casa per andare a messa, come faceva di solito, avrebbe fatto due passi sino al palazzo in cui viveva donna Isabel, vedova Garzo.

Si avvicinò lentamente al portone e la penombra gli diede un po' di sollievo. Si diresse verso la scala e salì con passo veloce. Da giorni gironzolava in quella via e conosceva i movimenti della portinaia. Alle due, dopo che il marito rincasava, lei chiudeva la portineria per qualche ora per mangiare. Ma era domenica e la portineria era rimasta chiusa.

Raggiunto il primo piano, suonò il campanello e attese con impazienza. Per fortuna, non aveva incontrato nessun vicino.

Gli aprì la porta una donna che lo guardò perplessa.

«Donna Isabel?» chiese lui.

«Sì, sono io, desidera?»

«Vorrei consegnarle questa lettera. Nient'altro. Buon pomeriggio, signora.»

Isabel prese la lettera in mano e ci mise qualche secondo a reagire, sconcertata. Non sapeva se chiamare quell'uomo per chiedergli chi gli avesse consegnato la lettera o semplicemente chiudere la porta; alla fine così fece.

Andò dritta nella sala e scoppiò a piangere non appena vide la grafia con cui era stato scritto il suo nome. Era quella di suo figlio, di Fernando. Ne era certa. Aprì nervosamente la busta e si trovò in mano diverse pagine scritte con una grafia rotonda e chiara.

Cara mamma,

scusami se non ti ho scritto prima. Sapessi tutto quello che mi è successo... Ma non voglio che ti preoccupi. Sto bene. Una cosa però è che il corpo sia in salute, altra cosa è il dolore che ho nel cuore sapendoti così lontana. Non passa un solo giorno senza che pensi a te, che mi chieda come stai, se anche la tua salute è buona e soprattutto se mi hai perdonato per essermene andato senza dirti addio.

Un giorno, mamma, ci rivedremo, ti racconterò ogni cosa e allora capirai.

Preferisco non dirti dove mi trovo per non metterti in una situazione compromettente. Ti dico solo che sono lontano, molto lontano, troppo lontano dalla Spagna, e che non sai quanta voglia avrei di ritornare. Ma dovrò aspettare che la guerra finisca in Europa e poi vedere che cosa succede nel nostro Paese. Secondo alcuni, se vinceranno gli Alleati le cose cambieranno anche in Spagna. Io non mi faccio illusioni, mamma, ma magari avessero ragione coloro che la pensano così!

Lavoro, mamma, ho un buon lavoro e credo che papà sarebbe orgoglioso di me, visto che mi guadagno da vivere in modo dignitoso.

E tu, mamma, come stai? Lavori ancora per la famiglia di donna Hortensia e don Luis? Spero che tu sia riuscita a trovare qualcos'altro. Non perché fare la donna di servizio sia disonorevole, ma mi piange il cuore sapere che non hai avuto altra scelta.

Nel posto in cui mi trovo non arrivano molte notizie dalla Spagna, perciò non so se le cose siano migliorate.

Ti chiedo di prenderti cura di te stessa, di perdonarmi e di avere fiducia in me. Ti assicuro che non appena potrò, farò l'impossibile perché noi due possiamo stare di nuovo insieme.

Di' a Piedad che Eulogio sta bene. Lui non può scriverle, ma sono certo che lo farà non appena sarà possibile. Non posso darti altri dettagli, pur immaginando che Piedad vorrebbe sapere qualcosa di più su suo figlio. Posso assicurarti che anche donna Asunción riceverà una lettera da Catalina. Lei sta bene e sua figlia Adela è una bambina bella e molto affettuosa. Purtroppo, mamma, Marvin non vuole sapere niente di Catalina e di sua figlia. Si rifiuta di vederle e io non posso abbandonarle al loro destino. Credimi, ho insistito perché Catalina torni in Spagna, ma lei non vuole farlo, non vuole che i suoi genitori debbano vergognarsi del fatto che ha una figlia senza essere sposata. Sappiamo bene come funzionano le cose in Spagna quando si tratta di morale.

Mamma, perdonami se ti ho lasciata sola.

Tuo figlio che ti ama più di chiunque altro al mondo.

Fernando

Isabel non riuscì a trattenere le lacrime. Fernando stava bene, non l'aveva dimenticata. E lei aveva fiducia in lui; se non era tornato doveva avere ottime ragioni, ne era certa.

Decise di andare da Piedad per informarla che Eulogio stava bene. La sua amica avrebbe sofferto molto per il fatto che lui non le aveva scritto, ma sapeva che non si sarebbe lamentata. Piedad aveva mostrato grande dignità nell'affrontare i pettegolezzi che giravano nel quartiere. Don Bernardo l'aveva rimproverata perché continuava a essere amica di quella donna, che lui considerava una indomita peccatrice. Piedad non andava in chiesa e non era disposta a confessarsi con lui. Isabel le aveva consigliato di andare in parrocchia, fosse anche solo per mettere a tacere le malelingue. Ma Piedad si era rifiutata.

La trovò intenta a rammendare una gonna. «Vieni, vieni. Le sto cambiando la cintura. È così consumata che quasi non si vede. Ho del malto, ne vuoi una tazza?»

«No, grazie, non voglio disturbarti. Anche io ho il mio da fare a casa. Oggi mi sono dedicata alla pulizia delle finestre. Come va in laboratorio?» le chiese Isabel.

«Puoi immaginare... cuciamo quattordici ore al giorno. Ma è meglio di altri lavori, perciò non mi lamento. E a te come vanno le cose nella farmacia?»

«Ringrazio Dio perché sto lavorando. Don Luis è una brava persona, nemmeno io mi posso lamentare.»

«Non è stato Dio ad assumerti, ma le persone per le quali lavori.»

Isabel rise. Oltre che essere arrabbiata con don Bernardo, Piedad lo era definitivamente anche con Dio. Ma non glielo avrebbe certo rimproverato. Anche lei faticava non poco mantenere intatta la propria fede dopo che suo marito era stato fucilato.

«Sì, donna Hortensia e don Luis si sono comportati molto bene con me. È stata lei a insistere con il marito perché gli dessi una mano in farmacia, anche se ha voluto dire fare a meno di me in casa.»

«Be', se c'è una cosa che non manca, oggi, sono le domestiche per i nuovi padroni. Tu sei una signora, Isabel, probabilmente a donna Hortensia dava fastidio averti in casa a stirare le camicie del marito.»

«Non parlare così, Piedad, donna Hortensia è una brava persona. Hanno cercato di aiutarmi con l'indulto di Lorenzo e adesso mi hanno dato questo lavoro. Sarei una sciagurata se li criticassi.»

«Sei una santa, Isabel... Non so come tu faccia a dire che donna Hortensia e don Luis sono brave persone... Sono due franchisti convinti. Anche loro sono responsabili della fucilazione del tuo Lorenzo.»

«Non essere così radicale, Piedad.»

«Non si può essere buoni con coloro che si sono ribellati alla Repubblica e non muovono un dito davanti alle enormi ingiustizie che si stanno commettendo. Continuano a uccidere chi non appartiene alla stessa fazione, non dimenticarlo mai, Isabel.»

Il tono di voce di Piedad si era inasprito. Non era la prima volta che discutevano al riguardo. Piedad era infastidita dal fatto che Isabel potesse riconoscere una qualche forma di pietà nella gente che aveva assecondato Franco in quella guerra; era colpa loro se lei, Isabel stessa e tanti altri erano diventati dei paria nel proprio Paese. Avevano perso tutto. Mariti, figli, illusioni, futuro. Piedad non ammetteva la possibilità di perdonare quella gente e non era capace di vedere qualcosa di buono in chi aveva voltato le spalle alla Repubblica.

Isabel capiva l'odio che si annidava nella sua amica; era lo stesso che aveva provato lei quando avevano fucilato Lorenzo e, anzi, continuava a rimproverare se stessa perché, nonostante quei sentimenti, si sentiva riconoscente verso donna Hortensia e don Luis per averla aiutata. Conviveva con quella contraddizione. Sapeva che nemmeno suo figlio Fernando l'avrebbe capita. «Don Luis mi sta insegnando molte cose. A volte mi lascia persino da sola a seguire la farmacia. Però, Piedad, sono qui per un'altra ragione...»

L'amica cominciò ad agitarsi e si punse un dito mentre infilava l'ago nella stoffa. «Dimmi.»

«Ho ricevuto una lettera da Fernando. Sta bene... e mi chiede di dirti che anche Eulogio sta bene... A quanto pare non può scriverti, ma lo farà appena possibile. Mi scrive della bambina di Catalina, dice che si chiama Adela, e anche che sono molto lontani, ma sentono la nostalgia della Spagna.»

«Nient'altro?» chiese Piedad, cercando di controllare il tremore.

«Nient'altro. È una lettera molto breve, solo per tranquillizzarmi. Ah, dice anche che Catalina ha scritto a sua madre. Ma non dà una sola indicazione su dove si trovino. L'importante è che tutti e tre stiano bene.»

«Sì, ma perché Eulogio non poteva scrivermi?»

«Non lo so, Piedad... non lo so... Avrà le sue ragioni... Dobbiamo avere fiducia in loro.»

A Piedad si annebbiò lo sguardo. Si sentiva sconfitta quando pensava a Eulogio. Il figlio per il quale aveva sacrificato la propria dignità affinché sopravvivesse. Il figlio che, proprio per questo, non riusciva a perdonarla.

«I nostri figli ci vogliono bene anche se sono andati via e non ci hanno spiegato perché», affermò Isabel per consolarla.

«Fernando ti vuole bene, Isabel, su questo non ho alcun dubbio. Ed Eulogio mi voleva bene sino a che... Ecco, finché non ha saputo di Antonio. Maledetto il giorno in cui ho accettato di cedere a quell'uomo. Sarebbe stato meglio morire di fame. Tu non ti sei venduta, eppure sei andata avanti.»

«Io avrei fatto qualunque cosa per il mio Fernando. E se avessi dovuto pagare con il mio corpo per la vita di Lorenzo, ti assicuro che lo avrei fatto.»

«Non ti credo, Isabel, non ti credo. Tu sei credente ed è questo a impedirti di fare certe cose; sei convinta che, se lo facessi, finiresti all'inferno. In realtà io ho già pagato con l'inferno, ma qui, sulla Terra. Dimmi, però, come ti è arrivata la lettera?»

«Me l'ha portata un uomo e non sono nemmeno riuscita a capire chi fosse. Me l'ha consegnata e se n'è andato senza aggiungere altro. E come vedi non è timbrata.»

«Allora... magari non è di Fernando...»

«Certo che è sua. Conosco la grafia di mio figlio. Non so dov'è e nemmeno in che modo mi abbia fatto arrivare questa lettera, ma so che è la sua. Ne sono sicura.»

Trascorsero il resto del pomeriggio a chiacchierare; Isabel cercava di consolare Piedad e Piedad cercava di trovare consolazione nelle parole di Isabel.

Donna Asunción andava di fretta. Rischiava di arrivare tardi alla messa delle sette. Don Bernardo si sarebbe stupito se non l'avesse vista alla funzione del mattino. Le domeniche andava sempre a quella delle dodici, in compagnia di suo marito, ma da quando Ernesto aveva avuto una ricaduta, lei non aveva più un orario fisso.

Suo marito le aveva chiesto di continuare ad andare a messa sostenendo che poteva tranquillamente stare un po' da solo, ma lei non ne era convinta; tuttavia, se la domenica non ci fosse andata avrebbe commesso un peccato mortale e questo le pesava.

Per strada c'era poca gente. Non c'era da stupirsene. D'estate, alle sette di sera, le strade di Madrid erano un forno; solo in pochi avevano il coraggio di uscire a quell'ora per andare in chiesa.

Donna Asunción camminava assorta e fu così che finì addosso a un uomo che la fece barcollare. Le cadde la borsa e l'uomo si piegò per raccoglierla. Si chiesero scusa a vicenda, poi ognuno proseguì per la sua strada.

Solo alla sera donna Asunción si rese conto che dentro la sua borsa c'era una busta.

Dopo la messa era tornata a casa. Ernesto era addormentato, il suo volto era lo specchio del dolore causato dalla malattia. A causa dell'epatite era finito di nuovo in ospedale, lo avevano dimesso solo pochi giorni prima. Guardò l'orologio e si affrettò a preparare l'iniezione; gliela fece come il medico le aveva insegnato, il suo carissimo amico Juan Segovia. Aveva imparato a fare le punture. Non aveva avuto altra scelta, con un marito malato!

Si chiese se dovesse svegliarlo per cena. Avrebbe preparato una omelette e del riso bollito, di quei tempi non si buttava via niente, e se Ernesto non si fosse svegliato lei avrebbe dovuto mangiare per due.

Continuava a chiedersi di chi fosse la lettera. Prima di aprirla, aveva osservato la busta e aveva notato che era indirizzata a lei, donna Asunción de Vilamar, e si era spaventata. Come aveva fatto quella busta a finire dentro la sua borsa? Si ricordò dello sconosciuto con cui si era scontrata... Forse non era stato un caso e quell'uomo ne aveva approfittato per infilarle la lettera? Andò in cucina per aprire la busta e la sorpresa fu ancora maggiore quando, oltre a due fogli, trovò la foto di una bambina sorridente.

Mia carissima mamma,

quanto mi manchi! Non passa giorno che non pensi a te e a papà. Immagino che lui sia ancora arrabbiato con me e lo capisco; digli che, anche se siamo diversi, gli voglio bene e so che tutto quello che ha fatto nella vita dal suo punto di vista era la cosa migliore per me.

Vi mando una foto di Adela. Mia figlia, vostra nipote. Ormai ha più di due anni ed è molto sveglia e buona. Papà sarebbe fiero di lei perché Adela è molto obbediente e ha un buon carattere, proprio l'opposto di me.

Non posso dirti dove vivo, ma Adela e io stiamo bene. Solo che siamo lontane, troppo lontane, anche se un giorno spero di ritornare. Io, insieme a mio marito e mia figlia. Perché senza marito non tornerò. Non potrei mai affrontare papà con una nipote nata fuori del matrimonio.

Ah, mamma! Le cose non stanno andando come credevo. Marvin sta scappando da me. Credo a causa delle cattive influenze, ma in realtà non sono riuscita a parlare con lui e nemmeno a fargli conoscere Adela. Puoi immaginare quanto io stia soffrendo. Nonostante questo, continuo a credere che il giorno in cui conoscerà la bambina e mi ascolterà, le cose si sistemeranno. Marvin è una persona per bene.

Fernando mi sta accanto e si prende cura di me. Senza di lui, non so che cosa sarebbe stato di me. Gli devo così tanto che, se anche vivessi mille vite, non potrei mai ripagargli l'affetto e la generosità che mostra verso di me e verso Adela. La bambina gli vuole bene come se fosse suo padre perché è piccolissima e ancora non sa distinguere.

Io lavoro. Sì, mamma, lavoro. Di' alla zia Petra che le sue lezioni di piano mi stanno aiutando a guadagnarmi da vivere; se penso a quanto ho protestato! Non so se la zia Petra mi ha perdonato. Spero che tu riesca a convincerla del fatto che le voglio bene e che continuo a rimproverarmi per tutto quello che ha passato a causa mia.

Non so quando riuscirò a scriverti di nuovo. Ma devi sapere, mamma, che non mi dimentico di voi e so che un giorno saremo di nuovo insieme. Ma quel giorno non ci saranno ombre, papà non dovrà vergognarsi di me.

Vi voglio molto bene,

Catalina e vostra nipote Adela

Donna Asunción lesse la lettera una seconda volta, e una terza. Il cuore le batteva così forte da toglierle il respiro, poi scoppiò a piangere. Guardò la foto di Adela, la nipote che forse non avrebbe mai conosciuto. Doveva mostrarla a suo marito; magari si sarebbe ammorbidito e le avrebbe chiesto di scrivere a Catalina per dirle che la perdonava, che poteva tornare a casa. Poi si disse che, se anche Ernesto avesse perdonato sua figlia, non c'era modo di farglielo sapere. Guardò di nuovo la busta; non aveva né francobolli né timbri e questo la sconcertò. Rilesse la lettera, osservò con attenzione la grafia e non ebbe dubbi: era di Catalina.

Ernesto Vilamar dormicchiava quando donna Asunción entrò nella sua stanza per chiedergli se volesse cenare. Gli si avvicinò senza fare rumore, ma probabilmente non ci riuscì perché il malato aprì gli occhi. «Sei già tornata?»

«Da un po', ma non ho voluto disturbarti perché stavi dormendo.»

«Hai preso la comunione?»

«Certo che sì. Don Bernardo mi ha chiesto di te. Dice che domani verrà a trovarti, che magari vuoi confessarti...»

«Se non parlasse così tanto... Che venga, comunque. È sempre meglio poter contare su un sacerdote che ti rimetta a posto le cose con Dio. Mi confesserò. Spero non esageri con la penitenza. Non sono in vena di rosari.»

«Dio Santo, Ernesto!»

«Dai, Asunción, sai che ho ragione. Ovvio che voglio confessarmi, casomai Dio decidesse di chiamarmi a sé uno di questi giorni. So che non mi resta molto tempo, e lo sai anche tu.»

Donna Asunción si sedette sul bordo del letto, gli prese la mano e se la portò alle labbra. «Stai esagerando; se ti senti male chiamo Juan Segovia e ti riportiamo in ospedale. Ma non voglio sentirti parlare così. Guarirai, Ernesto, io so che guarirai.»

«Non voglio tornare in ospedale, Asunción, a che scopo? Credi che non sappia perché mi hanno mandato a casa? Lì non possono fare più niente per me. È meglio che io muoia qui, e gliene sono grato. Preferisco morire a casa mia, nel mio letto, e non circondato da estranei.»

«Ernesto, non mi piace sentirti parlare così! Abbi fede in Dio. Io continuo a pregare per la tua guarigione.»

«Te ne sono grato, ma credo che il Signore abbia deciso che non mi resta più niente da fare qui. Dai, portami un bicchiere d'acqua. Ho la bocca secca.»

«Ti va di mangiare qualcosa? Una tortilla e un po' di riso bollito, oppure posso portarti una tazza di malto e dei biscotti...»

«No, non ho voglia di mangiare. Voglio solo dell'acqua.»

«Ernesto...»

«Dimmi.»

«Non arrabbiarti, ma... Guarda, abbiamo ricevuto una lettera di Catalina. Ci manda una foto di sua figlia, di nostra nipote... si chiama Adela...»

Ernesto Vilamar chiuse gli occhi e li strinse con tutta la forza di cui era capace. Non voleva nemmeno sentirlo il nome di sua figlia. Non voleva pensare a lei, non voleva sapere niente di quella nipote che era la causa della sua vergogna.

«Ernesto, per favore... è nostra figlia e ci vuole bene, e noi ne vogliamo a lei... So che anche tu le vuoi bene.» Donna Asunción aveva un tono supplichevole.

«Portami l'acqua, per favore, e non parlarmi mai più di quella svergognata. Dio mi chiederà conto anche di lei», rispose senza aprire gli occhi.

Donna Asunción uscì dalla stanza, ma lasciò la lettera e la foto sul comodino.

Lui mantenne gli occhi chiusi finché non capì che era uscita. Quando si voltò, vide la busta sul comodino. Lì per lì fece per gettarla a terra, ma sopra la busta c'era la foto di una bambina sorridente. Sentì che sorrideva proprio a lui e non riuscì a trattenere le lacrime.

Quando donna Asunción tornò con il bicchiere d'acqua, suo marito aveva nascosto la testa sotto le lenzuola. «Ernesto, Ernesto! Che cos'hai! Chiamo subito il medico...»

«Lasciami stare, Asunción, lasciami stare! Non chiamare nessuno. Lasciami stare e basta.»

«Ma, Ernesto...»

Lui non rispose. Sapeva che, se avesse cercato di farlo, invece che parole gli sarebbero uscite delle lacrime, e non si sarebbe mai perdonato se avesse pianto davanti a sua moglie.

Passò una settimana prima che Isabel incontrasse Asunción, all'uscita dalla messa della chiesa de la Encarnación. Si salutarono con affetto.

«Sono contenta di vederti, come sta Ernesto?»

«Va a giorni...» rispose donna Asunción con aria stanca. E a te, come vanno le cose in farmacia?»

«Non mi lamento, don Luis mi affida responsabilità sempre più grandi e gliene sono grata. A proposito... so che hai ricevuto una lettera da Catalina, io ne ho ricevuto una da Fernando.»

«Sì... a quanto pare sono ancora insieme. Mia figlia mi dice che il tuo Fernando si occupa di loro, e questo mi tranquillizza. So che è un ragazzo perbene, che ha sempre voluto bene a mia figlia, e mi dispiace che lei non lo abbia corrisposto con gli stessi sentimenti. Ci saremmo risparmiate molte sofferenze.»

«Non credere, Asunción. Ernesto non avrebbe accettato mio figlio come fidanzato di Catalina. Tuo marito era deciso a farla sposare con Antoñito.»

«Hai ragione... Ma Ernesto ha sempre avuto stima di voi e avrebbe cambiato idea. Non perdonerò mai l'americano che ha sedotto mia figlia. E adesso... be', tuo figlio te l'avrà già raccontato che Marvin non vuole sapere niente di lei.»

«Sì, Fernando me l'ha scritto. Non sai quanto mi dispiaccia. Mi ripugna che noi donne dobbiamo pagare per quello che gli uomini non fanno. Nessuno giudicherà Marvin perché ha un figlio da celibe, Catalina invece sì.»

«Ernesto... Ernesto non vuole sapere niente di lei. Ho paura che morirà senza averla perdonata.»

«Tuo marito è molto testardo, Asunción, ma Catalina è sua figlia e il fatto che lui rimanga delle sue idee non significa che non le voglia bene.»

«Ma è molto malato e... don Juan mi ha detto di abituarmi all'idea che non gli resta molto da vivere.»

«Devi avere fede...»

«Fede... Sì, certo... ce l'ho. Ma vedo che Ernesto ormai non ha più forze. Ho insistito con il medico per ricoverarlo, ma mi ha assicurato che non c'è niente da fare ed è meglio lasciarlo morire a casa. Se Catalina sapesse quanto è malato suo padre... Sai dove scrivere a Fernando?»

«No, non mi ha dato nessun indirizzo, mi hanno portato la lettera a casa.»

«Secondo te, dove potrebbero essere?»

«Non lo so, Asunción... Se lo sapessi, me ne andrei con mio figlio. La mia vita non ha nessun senso senza di lui.»

«Io ho una nipote. Guarda, ti mostro la sua foto.» Donna Asunción aprì la borsa e tirò fuori un portafogli con la foto di Adela.

«È bella e sembra felice...»

«Molto bella, anche se non somiglia a Catalina...»

«È ancora piccola per vedere le somiglianze.»

«Ha già due anni... Che cosa non darei per averla qui con me!»

Isabel stava per rispondere, ma non lo fece perché vide avvicinarsi la Mari, la moglie di don Antonio. Era accompagnata dalle due figlie, Paquita e Mariví.

«Eccole... eccole qua... Da quanto tempo non vi vedevo... Non vi si vede molto in giro per il quartiere», disse la Mari, guardandole dall'alto in basso.

«Il lavoro si porta via tutto il mio tempo», rispose Isabel asciutta.

«Be', è inutile che lei lavori così tanto, tanto non erediterà la farmacia dei Ramírez», rispose la Mari, accompagnando le sue parole con una risatina, assecondata dalle figlie.

Isabel si morse il labbro. Per sua natura non era maleducata con nessuno, ma con la Mari faticava a trattenersi.

Donna Asunción le ascoltava in silenzio, a disagio davanti alla moglie del negoziante. E arrossì quando la Mari si rivolse a lei: «Che fortuna che mio figlio si è sposato con Mari Paz Nogués; quella sì che è una signorina come Dio comanda. È stata una vera benedizione che sua figlia se n'è andata e non è tornata, perché il mio Antoñito non voleva sposarsi con lei; la trovava sfacciata, poco affidabile... Ma, ovvio, mio marito aveva preso l'impegno. Non so come ha fatto a farsi ammaliare da gente come voi. Be', secondo me credeva che se nostro figlio si sposava, se non altro un giorno avrebbe riscosso il debito che avete con lui. Meno male che ormai non vi fa più credito...»

«Perché è così sgradevole?»

«Sgradevole? Come osa parlarmi così! Lei dovrebbe stare zitta e ringraziare Dio di essere stata perdonata anche se era sposata con un rosso!» esclamò la Mari, mettendo le braccia sui fianchi e guardandola con aria di sfida.

«Per favore, Isabel, lascia perdere... Non vale la pena discutere.»

Donna Asunción stava tirando la sua amica per il braccio, spaventata dal tono che stava prendendo la conversazione.

Ma Isabel non era disposta a permettere che quella donna osasse anche solo nominare suo marito. Diresse uno sguardo carico di disprezzo sugli occhi bovini della Mari. «Mio marito era un uomo perbene, un cavaliere, ma lei non conosce un uomo con queste qualità. Quanto al fatto che fosse un rosso... sa una cosa? Sono orgogliosa di quello che mio marito ha fatto nella sua vita. Non mi sono mai dovuta vergognare di niente, proprio di niente.»

«Guarda che modi! Chissà chi si crede di essere!» intervenne Mariví.

«Lo racconterò a mio marito, così se lo segna e dirà a chi di dovere che lei si vanta del fatto che suo marito era un rosso», quasi gridò la Mari.

«Mi vanto di essere stata sposata con un uomo perbene, onesto, degno, che ha sempre lottato contro le ingiustizie e ha dato la propria vita per i suoi ideali. Sì, mi vanto di mio marito. Mi denunci se vuole, non mi interessa.»

«Dio, lasciamo perdere, Isabel, andiamocene», la supplicò donna Asunción.

«Siamo noi che ce ne andiamo; non voglio che gente come voi infetti le mie figlie. Siete solo due morti di fame!»

La Mari e le sue figlie si voltarono, piantandole lì. Una donna si avvicinò ad Asunción e Isabel; era una loro vicina e aveva visto la scena. «Non dovreste discutere con quella lì... è una cattiva persona. Suo marito guadagna un sacco di soldi e conosce gente importante… meglio non inimicarsela», disse la donna.

«È cattiva», sbottò Isabel.

La donna scrollò le spalle. Nel quartiere nessuno si permetteva di criticare pubblicamente la Mari. Chi più chi meno, tutti erano indebitati con il negozio di alimentari e nessuno voleva che smettessero di far loro credito.

«Tutta quella arroganza è dovuta al matrimonio di suo figlio. Far sposare Antoñito con Mari Paz Nogués per loro è un vanto. Anche se Fidel Nogués non ha più i mezzi di una volta, è un uomo importante. Insomma, non sono riusciti a farlo sposare con la tua Catalina, ma con Mari Paz non ci hanno perso. A proposito, quando tornerà Catalina? Ormai è andata via due anni fa e don Ernesto è così malato...» Le parole della donna tradivano una punta di malizia.

«Povera Mari Paz… È una brava ragazza. Mi dispiace per lei, sposare Antoñito non è certo un buon matrimonio, dal mio punto di vista», rispose Isabel spostando il tema della conversazione.

«Sì, certo, però Antoñito è pieno di soldi e, per quante arie possa darsi Mari Paz o potesse darsi Catalina, chi ha la grana è don Antonio e si sa che il dio denaro può tutto.»

19

Alessandria d'Egitto

Athanasios Vryzas sembrava contento, o questa fu l'impressione che diede a Fernando. Il vecchio caporedattore parlava poco e raramente aveva il sorriso sulle labbra, ma quella mattina sembrava aver interrotto entrambe le abitudini. Continuava a commentare con soddisfazione le notizie del giornale che era aperto sul suo tavolo.

Si diceva convinto che la guerra sarebbe finita molto presto e che, con ogni probabilità, avrebbero vinto gli Alleati. «Dallo sbarco in Normandia le cose sono cambiate. Mezza Francia è stata liberata, Parigi torna a essere Parigi... Sono state liberate anche Bruxelles e Anversa, i sovietici hanno conquistato l'Estonia, Atene è stata liberata... Vedrete», assicurava con orgoglio.

Fernando sperava che Vryzas avesse ragione. Sentiva che Alessandria era diventata una prigione dalla quale non riusciva a scappare, e questo aveva reso più aspro il suo carattere. Desiderava ansiosamente andare via, in qualunque altro posto, perché in Spagna non ci sarebbe tornato. Aveva paura che, tornando, potessero arrestarlo per l'omicidio di Roque e Saturnino Pérez, che continuavano a occupare costantemente la sua mente.

Solo Catalina era consapevole della sua angoscia e continuava a ripetergli che Roque e Saturnino Pérez ormai erano morti. Non sentiva alcun rimorso per aver procurato l'arma con la quale Fernando aveva tolto loro la vita e gli ripeteva di dimenticarli perché con il suo gesto aveva liberato il mondo da due persone cattive.

Fernando cercò di concentrarsi sul libro di poesie al quale stava lavorando e di astrarsi dalle chiacchiere di Vryzas, ma Sara gli si era piazzata davanti e gli aveva chiesto di seguirla nello studio di Benjamin Wilson. Il volto di lei tradiva preoccupazione, quello di suo marito il nulla. Quell'uomo non manifestava mai nessuna emozione e fu molto schietto quando gli spiegò: «Hanno arrestato il suo amico Eulogio. Se lo sono portati in Germania».

Fernando si bloccò e ammutolì. Faticava a dare un suono alle parole che si formavano nel suo cervello. «Quando? Come è successo?»

«Diversi mesi fa... Mi dispiace, a me lo hanno detto solo da qualche giorno. Se lo avessi saputo prima, glielo avrei detto.»

Sara afferrò la mano di Fernando e la strinse, cercando di riportarlo alla realtà.

«Devo andare a cercarlo», mormorò lui.

«Dove? Non sappiamo dov'è.»

«Ma lei può fare delle ricerche!»

«Ci sto provando. Da quando l'ho saputo ho cercato di ottenere altre informazioni, ma non è facile in questo momento.»

«Mi aiuti ad arrivare in Germania», gli chiese Fernando.

«Ma dove? A Berlino? A Monaco? A Francoforte? Le ho già detto che non ho idea di dove lo abbiano portato. E poi, la guerra non è finita.»

«Come lo ha saputo?»

«Da Zahra. È appena tornata da una missione.»

«Zahra? E perché non lo ha detto direttamente a me?» replicò addolorato.

«Come lei ben sa, la sua sicurezza è strettamente legata alla discrezione.»

«Però... con me può parlare», protestò Fernando.

«Se la sto informando sulla situazione di Eulogio è proprio perché Zahra ha insistito che lei dovesse saperlo. Mi ha anche messo in guardia sulla sua reazione ed è disposta ad aiutarla se riusciamo a sapere dove si trova il suo amico. Ma se anche lo sapessimo, al momento non potete andare in Germania, né Zahra né lei; i nazisti stanno perdendo la guerra, anche se non lo ammettono. E combatteranno, ovviamente; quel fanatico di Hitler sacrificherà sino all'ultimo uomo.»

«Parlerò io con lei», affermò Fernando con rabbia.

«Non credo che tarderà a raggiungerci», disse Sara guardando l'orologio.

Sara aveva ragione; erano passati pochi minuti quando Leyda Zabat annunciò l'arrivo di Zahra. La ballerina entrò nello studio e baciò Sara prima di guardare Benjamin e Fernando.

Wilson le chiese di spiegare allo spagnolo quanto sapeva della sventura capitata a Eulogio. Zahra cominciò a raccontare: «Qualche giorno fa ho dovuto incontrare un membro della Resistenza di Lione. Non è necessario entrare nei dettagli, ma in Francia Lione è stata una di quelle città in cui, nonostante le difficoltà, i gruppi della Resistenza sono rimasti numerosi. Uno dei membri era Anatole Lombard, amico di Eulogio.»

«Anatole Lombard? Non so chi sia... Eulogio non mi ha mai parlato di lui.» Fernando era sorpreso dalle parole di Zahra.

«Non avrebbe potuto; si sono conosciuti quando Marvin e Farida hanno cercato di salvare il padre di Sara con l'aiuto di Eulogio. Come sai, monsieur Rosent purtroppo è morto prima di riuscire a passare la frontiera svizzera; Marvin e Farida sono riusciti a scappare, Eulogio invece ha deciso di rimanere in Francia.»

«Sì... Lo so... È stato un azzardo da parte sua», ammise Fernando.

«L'amore fa sì che i rischi passino in secondo piano», affermò Zahra, guardando Fernando dritto negli occhi.

Le parole della ballerina accrebbero la sua confusione. Di che cosa stava parlando? «Non sapevo che Eulogio si fosse innamorato», commentò Fernando.

«Sì, si è innamorato di Anatole Lombard, di un amore corrisposto, ma forse non del tutto», affermò Zahra senza smettere di guardarlo.

Fernando arrossì, prima di sorpresa, poi di indignazione. «Ma cosa dici!» esclamò, alzandosi in piedi e guardando Zahra arrabbiato.

«Cosa dico? Non dovrebbe essere una sorpresa per te il fatto che Eulogio sia... Be', il suo interesse per gli uomini.»

«Come osi dire una cosa del genere! Tu non lo conosci, lo hai visto due o tre volte, avrete scambiato sì e no due parole e osi accusarlo di essere... di essere...»

Sara si alzò, afferrò il braccio di Fernando e gli chiese di sedersi. «Pensavamo lo sapessi...» si scusò.

«Che sapessi che cosa? State diffamando il mio amico. Come osate?»

«Sai, Fernando? Il problema non è di chi si è innamorato Eulogio, ma il fatto che tu lo consideri un problema. Sono certa che il tuo amico non è mai stato così felice come nei mesi in cui ha vissuto a Lione accanto ad Anatole. Era libero, sì, libero sebbene la Francia fosse occupata e ci fossero nazisti ovunque», disse Sara abbozzando un sorriso di comprensione.

Fernando era dispiaciuto. Era offeso dalle parole di Sara e da quelle di Zahra. Sentì un'ondata di rabbia verso le due donne. Come potevano parlare così di Eulogio?

Non lo conoscevano, non sapevano niente di lui. Le odiò perché stavano diffamando Eulogio sostenendo che si era innamorato di un uomo, di un certo Anatole, che faceva parte della Resistenza francese.

Era impossibile e lui lo sapeva, conosceva bene Eulogio, erano nati nello stesso quartiere, nella stessa strada, nello stesso edificio. I loro genitori erano stati ottimi amici. No, non avrebbe permesso che continuassero a diffamarlo. «Non vi sarà difficile capire che non intendo restare un minuto di più qua dentro dopo i commenti maligni sul mio amico. Me ne vado e non tornerò, signor Wilson. Spero solo che abbiate la decenza di smetterla di diffondere certe infamie sul mio amico Eulogio.»

Stava per alzarsi quando sentì di nuovo la mano di Sara; stavolta gli premeva la spalla per tentare di trattenerlo. «Per favore, Fernando... Non sai quanto mi dispiaccia che ti senta così... Credevamo... ecco, credevamo avessi almeno il sospetto che Eulogio potesse innamorarsi di un uomo. È vero, in lui non era così evidente, però né Benjamin né io ci siamo sorpresi quando, arrivati in Svizzera, Farida ci ha scritto raccontandoci per quale ragione Eulogio fosse rimasto in Francia. Per lei era evidente che lo aveva fatto per amore. E, come può confermarti Zahra, nel circolo della Resistenza tutti sapevano della relazione tra Anatole Lombard e il giovane Saúl Blanc, che i nazisti hanno deportato in Germania, e del fatto che Eulogio avesse occupato il suo posto nel cuore di Lombard.»

Sara parlava adagio con gli occhi fissi su Fernando mentre gli stringeva una mano. Zahra, dal suo canto, si era chiusa nel silenzio.

Fernando temeva gli esplodesse la testa. E li odiò, sì, li odiò tutti dal profondo. La dolce Sara, l'enigmatico Benjamin, persino Zahra. Non odiava solo loro, odiava anche quella città che gli risultava così estranea e nella quale continuava a sentirsi una sola cosa: un esiliato.

Athanasios Vryzas aveva ragione: non avrebbe dovuto restare lì, al contrario, avrebbe dovuto trovare il coraggio di affrontare il mare come aveva fatto Ulisse. E lo avrebbe fatto, eccome. Non ci sarebbe rimasto ulteriormente. Avrebbe portato via con sé Catalina e Adela. Poco importava dove sarebbero andati, dovevano partire. Prendere quella decisione lo tranquillizzò. Sentì che l'aria raggiungeva di nuovo i polmoni e che i battiti del cuore tornavano regolari.

«L'amore non ha sesso, non ha età, non ha razza né luogo, presente o futuro; l'amore è solo amore», affermò Zahra guardandolo dritto negli occhi.

Lui non rispose. Non sapeva che cosa dire. Sentiva solo il desiderio irrefrenabile di andarsene. Aveva ancora la mano di Sara sulla spalla e, per quanto non gli pesasse, bastò a impedirgli di alzarsi.

Le parole di Zahra avevano aperto un varco dentro di lui, ma non era capace di analizzarle e accettarle per quello che erano.

Benjamin Wilson si schiarì la voce e riuscì a guadagnare tempo offrendo una sigaretta prima a Zahra poi a lui. Dopo aver fatto i primi tiri, Benjamin lo riportò alla realtà: «Adesso dobbiamo chiederci che cosa si può fare. A mio parere, non abbiamo molta scelta; gli Alleati stanno combattendo senza tregua contro i tedeschi, che stanno retrocedendo sebbene Hitler continui a credere che i suoi eserciti siano invincibili».

«Ma la guerra non l'abbiamo ancora vinta», puntualizzò Sara a fronte delle speranze troppo rosee di suo marito.

«E nemmeno persa. E secondo me, dopo lo sbarco in Normandia e la liberazione di Parigi, ogni giorno che passa ci avvicina sempre di più alla vittoria finale», concluse suo marito.

Fernando li ascoltò per un po' senza dire una parola. Benjamin Wilson era carico di speranza circa gli esiti della guerra, Sara era più cauta e Zahra la assecondava. Sembravano essersi dimenticati di lui, finché la ballerina non riportò il suo amico al centro della conversazione. «Voglio spiegarti perché hanno portato Eulogio in Germania. Come sai, il governo di Vichy ha emanato una legge che obbliga i ragazzi a offrirsi volontari per andare a lavorare nelle fabbriche tedesche. Come puoi immaginare, questa legge non è stata accolta con entusiasmo, i francesi hanno cercato di evitarla in tutti i modi. Il problema è che la Germania ha bisogno di manodopera perché i suoi uomini sono tutti al fronte. Così, le autorità francesi, sotto la pressione di Berlino, hanno cominciato a reclutare i loro uomini con le buone e con le cattive, facendo retate.

«Una donna della Resistenza mi ha raccontato che Anatole aveva trovato un lavoro per Eulogio. Insegnava disegno in una scuola per l'infanzia ed era entrato nel gruppo della Resistenza di Anatole. A quanto pare i documenti falsi che gli avevano procurato erano molto ben fatti, perché nessuno aveva sospettato di lui. Si faceva passare per un basco-francese. A marzo di quest'anno Eulogio è stato arrestato durante una retata, ma è riuscito a fuggire. Si è nascosto, ma lo hanno trovato. Purtroppo, il giorno in cui lo hanno arrestato aveva uno zaino pieno di volantini; doveva lasciarli in una delle piazze più affollate di Lione. Per fortuna sua non lo hanno fucilato. E sicuramente non lo hanno fatto proprio perché nelle fabbriche tedesche hanno bisogno di uomini. È stato mandato in Germania come prigioniero e non si è più saputo niente di lui.»

«Deve esserci il modo di sapere dove lo hanno portato», mormorò Fernando, rivolto a se stesso più che a Zahra.

«È quasi impossibile», replicò Sara. «Devi sapere che i tedeschi hanno delle fabbriche nascoste... Si sa che esistono ma non si sa dove siano. È lì che di solito portano i prigionieri per farli lavorare...»

«Se Benjamin riesce a capire dove si trova il tuo amico Eulogio, io verrò con te. Non sarà facile uscire dalla Germania con lui, potremmo rimetterci la vita tutti e tre», affermò Zahra senza un briciolo di emozione.

«Non voglio che mi accompagni. Non ne vedo la ragione», rispose Fernando.

«No, infatti non c'è una ragione, ma lo farò.» Il tono di Zahra non ammetteva repliche.

Tuttavia, Benjamin Wilson non promise niente né prese alcun impegno. Nella sua attività, il prerequisito principale era tenere a bada le emozioni. Non era disposto a lasciare che Zahra partisse per una missione dalla quale non c'era possibilità che tornasse. Quanto a Fernando, riteneva di essere stato leale nei suoi confronti nel momento in cui lo aveva informato del destino di Eulogio. Ma non avrebbe fatto altro, almeno non al momento.

Il sole e la pioggia si davano appuntamento in quelle prime ore del pomeriggio alessandrino. Fernando non vedeva l'ora di tornare a casa di Ylena per parlare con Catalina. Era così angosciato che aveva lo stomaco sottosopra. Il destino di Eulogio gli faceva paura ed era disposto ad andare in Francia con o senza l'aiuto di Benjamin Wilson.

Vryzas osservava Fernando. Il suo sguardo perso tradiva un dolore che lo inquietava. Non gli aveva chiesto che cosa fosse successo durante la riunione con Wilson e Zahra, ma era evidente che la loro conversazione lo aveva turbato. «Sei distratto, è meglio se la traduzione di quelle poesie la finisci a casa. Lì sarai più tranquillo.»

Fernando gliene fu grato. Col passare del tempo, nei confronti di Vryzas aveva maturato un rispetto assoluto ma anche un affetto silenzioso; ammirava l'uomo che aveva perso il figlio mentre questi cercava la sua Itaca.

Una volta a casa, Dimitra gli disse che Catalina era andata da padre Lucas e aveva portato Adela con sé.

La ragazza aveva trasformato le sue chiacchiere con il sacerdote in un'abitudine, e lui sembrava gradire la sua compagnia e quella della bambina. Se il tempo era bello, si sedevano in giardino o passeggiavano nelle strade intorno alla chiesa di Santa Caterina.

Fernando decise di andare a cercarla. Aveva bisogno di condividere con lei la disgrazia che era capitata a Eulogio.

Padre Lucas rideva mentre ascoltava Catalina. Entrambi apparivano sereni. Adela era seduta accanto al sacerdote e stava giocando con una bambola senza badare a loro. Fernando accelerò il passo per raggiungerli. Non li salutò nemmeno, cominciò a parlare precipitosamente raccontando della scomparsa di Eulogio. Catalina entrò in agitazione. «Che cosa possiamo fare?» chiese non appena Fernando concluse il suo racconto.

«Andare a cercarlo. Io andrò a cercarlo. Non posso restare qui senza fare niente.»

«E come pensi di arrivare in Germania?» volle sapere padre Lucas.

«Non lo so, ma un modo ci deve essere. Domani parlerò di nuovo con il signor Wilson; se non mi aiuta lui, troverò il modo di partire comunque.»

«Rifletti, Fernando, rifletti... Capisco la tua preoccupazione. Eulogio è un tuo amico e non accetti di startene con le mani in mano mentre lui sta affrontando chissà quali atrocità. Ma se vuoi aiutarlo, devi usare la testa. Non puoi andare in Germania. Come pensi di riuscirci? La guerra è in un momento cruciale. Le notizie sono buone, a quanto pare gli Alleati stanno riguadagnando il terreno conquistato dalla Wehrmacht, ma non hanno ancora vinto. Persino per un uomo come Benjamin Wilson sarebbe difficile capire dove sia finito Eulogio. Ti hanno detto solo che lo hanno arrestato per mandarlo in un campo di prigionia in Germania, ma in quale campo?»

«È quello che dovrò capire», affermò Fernando.

«Io vengo con te...» disse Catalina.

«Ma cosa dici, bambina!» esclamò padre Lucas. «Come puoi andare in Germania? E Adela? La lasceresti qua? Che cosa ne sarebbe di lei se ti succedesse qualcosa? Voi due siete troppo impulsivi... Io capisco... io... ecco, anche a me è costato molto dominare i miei impulsi... ma bisogna farlo. Non lasciatevi trasportare dal sentimento. Se volete aiutare Eulogio, usate la testa.»

Padre Lucas faticò non poco a rasserenarli. Fernando e Catalina fecero diversi piani, l'uno più folle dell'altro. Il sacerdote smontò una per una le loro trovate. Stimava quei due ragazzi, sperduti in una città che non avrebbero mai scelto per trascorrervi la vita. Erano prigionieri delle circostanze, proprio come lui; lui però si era scelto quel carcere. Prima le grotte di Wadi El-Natrum e adesso quel convento nel quale continuava a scontare le sue mancanze. «Sicuramente al signor Wilson è già venuto in mente... ma i suoi contatti in Svizzera potrebbero parlare con la Croce Rossa e indagare sull'eventualità che Eulogio sia stato registrato in una fabbrica di armi o in un campo di lavoro. È questo il primo passo da fare; una volta che si avrà la certezza di averlo localizzato, solo allora si potrà decidere il da farsi.»

La proposta di padre Lucas sembrò sollevare Catalina e Fernando.

Tornati a casa, si scusarono con Ylena perché quella sera non si sarebbero uniti agli altri per cena. Le spiegarono quanto era successo a Eulogio; era anche la ragione per la quale non avevano nessun appetito.

Ylena disse loro che rifiutarsi di cenare non avrebbe recato alcun beneficio a Eulogio; il modo migliore per aiutarlo era mantenere il sangue freddo e lo stomaco pieno. Dovettero riconoscere che aveva ragione e, tuttavia, quella sera preferirono rifugiarsi nella stanza di Catalina per parlare di quanto era accaduto. Poco dopo, Dimitra portò loro un vassoio. «La signora Ylena insiste perché mangiate qualcosa.»

Furono ore piene di nostalgia, di rimpianto per l'infanzia trascorsa in Spagna; ricordarono quanto ammirassero Eulogio perché era più grande di loro e sembrava sapere sempre che cosa fare. Fernando non sapeva se riferire a Catalina le insinuazioni di Zahra sulla relazione tra il suo amico con quel tale, Anatole Lombard, ma alla fine decise che era meglio essere sincero sino in fondo.

Catalina lo ascoltò, non ne fu sorpresa e nemmeno scandalizzata.

«Non sopporto più Benjamin Wilson, e quanto a Zahra... non la credevo capace di diffondere certe maldicenze», concluse Fernando.

«Magari quello che ti ha detto è vero.»

«Ma cosa dici! Cose da non credersi, come puoi pensare che Eulogio... Lo conoscevi bene quanto me.»

«Sei sicuro che lo conoscessimo davvero? Era tuo amico, sì, te lo ha sempre dimostrato, e tu l'hai sempre dimostrato a lui, ma questo non significa che tu lo conoscessi davvero. Eulogio è l'unico ragazzo del quartiere che non ha mai avuto una fidanzata... In realtà, si è sempre mostrato brusco e antipatico con noi donne. Gli davamo fastidio. Tu dici che sei innamorato di me da quando eravamo bambini, ma ti ricordo che hai fatto lo scemotto con diverse ragazze; tutti sapevano quante libertà vi prendevate tu e Carolina, la figlia del preside della scuola... Certo, lei era una ragazzina senza vergogna...»

«Ma Dio, Catalina!» Fernando era arrossito.

«Be', io stessa ti ho visto fare lo sdolcinato con lei il giorno del compleanno di Antoñito alla Pradera.»

«Ma cosa dici... Carolina era una brava ragazza e io...»

«Sì, sì... Sei un cavaliere e non vuoi ammetterlo... E io ti ripeto che, tra i ragazzi del quartiere, l'unico che non ha mai manifestato interesse per le ragazze è Eulogio. Lui aveva solo amici maschi.»

«Questo non significa niente», tagliò corto Fernando.

«Be'... magari no, ma devi riconoscere che è abbastanza strano. E...» Catalina si morse il labbro prima di continuare:

«Non te l'ho mai detto, però giravano delle voci su Eulogio proprio per questa ragione».

«La gente è davvero perfida!»

«Vediamo un po', Fernando; entrambi sappiamo che ci sono uomini a cui le donne non piacciono. Eulogio potrebbe essere uno di loro. Questo non lo rende né buono né cattivo. Poverino, di sicuro se è così se la sta passando male. Quel tale, Anatole, deve essere una persona davvero speciale se Eulogio ha rinunciato ad andare in America con Marvin.»

Le parole di Catalina confusero Fernando ancora di più. Se non avesse saputo che non era una pettegola e nemmeno una malalingua, si sarebbe arrabbiato con lei.

«Ti dirò di più, Fernando... Credo che Eulogio ce l'avesse un po' con me perché provava qualcosa per Marvin... Non dico che ne fosse innamorato, ma lo trattava come fosse tutto suo... ed era infastidito anche dai tuoi sentimenti nei miei confronti.»

Fernando si rifiutava di ammettere che Catalina potesse avere ragione. «Andrò in Francia a parlare con Anatole Lombard, e da lì in Germania. Domani stesso chiederò al signor Wilson se può contattare la Croce Rossa per cercare di capire se Eulogio si trova in un campo di lavoro.»

Non le disse che pensava anche di andare a trovare Zahra.

Voleva parlare da solo con la ballerina, ascoltare di nuovo il suo racconto sulla relazione di Eulogio con Anatole. Ma non voleva vederla solo per questo. In realtà, non poteva negare a se stesso che Zahra era importante per lui. Lo era quanto Catalina, ma poiché non poteva amarle entrambe, i suoi sentimenti nei confronti di Zahra dovevano avere a che vedere più con il desiderio che con l'amore.

Aspettò il fine settimana per andare a trovarla al locale. La guerra continuava a imperversare in Europa, ma quella notte di fine ottobre del 1944 Alessandria era ancora più lontana dal Vecchio continente. Mentre i soldati uccidevano e morivano in ogni angolo delle campagne e delle strade dei paesi europei, gli uomini e le donne della città di Alessandria si preparavano a dimenticare il presente. Le scritte al neon sembravano dare il benvenuto a coloro che si avvicinavano al locale in cui Zahra teneva i suoi spettacoli.

Fernando si accomodò al bancone e sentì su di sé degli sguardi incuriositi. Nei mesi precedenti, in molti lo avevano identificato come il *chevalier servant* di Zahra e adesso provavano compassione nei suoi confronti, visto che la ballerina aveva smesso di comparire pubblicamente in sua compagnia.

Anche il barman lo salutò incuriosito e gli chiese se la signorina Zahra lo stesse aspettando. Lui sorrise ma non rispose alla domanda e gli chiese un cocktail, che scegliesse lui quale prepararagli.

Passò un bel po' di tempo prima che le luci si spegnessero; era il preludio all'apparizione di Zahra.

Fernando tremò quando il fascio di luce la illuminò tra le penombre del palcoscenico. Zahra ballò come fosse posseduta. Una danza diversa da quelle cui aveva assistito in precedenza. Era come se ogni movimento la rigenerasse. Gli applausi furono forse ancora più decisi di altre volte. Alcuni spettatori si alzarono per raggiungere il suo camerino, sperando che lei si degnasse di riceverli. Fernando non sapeva se unirsi a quella processione improvvisata. E se lei non avesse voluto vederlo? Se lo avesse umiliato? Non si era ancora chiarito i dubbi quando un cameriere si avvicinò per dirgli che la signorina lo aspettava. Si fece largo in mezzo alla gente e quando raggiunse il camerino dovette sottolineare che lo aveva invitato Zahra in persona perché lo facessero passare.

Bussò e la porta si socchiuse, lasciando intravedere il volto dell'assistente di Zahra, che allungò il braccio per afferrare Fernando e farlo entrare rapidamente nel camerino. Si sentirono voci di protesta, uomini che volevano far valere la loro posizione, i fiori inviati, i gioielli che volevano consegnare. Ma la porta non si aprì.

Zahra era seduta e si stava struccando. La dea cedeva il posto alla donna. Si guardarono attraverso lo specchio senza dire una parola e lei fece un cenno all'assistente perché li lasciasse soli. La donna abbassò la testa e si allontanò in fondo al camerino per mettere in ordine gli abiti della ballerina.

«Sono contenta di vederti», disse lei con sincerità.

«Volevo parlarti... ma non sapevo come dirtelo.»

«Lo sai dove vivo.»

«Sì... ma non avrei mai osato presentarmi a casa tua.»

«Per paura che non ti facessi entrare?» rispose in tono scherzoso.

«Per rispetto nei confronti tuoi e di tua nonna», ribatté lui con sincerità.

«E dove dovremmo andare a parlare?» domandò ironica.

«Non lo so... non ci ho pensato, davvero... Magari potremmo fare una passeggiata...»

«A quest'ora? Secondo te è sicuro passeggiare per la città a mezzanotte? Direi di no, Fernando. La cosa migliore è che mi accompagni a casa.»

La casa era tenuamente illuminata. Il silenzio lasciava apprezzare il rumore delle onde che si infrangevano contro la scogliera. Il maggiordomo aprì la porta e accolse Zahra con un leggero inchino.

Lei lo congedò assicurandogli che non aveva bisogno di niente. Poi prese Fernando per mano e lo guidò sino alla sua stanza.

Fernando ricordava quella camera. Spaziosa ed elegante. In fondo c'era il letto e accanto alle porte che davano accesso alla terrazza sul mare c'erano un divano basso e due poltrone. Su un tavolino basso c'era un vassoio con frutta, datteri, formaggio e della pita.

La stanza aveva lo stesso profumo di Zahra. Non avrebbe saputo dire come successe, ma una volta rimasti soli si guardarono e il mondo si fermò. Si ritrovarono senza bisogno di parole. E, di nuovo, salutarono insieme il nuovo giorno contemplando le onde furiose che coprivano i rumori della città al risveglio.

Lei non lo accompagnò. Si congedò da lui sulla soglia della stanza. Fernando sapeva che l'autista lo stava aspettando. Quando arrivò a casa di Ylena trovò Catalina che lo attendeva impaziente. Aveva le occhiaie e appariva nervosa. «Dove sei stato? Ero preoccupata per te... Senti, non sono nessuno per rimproverarti, ma per favore, non farmi stare così sparendo tutta la notte senza preavviso...»

D'un tratto lo osservò e capì. Non c'era bisogno che Fernando dicesse niente. Il suo corpo aveva un odore speciale. Di sudore misto a un profumo di donna. Zahra. Non c'erano dubbi, quello era l'odore di Zahra. Inevitabilmente rise, ma si rese subito conto che Fernando stava soffrendo. Capì che non doveva fare domande, non in quel momento. Gli si avvicinò e gli diede un bacio sulla guancia. Poi gli suggerì di fare una doccia prima di raggiungerli in sala da pranzo, dove Ylena li avrebbe aspettati a capotavola, come faceva tutte le mattine. Mr Sanders di solito arrivava per primo, poi era la volta di monsieur Baudin. Di solito Fernando e Catalina arrivavano un po' dopo, mettendo alla prova la pazienza di Ylena, che tuttavia non li aveva mai rimproverati per la mancanza di puntualità.

Solo dopo qualche giorno Fernando raccontò a Catalina del suo incontro con Zahra. Accadde una sera, al ritorno dal lavoro, prima di cena. Si accomodarono in biblioteca, l'uno davanti all'altra, e lei lo ascoltò attenta, sorpresa da quella relazione che non lasciava spazio alle parole.

«Sei proprio innamorato!» esclamò quando lui ebbe concluso.

«No... non dire così... In realtà non so bene che cosa provo per lei.»

«Te lo dico io: sei innamorato, anche se non vuoi ammetterlo. Senti, secondo me la cosa migliore è che tu glielo dica.»

«Ma cosa vuoi che le dica? No, è meglio lasciare le cose come stanno. Adesso ho un'unica preoccupazione, capire dove si trova Eulogio. Il signor Wilson mi ha detto che ha chiesto alla Croce Rossa di fare il possibile per verificare in quale campo si trovi... ma non mi ha dato molte speranze. Gli ho chiesto di aiutarmi ad andare in Francia. Andrò a Parigi e da lì a Lione, per incontrare Anatole Lombard. Mi ha risposto che è molto complicato e che mi farà sapere.»

«Se vai, verrò con te.»

«Non puoi. Non voglio che ti succeda niente.»

Catalina si alzò in piedi e, arrabbiata, gli si piazzò davanti. «Non vuoi che mi succeda niente! Senti un po', ti ho dato la pistola con la quale hai ucciso gli assassini di tuo padre trasformandomi nella tua complice, siamo scappati dalla Spagna, siamo quasi naufragati nell'Atlantico, ho partorito nel bel mezzo di una tempesta... Siamo arrivati in questa città senza sapere una parola di arabo, senza un lavoro, un tetto, degli amici... e siamo sopravvissuti, Fernando. Ce l'abbiamo fatta. E adesso vuoi trattarmi come se fossi di porcellana? Neanche per idea! Non te lo permetterò! Gli Alleati hanno liberato Parigi, monsieur Baudin ci ha raccontato che gli spagnoli hanno contribuito alla liberazione... Voglio andare a Parigi! Può darsi che Marvin sia tornato lì. In ogni caso, non resterò ad Alessandria.»

«E Adela? Non puoi sottoporre la bambina a un viaggio del genere...»

«Adela è una sopravvissuta, non dimenticarlo. Verrà con noi. Non ci succederà niente. Se il signor Wilson ci aiuta, riusciremo ad arrivare a Parigi. La Francia è attaccata alla Spagna, Fernando, e io... Ecco, ogni giorno che passa sento sempre di più la mancanza dei miei genitori, della mia casa...»

Discussero a lungo senza che l'uno riuscisse a convincere l'altra, ma entrambi erano decisi a lasciare Alessandria.

Fernando dormì poco e niente quella notte. Voleva concludere la traduzione del libro di poesie di un giovane egiziano scoperto da Sara. Non voleva andarsene senza aver concluso il lavoro, ma nemmeno procrastinare oltre la partenza.

Di mattina incontrò Sara e Athanasios Vryzas per consegnare loro la traduzione. Il vecchio caporedattore gli diede subito un'occhiata e sembrò apprezzare. Sara invece gli disse che un'autrice sua amica le aveva appena consegnato una nuova raccolta e gli propose di iniziare a lavorare alla traduzione. Stringendo i denti, Fernando si scusò dicendo che non sapeva se ne avrebbe avuto il tempo perché stava per partire. Aggiunse che voleva parlare nuovamente con il signor Wilson. Sara non mostrò alcun cenno di sorpresa. Anzi, si offrì di accompagnarlo subito nello studio del marito.

Nemmeno Vryzas fece alcun commento, ma ne dedusse che Fernando stava per intraprendere il suo viaggio verso Itaca.

Il fatto che Fernando insistesse nuovamente per parlargli mise a disagio Benjamin Wilson. Gli aveva già detto quanto doveva, non disponeva di nuove informazioni. Dubitava di riuscire a sapere dove si trovasse Eulogio, ma allo stesso tempo non voleva angosciare Fernando.

Fu Sara ad annunciare a suo marito che Fernando era pronto a partire. Una decisione che lo infastidì perché aveva altri problemi per la testa, e Fernando non figurava tra questi. Tuttavia, Wilson non era solito manifestare il proprio stato d'animo, perciò li ascoltò paziente. Sara, al contrario, aveva i suoi interessi e, inaspettatamente, appoggiò la decisione di Fernando. «Sarebbe un azzardo voler andare in Germania, ma forse arrivare in Francia non lo è. Dobbiamo aiutarlo. Mi piacerebbe che andasse a casa mia, nella libreria di mio padre. Marvin l'ha lasciata nelle mani di Alain Fortier, che era stato suo professore di Letteratura. Io vorrei sapere che cosa è successo. Se ho un desiderio, è che la libreria Rosent torni essere quella di un tempo.»

Se Benjamin Wilson restò sorpreso, non lo diede a vedere; Fernando invece sì. «Se vado a Parigi, è per raggiungere più facilmente Lione... Voglio trovare Anatole Lombard...» protestò.

«Puoi fare entrambe le cose... In realtà, tu non vuoi stare qui. Non hai mai messo radici ad Alessandria... In ogni caso, questo non ha importanza. Oltre a voler sapere che ne è stato del tuo amico Eulogio, immagino che per te andare in Francia voglia dire anche avvicinarti alla Spagna, a casa tua...» affermò Sara.

«Be'... non c'entra molto. Al momento la mia unica preoccupazione è Eulogio», rispose infastidito.

Ma Sara, la dolce Sara, stava per mostrargli una parte della sua personalità che il marito conosceva bene, mentre Fernando per niente. «Fintanto che non puoi tornare in Spagna, dove hai delle questioni in sospeso che al momento è impossibile sistemare, puoi tranquillamente trasferirti a Parigi. Mi piacerebbe che ti occupassi della libreria Rosent, che la facessi ritornare quello che era... Un richiamo per tutti i poeti, che accorrevano con i loro manoscritti, impazienti di conoscere l'opinione di mio padre. Quando la guerra finirà, anch'io tornerò a Parigi. Ma sino a quel momento mi sarebbe davvero utile se a occuparti della libreria fossi tu.»

Fernando non sapeva che cosa rispondere. Nemmeno Benjamin Wilson proferì parola. Entrambi stavano digerendo quanto Sara aveva appena detto.

«Catalina verrà con me», riuscì a dire Fernando.

Sara annuì. Per lei faceva lo stesso. Non poteva dire di conoscere quella ragazza, ma era certa che non corressero alcun pericolo in Francia. De Gaulle era tornato, aveva formato un governo. E c'erano gli americani. Era il momento giusto per cominciare a ricostruirsi la vita che avevano lasciato in sospeso.

«La guerra non è finita», affermò Wilson severo.

«Gli Alleati però controllano sempre più territori», rispose Sara.

«Sono stati fatti dei notevoli passi avanti, ma la Wehrmacht non è stata ancora sconfitta», insistette Wilson.

«In ogni caso, io partirò.» Fernando non era disposto a lasciarsi convincere.

«Non sarà facile.» Benjamin Wilson non sembrava curarsi dei desideri di Sara e Fernando.

«Bene, a quanto pare siamo tutti d'accordo», disse Sara impaziente.

«No, non siamo tutti d'accordo. Io non lo sono. Andare in Francia richiede dei preparativi molto complessi e resta molto rischioso. Non credo sia il momento giusto.» Benjamin guardava sua moglie dritto negli occhi.

«Vorrei andarmene immediatamente. Entro una settimana al massimo», li interruppe Fernando. «Magari, intanto lei sarà riuscito a sapere qualcosa su Eulogio.»

Wilson non rispose. Voleva chiudere quella conversazione e rimanere da solo con Sara. Il fatto che lei non lo avesse messo a parte dei suoi programmi per la libreria Rosent lo aveva colto di sorpresa.

Una settimana dopo, Fernando era ancora ad Alessandria.

Benjamin Wilson assicurava che in quel momento non sapeva come aiutarli ad andare in Francia senza correre seri pericoli.

Per Fernando i giorni non passavano mai. Desiderava ardentemente lasciare la città prima di fine anno e ormai erano gli inizi di novembre.

Catalina, dal canto suo, aveva comunicato ai genitori delle sue allieve che ben presto sarebbe andata via e, pertanto, non avrebbe potuto continuare a dar loro lezioni di piano. Voleva lasciare l'Egitto, pur essendo preoccupata del destino che li attendeva se fossero riusciti ad arrivare a Parigi. Non si preoccupava tanto per la propria vita quanto per quella di Adela. Fernando le aveva riferito la riluttanza del suo capo e, benché lei fosse in disaccordo, sapeva che Wilson aveva ragione: voler raggiungere un continente in guerra era un azzardo; ciò nonostante preferiva andarsene.

Dimitra scoppiò a piangere quando venne a sapere che Fernando e Catalina se ne sarebbero andati insieme alla piccola Adela, e la reazione di Ylena fu molto diversa. Si era ormai abituata alla presenza dei due spagnoli, che avevano riempito di suoni la tranquillità della sua casa. Li aveva accolti per amicizia nei confronti del capitano Pereira, a poco a poco ma si era affezionata e adesso faticava a immaginare la sua casa senza di loro. Anche Mr Sanders e monsieur Baudin si mostrarono contrariati quando Catalina e Fernando annunciarono che a breve avrebbero lasciato Alessandria. Il francese affermò che era un azzardo, che c'erano ancora troppi tedeschi nei territori intorno alla Francia; il colonnello, con tono grave, consigliò loro di aspettare un po' visto che Hitler non era ancora stato sconfitto. Ma né Catalina né Fernando erano disposti a riconsiderare la loro decisione.

Quanto più Fernando insisteva con la sua idea, tanto più Wilson ne era infastidito. In realtà, non si stava impegnando particolarmente per aiutarli ad andare in Francia. Aveva persino discusso con Sara. Sua moglie si era fissata con l'idea che Fernando prendesse in carico la libreria Rosent. Gli aveva esposto i suoi piani mettendo in chiaro che erano definitivi. Lei avrebbe vissuto ad Alessandria oppure ovunque Benjamin avesse fissato la loro residenza, ma la Rosent, nella doppia veste di casa editrice e libreria, doveva riprendere la sua attività. Era un omaggio alla memoria di suo padre, ma lo faceva anche per se stessa; non poteva accettare una sconfitta totale al cospetto di Hitler. I tedeschi si erano presi la vita di suo padre; l'unico modo per ridimensionare la loro vittoria era far sì che la libreria Rosent tornasse a essere quello che era stata.

Anche padre Lucas presagì una dolorosa solitudine quando seppe che Catalina voleva andare via. La spagnola ormai faceva parte della sua vita quotidiana. All'inizio lo irritavano le sue confessioni assurde, ma proprio in virtù di queste ultime era riuscito a conoscerla in profondità e aveva finito per stimarla. Catalina lo faceva ridere, era allegra, amava discutere ed era sempre pronta a combattere pur di difendere il proprio punto di vista. Sapeva che era profondamente attratta dal dottor Naseef ma aveva deciso di ignorare quella attrazione, sebbene lui sostenesse che si stava negando la possibilità di essere felice con un uomo che la amava. Perché se padre Lucas aveva una certezza, era quanto fosse profondo e incondizionato l'amore del medico per Catalina. Ma quel tale, Marvin, per quanto lontano, continuava a rappresentare una presenza nefasta nella sua vita.

Il sacerdote aveva preso informazioni su Marvin e la sua relazione con Farida. Nessuno si stupiva del fatto che l'americano avesse perso la testa per la filosofa alessandrina.

Catalina invece le negava qualunque virtù. Aveva attribuito a Farida il ruolo di malvagia seduttrice che impediva a Marvin di compiere il proprio dovere nei confronti suoi e della figlia. Benché padre Lucas avesse cercato di convincerla a dimenticare l'americano, Catalina testardamente si rifiutava di farlo. Era decisa a trovarlo e obbligarlo a sposarsi con lei. Era inammissibile che Marvin potesse sposare Farida.

Il dottor Naseef pensò che la propria sofferenza dovesse essere forte quanto quella che provava Catalina per l'assenza di Marvin Brian. Quando la spagnola gli disse che sarebbe andata in Francia con Fernando, il medico capì che si trattava di un congedo definitivo. Ebbe compassione di se stesso e anche di lei. Entrambi erano condannati all'infelicità.

Sara, dal suo canto, non dava tregua al marito. Non c'era giorno in cui non gli chiedesse conto dei preparativi per il trasferimento di Fernando e Catalina a Parigi. Alla fine, davanti all'insistenza della moglie, Benjamin si arrese.

Fissarono il giorno della partenza per il 20 dicembre ma il 16 dicembre, al risveglio, appresero che la Wehrmacht aveva scatenato una controffensiva nella regione delle Ardenne, sulla frontiera francese settentrionale. Un attacco di tale portata che le forze alleate erano state obbligate a ripiegare. I panzer avanzavano inarrestabili. Il Führer aveva preso la decisione di attaccare con l'idea di isolare le truppe americane. Quarantacinque divisioni stanziate dietro la linea Sigfrido irruppero nel territorio francese.

Adolf Hitler aveva affidato il comando dell'operazione al maresciallo Gerd von Rundstedt, il quale, come altri generali, non aveva mostrato grande entusiasmo per l'attacco a sorpresa contro la Francia. Eppure, sin dalle prime ore l'operazione fu un successo.

Ad Alessandria arrivavano notizie confuse, ma una cosa era palese: la superiorità della Wehrmacht rispetto alle truppe alleate.

Stava facendo giorno quando un tizio si presentò con una lettera a casa dei Wilson. Benjamin stava bevendo la sua prima tazza di caffè. Lesse velocemente la missiva che gli venne consegnata e andò subito via, senza trovare il tempo di dare spiegazioni a Sara. Non si seppe niente di lui sino a metà pomeriggio, quando Leyda disse che Wilson era appena arrivato e voleva vedere sia Sara sia Fernando nel suo studio.

Fernando provò una segreta ammirazione per l'impassibilità di Wilson. Niente, nel suo volto, se non una leggera ombra di stanchezza, avrebbe lasciato capire che quel giorno non era come tutti gli altri.

«Non può partire per Parigi. Mi dispiace. Bisognerà aspettare il risultato dell'offensiva della Wehrmacht. Quando sarò sicuro che potrà arrivare in sicurezza, glielo farò sapere.»

Non aggiunse altri dettagli. Per Wilson non c'era niente di cui discutere, e questo fu chiaro sia a Sara sia a Fernando.

Il dottor Naseef si rimproverò per il sollievo provato nel sapere che Catalina sarebbe rimasta ancora un po' ad Alessandria. Ciò nonostante, non si illudeva: Catalina non avrebbe cambiato idea. Voleva andare via. Niente l'avrebbe trattenuta ad Alessandria.

Il 1944 si stava congedando mentre nelle Ardenne le truppe alleate si scontravano strenuamente contro i tedeschi. In quei giorni, Ylena invitò il dottor Naseef a cena.

Durante la serata, il colonnello Sanders si mostrò convinto che gli Alleati avrebbero vinto. «Non voglio negare che le forze tedesche del maresciallo Gerd von Rundstedt abbiano colto di sopresa le nostre dandogli una batosta, ma dopo il massacro di Malmédy le cose sono cambiate. Gli americani non gliela perdoneranno.»

L'inglese fece una lunga pausa, come se aspettasse che i presenti gli chiedessero di continuare. Fu Catalina a farlo.

«Mia cara, quello che è successo nel paesino francese è stato terribile. Qualche giorno fa, tra Baugnez e Malmédy circolavano tre unità americane che hanno avuto la disgrazia di imbattersi niente meno che nella divisione Peiper delle SS.»

Mr Sanders fece un'altra pausa e ne approfittò per bere un sorso di vino; vivace, sapeva di aver catturato l'attenzione di tutti i commensali. Fernando aspettava impaziente che il colonnello continuasse il suo racconto, lo stesso valeva per Ylena e persino per monsieur Baudin, che quella notte non era particolarmente vivace a causa di un brutto raffreddore.

«Come tutti saprete, la divisione Peiper è un'unità esperta che ha combattuto con successo sul fronte orientale e, a quanto pare, adesso appartiene alla prima Panzers-Division delle Waffen-SS del generale Sepp Dietrich», continuò Sanders.

In realtà, Fernando e Catalina, e così pure Ylena e Baudin, non sapevano chi fosse il generale Dietrich e non avevano idea dell'esistenza del «gruppo Peiper». Ma, ansiosi di sapere, non dissero niente, consapevoli che il colonnello amava sorprenderli con le sue esaustive spiegazioni di quanto succedeva sui diversi fronti. «Bene, come vi dicevo, tre unità americane si sono imbattute nel gruppo Peiper e ormai avete capito come agiscono quelli delle SS. Hanno fatto prigionieri gli americani e li hanno fucilati; quelli che sono riusciti a scappare si sono rifugiati in un bar di Malmédy ma gli è andata persino peggio, perché i tedeschi hanno dato fuoco al locale con loro dentro.

«Il generale Eisenhower ha promesso vendetta e non ho dubbi sul fatto che manterrà fede alla promessa. Di fatto, dopo il massacro di Malmédy gli americani stanno combattendo con una convinzione ancora maggiore. Vogliono vendicare i loro compagni.»

La minestra si stava raffreddando e Ylena invitò gli ospiti a mangiare e a non parlare più della guerra. Ma a parte il dottor Naseef, nessuno dei presenti fece caso all'invito della loro anfitriona. La conversazione continuò a ruotare intorno allo stesso tema. Monsieur Baudin chiese a Fernando se avessero scartato l'idea di andare a Parigi.

«Ce ne andremo il prima possibile. Se i tedeschi non avessero invaso le Ardenne saremmo già lì. Sono contento di sapere che gli yankee stanno dando una batosta ai nazisti», rispose Fernando.

Finita la cena, il dottor Naseef trovò il modo di parlare con Catalina. Fernando si mise a giocare a scacchi con Sanders mentre Ylena e Baudin chiacchieravano di alcune conoscenze comuni.

«Sei sempre decisa ad andartene?» chiese il dottore a Catalina.

«Sì, ad Alessandria sono troppo lontana da casa. Sicuramente Marvin tornerà qui, visto che Farida è alessandrina ma, conoscendolo, sono certa che andrà a Parigi non appena potrà. Lì ha una casa e non c'è posto migliore di Parigi per scrivere.»

«Be', non sono d'accordo... Secondo me, una persona scrive ovunque si trovi, se ha qualcosa da dire.»

«Eh, no! Invece no. Ci sono città e momenti che ispirano più di altri. E Marvin ha cominciato a scrivere poesie a Parigi», protestò Catalina.

«Sei ancora decisa a incontrarlo...»

Lei lo guardò con serietà e gli afferrò la mano. Il dottore arrossì. «So... so che tra te e me c'è qualcosa... be', che potrebbe esserci qualcosa. Ma non è possibile. Anche se lo volessi, non è possibile. Ho una figlia.»

«Che io amo come se fosse mia», rispose lui.

«Sì, hai sempre trattato Adela con grande affetto e lei ti vuole bene, ma non sei suo padre. Mia figlia ha il diritto di avere un padre, il suo, e io non mi arrenderò senza provarci. La guerra mi ha impedito di seguire Marvin, ma se posso raggiungere Parigi sarà un modo per avvicinarmi a lui. Deve conoscere Adela, lui non può rinnegarla.»

«Io potrei riconoscerla come mia», osò proporre il dottore.

Lei gli strinse la mano con affetto. Era commossa dalla lealtà di Naseef, dal suo amore incondizionato. «Lo so, ma sarebbe egoista da parte mia, perché prenderei una decisione che va a mio vantaggio ma non a vantaggio di mia figlia. Qualche giorno fa Fernando mi ha detto di essere convinto che io... be', che io provi un sentimento profondo nei tuoi confronti. E io non posso negarlo, ma ti assicuro che combatto contro questo sentimento. Potrei amarti, sì, potrei, ma non voglio permettermelo. Ecco perché vado via; troverò Marvin e, se si sposerà con me, tornerò a casa mia. Non passa giorno senza che non pensi ai miei genitori.»

«Ma se trovi Marvin e lui si rifiuta di riconoscere Adela, allora che cosa farai?»

«Non succederà. Sono certa che quando conoscerà sua figlia prenderà la decisione giusta.»

«Ma...»

Catalina non lasciò che proseguisse. Quell'uomo la attraeva come nessun altro l'aveva mai attratta, nemmeno Marvin, ma era convinta che fosse suo dovere combattere perché Adela avesse accanto il suo vero padre; solo allora avrebbe potuto tornare in Spagna a testa alta.

Mentre le truppe tedesche avevano cominciato a perdere posizioni nelle Ardenne, il 17 gennaio le truppe sovietiche erano entrate a Varsavia e il 27 avevano liberato Auschwitz, trovandosi faccia a faccia con l'inferno.

Negli stesso giorni, Fernando e Catalina stavano intraprendendo il viaggio verso la Francia, meticolosamente preparato da Benjamin Wilson.

Congedarsi era stato più difficile di quanto entrambi avrebbero immaginato. Vivevano ad Alessandria da tre anni e avevano intessuto degli affetti da cui era difficile prescindere. Dimitra non riusciva a trattenere le lacrime. Ylena era preoccupata per quello che poteva accadere loro. Padre Lucas appariva amareggiato. Solo i Wilson erano tranquilli.

La notte prima della partenza, Zahra si presentò a casa di Ylena senza preavviso. Fernando stava mettendo i vestiti nella valigia quando Dimitra gli disse che la ballerina lo aspettava all'interno di un'auto davanti al portone d'ingresso.

Zahra propose a Fernando di fare un giro insieme e lui accettò subito. Non gli disse dove sarebbero andati e non parlarono durante il tragitto. Ma quando giunsero a destinazione, lui non si stupì che fosse casa di Zahra.

La notte trascorse senza bisogno di parole.

Come era già successo in precedenza, Zahra si alzò a notte fonda. Il sole non era ancora sorto su Alessandria quando spalancò la porta della terrazza che dava sul mare. Fernando la seguì; lei aveva uno sguardo duro.

«Mi aiuterai quando arriverà il momento?» gli chiese.

Lui capì a che cosa si riferisse e si limitò ad annuire.

Tornò dentro la stanza senza salutarla e si vestì con la consapevolezza che il sogno era finito, si era schiantato contro quella richiesta. Si rese conto di quanto poco la conoscesse. La vendetta era la linfa che la manteneva in vita; Zahra non avrebbe avuto pace finché non si fosse vendicata del socio di suo padre, dell'uomo che aveva testimoniato contro di lei, condannandola all'ospedale psichiatrico. Ludger Wimmer continuava ad abitare la mente di Zahra come Roque e Saturnino Pérez abitavano la sua. Solo che lui aveva ucciso gli assassini di suo padre. Proprio per questa ragione non osò giudicare la decisione di Zahra.

LIBRO III

20

Parigi, gennaio 1945

Avevano viaggiato in nave sino a Marsiglia e da lì, prima in treno e poi in auto, si erano diretti a Parigi.

Catalina si commosse quando l'autista disse loro che erano arrivati nella capitale francese. Adela dormiva placidamente tra le sue braccia; Fernando invece, benché fosse stanco, era sveglio, lo era stato durante tutto quel lungo viaggio.

Benjamin Wilson aveva preparato ogni cosa diligentemente, nessun inconveniente si rivelò irrisolvibile, ma il viaggio non fu esente da pericoli. Le persone che Wilson aveva scelto perché si occupassero di loro tre avevano affrontato con sicurezza ogni singolo passaggio e fu così che arrivarono sani e salvi.

Parigi era già sveglia a quell'ora del mattino e Catalina incollò il naso al vetro del finestrino, ansiosa di conoscere la città, che non sembrava aver sofferto più di tanto la furia della guerra. I parigini, al riparo dei loro cappotti, si proteggevano dalla pioggia sottile che aveva formato una cappa, offuscando il panorama.

L'autista li portò sino a un palazzo situato in rue de Sèvres, vicino a boulevard Saint-Germain. Avrebbero occupato l'appartamento mansardato di proprietà di una coppia di conoscenti di Sara, persone che lei considerava di assoluta fiducia. Confermando quanto detto dalla moglie, Benjamin Wilson raccomandò loro di affidarsi ai coniugi Dufort in tutta tranquillità.

Madame e monsieur Dufort vivevano al primo piano del palazzo nel quale avrebbero alloggiato Catalina e Fernando.

I Dufort li accolsero senza molto entusiasmo. Si mostrarono educati ma distanti. Era una coppia di una certa età. Quel poco che Fernando sapeva su di loro glielo aveva detto Sara: Philippe Dufort era stato l'avvocato di suo padre e Doriane Dufort si dedicava alla cura della casa, ma in passato aveva fatto da segretaria a suo marito.

La coppia li accompagnò nell'appartamento che avrebbero occupato e del quale Catalina fu subito entusiasta. Era luminoso, perché oltre ai lucernari sul tetto aveva anche delle finestre che davano sulla strada. Disponeva di due stanze, una piccola cucina rettangolare che fungeva anche da sala da pranzo e un bagno minuscolo. L'appartamento era pulito e il mobilio lucido, benché denotasse il passare del tempo. In una stanza c'erano due letti piccoli; decisero che sarebbe diventata quella di Catalina e Adela.

Madame Dufort disse loro di sistemarsi e riposare. In cucina avrebbero trovato una pagnotta, un boccale di latte, uova, burro e biscotti. Quanto bastava a saziare la fame del viaggio. L'indomani avrebbe spiegato loro come portare avanti le pratiche necessarie affinché Sara potesse tornare in possesso della libreria di famiglia.

Davanti al console francese di Alessandria, Sara aveva firmato i permessi che avrebbero consentito a Fernando di reclamare la proprietà a suo nome. Gli aveva delegato anche il recupero della casa situata al primo piano dell'edificio in cui si trovava la libreria, con la quale comunicava attraverso una scala interna.

Adela era stanca e si addormentò su una poltrona mentre Fernando e la mamma disfacevano i bagagli.

«Sembra proprio che questo posto ti piaccia», disse Fernando, cui non era sfuggito il sorriso che si era dipinto sul volto di Catalina.

«Sì, mi piace e, soprattutto, avremo un po' di intimità. Non voglio apparire ingrata, Ylena è stata molto più di un'ottima amica per noi, ma quella restava pur sempre casa sua, invece queste pareti sono tutte nostre.»

«Be', non sono nostre. I Wilson hanno affittato questa casa finché non ci organizziamo, poi vedremo il da farsi.»

«Guarda, a me non dispiacerebbe affatto restare qui. Quando ci hanno detto che avremmo vissuto in un appartamento mansardato mi sono immaginata una casa buia e malconcia, invece questo posto è delizioso. Domani stesso andrò a casa di Marvin. Magari lui e Farida sono tornati a Parigi.»

«Non avere fretta, aspetta che monsieur Dufort ci spieghi come rientrare in possesso della libreria di Sara.»

«Potremo fare entrambe le cose... Non credo che le servirà molto tempo per dirci che cosa dobbiamo fare e come.»

Non era il momento di discutere e Fernando preferì non contraddirla.

Non si era ancora fatto giorno quando Catalina si svegliò; Adela le aveva posato la mano sul volto. Si era alzata e tremava di freddo. La abbracciò e la fece infilare nel proprio letto, chiedendole di dormire ancora un po'. Adela non protestò e, confortata dal calore della mamma, si riaddormentò. Catalina invece, benché fosse stanca, non riuscì più a prendere sonno. Accarezzò i capelli della figlia e si disse che era stata molto fortunata. Adela era bravissima. Non protestava mai ed era molto obbediente. Se i suoi genitori l'avessero conosciuta, ne sarebbero stati orgogliosi. Per un istante si sentì felice. Parigi non era poi così lontana dalla Spagna e, quando la guerra fosse terminata, magari i suoi genitori sarebbero andati a trovarla. Si rimproverò immediatamente di averlo solo pensato. Era lì per trovare Marvin, per chiedergli di assumersi le proprie responsabilità e di sposarla; solo così avrebbe potuto tornare in Spagna. No, non si sarebbe arresa.

Sentì i passi di Fernando che andava in bagno e il rumore dell'acqua. La doccia non doveva durare più di tre minuti, così aveva detto loro Madame Dufort, aggiungendo che bisognava evitare gli sprechi. Guardò l'orologio per verificare se Fernando si attenesse alle norme dei Dufort e sorrise quando, passati cinque minuti, constatò che non era ancora uscito.

Non voleva criticare i Dufort, visto che erano amici di Sara Rosent, ma le erano sembrati un po' troppo rigidi.

Alle dieci in punto, monsieur Dufort bussò alla porta.

Si sedettero intorno al tavolo che separava la cucina dal resto della stanza. Monsieur Dufort tossì prima di prendere la parola. Disse solo lo stretto necessario. Dopo aver esaminato i documenti firmati da Sara Rosent, assicurò loro che li avrebbe accompagnati di persona nel Marais per vedere in che condizioni fosse la libreria e procedere con i passaggi successivi. «Credo di aver capito che il signor Brian abbia dato incarico a un amico, il professor Fortier, di farsi carico della libreria. Vediamo se questo signore lo ha fatto... Durante l'occupazione, molti negozi sono stati espropriati ai legittimi proprietari e adesso appartengono ad altre persone; se dovesse essere successo questo, per recuperare il bene espropriato ci sarà da litigare.»

Monsieur Dufort sembrava infastidito dal fatto che monsieur Rosent, il padre di Sara, avesse simbolicamente venduto la libreria a Marvin Brian, benché fosse sempre stato lui a occuparsi delle pratiche. «Questo complica le cose. Avevo detto a monsieur Rosent che non era necessario... ma lui ha stabilito così, supponendo che i tedeschi non avrebbero osato espropriare i locali di un ebreo se fossero diventati di proprietà di un americano... Comunque... da quello che vedo, il signor Brian ha rivenduto la libreria a Sara Rosent, come suo padre aveva stabilito.»

«E lei in questo periodo è andato a controllare in quali condizioni si trova?»

«Assolutamente no. Non erano più affari miei», rispose infastidito.

Fernando si chiese come mai Sara si fosse fidata di un uomo così altezzoso.

Raggiunsero il Marais con l'auto di monsieur Dufort. Lungo la strada, Catalina si sorprese di nuovo della vivacità di Parigi. Ogni traccia dell'occupazione sembrava scomparsa.

L'avvocato diede un colpo di tosse poi spiegò loro che i tedeschi avevano rispettato la città.

Catalina era così eccitata da quanto vedeva che affermò: «Parigi è la città più bella del mondo», al che Dufort annuì con soddisfazione.

Dopo aver parcheggiato l'auto, camminarono lungo rue des Rosiers sino alla libreria Rosent. Fernando era irrequieto, non sapeva che cosa aspettarsi.

Philippe Dufort si fermò davanti al locale; aveva la saracinesca sollevata, sebbene non sembrasse ospitare nessuna attività. Spinse la porta con decisione e non si sorprese di essere accolto da un uomo di mezza età dall'aria trasandata. «È chiuso», disse loro, cercando di bloccarli.

Non ci riuscì. Adela aveva lasciato la mano della mamma e stava osservando quel posto che le appariva strano, tutto pieno di scatole di cartone e di libri, sulle pareti e anche per terra. Il locale appariva trascurato.

Se l'uomo pensava di riuscire a spaventare monsieur Dufort, si sbagliava. Senza indugiare, quest'ultimo si presentò come l'avvocato della famiglia Rosent, che lo aveva incaricato di restituire il locale ai suoi legittimi proprietari.

«Si sbaglia... Questo locale appartiene a un americano, il signor Marvin Brian, un mio caro amico. È stato lui a chiedermi di occuparmi della libreria Rosent.»

«Eppure, a quel che vedo, non ha svolto diligentemente il suo compito», rispose Dufort mentre guardava con apprensione tutta la polvere e lo sporco che si erano accumulati.

«Le ricordo, monsieur, che siamo in guerra, e anche se Parigi è stata liberata, la guerra non è ancora finita. Quanto al mio lavoro qua dentro, ho fatto tutto ciò potevo, che non era molto. Durante l'occupazione, la priorità dei parigini non è stata leggere poesie, anche se devo ammettere che qualche libro l'ho venduto. Ma ho dovuto occuparmi dei miei problemi e non sono riuscito a prestare a questo negozio tutta l'attenzione che avrebbe richiesto. Se non altro, però, l'ho tenuto.»

Dufort si trattenne dal rispondere. A suo parere, il professor Fortier non aveva prestato le dovute cure alla libreria di monsieur Rosent, che nei suoi ricordi era un posto ordinato e pulito. Decise di non perdere altro tempo e mostrò l'atto di proprietà a nome di Sara Rosent a seguito della vendita da parte di Marvin Brian.

L'uomo lesse i documenti con attenzione, come se cercasse un qualche passaggio sbagliato. «Non posso consegnarle la libreria in questo modo. Dovrò mettermi in contatto con il signor Brian e non sarà facile, date le circostanze. Non so davvero dove sia in questo momento.»

«Monsieur Fortier, come avvocato della famiglia Rosent le comunico che ha il dovere di darmi le chiavi del locale e un inventario dettagliato di tutto ciò che contiene. Se dovesse opporsi, non avrei altra scelta che procedere contro di lei in tribunale, dove verrà dimostrato che questa libreria appartiene alla famiglia Rosent.»

«Non è mia intenzione creare problemi, voglio solo assicurarmi che il mio amico Marvin Brian concordi con quanto dicono quelle carte.»

«Lei sa già che è così. Monsieur Rosent ha deciso di vendere la libreria per fare in modo che non potesse essere confiscata in quanto proprietà di un ebreo. Ma come ben sa, il suo amico, il signor Brian, è un uomo d'onore e non appena ha potuto ha restituito la proprietà ai legittimi proprietari, che io rappresento.»

Alain Fortier non sapeva che cosa rispondere. In realtà, la libreria per lui era stata solo un impiccio, ma non poteva disfarsene così, cedendola a degli sconosciuti. «Dovreste darmi il tempo di mettermi in contatto con Marvin Brian», insistette.

«È a New York?» chiese Catalina.

«Come ho già detto, non lo so, ma immagino che prima o poi tornerà a Parigi. Ho le chiavi di casa sua. Immagino che le vorrà indietro. Anche se, per quanto ne so, i suoi libri di poesie hanno avuto molto successo a New York. Ha finalmente ottenuto il riconoscimento che merita e questo potrebbe trattenerlo lì. Naturalmente, gli scriverò subito.»

«Può fare come meglio crede, monsieur Fortier, ma da oggi saremo noi a occuparci della libreria. Il signore qui presente, monsieur Garzo, è stato incaricato della sua gestione, come si dichiara nei documenti che le ho mostrato.» «Se non le dispiace, proporrei di vederci davanti al mio avvocato. Se dopo aver visto questi documenti lui dovesse consigliarmi di consegnarvi le chiavi, lo farò. Cercate di capirmi, però; non posso smettere di occuparmi di tutto questo senza prima assicurarmi che sto agendo correttamente.»

Monsieur Dufort accettò la proposta di Alain Fortier. Si scambiarono i numeri di telefono per fissare quanto prima un appuntamento. Fernando chiese se poteva vedere la libreria e il primo piano, che un tempo era una casa, ma il professore si scusò e disse che lo avrebbe fatto solo una volta che tutto sarebbe stato chiarito.

I giorni successivi si dedicarono a scoprire Parigi. Catalina era sempre più entusiasta e Fernando dovette ammettere che la città era davvero impressionante, più di quanto avesse mai immaginato. Lei insistette per andare all'indirizzo della casa di Marvin e Fernando all'inizio si rifiutò, ma poi finì per cedere.

Rue de la Boucherie era vicino a Notre-Dame. Era una strada tranquilla ed elegante, e l'edificio che ospitava la casa di Marvin aveva un aspetto signorile. Catalina decise di fare qualche domanda al portiere, ma questi non si prestò facilmente a fornirle informazioni, limitandosi a confermare che il signor Brian non era a Parigi.

Catalina non lo disse a Fernando ma, poiché a quel punto sapeva dove trovare Marvin, aveva deciso che sarebbe andata spesso a fare domande al portiere. Fernando, dal canto suo, si stava occupando di organizzare la loro nuova vita a Parigi. Non aveva dimenticato che, al di là della richiesta di recuperare la libreria Rosent, era sua primaria intenzione andare a Lione per parlare con Anatole Lombard e cercare di ottenere informazioni sulla sorte di Eulogio.

Come gli aveva consigliato Sara, scrisse una lettera ad Anatole spiegandogli chi era e che desiderava andare a trovarlo per sapere di Eulogio.

Passati alcuni giorni, Catalina si fece una nuova amica. Era una ragazza che abitava nell'appartamento mansardato di fronte a quello che avevano occupato loro.

Cécile Blanchett era tanto allegra quanto carina. Era stata lei a intavolare una conversazione con Catalina quando si erano incontrate sulle scale.

Si erano piaciuti sin da subito e Cécile li aveva invitati a prendere un tè da lei. Fernando non avrebbe voluto accettare, sosteneva che non sapevano chi fosse e che era meglio essere prudenti, ma Catalina aveva insistito. Che male poteva far loro quella ragazza?

Così, trovarsi per fare due chiacchierare diventò un'abitudine per le due giovani donne. Cécile era una preziosa fonte di informazioni per Catalina. Si era offerta persino di aiutarla a sistemare alcuni abiti perché li trovava antiquati. Così, un pomeriggio Fernando le trovò che cucivano e scucivano tessuti tra le risate.

Un giorno, però, madame Dufort fermò Fernando per dirgli che, anche se non erano affari suoi, gli consigliava di essere più cauto nei rapporti con mademoiselle Blanchett. «Aveva troppi amici tedeschi... e con alcuni quell'amicizia era... be', troppo intima... Inoltre, ci chiediamo tutti di che cosa viva davvero... Mi avrà capito...»

Sì, Fernando aveva capito e ne parlò con Catalina.

«Ma guarda che pettegola la signora Dufort! Cosa vorrebbe insinuare dicendo che Cécile aveva amici tedeschi? A quel che ci hanno detto, i parigini, con rare eccezioni, non si sono distinti in particolar modo per aver combattuto contro i tedeschi. Cécile mi ha detto che a Parigi quasi non ci si rendeva conto che c'era la guerra e che la maggior parte delle persone ha cercato di cavarsela. Che cosa avrebbero dovuto fare? Secondo Cécile, i Dufort sono i tipici borghesi che fuggono dai problemi.»

«Io non so nulla dei Dufort, ma so che Sara e Benjamin Wilson ci hanno detto che possiamo fidarci di loro e che di aiuteranno a risolvere qualunque problema. Forse la tua amica non li conosce bene. Non ce n'è ragione. A proposito, che lavoro fa Cécile?» chiese, provocando lo sconcerto di Catalina.

Lei lo fulminò e rispose con rabbia: «Fa lo stesso lavoro della tua amica Zahra. È una ballerina. Lavora in un cabaret di Pigalle».

Fernando fu infastidito dal confronto. Zahra era una ballerina famosa e come tale era rispettata in tutto il Medio Oriente. Ma se Cécile lavorava a Pigalle... Non che sapesse molto della vita parigina, ma aveva già sentito abbastanza per sapere che Pigalle non era esattamente un posto in cui lavoravano le signore. Tuttavia, preferì non fare commenti. Conosceva bene Catalina e sapeva che era intenzionata a difendere la sua nuova amica.

Erano a Parigi da una settimana quando il signor Dufort annunciò che, finalmente, nel pomeriggio avrebbero incontrato l'avvocato di Alain Fortier per chiarire la questione della libreria.

Fu un pomeriggio fruttuoso. Una volta esaminati i documenti, l'avvocato di Alain Fortier disse di non avere obiezioni, la libreria poteva essere restituita ai suoi proprietari. Inoltre, il professore annunciò che era riuscito a mettersi in contatto con Marvin Brian, il quale molto presto sarebbe venuto a Parigi. Si trovava a New York, ma era sua intenzione tornare non appena fosse stato possibile in Europa. Nel contempo, consegnò a Fernando le chiavi e un inventario di quanto c'era nella libreria, e si offrì di accompagnarlo in rue des Rosiers per spiegargli tutto ciò che doveva sapere.

Dufort e Fernando verificarono che, nonostante la sporcizia, il locale era in buono stato, e lo stesso valeva per l'appartamento al primo piano. Alain Fortier si era comportato da uomo onesto. E quando Fernando disse di sfuggita di essere il nuovo curatore delle poesie di Marvin, Fortier gli diede il proprio bigliettino da visita «casomai dovesse tornarle utile». Sul bigliettino c'era scritto che Alain Fortier era professore di Letteratura alla Sorbona.

Quella stessa notte Fernando scrisse una lettera a Sara per darle la buona notizia: la libreria era tornata alla famiglia Rosent. Monsieur Dufort gli aveva assicurato che la lettera sarebbe arrivata a destinazione.

Concluso l'incarico per conto di Sara, la prima preoccupazione di Fernando fu mettersi in contatto con Anatole Lombard, e pertanto chiese a Dufort il modo migliore per andare a Lione.

L'avvocato gli disse che non era il momento di mettersi in viaggio visto che la guerra non era ancora finita, ma anche che avrebbe trovato il modo di aiutarlo; in ogni caso prima doveva riaprire e far ripartire la libreria Rosent.

Catalina si prodigò per aiutare Fernando. Si alzavano all'alba e, con Adela in braccio, andavano in metropolitana sino al Marais, dove in breve ripulirono il locale e rimisero in ordine i libri. La casa al piano superiore era in condizioni peggiori, ma Catalina riuscì a darle un aspetto accettabile.

Trascorsa una settimana, Fernando considerò concluso l'avviamento del negozio e chiese a Dufort di aiutarlo a raggiungere Lione.

Catalina insistette per accompagnarlo, ma lui la convinse che lo aiutava di più rimanendo a Parigi. «Tieni aperta la libreria, non credo che ti sarà difficile seguire qualche cliente che dovesse venire a comprare un libro, sempre che succeda.»

«Ma io non so niente di libri!» protestò lei.

«Li abbiamo messi in ordine alfabetico per autore. Non sarà difficile. Se siamo a Parigi è grazie ai Wilson, a dirla tutta grazie a Sara, perciò non possiamo abbandonare la libreria.»

Alla fine, Catalina accettò, anche se si sentiva insicura. E così, nel giro di due giorni un uomo andò a prendere Fernando davanti alla libreria Rosent per portarlo a Lione, proprio come gli aveva detto monsieur Dufort.

L'uomo che disse di chiamarsi René Marchant era un tipo gentile ma parco di parole; durante il viaggio aprì bocca a malapena. Dal poco che disse, Fernando ne dedusse che Marchant avesse fatto parte di qualche gruppo della Resistenza e che, pertanto, anche monsieur Dufort non fosse estraneo a tutto ciò, visto che era stato lui a metterlo in contatto con Marchant.

Faceva freddo. La pioggia rendeva cupo il paesaggio, ma ciò nonostante Fernando continuava a innamorarsi della Francia che stava vedendo, e la prima impressione di Lione non lo deluse.

René Marchant parcheggiò l'auto non lontano dalla casa di Anatole

Lombard e accompagnò Fernando sino al domicilio. Fu lo stesso Lombard ad aprire loro la porta, abbracciò Marchant e porse la mano a Fernando. In soggiorno offrì loro una tazza di caffè che entrambi accettarono con piacere, sperando di scaldarsi.

«Mi dispiace di non poterle dare notizie di Eulogio. Ho spiegato a monsieur Dufort che non ho più saputo niente di lui. Tuttavia, so che lei ha insistito per incontrarmi comunque... Lo capisco... so che siete stati molto amici e che non si sarebbe accontentato di sapere così poco.»

«Spero che capisca la mia angoscia. Se solo potessimo sapere in quale campo di lavoro lo hanno portato...»

«Le assicuro che ho fatto del mio meglio per scoprirlo. Questa guerra, oltre a tanti compagni, mi ha portato via due persone molto care... Saúl ed Eulogio. Ho fatto l'impossibile per avere qualche notizia di entrambi, ma sinora non ci sono riuscito.»

«Ma si sarà fatto un'idea di dove vengano portate le persone che sono state arrestate dai tedeschi in questa regione», insistette Fernando.

«Possono essere in uno qualunque dei campi della Germania. Quando Eulogio è stato arrestato, aveva con sé dei volantini antitedeschi... Immagino abbia saputo che cosa hanno trovato i sovietici quando sono arrivati in un posto chiamato Auschwitz... in Polonia. Quello... be', più che un campo di lavoro era un campo di sterminio. Saúl è ebreo, forse lo hanno portato lì. Eulogio non è ebreo e potrebbe essere stato più fortunato.»

«E non può fare nient'altro, oltre a chiedere informazioni?» domandò Fernando, irritato dall'atteggiamento disfattista del francese.

«Non sa che cosa sta succedendo? La guerra non è finita. Non posso prendere un treno per andare in Germania a cercarli. Sino a poco tempo fa avevamo i tedeschi proprio qui.»

«Ma gli Alleati stanno sconfiggendo la Wehrmacht», lo interruppe Fernando.

«Su, amico, si dia una calmata», disse René Marchant. «Sta insinuando che non facciamo il possibile per avere notizie dei nostri?»

«Sì, è vero che gli Alleati stanno avanzando, ma Hitler sta resistendo a Berlino», insistette Anatole, che provava compassione per Fernando. «Dovremo aspettare ancora un po'.»

«C'è molta confusione in questo momento. Non è facile sapere che cosa sta succedendo. I campi vengono liberati, ma non ci sono ancora elenchi ufficiali dei sopravvissuti, e in realtà i soldati che liberano i campi non sanno bene che cosa fare dei resti umani che trovano. Se ne sta occupando la Croce Rossa», intervenne di nuovo Marchant.

«Avete parlato con la Croce Rossa?» chiese Fernando.

«Naturalmente, non c'è giorno che io non chieda informazioni. I miei amici a Parigi fanno altrettanto, ma non ci sono ancora gli elenchi dei sopravvissuti, come le ho già detto.»

La risposta di Anatole fece precipitare Fernando nella disperazione.

«Non è l'unico a non sapere dove sono finiti i suoi amici», sottolineò Marchant.

A Fernando, tuttavia, in quel momento importava solo di Eulogio. Non che fosse indifferente alle sofferenze altrui, ma provava dolore unicamente per il suo vecchio amico, solo per lui.

Non c'era molto altro da aggiungere e René Marchant si congedò dicendo a Fernando che sarebbe andato a prenderlo l'indomani mattina. «Dormirà qui. Non si preoccupi, si troverà bene», lo rassicurò.

Calò un silenzio imbarazzante quando Fernando e Anatole rimasero soli. Erano due sconosciuti che non avevano alcun interesse l'uno per l'altro. Fu il francese a fare del suo meglio perché la notte non diventasse troppo insopportabile per entrambi.

Lo condusse nella stanza degli ospiti e gli suggerì di riposare mentre lui preparava qualcosa per cena. Fernando accettò. Aveva bisogno di stare da solo. Di pensare.

Un'ora dopo, Anatole bussò alla porta della sua camera. La cena era pronta.

Sino a quel momento Fernando aveva tenuto a bada lo stomaco, che ormai protestava per la fame. L'odore della zuppa di verdure gli fu di conforto.

Anatole gli riempì il piatto sino all'orlo, ma per sé versò giusto un mestolo.

«Non ha fame?» disse Fernando per rompere il silenzio.

«In effetti, no. Da quando si sono portati via Eulogio, mangio poco e dormo ancora meno. Soffro di ansia. Non mi sento bene. Ma quello che mi succede è insignificante rispetto alle sofferenze di altri.»

«Lei ed Eulogio... a quanto pare eravate diventati ottimi amici...»

«Io amavo Eulogio. Lo amo ancora, perché spero che sia vivo. È entrato nella mia vita dopo la scomparsa di Saúl, in un momento in cui mi sentivo morto. Ho amato moltissimo Eulogio, ma Saúl... Con Saúl ho scoperto l'amore. L'abbiamo scoperto insieme. Il nostro è stato un amore totale, senza vergogna, senza condizioni. Quando lo hanno portato via, ho deciso che non potevo starmene ad aspettare con le mani in mano e sono entrato a far parte di un gruppo di persone che cercavano di combattere in qualche modo contro i nazisti. Sono arrivato a desiderare di essere arrestato nella vana speranza che mi portassero nello stesso posto in cui avevano portato Saúl. Può essere così folle l'amore. Poi è arrivato Eulogio. Le mentirei se dicessi che non mi ha attratto da subito. Ma questo mi ha fatto sentire a disagio. Come potevo essere interessato a un altro uomo quando Saúl era prigioniero?»

Fernando era così scioccato dal racconto di Anatole che non sapeva cosa dire. Non sapeva come far quadrare l'amore di Anatole per Saúl e insieme la sua attrazione per Eulogio. Era l'amore di un uomo verso altri uomini. I sentimenti di Anatole nei confronti di Saúl ed Eulogio non erano molto diversi dai suoi nei confronti di Catalina e Zahra. Come era possibile?

«C'è qualcosa che la infastidisce?» chiese Anatole, cui non era sfuggito lo stupore del suo ospite.

«No... no... certo che no... È solo che... be', io... non ho mai sentito un uomo parlare così...»

«Credevo sapesse che Eulogio...»

«No, in realtà non sapevo niente... Sono sorpreso che...»

«Che Eulogio sia omosessuale come me?»

Fernando provò un improvviso imbarazzo. Era quella conversazione a metterlo a disagio.

«Non sa quanto ha sofferto Eulogio per aver dovuto nascondere quello che è veramente. Mi ha raccontato della sua vita a Madrid, nel suo quartiere, delle battute sugli omosessuali, di quante volte si è zittito per non dire ad alta voce che lui lo era. Tutta la sua vita è stata una farsa, finché non ci siamo incontrati. È stato molto coraggioso, è stato lui a fare il primo passo, a decidere di restare con me pur sapendo che una parte di me apparterrà sempre a Saúl e che se Saúl tornasse...»

«Ma lei ama Eulogio?» Fernando non sopportava che Anatole non amasse il suo amico con tutto se stesso, che ancora riservasse parte del suo amore per quel tale, Saúl.

Anatole rimase in silenzio, poi si alzò e afferrò i due piatti, li portò in cucina e tornò con un vassoio di salsicce in umido. Ne servì una per ciascuno e si rimise a sedere, pronto a rispondere a Fernando.

«Non abbiamo passato molto tempo insieme. Tra noi due c'è stata un'attrazione immediata. Io mi sono sentito subito attratto da lui, ma so che per Eulogio è stato qualcosa di più, perché gli ha permesso di accettarsi per quello che è.»

Nessuno dei due aveva voglia di continuare quella conversazione. Anatole si rese conto che la sua sincerità aveva turbato Fernando; era così evidentemente a disagio che conclusero la cena in silenzio. Fernando quella notte non dormì. Gli era difficile accettare l'omosessualità di Eulogio. Aveva il desiderio di capirlo, ma non ci riusciva.

René Marchant lasciò Fernando davanti alla libreria Rosent proprio mentre Catalina chiudeva la porta. Si abbracciarono, sollevati di essere di nuovo insieme. «Sei stato via un solo giorno ma mi è sembrata un'eternità», le assicurò lei.

Presero la metropolitana e Fernando attese di arrivare nell'appartamento per raccontarle della conversazione con Anatole, della naturalezza con la quale gli aveva parlato del suo amore per gli uomini, del suo disagio nell'ascoltarlo e della sua riluttanza ad accettare l'amore di Eulogio per quell'uomo.

«È tuo amico, Fernando, il tuo migliore amico, non hai il diritto di giudicarlo», dichiarò Catalina.

«Ma... ti sembra una cosa buona che due uomini...? Ecco, lo sai...»

Catalina si strinse nelle spalle. Poi mise il cappotto ad Adela e afferrò

Fernando per il braccio. Uscirono nel gelo del pomeriggio parigino. «Chi siamo noi per decidere dei sentimenti altrui?»

«Non ti capisco, Catalina! Non sei stata educata così...»

«Cosa intendi dire? Naturalmente, i miei genitori non mi hanno mai detto che due uomini possono piacersi. Tuo padre forse te ne ha parlato?»

«No, certo che no.»

«È per questa ragione che dai per scontato che le cose debbano andare in un certo modo, e in effetti di solito vanno come pensi tu, ma a volte no. Senti, non abbiamo altra scelta che accettare le persone che amiamo così come sono, non come vorremmo che fossero. E poi, che cosa te ne importa di chi si può innamorare Eulogio?»

Non le rispose perché non voleva ammettere che gli importava eccome, che era molto deluso e profondamente turbato dal fatto che il suo amico fosse omosessuale. No, non poteva accettarlo come qualcosa di naturale. Di una sola cosa non dubitava: per Eulogio nutriva un affetto profondo. Questo non era cambiato.

A poco a poco si adattarono alla vita parigina. Catalina parlava sempre meno di Alessandria, anche se un giorno la trovò intenta a guardare una fotografia in cui c'erano lei, Adela e il dottor Naseef.

«Ti manca?» gli chiese.

«Avrei potuto innamorarmi di lui.»

«Perché non ti dimentichi di Marvin?» rispose irritato.

«Perché è il padre di Adela. Perché è l'uomo al quale mi sono concessa. Deve riparare agli errori che abbiamo fatto.»

«Riparare?»

«Sì, riparare. Deve sposarsi con me e ridarmi la mia rispettabilità.»

«Però! A quanto pare ti preoccupa la *tua* rispettabilità, ma di quella degli altri non te ne importa niente.»

«Io non giudico nessuno, Fernando, ognuno deve poter vivere come vuole. Quello che esigo da me stessa non lo esigo dagli altri. Ho il dovere di tornare in Spagna sposata, lo devo ai miei genitori.»

L'indomani era sabato e Fernando uscì di casa molto presto. Catalina non andò con lui. Rimase con Adela sostenendo di avere delle faccende da sbrigare, ma non gli spiegò quali fossero.

Quando Fernando tornò, a metà pomeriggio, lei lo accolse sorridente e gli annunciò che dovevano parlare. Lui attese con una certa impazienza perché doveva dirle che quella mattina monsieur Dufort gli aveva consegnato una grossa busta contenente un quaderno pieno di poesie scritte a mano. Non appena aveva visto la grafia, aveva capito che erano di Marvin. Nella busta c'era una lettera di Sara che gli chiedeva di mettersi al lavoro. L'idea era di realizzare un'edizione trilingue, in inglese, francese e arabo. Sara sperava che l'edizione fosse pronta per l'estate.

Il precedente libro di poesie di Marvin aveva riscosso un successo inatteso negli Stati Uniti. Benché Sara avesse specificato che era rimasto circoscritto ai circoli accademici, era già un risultato straordinario. E Fernando non poté fare a meno di provare un certo orgoglio visto che era stato lui a curare la raccolta di poesie; allo stesso tempo, provava poca simpatia nei confronti dell'americano. Tuttavia, era riuscito a tenere separato l'uomo dal poeta.

Fernando le mostrò la lettera e il quaderno di poesie di Marvin, che Catalina lesse in silenzio, assorta. Fernando la guardava preoccupato. Quando ebbe finito, lei gli riconsegnò il quaderno. «Sono versi molto drammatici, ma belli.»

«La poesia di Marvin è così», ribatté Fernando.

«Quando pensi che arriverà a Parigi?»

«Non lo so; Sara mi ha chiesto solo di pubblicare la raccolta di poesie ma, come hai visto, nella lettera non dice nulla su dove si trovi Marvin o quando verrà, se mai lo farà.»

«Sì... ma verrà. So che verrà. Ama Parigi più di qualunque altro posto al mondo. Lo so.»

Catalina si morse il labbro e Fernando capì che stava per dirgli qualcosa che poteva turbarlo. E così fece, in effetti, annunciandogli di aver trovato un lavoro.

«Un lavoro? Dove? Chi te l'ha dato?» chiese preoccupato.

«Cécile mi ha chiesto cosa so fare e le ho detto che so suonare il pianoforte. Lei non credeva potesse tornarmi di grande utilità a Parigi, ma a quanto pare il proprietario del posto in cui lavora ha bisogno di un pianista. Quello che avevano è stato licenziato. Perciò, inizio a lavorare stanotte stessa. È una fortuna che i nostri orari siano compatibili. Io posso uscire di casa alle otto, tanto tu a quell'ora sei qui e puoi prenderti cura di Adela.»

«Ma sei matta! Come ti viene in mente di accettare un lavoro in un postaccio di Pigalle!»

«Tu sei così sicuro che sia un postaccio... io no. Non ci siamo ancora andati a Pigalle. Cécile dice che mi pagheranno bene. Devo guadagnarmi da vivere finché Marvin non torna e la situazione si sistema. Non voglio dipendere da te. Ad Alessandria sono riuscita a lavorare e a pagarmi il soggiorno a casa di Ylena», rispose orgogliosa.

«Non è la stessa cosa! Ad Alessandria hai dato lezioni di piano a ragazze che appartenevano a famiglie rispettabili.»

«E qui suonerò il pianoforte in un locale, nient'altro.»

«Non te lo permetterò!» esclamò Fernando con rabbia.

Catalina lo fissò. Fernando notò che aveva corrugato le labbra. «Ho intenzione di accettare quel lavoro. Comincio stasera. Cécile mi sta già aspettando. Ti chiedo il favore di prenderti cura di Adela, almeno stasera. Domani cercherò qualcuno che possa farlo al posto tuo.»

«Cécile non è la persona che credi», protestò lui.

«E tu chi sei per giudicarla? Semplicemente, lavora per sopravvivere. È una ballerina, Fernando, nient'altro.»

Lui capì che non l'avrebbe convinta e si rammaricò di non essere riuscito a proteggerla, perché era certo che stava per succedere qualcosa di brutto. «Mi prenderò cura di Adela. Non devi cercare nessun altro. Ma, riflettendoci, mi sono detto che potresti lavorare con me in libreria. Sai che io da solo non posso farcela. Sara mi ha detto che posso assumere qualcuno non appena l'avrò avviata. E io ho pensato a te.»

Lei si morse il labbro, come sempre quando era indecisa, ma subito guardò Fernando dritto negli occhi. In un istante si era tolta ogni dubbio. «Apprezzo la proposta ma, come ti ho già detto ad Alessandria, devo riuscire a guadagnarmi da vivere. E poi non sarebbe giusto pesare sulle tue spalle. Possiamo sempre contare l'uno sull'altra, ma questo non toglie che io debba cercare di andare avanti da sola. Adesso vado.»

Fernando rimase con Adela e le lesse una storia finché la piccola non si addormentò. Poi iniziò a leggere il manoscritto di Marvin. Catalina aveva ragione, quelle poesie erano intrise di drammaticità e bellezza.

Cécile non aveva smesso un istante di parlare da quando avevano lasciato la mansarda. Continuò anche durante il viaggio in metropolitana per Pigalle. Mentre camminavano per un paio di isolati, Catalina si sentì a disagio nel vedere le donne che stazionavano davanti alle porte dei locali invitando i passanti a entrare. La sorprese in modo particolare il fatto che Cécile avesse salutato alcune di quelle donne. «Conosci un sacco di gente...»

«Sì... noi ragazze di Pigalle ci conosciamo... Vedrai, ti piaceranno, anche se non ci si può fidare di tutte.»

«Sembra un quartiere diverso da quello in cui viviamo.»

«Ma certo! Siamo a Pigalle, gli uomini vengono qui per divertirsi. Ed è a questo che serviamo noi, a farli divertire.»

Catalina si irrigidì, chiedendosi che cosa intendesse esattamente Cécile.

Un uomo si avvicinò a Cécile e la abbracciò, e lei non si oppose. «Sei in ritardo, tesoro. Sai che Jean Pierre detesta che le sue ragazze arrivino in ritardo», disse l'uomo mentre guardava Catalina.

«La mia amica ha una bambina e non poteva lasciarla sola.»

«È quella nuova?» chiese l'uomo.

«Sì. Catalina, lui è Benoît. È un chiacchierone.»

Benoît fece per baciare Catalina, ma lei lo spinse via. Lui rise e ci riprovò, ma Catalina lo respinse di nuovo, questa volta con un calcio nello stinco.

«Ma che idee si è fatta questa? Cécile, di' alla tua amica di essere gentile con me, con le buone...»

«Sei un bruto! È il suo primo giorno! Dalle tempo di capire come vanno le cose qui», rispose Cécile, ridendo.

Catalina si chiese come mai, di colpo, Cécile si stesse comportando in modo così volgare. Sembrava un'altra. Diversa dalla ragazza allegra che aveva come vicina.

Benoît le prese entrambe sottobraccio e strinse così forte quello di Catalina che lei non riuscì a divincolarsi. Si fermò dopo qualche metro. Le luci al neon indicavano che il locale si chiamava La Petite Poupée.

Entrarono. C'erano diverse ragazze, tutte in abiti succinti. Alcuni uomini le palpeggiavano con nonchalance. Benoît allentò la pressione e Cécile ne approfittò per prendere Catalina per mano e condurla dietro un piccolo palco dove salutò una donna anziana. Dai lineamenti del viso, Catalina dedusse che Mamma Rose, così si chiamava, non fosse francese, doveva essere originaria del Nordafrica.

«È la ragazza nuova?»

«Sì, Mamma Rose, ti presento Catalina», affermò Cécile.

«Be', si deve cambiare immediatamente. Jean Pierre è arrabbiato. Siete molto in ritardo.»

Mamma Rose squadrò Catalina da capo a piedi, poi le diede delle calze a rete nere, un corpetto rosso e una gonna di tulle nera che le copriva a malapena le gambe.

«Non penso proprio di indossare questa roba. Sono qui per suonare il piano. E basta.»

La donna le si piazzò di fronte e le diede un forte pizzicotto al braccio. «Indosserai quello che dico io. Ovvio che suonerai il piano, ma anche molto altro. Hai capito o no dove ti trovi?»

«Non spaventarla, Mamma Rose», affermò Cécile, che aveva già tolto il vestito e stava indossando un abito così attillato che a stento riusciva a muoversi. La scollatura era molto profonda e lasciava quasi allo scoperto i seni.

«Me ne vado. Io qui non ci lavoro», disse Catalina.

«Tu non vai da nessuna parte.»

Le tre donne si voltarono. Sulla soglia del camerino c'era un uomo alto e grassoccio dall'aria truce, con i capelli neri e gli occhi ancora più neri.

«Jean Pierre, questa è Catalina.» Con una smorfia, Cécile fece le presentazioni.

«Ti do cinque secondi per vestirti e uscire. Suonerai il pianoforte accompagnando la nostra cantante. L'umore di Élise oggi è peggiore del mio. Avresti dovuto essere qui due ore fa. Questi sono affari e i nostri clienti hanno voglia di ascoltare la musica, ma soprattutto di sentire Élise cantare. Abbiamo aspettato già abbastanza. Ah, casomai non l'avessi notato: qui le ragazze sono estremamente gentili con i clienti.»

L'uomo di nome Jean Pierre sbatté la porta.

«È meglio che ti cambi al volo. Jean Pierre non ha molta pazienza», la ammonì Mamma Rose.

«Non intendo restare qui, c'è stato un errore», disse Catalina mentre prendeva la sua borsa.

«Per favore, non andartene! Non è così male come sembra. Devi solo suonare il piano...» la pregò Cécile.

«Mi sono sbagliata... pensavo che questo posto fosse un'altra cosa... ma non è colpa tua, Cécile, è colpa mia. Mi dispiace se ti ho creato un problema, ma non posso restare.»

Mamma Rose e Cécile si guardarono preoccupate. Temevano la reazione di Jean Pierre. L'amica cercò di trattenerla, ma Catalina si liberò dalla sua stretta e lasciò il camerino. Attraversò il salone e quando aveva quasi raggiunto la porta vide Jean Pierre che le bloccava il passaggio. «Dove stai andando?»

«A casa mia», rispose lei, sostenendo il suo sguardo.

«Ti sbagli. Suonerai il piano e smetterai solo quando lo dirò io. Poi vedremo se tornerai a casa oppure no.»

«Pensa forse di sequestrarmi? Al suo posto ci penserei due volte, in caso contrario domani dovrà vedersela con i miei avvocati», affermò con una sicurezza che non sentiva.

«La puttanella spagnola mi minaccia di chiamare i suoi avvocati!» la derise.

«Mi faccia il favore di spostarsi e non osi insultarmi un'altra volta.»

«Stasera suonerai il piano.» Così dicendo, Jean Pierre le torse il braccio.

Cécile si era avvicinata e guardava la scena spaventata. Si era pentita di aver voluto fare bella figura con Jean Pierre proponendogli una ragazza che, oltre a essere bella, sapeva anche suonare il pianoforte.

«Per favore...» sussurrò guardando Catalina.

«No. E di' al tuo amico che il nostro padrone di casa, l'avvocato Dufort, presenterà denuncia a mio nome se non mi permette di andare via immediatamente.»

«Monsieur Dufort è un avvocato, è vero, e si occupa degli affari di persone importanti...» dovette ammettere Cécile abbassando gli occhi.

«Grazie alla tua stupidità stasera resto senza pianista», rispose Jean Pierre, spingendo via Cécile mentre si allontanava.

Senza nemmeno salutare Cécile, Catalina aprì la porta e uscì nella notte. Cominciò a camminare senza sapere bene dove andare. Non conosceva la città e men che meno il quartiere di Pigalle. All'improvviso una mano l'afferrò, era quella di Benoît. «Ma pensa un po', alla signorina non è piaciuto La Petite Poupée.»

«Mi lasci» disse lei, cercando di superare la paura.

«Perché mai? Questo è il mio quartiere. Qui comando io. Le ragazze mi ubbidiscono. Quando Benoît dice che dovete fare una cosa, la fate. O pensi di valere più delle altre?»

«Le ho detto di lasciarmi! Non sono una delle sue ragazze e non lavorerò in quel locale. Ho già detto al suo capo, o a chi per lui, che se mi impedite di andarmene dovrete vedervela con il mio avvocato, monsieur Dufort.»

«Ah, perciò hai anche un avvocato!» Benoît rise di gusto, indeciso se lasciarla andare via oppure no.

«Signor Benoît, se me ne vado non sarà successo niente, voi potrete continuare con i vostri affari e io mi dimenticherò di avervi conosciuto. Se mi trattenete qui, invece, può stare certo che i miei avvocati ve la faranno pagare.»

«Da quando in qua le puttane hanno l'avvocato?» rispose Benoît, stavolta con tono duro.

«La smetta subito di insultarmi! Mi lasci!»

Benoît decise di lasciarla andare via e lei affrettò il passo, camminando senza meta, osservata dalle altre donne che si nascondevano dietro i portoni e da uomini che accorrevano a Pigalle in cerca di compagnia femminile. Alcuni le chiesero sfacciatamente quanto volesse per passare un po' di tempo insieme, altri le domandarono per chi lavorasse.

Alla fine, si ritrovò in una strada deserta che, tuttavia, sembrava più simile a quelle cui era abituata. Affrettò il passo. Camminava già da due ore senza sapere dove andare quando vide un uomo che stava chiudendo un bar. Si avvicinò con cautela e gli chiese dove si trovasse boulevard Saint-Germain.

L'uomo la guardò stupefatto. Non sembrava il tipo di ragazza che va in giro da sola a certe ore. «È lontano da qui. A che numero di boulevard Saint-Germain deve andare?»

«Non vado esattamente lì, ma in una via lì vicino, rue de Sèvres...»

«Deve camminare ancora un bel po'... Io posso dirle come arrivarci, ma se fossi in lei starei molto attenta, non è ora di andare in giro da sola per strada.»

Lei annuì imbarazzata e ascoltò con attenzione le indicazioni dell'uomo.

Arrivata in rue de Sèvres, corse sino al portone. Non si sentì in salvo finché non chiuse la porta di casa. Fernando e Adela dormivano tranquilli. Lei invece non riuscì a chiudere occhio per tutta la notte.

Al mattino, Fernando la trovò che preparava il caffè.

«Ti sei alzato prestissimo... Oggi è domenica», disse lei.

«Non certo perché ho dormito bene... Non sono riuscito a prendere sonno finché non sei rientrata.»

«Ma se dormivi!»

«Erano le due del mattino. No, non dormivo. Com'è andata con il lavoro?»

Catalina abbassò gli occhi, piena di vergogna. Lui si preoccupò. Non era da lei mostrarsi così abbattuta. Furente e testarda sì, ma non umiliata, perché fu così che gli apparve in quel momento.

«Non lavorerò in quel locale. Non era come mi aspettavo.»

«Ah.»

«Il locale... ecco, credo fosse uno di quei posti dove vanno gli uomini a... a...»

«A comprarsi un po' di tempo con una ragazza.»

«Sì, una cosa del genere. È un locale dove si balla, bevono... Mi hanno chiesto di indossare un vestito che mi lasciava mezza nuda. Il padrone, Jean Pierre, è algerino, o almeno così mi è sembrato... e Mamma Rose anche. Idem Benoît, che è la persona che si occupa delle ragazze.»

«Be', vedo che hai fatto ottime amicizie», rispose Fernando con serietà.

«Ho dovuto minacciarli che monsieur Dufort li avrebbe denunciati se non mi avessero lasciata andare via subito, è stato... Non puoi immaginare quanto è stato brutto. Poi mi sono persa, ho preso delle strade in salita, non avevo idea di dove mi trovassi... è stato davvero brutto, Fernando.»

«Non hai voluto ascoltarmi.»

«No, non ho voluto ascoltarti perché voglio essere padrona di me stessa, perché non voglio dipendere da te, perché devo essere capace di organizzare la mia vita. Tu non dipendi da me, Fernando; per quale ragione io dovrei dipendere da te?»

«Be', perché sei una ragazza e hai bisogno di qualcuno che ti protegga. Ecco perché, Catalina.»

«Ma che mondo è un mondo in cui le donne hanno bisogno che gli uomini le proteggano da altri uomini? Sarebbe meglio se foste voi a cambiare, invece che metterci dentro delle gabbie perché altri non possano farci del male.»

«Le cose vanno così.»

«Be', bisogna cambiarle», rispose lei testarda.

«Sì, subito», rispose lui arrabbiato.

«Se solo vi comportaste come si deve, non avremmo bisogno di nessuna protezione extra.»

Fernando avvertì tutta la rabbia di Catalina. Sapeva che la sua amica aveva ragione, ma questo non cambiava la realtà. Dal suo punto di vista, le donne dovevano avere gli stessi diritti degli uomini, senz'altro; glielo aveva inculcato suo padre, il quale tuttavia gli aveva spiegato anche che a volte gli ideali devono fare i conti con la realtà; ecco perché era necessario combattere per cambiare la realtà. «E Cécile?» domandò.

«Cécile si è fatta un'idea sbagliata di me. O forse sono stata io ad averle dato l'impressione sbagliata.»

«Hai ancora il coraggio di difenderla... Madame Dufort mi ha spiegato che Cécile vive qui perché i suoi genitori sono stati i portinai di questo palazzo. Quando sono morti, gli inquilini le hanno permesso di continuare a vivere nella mansarda. Ma sarebbero felici se andasse via. Durante l'occupazione venivano a trovarla i soldati tedeschi.»

«Madame Dufort è una pettegola!»

«Può darsi, ma se ha deciso di mettermi in guardia è perché suo marito è l'avvocato dei Rosent, adesso di Sara. Ci hanno affittato questo appartamento e si preoccupano di aiutarci a iniziare una nuova vita. E io le sono grato del fatto che ci abbia allertato riguardo a Cécile.»

«Lavora alla *Petite Poupée* solo perché non ha avuto altra scelta.»

«Ignoro le sue ragioni, ma non è stata leale con te. Non avrebbe dovuto istigarti a lavorare in un postaccio come quello.»

«Non mi ha istigato. Io ho accettato pensando che… ecco, pensando che non fosse un postaccio.»

«E non ti sei insospettita quando ti ha detto il nome del locale? Che razza di nome è La Petite Poupée?»

Adela entrò in cucina. Era scalza e Fernando la presa in braccio. Guardò Catalina e tanto bastò perché entrambi decidessero di prendersi una tregua. Era domenica, forse potevano ancora godersi la giornata.

La primavera non era ancora arrivata a Parigi. I giornali continuavano a dedicare grande spazio alla morte di Roosevelt, il presidente degli Stati Uniti. Harry Truman aveva assunto l'incarico presidenziale e alcuni analisti stavano cercando di capire se questo cambiamento alla Casa Bianca potesse influire sulle relazioni tra le potenze alleate in un momento in cui la guerra sembrava giunta alla fine: quel mattino i titoli erano occupati dalla notizia dell'arrivo delle truppe sovietiche vicino a Berlino.

Catalina stava riordinando quella che era stata la casa di Sara. In libreria, Fernando aspettava di vedere la porta aprirsi per accogliere qualche cliente. Tuttavia, non erano in molti, in quei giorni, a essere affamati di poesia, benché alcuni vecchi frequentatori fossero accorsi quando avevano visto che la libreria aveva riaperto i battenti. Fernando aveva fatto sistemare un'enorme insegna che recitava LIBRERIA ROSENT, dandole grande risalto affinché la vedessero tutti coloro che passavano per la via.

Un suono di campanello annunciò che qualcuno stava per entrare. Fernando si sorprese di vedere Alain Fortier, il professore amico di Marvin che si era assunto la responsabilità di proteggere la libreria durante gli anni dell'occupazione.

I due uomini si strinsero la mano e monsieur Fortier dichiarò immediatamente il motivo della visita: «Sarei dovuto venire prima ma, come sa, a volte è difficile trovare il momento di fare quello che si deve. Sono contento di vedere che la libreria è tornata a essere quella che era».

«Sì, o almeno ci stiamo provando», affermò Fernando.

«Bene… Come lei sa, monsieur Rosent non era solo un libraio, ma anche un editore di poesia. Aggiungerei che i libri che lui pubblicava erano di indiscutibile qualità poetica. Inoltre, aveva scoperto diversi giovani poeti, tra cui Marvin. Se monsieur Rosent non riteneva di avere davanti un poeta eccellente non lo scoraggiava; eventualmente lo raccomandava ad altre case editrici, ma lui non lo pubblicava.»

Fernando annuì. Non voleva interrompere Fortier, benché quanto stava dicendo gli fosse abbastanza noto.

«Quando Marvin mi chiese di farmi carico della libreria, accettai senza immaginare che problemi avrebbe comportato. Come può immaginare, quando i tedeschi hanno iniziato a perseguitare gli ebrei... confiscando negozi, case... io non sapevo che cosa fare... Insomma, ho fatto del mio meglio. Ho tolto l'insegna ROSENT dalla facciata e... ecco, mi sono portato via tutte le schede di monsieur Rosent.»

«Le schede?» Fernando non sapeva di che cosa stesse parlando.

«Sì, le schede con i nomi, gli indirizzi e i numeri di telefono dei poeti di monsieur Rosent, oltre che di amici e clienti. Se queste schede fossero cadute nelle mani dei tedeschi, alcune persone avrebbero avuto guai seri. Immagino le torneranno utili per mettersi in contatto con varie persone.»

Fortier aprì la sua cartella e tirò fuori un grosso involucro, che posò sopra il bancone. Fernando lo ringraziò, poi discussero per qualche minuto dei trascorsi della guerra. Secondo Fortier, gli Alleati nel concreto avevano vinto, benché Hitler ancora resistesse nella Cancelleria. «I russi però riusciranno a tirarlo fuori, vedrà. La Germania ha perso, persino un fanatico come lui non potrà che accettarlo.»

Fernando era d'accordo. Desiderava ansiosamente che la guerra finisse per andare a cercare Eulogio. Si era scritto diverse volte con Anatole Lombard, che tuttavia non era stato in grado di dargli notizie. Poteva solo aspettare che la fine del conflitto diventasse ufficiale.

Alain Fortier aspettava in silenzio e Fernando capì che voleva dirgli qualcos'altro. «Le ho già detto che sono professore di Letteratura. Marvin è stato un mio allievo alla Sorbona e... ecco, tra le mie allieve ce n'è una davvero brillante, Brigitte Durand. Credo che le sue poesie siano di gran qualità. Se monsieur Rosent fosse ancora vivo, non esiterei a chiedergli di leggere le poesie, ma non so se lei... Insomma, visto che mi ha detto di aver curato le poesie di Marvin...»

«Non ho nessun problema a leggere le poesie della sua allieva. Sara Rosent mi ha incaricato di riportare questo posto a quello che era, e perché accada devo continuare a pubblicare libri di poesia.»

«Grazie, monsieur Garzo. Mi sono permesso di portarle le poesie di Brigitte.»

I due uomini si congedarono con una forte stretta di mano; le riserve del loro primo incontro appartenevano ormai al passato.

Catalina e Cécile non si erano più viste. Si erano vicendevolmente evitate, ma sapevano che prima o poi si sarebbero incontrate, era inevitabile. E infatti accadde una mattina in cui Fernando era andato in libreria molto presto; Catalina era rimasta a casa perché Adela aveva febbre e mal di gola, e non aveva chiuso occhio per tutta la notte.

Poiché a mezzogiorno aveva ancora la febbre, Catalina decise di chiedere un consiglio a madame Dufort; voleva portarla dal medico. Non appena aprì la porta, si trovò davanti Cécile, il cui aspetto – capelli scompigliati, trucco sfatto, occhiaie profonde e abiti trasandati – lasciava intuire che aveva passato la notte fuori casa.

«Che sorpresa, non ti vedevo da un sacco di tempo», disse Cécile svogliata.

«Scusami, ho fretta», le rispose Catalina.

«Io e te dovremmo parlare. Mi hai cacciata in un bel guaio. Jean Pierre se l'è presa con me. Hai messo su uno di quei numerini... Sai? Non ti si addice il ruolo della santerellina. Hai una figlia senza essere sposata e vuoi farti passare per una signorina.»

Catalina ingoiò la saliva e, in quell'esatto istante, si pentì di essersi aperta con Cécile raccontandole la sua situazione. Come poteva essere stata così stupida? «Non ho nessuna intenzione di discutere con te. Quello che pensi di me non mi interessa, ma è evidente che ti sei sbagliata. E adesso, se non ti dispiace, devo andare.»

«Io invece voglio parlare con te», insistette Cécile.

Era evidente che aveva bevuto troppo e gli effetti dell'alcol non si erano ancora dissipati con la luce del giorno.

«Sarà per la prossima volta.»

Catalina scese con passo rapido le scale e raggiunse il primo piano. Per fortuna, trovò subito madame Dufort, che le raccomandò un medico il cui studio si trovava non lontano da lì. Si offrì anche di accompagnarla e Catalina accettò sollevata.

Quando salì per prendere Adela, Cécile era ancora sul pianerottolo. La stava aspettando. «Senti, io e te dobbiamo parlare», disse cercando di trattenerla.

Cécile non si sarebbe mai aspettata che Catalina la spingesse. Rimase sull'uscio, esterrefatta, poi entrò dentro casa e sbatté forte la porta, dicendo a gran voce: «Chi si crederà di essere questa spagnola di merda?»

Per fortuna, Adela non aveva niente di grave. Il medico le diagnosticò un'infezione alla gola, che le aveva provocato la febbre alta. Le prescrisse dei farmaci e le consigliò di non uscire con la bambina per almeno un paio di giorni.

L'indomani mattina si portarono via Cécile.

Fernando si era appena vestito, quando udì le urla della ragazza. Anche Catalina le sentì.

Erano voci maschili che le ordinavano di muoversi.

«Che cosa starà succedendo?» chiese Catalina, che comparve davanti a Fernando sfregandosi gli occhi, scalza e avvolta in una vestaglia.

«Non lo so... Mi sembra di capire che ci sia di mezzo Cécile», rispose Fernando.

Catalina non ci pensò due volte e aprì la porta.

«Torni dentro casa, signora!» le ordinò uno degli uomini che circondavano Cécile.

«Ma che cosa sta succedendo? Perché la portate via?» chiese Catalina in allarme.

«È una collaborazionista», affermò l'uomo.

«Aiutami!» gridò Cécile, cercando di liberarsi.

«Tornate dentro casa se non volete finire nei guai», insistette un altro uomo.

«Andiamo, Catalina, entra in casa», le disse Fernando.

«Ma non possiamo lasciare che la portino via!»

Invece, non fecero niente perché niente potevano fare. Uno degli uomini li mise bruscamente in guardia: era meglio che non si intromettessero se non volevano fare la stessa fine di quella «donnaccia».

Fernando afferrò Catalina per il braccio e la obbligò a entrare in casa. Lei protestò, ma lui le impedì di uscire di nuovo sul pianerottolo. Inoltre, le voci si erano ormai allontanate.

Per quanto Catalina fosse arrabbiata con Cécile, non poteva che preoccuparsi per lei. Si vestì e andò a casa dei Dufort.

Fu Doriane Dufort a spiegarle che cosa era successo. «Strano che non siano venuti a prenderla prima. Non è la prima volta che quelli delle FFI si portano via una collaborazionista.»

«FFI? Di che cosa si tratta?» volle sapere Catalina.

«Sono le Forze Francesi dell'Interno, uomini che hanno fatto parte della Resistenza», spiegò madame Dufort, che tuttavia non aveva idea di dove potessero aver portata Cécile né di quale sarebbe stato il suo destino. Del resto, nemmeno le interessava. Il suo disprezzo per quella ragazza era evidente.

Catalina cercò di convincere Fernando perché andassero a cercare Cécile, ma lui fu irremovibile. «Sino a pochi giorni fa stavi piangendo per il brutto tiro che ti ha giocato portandoti in quel locale di Pigalle, e adesso vorresti salvarla da non si sa che cosa. Ti ho già detto qual era l'opinione che avevano di lei i nostri padroni di casa. Andava a spasso con i soldati tedeschi e non si faceva nessun problema a portarli qui. La tua amica Cécile non era esattamente apprezzata in questa casa.»

«È vero, mi ha giocato un brutto scherzo, ma non per questo le auguro del male... È una poveraccia», si lamentò Catalina.

«È una puttana», intervenne madame Dufort.

L'affermazione fatta dalla moglie dell'avvocato li lasciò di stucco; non sapevano che cosa dire.

«A esser sinceri, però, il problema non è che sia una poco di buono, ognuno fa quello che vuole, il problema è il suo rapporto con i tedeschi. È una collaborazionista», insistette madame Dufort.

«Vuole forse farmi credere che tutti i parigini facessero parte della Resistenza?» chiese Catalina arrabbiata.

«Naturalmente no, mia cara, alcuni però hanno avuto il buon gusto della discrezione. Non hanno combattuto contro il nemico fortissimo che ci ha espropriati della nostra città, ma non hanno nemmeno fraternizzato con lui.»

«Questo è praticamente impossibile, madame, questa città ha collaborato eccome; ben pochi parigini hanno avuto il coraggio di affrontare i tedeschi, che infatti qui... si sentono a casa loro.» Così rispose Catalina.

«Lei è giovanissima e non sa che cosa è successo», la rimproverò madame Dufort.

Due giorni dopo, Cécile bussò alla porta di Fernando e Catalina. Fu lui ad aprirle e, quando la vide, non riuscì a proferire parola.

I bei capelli rossi di Cécile erano scomparsi, lasciando allo scoperto un cranio bianco pieno di segni. Cécile scoppiò a piangere e Fernando la fece entrare. Catalina la abbracciò. Poi entrambi la ascoltarono, impressionati. L'avevano punita per i suoi rapporti con i tedeschi. Pensava di essere scampata alla soffiata, e invece alla fine era stata segnalata.

Benché Catalina non potesse riprendere l'amicizia con la giovane francese, nemmeno se la sentì di lasciarla sola al suo destino. Cécile non aveva il coraggio di uscire nemmeno per comprare il pane, così fu Catalina a procurarle le poche cose di cui aveva bisogno per vivere. Di certo, però, non stava ad ascoltare le sue lagne angoscianti sul fatto che se non fosse tornata a lavorare non avrebbe avuto di che vivere o, colmo dei colmi, sui mesi che ci avrebbero messo i suoi capelli a ricrescere.

In quei giorni, tutto successe così velocemente che quasi faticarono a rendersene conto. Le notizie che si succedevano sulle prime pagine dei giornali erano una porta spalancata sulla speranza.

I sovietici erano ormai i padroni di Berlino. I partigiani avevano ucciso Benito Mussolini. Adolf Hitler si era suicidato nella Cancelleria del Reich. L'esercito tedesco si stava arrendendo negli stessi posti in cui sino a pochi giorni prima combatteva: Italia, Olanda, Danimarca...

Il 7 maggio, monsieur Dufort andò da Fernando e Catalina e, con voce commossa, li informò di quanto aveva appena sentito alla radio: la Germania si era arresa.

Catalina scoppiò a piangere, spaventando Adela, che non capiva la ragione delle sue lacrime. «Abbiamo vinto», riuscì a dire mentre cercava di asciugarsi le guance con il dorso della mano.

Monsieur Dufort li invitò a casa sua per festeggiare la fine della guerra insieme a un gruppo di amici. «Ho conservato alcune bottiglie di Bordeaux, un'annata eccellente, le ho ereditate da mio padre. Ma in questi anni non abbiamo avuto occasione di festeggiare niente. Domani ce le berremo», affermò emozionato l'avvocato.

I giorni cominciarono a correre veloci, o almeno così sembrò a Catalina e a Fernando, che aveva appena pubblicato il nuovo libro di poesie di Marvin ed era molto soddisfatto del risultato. Aveva chiesto ad Alain Fortier di promuovere il volume, visto che scriveva di novità letterarie su diversi giornali.

Nei primi giorni di luglio, Fernando ricevette la telefonata di Sara Rosent: era appena arrivata a Parigi insieme a suo marito e alloggiavano al Ritz, ma lei non vedeva l'ora di rivedere la libreria e, soprattutto, la sua casa. Si sarebbero incontrati nel primo pomeriggio in rue des Rosiers.

Catalina si preoccupò di comprare dei fiori per Sara. Era nervosa almeno quanto Fernando; entrambi aspettavano impazienti il giudizio di Sara su quanto avevano fatto.

Alle tre in punto il taxi si fermò davanti alla porta della libreria. Sara Rosent scese con impazienza, senza aspettare il marito. Entrò in quella che era stata la libreria di suo padre, e che ora apparteneva a lei, e dovette trattenere le lacrime. Era esattamente come l'aveva vista l'ultima volta. Forse solo l'odore di cera era più intenso.

Fernando si avvicinò a Sara; Catalina, alle sue spalle, cercava di nascondere il nervosismo mentre Adela era pacificamente seduta su una sedia dietro il banco. Catalina le aveva raccomandato di non muoversi e la bambina, obbediente, sembrava aver capito la solennità del momento.

Sara diede un abbraccio veloce a Fernando e Catalina, e si avvicinò subito ai libri ordinati sulle mensole senza un granello di polvere. Ne prese in mano alcuni, ne sfogliò le pagine, ne respirò l'odore, li accarezzò con affetto, come si fa con qualcuno che non vediamo da troppo tempo. Era così emozionata che non riusciva a parlare.

Benjamin Wilson rimase in silenzio, come Fernando e Catalina, consapevoli di dover lasciare che, là dentro, Sara ritrovasse se stessa. La videro allontanare una lacrima ribelle che le aveva rigato la guancia e finché Adela non ruppe il silenzio Sara ignorò tutti quanti.

«Mamma, adesso mi posso muovere?» chiese la bambina.

Fu allora che cominciarono a sgorgare le parole, le domande, perché Sara voleva conoscere tutti i dettagli; poi salirono al piano di sopra e lì non riuscì o non volle trattenersi e scoppiò liberamente a piangere. Chiuse gli occhi e per un istante lasciò che la sua immaginazione disegnasse la figura di suo padre, fantasticando che quando li avesse aperti lui fosse lì.

Sorrise davanti al vaso di fiori sul tavolo della sala da pranzo e passò la mano sulla superficie dei mobili, come se toccandoli potesse tornare indietro, agli anni che aveva trascorso lì con i suoi genitori.

Benjamin Wilson si avvicinò alla moglie e le afferrò una mano. Lei gli sorrise con gratitudine, poi li invitò a sedersi intorno al tavolo.

«Va tutto bene?» chiese Catalina preoccupata.

Fernando spiegò nel dettaglio quello che avevano fatto e le consegnò i documenti preparati da monsieur Dufort, oltre a un inventario di quanto avevano trovato nella libreria e in casa. Mostrò loro anche l'edizione francese del libro di poesie di Marvin e si permise di chiedere l'autorizzazione per pubblicare le poesie di Brigitte Durand, la poetessa che gli aveva raccomandato il professor Alain Fortier.

Passarono il resto del pomeriggio a parlare, aggiornandosi su quanto era successo a Parigi, ma anche ad Alessandria. Ylena sentiva la loro mancanza e il dottor Naseef aveva mandato un regalo per Adela. La novità principale era che il capitano Pereira aveva attraccato in porto con la *Esperanza del Mar*.

Quando Ylena gli aveva rimproverato la lunga assenza, il capitano le aveva spiegato che aveva rischiato di naufragare nell'Atlantico a causa della galerna, il vento freddo che proviene dal Nordovest della Spagna. Si era rifugiato in un porto africano e lì era rimasto incagliato diversi mesi, finché la vecchia *Esperanza del Mar* non era stata in grado di affrontare di nuovo il mistero dell'oceano. In ogni caso, l'avventura più grande era un'altra. Una volta che era riuscito a raggiungere il Brasile, la nave aveva subìto un'avaria che per poco non li aveva fatti finire in fondo al mare.

Catalina si emozionò quando seppe che Pereira aveva chiesto di lei e di sua figlia, rattristato di non averle trovate ad Alessandria.

Era già scesa la sera quando Benjamin Wilson propose loro di cenare tutti insieme al Ritz, dove erano attesi da monsieur e madame Dufort. Catalina si scusò spiegando che non era vestita nel modo appropriato e che doveva occuparsi di Adela, ma Sara insistette; voleva che cenassero tutti insieme e la bambina non rappresentava certo un problema. In effetti, Adela aveva trascorso il pomeriggio colorando un quaderno.

Formavano uno strano gruppo nell'elegante ristorante del Ritz. Sara indossava un abito di seta bordeaux; Benjamin Wilson un abito di un blu così scuro che sembrava nero. Doriane Dufort vestiva un tailleur nero sobrio e semplice, suo marito Philippe Dufort un abito scuro e una cravatta discreta. Catalina sapeva che lei e Fernando stonavano con indosso gli abiti da lavoro, lei con una gonna in tweed, una camicetta e una giacchina in maglia, Fernando con un maglione e dei pantaloni di panno. Nemmeno Adela era vestita bene. Ma nessuno sembrava curarsi di loro.

Benjamin Wilson e Philippe Dufort trascorsero buona parte della serata parlando della Conferenza dei presidenti che si stava tenendo a Potsdam e dell'assenza di Churcill, che aveva perso le elezioni.

«Non c'è uomo che possa considerarsi imprescindibile», affermò monsieur Dufort, ma Wilson ribatté sostenendo che «senza Churchill non avremmo vinto la guerra. È stato l'unico che non ha mai dubitato del fatto che Hitler andasse combattuto. I nostri amici americani hanno faticato a decidersi, anche se bisogna riconoscere che senza di loro la vittoria sarebbe stata più difficile». Dufort replicò sottolineando che, sebbene l'aiuto americano fosse stato importante, «non bisogna dimenticare i milioni di morti tra i russi».

Catalina li ascoltava in silenzio e Fernando intervenne ben poco. Sara sembrava distratta e la piccola Adela non si fece proprio sentire. Sua madre le aveva detto che non doveva disturbare.

Dufort era preoccupato dagli accordi che Truman, Stalin e il nuovo premier britannico, il laburista Clement Attlee, potevano prendere a Postdam.

Benjamin Wilson era certo che le decisioni di quei tre presidenti avrebbero segnato il futuro dell'Europa. Raccontò che Sara sarebbe rimasta a Parigi; quanto a lui, nei giorni successivi pensava di andare a Berlino.

Dopo cena, mentre si salutavano sulla porta dell'hotel, Sara aprì la borsa e tirò fuori due buste. «Questa è una sorpresa per voi», disse consegnandone una a Fernando e l'altra a Catalina.

Quest'ultima fu sul punto di gridare quando riconobbe la grafia stretta e rotondeggiante di sua madre che aveva scritto il suo nome sulla busta. Fernando non disse niente.

Entrambi non vedevano l'ora di restare da soli per leggere le lettere. Durante il tragitto dal Ritz a rue de Sèvres praticamente non parlarono. Né i Dufort fecero alcunché per animare la conversazione.

Cara figlia mia,

sono tanto emozionata quanto nervosa al pensiero che questa lettera arriverà nelle tue mani. Mentre scrivo non faccio che guardare la foto di tua figlia, di mia nipote, alla quale hai dato il nome di Adela, lo stesso di mia madre.

Non ho capito perché tu non scriva direttamente a casa, né per quale ragione non possiamo sapere dove sei e come mai le uniche notizie che abbiamo avuto ci siano giunte in modo così misterioso. Un uomo ha avvicinato Isabel, la madre di Fernando, per chiederle se volevamo mandarvi una lettera, affermando che lui si sarebbe preoccupato di ritirarla da lì a pochi giorni. Isabel me lo ha riferito immediatamente. Io non mi capacito che debba funzionare così, lei invece sembra accettare il fatto che non possa andare altrimenti.

Scusami, non voglio che le mie prime parole suonino come un rimprovero, non c'è niente di più lontano dalle mie intenzioni, ma se c'è una cosa che desidero ansiosamente è riaverti vicino, poterti abbracciare e occuparmi di te e di Adela.

Adesso devo darti una brutta notizia, non sai quanto mi pesi farlo. Figlia mia, sai bene che la salute di tuo padre era già compromessa. Da quando sei andata via è peggiorato giorno dopo giorno, come se avesse perso il piacere di vivere e la voglia di lottare. Ricorderai sicuramente Juan Segovia, il mostro medico e amico di famiglia, che ci è sempre stato di grande aiuto in questi anni durante i quali la malattia di tuo padre si è aggravata. Grazie a lui, tuo padre è stato seguito scrupolosamente tutte e quattro le volte in cui lo abbiamo dovuto ricoverare, l'ultima meno di un mese fa. Purtroppo, tuo padre ha avuto un'embolia e ha perso la facoltà di parlare e di muovere metà del suo corpo. Dopo tutto quello che ha patito a causa del fegato malato, adesso gli è toccato questo.

Catalina, figlia mia, ti chiedo se puoi di tornare in Spagna. Tuo padre ti ama, ha sofferto e soffre almeno quanto me per la tua assenza, benché nei tuoi confronti si sia mostrato più severo di me. Ha sempre voluto il meglio per te e per la famiglia e riteneva di proteggerti in questa nuova Spagna concordando un buon matrimonio con una persona che avesse buoni rapporti con il regime. Si è sbagliato, sì, e non se lo è mai perdonato. Voglio che tu sappia che ha persino affrontato don Antonio quando quest'ultimo ha parlato male di te.

Se ti scrivo queste parole, è perché voglio dirti che non devi giudicare tuo padre, anche se ha sbagliato ha sempre agito con l'idea che quanto faceva fosse il meglio per te.

Prima di avere l'embolia è rimasto per diversi giorni tra la vita e la morte, agonizzante, e mi ha fatto male al cuore sentirlo chiamare il tuo nome in preda all'angoscia. Ma Dio ha voluto che vivesse, anche se gli effetti dell'embolia lo hanno prostrato ed è difficile capire quello che dice.

Tuo padre, proprio come me, è stato educato a una vita tranquilla e invece, come vedi, abbiamo dovuto sopravvivere a una guerra e scoprire che la nostra famiglia subiva l'odio di persone che nemmeno conoscevamo.

Figlia mia, mi permetto di chiederti di tornare, di tornare da noi a casa tua. So che per tuo padre sarà un sollievo averti vicino e che conoscere sua nipote sarà una gioia anche per lui, oltre che per me.

Quanto ai pettegolezzi... che cosa possiamo farci? Sicuramente ci criticheranno, ma non possiamo smettere di vivere a causa dei commenti altrui. Terremo alta la testa con orgoglio e non permetteremo a nessuno di disprezzare Adela solo perché suo padre non l'ha riconosciuta. Perché è così che stanno le cose, giusto? Se quell'americano si fosse comportato da persona per bene, si sarebbe sposato con te e tu saresti tornata; ne deduco perciò che la tua assenza continui a essere una conseguenza del comportamento disonorevole di Marvin Brian.

Tua zia Petra ti ha perdonata e ci tiene a fartelo sapere. Quando sei scappata le hai dato un dispiacere enorme, visto che eri affidata a lei, e ha continuato a rimproverarsi di non essere stata capace di impedirtelo. La poverina ha pianto per mesi e continuava a chiederci scusa tutte le volte che veniva a casa, e anche a incassare i rimproveri di tuo padre. Ne ha sofferto così tanto che si è ammalata, per un periodo non riusciva a mangiare, è dimagrita moltissimo. Adesso sta meglio e ha la stessa voglia che ho io di conoscere Adela. Dice che, se un giorno tornerai con lei a Madrid, si preoccuperà di trovarle un posto nel collegio delle Teresiane, dove continua a dare lezioni di piano. Sai che è una buona scuola e che si trova vicino a casa, nella Corredera.

Per tranquillizzarti, sappi che Antoñito è felicemente sposato. Mari Paz Nogués, la figlia di don Fidel, l'avvocato, a quanto pare è riuscita a fargli mettere la testa a posto.

Mari Paz è sempre stata una brava ragazza, dolce e religiosa. Hanno già due figli e lei sta aspettando il terzo. Non puoi immaginare quanto don Antonio e sua moglie si vantino dei loro nipoti; Antoñito si comporta come se i suoi fossero gli unici bambini al mondo. Non ti dirò che è diventato una persona raffinata, sarebbe impossibile, ma se non altro sembra più tranquillo.

Prudencio, il fratello di don Antonio, è diventato capitano e occupa un posto importante nell'Intendenza. Quanto a Paquita e Mariví, le sorelle di Antoñito, sono sempre nubili e non c'è da stupirsene.

L'unico mio svago è andare a messa. Continuo ad andare alla chiesa di San Ginés, quella che tanto ti piaceva, e a quella dell'Encarnación, dove di solito incontro Isabel, anche se entrambe siamo tenute ad andare anche alla parrocchia di Santiago.

Don Bernardo continua a chiedere di te. Mi ha rimproverato perché non gli dico dove ti trovi e per quale ragione te ne sei andata; è arrivato persino a minacciarmi nel confessionale, dicendo che non mi avrebbe dato l'assoluzione se non gli avessi detto la verità. Ma io non mi sono piegata e, anzi, gli ho risposto che se non voleva confessarmi e concedermi il perdono di Dio per i miei peccati, sarei andata in un'altra chiesa e avrei cercato un altro confessore. Non sono così credulona da pensare che Dio si offenda se non dico a don Bernardo dove vivi, cosa che peraltro non so neanch'io.

Spesso qui nel quartiere incontro Piedad, la madre di Eulogio; ci salutiamo sempre con affetto, qualche volta è venuta anche a fare merenda a casa insieme a Isabel. Ammiro la sua integrità per non aver abbassato la testa davanti a tutti quelli che l'hanno criticata per l'amicizia con don Antonio. È ancora una donna molto bella, ma la sofferenza l'ha segnata. Non sapere niente di suo figlio è il tormento più grande, anche se nella lettera che Fernando ha scritto a sua madre le ha assicurato che Eulogio sta bene.

Mi chiedo chi siamo noi per giudicare gli altri. Tutti commettiamo i nostri peccati e abbiamo le nostre debolezze.

Don Bernardo mi rinfaccia spesso la mia simpatia nei confronti di Piedad, ma ti dirò, figlia mia, e che Dio mi perdoni, che ultimamente mi fa piacere dar fastidio a don Bernardo, tant'è che mi permetto piccole trasgressioni perché sono certa che a Dio non importano, ad esempio essere gentile con Piedad o invitarla a prendere il caffè a casa nostra. Non credo che Dio mi punirà per questo e ti dirò di più, credo che nostro Signore, che si è sacrificato per noi sulla croce ed è tutto bontà e misericordia, non mi manderà all'inferno e nemmeno in purgatorio solo perché Piedad mi sta simpatica. Se andrò all'inferno, che Dio non voglia, accadrà perché avrò commesso ben altri peccati.

Quanto a Isabel, continua a essere la donna perbene di sempre. Possiede il dono naturale dell'autorevolezza e questo fa sì che tutti la rispettino. È una brava donna, sta soffrendo per l'assenza di Fernando, come io sto soffrendo per te e Piedad per Eulogio.

L'uomo cui abbiamo affidato le nostre lettere ha assicurato a Isabel che molto presto le avrete in mano. Spero davvero che sia così, ma più di ogni altra cosa spero che tu torni da noi.

La tua mamma che ti adora

Adela si era addormentata sul letto vestita, ma Catalina non se n'era nemmeno accorta, tanta era l'impazienza di leggere la lettera di sua madre. Si avvicinò alla figlia e la abbracciò, in lacrime. Era così forte la sua nostalgia che aveva un unico desiderio: fare i bagagli e tornare subito a Madrid. Ma sapeva che non poteva lasciarsi trasportare dai sentimenti. Nonostante la bontà di sua madre e il perdono di suo padre, la vita non sarebbe stata facile per loro se fosse tornata senza marito ma con una figlia. Conosceva troppo bene i suoi vicini e le vecchie amiche del collegio; alcune non avrebbero esitato a criticarla crudelmente per la sua condizione.

No, non poteva tornare, avrebbe fatto troppo male non solo ai suoi genitori, ma anche ad Adela. L'avrebbe condannata a essere marchiata come figlia di una ragazza madre.

Continuò a piangere a lungo, abbracciata alla figlia. Adela dormiva, ignara delle sue lacrime. Era il sonno dell'innocenza.

Catalina sentì i passi nervosi di Fernando. Anche lui si era rifugiato nella solitudine della propria stanza per leggere la lettera della madre. Sicuramente Isabel gli aveva scritto di tornare, come sua madre aveva fatto con lei. Ma nessuno dei due poteva farlo. Lei doveva proteggere Adela e, in aggiunta, era stata complice di Fernando procurandogli l'arma con la quale aveva ucciso quei due uomini. A volte si chiedeva se Fernando se ne fosse pentito. Lei non si era mai pentita di avergli dato la pistola che sua zia Petra custodiva gelosamente in ricordo perché era appartenuta al marito durante la guerra. Sì, era complice della morte di quegli uomini e un giorno avrebbe dovuto confessarsi; sino a quel momento non lo aveva fatto, benché ad Alessandria fosse stata tentata di dirlo a padre Lucas. Se aveva scelto di non farlo, era perché quel segreto non apparteneva solo a lei, e lei non avrebbe mai tradito Fernando, anche se questo avrebbe significato la dannazione eterna. Al solo pensiero sussultò e decise che lo avrebbe confessato sul letto di morte quando, ormai anziana, nessuno avrebbe più potuto fare niente contro di loro.

Mio caro Fernando,

sono così contenta di sapere che presto avrai questa lettera tra le mani.

Qualche giorno fa il solito uomo mi si è avvicinato mentre uscivo dalla farmacia di don Luis Ramírez, adesso lavoro lì. Mi ha detto che, se volevo, potevo scriverti e che lui che ti avrebbe fatto arrivare la lettera. Ha aggiunto che se la madre di Catalina voleva scrivere una lettera a sua figlia, l'avrebbe fatta arrivare anche a lei. La prima volta che l'ho visto mi sono spaventata, ma adesso prego che compaia perché significa che avrò tue notizie, e quando lo vedo mi viene spontaneo sorridere.

Figlio mio, continuo a pregare per te, a chiedere a Dio che ti protegga e ti guidi. So che sei un bravo ragazzo e che terrai sempre a mente i princìpi che ti ha inculcato tuo padre.

Continuo a sognare il giorno in cui, invece di quell'uomo, sarai tu ad avvicinarti a me per farti abbracciare. Nell'attesa di quel giorno, mi accontento di sapere che stai bene, così mi ha assicurato il nostro strano messaggero quando ho cercato di carpire qualche informazione. È un uomo parco di parole, ma dice di sapere che sei in ottima salute e che le cose ti vanno bene, pur rifiutandosi di dirmi dove ti trovi.

Figlio mio, continuo a non capire per quale ragione tu non possa dirmi dove vivi, ma rispetto la tua decisione perché sono certa che debba avere un motivo importantissimo per mantenere il segreto.

Quell'uomo si è limitato a dirmi solo che Catalina è con te, e questo mi tranquillizza per entrambi. So che vi state occupando l'uno dell'altra.

Mi chiedo se tu e Catalina abbiate deciso di unire le vostre vite, di sposarvi e avere figli o se, al contrario, continuiate a essere solo amici, come da bambini. Mi chiedo anche che cosa ne sia stato di Eulogio e per quale ragione non scriva a sua madre. Piedad soffre in silenzio. Eulogio è sempre con voi? Dimmelo, vorrei tranquillizzarla. Mi chiede anche dell'americano, di Marvin Brian; è convinta che, se può, vi darà una mano. Quanto alla Spagna... immagino tu sia al corrente di quello che succede qui perché, per quanto lontano tu viva, sicuramente leggerai le notizie su qualche giornale.

Si respira paura, Fernando, paura perché le fucilazioni non sono mai state sospese e le sentenze di morte continuano a essere firmate. Ci sono molti uomini e donne nelle carceri, le loro famiglie non sanno a che sorte sono destinati. Molti dei nostri amici sono stati fucilati, altri sono in attesa di sentenza. Nel nostro quartiere molti uomini non sono mai tornati.

Nessuno osa dire a voce alta quello che pensa, eccetto naturalmente i sostenitori del nuovo regime. Loro possono esprimersi tranquillamente e in libertà, una libertà che manca a noi altri e alla quale rinunciamo non solo perché abbiamo perso la guerra, ma anche per non continuare a perdere. Noi vinti siamo diventati dei sopravvissuti, niente di più. Perciò, figlio mio, benché io soffra profondamente perché non ti ho vicino, allo stesso tempo desidero che tu stia in un posto dove sei libero, dove non devi morderti la lingua per non dire quello che pensi, dove puoi camminare tranquillo senza temere di essere arrestato perché qualcuno ti ha denunciato come oppositore del regime.

Spero che un giorno tu mi chieda di venire a trovarti. Puoi stare certo che verrei all'istante, non mi importa quanto lontano tu possa essere.

Mi devo accontentare di immaginare come vivi la tua vita mentre la mia trascorre senza altre novità se non che sto lavorando nella farmacia di don Luis. Sono molto grata sia a lui sia alla moglie, donna Hortensia, per aver avuto fiducia in me. So che storcerai il naso e che, se fossi qui, mi diresti che non posso provare gratitudine nei loro confronti, perché loro sono i vincitori, e in effetti me lo rimprovero da me. Sono convinti che la cosa migliore per la Spagna sia che abbiano vinto loro, i nazionalisti; secondo noi, invece, è stata una tragedia perché ha messo fine alla speranza di continuare a costruire un Paese libero e democratico. Il nuovo regime ha seminato solo morte, persecuzione e disperazione. In ogni caso, i Ramírez hanno la delicatezza di non fare mai commenti che possano offendermi. Al contrario di altri, non si vantano di far parte dei vincitori. Donna Hortensia è solita dire che dobbiamo pensare al futuro invece di continuare a girare intorno al passato. A lei hanno ucciso un fratello, e i morti, Fernando, fanno male a tutti nello stesso modo.

Nel quartiere tutto prosegue più o meno allo stesso modo, salvo che don Ernesto è molto malato, ha avuto un'embolia che ha paralizzato metà del suo corpo. Asunción lo segue notte e giorno e cerca di tranquillizzarlo. Come sai, avevano accumulato molti debiti. Il fratello di don Ernesto continua a occuparsi delle terre, ma non ne ottiene molto, perciò vivono modestamente, ma Asunción non si lamenta. È una brava donna e cerca di fare del bene anche con il poco che hanno. Come vedi, Fernando, Asunción è un altro esempio del fatto che le brave persone lo sono anche se non hanno le stesse idee che abbiamo noi. Con questo non voglio dire che, dal mio punto di vista, tutte le idee siano buone, no, non è affatto così. Ci sono idee mostruose che portano solo morte e desolazione, idee irrispettose del prossimo, ma non è il caso di Asunción ed Ernesto, che sono di destra e monarchici ma non per questo sono cattive persone.

Su don Antonio c'è poco da dire, a parte il fatto che si vanta del suo consuocero come un pavone. A proposito, Antoñito si è sposato con Mari Paz, la figlia di don Fidel Nogués. Non puoi capire la soddisfazione di don Antonio e sua moglie. Anche Antoñito sembra contento. Quanto a Mari Paz, è sempre stata una ragazza a modo e sembra aver accettato senza fiatare il marito e i suoi parenti. Hanno già due figli e aspettano il terzo.

Una cosa ti chiedo, Fernando: convinci Eulogio a scrivere alla madre. Piedad non merita tutta questa sofferenza. I figli non dovrebbero giudicare i genitori e men che meno Eulogio, perché sua madre ha fatto un sacrificio enorme con l'unico intento di proteggerlo. Parla con lui e cerca di farglielo capire. La domenica di solito andiamo a fare una passeggiata insieme. Viene a prendermi quando esco dalla messa di mezzogiorno e, se il tempo è buono, passeggiamo lungo la Gran Vía e ci prendiamo un caffè al Viena Capellanes. A volte la domenica pomeriggio Asunción ci invita a casa sua. Ernesto se ne sta tranquillo nella sua poltrona, con lo sguardo perso, ma credo gradisca che facciamo compagnia a sua moglie.

Fernando, caro figlio mio, quando potrò rivederti? Sappi che è il mio unico desiderio ed è questo che mi dà la forza di vivere.

Con l'amore di sempre,

tua madre

Benjamin Wilson non tardò a partire per Berlino. Sembrava impaziente di trovarsi vicino a Potsdam, il luogo in cui, insisteva, Stalin, Truman e Attlee stavano decidendo il futuro del mondo. Sara non volle accompagnarlo. Era tutta dedita a fare della casa in cui aveva trascorso l'infanzia e la giovinezza la dimora dell'età matura, anche se aveva spiegato a Fernando che suo marito non avrebbe mai accettato di trasferirsi definitivamente a Parigi; in ogni caso, non si sarebbe opposto all'idea di avere una casa nella quale trascorrere lunghi periodi. Lei aveva bisogno di Parigi come suo marito aveva bisogno di Alessandria e Londra. «Anche se è mezzo inglese, gli scorre nelle vene il veleno del fascino per l'Oriente», spiegava Sara.

Era evidente che i Wilson disponessero di una fortuna considerevole; altrimenti non avrebbero potuto comprare l'appartamento accanto a quello del primo piano già in loro possesso, nel vecchio edificio di rue des Rosiers, dove si trovava la libreria. Benjamin era disposto a compiacere sua moglie in tutto e per tutto, sempre che non lo obbligasse a vivere in un posto nel quale non disponeva di spazio sufficiente. Le finestre e le terrazze della loro casa ad Alessandria avevano il mare come orizzonte e lui non voleva sentirsi compresso tra le vetuste pareti della casa che Sara aveva ereditato dai genitori.

Perciò, lei si dedicò con entusiasmo ai lavori che avrebbero fatto di quel primo piano non solo la loro dimora a Parigi, ma anche uno spazio indipendente, affinché suo marito avesse un ufficio dal quale dirigere i suoi affari.

Fernando aveva chiesto a Wilson di fare il possibile, durante il viaggio in Germania, per scoprire dove si trovasse Eulogio. Continuava a non sapere niente di lui.

I mesi passavano veloci. Catalina e Fernando avevano ormai stabilito una loro routine, ma adesso dovevano tenere in considerazione anche l'opinione di Sara, che non si stava occupando solo della ristrutturazione della casa, ma anche del catalogo di opere preparato da Fernando. La libreria Rosent stava tornando a essere un punto di riferimento nella proposta dei migliori libri di poesie; nel contempo, aveva ricominciato a pubblicare nuovi talenti e, in effetti, aspettavano con impazienza le opinioni sul libro di Brigitte Durand, la poetessa raccomandata dal professor Fortier. Sara era entusiasta tanto delle poesie quanto dell'autrice, una ragazza poco aggraziata nell'aspetto, ma con una sensibilità e un talento straordinari.

Sara apprezzò il fatto che Fernando avesse accolto i consigli di Alain Fortier. Non solo perché era uno stimato professore di Letteratura, ma anche perché senza il suo sostegno Fernando si sarebbe perso nella Parigi letteraria, anche se si era preoccupato di chiamare tutti i poeti che in passato erano stati pubblicati da monsieur Rosent. In realtà, alcuni erano stati deportati nei campi di sterminio e da lì non sarebbero più tornati, altri con la guerra avevano visto esaurirsi la loro vena poetica, e la loro unica preoccupazione sembrava quella di ritrovare se stessi e sopravvivere. Anche nel mezzo di quella confusione, monsieur Fortier era stato in grado di raccomandare alcuni dei suoi allievi, quelli di cui era indubitabile il talento come poeti.

Adela cominciò ad andare a scuola lo stesso giorno in cui il Giappone firmò la resa. La guerra si era prolungata un po' di più in Oriente, poi gli americani avevano deciso di chiuderla definitivamente lanciando la bomba atomica, prima su Hiroshima e in seguito su Nagasaki. L'Europa però era un'enorme distesa costellata di cadaveri e i suoi abitanti non si commossero più di tanto per gli effetti terribili di quelle bombe devastanti.

Catalina e Fernando avevano deciso di continuare a vivere nell'appartamento mansardato dei Dufort e avevano insistito con Sara perché lasciasse che fossero loro a pagare l'affitto.

Sara non si era opposta al fatto che Catalina lavorasse nella libreria seguendo i clienti; in questo modo Fernando poteva dedicarsi con maggiore impegno alla casa editrice, con l'aiuto di Alain Fortier. Catalina e Fernando non avevano mai pensato di chiedere uno stipendio, Benjamin Wilson invece decise di fissare un salario e lo fece con generosità. A maggior ragione, Catalina e Fernando decisero che ormai erano perfettamente in grado di mantenersi con il loro lavoro.

Per la piccola Adela avevano trovato posto in una scuola vicino a rue des Rosiers. La raggiungevano in metro la mattina, tutti e tre insieme.

Catalina era preoccupata, si chiedeva se sua figlia si sarebbe adattata alla vita scolastica, visto che parlottava il francese, ma Adela fu in grado di farsi capire. Aveva sviluppato un proprio linguaggio, nel quale mischiava lo spagnolo, l'arabo, l'inglese e un po' di greco, e adesso anche il francese.

La vita avrebbe potuto essere quasi piacevole se non fosse stato per il vuoto lasciato dall'esilio, che li obbligava a reprimere il desiderio di abbracciare i loro cari.

A dicembre, Benjamin Wilson tornò a Parigi insieme a Marvin e Farida. Quanto a Eulogio, con grande disperazione di Fernando, Wilson assicurava che i suoi uomini lo stavano cercando in tutta Europa, ma sembrava essere svanito. Fernando insisteva col dire che dovevano continuare a cercarlo e Wilson, forse per non scoraggiarlo, si prese l'impegno.

Quanto a Marvin, avrebbe trascorso a Parigi solo pochi giorni. Sara e Benjamin chiesero a Fernando di organizzare un recital poetico al quale avrebbero invitato personaggi di spicco. La sua ultima raccolta, *Quaderno tedesco*, era stata lodata dai critici più esigenti dei giornali americani ed europei, come era già accaduto con il *Quaderno della Guerra civile spagnola* e il *Quaderno di Alessandria*. Marvin ormai faceva parte dell'Olimpo degli eletti.

Sara decise che fosse Alain Fortier a occuparsi degli inviti; nessuno meglio di lui poteva sapere a chi destinarli.

Fernando non nascose di essere preoccupato per la reazione di Catalina quando avesse saputo che Marvin era a Parigi.

Wilson si schiarì la voce e lo guardò dritto negli occhi. «Decida lei come comunicarlo a Catalina. Noi non vogliamo immischiarci nella vita privata di nessuno, ma Marvin ha posto una condizione per venire a Parigi, ovvero che lo liberiamo dalla presenza della sua amica. Ha paura che lei voglia incontrarlo. Ho enorme stima di Farida, siamo amici sin da ragazzi e lei è preoccupata dal fatto che Marvin debba subire una qualunque scenata da parte di Catalina», spiegò a Fernando.

«Io non posso evitare che Catalina decida di voler incontrare Marvin. È nei diritti di Marvin rifiutarsi di vederla, come lo è il provarci da parte di Catalina.»

Benjamin Wilson non era tipo da accettare di essere contraddetto, perciò strinse le labbra e sviò lo sguardo per qualche secondo, per poi affermare: «Mi dispiace, Fernando, ma la mia priorità è Marvin Brian. Non solo perché siamo i suoi editori e ci atteniamo alla sua volontà, ma anche perché è stata Sara a sostenerlo nei primi passi come poeta, convincendo il padre a dedicargli la sua attenzione. Inoltre, Sara non può dimenticare il coraggio che Marvin e Farida hanno avuto quando hanno raggiunto la Francia in piena guerra per cercare di salvare suo padre, anche se, purtroppo, come lei ben sa, mio suocero è morto quando stavano per attraversare la frontiera».

«Anche Eulogio ha aiutato monsieur Rosent», rispose Fernando.

«Si è vero.» Il tono di voce di Benjamin Wilson si era indurito.

I due uomini si guardarono, consapevoli della difficoltà della situazione. Ma nessuno dei due poteva fare un passo indietro. Entrambi avevano degli impegni irrinunciabili e opposti, ma Fernando era consapevole del fatto che se avesse rotto con i Wilson, Parigi avrebbe smesso di essere il rifugio sicuro che era diventato per lui e per Catalina. Non era facile sopravvivere da rifugiati.

Passò distrattamente il resto della giornata e si stupì che Sara non avesse fatto alcun commento su Marvin; in realtà, non avevano avuto occasione di stare da soli perché avevano rivisto i libri che aspettavano di essere pubblicati insieme ad Alain Fortier. Poi, all'ora di pranzo, lei li aveva salutati dando loro appuntamento per l'indomani. Fernando era certo che fosse andata a incontrare Marvin e Farida.

Aspettò sino a sera per parlarne con Catalina. Adela dormiva e si sedettero a commentare i contrattempi della giornata, come facevano tutti i giorni dopo cena. «Marvin è a Parigi», le disse senza mezzi termini.

Catalina sussultò. Si sentì profondamente a disagio. Se una cosa le era chiara, era che Marvin doveva conoscere Adela e non solo, doveva anche sposarsi con lei per dare ad entrambe una vita rispettabile. Ma non si faceva illusioni, da tempo i suoi sogni d'amore si erano affievoliti. A volte si chiedeva se fosse stata davvero innamorata.

Tra i due cadde il silenzio. Fernando aspettava che fosse Catalina a parlare, lei però aveva bisogno di rimettere ordine nelle sue emozioni.

«Andrò a cercarlo domani stesso. Immagino sia nella sua casa di rue de la Boucherie.»

«Non lo so, Wilson mi ha detto solo che lui e Farida sono a Parigi. Vuole che io organizzi un recital poetico. Fortier sceglierà il luogo e gli invitati.»

«Cos'altro ti ha chiesto Wilson?» Catalina lo guardava dritto negli occhi. Conosceva troppo bene Fernando e sapeva che le stava nascondendo qualcosa.

«I Wilson non vogliono che tu ti avvicini a Marvin. È la condizione che lui ha posto per venire a Parigi, che ti impediscano di dargli noia. Farida crede che potrebbe risentirne.»

Il volto di Catalina si contrasse di rabbia. «Come osano! Nessuno può impedirmi di cercare di parlare con Marvin! Nessuno! Ho lasciato la Spagna pur di incontrarlo. Mi è successo... tu lo sai tutto quello che mi è successo, e adesso pretendono che me ne stia con le mani in mano. Non ci penso nemmeno!»

«Non gridare o sveglierai Adela.»

«Parlerò con Marvin, deve ascoltarmi. Vediamo se ha il coraggio di guardarmi in faccia e dirmi che non gliene importa niente di sua figlia. Se lo fa, vuol dire che è... è... è un miserabile.»

«Calmati. Dobbiamo pensare bene al da farsi.»

«Dobbiamo? A chi ti riferisci?» rispose lei diffidente, pur conoscendo la risposta.

«Dobbiamo pensare alla cosa migliore per te e per Adela.»

«E anche per te?» Lo disse con rancore, come se Fernando fosse un estraneo.

«Abbiamo fatto un lungo viaggio insieme, Catalina; abbiamo unito i nostri destini e insieme siamo arrivati sino qui. Tutto ciò che ti riguarda mi tocca e ha delle ripercussioni sulla mia vita.»

«Se pensi di chiedermi di rinunciare a Marvin...»

«No, non te lo chiederò. Ho detto a Benjamin Wilson che è una decisione che spetta a te. Naturalmente, quello che deciderai avrà delle conseguenze.»

«Ci cacceranno via?» chiese arrabbiata, ma anche con un certo timore.

«Benjamin ha messo in chiaro che i Wilson-Rosent sono gli editori di Marvin e hanno dei doveri nei suoi confronti, ma anche che sono legati da un'amicizia molto forte tanto nei suoi confronti quanto in quelli di Farida. Immagino preferiscano evitare il conflitto. Sinceramente, non so che cosa potrebbero decidere se Marvin… ecco, se Marvin si sentisse sotto pressione a causa tua.»

«Andrò a cercarlo, Fernando. Lo farò. Ho il dovere di farlo per mia figlia, ma anche per i miei genitori.»

«Potrei provare a parlarci io...»

«L'hai già fatto ad Alessandria e sappiamo com'è andata.»

«È passato molto tempo, magari adesso mi ascolterà.»

«Ma che razza di uomo è Marvin se ha paura di parlare con me!»

«In realtà non lo conosco abbastanza, non mi è mai stato particolarmente simpatico, lo sai.»

«Hai curato i suoi libri.»

«Sì, è vero, infatti riconosco che è uno dei poeti migliori che io abbia mai letto. Io apprezzo e stimo il poeta, ma non capisco l'uomo. Si può essere dei geni e dei miserabili allo stesso tempo.»

«Andrò a cercarlo, Fernando.»

«Prima lascia provare me, per favore.»

«No! Ci sono cose che bisogna fare da soli. So che ti sei sempre fatto in quattro per proteggermi, ma in questo frangente non voglio la tua protezione. Cerca di capirmi.»

La chiusero lì. Fernando sapeva che non aveva altra scelta; doveva lasciarla fare.

Pioveva e il vento quasi le impediva di avanzare. Si era alzata molto presto. Aveva lasciato un appunto a Fernando dicendogli che sarebbe arrivata tardi in libreria.

Adela camminava dandole la mano. Avevano preso la metro sino a Notre-

Dame, a Catalina sarebbe piaciuto entrare per recitare un *Padre nostro*, ma la cattedrale era chiusa. La pioggia le aveva inzuppato il soprabito. Sollevò il collo del cappotto di Adela e le strinse la mano.

Il portinaio stava spazzando fuori del portone e, sospettoso, le si piazzò davanti, bloccandole il passaggio quando tentarono di entrare. «Buongiorno, signorina.»

«Buongiorno, signore.»

«Che cosa desidera?» chiese l'uomo, squadrandola dalla testa ai piedi per poi sviare lo sguardo sulla piccola, che era rimasta in silenzio.

«Vado a casa del signor Brian», rispose lei con falsa sicurezza.

«Il signor Brian… Be', dovrà aspettare che io chieda ai signori se vogliono riceverla. Mi hanno ordinato di impedire a chiunque di disturbarli», rispose, fiero della responsabilità che gli era stata data.

«Sono un'amica del signor Brian. Gli dica che qui c'è Catalina Vilamar.»

Il portinaio esitò un secondo. Temeva che quella ragazza non accettasse di aspettare sotto e cercasse di seguirlo sino all'appartamento dell'americano. Andò a prendere l'ascensore, poi pensò che in quel modo la ragazza avrebbe capito dov'era l'appartamento e decise di salire a piedi i due piani, anche se la sua artrosi ne avrebbe risentito.

Suonò il campanello più volte. Sembrava non ci fosse nessuno, ma lui sapeva che non era così perché non aveva visto uscire né Brian né la signora elegante con la quale era arrivato e che si comportava come fosse sua moglie.

La porta si socchiuse. La signora era avvolta in una vestaglia di seta. Il portinaio si scusò e annunciò la presenza di una signorina con una bambina, che aspettavano fuori del portone. Farida non mostrò alcuna sorpresa quando le labbra del portinaio pronunciarono il nome di Catalina Vilamar.

«Dica alla signorina che il signor Brian non la riceverà. E che, per favore, non insista con le visite. Non la riceverà né oggi né in altre occasioni.»

Il portinaio fu sorpreso da quella risposta categorica e non riuscì a replicare perché Farida aveva dolcemente chiuso la porta.

Catalina aspettava impaziente, passeggiando fuori del portone. «Posso salire?» chiese ansiosa.

«Mi dispiace, signorina, ma la signora ha detto che il signor Brian non può riceverla.»

«Le ha detto quando…?»

L'uomo era a disagio ed esitò prima di sussurrare: «La signora ha detto che il signor Brian non la vedrà neanche un altro giorno. Mi dispiace».

Lei rimase tranquilla, come se non riuscisse a staccare i piedi da terra. Aveva temuto quella risposta. In realtà non si era illusa, in un certo senso se la aspettava.

A quel punto, tirò fuori dalla tasca una busta e la consegnò al portinaio. «Per favore, le sarei grata se la consegnasse al signor Brian. Ma a lui personalmente.»

Il portinaio prese la busta e le assicurò che lo avrebbe fatto, e non ebbe alternativa perché Catalina rimase ad aspettare finché non lo vide scomparire dentro l'ascensore. Non se ne sarebbe andata sino a che non avesse saputo che la lettera era nelle mani di Marvin. L'aveva scritta la notte prima, prevedendo che lui si sarebbe rifiutato di vederla.

Era nauseata e aveva voglia di piangere, ma si mantenne serena mentre aspettava il ritorno del portinaio. «L'ho consegnata alla signora. Mi ha assicurato che gliela darà.»

Dopo aver chiuso la porta Farida si voltò e si ritrovò davanti Marvin, in piedi sulla porta della sala, che attendeva impaziente.

Gli consegnò la lettera, ma lui non voleva nemmeno prenderla. «Non intende lasciarci in pace», affermò con tono angosciato.

«No, non lo farà», concordò Farida.

«E allora ce ne andremo. Torniamo a New York», propose lui.

«Non puoi. È importante che i critici francesi ti appoggino; a quanto ci ha detto Sara, vogliono vederti, intervistarti, venire al tuo recital. Sei un poeta, Marvin, e hai degli obblighi nei confronti di chi ti legge; sono loro che ti fanno essere quello che sei.»

«Quella ragazza è matta. Come ha potuto venire qui con la bambina?»

Farida non rispose mentre gli si avvicinava, poi gli prese la mano. «Vado a preparare un po' di caffè. Torna a letto, ti porterò la colazione.»

«No, ormai non dormo più. L'insistenza di Catalina mi manda fuori di testa.»

«Hai solo tre scelte: parlare con lei, andare via, oppure, semplicemente, evitarla con la stessa fermezza che hai avuto sino a oggi.»

«Ma non si arrende!» protestò lui.

«Non arrenderti neanche tu», gli consigliò lei.

«Ma come facciamo a evitarla? È capace di presentarsi al recital e fare una scenata.»

«No, non credo. Non le conviene dare spettacolo. Non ci guadagnerebbe niente e verrebbe messa in ridicolo.»

«Allora, che cosa facciamo?»

«Quello che abbiamo previsto: lasciamo che la Francia renda onore al tuo nuovo libro di poesie. Chiederemo a Benjamin che sia lui a occuparsi della signorina Vilamar.»

«La cosa ridicola in tutto questo è che Fernando Garzo è il mio curatore, è lui il mio principale sostenitore.»

«Ma sei stato tu a dirmi che Garzo è innamorato di Catalina.»

«In realtà, non proviamo particolare simpatia l'uno per l'altro. Non capisco per quale ragione ad Alessandria Sara abbia deciso di affidare a lui il mio libro di poesie… Vryzas avrebbe fatto meglio.»

«Sara è molto materna… ha visto qualcosa in quel ragazzo che l'ha commossa e ha deciso di aiutarlo. Monsieur Rosent era un editore, e come sai anche il padre di Fernando lo era, ed è morto fucilato... Immagino abbia pensato di doverlo aiutare. In ogni caso, devi riconoscere che è stato bravo e che ha curato ogni singolo dettaglio del tuo libro.»

«È vero, ma credo che chiederò a Sara di affiancarmi un altro curatore. La sola idea di rivedere Fernando mi mette a disagio, soprattutto adesso che Eulogio non c'è.»

Farida rimase in silenzio e lui capì che in quel momento lei non era lì, stava navigando nelle acque grigie dei suoi pensieri. Stava cercando di dare un senso al destino che aveva intessuto una relazione impossibile tra Fernando, Catalina e loro due. «Leggi la lettera mentre preparo il caffè», gli disse dopo aver aperto la porta della cucina e averla chiusa con dolcezza.

Marvin aprì la busta e la prima cosa che vide fu la fotografia di una bambina che sembrava sorridergli. La rimise dentro senza prestarle nessuna attenzione e si preparò a leggere la lettera.

Caro Marvin,

se stai leggendo queste righe e perché ti sei rifiutato ancora una volta di parlare con me.

Sinceramente, non capisco questa tua ostinazione. Che male può farti parlarmi, aprirci l'uno con l'altra?

Considerato tutto il tempo che è trascorso da quando ci siamo conosciuti a Madrid ed è successo quel che è successo, capisco che tu non sia innamorato di me, per quanto male possa farmi, e anche che quella notte per te sono stata solamente una ragazza che ha perso il decoro lasciandosi sedurre. Forse ho ingannato me stessa credendo che tu provassi nei miei confronti lo stesso sentimento d'amore che io provavo per te. Perciò, come vedi, ho accettato il fatto che tu non mi ami, ma abbiamo una figlia, ti ho mandato una sua fotografia, e verso di lei abbiamo degli obblighi, sia io che te.

Lei non ha la colpa dei nostri errori e si merita che entrambi ci sacrifichiamo affinché possa vivere la sua vita a testa alta e non debba vergognarsi del fatto che sui suoi documenti risulti essere figlia di padre ignoto.

Non ti chiedo di sposarti con me, non più, benché in coscienza è proprio quello che avresti dovuto fare, se non altro però riconosci Adela, dalle il tuo cognome e occupati di lei quando puoi, che cresca sapendo chi è suo padre.

Nostra figlia ormai va a scuola, poco tempo fa mi ha detto che tutte le sue amiche hanno un «papà» e mi ha chiesto se può chiamare «papà» Fernando, dando per scontato che lui sia suo padre. Ho dovuto dirle la verità, che Fernando non lo è, che suo padre è sempre in viaggio ma ben presto lo conoscerà. Non ti nascondo che per lei è stata una delusione sentirsi dire che Fernando non è suo padre, ma non voglio che cresca in mezzo alle bugie; prima o poi dovrà conoscere la verità.

Non ti chiedo nemmeno di aiutarmi. Sono capace di farcela da sola. Quello che ti chiedo è che non sia Adela a pagare per il nostro errore.

Ti chiedo anche di non far ricadere su Fernando i nostri problemi. Se ti lamentassi con i Wilson potrebbero licenziarci entrambi, e questo nel mio caso potrebbe avere un senso, ma nei confronti di Fernando sarebbe un'ingiustizia. Tu non potresti chiedere un curatore migliore di lui ma, al di là di questo, è una persona onesta, un uomo perbene che ha aiutato, e non immagini quanto, sia me sia Adela. Senza di lui saremmo morte.

Spero che la tua coscienza ti spinga a riflettere e ad assumerti la responsabilità di tua figlia e gli obblighi che hai nei suoi confronti.

Rimango in attesa della tua risposta.

Con grande affetto,

Catalina

Marvin accartocciò con rabbia la lettera e l'avrebbe strappata se in quel momento Farida non fosse entrata in soggiorno con il caffè. «Ma cosa fai! Non comportarti come un bambino», disse mentre poggiava il vassoio su un tavolino e raccoglieva i fogli da terra.

Gli servì una tazza di caffè e cominciò a leggere la lettera di Catalina. Quando ebbe concluso, sorseggiò anche lei il suo caffè.

«Che cosa mi dici?» le chiese Marvin.

«Continuo a credere che tu abbia tre possibilità...» rispose lei con naturalezza.

«Quella bambina mi è indifferente. Non la considero un mio problema», rispose infuriato.

«Temo invece che lo sia, anche se tu vorresti altrimenti, almeno finché Catalina Vilamar non si convincerà che mai e poi mai ti assumerai questa responsabilità.»

«Chiamerò subito Benjamin e Sara. Mi avevano promesso che Catalina non mi avrebbe creato fastidi», rispose lui.

«Una promessa impossibile da mantenere. Lo sapevamo già.»

«Sì... In realtà non saremmo dovuti venire qui», si lamentò lui.

«Smettila di dire stupidaggini. Devi accettare che quella ragazza ti seguirà ovunque sarai e insisterà perché tu riconosca la bambina. La sfida è fare in modo che la sua insistenza non ti faccia del male.»

«Non sopporto la sua testardaggine, la pretesa che io mi assuma una responsabilità che è solo sua.»

«Su una cosa ha ragione: se ti lamenti con Benjamin, licenzierà Fernando... e sarebbe ingiusto. Quel ragazzo è una brava persona, se Benjamin lo licenziasse, la sua vita qui diventerebbe estremamente complicata. Inoltre, è un ottimo curatore. Devi riconoscere anche tu che la tua ultima raccolta, *Quaderno tedesco*, è il tuo libro migliore, sia nella versione inglese sia in quella francese.»

«Noi non ci siamo mai piaciuti, invece a te è andato a genio da subito.»

«Sì, di solito mi trovo a mio agio con coloro che devono lottare contro i fantasmi che li abitano. E grazie a Eulogio sappiamo che ci sono due fantasmi in agguato su di lui. Insomma... Ti consiglio di non cambiare curatore.»

«Non lo so... A proposito di Eulogio, sono angosciato dal fatto che Benjamin non abbia trovato traccia di lui. Non voglio pensare che sia morto in uno di quei campi.»

Quando Catalina arrivò alla libreria Rosent, la porta del retrobottega era aperta e vi trovò Fernando, Sara e Alain Fortier. Quando si avvicinò a salutarli, notò l'atteggiamento rigido di Sara.

Cominciò a mettere in ordine alcuni scaffali cercando di ritrovare la serenità. Lavorava in quella libreria grazie alla generosità dei Wilson. Se l'avessero licenziata, sarebbe dipesa nuovamente da Fernando in tutto e per tutto, e trovava insopportabile l'idea di rappresentare per lui un peso costante, sebbene si fosse ormai abituata al suo appoggio e alla sua presenza. Vivevano insieme da quasi quattro anni e lei non poteva che ringraziarlo. Non si era mai approfittato della sua situazione di debolezza e le aveva dimostrato un affetto generoso e assoluto.

Sapeva che se Marvin si fosse lamentato della sua insistenza affinché riconoscesse Adela, i Wilson, oltre a licenziare lei, avrebbero potuto fare a meno anche di Fernando. Benjamin Wilson e Farida erano vecchi amici, lui non avrebbe esitato ad accontentarla.

Erano questi i pensieri che la tormentavano quando la voce di Alain Fortier la riportò alla realtà. Il professore stava andando via, le sorrise e uscì. A quel punto Catalina andò nel retrobottega, Sara era ancora seduta, Fernando invece era in piedi. «Mi dispiace interrompervi, ma vorrei parlare con lei, signora Wilson.»

Sara la guardò con aria seria, ma la invitò a parlare.

«Come forse sa già, e se non lo sa non tarderà a saperlo, stamattina sono andata con mia figlia a casa di Marvin Brian. Non ha voluto ricevermi, ma ho consegnato al portinaio una lettera per lui. So che per lei e per il signor Wilson tutto questo è seccante. Non volete che Marvin e Farida vengano disturbati. E lo capisco, sono vostri amici.

«Se la mia presenza qui per voi è un inconveniente, non fatico a capire che possiate decidere di fare a meno di me. Ma le chiedo che le mie questioni personali, che riguardano solo me, non abbiano ripercussioni su Fernando, il quale non è responsabile né ha un peso sulle mie decisioni.

«Le dirò la verità, signora Wilson: proverò nuovamente a parlare con Marvin, e se non ci riuscirò a Parigi, adesso che la guerra è finita, lo seguirò ovunque deciderà di andare. Perciò, mi assumo le conseguenze delle mie azioni. Se per lei e per suo marito la mia ferma decisione di parlare con Marvin Brian è d'intralcio, se lo ritenete un problema per lo stesso Marvin e decidete di licenziarmi, posso capirlo. Tuttavia, la supplico, non vorrei che Fernando pagasse per le mie scelte; le assicuro che ne è completamente estraneo.»

Catalina aveva parlato tutto d'un fiato, senza dare modo a Sara di interromperla. Fernando la guardava sconcertato, mentre Sara stava cercando di pesare le parole che avrebbe pronunciato in risposta. «Sì, ci hai messo a disagio. Marvin ha telefonato poco fa a mio marito e gli ha raccontato che sei andata a casa sua e della lettera che gli hai scritto. Come tu stessa hai riconosciuto, tutto questo lo ha fortemente infastidito. Si trova a Parigi perché abbiamo insistito tantissimo affinché venisse. Dopo la pubblicazione della sua ultima raccolta, si è affermato come un grande poeta ed era fondamentale che tornasse qui. Il "Poeta del dolore", così lo ha soprannominato la critica negli Stati Uniti e in Inghilterra. E per lui è importante ricevere anche l'appoggio della critica francese, perché significa garantirsi il successo anche negli altri Paesi della nostra povera Europa.

«Adesso che la guerra è finita, abbiamo bisogno della poesia per tornare a sentirci esseri umani.» Sara parlava con tristezza.

Fernando guardava le due donne senza sapere cosa dire. Catalina li aveva messi entrambi a disagio. Avevano bisogno di lavorare, certo, ma questo non significava che dovessero umiliarsi.

Sara riprese la parola: «Abbiamo il dovere di essere leali nei confronti dei nostri autori, ma nel caso di Marvin ci sono due aspetti: l'ho scoperto io. Ricordo ancora il giorno in cui è entrato in questa libreria, era nervoso e ha chiesto di mio padre. Gli ho detto che non c'era e lui mi ha consegnato una cartelletta chiedendomi di consegnargliela. Gli ho promesso che lo avrei fatto ma lui prima di andarsene si è voltato di colpo, mi ha guardato e mi ha detto, sorridendo: "Magari potrebbe leggere le mie poesie e, se le piacciono, raccomandarmi al signor Rosent". E così ho fatto, perché non appena ho cominciato a leggerle sono stata catturata dalla musicalità dei suoi versi. Mio padre era l'unico a decidere che cosa valesse la pena di essere pubblicato. Sino a quel momento, non avevo mai scelto personalmente nessuno degli autori del nostro marchio. Era un compito che spettava a mio padre. I poeti confidavano in lui, e lo stesso valeva per i critici. Se mio padre pubblicava un autore, voleva dire che era di qualità. Io ero certa che le poesie del giovane americano fossero straordinarie, ma ciò nonostante l'opinione di mio padre mi preoccupava. Se chiudo gli occhi, mi sembra di vederlo mentre mi dice: "Figlia mia, adesso so che la casa editrice Rosent mi sopravvivrà. Il ragazzo che mi hai raccomandato ha un talento straordinario. È il tuo autore. Occupatene tu". Sino a quel momento mi ero occupata solo della libreria, ma a partire da allora cominciai ad aiutare mio padre anche nel lavoro editoriale. Marvin era il "mio" autore e sono particolarmente orgogliosa di lui, e di me. Ho curato altri poeti di enorme talento, ma nessuno per me significherà quello che significa Marvin.»

Sara tacque mentre Fernando incrociava le mani a disagio e Catalina ascoltava attenta le sue parole.

«Quanto a Farida, come ben sai è una cara amica di Benjamin, non solo perché è una grande filosofa, una donna colta e sensibile, ma anche perché sono cresciuti insieme e si conoscono bene. Benjamin farebbe qualunque cosa per lei, e lo stesso vale per Farida, è reciproco», continuò Sara.

«Allora non c'è nient'altro da aggiungere. Capisco che possiate fare a meno di me. Mi dispiace perché non mi ero mai sentita così utile. I libri… non avrei mai creduto che potessero diventare così importanti per me. Prenderò le mie cose. Non posso che ringraziarla per tutto quello che avete fatto per me.»

Catalina si voltò e Fernando la seguì. Sara non fece niente per trattenerli.

«Catalina, aspetta...» le chiese.

«Mi dispiace, Fernando. Mi dispiace averti messo in questa situazione. Ti meriti qualunque sacrificio io possa fare, ma ho un obbligo più grande verso mia figlia. Per favore, resta, spero che i Wilson non facciano pagare a te i miei problemi con Marvin.»

Fernando si sentì sopraffatto dalla situazione, ma non aveva dubbi sul fatto che la sua lealtà andava, prima di tutto, a Catalina. Così, tornò nel retrobottega. «Mi dispiace per quello che è successo, ti ringrazio di tutto quello che hai fatto per me, per noi. Non potrò mai ripagare la tua generosità. Spero tu capisca che...»

«Stai sereno, qualcuno ti ha detto di andartene? Non credo che dovresti. Sei un bravo curatore e mi fido di te. Hai dimostrato di essere in grado di gestire l'attività e di avere occhio per i nuovi talenti. No, non vorrei mai fare a meno di te. So che Catalina è una brava ragazza e che in questi mesi ha fatto bene il suo lavoro; siete stati voi due a riaprire le porte di questa casa. Apprezzo quello che ha fatto e non vorrei fare a meno neanche di lei, ma dato il suo atteggiamento è molto difficile tenerla con noi. Mi sento in dovere verso Marvin, Fernando. Questo devi capirlo. Hai già curato i libri di diversi poeti e sai che cosa vuol dire sentirsi in dovere nei loro confronti, non riuscire a restare estranei alle loro vicissitudini.»

«Non so che cosa fare», confessò Fernando.

«Di' a Catalina di non prendere decisioni avventate. Che porti a termine la sua giornata lavorativa. Io vado a pranzo con Benjamin, Marvin e Farida. Nel pomeriggio tornerò. E avrò preso una decisione su Catalina. Ma per quanto riguarda te, Fernando, non è cambiato nulla; il tuo posto qua dentro non è in discussione.»

Catalina si stava mettendo il cappotto quando Fernando la trattenne. Parlarono sottovoce, ma non riuscì a convincerla a restare. Entrambi sapevano che non avrebbe desistito, che avrebbe seguito Marvin finché lui non avesse riconosciuto Adela, e che i Wilson non avrebbero permesso che una loro dipendente rappresentasse un incubo per il loro amato poeta. «Non roviniamo tutto. Tu devi restare. Cosa ci guadagneremmo se ci licenziassero entrambi?» ragionò Catalina.

Fernando annuì, a disagio. Non voleva lasciare la libreria, ma la sua coscienza lo spingeva a essere solidale con Catalina. E glielo disse. Lei insistette, disse che dovevano essere più pratici. Se avesse lasciato i Wilson, come avrebbero fatto a tirare avanti? Trovare un buon lavoro a Parigi non era facile, e ancora meno un posto piacevole in cui vivere, come l'appartamento che i Dufort avevano affittato loro a un prezzo abbordabile.

Fernando si sentì inquieto e a disagio per tutto il resto della giornata; continuava a chiedersi che cosa fare e a provare nel proprio intimo un odio profondo verso Marvin Brian, che considerava la causa di tutti i loro problemi. Non gli venne mai in mente di rimproverare Catalina per la sua ostinazione. In realtà, considerava Marvin un miserabile, un codardo che si nascondeva da una donna della quale si era approfittato. Li aveva visti lui stesso sull'erba, lei era sotto gli effetti del vinaccio con il quale Antoñito aveva festeggiato il compleanno e Marvin aveva sfruttato l'occasione. Catalina allora era una ragazzina, si era presa una cotta per l'americano solo perché era diverso da tutti gli altri ragazzi. Intorno a Marvin si era costruita il suo sogno romantico. E non c'era da stupirsene dopo gli anni neri dalla guerra, che avevano spazzato via tutte le illusioni.

Stava per chiudere quando la macchina dei Wilson si fermò davanti alla libreria. Pensò che stessero per andare a riposare nell'appartamento del primo piano, ma di colpo capì che stava succedendo qualcosa.

Benjamin Wilson aveva un'aria indispettita e Sara la fronte aggrottata, segno di preoccupazione. Fernando chiuse la libreria e si accomodarono nel retrobottega, dove si dedicavano al lavoro editoriale.

«Chiariamo bene le cose», disse Benjamin senza preamboli.

«D'accordo», rispose Fernando, che sentiva la tensione in ogni singolo muscolo del corpo.

«Abbiamo incontrato Farida e Marvin e abbiamo parlato della situazione», intervenne Sara.

«Marvin non è disposto a ricongiungersi né con Catalina né con la figlia, lo ha detto chiaramente; non vuole sapere niente di nessuna delle due. Noi siamo i suoi editori e rispettiamo la sua decisione. E anche lei dovrà rispettarla.» Wilson pronunciò queste parole fissando i suoi occhi blu in quelli di Fernando.

«Dobbiamo capirlo», disse Sara, incrociando le mani sul grembo.

Fernando era agitato all'idea che non gli lasciassero altra scelta che accettare i desideri di Marvin; in caso contrario avrebbe dovuto licenziarsi. Allo stesso tempo, provava riconoscenza nei confronti di Sara, che gli aveva dato la possibilità di entrare nel mondo editoriale. Aveva avuto fiducia in lui senza nemmeno conoscerlo e lo aveva aiutato a fare del suo sogno una realtà: lavorare nel mondo dell'editoria, come suo padre. Oltre che riconoscente, perciò, si sentiva anche in debito con lei. Non poteva dire altrettanto di Benjamin Wilson; nei suoi confronti non provava alcuna simpatia, lo considerava un manipolatore. «Potrei smettere di curare le opere di Marvin?» chiese, sperando che glielo permettessero.

«Al momento Marvin Brian è il nostro autore più importante, non solo perché è un grande poeta, ma anche perché è un nostro amico. Come sai bene, la sua raccolta ha avuto grandissimo successo negli Stati Uniti. I critici lo hanno elogiato, dicono che è destinato a diventare il poeta americano più importante della sua generazione. La critica è stata favorevole anche a Londra, e a Parigi», rispose Sara.

«Siamo sinceri, Fernando; la nostra è una piccola casa editrice che si dedica a pubblicare libri di poesia. Il nostro prestigio si basa proprio sul fatto che non pubblichiamo chiunque; non basta essere un bravo poeta, bisogna essere eccellenti per essere pubblicati da Rosent o dalla Wilson&Wilson. Come ha visto, ad Alessandria abbiamo solo due persone in casa editrice. A Londra ce ne sono quattro, e a Parigi, finché l'attività non riprenderà a funzionare come prima della guerra, ci siete lei e il professor Fortier come collaboratore. Ma Fortier non è un curatore, non credo che accetterebbe l'incarico, nonostante sia amico di Marvin. Inoltre, pubblichiamo le poesie di Marvin anche in inglese e Fortier non lo conosce. Insomma... deve essere lei a decidere che cosa vuole fare.»

«Se voglio andarmene o restare», concluse Fernando.

«Esattamente», disse Wilson.

«Non commettere un errore del genere... La vicenda tra Catalina e Marvin non ha soluzione. Marvin non cederà. La detesta. Vuoi forse sacrificare il tuo presente e magari il tuo futuro per qualcosa che non può essere risolto?» chiese Sara.

«Non capisco perché Marvin non voglia parlare con lei... Che glielo dica in faccia quello che ha da dirle... Se lo fa, sono certo che Catalina non insisterà... Ma lei non può smettere di provarci, a parlare con lui, ha una figlia da difendere», protestò Fernando.

«Io non giudico le decisioni dei miei autori, e men che meno quelle dei miei amici. Le accompagno, e basta», rispose Wilson con un tono di voce tinto di impazienza.

«Io invece non riesco ad accompagnare Marvin in questa decisione, perciò non sono la persona adatta a curare le sue opere», affermò Fernando.

Benjamin scrollò le spalle. Non poteva decidere al posto suo.

«Il lavoro editoriale è il tuo lavoro, Fernando, ed essere curatore di Marvin è parte del lavoro. Catalina continuerà a cercare di parlare con Marvin e lui la eviterà; è uno scontro tra due volontà, noi gravitiamo intorno a loro due, ma non abbiamo la possibilità di influire in nessuna direzione. Perciò, lasciamo che continuino a scontrarsi mentre noi andiamo avanti, ognuno per la propria strada», gli propose Sara.

«Non posso essere leale a entrambi», ammise Fernando.

«Marvin ha bisogno di un bravo curatore e Catalina di un'amicizia incondizionata. Puoi essere entrambe le cose», insistette Sara.

«Io credo di no», li interruppe Benjamin.

«Sono d'accordo con lei, signor Wilson», affermò Fernando.

Cadde il silenzio. Erano tre volontà che si scontravano. Fernando si alzò, era pronto ad andarsene ma sentiva già nostalgia del lavoro che aveva perso. Sara gli aveva dato l'opportunità di rendere reale il desiderio di diventare un curatore editoriale, di somigliare a suo padre, e lasciare la libreria Rosent significava anche chiudere con la persona che aveva sognato di diventare. Non si faceva illusioni. Nessun altro avrebbe assunto come redattore un rifugiato spagnolo.

«Dovresti almeno provarci...» La voce di Sara rifletteva l'ostinazione di chi non si arrendeva, incurante delle conseguenze.

Benjamin osservò la moglie. Sin dal giorno in cui Marvin le aveva raccontato che il padre di Fernando era stato un editore e che lo avevano fucilato, lei aveva deciso di aiutarlo e dopo averlo conosciuto quella scelta si era rafforzata. Vedeva in Fernando dei valori che a lui sfuggivano. Lo aveva adottato instradandolo sul lavoro editoriale, appianando le sue difficoltà, insegnandogli ogni cosa, affidandogli responsabilità maggiori di quanto avrebbe dovuto. Benjamin si era interrogato più volte sull'atteggiamento di Sara e ogni volta si era dato un'unica risposta: lei probabilmente vedeva in Fernando il figlio che non avevano avuto. Lui l'amava al di là delle proprie convinzioni e, benché ritenesse sconveniente che Fernando continuasse a essere il curatore di Marvin, al cospetto di lei scelse di cedere. «Ci pensi, parli con Catalina», suggerì con l'aria seccata.

«Domani scenderò ad aprire la libreria... Se non ti trovo, vorrà dire che hai deciso di lasciarci», disse Sara.

Fernando riferì a Catalina, parola per parola, la chiacchierata con i Wilson. Lei lo ascoltò in silenzio. Sapeva che lui non avrebbe mai fatto niente che potesse contrariarla o darle la sensazione di essere stata tradita. Aveva bisogno di sentirsi assolto per continuare a fare quello che aveva in animo di fare. E lei lo aveva già assolto. Non aveva il diritto di chiedergli di esserle leale al punto da annientarsi con le sue stesse mani. Era stato più che generoso con lei. Senza di lui non sarebbe sopravvissuta. Se Fernando non le fosse stato accanto avrebbe potuto perdersi per sempre. Aveva bisogno di lui, ma non era per egoismo che intendeva consigliargli di continuare a lavorare nella libreria Rosent, bensì perché non si sarebbe mai perdonata il contrario.

Quando lui finì di parlare, lei si alzò e lo abbracciò. Fernando era sconcertato, quasi a disagio davanti a quel gesto inatteso, tant'è che non osò restituirle l'abbraccio.

A quel punto, con un tono supplichevole, lei gli chiese di non lasciare la libreria e il lavoro editoriale. Se lo avesse fatto, lei non lo avrebbe perdonato né a lui né a se stessa. «Non mi offende che tu continui a essere il curatore di Marvin. Come potrebbe essere altrimenti? Quello che c'è tra te e me è troppo forte e profondo perché possa guastarsi solo perché lavori alle sue poesie. Non sarete mai amici. Questo lo so. Non potete esserlo, ma non per questo devi smettere di curare le sue poesie. È solo un lavoro, nient'altro; potresti obiettare che ci deve essere comunicazione tra l'autore e il suo curatore. Io non credo sia così. Non sempre è così. A volte si può essere in comunione, ma sarebbe ridicolo pensare di lavorare solo con i poeti che ti piacciono o che hanno la tua stessa sensibilità. No, non rinunciare al tuo lavoro. Io non te lo chiedo e Marvin non si merita che ti sacrifichi a suo discapito. I Wilson ci hanno aiutato, senza di loro tutto sarebbe stato più difficile. Se mi sono licenziata è perché so che loro hanno scelto di essere leali verso l'amicizia con Marvin e Farida. Ma se io smetto di lavorare nella libreria, poco importa. Tu invece devi andare avanti. Stiamo bene, Fernando. Ti piace quello che fai, sei diventato bravo come lo era tuo padre. E a me... a me piace questa casa. Adela sembra felice, anche se ha faticato ad abituarsi al francese... in realtà continua a mischiare varie lingue... E poi, qui siamo più vicini a casa. Né tu né io per ora possiamo tornare ma... chi lo sa? Magari le nostre madri potrebbero venire a trovarci. Cercherò un lavoro, Fernando, e ti prometto che non mi metterò nei guai come ho fatto con Cécil.»

Fernando chiuse le sue braccia attorno all'amica e per diverso tempo rimasero così, stretti l'uno all'altra.

La sala era piccola e strapiena. Il professor Alain Fortier aveva convocato i critici più rispettati dei giornali parigini. Sara Rosent aveva deciso che era meglio organizzare un evento intimo con pochi eletti. I giornali ne avevano parlato, perciò Catalina conosceva il giorno e l'ora in cui si sarebbe tenuto.

«Promettimi che non farai una scenata», la supplicò Fernando quando le disse che l'evento letterario si sarebbe tenuto l'indomani.

«Non ci andrò. Non penserai che voglia mettere in pericolo il tuo lavoro! Non andrò alla serata, ma a casa di Marvin sì. Mi piazzerò davanti al portone finché non riuscirò a parlare con lui.»

Il portinaio aveva ricevuto istruzioni da Farida affinché li avvertisse se la ragazza spagnola si fosse ripresentata. Perciò, già da tre giorni, non appena la vedeva comparire mano nella mano con la bambina, l'uomo si infilava in ascensore e andava a informare Farida.

Lei lo ascoltava tranquilla, gli suggeriva come impedire alla ragazza di arrivare al loro appartamento e lo ripagava con una bella mancia. L'uomo poteva contare sull'aiuto della moglie, anche lei si appostava nel portone impedendo il passaggio di chiunque non vivesse nel palazzo.

A causa degli agguati di Catalina, Marvin cominciò a soffrire di attacchi d'ansia e Farida decise che avrebbero lasciato Parigi subito dopo la serata letteraria organizzata dai Wilson.

Benjamin Wilson aveva messo a disposizione di Marvin la sua macchina con il suo autista e aveva assunto degli uomini per assicurarsi che Catalina non si avvicinasse. La prima volta che lei aveva tentato di varcare il portone di casa, uno di quegli uomini le aveva chiuso il passaggio minacciandola di chiamare la polizia. Dopo quella circostanza, sempre mano nella mano con Adela, lei si era limitata ad aspettare di fronte al portone; quando vedeva Marvin e Farida uscire e introdursi velocemente nell'auto cercava di avvicinarsi, ma un altro uomo la bloccava. A nulla le era valso ribellarsi, e ancora meno gridare. Marvin non la guardava nemmeno; qualche volta però lo sguardo di Farida e di Catalina si erano incrociati.

Un giorno vide l'autista uscire dal portone con un paio di valige e gridò con tutta la forza di cui era capace. «Marvin! Santo cielo, ascoltami! Marvin! Questa è Adela, tua figlia, guardala!»

Ma lui si era già nascosto dentro l'abitacolo. Alcuni vicini avevano commentato quanto fosse spiacevole che tutte le mattine quella ragazza si mettesse a urlare sotto le loro finestre.

Catalina non tardò a sapere dove era andato Marvin. L'*Herald Tribune* aveva annunciato il suo ritorno a Londra e lei aveva deciso che lo avrebbe raggiunto lì.

Fernando non si oppose. Al contrario. Radunò i soldi che avevano risparmiato e glieli diede. «Non credo che le cose andranno meglio di come sono andate qui, ma se vuoi andare, devi farlo.»

Adela vomitò durante la traversata. Le onde del Canale sembravano voler ingoiare la nave. Anche Catalina aveva il mal di mare, ma sapeva che doveva resistere; Adela aveva bisogno di lei.

Il viaggio sino a Londra fu più tranquillo, anche se la bambina le aveva chiesto con stanchezza: «Perché non possiamo restare con papà Fernando?» La bambina chiamava così Fernando, anche se Catalina insisteva col ricordarle che suo padre si chiamava Marvin. Ma per Adela faceva lo stesso. Voleva avere un padre, come le sue compagne di scuola, e Fernando era lì con lei.

In stazione le avevano raccomandato un piccolo hotel vicino a Oxford Street. Le avevano assicurato che non era caro e le lenzuola erano pulite.

Catalina non avrebbe saputo da dove cominciare la ricerca di Marvin, ma Fernando le aveva suggerito di andare alla Wilson&Wilson. Le aveva consigliato di agire con cautela, visto che quella libreria e casa editrice era la più importante tra gli affari di Benjamin Wilson.

L'hotel era modesto, ma lei non poteva spendere un solo centesimo in più, perciò vi si sistemarono subito. Il portiere le spiegò come raggiungere la Wilson&Wilson, a suo dire una delle migliori librerie di Londra, oltre che una apprezzata casa editrice di poesia situata accanto al British Museum, a Bloomsbury. Catalina ascoltò paziente le spiegazioni dell'uomo e poi, mano nella mano con Adela, andò a cercare la libreria sperando di riuscire ad arrivare sino a Marvin.

La Wilson&Wilson si trovava in un bel palazzo di quattro piani. Il pianterreno e il primo piano erano dedicati alla vendita di libri, i due piani successivi ospitavano la casa editrice e l'appartamento dei Wilson; così le aveva spiegato una ragazza alta e magra, che doveva avere più o meno la sua età e che le andò incontro non appena la vide entrare.

Catalina le disse che stava cercando un libro di poesie di Marvin Brian e la donna sorrise. «Deve sapere che, oltre a vendere i suoi libri, questa è anche la sua casa editrice», spiegò orgogliosa.

«Sì... lo so... conosco il signor Brian.»

«Caspita, lo conosce!»

«Ci siamo conosciuti a Madrid. Come saprà se ha letto le sue raccolte, lui è stato a Madrid durante la Guerra civile.»

«Certo... che libro sta cercando esattamente?»

«Voglio fare un regalo... non lo so... Mi dia un consiglio.»

«Visto che lei è spagnola, forse le consiglierei il *Quaderno della Guerra civile spagnola*... È molto bello anche il *Quaderno tedesco*... lo ha scritto dopo la fine del conflitto in Europa. Come immagino sappia, Marvin Brian ha attraversato tutta la Germania visitando alcuni dei campi in cui i nazisti facevano cose orribili ai prigionieri. Non so se lo sa, ma si dice che abbia perso un amico in uno di quei campi... Dal mio punto di vista, è più bello del *Quaderno della Guerra civile spagnola*... ma deve essere lei a giudicare.»

Catalina aveva letto il *Quaderno tedesco* e sapeva che Marvin aveva viaggiato in Germania dopo la guerra, ma solo in quel momento, all'improvviso, capì che in realtà era andato in cerca di Eulogio. Ne era certa. L'amicizia tra loro l'aveva sempre stupita per quanto era solida e intensa; non c'era da sorprendersi che Marvin avesse cercato Eulogio, anche se non lo aveva trovato.

Sara aveva assicurato a Fernando che suo marito non aveva mai smesso di provarci, aggiungendo che anche Marvin era coinvolto nell'impresa.

La donna le indicò uno scaffale su cui i libri di Marvin apparivano in bella vista. Poi lasciò Catalina a curiosare liberamente.

Catalina aprì il *Quaderno tedesco* e poi diede un'occhiata alle altre opere. Adela, tranquilla e silenziosa, aspettava accanto a sua madre.

Dopo un po' si avvicinò alla commessa e le porse il volume. «Ha ragione, è straordinario, lo compro. Potrebbe avvolgermelo in carta regalo?»

«Ma certo. Ha fatto un'ottima scelta.»

Mentre la ragazza incartava con cura il libro di poesie, Catalina sfoderò il suo miglior sorriso. «Mi piacerebbe moltissimo salutare Marvin... Sarebbe una vera sorpresa per lui!»

«Be', la sua casa si trova a due soli isolati dalla nostra libreria e, a quello che so, in questo periodo vive lì. Il *Times* giusto ieri ha pubblicato un articolo su di lui. Forse l'ho tenuto... se sì glielo farò avere.»

Due isolati. Catalina cercò di nascondere il tremore delle mani. Marvin si trovava a due soli isolati dalla libreria. «Magari passo da lì e lascio un biglietto per chiedergli se possiamo vederci», affermò con naturalezza.

«La sua governante è molto efficiente, sono certa che gli consegnerà subito il suo biglietto.»

«E dove si trova esattamente la casa, sulla destra o sulla sinistra?» chiese con innocenza.

«Uscendo da qui deve girare a sinistra e andare avanti per due isolati. È un palazzo di due piani dall'aspetto signorile.»

Quando uscirono per strada, a Catalina venne da ridere. Quella ragazza così gentile l'aveva aiutata più di quanto avrebbe potuto immaginare. «Ti piace Londra?» chiese ad Adela.

La bambina fece spallucce e proferì un leggero e rassegnato «sì».

Seguendo le indicazioni della commessa, Catalina non tardò a raggiungere l'edificio che doveva essere il domicilio londinese di Marvin, una casa vittoriana in mattoni rossi alla quale si accedeva salendo le scale.

Nervosa, suonò il campanello e una donna grossa e vestita con cura, con un abito nero abbottonato sino al collo, le aprì la porta. Catalina le disse che era un'amica del signor Brian e sperava che lui potesse riceverla. La donna la squadrò da capo a piedi, cercando di non darlo a vedere, e lo stesso fece con la bambina. «Il signor Brian non è in casa. Se mi vuole lasciare il suo biglietto...»

In quell'istante si aprì una porta dietro la quale si scorgeva una libreria immensa e apparve Farida. Catalina non arretrò quando vide l'egiziana avvicinarsi. Dovette ammettere che Farida aveva l'incedere di una regina ed era di una bellezza così particolare da non lasciare indifferenti. «Mery, mi occupo io della signorina.»

La donna di nome Mery annuì mormorando un «sì, signora» e con passo rapido lasciò l'atrio.

«Lei è Farida Rahman», disse Catalina stringendo la mano di Adela.

Farida annuì senza dire una parola, l'espressione seria.

«Vorrei vedere Marvin. Sono venuta a Londra per parlare con lui.»

«Mi dispiace, ma non è a casa. Inoltre, come ben sa, Marvin non desidera parlare con lei.»

«Questa è sua figlia», disse mettendole davanti la bambina. «Voglio solo una cosa, che la riconosca. Solo questo. Non gli chiedo niente per me; quel che è fatto è fatto, ma Adela non può pagarne le conseguenze.»

Farida la guardò, ma il volto non lasciava trasparire i suoi pensieri. Poi posò una mano sulla testa della piccola, a mo' di carezza. «Marvin non parlerà con lei. Non insista, per favore, e soprattutto non lo obblighi ad adottare misure che potrebbero essere sgradevoli... Pensi a sua figlia.»

«Se non pensassi a lei, non mi sarei presentata qui. Insisto, non pretendo niente per me, voglio solo che Adela abbia un cognome.»

«Signorina Vilamar, mi trovo costretta a chiederle di andare via e non tornare mai più. In questa casa non è gradita; sarebbe davvero spiacevole doverla denunciare. Non credo che fare scenate sia la cosa migliore per lei e per sua figlia. Marvin è stato molto paziente sinora, ma a Parigi, con il suo scandaloso comportamento, ha esaurito la sua pazienza e adesso... arrivare sino qui... Per favore, accetti la decisione di Marvin.»

«Voglio solo che mi ascolti», rispose Catalina con cocciutaggine.

«Per favore, se ne vada. Non mi obblighi a chiedere aiuto per mandarla via. E non ritorni, signorina Vilamar, non lo faccia. È inutile che insista per parlare con Marvin.»

«Non me ne andrò, signora Rahman.»

«Allora non ci lascia altra scelta, dovremo denunciarla.»

Catalina fece un passo indietro; doveva fare i conti con quanto le era appena stato detto. Farida ne approfittò per spingerla dolcemente indietro e chiudere la porta.

«Mamma... mamma, perché piangi?» Adela si spaventò davanti alle sue lacrime.

«Non sto piangendo, non preoccuparti.»

«Sì invece, ti sto vedendo», affermò la bambina.

Camminarono per un bel pezzo senza parlare. Arrivate in hotel, Catalina aveva preso la decisione di non arrendersi.

Sarebbe tornata in quella casa, a Bloomsbury, l'indomani e tutti i giorni che fosse stato necessario.

La mattina dopo, con Adela per mano, arrivò davanti alla porta. Rimasero lì finché, a metà mattina, Marvin non uscì in compagnia di Farida. C'era un'automobile ad attenderli. Stavano per entrare al suo interno quando Catalina cominciò a gridare: «Marvin! Marvin, santo cielo, parla con me, ascoltami!»

Alcuni passanti la guardarono perplessi mentre lui, nervoso, entrava nell'abitacolo. Farida chiuse di colpo la porta dell'auto, che mise in moto.

Ciò nonostante, Catalina non si arrese e, benché Adela mostrasse chiari segni di stanchezza, rimase lì per tutto il giorno.

Era tardi ormai quando l'automobile si fermò nuovamente davanti alla casa. Contemporaneamente, si fermò un altro veicolo, dal quale scesero un paio di uomini che scortavano Marvin. Catalina cercò di avvicinarsi gridando il suo nome per richiamarne l'attenzione, ma uno degli uomini che accompagnavano Marvin le si piazzò davanti chiudendole il passo. «Signorina Vilamar?»

«Sì...»

«Sono il detective Morris. Devo chiederle di smetterla di molestare il signor Brian o dovrò arrestarla.»

«Arrestarmi? Non ho fatto niente.»

«Invece sì, signorina. Sta molestando un cittadino.»

«Lui... lui mi conosce... Questa bambina è mia figlia, ma è anche sua.»

«Signorina Vilamar, non mi interessano i suoi problemi personali. Se ritiene di dover chiedere qualcosa al signor Brian, ricorra al tribunale, ma non può seguirlo sino alla porta di casa e ancora meno fare scenate in pubblico. I vicini si sono lamentati. A quanto pare lei si è piazzata davanti a questa casa per tutto il giorno, e il suo atteggiamento li inquieta. Se continua così, mi vedrò obbligato a rendere effettiva la denuncia. Questo significherebbe arrestarla in attesa di giudizio, e sua figlia sarebbe affidata ai servizi sociali.»

«Mi sta minacciando, signor Morris?»

«Naturalmente no. Le sto dicendo che c'è una denuncia contro di lei, il signor Brian teme per la propria integrità. Considerato il suo atteggiamento, teme che lei possa diventare violenta o pericolosa. Decida lei, signorina; insisto col suggerirle che si rivolga a un giudice per qualunque reclamo lei debba sporgere nei confronti del signor Brian.»

«Come osa Marvin fare questo a sua figlia!» gridò Catalina indignata.

Il detective Morris non rispose. Le questioni sentimentali tra il poeta e quella ragazza gli erano del tutto indifferenti. Il suo superiore gli aveva ordinato di scortare il poeta sino a casa perché una signorina spagnola lo stava perseguitando per motivi che non gli erano stati spiegati. Gli era stato detto di consigliare alla ragazza di smetterla con quell'atteggiamento, perché in caso contrario se la sarebbe vista con un tribunale. Così fece. Sperava solo che la ragazza non lo obbligasse ad arrestarla.

Infuriata, Catalina gli disse che se ne sarebbe andata. Temeva che, se avesse insistito, le avrebbero portato via Adela. E odiò Marvin così intensamente che le venne il voltastomaco e trattenne a fatica la voglia di rimettere.

Pianse per tutta la notte e l'indomani, non appena si fece giorno, si preparò a ritornare a Parigi, ma con le idee ben chiare: aveva deciso che non si sarebbe arresa.

A Parigi ritrovò la sua quotidianità, la protezione che Fernando le offriva. Ma la sua determinazione era rimasta intatta. Avrebbe proseguito nel tentativo di mettere Marvin davanti alla realtà, alla figlia della quale era tenuto a rispondere. Non poteva tornare a Londra perché Marvin aveva sporto denuncia contro di lei, ma non sarebbe rimasto lì per sempre e lei l'avrebbe seguito, ovunque fosse andato.

21

L'attesa durò tre lunghi anni. Frattanto, grazie alla mediazione di madame Dufort, Catalina aveva trovato lavoro in un'accademia di musica. Il proprietario, monsieur Girardot, l'aveva assunta perché si occupasse degli allievi più piccoli. Lo stipendio era basso poiché, come le aveva spiegato, «mia cara, lei non possiede alcun titolo».

Non ebbero notizie di Eulogio sino al mese di giugno del 1949.

Fernando non avrebbe mai dimenticato quel giorno. Erano appena passate le otto di sera ed era appena rientrato a casa; Catalina stava preparando la valigia. L'indomani sarebbe partita per Boston. Marvin e Farida vivevano lì. Così aveva appreso sull'*Herald Tribune*, dove dicevano che Marvin avrebbe tenuto un corso di poesia ad Harvard e che l'università aveva dovuto fronteggiare l'altissimo numero di richieste degli studenti che volevano assistere. Catalina era certa che fosse l'occasione giusta e Fernando non aveva avuto la forza di contraddirla.

Adela aiutava la madre a piegare gli abiti che a poco a poco mettevano con cura dentro la valigia. La bambina continuava a chiedere come fosse l'America e per quale ragione suo padre vivesse lì.

Catalina le rispondeva a monosillabi mentre pensava a che cosa sarebbe successo se Marvin l'avesse evitata di nuovo e lei fosse dovuta tornare a Parigi. Rischiava che all'accademia di musica non la volessero più. Ma sapeva anche che, qualunque cosa fosse successa, Fernando l'avrebbe aiutata. Era stato lui a finanziare il viaggio a Boston, sebbene avessero discusso perché lui non era d'accordo sul fatto di portare anche Adela. Dal suo punto di vista, se le cose fossero andate male la bambina ne avrebbe sofferto. Entro pochi mesi Adela avrebbe compiuto otto anni e ormai era in grado di capire quello che le succedeva intorno; inoltre, per andare a Boston avrebbe dovuto interrompere la scuola. Catalina però ovviava a queste argomentazioni. Se l'*Herald Tribune* diceva che Marvin era a Boston, lei e Adela sarebbero andate a Boston.

Stava per chiudere la valigia quando il telefono squillò, facendoli sobbalzare. Fernando corse a rispondere.

Mentre ascoltava il suo interlocutore all'altro capo della linea il suo volto rifletté dapprima la gioia, poi la preoccupazione e, infine, l'angoscia. Quando riattaccò la cornetta si sedette, cercando di ricomporsi.

«Che cosa è successo? Chi era? Che cosa ti hanno detto?» chiese Catalina preoccupata.

«Era Benjamin Wilson… hanno trovato Eulogio.»

«Che bello!» esclamò lei entusiasta.

«No… no… A quanto pare non sta bene.»

«È malato?» chiese, temendo la risposta.

«Ha perso la testa. Così hanno raccontato a Wilson, ecco perché ci ha messo così tanto a trovarlo.»

Catalina si bloccò. Non sapeva che cosa pensare né che cosa dire.

Anche Adela non disse una parola; aveva capito che stava succedendo qualcosa di grave.

«Non sapevo che i Wilson fossero tornati a Parigi, credevo fossero ancora ad Alessandria», disse Catalina.

«Nemmeno io. Sono appena arrivati. Wilson mi ha dato appuntamento per domattina alle sette. Non riuscirò ad accompagnarti all'aeroporto.»

«Ma certo... In realtà non so più se devo andare via... Forse sarebbe meglio che rimanessi qui e ti accompagnassi a cercare Eulogio.»

«No... devi andare a Boston. Mi occuperò io di tutto questo.»

«Eulogio è più importante, Marvin può aspettare», rispose con sincerità.

«Ti chiamerò, ti racconterò quello che sta succedendo. Ma devi andare a Boston. Non riusciresti a perdonarti se non lo facessi. È un'opportunità.»

«Già, abbiamo speso tutti i nostri risparmi per acquistare i biglietti e magari non servirà a niente», ammise Catalina.

«Servirà. Mi è costato accettarlo, ma capisco la tua pretesa che Marvin riconosca Adela.»

Alle sei e mezzo di mattina del 10 luglio 1949, Fernando salutò Catalina e Adela. La notte prima aveva chiesto a monsieur Dufort la gentilezza di portarle in aeroporto oppure di cercare qualcuno di sua fiducia che potesse accompagnarle.

Quando arrivò in rue des Rosiers erano le sette e la portinaia stava pulendo l'ingresso. La donna non si stupì di vederlo perché Fernando spesso arrivava presto, ben prima dell'orario di apertura al pubblico. Gli piaceva lavorare nel silenzio del retrobottega, che ospitava la redazione. Quel giorno, tuttavia, non andò nella libreria Rosent e si diresse al primo piano.

Fu Sara ad aprirgli la porta. Era già vestita e truccata e lo invitò a entrare in soggiorno. Benjamin stava leggendo il giornale e si alzò per stringergli la mano.

Una ragazza portò loro un vassoio con del caffè. Fernando era nervoso, ansioso di sapere.

«Zahra ha trovato Eulogio. Non è stato facile. Era prigioniero in un campo, lavorava nella fabbrica e lì... Ecco, a quanto pare è diventato amico di un uomo che era...» Benjamin non riusciva a trovare la parola giusta.

«Omosessuale come lui», disse Sara con naturalezza.

«Non erano gli unici. In quella fabbrica c'erano anche altri omosessuali. Naturalmente, lo tenevano nascosto. In Germania essere omosessuali era pericoloso quasi quanto essere ebrei. L'uomo del quale Eulogio è diventato amico era francese, si chiamava René Roche, ingegnere e comunista. Lavoravano in una fabbrica vicino a Weimar. Le condizioni di lavoro in quelle fabbriche erano di semischiavitù. Eulogio non sapeva niente di René, ma quest'ultimo aveva capito che Eulogio era omosessuale e cercava di aiutarlo come poteva. Un giorno Eulogio è svenuto per la stanchezza e Roche si è preso in carico anche il suo lavoro. Non sappiamo bene che cosa sia successo... A quanto pare, però, qualcuno nella fabbrica li ha denunciati in quanto omosessuali e questo ha fatto sì che venissero puniti in modo più severo: sono stati portati a Buchenwald. Lì hanno iniziato a lavorare per Gustloff, una fabbrica di munizioni. Tantissime fabbriche tedesche si sono servite della manodopera dei prigionieri. Quelle che dipendevano da Buchenwald erano tra le più importanti. Così, in quei paraggi vicino a Weimar, vicino alla casa di Goethe, le SS sono diventate proprietarie delle vite di migliaia di esseri umani. Buchenwald non era solo un campo, da quel posto ne dipendevano molti altri.»

Benjamin rimase in silenzio mentre beveva un sorso dalla sua tazza di caffè, dando tempo a Fernando di mettere ordine in quanto gli stava raccontando.

«A Buchenwald, quando ritenevano che un lavoratore fosse ormai inservibile, se ne liberavano nelle camere a gas, come facevano con gli ebrei. Ne sono morti a migliaia nelle camere di Bernburg e Sonnenstein. Il suo amico Eulogio aveva contratto una malattia ai polmoni, ma René Roche gli aveva consigliato di non manifestare il problema perché, in caso contrario, lo avrebbero fatto sparire. Ma il peggio non è stato lavorare nonostante la malattia, senza avere da mangiare e senza riposare. I medici di Buchenwald si dedicavano a fare esperimenti. Inoculavano dei virus ai prigionieri. A molti di loro è stato inoculato il tifo. Eppure, c'è persino di peggio. Si ricordi bene questo nome: Carl Varnet.»

Di colpo la porta del soggiorno si aprì e la ragazza fece entrare una donna. Fernando sentì un blocco alla bocca dello stomaco. Si alzò in piedi e le andò incontro. «Zahra...» riuscì a dire.

Lei lo guardò, ma il suo volto non rifletteva nessuna particolare emozione. Sara la osservava con interesse e Benjamin con un cenno la invitò a parlare.

«Esatto, Fernando, non dimenticare il nome di Carl Varnet, anche se quello vero è Carl Peter Jensen. Danese, figlio di un commerciante di cavalli, ha studiato medicina e si è specializzato in endocrinologia; poi ha stretto amicizia con Knud Sand, un endocrinologo che sosteneva la castrazione degli omosessuali. Carl Varnet si è dedicato con impegno a questa sperimentazione con lo scopo, a suo dire, di curare l'omosessualità. È stato uno degli scienziati preferiti di Hitler e, in quanto tale, ha goduto di molteplici privilegi. Per un certo periodo ha vissuto a Praga, dove si faceva portare i prigionieri omosessuali per condurre i propri esperimenti. Poi si è trasferito a Buchenwald. Era stato nominato maggiore delle SS e lì ha lavorato ai suoi esperimenti con l'aiuto del comandante del campo. Fissa nella memoria anche quest'altro nome, Karl Otto Koch. Un mostro. Un diavolo con le sembianze di un essere umano.

«Gli esperimenti fatti nell'infermeria di Buchenwald hanno portato alla morte di centinaia di prigionieri. I medici facevano i loro esperimenti e il comandante del campo, Koch, ne traeva benefici. Era appassionato di oggetti realizzati in pelle umana, il suo preferito era una lampada. A sua moglie, la terribile Ilse Köhelr, piaceva sfoggiare una borsa di pelle umana che le era stata regalata dal marito. Erick Wagner, anche questo nome te lo devi ricordare, era un medico specializzato nello strappare la pelle dei prigionieri. Ah, il comandante aveva un debole per i tatuaggi, perciò amava ispezionare i prigionieri per segnalare quelli che ne avevano di suo gusto. Il dottor Wagner iniettava loro del fenolo e poi asportava la zona della pelle con il tatuaggio per destinarla alla collezione di Koch. Ma non voglio perdere il filo di quello che è importante che tu sappia...»

Zahra cercò una sigaretta e l'accese. A quel punto, Fernando aveva ormai il voltastomaco e gli era difficile continuare ad ascoltarla. Gli era impossibile accettare che quanto Zahra stava raccontando fosse vero. Nessun essere umano poteva essere capace di tali mostruosità. Sentì che stava tremando e accettò la sigaretta che Sara gli aveva messo tra le labbra.

«Carl Varnet faceva i suoi esperimenti con gli omosessuali del campo di Buchenwald, sottomettendoli ad autentiche torture. Alcuni li castrava, altri li sterilizzava, ai più disgraziati faceva punture di ormoni nell'inguine o trapiantava loro testicoli di scimpanzé. A molti impiantava ghiandole che rilasciavano testosterone. La maggior parte degli uomini sottomessi a queste pratiche brutali non è riuscita a sopravvivere, e quelli che ce l'hanno fatta... Eulogio è stato uno degli ultimi sui quali Carl Varnet è riuscito a fare degli esperimenti... Non ha perso la vita, ma la sua mente non ha retto.»

Fernando strinse i pugni e sentì un'ondata di repulsione e collera. «Dov'è?» chiese, e la sua voce lasciava trasparire incredulità, dolore e rabbia.

«In un ospedale di Parigi. Siamo arrivati ieri sera sul tardi. Non è stato facile trovarlo… Per mesi sono stata sulle sue tracce… ma è quasi impossibile trovare un uomo privo d'identità, un uomo che non sa più chi è…»

«Perciò, sei stata tu a trovarlo…» mormorò Fernando.

«Sì, sono mesi che vivo in Germania viaggiando da una parte all'altra, visitando i campi, scartabellando tra gli schedari elaborati dai capi… parlando con i sopravvissuti…»

Zahra scostò una ciocca dal viso come se con quel gesto, coprendosi gli occhi con la mano, riuscisse a cancellare quanto aveva visto. Fernando notò che era cambiata; la vita le aveva lasciato un rivolo di piccole rughe sulla fronte e intorno alle labbra si era disegnata una smorfia amara. Pensò che non si sarebbe mai ripresa da quanto aveva visto in quel pellegrinaggio nella Germania dei sopravvissuti.

«Andremo a trovarlo. Ma devi cominciare ad abituarti all'idea che non ti riconoscerà, che quasi non emette suoni... Chissà dov'è la sua mente...» disse Sara stringendo la mano di Fernando.

«E Anatole? Lui sa...?»

«L'ho chiamato e gli ho spiegato quanto è successo. Arriverà questo pomeriggio da Lione. Ma dobbiamo essere realisti. Sarebbe ingiusto chiedergli di farsi carico di Eulogio. È ancora giovane e, benché abbiano avuto una relazione, non so se è stata così importante da permetterci di chiedergli che porti Eulogio con sé.» Benjamin si era espresso con freddezza, quella freddezza che tanto irritava Fernando.

«Eulogio ha me... Non mi verrebbe mai in mente di chiedere ad altri di occuparsi di lui... Però... chi lo sa, magari gli farà bene vedere Anatole... è stato molto importante per lui...»

«Fernando, credo che la cosa più sensata sarebbe chiedere a sua madre di assumersi la responsabilità. Nessuno meglio di lei potrebbe occuparsi di Eulogio.» Sara parlò con tranquillità, cercando di far sì che Fernando cominciasse a rendersi conto della portata di quanto gli era stato raccontato.

«Piedad? Ma come potrebbe?» chiese sconcertato.

«Volevamo parlarne con te prima di fare qualunque passo. Crediamo che la cosa più sensata sia farla venire a Parigi affinché possa tornare in Spagna portando Eulogio con sé. Naturalmente la aiuteremmo... non può viaggiare da sola con Eulogio in quelle condizioni... Potremmo cercare un'infermiera, qualcuno che li accompagni in treno sino a Madrid...» Sara guardava Fernando dritto negli occhi.

«Piedad... Poveretta! Non si merita tutta questa sofferenza!» disse parlando fra sé.

L'auto di Benjamin li stava aspettando davanti alla porta. Quella mattina la libreria Rosent sarebbe rimasta chiusa.

Quando arrivarono all'ospedale della Pitié-Salpêtrière, i Wilson e Zahra si incamminarono con passo deciso verso le scale. Sembravano sicuri della destinazione.

Giunti in una sala, un'infermiera andò loro incontro, ma Benjamin non le permise di dire una parola: erano andati a trovare un malato spagnolo, Eulogio Jiménez. Era stato ricoverato la notte prima e il dottor Courtois aveva dato loro il permesso di andarlo a trovare in qualunque momento. Poteva verificarlo da sé.

L'infermiera consultò una collega, una donna anziana che sembrava la caposala. Poi li fece passare.

Eulogio era disteso sul letto e Fernando andò su tutte le furie quando vide che era legato. Delle cinture di cuoio lo mantenevano immobile. «Ma cos'è questa roba? Toglietegliela immediatamente!» E senza aspettare che gli dessero una mano, cominciò a cercare di liberare l'amico.

«Si calmi!» L'infermiera fece per trattenerlo.

«Il mio amico non è un animale... non permetterò che lo trattiate così. Me lo porto via subito... Dio mio, che orrore!»

L'infermiera non riuscì a fermarlo, ma una delle colleghe era andata a cercare il dottor Courtois, il quale rimproverò Fernando con rabbia non appena arrivò: «Come osa! Se ne vada subito da qui o darò ordine di non farla più entrare».

Ma Benjamin Wilson appoggiò la mano sul braccio del medico e gli parlò con voce ferma: «Mi scusi, dottore, ma non faticherà a capire la nostra sorpresa nel vedere il nostro amico legato. Lei stesso, ieri, quando lo ha visitato, ci ha assicurato che non rappresentava un pericolo...» Poi indicò Zahra. «La signorina Nadouri ha viaggiato con lui e con un'infermiera dalla Germania senza avere il minimo problema. Perciò, ci permetta di portarcelo via. Immagino abbia già fatto una diagnosi e sia in grado di dirci che cosa dobbiamo fare.»

Il tono di voce di Wilson non voleva essere convincente, serviva solo a chiarirgli che avrebbero fatto quanto avevano già stabilito prima di andare in ospedale.

Il dottor Courtois affrontò lo sguardo di Benjamin Wilson, poi scrollò le spalle e ordinò all'infermiera di preparare Eulogio. Infine, chiese loro di seguirlo nel suo studio dove, senza preamboli, consegnò la cartella clinica a Benjamin. Quest'ultimo la lesse e alzò gli occhi.

«Sì, la diagnosi è definitiva. Non recupererà più la sanità mentale. La sua mente si è rifugiata in non si sa quali profondità per resistere. Non sappiamo se riconosce, se sente... Al momento è incapace di articolare parola.»

«E in futuro?» chiese Fernando mentre avvertiva un dolore insopportabile nel petto.

«In realtà, sappiamo davvero poco della mente umana. Ma, a mio avviso... come ho scritto nella relazione, non credo che monsieur Jiménez tornerà più a essere come l'avete conosciuto. Possiamo prospettare dei miglioramenti? Non sono in grado di prevederlo. Magari in un ambiente tranquillo, circondato da persone che gli vogliono bene... Ma è una possibilità remota», rispose il medico.

«A me, però, ha riconosciuto», assicurò Fernando.

Tanto i Wilson quanto il dottor Courtois lo guardarono increduli ma con benevolenza, e non risposero.

«Io lo so, mi ha riconosciuto», insistette Fernando.

Un'ora dopo, accompagnati da un'infermiera di nome Paulette Bisset che spingeva la sedia a rotelle, Eulogio uscì dall'ospedale. Fernando gli aveva posato una mano sulla spalla e camminava alla stessa velocità della sedia a rotelle. I Wilson e Zahra lo seguivano in silenzio. Non fu facile farlo entrare dentro la macchina e ancora meno accomodarsi tutti dentro l'abitacolo, ma Benjamin trovò una soluzione offrendosi di prendere un taxi insieme a Sara.

«Non abbiamo deciso dove lo porteremo...»

«Lo porto nel mio appartamento. Catalina non c'è... è partita e starà via qualche giorno.»

«Se non ricordo male, ci sono due stanze...» chiese Sara, incerta.

«Esatto», confermò Fernando.

«Allora l'infermiera Bisset potrà stare con voi finché la madre di Eulogio non arriverà a Parigi», intervenne Zahra.

«La cosa migliore è parlare di tutto questo una volta che saremo a casa», intervenne Fernando.

Catalina aveva lasciato l'appartamento in ordine; sul tavolo della sala c'erano un vaso di fiori silvestri e un bigliettino per Fernando. Se lo infilò in tasca per leggerlo una volta che fosse rimasto solo.

Eulogio si lasciava fare. Dalle sue labbra non usciva una parola, ma appariva tranquillo. Aveva lo sguardo perso.

«Lo facciamo sdraiare o può stare seduto?» chiese Fernando all'infermiera.

«Credo possa stare seduto, a meno che non sia lui a far capire di volersi sdraiare. Potremmo sistemarlo accanto a quella finestra.»

Così fecero. Fernando disse all'infermiera che poteva dormire nella stanza di Catalina. Avrebbero portato il letto di Adela nella propria stanza, così poteva dormire in compagnia dell'amico.

Sara e Benjamin non tardarono ad arrivare. Dovevano decidere il da farsi. Fu lei a prendere la parola per prima: «La cosa più sensata è che sia sua madre a farsi carico di lui. Sono certa che è quello che vorrebbe; tu non puoi dargli le cure di cui ha bisogno. Quanto all'amico di Lione, Anatole Lombard, non possiamo chiedergli di occuparsi di Eulogio, neanche se fosse lui a offrirsi. Deve essere sua madre a prendere la decisione che riterrà più opportuna».

«Non appena arriverò nel mio studio chiamerò a Madrid perché si mettano in contatto con la madre, le spieghino quanto è accaduto e le offrano un biglietto per venire a Parigi», annunciò Benjamin.

«No... no, non ditele come sta Eulogio. Ditele che è malato e che ha bisogno di lei, ma non datele tutti i dettagli. Vivrebbe nell'angoscia finché non riuscirà a vederlo. Io... preferisco essere io a parlare con lei prima che lo veda. Voi potreste farle arrivare rapidamente una lettera.» Fernando sapeva che la vista del figlio in quelle condizioni sarebbe stato un colpo difficile da incassare per Piedad.

«Allora, se siamo d'accordo, mi occuperò oggi stesso di fare tutto il necessario per far venire qui donna Piedad, quanto prima», riassunse Benjamin Wilson.

«E non preoccuparti per la libreria, rimani con Eulogio finché non arriverà sua madre. Di tutto il resto mi occuperò io. Sarà come tornare ai tempi della mia giovinezza», disse Sara abbozzando un sorriso.

Zahra non disse niente. Ascoltava con attenzione, sapendo di non avere voce in capitolo per quanto riguardava il futuro di Eulogio. Ma quando i Wilson se ne andarono, lei rimase nell'appartamento. «Voglio darti una mano», disse, giustificando così la sua decisione.

«Grazie, ma credo che mi arrangerò con la signorina Bisset.»

«Ma certo...» Zahra si chiese se fosse il caso di continuare a parlare.

Fu l'infermiera a interromperli, ricordando loro che l'ora di pranzo era passata e il malato aveva bisogno di mangiare. Zahra si offrì di cucinare qualcosa e Fernando non si oppose. In frigorifero c'era una pentola con del purè di verdure e un po' di carne.

All'inizio Eulogio si rifiutò di mangiare. Non voleva aprire la bocca, ma Fernando lo fece sedere accanto a sé e a poco a poco, con pazienza, riuscì a fargli mangiare qualche cucchiaio di purè. Due cucchiaiate, ma almeno aveva messo qualcosa nello stomaco.

Eulogio aveva lo sguardo fisso sulla parete e muoveva la testa compulsivamente, senza emettere alcun suono. L'infermiera gli parlava con dolcezza e la sua voce sembrava tranquillizzarlo.

Zahra aiutò Fernando a preparare le stanze e approfittò dei pochi minuti in cui erano rimasti soli. «So che non è il momento, ma ricordi quando ti ho detto che un giorno ti avrei chiesto aiuto per finirla con Ludger Wimmer?»

Fernando dovette scavare nella memoria per ritrovare quel nome... Ludger Wimmer. Ricordò che era il socio del padre di Zahra, l'uomo che l'aveva accusata di omicidio e che l'aveva fatta finire in un ospedale psichiatrico, dove poi l'aveva violentata.

Aveva cancellato il ricordo dalla mente, tanto lo inquietava. Doveva vedersela già con i fantasmi di Roque e Saturnino Pérez, gli assassini di suo padre, per concedere spazio ad altri criminali.

Ma lì c'era Zahra, che gli aveva appena ricordato l'impegno di aiutarla a uccidere quell'uomo.

Lei aveva cercato Eulogio per tutta la Germania finché non l'aveva trovato e lo aveva riportato al suo amico, vivo nel corpo ma morto nella mente. Adesso toccava a lui fare la sua parte. «Sì, lo ricordo», affermò.

«Durante il periodo in cui sono stata in Germania non l'ho trovato. Sono riuscita solo a sapere che è scomparso non appena la guerra è finita. Può anche darsi che sia andato via prima che Berlino cadesse. Era abbastanza sveglio da sapere che aveva lasciato troppi testimoni della sua connivenza con i gerarchi nazisti e del fatto che l'Alba rosa era un covo di depravati, prima per le SA, poi per le SS. Aveva troppi amici tra gli assassini. Gli dovevano dei favori e lui ne doveva a loro. Chiunque avrebbe potuto segnalarlo. Ma anche se è svanito, io lo troverò.»

«Potrebbe essere morto», disse Fernando.

«No. È vivo.»

«Come fai a saperlo?» chiese, infastidito da quell'affermazione che sembrava non ammettere repliche.

«So che è vivo.»

«E dove credi si nasconda?»

«Ho una pista... Quando lascerò Parigi la seguirò. Devo trovare anche un'altra persona. Un incarico del nostro amico Benjamin. È scomparsa molta gente.»

«Sì, immagino che gli affari di Wilson vadano a gonfie vele», rispose Fernando con una traccia di rancore.

«Benjamin ti sta proprio antipatico... non riesci a perdonargli che ti abbia coinvolto nelle sue faccende... ma non dovresti giudicarlo. È una brava persona che aiuta il prossimo.»

«E per farlo si fa pagare.»

«Sì, certo, ma non sempre. Ci sono persone che sono ricorse a lui disperate e senza soldi, e lui non ha chiuso loro la porta; si è fatto carico delle spese e ha fatto tutto quello che ha potuto.»

«Se lo dici tu...»

«Sì, lo dico io. Chi credi che si sia fatto carico delle spese finché non ho trovato Eulogio? Non te lo sei chiesto? Be', è stato lui. E lo ha fatto per te, senza aspettarsi niente in cambio. Che cosa poteva importargliene a lui di Eulogio? Lo conosceva appena. Però Sara gli ha trasmesso la tua preoccupazione, e come vedi... L'ho cercato per un anno intero. Per carità, ho cercato anche altre persone, ma tutte le volte che ho creduto di avere una pista per ritrovare Eulogio, per quanto assurda o dispendiosa apparisse, l'ho seguita perché Benjamin mi ha appoggiato. Sì, Fernando, rintracciamo persone scomparse, ma non è solo un affare, non lo vuoi proprio capire.»

Fernando si sentì a disagio. Non voleva rimproverare niente a Zahra, ma non riusciva nemmeno a smettere di diffidare di Benjamin. Quell'uomo lo aveva manipolato, usandolo per i propri interessi, e questo non era disposto a perdonarglielo. Se aveva impugnato un'arma per la seconda volta e aveva sparato, era solo a causa sua. No, non riusciva a dimenticare il viaggio a Praga, quando si erano giocati la vita per quella ragazza... Come si chiamava? Jana, sì, Jana Brossler. Si erano giocati la vita per salvarla. «Non voglio discutere con te», ribatté Fernando.

«E perché dovresti? La verità a volte ci dà fastidio, ovvio. Invece, dovresti proprio essere grato a Benjamin.»

Fernando divenne teso e guardò dritto negli occhi Zahra, che sostenne lo sguardo con aria di sfida.

«Di cosa dovrei ringraziarlo? Di essersi approfittato di me? Di avermi mandato a compiere un'assurda missione nel deserto mettendo in pericolo la mia vita? Di aver fatto credere ai vostri amici che io ero il tuo *chevalier ser-*

vant? Devo ringraziarlo anche perché ci ha mandato a Praga a cercare quella ragazza? Dimmi, di tutto questo lo devo ringraziare...?»

Lo sguardo di Zahra era carico di delusione e lui ne soffriva. «Marvin ha raccontato a Sara e a Benjamin la storia di tuo padre e ha chiesto loro di assumerti. Be', in realtà glielo ha chiesto Farida. Sara si è commossa quando ha saputo che eri figlio di un editore, di un uomo di lettere fucilato dai franchisti, e non ha esitato ad aiutarti, naturalmente appoggiata da suo marito. I Wilson vi hanno protetti durante il vostro soggiorno ad Alessandria, o forse sei convinto che solo Catalina fosse in grado di insegnare pianoforte alle bambine della buona società?

«I Wilson ti hanno reso quello che sei, un redattore, un curatore e un traduttore, quello che tuo padre avrebbe voluto che diventassi. Anche quando sei andato da Benjamin a dirgli di non contare più su di te per *rintracciare persone scomparse*, lui non ti ha escluso. Quando hai deciso di lasciare Alessandria e venire a Parigi, ti hanno aiutato raccomandandoti ai Dufort, che sono diventati i tuoi padroni di casa e ti hanno aiutato a fare i primi passi qui. I Wilson ti hanno affidato la libreria Rosent, e non solo, anche l'edizione della loro collana di poesia. Gli devi molto, Fernando. Tutto quello che sei adesso.»

Non voleva discutere con Zahra. In realtà, poco gli importava quanto stava dicendo. Era troppo addolorato per lo stato di Eulogio per dare spazio a qualunque altro sentimento. Benché non potesse evitare di sentire i brividi ogni volta che aveva Zahra vicino, avrebbe preferito che fosse Catalina a condividere con lui quel momento. Lei lo avrebbe capito.

Giugno alla fine era arrivato. Il sole non era apparso quella mattina. Il cielo plumbeo presagiva pioggia e la brezza dava i brividi.

Fernando era arrivato presto in stazione e aveva continuato a camminare da una parte all'altra della banchina, nervoso.

Il treno entrò adagio mentre la locomotrice esalava un fumo grigiastro. Lui se ne stette tranquillo mentre aspettava che si aprissero le porte. I viaggiatori, con l'aria stanca e gli occhi rossi per il sonno, cominciarono a trascinare le loro valigie lungo la banchina, cercando smaniosi gli amici e i familiari che dovevano essere lì ad aspettarli. Fernando era vigile, guardava ora l'uno ora l'altro passeggero, e cominciò a sentirsi inquieto. Di colpo la vide. Era accanto al treno, nervosa e impaziente, lo sguardo che lo cercava e che rifletté il sollievo quando incrociò quello di Fernando. Camminò veloce verso di lei. «Piedad!» la chiamò alzando la mano.

La abbracciò con forza e lei si lasciò cullare da quell'abbraccio come se fosse un anticipo di quello che le avrebbe dato il figlio.

«Come stai? Com'è andato il viaggio?» le chiese.

«Che bello vederti, Fernando... E mio figlio?» volle sapere lei.

«Ti porto subito da lui», rispose Fernando schivando la risposta.

«Non capisco niente... un uomo si è presentato a casa mia e...»

Ma Fernando non la lasciò proseguire. Prese la sua valigia con una mano e con l'altra la prese sottobraccio, guidandola all'uscita della stazione. «Andiamo... andiamo... Senti, dobbiamo parlare. So che sei molto stanca e vuoi vedere Eulogio, ma prima dobbiamo parlare.»

Lei annuì e il peso che sentiva sul cuore si fece più gravoso.

Uscirono dalla stazione e si diressero a una caffetteria lì vicino. Fernando ordinò due caffè e dei croissant. «Sarai affamata.»

«Sono stanca, ma soprattutto angosciata. Perché non mi porti dai Eulogio? Che cosa gli è successo?»

«Che cosa ti hanno spiegato a Madrid?» volle sapere lui.

«Come ti stavo dicendo, un uomo si è presentato a casa mia. Mi ha detto che veniva da parte di amici e che mi avrebbe aiutata a ottenere il passaporto per venire a Parigi a ricongiungermi con mio figlio. Come puoi immaginare, mi sono commossa. Non sapevo chi fosse quell'uomo. Se non mi avesse dato la tua lettera credo che l'avrei cacciato via. Ma tu mi dicevi di fidarmi di lui e di seguire le sue istruzioni. È quello che ho fatto. Mi ha consegnato un biglietto del treno e... Deve essere una persona importante, perché ci hanno messo solo cinque giorni a darmi il passaporto. Nella lettera mi hai scritto che Eulogio ha bisogno di me e che la mia presenza a Parigi era imprescindibile.

«L'ho raccontato a tua madre e lei... ecco, lei avrebbe voluto accompagnarmi. Ha insistito, pensando di trovarti qui. L'ho raccontato anche ad Asunción. Lei non poteva nemmeno pensarlo di venire qui perché deve occuparsi di Ernesto, però mi ha dato una lettera per Catalina. È qui con te?

«No, in realtà no... ma adesso questo non è importante. Senti, voglio raccontarti come sta tuo figlio prima che tu lo veda.»

Non le risparmiò nessun dettaglio sulle condizioni di Eulogio, ma evitò di raccontarle della fuga e del viaggio ad Alessandria. Il racconto si concentrò sul soggiorno di Eulogio in Francia, sulla sua appartenenza alla Resistenza, sul fatto che era stato deportato in Germania e su quello che aveva patito nei campi.

Piedad ascoltava in silenzio senza riuscire a trattenere le lacrime. Sentiva sulla propria carne il dolore che aveva sofferto suo figlio.

«Grazie ad alcuni amici siamo riusciti a trovarlo in uno di quei campi, dove i medici nazisti facevano esperimenti sui prigionieri. Potevano fare quello che volevano su di loro. La loro vita non valeva niente.»

«Esperimenti?» Piedad sussultò. «Ma mi hai detto che lo avevano portato in un campo di lavoro, in una fabbrica di munizioni...»

«Sì... e lì... Be', c'erano altri prigionieri, uomini che...»

«Che?»

«Non so come dirtelo... Eulogio... Eulogio...»

«Santo cielo, Fernando, parla!»

«Eulogio si è innamorato durante il soggiorno a Lione. È stato un amore intenso, generoso, totale... Lui... be', lui si è sentito libero di dare briglia sciolta alle sue emozioni, i suoi gusti, la sua verità.»

«Perché non mi dici con chiarezza che cosa è successo?»

«Si è innamorato di un uomo. Mi dispiace», disse Fernando, e abbassò la testa imbarazzato.

Piedad si passò una mano sul volto e sospirò prima di parlare. «Perciò, alla fine lo ha accettato», disse con un filo di voce.

«Che cosa stai dicendo?» disse Fernando sconcertato.

«Credi che io non sapessi che cosa angosciava mio figlio? Credi davvero che sia possibile ingannare una madre? Eulogio era in lotta con se stesso e... non mi ha mai perdonato il fatto che, da adolescente, io gli abbia detto che doveva avere un rispetto sincero verso quello che sentiva, che non doveva sentirsi in imbarazzo. Ma lui... be', ha negato quello che per me era evidente e, a partire da quel momento, non si è più sentito a proprio agio con me perché io sapevo... Era il suo segreto più intimo e non voleva condividerlo con nessuno, nemmeno con me, e questo per lui era un tormento. Mio marito si rifiutava di accettarlo, mi diceva che erano fantasie mie e si arrabbiava quando insistevo sul fatto che nostro figlio soffrisse. Come sai, Eulogio amava suo padre più di chiunque al mondo e sapeva che per lui la sua omosessualità sarebbe stata una delusione. Perciò, mi è stato impossibile aiutarlo. Lo sai perché Catalina gli è sempre stata antipatica, perché ce l'aveva con lei?»

«Avevano due caratteri diversi», rispose, tanto per dire qualcosa.

«No, non era questione di carattere. Eulogio era innamorato di te e Catalina era la sua rivale. Lui sapeva che tu non avevi le sue stesse pulsioni e che, se te ne fossi accorto, sicuramente la vostra amicizia sarebbe finita. Ma benché sapesse che era impossibile, non riusciva a smettere di odiare Catalina. Come vedi, tu sei fuggito con lei e lui è fuggito con te, nonostante lei.»

Fernando sentì il volto in fiamme. Non poteva accettare quanto aveva appena sentito. I suoi sentimenti erano un misto di pietà e rifiuto. Di colpo, la sua amicizia con Eulogio acquisiva una dimensione sconosciuta. Piedad si rese conto del suo disagio e temette che quella rivelazione potesse indurre Fernando a respingere l'amicizia di Eulogio. «Chi è l'uomo del quale si è innamorato? Era ricambiato?»

Fernando non riusciva a trovare le parole giuste per rispondere a Piedad. Lei lo aveva sempre saputo e sembrava preoccuparsi unicamente della sofferenza che Eulogio aveva patito sin da adolescente.

Ma non glielo avrebbe rimproverato. Non la giudicava.

«È francese... si chiama Anatole Lombard e, come ti ho detto, vive a Lione, anche se quando l'ho chiamato per dirgli che avevamo ritrovato Eulogio è venuto a trovarlo senza esitazioni. Adesso lo conoscerai. È per questo che volevo prepararti...»

«Dimmi come sta Eulogio», chiese lei.

«Nel campo di Buchenwald c'era un medico di nome Carl Vaernet, che sperimentava delle cure per gli omosessuali. I prigionieri che lo erano dipendevano dalla sua volontà. Ad alcuni ha impiantato testicoli di scimmia, ad altri ormoni, li castrava o li sterilizzava...»

«Taci!» gridò lei, cercando di ricacciare le lacrime.

«Mi dispiace... io... Eulogio è stato vittima dei suoi esperimenti. È sopravvissuto, ma altri non ce l'hanno fatta. Il suo corpo è qui, ma la sua mente si è persa... Non parla, il medico dice che non riconosce, ha lo sguardo assente... e... piange, ogni tanto piange in silenzio. Stringe le labbra e le mani e piange in modo convulso.»

«Portami da lui, per favore», quasi lo supplicò.

Quando arrivarono all'appartamento, l'infermiera aprì loro la porta. Anatole era seduto accanto a Eulogio con un libro tra le mani e leggeva a voce alta. Piedad si fermò a osservare il figlio immobile mentre riconosceva la *Canzone d'autunno** di Verlaine recitata dalla voce di Anatole.

I singhiozzi lunghi
dai violini
d'autunno
mi feriscono il cuore
con languore
monotono.

Ansimante
e smorto, quando
l'ora rintocca,
io mi ricordo
dei giorni antichi
e piango;

e me ne vado
nel vento ostile
che mi trascina
di qua e di là
come la foglia
morta.

Anatole Lombard alzò lo sguardo per incrociare quello di Piedad. A Fernando sembrò che si parlassero attraverso il silenzio. «Piedad, lui è Anatole...»

Lui chiuse il libro e si alzò, porgendo la mano alla donna. Dopo una rapida stretta, lei si allontanò per avvicinarsi a suo figlio.

*Paul Verlaine, *Poesie*, Introduzione, note a traduzione di Lanfranco Binni, Garzanti, 1993.

Abbracciò il corpo inerte di Eulogio. Gli accarezzò i capelli, li baciò dolcemente e sussurrò parole che né Fernando né Anatole riuscirono a sentire. Eulogio si lasciava fare, il suo volto non tradiva nessuna emozione. La sua mente abitava altri luoghi.

L'infermiera si avvicinò e si presentò. «Madame, io sono Paulette Bisset e mi prendo cura di suo figlio.»

Piedad annuì senza smettere di accarezzare il volto del figlio. Le lacrime le correvano lungo le guance ma non le fermò. Di colpo, Eulogio fissò la madre con gli occhi persi, ma senza nessuna espressione, nessun movimento che lasciasse intendere che l'aveva riconosciuta. Lo sguardo era vuoto.

Fernando uscì dalla stanza perché non riusciva a smettere di piangere. Il dolore silenzioso di Piedad gli era insopportabile. Gli servì del tempo per tranquillizzarsi, poi tornò. «Dovresti riposare un po' o almeno darti una rinfrescata», disse rivolto a Piedad.

«Ho voglia solo di abbracciare mio figlio, però hai ragione, ho viaggiato un giorno intero e ho bisogno di lavarmi. Di riposare no, c'è tempo.»

Cedette il proprio posto ad Anatole e si lasciò guidare da Fernando sino alla stanza che lui adesso occupava con Eulogio. «Dormirai qui con tuo figlio, io starò sul divano del soggiorno.»

Lei non protestò. Desiderava un'unica cosa: stare con suo figlio. Fernando aveva poggiato la valigia sul letto e lei l'aprì per prendere dei vestiti.

In meno di mezz'ora tornò in soggiorno. L'infermiera era seduta accanto a Eulogio mentre Anatole e Fernando parlavano a bassa voce. «Sembri un'altra, ma dovresti asciugare meglio i capelli», disse quest'ultimo tanto per dire qualcosa.

Piedad aveva ancora i capelli bagnati e abbozzò un sorriso. Poco le importava se non li aveva asciugati bene, si sentiva leggera dopo aver fatto la doccia.

«Possiamo parlare?» le chiese Anatole.

Lei annuì e si accomodò accanto a Fernando. Incrociò le mani sul grembo e attese.

«Come le hanno spiegato, sono un amico di Eulogio. Non le dirò che sto soffrendo come lei ma, mi creda, mi dispiace nel profondo vederlo in questo stato. Io… io l'ho amato, lo amo, e mi dispiace non avere il potere di far sì che torni quello che era. Immagino che lo porterà con sé in Spagna e, se me lo permette, mi piacerebbe venire a trovarlo qualche volta… Sono un professore, perciò verrei durante le vacanze... Naturalmente, prima le scriverei.»

Piedad ascoltava con attenzione. Le sarebbe piaciuto provare simpatia per quell'uomo attraente del quale suo figlio si era innamorato, ma in realtà lo riteneva responsabile del destino sfortunato di Eulogio. Perché avevano preso suo figlio invece che lui? Era un rimprovero irrazionale, lo sapeva, ma non riusciva a evitarlo. «Sì, mi scriva... Immagino non ci saranno problemi se vorrà venire a trovarlo», rispose senza prendersi un impegno concreto.

«Ho aspettato che lei arrivasse, volevo conoscerla. Oggi stesso torno a

Lione. Sono a Parigi da diversi giorni. Quando mi hanno chiamato per dirmi che avevano trovato Eulogio sono venuto immediatamente, e sono rimsto qui, accanto a lui, anche se Eulogio non sa che sono qui.»

«I medici dicono che per difendersi dall'enorme sofferenza alla quale è stato sottoposto la sua mente si è come separata dal corpo e ha finito per perdersi chissà dove», cercò di spiegare Fernando.

«Sì... me lo hanno detto...» Piedad annuì.

«Magari un giorno tornerà tra noi», osò ipotizzare Anatole.

Lei lo guardò dritto negli occhi, era lo sguardo di una lupa pronta all'attacco. Come osava quell'uomo cercare di consolarla con una speranza vana?

«I miracoli esistono», insistette Anatole.

«Lei ha la fortuna di crederci», rispose Piedad con decisione.

«Bene... il mio treno partirà nel primo pomeriggio e prima vorrei passare a trovare un amico... Vi saluto...»

Anatole si era alzato in piedi e Fernando fece altrettanto. Piedad si alzò lentamente e, senza porgergli la mano, si limitò a dirgli: «Spero faccia un buon viaggio, signor Lombard». Poi si voltò e si riaccomodò accanto al figlio. Prese le mani di Eulogio tra le proprie e questo parve riconfortarla. Anatole si avvicinò a Eulogio e lo baciò sulla fronte. Poi se ne andò senza aggiungere una parola.

Piedad aveva insistito per conoscere Zahra. Voleva vedere in volto la donna che le aveva restituito suo figlio. Fernando le aveva parlato di lei senza darle troppi dettagli su chi fosse e a che cosa si dedicasse. Ma a Piedad tutto questo non interessava. Voleva solo conoscerla.

Zahra andò a trovarli due giorni dopo l'arrivo della donna. Quel pomeriggio di giugno Parigi era avvolta dalla pioggia.

Le due donne simpatizzarono immediatamente. A Piedad venne spontaneo abbracciarla e Zahra si lasciò fondere in quell'abbraccio carico di gratitudine. Poi parlarono con franchezza. Zahra le raccontò dettagli sconosciuti sui crimini commessi dai nazisti e le disse di provare vergogna nei confronti dei vincitori, che sembravano desiderosi di sotterrare quanto era successo. Lamentava il fatto che a Norimberga non si fossero seduti tutti gli assassini responsabili dell'inferno diretto da Hitler. «Il processo è stato una catarsi, ma milioni di colpevoli continueranno a vivere le loro vite senza che la giustizia nemmeno li sfiori», assicurò con rabbia. «Persino il torturatore di Eulogio, Carl Vaernet, è scomparso», raccontò a Piedad, aggiungendo che «in realtà gli hanno permesso di scomparire». Le spiegò con voce carica di rabbia che «dapprima Vaernet è stato portato in un campo in Danimarca, ma poi è riuscito a scappare o, per meglio dire, è stato aiutato a scappare». Con un tono di voce più basso, quasi parlasse a se stessa, continuò: «Una delle vergogne più grandi è che molti degli esperimenti degli scienziati e dei medici che hanno lavorato per Hitler hanno risvegliato l'interesse di... Ecco, dei vincitori. Molti di loro sono attualmente sotto protezione o sono stati dotati di una nuova identità. Probabilmente Vaernet è tra questi».

Fernando ascoltava attonito le parole di Zahra. Pensò che la sua mente fosse obnubilata. Com'era possibile che coloro che avevano battuto Hitler stessero salvando certi mostri che avevano lavorato per lui? No, non poteva essere vero, sicuramente Zahra stava facendo delle speculazioni tutte sue solo perché nel suo animo aveva preso casa l'odio.

Zahra continuava a parlare, spiegando a Piedad quanto era stato difficile rintracciare Eulogio e di come l'aveva trovato in un istituto per squilibrati mentali. Fernando assisteva alla conversazione tra le due donne senza osare interromperle. Tra loro si era instaurata una comunicazione della quale non poteva essere partecipe.

Era ormai scesa la notte quando Zahra si congedò da Piedad. Lui insistette per accompagnarla e lei accettò.

Camminarono a lungo senza dire una parola. Lei lo aveva preso a braccetto ed entrambi avvertivano il calore del corpo dell'altro.

«È una donna coraggiosa», affermò Zahra.

«Piedad? Sì, decisamente. Ha sofferto molto.»

«Quando andranno via?»

«Dopodomani. Paulette li accompagnerà sino a Madrid e si tratterrà lì per qualche giorno. In realtà, Piedad non vuole che li accompagni l'infermiera, ma io ho insistito. È meglio che non vada da sola in treno; il viaggio è lungo e non sappiamo come potrebbe reagire Eulogio.»

«Magari avesse un qualche tipo di reazione... Io l'ho portato qui dalla Germania e devo dire che non mi ha dato nessun problema. Non è qui, Fernando, lui non è qui. È un corpo inerte che si lascia fare.»

«Ma il medico ha detto che con le malattie mentali non si sa mai. Io non sono tranquillo se Piedad non può contare su nessun appoggio durante il viaggio.»

«E tua madre?»

«Piedad mi ha portato una sua lettera. Ha voglia di vedermi. Mi ha chiesto se può venire a Parigi...»

«Verrà?»

«Non c'è niente che io desideri di più al mondo che vedere mia madre, ma preferisco che non venga.»

«Hai paura.»

«Paura? Ma cosa dici! Come posso aver paura di mia madre?»

«Hai paura di doverle spiegare la verità sul perché te ne sei andato.»

Zahra aveva ragione e Fernando non la contraddisse. No, sentiva di non essere capace di guardarla negli occhi e confessarle che aveva ucciso quei due uomini. I fantasmi di Roque e Saturnino Pérez continuavano a fargli visita. Il passare del tempo non aveva dissolto la loro presenza, anzi, padre e figlio dall'aldilà sembravano godere del suo tormento.

Amava sua madre al di sopra di tutto e sapeva che se l'avesse avuta davanti non sarebbe stato capace di mentirle, ma era consapevole anche del dolore e dell'enorme delusione che le avrebbe arrecato sapere che il figlio era diventato un assassino. Come avrebbe potuto vivere con quel peso? Sua madre credeva in Dio, aveva smesso di credere nella giustizia degli uomini ma continuava a credere in quella divina ed era convinta che l'Altissimo avrebbe provveduto a punire Roque e Saturnino. Ma saperlo responsabile delle loro morti... no, questo l'avrebbe annientata; ecco perché preferiva non vederla, se lo avesse fatto non sarebbe riuscito a mentirle.

«Non c'è niente che tua madre non sia in grado di capire», insistette lei.

Fernando strinse le labbra e non rispose.

Camminarono per un bel pezzo, all'apparenza senza meta, ma d'un tratto Zahra si fermò davanti a un piccolo hotel a Montparnasse. Lei continuò a tenerlo sottobraccio e lui la seguì. La stanza era grande e comoda. Sul letto c'era la valigia aperta con gli abiti ripiegati. Lui la chiuse e la posò per terra.

«Me ne vado anch'io», sussurrò Zahra.

«Quando?»

«Domani.»

«Tornerai?»

«Ti chiamerò quando avrò trovato Ludger Wimmer.»

Fernando si svegliò di soprassalto. La luce cominciava a filtrare attraverso la finestra. Fece scivolare la mano sulla superficie del letto: era vuoto. Si alzò in un balzo e avvertì l'assenza di Zahra. La valigia non c'era più e nemmeno gli abiti che indossava il giorno prima e che, a poco a poco, aveva gettato per terra nella stanza. Se la prese con se stesso per non essersi reso conto che se n'era andata. Come era stato possibile? Sentì un nodo allo stomaco mentre si vestiva in tutta fretta.

Il receptionist lo informò che la signorina Zahra era andata via poco più di un'ora prima e che la stanza era già stata pagata.

Quando arrivò all'appartamento, Piedad stava pettinando Eulogio. Lui si lasciava fare, tranquillamente seduto, mentre l'infermiera Bisset preparava il caffè.

Si sedettero a fare colazione parlando del più e del meno. Poi Piedad gli disse che avrebbe preparato le valigie perché sarebbero partiti l'indomani. «Che cosa vuoi che dica a tua madre?» gli chiese.

«Che sto bene e che non c'è un solo minuto della mia vita in cui non pensi a lei.»

«Mi chiederà se pensi di tornare...»

Lui restò in silenzio. Gli costava mentire a Piedad, ma non aveva altra scelta. «Me ne vado negli Stati Uniti, Catalina mi aspetta. Sono a Parigi solo perché mi hanno avvisato che Eulogio era stato ritrovato», si giustificò lui.

«Ah... perciò questo appartamento...»

«È di amici.»

«Quella è la figlia di Catalina?» disse lei indicando la foto incorniciata di Fernando con Catalina e Adela.

Non rispose e si chiese come mai Piedad sapesse che Catalina aveva avuto una figlia. Lei lo intuì e sorrise. «Sì, so che Catalina era incinta e che se n'è andata via per questo, e tu con lei e mio figlio con te.»

«Te l'aveva detto Eulogio...»

«Non c'era bisogno che me lo dicesse... è andato via senza salutare, come te e Catalina. Ma io avevo sentito Eulogio parlare di lei con Marvin ... e anche con te, voi e i vostri segreti... Poi, quando Asunción ci disse che aveva mandato sua figlia a casa di certi parenti... Sono successe molte cose in questi anni, Fernando. Noi tre ci siamo unite. Io, Isabel e Asunción avevamo in comune tre figli scomparsi. Non potevamo parlare con nessun altro se non tra di noi. Abbiamo trascorso intere giornate a chiederci dove foste finiti. Tua madre è molto discreta, ma Asunción quando ha ricevuto la prima fotografia della nipotina ce l'ha mostrata orgogliosa... Catalina dovrebbe tornare. A sua madre non importa proprio quello che diranno le malelingue. Siamo cambiate, Fernando, non siamo più le donne che hai conosciuto. La sofferenza e l'incertezza dopo la vostra fuga ci hanno reso forti. Ti sorprenderesti di sentire quello che dice Asunción. Non è più la signora un po' bigotta che ricordi; oggi sarebbe capace di affrontare chiunque osi dire una parola di troppo su sua figlia.»

«Catalina non tornerà finché Marvin non si sposerà con lei, o finché non riconoscerà Adela», le spiegò Fernando.

«Ah, Marvin! Quel ragazzo non è per Catalina. Lei è troppo vitale per lui, inoltre...» Piedad si trattenne dal dire quello che aveva in mente.

«In ogni caso, è il padre di Adela.»

«E per tutti questi anni lei ha cercato di fare in modo che Marvin riconoscesse la bambina?»

«Sì, ma lui si rifiuta anche solo di parlare a Catalina.»

«E tu che cosa ne pensi?»

«Io? Mah, io ho provato a parlare a Marvin, ma non appena faccio anche solo il nome di Catalina, lui perde la ragione. Perciò, non posso fare nient'altro se non proteggerla.»

«Sei ancora innamorato di lei?»

Rimase in silenzio. Non conosceva la risposta. A volte pensava che l'unica donna che lui poteva amare davvero fosse Catalina, ma quando vedeva Zahra tutte le sue certezze crollavano. «Non la lascerò mai», fu la risposta più sincera che riuscì a dare.

«Già... e Zahra? Non voglio seccarti con le mie idee, ma... è evidente che fra te e lei... Insomma, mi sembra non ti sia indifferente.»

Fernando accese una sigaretta. La conversazione con Piedad lo stava irritando. Gli sarebbe piaciuto dirle che la smettesse di intromettersi con tutte quelle domande, ma non osò. Lo conosceva sin da bambino, suo padre e il marito di Piedad erano stati amici, e adesso lei e sua madre erano unite in un modo molto speciale. «Zahra è... è una persona importante per me. Ma Catalina lo è molto di più.»

«So che questa conversazione ti mette a disagio, ma mi sento obbligata a farti delle domande perché quando tornerò da tua madre lei le farà a me; vorrà sapere come stai, che cosa ne è stato delle vostre vite.»

«Dille la verità, che sto bene e che mi manca. Spero che in tutti questi anni abbia ricevuto le lettere che le ho mandato...»

«Ah, sì, quelle lettere che appaiono misteriosamente nelle caselle, senza timbro, senza francobolli... come se cadessero dal cielo. E questo aumenta l'insicurezza di tua madre e anche quella di Asunción, che continua a chiedersi dove siano Catalina e sua nipote.»

«Adesso che sei stata a Parigi le puoi tranquillizzare.»

«Non pensi di tornare?»

«No...»

«Solo per Catalina?»

«Senti, sono successe molte cose in questi anni... Non voglio tornare in Spagna, non potrei vivere nell'asfissia del regime di Franco. Continuerei a essere il figlio di un rosso, di un fucilato. Lì non ho futuro.»

«E tua madre?»

«Spero di poterla rivedere un giorno, ma non in Spagna», disse, pur sapendo di mentire.

«Parigi non è così lontana...»

«Non viviamo a Parigi, come ti ho detto; Catalina è negli Stati Uniti e io la raggiungerò non appena tu ed Eulogio tornerete a Madrid.»

«Se non altro, mi darai una lettera per tua madre, no?»

«L'ho già scritta, ma tu ricordale più di tutto che le voglio bene, che non passa giorno senza che io pensi a lei.»

Tuttavia, Piedad sapeva che Fernando mentiva. Che in realtà quell'appartamento non era stato prestato loro da un amico. Le foto, i vestiti negli armadi, i fogli di carta sulla scrivania... No, quello non era un posto di passaggio, ma la casa in cui Catalina e Fernando vivevano insieme le loro vite.

L'indomani Fernando li accompagnò in stazione. Era nervoso e continuava a dare indicazioni all'infermiera. Piedad non ne era al corrente, perché non sapeva nemmeno della loro esistenza, ma i Wilson ancora una volta avevano dato mostra della loro generosità. Non solo si erano fatti carico delle spese per trovare Eulogio, ma anche dell'onorario dell'infermiera Bisset, nonché dei biglietti del treno in prima classe.

Piedad aveva insistito sul fatto che la presenza dell'infermiera non fosse necessaria, ma Fernando l'aveva convinta del contrario.

Paulette aveva preso Eulogio sottobraccio. Lui camminava adagio, lo sguardo assente, lasciandosi guidare.

I viaggiatori cominciavano ad accomodarsi nei vagoni e Fernando li aiutò a trovare il proprio e a sistemarsi. L'infermiera rimase accanto a Eulogio mentre Piedad scendeva sulla banchina per congedarsi da Fernando.

«Come farai quando sarete a Madrid? Mi hai detto che lavori in un laboratorio, ma Eulogio non può stare da solo.»

«Cucirò da casa, è l'unica soluzione. Mi intendo abbastanza di cucito per guadagnarmi da vivere. Magari nel laboratorio mi daranno del lavoro da fare a casa. Non lo lascerò da solo. Adesso che ho ritrovato mio figlio, la mia vita ha un unico senso: occuparmi di lui.»

«Che ne sarà di Eulogio più avanti? Tu... be'... il tempo passa per tutti e lui... lui non può stare da solo.»

«Capisco che cosa ti preoccupa... Che cosa ne sarà di lui quando io morirò.»

«No... non volevo dire questo...»

«Sì, invece, è proprio quello che volevi dire. So quanto siete amici tu e mio figlio e, anche se mi hai raccontato poche cose, so che ne avete passate delle belle insieme. Ti dirò la verità, Fernando: il giorno in cui starò per morire lo porterò via con me.»

Piedad lo guardò come sfidandolo, ma lui sostenne lo sguardo. Non avevano altro da dirsi e lui non la giudicò per quella confessione.

Il treno fischiò e la voce del controllore invitò i viaggiatori a raggiungere i loro vagoni. Piedad lo fece senza voltarsi a guardare Fernando. Lui si avvicinò al finestrino per congedarsi da Eulogio. Il suo amico aveva la fronte incollata al vetro e volle credere che in quel modo lo stesse salutando, anche se il suo sguardo restava vuoto.

22

Non fu facile tornare alla normalità. I giorni accanto a Eulogio lo avevano gettato in una tristezza che era difficile scrollarsi di dosso. Aveva cercato disperatamente qualunque segno di vita negli occhi del suo amico, ma il vuoto del suo sguardo sembrava incolmabile.

Sperò che il ritorno alla routine della libreria e del lavoro redazionale fosse salvifico. Ma non fu così. Se aveva faticato ad accettare che Eulogio fosse omosessuale, faticava ancora di più a dare un senso alle parole di Piedad quando gli aveva assicurato che suo figlio era stato innamorato di lui.

Si chiese come mai non se ne fosse reso conto e giunse alla conclusione che, proprio perché Eulogio lo amava, non si sarebbe mai sognato di metterlo a disagio. Era il suo migliore amico, non ne avrebbe più trovato un altro come lui.

Sara lo colse di sorpresa consegnandogli una nuova raccolta scritta da Marvin. «È brevissima, sono solo quindici poesie, ma la pubblicheremo comunque. Il Poeta del dolore, lo chiamano così. E Marvin si identifica con questa definizione.»

Fernando non mise in discussione la scelta di Sara. Marvin era l'autore più importante della casa editrice Rosent e lei era disposta a pubblicare qualunque cosa l'americano avesse scritto. Perciò, le chiese per quando voleva che fosse pronto e concordarono sul fatto che dicembre era il momento più adatto. Sara lo sorprese anche chiedendogli di Catalina.

«Sta bene», rispose asciutto.

«Sembra proprio di sì, visto che si è permessa di andare ad assistere a una conferenza di Marvin ad Harvard. L'entrata era libera», commentò Sara severa.

Così, sapeva che Catalina era a Boston. Fernando non aveva detto niente ai Wilson, ma non riteneva di essere stato sleale. Dal suo punto di vista, Catalina aveva tutto il diritto di fare quanto riteneva più opportuno, anche se significava importunare Marvin. Lui non riusciva a provare empatia per l'americano e nel suo intimo se lo rimproverava perché restava pur sempre il curatore delle sue poesie. Viveva in un equilibrio impossibile tra il voler proteggere Catalina e i suoi doveri editoriali. Ma non aveva ingannato né

Sara né Benjamin: se l'equilibrio si fosse rotto, sarebbe stato sempre a favore di Catalina.

«Hanno dovuto cacciarla dalla sala. Quando Marvin ha concluso il suo intervento e l'illustre professore che era con lui ha invitato il pubblico a fare domande, lei ha alzato la mano, si è alzata in piedi e, indicando sua figlia, ha detto: "Ciao Marvin, questa è Adela. Siamo venute a trovarti. Quando parlerai con me?"

«Per fortuna, il professore che aveva organizzato l'incontro ha pensato che Catalina e Marvin fossero amici e che lei gli stesse facendo una sorpresa. L'ha interrotta e le ha detto: "Signorina, sono certo che il signor Brian sarà felice di vederla, ma questo pomeriggio siamo qui per parlare di poesia. Per la nostra università è un grande onore avere tra noi il Poeta del dolore. Più tardi potrà parlare con lui". Catalina ha cercato di prendere di nuovo la parola, ma il professore glielo ha impedito. L'evento non è durato molto. Marvin ha cominciato a sentirsi male, così ha risposto giusto a cinque o sei domande per poi lasciare la sala. Quando se n'è accorta Catalina lo ha seguito, ma lui se n'era già andato.»

«Ne abbiamo già discusso, Sara, conosce la mia opinione: Catalina ha una figlia da difendere. Il minimo che Marvin possa fare è ascoltarla. Lei non si arrenderà, lo seguirà ovunque lui vada. È facilissimo mettere fine a tutto questo: basta che parli con lei, che le dica quanto ha da dirle, perché ostinarsi così ridicolmente a schivarla non porta da nessuna parte.»

«È Catalina che fa una brutta figura, che si mette in ridicolo.»

«Sa che io l'appoggerò sempre», rispose ormai stanco.

«Sì, immagino sia stato tu a pagare il viaggio a Boston. La farai anche tornare?»

«Io non decido per lei, mi limito a farle sapere che può sempre contare su di me.»

Sara strinse le labbra. Quella conversazione metteva a disagio anche lei, ma Benjamin aveva insistito affinché parlasse con Fernando. «Dobbiamo trovare una soluzione...»

«L'unica soluzione è che io smetta di occuparmi delle poesie di Marvin... In realtà, non ha molto senso continuare così. Manteniamo unicamente un rapporto epistolare o mediato da lei. Non capisco nemmeno perché continuiamo a curare qui l'edizione inglese. Sarebbe molto più redditizio farlo a New York.»

«La casa editrice Rosent è francese e Marvin è il nostro autore. Da qui usciranno tutte le poesie che pubblicherà, in qualunque lingua lo farà. Su questo non ammetto discussioni. Credevo ti piacesse il tuo lavoro...»

«Non ho mai desiderato altro che occuparmi di libri, è il mio sogno sin da bambino, somigliare a mio padre e fare quello che faceva lui. So di dovere a lei tutto questo, Sara, e che senza di lei avrei fatto un salto nel vuoto, ma non mi chieda di abbandonare Catalina perché non lo farò, anche se questo significasse dover lasciare questo posto. Non le ho mai mentito, sento di dover essere leale prima di tutto verso Catalina.»

Sara cambiò argomento. Se la sarebbe vista lei con suo marito. Benjamin le diceva che aveva «adottato» Fernando e che lo trattava come un figlio discolo, che lo viziava troppo. Forse aveva ragione suo marito, si disse, ricordando la frase di Pascal: il cuore ha le sue ragioni che la ragione non conosce.

23

Boston, giugno 1949

Passeggiavano accanto alla riva del mare. Appariva tranquillo. Aveva comprato il *Boston Herald* e aveva voglia di sedersi a leggerlo. Ma avrebbe dovuto aspettare di arrivare in hotel.

Aveva i soldi necessari a pagare un'altra settimana in pensione. Adela le aveva detto che voleva tornare a casa da Fernando. Sentiva la sua mancanza. Benché Catalina le avesse spiegato che erano andate a Boston perché lei conoscesse il papà, a sua figlia era del tutto indifferente. Le aveva chiesto un padre con la speranza che fosse Fernando, e non capiva per quale ragione la madre le indicasse quell'altro uomo.

Catalina decise di cercare un lavoro. Qualcosa poteva fare. Magari dare lezioni di pianoforte, come aveva fatto ad Alessandria e a Parigi. Altro non sapeva fare, ma era disposta a svolgere qualunque incarico visto che non pensava di tornare. Aveva promesso a Fernando che sarebbe tornata se Marvin si fosse rifiutato di parlare con lei, ma aveva deciso di non mantenere la promessa.

Entro pochi mesi Adela avrebbe compiuto otto anni e ben presto si sarebbe resa conto di che cosa volesse dire essere figlia di una ragazza madre.

Razionando i soldi che le restavano, comprò del cibo per Adela e per sé si accontentò di un panino, non aveva appetito. Sentì un brivido di freddo per l'umidità che arrivava dal mare.

Quando aprì il giornale vide una foto di Farida e Marvin. Lei sorrideva, lui sembrava spaventato. C'era un breve trafiletto: «Concluso il soggiorno all'Università di Harvard, Marvin Brian, il Poeta del dolore, resterà nel Massachusetts, nella proprietà di famiglia a Cape Cod, per portare a termine un nuovo libro di poesie».

Dove sarà Cape Cod? si chiese Catalina irritata. Adesso si vedeva obbligata ad andarci e non sapeva nemmeno quanto lontano potesse essere, benché si trovasse comunque nel Massachusetts. In America le distanze sembravano infinite. Non appena arrivò alla pensione, chiese alla cameriera di spiegarle come arrivare a Cape Cod e lei gentilmente le spiegò che per raggiungere Provincetown da Boston poteva andare sia in nave sia via terra. Non le risparmiò i dettagli. «Deve sapere che il *Mayflower* arrivò proprio a Provincetown nel 1620. Le piacerà. È un posto storico molto importante per noi americani», spiegò orgogliosa.

Catalina le chiese se potesse raccomandarle un posto economico in cui soggiornare. La cameriera parve esitare, poi, abbassando la voce, le disse che una sua cugina viveva proprio a Provincetown; magari le poteva affittare una stanza, ma non poteva assicurarglielo perché il marito della cugina non amava avere ospiti, sebbene fossero sempre a corto di soldi. Aggiunse che avrebbe scritto una lettera perché gliela consegnasse di persona.

Quando Catalina le chiese se era facile trovare un lavoro lì, la donna rise. «Evidentemente no. Ci sono solo spiagge vergini e boschi. La gente che va a Cape Cod lo fa per godersi la solitudine. Ci vanno molti scrittori, pittori, professori universitari. Persone eccentriche che fuggono dalla civiltà.»

Quella notte, dopo che Adela si fu addormentata, Catalina scrisse una lettera a Fernando. Non vedeva l'ora di sapere come fosse andato l'incontro con Eulogio; inoltre, voleva dirgli che aveva cambiato programma, che sarebbe rimasta negli Stati Uniti.

Sapeva che gli avrebbe dato un dispiacere, che lui si sarebbe pentito di averla aiutata ad andare a Boston, ma Fernando la conosceva bene, sapeva che non avrebbe mollato finché non fosse riuscita nell'intento di convincere Marvin a riconoscere Adela. Non riuscì a concludere la lettera e decise di farlo una volta arrivata a Cape Cod, un posto che le risultava del tutto estraneo.

Pioveva quando la nave attraccò al molo di Provincetown. Adela aveva sofferto il mal di mare durante il tragitto. Nemmeno lei si sentiva bene, ma era riuscita a non dare di stomaco.

Chiesero a un uomo dove ti trovasse Snow Street e camminarono sul lungomare finché non la trovarono. La casa era semplice e Catalina pregò in silenzio che le affittassero una stanza.

Le aprì la porta una donna robusta, dal volto gentile, che si presentò come la signora Jones. Catalina si presentò a sua volta e le consegnò la lettera scritta dalla cugina di Boston. La donna esitò un istante prima di invitarla a entrare. «Prego… mio marito non vuole che io faccia entrare degli sconosciuti quando lui non c'è… ma lei e la bambina non sembrate persone pericolose.»

La signora Jones aprì la busta e tirò fuori la lettera vergata con una grafia appuntita che riconobbe immediatamente. La lesse con attenzione, senza fretta, alzando lo sguardo e continuando a osservare Catalina. «Mia cugina Stephanie mi ha scritto una lettera di raccomandazione. Dice che lei è una persona per bene e che è venuta in America con la figlia in cerca di lavoro.»

«Sì, è così», rispose Catalina.

«Però, mia cara, questo non è il posto giusto; perché non è rimasta a Boston? Lì avrebbe potuto trovare qualcosa, ma qui a Cape Cod ci vive solo chi ci è nato o chi è in cerca di solitudine. Qui non c'è lavoro. Dovrebbe tornare a Boston, anzi, io le consiglierei di provare a New York.»

Ma Catalina insistette dicendo che stava cercando un posto tranquillo dove crescere sua figlia. La signora Jones la guardò con sospetto. Non le credeva. Nessuno andava a Cape Cod in cerca di un futuro. «Non posso prendere nessuna decisione finché non tornerà mio marito. Lavora all'ufficio postale. Tornerà più tardi… ma se vuole lasciare qui la sua valigia…»

Adela era stanca, ma non protestò quando Catalina le propose di andare a giocare in spiaggia. Il vento era freddo e all'orizzonte si presagiva il ritorno della pioggia. Tuttavia, corsero lungo la spiaggia, si sedettero sulla sabbia e, abbracciate l'una all'altra, lasciarono trascorrere il tempo.

Stava per scendere la sera quando decisero di tornare a casa della signora Jones. Erano affamate, ma soprattutto molto stanche.

Il signor Jones era rientrato e stava mangiando un piatto di agnello in umido. Dalle domande che rivolse loro, era evidente la sua diffidenza. Era forse una scrittrice? O una pittrice? Perché, in caso contrario, non capiva per quale ragione fosse andata a Cape Cod. Se stava cercando lavoro, era meglio provare a Martha's Vineyard, dove la gente danarosa aveva grandi ville, perché a Cape Cod avrebbe trovato solo bohémiens.

Catalina gli spiegò pazientemente che le sarebbe piaciuto stare lì per qualche tempo, anche solo qualche giorno. Magari, disse, aveva fatto la scelta sbagliata, ma le piacevano i posti piccoli, dove tutti si conoscevano e sua figlia poteva crescere senza pericolo. Quanto a guadagnarsi da vivere... ancora non sapeva come avrebbe fatto.

Dal signor Jones riuscì a ottenere solo che le affittasse una stanza per una settimana. Poi ne avrebbero riparlato. Le chiese i soldi in anticipo e chiusero l'accordo stabilendo che la cifra includeva la colazione e almeno un pasto preparato dalla signora Jones.

Quando infine chiusero la porta della loro stanza, madre e figlia si sdraiarono sul letto vestite e crollarono addormentate. Non sentirono nemmeno il suono del vento misto alla sabbia.

La signora Jones bussò alla porta della stanza con insistenza. Catalina sussultò. Aprì gli occhi e per un momento si chiese dove si trovasse. La luce entrava a illuminare la stanza e le parve di sentire un suono che somigliava a un ruggito. Si alzò in piedi e si scosse la gonna prima di aprire.

«Sono già le nove», la rimproverò la signora Jones.

«Mi scusi... eravamo stanche e ci siamo addormentate… Meno male che ci ha svegliate.»

«Mamma… mamma…» La voce di Adela ammorbidì l'espressione seriosa della signora Jones.

«Dovete fare colazione.»

«Mi dia qualche minuto e siamo subito da lei.»

L'acqua della doccia non era calda e questo la fece ridestare più rapidamente. Si vestì e fu il turno di Adela. La bambina tremava, ma non protestò. In realtà, Adela non si lamentava mai.

La signora Jones aveva messo sul tavolo della cucina due grandi tazze di latte, una confezione di cereali e delle uova strapazzate con pancetta.

Adela fece un'espressione un po' schifata, ma lo sguardo di Catalina bastò a indurla a mangiare controvoglia le uova strapazzate. Non le piacevano nemmeno i cereali, ma si sforzò per non contrariare sua madre e, soprattutto, quella donna severa che sembrava sorvegliarle perché finissero tutto.

«Posso darle una mano, signora Jones? Potrei farle qualche commissione... o pulire qualche stanza... Posso stirare», si offrì Catalina.

«Non ne ho bisogno, cara; è sufficiente che mantenga pulita la sua stanza e il bagno.»

«Allora... ecco, mi sono ricordata che un mio amico ha una casa a Cape Cod... Non ci vediamo da molto tempo... lui sicuramente non immagina che sono qui. Ma mi ha parlato così tanto di questo posto... magari lei può dirmi dove si trova la casa.»

Nel volto della signora Jones si affacciò la curiosità. Trovò strano che quella straniera avesse amici proprio lì. «Mi dica il nome del suo amico... se non lo conosco io, magari mio marito sa come trovarlo; come le ho detto lavora all'ufficio postale.»

«Marvin Brian. Immagino ne avrà sentito parlare... è un grande poeta...»

«Ma certo! Il Poeta del dolore! E lei lo conosce?» chiese la signora Jones, incredula.

«Sì, ci conosciamo. So che adesso è qui. So che ha tenuto un corso ad Harvard, ma credo sia venuto a Cape Cod a riposare e a scrivere in tranquillità... Mi hanno detto che la sua famiglia ha una proprietà qui.»

«Be', come saprà, Marvin Brian appartiene a una facoltosa famiglia del Massachusetts. Qualche anno fa i Brian hanno comprato una proprietà qui, ma li si vede molto poco. Rose Brian è una donna di mondo e preferisce la villa di Martha's Vineyard. Quanto a suo marito Paul, be', lui non ha molto tempo per le vacanze. Secondo le voci, la casa di Cape Cod è stata comprata per Marvin, perché a lui piace la solitudine, e anche se potrebbe vivere tranquillo a Martha's Vineyard, lì c'è più vita sociale. Durante il soggiorno ad Harvard è venuto qui diverse volte. Ho sentito che è arrivato un paio di giorni fa con una donna... dicono sia sua moglie... io non lo so... Sembra molto più grande di lui... ma si sa come son fatti i poeti. Non amano ricevere visite, ma ogni tanto viene a trovarli il fratello di Marvin.»

«Bene... potrebbe dirmi dove si trova la casa?»

«Ma certo. A Cape Cod siamo molto orgogliosi di avere come concittadino il Poeta del dolore. Non ho mai letto nessuno dei suoi libri, ma so che sono meravigliosi.»

La signora Jones le spiegò dettagliatamente come trovare la casa. Si trovava a cinque chilometri a piedi ed era immersa tra gli alberi, non lontano dalla spiaggia.

Anche se quella mattina il vento sollevava la sabbia, Catalina non se ne preoccupò e, mano nella mano con Adela, entrambe ben coperte, si congedò dalla signora Jones dicendole che avrebbero fatto una passeggiata sino alla proprietà dei Brian.

Adela correva lungo la riva. *Sembra felice*, pensò Catalina, pur riconoscendo che sua figlia non si lamentava mai. Non faceva domande e accettava di buon grado qualunque situazione, per quanto strana potesse sembrarle.

Avevano camminato per un bel pezzo e avevano incrociato solo una coppia che passeggiava a ritmo sostenuto. La signora Jones le aveva spiegato che quasi tutte le ville restavano nascoste agli occhi dei curiosi. Se non fosse stata lì per cercare Marvin, forse si sarebbe goduta il paesaggio e la solitudine. Stavano camminando da più di un'ora e Adela aveva smesso di correre. Di colpo, Catalina vide in lontananza un uomo in compagnia di un cane che gli saltellava intorno. Accelerò il passo, decisa a chiedergli dove si trovasse la proprietà dei Brian. Era ormai vicina quando l'uomo alzò gli occhi e le vide. A quel punto trasalì e cominciò a camminare con passo veloce. Catalina corse verso di lui. «Signore… signore… per favore…»

Poi, all'improvviso, lo riconobbe e si bloccò di colpo. Adela la guardò, come in attesa.

«È tuo padre! È lui! Corrigli incontro, figlia mia…»

Adela non sapeva che cosa fare, ma la madre la spinse e lei cominciò a correre verso l'uomo, che a quel punto accelerò ulteriormente il passo, mentre il cane lo seguiva saltellante.

Anche Catalina si mise a correre. «Marvin! Marvin! Santo cielo, aspetta! Marvin!»

Lui cominciò a correre, seguito da entrambe. Gridava. Il vento impediva a Catalina di sentire che cosa stesse dicendo. Poi, di colpo, da in mezzo agli alberi sbucarono una donna e un uomo che gli corsero incontro. La donna gli allungò una mano cui lui si afferrò come un naufrago. L'altro uomo si piazzò nel bel mezzo della spiaggia, ad aspettare Catalina e la piccola. Quando accadde, Marvin si era già perso nella boscaglia.

«Che cosa vuole?» chiese l'uomo con aria irritata, bloccandole il passo.

«Sto cercando lui», disse Catalina indicando il bosco.

«Lui, chi?» insistette l'altro.

«Marvin Brian. Siamo amici… gli devo parlare… lei è mia figlia… ed è anche figlia sua», disse con aria di sfida.

L'uomo la guardò con disprezzo. Era giovane, alto e atletico. Sembrava molto sicuro di sé e, soprattutto, era pronto a impedirle di correre dietro a Marvin.

«Signora, perché non la smette di perseguitare mio fratello? Si sta mettendo in ridicolo. Lui non vuole sapere niente di lei. Credo glielo abbia detto chiaramente.»

Catalina non si scompose. E così, quel ragazzo era il fratello di Marvin. Sì, Marvin gli aveva parlato di lui. Era il fratello perfetto, quello che si occupava degli affari di famiglia, quello che gli diceva di non sprecare il suo talento e lo incoraggiava a dedicarsi alla poesia. «Lei è Tommy, il fratello di Marvin?» chiese, benché lo sapesse già.

«Sì, sono suo fratello», rispose lui con aria di sfida.

«Adela, questo è tuo zio.»

L'uomo guardò la bambina e ne sostenne lo sguardo incuriosito. La piccola non disse una parola, ma non sembrava spaventata.

«Non dovrebbe usare la bambina...»

«Usarla? Ma quando mai. Esigo solo che conosca suo padre e che abbia il suo cognome. Prima volevo che Marvin si sposasse con me, adesso mi basta che accetti sua figlia. Lei non ha la colpa dei nostri errori.»

Rimasero qualche secondo in silenzio. Catalina cercò di schivarlo per dirigersi verso il bosco, ma lui la prese per un braccio, obbligandola a fermarsi. «Mi dispiace. Come le ho detto, mio fratello non vuole sapere niente di lei. Lo accetti e se ne vada.»

«Non me ne andrò prima di aver parlato con lui. L'ho seguito sino ad Alessandria, sino a Parigi e adesso sino qui... Che almeno abbia il coraggio di parlarmi!»

«Signora, il coraggio non c'entra niente... Lei dovrebbe accettare le cose come sono. Mio fratello non parlerà con lei. Non lo farà mai, ha capito? Perciò, la smetta di umiliarsi.»

«Lei crede che io mi senta umiliata? Manco per idea. Tutto quello che faccio è per mia figlia.»

«Non dovrebbe farle subire questa situazione...»

«Lei non può impedirmi di parlare con Marvin.»

«Invece sì. Sono certo che in questo momento è dentro un'auto, si è già lasciato alle spalle Cape Cod.»

«Se n'è andato?» esclamò lei.

«Così gli ho detto di fare. Se lei gironzola da queste parti, lui non può restare. E le assicuro che è un peccato, perché questo posto gli piace molto; lui e Farida sono molto felici qui.»

«Farida... Ma certo, ecco chi era la donna che correva accanto a lei.»

«Ovvio. Non appena l'ha vista, ha capito che dovevano andare via subito.»

Catalina si sedette sulla sabbia. Adela le circondò il collo con le braccia, come se in quel modo potesse impedire che sua madre sprofondasse nel dolore.

Tommy Brian non sembrava commosso, semmai era infastidito dalla testardaggine di quella ragazza spagnola.

«Allora...»

«Gliel'ho già detto. Se ne sono andati. Per colpa sua, può anche darsi che Marvin qui non ci torni più.»

«Mamma... mamma...» Adela sembrava spaventata e si stringeva a lei sempre più forte.

«Sua figlia non merita quello che lei le sta facendo subire. Accetti una volta per tutte che non riuscirà mai a ottenere niente da mio fratello, mai.»

«Be', dica a suo fratello che io, Catalina Vilamar, non mi arrenderò mai, mai. Glielo dica, perché lo troverò, anche se dovesse andare a nascondersi all'inferno.»

Poi si alzò e afferrò la mano di Adela ancora più forte. Si voltò e s'incamminò verso casa dei Jones.

Trascorse i giorni successivi persa nei suoi pensieri. Si alzava presto e passava la giornata a camminare senza meta insieme ad Adela. Tornavano a casa quando era scesa la sera, stanche dopo tutte quelle ore all'aria aperta. Facevano in modo di cenare prima dell'arrivo del signor Jones e poi se ne andavano nella loro stanza.

Trascorsa una settimana, la signora Jones le ricordò che, se voleva restare, doveva pagare in anticipo l'affitto. «Se ha deciso di rimanere, secondo me dovrebbe cercare lavoro... Che peccato che non sia riuscita a parlare con il suo amico, il signor Brian. Temo che a breve non ci riuscirà comunque. Nel giornale di oggi c'era scritto che il signor Brian è partito per l'Asia.»

«Ce ne andremo domani, signora Jones. Suo marito aveva ragione... qui sarà difficile trovare lavoro. Magari sarò più fortunata a Boston.»

Se la decisione di Catalina la sorprese, la donna non lo diede a vedere. Si limitò a dirle quale fosse l'orario migliore per prendere la nave di ritorno a Boston.

Aveva quasi finito i soldi, anche se era stata molto oculata nello spendere i pochi dollari che aveva a disposizione. In ogni caso, ne aveva a sufficienza per pagare due notti in una pensione di Boston e mettersi a cercare un lavoro oppure tornare a Parigi. La cosa più sensata, si disse, era tornare da Fernando. Lui sicuramente sapeva dove fosse Marvin ed era certa che l'avrebbe aiutata di nuovo a trovarlo. Decise di mandargli un telegramma annunciandogli che stava per tornare. E dopo che ebbe preso questa decisione, avvertì il sollievo di chi sa che sta per tornare a casa.

24

Parigi

Fernando non rimproverò a Catalina per non essere riuscita nel suo intento, benché quando aveva deciso di andare a Boston lui le avesse detto che difficilmente ce l'avrebbe fatta. Al ritorno, appariva quasi sconfitta. Quasi. Perché non si sarebbe mai arresa.

I Wilson avevano lasciato Parigi dopo aver manifestato il loro dispiacere per la presenza di Catalina a Boston e a Cape Cod. Non lo consideravano responsabile delle follie della sua amica, ma in qualche modo speravano che lui fosse capace di farle capire che perseguitare Marvin era sbagliato. Tuttavia, evitavano di affrontare direttamente l'argomento. In realtà, Sara non gli raccontava niente che avesse a che fare con Marvin e Farida, tranne la cosa più preziosa, i suoi versi. Fernando aveva già concluso l'edizione delle quindici poesie che Sara gli aveva consegnato e stava per cominnciare a lavorare all'edizione inglese. Quanto alla versione in arabo, sarebbe stato il suo vecchio maestro, Athanasios Vryzas, a incaricarsi della traduzione e della redazione ad Alessandria.

Prima che i Wilson se ne andassero, Fernando aveva cercato di convincere Sara a lasciare che Catalina tornasse a lavorare nella libreria. Le sue ragioni erano sincere: aveva bisogno di qualcuno che seguisse i clienti perché il lavoro redazionale gli occupava quasi tutto il tempo. Sara non accettò la sua accorata proposta. Catalina l'aveva messa in una situazione impossibile quando si era presentata a casa di Marvin in rue de la Boucherie, poi a Londra, a Boston e infine a Cape Cod. L'ossessione di Catalina cominciava a fare breccia nell'animo di Marvin e se loro l'avessero protetta lui non lo avrebbe capito. Fernando fu contrariato dalla risposta, ma non poteva rimproverarle niente. Marvin era il «suo» autore, era ovvio che volesse proteggerlo.

Trascorsero altri due anni prima che Catalina chiedesse di nuovo l'aiuto di Fernando. L'*Herald Tribune* aveva pubblicato un articolo da Tokio nel quale si raccontava che, dopo aver vissuto per due anni in Giappone, Marvin Brian stava per concludere il suo soggiorno a Hiroshima. Il Poeta del dolore aveva reso onore alla definizione che giornali e critici gli avevano attribuito immergendosi nel dramma della città devastata dalla bomba atomica.

Era come se le sue poesie riuscissero ad affiorare solo dove la sofferenza aveva lasciato una traccia indelebile.

«Voglio andare a Hiroshima», disse Catalina mostrando il giornale a Fernando.

«No», replicò secco.

Lei rimase di stucco. Non le aveva mai risposto con la severità che aveva impresso a quel «no» categorico.

«Marvin è lì, voglio andarci prima che se ne vada.»

«Sì, l'ho letto anch'io sui giornali. Adesso ti dico perché non puoi andarci. In primo luogo, perché non abbiamo i soldi per un altro viaggio e, in secondo luogo, perché non puoi continuare così. Stai gettando alle ortiche la tua vita e rovinando quella di tua figlia.»

«Adela ha bisogno di un padre», rispose lei pigramente.

«Ce l'ha un padre. Sono io suo padre. Le ho fatto da padre sin dal giorno in cui è nata. Sono io a occuparmi di lei, io che le sto accanto quando è malata, io che l'aiuto a fare i compiti, io che la accompagno a scuola, io che le ho insegnato ad andare in bicicletta… Lei ha un solo padre, me, come io ho una sola figlia, Adela.»

Catalina non seppe che cosa rispondergli. Non volevo offenderlo, ma non poteva nemmeno accettare il suo ragionamento. Sì, Fernando si era comportato come un padre con Adela, ma non lo era. E poi, lei doveva sistemare la sua situazione per poter tornare in Spagna dai genitori. Ma sarebbe tornata solo accompagnata da un marito e a testa alta. «Ti ringrazio per tutto quello che fai per noi. È vero che ti comporti come un padre per Adela, ma… non lo sei, Fernando, non lo sei. È suo diritto che sia il padre a farsi carico di lei. Marvin non è il migliore degli uomini, me ne sono accorta, ma è il padre di Adela e, anche se non mi ama, deve riconoscerla.»

«Basta, Catalina! Smettila di illuderti, Marvin non riconoscerà Adela e non si sposerà con te. Devi accettare la realtà. E poi, ti sei accorta di quello che stai facendo a tua figlia? Non è più così piccola.»

Catalina avvertì tutta l'ira faticosamente trattenuta di Fernando. O forse era solo noia. Vivevano insieme da dieci anni, condividendo molte pene e poche gioie. Avevano imparato a sopravvivere l'uno accanto all'altra rinunciando ad avere una vita. Sapeva che i fantasmi che abitavano Fernando non erano scomparsi; a volte, di notte lo sentiva gridare, sentiva i suoi passi inquieti nella stanza mentre l'insonnia si impossessava di lui per il resto della notte. Non poteva tornare in Spagna perché rischiava di essere arrestato e fucilato. Viveva l'esilio consapevole di averlo scelto e non si lamentava. Se lei non fosse dipesa da lui, forse si sarebbe deciso ad amare Zahra. Era certa che per lui l'egiziana fosse più importante di quanto non fosse disposto ad ammettere. «Mi dispiace, Fernando, ma ti sbagli se credi che la mia sia solo ostinazione. Io sto cercando giustizia.»

«Giustizia? E da quando in qua esiste la giustizia? Dobbiamo accettare le cose come sono. Marvin non ti ama, anzi, ti detesta, e non riconoscerà mai la bambina. E non lo farà perché per lui non esiste un'altra donna se non Farida; lei è il suo passato, il suo presente e il suo futuro, senza di lei la vita non esiste. Tu invece dovresti vivere la tua senza lasciarti ingannare dall'illusione che lui possa cambiare idea.»

«Neanch'io cambierò idea. Andrò ovunque si trovi e cercherò di farmi ascoltare tutte le volte che sarà necessario.»

«Be', questa volta non puoi. Non possiamo permetterci un viaggio in Giappone», rispose, indurendo la voce.

«Potrei chiedere a monsieur Girardot di anticiparmi lo stipendio di un anno...»

«Certo, un gioco da ragazzi. Il tuo capo ha un'attività, dubito che possa anticiparti un anno di stipendio. E poi, credi che gli convenga restare senza insegnante a corso iniziato? Dovrebbe assumere un'altra persona per le lezioni di solfeggio.»

«Chiederglielo non costa niente.»

Monsieur Girardot si rifiutò di anticipare un anno di stipendio a Catalina; le ricordò anche che, quando era andata a Boston, gli aveva promesso che si sarebbe assentata una sola settimana, e invece aveva allungato il soggiorno ben oltre gli accordi.

Catalina pianse di rabbia. Al ritorno da Boston si era impegnata a fondo per scoprire dove fosse Marvin. Nemmeno Fernando era riuscito a scoprirlo, visto che Sara Rosent evitava di dargli qualunque informazione sui suoi spostamenti. Ci aveva messo due anni per capire dove si trovasse e, adesso che ci era riuscita, non aveva i mezzi per raggiungerlo. Cercò di convincere Fernando ad aiutarla. Lui la ascoltò con attenzione e, quando ebbe finito di parlare, le fece una proposta: «Sposati con me. È la soluzione migliore per te e per Adela, che in questo modo avrà un padre e un cognome. Questo ti permetterà di tornare in Spagna. Là tutti sanno che siamo scappati insieme, nessuno si stupirà di vederti tornare con una figlia che porta il mio cognome. Potrai restare con i tuoi genitori e non provare vergogna davanti a nessuno. Quanto a me... puoi raccontare che il matrimonio è finito male. I tuoi genitori accetteranno la tua versione e, quanto agli altri, oltre che plausibile, questa storia in parte è anche vera».

Lei si morse il labbro finché non sentì il sangue mescolarsi con la saliva. Non voleva offenderlo rifiutando la sua proposta. Fernando si era sempre mostrato generoso e paziente con lei e l'amava, l'amava nel profondo, come non avrebbe più amato nessuna. Ma lei non aveva il diritto di legarlo a sé per tutta la vita, soprattutto perché Zahra era una realtà, e perché anche Marvin lo era.

Lo abbracciò e lui le restituì l'abbraccio, e mentre lo facevano entrambi si chiesero, ma non lo dissero, che cosa stessero facendo delle loro vite.

«Non mi sposerò con te perché non voglio approfittarmi di te.»

«Non ti vuoi sposare con me perché non mi ami», la corresse lui.

«Ti amo più di chiunque altro al mondo, come amo mia figlia e i miei genitori. Non ti ho mai ingannato e sai che non sono innamorata di te né lo sono mai stata. Sarebbe miserabile da parte mia sistemare le cose a tuo discapito. Sai, Fernando? Io credo che tu non abbia una vita a causa mia. Tutti coloro che ci circondano ci considerano una coppia, qui nessuno ci critica, la Francia è così. Ma io e te sappiamo come stanno le cose. Credo che dovresti liberarti di me e andare a cercare Zahra. Con lei avresti la vita che meriti di vivere.»

Fernando scoppiò a ridere e lei avvertì un'eco di irrequietezza in quella risata. Aveva fatto centro parlando del suo amore per la ballerina.

«Tu non rappresenti un peso. Dici di amarmi... ma immagina quanto ti amo io. Sono innamorato di te da quando eravamo bambini.»

«Tu dici che mi sono intestardita con Marvin e... magari hai anche ragione, tu però ti sei intestardito con me. Vorrei che almeno uno dei due fosse felice.»

«Io sono felice sapendoti al mio fianco. Non chiedo nient'altro dalla vita, ma ti amo così tanto che se un giorno avvenisse il miracolo e Marvin venisse a cercarti, io mi farei da parte.»

Si abbracciarono di nuovo e questa volta le loro lacrime si mescolarono.

«Mamma... papà Fernando, perché state piangendo?» chiese Adelá spaventata.

Catalina finì con l'accettare le scarse informazioni che ogni tanto Fernando riusciva ad avere su Marvin. Arrivavano solo durante i viaggi di Sara e Benjamin a Parigi. Il tempo per lei passava in modo insopportabilmente lento. Tutte le mattine, quando andava in edicola a comprare i giornali, pregava di trovare qualche notizia su di lui, ma evitava di manifestare la propria angoscia perché Fernando le appariva meno infelice a Parigi di quanto fosse stato ad Alessandria.

25

Alessandria d'Egitto

A metà degli anni Cinquanta i Wilson trascorrevano la maggior parte dell'anno a Londra, ma i loro viaggi a Parigi erano frequentissimi. Per Sara, mantenere in piedi la libreria e casa editrice Rosent era diventata la missione della vita.

Praticamente non andava più in Egitto, preoccupata dalla deriva del Paese dopo che un gruppo di ufficiali aveva preso in mano il potere. La monarchia del re Faruk aveva esalato l'ultimo respiro nel luglio del 1953, quando il sovrano se n'era andato in esilio. All'inizio il nuovo capo di governo, il generale Muhammad Naguib, era sembrato propenso a stabilire buoni rapporti con l'Occidente, ma in realtà l'uomo forte della situazione era un altro militare ben consapevole di quello che voleva e che non esitò a portare avanti i propri piani. Benjamin Wilson non aveva fiducia in quell'uomo, in Gamal Abdel Nasser.

Gli stranieri cominciarono a notare i cambiamenti persino nella cosmopolita Alessandria. In Egitto stava prendendo piede il nazionalismo. Perciò, Benjamin organizzò i propri affari e mise a capo dell'attività editoriale il vecchio e leale Athanasios Vryzas, mentre lui si trasferì a Londra. Da lì avrebbe continuato a dirigere l'attività più redditizia, ovvero rintracciare persone scomparse.

La Seconda guerra mondiale aveva lasciato una scia di scomparsi e i sopravvissuti volevano sapere se i loro cari si trovassero ancora nel mondo dei vivi.

Benjamin chiese a Zahra di trasferirsi a vivere a Londra, ma lei si rifiutò. Sua nonna Yasmin era morta e non le restava più niente ad Alessandria, tuttavia per lei quella città continuava a rappresentare un'ancora di salvezza quando si sentiva persa. Così, continuò a vivere nella bella casa di sua nonna, svegliandosi ogni mattina con il saluto delle onde che si infrangevano sulla battigia. Anche se non lasciò Alessandria, in realtà passava sempre più tempo fuori città.

Aveva una foto di Ludger Wimmer nel portafogli e non passava giorno senza che guardasse il volto e la figura dell'uomo che odiava e che stava cercando da dieci anni.

Quella mattina aveva ricevuto un telegramma di Benjamin Wilson in cui le dava appuntamento a Londra. Ebbe il presentimento che quella volta non avesse alcun incarico da affidarle.

Finì di truccarsi. Avvertiva la solitudine in quella casa nella quale sua nonna, con grande pazienza, l'aveva aiutata a curare le ferite dell'anima. Le mancava. In realtà, aveva solo se stessa. Anche il pubblico cominciava a dimenticarla perché si prodigava sempre meno durante gli spettacoli. Era come se non riuscisse più a far sì che il proprio corpo si lasciasse trascinare dalla musica.

Quella notte aveva in programma di cenare con Farida e Marvin. Erano tornati in Egitto perché Marvin voleva vedere il Paese che i militari nazionalisti stavano costruendo. Intuiva le perdite e la sofferenza che questo sottendeva. Voleva vedere come l'Egitto che aveva conosciuto stava trasformando se stesso. Soprattutto, le sue poesie si nutrivano del proprio dolore, ma anche di quello altrui.

In città correva voce che Nasser forse il nuovo uomo forte del Paese. Si diceva che i militari preferissero lui come capo.

Farida la accolse con un abbraccio caldo. La pioggia colpiva i vetri impedendo loro di contemplare la Corniche.

Marvin sembrava tranquillo e si impegnò con tutto se stesso per fare il bravo anfitrione.

Zahra non giudicava Farida, non si sarebbe mai permessa; tuttavia, doveva riconoscere che in quella coppia era lei a investire di più, e anche a valere di più. Era una nota filosofa quando aveva conosciuto Marvin e Zahra si chiedeva che cosa avesse trovato in lui per innamorarsene. Era senz'altro un uomo attraente, ma non più di altri; a fare la differenza, semmai, era il tormento che si leggeva nei suoi occhi. Che quella notte, invece, sembravano scintillare di serenità.

Zahra si complimentò con Marvin per il suo *Quaderno di Hiroshima* e si interessò del suo lavoro successivo. Lui spiegò che, oltre a quel *Quaderno*, aveva pubblicato un'altra raccolta che considerava «minore». Adesso non stava scrivendo, puntualizzò, ma si stava lasciando catturare i sensi da quanto succedeva intorno a lui. «Sta nascendo un nuovo Egitto. E voglio vedere che cosa ne verrà fuori. Forse un mostro e la sua rovina o forse la speranza di tempi migliori», rifletté Marvin. «Qualunque cosa sia, voglio viverla, sentirla, e voglio scriverne», aggiunse.

Tuttavia, Farida si mostrò preoccupata per quanto poteva succedere. «Non sono sicura che rappresenterà un progresso. L'odio di Nasser per gli stranieri non potrà che avere conseguenze per l'intero Paese.»

«Ma non può chiudere le porte dell'Egitto», ribatté Marvin.

«Lo sta già facendo», affermò Zahra.

Parlarono del futuro. Zahra annunciò che entro pochi giorni sarebbe andata a Londra. Loro si sarebbero trattenuti qualche tempo ad Alessandria.

Elogiarono i Wilson, cui tutti e tre erano affezionati, anche se per ragioni diverse.

«A Sara devo tutto quello che sono. È stata lei, con il suo impegno, ad aprirmi le porte del sinedrio della poesia», ammise Marvin.

«E ci ha visto giusto anche facendo di Fernando il tuo curatore», gli ricordò Farida.

«Sì, anche se non proviamo molta simpatia l'uno verso l'altro a causa di Catalina. Quella donna è diventata un incubo. Non appena capisce dove sto, si presenta e fa una scenata senza alcun pudore. A me dispiace per la bambina, ma lei… mi dà la nausea.»

Zahra non rispose, ma incrociò lo sguardo di Farida.

«Ti tratterrai a lungo a Londra?» le chiese la filosofa.

«Non lo so…»

«Benjamin sta facendo un buon lavoro e l'attività è redditizia. Rintracciare persone è qualcosa di cui non si può che essere grati. Tu stessa sei riuscita a trovare Eulogio. Lo sai che Marvin ha percorso tutta la Germania cercandolo, ma senza risultati. Tu invece ce l'hai fatta.»

«Era difficile trovarlo. Aveva perso la sua identità, non parlava, non sapeva chi era. Lo hanno spostato da un posto all'altro. Ho avuto fortuna.»

«Fortuna? No, non è stata fortuna. Sei la migliore in questo lavoro.»

«Sai una cosa, Farida? Non basta saper fare bene le cose se la buona sorte non è dalla nostra parte.»

26

Madrid

Eulogio era seduto nel soggiorno, accanto alla finestra. Piedad si domandava se la mente di suo figlio fosse abitata dai pensieri o vi fosse annidato solo il nulla.

Gli parlava in continuazione pur sapendo che lui non le avrebbe mai risposto, nella speranza che le sue parole potessero avere una qualche eco nel suo cervello.

Cominciava a scendere il buio e guardò l'orologio. Isabel stava per rientrare dal lavoro e sarebbe salita a trovarli, come faceva tutti i giorni. Entrambe trovavano consolazione nella reciproca compagnia, una consolazione che era ancora maggiore quando c'era anche Asunción.

Negli ultimi giorni Ernesto era peggiorato e lo avevano ricoverato di nuovo. Piedad non era riuscita ad andare a trovarlo perché non poteva affidare Eulogio a nessun altro, se non a Isabel, ma lei e Asunción parlavano tutti i giorni per telefono aggiornandosi su quanto succedeva.

Suonò il campanello e Piedad si alzò in piedi. «È Isabel che viene a trovarti», disse a Eulogio mentre andava ad aprire la porta.

L'amica entrò con passo rapido e l'aria stanca. «Come stai, Eulogio?» chiese a mo' di saluto.

«Come sempre... lo sai... è tranquillo.»

«Ho chiesto a don Luis di farmi uscire un po' prima; ho pensato che magari devi consegnare qualche vestito. Con Eulogio posso starci io», si offrì Isabel.

«Guarda, mi farebbe davvero comodo. Se non fosse per te, non potrei uscire di casa. Proprio oggi devo consegnare un soprabito e due gonne. Sono per la signora de Prado, quella che abita in calle Arenal e ha due figlie nubili.»

«Sì, sì, la conosco. Be', va' a portarglieli, a Eulogio ci penso io.»

«Vuoi che ti prepari un po' di malto?»

«No... non ce n'è bisogno. Su, va' e consegna il tuo lavoro.»

Piedad tornò da lì a breve, soddisfatta del fatto che la signora de Prado le aveva saldato tutto, senza lasciare niente a debito, e le aveva anche chiesto di rivoltare il soprabito di una delle sue figlie.

Guadagnava giusto il necessario per mantenere se stessa ed Eulogio, ma si sentiva più felice di prima. Avere suo figlio accanto era l'unica cosa che potesse riempire la sua esistenza.

Quando tornò, trovò Isabel che leggeva il giornale a Eulogio.

«Sei già tornata? Sei stata velocissima. Bene, allora vado a casa.»

«Ti ringrazio molto per l'aiuto che mi dai con Eulogio. Me lo porto dappertutto, ma mi preoccupa l'idea che quando usciamo per strada possa innervosirsi.»

«Non c'è niente di cui tu debba ringraziarmi. Se non ci aiutiamo tra di noi... Sai, sono preoccupata per Asunción... Non credo che Ernesto resisterà ancora a lungo... ogni giorno che passa è più debole.»

«Poverina! Quanto mi piacerebbe vederla!»

«Se vuoi, domenica sto un po' con Eulogio e tu fai un salto all'ospedale.»

«Sì, va bene, grazie.»

«Ci deve pur essere un modo di avvisare Catalina. La casa in cui sei stata a Parigi... L'indirizzo ce l'hai? Non potremmo scriverle lì? Da quando sei tornata da Parigi, Fernando mi ha scritto qualche volta, Catalina ha scritto ad Asunción ed Ernesto ma... lo sai, nel solito modo misterioso in cui riceviamo le loro lettere... Chissà per quale ragione non vogliono che sappiamo dove si trovano. Non lo capisco. Comunque, secondo me sono a Parigi.»

«Può darsi... te l'ho detto, ho avuto l'impressione che la loro casa non fosse un posto di passaggio... Tuo figlio però è stato categorico quando mi ha detto che sarebbe andato negli Stati Uniti con Catalina...»

«Ma ci deve essere un modo per mettersi in contatto con loro! Sono stata paziente, non ho voluto giudicare il comportamento di mio figlio, ma non riesco a capire per quale ragione non vogliano dirci dove si trovano o permetterci di stabilire un contatto.»

«Avranno le loro ragioni, ragioni che a noi sfuggono. Ti ho già detto che Fernando mi ha assicurato che mai e poi mai avrebbe lasciato Catalina.»

«Sì, ma ti ha anche detto che Catalina continua a esigere che Marvin si sposi con lei. Mio figlio si sta perdendo la vita dietro al nulla.»

«Senti, non angosciarti; se vuoi spediamo una lettera all'indirizzo che abbiamo e vediamo che cosa succede. Se hanno portato lì Eulogio è perché c'è qualcuno che li conosce... Non so, provarci non costa niente.»

«A proposito, Mari Paz, la moglie di Antoñito, è di nuovo incinta, me l'ha detto don Bernardo, anche se poi ho sentito commentare in farmacia che la gravidanza non sta andando bene.»

«Poverina, ne ha già perso un altro. Ha due figli, maschio e femmina, ma comunque...» rispose Piedad.

«L'altro giorno ho incontrato don Antonio e sua moglie; mi hanno chiesto di Fernando. Io non so più che cosa dire...»

«Amica mia, dopo tutti questi anni nel quartiere sono convinti che sia scappato con Catalina. Tuo figlio è sempre stato innamoratissimo di lei, perciò a nessuno è sembrato strano che siano scomparsi insieme.»

«Sì, lo so. Eppure, mi innervosisco tutte le volte che mi chiedono di lui. Don Antonio ha blaterato che Fernando non è un bravo figlio visto che non è mai tornato a trovarmi. Mi sono dovuta mordere la lingua per non rispondergli.»

«Sono persone cattive, lui e la Mari. Dio li fa e poi li accoppia, ecco perché il loro matrimonio funziona.»

«E la povera Mari Paz… io non so come riesca a sopportare quella famiglia. Lei è sempre molto gentile quando viene in farmacia, ma Antoñito… Alcune volte viene con lei e non sai con quale arroganza mi parli.»

«Scrivi a tuo figlio, domani spediamo la lettera a Parigi e vediamo che succede... Anche se è passato parecchio tempo da quando sono stata lì…»

27

Londra

La nebbia sembrava aver imprigionato la città. Zahra scese dal taxi davanti alla Wilson&Wilson e sentì l'umidità che attraversava il soprabito e raggiungeva le ossa.

Benjamin la accolse con aria seria e, non appena si salutarono, le consegnò una cartelletta. Dall'aeroporto era andata direttamente allo studio di Wilson. Non si era trattenuta a visitare i piani che ospitavano la libreria, come aveva fatto altre volte.

Quell'edificio nel cuore di Bloomsbury le era sempre piaciuto. Era una sorta di lunga sinfonia di parole custodite nei libri, quelli che coprivano le pareti dei primi due piani. Ma in quello dove c'erano l'appartamento e lo studio di Benjamin, l'atmosfera era diversa. Anche lì c'erano librerie a tutta parete, ma c'era anche lo spazio per dei quadri enormi e la presenza di Sara era resa evidente dai mazzi di fiori sui tavolini bassi.

Mentre Benjamin si versava un Porto, Zahra aprì la cartelletta e guardò con attenzione le foto che conteneva prima di immergersi nella lettura di alcune carte.

Quando ebbe finito, cercò lo sguardo di Benjamin. «Ne sei sicuro?»

«Lo sono come lo si può essere in casi come questo. Il mio uomo era impegnato nella ricerca di un ufficiale delle SS scomparso qualche giorno prima che la Germania si arrendesse; è stato incaricato da una persona che vuole saldare i conti con quell'individuo. Una persona che ha perso la madre e il padre ad Auschwitz e oggi ha un'unica preoccupazione: portare quell'ufficiale davanti a un tribunale. L'ho cercato per cinque anni e finalmente credo di averlo trovato ma, come puoi vedere nella foto, uno degli uomini che compare accanto a lui somiglia straordinariamente a Ludger Wimmer, il socio di tuo padre.»

«Sì, potrebbe essere lui. Chi è il tuo uomo?»

«Un bravo investigatore. Ebreo. Suo padre era un giudice, aveva dedicato la propria vita al diritto. È stato lui a decidere che moglie e figlio lasciassero la Germania poco dopo che Hitler è diventato Cancelliere. Il mio uomo aveva dieci anni e non voleva andarsene. Si sentiva tedesco e non capiva per quale ragione di colpo lo trattassero come se avesse smesso di esserlo. Andarsene però è stata la sua salvezza, perché il padre, i nonni materni, gli zii e i cugini sono morti tutti ad Auschwitz.»

«Come si chiama?»

«Johan Silverstein. È un giornalista, perciò sa come indagare senza rischiare che la gente si chiuda nel silenzio.»

«E per quale ragione la famiglia Silverstein ha deciso di rifugiarsi in Cile?»

«Questo dovrai chiederlo a Johan. Posso dirti solo che la sorella di sua madre è sposata con un diplomatico cileno; andare in Cile deve essere sembrata la scelta più adatta. Johan è cresciuto a Santiago del Cile, dove ha concluso i suoi studi e lavora appunto come giornalista.

«In Cile c'è un'importante colonia tedesca; è il posto adatto per indagare la pista dei vecchi nazisti. Johan ha già rintracciato un altro personaggio che ero stato incaricato di cercare.»

«E che fine ha fatto questo personaggio?» chiese Zahra.

«Non lo so. Io mi sono limitato a informare le persone che lo cercavano di averlo trovato, era questo il mio incarico.»

«D'accordo, andrò in Cile.»

«E lo ucciderai», affermò Benjamin.

«Sì.»

«Vuoi che ti accompagni uno dei miei uomini?»

«Lo chiederò a Fernando.»

«A Fernando? Lo sai che non vuole più sapere niente di tutto questo, men che meno se si tratta di uccidere qualcuno. È stato capace di uccidere per motivi personali e lo farà di nuovo solo per la stessa ragione.»

«Verrà con me. Lui non dovrà uccidere nessuno, di questo mi occuperò io. E per la prima volta premerò il grilletto per puro piacere.»

Benjamin capì che Zahra non aveva bisogno di Fernando perché la aiutasse in quella missione, bensì perché in seguito la aiutasse a salvarsi da se stessa, perciò acconsentì. «Dirò a Sara che dovrà fare a meno di Fernando per qualche giorno.»

«Sì, potrebbe essere un problema, temo.»

«Be', i Dufort hanno sempre una soluzione per ogni problema. Sicuramente troveranno qualcuno.»

«E perché non Catalina?»

«Benché sia capace di portare avanti la libreria quando Fernando non c'è, Marvin non lo capirebbe. È disturbata e lo perseguita dappertutto. E noi siamo in debito con Marvin.»

«Certo, però sarebbe la soluzione migliore mentre Fernando sta via con me.»

Benjamin scrollò le spalle in un gesto di rassegnazione. «Vieni a cena con noi stasera?»

«Grazie, ma preferisco andare a Parigi da Fernando. Però… questo sì, a Santiago avrò bisogno di qualcuno che mi procuri un'arma.»

«Sì, lo so. Ti darò un indirizzo. Ma non coinvolgere Johan; lui si limita a rintracciare persone scomparse.»

«Tranquillo.»

«Buona fortuna.»

Zahra sorrise, poi lasciò lo studio e non si stupì quando, qualche ora più tardi, trovò Sara sul treno diretto a Parigi. Aveva deciso che sarebbe stata lei a occuparsi di mantenere aperte le porte della libreria e casa editrice Rosent.

28

Parigi

Fernando era nel retrobottega e stava parlando con Alain Fortier della pubblicazione di un'altra giovane promessa proposta dal professore. La porta che metteva in comunicazione il retrobottega con la libreria era aperta, nell'eventualità che potesse entrare qualche cliente, ma la mattinata era stata tranquilla e il pomeriggio si annunciava identico. Invece, la porta dell'ingresso si aprì e, con grande sorpresa di Fernando, comparve Zahra. Si alzò in piedi, si scusò con il professor Fortier e andò incontro alla ballerina.

Gli bastò uno sguardo per capire che cosa volesse.

«Ludger Wimmer si trova in Cile», sussurrò lei.

«Ne sei certa?»

«Sì, questa volta la pista è convincente.» Aprì la borsa e gli mostrò una foto in cui si vedevano vari uomini che chiacchieravano spensieratamente. Il volto di uno di loro era cerchiato.

«E quindi...»

«Mi hai promesso che mi avresti accompagnato», gli ricordò.

«Quando?»

«Domani. Questo pomeriggio, quando chiuderai la libreria, verrò a prenderti. Possiamo cenare insieme, così ti racconterò tutti i dettagli del viaggio.»

«D'accordo», rispose lui, cercando di evitare che il tono di voce tradisse la sua rassegnazione.

Due ore dopo Zahra tornò. Il professor Fortier si stava congedando da Fernando e non poté evitare di guardare con la coda dell'occhio la donna che altre volte aveva visto in compagnia dei Wilson. Si salutarono con una secca stretta di mano.

Fernando aveva già saputo dell'arrivo di Sara. Si era presentata nella libreria esortandolo a prendersi tutto il tempo di cui aveva bisogno per accompagnare Zahra. Nessuno dei due aveva fatto alcun riferimento a quanto dovevano fare.

Mentre Zahra lo portava in un piccolo ristorante, in rue de l'Ancienne-Comédie, Fernando meditava sulla sorprendente personalità di Sara.

Quando entrarono nel locale si sentì in imbarazzo per lo sfarzo; probabilmente non aveva abbastanza soldi per saldare il conto. Le ridondanti decorazioni ricordavano i tempi andati.

«Non conoscevi questo posto?» gli chiese Zahra quando si rese conto che Fernando era a disagio.

«No, non usciamo mai a cena. Al massimo, possiamo permetterci di andare in una caffetteria.»

«Dicono che Le Procope sia il ristorante più antico di Parigi… Qui hanno mangiato Rousseau, Voltaire, Diderot, qui hanno cospirato Danton, Marat e Robespierre… E poi, adoro la loro zuppa di cipolla», affermò lei con un sorriso.

Fernando quasi non toccò cibo. Zahra invece aveva appetito, perciò la cena si protrasse a lungo. Lei gli raccontò ogni dettaglio del viaggio che avrebbero intrapreso l'indomani. Benjamin aveva organizzato la sua esibizione in un locale dove, secondo le informazioni di cui disponeva, era stato visto Ludger Wimmer. Il tedesco era in ottimi rapporti con il proprietario del locale, si sospettava che fossero in società. «Sei preoccupato per Catalina?» gli chiese all'improvviso.

«No… Ecco, non so che spiegazione le darò.»

«Dille la verità, che sto cercando una persona e ti ho chiesto di accompagnarmi. Lei sa che lavoro per Benjamin e che lui si dedica a rintracciare persone scomparse. Non sarebbe la prima volta che mi accompagni per una questione del genere. Non c'è ragione per raccontarle di più.»

«Sì.»

«Non dovresti preoccuparti così tanto per Catalina. Non è una bambina indifesa. Anche se ti costa ammetterlo, non ha tutto questo gran bisogno di te.»

«Che cosa vuoi saperne tu!» protestò.

«Quello che so è che vi siete avvolti come una matassa, ma in realtà potreste tranquillamente vivere l'uno senza l'altra; penso anche che vi farebbe molto bene perché, finché non dipanate la matassa, non avrete una vita.»

La sincerità di Zahra lo infastidì. Si rifiutava di condividere con altri, Zahra compresa, la natura del suo rapporto con Catalina. In realtà, Catalina aveva la capacità di ricordargli chi fosse, da dove venisse, e le ragioni della deriva che aveva preso la sua vita.

A Zahra non sfuggì la tensione sul volto di Fernando. Era evidente, stava lottando contro se stesso. «Lo sai quello che sto per fare… e anche se hai preso l'impegno di venire con me, posso capire che tu voglia fare marcia indietro.»

«Sei tu quella che dovrebbe fare marcia indietro.»

«No. Lo sai che non è possibile.»

«Mi sorprende il tuo atteggiamento rispetto alla morte… È come se non ti pesasse togliere la vita.»

«E infatti non mi pesa, Fernando, non mi pesa aver ucciso uomini che meritavano di essere puniti. Ti tormenta ancora l'idea di aver ucciso gli assassini di tuo padre o l'agente della Gestapo che ci ha seguiti da Praga?»

«Lasciamo perdere. Verrò con te.»

«Tu non dovrai uccidere nessuno, Fernando, dovrai solo accompagnarmi.»

«Sì, anche durante il viaggio a Praga avevo quest'unico compito, accompagnarti, ma alla fine ho dovuto uccidere un uomo.»

«Un assassino, un assassino della Gestapo.»

«Un uomo, in ogni caso.»

Quando il cameriere portò il conto, Zahra non gli permise di pagare e Fernando se la prese. Non voleva dipendere da lei e nemmeno essere invitato a cena.

«Senti, sii concreto. Stiamo per intraprendere un viaggio molto costoso. Non sarebbe giusto che fossi tu a fare questo sacrificio. Sarò io a coprire tutte le spese. Fai finta che il viaggio sia cominciato stanotte e lascia che sia io a pagare il conto del ristorante.»

Ma lui non accettò. Non si sarebbe accollato le spese del viaggio, ma quella cena nel ristorante più antico di Parigi, sì.

Più tardi, quando raccontò a Catalina che l'indomani sarebbe partito per il Cile con Zahra, si rese conto che lei evitava di fargli domande. Si era sempre mostrata cauta quando c'era di mezzo Zahra, aveva sempre paura di dire una parola di troppo.

Si offrì di aiutarlo a fare le valigie e lui accettò solo perché in quel modo avrebbero avuto più tempo per parlare.

Adela mostrava un certo timore a rompere la propria quotidianità, che era fatta di sua madre e di Fernando; per lei erano i suoi genitori e tanto le bastava per essere felice. Perciò, prima chiese a Fernando di non partire, poi gli chiese se lei e sua madre potessero andare con lui, infine gli fece promettere che sarebbe tornato il prima possibile.

29

Santiago del Cile

Johan Silverstein li aspettava nel terminal dell'aeroporto di Santiago. Era un giovane uomo dai capelli castani e gli occhi chiari, con il fisico robusto ma non troppo alto. Non c'era niente in lui che richiamasse l'attenzione, se non la pacatezza che un sorriso appena accennato rifletteva. «Vi ho prenotato una stanza all'hotel Carrera. Vi piacerà, è il migliore e in più non dista molto dal locale in cui la signora si esibirà.»

Silverstein aveva ragione. Il Carrera era un hotel moderno, inaugurato negli anni Quaranta, in stile art déco; al suo interno le colonne di marmo e le poltrone in cuoio creavano un'atmosfera cosmopolita. Si sedettero in un angolo del bar e Johan li mise al corrente della situazione. «Il proprietario del locale si chiama Jorge Prat, è un fascista. Fra le sue amicizie figurano gli uomini più abbietti del Paese, tutti coloro che ostacolano la democrazia, convinti che gli operai abbiano un unico diritto: lavorare. Al governo preferiscono ci sia un militare invece che un politico e chiedono il pugno di ferro contro gli studenti e contro chiunque metta in discussione gli abusi di potere. Alla fine degli anni Trenta, a quanto pare, Prat ha trascorso un periodo a Berlino; lì si è sposato con una tedesca, Matilda Schmidt. E, a quanto ho potuto verificare, ha fatto affari con i proprietari di un famoso locale berlinese, l'Alba rosa, uno dei preferiti dagli ufficiali delle SA e delle SS.»

Zahra sentì un brivido, ma né Fernando né Johan si resero conto del suo malessere.

«Una volta tornato qui da Berlino, Prat aprì un locale vicino ad avenida de la Alameda, La Nuit, dove si ritrovano gli uomini più influenti di Santiago», continuò Johan. «Impresari che finanziano i militari scontenti, i politici avidi di arricchirsi a spese del Paese... Negli ultimi anni è frequentato anche da stranieri, e tra loro da tedeschi. So che il signor Benjamin Wilson vi ha spiegato che mio padre e parte della mia famiglia sono morti nelle camere a gas di Auschwitz. Io, come tanti altri, non accetto che dei gerarchi nazisti siano stati condannati a Norimberga mentre migliaia di altri responsabili di quanto è successo siano in libertà e nessuno dia loro il minimo fastidio. Alcuni hanno cambiato identità, altri sono fuggiti, molti vivono tranquilli nelle loro case, nelle loro cittadine o in altri Paesi, come fa lo stesso Wimmer, come se non avessero fatto niente. Ma per quello che mi riguarda, farò l'impossibile per smascherarli e portarli davanti a un tribunale.»

«Un obiettivo pressoché impossibile», si lamentò Fernando.

Johan annuì mentre gli offriva una sigaretta prima di accendere la propria. «Anche altre persone la pensano come me. Ha mai sentito parlare di Fritz Bauer? O di Simon Wiesenthal? Di Jan Sehn o Tuviah Friedman?» chiese loro Johan.

«No», affermò Fernando.

A quel punto Zahra prese la parola: «Fritz Bauer, ebreo, uomo di legge, si è salvato dal nazismo perché ha passato quegli anni in Danimarca e in Svezia. Ma si sta battendo perché i responsabili dei crimini commessi ad Auschwitz e altrove non restino impuniti.

«Simon Wiesenthal è sopravvissuto a Mauthausen... Quando il campo è stato liberato, è andato a vivere a Linz, dove ha fondato il Centro di documentazione ebraica... Credo che il suo libro, *KZ. Mauthausen*, sia stato pubblicato nel 1946, l'anno dopo la fine della guerra. L'anno successivo ha pubblicato un secondo libro sul mufti Haj Amin al-Husseini, che non è stato tradotto dal tedesco. Nemmeno Benjamin Wilson ha preso in considerazione la traduzione di questo libro in inglese. Quanto a Tuviah Friedman... è l'omologo di Wiesenthal; come lui ha cercato di portare davanti ai tribunali coloro che hanno collaborato con il regime nazista. Adesso vive in Israele, stanco di constatare che l'Austria vuole dimenticare il proprio passato nazista. Tutte le sue ricerche sono conservate a Gerusalemme, nello Yad Vashem, un centro per la memoria della Shoah.»

Fernando ascoltava Zahra stupefatto, chiedendosi perché non avesse condiviso quelle informazioni con lui. Si rispose da solo: in realtà, Zahra era simile a quegli uomini che avevano l'obiettivo di smascherare i criminali, ma le era sufficiente che la giustizia si abbattesse su un unico uomo: il socio di suo padre, Ludger Wimmer.

«Hai fatto i compiti», disse Johan Silverstein guardando Zahra.

«Quanto a Jan Sehn... dobbiamo a lui tutti gli orribili dettagli su quanto è successo ad Auschwitz, soprattutto per quello che riguarda gli esperimenti medici che sono stati fatti sui detenuti», continuò Zahra.

«Che mestiere fa Jan Sehn?» volle sapere Fernando.

«È stato giudice istruttore del caso di Rudolf Höss», affermò Johan.

«Nonché Alto commissario per le ricerche sui crimini commessi dai nazisti in Polonia. Ha anche fatto parte della Commissione polacca di inchiesta sui crimini di guerra», aggiunse Zahra.

«Credo che dovreste riposare. Verrò a cercarvi più tardi», la interruppe Johan guardando l'orologio.

Le stanze di Zahra e Fernando comunicavano attraverso una piccola sala nella quale, su un tavolino basso, c'era un ramo di fiori con un bigliettino che lei lesse con indifferenza.

«Un ammiratore?» chiese Fernando.

«Me li ha mandati Jorge Prat, il proprietario del locale.»

«Sai una cosa? Non sono certo che sia una buona idea che tu ti esibisca a La Nuit. Potresti mettere in allarme Ludger Wimmer. Lui conosceva tua madre e conosce te.»

«Anche Jorge Prat doveva conoscere mia madre. Per questo mi ha cercata, perché ricorda il suo successo all'Alba rosa. Vuole offrire ai suoi clienti quello che mio padre e Wimmer offrivano ai loro clienti di Berlino. Ma non preoccuparti, Prat non conosce la mia vera identità. Per lui sono solo una ballerina egiziana.»

«Ma Ludger Wimmer ti riconoscerà. E poi, il tuo nome... il tuo cognome...»

«Sono l'esca che deve far uscire Wimmer allo scoperto. Sarà curioso di vedere lo spettacolo di una ballerina egiziana, ma il mio nome non gli dirà niente. Adesso sono Zahra Nadouri ma all'epoca, quando è successo tutto... ero una bambina e mi chiamavo Mandisa Rahim; come ti ho raccontato portavo il cognome di mia madre. Wimmer non può assolutamente collegarmi a Mandisa.»

«Io non ne sarei così sicuro», insistette Fernando.

La suoneria del telefono li riportò alla realtà. Si erano addormentati e, mentre afferrava la cornetta, Zahra vide che fuori della finestra c'era un buio pesto.

Fernando si alzò quando la sentì rispondere a monosillabi.

«Jorge Prat verrà a prenderci entro un'ora per portarci fuori a cena.»

«Ma Johan ha detto che sarebbe passato... Dobbiamo avvisarlo.»

«Chiamalo tu mentre io mi preparo», disse lei alzandosi.

Jorge Prat aveva i capelli bianchi, era molto alto e corpulento, quasi grasso, e sorrideva in un modo che Zahra trovò inquietante. «Mia cara signorina Nadouri! Che onore averla tra noi! Spero sia riuscita a riposare.» Prat aveva occhi solo per Zahra e ignorava Fernando.

Lei gli porse la mano con indifferenza, poi guardò Fernando e lo prese a braccetto. «Signor Prat, le presento il signor Garzo. È un carissimo amico al quale sono legata da moltissimi anni.»

Prat e Fernando si squadrarono con severità mentre si stringevano la mano.

«Sì... mi hanno detto che sarebbe venuta in compagnia di un cavaliere... Bene, spero che vi godiate il soggiorno a Santiago e chiedo scusa se ho insistito per vederla stasera, ma ero ansioso di conoscerla. So che lei è una leggenda ad Alessandria.»

Zahra non si preoccupò di rispondergli. Fu Fernando a prendere la parola. «La signorina Nadouri è senz'altro la ballerina più prestigiosa del Medio Oriente.»

«Be'... se vi va, vi propongo di cenare qui in hotel. E, se posso, vi parlerò di La Nuit, dove da diverse settimane tutti i tavoli sono stati prenotati per il suo spettacolo.»

Durante la cena, Zahra manifestò la più totale indifferenza di fronte ai racconti di Jorge Prat. Fu Fernando a tenere le fila della conversazione facendo domande all'impresario, che era facilitato dal fatto di parlare la stessa lingua. Così, raccontò loro che anni prima era stato a Berlino diverse volte e aveva fatto affari con alcuni impresari, e che proprio durante uno di quei viaggi aveva visto ballare una ballerina egiziana. «Heba, mi pare si chiamasse così... Sì, Heba Rahim, ne avete sentito parlare?» chiese guardando Zahra.

Lei scrollò le spalle con indifferenza mentre beveva la sua coppa di Champagne. «L'Egitto ha una lunga tradizione nella Raqs Sharqi.»

«Comunque, tutto questo è successo tempo fa; quando Heba ballava a Berlino lei doveva essere una bambina. È stata una bella epoca... Berlino era la capitale dell'Europa e... avrebbe potuto diventare la capitale del mondo... È stato un vero peccato che la Germania abbia ha perso la guerra, non vi sembra?»

Fernando stava per rispondere, ma Zahra lo anticipò: «Per me fa lo stesso, signor Prat. In Egitto abbiamo già fin troppi problemi per preoccuparci anche di quelli degli altri. La politica non mi interessa, è una cosa da uomini, e gli uomini non chiedono mai il parere delle donne né per fare la guerra né per fare la pace».

«Un pensiero interessante», rispose Prat, osservando sdegnato Zahra. L'aveva già catalogata come una donna priva di interesse, temette persino che non fosse la ballerina eccezionale che gli avevano prospettato. «E lei, signor Garzo? Che cosa ne pensa?» insistette l'impresario, ansioso di conoscere la risposta.

«Che cosa ne penso di cosa?»

«Be', dell'esito della guerra.»

«Quella ormai fa parte della storia, che cosa importa? Quello che importa è il futuro, non trova?»

«Ma certo, ma certo...»

Jorge Prat guardò l'orologio, annoiato da quella conversazione insulsa con la coppia formata dalla ballerina e dallo spagnolo. Osservò Zahra con la coda degli occhio e non poté che metterla a confronto con la ballerina che anni prima infuocava l'animo degli uomini all'Alba rosa di Berlino. Non solo non aveva dimenticato il suo nome, ma ricordava ancora quanto fosse bella e sensuale. A godersela tutta era Jan Dinter, il socio di Ludger Wimmer, proprietario dell'Alba rosa, anche se a volte condivideva il piacere con altri capi nazisti.

Quando aveva commentato con Wimmer che un agente gli aveva proposto lo spettacolo di una ballerina di danza del ventre, quest'ultimo gli aveva consigliato di accettarlo, il successo era assicurato. E lui confidava nel fatto che Wimmer avesse occhio per gli affari. Ammirava quell'uomo sin da quando lo aveva conosciuto a Berlino, dove era stato coproprietario di uno dei locali più esclusivi della capitale tedesca. Per questo motivo, non aveva esitato a offrirgli di diventare suo socio a La Nuit, quando, poco prima che finisse la guerra, Wimmer era arrivato in Cile. Wimmer gli aveva spiegato con franchezza che non amava sfidare la sorte. Era riuscito a scappare da Berlino prima dell'arrivo dei russi e, essendo un uomo previdente, aveva avuto il buon senso di tenere separati gli affari dai sentimenti. Era un nazista convinto, ma la sua fede in Adolf Hitler non gli aveva annebbiato la ragione, perciò aveva portato via i suoi soldi dalla Germania e li aveva depositati in una banca svizzera. Quando si era presentato a Santiago, non lo aveva fatto da rifugiato, al contrario, era arrivato con un capitale che era pronto a investire. Ma adesso i suoi interessi andavano ben oltre i locali notturni, anche se sembrava felice di essere parte di La Nuit, benché vi andasse solo di rado.

«La vedo molto pensieroso.» La voce di Zahra scosse Jorge Prat dai suoi pensieri.

«Chiedo scusa, non volevo essere scortese… Stavo pensando che dovete essere stanchi; siete reduci da un lungo viaggio e io vi ho importunato insistendo perché cenassimo insieme.»

«Assolutamente no. Anzi, la ringraziamo per la gentilezza», disse Zahra con aria annoiata.

«Allora, se vi va, ci vediamo domani. Come vi ho spiegato, ho programmato lo spettacolo per le undici di sera. Manderò un'auto a prenderla alle nove, va bene? Avrà una ragazza a sua disposizione per ogni necessità.»

«Molto gentile da parte sua, signor Prat, ha ragione, siamo stanchi», concluse Zahra mentre si alzava in piedi.

Non era trascorsa nemmeno mezz'ora da quando avevano salutato Jorge Prat che il campanello della stanza li fece sobbalzare. Fernando corse ad aprire.

«Com'è andata la cena?» chiese Johan Silverstein sulla soglia.

«Oh… non ci aspettavamo di vederla», commentò Fernando.

«Anche se mi ha detto di non venire perché avreste cenato con Jorge Prat, non sono riuscito a resistere», ammise Johan.

Zahra li raggiunse nella stanza; era scalza e avvolta in una vestaglia di seta. «Lei aveva ragione, è un uomo pericoloso», disse rivolta a Johan.

«Sì… I suoi modi gentili nascondono una vipera. Bisogna stare attenti con lui», rispose il giornalista.

Fernando posò un vassoio con tre bicchieri di whisky e ne offrì uno a Johan. «Secondo lei, Ludger Wimmer domani verrà a La Nuit?»

«Non mi sento di assicurarvelo, ma secondo me lo farà. Come vi ho raccontato, si dice che Wimmer sia uno dei soci del locale. Di solito non si fa vedere perché a Santiago lo conoscono come impresario del settore tessile. È socio di una fabbrica di confezioni e ha anche un paio di sartorie da uomo. Però è una persona discreta. Non partecipa alla vita sociale della città, anche se qualche volta è stato visto a La Nuit.»

«E se non viene?» chiese Zahra preoccupata.

«Lo cercheremo... Il fatto che conduca una vita discreta non vuol dire che si nasconda.»

«Johan, non voglio coinvolgerla in quello che sono venuta a fare», affermò Zahra.

«Non capisco che cosa intenda...»

«Domani mi esibirò a La Nuit, ma ho bisogno di avere dettagli sulla vita di Ludger Wimmer a Santiago. Il suo indirizzo, le sue abitudini... solo questo. Non appena mi avrà dato queste informazioni, si allontani da me.»

Il giovane giornalista la guardò cercando di capire che cosa ci fosse dietro i suoi occhi. Il suo tono di voce non tradiva alcuna emozione, ma le sue parole e il suo atteggiamento erano inquietanti. «Il mio obiettivo è portare in tribunale il maggior numero possibile di nazisti. Ludger Wimmer non compare in nessuna lista di profughi. È arrivato in Cile legalmente e le autorità non hanno niente contro di lui. Tuttavia, lei lo sta cercando perché sa che è un pericoloso nazista. Bene, così possiamo smascherarlo. Io posso fare in modo che il suo nome e la sua foto escano sui giornali, che la sua vita qui non sia più così facile. Magari lei riesce a fare in modo che qualche tribunale tedesco lo convochi. Non le sembra abbastanza?» chiese Johan, scrutando il volto impassibile di Zahra.

«No», rispose lei con sincerità.

«Allora...»

«Mi aiuti dandomi le informazioni che le ho chiesto e poi stia lontano da me», insistette lei.

«Benjamin Wilson mi ha chiesto di aiutarla. Collaboro da tempo con lui e con altre persone che cercano criminali nazisti, ma il mio unico interesse è portarli davanti a un giudice. Lei invece che cosa vuole?»

«Che cosa farebbe se incontrasse coloro che hanno assassinato i suoi nonni e i suoi familiari ad Auschwitz?»

«Che cosa farei? Gliel'ho già detto, cercherei di ottenere giustizia.»

«E nell'eventualità in cui se li trovasse davanti, non vorrebbe farsi giustizia da sé?»

«No! Assolutamente no! Non c'è giustizia al di fuori della legge», rispose Johan, allarmato dalla piega che stava prendendo la conversazione.

«Quale legge? Le leggi della Germania di Hitler? Anche lì c'erano leggi e tribunali», affermò Zahra.

«Lei sa a che cosa mi riferisco. Sono tedesco e mi dà la nausea il solo pensiero di quello che è successo nel mio Paese. So che i nazisti non sono stati gli unici responsabili del genocidio, ma anche la gente comune, i nostri vicini, alcuni dei nostri amici, persone che credevamo di conoscere ma che hanno preferito guardare dall'altra parte; anche loro sono responsabili di quanto è successo. Per questo non tornerò in Germania; perché temo di non essere capace di vedere altro che volti di assassini, che lo sono perché hanno agito o perché non lo hanno fatto. Ma una cosa mi è chiara: mai e poi mai, le sia chiaro, farei qualcosa che possa mettermi sullo stesso piano di quella gente.»

«Lei parte dal presupposto della superiorità morale», intervenne Fernando con un tono vicino al rimprovero.

«Ovviamente mi rifiuto di essere come loro; so bene che la giustizia non è sempre giusta e che molti di quei mostri non saranno mai portati davanti a un giudice o che, se anche accadesse, le pene potrebbero essere irrisorie rispetto ai crimini di cui si sono macchiati, ma la vendetta sarebbe comunque infamante per me.»

Rimasero in silenzio mentre accendevano quasi simultaneamente una sigaretta.

«Lei è una brava persona», mormorò Zahra.

«Ricordo il giorno in cui mia madre e io lasciammo Berlino. Mio padre ci disse che, non appena avesse potuto, ci avrebbe raggiunti. Non ha potuto. Lo hanno portato ad Auschwitz insieme ai miei nonni, i miei zii e i miei cugini. Della nostra famiglia siamo sopravvissuti solo io e mia madre. Sa, non passa giorno senza che io ricordi le ultime parole che ho sentito dalle labbra di mio padre in stazione, quando il treno stava per partire: "Johan, qualunque cosa succeda, non permettere che niente e nessuno ti trasformi in una persona che non riesce a guardarsi allo specchio senza provare vergogna".»

«E quindi si è rassegnato», sentenziò Fernando, che davanti a quelle parole aveva avvertito una fitta acuta.

«Rassegnato? No, assolutamente no, ma ho sempre tenuto presente le parole di mio padre. E le confesserò una cosa: non può immaginare il sollievo che provo nel guardarmi allo specchio senza provare vergogna.»

Per Fernando le parole di Johan furono come una pugnalata. Il passare del tempo non aveva stemperato le apparizioni di Roque e Saturnino Pérez, i quali in sogno gli ricordavano che li aveva uccisi; lui gridava, rimproverandoli del fatto che gli avevano portato via suo padre, ma loro continuavano a dargli dell'assassino. Si vedeva davanti anche il volto di quell'uomo della Gestapo… un volto incorniciato tra le ombre. Tuttavia, non erano solo le voci e i volti di quei tre uomini a farlo soffrire, ma anche il volto di suo padre e le sue parole: "Non uccidere, Fernando, non uccidere". Non avrebbe mai approvato che il figlio si fosse trasformato in un assassino. Lui aveva disatteso l'ordine di suo padre; al contrario, il ragazzo che aveva davanti aveva seguito scrupolosamente le raccomandazioni del proprio.

Zahra e Johan lo osservavano in silenzio. Negli occhi di Fernando cominciava ad affiorare tutto il suo smarrimento.

«Ognuno decide della propria vita come può, io non giudico nessuno», riuscì a dire Johan.

«A volte bisogna farsi giustizia da soli», sussurrò Zahra.

Johan la guardò di nuovo con preoccupazione. Cominciava a capire le sue intenzioni.

«Lei ha fatto tutto quello che poteva fare e io gliene sono grata», aggiunse Zahra.

«Domani verrò a La Nuit. La aiuterò in tutto quello che mi è possibile», insistette il giornalista.

«Cerchi di verificare dove vive Ludger Wimmer. Ho bisogno di quella informazione», fu la risposta di Zahra.

Quel sabato nelle strade di Santiago si respirava la tipica atmosfera che precede la domenica.

Zahra si stava vestendo con l'aiuto di una ragazza che non smetteva di parlare. Tuttavia, lei non la ascoltava.

Jorge Prat aveva insistito perché Fernando si accomodasse al tavolo che aveva riservato per sé e per i clienti speciali. Fernando aveva assaggiato un sorso del whisky che gli era stato servito, ma stava prestando ben poca attenzione alla coppia che Prat gli aveva presentato e con la quale condivideva il tavolo.

In abito rosso e con i capelli tinti di biondo, la donna appariva annoiata mentre il suo accompagnatore, un uomo di una certa età dai capelli bianchi e lo sguardo affilato, parlava con Jorge Prat della necessità di *dare una svolta* al governo.

A qualche tavolo di distanza, Johan Silverstein sembrava divertirsi mentre chiacchierava con un paio di ragazzi come lui. Fernando si chiese chi fossero.

Un uomo si avvicinò al tavolo con passo deciso. Jorge Prat si alzò e lo abbracciò con affetto. «Carissimo, mi fa molto piacere che stanotte sia qui con noi! Spero che la ballerina egiziana sia all'altezza delle nostre aspettative. Sarà difficile che eguagli una bellezza come quella del tuo locale a Berlino, ma sono sicuro che non ci deluderà. Non è vero?» disse Jorge Prat rivolto a Fernando.

«La signorina Nadouri è una delle migliori ballerine di Raqs Sharqi», affermò quest'ultimo.

«Raqs Sharqi? Di che cosa si tratta?» chiese la donna bionda.

«È la danza orientale, in questo caso la danza del ventre, una specialità delle ballerine egiziane», disse l'uomo che era appena arrivato.

«Lasciatemi fare le presentazioni. Il signor Garzo accompagna la nostra ballerina, lui invece è il mio caro amico Ludger Wimmer. Lei lo conosce già, generale», disse Prat guardando l'uomo dai capelli bianchi.

Ludger Wimmer salutò il generale con un cenno del capo, baciò la mano della donna bionda e porse la propria a Fernando, scrutandolo con attenzione. «Perciò, la sua amica è egiziana… e lei, invece, spagnolo, giusto?»

«Esatto», affermò Fernando.

Le luci della sala cominciarono a spegnersi e Jorge Prat, nervoso, chiese loro di stare zitti. «Sta per iniziare», sussurrò.

I musicisti cominciarono a suonare e le luci si spensero. Un faro illuminava il centro del palcoscenico. La gente a poco a poco smise di parlare e solo il tintinnio dei calici testimoniava la presenza del pubblico in sala. Poi la musica si fece sempre più forte e, al culmine, al centro del cerchio di luce apparve Zahra.

Fernando continuava a guardare di sbieco Ludger Wimmer. Stava provando una sensazione di tale disgusto da restarne sorpreso. Quell'uomo aveva fatto rinchiudere Zahra in un ospedale psichiatrico, l'aveva violentata e ce l'aveva messa tutta per annientarla.

Ludger Wimmer guardava Zahra. Non le toglieva gli occhi di dosso e Fernando temette che l'avesse riconosciuta. Bastò un secondo perché gli sguardi di Ludger e Zahra si incontrassero. Un secondo, una scarica. Negli occhi di lei un odio infinito, in quelli di lui un varco per i ricordi.

Il pubblico cominciò a battere le mani e Jorge Prat si mostrò visibilmente soddisfatto degli applausi entusiasti di tutti quegli uomini. «Non avevo mai visto così tanto fervore! La mia ballerina è brava quanto lo era la tua a Berlino», affermò ridendo mentre dava una pacca sulla spalla di Ludger Wimmer.

Ma quest'ultimo non rispose. Aveva le labbra serrate e lo sguardo carico di un misto di odio e di stupore. «La Nadouri verrà a bere un calice con noi?» chiese al suo amico.

«Be'... non credo... il contratto specifica che non parteciperà a nessun incontro con i clienti», rispose dispiaciuto il cileno.

«Ma qui con noi c'è il cavaliere che la accompagna, non vorrà negarci la presenza della sua dama?» insistette Wimmer.

«Come le ha già spiegato il signor Prat, è abitudine della signorina Nadouri non avere contatti con i clienti dei locali nei quali si esibisce. È una regola che segue con scrupolo e che, naturalmente, io condivido.»

«Questo è un locale notturno... le ballerine sanno che cosa significa. È inconcepibile mettere condizioni del genere quando si lavora in un posto come questo.» La voce di Ludger Wimmer lasciava trasparire una rabbia faticosamente trattenuta.

«Il contratto della signorina è chiarissimo, ed è stato controfirmato dal signor Prat; se non avesse accettato queste condizioni, non saremmo qui.» La voce di Fernando tradiva la sua tensione.

«Su... su... non è il caso di prendersela», intervenne il generale. «Giovane amico, non le sarà difficile capire che uomini come noi abbiano il desiderio di manifestare la loro ammirazione davanti a una donna così straordinaria... Non dovrebbe esserne geloso.»

«Non ho nessun motivo di esserlo, generale. E adesso, se volete scusarmi, vado dalla signorina Nadouri. Sarà stanca e vorrà tornare in albergo.»

Più tardi, quando a La Nuit non c'era più un solo cliente, Ludger Wimmer parlò di Zahra con il suo amico e socio Jorge Prat. «Non ti ricorda la nostra ballerina di Berlino?»

«Assolutamente no, mio caro amico. La vostra era senz'altro una donna bellissima e una brava ballerina, ma questa… questa ha qualcosa di speciale.»

«Non lo so…»

«Non starai pensando che sia la stessa persona?» chiese il cileno ironico.

«Naturalmente no. È impossibile, ma… non lo so… C'è qualcosa di familiare in lei.»

«Dai, Ludger, ti è familiare perché è una ballerina orientale. Alla fine, possono essere più o meno brave, ma si assomigliano tutte.»

«Può darsi…»

Ludger Wimmer non dormì bene quella notte. Gli occhi di quella ballerina gli ricordavano un altro sguardo… lo sguardo di una ragazzina che lui si era incaricato personalmente di annientare. Era morta. Così gli avevano detto in ospedale quando vi era tornato con l'intenzione di approfittare di nuovo di lei.

«Se la sono portata via», gli disse l'infermiera incaricata della sua sezione. Poi, a bassa voce, gli confidò come fosse una prassi comune per le autorità disfarsi di persone come lei, «parassiti inutili». «A chi vuole che importi che vivano o muoiano?» Lui però aveva insistito, voleva sapere dove fosse finita, e l'infermiera aveva accettato di mostrargli il registro. L'avevano trasferita in un ospedale di passaggio… Sì, di passaggio dalla vita alla morte. Un ospedale per minorati incurabili.

Perciò, Mandisa Rahim era morta. Non c'era alcun dubbio. Morta come lo era sua madre, Heba Rahim. Eppure, quegli occhi… Li aveva incrociati per un millesimo di secondo e non aveva alcun dubbio sul fatto che fossero carichi di odio.

Non si addormentò sino all'alba, quando fu risvegliato da un urlo; era lui stesso a gridare davanti a Mandisa Rahim che gli diceva di essere tornata per togliergli la vita.

Nemmeno Zahra dormì quella notte. Dopo lo spettacolo, Johan Silverstein le aveva dato un foglietto con l'indirizzo di Ludger Wimmer. Lo aveva ringraziato.

«Riuscirà a convivere con se stessa?» le aveva chiesto Johan guardandola dritta negli occhi.

Lei aveva annuito. Si erano stretti la mano. Johan aveva esitato qualche istante prima di congedarsi. Non era stato necessario aggiungere altro perché lui fosse certo di quanto lei stava per fare. «Io… non dico altro, qualunque cosa lei farà, sappia solo che sarà un peso immane.»

«Lei non sa niente, Johan, niente. Non si lasci trasportare dall'immaginazione.»

Ma lui si era sentito in colpa e aveva lasciato l'hotel chiedendosi se sarebbe ancora riuscito a guardarsi allo specchio senza provare vergogna.

Zahra e Fernando lasciarono l'hotel a mattina inoltrata. Camminarono per un bel pezzo prima di trovare un taxi. Fernando pronunciò l'indirizzo nella zona di Chuchunco, vicino alla stazione.

Trovarono subito la modesta casa in cui viveva l'uomo raccomandato da Benjamin Wilson per procurare loro un'arma.

Bussarono alla porta e, quando venne loro aperto, riuscirono a intravedere un volto attraversato da cicatrici e un occhio mezzo chiuso. «Alfredo Zuñiga?» chiese Fernando.

«Che cosa volete?» rispose l'uomo seccato.

«Ci ha mandati un amico. Dovrebbero averla avvisata che saremmo venuti a fare un acquisto...» continuò Fernando, chiedendosi se fosse davvero il caso di fidarsi di quell'uomo, come Benjamin aveva assicurato loro.

«Chi vi ha mandati?»

«Ci è stato detto di chiedere di Alfredo Zuñiga da parte del suo caro amico Tomás.»

La porta si aprì e l'uomo li invitò a entrare. La stanza era quasi in penombra e puzzava di rancido.

Una volta che furono entrati, l'uomo li invitò a sedersi. Lui rimase in piedi e aspettò che fossero loro a dire che cosa volevano. «Lei vende armi, giusto?» chiese Fernando.

«Di che arma avete bisogno?»

«Qualcosa di piccolo ma potente», intervenne Zahra.

L'uomo la scrutò dall'alto in basso, ma lei ignorò il suo sguardo. Fernando invece si sentì a disagio per il modo in cui gli occhi di Zuñiga esaminavano il corpo dell'egiziana.

«È per lei?»

«Un'arma piccola ma potente, facile da maneggiare. Che non si inceppi e provvista di silenziatore», specificò Zahra.

«Vado a vedere che cosa ho.»

Zuñiga chiuse la porta e scomparve. Fernando fece per parlare, ma Zahra si portò un dito sulle labbra; meglio non dire niente. Qualche minuto più tardi l'uomo ritornò. «Tenga, questa fa al caso suo», disse consegnandola a Zahra.

Fernando allungò la mano e la afferrò. Per qualche secondo cercò di capire come funzionava. A suo parere poteva andare, ma sapeva ben poco di armi. «Quanto?» chiese.

«È un affare e non vi farò pagare il silenziatore.»

E fece loro il prezzo; era più alto di quanto avevano previsto, ma Zahra non protestò e con un'occhiata disse a Fernando di pagare. Avevano concordato che sarebbe stato lui a trattare con l'uomo, il quale difficilmente avrebbe capito il contrario.

«Io non vi conosco e voi non conoscete me», puntualizzò Zuñiga.

«Ovvio che no», affermò Fernando.

Lasciarono rapidamente la casa. Fernando sentiva il peso dell'arma nella tasca della giacca. Non vedeva l'ora di tornare in hotel, ma Zahra aveva programmato di andare subito all'indirizzo di quella che, a quanto pareva, era la casa di Ludger Wimmer.

Camminarono in silenzio, nella solitudine dei loro pensieri, e solo quando furono abbastanza lontani fermarono un altro taxi, al quale diedero delle indicazioni in prossimità del domicilio di Wimmer. «Non sappiamo se è in casa», mormorò Fernando.

«L'importante è sapere dove vive. Poi vedremo.»

«Dobbiamo stare attenti, non vorrei che ce lo trovassimo davanti», commentò Fernando.

«Ieri sera io ero mezza nuda e truccata.»

«Io invece ero vestito, mi riconoscerebbe senz'altro», rispose Fernando con un filo d'ironia.

Era una casa discreta, di due piani, e sembrava appartenere a una persona agiata che non voleva attirare l'attenzione. Videro uscire una donna, ma erano troppo lontani per coglierne i dettagli del viso.

Fernando non si sentì tranquillo finché non tornarono in hotel. Zahra era del tutto indifferente al suo nervosismo.

«Non dovresti farlo», insistette lui.

Lei non rispose. Era insensibile a qualunque consiglio. Perciò, prese l'arma e la esaminò senza nascondere il fastidio.

«Non ti piace?» chiese lui tagliente.

«No, non è il tipo di arma che fa per me, è poco precisa, ma servirà allo scopo.»

Preferivano stare da soli, perciò ognuno dei due si diresse verso la propria stanza. Zahra aveva bisogno di pianificare quando e come avrebbe ucciso Ludger Wimmer; Fernando invece aveva bisogno di dimenticare quello che lei stava per fare.

Il receptionist disse loro che la macchina del signor Prat li aspettava davanti all'ingresso. Zahra si era truccata meticolosamente, trasformandosi in una donna appariscente.

Quella notte ballò di nuovo a La Nuit. Durante lo spettacolo, sentì uno sguardo addosso, ma non ebbe bisogno di ricambiarlo per sapere di chi fosse. Ludger Wimmer era lì.

Jorge Prat aveva insistito con Fernando perché condividessero il tavolo e poco dopo si era unito a loro anche Wimmer.

Il tedesco guardava Zahra come se la stesse sezionando e Fernando temette che potesse riconoscerla.

Wimmer stringeva le labbra e aggrottava la fronte mentre seguiva ipnotizzato i movimenti di Zahra, ma non si unì agli applausi entusiasti degli spettatori.

«Questa donna è incredibile! Complimenti, signor Garzo, lei è un uomo fortunato ad averla accanto», disse Jorge Prat mentre avvicinava la fiamma del proprio accendino d'oro alla sigaretta di Fernando.

«È una grande artista», rispose lo spagnolo.

«È molto di più... Guardi... si guardi intorno... persino le donne si sono arrese... Non si può restare indifferenti davanti alla bellezza della sua danza. Vero, Ludger, amico mio?»

Wimmer annuì. Appariva a disagio, turbato. «Assolutamente sì», concordò senza troppo entusiasmo.

«Secondo lei, potremmo prorogare di qualche giorno il soggiorno della signorina Nadouri tra noi? Mi piacerebbe portarla a ballare a Viña del Mar... Ho aperto un locale poco tempo fa... sarebbe un successo!» Jorge Prat era sinceramente colpito da Zahra.

«Non credo che sarà possibile. La signorina Nadouri ha già fissato altre date in Europa.»

«Sono disposto a rimborsarla se volesse cancellare quegli impegni... Solo qualche giorno in più... vorrei che restasse qualche giorno in più... Se avessi saputo che era così straordinariamente brava non mi sarei limitato a farle firmare un contratto per una settimana. Ho l'intero locale prenotato per tutti i giorni in cui si esibirà e c'è persino la lista d'attesa. Non può immaginare quanta gente importante mi ha chiamato per prenotare un tavolo, anche se il maître ha spiegato che non c'era più posto. Sì, parlerò con lei, le chiederò di trattenersi un'altra settimana.»

«La signorina Nadouri mantiene sempre gli impegni presi, perciò temo che non potrà accontentarla prolungando il soggiorno. Ma sono certo che potrà tornare una seconda volta in un altro momento.» Fernando parlava con fermezza, cercando di suonare convincente.

«Da quando la conosce?» gli chiese di colpo Ludger Wimmer.

«Siamo amici da diversi anni.»

«Dove vi siete conosciuti?» volle sapere il tedesco.

«Al Cairo. Una città unica al mondo, c'è mai stato?»

«E ha sempre vissuto lì?» Wimmer era deciso a farsi dare delle risposte da Fernando.

«La signorina Nadouri viaggia in tutto il mondo. È un'artista famosa. Vive in Egitto ma, come le ho detto, siamo sempre in viaggio da una parte all'altra.»

«Dove ha imparato a ballare?» Il tono di voce di Wimmer era inquisitorio.

«Caro amico mio, ma quanto ti ha colpito la signorina Nadouri!»

«Come sa, la danza del ventre è originaria dell'Egitto, molte donne la imparano anche se non si dedicano espressamente al ballo.»

«Ma da qualcuno dovrà pur avere imparato», insistette cocciutamente il tedesco.

«Non si nasce ballerine e tuttavia, signor Wimmer, dovrebbe sapere che in Egitto per una donna è più difficile non impararla la danza del ventre. Se mi permette... in ogni caso… la sua curiosità mi lascia di stucco.» Il tono di Fernando si era fatto gelido.

«Le chiedo scusa… non volevo risultare fuori luogo. È solo che… mi ricorda una persona che ho conosciuto molto tempo fa.»

«Anni fa, il mio amico Ludger aveva interessi in uno dei migliori locali di Berlino», spiegò Prat. «Tra i suoi spettacoli, spiccava quello di una ballerina del ventre. Era straordinaria! Ma non come la signorina Nadouri. E davvero non capisco in che cosa gli ricordi l'altra ballerina… non si somigliano. La sua aveva un corpo impressionante, più sensuale; gli uomini impazzivano per lei, questo è certo, ma non aveva l'eleganza della signorina Nadouri. Dal mio punto di vista, era una ballerina più umana, mentre Zahra sembra divina.»

«La signorina Nadouri ha mai ballato in Germania?» chiese Wimmer.

«No. Le ricordo che la Germania sta ancora scontando le conseguenze della guerra. La Berlino che voi rimpiangete ormai non esiste più, non credo esistano locali che propongano spettacoli di danze orientali… ma magari mi sbaglio. In ogni caso, non siamo mai stati in Germania.»

All'improvviso, Jorge Prat si alzò in piedi. In sala risuonavano applausi e urla entusiaste. Zahra camminava a testa alta. Fernando sentì un sudore freddo in tutto il corpo. «Ti stavo aspettando. Sono stanca», disse lei, ignorando Prat e Wimmer.

«Mi dispiace... mi sono trattenuto. Vogliate scusarci...»

Ludger Wimmer cominciò a parlare in tedesco rivolto a Zahra. Lei lo guardò ma non rispose.

«Ludger, ma che fai? Come ti viene in mente di rivolgerti in tedesco alla signorina. La prego di scusare il mio amico...»

«Sì, mi scuso anch'io, ma è difficile evitare la propria lingua madre quando si vuole esprimere qualcosa di importante», affermò Wimmer squadrandola.

«La capisco, succede anche a me. Nelle occasioni importanti, fatico a non parlare in arabo, che è la mia lingua madre. Mi dispiace, ma non capisco il tedesco; se mi parla in inglese, potrò risponderle», disse Zahra con freddezza.

«Ho fatto solo un commento ammirato sul suo talento. Non si preoccupi…»

«Lei è tedesco?»

«Sì, conosce il mio Paese?»

«No, non ho mai ballato lì, ma magari si presenterà l'occasione... Le dirò però che mi costa sempre di più lasciare l'Egitto.»

Wimmer le parlò di nuovo in tedesco e Zahra lo interruppe con aria stanca. «Signor… non conosco il suo nome… non ci hanno presentati… In ogni caso, mi dispiace, ma non capisco quello che mi sta dicendo, non conosco la sua lingua», ribadì.

«Ma certo… non so nemmeno io perché mi ostino…» disse Ludger Wimmer a mo' di scusa.

Lei fece spallucce e porse la mano a Fernando.

Non parlarono finché non ebbero raggiunto l'hotel. Quando lui chiuse la porta, lei lo abbracciò. Rimasero così, abbracciati, cercando di ritrovare la calma. «Ti ha riconosciuta, dobbiamo andarcene», disse Fernando perentorio.

«No, non mi ha riconosciuto, non può riconoscermi. Ero solo una bambina quando... No, non sa chi sono.»

«Lo sa e, se non lo sa, lo intuisce. Per quale ragione ti ha parlato in tedesco? Voleva vedere se lo capivi.»

«Ma io non ho avuto nessuna reazione.»

«Mi ha sottoposto a un vero e proprio interrogatorio. Voleva sapere se conosci la Germania, se hai mai ballato lì... dove hai imparato a ballare...»

«E tu hai risposto come abbiamo concordato, no?»

«Sì, ma quell'uomo non è un idiota, Zahra, e anche se non può affermare che sei tu, gli ricordi la bambina che sei stata.»

«Vero, una bambina che, secondo i documenti che Benjamin Wilson ha fatto preparare, è stata portata in un ospedale in cui venivano eliminate le persone con problemi mentali. Mandisa Rahim non esiste più, Fernando.»

«Ma non sarà difficile rintracciarti. Ad Alessandria tutti sanno chi fossero tua nonna e tua madre...»

«Rilassati, Fernando. Tra quattro giorni, Ludger Wimmer avrà smesso di esistere.»

«No, non posso rilassarmi, sai che quell'uomo ha dei sospetti sulla tua identità.»

«E secondo te in quattro giorni riesce a fare delle ricerche? No, impossibile.»

«Andiamocene, Zahra. Dimenticati di lui.»

«Senti chi parla! Proprio tu, che hai ucciso gli assassini di tuo padre diventando un paria!»

«Smettila! Non parlarmi mai più di... non nominare mai più mio padre.»

Rimasero in silenzio, a guardarsi con tristezza. Fernando sentiva il sangue ribollirgli nella testa. Fu lei a porgergli la mano e a tirarlo a sé finché non lo fece cadere sul divano.

«Non possiamo perdere la calma. È quello che ha provato a fare, a innervosirci, ad aprire una crepa. Ma non possiamo permetterglielo. Lo ucciderò. Ho pensato a questo momento ogni santo giorno. Ma capisco la tua preoccupazione. Sono stata egoista trascinandoti qui. Non avrei dovuto farti fare quella promessa. Hai accettato solo perché pensavi che non avrei trovato Wimmer.»

«Ti sbagli, sapevo che, se era vivo, Benjamin Wilson lo avrebbe rintracciato.»

«Vattene, Fernando. Va' via domani. Torna a Parigi.»

«È quello che vorrei fare, andarmene, ma con te.»

«Sai che lo ucciderò», rispose lei con voce stanca.

«E allora preghiamo che non scopra chi sei. Ha quattro giorni per riuscirci.»

«Pregare?» Zahra sorrise. «Sì, ti ci vedo proprio. Mi hai raccontato che tua madre ti ha insegnato a pregare quando eri bambino mentre tuo padre non pregava mai perché non credeva in Dio.»

«Come me», rispose contrariato.

«Come te? Magari credi senza saperlo... è difficile spogliarci di quanto ci viene insegnato quando eravamo bambini. È lì... nascosto... noi non lo sappiamo... ma quello che è stato seminato rimane, Fernando.»

Quella notte ognuno dormì nella propria stanza. Tra loro, non c'era più spazio per le parole.

Si era appena fatto giorno quando Zahra svegliò Fernando. Le annunciò che sarebbe andata sino alla casa di Ludger Wimmer. Voleva verificare a che ora uscisse e dove andasse.

«Ma ci siamo andati ieri», rispose lui, ancora immerso nelle brume del sonno.

«Ci tornerò oggi e anche domani. Lo ucciderò entro tre giorni.»

«Quello che vuoi fare è una follia», protestò Fernando, pur sapendo che lei non l'avrebbe ascoltato.

Avrebbe voluto accompagnarla, ma lei non glielo permise. «Non voglio perdere tempo e tu sei ancora a letto. Non ci metterò molto.»

Fu di ritorno dopo quattro ore. Fernando attendeva impaziente nel bar dell'hotel, con la terza tazza di caffè tra le mani.

Zahra gli spiegò che Wimmer era uscito alla stessa ora del giorno prima ed era salito su un'auto scura. «So come lo ucciderò.»

Lui non disse niente. Si era arreso.

«Mi hai detto che, dopo lo spettacolo, Wimmer è rimasto con Jorge Prat.»

«Sì, ha fatto così entrambe le volte.»

«Bene, l'ultima sera, dopo che avrò concluso lo spettacolo, mi aspetterai in camerino e ce ne andremo subito. Ci allontaneremo a piedi. La casa di Wimmer non è molto lontana da La Nuit.»

«C'è un bel pezzo di strada», affermò Fernando.

«Noi però arriveremo prima di lui. Magari dovremo aspettarlo tutta la notte. Staremo molto attenti e quando lo vedremo arrivare in macchina mi avvicinerò senza dargli il tempo di scendere. E in quel momento gli sparerò.»

Discussero a lungo, poi si concessero una tregua, amareggiati dalla discussione.

Quella notte Ludger Wimmer andò a La Nuit e, come aveva fatto in precedenza, si sedette al tavolo di Jorge Prat insieme ad altri uomini desiderosi di veder danzare la ballerina egiziana. Il successo di Zahra fu persino superiore a quello delle altre sere. Prat era entusiasta.

Concluso lo spettacolo, Fernando si congedò dai compagni di tavolo.

«Dovete restare con noi per una coppa di Champagne! Tutti vogliono conoscere la signorina Nadouri. La prego, la porti qui», gli chiese Jorge Prat.

«Mi dispiace ma, come le ho già detto, la signorina Nadouri ha l'abitudine di andarsene subito dopo la sua esibizione e non si trattiene mai a bere con i suoi ammiratori. Lo dice anche il contratto.»

«La deve convincere! Guardi, i signori che ci hanno fatto compagnia oggi sono alcuni degli impresari più importanti del Cile e vorrebbero vederla da vicino», replicò Prat.

«Be', trovi il modo di scusarsi con loro. E adesso, se mi permette...»

Fernando si congedò con un cenno del capo e, nonostante il rumore, riuscì a sentire Ludger Wimmer che diceva: «Non mi piace quello spagnolo».

Le due serate successive trascorsero nello stesso modo. Quando Fernando andava al tavolo di Prat, Ludger Wimmer era già lì, in compagnia di una coppa di Champagne. Quella notte, però, tutto sarebbe cambiato. Zahra stava per tenere l'ultimo spettacolo.

Mentre lei finiva di truccarsi, Fernando camminava da un punto all'altro della stanza. Avvertiva la tensione e la paura in ogni muscolo del corpo. Aveva cercato di convincerla a desistere in ogni modo, ma Zahra si era limitata ad ascoltarlo mentre chiudeva le valigie; poi gli aveva chiesto di lasciarla tranquilla perché doveva truccarsi.

L'indomani il loro aereo sarebbe partito di prima mattina. Il primo scalo era previsto a Buenos Aires. Jorge Prat aveva proposto loro di accompagnarli in aeroporto con la propria macchina e lei aveva accettato.

Quando arrivarono a La Nuit, Zahra andò diretta nel suo camerino, dove era attesa dalla ragazza che la aiutava a vestirsi. In fondo alla borsa c'era la pistola che le aveva dato Zuñiga.

Fernando si accomodò al solito posto, nel tavolo di Prat. L'impresario si profuse in elogi nei confronti di Zahra e, per l'ennesima volta, cercò di persuaderlo a convincerla perché tornasse quanto prima a Santiago.

In quel momento si unì al tavolo anche Ludger Wimmer. Jorge Prat continuò: «Carissimo signor Garzo, non sono un egoista, ho parlato con alcuni amici che hanno locali di prestigio; dopo che ho raccontato loro di Zahra sono ansiosi di farle un contratto. Potremmo riaverla qui fra tre o quattro mesi?»

«Non sono l'agente della signorina Nadouri e, pertanto, ignoro quali siano i suoi impegni professionali», rispose Fernando asciutto.

«Ma allora, che cos'è lei esattamente?»

La domanda di Ludger Wimmer sconcertò Fernando. Guardò il tedesco con uno sguardo così rabbioso che Jorge Prat si sentì in obbligo di intervenire: «Che domanda assurda, caro Ludger! Dai... brindiamo al successo della signorina Nadouri, affinché questa non sia l'ultima notte che balla a La Nuit». Jorge Prat non era disposto a lasciare che l'avversione manifesta di Ludger Wimmer verso Zahra e Fernando gli rovinasse gli affari.

Ne avevano già parlato. Wimmer non era riuscito a dargli una spiegazione razionale sul perché diffidasse della ballerina. Il suo socio tedesco sembrava odiarla e insieme temerla. Vista l'età di Zahra, non poteva averla conosciuta in passato, perciò scartò l'ipotesi che potesse esserci qualcosa di personale. Magari, anni prima aveva avuto qualche problema con una ballerina orientale.

Zahra concluse lo spettacolo e, non appena si riaccesero le luci, Fernando si alzò in piedi per congedarsi dagli invitati di Jorge Prat, che guardavano con invidia l'accompagnatore della ballerina.

Fernando evitò di stringere la mano a Ludger Wimmer, dal quale si congedò con un cenno del capo.

Jorge Prat gli ricordò che l'indomani sarebbe andato a prenderli in hotel per accompagnarli in aeroporto. «È il minimo che possa fare per la nostra grande artista», affermò solenne, guardando gli amici.

Zahra era già vestita e pronta a uscire quando Fernando entrò nel camerino. La ragazza stava mettendo in una borsa gli abiti di scena che aveva indossato quell'ultima sera.

Quando si congedarono, Zahra le fece scivolare una banconota tra le mani.

«Non è necessario, signora!» protestò la ragazza mentre infilava la banconota nella tasca del grembiule.

«Lo so, ma così ti comprerai qualcosa che ti ricorderà me.»

Né Zahra né Fernando avevano voglia di parlare, così camminarono, lontani l'uno dall'altra, mentre lei lo guidava con sicurezza verso la casa di Ludger Wimmer. Ci misero circa un'ora e per strada non incontrarono nessuno. Era notte fonda e faceva freddo; in pochissimi si avventuravano a piedi per le strade di Santiago.

«Aspettiamo qui», gli disse Zahra mentre appoggiava la mano sul braccio di Fernando perché si fermasse.

Aveva deciso di appostarsi dietro alcuni alberi nascosti a loro volta da diversi veicoli parcheggiati. «Di solito lascia la macchina accanto a questo marciapiede, nel primo spazio che trova. Quella è casa sua, tu non devi fare niente. Mi avvicinerò, gli sparerò e poi ce ne andremo. Spero che il silenziatore funzioni bene.»

Fernando non se la sentiva di parlare, perciò rimase fermo dove lei gli aveva indicato. Stava per accendere una sigaretta, ma Zahra glielo impedì. «Qui non ci vedono, ma se qualcuno dovesse affacciarsi per qualunque motivo a una finestra, vedrebbe la brace della sigaretta. Anche io ho una voglia matta di fumare, ma dobbiamo trattenerci.»

Furono fortunati. La strada restava deserta. Né macchine né passanti.

Aspettavano tesi e impazienti, e solo alle tre del mattino sentirono il ronzio di una macchina che entrava nella via.

«È lui», sussurrò Zahra mentre tirava fuori la pistola dalla borsa, la montava e toglieva la sicura.

«Non puoi esserne certa», ribatté Fernando.

«Lo so. Per favore, fai quello che ti ho detto.»

L'uomo al volante stava parcheggiando la macchina. Con ogni probabilità non si rese conto della figura che stava sbucando dalle ombre e apriva la portiera opposta a quella del conducente. «Buonasera, signor Wimmer.»

«Tu! Che cosa ci fai qui! Chi sei?» La voce di Wimmer rifletteva tutto il suo sbigottimento.

«Sono Mandisa Rahim e sono venuta qui per ucciderla. Mi guardi bene.»

Lui si scagliò contro di lei e Zahra approfittò della sua reazione, che aveva previsto, per spararagli tra le viscere e il cuore. Il volto di Wimmer si contrasse incredulo e, mentre portava la mano alla ferita, con l'altra mano cercò di afferrare Zahra. Non ci riuscì. Stava per gridare, ma lei gli tappò la bocca.

Fernando si era avvicinato e, quando li vide lottare, si infilò nell'auto e strinse il collo di Wimmer con tutta la forza che aveva.

Zahra approfittò di quell'istante per spararagli di nuovo. E lo fece altre due volte, con rabbia, quando si accorse che era ancora vivo.

Fernando sentì che, sebbene i suoi occhi tradissero ancora la sua furia, Wimmer era ormai privo di forze.

«Va' all'inferno insieme al tuo amico Jan Dinter», sussurrò lei.

«Tu sei... tu sei... Tuo padre... Jan era tuo padre...» furono le sue ultime parole.

«Andiamocene», le intimò Fernando.

«Aspettiamo che sia morto.» E sparò di nuovo. Il volto di Wimmer era ormai una maschera di sangue.

«È morto!» insistette Fernando, cercando di toglierle l'arma.

Ma Zahra sparò di nuovo su quello che restava degli occhi, del naso, della bocca. Fernando le strinse il polso con forza e le tolse l'arma. «È fatta ormai! Andiamocene!»

Fernando spinse il cadavere sul pavimento dell'auto. Lo avrebbero trovato in ogni caso, ma forse in quel modo ci avrebbero messo un po' di più. Poi prese Zahra per il braccio e la obbligò a seguirlo.

Pulirono la pistola e la gettarono in un tombino; Zahra in ogni caso indossava dei guanti per non lasciare impronte. Fernando fu sollevato quando si rese conto che, dato il freddo, anche lui aveva indossato i guanti. Se non altro, non avrebbero trovato le impronte delle sue dita sulla gola di Wimmer. Guardò l'orologio. Erano le quattro e mezzo del mattino. Stava per farsi giorno. Camminarono veloci.

Arrivati in hotel, Johan Silverstein andò loro incontro. «È tutta la notte che vi aspetto. È meglio non entrare dalla porta principale. C'è una porta sul retro e, a quel che ho visto, il vigilante è mezzo addormentato. Io posso distrarlo...»

Zahra annuì e gli diede un bacio sulla guancia. «Perché mi aiuta? Non sa da dove veniamo...»

«Non voglio saperlo. Non mi dica niente. Voglio solo aiutarvi a raggiungere la vostra stanza.»

Entrarono nell'hotel dalla porta di servizio. Non li vide nessuno.

Raggiunta la loro stanza, si resero conto che gli abiti erano macchiati del sangue di Wimmer. «Togliti tutto quello che hai addosso, gli darò una lavata», disse lei.

«Facciamolo insieme, alle sette viene a prenderci Jorge Prat.»

Si affannarono a ripulire le macchie di sangue e infilarono i vestiti nella valigia. Fernando si domandò che cosa sarebbe successo se fossero stati obbligati ad aprirle.

Fatta la doccia, indossarono abiti puliti e si sedettero a riposare. Entro pochi minuti dalla reception li avrebbero avvisati che Jorge Prat li stava aspettando; in caso contrario voleva dire che avevano già trovato il cadavere di Ludger Wimmer.

E invece, Prat arrivò alle sette in punto con un sorriso che lasciava intuire tutta la sua soddisfazione, sebbene il suo volto apparisse stanco. «È un vero peccato che ve ne andiate via così presto; i miei clienti erano così entusiasti del suo spettacolo che hanno bevuto più Champagne del solito, praticamente ho dovuto cacciarli per riuscire ad arrivare qui in tempo.»

Raggiunsero l'aeroporto. Sulle prime pagine dei giornali c'erano foto di Zahra che ballava a La Nuit. Veniva definita una grande artista, una rivoluzione per Santiago del Cile.

Sino a che le ruote del *Douglac DC-4* non scivolarono sulla pista per prendere velocità, alzarsi in volo e nascondersi tra le nuvole, non si sentirono tranquilli.

Zahra si addormentò, era esausta; Fernando invece non riusciva a riposare. Benché fosse stata lei a togliere la vita a Ludger Wimmer, lui gli aveva stretto il collo per accelerarne la morte e questo rendeva quell'uomo l'ennesimo spettro, insieme a quelli del tipo della Gestapo e di Roque e Saturnino Pérez. Gli tornò alla mente suo padre il giorno in cui era partito per il fronte, quando gli aveva detto: «Fernando, non voglio che tu vada al fronte, non voglio che tu viva tormentato dal ricordo degli uomini che sarai costretto a uccidere». E gli tornò alla mente anche la sua risposta: «Uccidere dei fascisti è giustificato. Sono stati loro a cominciare questa guerra. Tu andrai al fronte e dovrai uccidere. Papà, lasciami venire con te, non obbligarmi a rinunciare a lottare». Al che suo padre aveva replicato: «Puoi contribuire facendo altre cose, senza uccidere. La Repubblica può essere difesa anche dalle retrovie. No, Fernando non uccidere. Io dovrò convivere con questo peso, ma tu no, figlio mio, tu non uccidere».

Era un ricordo insopportabile; si tappava le orecchie, ma le parole di suo padre lo mantenevano sveglio: «Non uccidere… non uccidere».

Quando l'aereo atterrò a Parigi, molte ore dopo, erano entrambi tesi. Durante il viaggio quasi non avevano parlato e avevano evitato qualunque riferimento a quanto era successo. A quel punto, dovevano aver trovato il corpo di Ludger Wimmer e poteva darsi che qualcuno li avesse visti o nutrisse dei sospetti nei loro confronti.

Mentre aspettavano la consegna dei bagagli, videro Benjamin Wilson avvicinarsi. Zahra avrebbe voluto corrergli incontro e abbracciarlo per sentirsi sicura, ma si trattenne. «La mia macchina vi aspetta davanti all'ingresso. Vieni a casa nostra. Sara ha insistito perché non ti lasci sola in hotel.»

«Grazie, Benjamin.»

«C'è qualche notizia su…?» cominciò a chiedere Fernando.

«Capitolo chiuso», rispose Benjamin mentre lasciavano il terminal.

«Ne sei certo?» chiese Zahra.

«Assolutamente sì. Hai voltato pagina. Adesso devi vivere.»

Quando scese dall'auto, Zahra non rivolse un solo sguardo a Fernando. Sapeva che loro due si erano persi per sempre.

30

Parigi

Adela era cambiata o, almeno, Fernando ebbe questa impressione. Era trascorso qualche giorno dal suo ritorno dal Cile e, di colpo, aveva l'impressione che la ragazzina stesse diventando una donna. Quanto a Catalina, lo abbracciò con forza, dicendogli quanto le fosse mancato. «Non sono abituata a starti lontana», gli confessò.

«Nemmeno io e, visto che sei tornato, voglio che tu sappia che ho deciso di andare via. Mamma è d'accordo», affermò Adela.

«Vai via? Perché?» Fernando non aveva la forza di affrontare altre emozioni.

«Andrò negli Stati Uniti. Non appena concluderò gli studi liceali vorrei chiedere una borsa di studio per studiare a Boston; spero me la diano», spiegò Adela.

«Quando hai preso questa decisione? Non me ne avevi mai parlato.»

«Non potevamo farlo perché eri in Cile», spiegò Catalina.

«Ma se sono stato via solo dieci giorni...»

«In questi dieci giorni anche io e mamma abbiamo viaggiato di nuovo, sempre in cerca di quell'uomo, di mio padre...»

Se non fosse stato così scosso, nel corpo e nella mente, forse Fernando se la sarebbe presa, invece si limitò ad ascoltare le due donne che, in modo precipitoso, cercarono di spiegargli che cosa era successo.

«Mamma ha letto sul giornale che Marvin Brian era in Italia, a Sorrento, dove aveva deciso di prendersi un periodo di riposo. Facile immaginare che cosa ha pensato...»

Adela gli raccontò ogni cosa nel dettaglio mentre Catalina la osservava in silenzio.

Avevano viaggiato in aereo sino a Napoli e da lì avevano preso un treno per Sorrento, dove avevano cercato una pensione. Marvin alloggiava al Gran Hotel Excelsior.

«Un paradiso in terra», assicurò Adela. «Ci sono giardini da favola; non c'è da stupirsene visto che proprio lì c'era il palazzo di Augusto, del quale ancora si conservano alcune rovine... E puoi immaginare che tipo di ospiti alloggino lì... è stato come entrare in un altro universo.»

Per giorni, si erano appostate diverse ore davanti all'ingresso del giardini dell'hotel, ma non avevano visto né Marvin né Farida. Il terzo giorno, Catalina aveva deciso che sarebbero entrate a chiedere di lui. Avevano approfittato di una distrazione del guardiano appostato al cancello per entrare nel giardino e raggiungere così la hall dell'hotel.

Avevano attraversato il giardino circondato da aranci e limoni, respirandone il profumo fruttato. L'hotel era un palazzetto nel quale, a quanto aveva raccontato loro il receptionist della pensione, alloggiava niente meno che il grande Caruso. Era un luogo nel quale aristocratici e persone abbienti si rifugiavano per non essere infastidite.

Un facchino molto gentile era andato loro incontro non appena erano arrivate alla porta dell'hotel e quando, con aria sicura, Catalina gli aveva spiegato che era attesa dal signor Brian, l'uomo aveva detto loro che lo avrebbero trovato sulla terrazza. Marvin e Farida apparivano felici mentre contemplavano lo spettacolo della baia di Napoli. L'hotel era abbarbicato su una roccia e offriva un panorama magnifico.

Stavano conversando tranquilli, ridevano, mano nella mano. C'erano altri ospiti, vestiti elegantemente, e tutti sembravano godersi quel posto e la calma che la bellezza porta con sé.

Adela era un'intrusa e aveva chiesto a Catalina di tornare a Parigi. Non si sentiva in grado di affrontare un'altra scenata. Tuttavia, sua madre era avanzata con decisione e si era piazzata davanti a Marvin e Farida. «Buongiorno, mi dispiace interrompervi, ma spero che stavolta non mi eviterete. Sono qui con Adela.»

Marvin si era alzato in piedi ed era scappato dentro l'hotel seguito da Farida. Catalina gli era corsa dietro, ma il portiere le era andato incontro e l'aveva tenuta per il braccio.

Adela si era vergognata da morire quando aveva sentito Marvin gridare: «Cacciate fuori questa matta!» E così avevano fatto, le avevano cacciate fuori. Due uomini le avevano obbligate ad andarsene, impedendo a Catalina di seguire Marvin, che era scomparso come se la terra se lo fosse inghiottito.

Catalina aveva protestato, aveva detto che non se ne sarebbe andata se non avesse parlato con Marvin, ma i due uomini le avevano praticamente trascinate fuori dicendo loro che avrebbero chiamato i carabinieri.

Arrivate nella pensione, madre e figlia avevano discusso. «Mai più! Mi hai sentito? Non sottopormi mai più a una vergogna del genere! Quell'uomo non vuole sapere niente di te, e nemmeno di me, smettiamola di umiliarci, io non ci sto più! Non ho bisogno di lui! Non lo voglio come padre!»

Catalina le aveva assicurato che non si sarebbe arresa, che avrebbe continuato a perseguitarlo finché non l'avesse riconosciuta come figlia. Ma Adela aveva preso la prima decisione della sua vita: «Fa' quello che vuoi, ma non contare su di me. Non ci verrò più con te nei posti in cui c'è anche lui. E ti proibisco di esigere che mi riconosca. Sono io che non voglio riconoscere lui come padre», le aveva detto con rabbia.

Per questo aveva deciso di andarsene. Non voleva che la sua vita continuasse a girare intorno alla speranza che suo padre la riconoscesse, perché questo le stava impedendo di essere se stessa, come aveva impedito a sua madre di farsi una vita.

«Non voglio che quel poeta condizioni la mia vita, mi rifiuto», affermò Adela.

E Fernando capì che l'avevano persa.

Tornare alla routine non fu facile; Fernando quasi non ebbe il tempo di parlare con Sara perché due giorni dopo il suo arrivo lei e Benjamin partirono per Alessandria. Non volevano che Zahra viaggiasse da sola, sapevano che aveva bisogno di loro.

Sara però non era riuscita a evitare un commento sull'ultimo incidente tra Catalina e Marvin. «So che non puoi farci niente, ma...»

«No, non posso farci niente. Non so nemmeno se voglio farlo», rispose Fernando con sincerità.

«A volte mi chiedo se non è troppo egoista la mia richiesta di curare i libri di Marvin.»

«La decisione non spetta solo a te, anche io potrei rifiutarmi.»

«Sì, è vero. Ma credo che, nonostante tutto, per te sia una fortuna essere il suo curatore. Pensa a dove è arrivato... È un poeta riconosciuto in tutto il mondo. Non c'è un solo critico che non tessa le sue lodi.»

«Io curo le opere di uno scrittore con il quale mi relaziono con il tramite di un'altra persona, che è lei. Sono certo che Marvin sarebbe felice di cambiare curatore, ma lei insiste perché sia io a farlo, e non ho mai capito perché.»

«Perché il giorno in cui ti ho conosciuto qualcosa in te mi ha commosso e...»

«E ha deciso di proteggermi sotto le sue ali, come fa con Zahra, con Marvin e con chiunque secondo lei ne abbia bisogno.»

«No... non si tratta di bisogno, piuttosto, aiuto chiunque meriti che gli venga tesa una mano. Marvin è il Poeta del dolore, il suo animo malato lo rende sublime. Zahra... non c'è bisogno che ti spieghi che ha dovuto ricostruire se stessa pezzo dopo pezzo. E tu... secondo me continui a fuggire da te stesso. Sei tormentato dal peso che senti sulla coscienza, da quello che hai fatto... benché avessi una ragione per farlo. Tu e Marvin siete uniti dal dolore. Un dolore perenne e, in quanto tale, così intenso e insopportabile da impedirvi di essere felici. Lui ha trovato qualcosa di simile alla felicità accanto a Farida, ma tu...»

Fernando non voleva permetterle di continuare a navigare nelle acque della sua anima. «Ognuno affronta il dolore come può. Ma, mi dica, avremo una nuova raccolta di poesie da parte di Marvin?»

«È ancora presto… ma sta scrivendo. Si era rifugiato a Sorrento proprio con questo scopo.»

Due giorni dopo, tornato a casa, trovò madame Dufort che lo aspettava all'ingresso per consegnargli una lettera. «È arrivata questo pomeriggio. Viene dalla Spagna», gli disse indicando il timbro.

Catalina non era ancora rientrata e Adela stava studiando nella propria stanza, perciò si mise a leggerla tutto solo. Sul retro c'era scritto il nome di sua madre.

Caro figlio mio,

ti scrivo questa lettera nella speranza che arrivi nelle tue mani. Anche se hai detto a Piedad che saresti partito per l'America e che l'indirizzo parigino era occasionale, lei è convinta che quella in cui vi siete visti non fosse una casa di passaggio ma il posto in cui tu e Catalina vivete stabilmente a Parigi. Sarebbe bello che avesse ragione, perché vorrebbe dire averti vicino. In ogni caso, abbiamo indirizzato la lettera a monsieur Dufort, che secondo Piedad è l'amministratore del palazzo. Magari può consegnartela.

Anzitutto, mi preme dirti che nella famiglia di Catalina è successa una disgrazia: suo padre è morto. Era molto malato e non è sopravvissuto a un attacco cardiaco.

Ernesto è morto con il dolore di non aver potuto salutare Catalina e conoscere sua nipote.

Non voglio che queste righe suonino come un rimprovero, però, perché non tornate? Che cosa ve lo impedisce? Ti assicuro che a Ernesto e Asunción importava ben poco di quello che potessero dire gli altri sulla figlia di Catalina. All'inizio non è stato così per Ernesto, perché negarlo, ma anche se era fatto a modo proprio, amava sua figlia. È arrivato al punto da affrontare don Antonio e lo stesso Antoñito pur di difenderla.

Qui nel quartiere nessuno sa che Catalina ha una figlia, ma ti assicuro che per Ernesto e Asunción quella bambina sarebbe stata gioia pura.

Asunción mi ha chiesto di farti sapere che suo marito è morto perché vorrebbe che fossi tu a dirlo a Catalina. Lei non se la sente di scriverle. È distrutta e non fa che pregare perché sua figlia torni da lei. Se solo tu riuscissi a convincerla…

Puoi immaginare in che stato versi. Si è presa cura di Ernesto per anni, senza separarsi mai da lui, soffrendo in silenzio mentre lo vedeva spegnersi. Asunción dice che a mantenerlo vivo era unicamente la speranza di rivedere Catalina.

Adesso Asunción non sa che cosa fare, ma se c'è una cosa di cui ha bisogno, sono sua figlia e sua nipote. Per favore, Fernando, fa' il possibile perché vengano almeno a trovarla o permettano a lei di venirle a trovare a Parigi.

Quanto a Eulogio, puoi stare tranquillo. Sta bene. Puoi immaginare in che modo Piedad si stia prendendo cura di lui. Non lo lascia solo un istante. Si dedica a lui anima e corpo. Ha lasciato il lavoro nel laboratorio e adesso si guadagna da vivere cucendo per alcune signore. Non voglio arrivare a dire che sia felice, ma aver ritrovato suo figlio le ha restituito la serenità.

Ti ho già raccontato che Antoñito si è sposato con Mari Paz Nogués. Hanno due figli, un maschio e una femmina; be', ormai sono adolescenti. Mari Paz ha avuto altre due gravidanze, ma non è riuscita a portarle a termine. A quanto pare, non potranno più avere bambini.

A volte mi chiedo, Dio mi perdoni, come sia possibile che abbiano due figli così buoni. Mari Paz li ha educati bene. Don Antonio ha già fatto programmi per i suoi nipoti, li considera gli eredi della sua attività visto che, come sai, Antoñito non è una grande intelligenza e continua a essere solo l'ombra di suo padre.

Tra i nostri vicini, i Gómez rimangono i soliti boriosi. Anche Pablo si è sposato e ha una figlia. Viene spesso a trovare i genitori. Quanto ai tuoi amici di sempre, ormai sono tutti sposati e con figli, ma quasi nessuno vive più nel nostro quartiere.

Insomma, ti ho raccontato tutte le novità; adesso, figlio mio, voglio chiederti: perché non torni? So quanto ti sia insopportabile l'idea di vivere qui… Questa cosa è… be', lo sai già… Ma se non vuoi restare, perché non vieni almeno a trovarmi?

Non c'è niente che ti impedisca di venire a Madrid; se è un problema di soldi, io ho messo da parte dei risparmi. Non sono tanti, ma siccome ho poche spese li ho tenuti via per te, per il futuro o per qualunque tua necessità.

Se sei a Parigi, potrei venire a trovarti. Non è poi così lontana e il viaggio non sarebbe gravoso.

Sono anziana, Fernando, e prego Dio chiedendogli che non mi succeda quello che è successo a Ernesto. Non voglio lasciare questo mondo senza riabbracciarti e sapere che stai bene, che sei felice.

Ti voglio bene, sempre,

tua madre

Fernando lasciò che le lacrime gli scorressero sul volto. Si sentiva un miserabile per il modo in cui stava facendo soffrire sua madre, ma non poteva dirle la verità; non poteva confessarle che non tornava perché aveva ucciso i due assassini di suo padre; non poteva dirle che, a volte, nella vita si prendono decisioni che non permettono di fare marcia indietro. E lui non sapeva se la morte di Roque e Saturnino Pérez fosse un caso chiuso o se, al contrario, le indagini fossero ancora in corso.

Inoltre, mal sopportava l'idea di tornare nella Spagna di Franco dopo così tanti anni in cui viveva libero. No, non avrebbe più potuto accettare di tacere, dissimulare, abbassare la testa.

Sentì la voce di Catalina che salutava. Adela rispose alla madre e le disse che anche Fernando era a casa. Lei bussò alla porta della sua stanza. «Fernando? Sono rientrata... oggi mi sono trattenuta con la mamma di un allievo... Stai bene?»

Quando le aprì la porta, Catalina vide che stava piangendo e lo abbracciò senza chiedergli niente. Rimasero così per qualche secondo, poi lui la allontanò con dolcezza. «Andiamo in soggiorno, chiama anche Adela.»

Catalina e sua figlia si sedettero aspettando che parlasse. Ci mise qualche secondo a recuperare la serenità. «Ho ricevuto una lettera da mia madre», annunciò loro.

«Come? Dove te l'ha mandata?» volle sapere Catalina.

«Qui. Quando Piedad è venuta a prendere Eulogio è stata qui, lo sai, e quando è tornata ha detto a mia madre che era certa che noi vivessimo qui.»

«Be', è evidente che questa non è una casa di passaggio, chiunque se ne sarebbe reso conto», lo interruppe Adela. «Cosa dice tua madre, Fernando...? Che cosa sta succedendo?» Catalina era diventata nervosa, aveva capito che era successo qualcosa.

«Mi dispiace... mi dispiace... Tuo padre, Catalina...»

«Che cosa gli è successo?!» chiese lei, ma le parole venivano fuori a fatica.

«È morto. Tuo padre è morto.»

Catalina si coprì il volto con le mani. Era devastata. Sapeva che suo padre non era in buona salute, ma dal suo punto di vista sarebbe vissuto in eterno, come poteva morire? In realtà, la morte era assente dai suoi pensieri.

Adela si avvicinò alla mamma e la strinse con un abbraccio. Era la prima volta che la vedeva piangere. Catalina si era sempre mostrata sicura davanti alla figlia, non aveva mai mostrato un solo cenno di debolezza.

Fernando e Adela la lasciarono piangere. Nessuno dei due avrebbe saputo cosa dire per consolarla. Per Adela, quel nonno che era morto non aveva né volto né voce. Catalina non si era mai dilungata a parlarle dei nonni, né della sua vita in Spagna. Era come se si fosse spogliata del passato e non si fosse più guardata alle spalle.

Fernando invece era parte di quel passato, e lui sapeva bene per quale ragione si sentisse devastata. Aveva trasformato Marvin in un'ossessione e lo aveva fatto per i suoi genitori, perché non dovessero vergognarsi a causa sua, perché nessuno potesse parlargli dietro o compatirli. Forse aveva anche smesso di amarlo, ma non osava confessarlo nemmeno a se stessa.

Non la invitò a smettere di piangere. Semplicemente, le fece compagnia.

Concordarono di non ammettere con le loro famiglie che vivevano a Parigi.

In risposta alla lettera di sua madre, perciò, Fernando scrisse:

Anche se la lettera che hai spedito a Parigi è arrivata sino a me, ti prego di non chiedermi più di dirti dove mi trovo. In ogni caso, puoi continuare a scrivermi all'indirizzo di monsieur Dufort. Lui troverà il modo di farmi arrivare le tue lettere.

Mi dispiace, mamma, so che non capisci il mio atteggiamento, ma credimi quando ti dico che non è passato giorno senza che io non abbia pensato a te, senza rimpiangere i tuoi abbracci. Spero solo che prima o poi riuscirai a perdonarmi per le sofferenze che ti sto dando. Catalina è distrutta, non riesce ad accettare che suo padre sia morto. Inoltre, a breve Adela andrà via di casa; ha deciso di iniziare a vivere la propria vita. Sino a ieri era una bambina e, senza che noi ce ne rendessimo conto, è diventata una donna. La sua assenza non potrà che aumentare la nostra tristezza. Ho cercato di convincere Catalina a tornare da sua madre. Credo che il suo posto non sia al mio fianco e, men che meno, così lontano dalla Spagna. Ma lei si è intestardita con l'idea che tornerà solo una volta che Marvin avrà riconosciuto Adela, il che non succederà mai, temo.

Mamma, continuo a chiedermi che cosa abbiamo fatto, che cosa stiamo facendo Catalina e io delle nostre vite, e la risposta è sempre la stessa: le stiamo sprecando. Entrambi però abbiamo le nostre ragioni, ragioni che ci impediscono di tornare e che, temo, non verranno mai meno.

Nella lettera che Catalina scrisse a sua madre non riuscì a contenere la propria disperazione. Si sentiva alquanto persa. La morte di suo padre e l'imminente viaggio di Adela a Boston erano due ferite terribilmente difficili da rimarginare.

Monsieur Dufort accettò di fare da intermediario e mise le due buste con le lettere in una più grande, che spedì all'indirizzo della madre di Fernando, a Madrid.

Fu Isabel a consegnare ad Asunción la lettera di Catalina. Per quanto si confrontassero sulle decisioni prese dai loro figli, nessuna delle due riusciva a capire per quale ragione non tornassero a Madrid o non permettessero loro di andare a trovarli.

Piedad non era in grado di aiutarle a trovare la risposta. Isabel le chiese di raccontarle di nuovo come stesse Fernando e lei, stringendo la mano di Eulogio, poté solo ripeterle: «È cambiato, ormai non è più un bambino e ho avuto la sensazione che non fosse felice».

Del resto, chi poteva dirsi felice dopo che la guerra si era portata via la vita che avevano sognato?

Quello che Piedad non osò confessare né a Isabel né ad Asunción fu che lei, invece, poteva dirsi felice. Aveva Eulogio accanto e in quel momento era più di quanto avesse osato sperare dalla vita.

31

Gli anni passarono, le loro vite no. Le loro vite si fermarono. All'inizio, l'assenza di Adela parve loro insopportabile. Ma non ne fecero parola. Avevano imparato a non lamentarsi, ad accettare ciò che la vita offriva loro.

Adela aveva supplicato sua madre di smetterla di perseguitare Marvin e le aveva confessato di nuovo quanto si fosse vergognata tutti quegli anni, quando intraprendevano quei viaggi e lui nemmeno si degnava di guardarle in faccia. Catalina però non aveva voluto prometterle niente e questo aveva aperto una voragine tra loro, dolorosissima per entrambe e difficile da colmare. Così, se Adela inizialmente aveva deciso di trascorrere a Boston solo alcuni anni per studiare giornalismo, alla fine si era costruita un'altra vita. Conclusi gli studi, aveva deciso di non tornare a Parigi e di cercare lavoro a New York. Non sopportava l'idea di rendersi ancora una volta partecipe dell'ossessione di sua madre affinché suo padre la riconoscesse.

Da bambina, di colui che sua madre diceva essere suo padre le importava davvero poco. Non era nemmeno curiosa di conoscerlo. Ma una volta diventata donna, non poté che domandarsi per quale ragione Marvin Brian non volesse saperne di loro. L'uomo che i critici avevano definito il Poeta del dolore non si faceva nessuno scrupolo nel ripudiare la figlia. Era forse inconsapevole del dolore che tutto quel disprezzo suscitava in lei?

Nel corso di una delle poche e brevi visite a Parigi, chiese a Fernando per quale ragione Marvin scappasse da sua madre e da lei, ma lui non seppe dargli una risposta, perciò non ebbe altra scelta: cercare di non pensare a quel padre che si rifiutava di esserlo.

Fernando continuava a conciliare il lavoro di libraio e quello editoriale. Catalina proseguiva nella scuola di musica, dando lezioni di solfeggio a bambini le cui madri sognavano un avvenire da grandi artisti.

Non avevano amici, ma ogni tanto accettavano l'invito dei loro padroni i casa, Philippe e Doriane Dufort. Questi ultimi erano convinti che Fernando e Catalina fossero una coppia moderna come ce n'erano tante altre, che preferivano vivere insieme senza sposarsi. Tuttavia, madame Dufort sospettava che Catalina in passato fosse stata sposata e, poiché in Spagna non esisteva il divorzio, avesse deciso di andarsene lontano con il suo amante, Fernando, e con la figlia avuta dal marito.

Anche Alain Fortier, il professore della Sorbona e amico di Marvin che aiutava Fernando con la casa editrice, era convinto che Catalina fosse la sua compagna.

Ma al di fuori dell'ambito lavorativo, frequentavano poche persone. Evitavano gli spagnoli che vivevano a Parigi, benché molti di loro fossero repubblicani, socialisti o comunisti esiliati.

Fernando preferiva non doversi inventare una storia per spiegare per quale ragione vivesse a Parigi, Catalina invece voleva evitare la possibilità di incontrare qualcuno che conoscesse i suoi parenti e potesse raccontare loro di lei.

Per tutte queste ragioni, non avevano rapporti con il gruppo degli esiliati spagnoli. Non si mostrarono particolarmente interessati nemmeno alla rivoluzione di quel maggio del 1968 durante il quale gli studenti sembravano decisi a fermare il mondo per cambiarlo. Entrambi ritenevano che quella rivoluzione non avesse niente a che vedere con loro due, con le loro speranze o i loro interessi. Non che fossero del tutto indifferenti, semplicemente si limitavano a guardare quanto succedeva intorno con curiosità ma senza coinvolgimento. Catalina aveva raccontato a Fernando che alcuni allievi della scuola di musica vivevano con emozione quegli avvenimenti, certi che il mondo sarebbe cambiato, ma né lei né lui credevano che sarebbe accaduto davvero.

Perciò, continuarono a lasciar scorrere gli anni senza aspettarsi niente; del resto, come potevano essere felici dopo che la guerra li aveva privati dalla vita che avevano sognato?

Una mattina, Catalina si sorprese di scoprire alcuni fili bianchi tra i capelli e non riuscì a resistere, dovette chiamare Fernando, che stava per uscire diretto la libreria. «Vieni! Guarda!» esclamò.

Lui corse nella stanza da bagno, preoccupato dall'urgenza del suo tono. «Che succede?»

«Mi prenderai per una stupida, ma non mi ero ancora accorta di avere dei capelli bianchi. Capisci che cosa significa?»

«Be', io ne ho già diversi, ma tu non mi hai detto niente. Quanto a te... pensavo che te ne fossi accorta, ne hai più di uno... è normale.»

«Ma allora... stiamo diventando grandi!»

«Sembri proprio caduta dal pero. Su, non siamo più bambini. Abbiamo lasciato la Spagna alla fine del 1941 e adesso siamo nel dicembre del 1973; prova a fare un po' i conti degli anni che sono passati.»

«Ma... non può essere...»

«Invece sì; ci sembra di essere scappati l'altro giorno, in realtà è passata una vita.»

«E che cosa faremo?» chiese lei con l'aria sperduta.

«Che cosa faremo? Non capisco a che cosa tu ti riferisca, Catalina...

Non possiamo fare niente… o perlomeno, io non posso. Non ho altra scelta che continuare a stare qui, ma tu… tu potresti tornare in Spagna, te l'ho detto un sacco di volte. Ti sei imposta un esilio che non ha nessun senso. Ormai lo sai che Marvin è una causa persa e se continui a non ammetterlo non recupererai il rapporto con Adela», sentenziò Fernando, guardandola con severità.

«Adela non capisce che tutto quello che ho fatto e faccio è per lei, perché non voglio che le manchi un padre al quale ha diritto.»

«Adela è stata chiarissima: non vuole Marvin come padre. Lasciala in pace. Ti ho chiesto di sposarti con me e darle il mio cognome, ti ho offerto anche di riconoscerla anche se non ti sposi con me», replicò lui.

«Adela ha sempre voluto che fossi tu suo padre», ammise Catalina.

«Sei stata tu a negarle questa possibilità», la rimproverò.

«Non ho voglia di discutere, Fernando, io non mi arrenderò. Continuerò a insistere affinché Marvin la riconosca.»

«Tua madre è anziana, ormai, e ha bisogno di te», le ricordò lui.

«Anche la tua lo è, anche lei ha bisogno di te», replicò risentita.

«C'è una differenza però: io non posso tornare!»

«Potresti permetterle di venire a trovarti!»

«E tu perché non lo permetti a tua madre? Senti, chiudiamola qui. Io vado a lavorare. Quanto ai i capelli bianchi… fai un po' i conti… ormai hai compiuto cinquant'anni.»

«Dio mio, quasi non mi sono accorta di vivere!»

Fernando pensò alle ultime parole di Catalina; aveva ragione, avevano vissuto senza rendersi conto che stavano vivendo. Accelerò il passo. Doveva aprire la libreria e incontrare Sara e Benjamin, che il giorno prima erano arrivati a Parigi.

I Wilson di solito non avvisavano, gli era capitato diverse volte di arrivare in libreria e trovare le porte aperte e Sara che esaminava gli scaffali.

Tuttavia, quella mattina di dicembre la coppia appariva di malumore.

Sara era nervosa. Fernando cominciò a illustrarle nel dettaglio le vendite dell'ultima raccolta di poesie di Marvin.

Quaderno del Vietnam lo aveva consacrato definitivamente come Poeta del dolore. Negli Stati Uniti avevano venduto diverse migliaia di copie e anche in Europa l'opera stava diventando un punto di riferimento, un grido contro la guerra che si combatteva nelle foreste tropicali dell'antica Indocina. Da quando aveva pubblicato il *Quaderno del Vietnam*, Marvin non aveva più scritto altre raccolte, ma Fernando non se ne preoccupava, benché fosse l'unico tra i suoi poeti a riscuotere un vero successo.

Benjamin Wilson ascoltava distratto. Sembrava preso da altre cose. Erano ormai passati cinque anni da quando gli studenti parigini si erano riversati nelle strade e secondo lui il mondo era cambiato; tutte le certezze del passato avevano smesso di essere tali. Non era necessario essere particolarmente perspicaci per rendersene conto. Proprio a Parigi si era accesa la miccia che aveva dato il via ai cambiamenti.

Marvin e Farida trascorrevano la maggior parte del tempo viaggiando, benché considerassero New York il loro domicilio. Lui trovava ispirazione nel dolore e la sua statura poetica continuava a crescere in ogni nuovo libro.

Fernando e Marvin non si erano più rivisti. I manoscritti gli arrivavano attraverso Sara e insieme pianificavano le pubblicazioni. Lei aveva rinunciato a farli avvicinare e loro avevano accettato di lasciare che i fili delle loro vite fossero mossi da quella donna minuta che adesso aveva i capelli corti punteggiati di bianco.

Fu Sara ad annunciargli che lei e Benjamin avrebbero accompagnato Marvin in Israele. «In realtà, è stata Farida a chiederci di accompagnarli. Per lei questo viaggio non sarà facile», spiegò.

«Ma Farida può andare in Israele? Credevo che, essendo egiziana, non potesse entrarci… In fin dei conti, il regime di Nasser è nemico degli ebrei», commentò Fernando sorpreso.

«Ha il passaporto britannico. Non dimenticare che la Gran Bretagna è stata una potenza dominante in Egitto», spiegò Benjamin.

«Certo…», concordò Fernando.

«Non sarà un viaggio piacevole, né per Farida né per me. Come sa, io sono ebreo, ma essendo un ebreo egiziano mi sono visto obbligato a trasferire la mia residenza e i miei affari a Londra; questo non toglie che mi metta a disagio il fatto che gli israeliani e gli egiziani si uccidano tra loro», ammise Benjamin.

«Le cose non dovrebbero andare così… ma di chi è la colpa? Non capisco perché i leader arabi si ostinino a rifiutarsi di accettare la risoluzione delle Nazioni Unite riconoscendo il diritto degli ebrei ad avere il proprio Paese. È questo che sta provocando i conflitti», intervenne Sara.

Fernando si rese conto che i Wilson avevano punti di vista differenti sull'argomento, che a lui peraltro interessava ben poco.

«Sono alessandrino, Sara, e soffro all'idea che molti dei miei amici abbiano perso la vita lottando contro Israele. Non posso smettere di sentirmi parte dell'Egitto», si lamentò Benjamin.

«Be', io ero francese. Mi sentivo parigina sino al midollo, ma un giorno molti di coloro che erano amici sono diventati i nemici. In questa meravigliosa e civilizzatissima città, molti dei suoi abitanti non si sono fatti scrupoli nel voltare le spalle agli ebrei, ci hanno marchiati, sono stati zitti quando ci hanno spogliati delle nostre case e delle nostre attività, hanno guardato dall'altra parte quando ci hanno deportati nei campi di sterminio nazisti. Se mi avessero detto che a Parigi sarebbe successa una cosa del genere, non ci avrei creduto.»

«E l'Egitto ti ha accolta come una figlia», la interruppe Benjamin.

«L'Egitto? No, non è stato l'Egitto, sei stato tu ad accogliermi come moglie. Non nego di essere stata felice ad Alessandria, soffro al pensiero della sofferenza dei nostri amici, ma soffro di più al pensiero degli ebrei che lottano per non finire in mare. Ti ricordo che sono stati i siriani e gli egiziani ad attaccare di nuovo Israele qualche mese fa, e lo hanno fatto approfittando dello Yom Kippur.» Sara guardava suo marito dritto negli occhi.

«Sei diventata sionista», le rinfacciò lui.

«Sionista? Ma sì, certo. E cos'altro si può essere se si è ebrei? Ci hanno forse lasciato un'altra possibilità? Israele è una necessità per gli ebrei. Non farti ingannare, Benjamin, noi ebrei siamo considerati un fastidio per tutti, ci tollerano, nulla più. Perciò, è ora di smetterla di essere gli ospiti non sempre graditi dei Paesi in cui ci spostiamo. Israele è il pezzo di terra che ci garantisce il diritto di esistere.

«Mi dispiace, Benjamin, capisco che tu soffra quando i tuoi amici perdono la vita in combattimento, ma è contro Israele che stanno combattendo. I leader arabi continuano a ripetere che non si fermeranno. Ebbene, stavolta non ce ne staremo fermi a guardare. Se ci fanno la guerra, ci difenderemo. C'è in gioco la nostra esistenza», sentenziò Sara con una certa asprezza.

«Non annoiamo Fernando con i nostri discorsi», la interruppe Benjamin. «Ti stavamo dicendo che accompagneremo Marvin e Farida in Israele.»

«Marvin vorrebbe scrivere un libro doppio, per metà dedicato al dolore degli ebrei e per l'altra metà a quello dei palestinesi», spiegò Sara.

«Lui da che parte sta?» volle sapere Fernando.

«Da che parte sta? Be', Marvin non sta dalla parte di nessuno, solo dalla sua e da quella di Farida. La sofferenza è la fiamma che incendia la sua sensibilità, che alimenta il suo talento. Il Poeta del dolore... Sì, Marvin ha fatto del dolore il motore della sua vita.» Alle orecchie di Fernando, le parole di Sara suonarono come lo scricchiolio del ghiaccio che si rompe.

«È un viaggio sicuro? La guerra dello Yom Kippur è recentissima, sono passati solo due mesi. L'attacco è avvenuto il 6 ottobre, no?»

«Il giorno dell'Espiazione...» ricordò Sara.

«Be', la situazione sembra sotto controllo, altrimenti non andremmo», rispose Benjamin.

«Vuoi venire con noi?» chiese Sara a Fernando.

«No... assolutamente no... La mia presenza lì non servirebbe a niente», rispose lo spagnolo a disagio.

«Ma cosa ti viene in mente, Sara! E chi si occuperebbe della libreria?»

«Hai ragione, ho avuto un'idea insensata. Ah, ti pregherei di fare l'impossibile perché Catalina non vada in Israele. Immagino sappia già tutto, perché Marvin ha concesso alcune interviste in cui ha parlato del viaggio», disse Sara guardando Fernando dritto negli occhi.

«Mi dispiace, Sara, ma non negherò a Catalina il diritto di andare dove vuole, né interverrò nel suo conflitto con Marvin», rispose Fernando infastidito.

«Provo pena per lei… Ognuno fa della propria vita quello che vuole, ma Sara ha ragione: sarebbe davvero fastidioso trovarcela lì», affermò Benjamin.

«Se dovesse venire a saperlo, farà quello che riterrà giusto», rispose Fernando e considerò chiuso l'argomento.

32

Israele – Palestina

Una pioggia sottile avvolgeva la città. Era uscita a fare una passeggiata sul lungomare. Aveva bisogno di pensare e camminare la aiutava, ma faticava a controllare gli attacchi di tosse che la accompagnavano da qualche giorno. Aveva la febbre, ne era certa anche se non l'aveva misurata. Sentiva un sudore appiccicoso su tutto il corpo e aveva mal di testa.

Era arrivata il giorno prima e temeva che il viaggio fosse stato inutile.

Dopo aver letto sull'*Herald Tribune* che Marvin sarebbe andato in Israele, Catalina non aveva esitato e lo aveva seguito sino lì. Fernando aveva timidamente cercato di dissuaderla.

Adela era tornata a Parigi per le vacanze di Natale, ma non appena aveva saputo che sua madre intendeva andare in Israele era ripartita. Non si era trattenuta nemmeno per la cena della vigilia. Avevano discusso e Fernando non era riuscito a farle ragionare.

«Accettalo: quell'uomo ti odia! Non umiliarti più e non umiliare me chiedendogli che mi riconosca!» aveva gridato Adela. Catalina però le si era piazzata davanti e le aveva detto che se non lo avesse fatto sarebbe stato come ammettere di aver sprecato la propria vita. Sua figlia l'aveva guardata con rabbia e aveva replicato: «E allora ammettilo. È evidente che la tua è stata una vita inutile. Ma non è questa la cosa più grave; il peggio è che non hai dignità e io non voglio prendere parte alla tua follia». Si era alzata in piedi ed era andata in camera.

Qualche minuto più tardi era uscita dall'appartamento con la valigia. Fernando aveva cercato di fermarla, ma lei si era limitata a dargli un bacio e gli aveva detto: «Sono davvero dispiaciuta per quello che ti ha fatto mia madre».

Dopo quella notte non si erano più parlate. Adela non rispondeva né alle sue chiamate né a quelle di Fernando, ma per quanto le facesse male, Catalina non era disposta a rinunciare. Ecco perché si trovava a Tel Aviv in quei giorni di fine febbraio del 1974.

Marvin e Farida erano rimasti in Israele, Sara e Benjamin invece erano già tornati a Londra, questo glielo aveva detto Fernando. Quanto a Marvin, non sapeva dove trovarlo, ma sperava che fosse a Tel Aviv.

Aveva trovato alloggio in un piccolo albergo vicino alla spiaggia. Non era molto caro e la stanza era semplice ma pulita. Quando la proprietaria dell'hotel aveva visto il suo passaporto aveva commentato, sorridendo: «Anch'io sono spagnola». In realtà, quella brava donna risultò essere sefardita e disse di chiamarsi Verónica Baraen.

Non faticarono a capirsi, ma Catalina trovò strane alcune delle espressioni che la donna utilizzava.

Adela era al centro dei suoi pensieri; si diceva che l'unico modo per ristabilire un rapporto era dimostrarle che lo sforzo fatto perché suo padre la riconoscesse era valso la pena.

Il mondo era cambiato, le diceva Adela, cercando di farle capire che ormai era poco importante non avere il cognome paterno. Ma Catalina non voleva crederci e, in ogni caso, non era pronta a gettare alle ortiche tutti i sacrifici che aveva fatto lasciando i suoi genitori e diventando una paria; tuttavia, doveva riconoscere di non essere fuggita dalla Spagna solo in cerca di Marvin ma anche per non essere costretta a sposare Antoñito. Il solo pensiero le dava ancora la nausea.

Un attacco di tosse la costrinse a fermarsi, in affanno. Al mal di testa si erano unite delle fitte costanti al petto e decise di tornare in hotel.

Pensò che non appena avesse toccato il letto si sarebbe addormentata, ma il dolore al torace era sempre più forte e l'analgesico che aveva preso lo aveva solo parzialmente attenuato.

Il mattino dopo fece lo sforzo di alzarsi. La signora Baraen stava seguendo dei clienti e Catalina attese pazientemente che terminasse. «Senta, sa come posso verificare se Marvin Brian, il Poeta del dolore, sia ancora qui?» le chiese.

Ma Verónica non solo ignorava se lo scrittore si trovasse ancora in Israele, ma non aveva mai sentito parlare di lui; ciò nonostante, le disse che avrebbe chiamato il Centro sefardita per sapere se avessero notizie al riguardo.

Catalina attese con pazienza che Verónica facesse la telefonata e dalle sue espressioni cercò di interpretare che cosa le stessero dicendo.

«Be', a quanto pare lei ha ragione, è un poeta molto importante. Gli hanno fatto diverse interviste da quando è arrivato, più di un mese fa, ma al Centro sefardita non mi sanno dire dove si trovi; a quanto ha raccontato nelle interviste concesse, aveva intenzione di viaggiare in tutto Paese per parlare con la gente, e di incontrare anche i palestinesi...»

Queste informazioni non aggiunsero niente a quello che già sapeva. Marvin alimentava il proprio talento attraverso il dolore altrui, perciò avrebbe cercato ispirazione in entrambe le comunità, quella israeliana e quella palestinese. Il punto era dove trovarlo. Tuttavia, Verónica non aveva ancora terminato di riferirle tutto ciò che aveva scoperto conversando con un responsabile del Centro sefardita. «La persona che mi ha risposto è un ottimo amico e mi ha detto di richiamarlo tra un po', perché vuole sentire un giornalista suo conoscente; magari lui ne sa di più su questo poeta. Ma, mi dica, perché lo cerca?»

«In realtà non lo cerco... È un vecchio amico e mi hanno detto che si trova qui... Se fosse possibile mi piacerebbe vederlo... sarebbe una bella sorpresa.»

Uscì a farsi una passeggiata per ammazzare il tempo. Benché stesse male e la febbre le offuscasse la vista, preferiva muoversi piuttosto che sedersi ad aspettare la telefonata dell'amico di Verónica.

Guardava l'orologio a ogni istante, lamentando il fatto che i minuti passassero troppo adagio.

Quando ritornò in albergo, Verónica la accolse con un bel sorriso. «Venga, venga, ho buone notizie!»

Marvin Brian era a Gerusalemme da un mese. Era alloggiato all'American Colony, e questo secondo Verónica voleva dire che era «molto ricco» anche perché, aveva aggiunto, «prima alloggiava al King David», dove era arrivato con alcuni amici, ma non appena questi ultimi se n'erano andati lui aveva cambiato hotel.

Catalina la ringraziò e le chiese come raggiungere Gerusalemme e dove alloggiare se avesse deciso di trattenersi qualche giorno. Verónica le spiegò che poteva andarci in autobus e che avrebbe potuto dormire in uno degli alberghi appartenenti agli ordini religiosi, o forse... «Ho un'amica che potrebbe affittarle una stanza per qualche giorno, a volte lo fa, per non più di cinque o sei giorni, però, non vuole ospiti permanenti. È vedova e ha due figli, ogni tanto un extra le fa comodo... è difficile tirare avanti con due figli quando si è da soli.»

Catalina trascorse il resto della giornata nella sua stanza. Era esausta. La tosse sembrava ormai cronica e il dolore al petto era costante. Verónica le aveva dato delle pastiglie, assicurandole che le avrebbero dato un po' di sollievo per «quella tosse così fastidiosa», e le aveva anche portato un po' di brodo nella sua stanza, insistendo perché lo bevesse.

L'indomani, alle otto del mattino, Catalina era già sull'autobus diretto a Gerusalemme. Un po' per il trambusto del viaggio e un po' per la febbre, arrivò che era priva di forze.

Lea, l'amica di Verónica, aveva poco più di trent'anni e due figli gemelli di dieci.

La accolse senza troppo entusiasmo, chiarendo che entro una settimana avrebbe dovuto lasciare la stanza. «La mia casa non è un hotel e nemmeno una pensione. Ogni tanto accetto qualche cliente che Verónica mi manda. Servo la colazione in cucina alle sette, ma gli altri pasti dovrà consumarli fuori. Quanto agli orari... ho due figli, perciò la sera dovrà rientrare a un orario ragionevole. Non le darò le chiavi, perciò se tornerà dopo le nove troverà la porta chiusa sino al giorno successivo.»

Per quanto Lea apparisse rigida e asciutta, Catalina non poté che entrare in empatia con lei. Sapeva che cosa significasse per una donna sola affrontare la vita crescendo dei figli. Nel caso di Lea, era una doppia responsabilità.

La casa in cui alloggiava era nella Città vecchia. Aveva tre stanze e un cortile interno. Il bagno era in condivisione con Lea e i suoi figli. Ma era molto pulito e la stanza era grande; si sentì a proprio agio.

Lea le spiegò come raggiungere l'American Colony. «È un posto speciale. È stato il palazzo di un pascià, poi una comunità cristiana l'ha acquistato con scopi di beneficenza, infine all'inizio del secolo, nel 1902 se non erro, è stato trasformato in un hotel. È lussuosissimo, frequentato da personalità provenienti da tutto il mondo. La persona che lei sta cercando deve essere molto importante, ma deve stare attenta, l'hotel si trova nella zona palestinese... Insomma... cerchi di non finire nei guai.»

Catalina annuì. Verónica le aveva spiegato che il marito di Lea era stato ferito nel 1967, quando gli israeliani avevano conquistato la città. Le ferite riportate avevano lasciato dei gravi strascichi ed era morto due anni dopo.

Nonostante le spiegazioni di Lea, Catalina faticò ad arrivare sino all'hotel. Dovette fare un lungo tragitto, o almeno così le parve. Faticava a camminare perché era come se l'aria non le arrivasse ai polmoni e la febbre la faceva sudare.

Arrivata all'American Colony, ne restò ammirata. I muri di pietra davano accesso a un edificio elegante, con giardini curatissimi... Si rivolse al receptionist per sapere di Marvin, ma costui rispose: «No, il signor Brian non si trova nell'hotel in questo momento... È uscito alle prime ore del mattino in compagnia della signora Brian... No, non so dove siano andati e nemmeno a che ora torneranno... No, non è un problema che lo aspetti qui, ma tenga conto che non so dirle a che ora tornerà... Forse sarebbe meglio se lasciasse un bigliettino, così sarà lui a mettersi in contatto con lei».

Catalina decise di aspettare almeno un po', ma dopo due ore il dolore al petto era così intenso che non riusciva a respirare. Inoltre, cominciava a scendere la sera e aveva paura di camminare al buio in quel labirinto di strade.

Tornò a casa di Lea, che si allarmò non appena la vide. «Che cos'ha?»

«Niente... sono solo un po' raffreddata. Mi fa male la testa, ma domani starò bene.»

Lea sembrò ammorbidirsi e le suggerì di mettersi a letto; poi le portò un bicchiere di latte e miele.

Il mattino dopo, quando si svegliò, Catalina aveva la febbre alta e un senso di stordimento. Faticava a muoversi, a pensare, ad aprire gli occhi. Fece lo sforzo di alzarsi. L'acqua della doccia l'avrebbe aiutata a svegliarsi, ma era tiepida e acuì i brividi. Lea e i bambini erano già usciti, ma sul tavolo della cucina trovò un boccale di latte, dei biscotti e un barattolo di miele.

Camminò adagio verso l'American Colony. Faceva freddo, ma sentiva il sudore correrle lungo la schiena. Quando arrivò, il receptionist la guardò con commiserazione. «Il signor Brian se n'è andato di prima mattina», la informò.

Catalina si portò la mano alla fronte. «Se n'è andato? Ma non è possibile... Sapevo che si sarebbe trattenuto un po' di tempo a Gerusalemme», disse con tutta la convinzione di cui fu capace.

«Non ho detto che ha lasciato l'hotel, ma che è uscito e starà fuori tutto il giorno», rispose l'uomo.

Catalina lasciò la reception e cercò un posto in cui sedersi.

Aveva bisogno di un caffè per svegliarsi e trovare la forza di tornare a casa di Lea.

Il cameriere si mostrò più loquace del receptionist; quando le chiese se alloggiasse all'American Colony e Catalina rispose che era andata lì solo a trovare un amico, «il signor Marvin Brian», lui sorrise compiaciuto. «Ah, il signor Brian! Lui e la signora Brian sono molto gentili. Proprio stamattina, durante la colazione, abbiamo parlato di Gerico; è la città di mia madre, anche se io sono nato a Gerusalemme.»

«Gerico?»

«Sì, la città più antica del mondo. Ha più di diecimila anni», affermò il cameriere orgoglioso.

«Però... interessante. Ed è molto lontana da Gerusalemme?»

«È proprio quello che mi ha chiesto il signor Brian. Pensavano di andarci giusto stamattina. No, non è lontana, a meno di un'ora da qui. Il signor Brian sembrava molto interessato alle antiche rovine di Gerico, ma gli ho spiegato che ci sono anche altre cose che meritano di essere viste. La signora Brian vuole assolutamente salire sino al Monastero della Tentazione.»

«Il Monastero della Tentazione?»

«Lei è cristiana?» chiese a sua volta il cameriere.

«Certo che sì, sono cattolica.»

«Allora saprà che Gesù ha trascorso quaranta giorni in una grotta del deserto e che lì il diavolo lo ha tentato.»

«Sì...» Catalina ricordava quel capitolo della Storia sacra che aveva studiato da bambina.

«Anch'io sono cattolico», affermò l'uomo sorridendo.

Lei non riuscì a nascondere lo stupore, che si rifletté sul suo volto.

«Anche il signor Brian si è stupito quando gliel'ho detto. Non tutti i palestinesi sono musulmani, anche se lo è la maggior parte di noi; ma tra noi ci sono dei cristiani, come me.»

«Perciò, il signor Brian oggi è andato a Gerico», insistette Catalina.

«Sì. E sono certo che salirà al Monastero della Tentazione, conosciuto anche come Monastero di san Giorgio. È un monastero ortodosso, ed è lì che si trova la Sacra Grotta della Tentazione. Ah! Ho raccomandato loro di visitare anche le rovine del palazzo che fece costruire Erode e quelle del Palazzo di Hisham, costruito dagli omayyadi... Se decide di andarci, anche lei dovrebbe visitare gli stessi posti.»

«E come faccio ad arrivare a Gerico?»

«Be', in macchina... Se vuole, posso farla accompagnare da mio cognato. È tassista e di solito si ferma vicino all'ingresso dell'hotel per raccogliere eventuali turisti.»

In quel momento apparve uno dei receptionist che stava mostrando l'hotel a dei turisti curiosi. Quando vide il cameriere che parlava con Catalina, gli si rivolse in arabo e lo rimproverò. Il cameriere si stava scusando quando Catalina li interruppe e si rivolse a entrambi parlando in arabo: «Per favore... è stata colpa mia... Gli ho chiesto io delle informazioni sulle escursioni...»

Il receptionist e il cameriere la guardarono stupefatti. Tutto si sarebbero aspettati, meno che quella donna così strana parlasse la loro lingua, visto che sino a quel momento avevano dialogato in inglese.

«Ma certo, signora, non c'è problema», disse il receptionist.

«Crede che suo cognato possa portarmi a Gerico?» chiese Catalina non appena il receptionist si fu allontanato per tornare ai suoi turisti.

«Credo proprio di sì. Se mi permette, vado a verificarlo mentre lei finisce il suo caffè. E... be', lei parla molto bene l'arabo.»

«Ho vissuto a lungo in Egitto», spiegò.

Il liquido nero e denso l'aveva svegliata. Quel caffè sembrava aver operato un miracolo sul suo animo, o forse era stato merito della possibilità di trovare Marvin.

Il tassista e cognato del cameriere non fece nessuna obiezione; poteva portare la donna dall'aspetto stanco e fragile sino a Gerico, assicurando che l'avrebbe aspettata finché non avesse concluso tutte le visite che avesse voluto, si offrì persino di farle da guida. Concordarono il prezzo.

Andando a Gerico trovarono la primavera, ma anche vari controlli israeliani. I soldati li fermarono diverse volte. Si mostrarono gentili ma sospettosi, benché avessero accettato la spiegazione di Catalina che, da brava cattolica, desiderava ardentemente visitare il Monte della Tentazione.

La prima tappa fu alle rovine dell'antica Gerico, così aveva suggerito il tassista. La aiutò a salire sulla collinetta, spiegandole orgoglioso che quella città era stata vinta unicamente grazie all'aiuto di Dio.

«Anche lei è cristiano?» volle sapere Catalina.

«Naturalmente sì. Siamo un'antica famiglia di cristiani. Sa qual è il mio nome? Boulus, ovvero Paolo. Come le ho detto, Gerico è stata conquistata da Giosuè, il quale, seguendo le indicazioni di Dio, fece il giro delle mura e l'ottavo giorno fece suonare le trombe, causandone il crollo», le raccontò orgoglioso.

Il fatto che Catalina parlasse l'arabo con una certa fluidità fece sì che entrassero in confidenza. Tuttavia, nonostante l'entusiasmo del tassista, lei non riusciva a provare alcuna emozione davanti a quelle mura.

Nel corso della visita arrivò un gruppetto di francesi che, come lei, cercavano di fare uno sforzo di immaginazione per figurarsi la grandiosa città di diecimila anni prima.

Catalina ipotizzò che il suono delle trombe delle milizie di Giosuè dovesse essere stato più simile a quello di un cannone per aver lasciato solo macerie.

Dopo aver visitato l'antica Gerico, Boulus decise di portarla a vedere le rovine del palazzo di Erode. «Fece costruire qui il suo palazzo per questioni climatiche. Può immaginare che cosa significasse poter godere di un clima primaverile. A Gerusalemme d'inverno fa molto freddo e d'estate un caldo insopportabile, ma qui… lo capisce da sé.»

Catalina però non aveva né l'animo né le forze per continuare a visitare le rovine e suggerì di andare al Monte della Tentazione.

«Potremmo fare la salita a dorso di mulo. Ho un cugino che potrebbe portarci», propose Boulus.

«Non possiamo arrivare in auto?» chiese preoccupata.

«No, signora, il mio taxi non ci riuscirebbe, è un sentiero di pietre.»

Lei accettò, seppure avesse la nausea; si sforzò anche di andare sino alla casa del cugino di Boulus, dove la moglie li accolse affabilmente e, avendo capito che Catalina aveva la febbre, le preparò un infuso di erbe.

Lei non voleva prenderlo. L'odore di quel beverone le dava la nausea, ma la donna insistette e le si sedette accanto finché Catalina non ebbe bevuto sino all'ultima goccia.

Poi la fecero accomodare su una mula guidata dal cugino di Boulus, anch'egli cristiano, si chiamava Boutrus.

«Sa che cosa significa Boutros?» chiese orgoglioso.

«No…» ammise lei.

«Pietro! Mi chiamo Pietro.»

Il sentiero sino al monastero fu una vera tortura, e non a causa della mula, che si rivelò piuttosto tranquilla, ma per il terreno accidentato. Boulos e Boutrus sembravano abituati a salire lungo quel dirupo che portava al Sacro monte e parlavano senza sosta, scambiandosi notizie sulla famiglia.

Catalina sperava di trovare Marvin e Farida. L'intuito le diceva che Marvin stava cercando ispirazione poetica sul Monte della Tentazione.

Con sua grande sorpresa, le erbe che le aveva fatto bere la moglie di Boutrus stavano alleviando il suo malessere. Non che si sentisse bene, ma respirava meglio e il mal di testa si era affievolito.

La vista dal monastero era impressionante. Boulus le spiegò con orgoglio che risaliva al quinto secolo e che si trovavano a più di trecentocinquanta metri sopra Gerico. Molti eremiti si erano arrampicati sino lì occupando le grotte. Dal suo canto, Boutrus le raccomandò di guardare verso l'orizzonte, dove si riusciva a scorgere il fiume Giordano. Ma ciò che più la impressionò fu la costruzione che sembrava elevarsi tra le rocce.

«Venne eretto per la prima volta nel quarto secolo e distrutto dai persiani nel sesto; più avanti, nel dodicesimo secolo, è stato restaurato per essere poi abbandonato», le raccontò Boutrus mentre tirava le briglie della mula. Catalina non era nelle condizioni di salire a piedi i cento metri di gradoni che la separavano dal Monastero di San Giorgio.

La porta del monastero era socchiusa e quando Boutros la spinse un monaco andò loro incontro. Catalina gli chiese se per caso avesse visto una coppia di americani.

«Stamattina è venuto un gruppo… ma ormai sono andati via.»

Catalina insistette, descrivendo Marvin e Farida. «Lei parla arabo, è egiziana», spiegò.

Il religioso si grattò la barba e sorrise. «Ma certo! Sì, un uomo e una donna molto gentili… sono venuti da soli… Non so se siano già andati via… erano nella Grotta della Tentazione… andate lì… Potrebbero anche essere andati nelle altre grotte…»

«Ma quante ce ne sono?» chiese lei, sfiancata.

«Una quarantina… In una di esse, Gesù si rifugiò per quaranta giorni e quaranta notti vincendo le tentazioni del diavolo. Adesso c'è una piccola cappella. Le raccomando di fermarsi lì a pregare.»

«E le altre grotte?» insistette Catalina.

«Sono disseminate in tutto il monte; sono servite da rifugio a monaci ed eremiti.»

Di colpo, si ricordò di padre Lucas. Lui aveva vissuto da eremita nelle grotte di Wadi Natrum.

La grotta in cui Gesù fu tentato dal diavolo era piccola e al suo interno c'era una cappella. Catalina si inginocchiò e pregò a lungo, supplicando Gesù di aiutarla affinché Marvin riconoscesse Adela.

Pregò con devozione, senza badare al senso di nausea da cui era invasa. Poi, guidata dal religioso e dai due cugini, visitò il resto del monastero, estasiata dalla singolarità del posto.

Il monaco le spiegò che, oltre a Gesù, su quel monte c'era stato anche il profeta Elia.

Catalina lo ascoltava con interesse. Non poteva che lasciarsi coinvolgere dalla spiritualità emanata da quel luogo sacro, benché fosse dispiaciuta di non aver trovato Marvin. Era arrivata troppo tardi.

Mentre tornavano a Gerico dovete afferrarsi con forza alle briglie perché la mula sembrava nervosa. Poi, sul taxi chiuse gli occhi, esausta.

Stava scendendo la sera quando, ritornati a Gerusalemme, Boulus la lasciò accanto alla porta di Giaffa.

Trovò Lea che preparava la cena. La donna le chiese come avesse trascorso la giornata e Catalina le raccontò della gita a Gerico.

«Ma come… con tutto quello che c'è da vedere a Gerusalemme se n'è andata sino a Gerico?» Un commento che suonò come un rimprovero.

«Volevo andare a pregare sul Monte della Tentazione», si giustificò lei.

«Allora dovrebbe andare a pregare nel Santo sepolcro, come fanno tutti i cristiani che vivono qui. E, se mi permette, le suggerirei di andare anche al Cenacolo, che si trova a pochi metri da questa casa.»

«Cos'è il Cenacolo?»

«Il posto in cui è stata celebrata l'ultima cena. Dovrebbe saperlo!»

«Sì... certo... ma non sapevo che esistesse ancora...»

«Si trova a pochi metri da qui. Le spiegherò come arrivare.»

«Ha ragione... domani mi alzerò presto e sarà la prima cosa che farò.»

Benché all'apparenza fosse una persona rigida, Lea si lasciava commuovere facilmente e non poté che preoccuparsi per quella donna fragile e malaticcia, perciò le offrì di sedersi a cenare con lei e i suoi figli.

«No, assolutamente no... non voglio disturbarla... Se non le dispiace, mi farò una doccia e andrò a letto.»

«Deve mangiare qualcosa. È tutta congestionata dal raffreddore, ha un pessimo aspetto... Prenda almeno un po' di questa zuppa, le farà bene.»

Anche se non aveva fame, decise di non contrariare Lea, che era così ben disposta nei suoi confronti. Finita la cena, non ebbe le forze di fare la doccia e, avvolta nel tepore del letto, si addormentò. Ma non fece sonni tranquilli. Quando si svegliò, si sentiva come il reduce che torna dopo una battaglia.

Lea e i bambini stavano per uscire quando entrò in cucina.

«Il caffè è ancora caldo e le ho lasciato un po' di pane e del miele.»

Catalina la ringraziò. Riuscì a bere solo qualche sorso di caffè e si preparò per uscire di nuovo in cerca di Marvin; prima però avrebbe fatto quello che le aveva suggerito Lea la sera prima. Avrebbe visitato il Cenacolo e il Santo sepolcro.

Non fu difficile trovarlo, come le aveva detto Lea, era a pochi metri dalla casa. Si trattava di un edificio di pietra a due piani. Era quasi vuoto e ne restò sorpresa. Non sembrava la casa in cui Gesù aveva trascorso l'ultima cena con gli apostoli, o perlomeno non somigliava in nessun modo ai quadri dell'Ultima cena che lei aveva visto. Si fermò a riflettere, cercando di conciliare l'iconografia cui tanto era legata con quel posto. Delle voci la distolsero dai suoi pensieri. Un francescano spiegava a un gruppo di pellegrini la storia del luogo. Parlavano spagnolo. Dall'accento capì subito che erano messicani. Facendo finta di niente, si avvicinò al gruppo per ascoltare le spiegazioni del francescano: «E allora Gesù disse ai suoi discepoli di venire qui in città, dove avrebbero trovato un uomo con un'anfora piena d'acqua; dovevano seguirlo e dire al padrone di casa che il Maestro voleva trovare un posto in cui cenare con i suoi discepoli... Ecco, ci troviamo proprio lì. Questo posto è stato una sinagoga, poi una moschea... sino a che, nel 1347, noi francescani siamo entrati in possesso del Cenacolo. Non ve l'ho ancora detto, ma al piano inferiore c'è la tomba del re David...»

Catalina ascoltava affascinata e incredula. Era stupefacente trovarsi nei luoghi dei quali parlavano la Bibbia e i Vangeli. Si fece il segno della croce.

Quando il gruppo lasciò il luogo, lei continuò a seguirlo facendo finta di niente. Aveva sentito dire che erano diretti al Santo sepolcro.

All'ingresso c'erano diversi uomini, inginocchiati su quella che sembrava un'enorme pietra. Da lì a poco venne a sapere che cosa fosse quella pietra, perché il francescano lo stava spiegando a bassa voce al gruppo di pellegrini messicani: «Questa è la pietra dell'Unzione». Catalina abbassò la testa e si dispose ad ascoltare. Poi li seguì lungo delle scale, sino a una cappella che il francescano disse essere il Golgota, ovvero il luogo in cui era stata infissa la croce. Si inginocchiarono e pregarono per qualche minuto; Catalina fece altrettanto. Era sopraffatta dalla spiritualità che si respirava nella basilica. Pregò a lungo, assorta nelle stesse preghiere che da bambina recitava senza pensarci, e non si rese conto che il gruppo di messicani aveva lasciato la cappella del Golgota. Scese di nuovo le scale e lo ritrovò in attesa davanti a quella che sembrava l'entrata di un'altra cappella.

Non c'era molta gente nella basilica. Trascorse le feste di Natale, bisognava aspettare la Settimana santa perché il flusso dei pellegrinaggi aumentasse. Perciò, seguendo i messicani poté entrare nel luogo in cui era stato sepolto Gesù Cristo e lì s'inginocchiò per qualche minuto, supplicandolo di non abbandonarla.

Poi cercò un angolino in cui poteva continuare a pregare. Da anni non si sentiva così in pace con se stessa e con Dio; dimenticò persino i brividi della febbre.

Aveva perso la nozione del tempo e quando si decise a uscire dalla basilica era ormai mezzogiorno. Sentì di non avere le forze per andare sino all'American Colony. Si convinse che, data l'ora, non avrebbe trovato Marvin e decise che era preferibile aspettare la sera.

Decise di camminare lungo la città e vi si perse. Le strade strette e l'odore di spezie la stordivano. Si sentiva debolissima e lo attribuì al fatto che aveva lo stomaco vuoto. Si fermò davanti a una bancarella e comprò un dolce ripieno alle noci. Circondata da suoni che le erano familiari, non aveva paura. Erano gli stessi suoni, le stesse parole che aveva sentito anni prima ad Alessandria d'Egitto.

Chiese a un anziano come raggiungere l'American Colony dal punto in cui si trovava. L'uomo le indicò di proseguire lungo la via sino alla Porta di Damasco, poi le spiegò che strade doveva prendere per arrivare in hotel.

Si sentiva stanchissima e non riusciva a contenere gli attacchi di tosse. Perciò, camminò con passo lento sino all'albergo.

Il receptionist la guardò contrariato. «No, il signor Brian non c'è, è uscito stamattina presto e non ha prenotato alcun tavolo per la cena... Lasci il suo bigliettino, signora, glielo daremo. Gli abbiamo riferito che hanno chiesto di lui. Ma, evidentemente, non la riceverà se lei non ci dice il suo nome.»

Lei si limitò a sorridere e rispose che sarebbe passata in un altro momento, aggiungendo che non avrebbe lasciato il suo bigliettino perché voleva fare una sorpresa al signor Brian. Il receptionist accolse la risposta con diffidenza.

Il dolore al petto era così forte che quasi non riusciva a respirare e la testa le faceva così male che qualunque suono, pur leggero, le dava fastidio.

All'ingresso dell'hotel si trovò davanti Boulus, il tassista che il giorno prima l'aveva portata a Gerico. Stava fumando una sigaretta insieme ad altri tassisti e non appena la vide le si avvicinò. «Signora... signora... vuole che la porti da qualche parte? Non mi sembra stia molto bene.»

Catalina cercò di sorridere, ma ormai non aveva nemmeno più la forza di stare in piedi. Il tassista la afferrò per il braccio per impedirle di cadere a terra. «Mi dica dove devo portarla... lei non sta bene...»

Quando arrivò a casa di Lea, la donna stava aiutando i bambini a finire i compiti. «Abbiamo già cenato, ma le ho lasciato un po' di zuppa.»

«Grazie mille... lei è davvero gentile...»

«Non sta bene? Ieri ho avuto l'impressione che fosse malata e adesso... ha un pessimo aspetto, l'ho notato sin dal giorno in cui è arrivata qui. Guardi che se non sta bene è meglio chiamare il medico.»

«No, non ce n'è bisogno. È il raffreddore, non passa mai. Ah! Sono stata al Cenacolo e al Santo sepolcro.»

Lea la guardò preoccupata e insistette per chiamare un medico, ma Catalina non glielo permise. Mangiò velocemente la zuppa e se ne andò a letto. Voleva svegliarsi presto per arrivare in hotel prima che Marvin uscisse.

L'indomani mattina non respirava più. Si era persa. Era in stato confusionale e il corpo non sembrava rispondere. Le si annebbiava la vista e le gambe non la reggevano. Dovette fermarsi diverse volte e appoggiarsi al muro per non cadere.

Quando arrivò all'American Colony un giovane facchino le chiuse il passaggio. Lei, balbettante, chiese di Marvin Brian, e il giovane dovette avere compassione di lei perché le disse che «il signore e la signora Brian sono usciti poco fa. Hanno chiesto un taxi per raggiungere la Città vecchia». Catalina lo ringraziò e gli si aggrappò perché il capogiro le impediva di stare in piedi. Lui le consigliò di andare a sedersi in giardino, dove le avrebbe portato un bicchiere d'acqua.

Quasi non riusciva a bere, ma si sforzò perché non voleva essere scortese con quel giovanotto. Quest'ultimo andò a chiamare un taxi, «perché lei non sta bene», e Catalina accettò.

Il taxi la lasciò alla Porta di Giaffa; era il posto che conosceva meglio, da lì poteva infilarsi nelle vie della città. Decise di camminare sino al Muro del pianto incollandosi alle pareti per non cadere.

Lea le aveva detto che il muro era stato costruito sulle rovine del tempio di Salomone. E lì, proprio lì, lo vide. Marvin era di fronte al muro, accanto a Farida e a un altro uomo con il quale conversavano animatamente.

Non poté fare a meno di ammirare l'elegante figura di Farida, avvolta in un soprabito di pelle e con un cappello a coprirle la testa.

Camminò verso di lui e quando si trovò a due passi di distanza gli posò una mano sulla spalla. Lui si voltò e nei suoi occhi si disegnò dapprima lo stupore, poi lo sgomento.

«Marvin… devi ascoltarmi! Per favore!»

«Sei matta! Come hai osato seguirmi sino qui! Vattene, lasciami in pace!» gridò lui.

«No, non me ne andrò… devi riconoscere Adela. Per me non chiedo niente. Lei però è tua figlia, hai degli obblighi nei suoi confronti. Per favore!»

Stava per perdere l'equilibrio, aveva la vista offuscata. Si afferrò a lui perché capì di aver esaurito le forze, ma Marvin la spinse con forza e la fece cadere. «Andiamocene! È matta!» disse, prendendo a braccetto Farida davanti allo stupore dell'uomo che era con loro.

«Ma questa signora... sembra malata…» osservò lo sconosciuto.

«È matta! Mi perseguita ovunque io vada! Andiamocene via, subito», rispose Marvin nervoso.

Catalina non sentiva e non vedeva più niente. Quando riaprì gli occhi si spaventò. Non sapeva dove si trovasse. Quelle pareti bianche e prive di qualunque ornamento… e il suo braccio… sul suo braccio immobile era infilato un ago…

Gridò, o almeno ci provò, ma dalla bocca non le uscì alcun suono. Non riusciva a muoversi. Tuttavia, riuscì a sentire dei sussurri. Chiuse gli occhi e, di nuovo, sprofondò nel nulla.

Quando riaprì gli occhi per la seconda volta vide una donna vestita di bianco; sembrava le stesse parlando. «Come sta? Stia tranquilla, chiamerò il medico.»

L'infermiera lasciò la stanza e tornò con un uomo che disse di chiamarsi dottor Haddas, ma Catalina non era certa di aver capito quello che le dicevano.

«Lei è molto malata, ha la polmonite. Deve dirci in che modo possiamo metterci in contatto con la sua famiglia. Non sanno niente di lei e saranno spaventati. È qui da una settimana…»

Catalina si sforzò di richiamare alla memoria il numero dell'appartamento di Parigi, ma il dottor Haddas non sembrava avere fretta e la invitò a non preoccuparsi. E così tornò a immergersi nel sonno che la teneva lontana dal dolore.

Fernando ascoltava con attenzione il dottor Haddas. Era atterrato a Tel Aviv da poche ore e non aveva perso tempo, aveva preso immediatamente un taxi sino a Gerusalemme. Quando era arrivato in ospedale, il medico lo aveva ricevuto subito. Gli aveva detto l'unica cosa che sapeva, cioè che la polizia aveva trovato Catalina svenuta accanto al Muro del pianto dove, a quanto pare, aveva aggredito un uomo e quest'ultimo, per difendersi, l'aveva spinta. Ma il suo stato non era dovuto alla caduta, bensì alla polmonite. Era molto malata, probabilmente aveva la febbre da giorni e un'infezione ai polmoni. A suo parere era ormai fuori pericolo, ma non poteva spostarla. Era debolissima e, benché la polmonite fosse sotto controllo, non era ancora guarita.

Quando lo accompagnarono nella stanza di Catalina, Fernando pensò che il medico si fosse sbagliato. La donna che aveva davanti, sdraiata sul letto, non assomigliava per niente alla sua amica. I capelli bianchi si erano moltiplicati e il volto era coperto di rughe, sprofondato nel dolore. Il corpo, rattrappito, sembrava quello di una bambina o di un'anziana.

Si avvicinò al letto e le prese la mano. Lei aprì gli occhi e cercò di sorridere. «Sei venuto sino qui...» mormorò.

«Sono qui con te, non preoccuparti, non ti succederà niente. Non parlare, non stancarti, mi occuperò di tutto io.»

«Marvin...»

«Dimenticati di lui!»

Fernando le passò il dorso della mano sul volto per asciugarle le lacrime.

Per un mese le rimase accanto. Anche se il dottor Haddas gli aveva assicurato che il peggio era passato, non si decideva a dimetterla.

Per tutto quel tempo, Fernando cercò di convincere Adela ad andare a trovarla, ma lei si rifiutò. Quando l'aveva chiamata per spiegarle che Catalina era ricoverata in un ospedale di Gerusalemme, la ragazza aveva iniziato a gridare. «Non mi stupisce! Lo sai che cosa hanno scritto i giornali? Sì, persino il *New York Times* ha pubblicato la notizia che il Poeta del dolore è stato aggredito da una donna a Gerusalemme, e che quella donna lo perseguita ovunque lui vada. Pensa un po'!»

«È tua madre ed è molto malata», la rimproverò Fernando.

«Sì, certo, è malata, ma la malattia più grave che ha non è nei polmoni, è nella testa; la testa sì che sta male davvero.»

«Non parlare così! Non permetterti di giudicarla! Tu non capisci niente!»

«Su questo hai ragione, non capisco niente. Per me siete un vero mistero. Non capirò mai per quale ragione viviate insieme senza... senza avere un rapporto sentimentale. Non capisco nemmeno per quale ragione tu la assecondi nella sua follia. Non capisco perché tu abbia rinunciato a farti una vita. E non capisco perché lei sia impazzita dietro all'idea di perseguitare un uomo che la disprezza.

«No, Fernando, non ci vengo. Non mi renderò partecipe del suo delirio. È per questo che me ne sono andata da Parigi e le ho anche detto che se avesse continuato a perseguitare Marvin Brian mi avrebbe persa per sempre. Ha fatto la sua scelta.»

«Adela, tu non hai la benché minima idea di che cosa abbia significato per tua madre metterti al mondo. Tu non conosci la Spagna. Lì saresti stata una disgraziata, ti avrebbero marchiata... Saresti la figlia di una ragazza madre e ti assicuro che questo ti avrebbe segnato per sempre.»

«No, non conosco la Spagna, niente mi lega al vostro Paese anche se, a quanto pare, lì ho una nonna, una zia e chissà chi altri. Mia madre però ci voleva tornare trionfante, mano nella mano con un marito da una parte e me dall'altra, e invece non ha avuto nessuno dei due. Io ormai ho scelto, Fernando, mi sono costruita la mia identità. Adesso sono americana. Pensavo di dirvelo l'ultima volta che ci siamo visti... ma sai bene che cosa è successo.»

«Americana? Ma perché?»

«Perché devo pur appartenere a un qualche posto. Di dov'è una persona che è nata nel bel mezzo dell'Atlantico, è cresciuta ad Alessandria d'Egitto ed è diventata donna a Parigi?»

«Adesso questo non è importante... devi venire qui. Tua madre ha bisogno di te.»

«No, non ha bisogno di me. Non ha bisogno di nessuno, o forse solo di te.»

Fernando richiamò alla mente quella conversazione mentre vegliava il sonno di Catalina. Era passato un mese da quando aveva parlato con Adela. Un mese durante il quale era rimasto accanto alla sua amica, stringendo la sua mano tra le proprie, asciugandole il sudore dalla fronte, cercando di farla mangiare. Un mese durante il quale tutto il resto aveva smesso di avere importanza per lui.

Quando l'aveva chiamata per informarla che sarebbe andato a Gerusalemme, Sara aveva già saputo che Catalina aveva seguito Marvin, anche se quest'ultimo non sapeva che fosse malata.

Fernando non le aveva nascosto nulla, le aveva detto che si sarebbe trattenuto lì finché Catalina non si fosse rimessa, ma che non sapeva quanto tempo sarebbe occorso finché non fosse arrivato a Gerusalemme. Si era immaginato Sara che stringeva le labbra, come faceva tutte le volte che qualcosa la contrariava, ma lei si era limitata a dirgli che si sarebbe occupata della libreria e della casa editrice sino al suo ritorno, e lui l'aveva ringraziata.

Come tutte le notti, aveva dormito su una poltrona accanto al letto di Catalina. Era dimagrito e le occhiaie erano sempre più profonde perché non c'era notte in cui i suoi morti mancassero di fargli visita: Roque, Saturnino e il tipo della Gestapo arrivavano puntuali all'appuntamento. Di solito, c'era anche Ludger Wimmer.

L'infermiera entrò alle sette in punto. «Il dottore ha avvisato che verrà tra mezz'ora. Probabilmente oggi la dimetterà.»

Il medico arrivò più tardi del previsto. Catalina aspettava impaziente che le permettessero di lasciare l'ospedale. Aveva una gran voglia di tornare a Parigi. Sapeva che prima o poi lei e Fernando avrebbero dovuto parlare di quanto era accaduto, perché nel corso del mese appena trascorso lui non le aveva fatto nessuna domanda e non le aveva rimproverato niente. Tuttavia, meritava una spiegazione. Per l'ennesima volta, le aveva dimostrato quanto profondamente la amasse.

Quando il dottor Haddas annunciò loro che avrebbe dimesso Catalina, lei non riuscì a trattenersi e, invece di stringergli la mano, lo abbracciò. «Grazie dottore. Non vedo l'ora di uscire di qui...» gli disse.

Lui rispose che sperava di rivederla, un giorno, ma non più come paziente.

33

Parigi

A Parigi li accolse il mese di maggio. Madame e monsieur Dufort li aspettavano all'aeroporto e Catalina fu commossa dal loro gesto.

La riservata Doriane Dufort sembrava felice di vederla, le assicurò di essersi presa cura dell'appartamento durante la loro assenza «e quando Fernando ci ha chiamati per dirci che sareste arrivati oggi, mi sono permessa di fare qualche acquisto perché troviate qualcosa da mangiare in frigorifero. Spero non vi dispiaccia.»

Sul tavolo della sala madame Dufort aveva posato anche un vaso di fiori e una busta marrone, identica a quella che veniva recapitata con regolarità e che conteneva due lettere al suo interno, una di Asunción per Catalina e l'altra di Isabel per Fernando.

Non appena rimasero soli si abbracciarono.

«Ti devo così tanto...» gli disse lei.

Fernando però non le permise di parlare. Erano a casa, insieme, e non potevano chiedere di più. O, perlomeno, così vollero credere. Poi, nella solitudine delle loro stanze, aprirono le lettere.

Mio caro Fernando,

non sapere niente di te mi inquieta. Mi dispiace doverti scrivere per darti una notizia così brutta. Qualche giorno fa Piedad ed Eulogio sono morti. Mi piacerebbe starti accanto in questo momento, per abbracciarti e consolarti. So quanto fossi legato a Eulogio, la vostra amicizia è nata quando eravate bambini. Allo stesso modo, sai quanto fosse profonda l'amicizia che univa me e tuo padre a Piedad e suo marito, quel brav'uomo di Jesús.

Asunción e io siamo molto provate. Mai avremmo immaginato che potesse succedere quello che è successo.

Piedad era preoccupata del destino di Eulogio se lei fosse mancata e ci aveva ripetuto che, se per caso si fosse ammalata, avrebbe messo fine alla sua vita e a quella di suo figlio. Noi le dicevamo che non sarebbe successo, che qualche istituto si sarebbe preso cura di

Eulogio, ma per lei era una soluzione inaccettabile. Non riusciva a concepire che suo figlio potesse finire in un ospizio, dove lo avrebbero curato senza le dovute attenzioni.

Qualche mese fa abbiamo notato che era preoccupata. Lei lo attribuiva al lavoro, ma aveva un pessimo aspetto, due grosse occhiaie, ed era sempre più magra. Ero preoccupata perché lavorava a cottimo.

Non si è confidata né con Asunción né con me, sapeva che avremmo cercato di dissuaderla dal fare quello che alla fine ha fatto.

Le domeniche, io e Asunción abbiamo l'abitudine di andare insieme a messa, dopo di che chiamiamo Piedad ed Eulogio per una passeggiata. Qualche giorno fa, prima che uscissi di casa per andare in chiesa, Piedad ha bussato alla mia porta. Era pallidissima e le ho chiesto se stesse male. Mi ha assicurato che non c'era nessun problema, ma che quella domenica non sarebbe uscita per la solita passeggiata con noi. Ho insistito chiedendole se avesse bisogno di qualcosa e mi ha risposto di no, voleva passare una giornata tranquilla con Eulogio, mi ha ribadito di non passare a trovarla dopo la messa. «Voglio riposare», mi ha detto.

Io ero preoccupata, ma ho rispettato la sua richiesta, non potevo fare altrimenti. Il lunedì sono andata a lavorare presto e al ritorno sono salita a casa sua, ma non mi ha risposto nessuno. Una vicina è uscita sul pianerottolo e mi ha detto che, secondo lei, da casa di Piedad fuoriusciva uno strano odore. Ho suonato ripetutamente il campanello. Ho pensato che fosse andata a consegnare qualche abito, ma mi sono anche detta che la vicina aveva ragione, c'era uno strano odore. Poco più tardi è stata la portinaia a chiamarmi a casa. Mi ha detto che c'era odore di gas, quello che usciva da casa di Piedad era odore di gas, e che avrebbe chiamato i pompieri perché non riusciva ad aprire la porta.

Quando i pompieri sono arrivati, ci hanno ordinato di non avvicinarci mentre cercavano di aprire la porta, che in effetti hanno dovuto buttare giù. Una volta entrati hanno aperto le finestre e hanno cercato la causa del guasto. Il rubinetto del gas era aperto.

Hanno trovato Piedad ed Eulogio seduti sul divano. Sembravano addormentati. Eulogio riposava con la testa sulla spalla di Piedad, che lo aveva circondato con le braccia. Lo dico perché l'ho visto, sono entrata non appena l'aria fresca ha ripulito un po' l'atmosfera satura di gas. I pompieri mi hanno urlato di andare via, ma non li ho ascoltati, anche se in effetti ha cominciato a girarmi la testa e hanno dovuto aiutarmi.

Sul tavolo della sala c'era una lettera per Asunción e una per me. Non abbiamo potuto aprirle perché è arrivata la polizia. In realtà, siamo riuscite a leggerle l'indomani, quando siamo state convocate in commissariato.

Non c'erano dubbi. Piedad si era suicidata e si era portata suo figlio con sé, come ci aveva assicurato in più di un'occasione.

Il motivo era che le avevano trovato un cancro al pancreas e il medico le aveva detto la verità: era incurabile e le restavano pochi mesi di vita.

Così, ha deciso che prima che la malattia la rendesse inabile e, di conseguenza, le portassero via suo figlio, doveva mettere fine alla vita di entrambi. Ed è quello che ha fatto.

Non la giudico, Fernando; sai che sono cattolica sino al midollo e che il suicidio è un peccato mortale, ma non la giudico e non la condanno perché so che il Signore l'ha accolta con sé. Il peccato di Piedad è stato uno solo: quello di amare suo figlio, di volerlo proteggere, di non volerlo lasciare solo e abbandonato. Sono certa che Dio l'ha perdonata e che adesso Piedad ed Eulogio sono con lui.

Immagino il dolore immenso che questa lettera ti sta dando; sarei disposta a qualsiasi cosa per poterti consolare, ma ti confesso che, da quel giorno, la notte non riesco più a dormire.

Anche se Eulogio e Catalina non sono mai andati d'accordo, lei è una brava ragazza e ne sarà dispiaciuta.

Poiché vivete l'uno per l'altra, aiutatevi in questo momento così triste.

Figlio mio, non voglio rimproverarti in nessun modo, ma potremmo smetterla con questa farsa? Piedad era certa che tu e Catalina vivete nella casa di Parigi a cui indirizziamo le lettere. Per favore, Fernando, per me sarebbe motivo di tranquillità sapere dove ti trovi, anche se non vuoi che io venga a trovarti.

Figlio mio, ti mando tutto il mio affetto.

Sogno di abbracciarti,

tua madre

Fernando piangeva amaramente quando, oltre la cortina di lacrime, riuscì a vedere Catalina sulla soglia della sua stanza.

Non l'aveva sentita bussare e nemmeno entrare. Lei gli si sedette accanto e lo abbracciò. Non esistevano parole che potessero consolarlo, ma quantomeno non si sentì solo. Rimasero così, abbracciati.

Quella notte non furono né Roque né Saturnino Pérez a invadere gli incubi di Fernando, fu il volto di Eulogio a presentarsi al suo cospetto.

Aveva lo sguardo perso, inerte, ma di colpo sembrava muoversi, guardarlo e sorridere. Gridò. Gridava con tutte le sue forze mentre Catalina cercava di svegliarlo.

«Lo hai visto?» gli chiese.

«Sì... l'ho visto, era lì... Prima sembrava morto, ma poi... poi mi ha sorriso.»

«Era tuo amico, Fernando, non devi averne paura.»

«Non ho paura...»

«Tutti abbiamo paura dei morti. Ma Eulogio non ti farà del male, anzi... sono certa che, proprio come tuo padre, da lassù ti proteggerà.»

Fernando non poté che sorprendersi davanti al candore che Catalina manteneva intatto. Sebbene i fili bianchi punteggiassero i suoi capelli, non aveva perso l'ingenuità di quando era bambina. Non aveva mai smesso di credere.

Tornarono alla vita di sempre. Si capivano senza bisogno di parole. Fernando però era tormentato dal fatto che Marvin avesse dato una spinta a Catalina e l'avesse abbandonata lì, per terra. Ai suoi occhi, questo gesto faceva di lui una canaglia. Inoltre, faticava a superare la morte di Eulogio. A volte gli era difficile non avercela con Piedad per avergli tolto la vita, e allora era Catalina a tranquillizzarlo, facendolo riflettere sul fatto che la donna non avesse avuto altre possibilità. Lui si ribellava, le diceva che le sue convinzioni cattoliche lasciavano molto a desiderare. Ma lei non si offendeva.

Sentiva che erano più uniti che mai, soprattutto perché dopo la morte di Eulogio avevano preso consapevolezza della fragilità della vita.

Per quanto riguardava Sara, la sua fiducia in Fernando era intatta, al punto che decideva di pubblicare un libro solo dopo aver sentito la sua opinione. Durante la sua assenza, il professor Fortier aveva raccomandato loro un'altra delle sue allieve che riteneva avesse un talento prodigioso. Sara però gli aveva chiesto di attendere il ritorno di Fernando. Aveva lasciato in sospeso anche la risposta a un giornalista che, attraverso un conoscente, le aveva fatto arrivare le proprie poesie.

Con grande sorpresa di Fernando, qualche mese dopo il suo ritorno Sara lo chiamò per confidargli che Benjamin non stava bene. «È molto malato. Mi aveva nascosto di avere un cancro al fegato. Il medico è pessimista, perciò...»

«Mi dispiace», riuscì a replicare lui.

«So che mio marito non ti è mai stato particolarmente simpatico», rispose Sara, guardandolo dritto negli occhi.

Fernando non rispose perché non voleva mentire. Era inutile. Ancora non aveva capito per quale ragione Sara lo avesse sempre protetto e avesse mantenuto intatta la fiducia nei suoi confronti; aveva un debito di gratitudine con lei, ma Benjamin... Con il passare del tempo la sua opinione non era cambiata; lo considerava un manipolatore, un uomo senza troppi scrupoli, cui la sorte altrui importava molto poco fintanto che fosse riuscito a salvaguardare i propri interessi.

«Non lo hai mai capito… No, non sei mai riuscito a capire quello che faceva; in realtà con il suo lavoro è riuscito a salvare molte vite», affermò Sara.

«E per salvare quelle vite ne ha sacrificate altre», mormorò Fernando con coraggio.

«Vite spregevoli.» Il tono di voce di Sara si era indurito.

«E chi decide quale vita merita di essere vissuta e quale no?» Fernando era così agitato che il cuore gli batteva all'impazzata.

«Sarai d'accordo con me sul fatto che se qualcuno avesse ucciso Hitler avremmo evitato la morte di molte persone innocenti, perciò credo che la sua vita, quella di Hitler, meritasse di essere strappata di netto. Mio marito non ha mai contribuito alla morte di un giusto, ha cercato sempre di salvare delle vite che meritavano di essere vissute. E poi… be', proprio tu da ragazzo hai tolto la vita ai due uomini che ti avevano portato via quella che consideravi la cosa più preziosa: la vita di tuo padre. Hai deciso che quei due uomini non meritavano di vivere. Credi di essere migliore di Benjamin?»

I volti di Roque e Saturnino gli si presentarono davanti e si strofinò gli occhi nel tentativo di farli svanire. Sara aspettava in silenzio la sua risposta.

«Non voglio discutere con lei. Capisco che sia addolorata per la malattia di Benjamin e mi creda se le dico che non gli auguro nessun male.»

«No, non devi proprio, perché ti ha sempre protetto e si è sempre comportato bene con te. Credi forse che se lui si fosse opposto ti avrei dato la responsabilità della Rosent? No di certo. Ho sempre potuto contare sulla sua approvazione. Lui aveva fiducia nelle mie decisioni ma anche nelle tue qualità. Comunque… domani mattina presto partirò per Londra. Non so per quanto tempo Benjamin vivrà, ma non voglio perdermi un solo secondo del tempo che gli resta da vivere.»

«Lo capisco.»

«Ah! Zahra è a Londra.»

Fernando non rispose. Sentì che gli si rivoltava l'anima, sempre che fosse possibile.

«Siete due stupidi. Avete rinunciato l'uno all'altra in nome del nulla», affermò lei irritata.

Ma lui si era chiuso nel silenzio. Non avrebbe parlato di Zahra nemmeno con Sara.

In realtà, il silenzio era diventato il suo compagno di vita. Catalina e lui avevano rinunciato persino a parlare dell'assenza di Adela. Non lasciavano affiorare l'agitazione nemmeno quando monsieur Dufort consegnava loro quelle buste marroni che contenevano le lettere delle loro madri. Catalina aveva smesso di chiedere notizie di Marvin e lui non parlava mai di Zahra.

La vita si era ridotta ad alzarsi la mattina e commentare le notizie che sentivano alla radio mentre prendevano di fretta una tazza di caffè.

La vita si era ridotta a qualche conversazione forzata con i clienti eruditi che andavano alla libreria Rosent non solo per comprare libri ma per distrarsi facendo due chiacchiere con il librario.

La vita si era ridotta ad alzarsi un po' più tardi la domenica, fare una passeggiata in città e andare al cinema di pomeriggio.

In realtà, era come se avessero rinunciato a vivere finché, puntualmente, qualche avvenimento non li obbligava a guardare in faccia la vita.

La morte di Benjamin fu uno di quegli avvenimenti. Morì il primo dicembre del 1974. Fu Sara a chiamarlo per dargli la notizia. Catalina gli consigliò di andare a Londra per il funerale, ma Fernando non lo ritenne necessario. Sapeva che ci sarebbe andata anche Zahra e di una cosa era certo: non voleva vederla.

Sara non gliene volle. In realtà, non si aspettava di vederlo. Tuttavia, dopo la morte del marito decise che casa sua era Parigi. Non avevano figli, perciò lei avrebbe continuato a occuparsi della Wilson&Wilson, contando però sull'aiuto di qualcuno che si prendesse cura delle mansioni quotidiane mentre lei sarebbe andata a Londra tutti i mesi per avere un resoconto e monitorare l'andamento dell'attività. Aveva dovuto chiudere la succursale di Alessandria d'Egitto perché non era riuscita a trovare una persona di fiducia dopo la morte di Athanasios Vryzas.

Fernando si era abituato a non dipendere da nessuno e temette che la presenza di Sara potesse mettere in pericolo quello che, sino a quel momento, era stato un rapporto lavorativo soddisfacente per entrambi.

Ma Sara non gli faceva pesare in nessun modo il fatto di avere l'ultima parola. Decisero solo che Fernando non avrebbe più curato le opere di Marvin. Lui non le chiese se la decisione fosse dovuta a una richiesta di Marvin e lei non glielo disse. Per Fernando fu un sollievo; per Sara, un motivo di orgoglio.

Nel marzo del 1975, Marvin inviò a Sara il nuovo manoscritto: *Quaderno della Terra Santa*.

«Sarà un altro successo», preconizzò lei.

«Come tutti i suoi libri», riconobbe lui.

«Voglio che sia pubblicato quanto prima, magari già dopo l'estate. Sia nella versione francese sia in quella inglese. Faremo una presentazione a New York e un'altra a Boston, e a Parigi e... Spero non te la prenda per quello che sto per dirti, ma ti chiedo di fare l'impossibile affinché Catalina non si intrometta. Te l'ho chiesto altre volte e mi hai sempre risposto che non volevi immischiarti... stavolta però... Farida è malata e mi dispiacerebbe se dovesse subire un'altra scenata di Catalina.»

«Non sapevo che stesse male...»

«Non vedo perché avresti dovuto saperlo. Lei è un po' più grande di me, tu lo sai quanti anni ho?»

Lui la guardò e fu come se la vedesse per la prima volta. Quando l'aveva conosciuta, ad Alessandria d'Egitto, Sara doveva avere una quarantina d'anni; quanto a Farida, gli era sempre sembrata una donna senza età.

«Io ho superato i settanta, Fernando, e Farida ne ha qualcuno in più. Non ci resta ancora molto da vivere.»

«Non dimostra settant'anni...»

«Come no? Ci vedi molto male se non hai notato tutte le mie rughe, o quanto sono lenti i miei movimenti. Perciò, immaginati Farida. Ha il cancro, la stessa malattia di Benjamin. Lei al seno. L'hanno operata, i medici sono ottimisti, ma con il cancro... non ci si può fidare. E non è solo Farida a preoccuparmi. Marvin sta peggio di lei.»

«Marvin?»

«Sì, ha il Parkinson. Gli tremano le mani e un mese fa ha avuto un infarto. Non è stato il primo, qualche anno fa ne ha avuto un altro... Ricordi quando Catalina lo ha trovato a Sorrento? Non era lì solo per scrivere il suo quaderno sulla camorra... aveva bisogno di rimettersi da un attacco di cuore.»

«Non ne sapevo niente...»

«No, certo, Farida e lui hanno mantenuto il più assoluto riserbo, lo hanno detto solo a Benjamin, a Zahra e a me. Quanto a Zahra, nemmeno lei sta benissimo.»

Ne fu colpito. Sì, fu toccato dalla notizia che Marvin e Farida fossero malati. Di colpo, le persone che aveva intorno si ammalavano e morivano. Durante la Guerra civile aveva dato per scontato che la gente morisse; tuttavia, quando avevano ucciso suo padre si era ribellato. Poi, Benjamin Wilson e Zahra lo avevano coinvolto in situazioni in cui aveva dovuto uccidere. I morti continuavano a ronzargli intorno, ma c'era un differenza tra coloro che morivano di malattia e coloro che perdevano la vita per un atto violento.

Prima era toccato a don Ernesto, il padre di Catalina, poi a Piedad ed Eulogio, più tardi a Benjamin Wilson, infine Sara gli aveva comunicato che anche Zahra era malata.

«Non vuoi sapere nient'altro di lei?»

«Sì, certo... stavo per chiedertelo.»

«Il cuore. Angina pectoris, ha avuto due attacchi.»

«Dov'è?»

«Ad Alessandria.»

«Ma lì... lì è sola, sua nonna è morta.»

«Sì, è sola. Ho cercato di convincerla a trasferirsi a Parigi, ma non vuole. Non lascerà mai la sua città. Solo lì sente di avere un'identità.»

«Non nasconderò a Catalina che Marvin verrà a Parigi; vorrei farlo, ma lei lo scoprirebbe. I giornali ne parleranno.»

«Non ti ho chiesto di non dirglielo, ma solo... Anche per il suo bene, dovrebbe accettare che quella con Marvin è una battaglia persa.»

«Catalina non si arrenderà mai», assicurò lui. «Io però cercherò di convincerla perché non continui a fare del male a se stessa. Quello che è successo in Israele è stato terribile anche per lei.»

Sara sembrò soddisfatta della risposta e continuarono a lavorare come se niente potesse alterare l'apparente armonia che regnava nella libreria e casa editrice Rosent.

«Franco è morto.» La tazza di caffè scivolò dalle mani di Catalina. Fernando era sotto la doccia, ma uscì di corsa avvolto in un asciugamano quando la sentì urlare.

«Ma che cosa ti succede? Mi hai spaventato!»

«È morto! È morto, Dio mio!»

«*Francisco Franco è morto di prima mattina. Le strade di Madrid a quest'ora sono tranquille...*»

La voce del radiocronista continuava a dare aggiornamenti sull'accaduto. Fernando mantenne la calma mentre cercava di assimilare la notizia. Catalina si sfregava le mani nervosa e lui cominciò a sentire il cuore battergli forte. Per qualche secondo pensò che quanto aveva sentito alla radio fosse impossibile. Da giorni si parlava della malattia di Franco, ma non si aspettava certo che annunciassero la sua morte.

«Che cosa facciamo?» gli chiese Catalina agitata.

«Niente, che cosa dovremmo fare?»

«Ma è morto, Fernando! Adesso puoi tornare in Spagna.»

«Il fatto che sia morto non significa che il regime sia caduto. E poi... Catalina, io non ho più una vita in Spagna. Ci ho rinunciato il giorno in cui...»

«Il giorno in cui hai sparato a Roque e Saturnino Pérez... Però sono passati quasi trentacinque anni... e nessuno ti ha cercato, nessuno ti ha attribuito la colpa delle loro morti... e adesso, Fernando, Franco è morto! Cambierà tutto, vedrai. Torneremo come eravamo prima della guerra.»

Lo squillo del telefono li fece sussultare. Fernando aveva ancora l'asciugamano intorno alla vita, ma corse a rispondere. La voce di Adela suonava nervosa.

La ascoltò per qualche istante, poi passò la cornetta a Catalina. «È Adela.»

Catalina sentì un tremolio nell'anima. Non parlava con sua figlia da più di un anno, e l'ultima conversazione era stata asciutta, una chiamata di routine.

«Ma... ma come! Perché non ce l'avevi detto? No, nemmeno io voglio discutere... Credevo scrivessi solo di cultura... Mia madre? È solo che... no, non è che non voglio dirtelo, è solo che... D'accordo, scrivi: calle de la Encarnación numero 6, terzo piano a sinistra. Stai attenta, lei... è anziana ormai... Sì... sì, certo... Per favore, chiamaci e facci sapere se l'hai vista...»

Riagganciò. Adela l'aveva stesa. Fernando le si avvicinò e le prese la mano. «Lo sai che cosa sta per fare?» mormorò Catalina.

«Sì, anch'io l'ho saputo adesso. È a Madrid da due giorni. Il giornale per cui lavora l'ha mandata lì per coprire la morte di Franco. È la prima volta che mette piede in Spagna, è naturale che si senta sopraffatta.»

«Vuole andare a casa di mia madre e anche conoscere la tua. Mi ha detto che sono le sue nonne e che ha bisogno di conoscerle.»

«E ha ragione. Ha bisogno di risposte. Quelle che le abbiamo dato noi in questi anni non possono bastarle.»

«Mia madre... non so come reagirà quando la vedrà...»

«Io lo so, invece, Catalina.»

34

Madrid

Sembrava una via tranquilla. Non era troppo lunga e, soprattutto, appariva armoniosa. Da un lato c'erano delle case e dall'altro le mura di un convento di suore di clausura.

Adela sentì un brivido. Era la via in cui erano nati sua madre e Fernando. Lì avevano giocato da bambini. Lì erano cresciuti. Era lì che vivevano le loro madri. Era quello il mondo dal quale erano fuggiti. Nel caso di sua madre sapeva il perché; nel caso di Fernando, intuiva ci fosse stato qualcosa di più dell'amore incondizionato che aveva sempre nutrito nei confronti di Catalina.

Adela cercò il numero 6 ed entrò nell'atrio. Era una casa signorile. Il portinaio le andò incontro. «Dove va?»

«A casa della signora Vilamar», disse con un tono di voce meno sicuro di quanto le sarebbe piaciuto.

«Terzo piano a sinistra. La sta aspettando?»

«Sì, mi sta aspettando da molto tempo.»

Salì in ascensore e si fermò per qualche secondo davanti alla porta senza avere il coraggio di suonare il campanello. Fu sul punto di tornare indietro, ma poi fece un passo avanti per evitare di pentirsene. Ascoltò il suono del campanello, poi dei passi lenti avvicinarsi alla porta; quando si aprì, le comparve davanti una donna anziana dall'aria buona, con i capelli bianchi raccolti con cura in uno chignon e indosso una gonna e un maglioncino grigio. «Buongiorno, che cosa desidera?» disse l'anziana donna guardandola con un certo stupore.

«Asunción Vilamar?»

«Sì, sono io.»

«Nonna...»

«Dio mio!»

Si abbracciarono con spontaneità e Adela sentì tutta la fragilità di quell'anziana donna.

«Non è possibile... non è possibile!» esclamò donna Asunción.

«Sì, nonna, sono io... morivo dalla voglia di conoscerti!»

Piansero restando abbracciate. Nessuna delle due cercò di ricacciare indietro le lacrime. Adela avvertì il tremolio del corpo della nonna e temette che per la sorpresa potesse stare male. Restarono così a lungo. Asunción Vilamar aveva paura che se avesse sciolto l'abbraccio, Adela sarebbe svanita come in un sogno.

Poi, quando entrambe si furono calmate, donna Asunción la invitò a entrare.

La sala dava sulla via. Due balconi che guardavano sulle mura del convento. Era tutto pulitissimo, anche se le poltrone tradivano il passare del tempo.

Donna Asunción insistette per portarle qualcosa da mangiare, ma Adela non volle. «Per favore… Voglio solo vederti, stare con te, conoscerti…»

«Ma è presto. Almeno un caffè…»

E parlarono. Si ascoltarono a vicenda. Dovevano raccontarsi tutto quello che era successo negli ultimi trentaquattro anni, che corrispondevano all'età di Adela.

Adela le raccontò tutto. Che era nata su una nave in mezzo all'Atlantico mentre un sottomarino tedesco cercava di spedirli in fondo al mare. La sua infanzia felice ad Alessandria d'Egitto. L'adolescenza a Parigi. La giovinezza a Boston. Le rivolse poi le stesse domande alle quali Catalina aveva sempre risposto in modo poco soddisfacente. Era stata così terribile quella Spagna, al punto che sua madre era dovuta scappare perché era incinta? Era in città da due giorni e i madrileni non le sembravano come Fernando e sua madre glieli avevano descritti. Non aveva visto una Spagna così triste e opprimente; al contrario, nella gente aveva notato un inesauribile desiderio di libertà.

Donna Asunción le spiegò nel dettaglio com'era la Spagna uscita dalla Guerra civile. Riconobbe che, pur essendo cattolici e monarchici, lei e suo marito avevano accolto con sollievo il trionfo di Franco «perché nel Paese regnava l'anarchia», ma poi, con il trascorrere degli anni, avevano messo in dubbio che Franco rappresentasse davvero la soluzione migliore. «Quando troppa gente ha dovuto imparare a vivere tacendo, a dissimulare, ti rendi conto che tutto questo non è normale. Se la gente ha paura vuol dire che le cose non vanno come dovrebbero. Vediamo che cosa succederà adesso che Franco è morto… io spero che vada tutto bene. Non è giusto che i giovani ereditino i nostri misfatti. Hanno il diritto di cercare la propria strada, per se stessi e per la Spagna. È il loro tempo e dobbiamo lasciare che siano loro a decidere. La Spagna di oggi non è più quella della mia gioventù, dove una donna era segnata per sempre se rimaneva incinta fuori del matrimonio. Sai una cosa? Anche se ho sofferto moltissimo per la sua mancanza, credo che Catalina abbia fatto bene a non rassegnarsi a sposare Antoñito, e anche a non farsi disprezzare per avere avuto te. Ha sbagliato un'unica cosa.»

«Che cosa, nonna?»

«La scelta del padre. Il Poeta del dolore… Ho letto alcune delle raccolte di Marvin. Riconosco la sua grandezza come poeta, ma credo che sia una cattiva persona. Avrebbe dovuto assumersi i suoi doveri di padre nei tuoi confronti. Ma molti uomini fanno lo stesso, approfittano di un momento di debolezza della donna e poi se ne disinteressano. Magari Catalina avesse avuto quel momento di debolezza con Fernando.»

«Per me Fernando è stato un padre. Non riesco a pensare a un altro padre che non sia lui.»

«Ma perché non si sono sposati? Vivono insieme da così tanti anni...»

«Insieme, sì, ma separati. Non sono una coppia, nonna; ho faticato ad accettarlo, ma è così. Fernando sicuramente si sposerebbe con mia madre, anche adesso, ma lei non vuole. È ossessionata da Marvin; allo stesso tempo dice che non è giusto che Fernando rinunci a vivere per lei, quando invece è proprio quello che lo ha spinto a fare. C'è stata una donna... Zahra...»

«Sì, Piedad ci ha parlato di lei quando è andata a Parigi a prendere Eulogio.»

«Una donna speciale. Più che essere bella, emana una forza straordinaria. Credo che Fernando sia stato innamorato di lei, ma è testardo come mia madre. Lei si è fissata con l'idea di sposare Marvin e lui di sposare mia madre. Se non riescono nell'intento, considereranno le proprie vite un fallimento; ma sono desideri che vanno in parallelo, non riusciranno mai a convergere.»

Donna Asunción le parlò di suo marito, don Ernesto, del suo dolore per la fuga di Catalina, di come avesse tirato fuori il coraggio per affrontare don Antonio, della sua dolorosa malattia, di quando era morto chiamando la figlia.

Le parlò di Isabel e di Piedad. Delle loro vite da vedove, della rinuncia a tutto meno che alla speranza che i loro figli tornassero.

Dopo mezzogiorno, Adela salutò la nonna promettendole che sarebbe tornata all'ora di cena. Donna Asunción le assicurò che avrebbe invitato Isabel, la quale, proprio come lei, sperava di non morire senza aver abbracciato per un'ultima volta il figlio.

Insistette anche perché Adela restasse a dormire a casa sua, ma lei non poté accettare. Faceva parte di un gruppo di inviati del suo giornale ed era a Madrid per lavoro; tuttavia, le promise che sarebbe andata a trovarla tutti i giorni. Preferì non rivelarle che a Madrid c'era anche un giornalista della CBS, come lei inviato a coprire la morte di Franco, con il quale conviveva da qualche mese. Temeva fossero troppe sorprese per sua nonna.

Quella sera, quando tornò a casa della nonna, Adela conobbe Isabel. La madre di Fernando represse la sorpresa e guardò Asunción come se volesse dirle qualcosa, ma poi non disse nulla. E Asunción schivò lo sguardo.

Come aveva fatto la mattina, Adela parlò a lungo cercando di rispondere a tutte le domande di Isabel. Non mentì. Disse loro che l'indirizzo al quale spedivano le lettere era quello della casa nella quale avevano vissuto da quando avevano lasciato Alessandria d'Egitto e che, sebbene lei avesse insistito perché sua madre e Fernando andassero a Madrid, loro si erano rifiutati; nel caso di sua madre, era ostinata a tornare solo dopo aver sposato Marvin, e per quanto riguardava Fernando... dovette riconoscere che, oltre al fatto che voleva stare al fianco di sua madre, doveva esserci qualcos'altro di cui solo lui e Catalina erano al corrente. Isabel affermò che non riusciva a capire quale potesse essere la ragione, ma era d'accordo con lei sul fatto che ci fosse qualcosa di più.

A Parigi, Catalina e Fernando aspettavano impazienti le telefonate di Adela. Da quando era a Madrid li aveva chiamati con assiduità. La sentivano felice, anche se aveva rimproverato sua madre a più riprese per averle impedito di conoscere la nonna per tutti quegli anni. Avevano perso molto tempo. Adela continuava a chiedersi come sarebbe stato crescere con una nonna come Asunción, e aveva anche una grande nostalgia di nonno Ernesto; la nonna gliene aveva parlato così tanto che le sembrava di conoscerlo. Inoltre, nella casa di calle de la Encarnación c'erano moltissime foto di famiglia.

Fernando continuava a chiederle di raccontargli quello che stava succedendo in Spagna. Lui era al corrente degli avvenimenti perché sentiva le notizie in radio e vedeva la televisione, ma era come se quello che gli raccontava Adela avesse un altro valore.

Lei sosteneva che gli spagnoli fossero decisi a prendere in mano le redini del loro futuro. Aveva sempre immaginato la Spagna come un Paese sinistro e invece si era trovata davanti a una società dinamica, che desiderava ardentemente omologarsi dal punto di vista politico al resto del mondo. «Io dico che il regime non sopravvivrà. Non preoccuparti», assicurò a Fernando per telefono.

«Ma se il presidente è Arias Navarro! Tu non hai idea di chi sia», replicò Fernando.

«Non durerà molto, non va d'accordo con il re.»

«Ma se è stato il re a mettere su Franco!» gridò Fernando, convinto che Adela non sapesse e non capisse niente.

«Senti, io sono qui e parlo con la gente; ti assicuro che Juan Carlos non ha nessuna intenzione di appoggiare la prosecuzione del regime di Franco, ma deve essere cauto.»

«Non vogliamo un re! Viva la Repubblica!»

«Be', un re lo avrete, è meglio che ti abitui all'idea. Tra l'altro, avere un re di per sé non è né buono né cattivo; il punto è se la Spagna diventerà o no un Paese democratico, e se qualcuno può far sì che succeda quello è Juan Carlos, sempre che voi spagnoli non vogliate continuare a litigare sparandovi gli uni con gli altri.»

«Tu non sai quello che dici!»

«Io dico che Juan Carlos è il capo di Stato e il capo dell'esercito, ma i militari gli obbediscono a denti stretti, e perciò solo con abilità e pazienza riuscirà a smontare il regime che dura da quarant'anni. Certo, mi rendo conto che voi spagnoli siete o bianchi o neri, molto poco sensibili alle sfumature.»

«Anche tu hai una parte spagnola, anche se Marvin è americano», le ricordò lui.

«No, io sono cittadina di Atlantide, il continente perduto», scherzò.

«Sarà una catastrofe», preconizzò Fernando.

«No, non lo sarà, sempre che i vecchi cocciuti come te non remino controvento.»

«Puoi dire quello che ti pare, ma i franchisti andrebbero processati e fucilati; non c'è perdono per quello che hanno fatto.»

«Be', se voi che avete perso la guerra adesso decidete di fare le stesse cose che vi hanno fatto coloro che l'hanno vinta, allora per la Spagna non ci sarà nessuna soluzione. Che cosa vuoi, che nei prossimi quarant'anni siano altri a subire rappresaglie, a dover fuggire? Io credo che la gente non la pensi come te, la maggioranza almeno. Qui si ha voglia di voltare pagina e di iniziare un nuovo capitolo. Inoltre, ti ricordo che è proprio il PCE che, dal 1956, sta puntando alla riconciliazione nazionale.»

«Non parlo di rappresaglie, ma di giustizia... Che cosa vuoi saperne tu di quello che hanno fatto! Mio padre è stato fucilato, ed era un brav'uomo la cui unica colpa è stata lottare a favore dell'ordine costituzionale.»

Se per quanto riguardava la politica non riuscivano a mettersi d'accordo, ci riuscivano ancora meno riguardo ad Asunción e Isabel, «le mie nonne», così le chiamava Adela. «È ora di smetterla con le stupidaggini e di venire a trovare tua madre. Sai quanti anni ha?»

«Certo che lo so! È mia madre!»

«Be', ha compiuto ottant'anni, come nonna Asunción.»

Ma benché Adela cercasse di strappargli l'impegno a tornare, Fernando schivava l'argomento.

Non aveva maggiore fortuna con sua madre. Quando insisteva sul fatto che dovesse tornare in Spagna, Catalina non rispondeva, benché Adela le assicurasse che non era più lo stesso Paese di quando era ragazza, che non importava a nessuno che fosse sposata oppure no, che il desiderio di libertà era troppo grande. Ma Catalina stringeva le labbra.

Non voleva dire a sua figlia che non tornava anche per un'altra ragione: Fernando. Non poteva lasciarlo. Era stanca e aveva voglia di ritornare, di rivedere sua madre, ma il prezzo da pagare era lasciare colui che era stato il suo compagno più leale, l'uomo che l'aveva amata e le aveva dato una generosa protezione senza chiederle niente in cambio.

Fernando non sarebbe tornato in Spagna, di questo era certa. Sapeva che aveva paura di quello che poteva succedere. Aveva ucciso due uomini e potevano ancora fargli pagare quelle morti. Ma questo non poteva dirlo ad Adela. Solo lei ed Eulogio sapevano cosa aveva fatto Fernando quel giorno, vicino al carcere de las Comendadoras. Inoltre, lei poteva essere considerata sua complice visto che aveva dato a Fernando l'arma con la quale aveva spezzato le vite di Roque e Saturnino Pérez.

Adela non riusciva a capire né sua madre né Fernando. Si erano arenati nel passato e conservavano nella retina l'immagine di una Spagna che non esisteva più. Era stata senz'altro una Spagna terribile come loro gliela avevano raccontata. Intimamente, non si può sopravvivere senza crepe a una Guerra civile. Però, un Paese non è un'immagine fissa.

D'altro canto, lei si stava godendo quel soggiorno a Madrid. Non solo perché aveva conosciuto sua nonna e aveva in qualche modo ritrovato una parte di se stessa che era come in sospeso, ma anche perché aveva una relazione che la rendeva felice. Peter Brown era un collega della CBS con il quale aveva iniziato una storia prima di andare in Spagna. Nessuno dei due immaginava che potessero mandarli a Madrid, perciò stavano vivendo quei giorni in modo doppiamente appassionato; da una parte in virtù dei sentimenti che provavano reciprocamente, dall'altra perché stavano vivendo un momento storico.

Durante il giorno si vedevano poco, ma le notti erano tutte per loro. Adela propose a Peter di andare a casa di sua nonna e lui accettò senza riserve.

Donna Asunción invitò anche Isabel nel pomeriggio in cui la nipote e il suo compagno andarono a trovarla. Peter fu impressionato dalla dignità di quelle due anziane signore. Ogni singola ruga raccontava la sofferenza che dovevano aver vissuto, alla quale tuttavia non fecero alcun riferimento; Peter non poté che chiedere loro che opinione avessero su quanto era successo in Spagna.

Donna Asunción lo riassunse così: «Io ho vinto la guerra e Isabel l'ha persa. In realtà, però, l'abbiamo persa entrambe. Credi che sia stato facile vivere in un Paese disseminato di morti? No, tutti avevamo i nostri morti o conti ancora aperti con gli avversari».

Isabel annuiva, poi si decise a intervenire: «Era difficile dominare l'odio sapendo che la persona che incrociavi per strada poteva essere la stessa che al fronte aveva sparato a tuo marito, tuo fratello, tuo figlio, oppure colei che lo aveva denunciato o fucilato… Non tutti i vincitori sono come Asunción, non tutti si sono comportati come ha fatto lei. Alcuni sono stati arroganti e hanno dato briglia sciolta al loro rancore, mentre noi che avevamo perso dovevamo chiudere la bocca, stringere i denti e prenderci le bastonate. Abbiamo imparato a vivere in silenzio, nel timore che una parola di troppo potesse mandarci dritti all'inferno. Poi… poi ti abitui e alla fine pensi anche di vivere in una certa normalità. Ma è una sensazione ingannevole, perché non c'è normalità in una vita che non è libera. Ti mentirei se dicessi che non ti rassegni e un giorno smetti di sperare».

«E adesso?» chiese Peter, guardando con rispetto le due donne.

«Adesso i giovani devono conquistarsi il loro futuro. Possono farlo. Non durerà molto. Arias Navarro non riuscirà a resistere. Il nostro Paese è un'anomalia all'interno dell'Europa», affermò Isabel.

«Ci sarà una resa dei conti?» volle sapere Adela.

«Una resa dei conti?» Isabel sembrava non capire la domanda.

«Sì, se Arias Navarro dovesse cadere e si dovesse instaurare un governo democratico, credi ci sarebbe una resa dei conti con i franchisti?»

«Dovrebbe esserci, ma non credo che la gente ne abbia voglia. O almeno, non la maggioranza. Un altro scontro… No, ne abbiamo davvero abbastanza. Durante tutti questi anni abbiamo vissuto accanto ai nostri nemici e loro hanno vissuto accanto a noi, che restavano nemici anche se ci avevano battuti. I giovani hanno l'opportunità di costruire un Paese diverso.»

«Non le piace il re?» chiese Peter.

«Non sono monarchica, non mi piace la monarchia. E questo re… bisogna vedere che cosa farà. Ma credo che, salvo Asunción e pochi altri, in Spagna non ci siano molti monarchici; neanche i franchisti lo sono.»

Adela e Peter ascoltarono con interesse le due anziane, meravigliati del fatto che fossero amiche nonostante le profonde differenze politiche. Ma avevano capito che a unirle era la sofferenza e che nessuna delle due voleva che si facesse marcia indietro.

Peter aiutò Adela a intervistare alcuni membri dell'opposizione al franchismo. Erano tutti in trepidante attesa di quello che avrebbe riservato il futuro.

Catalina e Fernando dovettero accettare che Adela rivelasse loro che vivevano a Parigi. Non osarono protestare al riguardo. Da tempo non avevano più alcuna influenza su di lei e sarebbe stato inutile rimproverarla. Adela agiva nel modo che riteneva più opportuno e aveva deciso di dire a quelle due donne tutta la verità, o perlomeno la verità che lei conosceva.

Isabel e Asunción avrebbero tanto desiderato andare a Parigi, e Adela e Peter le avrebbero accompagnate. Ma Fernando e Catalina non vollero. Sentivano di non avere la forza di rivedere le loro madri. Se le avessero riviste non sarebbero riusciti a mantenere in piedi la farsa nella quale stavano vivendo.

Adela si arrabbiò. Arrivò a minacciarli di non farsi più vedere, ma Catalina e Fernando furono insensibili alle sue minacce e le chiesero di rispettare la loro decisione. Tuttavia, dopo aver conosciuto le sue nonne lei non poteva farlo, considerato che il loro unico desiderio, quello che le teneva in vita, era la speranza di riabbracciare i loro figli.

Il tempo a volte decide di correre più veloce di quanto si vorrebbe. Senza che se ne rendessero conto, era già il 1976 e per Adela fu un colpo che il suo giornale le chiedesse di tornare a New York. Arias Navarro si era dimesso da presidente dietro richiesta del re, che accanto a sé aveva preferito un uomo giovane, Adolfo Suárez, capace di dare il colpo di grazia al regime destinato a sparire.

Peter sarebbe rimasto a Madrid, e questo aumentò il malumore di Adela. Tuttavia, non aveva scelta. Se una cosa le era chiara, era che non avrebbe voluto vivere in un posto diverso da New York. Non avrebbe mai scelto di vivere a Parigi, anche se sua madre e Fernando erano lì. Non sarebbe rimasta nemmeno a Madrid. La città le piaceva, ma le era costato costruirsi una vita, la propria vita. Ormai non era più un prolungamento di sua madre.

Certo, c'era un prezzo da pagare per quella lontananza, ed era una certa solitudine, che si era mitigata dopo che aveva conosciuto Peter.

In ogni caso, si sentiva in pace per aver conosciuto la nonna, perché questo l'aveva aiutata a rimettere a posto alcuni pezzi della sua identità.

35

Parigi

Sara consegnò a Fernando una copia del *Quaderno della Terra Santa*. «È il libro migliore tra quelli che Marvin ha scritto», assicurò con orgoglio.

«Anche quello su cui ha fatto più correzioni.»

«Però ne è valsa la pena. Lo presenteremo prima a New York, poi a Londra e in autunno a Parigi...»

«Andrà a New York?»

«Sì e... anche Zahra ci verrà.»

Zahra. Sara non la nominava da tempo e per Fernando si era trasformata a poco a poco nell'ennesimo fantasma che gli impediva di prendere sonno.

Non parlava di Zahra nemmeno con Catalina. Ricordarla era una sofferenza. Si chiedeva se l'avesse amata davvero e si rispondeva che in realtà lui aveva amato un'unica persona, Catalina. Nei confronti di Zahra sentiva un trasporto passionale che ancora lo faceva tremare. Aveva ucciso per lei, e tuttavia non aveva mai pensato di rinunciare a Catalina.

Se Sara non avesse tossito, non si sarebbe reso conto di essersi chiuso nel silenzio.

«Vuoi venire con me a New York?» gli chiese.

«No, decisamente no.»

Si guardarono. Lei abbozzò un sorriso e gli prese la mano. «Bene... Volevo dirti una cosa... Non c'è bisogno di ricordarti che ormai sono anziana... molto anziana. Ho deciso di vendere la Wilson&Wilson. Ho ricevuto un'offerta da una catena di librerie londinesi.»

«Ma... Benjamin non avrebbe voluto...»

«Ovvio che no. Ma ne avevamo parlato. Non abbiamo avuto figli e lui non ha parenti diretti, né fratelli né nipoti...»

«Capisco», rispose, ma in realtà non lo capiva.

«Quanto alla libreria Rosent, devo proporti una cosa.»

Fernando si agitò, temeva che Sara stesse per annunciargli la chiusura.

«Io l'ho ereditata da mio padre e lui dal proprio; a sua volta mio nonno l'ha ereditata da suo padre... Io non voglio che scompaia ma, come nel caso della Wilson&Wilson, non ho nessuno a cui lasciarla. Ho pensato che... Ecco, magari puoi comprarmela tu.»

«Comprarla? Io… non sono in grado di pagare quello che vale… Non potrei chiedere di più, ma…» La proposta di Sara lo aveva sorpreso al punto che non sapeva né che cosa stava provando né che cosa rispondere.

«So che non hai abbastanza soldi per comprare l'attività, ma io non voglio fare affari con te. In realtà pensavo di lasciartela in eredità, ma ho consultato un avvocato e, se lo facessi, non ti farei certo un regalo; ti ritroveresti a pagare così tante tasse da non riuscire ad andare avanti. No, è meglio fare un contratto di compravendita in cambio di una cifra simbolica e con una clausola: la vendita diventerà effettiva il giorno in cui morirò. Sino a quel momento continuerò a essere io la proprietaria. Non mi abituerei mai a passare davanti alla libreria e a non sentirla mia.»

Sara gli propose un importo e lui fece di no con la mano. Era una somma così irrisoria che se ne vergognava.

«Te l'ho detto che sarebbe stata una cifra simbolica. Per te la libreria Rosent è importante, è una parte significativa della tua vita, fuori di qui non sapresti proprio che cosa fare. Anche tu hai i tuoi anni, ormai, e se anche decidessi di tornare in Spagna, dubito che riusciresti ad adattarti a vivere lì.»

«Nemmeno io ho figli, che ne sarà della libreria quando morirò?»

«Ah, questo è un problema tuo! Io non lo saprò perché ormai sarò morta. Puoi lasciarla in eredità ad Adela, puoi venderla o, chi lo sa, magari decidi che vuoi farti una vita, ti sposi con una donna giovane e avete un figlio. In ogni caso, meriti che la libreria Rosent diventi tua.

«Se accetti la mia offerta, lo comunicheremo a monsieur Dufort. Gli ho chiesto di preparare le carte, dobbiamo solo firmarle.»

Fernando non aveva parole per ringraziarla della sua generosità. In realtà, Sara lo aveva scelto come fosse il figlio che non aveva avuto. «Grazie. Sento di non meritare la sua generosità. Sin dal giorno in cui ci siamo conosciuti mi ha protetto.»

«Sì, hai ragione, il giorno in cui sei entrato alla Wilson&Wilson, ad Alessandria d'Egitto, non so perché ma ti ho "adottato", forse per il tuo sguardo malinconico, la tua determinazione o la tua sensibilità. Benjamin mi prendeva in giro. Quando parlava di te, diceva: "Come sta il tuo figlio adottivo?" o "Che novità abbiamo sul tuo figlio adottivo?" Lui aveva stima di te, Fernando, anche se non lo dava mai a vedere. Ha sempre saputo che la libreria Rosent sarebbe andata a te e non ha mai cercato di convincermi a cambiare idea.»

Fernando la abbracciò e lei sentì tutto il calore del suo abbraccio. Lo aveva sempre visto come un ragazzo sperduto.

«Ha ragione, Sara, non tornerò mai in Spagna.»

«Certo che lo farai, ma non per vivere lì. Ormai è troppo tardi. Ma dovrai andarci, devi guardare in faccia il passato. Non puoi cambiarlo, ma puoi riconciliarti con quello che ti sei lasciato alle spalle. Dicono che forse ci sarà un'amnistia. Se fosse così, potresti tornare senza alcun timore, ma io sono certa che nessuno ti ha collegato con la morte di quei due uomini. Benjamin lo aveva fatto, ma rientrava tra le sue abilità quella di mettere in rapporto fatti apparentemente contraddittori. In realtà sei stato tu, con la tua ingenuità, a confermargli come sono andate le cose. Quando ti ha parlato dei due uomini morti ritrovati vicino al carcere in cui era rinchiuso tuo padre, non era affatto certo che tu avessi qualcosa a che vedere con l'accaduto.»

«Mi ha ingannato!»

«No, non ti ha ingannato, semplicemente era più intelligente di me e di te messi insieme. Ti dirò di più; ha sempre voluto proteggerti. Se qualcuno ti avesse segnalato in Spagna, lui... avrebbe fatto in modo di sistemare le cose.»

«Perché lei glielo avrebbe chiesto.» Fernando sorrise.

«Non ce ne sarebbe stato bisogno. Lui era disposto a fare qualunque cosa per il mio figlio adottivo. Sai, credo che mi sarebbe piaciuto conoscere tua madre, ma ormai è troppo tardi.»

«Lei sarebbe contenta di sapere che ho un angelo custode.»

Risero mentre si stringevano le mani. Non si erano mai sentiti così vicini come in quel momento.

Fernando e Catalina non si aspettavano che Adela si presentasse a Parigi. Erano anni che non andava a trovarli, e non aveva nemmeno voluto che loro due andassero a New York.

Si trattenne un solo giorno, il tempo sufficiente per discutere con la madre e rimproverare Fernando per la sua testardaggine.

Parlò loro di Isabel e di Asunción, di quanto fossero sole, ma soprattutto del dolore che provavano perché non riuscivano a capire per quale ragione i loro figli si rifiutassero di vederle. «Non lo capisco nemmeno io e credo che tutte e tre meriteremmo una spiegazione.»

Stavano cenando a La Coupole. Era il ristorante preferito di Adela, era lì che avevano festeggiato i suoi compleanni quando era adolescente. Adorava quella sala sempre piena di gente, il rumore delle conversazioni, il fatto che i camerieri la trattassero come un'adulta quando in realtà aveva appena smesso di essere una bambina.

La Coupole faceva parte dei suoi più bei ricordi di Parigi e decise che era il posto adatto per parlare con Fernando e con sua madre, come se quel ristorante avesse il potere di restituire loro l'armonia. Si sbagliava.

«Non dobbiamo spiegarti un bel niente. Abbiamo deciso così. Ti assicuro che è meglio per tutti, anche per le nostre madri», rispose Catalina infastidita.

Con espressione amareggiata, Adela posò la coppa di Champagne che stava per portare alle labbra. «Perciò, secondo voi non meritiamo di sapere perché... Non avete... non avete cuore. Le vostre madri sono molto anziane, hanno vissuto con una sola speranza, rivedervi. Non vi sto chiedendo di andare in Spagna, non voglio chiedervi di spiegarmi perché non ci andiate nemmeno adesso che Franco è morto, ma rifiutarvi di farle venire a Parigi... Io potrei accompagnarle...»

«No», disse Fernando burbero.

«Che cosa mai vi hanno fatto di così imperdonabile perché le puniate in questo modo?» Adela era così arrabbiata che le tremava la voce.

«Sono le madri migliori che avremmo potuto desiderare», assicurò Catalina senza alterarsi.

«E allora perché le punite?» gridò Adela.

«Basta! Non sono affari tuoi. Per favore, non insistere», le chiese Fernando.

Adela si alzò e se ne andò senza salutare. Catalina pensò che forse aveva perso sua figlia per sempre.

Non seppero più niente di lei. Non rispose alle loro telefonate né li chiamò. Era il suo modo di punirli. Invece, continuarono a ricevere lettere di Isabel e di Asunción.

Caro figlio mio,

quando Adela è tornata dal viaggio a Parigi era molto triste. Ci ha raccontato che ha provato a convincervi perché veniate a trovarci. Gliene siamo grate perché è l'unica cosa che ci mantiene in vita. Se non fosse perché spero di rivederti, credo che potrei tranquillamente morire.

Asunción se non altro si è consolata conoscendo la nipote. Adela le ha restituito diversi anni di vita. È disposta persino ad andare a trovarla a New York. Probabilmente lo farà per il suo matrimonio. So che Adela non ve l'ha detto, ma si sta per sposare. Peter sembra molto innamorato. Fa il giornalista, come lei, lavora alla CBS, e a quello che abbiamo potuto vedere vanno d'accordo; per Adela è un grande appoggio.

Anche a me piacerebbe assistere al suo matrimonio, ma sento di non avere le forze per andare a New York e nemmeno credo che mi sentirei a mio agio, anche se naturalmente Asunción insiste perché la accompagni. Non che abbia molti soldi, ma con quello che ho risparmiato e quello che mi danno di pensione ce la potrei fare.

Qualche giorno fa stavo parlando con Asunción fuori del portone ed è entrato Pablo Gómez; stava andando a trovare i suoi. Quello svergognato si è rivolto a noi due dicendo: «Come sta la coppia felice? Immagino abbiano avuto tutto il tempo di avere dei figli». Si riferiva, naturalmente, a te e a Catalina. Asunción è impallidita. Non gli abbiamo nemmeno risposto.

Fernando, non voglio rimproverarti niente, ma devo ricordarti che sono anziana, ormai, e non vivrò ancora a lungo. Non so se servirà a qualcosa continuare a ripeterti che ho un solo desiderio, vederti, ma è così. Andrei sino in capo al mondo pur di incontrarti.

Non ti chiederò di venire a Madrid. Non capisco per quale ragione ti ostini a non voler tornare, ma capisco ancora meno perché non vuoi che io venga a Parigi.

Figlio mio, che cosa ti ho fatto per non volermi più vedere? Continuo a chiedermi perché.

Sai una cosa, Fernando? Ti sorprenderesti di vedere come sta cambiando la Spagna. Probabilmente ci saranno le elezioni. Sì, elezioni libere. Sai che non sono monarchica, ma a quanto pare questo re è disposto ad aiutarci perché le cose cambino e forse non ha sbagliato quando ha scelto Adolfo Suárez.

Non dico che le cose siano ormai risolte, ma credo non sia più possibile tornare indietro. Certo, tutti abbiamo paura, questo sì, paura che sia solo un sogno, che qualcosa non vada per il verso giusto. Credo che ti piacerebbe vedere quello che sta succedendo.

Figlio mio, rispetto la tua decisione di non volermi incontrare anche se non la capisco, e non mi resta che chiederti di non lasciarmi morire senza dirmi perché.

Scrivimi appena puoi.

Ti voglio bene,

tua madre

Fernando temette la reazione di Catalina quando avesse saputo che Adela stava per sposarsi, invece lei incassò il colpo con rassegnazione.

«Non c'è ragione perché tu non torni in Spagna», insistette lui.

Lei lo guardò dritto negli occhi e senza alzare la voce rispose: «Sì, una ragione c'è: tu».

«Santo cielo, Catalina! Non dire così. Se lo fai per causa mia, puoi preparare la valigia. Ti assicuro che riuscirò a sopravvivere senza di te», disse ridendo.

«Lo so che ce la farai, ma io resto comunque. Fernando, ce ne siamo andati insieme e insieme torneremo oppure no. Solo se...»

«Se...?»

«Solo se avessi una moglie... se decidessi di vivere la tua vita insieme a Zahra o a qualunque altra donna, allora io me ne andrei.»

«Non accetto l'idea che ti sacrifichi per me», rispose lui arrabbiato.

«Non mi sacrifico, Fernando, è solo che non riesco a immaginare la mia vita senza di te. Non sono stata capace di amarti, ma ti voglio bene come non potrei volerne a nessun altro. Non so se riesci a capire questo, ma è così.»

«Io non credo che andrò in Spagna, Catalina, ho la mia vita qui. E poi, sai che grazie alla generosità di Sara la libreria è mia. Se tornassi in Spagna, di che cosa vivrei?»

«Adela ha ragione: non ha senso non incontrare le nostre madri. Potrebbero venire qui.»

«No, la mia no. Dovrei spiegarle il perché della mia assenza in tutti questi anni, dovrei confessarle che ho ucciso due uomini e lei non ce la farebbe. So che le ho fatto molto male, ma gliene farei ancora di più se venisse a sapere che suo figlio è un assassino. Ti ho già raccontato che mio padre si arrabbiò quando, durante i primi giorni di guerra, io mi unii ai miliziani. Quando tornai, continuava a ripetermi: “Fernando, non uccidere. Perché un uomo che toglie la vita a un altro uomo, per quanto lecite possano essere le sue ragioni, non torna più a essere lo stesso. Non uccidere. Tu non uccidere”. Sai che prima di partire per il fronte si fece promettere da mia madre che mi avrebbe impedito di arruolarmi proprio perché io non dovessi trovarmi costretto a uccidere. Mia madre ha mantenuto la sua promessa, non mi ha mai permesso di andare sul fronte.»

«Smettila di torturarti con quello che è successo. Quegli uomini... Roque e Saturnino erano due persone cattive. Non meriti di soffrire per quello che hai fatto.»

«Non ho mai smesso di pensare a loro un solo giorno da quando li ho uccisi. Nemmeno uno. E di notte...»

«Lo so... sono anni che sento le tue urla mentre dormi.»

«Non c’è stata notte in cui non siano venuti a trovarmi. Ci sono anche gli altri due, l’uomo della Gestapo e il socio del padre di Zahra... Ma questi due non mi fanno così male. Gli altri invece... È come se a rimproverarmi fosse mio padre in persona.»

«Ma non è così, Fernando, non è così. Dovresti smetterla di torturarti; ti assicuro che il mondo non ha perso niente adesso che i quattro uomini ai quali hai tolto la vita non ci sono più.»

«Sai che non ho mai capito perché ti sia così indifferente?»

«È così, invece, Fernando. Non mi toglie il sonno il fatto che tu abbia tolto di mezzo quegli esseri spregevoli.»

«In ogni caso, dovresti tornare a Madrid.»

«Non posso, Fernando, non riuscirei a guardare tua madre negli occhi se mi chiedesse la verità. Solo se ci vieni anche tu, con me, potrei mantenere il silenzio. Per questo ti chiedo di rifletterci. Non succederebbe niente se venissero a trovarci. Pensaci.»

Catalina ricevette una lettera di Asunción alla fine dell’anno. Una lettera che le spezzò il cuore. Tuttavia, non si concesse di piangere. In realtà, non se l’era mai concesso da quando, trentaquattro anni prima, era scappata.

Cara figlia mia,

come ti ho annunciato nella lettera precedente, sono andata a New York al matrimonio di Adela. Non è stato come mi sarei aspettata, ma se non altro ho partecipato.

La cerimonia è stata veloce, in municipio. Non c'erano tanti invitati, solo gli amici più intimi e la mamma di Peter. Suo padre non c'era perché vive in California. Ecco, a me non sembra una buona ragione, ma a quanto pare negli Stati Uniti non appena i figli vanno via di casa il contatto con i genitori si allenta. Dopo la cerimonia siamo andati a cenare in un ristorante di Soho. In realtà era una specie di magazzino con le pareti di mattoni a vista, i tubi dipinti di colori diversi e i tavolini bassi con le candele. Hanno detto che era molto «in», non ho ben capito che cosa voglia dire. Per me è stata una bella esperienza e vedere mia nipote felice una grande soddisfazione.

New York non mi è piaciuta molto. Non immaginavo potesse esistere una città come quella, ma la cosa più bella è stata godermi Adela. Ha voluto che stessi nel suo appartamento, che offre delle viste stupende sul fiume Hudson. È decisamente piccolo, perciò vivranno a casa di Peter, che è un po' più grande, ma neanche troppo. Se avranno dei figli dovranno traslocare.

Isabel non è voluta venire con me, ma io avevo deciso di andare comunque. Come puoi immaginare, il quartiere ha iniziato a spettegolare. Per loro, andare a New York è una cosa da giovani, ma visto che tu non sei qui con me, voglio godermi mia nipote per tutto il tempo che mi resta da vivere. Sappi che il medico ha detto che da quando ho conosciuto Adela sono ringiovanita.

Non te l'ho ancora raccontato, ma l'apparizione di Adela ha fatto sì che l'intero quartiere volesse sapere chi è suo padre e quando tornerai tu. Io mi sono rifiutata di rispondere alle loro domande. Lo stesso ha fatto Isabel, perché tutti credono sia figlia di Fernando.

Pensa che un giorno abbiamo incontrato don Antonio e sua moglie. I due svergognati non si sono fatti problemi e ci hanno fermate. «Su, donna Asunción, ci presenti sua nipote», mi ha detto la Mari guardandomi con aria di sfida. E io gliel'ho presentata, l'ho fatto con orgoglio, perché non potrei desiderare un'altra nipote diversa da Adela. Lei è stata gentilissima, ha dato un bacio alla Mari, ha sorriso a don Antonio e si è comportata come se li conoscesse da sempre.

Sai bene quanto siano rozzi i Sánchez, infatti non hanno potuto evitare di commentare: «È una vera sorpresa vederti qui. Di tua madre non sappiamo niente da anni, ma tuo padre? Perché a quanto pare tuo padre è un vero mistero».

Io sono sbiancata, Adela invece è scoppiata a ridere e ha risposto come meritavano: «Un mistero? Magari lo è per voi. Io so benissimo chi è mio padre; magari voi non potete dire lo stesso in famiglia, magari non sapete chi sono i vostri genitori; nella mia vi assicuro che abbiamo le idee chiare».

Adela è fatta così. E io mi sono sentita molto orgogliosa di lei.

Puoi immaginare le critiche che sono fioccate, hanno tirato fuori la somiglianza con Fernando.

Un altro giorno abbiamo incontrato Pablo con sua moglie e i suoi figli; erano andati a trovare i genitori di lui, che come ti ho raccontato in un'altra lettera continuano a vivere nella stessa via. Lui ha fatto per fermarsi, ma io gli ho fatto capire che eravamo di fretta. Quel ragazzo ce l'ha sempre avuta con te. Vabbè, ormai non è più un ragazzo, è calvo e sovrappeso.

Adela ha promesso che verrà a trovarmi a Madrid non appena potrà, ma se il lavoro non dovesse permetterglielo, io sono disposta a tornare a New York. Non ti nasconderò che il viaggio è stancante e che il fuso orario si fa sentire, ma per stare con mia nipote ne vale la pena. Non ti ringrazierò mai abbastanza per aver messo al mondo Adela; mi dispiace solo non averla potuta conoscere prima.

Figlia mia, continuo a chiederti la stessa cosa: non potresti venire a trovarmi? Non credo che nessuno potrebbe più permettersi di chiederti chi è il padre di Adela ma, se anche accadesse, puoi dare la stessa risposta che ha dato tua figlia.

Infine, ti dirò che sono preoccupata per la salute di Isabel. Ogni giorno che passa è sempre più spenta. Io adesso ho Adela, lei invece non ha niente. Dovresti convincere Fernando perché venga a trovare sua madre. Se non lo fa quanto prima, se ne pentirà; Isabel è molto anziana, come lo sono io, e abbiamo un mare di acciacchi. Insomma, figlia mia, non vi capisco, ma non è una novità, da anni non ci provo nemmeno più.

Ti voglio bene,

tua madre

Sara aveva ragione, la critica giudicò il *Quaderno della Terra Santa* come il migliore tra le raccolte poetiche di Marvin. Da New York a Londra, da Parigi a Gerusalemme, da Amsterdam a Berlino, da Stoccolma a Roma... non ci fu un solo posto in cui non diventò subito un libro di culto. Marvin aveva raggiunto la gloria.

Quello fu il suo anno più straordinario, al punto che gli conferirono il premio Nobel.

Catalina accolse la notizia quasi con indifferenza. «È così bravo come dicono?» chiese a Fernando.

«Sì, lo sai. Con te si è comportato da miserabile, ma come poeta è straordinario.»

«Verrà a Parigi?»

«Sì. Sara sta organizzando un grande ricevimento.»

«E Farida?»

«Verrà con lui. Non si separano mai. Marvin non va da nessuna parte senza di lei. A Parigi sono venuti un po' più tardi del previsto perché lei è stata operata di nuovo. Come sai, è molto malata.»

«Cancro...»

«Quanto a lui... Sara dice che il suo cuore è malato; e poi ha il Parkinson, è in continuo peggioramento.»

«Faticherà a scrivere, allora.»

«Non lo so. Io non faccio domande e Sara cerca di non parlarmi di Marvin, al di fuori delle cose indispensabili. Tu che cosa pensi di fare?»

«A che cosa ti riferisci?»

«Pensi di andarlo a cercare?»

«Non lo so, ci devo pensare. Per te sarebbe un dispiacere se io... be', se mi ripresentassi da lui.»

«Sì, certo che sarebbe un dispiacere, non perché possa dar fastidio a Marvin o a Sara, ma perché credo che non ti meriti un'altra umiliazione. Adela aveva ragione in questo.»

«E allora, Fernando, che senso ha avuto la mia vita, oltre a quello di fare compagnia a te? Ho rinunciato a tutto: a innamorarmi di nuovo e ad avere una famiglia. Non ho potuto stare con mio padre quando è morto perché non volevo si vergognasse di me. Lo sai che se non sono tornata in Spagna, all'epoca, è stato perché non volevo che Adela venisse marchiata come figlia di una ragazza madre. E adesso mi chiedi di cancellare tutto questo. Se lo facessi, la mia vita davvero non avrebbe senso.»

«Non vorrà vederti e ormai è solo un uomo malato.»

«Lo so, non vorrà vedermi. In realtà neanch'io ho più voglia di vedere lui, ma non posso nemmeno guardarmi indietro, Fernando, non posso farlo perché mi sembrerebbe che tutto ciò che ho vissuto è stato inutile.»

«Sarà difficile che tu riesca ad avvicinarlo. È un premio Nobel, ci sarà un cordone di sicurezza intorno a lui.»

«Sì, immagino, ma non preoccuparti. Cercherò di essere il più discreta possibile.»

Marvin arrivò a Parigi il 15 giugno del 1977, lo stesso giorno in cui in Spagna si festeggiavano le prime elezioni democratiche. Sara era nervosa, preoccupata che tutto andasse bene. Ormai non era più il «suo» poeta, era un premio Nobel, e questo faceva di lui il poeta di tutti.

Anche Catalina e Fernando erano nervosi. Sin dalle prime ore del mattino seguivano impazienti le notizie alla radio e alla televisione.

La giornata elettorale stava trascorrendo tranquilla e questa era la cosa più importante. Più tardi, quando seppero che aveva vinto la UCD, restarono delusi. Fernando si era convinto che avrebbe vinto il Partito comunista, e chi sennò? Catalina aveva seguito con attenzione le cronache dei giornali francesi e non era così convinta, in realtà nemmeno lo desiderava. Fernando le aveva chiesto in diverse occasioni di darsi una definizione politica, ma lei era solita rispondere di aver chiara un'unica cosa: non era franchista, ma allo stesso tempo ricordava con terrore il modo in cui si era comportato il Fronte popolare, perciò preferiva qualunque altra possibilità che non avesse niente a che vedere con quello che avevano vissuto.

Qualche sera dopo, videro alla televisione le immagini di Dolores Ibárruri la Pasionaria, di Santiago Carrillo e di altri dirigenti comunisti, e Fernando non riuscì a trattenere la commozione. «Senza la generosità della sinistra non ci sarebbe democrazia. Chi avrebbe potuto immaginare che i dirigenti del Partito comunista appena usciti dal carcere o appena tornati dall'esilio avrebbero occupato uno scranno nel Congresso? È ingiusto che non abbiano vinto. Sai una cosa? Mi costa vederli parlare con alcuni di coloro che hanno fatto parte del Regime… Guarda… guarda quelle immagini», la invitò Fernando indicando lo schermo.

«A me invece sembra un successo perché è l'unico modo di chiudere con le due Spagne. Se gli uni e gli altri non sono capaci di parlarsi, dove vuoi che si vada? Tu stesso mi hai detto che il PCE da decenni sta lavorando per la riconciliazione nazionale. E adesso la stanno mettendo in pratica», rispose lei.

«Sì, però deve essere davvero duro per loro», replicò Fernando.

«Be', sono esattamente i due estremi che devono fare la pace. Dai, non fare quella faccia. Che cosa ti aspettavi?»

«Avrei preferito che avessero fatto giustizia.»

«Giustizia? Lo sai che Dio scrive sulle righe storte.»

«Dio non c'entra niente con le elezioni, Catalina.»

«Senti, Fernando, o si va punto e a capo o tutto tornerà come quando è scoppiata la guerra. Non so tu, ma io non vorrei che in Spagna succedesse questo. Quarant'anni di franchismo sono già abbastanza. La cosa migliore è cercare spazi di intesa. Quello che è successo ormai non può più essere aggiustato.»

«Ma è ingiusto che la sinistra non abbia vinto le elezioni. La gente dimentica facilmente.»

«Non sappiamo com'è la Spagna di oggi, Fernando; sappiamo come è stata. Rispettiamo coloro che hanno votato in questo modo. Senti, a me Adolfo Suárez non sta antipatico. Probabilmente, se fossi stata in Spagna lo avrei anche votato.»

«Ma lo sai da dove viene…»

«Punto e a capo, Fernando. Quello che so è che ha convocato delle elezioni democratiche alle quali si sono presentati anche il PSOE e il PCE. Guarda che giovani sono i socialisti! Avrei potuto votare anche per Felipe González, anche lui mi piace.»

«Tu non hai proprio le idee chiare, Catalina.»

«Questo è quello che credi tu.»

«Parli come se tra Adolfo Suárez e Felipe González non ci fossero differenze.»

«Sì, anche se non so bene perché, sarei capace di fidarmi di entrambi.»

«Non puoi dire una cosa e anche il contrario, perché è questo che sono Suárez e González», la rimproverò lui.

«Senti, io non ti dico come la devi pensare tu, perciò lasciami pensare quello che mi pare.»

«Però sei contraddittoria, e in politica è meglio avere chiare le cose.»

«Be', per me sono chiarissime: non voglio che noi spagnoli ricominciamo a litigare; dobbiamo sopportarci gli uni con gli altri. Sono contenta che nel Congresso ci siano Carrillo e Fraga, perché vuol dire che rappresentano la vera Spagna.»

Qualche minuto più tardi l'espressione di Catalina si alterò. Lo schermo era occupato dal volto di Marvin. «Il Poeta del dolore accompagnato dalla sua fedele compagna, la filosofa Farida Rahman, è arrivato questo pomeriggio a Parigi. Marvin Brian sarà ricevuto dal presidente francese e andrà all'Accademia dove, nel corso di un atto solenne, reciterà alcune poesie dal suo ultimo libro, *Quaderno della Terra Santa*...»

«Perciò è già qui...» disse lei, più tra sé che rivolta a Fernando.

«Si tratterrà solo tre giorni. Sara dice che stava per annullare il viaggio perché soffre di aritmie. Come sai, a parte il Parkinson, ha avuto due infarti. Con lui c'è anche un medico, casomai servisse, ma a quanto pare il suo cardiologo sostiene sia meglio cambiargli due delle valvole che gli hanno messo qualche anno fa, perciò deve tornare quanto prima a New York.»

«Spero che non si agiti troppo quando mi vedrà», disse lei con un filo di emozione.

«Dovresti riflettere bene su quello che stai per fare. Non sei più una bambina. Marvin è un premio Nobel e se ti avvicini a lui ne verrà fuori uno scandalo.»

«Credi che potrebbero cacciarmi dalla scuola di musica? Mi pagano una miseria e sto per andare in pensione. Se mi licenzieranno troverò un altro lavoro; c'è sempre bisogno di donne delle pulizie.»

«Non dire stupidaggini! Anche perché, se fai una piazzata, credo che nessuno ti assumerebbe per pulirgli la casa.»

«Sono sicura che troverò il modo di guadagnarmi da vivere. Ma adesso basta, lasciamo perdere Marvin. Dai, cambia canale, magari sentiamo altre informazioni sulle elezioni in Spagna.»

36

New York

Il *New York Times*, il *New Yorker*, il *Washington Post*, il *Boston Globe*... Queste testate e molte altre riportavano la notizia dell'«attacco» subìto a Parigi dal premio Nobel per la letteratura Marvin Brian.

Adela leggeva la rassegna stampa ed era tanto arrabbiata quanto imbarazzata.

> Marvin Brian, premio Nobel per la letteratura, è stato oggetto di un tentativo di aggressione a Parigi. Brian stava uscendo dall'Accademia francese, dove aveva appena tenuto una *lectio magistralis*, quando una donna di origine spagnola gli si è avvicinata e lo ha insultato chiedendogli di parlare con lei. La donna, che è riuscita a spezzare il nastro di sicurezza, ha afferrato il signor Brian per un braccio, strattonandolo affinché le prestasse attenzione, ma sono stati immediatamente separati.
>
> È probabile che la donna che lo ha aggredito soffra di un disturbo della personalità.
>
> La polizia l'ha trattenuta per qualche ora, ma l'ha subito liberata perché non ha ravvisato alcun pericolo, se non un'ossessione, certamente malata, per il premio Nobel.
>
> Fonti investigative sostengono che la stessa donna in passato abbia già cercato di avvicinare il signor Brian.

Lo ha rifatto, pensò Adela. Sì, per l'ennesima volta sua madre si era piazzata davanti a Marvin per chiedergli che la riconoscesse. Anche se lei non voleva che lo facesse. Perché, se anche Marvin fosse stato disposto a riconoscerla, lei non lo avrebbe voluto. Non aveva bisogno di lui come padre e, inoltre, nei suoi confronti non provava nulla, gli era del tutto indifferente.

Fu tentata di chiamare sua madre, ma si trattenne. Se lo avesse fatto, avrebbe rotto con lei per sempre. Non tollerava più che si mettesse in ridicolo e, soprattutto, che lo facesse in suo nome.

Si chiese come mai sua madre non riuscisse a capire che c'era un unico modo di farle del bene, ed era smetterla di insistere nel volerle dare un padre che lei non desiderava.

Si chiese anche come mai Fernando non avesse impedito a sua madre di esporsi in modo così grottesco.

Lo squillo del telefono la fece sussultare. La voce di Peter la riportò alla realtà. «Lo hai letto?» le chiese il marito.

«Sì», rispose lei asciutta.

«Mi dispiace, so quanto tutto questo ti faccia male. Se non altro, però, nessuno ti ha messo in relazione con lei.»

Quel commento la infastidì, benché sapesse che Peter non lo avesse detto con cattive intenzioni. «Se anche fosse, non mi cambierebbe niente.»

«La chiamerai?» volle sapere lui.

«No, non lo farò. Finiremmo per discutere e sarebbe anche peggio. E poi, mia madre è sorda a qualunque mia richiesta al riguardo.»

«Be', parla con tua nonna, magari lei riesce a farla ragionare.»

«Non penso proprio, mia nonna è troppo anziana per darle un dispiacere del genere. E non servirebbe a niente, te l'ho già detto. Senti ti lascio, ho da lavorare.»

Consumò il caffè il più adagio possibile e cercò di calmarsi. Doveva scrivere l'intervista che aveva fatto il giorno prima a un famoso autore teatrale. Era un personaggio pedante, a suo avviso, ma andava per la maggiore e il suo capo le aveva chiesto di scrivere un pezzo. Sapeva che da un momento all'altro si sarebbe presentato al suo tavolo chiedendogliene conto.

Più tardi ricevette una telefonata da Fernando. Fu sul punto di riattaccare, ma gli voleva troppo bene per fargli uno sgarbo del genere, benché in qualche modo lo ritenesse colpevole per la sua incapacità di controllare Catalina.

«Lo avrai già saputo», esordì Fernando a mo' di saluto.

«Sì, ne hanno parlato i giornali più importanti degli Stati Uniti, e immagino che lo abbiano fatto anche in Europa», affermò lei.

«Sì, è così.»

«Non potevi evitarlo?»

«No, non lo avrei mai fatto. Tua madre ha tutto il diritto di fare quello che fa», fu la risposta secca di Fernando.

«E io? Non gliene importa niente del fatto che tutto questo mi ferisca?»

«Tutto quello che ha fatto in vita sua ha avuto un unico scopo: te.»

«Sto per compiere trentasei anni e dovrei poter decidere se voglio che mia madre faccia per me quello che sta facendo lei.»

«Per Catalina ottenere che Marvin ti riconosca è una questione di giustizia.»

«Non lo voglio come padre, non ho mai voluto che lo fosse.»

«Ma lo è, Adela; i genitori non ce li possiamo scegliere.»

«Mia nonna è orgogliosa di me, non gliene importa niente del fatto che mia madre mi abbia messa al mondo senza essere sposata. Non so come andassero le cose quando avete lasciato la Spagna, ma adesso a nessuno interessa quello che fa il vicino di casa, e se anche dovesse interessargli, fa lo stesso.»

«È sicuramente come dici tu, ma questo non cambia le cose: tua madre vuole che Marvin ripari a quello che ha fatto.»

«Ma cos'è che ha fatto?»

«Era una bambina quando si è innamorata, e lui ha abusato della sua innocenza. Anche se fatichi a crederci, siamo cresciuti in una società nella quale le ragazzine erano davvero innocenti, e tua madre lo era.»

«Se lo dici tu…»

«Sì, certo, lo dico e lo confermo. Ti ho chiamata perché immaginavo che la notizia ti avesse irritata e inoltre… Be', forse è ora che tu intervenga.»

«Io? Lo sai che mia madre non mi ascolterà mai.»

«Marvin però potrebbe farlo.»

«Marvin? Tu sei matto! Ti ricordo che tutte le volte che mi ha visto in compagnia di mia madre è scappato via di corsa. Durante tutti questi anni ha detto chiaramente che non vuole sapere niente di me. Il bello è che nemmeno io voglio saperne di lui.»

«Era solo un'idea… Magari non è una buona idea, ma non me ne è venuta un'altra per mettere fine a questa situazione.»

«Be', io invece un'altra idea ce l'ho: che mia madre la finisca di mettersi in ridicolo. È la cosa migliore. Diglielo da parte mia.»

Aveva appena riappeso, quando alzò lo sguardo; davanti alla scrivania c'era il suo capo. «Hai scritto l'intervista?»

«Lo sto facendo.»

«Bene, nella riunione del mattino abbiamo pensato che bisognerebbe intervistare Marvin Brian e anche indagare sulla donna che da anni lo perseguita ovunque lui vada. Occupatene tu.»

«Ma sai che Marvin Brian non concede interviste e, quanto all'incidente di Parigi, secondo me non ha importanza.»

Cominciò a farle male lo stomaco. Stava cercando di non abbassare lo sguardo davanti al suo capo, che la stava squadrando. Avvampò.

«Che c'è?» chiese lui, guardandola con sospetto.

«Niente, perché?»

«Ho l'impressione che chiederti di fare quell'intervista ti abbia agitata. Senti, non te la sto chiedendo per domani; a quello che so, Marvin Brian arriverà a New York oggi e andrà direttamente al Mount Sinai Hospital. Ha un problema cardiaco gravissimo. È probabile che lo operino immediatamente, chi lo sa. Ti chiedo di stargli appiccicata, di indagare su quello che fa, su dove va, su che cosa farà, e di trovare il momento migliore per fargli un'intervista. Quanto alla matta che lo perseguita, cerca di saperne più che puoi. Ho chiesto al nostro corrispondente a Parigi di mandarci tutte le informazioni che riesce a raccogliere su di lei. Sarà una storia stupenda.»

Cominciò a girarle la testa. Si sentiva come una mosca intrappolata in un vaso di miele. Era forse il caso di spiegare al suo capo che lei sapeva molto bene chi fosse la donna che perseguitava il Poeta del dolore? Se lo avesse fatto, lui l'avrebbe senz'altro obbligata a scrivere la storia; non solo, le avrebbe chiesto di farsi fotografare. Le sembrava già di vedere il titolo: *La figlia della folle parigina dice che suo padre è Marvin Brian, sua madre né è certa*. Sarebbe diventata lo zimbello della redazione, anche Peter si sarebbe vergognato di lei. Cominciò a tremare e uscì di corsa verso i bagni, pronta a rimettere il caffè che aveva appena bevuto.

Quando, più tardi, chiamò Peter per raccontargli quanto era successo, si accorse che lui era contrariato. «Senti, devi sistemare questa faccenda o finirai sui giornali, a cominciare dal tuo. Non voglio neanche pensare a che genere di richieste potrebbero farmi i miei capi... Troveranno suggestiva l'idea che io intervisti mia moglie, la quale, secondo una pazza scatenata, sarebbe figlia di un premio Nobel.»

«Non provarci mai più a dire che mia madre è pazza!»

«Ma certo che lo è!»

«Sai perfettamente che Marvin Brian ha vissuto a Madrid e che mia madre ha avuto un *affaire* con lui, il cui risultato sono io; peccato che lui non abbia mai voluto sapere niente di me.»

«Questo è quello che dice tua madre, vai a sapere...»

«Come osi!»

«Senti, l'unica cosa che so è che le follie di tua madre finiranno per danneggiarci, sia me che te. È mia suocera. Ho una suocera demente! Marvin Brian, oltre che un premio Nobel, è anche uno dei migliori poeti in lingua inglese, riconosciuto in tutto il mondo e conduce una vita impeccabile accanto alla sua compagna di sempre, Farida Rahman, una donna rispettata nel campo della filosofia. Questo è quello che so io. E... be', ti dirò anche una cosa che non ti ho mai detto, ma forse è meglio essere chiari: non gli somigli per niente.»

Le parole di Peter furono come uno schiaffo. Lui ancora non lo sapeva, ma aveva appena messo fine al loro matrimonio. Adela non aveva più fiducia in lui, e questo era irrimediabile. Peter la disprezzava, esattamente come disprezzava sua madre.

Dirle che non assomigliava a suo padre... che sua madre era una pazza... che li avrebbe danneggiati. Di colpo si sentì più sola che mai.

Lasciò la redazione. Non aveva ancora concluso l'intervista all'autore teatrale, ma non gliene importava niente; il suo capo poteva arrabbiarsi e persino licenziarla. Aveva bisogno di mettere ordine nella testa, di assimilare ciò che Peter le aveva detto.

Andò a Central Park. Il caldo era appiccicoso, lo era sempre a New York in estate. Si accomodò su una panchina e si concesse di piangere.

Quando tornò in redazione, aveva già preso alcune decisioni, tutte difficili e controverse, ma se non altro aveva l'impressione di sapere che cosa fare.

Il capo si avvicinò al suo tavolo. «Ma dove pensi di essere! Lavori in un giornale! Te ne sei andata senza consegnare l'intervista!»

«Te la darò tra cinque minuti, ma non aspettarti chissà che, quell'autore è un vero idiota. Ah, quanto alla richiesta di intervistare Marvin Brian, non preoccuparti, ci penso io. Non sarà facile, ma lo farò; ecco, ti chiedo solo di darmi tempo, di lasciare che mi organizzi come voglio e, soprattutto, di non farmi domande. Avrai la tua storia, te lo assicuro.»

L'operazione di Marvin fu un successo, o almeno così disse il portavoce dell'ospedale. Gli avevano cambiato due valvole e il cardiologo aveva raccomandato che si prendesse un bel periodo di riposo.

La sua curatrice, Sara Rosent, scrisse un comunicato spiegando che Marvin Brian aveva sospeso tutti i suoi impegni finché non si fosse ripreso del tutto. Il comunicato era breve e Sara si rifiutò di dare ulteriori spiegazioni alla stampa.

Adela aveva assistito alla conferenza stampa. I loro sguardi si erano incrociati. Capì che Sara l'aveva riconosciuta. Mentre gli altri colleghi cominciavano ad andarsene, si avvicinò a Sara. «Sono...»

«Lo so chi sei. So che fai la giornalista. Fernando mi ha sempre tenuta aggiornata sulla tua vita. Ti vuole bene come a una figlia. Io mi ricordo di te quando eri bambina. Di solito venivi in libreria con tua madre.»

«Ho bisogno di parlarle, per favore.»

Sara esitò davanti al tono desolato di Adela. Ma quest'ultima insistette. «La prego, le assicuro che non mi servirà molto tempo.»

«D'accordo, ci vediamo questo pomeriggio alle cinque all'hotel Pierre. Mi troverai al bar. Ti aspetto.»

«Grazie.»

Si congedarono senza aggiungere altro.

Alle cinque in punto, Adela entrava nel bar dell'hotel. Si diede una rapida occhiata intorno per farsi un'idea del posto e dei suoi frequentatori. Qualche coppia matura che beveva un cocktail, uomini d'affari, un gruppo di signore di mezza età e, in un angolo, Sara Rosent.

Adela aveva sempre ammirato Sara, per la sua eleganza, per i suoi modi tranquilli, per il volto che trasmetteva l'empatia verso il prossimo. «Grazie per aver accettato di parlarmi.»

«Siediti, cosa vuoi bere?»

«Niente, solo un po' d'acqua minerale...»

«Anch'io sto bevendo dell'acqua. Chiamo il cameriere.»

Mentre il cameriere serviva loro un calice d'acqua con la stessa parsimonia con cui avrebbe versato dello Champagne, Adela fece ordine su quanto voleva dire a Sara. «Mi dispiace che mia madre importuni Marvin Brian, non perché io provi simpatia nei suoi confronti, ma per il danno che questo atteggiamento fa a mia madre stessa.»

«Sei stata molto diretta; a quanto vedo non ti preoccupa il fatto che io voglio bene a Marvin», osservò Sara infastidita.

«Signora Rosent, mi scusi, signora Wilson...»

«Puoi chiamarmi Sara, Rosent è il mio cognome, Wilson era quello di mio marito, ma ci capiremo meglio se ci chiamiamo per nome.»

«Sono disperata. Per anni ho cercato di far sì che mia madre mettesse da parte la sua ossessione per Marvin; mi importa ben poco che lui sia mio padre e che non voglia sapere niente di me. Ho un unico padre, ed è Fernando, è a lui che voglio bene, è lui che mi ha fatto da padre. Perciò, sia chiaro che io non voglio niente da Marvin, se anche lui si decidesse a riconoscermi, io non lo accetterei.»

Sara la guardò con curiosità mentre cercava di capire quanto ci fosse di emozione e quanto di verità nelle parole di Adela. «E quindi, che cosa vuoi?»

«Credo che se Marvin accettasse di parlare con mia madre una sola volta e le dicesse quello che crede di doverle dire, magari lei accetterà il fatto che è inutile continuare a insistere perché mi riconosca. Durante tutti questi anni lui è sempre scappato da lei, l'ha... Be', secondo me l'ha maltrattata e umiliata. Sarebbe stato più facile affrontare il loro diverso punto di vista parlandone. Non è il primo né sarà l'ultimo uomo che si rifiuta di riconoscere la figlia.»

«Sai che la salute di Marvin Brian è delicata», disse Sara guardandola direttamente negli occhi.

«Lo so, so che non è il momento più indicato, ma magari lei riesce a convincerlo a incontrare mia madre non appena starà bene, così potranno risolvere la situazione una volta per tutte.

«Vede, nel mio giornale non sanno chi sono... Io ho sempre utilizzato il secondo cognome di mia madre, Blanco, qui White, ma adesso utilizzo il cognome di mio marito, Brown.

«Il mio capo mi ha incaricato di intervistare Marvin Brian non appena sarà possibile. Ma non si è limitato a questo; mi ha chiesto di indagare sul perché una donna spagnola lo stia perseguitando da anni. Le sarà facile immaginare come mi sento.»

Adela muoveva le mani nervosamente, ogni muscolo del suo volto tradiva quanto fosse tesa.

«E tu che cosa pensi di fare?»

«Per quanto riguarda la storia di mia madre, prenderò tempo. Per quanto riguarda l'intervista a Marvin, ho bisogno del suo aiuto. Ho pensato addirittura di dire al mio capo che Marvin Brian ha accettato di concedermi l'intervista a condizione che io non scriva niente della donna spagnola che lo perseguita, perché questo vorrebbe dire farle pubblicità. Se riesco a portare a termine almeno una parte dell'incarico, il mio capo potrebbe accettarlo.»

«Mi stai chiedendo di fare in modo che Marvin ti conceda un'intervista e che, per giunta, accetti di incontrare tua madre. Che richieste eccessive!»

«So che le sto chiedendo molto, ma non ho altra scelta. Non voglio diventare una storia da rotocalco, non voglio che i miei colleghi perseguitino mia madre cercando di farle raccontare che trentasei anni fa ha avuto un'avventura di una notte con un ragazzo americano, non voglio che Marvin condizioni la mia vita, che la riduca in un nulla come ha fatto con la vita di mia madre. Lei su alcune cose ha delle idee ottocentesche, ma su altre è molto moderna. Sara, lei non immagina come fosse la Spagna degli anni Quaranta. Una donna che rimaneva incinta era marchiata per sempre, nessuno l'avrebbe più sposata, veniva considerata una donna facile e anche la sua famiglia ne subiva le conseguenze. Mia madre è fuggita per evitare che questo carico di vergogna ricadesse su di lei e sui suoi genitori. Era anche convinta di amare Marvin, adesso invece... be', credo non senta più niente per lui. In realtà, credo non lo sappia nemmeno lei, ma è Fernando che ama. Di un amore che è fiorito senza che nemmeno se ne rendesse conto. Quanto a lui... ecco, credo che continui a essere innamorato di mia madre, anche se Zahra è stata molto importante nella sua vita. Tuttavia, mia madre e Fernando sono uniti da qualcosa di molto più forte, qualcosa che non si spezzerà mai.»

«Sì, si amano in modo assoluto, anche se tua madre continua a ostinarsi con Marvin.»

«Mi aiuterà?»

Sara non rispose. Bevve un sorso d'acqua e per qualche secondo spostò lo sguardo; voleva evitare di guardare Adela. Stava cercando di prendere una decisione. «Nel caso in cui Marvin ti concedesse l'intervista, gli chiederai di tua madre?»

«No, non lo farò. Le do la mia parola. Gli chiederò solo delle sue poesie, del suo percorso letterario, del dolore come fonte di ispirazione. Ma non lo infastidirò parlandogli di mia madre.»

«Non posso prendermi questo impegno al momento. Ci penserò. La decisione di aiutarti non dipenderà da me, lo decideranno Marvin e Farida. Lui non muove foglia senza avere il suo benestare. Magari ne parlerò prima con lei.»

«Quando riuscirà a dirmi qualcosa?»

«Ti chiamerò. Dammi il tuo numero. Ma non so dirti quando.»

«Per favore!»

«Capisco il tuo dolore. Ti chiamerò, ma adesso, perdonami, devo andare a cambiarmi. Cenerò con Marvin e Farida. Quando ti chiamerò, di chi devo chiedere? Di Adela Blanco, Adela White o Adela Brown?»

«Chieda di Adela, sarà sufficiente; ma se le chiedono il cognome, dica Brown.»

Adela non riuscì a dormire per tutta la notte. La sua mano scivolò sul lato del letto rimasto vuoto. Con Peter avevano deciso di prendersi una pausa. Lei si sentiva incompresa e lui aveva ammesso di non riuscire a capirla.

Peter l'aveva rimproverata perché si offendeva se lui metteva in discussione il comportamento di Catalina, eppure lui era stufo di sentirla lamentarsi della madre. «Tu puoi permetterti di criticare tua madre con durezza, ma ti offendi se lo fanno gli altri. È del tutto irrazionale e temo che questo sia un lascito del tuo sangue ispanico. Se c'è qualcosa che colpisce degli spagnoli è la loro propensione all'irrazionalità.»

Fu lei a decidere che avrebbe lasciato l'appartamento che condividevano per affittare un monolocale nel quartiere di Soho. Era minuscolo, ma non le importava.

Non ebbe notizie di Sara sino a fine settembre. Quando aveva riferito a Fernando la loro conversazione, lui le aveva assicurato che prima o poi l'avrebbe chiamata. Frattanto, l'estate aveva fatto sì che il capo le concedesse una tregua, allentando la pressione su di lei. L'estate e anche il divorzio, perché la donna del suo capo lo aveva lasciato portandosi via i loro tre figli e lui aveva cominciato a soffrire di attacchi d'ansia che erano culminati in un infarto. Non che Adela fosse felice della disgrazia che gli era capitata, ma era innegabile che per lei fosse stata provvidenziale.

Era appena tornata nel suo monolocale, stava per prepararsi un sandwich per poi sedersi a scrivere un articolo sull'arte costruttivista che doveva consegnare l'indomani quando suonò il telefono. Alzò la cornetta al primo squillo.

«Sono Sara Rosent, domani alle due ti aspettano a casa di Marvin Brian. Ti riceverà Farida. Parlerai prima con lei. Buona fortuna.»

«Signora Wilson... Sara... grazie. Mille grazie.»

«Adesso tutto dipende da te.»

Sara tagliò la comunicazione senza darle tempo di replicare. Subito dopo, Adela chiamò Fernando. «Mi ha appena telefonato Sara.»

«Lo so. Mi ha detto che lo avrebbe fatto. Sappi che ha faticato molto a ottenere questo incontro e che l'amicizia con Marvin e Farida è stata sul punto di incrinarsi», le spiegò, poi aggiunse: «Gioca bene le tue carte, Adela, sei in debito con lei».

«Lo farò. E mia madre?»

«È triste. Non ha più trovato lavoro dopo che la scuola di musica l'ha licenziata. Non lo sa ancora, ma stamattina ho parlato con monsieur Dufort.»

«Il nostro caro padrone di casa.»

«Sì, Philippe Dufort è un brav'uomo, come lo è sua moglie Doriane. Ho chiesto loro che mi aiutino a trovare un lavoro per tua madre, ma è difficile, ormai siamo in età da pensione. Inoltre... è probabile che andremo a Madrid.»

«A Madrid!»

«Sì, non è ancora sicuro. A quanto pare il governo sta prendendo le cose sul serio.»

«Ma sarebbe meraviglioso! Le nonne ne sarebbero davvero felici. Lo sai, Fernando, non ho mai capito perché avete deciso di fare così tanto male alle vostre madri, non se lo meritano.»

«No, non lo capisci perché non puoi capirlo.»

«Perché tu non hai mai voluto spiegarmelo.»

«Hai ragione, non ho voluto e continuo a non volerlo fare. Ma se cambiano alcune cose, potremmo partire davvero.»

«Mi piacerebbe venire con voi.»

«Adesso concentrati sull'intervista a Marvin.»

«D'accordo, lo farò. Tu, però, per una volta mantieni il segreto, non dire niente alla mamma dell'intervista a Marvin. Sarebbe capace di presentarsi a New York.»

«Non pensi di parlarne con lei?»

«No... non sono ancora pronta. Finiremmo per litigare. Ho bisogno di tempo.»

Marvin Brian viveva in un lussuoso appartamento di fronte a Central Park. Adela tremava quando la domestica le aprì la porta e la invitò a seguirla. «La signora la sta aspettando.»

Farida aveva la maestà chi è stata bellissima, ma più di tutto poteva la sua travolgente personalità.

Stava scrivendo seduta a una scrivania in palissandro. Alzò la testa, si alzò in piedi e si diresse verso di lei. «Benvenuta.»

«Molte grazie... Io... le sono davvero grata di avermi ricevuta.»

«È difficile dire di no a Sara. E lei deve essere stata molto convincente se Sara ha deciso di affrontare Marvin per ottenere questo incontro.»

«Io... ecco... Mi dispiace che abbiate litigato a causa mia. Spero capisca che nemmeno la mia situazione è facile.»

«No, non lo è. Mi ricordo di lei sin da bambina, mano nella mano con sua madre, con gli occhi spalancati pieni di paura e di vergogna. Mi ha sempre fatto molta pena in quella situazione.

«Bene, tra qualche minuto arriverà il nostro avvocato. Le chiederò di firmare un documento nel quale si impegna a far restare confidenziale tutto ciò che ci racconteremo questo pomeriggio. Non lo potrà mai utilizzare, in nessuna circostanza, o sarà costretta a rapinare una banca per saldare il debito che ne scaturirebbe per aver mancato fede al patto. Il nostro avvocato è molto puntiglioso e ha preparato un documento che non lascia aperto un solo spiraglio a possibili interpretazioni.»

«Le assicuro che non ho intenzione di danneggiare nessuno.»

«Certo, ma per la nostra tranquillità è meglio che prenda un impegno scritto.»

La domestica bussò alla porta con un tocco leggero. Un uomo alto, dall'aspetto gradevole e con una cartelletta in mano entrò con passo fermo. «Mia cara...»

«Jim, lei è la signora Brown. Ma spero che sul documento tu abbia scritto tutti i cognomi che utilizza.»

«Non preoccuparti, ho fatto esattamente come abbiamo stabilito. Signora Brown, si prenda tutto il tempo per leggere il documento che sta per controfirmare.»

Adela non oso contraddirli. Non si aspettava una cosa del genere, ma era disposta a firmare qualunque cosa pur di sciogliere il nodo che strangolava la sua vita e quella di sua madre.

Dopo che ebbe terminato di leggere, tirò fuori una penna dalla borsa e appose la propria firma.

«In questo modo, si è impegnata ad accettare tutti i termini dell'accordo. È un bell'impegno, signora Brown.»

Lei annuì con un lieve sorriso. Poi l'avvocato diede un bacio a Farida e uscì dalla stanza.

«Lei desidera conoscere la tesserina mancante nel puzzle della sua vita. Si sieda e ascolti; quando avrò finito di parlare, conoscerà Marvin. Con lui si tratterrà solo qualche minuto, non è nelle condizioni di rispondere a nessuna domanda. Ma sono certa che lei potrà improvvisarne qualcuna e metterla giù per iscritto. Le farò arrivare le risposte.»

«D'accordo», accettò Adela.

«Fuma?»

«No... non ho mai fumato... Be', a Parigi da ragazzina ho fumato di nascosto.»

«Non si nasconda quando qualcosa le dà piacere. Se per lei non è un problema, io mi accendo una sigaretta. È uno dei piaceri ai quali non intendo rinunciare, anche se il medico me lo ha proibito. Cancro al seno. Mi hanno operata due volte ed è ritornato. Se lo dico con tutta questa tranquillità è solo perché lei non potrà riferire niente di quanto le racconto.»

«Sì, sono ben consapevole di quello che ho appena firmato.»

«Allora, sappia che né a me né a Marvin resta molto tempo da vivere. Io sono più vecchia di lui. Insomma, le racconterò tutto quello che vuole sapere. In primo luogo, sappia che Marvin non è suo padre.»

Adela aggrottò la fronte, sorpresa dalla perentorietà dell'affermazione di Farida.

«Le spiegherò perché. Marvin era un giovane poeta quando arrivò in Spagna, poco prima che scoppiasse la Guerra civile. Non ci andò perché gli importasse quello che stava succedendo, ma perché amava la letteratura, Cervantes, Quevedo, Lope de Vega... Poi scoppiò la guerra e decise di restare. Un amico gli aveva chiesto di fare da interprete ad alcuni giornalisti americani. Lui accettò. Era assetato di nuove esperienze ed era certo che quella esperienza di una guerra avrebbe lasciato in lui un'impronta che lo avrebbe reso un poeta migliore. Non la annoierò con dettagli poco importanti. Aggiungerò solo che un giorno dovette accompagnare un giornalista sul fronte e venne ferito, e che un giovane soldato, Eulogio Jiménez, cercò di salvargli la vita riportando a sua volta una ferita che lo lasciò zoppo. Ma la mitragliatrice colpì Marvin ai genitali. Dovettero operarlo con urgenza e...

perse parte degli organi genitali, e anche la possibilità di avere qualunque rapporto sessuale per il resto dei suoi giorni.»

«Può darmi una sigaretta?» chiese Adela commossa, con un tono che suonò come una supplica.

Farida le porse il pacchetto.

«Mi scusi, ma non riesco a capire...»

«Ha capito perfettamente: Marvin non può avere rapporti sessuali.»

«Ed Eulogio... Lui lo sapeva?»

«Certo che sì. È stato lui a salvargli la vita e a trascinarlo fuori dalla prima linea. Eulogio si era invaghito di Marvin, anche se in realtà era innamorato di Fernando. Marvin però gli appariva esotico, americano, biondo, occhi azzurri, bello e poeta. Aveva tutto ciò che un uomo con la sensibilità di Eulogio potesse desiderare e se ne innamorò.»

«Ma... lui non lo ha mai detto a Fernando, mi riferisco alla vicenda di Marvin, nemmeno a mia madre.» Adela stava cercando di arginare la propria desolazione.

«No, non lo ha fatto. Marvin gli ha fatto giurare che non lo avrebbe mai detto a nessuno. Ed Eulogio ha tenuto fede alla sua parola.»

«Chi altri sapeva che Marvin...?»

«Il medico che lo operò sul fronte, nessun altro; ma il medico non poté raccontarlo a nessuno perché l'indomani fu raggiunto da una granata di mortaio quando stava cucendo lo stomaco di un ufficiale ferito.»

«Non riesco a crederci... Fernando trovò mia madre stesa a terra, tra le braccia di Marvin. E Fernando non mente.»

«È vero, Fernando trovò sua madre tra le braccia di Marvin. Lei era mezzo incosciente. Era stata vittima di un'aggressione. L'avevano appena violentata.»

«Dio mio!»

«Ma non è stato Marvin, non avrebbe potuto neanche se avesse voluto.»

«Allora...»

«Marvin la sentì gridare. Aveva bevuto troppo, all'epoca gli capitava. Era difficile essere giovani e stare in compagnia di altri ragazzi sapendo di essere mutilato per sempre, sapendo che non avrebbe mai potuto avere una ragazza. Quella notte stava vomitando quando sentì delle urla. Si avvicinò barcollante. C'era un ragazzo sopra sua madre. Le aveva strappato via le calze e la gonna... aveva le mutandine abbassate... Può immaginare la scena. Il ragazzo che stava violentando sua madre non si rese conto che era arrivato Marvin, ma quando lo sentì dire: "Che cosa stai facendo?" Marvin lo vide alzarsi e correre via. A quel punto si avvicinò a sua madre e cercò di aiutarla, e proprio in quel momento comparve Fernando.»

«Non è possibile!»

«Eppure è così.»

«E l'altro... l'altro... Chi è l'uomo che ha violentato mia madre?»

«La risposta dovrà cercarla a Madrid.»

«A Madrid? Ma perché?»

«Marvin crede di sapere chi è stato, ma era buio, era scesa la notte e non ne ha mai fatto parola per paura di accusare un innocente. Guardi, le ipotesi sono due: la prima è che sua madre stesse flirtando con quel ragazzo e lo avesse lasciato fare, ma che poi, quando lui si era spinto oltre, lei si fosse spaventata rifiutandosi di andare avanti; l'altra ipotesi è che il ragazzo abbia deciso di approfittarsi di sua madre e non le abbia dato la possibilità di scegliere perché l'ha aggredita. Noi crediamo che le cose siano andate così.»

«Ma mia madre è certa che...»

«Per molto tempo Marvin ha creduto che sua madre lo stesse accusando in malafede. Lei non può sapere quante volte abbiamo parlato di quello che è successo quella notte. Col tempo siamo arrivati alla conclusione che probabilmente sua madre non ha mai superato quello che è successo. Ne abbiamo parlato persino con un caro amico, uno psichiatra, il quale ci ha spiegato che dopo un evento traumatico molte persone si rifiutano di ricordare quanto è successo.»

«Mia madre non è una bugiarda.»

«Non ho detto questo, ho detto che ha subìto uno shock. Ha perso i sensi. Il suo cervello si rifiuta di riconoscere la persona che l'ha violentata. Qualunque psichiatra le potrebbe spiegare che quando si è vittima di un trauma, uno dei modi per sopravvivere è rimuovere quanto è successo. Sua madre ricorda solo che si trovava tra le braccia di Marvin, questo l'aveva tranquillizzata. Quando poi scoprì di essere incinta, si convinse che quello che era successo, e che lei aveva nascosto nell'antro più recondito del suo cervello, fosse successo con Marvin.»

«Ma perché Marvin non glielo ha detto? Perché non ha spiegato a mia madre che cosa è accaduto davvero quella notte?»

«Perché nel contempo avrebbe dovuto confessarle di non poter avere rapporti sessuali. Che gli hanno mutilato i genitali. E questo non era disposto a dirlo a nessuno. Dopo che lo ferirono sul fronte, i suoi genitori fecero l'impossibile per portarlo negli Stati Uniti. Qui lo operarono di nuovo, ma non riuscirono a restituirgli la virilità perduta. Le ferite riportate hanno fatto sì che debba convivere con il dolore e con innumerevoli difficoltà. È il suo segreto e non vuole condividerlo con nessuno. E ne ha tutto il diritto.»

«Eulogio sapeva che cosa è successo quella notte?»

«Sì, a lui aveva raccontato che cosa era successo e anche chi era, secondo lui, ad aver violentato sua madre.»

«Ma nemmeno Eulogio ha detto niente a mia madre o a Fernando.»

«Eulogio era fedelissimo a Marvin, lo sa.»

«Ma almeno a Fernando avrebbe potuto dirlo... Avrebbero cercato il violentatore di mia madre e l'avrebbero costretto a confessare.»

«Sì, è quello che avrebbero dovuto fare. Ma non lo fecero.»

«Ma perché ha lasciato che mia madre lo perseguitasse? Perché non le ha mai detto quello che sapeva?»

«Gliel'ho già spiegato, perché avrebbe dovuto confessarle di non avere i genitali, e nessuno ha il diritto di conoscere qualcosa di così intimo, e anche di così enormemente doloroso. Per Marvin non è stato facile convivere con una mutilazione del genere.»

«Mi sento confusa... non so che cosa pensare... Non riesco a credere a quello che mi ha appena detto.»

«È la verità», rispose Farida imperturbabile.

«Mia madre...»

«Sua madre sa chi l'ha violentata.»

«Ma è stata lei a dire che ha subìto uno shock!»

«Lo sa senza saperlo, l'ha nascosto in un angolo del proprio cervello. Dovrebbe affidarsi alle mani di un bravo psichiatra.»

«Può darmi un'altra sigaretta?»

Farida le porse di nuovo il pacchetto. Adela accese la sigaretta e lasciò che il fumo arrivasse ai polmoni. «Il violentatore fa parte del gruppo di ragazzi che andarono alla Pradera de San Isidro. Lei sa chi è stato, Marvin glielo ha detto.»

«Marvin mi ha detto chi lui crede che sia stato. Ne è quasi certo.»

«Per favore, me lo dica.»

«Se vuole conoscere la verità, dovrà andare a Madrid.»

«Per favore... me lo dica...»

Quando Farida pronunciò quel nome, sul volto di Adela cominciarono a scorrere le lacrime.

«Non ha altra scelta che andare a Madrid e cercare conferma. Tuttavia, non potrà mai usare il nome di Marvin né raccontare a sua madre o a Fernando quanto le ho detto questo pomeriggio.»

«Lo so.» Il suo tono di voce tradiva una certa disperazione.

«Adesso la accompagnerò a incontrare Marvin. Giusto qualche minuto, non dica niente che possa in qualche modo irritarlo. Prima però mi lasci le domande per l'intervista. Le farò arrivare le risposte domani stesso.»

Marvin era seduto su una poltrona di pelle verde scura, con la testa appoggiata alla spalliera e gli occhi serrati. Li aprì e guardò prima Farida poi Adela. Farida gli fece un cenno abbassando il mento e lui annuì.

«Adela Vilamar», disse guardandola dritta negli occhi.

«Sì.»

«Spero che saprà agire con discrezione.»

«Lo farò, non deve preoccuparsi. Lo farò non solo perché ho firmato il documento che ha preparato il suo avvocato, ma anche perché voglio evitare che mia madre soffra ancora di più.»

«Non potrà evitare che soffra. Catalina non avrà altra scelta che affrontare la realtà.»

Fu tentata di dirgli che lui era colpevole di una parte della sofferenza di sua madre, che per colpa sua non si era rifatta una vita e aveva pensato solo a perseguitarlo; e che aveva influito anche sulla propria, di vita, al punto che adesso stava divorziando da Peter; e che aveva lasciato in sospeso quella di Fernando. Con il suo silenzio aveva salvato se stesso, ma condannato tutti gli altri. Ma non glielo disse.

«C'è qualcosa che posso fare per lei?» le chiese con indifferenza.

«Assolutamente no, signor Brian. Grazie per avermi concesso l'intervista.»

«Non sono un suo nemico, Adela, semplicemente, non sono suo padre.»

«Nemmeno io sono una sua nemica, signor Brian, e le assicuro che averla come padre non mi è mai importato.»

«Buon pomeriggio, Adela.»

«Buon pomeriggio, signor Brian.»

Farida la accompagnò alla porta. «È la penultima tappa prima di conoscere tutta la verità», disse Farida.

«La ringrazio per avermi concesso l'intervista.»

«Ringrazi Sara Rosent. Marvin deve ai Rosent tutto quello che è, e questo è l'unico favore che Sara gli abbia mai chiesto in tutta la sua vita. Per Marvin è stato straziante accettare che lei venisse a sapere quello che è successo e, soprattutto, quali sono state le conseguenze della ferita riportata sul fronte durante Guerra civile spagnola.»

«Lo capisco. Sono solo un'estranea.»

«Buona fortuna, Adela.»

Si strinsero la mano. Per quanto gli avvenimenti le rendessero emotivamente distanti, non potevano negare di nutrire una simpatia reciproca.

Quando, l'indomani, arrivò in redazione, sul suo tavolo c'era una busta della grandezza di un foglio. Sapeva che erano le risposte di Marvin. Erano lunghe e scritte a macchina.

Il suo capo dovette ammettere che ne era valsa la pena. Le rivelò che la sera prima aveva ricevuto una telefonata dai proprietari del giornale, i quali gli avevano spiegato che il signor Brian non avrebbe gradito la pubblicazione di qualunque accenno alla donna che diverse volte si era presentata agli eventi pubblici cui partecipava. Marvin Brian aveva già concesso loro di ricevere una giornalista, si aspettava perciò che il giornale non pubblicasse nessun reportage scandalistico che avesse come protagonista lui e quella donna. «Per il momento non pubblicheremo niente sulla spagnola... Ho cercato di convincere i piani alti del fatto che dietro quella donna c'è una storia interessante, ne sono sicuro. Ma gli ordini non si discutono. Perciò, dimenticati di lei, almeno per ora.»

Adela chiamò Sara per ringraziarla, ma quest'ultima non le permise di aggiungere altro. «Spero ne sia valsa la pena», si limitò a dire.

L'intervista fu un successo. Marvin Brian non ne concedeva una da anni, non aveva fatto eccezioni nemmeno quando gli avevano conferito il Nobel. Non solo perché era malato, ma perché con il passare del tempo, a quanto pareva, era diventato un misantropo.

Peter la chiamò per farle i complimenti e convincerla a festeggiare insieme, ma Adela riusciva a pensare unicamente a quello che le restava da fare, e Peter in quella storia non c'entrava affatto.

Una collega della redazione le diede il numero di telefono di uno psichiatra, assicurandole che «è il meglio del meglio di Manhattan. Ti piacerà».

Lo psichiatra era molto quotato, il suo studio era sempre pieno di manager stressati. Nonostante la raccomandazione, per il primo appuntamento la fece attendere dieci giorni. Dieci giorni che per Adela si fecero eterni. Ma non voleva andare a Madrid prima di aver parlato con un esperto dell'animo umano, perché è questo che sono, alla fine dei conti, gli psichiatri.

Il dottor Ward si rivelò un uomo giovane, non doveva avere più di quarant'anni ed era attraente, questo spiegava anche l'entusiasmo della sua collega. Si trattava di capire se, oltre che bello, fosse anche competente.

Adela gli disse che voleva esporgli un caso ipotetico per riceverne una valutazione clinica. Lui non sembrava convinto, ma alla fine accettò.

Lei gli chiese quali reazioni potesse avere una donna dopo aver subìto uno stupro. Il dottor Ward la guardò preoccupato. «I traumi sono difficili da gestire. Quando una persona subisce un'esperienza traumatica, può cercare di bloccarla mettendo in atto dei meccanismi di difesa. Qualunque tipo di situazione traumatica può provocare un'alterazione del pensiero e del comportamento, oltre a generare danni nell'inconscio. È assolutamente probabile che la persona che ha subìto uno stupro abbia delle lacune o rimuova la realtà. In casi come questo, la terapia consiste nell'aiutare la persona a rivivere al momento del trauma perché possa affrontare quanto è successo e, a partire da lì, con un aiuto lo possa superare.»

«È possibile che una persona che ha subìto un trauma non accetti la realtà?»

«È quello che le ho appena detto; si può produrre una disconnessione tra il soggetto e il fatto traumatico. Ma non tutte le persone reagiscono allo stesso modo di fronte a un evento traumatico. A volte sperimentano reazioni ritardate.»

Lo psichiatra cercò di farsi dire se era stata lei a subire uno stupro, «perché, se così fosse, lei ha bisogno di aiuto. Non può portare da sola questo peso. Molte donne colpevolizzano se stesse di quanto è successo. A volte non riescono più ad avere rapporti con altri uomini».

Adela annuì. Il dottor Ward aveva ragione. Sua madre non aveva più avuto rapporti con nessuno. Viveva con Fernando come fossero fratelli. Lei aveva faticato a capirlo perché da piccola credeva che Fernando fosse suo padre, ma alla fine non aveva potuto fare altro che accettarlo. Nella vita di sua madre gli uomini erano assenti.

Il dottor Ward le spiegò anche che, sino a quel momento, la scienza non aveva trovato il modo di provare una paternità, perché le prove disponibili non erano decisive. «Occorre fare un'analisi del sangue, viene chiamata sistema RH, ma serve solo a scartare la paternità, non a provarla.»

37

Parigi

«Possiamo andare a Madrid, ormai non abbiamo più niente da temere», disse Catalina guardando Fernando, in attesa di una sua reazione.

Era domenica ed erano andati a fare colazione vicino al Louvre per poi entrare nel museo per vedere una mostra. Da qualche giorno Fernando era strano. Lo conosceva bene. Era certa che gli stesse succedendo qualcosa che al momento non voleva condividere con lei. Immaginò avesse a che vedere con Sara, magari era malata. Decise di insistere con l'idea di andare a Madrid. «Non mi dici niente?»

Lui la guardò incuriosito. Da giorni, ormai, tornavano sempre sullo stesso argomento. «Non ancora, prima dobbiamo capire se approveranno davvero la Legge sull'amnistia. Come ho sentito alla radio, stanno ancora negoziando.»

«La approveranno.»

«Vedremo.»

«Dovremmo informare le nostre madri che abbiamo intenzione di andare. Non possiamo presentarci senza preavviso.»

«Perché non ci vai tu per prima? Se approveranno la legge, io vi raggiungerò subito dopo.»

«Ne abbiamo già parlato, come ben sai, non mi muoverò da Parigi se non con te. Tu continui ad avere paura.»

«Sì, certo. Non mi piace l'idea di essere arrestato alla frontiera. Sarebbe davvero assurdo se io finissi in prigione mentre i responsabili del colpo di Stato, quelli che hanno tenuto in pugno la Spagna per tutti questi anni, sono considerati persone per bene.»

«Non finirai in carcere, Fernando. In tutti questi anni nessuno ti ha cercato, nessuno ha fatto il tuo nome. Ad Alessandria d'Egitto, quando eravamo andati in consolato per rinnovare i nostri passaporti, nessuno ci ha chiesto niente. Li abbiamo rinnovati anche a Parigi. Se ci fosse stato qualcosa ti avrebbero arrestato, e avrebbero arrestato anche me; in fin dei conti sono tua complice, sono stata io a darti l'arma di mio zio. Devi dimenticare quello che hai fatto.»

«Dimenticare? Lo sai che non posso, che non ho mai smesso di pensare a quei due.»

«Ti sei pentito?» gli chiese Catalina, abbassando lo sguardo perché lui potesse esprimersi tranquillamente.

«No, non mi sono affatto pentito, ed è questa la cosa peggiore.»

«Be', allora non continuare a girarci intorno. Nemmeno io mi sono mai pentita di averti dato la pistola.»

«Tu però non hai sparato.»

«E quindi? Fa lo stesso. Io ti ho procurato un'arma per uccidere, perciò ero d'accordo con te. Sono tua complice», insistette.

«Mi piacerebbe dirti che non sono preoccupato, ma non è così.»

«Dobbiamo correre il rischio, Fernando, dobbiamo tornare. Le nostre madri ormai sono molto anziane; se dovessero morire senza ricevere un ultimo bacio, di questo sì che ci pentiremmo per il resto dei nostri giorni.»

«Adela è a Madrid.»

«Ah, sì? E quando te lo ha detto?»

«Qualche giorno fa. Le cose con Peter non stanno andando bene.»

«Ed è corsa a rifugiarsi dalla nonna.»

«Tua madre e tua figlia hanno costruito un bellissimo rapporto.»

«Dimmi, Fernando, che c'è? E non rispondermi che è tutto a posto. Sei triste. So che ti sta succedendo qualcosa…»

Fernando si limitò a darle un bacio sulla mano. «Finisci il croissant ed entriamo al Louvre.»

38

Madrid

Adela si era alzata presto, aveva preparato la colazione, l'aveva sistemata su un vassoio insieme a un fiore e l'aveva portata nella stanza della nonna.

Donna Asunción aveva il raffreddore e Adela aveva insistito perché si trattenesse a letto un po' di più, invece la trovò in piedi, intenta a sistemare le forcine dello chignon.

«Volevo farti una sorpresa!» protestò la nipote.

Era a Madrid da qualche giorno. E non era stato facile parlare con la nonna. Aveva cercato di essere sincera il più possibile. Doveva trovare l'uomo che aveva abusato di sua madre, ma non poteva rivelare alla nonna quello che sapeva, men che meno che Marvin Brian non era suo padre.

Tuttavia, donna Asunción era troppo sensibile per non rendersi conto che sua nipote aveva bisogno di aiuto, perciò aveva risposto a tutte le sue domande senza fargliene nessuna.

«Oggi ci dedicheremo a noi due. Ho prenotato un tavolo nella Taberna del Alabadero, il ristorante che tu e Isabel volete assolutamente conoscere. Prima però faremo una passeggiata, che ne dici?»

«Hai dimenticato la cosa più importante. La messa. Io e Isabel andiamo sempre a quella di mezzogiorno.»

«Sì... va bene, vi accompagnerò. In quale delle tre chiese volete andare? A quella de la Ercarnación, di San Ginés o di Santiago? Vi aspetterò all'uscita. Andiamo a mangiare e poi torniamo a casa. Di pomeriggio comincia a fare freddo.»

«Ma è solo un raffreddore, e poi non fa freddo, siamo a ottobre, ma adoro che tu ti prenda cura di me.»

Donna Asunción allungò la mano verso la nipote e Adela si chinò per darle un abbraccio. Si stupiva di quanto bene volesse alla nonna, considerato che si conoscevano da pochissimo. Continuava a chiedersi per quale ragione sua madre le somigliasse così poco. La nonna le aveva raccontato che Catalina aveva lo stesso carattere del padre. «Ernesto era buonissimo, ma molto testardo. Era impossibile fargli cambiare idea», ricordava parlando del marito.

Alle undici e mezzo arrivò Isabel. Camminarono adagio sino a San Ginés e, forse perché aveva cominciato a piovigginare o forse perché la nonna si era stretta con forza al suo braccio, fatto sta che Adela entrò in chiesa con lei e si trattenne ad ascoltare la messa. In realtà, non ascoltò una parola di quanto diceva il sacerdote, ma la monotonia delle preghiere mormorate dai fedeli le diede un po' di sollievo.

Quando uscirono da San Ginés aveva smesso di piovere e fecero una passeggiata sino a plaza de Oriente prima di entrare a mangiare nella Taberna del Alabadero.

«Questo ristorante è di un sacerdote un po' speciale. Si chiama Luis Lezama; a quanto si racconta è stato sacerdote in un quartiere operaio e adesso si dedica ad aiutare i ragazzi a uscire dal mondo della droga e della delinquenza, è diventato un protettore dei ragazzi senza arte né parte e ha aperto questo ristorante proprio per aiutarli», spiegò Isabel.

«Ha fama di essere socialista, di essere un po' rosso, nonostante sia stato un collaboratore del cardinale Tarancón... Certo che anche quel cardinale è particolare... Comunque, io credo che don Luis semplicemente prenda molto sul serio il Vangelo», aggiunse donna Asunción.

Adela le ascoltava con attenzione. Erano entusiaste di trovarsi in quel ristorante così vicino alle loro case, il cui proprietario era niente meno che un prete. Lei stessa dovette riconoscere che era poco abituale che un prete gestisse un ristorante. Mangiarono parlando di tutto e di niente ed ebbero anche l'opportunità di conoscere quel sacerdote così speciale.

Di statura media, passo deciso e occhio guardingo, don Luis entrò nel ristorante accompagnato da alcuni signori che donna Asunción credette di riconoscere. «Uh! Ma sono tutti scrittori, e anche importanti.»

Don Luis la sentì e si avvicinò al tavolo per salutarle.

Furono solo pochi secondi, ma le due anziane donne furono conquistate dalla sua bonomia.

Donna Asunción disse di non volere il dessert e Isabel la assecondò, ma il cameriere portò un vassoio pieno di dolci e non riuscirono a resistere.

Una volta finito di mangiare, Adela chiese il conto e, con loro grande sorpresa, scoprirono che il dolce era in omaggio.

Il sacerdote non lo avrebbe mai saputo, ma a partire da quel momento donna Asunción divenne una sua sostenitrice incondizionata; era pronta a tirare fuori le unghie se qualcuno avesse criticato il prete che alcuni consideravano un rosso.

Passarono il resto del pomeriggio a parlare e a guardare la televisione. Isabel si trattenne un po' con loro, poi però preferì tornare a casa.

«È molto sola», commentò donna Asunción.

«Sì, e mi dispiace molto, le voglio davvero bene.»

«È una donna buonissima e... Perdonami, figlia mia, ma fatico a capire Fernando. E non capisco neanche Catalina, naturalmente...»

«A chi lo dici, nonna.»

Il lunedì, Adela si alzò presto e impiegò parecchio tempo a prepararsi. Era nervosa. Quello che stava per fare poteva finire in tragedia. Ma lo doveva a sua madre e a se stessa. Era ora di chiudere il cerchio. Si preoccupò di mettere in ordine l'appartamento mentre la nonna, approfittando del sole autunnale, uscì a comprare pane e caffè, che erano finiti. Poi, quando l'anziana donna tornò, Adela uscì.

La nonna non le chiese dove stesse andando. Non voleva metterla in imbarazzo.

Adela camminò a lungo mentre metteva in ordine il torrente di parole che sapeva di dover pronunciare. Esitò un istante, poi fermò un taxi e gli diede l'indirizzo del luogo in cui sperava di trovare la risposta su quanto era successo a sua madre trentasei anni prima.

La clinica era situata in una zona centrale. Entrò nell'atrio e cercò qualcuno che potesse aiutarla. Si rivolse a una infermiera dall'aspetto energico.

«Giri a destra e poi lungo il corridoio, salga in ascensore sino al terzo piano, la troverà lì.»

Adela non esitò. Uscita dall'ascensore cercò un'altra infermiera che la aiutasse a trovare suor Dolores.

«Credo sia nella sala infermieri, in fondo al piano.»

Camminò rapida sino alla sala indicata e rimase lì qualche secondo, a osservare un gruppo di infermiere che stavano ricevendo delle indicazioni da una suora.

La suora doveva avere più o meno la sua età. Fronte ampia, naso pronunciato, occhi marroni, magra. Nulla spiccava in lei, se non il sorriso. Mentre parlava alle donne intorno a lei, lo faceva sorridendo. Aveva un'aria serena.

Forse fu lo sguardo insistente di Adela a far sì che suor Dolores si voltasse a guardarla. «Posso aiutarla?» le chiese.

«Ecco... io...» balbettò lei sorpresa.

«Sta cercando qualcuno?» insistette la suora.

«In realtà voglio parlare con lei. Ma vedo che è molto occupata.»

Suor Dolores guardò Adela con curiosità e le chiese di seguirla. La condusse in una stanzetta nella quale c'era un quadro con l'immagine di un santo, un divano e varie sedie intorno a un tavolino basso. Un mobilio consunto, ma era tutto molto pulito. «Mi dica, che c'è?» le disse sorridendo.

«So che quello che sto per dirle la sorprenderà... magari non vorrà nemmeno ascoltarmi.»

«Be', se anche dovesse sorprendermi, la ascolterò.»

«Non è facile dire quello che devo dirle.»

«La vedo angosciata e spaventata... Perché? Ha qualche parente malato?» Suor Dolores non riusciva a nascondere la curiosità.

«Perché probabilmente non vorrà ascoltare quello che devo dirle e mi caccerà via.»

«Qualunque cosa mi dirà, io non lo caccerò. Questo la fa sentire più tranquilla? Sono qui per aiutare chi ne ha bisogno e credo che lei abbia bisogno di aiuto, anche se non ho capito per cosa.»

«Lei è una suora e... ecco, è molto duro quello che devo dirle.»

«No, non sono propriamente una suora. Noi Figlie della carità rinnoviamo i voti con una certa regolarità. In qualunque caso, che io sia suora o meno, non credo che quanto mi vuole dire mi spaventerà.»

Adela sospirò e, guardando negli occhi suor Dolores, cominciò: «Trentasei anni fa un ragazzo violentò mia madre. Io sono il frutto di quella violenza».

«Dio mio, poverina!»

«L'uomo che violentò mia madre è suo padre!»

«Ma cosa dice!»

«Mia madre subì uno shock che portò la sua mente a rimuovere quanto era successo. Fu un altro ragazzo a trovarla, dopo lo stupro, e vide il colpevole.»

«Quello che sta dicendo... Perché accusa mio padre?»

«Perché il ragazzo che trovò mia madre assicura che è stato suo padre, lo aveva visto con i suoi occhi.»

«Magari lo dice per giustificare se stesso... Non sarebbe il primo che dà la colpa a un altro di quello che ha fatto... Non può essere stato mio padre, mio padre è una persona a posto, un uomo perbene. Glielo garantisco.»

«Posso capire che lei la pensi così. Non glielo rimprovero.»

«L'uomo che accusa mio padre... perché lo fa?»

«Per trentasei anni mia madre ha creduto fosse stato quest'uomo ad aver abusato di lei, ma lui si è sempre rifiutato di riconoscere qualcosa che non aveva fatto.»

«Magari sta mentendo!»

«No, non è così.»

«Potrebbe essere stata un'altra persona... Magari si è confuso...»

«C'è un solo modo per scoprirlo. Ecco perché sono qui.»

Suor Dolores aveva un'espressione dura e il suo volto rifletteva angoscia e insieme stupore. «Non accetto che mio padre venga calunniato, che lo accusino di un atto così orrendo. Lei non lo conosce, è il padre migliore del mondo.»

«No, non lo conosco. E non voglio nemmeno conoscerlo.»

«E allora che cosa vuole?»

«Conoscere la verità perché mia madre possa affrontarla, e c'è un unico modo per farlo: lei deve accettare di aiutarmi. Si tratta di fare delle analisi del sangue. Se suo padre è innocente, le analisi sono in grado di scartare la sua responsabilità. Purtroppo, non esiste una tecnica sufficientemente precisa per confermare una paternità, la si può solo scartare. Se suo padre non ha violentato mia madre, lo scopriremo attraverso questo esame.»

«Perciò, se l'esame non dovesse smentirlo...»

«Allora è molto probabile che sia stato suo padre a violentare mia madre. Ho bisogno che porti qui suo padre e gli faccia un prelievo di sangue che verrà poi inviato a un laboratorio specializzato in analisi di questo tipo.»

«Come può chiedermi di fare una cosa del genere? Si presenta qui, mi dice che mio padre ha violentato sua madre e che lei è il frutto di quella violenza. Mi racconta che un altro uomo, che secondo sua madre è colui che l'ha violentata, incolpa mio padre di quello che è successo. E, come se non bastasse, pretende che porti qui mio padre per fargli un prelievo di sangue. Tutto questo è opera del demonio! No, assolutamente no... E poi, non so nemmeno chi è lei.»

«Ha ragione, non le ho detto chi sono. Mi chiamo Adela Vilamar. Mia madre è Catalina Vilamar. Sono sicura che ha sentito parlare di mia madre e che conosce mia nonna Asunción.»

Suor Dolores si portò la mano alla fronte. Le girava la testa e non riusciva ad accettare quanto quella sconosciuta le stava dicendo. «Sì, ho sentito parlare di Catalina Vilamar... Non ero ancora nata quando se n'è andata, ma nel quartiere si è parlato di lei per anni.»

«È andata via perché a seguito dello stupro è rimasta incinta. Io non conosco bene la Spagna, lei invece sì, e saprà che negli anni Quaranta una donna che restava incinta senza essere sposata era considerata il peggio del peggio. Mia madre decise di evitare che quella vergogna ricadesse sui suoi genitori, e anche di fare in modo che colui che lei credeva essere mio padre mi riconoscesse.»

«Catalina Vilamar... Mi scusi, sua madre potrebbe anche essersi inventata la vicenda dello stupro; magari è andata a letto con un uomo e poi...»

«Mia madre non si è inventata niente, suor Dolores. Mia madre è stata violentata ed è rimasta incinta; lo stupro però costituisce un trauma e la sua mente si è difesa. Naturalmente, non ricorda quanto è successo, perciò quando aprì gli occhi e vide il ragazzo che le piaceva che cercava di aiutarla, decise che quanto era successo fosse accaduto con lui; solo così è stata in grado di affrontarlo. Ma non fu quel ragazzo ad abusare di lei.»

«Mi scusi, ma fatico a credere a tutto questo.»

«Non mi stupisce. Anche io fatico a credere che lei e io possiamo avere lo stesso padre. Le assicuro che né io né mia madre vogliamo niente. Sono disposta a firmare un documento nel quale si chiarisce che né ora né in futuro farò alcun genere di richiesta. Non ho nemmeno voglia di conoscere suo padre. Non chiedo che mi riconosca come figlia. Non voglio niente, voglio solo sapere la verità.»

«Devo parlare con mio padre... Lui saprà che cosa bisogna fare.»

«La supplico, non lo faccia. Almeno finché non avremo il risultato degli esami.»

«Ma davvero crede di potersi presentare qui, di potersi sedere davanti a me e dirmi che mio padre è uno stupratore? È un'accusa tremenda! Lo rende un criminale, potrebbe finire in carcere. E mia madre? Ha pensato a mia madre? Dovrebbe accettare che suo marito è uno stupratore! E mio fratello? Devo chiamarlo per dirgli che il nostro caro padre è un mostro?»

«Mi dispiace. Mi dispiace farle passare tutto questo. Mi sono rivolta a lei invece che a suo fratello perché mi hanno detto che lavora per una ONG in Ruanda.»

«Sì, come vede, mio padre, la stessa persona che lei sta descrivendo come un mostro, ci ha trasmesso valori così positivi che sia io sia mio fratello ci dedichiamo ad aiutare gli altri.»

«Non sono qui a chiederle di giudicare suo padre. Le assicuro che mi interessa un'unica cosa: sapere se è stato lui a violentare mia madre. Se è così, come io penso, so che mia madre subirà un altro shock, ma anche che finalmente potrà affrontare il tempo che le resta da vivere con serenità. Le assicuro che mia madre non vuole sapere niente di suo padre, non vuole chiedergli niente e nemmeno incontrarlo. Glielo giuro.»

«Non ci credo. Io non la conosco... non so che cosa vuole... Mio padre è una brava persona, un uomo onesto.»

«Non sono venuta a mettere in discussione quello che suo padre è stato con la sua famiglia. Questo lo sapete voi. Ma lei, oltre che una religiosa, è anche una donna, non faticherà a mettersi nei panni di una ragazza abusata che rimane incinta. Se mi volta le spalle, se non mi aiuta a cercare la verità, che tipo di religiosa ha deciso di essere? Preferisce l'ingiustizia al rischio di essere allontanata dal suo confortevole mondo?»

«Confortevole? Lei non ha idea di quello che facciamo noi Figlie della carità.»

«Ha ragione, non ne ho idea, non so niente delle suore. Però so che Dio non la perdonerà se si rifiuta di aiutarmi. Se non lo farà... allora mi vedrò obbligata a fare causa contro suo padre per provare la paternità. E voi dovrete affrontare lo scandalo.»

«Dio mio! Non può farci questo!»

«Certo che posso, suor Dolores. Ho consultato un avvocato e suo padre può essere obbligato a fare questo esame; se dovesse rifiutarsi, i tribunali potrebbero decidere di confermare la paternità.»

«Mia madre ha una salute delicata... lei non può farci questo! Mi sta ricattando!»

«Le sto chiedendo di risolvere questa faccenda con le buone. Se lei ottiene che suo padre faccia un prelievo di sangue, io ne farò un altro; una volta che il laboratorio ci darà il risultato, se sarà negativo potrà dimenticarsi di me. Non mi vedrà più. Glielo giuro.»

Suor Dolores la guardò spaventata mentre si sfregava le mani. Adela

Vilamar aveva ragione, accettare che suo padre potesse essere uno stupratore faceva crollare tutte le sue certezze. «E se il risultato fosse negativo?»

«Allora parlerò con suo padre. Ma non c'è ragione che sua madre venga a saperlo.»

«Ho bisogno di pensarci. Torni domani. Ho bisogno di pregare.»

«Preghi, suor Dolores, preghi per tutto il tempo che vorrà. Tornerò domani.»

Quando tornò a casa della nonna, non aveva la forza di parlare, perciò si accomodò con lei davanti alla televisione, fingendo interesse per quello che stavano guardando anche se in realtà non sentiva e non vedeva niente. Disse che aveva mal di testa e andò a letto presto.

Donna Asunción l'aveva osservata con preoccupazione, ma non le aveva chiesto niente. Aveva deciso di aspettare che fosse lei a confidarsi.

L'indomani Adela si presentò in clinica di buon mattino.

Al suo arrivo le dissero di andare nella saletta dove il giorno prima aveva conversato con suo Dolores. Aspettò impaziente per qualche minuto.

Quando la suora entrò nella stanza, aveva un'aria stanca. Gli occhi arrossati e le occhiaie rivelavano una notte di sofferenza e insonnia.

«Buongiorno», riuscì a dire Adela.

«D'accordo, farò in modo che mio padre faccia quegli esami», disse la suora senza preamboli.

«E come farà a convincerlo?»

«Soffre di insufficienza renale e ogni tanto viene in clinica a fare un controllo. Gli dirò che questa volta dobbiamo anticiparlo. Le chiedo solo che, qualunque sia il risultato, lei mi garantisca che mia madre non saprà niente. Non le farò firmare alcun documento, mi fido della sua parola.»

«Non ho intenzione di fare del male a sua madre, voglio solo conoscere la verità.»

«Ma se dovesse risultare che noi due siamo sorelle…»

«Non possiamo sentirci tali. Niente ci unisce. Io non ho bisogno di una sorella e lei nemmeno. Per quale ragione dovremmo comportarci come se lo fossimo, quando non lo siamo?»

Suor Dolores prese l'impegno di portare suo padre in clinica entro qualche giorno. Dal canto suo, Adela aveva individuato il laboratorio che avrebbe analizzato il campione per stabilire la paternità garantendo serietà e segretezza.

Due giorni dopo si incontrarono davanti alla porta del laboratorio. Suor Dolores era nervosa. «Ieri sono andata a casa dei miei genitori. Ho detto a mio padre che era il caso di anticipare gli esami. Lui mi ha detto che si sentiva bene e che secondo lui non ce n'era bisogno. Mia madre però gli ha consigliato di darmi ascolto. E stamattina è venuto in clinica. Ecco le due provette da analizzare.»

Adela le prese con cura e se ne andò. La aspettavano nel laboratorio, dove erano in grado di accertare una sola cosa: che quell'uomo non era suo padre.

Il treno arrivò all'ora prevista, le otto del mattino. Avevano viaggiato per tutta la notte. Una settimana prima avevano approvato la Legge sull'amnistia e Fernando aveva deciso di correre il rischio di tornare in Spagna. Catalina gliene fu grata. Era stanca del lungo esilio e, soprattutto, temeva di perdere Adela per sempre.

Erano entrambi nervosi, temevano il momento in cui avrebbero rivisto le loro madri. Continuavano a immaginarle come il giorno in cui se n'erano andati, ma sapevano che si sarebbero trovati davanti due persone anziane.

Fernando provò paura quando il controllore chiese loro i passaporti. Tuttavia, l'uomo li guardò con indifferenza.

Adela li aspettava sulla banchina. Non aveva voluto che Isabel e Asunción andassero in stazione, ma di colpo, quando il treno era ormai fermo, le vide camminare con passo deciso sino al punto in cui si trovava lei. Aggrottò la fronte, ma poi sorrise. Era comprensibile; come avrebbero potuto accettare di restare ad aspettare a casa? Attendevano quel momento da trentasei anni.

Fernando scese per primo e aiutò Catalina. Vide Adela avanzare insieme a due anziane donne.

«Sono loro», sussurrò Catalina.

E a quel punto si misero a correre. Catalina, in lacrime, abbracciò sua madre e allungò le braccia verso sua figlia. Fernando guardò Isabel per qualche secondo e le asciugò le lacrime che le solcavano il volto prima di avvolgerla in un abbraccio.

Rimasero abbracciati a lungo, in lacrime, incapaci di trovare le parole che pure così spesso avevano immaginato di pronunciare in quel momento.

Quando entrò in casa, un'ora dopo, Fernando ebbe la sensazione di tornare indietro nel tempo. Tutto era come lo ricordava. Persino il vecchio cappotto di suo padre era ancora sull'appendiabiti dell'ingresso. L'armadio della sua stanza era ancora pieno dei suoi vestiti e sul tavolo c'erano le sue matite appuntite, i suoi quaderni e il libro che stava leggendo quando se n'era andato, *Macbeth* di William Shakespeare. In un angolo, sotto il tavolo, c'era il suo pallone da calcio, quello che gli aveva regalato suo padre quando era bambino.

Abbracciò nuovamente sua madre e trascorsero così buona parte del mattino, abbracciati, nel tentativo di recuperare tutti gli abbracci che il tempo aveva negato loro.

Catalina pianse quando entrò in casa sua. Come donna Isabel, anche donna Asunción aveva fermato il tempo tra quelle pareti. La stanza di Catalina era ordinata con cura, sul letto c'era la coperta a uncinetto che le aveva fatto sua madre. Le sue bambole, in ordine su una mensola. I suoi vestiti, puliti e stirati.

Sospirò al pensiero che da trent'anni non sentiva di appartenere a nessun luogo e adesso, di colpo, il suo mondo, quello che capiva e amava, era di nuovo lì.

Nei giorni successivi, Fernando sussultava tutte le volte che suonavano al campanello, che fosse la portinaia che recapitava la posta o un addetto del negozio di alimentari che consegnava un ordine. Continuava a temere che un giorno o l'altro arrivasse la polizia e lo accusasse di aver ucciso due uomini trentasei anni prima. Cercava di tranquillizzarsi dicendo a se stesso che se la Legge sull'amnistia era servita a cancellare le responsabilità dei franchisti, sarebbe valsa anche per lui.

Sua madre non gli aveva chiesto nessuna spiegazione sul perché di quella assenza durata più di tre decenni. Aspettava che fosse lui a scegliere il momento per dirglielo. E Fernando sapeva che avrebbe dovuto affrontare quel momento, per quanto gli costasse. Ma prendeva tempo. Aveva bisogno di rivedere non solo sua madre, ma anche gli amici di allora, e la sua città.

Madrid era cambiata, era diventata una grande capitale, ma più di tutto Fernando doveva assimilare il passare del tempo. Era sorpreso dal fatto che la gente parlasse così tanto del futuro e così poco del passato. Sembravano tutti ansiosi di voltare pagina, di dimenticare i quarant'anni di dittatura franchista appena trascorsi.

Leggeva i giornali con avidità e, tutte le notti, lui e sua madre si sedevano a guardare il telegiornale. Aveva deciso che, se avesse votato, avrebbe scelto Santiago Carrillo; Isabel invece sembrava convinta che il Paese avesse bisogno di una sinistra rinnovata, che lei individuava nei giovani socialisti guidati da Felipe González.

«Io ho votato per Felipe, credo che tuo padre avrebbe fatto lo stesso», gli disse Isabel. «Come sai, propendeva per Indalecio Prieto.»

Spesso pranzavano con donna Asunción, Catalina e Adela, e anche con donna Petra. Asunción manifestava il suo entusiasmo per Adolfo Suárez mentre sua sorella lamentava i cattivi risultati di Fraga Iribarne.

Catalina aveva chiesto perdono alla zia per essere fuggita di casa. Donna Petra aveva quasi novant'anni e sembrava temere i cambiamenti che stavano avvenendo in Spagna. Ma, al di là delle discussioni politiche durante il pranzo, sia Catalina sia Fernando temevano che l'anziana donna potesse tirare in ballo la scomparsa della pistola di suo marito.

Un pomeriggio, dopo la merenda, donna Petra chiese a Fernando e Catalina che la accompagnassero a casa con la scusa che aveva male a un ginocchio e temeva di cadere. Isabel e donna Asunción non ci trovarono nulla di strano.

Usciti dal portone, Fernando propose di chiamare un taxi, ma donna

Petra non glielo permise. «Facciamo una passeggiata, non piove e non fa freddo.»

«Ma ti fa male il ginocchio, zia Petra, è meglio prendere un taxi.»

«In realtà non mi fa male, o meglio, non mi fa più male di quanto me ne facesse ieri. Avevo solo bisogno di parlare con voi due da sola. Non voglio che le vostre madri o tua figlia Adela si spaventino.»

«Di cosa dovrebbero spaventarsi?» chiese Catalina preoccupata.

«Di quello che avete fatto con la pistola di tuo zio. Quando siete scomparsi, è scomparsa anche la pistola. Perché?»

Catalina guardò Fernando e prese la parola prima che lo facesse lui: «In realtà, non sapevamo che cosa poteva succedere. Non avevamo soldi, dovevamo dormire per strada ed eravamo esposti a qualunque cosa. Io ero decisa ad andarmene ma avevo paura, perciò non dissi niente a Fernando e nascosi la pistola per qualunque eventualità. E, guarda un po', Fernando ha scoperto adesso quello che ho fatto».

«Perché, non glielo hai mai detto?»

«No, certo che no, se glielo avessi detto non me lo avrebbe permesso, non sai quanto discutemmo in quei giorni. Nascosi la pistola e me ne liberai solo dopo che salimmo sul treno diretto a Lisbona; come ti ho raccontato ci salimmo di nascosto. Gettai la pistola dal finestrino non appena mi resi conto che in realtà non ne avremmo avuto bisogno.»

Petra guardò la nipote con sospetto. Fernando era ammutolito e non sapeva che cosa dire.

«Perciò, sei appena venuto a sapere che mia nipote si è portata via la pistola di mio marito, che Dio lo abbia in gloria.»

«Certo che Fernando non ne sapeva niente, me ne avrebbe dette quattro.»

Lui annuì mentre il sudore cominciava a bagnargli la nuca.

«Sei davvero impossibile, Catalina! Hai fatto sbiancare persino Fernando.»

«Sì, sono impressionato da quello che ho appena sentito», riuscì a dire.

«Bene, adesso che abbiamo chiarito le cose prendiamolo davvero un bel taxi.»

Si erano date appuntamento per le nove in punto davanti all'ingresso del laboratorio. Suor Dolores era arrivata mezz'ora prima e passeggiava nervosa lungo la strada. Adela arrivò cinque minuti prima dell'orario concordato.

Si salutarono velocemente ed entrarono nel laboratorio. Qualche minuto più tardi vennero ricevute da uno dei tecnici che avevano svolto l'esame. «Sedetevi, per favore… Ecco, questi sono i risultati. Vi anticipo che l'esito non è stato negativo, perciò effettivamente potreste essere sorelle dello stesso padre. Spero che questa conferma sia motivo di gioia per entrambe.»

«Ma certo», affermò subito Adela vedendo che suor Dolores cercava di trattenere le lacrime.

«Sorella, capisco la sua emozione e sono felice di sapere che è la notizia che stavate aspettando. Non potete immaginare quanti problemi sorgano all'interno delle famiglie quando si dimostra che l'avventura di un genitore ha avuto delle conseguenze... come può essere accaduto nel vostro caso. Insomma, è assolutamente probabile che abbiate lo stesso padre.»

Adela saldò il costo degli esami e uscirono. Dovette prendere suor Dolores per il braccio; era così distrutta che continuava a incespicare.

«Non è possibile... non è possibile...» sussurrò.

«Adesso non ci resta che scoprire tutta la verità, e la conosce solo suo padre.»

«Mio padre è la persona migliore che conosco e lui... No, non sarebbe proprio capace di violentare una donna... ha sempre avuto occhi per un'unica donna, mia madre...»

«Suo padre si è sposato qualche anno dopo aver violentato mia madre, può darsi che dopo essersi sposato non abbia più guardato nessun'altra. Ma per me fa lo stesso, io avevo bisogno unicamente della conferma che mia madre ha subìto un trauma e che, a seguito di questo trauma, ha messo in atto una dissociazione, arrivando a credere che è stato un altro uomo ad averla violentata quella notte.»

Dovettero entrare in una caffetteria, dove suor Dolores bevette un bicchiere d'acqua nel tentativo di riprendersi. Adela ordinò anche due caffè.

«Ho pregato tutta la notte chiedendo a nostro Signore che facesse emergere la verità», disse la religiosa, asciugandosi le lacrime.

«Be', è stata ascoltata, perché è proprio quello che è successo.»

«Ma adesso che cosa facciamo?» chiese la religiosa, guardando Adela con sgomento.

«Niente. Per quello che la riguarda, può dimenticare ciò che è successo. Non saprà più niente di me.»

«Ma... probabilmente siamo sorelle... mezze sorelle... Se mio padre è suo padre...»

«Senta, suor Dolores, il fatto che trentasei anni fa suo padre abbia abusato di mia madre non cambia niente, siamo due estranee... Io non voglio sapere più niente di lei. Impari a convivere con questo segreto. È la cosa migliore che può fare per se stessa e per tutti.»

«Lei... lei odia mio padre...»

«Odio? Non lo so nemmeno io quello che sento. Di lui non mi sono mai preoccupata; a preoccuparmi invece è mia madre, è per lei che sto facendo tutto questo.»

«Lui... Non so che cosa sia successo... forse ha commesso un errore... Magari non l'ha violentata, magari lei... Ecco, magari lei era consenziente...»

«Quello che sta dicendo è inammissibile! Se osa insultare mia madre o mettere in dubbio che suo padre l'abbia violentata e abbia abusato di lei, allora le assicuro che farò l'impossibile per distruggerlo.»

«Non mi minacci!»

«Certo che la minaccio! Anzi, la sto minacciando!»

Suor Dolores finì col prometterle che avrebbe mantenuto il segreto, che per lei era diventato un autentico peso.

«Offra a Dio la sua sofferenza», disse Adela con rabbia.

«Io e lei... be', siamo sorelle, forse potremmo rivederci», suggerì la religiosa.

«Mai! Non ci vedremo mai più! Non voglio avere niente a che vedere né con lei né con la sua famiglia.»

«Io... io non ho nessuna colpa di quello che è successo tra mio padre e sua madre... Dovremmo cercare di capirci.»

«No.»

Adela uscì velocemente dalla caffetteria, seguita da suor Dolores, e fermò un taxi, lasciando la religiosa da sola in mezzo al marciapiede. Non ebbe nemmeno la tentazione di voltarsi a guardarla dal finestrino.

Comunicò al tassista l'indirizzo dello psichiatra che le era stato consigliato dal dottor Ward. Il medico newyorchese le aveva detto che aveva conosciuto il dottor Fuentes a un congresso e che gli aveva fatto un'ottima impressione. Le aveva dato l'indirizzo del suo studio a Madrid, ed era lì che stava andando; aveva già fissato un appuntamento per quella mattina.

Il dottor Fuentes somigliava al dottor Ward, ma aveva qualche anno in più. Era un uomo molto curato. La ascoltò senza farle domande sino a che Adela non ebbe concluso. Gli aveva raccontato le cose più importanti, in ogni caso non gli avrebbe mai rivelato che sua madre per più di trent'anni aveva creduto che il responsabile di quanto era accaduto fosse Marvin Brian, il Poeta del dolore. «La cosa più sorprendente di questa storia è che mia madre non ha mai detto né lasciato pensare che l'avessero violentata. A quanto pare, è convinta di essersi concessa volontariamente a... a quell'uomo, che era suo amico e del quale era innamorata, ovvero colui che in realtà la trovò sdraiata per terra...»

«È normale che una persona che ha subìto uno shock attivi un meccanismo di dissociazione per evitare di soffrire», spiegò lo psichiatra. «I traumi possono provocare un cortocircuito emotivo. Ci sono persone che possiedono una grande forza interiore o attivano meccanismi psicologici che permettono loro di affrontare il trauma; tuttavia, altre persone non ce la fanno e, di solito, senza volerlo disconnettono la parte razionale. Quando il trauma è molto grande, anche la disconnessione è molto grande, può addirittura arrivare a cancellare il ricordo traumatico dalla memoria consapevole. Ma non potrò fare una diagnosi precisa finché non avrò parlato con sua madre.»

Concordarono che avrebbe seguito Catalina, perché Adela era assolutamente certa del fatto che sua madre avrebbe subìto un altro grave shock quando avesse dovuto affrontare la verità.

Camminò sino a plaza de la Encarnación e si sedette davanti all'inferriata. Da lì riusciva a vedere i primi numeri di calle Arrieta. Doveva portare avanti la seconda parte del piano.

Da giorni stava osservando l'uomo che poteva essere suo padre. In realtà era certa che lo fosse, non aveva dubbi sul fatto che Marvin lo avesse identificato con esattezza.

L'uomo uscì a camminare a metà pomeriggio, sempre appoggiato al suo bastone.

Quando lo vide uscire dal portone, lo seguì per un bel pezzo prima di avvicinarlo. «Buon pomeriggio», gli disse, andandogli accanto.

Lui la guardò sorpreso e nel suo sguardo affiorò un'inquietudine. «Buon pomeriggio», rispose, mostrando indifferenza.

«Voglio parlare con lei.»

«Ah, sì? E di cosa?»

«Di quello che è successo trentasei anni fa nella Pradera de San Isidro.»

Lui si scostò e la guardò da capo a piedi. Uno sguardo carico di disprezzo.

«Trentasei anni fa lei ha violentato Catalina Vilamar.»

«Non dica stupidaggini. Da dove ha tirato fuori una simile menzogna?»

«C'è un testimone.»

«Un testimone? Testimone di cosa?»

«Intende negare ciò che ha fatto quella notte?»

«Io non la conosco e non ho niente da negare. Se ne vada.»

«Voglio che mi racconti la verità. Se lo fa, la lascerò in pace per sempre; ma se si rifiuta, intenterò una causa e monterò uno scandalo. Decida lei che cosa preferisce.»

«Una causa? E per cosa?» l'uomo rise, guardandola con spregio.

«Una causa di paternità. Lei è mio padre. Un padre che mi fa schifo e del quale non vorrei mai portare il cognome. Ma esigo la verità.»

«Lei è matta!»

«No, non sono matta. Sono pronta a mandare in pezzi ogni minuto che le resta da vivere, e a giudicare dal suo aspetto direi che non è molto. È libero di scegliere. Se mi dice la verità, non le darò più fastidio; in caso contrario, ci vedremo in tribunale.»

Si guardarono, valutandosi a vicenda. Nei loro sguardi c'era solo odio e rabbia.

«Qualche giorno fa lei si è sottoposto a un esame del sangue. Un amico mi ha procurato una provetta per realizzare una prova di paternità. Il laboratorio ha stabilito che lei è mio padre.»

Adela sostenne lo sguardo dell'uomo. Aveva mentito, ma era certa che lui fosse troppo anziano per sapere che attraverso un esame del sangue non si poteva accertare la paternità.

«Un esame? Ma cosa dice?»

L'uomo non riusciva più a nascondere la propria irrequietezza. Si domandò se sua figlia lo avesse tradito, ma scartò l'ipotesi. Era una suora ed era sua figlia. Ma, allora, come faceva quella donna a sapere che lui aveva fatto degli esami del sangue?

«Ha deciso? O la verità o il tribunale. Io ho le prove del fatto che lei è mio padre, ma mi deve raccontare che cosa è successo quella notte.»

«Sua madre era... le piaceva provocare. Sapeva che tutti i ragazzi erano cotti di lei. Ma a lei piaceva un americano che non se la filava di striscio. Quella notte bevette più del dovuto. Faceva la smorfiosa con tutti, perciò io e un mio amico abbiamo fatto una scommessa su chi sarebbe riuscito ad arrivare sino in fondo con lei.

«E sono stato io. Non ha esitato a seguirmi in mezzo agli alberi. In realtà, lei voleva solo far ingelosire l'americano. Ma a me importava ben poco della ragione per la quale mi stava seguendo nel buio. Era così ubriaca che non si rese nemmeno conto che la stavo spogliando. Sono un uomo, lo sono sempre stato, perciò siamo arrivati a un certo punto e io non ho potuto fermarmi, anche se lei aveva cominciato a opporre resistenza e a gridare. Perché mai avrei dovuto fermarmi? Una ragazza perbene non avrebbe mai bevuto quanto aveva bevuto lei, non avrebbe nemmeno fatto la civetta con tutti. Si è meritata quello che è successo. Piangeva, ma sono sicuro che ha goduto per quello che le ho fatto.»

«Lei l'ha violentata», affermò Adela, sforzandosi di controllare l'inflessione della voce.

«Ho fatto quello che fanno gli uomini con le poco di buono, con le ragazze che non sanno difendere la propria virtù. Una donna ubriaca sa quali rischi corre.»

«Perciò, lei ammette di aver abusato di lei.»

«Ammetto solo di averla portata in mezzo agli alberi e di aver fatto quello che bisognava fare.»

«Ma lei stesso ha detto che mia madre gridava e si opponeva», gli ricordò Adela.

«Tutte le ragazze sanno quali rischi corrono se vanno con un uomo nel buio. Per quale ragione mi sarei dovuto fermare?»

«Quella violenza ha avuto una conseguenza. Io.»

«Questo lo dice lei. Catalina se ne andò, scomparve con un americano che viveva a casa di un ragazzo del quartiere. Quello che può aver fatto con lui a me non interessa. Non ho intenzione di riconoscerla come figlia. Se lei e sua madre volete dei soldi, potete tornare da dove siete venute. Non sborserò un centesimo.»

«Soldi? Crede davvero che siano i soldi a interessarci?» replicò Adela. «Non ha capito un bel niente. Chiariamo le cose. Lei ha confermato di aver violentato mia madre, ed è l'unica cosa che volevo sapere.»

«Io non l'ho violentata... lei è venuta con me volontariamente... Se dopo si è pentita e ha cominciato a gridare... è una puttana ipocrita!»

Per qualche secondo l'uomo non riuscì a muoversi. Quella donna gli aveva colpito la faccia con il dorso della mano. Un ceffone che lo aveva sconcertato. «Se insulta di nuovo mia madre la pagherà cara.»

Adela aprì la giacca e l'uomo vide che aveva nascosto un piccolo registratore.

La guardò in allarme. «Mi ha registrato?» chiese, il volto livido.

«Ovvio. E dubito che a sua moglie farà piacere ascoltare questa registrazione. Il giudice però la troverà molto interessante.»

«Che cosa vuole? Mi dica quanto vuole...»

«Esca per sempre dalle nostre vite. Per sempre, mi ha sentito? Per sempre.»

Adela si voltò e lasciò l'uomo che barcollava mentre si portava una mano al cuore. Sentì un tonfo. Non si voltò. Qualcuno gridò che un uomo era caduto per terra.

Una volta arrivata a casa della nonna, Adela chiamò il dottor Fuentes e gli chiese di rendersi disponibile a raggiungerla in qualunque momento. Poi chiamò la zia Petra e le chiese di raggiungerle, e fece altrettanto con Isabel e Fernando. Accettarono tutti, immaginando che Adela avesse organizzato un pomeriggio di chiacchiere e pasticcini.

Donna Asunción stava servendo il caffè quando Adela decise che era arrivato il momento. «Se vi ho convocati qui è perché vi devo dire una cosa molto importante e molto dolorosa. Mamma... mi dispiace... mi dispiace molto...»

Catalina sentì un brivido. Il tono di voce di Adela l'aveva spaventata. «Ma che succede? Ti è successo qualcosa, figlia mia?» chiese mentre il labbro inferiore cominciava a tremarle.

«Un mese fa ho incontrato Marvin Brian.»

«Marvin! Non capisco...» Catalina era confusa.

«Sara Wilson è riuscita a ottenere un'intervista. Sono andata a incontrarlo a New York. Dopo che hai fatto la scenata all'Accademia francese, Marvin è tornato a New York. Aveva programmato un'operazione al cuore. Ci è andata anche Sara, per fare compagnia a Farida, e io sono riuscita a parlarle.»

«Hai incontrato Sara? Non è possibile...»

«Abbiamo parlato e, non so perché, ma alla fine ha deciso di aiutarmi. Mi ha detto che non mi prometteva niente, ma che avrebbe cercato di fissare un appuntamento con Marvin.

«Sai, mamma, il mio giornale mi aveva chiesto di intervistarlo, ma volevano anche che scrivessi una storia sulla donna sconosciuta che lo stava perseguitando in tutto il mondo. Tu. Puoi immaginare quanto male mi sia sentita. Perciò, ho deciso che era ora di mettere fine a questa situazione, per te, per me, per tutti. Non hai mai accettato che Marvin mi fosse indifferente e che non mi interessasse in nessun modo che lui mi riconoscesse come figlia.

«Dopo qualche tempo, Sara mi ha chiamato e mi ha detto che Marvin e Farida avevano accettato di incontrarmi. Sono stata nel loro appartamento di New York. È stata Farida ad accogliermi, e abbiamo avuto una conversazione che… ecco, ha chiarito tutto. Tuttavia, Farida mi ha chiesto di firmare un documento di riservatezza. Se dovessi diffondere o fare cattivo uso di quanto mi è stato raccontato, dovrei risarcirli con dieci milioni di dollari. Inoltre, i loro avvocati farebbero l'impossibile per farmi finire in prigione.

«Ho firmato. Perciò, se chiunque di voi dovesse fare parola di quello che vi dirò, mi manderete dritta in prigione, perché è ovvio che non dispongo di dieci milioni di dollari.»

«Ma che cosa stai dicendo! Non ci sto capendo niente…» Adesso, oltre alle labbra, a Catalina tremavano anche le mani.

«Marvin Brian fu ferito al fronte quando lavorava come traduttore per alcuni giornalisti americani.»

«Questo lo sappiamo», la interruppe Fernando.

«Sì, quello che non sapete è che le ferite riportate lo hanno castrato.»

«Che cosa stai dicendo?»

«Che aveva riportato una ferita ai genitali e che, a seguito dell'operazione, una parte gli è stata asportata. Che non può avere figli perché, se anche volesse, non può avere un'erezione. Perciò, sto dicendo che Marvin Brian non è mio padre perché non può esserlo, né può essere padre di nessun altro.»

Catalina si alzò in piedi davanti alla figlia. Sembrava sul punto di picchiarla. «Mi stai accusando di aver mentito! Secondo te, mi sono inventata che Marvin è tuo padre? Come osi insultarmi in questo modo?»

«No, non ti sei inventata niente, o perlomeno non lo hai fatto in modo consapevole. Secondo quanto mi è stato spiegato da due psichiatri, l'uno a New York e l'altro a Madrid, quando una persona subisce una violenza sessuale può arrivare a dissociare quanto ha vissuto come meccanismo di autoprotezione, di difesa. È il modo in cui riesce a far fronte al trauma, a continuare a vivere. Ci riesce isolando i ricordi.»

«E tutto questo te lo hanno spiegato due psichiatri!» Catalina era sempre più alterata.

«Sì, mamma, me lo hanno spiegato due psichiatri autorevoli. Ed è esattamente quello che è successo a te. Sei stata violentata e hai reagito negando la violenza e mettendo in atto una dissociazione.»

«Marvin mente! Ti ha ingannato!» gridò Catalina.

«No, non è così. Te lo assicuro. Mi dispiace davvero…»

«Hai detto che tua madre è stata violentata?» chiese Fernando con grande serietà, il volto scomposto.

«Sì, è così. Marvin crede anche di sapere chi è stato. Eravate nella Pradera de San Isidro e lui si era infilato tra gli alberi perché gli veniva da vomitare. Lì ha visto una coppia stesa a terra. Lei gridava. Lui si è avvicinato e ha visto un ragazzo sopra mia madre; lei stava chiedendo aiuto… Quando ha sentito qualcuno avvicinarsi, l'uomo che la stava violentando si è alzato in piedi, si è abbottonato i pantaloni ed è corso via. Marvin ha trovato la mamma con la gonna slacciata, le calze rotte, le mutandine calate. Piangeva, era in stato di shock. Ha cercato di aiutarla ad alzarsi, ma lei non riusciva a muoversi. Anche lui stava male, perciò si è trattenuto con lei qualche minuto, cercando di tranquillizzarla. Poi sei arrivato tu, Fernando, e li hai visti. Ti sei convinto che mia madre si fosse lasciata sedurre da Marvin, che fosse stato un rapporto consenziente, perché li avevi visti lì, per terra, lei con gli abiti strappati, tra le braccia di Marvin.»

Fernando afferrò la mano di Catalina, che stava tremando. Donna Asunción, Isabel e donna Petra erano ammutolite; non riuscivano a muoversi dopo quello che Adela aveva raccontato.

«Chi è stato? Chi?» chiese Fernando, temendo la risposta.

Adela tirò fuori il registratore e lo accese. Per qualche secondo rimasero in silenzio, ad ascoltare la voce dell'uomo che confessava il delitto. Catalina cominciò a tremare convulsamente.

«Antoñito Sánchez, il figlio di don Antonio. È stato lui a violentare mia madre.»

«NO... NO... NO!!!» Le urla di Catalina rimbombarono.

Si era alzata in piedi, ma di colpo cadde svenuta. Fernando fu il primo ad aiutarla. Catalina ci mise qualche secondo ad aprire gli occhi, poi si piegò in posizione fetale e cominciò a piangere e a emettere piccole urla di dolore.

Adela andò al telefono. Chiamò il dottor Fuentes e gli chiese di arrivare immediatamente, come avevano stabilito.

Fernando riuscì a far alzare Catalina, che si rifiutava di muoversi. La fece sdraiare sul divano mentre donna Petra insisteva perché bevesse dell'acqua. Donna Asunción, turbata, aveva afferrato la mano della figlia, e piangeva. Quanto a Isabel, guardava preoccupata non solo Catalina ma anche Fernando, che appariva davvero scosso.

L'unica a mostrare una serenità che in realtà non sentiva era Adela. Ma sapeva di non avere altra scelta. Il dottor Fuentes le aveva preannunciato la possibile reazione di sua madre.

Quando arrivò lo psichiatra, Catalina era in preda alle convulsioni, continuava a piangere e a mormorare parole inintelligibili.

Il dottore le fece un'iniezione che, dopo un po', la tranquillizzò, lasciandola in uno stato di torpore. «Dobbiamo portarla in ospedale», affermò.

«Ma perché?» chiese donna Asunción, angosciata.

«Lei è sua madre?» volle sapere il dottor Fuentes, guardando con compassione la donna ormai anziana.

«Sì...»

«Sua figlia ha bisogno di un trattamento che le permetta di affrontare quanto Adela vi ha raccontato. Per anni si è difesa dal trauma mettendo in atto un meccanismo di dissociazione. Presenta un quadro di amnesia dissociativa, che le ha impedito di ricordare quanto è successo la notte in cui è stata violentata. Deve curarsi e, per farlo, deve accettare la verità, passare dal dolore all'accettazione, solo così lo supererà. Non sarà facile, ma la aiuteremo a farcela.»

«Dove la porterete?» insistette donna Asunción, temendo per sua figlia.

«In ospedale, almeno per qualche giorno. Poi tornerà a casa e potrà continuare il trattamento che la aiuterà ad affrontare la realtà. Adesso però dobbiamo portarla in ospedale. Chiamerò un'ambulanza.»

«No... Per favore... vorrei portarla io... Lei è venuto in auto?» chiese Fernando.

«Sì...» rispose il dottor Fuentes.

«La prego, carichiamola sulla sua macchina. La porterò giù io e verrò con lei. Un'ambulanza... sarebbe la cosa peggiore... ne sono sicuro.»

Erano passati diversi giorni da quando Catalina era stata ricoverata. Giorni durante i quali Fernando aveva sentito il vuoto della sua assenza. Giorni durante i quali c'erano stati più silenzi che parole.

Quel pomeriggio di domenica, Fernando stava leggendo e Isabel fingeva di leggere, ma in realtà lo stava osservando. Non faticava a riconoscere nell'uomo con i capelli punteggiati di fili bianchi e le rughe intorno alle labbra il bambino che era stato. Sapeva che suo figlio stava soffrendo. Il giorno prima lo aveva chiamato Sara, la proprietaria della libreria. A quanto pareva, si trovava ad Alessandria. Non sapeva che cosa gli avesse detto, ma aveva visto il volto di Fernando indurirsi e diventare una maschera.

Quando gli aveva chiesto se Sara gli avesse dato una brutta notizia, lui aveva evitato di risponderle e, senza darle spiegazioni, aveva indossato il soprabito ed era uscito. Era tornato dopo un paio d'ore. Isabel non sapeva dove fosse andato e non aveva voluto fare domande perché la sofferenza che aveva preso il sopravvento sul suo volto parlava da sola. Da quel momento in avanti, lui aveva parlato poco o nulla e aveva sostenuto di non avere appetito.

Isabel temeva che sarebbe tornato a Parigi ma, soprattutto, che lo facesse senza darle una spiegazione sul perché trentasei anni prima se ne fosse andato.

Da giorni voleva chiederglielo, ma le parole le si fermavano in gola. Decise che non poteva continuare a evitare quella conversazione, per quanto fosse preoccupata dal suo stato d'animo. «Dimmi la verità, Fernando, sei andato via solo per aiutare Catalina a evitare che i suoi genitori non dovessero vergognarsi del fatto che era incinta? Se pensi di dirmi una bugia, non rispondermi. Non dico che tu mi debba la verità, ma mi piacerebbe che non ci fossero più ombre tra noi e, soprattutto, mi piacerebbe riuscire a capirti. È stata così dura e così incomprensibile la tua assenza... il fatto che non mi permettessi di sapere dove fossi, dove vivessi...»

Fernando la guardò dritta negli occhi e con un gesto della mano le chiese di sedersi accanto a lui. «Ti dirò la verità. Mi costa farlo, mi costa perché ho paura di ferirti, ho paura che tu non mi capisca. Ma lo farò e ti chiedo di perdonarmi per quello che ho fatto e per la mia assenza.»

Isabel gli strinse la mano e cercò di abbozzare un sorriso, incoraggiandolo a parlare.

«Sono andato via perché ho ucciso due uomini, i due assassini di mio padre. Ricordi Roque Pérez, l'orribile guardiano della prigione? Era stato lui a calpestare gli occhiali di papà quando gli erano caduti, era sempre lui che non gli dava le nostre lettere, che prendeva in giro i detenuti. Suo figlio, il soldato, Saturnino, faceva parte del plotone di esecuzione. Io… io provavo un odio incontrollabile. Avevano ucciso mio padre, lo avevano incarcerato perché era rimasto fedele alla Repubblica. Più passava il tempo, più li odiavo. Non si erano accontentati di essersi ribellati alla Repubblica; una volta vinta la guerra si erano dedicati a vendicarsi dei vinti con una crudeltà inusitata. Se avevano vinto, perché sentivano la necessità di far scorrere altro sangue? Questo mi faceva infuriare, sentivo il bisogno di vendicare la morte di mio padre.»

Lo sguardo di sua madre gli rivoltò l'anima. Le posò le dita sulle labbra per non essere interrotto, doveva concludere. «Se ti avessi detto che volevo vendicarmi non me lo avresti permesso. Avresti cercato di convincermi a non farlo e io ti avrei obbedito. Ecco perché non l'ho fatto, mamma.

«Catalina ed Eulogio sapevano quello che stavo per fare; è stata lei a procurarmi la pistola dello zio, ma in cambio mi ha chiesto di portarla con me. Io non volevo, ma lei non cedeva e alla fine ho accettato. Ti ho già raccontato che siamo saliti su un treno per Lisbona, e di come siamo arrivati ad Alessandria, degli anni a Parigi… Adesso sai perché me ne sono andato e perché non ti scrivevo e non volevo che sapessi dove stavo… Avevo paura che potessero collegarmi alla morte di Roque e Saturnino Pérez… che mi facessero arrestare… che tu subissi un'altra perdita, prima tuo marito, poi tuo figlio. Ma non ho ucciso solo quei due uomini… ne ho uccisi anche altri due. Un membro della Gestapo e un criminale nazista. Le circostanze in cui mi sono trovato mi hanno obbligato a farlo. Perdonami, mamma, perdonami.»

Isabel era rimasta immobile, come se i movimenti e i suoni le si fossero congelati. Ci mise qualche secondo a reagire. «"Non uccidere, Fernando, non uccidere." Ricordi? Tuo padre ti aveva detto che nessun uomo torna a essere quello che è stato dopo aver ucciso un altro uomo, anche se lo ha fatto per una giusta causa. Tuo padre non voleva che tu dovessi convivere con una cosa del genere… con il peso di aver tolto la vita a un altro uomo. "Non uccidere", ti diceva quando tornava dal fronte. Dio mio, quanto avrebbe sofferto se avesse saputo quello che hai fatto!»

Scoppiarono a piangere l'uno accanto all'altra, senza abbracciarsi, senza sapere come trovare consolazione. Poi Isabel si asciugò le lacrime con un fazzoletto e accarezzò il volto del figlio.

«Mamma, non c'è stata notte in cui non mi siano comparsi davanti i volti di Roque e Saturnino Pérez. Da quel giorno non ho più avuto pace.»

«Lo capisco. Ti pesa quello che hai fatto.»

«No... no... non mi sono pentito...»

Lei però scosse la testa. Sapeva che la coscienza esiste anche se non ne vogliamo sapere niente. «Ti perdono, figlio mio. Io ti perdono. Ma ti chiedo, un giorno, di chiedere perdono a Dio.»

«Non sono credente, mamma; nemmeno papà lo era.»

Lei annuì. «In ogni caso... fallo, un giorno, Fernando.»

Si alzò e lo lasciò solo nella stanza. Entrambi avevano bisogno di stare un po' da soli.

Fernando voleva togliersi dalla testa le parole che gli aveva detto suo padre, quelle che sua madre gli aveva appena ricordato: «Non uccidere, Fernando, non uccidere».

Roque e Saturnino andarono a trovarlo anche quella notte, portando agitazione nei suoi sogni. Si svegliò all'alba, bruscamente, con un peso sul petto. Ma rimase a letto.

Dopo un po' si alzò per andare a bere dell'acqua e sentì un mormorio che usciva dalla stanza di Isabel. «Mamma, ti senti bene?»

Aprì la porta e trovò Isabel a terra, aveva gli occhi aperti. Gridò, poi s'inginocchiò e la prese in braccio per farla stendere sul letto. Si tranquillizzò quando la sentì dire: «Non sto bene... mi fa malissimo lo stomaco, ho voglia di vomitare... Volevo andare in cucina, ma sono caduta e non non riuscita ad alzarmi».

«Non preoccuparti, ti preparerò una camomilla che ti rimetterà in sesto lo stomaco. Sta' tranquilla, torno subito.»

Andò in cucina e mise un po' d'acqua a bollire. Poi cercò un'infusione nel cassetto dove le teneva sua madre. Mise nella tazza anche un po' di zucchero.

Quando tornò nella stanza di Isabel, lei era nella stessa posizione in cui l'aveva lasciata, immobile, con gli occhi aperti a fissare il vuoto. Fernando lasciò cadere la tazza per terra e si avvicinò al letto. Si sedette accanto a lei e le chiuse gli occhi; poi le posò la testa sul grembo e rimase così, a sentire il caldo che abbandonava il corpo di sua madre.

Le parlò, in lacrime. In lacrime le chiese perdono.

Più tardi, quella del medico fu solo una conferma, il cuore di sua madre non aveva retto. Era stato lui a spezzarglielo. Era stato lui a ucciderla confessandole i crimini che aveva commesso. Alla sua lista doveva aggiungere una nuova vittima.

Per un istante volle credere in Dio, perché avrebbe significato che sua madre in quel momento stava rivedendo suo padre. Ma la ragione gli impedì di trovare sollievo al suo dolore.

Fu sepolta l'indomani. Non lo dissero a Catalina perché non sarebbe riuscita a sopportarlo, non avrebbe sopportato nemmeno di vedere Fernando piangere.

Lui si chiuse in casa, incapace di parlare, di lasciarsi consolare.

Non aveva il coraggio di chiudere gli occhi perché vedeva la morte nel volto di sua madre, poi gli risuonavano le parole del padre: «Non uccidere, non uccidere».

Fu Adela a obbligarlo a tornare alla realtà. Andava a casa sua tutti i giorni e restava accanto a lui in silenzio, finché a poco a poco non riuscì a strappargli qualche parola. Una mattina, quando andò a cercarlo per fare una passeggiata, lui le disse: «Torno a Parigi».

Adela gli chiese di aspettare che Catalina uscisse dall'ospedale e di convincerla che il suo posto era Madrid, casomai avesse deciso che voleva andare con lui a Parigi. «Ha bisogno che qualcuno si prenda cura di lei, mia nonna e mia zia lo faranno, e io anche. Ho deciso di restare qui. Farò la corrispondente dalla Spagna per il mio giornale. Ho già chiuso l'accordo.»

Fernando accettò e attese con pazienza il giorno in cui Adela gli annunciò che il dottor Fuentes stava per dimettere Catalina.

Fernando andò a prenderla in ospedale. Catalina aveva chiesto che ci andasse da solo. Voleva parlare con lui e con nessun altro.

La trovò vestita, stava parlando con il dottor Fuentes.

«Siamo d'accordo che ci vedremo due giorni alla settimana nel mio studio. Però sta bene, ecco perché ho deciso di dimetterla.»

Lei sorrise controvoglia, ma annuì. Era dimagrita e, per effetto dei medicinali, aveva lo sguardo perso.

Catalina si afferrò al braccio di Fernando. Camminarono sino all'ascensore e non sorrise finché non si lasciarono alle spalle le porte dell'ospedale. «Di nuovo insieme...» disse lei.

«Non poteva essere altrimenti», rispose lui.

«Volevo dirti una cosa... Magari ti arrabbierai...»

«Ma va! Puoi dirmi quello che vuoi.»

«Ci ho pensato molto... non solo a quello che è successo, con il dottore ho ripercorso tutti gli eventi della mia vita e... ecco, ho preso una decisione...»

«Vuoi restare a Madrid. Non tornerai a Parigi con me, è così?»

«Come fai a saperlo?»

«Perché ti conosco benissimo, come tu conosci me. E lo capisco. Fai bene. Qui ci sono tua madre, tua zia... loro si prenderanno cura di te. Hai bisogno di essere accudita, hai bisogno di una famiglia. Adela è contenta perché finalmente ha una famiglia, adora la nonna e la prozia. Con Petra ha creato un bellissimo rapporto.»

«Ma, e tu? Io non voglio che te ne vada, Fernando.»

«Devo, Catalina, non mi resta più niente qui. Ho i miei anni ormai, non troverei lavoro. Di che cosa vivrei?»

«Resta, Fernando… Io… io non so se riuscirò a vivere senza di te.»

«Dobbiamo imparare a vivere facendo a meno l'uno dell'altra. Tra qualche mese non ti mancherò più. Hai tua madre, tua zia, tua figlia…»

Mezz'ora dopo, donna Asunción aprì la porta di casa e abbracciò Catalina. Entrambe si sforzarono di trattenere l'emozione. Anche Adela la abbracciò, e donna Petra non vedeva l'ora di fare altrettanto.

Adela aveva deciso di cucinare «un piatto francese».

Risero e si godettero il pranzo, ma soprattutto si sentirono sollevati nel vedere che Catalina era emersa dalle ombre del trauma sofferto per anni.

Dopo pranzo, Fernando si alzò, pronto a congedarsi. «Devo chiudere la valigia, il treno parte alle sette. Per fortuna la stazione è vicina», disse.

Catalina gli si avvicinò e lo abbracciò con disperazione. «Non andartene… per favore, resta qui, non riesco a sopportare…»

A donna Asunción sfuggì una lacrima e donna Petra si sforzò di non piangere.

«Non posso… lo sai che non posso… Lì ho la libreria… un giorno sarà mia, sai che ho fatto un accordo con Sara…»

«Te lo chiedo per favore!» Catalina si era afferrata a lui con una forza tale che Fernando non riusciva a staccarla dal suo corpo.

«Verrò a trovarti e tu verrai da me a Parigi… potete venire tutte… Anzi, veniteci tutte…»

«Fernando, non andartene!»

«Per favore, mamma! Non rendere le cose così difficili», disse Adela supplicandola.

«Devo dirti una cosa… io… non te l'ho detto stamattina, ma te lo dico adesso. Possiamo sposarci. Resta. Ci sposeremo e continueremo a stare insieme. È quello che hai sempre voluto, e io non lo sapevo, ma ho amato solo te…» Catalina attese impaziente, abbozzando un sorriso.

Fernando rimase immobile. Non si sentiva capace di pensare, di parlare, forse nemmeno di sentire. Da una vita aspettava solo che Catalina gli dicesse che lo amava. Ma quelle parole ormai non significavano più niente per lui. Avrebbe dato la vita per sentirsele dire anni prima, ma adesso, quando la guardava, provava solo una profonda tenerezza nei suoi confronti. La amava con tutta la sua anima, ma era un amore abitato ormai solo dalla tenerezza.

«Ci rivedremo presto, te lo prometto.» Non riuscì a dire nient'altro.

«Allora… hai chiuso con me?» mormorò Catalina.

«No, non succederà mai, non ho chiuso con te perché vorrebbe dire chiudere con me stesso. Adesso devo tornare a Parigi, ti prometto che ci vedremo presto. Ti chiamerò tutti i giorni per telefono.»

Uscì dalla sala da pranzo accompagnato dal pianto disperato di Catalina.

«Dio mio, cosa ho fatto in tutti questi anni! Come ho potuto fargli quello che gli ho fatto!»

«Mamma, calmati… lascia che vada a Parigi… Fernando ti ama, non ha mai amato nessun altro più di te… Anche lui, però, ha bisogno di ricostruirsi dentro, come hai fatto tu, come ho fatto io. Quello che è successo è difficile per tutti, come credi che mi senta io? Per anni ho creduto che Marvin fosse mio padre quando volevo che mio padre fosse Fernando, e invece mio padre è una persona verso la quale provo solo disprezzo. Oggi sto perdendo il padre che ho sempre desiderato avere.»

Adela si voltò prima che sua madre la vedesse piangere. Sapeva che entrambe avevano perso Fernando per sempre.

Fernando stava chiudendo la valigia quando Adela suonò il campanello. «Verrò con te in stazione», gli disse senza dargli modo di protestare.

«E tua madre?»

«La nonna e la zia stanno cercando di tranquillizzarla.»

«Avresti dovuto restare con lei.»

«Ma avevo bisogno di stare con te, di salutarti… Ho paura, Fernando, paura che te ne vada via per sempre. Dimmi la verità, perché torni a Parigi?»

«Perché qui non mi resta più niente e a Parigi mi attendono diversi poeti da scoprire. A Madrid non avrei di che vivere; a Parigi ho la libreria Rosent, che un giorno sarà mia. Ma se anche non fosse così, farebbe lo stesso, posso continuare a pubblicare poesie. Sara ha bisogno di me, è molto anziana.»

«Le vuoi molto bene.»

«Sì, si è presa cura di me come una madre, ma lo ha fatto senza imporsi, senza che nemmeno me ne rendessi conto. Mi ha sempre protetto. Da quando è morto Benjamin non ha nessuno, le resto solo io.»

«Sai una cosa? Magari quello che sto per dirti ti darà fastidio, ma ho pensato che hai deciso di andartene per Zahra… So che è molto importante per te.»

Fernando accarezzò il volto di Adela prima di rispondere: «Zahra è morta… qualche giorno fa. Sara mi ha chiamato da Alessandria per dirmelo. Un attacco di cuore.»

«Io… non sapevo che fosse malata…»

«Soffriva di cuore. Aveva proibito a Sara di dirmelo. Perciò, vedi, non lascio tua madre per un'altra donna, se è questo che ti preoccupa.»

«Mi dispiace.» Adela abbassò lo sguardo.

«Non giustificarti, non ce n'è ragione», rispose lui.

«Mia madre ti ama, Fernando, ti ha sempre amato, ma era malata; tutti questi anni è stata malata senza saperlo, senza che noi ce ne rendessimo conto. Non perdonerò mai Marvin e Farida per aver lasciato che mia madre distruggesse la sua vita, la tua e un po' anche la mia.»

Ma lui non rispose. Si limitò a chiudere la valigia.

Il treno era fermo in stazione mentre i passeggeri salivano e cercavano il proprio scompartimento. Adela lo aiutò a sistemare la valigia, poi si aggrappò al suo braccio.

Quando sentirono il primo fischio che annunciava la partenza si abbracciarono e Adela scoppiò a piangere.

La aiutò a scendere nella banchina, poi risalì e si sistemò accanto al finestrino per dirle addio. Si afferrarono le mani. Il treno cominciò a muoversi e Adela cercò di stringere per qualche istante ancora la mano di Fernando.

«Dimmi la verità, non mentire, tornerai un giorno?»

«No... non tornerò... Morirò a Parigi.»

Ringraziamenti

Ringrazio tutti coloro che rendono possibile trasformare le storie in libri.
I miei editori e, in special modo, Virginia Fernández.
Anche i librai e i lettori che mi hanno accompagnata sino a oggi.
Grazie a Lola Travesedo per avermi aiutato, ancora una volta, a comprendere il labirinto della mente.
E a Fermín e Álex, per essermi sempre vicini.

Durante la stesura di questo romanzo ho avuto due compagni inseparabili: il libro di Edward Morgan Forster, *Alessandria d'Egitto. Storia e guida* e il mio amato Argos.

Fotocomposizione: La Composizione, Milano

Finito di stampare
nel mese di maggio 2022
per conto della TEA S.r.l., Milano
da Elcograf S.p.A. - Stabilimento di Cles (TN)
Printed in Italy